田岡嶺雲全集

第六巻

監修
家永三郎
小田切秀雄
竹内好
編纂・校訂・解題
西田勝

支那文學大綱　卷之八『屈原』（1899年 6 月）表紙

凡例

一、本全集は、原則として初出の文章を底本とし、原典に忠實に校訂をほどこした。初出を底本としない場合は、その旨を巻末解題の各項目においてことわった。なお草稿・初出・再出の間に異同がある場合は、その旨を解題でことわり、その間の異同を具體的に示した。

二、本全集は、現代日本人の漢字・漢文讀解力を考慮し、普及を目的に、できるだけ常用漢字以外の文字にルビをほどこした。ただし、片假名ルビと丸括弧つきの平假名ルビだけは原典にあったのを、そのまま生かしたものである。〔　〕内のルビは編者が補ったものである。なお、解題文中におけるルビの取扱いも本文に準ずる。

三、本全集は、また同様の理由から、原典中の難解な語句及び漢詩文その他に限り、簡單な注をほどこした。〔　〕内の文字はルビの場合と同樣、編者の補ったものである。なお、本卷では、『廣辭苑』に收錄されていない言語についても簡單な注を施してある。

四、本卷においても、原典に少なからず使用されている俗字あるいは略字については、時代の雰圍氣を損なう憾みが殘るが、煩瑣になるので、原則として正字に統一した。

目次

評論及び感想　五

評傳

莊子

目次

第一　孔子と老子

『周監㆓於二代㆒、郁々乎文哉、吾從㆑周』(編注(1)。以下、『編注』の字を略す)とは、孔子が、禮文の周に備はれるを歎美せるの語に非ずや。實にや、周が夏殷《かいん》二代の忠質を重《おもん》ぜしに反動して、文を尙《たつと》びしや、禮儀三百、威儀三千、制度典章の秩然として備はれる、周禮一部を讀まば、誰か當時にして、周公が用意の周密、些《いさゝか》の滲漏《しんろう》(2)なきに驚かざらんや。然れども其繁文縟禮《じよくれい》の弊や、流れて文弱となり、失して矯飾《けうしよく》となり、周室以て衰ふ。周室東遷し、列國覇《は》を爭ふ、春秋の世是《これ》なり。春秋の時、周制既に壞《くづ》れ、禮樂も亦衰ふ。此時に當りて、魯に孔子出づ、魯は周公旦の封ぜられし處、禮に訓《したが》ふと稱せらる。孔子此邦《このくに》に生れて、時に慨するあり。以爲《おもへ》らく天下の亂は禮樂典章の壞敗による、周初の盛に復せば、以て之を拯《すく》ふべしと。周公を尊奉し、堯舜を祖述し、治國平天下を以て其標的となし、而して之を修身齊家に本《もとづ》け、仁を以て衆德の宗となし、禮樂を以て養德の具となす。其言ふ所は日常實踐の事にして、其說く所は匹夫匹婦の爲すを能くする所。而して此《これ》と殆ど時を同ふして、楚《そ》に老子あり。天下の亂を以て、禮文の拘綴繁碎《こうてつはんさい》(3)民をして智多からしめしに由《よ》るとなし、以爲らく、仁義は道の廢せるなり、禮樂は德の薄きなり、若《し》かず民をして無知無欲にして、無爲にして自ら化せしめんにはと。故に大古の純朴を尙《たつと》んで、唐虞《たうぐ》の治を重んぜず。世或は之を其說、黃帝に本《もとづ》くとなす。此二人者、一は世を憂ひ、一は時に激す。一は禮文廢《すた》れるが故に天下亂れたりとし、一は禮文盛《さかん》なりしの弊、民相爭ふに至れりとなす。故に一は禮樂を尙び、一は仁義を捨てしめんとす。一は方の內に游び、一は方の外に游ぶ。一は積極的なり、一は消極的なり。一は實踐的に、一は純理的なり。一は歴史に據り、一は離俗に偏す。其嚮《むか》ふ所此の如く相睽《あひそむ》けりと雖ども、要は皆共に時を拯《すく》ふに歸す。此二人者の說く所は、實に周末思想の二大宗にして、彼の戰國の時に及んで八家九流異を立て、新を剏《はじ》め、各《おの〳〵》創見を出して敢て前人を踏襲せざるが如く然《しか》りと雖ども、皆其影響を此二大源流にうけざるもの少し。黃河と揚子江は、支那大陸を分てる二大河なり。孔と老とは、亦是れ思想界の河と江と歟《か》。一は北に、一は南に。

春秋より下つて戰國に至りて、上に統一の主權なくして、七國雄を競ふと共に、思想界の制裁拘束また弛解《しかい》(4)して諸家の學術盛《さかん》に興る。彼の稷下《しよくか》の濟々《せいせい》たる多士、以て當時の風を想ふべし。就中《なかんづく》孔と老との說を承けて、之を述べ、之を擴め、之を發揮したるもの、孔に孟軻《まうか》あり、老に莊周あり。而して此莊と孟とも、亦彼の老と孔との如く、其時を同ふして出づ。孟は鄒人《すうじん》にして、業を子思の門人に受くと稱せらる。子思は孔子の孫、孟は實に儒門學統の正を承《う》けたるもの歟。彼亦孔子と同じく、道を以て諸侯に干《もと》めて遇はず、退いて萬章《ばんしやう》(5)の徒と、孟子七篇を作る。その文、明快峻峭《しゆんせう》、覇業を鄙《いやし》め、功利を罵り、其熱烈の氣、毫端《がうたん》に露《あら》はれて、また圓滿にして靄然《あいぜん》春の如き孔子に似ず。是れ其時既に孔子の時に非ずして、其人も亦孔子と同じからざれば歟《か》。莊と雖ども、其說悉《ことご》く老と同じからず。孟の孔子の仁以外に義を添へ說きて、修性を論じたる如く、莊は老の道の無爲虛靜の外、更に道を游ぶものゝ逍遙自在を說けり。老は銳を挫《くじ》き、雌を守つて、其身を保つと敎へたるに、莊は是非を離れ、死生を一にする所以を說けり。豈に其說の啻《ただ》に然るのみならんや、其文に於ても、老の文の古奧蒼勁《さうけい》なるに比して、莊の文は洸洋自恣《くわうようじし》(6)なり。故に莊と孟とは、各老と孔とを祖述して、與《とも》に老と孔と以外に一歩を進めたるもの。而して二人者其時を同ふして相知らず。相知らずと雖ども、二人は實に戰國に在《あっ》て、儒老二大思想を代表せるもの、而して孟は別に之を説く(7)、請ふ吾は莊にみん乎。

第二　莊子の時

試みに希臘の哲學史を拔《ひら》きて、之を成周の當時(8)に比すれば、誰か人間思想の趨向發達の東西歸《き》を一にするに驚かざらんや。其初に當《あたっ》てや、人此《この》宇宙萬有の森然として羅《つら》なるに駭《おどろ》き、其然る所以を察し、其如何なるかを觀んとす。希臘哲學史上第壹期の哲學者が、或は水を以て本となし、或は風を以て本となし、或は火水風土の四行よりなれりとし、或は動と不動とより成れりとするは、支那の陰陽五行の緯説と相似たらずや。漸く進んで人其宇宙に注げるの眼を轉じて、自己に省みて、修身修性に向ふ。希臘の文華燦然《さんぜん》たるペリクルス時代は、猶それ成周の如き歟《か》。而してペリクルス死してソクラテス出づ、彼は以て孔子に比すべき歟、其説く所は實踐躬行《きゅうこう》の道のみ。プラトーの説は之に比すれば更に高遠、而かも猶修身治國に離るゝ能はず、或は老子に幾《ちか》き歟。アリストーツルは博識宏辯、それ孟荀(9)の儔歟《ともか》。時下つて世亂る、アレキサンダー大王死して希臘の統一破れ、列國雄を爭ふて紛々擾々《ぜうぐ》、終《つひ》に是れ支那の戰國か、學者意を當世に絕ちて、復《また》人の治國平天下を説くものなく、多く立命の地を索《もと》めて心を安んぜんとす、故に當時の傾向、其説多く出世間的に馳《は》せて、現實に着力せず。或は世に激して亢《かう》(10)を爲す歟、或は人を賤《いやし》んで天に歸る歟。彼のアリストーツル後の哲學と、戰國諸家の説、要するに皆此《これ》を出でざるのみ。

されば、戰國の世、學者各一家の言を立て、辯を以て相爭へども、儒に本《もとづ》けるもの少くして、老を宗とせるものは多し。莊と列(11)とは言を待たず、其他楊が自愛といひ、墨が兼愛といひ、法術を衒《てら》ふ者、名法を尙ぶ者(12)、縱橫を說く者、詭辯を弄するもの、皆多少の影響を老の說にうけざるなし。蓋し、老子が虛靜無爲、不爭以て身を保ち、自然に法《したが》つて道を化するの說、當時人心の趨向に投じたるものあれば歟。

莊子、其學窺はざる所なくして、然かも其要、老子の言に本歸せるもの、亦當時時勢の影響預つて力なしとせんや。而して老子は出世間的に、また厭世的なりしと雖ども、彼は春秋に生れて猶一縷の望を救世に繫《つな》げたり。故に政治を說き、道德を談じ、世を以て大古の朴に反さんとす。故に或は「以レ道佐二人主一者、不三以レ兵強二天下一」(13)といひ、「夫樂レ殺レ人者、不レ可三以得二志於天下一矣」(14)といひ、「國之利器不レ可二以示一レ人」(15)といひ、或は「我無爲而民自化、我好レ靜而民自正、我無事而民自富、我無欲而民自樸」(16)といひ、「治二大國一、若レ烹二小鮮一」(17)といひ、而して其理想とする所は、實に、

小國寡民、使下有二什佰之器一而不上レ用、使下民重レ死、而不中遠徙上、雖レ有二舟輿一無レ所レ乘レ之、雖レ有二甲兵一、無レ所レ陳レ之、使二人復結レ繩而用一レ之、甘二其食一、美二其服一、安二其居一、樂二其俗一、隣國相望、鷄犬之聲相聞、民至二老死一、不二相往來一(18)

といふにあり、猶天下を治むるを以て心となす。莊子に至りては多く政治をいはず、而かもいふと雖ども、老子のいふに異なり。

天根游二於殷陽一、至二蓼水之上一、適遭二無名人一、而問焉曰、請三問爲二天下一、無名人曰、去、

女鄙人也、何問之不ㇾ豫也、予方將與二造物者一爲ㇾ人、厭則又乘二夫莽眇之鳥一、以出二六極之外一、而游二無何有之鄕一以處二壙埌之野一、汝又何帛以ㇾ治二天下一、感二予之心一爲、又復問、無名人曰、汝游二心於淡一、合二氣於漠一、順ㇾ物自然、而無ㇾ容ㇾ私焉、天下治矣。(19)

天下を爲《おさ》むるを問ふものを鄙人となし、又何の帛《ゆゑ》か天下を治むるを以て、予の心を感ずることを爲せりやと嘲る。彼れ既に天下を外にす、何爲《なんす》れぞ天下を治むることをこれ說かんや。老は猶脚を地に跟《つ》くるを免れず、莊は是れ全然たる天外の人。蓋し莊の時また天下を以て爲す有るに由《よし》なかりしなり。其の厭世的の思想に於ても、老は唯「吾所三以有二大患一者、爲二吾有一ㇾ身」(20)といふに過ぎざりしのみ。而かも莊に至りては、則ち死生を一にして、適來(21)を時とし、適去を順とし、生を以て附贅縣疣《ふぜいけんいう》(22)とし、死を以て決疣潰癰《けつぐわんくわいよう》(23)となす。死は懸解(24)なり、生は蜩甲蛇蛻《てうかうだぜい》(25)なり、生何をか悅ばん、死何をか惡《にく》まん。故に曰く、

予惡乎知二說ㇾ生之非一ㇾ惑邪、予惡乎知三惡ㇾ死之非二弱喪而不一ㇾ知ㇾ歸者一邪、麗之姬艾封人之子也、晉國之始得ㇾ之也、涕泣沾ㇾ襟、及下其至二於王所一與ㇾ王同二筐牀一食中芻豢上、而後悔二其泣一也、予惡乎知下夫死者不上ㇾ悔二其始之蘄一ㇾ生乎、(26)

と。彼は死生に於て超然するもの。蓋し彼は人生を大覺して大夢なりとす。既に夢なり、生も夢なり、死も夢なり。死を惡むで生を悅ぶも夢なれば、生を悅ばず、死を惡まざるも亦夢なり。夢中の事すべて何に悅惡せんや。

夢飮ㇾ酒者、旦而哭泣、夢哭泣者、旦而田獵、方二其夢一也、不ㇾ知二其夢一也、夢之中、又占二其

夢一焉、覺而後、知二其夢一也、且有二大覺一、而後知二此其大夢一也、而愚者自以爲レ覺、竊々然知二之君乎牧乎一、固哉丘也、與レ汝皆夢也、予謂二汝夢一亦夢也。(27)

既に夢なることを知る、此夢なることを知るも、亦夢なることを知る。成然として寐《い》ね、蘧然《きよぜん》として覺む。於戯《あゝ》我何をか論ぜんや。老子が言の如きは猶《なほ》譬レ堯而非レ桀(28)ものなり、もし夫れ兩《ふたつながら》相忘れば、

不レ知レ所二以生一、不レ知レ所二以死一、不レ知二孰先一、不レ知二孰後一、若レ化爲レ物、以待二其所レ不レ知之化一已乎、且方將化、惡知レ不レ化哉、方將不レ化、惡知二已化一哉、吾特與レ汝、其夢未二始覺一者邪。(29)

此《かく》の如くにして、始めて所謂「安レ排而去レ化、乃入二於寥天一一」(30)ものならんのみ。荘は其厭世的思想に於ても、老に一歩進むものに非ず邪。

而して荘が老に比して、其厭世思想に於て一歩を進むるは即ち其出世間的思想に於て、また一歩を進むる所以なり。老は即ち曰ふ、

絶レ學無レ憂、唯之與レ阿、相去幾何、善之與レ惡、相去何若、人之所レ畏、不レ可レ不レ畏、荒兮其未レ央哉、衆人熙々、如レ享二太牢一、如二春登一レ臺、我獨泊兮、其未レ兆、如二嬰兒之未一レ孩、乘々兮若レ無レ所レ歸、衆人皆有レ餘、而我獨若レ遺、我愚人之心也哉、沌々兮、俗人昭々、我獨若レ昏、俗人察々、我獨悶々、澹兮其若レ海、飂兮若レ無レ止、衆人皆有レ以、而我獨頑似レ鄙、我獨異二於人一、而貴レ食レ母。(31)

老は唯恬澹《てんたん》虚無の虚に處《を》らんとするのみ、消極的なり、而して荘は此虛、即ち活潑々地なる逍遙無《む》

礙《げ》の境なりと説く、積極的なり。所謂「應二於化一而解二於物一」(32)者、何《いづ》くに適《ゆ》くとして可ならざらんや。逍遙の游なるもの是《これ》のみ。心有二天游一(33)もの是のみ。故に老子の聖人を説くや、

聖人抱レ一、爲二天下式一、不二自見一故明、不二自是一故彰、不二自伐一、故有レ功、不二自矜一故長、夫惟不レ爭、故天下莫二能與レ之爭一、古之所レ謂曲則全者、豈虛言哉、誠全而歸レ之、(34)

といひ、

聖人無レ爲故無レ敗、無レ執故無レ失、民之從レ事、常於二幾成一而敗レ之、愼レ終如レ始、則無二敗事一、是以聖人欲レ不レ欲、不レ貴二難レ得之貨一、學不レ學、復二衆人之所一レ過、以輔二萬物之自然一、而不二敢爲一、(35)

といふに過ぎざるのみ、猶人と群する地の人のみ。莊子の所謂神人といひ、至人といひ、眞人といふものに至《いたっ》ては、既に是れ天人。迥然《けいぜん》(36)として火食のものに非ず。

藐姑射之山、有二神人居一焉、肌膚若二氷雪一、淖約若二處子一、不レ食二五穀一、吸レ風飮レ露、乘二雲氣一、御二飛龍一、而游二乎四海之外一、其神凝、使三物不二疵癘一、而年穀熟、(37)

といひ、

至人者、歸二精神乎無始一、而甘二冥乎無何有之鄕一、水二流乎無形一、發二泄乎大淸一(38)

といひ、

聖人有レ所レ游、而知爲レ孼、約爲レ膠、德爲レ接、工爲レ商、聖人不レ謀、惡用レ知、不レ斲、惡用レ膠、無レ喪惡用レ德、不レ貨惡用レ商、四者天鬻也、天鬻也者天食也、既受二食於天一、又惡用レ人、有二

人之形一、無二人之情一、有二人之形一、(39)故群二於人一、無二人之情一、故是非不レ得二於身一、眇乎小哉、所三以屬二於人一也、謷乎大哉、獨成二其天一、(39)

といふ。其《その》出世間的思想に於ても、莊は老に一歩を進めたるを見る。

此《かく》の如く莊が老に其厭世的思想に於て、若《も》しくは出世間的思想に於て更に一新境を推開せるものは、蓋し戰國の世、天下の紛擾の思想界に及ぼしたるもの多しと雖ども、亦戰國の世の春秋に比して思想の馳騁《ちてい》自由を得たるに由るものなくんばあらず。

實に戰國は兵馬倥偬《こうそう》の世なりしと雖ども、思想界の光焰あり活氣ある、支那上下四千載間、此時に過ぐるものなし、所謂朱子が戰國の文、英偉の氣あるもの。蓋し五覇の世、成周典禮の遺風猶存す、當時辭令の妙《めう》、戰陣の間にも雍容《ようく》閒雅曾《かつ》て急言竭論《けつろん》(40)なき、以て見るべし。而して七國の時に至りては制度壞《くづ》れ、禮文衰ふ、思想また些《いさゝか》の繫縛を受くるなくして、而して當時列國の强を相競ふや士を用ゆるに急に、學者、辯を以て相爭ふ。蓋し子氏百家の興作、當時より盛《さかん》なるはなし。深力强心の士、各々人の唾餘《だよ》を嘗《な》むるを恥ぢて、一家の言を剏《はじ》めて自ら表見し、各其信ずる所を執つて相下らず、其偏に趨《は》せて往《いき》て反らず、紛々擾々として指歸を見るなし。天下篇に、

天下大亂、賢聖不レ明、道德不レ一、天下多得二一察一焉、以自好、譬如下耳目鼻口、皆有レ所レ明、不上レ能二相通一、猶下百家衆技也、皆有レ所レ長、時有上レ所レ用、雖レ然不レ該不レ徧、一曲之士也、判二天地之美一、析二萬物之理一、察二古人之全一、寡下能備二天地之美一、稱中神明之容上、是故內聖外王之道、闇而不レ明、鬱而不レ發、天下之人、各爲二其所一レ欲焉、以自爲レ方、悲夫百家往而不レ

反、必不レ合矣、後世之學者、不幸不レ見二天地之純古人之大體一、道術將下爲二天下一裂上、(41)といふもの是なり。莊子此間に生れ、同異の辯に禁《た》へず、於是乎《こゝにおいてか》、彼此を通じ、是非を混じて、物論を齊《ひとし》ふせんとす。曰く、

夫言非レ吹也、言者有レ言、其所レ言者特未レ定也、果有レ言邪、其未二嘗有一レ言邪、其以爲レ異二鷇音一、亦有レ辯乎、其無レ辯乎、道惡乎隱而有二眞僞一、言惡乎隱而有二是非一、道惡乎往而不レ存、言惡乎存而不レ可、道隱二於小成一、言隱二於榮華一、故有二儒墨之是非一、以是二其所一レ非、而非二其所一レ是、欲下是二其所一非、而非中其所上レ是則莫レ若レ以レ明、物無レ非レ彼、物無レ非レ是、自レ彼則不レ見、自知則知レ之、故曰彼出二於是一、是亦因レ彼、彼是方生之說也、雖レ然方生方死、方死方生、方可方不レ可、方不レ可方可、因レ是因レ非、因レ非因レ是、是以聖人不レ由而照二之於天一、亦因レ是也、是亦彼也、彼亦是也、彼亦一是非、此亦一是非、果且有二彼是一乎哉、果且無二彼是一乎哉、彼是莫レ得二其偶一、謂二之道樞一、樞始得二其環中一、以應二無窮一、是亦一無窮、非亦一無窮也、故曰莫レ若レ以レ明、以レ指喩二指之非一レ指、不レ若下以レ非レ指、喩中指之非上レ指也、以レ馬喩二馬之非一レ馬、不レ若下以レ非レ馬、喩中馬之非上レ馬也、天地一指也、萬物一馬也、可二乎可一、不二可乎不可一、道行レ之而成、物謂レ之而然、惡乎然、然二於然一、惡乎不レ然、不レ然乎不レ然、物固有レ所レ然、物固有レ所レ可、無二物不一レ然、無二物不一レ可、故爲レ是擧下莛與レ楹、厲與二西施一、恢恑憰怪上、道通爲レ一、其分也成也、其成也毀也、凡物無二成與一レ毀、復通爲レ一、唯達者知二通爲レ一、爲レ是不レ用、而寓二諸庸一、庸也者用也、用也者通也、通也者得也、適得而幾矣、因レ是

已、已而不レ知二其然一、謂二之道一、勞二神明一爲レ壹、而不レ知二其同一也、謂二之朝三一、何謂二朝三一、曰狙公賦レ芧、曰朝三而暮四、衆狙皆怒、曰然則朝四而暮三、衆狙皆悅、名實未レ虧、而喜怒爲レ用、亦因レ是也、是以聖人和レ之以二是非一、而休二乎天鈞一是之謂二兩行一。(42)

彼の休する所を知らずして、是非彼此成毀の辯に拘々し、相刃《あひはむ》かひ相靡《あひなび》きて薾然《でいぜん》(43)として疲役するものの、哀むべき哉。莊は更に一歩を進めて論ずらく、

既使二我與レ若辯一矣、若勝レ我、我不レ勝レ若、若果是也、我果非也邪、我勝レ若、若不レ勝レ我、我果是也、而果非也邪、其或是也、其或非也邪、其倶是也、其倶非也邪、我與レ若不レ能二相知一也、則人固受二其黮闇一、吾誰使レ正レ之、使下同二乎若一者正上レ之、既與レ若同矣、惡能正レ之、使下同二乎我一者正上レ之、既同二乎我一矣、惡能正レ之、使下異二乎我與一レ若者正上レ之、既異二乎我與一レ若矣、惡能正レ之、使下同二乎我與一レ若者正上レ之、既同二乎我與一レ若矣、惡能正レ之、然則我與レ若與レ人、倶不レ能二相知一也、而待レ彼也邪、化聲之相待、若三其不二相待一、和レ之以二天倪一、因レ之以二曼衍一、所二以窮一レ年也、何謂三和レ之以二天倪一、曰是不是、然不然、是若果是也、則是之異二乎不是一也亦無レ辯、然若果然也、則然之異二乎不然一也、亦無レ辯、忘年忘義、振二於無竟一、故寓二諸無竟一。(44)

已《やみ》なん、やみなん、是不是、然不然の分、竟《つひ》に判《わか》つに足るものあるなきなり、若《し》かじ之を無竟に寓せて不言之辯、不道之道に賴らんには。

齊物論《せいぶつろん》の一篇、もと彼が曠達の資、拘々として小異同、小是非に累《わづら》はさるゝに堪へざりしに由ると

はいへ、彼をして終《つひ》にまた言あらしめしもの、豈に當時の時弊彼をして然らざるを得ざらしめしものにあらざらんや。

第三　莊子の事蹟

古より知名の士にして、事蹟の湮滅《いんめつ》して傳はらざるもの比々《ひゞ》皆是《しかり》。蓋し其當時にありては、人其材の然るを辨ずる能はず、蓋し山中に在るもの山の高きを見る能はざる如き歟。故に人之を看過して、其事蹟の如き必ずしも注目せず。故に傳はらざるのみ。莊の事蹟と雖ども亦此《かく》の如し、吾人は唯一篇の史記と、莊子の外篇、雜篇中に散出せる三四の逸話とによつて、其髣髴《はうふつ》を窺ふべきのみ。其外篇、雜篇等に散出せるものは、蓋し莊子の徒が傳へたる所なるべく、其實否未だ容易に信ず可らずと雖ども、又以て莊子が性行の萬一を知るに足る。

史記に據るに莊子は蒙人、名は周、嘗て蒙の漆園の吏たり。梁の惠王、齊の宣王と同時にして、其學闚《うかゞ》はざる所なきも、然かも其要は老子の言に本歸すといふ。蓋し劉向《りうかう》が別錄に宋之蒙人也(45)といへば、今の河南省歸德府の地これ歟《か》。朱子が其語錄に、「莊子自是楚人、大抵楚地便多有二此樣差異底人物一」(46)といひしは、單に揣摩《しま》に過ぎざるべきも、其思想文章の上より之をみる、また多少の理なくんばあらず。

而して之を梁の惠王、齊の宣王と同時なりといへば、また孟子と同時の人たらざる可らず。而して孟の書中、一言の莊に及びしものなく、莊の書中、また、一言の孟に及びしものなきは、大に疑ふべく、假令《たとひ》其足跡相及ばずして相見るに機なかりしとするも、又名をだも相聞かずといふ可らず。墨翟《ぼくてき》、禽滑釐《きんこつり》、宋銒《そうけん》、尹文《ゐんぶん》、彭蒙《はうまう》、田駢《でんべん》、愼到、惠施、公孫龍等を列擧して、而かも一度も愼到、田駢等と同じく稷下《しよくか》の客たりし孟に及ばず。孔子の徒を詆訾《ていし》すること彼が如く酷にして、且つ當世の宿學だも自ら解免(47)する能はざりしと稱せらるゝ彼にして、もし孟の名をだも聞かば、何ぞ彼が廣長舌頭に翫弄せらるゝを免れんや。蓋し孟の書記する所多くその自己の問答に過ぎず、故に孟と莊と相見ざりしとせば、孟の書中言の莊に及ばざるはもとより其所なりと雖ども、莊の書は孟の書に異なり、もし孟の名聲にして聞えんか必ず一言の此に及ばざる能はず、或は莊の時少しく孟に先《さきん》じたる歟、或は當時楊墨、刑名、縱横の説盛《さかん》に、時に迂《う》なる儒道甚だ行はれず、孟軻《まうか》の名或は時に知られざりし歟、將《は》たまた莊の書自己の見地を闡明《せんめい》するを以て旨となし、其書に稱する所の諸人、皆之に用ありて、而して孟軻を稱するに用なかりし歟、然らざれば二人者何ぞ相識らざらん。

莊が事蹟に至ては史に記する所唯一あり。

楚の威王、莊周の賢を聞《き》ゝて、使をして幣を厚うして之を迎へしめ、許すに相(48)となすを以てせしに、莊周笑《わら》つて楚の使者に謂《いつ》て曰く、千金は重利、卿相は尊位なり、子獨り郊祭(49)の犧牛を見ずや、養食せらるゝ數歳、文繡《ぶんしう》を衣《き》せられて以て太廟《たいべう》に入る、此の時に當て孤豚たらんと欲するも豈に得可けんや、子亟《すみや》かに去れ、我を汚がすこと無《なか》れ、我は寧ろ汚瀆《おとく》の中に游戲して自ら快うし、國有るものゝ羈《き》する所となるなく、終身仕へず以て吾志《わがこゝろざし》を快うせん(50)、と。

秋水篇に記する所は其傳同じからず、

莊子釣二於濮水一、楚王使二大夫二人往先一焉、曰願以二竟内一累矣、莊子持レ竿不レ顧曰、吾聞楚有二神龜一、死已三千歳矣、王巾笥而藏二之廟堂之上一、此龜者、寧其死爲二留骨一而貴乎、寧其生而曳二尾於塗中一乎、二大夫曰寧生而曳二尾塗中一、莊子曰往矣、吾將レ曳二尾於塗中一。(51)

其傳や同じからずと雖ども、彼が不覇放縱の氣宇歴々《れき〳〵》としてみるべきに非らずや。不羈放縱、彼が如きもの、何ぞ拘々として仁義是非の樊《はん》(52)にあることを屑《いさぎよ》しとせんや。彼は仁義を以て黥《いれずみ》(53)するものとし、是非を以て劓《はなき》るものとす。

意而子見二許由一、許由曰、堯何以資レ汝、意而子曰、堯謂レ我、汝必躬服二仁義一、而明言二是非一、許由曰、而奚來爲軹、夫堯既已黥レ汝以二仁義一而劓レ汝以二是非一矣、汝將何以游二乎遙蕩恣睢轉徙之塗一乎。(54)

所謂遙蕩恣睢轉徙の塗とは、仁義是非の拘する所にあらざるもの、彼が所謂逍遙游なるもの此に於てするなり、よく此に於てするものは待つ所なくして、天地の正に乘り、六氣の辯に御して無窮に游ぶものなり。所謂其塵垢粃糠、猶將レ陶二鑄堯舜一者(55)なり、逍遙游の一篇を見んもの輒《すなは》ち莊が胸裡、別に一段の海濶天空の見あるを知らん。

彼既に海濶天空の見あり、故に是非を混じ、彼此を同ふす、齊物論を讀まば、曠世の識を知るべきに非ずや。

既に是非を混じ、彼此を同ふす、死生彼に於てまた一なり、故に其妻死して惠子之を吊へば、莊子則ち方《まさ》に箕踞《きゝよ》して盆を鼓して歌へり、惠子曰く人と居て子を長じ、身を老いしめり、死して哭せざる

亦足れり矣、又盆を鼓して歌ふ亦甚しからずやと。莊子之に答へて曰く、

不レ然、是其始死也、我獨何能無二槩然一、察二其始一而本無レ生、非二徒無一レ生也、而本無レ形、非二徒無一レ形也、而本無レ氣、雜二乎芒芴之間一、變而有レ氣、氣變而有レ形、形變而有レ生、今又變而之レ死、是相與爲二春秋冬夏四時行一也、人且偃然寢二巨室一、而我噭々然、隨而哭レ之、自以爲不レ通二乎命一、故止也、(56)

と、又莊子將《ま》さに死なんとせし時、弟子厚く葬らんと欲せしに、

吾以二天地一爲二棺槨一、日月爲二連璧一、星辰爲二珠璣一、萬物爲二齎送一、吾葬具豈不レ備邪、何以加レ之、(57)

といひ、又弟子、烏鳶《うえん》の夫子を食《くら》はんことを恐るといへば、

在レ上爲二烏鳶食一、在レ下爲二螻蟻食一、奪レ彼與レ此、何其偏也、以二不平一平、其平也不レ平、以二不徵一徵、其徵也不レ徵、明者唯爲二之使一、神者徵レ之、夫明之不レ勝レ神也久矣、而愚者恃二其所レ見、入二於人一、其功外也、不二亦悲一乎、(58)

といふ。實に是れ達者の言、超然として死生の外に立てるものなり。

莊子が氣宇此の如し、彼が滿口の毒氣、彼が規矩鉤繩《こうじよう》(59)の桎梏を以て天下を爲《をさ》めし古の聖人なるものに向つて噴きしもの、豈に所以なからんや。其の馬蹄篇に、

及レ至二聖人一、蹩躠爲レ仁、踶跂爲レ義、而天下始疑矣、澶漫爲レ樂、摘擗爲レ禮、而天下始分矣、(60)

といひ、

殘樸以爲レ器工匠之罪也、毀二道德一、以爲二仁義一、聖人之過也、(61)

といひ、

及レ至二聖人一、屈二折禮樂一、以匡二天下之形一、縣二跂仁義一、以慰二天下之心一、而民乃始踶跂好レ知、爭歸二於利一不レ可レ止也、此亦聖人之過也、(62)

といひ、又胠篋《きよけふ》篇に於て盜跖《たうせき》(63)の口を籍《か》つて、盜も亦道あり、室中の藏を妄意するは聖なり、入るに先《さきだ》つは勇なり、出《いづ》るに後るゝは義なり、可否を知るは知なり、分つこと均しきは仁なり、五者備はらざれば大盜を成す能はずと說き、更に

善人不レ得二聖人之道一不レ立、跖不レ得二聖人之道一不レ行、天下之善人少、不善人多、則聖人之利二天下一也少、而害二天下一也多、故曰脣竭則齒寒、魯酒薄而邯鄲圍、聖人生而大盜起、掊二擊聖人一、縱二舍盜賊一而天下始治矣、（中略）、聖人不レ死大盜不レ止、雖下重二聖人一而治中天下上、則是重利二盜跖一也、爲二之斗斛一以量レ之、則幷二與斗斛一而竊レ之、爲二之權衡一以稱レ之、則幷二與權衡一而竊レ之、爲二之符璽一以信レ之、則幷二與符璽一而竊レ之、爲二之仁義一以矯レ之、則幷二與仁義一而竊レ之、何以知二其然一邪、彼竊レ鉤者誅、竊レ國者爲二諸侯一、諸侯之門而仁義存焉、則是非レ竊二仁義聖知一邪、故逐下於大盜、揭二諸侯一、竊二仁義一、幷二斗斛權衡符璽之利一者上、雖レ有二軒冕之賞一、弗レ能レ勸、斧鉞之威弗レ能レ禁、此重利二盜跖一、而使レ不レ可レ禁者、是乃聖人之過也、(64)

といひ、更に聖知を以て天下を爚亂《やくらん》(65)するものとなし、

故絕レ聖棄レ知大盜乃止、擿レ玉毀レ珠小盜不レ起、焚レ符破レ璽而民朴鄙、剖レ斗折レ衡而民不レ爭、

殫二殘天下之聖法一、而民始可二與論議一、擢二亂六律一、鑠二絶竽瑟一、塞二瞽曠之耳一、而天下始人含二其聰一矣、滅二文章一、散二五采一、膠二離朱之目一而天下始人含二其明一矣、毀二絶鉤繩一、而棄二規矩一、攦二工倕之指一、而天下始人有二其巧一矣、故曰大巧若レ拙、削二曾史之行一、鉗二楊墨之口一、攘二棄仁義一、而天下之德始玄同矣、(66)

といひ、其在宥篇に、

甚矣、吾未レ知下聖知之不レ爲二桁楊接摺一也、仁義之不上レ爲二桎梏鑿枘一也、焉知三曾史之不レ爲二桀跖嚆矢一也、(67)

といふ、矯激の言、痛快を極む。但是等《これら》皆老子が絶聖棄知の意を敷暢《ふちやう》せしに過ぎずして、且馬蹄、胠篋等の諸篇、其語意ともに精鑿《せいさく》に過ぎ、莊が跌宕《てつたう》なく、必ずや其徒の筆に出でしや疑ふ可らずと雖ども、謂《おも》ふに莊の意も必ず此に出でん。夫れ文章なるものは一個人間の精神的骨相學なり、其文を讀んで其人を想ふ、其人歷々たり、文章は唯に思想を載するのみ非ず、其人の氣宇性情宛《ゑん》として行文の間に露《あらは》る、司馬遷稱す、莊子の言、洸洋自恣適レ已(68)と。豈に莊が氣宇の之に發したるものに非ず邪《や》。

第四　莊子の著書

既に言を立つるあり、必ず書を著はして以て世に垂《た》る。老子の不言を說《と》いてすら、猶二篇五千餘言あり。莊子の書、今傳ふる所、內篇七、外篇十五、雜篇十一、合して三十三篇。漢志(69)を按《あん》ずるに五十二篇たり。盖し晋の向秀《くやうしう》、(70)郭象に刪定《さんてい》せられたるもの歟。內篇は別に篇目を立つるも、外篇、雜篇は直ちに其篇首の二字を以て題とす。內篇は莊の自筆、外篇、雜篇は多く其徒の筆にかゝるが故に然る歟《か》、今莊の書を讀んで內篇より外雜の二集にうつれば、譬へば重巒疊嶂《ちょうらんでふしょう》(71)の蜀《しょく》の山中より出でゝ、茫漠千里の河北の野に入るが如し。奇趣頓《とみ》に索然たるを覺ゆ。

在宥《ざいゆう》、秋水、知北游等の數篇を除けば、論旨淺膚、文致平板、斷々として莊が筆に非ず。而かも此數篇と雖ども、在宥は文の奇横、莊に似て、其意は老なり、秋水は前半崢嶸《さうくわう》なるも、後半莊の行事を記すること多ければ、必ず是《これ》其徒の筆、知北游は多く老子の成句を勦剽《さうへう》(72)す、また莊の自筆にあらじ。蓋し外雜二集は莊の徒の其夫子《ふうし》の意を闡明《せんめい》せんが爲めにしてつくれるもの歟。故に二集中の文、其旨皆七篇に歸して、或は之に老子が意を參《まじ》ゆ。且其文中、往々莊子曰《いはく》といひ、夫子曰《いはく》といふの語を以て段を首《はじ》めたるものあり、而して內篇に於ては、逍遙游及德充符中の、惠子謂、莊子曰の一二章の外、絕《たえ》て之を見ず。而して此は則ち問答を記せるもの、自ら彼の外雜篇に於ける莊が語句を引用せるが如きものと異なり。且內篇、一の莊が行事を記せるものなくして、而して外雜篇には處々に散出す、是れ必ず莊が自記にあらざるや明《あきら》けきのみ。又內篇、其人間世、德充符、大宗師等孔子を說くこと多ふして而かも之を掊擊《ほうげき》(73)すること、必ずしも外雜篇中に於けるが如くならず、寧ろ其言にとるありて之を出せるのみ、蓋し莊は蘇東坡がいへる如く、必ずしも陽に孔子を詆《そしり》て陰に尊べるものにあらずして、斷々として老子を宗とするものたりといへ、西河の地、子夏のこゝに教授せしことありて、西河と蒙と相去る遠からざれば、莊も亦一たび儒に入り、後博《ひろ》く學んで遂に老に歸せし歟《か》、韓退之送隕王序に、「子夏の學、後《のち》田子方(74)あり、子方の後流れて莊周となれり」といへば、莊が其內篇に於て寧ろ孔子を推尊せるの傾あるは、亦謂《いは》れなしとせず。彼の外雜篇に於て孔子を詆訿《ていし》せること過甚《はなは》だしきは、弟子の徒當時の儒の徒と相角《あひかく》せんが爲めに然りしに非ざる歟。試みに內篇に於ける大宗師の一段を摘せん歟《か》。

顏回問二仲尼一曰、孟孫才其母死、哭泣無レ涕、中心不レ慼、居レ喪不レ哀、無二是三者一、以二善喪一蓋二魯國一、固有下無二其實一而得二其名一者上乎、回一怪レ之、仲尼曰、夫孟孫氏盡レ之矣、進二於知一矣、惟簡レ之而不レ得、夫已有レ所レ簡矣、孟孫氏不レ知レ所二以生一、不レ知レ所二以死一、不レ知二孰先一、不レ知二孰後一、若レ化爲レ物、以待二其所レ不レ知之化一已乎、且方將化、惡知レ不レ化哉、方將不レ化、惡知二已化一哉、吾特與レ汝、其夢未二始覺一者邪、且彼有二駭形一、而無二損心一、有二旦宅一而無二情死一、孟孫氏特覺、人哭亦哭、是自三其所二以乃一、且也相與吾レ之耳矣、庸詎知二吾所謂吾一レ之乎、且汝夢爲レ鳥而厲二乎天一、夢爲レ魚沒二於淵一、不レ識今之言者其覺者乎、其夢者乎、造レ適不レ及レ笑、獻レ笑不レ及レ排、安レ排而去レ化、乃入二於寥天一一。(75)

此を以て彼の盜跖に、盜跖が言に籍《か》つて、

丘之所レ言皆吾之所レ棄也、亟去走歸、無二復言一レ之、子之道、狂々汲々、詐巧虛僞事也、非レ可二以全一レ眞也、奚足レ論哉、(76)

と痛罵せるに比すれば、內篇と外雜篇との別手に出づるや亦明けし矣。

更に文辭の上より之を言ふも、內篇の文は皆文情逸宕《いつたう》、(77)奇致横生變幻の妙を極む。外雜篇に於ては、平板淺膚且《かつ》文氣庸弱にして勦襲紕繆《さうしふひびう》(78)多く、時に精鑿《せいさく》(79)の議論ありと雖ども、其訓詁《くんこ》の氣を帶ぶる所、却て是《これ》南華の筆たらざる所以。然れども荘が徒必ず一人に非ず、故に外雜篇の文必ず一手に出でず、故に文致一様ならずして工拙雜陳、故に後の人其最も拙なるものを摘して、之を贋手《がんしゆ》(80)の竄入《ざんにふ》といふ。殊に知らず、外雜篇悉く是其徒の作る所、內篇の注脚のみ、何ぞ之を贋手の竄入といはんや。蘇東坡、荘子祠堂記に言ふ、「讀二寓言之終、陽子居爭レ席一段一、因去二讓王、盜跖、說劍、漁父四篇一以合二於列禦寇之篇一、然後悟而笑曰、是固一章也」(81)と、然れども是れ寓言と列禦寇とを以て荘の筆となせしが故に、此《この》言あるのみ。寓言は其弟子が其夫子《ふうし》、書を著せしの本意を說けるのみ。列禦寇篇末、荘子將《まさにしせんとす》死の一段あり、故に或は荘子筆を此に絕つとなして荘の文なりとするも、將死のもの何ぞ文を作らん、其徒の筆たるや疑ふ可らず、既に然らば此二篇と他の四篇と等しく荘が筆に非ざればば何ぞ拘々合して一章とするをせんや。林西仲、天下の一篇を以て、後世荘を訂するものゝ作る所となす。(82)之を王荊公(83)が荘子論及び蘇が祠堂記に荘が自筆とせるものに比すれば、別に一隻眼《いつせきがん》を具するといふべしといへども、特に之を荘を訂するものゝ文となして、之を別ちて、而して內篇以外、總て荘の徒の筆にして此篇は則ち其學の由る所を明かにせしものたるを知らざりしなり。

夫れ淄澠《しゝよう》の水合へるも尙能く之を辨ずるものあり。(84)況んや魚目、珠に混ず、極めて指摘し易くして、當時、郭子玄(85)の外雜二集を以て內篇に別てるの意、それ或は此に存する歟。

第五　荘子の文字

荘子の思想と、其氣宇と、發して文字となる、其氣宇既に曠達《くわうたつ》、其思想も不羈《ふき》、其文字豈に諔詭瓌瑋《しゆくきくわいゐ》

ならざらんや[86]。天下篇に其筆者、莊子を評して、

芴寞無レ形、變化無レ常、死與生與、天地竝與、神明往與、芒乎何之、忽乎何適、萬物畢羅、莫レ足二以歸一、古之道術有下在二於是一者上、莊周聞二其風一而悅レ之、以二謬悠之說、荒唐之言、無端崖之辭一、時恣縱而不レ儻、不二以レ觭見一レ之也、以二天下一爲二沈濁不レ可二與莊語一、以二巵言一爲二曼衍一、以二重言一爲レ眞、以二寓言一爲レ廣、獨與二天地精神一往來、而不レ敖二倪於萬物一、不レ譴二是非一、以與二世俗一處、其書雖二瓌瑋一、而連犿無レ傷也、其辭雖二參差一、而諔詭可レ觀、彼其充實不レ可二以已一、[87]

といへるもの眞然なり。彼の文は彼の想の如く、彼の性行の如く、規矩鉤繩[59]に律す可らず、所謂洸洋自恣適レ己もの、故に變化奇幻、窮詰す可らず、端倪《たんげい》す可らず、而して意の至る所、筆も亦至り、宛轉として情に入り理に入る、離奇《りき》[88]錯落、姿態百怪、的皪《てきれき》電《いなづま》閃《ひら》めき、澼洴《へきけつ》濤《なみ》捲《ま》き[89]、人目を眩亂して端緒を得るに苦ましむ、此の如きの文を以て、高遠の想を說く、宜《うべ》なる哉莊が書の解し難きや。林希逸嘗て莊子の難解なる所以を辯じていふ、

其書所レ言仁義性命之類、字義皆與二吾書一不レ同、一難也、其意欲下與二吾夫子一爭上レ衡、故其言多二過當一、二難也、鄙二略中下之人一、如下佛書所謂爲二最上乘一說上、故其言每々過レ高、三難也、又其筆端鼓舞變化、皆不レ可下以二尋常文字蹊徑一求上レ之、四難也、况語脉機鋒、多如二禪家頓宗所謂劒双上事一、吾儒書中未二嘗有一、此五難也。[90]

試みに彼の文の最も奇奧[91]なるものを擧げんか。

今且有レ言二於此一、不レ知其與レ是類乎、其與レ是不レ類乎、類與二不類一、相與爲レ類、則與レ彼無二以異一矣、雖レ然請嘗言レ之、有二始也者一、有下未二始有一レ始也者上、有下未四始有三夫未二始有一レ始也者上、有二有也者一、有二無也者一、有下未二始有一レ無也者上、有下未四始有三夫未二始有一レ無也者上、俄而有無矣、而未レ知二有無之果孰有孰無一也、今我則已有レ謂矣、而未レ知吾所レ謂之其果有レ謂乎、其果無レ謂乎、天下莫レ大二於秋毫之末一、而大山爲レ小、莫レ壽二乎殤子一、而彭祖爲レ夭、天地與レ我並生、而萬物與レ我爲レ一、既已爲レ一矣、且得レ有レ言乎、既已謂二之一一矣、且得レ無レ言乎、一與レ言爲レ二、二與レ一爲レ三、自レ此以往、巧歷不レ能レ得、而況其凡乎、故自レ無適レ有、以至レ三、而況自レ有適レ有乎、無レ適焉因レ是已、(92)

劉安が雞犬響を白雲に遺す(93)、句々言々空中に蕩漾《たうやう》して(94)捕捉す可らず。而かも是れ、老子が無名天地始(95)なる言に一層を推進せるものゝみ、然れども其説く所畢竟《ひつきやう》言を絶し語を斷ずるの境、文此の如く《かく》窈冥《ようめい》惝怳《しやうくわう》(96)ならざる能はざるなり、

而して彼は之に加ふるに常に正言せず、莊語せず、多く寓言と重言《ちようげん》(97)と卮言《しげん》(98)とを以てす、寓言に所謂「寓言十ニ九、重言十ニ七、卮言日出」(99)ものなり、莊子一卷率《おほむ》ね比喩のみ、假托のみ。逍遙游の一篇、實に好證左なり、驀地鯤鵬《ぼくちのこんほう》を借つて、空を飜《ひるがへ》して入り、一字の抽象的談理を着けずして、烟雨迷離《めいり》(100)神龍を斷雲の中に瞥見す。全篇渾《すべ》て是《これ》説話のみ、叙事のみ、譬喩のみ。而して其本意一たびも説破を經ず、一たびも議論に渉《わた》らず、眞個まことに是《これ》千古の奇文。

北冥有レ魚、其名爲レ鯤、鯤之大不レ知二其幾千里一也、化而爲レ鳥、其名爲レ鵬、鵬之背不レ知二其

幾千里㆒也、怒而飛、其翼若㆓垂天之雲㆒、是鳥也海運、則將㆑徙㆓於南冥㆒、南冥者天池也、齊諧者志㆑怪者也、諧之言曰、鵬之徙㆓於南冥㆒也、水擊三千里、搏㆓扶搖㆒而上者九萬里、去以㆓六月㆒息者也、野馬也、塵埃也、生物之以㆑息相吹也、天之蒼々其正色邪、其遠而無㆑所㆓至極㆒邪、其視㆑下也亦若㆑是則已矣、且夫水之積也、不㆑厚則負㆓大舟㆒也無㆑力、覆㆓杯水於坳堂之上㆒、則芥爲㆓之舟㆒、置㆑杯焉則膠、水淺而舟大也、風之積也不㆑厚則其負㆓大翼㆒也無㆑力、故九萬里則風斯在㆑下矣、而後乃今培㆑風、背負㆓青天㆒而莫㆓之夭閼者㆒、而後乃今將㆑圖㆑南、蜩與㆓鷽鳩㆒笑㆑之曰、我決起而飛槍㆓楡枋㆒、時則不㆑至而控㆓於地㆒而已矣、奚以㆓之九萬里㆒而南爲、適㆓莽蒼㆒者、三餐而反、腹猶果然、適㆓百里㆒者、宿舂㆑糧、適㆓千里㆒者、三月聚㆑糧、之二蟲又何知、小知不㆑及㆓大知㆒、小年不㆑及㆓大年㆒、奚以知㆓其然㆒也、朝菌不㆑知㆓晦朔㆒、蟪蛄不㆑知㆓春秋㆒、此小年也、楚之南有㆓冥靈者㆒、以㆓五百歲㆒爲㆑春、五百歲爲㆑秋、上古有㆓大椿者㆒、以㆓八千歲㆒爲㆑春、八千歲爲㆑秋、而彭祖乃今以㆑久特聞、衆人匹㆑之、不㆓亦悲㆒乎、(101)

此を讀めば我も亦、飄揚《へうやう》(102)として大虛を凌《しの》がんと欲す。

實に莊の文の妙《めう》は、抽象的の理窟を說くに全く具躰的話說を以てせるにあり。彼の手はよく砂を化して金となす、富贍《ふせん》なる彼が想像力は、天地萬有、人と物とを問はず、盡《ことごと》くとり來つて其の材となす、而して奇警往々にして人間意料《いれう》(103)の外に出づるものあり。

今大冶鑄㆑金、金踊躍曰、我且必爲㆓鏌鋣㆒、大冶必以爲㆓不祥之金㆒、今一犯㆓人之形㆒而曰、人耳人耳、夫造化者必以爲㆓不祥之人㆒、(104)

奇想天外より落つるものに非ずや、既に此富贍なる想像力ありてよく理想を具躰化す、故に彼が文往々にして詩的の興趣に富む。

昔者莊周夢爲二蝴蝶一、栩々然蝴蝶也、自喩適レ志與、不レ知レ周也、俄然覺、則蘧々然周也、不レ知周之夢爲二蝴蝶一與、蝴蝶之夢爲レ周與、周與二蝴蝶一、則必有レ分矣、此之謂二物化一、(105)

といひ、又

南海之帝爲レ儵、北海之帝爲レ忽、中央之帝爲二渾沌一、儵與レ忽、時相與遇二於渾沌之地一、渾沌待レ之甚善、儵與レ忽、謀レ報二渾沌之德一、曰、人皆有二七竅一、以視聽食息、此獨無レ有、嘗試鑿レ之、日鑿二一竅一、七日而渾沌死、(106)

神《しん》、爽《さう》に語永《えい》、玉盤の露屑《ろせつ》、(107)清雅、人に絶す。

彼は啻《たゞ》に行文の詩的なるのみにあらず、其用語もまた、つとめて勃窣《ぼつそつ》(108)なる抽象的の文字を避けて、多趣なる具體的の形容語を用ひたり。或は塵垢粃糠將猶陶二鑄堯舜一者といひ、(109)蓬之心といひ、(110)異二於轂音一といひ、(111)有二成與レ虧一、故昭氏之鼓レ琴也といひ、(112)無レ門無レ毒といひ、(113)爲二嬰兒一といひ、(114)爲二無町畦一といひ、(115)爲二無崖一といひ、(116)禹舜之所レ紐也といひ、(117)使下以二死生一爲二一條一、以二可不可一爲二一貫一者解中其桎梏上といひ、(118)知爲レ孽、約爲レ膠、德爲レ接、工爲レ商といひ、(119)以レ刑爲レ體、以レ禮爲レ翼、以レ知爲レ時、以レ德爲レ循といひ、(120)以レ德爲レ循者、言下其與二有レ足者一至中於丘上といひ、(121)以レ無爲レ首、以レ生爲レ背、以レ死爲レ尻といひ、(122)以レ汝爲二鼠肝一乎、以レ汝爲二蟲臂一乎といひ、(123)黥レ汝以二仁義一、而劓レ汝以二是非一といひ、(124)以二天地一爲二大鑪一、以二造化一爲二大冶一といひ、(125)一以レ己爲レ馬、一以レ己爲レ牛といひ[126]、委蛇といひ[127]、見㆓濕灰㆒といひ[128]、爲㆓弟靡㆒、爲㆓波流㆒といひ[129]、或は又、菑人《さいじん》といひ[130]、天鈞《てんきん》といひ[131]、眞宰といひ[132]、眞君といひ[133]、天倪《てんげい》といひ[134]、天府といひ[135]、天鬻《てんいく》といひ[136]、天食といふが如き、以て見るべきに非ず耶。彼は啻《たゞ》に然るのみならず、彼は抽象的の文字を具體として用ひたり。因是《いんぜ》といひ[137]、兩行といひ[138]、縣解といひ[139]、益多といひ[140]、有方無方といひ[141]、才全といひ[142]、和豫といひ[143]、成和之修といひ[144]、攖寧《えいねい》といひ[145]、杜德機といひ[146]、杜權といひ[147]、善者機といひ[148]、大沖莫勝《たいちうばくしよう》といひ[149]、衡氣機といふが如き是のみ。又彼が卷中の人物、多く是れ司馬遷が所謂空語而無事のものにして[151]、而して瞿鵲子《くじやくし》といひ[152]、長梧《ご》子といひ[153]、支離疏《しりそ》といひ[154]、伯昏無人といひ[155]、叔山無趾《むし》といひ[156]、闉跂支離無脤《いんきしりむしん》といひ[157]、子祀《しし》、豫輿《しよ》、子犂《しれい》、子來といひ[158]、日中始といひ[159]、蒲衣子《ほいし》といふ[160]。何ぞ夫《そ》れ自在なるや。彼は啻《たゞ》に名を命ずること此の如きのみならず、事物を人に擬して之をして談語せしめ行動せしむる擬人法を用ゆること多し、女偊《ぢよう》の其道の傳統を說くや、

聞㆓諸副墨之子㆒、副墨之子聞㆓諸洛誦之孫㆒、洛誦之孫聞㆓之瞻明㆒、瞻明聞㆓之聶許㆒、聶許聞㆓之需役㆒、需役聞㆓之於謳㆒、於謳聞㆓之玄冥㆒、玄冥聞㆓之參寥㆒、參寥聞㆓之疑始㆒。[161]

彼が無形無名の抽象的觀念を具體化せる手腕にみよ。

莊の文、既に詩的なり、其語を下す詩的ならざるなくして、而して動詞的形容語を用ゆること莊の如く多きもの未だ有之《これあ》らず。彼の古の眞人なるものを狀せるを見ずや。

古之眞人、其狀義而不㆑朋、若㆑不㆑足而不㆑承、與乎其觚而不㆑堅也、張乎其虛而不㆑華也、邴々乎其似㆑喜乎、崔乎其不㆑得㆑已乎、滀乎進㆓我色㆒也、與乎止㆓我德㆒也、厲乎其似㆑世乎、謷乎其

未レ可レ制也、連乎其似レ好レ閉也、悗乎忘二其言一也。(162)

此《この》形容語なるものはよく文を活動せしむ、最も詩的のものなりとす。

莊は、此《かく》の如く、理窟をも具體化し、議論をも説話となす、故に彼は最も叙事の筆に長ず、彼が叙事は細に入り密に入り、所謂一人を論じ、一事を寫すにも、原あり委ありて、鬚眉畢《ことごと》く張り、躍々として出でしむるものなり。其齊物論に風を叙するを見ずや、

夫大塊噫氣、其名爲レ風、是惟無レ作、作則萬竅怒呺、而獨不レ聞二之翏々一乎、山林之畏佳大木百圍之竅穴、似レ鼻、似レ口、似レ耳、似レ枅、似レ圈、似レ臼、似レ洼者、似レ汚者、激者謞者、叱者、吸者、叫者、譹者、宎者、咬者、前者唱レ于、而隨者唱レ喁、冷風則小和、飄風則大和、厲風濟則衆竅爲レ虛、而獨不レ見二之調々、之刁々一乎。(163)

何ぞ描寫の精微に入れるや、又庖丁が牛を解くを説くを見ずや、

彼節者有レ間、而刀刄者無レ厚矣、以レ無レ厚入レ有レ間、恢々乎其於レ游レ刄必有二餘地一矣、是以十九年而刀刄若三新發二於硎一、雖レ然毎レ至二於族一、吾見二其難一レ爲、怵然大戒、視爲止、行爲遲、動レ刀甚微、謋然已解、如二土委一レ地、提レ刀而立、爲レ之四顧、爲レ之躊躇、滿志善レ刀而藏レ之。(164)

叙事の妙を極むるもの。

彼の想像に豐富なる、又譬喩に長ず、其《その》あり得可からざるをいふや、則ち曰く今日適レ越而昔來也(165)と、其《その》早計をいふや、則ち曰く、見レ卵而求二時夜一、見レ彈而求二鴞炙一(166)と、形は死して神の死なきをいふや、曰く、指二窮於爲一レ薪、火傳也不レ知二其盡一也(167)と、其益多を説くや、以レ火救レ火、以レ水救レ

水(168)といひ、或は山水自寇也、膏火自煎也(169)といひ、自二其異者一視レ之、肝膽楚越也(170)といひ、或は藏二舟於壑一、藏二山於澤一、謂二之固一矣、然而夜半、有レ力者負レ之而走、昧者不レ知也(171)といひ、以レ生爲二附贅懸疣一、以レ死爲二決疣潰癰一(172)といひ、魚相二忘乎江湖一、人相二忘乎道術一(173)といふが如き、又

愛レ馬者、以レ筐盛レ矢、以レ蜄盛レ溺、適有二蚊虻僕緣一、而拊レ之不レ時、則缺レ銜、毀レ首、碎レ胸、意有レ所レ至、而愛有レ所レ亡(174)

といひ、

適見下㹠子食二於其死母一者上、少焉眴若、皆棄レ之而走、不レ見レ已焉爾、不レ得レ類焉爾、所レ愛二其母一者、非レ愛二其形一也、愛下使二其形一者上也(175)

といふが如き、當時の諸子皆譬喩に長ぜざるはなくして、而して莊子最も至れり。

外雜篇中また文の妙《めう》殆んど內篇に遜《おと》らざるものあり、嘗試《こゝろ》みに一二を擧げん乎。

天其運乎、地其處乎、日月其爭二於所一乎、孰主二張是一、孰綱二維是一、孰居二無事一、推而行レ是、意者其有二機緘一、而不レ得レ已邪、意者其運轉而不レ能二自止一邪、雲者爲レ雨乎、雨者爲レ雲乎、孰隆二施是一、孰居二無事一、淫樂而勸レ是、風起二北方一、一西一東、有レ上彷徨、孰噓二吸是一、孰居二無事一而披二拂是一。(176)

これ天運篇劈頭の文字、莊の文、起手、常に突忽《とつこつ》此の如きものあり。

夔憐レ蚿、蚿憐レ蛇、蛇憐レ風、風憐レ目、目憐レ心、夔謂レ蚿曰、吾以二一足一、趻踔而行、子無レ如矣、今子之使二衆足一獨奈何、蚿曰不レ然、子不レ見二夫唾者一乎、噴則大者如レ珠、小者如レ霧、

雜而下者、不レ可二勝數一也、今予動二吾天機一、而不レ知三其所二以然一、蚿謂レ蛇曰、吾以二衆足一行、而不レ及二子之無レ足一何也、蛇曰、夫天機之所レ動何可レ易邪、吾安用レ足哉、蛇謂レ風曰、予動二吾脊脅一而行、則有レ似也、今子蓬々然起二於北海一、蓬々然入二於南海一、而似無レ有何也、風曰、然、予蓬々然起二於北海一、而入二於南海一也、然而指レ我則勝レ我、鰌レ我亦勝レ我、雖レ然夫折二大木一、蜚二大屋一者、惟我能也、故以二衆小一不レ勝、爲二大勝一也、爲二大勝一者、惟聖人能レ之。(177)

其心と目との二語疏解《そかい》を着けざる、却て文の奇を見る、筆致酷《はなは》だ荘に神似するもの。

要之《これをえう》するに荘子が筆は感興的なり、詩的なり、其文の妙は奇にあり、變にあり、變の極、滄溟《そうめい》開曠、(178)奇の極、神龍、海に戯《たはむ》る、彼れ奇ならんことを欲するに非らざるなり、彼れ變ならんことを欲するにあらざるなり、物に隨ふて變じ、事に因つて奇を出だす、江河の行く、汪洋《わうやう》として唯、下に順《したが》ふのみ、山に觸れ、谷に激して、然後《しかるのち》變幻の態を極む、或は深妙、或は奇肆《きし》、(179)奇肆なるときは激して雪を噴く、深妙なるときは渟《てい》して膏《かう》を凝らす、(180)或は急語或は緩筆、緩なるときは鳶飛《とびとんで》魚躍《うををどる》、急なるときは凄風急雨、高を語れば太虚を凌《しの》ぎ、卑を語れば九淵(181)に下り、大を語れば崑崙《こんろん》を窮め、小を語れば微塵に入る。荘子の文洵《まこと》に是れ文の神なるもの哉。李塗云ふ、荘子善用レ虚、以二其虚一、虚二天下之實一(182)と、彼が文の變じて窮已《きゆうい》(183)なきをいふ歟。

荘を以て彼の孟(184)に比するに、彼は正なり、此《これ》は奇なり、奇なり、故に此は流蕩なり、正なり、故に彼は荘重なり、彼は巖々たり、此は洋々たり、此は絶塵なり、高く天に戻り、彼は世俗なり、地を離れず、此は全く訓詁《くんこ》の氣を絶ち、彼は縱横の氣象を帶ぶ、彼の文は簡にして勁、此の文は奥にして亂、此二人者全然相反して、孟は北方の儒を代表し、莊は南方の老を代表す、莊は自是《もとより》南方の產に非ずと雖ども、彼が思想、彼が文章は斷として南方的なり、盖し宋は天下の中に處《を》り、東北に於て鄒魯《すうろ》と近きと共に、南方に於て荊楚《けいそ》(185)と壤を接す、南方荊楚の思想は、北方鄒魯の思想と共にこゝに注いで、而して莊が曠達《くわうたつ》の氣象の南方的たるに近《ちかづ》き、其思想文章逐に南方的たるに傾きしもの歟。所謂南方的思想は北方の世間的なるに對して出世的なり、從つて北方の如く秩序を重ぜずして無差別を觀《くわん》ず。盖し南方の人は感情に富み、北方は意志に強し、意志に強し故に實際的なり、感情に富む故に空想的なり、空想的なり故に拘束を嫌ふて不羈なり、實際的なり故に規矩を尙《たふと》んで拘禮《こうれい》(186)なり、拘禮なり故に莊重、不羈なり、故に飄逸、其思想然り、其文章然り、故に南人の說を聞けば仙樂をきくが如く、北人の說をきけば嚴師に就けるが如し、北人の說く所は常に人を離れずして、いふ所は躬行實踐の則なり、南人の說く所は天に歸して、虛無自然の道なり。故に南人は天馬空を行く、羈勒《きろく》(187)す可らずして、北人は四瑚八璉《しこはちれん》(188)の、正に之を宗廟に施すべきが如し、北方の精をあつめて孔子あり、孟子之を紹《つ》ぎ、南方の粹をあつめて老子あり、莊子之を述ぶ。支那の思想界を貫通せる二大分派、之を創めたるは孔と老となり、之を成せるものは孟と莊となり。

嗟呼《あゝ》莊子沒してより今に二千載、儒の拘禮に羈絆《きはん》せられたる支那人の思想は、竟《つひ》に現實を解脫して虛無の惝怳《しやうくわう》に游ぶこと能はず。絕大の思想を有し、絕大の文辭を有する莊の人の如きもの、終《つひ》に出づるに途《みち》なからんか。現實的なる支那人は老莊の說すらをも、鍊丹葆形《れんたんほけい》(189)の術に牽强して、其《その》眞意殆んど泯《ほろ》べり。但《たゞ》佛敎の支那に入るに及んで、其高遠の說よく淺近なる支那人の間に咀嚼《そしやく》を經るを得しは、老莊の説ありて之れに先《さきん》じたればのみ。

莊以前に莊なく、莊以後に莊なし、莊は空前絶後の唯一人のみ。天復此《またこの》絶高、絶大、絶奇の人物を造る能はじ。

考　證

史記列傳に莊子は蒙人なりとあり。漢書藝文志の注に莊子名周、宋人(190)と見ゆ。史記索隱には曰く劉向別錄云宋之蒙人也(191)と。史記又地理志を引《ひい》て曰く蒙縣は梁國に屬すと。蒙は春秋の時、宋に屬す。左傳襄公二十七年に宋公及諸侯大夫盟干蒙門之外(192)とありて杜注に宋城門(193)とあるを見て知るべし。河南省歸德府の東北四十里に蒙城あり。宋は戰國の時に至て齊楚及魏の爲に滅ぼされ、蒙、魏に屬す。故に地理志等後より追稱して梁國に屬すの語あり。朱子語類等に莊子を以て楚人となすは從ふべからず。

編注

（1）周は二代に監《かんが》み、郁々乎《いくいくこ》として文なる哉、吾れは周に從はむ。『論語』八佾《はちいつ》第三の一節。

（2）手ぬかり。抜け目。

（3）「拘綴」は窮屈で、つぎはぎだらけ。「繁碎」は煩瑣で、バラバラの意。

（4）ゆるみ、ほどけるの意。　（5）孟子の弟子。

（6）「洸洋」は水が深く廣いさまの意だが、議論が深遠で、摑みどころのない、の意もある。

（7）「孟子」は笹川臨風が擔當し、この巻に嶺雲の「莊子」とともに収録された。

（8）春秋戰國の時代を指す。成周は東遷以後の周の都。

（9）孟子と荀子《じゅんし》。　（10）頭を高く擧げること。

（11）「列」は列子、以下「楊」は楊子、「墨」は墨子を指す。　（12）名家と法家を指す。

（13）道を以て人主（君主）を佐《たす》くる者は、兵を以て天下に強たらず。『老子』第三〇章の一節。『老子』・『莊子』からの引用文の讀み下しは、基本的にはすべて嶺雲自身の『和譯老子』・『和譯莊子』に從った。

（14）夫《そ》れ人を殺すを樂しむ者は、以て志を天下に得べからず。同書第三一章の一節。

（15）國の利器は以て人に示すべからず。同書第三六章の一節。

（16）我れ無爲にして而して民自ら化し、我れ靜を好んで而して民自ら正しく、我れ無事にして而して民自ら富み、我れ無欲にして民自ら樸なり。同書第五七章の一節。

(17) 大國を治むるは小鮮（小魚）を烹《に》るが若《ごと》し。同書第六〇章の一節。小魚を煮るのは、こわれやすいところから。

(18) 小國は民寡《すくな》し。什佰（十人百人）の器あるも用ひざらしむ。民をして死を重んじて、而して遠くに徙《うつ》らざらしむ。舟輿《せんよ》（舟や車）ありと雖ども之に乘る所なく、甲兵ありと雖ども之に陳《つら》ぬる所無し。人をして復《また》繩を結んで（文字のない太古の時代での契約のしるし）而して之を用ひしむ。其の食を甘しとし、其の服を美《うるは》しとし、其の居に安んじ、其の俗を樂しむ。隣國相望み、鶏犬の聲相聞ゆれども、民老死に至るまで相往來せず。同書第八〇章の一節。

(19) 天根（人名）、殷（山の名）の陽《みなみ》に遊びて蓼水《れうすい》の上《ほとり》に至る、適《たまた》ま無名の人に遭ひて問ふて曰く、天下を爲《おさ》むることを請ひ問ふ。無名の人曰く、去れ、女《なんぢ》は鄙人なり、何ぞ問ふの豫《いと》はざる。予は方《まさ》に造物者と與《とも》に人たらんとす。厭へば則ち又、夫《か》の莽眇《まうべう》の鳥（はるか大空の彼方に飛ぶ鳥）に乘じて、以て六極（宇宙）の外に出でて、而して無何有《むかいう》の鄕に遊び、以て壙埌《かうらう》の野（果てのない曠野）に處《を》らんとす。汝又何の帠《ゆゑ》ぞ、天下を治むるを以て予の心を感ずる（亂す）ことを爲す。又《また》復問ふ。無名の人曰く、汝、心を淡に游ばし、氣を漠に合はせ、物に順《したが》ひて自然、而して私を容《い》るゝことなくんば、天下治まらん。『莊子』應帝王篇中の一節。

(20) 吾が大患ある所以のものは、吾が身を有するが爲なり。『老子』第一三章の一節。

(21) たまたま來るもの。「適去」は、たまたま去るもの。

(22) ついたコブと、ぶら下がったイボ。

(23) 腫れ物が潰れること。　(24) 緊張が解かれること。　(25) 蟬や蛇が脱皮すること。

(26) 予惡《いづ》くんぞ生を說《よろこ》ぶの惑《まどひ》に非ざるを知らんや。予惡くんぞ死を惡《にく》むの弱喪（若くに故鄕を出た者）にして歸るを知らざる者に非ざるを知らんや。麗《り》の姫は艾《がい》（地名）の封人（境界を守る人）の子なり。晉國《しんこく》の始めて之（姫）を得るや涕泣《ていきふ》して襟を沾《うるは》せり。其の王の所に至り、王と筐牀《きやうしやう》（寢床）を同じくし、芻豢《すうくわん》（上等な食物）を食《くら》ふに及んで、而る後、其の泣きしを悔いたり。予惡《いづ》くんか夫《か》の死者も其の始めの生を蘄《もと》めしを悔いざるを知らんや。『莊子』齊物論篇中の一節。

(27) 夢に酒を飲む者、旦《あした》にして哭泣し、夢に哭泣する者、旦にして田獵（狩獵）するあり。其の夢に方《あた》りてや其の夢なるを知らざるなり。夢の中に又其の夢を占ひ、覺めて而る後に其の夢なりしを知るなり。且つ大覺ありて而る後に此れ其の大夢なるを知るなり。而るを愚者も自ら以て覺めたりと爲し、竊々然《せつせつぜん》（人の知識を盗んで知ったかぶりをするさま）として之を君とし牧（臣）とするを知る。固なる哉、丘（孔子）や。汝と皆夢なり。予の汝を夢と謂ふも亦夢なり。同右。

(28) 堯を譽めて而して桀《けつ》を非《そし》る。『莊子』大宗師篇中の言葉。

(29) 生くる所以を知らず、死する所以を知らず。孰《いづ》れか先なるを知らず、孰れか後なるを知らず。化（變化）に若《したが》ふて物と爲し、以て其の知らざる所の化を待つのみ。且つ方に將《もつ》て化するの惡《いづ》んぞ化せざるなるを知らんや、方に將て化せざるの惡んぞ已に化せるなるを知らんや。吾れ特《ひと》り汝と其の夢未だ始めより覺めざるものか。同右。

(30) 排（事物のあるがまま）に安んじて化を去れば乃ち寥天の一（太虚の境界）に入る。同右。

(31) 學を絶てば、憂ひなし。唯《ゐ》の阿《あ》（ともに返事の言葉。前者は丁重、後者は粗野）と相去ること幾何《いくばく》ぞ。善の惡と相去ること何若《いかん》。人の畏《おそ》る、所は畏れざるべからず。荒として其れ未だ央《きは》まらざる哉。衆人は熙々《きゝ》として大牢を享《う》くるが如く、春臺に登れるが如し。我れ獨《ひと》り泊として其れ未だ兆《きざ》さざること、嬰兒の未だ孩《がい》（智慧づく）せざるが如く、乘々として歸する所無きが若《ごと》し。衆人皆餘りあり、而して我れ獨り遺《わす》れたるが若し。我れは愚人の心なる哉、沌々たり。俗人は昭々として、我れ獨り昏《こん》（くらやみ）の如し。俗人は察々（明察）して我れ獨り悶々。澹《たん》（淡泊）として其れ海の若く、飂《りう》として止まるなきが若し。衆人皆以てするあり、而して我れ獨り頑《かたくな》にして鄙《いや》しきに似たり。我れ獨り人に異にして、而して母に食《やしな》はるゝを貴ぶ。『老子』第二〇章の全節。

(32) 化に應じて而して物に解く。『莊子』天下篇中に見える。

(33) 心に天游あるもの。同外物篇中の言葉。

(34) 聖人は一を抱きて天下の式（模範）となる。自ら見《しめ》さざるが故に明らかに、自ら是とせざるが故に彰《あらは》る。自ら伐《ほこ》らざるが故に功あり、自ら矜《ほこ》らざるが故に長し。それ惟《た》だ爭はず、故に天下能く之と爭ふ莫《な》し。古《いにしへ》の謂ふ所の曲は則ち全き者、豈虚言ならんや。誠に全くして之に歸す。『老子』第二二章の後半部分。

(35) 聖人は爲すなし、故に敗《やぶ》るゝことなし。執るなし、故に失ふことなし。民の事に從ふや、常に幾《ほとん》ど成るに於て、而して之を敗る。終りを愼むこと始めの如ければ、則ち敗るゝ事なし。是を以て聖人は欲せざるを欲し、得難きの貨を貴《たつと》ばず。學べども學ばず、衆人の過ぐる所に復《かへ》る。以て萬物の自然を輔《たす》けて、而して敢て爲さず。同第六四章の後半部分。

(36) 遙かに遠いさま。

(37) 藐姑射《はこや》の山に神人の居るあり。肌膚は氷雪の若《ごと》く、淖約《しやくやく》として處子（處女）の若し。五穀食はず、風を吸ひ、露を飲む。雲氣に乘り、飛龍に御して、而して四海の外に游ぶ。其の神《しん》は凝る。物をして疵癘《しれい》（傷つき病む）せざらしめて、而して年穀熟す。『莊子』逍遙游篇の一節。

(38) 至人なる者は精神を無始に歸して、而して無何有の鄕に甘冥し、無形に水流し、大淸（道）に發泄《はつえい》す。『莊子』列禦寇篇中の一節。

(39) 聖人は游ぶ所有り、而して知を孽《げつ》（わざわい）と爲し、約を膠《かう》（にかわ）と爲し、德を接（繼ぎ合わせ）と爲し、工を商と爲す。聖人は謀らず、惡《いづく》んぞ知を用ひん。斲《き》らず、惡んぞ膠を用ひん。喪《うしな》ふ無し、惡んぞ德を用ひん。貨《う》らず、惡んぞ商を用ひん。四つの者は天鬻《てんいく》（天の養い）なり。天鬻なる者は天食なり。既に食を天に受く、又惡んぞ人を用ひん。人の形有つて、人の情無し。人の形有り、故に人に群す。人の情無し、故に是非、身に得ず。眇乎《べうこ》として小なる哉、人に屬する所以なり。謷乎《がうこ》（高大なさま）として大なる哉、獨り其の天を成せり。同德充符篇の一節。

(40) 心にある限りのことを述べ立てるの意。

(41) 天下大《おほい》に亂れて、賢聖明ならず、道德一ならず、天下多く一察を得て、以て自ら好しとす。譬へば耳目鼻口、皆明かなるところあつて、相通ずる能はざるが如く、猶ほ百家衆技の皆長ずる所あつて、時に用ふる所あるがごとし。然りと雖ども該《か》ねず徧《あまねか》らず、一曲の士なり。天地の美を判《わか》ち、萬物の理を析《わか》つ。古人の全きに察する（比較する）に、能く天地の美を備へ、神明の容に稱《かな》ふこと寡《すくな》し。是《こ》の故に內聖外王の道（内においては聖人の道、外においては王者の道）は、闇《くら》くして而して明ならず、鬱として而して發せず。天下の人、各《おのおの》其の欲する所を爲して、以て自ら方（道）と爲す。

悲しい夫《かな》、百家往いて而して反らず、必ず合はず。後世の學者、不幸にして天地の純、古人の大體を見ず、道術將《まさ》に天下の爲めに裂けんとす。

(42) 夫れ言は吹くに非ざるなり、言ふは言ふことあり、その言ふ所の者特《ひと》り未だ定まざるのみ。果して言ふこと有りや、其れ未だ嘗て言ふこと有らざるや、其れ以て鷇音《こうおん》（卵中の鳥の聲）に異なりとせんに、亦辯ありや、其れ辯無きや、道は惡《いづ》くに隱れて眞僞ある、言は惡《いづ》くに隱れて是非ある。道は惡くにか往いて存せざる、言は惡くにか存して可ならざる。道は小成に隱れ、言は榮華に隱る。故に儒墨の是非あり、以て其の非とする所を是として、而して其の是とする所を非とす。其の非とする所を是として、而してその是とする所を非とせんと欲せば、則明を以てするに若《し》くは莫し。物、彼に非らざるは無く、物、是《これ》に非らざるは無し。彼によれば則ち見えず、自ら知れば則ち之を知る。故に曰く彼は是《これ》に出づ、是は亦彼に因ると。彼是《ひぜ》方に生ずるの説なり。然りと雖ども方に生ずれば方に死し、方に死すれば方に生ず。方に可なれば方に可ならず、方に可ならざれば方に可なり。是《ぜ》に因れば非に因り、非に因れば是に因る。是《これ》を以て聖人は由らずして而して之を天に照らす。亦是《ぜ》に因るなり。是《これ》亦彼なり、彼亦是なり。彼亦一是非なり。此《これ》亦一是非なり。果して且つ彼是ありや、果して且つ彼是なきや。彼是其の偶を得る莫し、此を道樞（天地の四轉軸）と謂ふ。樞始めて其の環中を得て、以て無窮に應ず。是も亦一無窮なり、非も亦一無窮なり。故に曰く、明を以てするに若《し》くは莫しと。指を以て指の指に非らざるを喩《さと》さんより、指に非らざるを以て指の指にあらざるを喩さんには若かざるなり。馬を以て馬の馬に非らざるを喩さんより、馬に非らざるを以て馬の馬に非らざるを喩さんには若かざるなり。天地は一指なり、萬物は一馬なり。可を可とし、不可を不可とす。道之を行へば成し、物之を謂へば然りとす。惡くんか然りとする、然るを然りとす。惡くんか然らずとす、然らざるを然らずとす。物固《もと》より然りとする所あり、物固より可とする所あり、物として然らざるなく、物として可ならざるなし。故に是が爲に莛《てい》（梁）と楹《えい》（柱）と、厲《らい》（癩者）と西施《せいし》と恢恑憰怪《くわいきけつくわい》（おどろおどろしきもの）を擧げて、道通じて一たり。其の分かるゝは成るなり、其の成るは毀《こぼ》つなり、凡そ物は成ると毀つとなく復《また》通じて一たり。唯《ただ》達者のみ通じて一たるを知る。是が爲めに、用ひずして而して諸《これ》を庸

（常なるもの）に寓す。庸なる者は用なり、用なる者は通なり、通なる者は得なり、適《たまた》ま得て幾《ちか》し。是《ぜ》に因る已《のみ》、已にして其の然るを知らず、之を道と謂ふ。神明を勞して壹を爲して、而して其の同じきを知らざるなり、之を朝三と謂ふ。何をか朝三と謂ふ、曰く、狙公《そこう》（猿を養う者）の芧《しょ》（栃の實）を賦《ふ》するに、曰く朝は三にして暮は四と、衆狙（多くの猿）皆怒る。曰く然らば則ち朝は四にして暮は三と。衆狙皆悅ぶ。名實未だ虧《か》けずして、而して喜怒、用を爲す。亦是に因ればなり。是を以て聖人、之を和するに是非を以てして、天鈞（自然の均等）に休す。是を之れ兩行と謂ふ。

(43) 疲勞のさま。

(44) 既に我と若《なんぢ》とをして辯ぜしめんに、若、我に勝ちて、我、若に勝たざれば、若は果して是にして、我は果して非なりや。我、若に勝ちて、若、我に勝たざれば、我は果して是にして、而《なんぢ》は果たして非なりや。其れ或るは是にして、其れ或るは非なりや。其れ倶《とも》に是にして、其れ倶に非なりや。我と若と相知ること能はざれば、則ち人（第三者）固より其の黮闇《たんあん》（深い闇）を受けん。吾れ誰にか之を正さしめん。若に同じき者をして之を正さしめば、既に若と同じ、惡《いづ》くんぞ能く之を正さん。我と同じき者をして之を正さしめば、既に我に同じ、惡くんぞ能く之を正さん。我と若とに異なる者をして之を正さしめば、既に我と若とに異なり、惡くんぞ能く之を正さん。我と若とに同じき者をして之を正しめば、既に我と若とに同じ、惡くんぞ能く之を正さん。然らば則ち我と若と人と、倶に相知ること能はずして、而して彼を待たんや。化聲（是非の辯）の相待つは、其の相待たざるが若《ごと》し、之を和するに天倪《てんげい》（自然の境界）を以てし、之に因るに曼衍《まんえん》（無限）を以てするは、年を窮むる所以なり。何をか之を和するに天倪を以てすと謂ふ。曰く、是と不是と、然と不然と。是若《も》し果して是ならば、則ち是の不是に異なるや、亦辯なし。然し若し果たして然ならば、則ち然の不然に異なるや亦辯なし。忘年忘義、無竟（無極）に振ふ、故に諸《これ》を無竟に寓す。

(45) 宋の蒙人なり。

(46) 莊子は自ら是れ楚人、大抵楚の地、便多く、此の樣なる差異底《てい》の人物あり。

(47) 除外する。　(48) 宰相。

(49) 天子が冬至には南郊、夏至には北郊外に天地をまつる儀式。

(50)『史記』老莊申韓列傳中からの引用。

(51) 莊子、濮水《ぼくすゐ》(黄河の分流)に釣す。楚王、大夫二人をして往き先んぜしむ。曰く、願はくは竟内《けいない》(國家)を以て累《わづら》はさん。莊子、竿を持して顧みずして曰く、吾れ聞く、楚に神龜あり、死して已に三千歳、王、布笥《きんし》(布と箱)して之を廟堂の上に藏《をさ》むと。此の龜は寧ろ其れ死して骨を留むるを爲して而して貴からんか、寧ろ其れ生きて而して尾を塗中(泥中)に曳かんか。二大夫曰く、寧ろ生きて而して尾を塗中に曳かん。莊子曰く、往け、吾れ將《まさ》に尾を塗中に曳かんとす。

(52) 絡み合った姿。

(53) 刺青をいれることと、鼻をそぐことは當時の刑罰の方法の一つ。ここでは刑罰の比喩。

(54) 意而子《いじし》、許由を見る。許由曰く、堯何を以て汝に資せる。意而子曰く、堯、我に謂ふ、汝必ず躬《み》に仁義を服して、而して明らかに是非を言へと。許由曰く、而《なんぢ》、奚《いづく》んぞ來ることをするや。夫《か》の堯、既に已に汝を黥《いれずみ》するに仁義を以てして、而して汝を劓《はなき》るに是非を以てせり。汝將に何を以て夫《か》の遙蕩恣睢轉徙《えうとうしきてんし》(善惡を超越した自在な境界)の塗《みち》に遊ばんとするか。大宗師篇中の一節。

(55) 其の塵垢粃糠《ひかう》も將《まさ》に猶堯舜を陶鑄(陶器や鑄物に造る)せんとする者。逍遙游篇の一節。

(56) 然らず。是れ其の始め死するや、我れ獨り何ぞ能く槩然(慨然)たること無からんや。其の始めを察するに、本《もと》、生なし。徒《たゞ》に生なきのみに非ずして、本、形なし、徒に形なきのみに非ずして、本、氣なし。芒芴《ばうこつ》(混沌)の間に雜《まじ》はり、變じて而して氣あり。氣變じて而して形あり、形變じて而して生あり。今、又變じて、而して死に之《ゆ》く。是れ相與《あひとも》に春秋冬夏四時の行を爲せるなり。人且つ偃然《えんぜん》(安臥するさま)として巨室に寢ぬ。而して我噭々然《けうくぜん》(やかましく)として、隨つて之を哭せば、自ら以爲《おもへ》らく命(天命)に通ぜずと。故に止むなり。至樂篇中の一節。

(57) 吾れ天地を以て棺槨《くわんくわく》と爲し、日月を連璧《れんぺき》(一對の美しい玉)と爲し、星辰を珠璣《しゆき》(玉石)と爲し、萬物を齎送《しさう》(葬式の際、死者とともに埋めるもの)と爲す。吾が裝具豈に備はらざらんや、何を以て此に加へん。列禦寇篇中の一節。

(58) 上に在れば烏や鳶《とび》の食と爲り、下に在れば螻蟻《ろうぎ》の食と爲る。彼を奪つて此に與ふ、何ぞ其れ偏なるや。不平を以て平にせんとすれば其の平は平ならず、不徵を以て徵せんとすれば其の徵や徵ならず。明なるものは唯だ之が使たり、神なるものは之を徵す、夫れ明の神に勝らざるや久し。而るを愚者其の見る所を恃《たの》んで、人に入る、其の功、外なり、また悲しからずや。同右。　(59) 指し金。

(60) 聖人に至るに及んで蹩躠《べつせつ》（力を費やす）して仁を爲し、踶跂《ていぎ》（心を労す）して義を爲す、而して天下始めて疑ふ。澶漫《たんまん》（過度）して樂を爲し、摘擗《てきへき》（屈折）して禮を爲して、天下始めて分かる。

(61) 殘樸（素樸さを損なう）以て器を爲すは工匠の罪なり。道徳を毀《こぼ》ち、以て仁を爲すは聖人の過ちなり。

(62) 聖人に至るに及んで禮樂に屈折して以て天下の形を匡《ただ》し、仁義を縣跂《けんぎ》（拘束）して以て天下の心を慰む。而して民乃ち始めて踶跂《ていぎ》（心を労す）して知を好み、爭ふて利に歸して止む可らざるなり。此れ聖人の過ちなり。

(63) 大盜賊の名前。

(64) 善人も聖人の道を得ざれば立たず、跖も聖人の道を得ざれば行はれず。天下の善人少なく、不善人多ければ、則ち聖人の天下を利するや少なくして、而して天下を害するや多し。故に曰く、脣竭《つ》くれば則ち齒寒く、魯酒薄くして邯鄲《かんたん》圍まれ、聖人生まれて而して大盜起ると。聖人を培擊《ほうげき》（うちのめすこと）し、盜賊を縱舍（解き放つこと）して而して天下始めて治まらん。（中略）聖人死せずんば大盜止まず、聖人を重ねて而して天下を治むと雖も、則ち是れ重ねて盜跖を利するなり。之が斗《と》斛《ます》を爲《つく》りて以て之を量れば、則ち斗斛を幷與《へいよ》（似たものを作る）して而して之を竊《ぬす》み、之が權衡（はかり）を爲りて以て之を稱《はか》れば、則ち權衡を幷與して而して之を竊み、之が符璽《ふじ》（割り符）を爲りて以て之を信にすれば、則ち符璽を幷與して而して之を竊み、之が仁義を爲りて以て之を矯むれば、則ち仁義を幷與して而して之を竊む。何を以てか其の然るを知る。彼《か》の鉤《こう》を竊む者は誅せられ、國を竊む者は諸侯と爲る。諸侯の門にして仁義存すれば、則ち是《こ》れ仁義聖知を竊むに非らずや。故に大盜の諸侯を掲げて仁義を竊み、斗斛權衡符璽の利を幷する者を逐はゞ、軒冕《けんべん》の賞有りと雖も勸むること能はず、斧鉞《ふえつ》の威も禁ずること能はざらん。此《か》く重ねて盜跖を利して、而して禁ずる可らざらしめたる者は、是れ乃ち聖人の過なり。
(65) ちらし亂すこと。
(66) 故に聖を絶ち知を棄てば、大盗乃ち止まん、玉を擿《なげう》ち珠を毀《こぼ》たば小盗起らじ。符を焚《や》き、璽《じ》を破りて而して民朴鄙ならん。斗を剖《さ》き衡を折りて而して民爭はず、殫《ことごと》く天下の聖法を殘《そこな》ふて而して民始めて與《とも》に論議すべし。六律を擢亂《てきらん》（かき亂す）し、竽瑟《うしつ》（樂器）を鑠絶《しやくぜつ》（燒きすてること）し、瞽曠《こくわう》（師曠。晉の樂師）の耳を塞ぎて、而して天下始めて人、其の聰を含まん。文章を滅し、五采を散じ、離朱の目に膠《にかわ》して、而して天下始めて人、其の明を含まん。鉤繩を毀絶して、而して規矩を棄て、工倕《こうすい》（古代の名工）の指を攦《を》り、而して天下始めて人其の巧あらん、故に曰く、大巧は拙の若《ごと》しと。曾史（曾參《そうしん》と史鰌《ししふ》。忠孝の鑑とされた）の行を削り、楊墨の口を鉗《とざ》し、仁義を攘棄して、而して天下の德始めて玄同ならん。
(67) 甚だし。吾、未だ聖知の桁楊《かうやう》（足かせと首かせ）の接槢《せつしふ》（つなぎ）たらざるや、仁義の桎梏の鑿枘《さくぜい》（ほぞ）たらざるやを知らず。焉《いづくん》ぞ曾史の桀跖《けつせき》（桀と跖）の嚆矢たらざるやを知らん。
(68) 洸洋自恣《くわうやうじし》、己に適ふ。編注（6）を參照。「自恣」は自分勝手。『史記列傳』中の「老莊申韓列傳第三」からの引用。
(69) 漢書の十志（律歷志・禮樂志・刑法志・食貨志・郊祀志・天文志・五行志・地理志・溝洫志・藝文志）を指す。
(70) 向秀は晉の人。「竹林の七賢人」の一人。老莊に學び、『莊子』の注解を、ほとんど成し遂げたと言われる。郭象も同國の人で、前者の缺落を埋め、自身の仕事として公にしたとされる。
(71) 山々が重なり合うさま。　(72) かすめとること。　(73) 攻撃すること。
(74) 戦国時代初期の人物。魏の學者、文侯に聘せられる。
(75) 顔回、仲尼《ちゆうぢ》に問ふて曰く、孟孫才は其の母死して、哭泣するに涕《なみだ》無く、中心慼《いた》まず、喪に居て哀《かな》しまず。是《こ》の三者無くして、善喪を以て魯國を蓋《おほ》へり。固より其の實無くして、而して其の名を得る者有るか、回、一に之を怪しむ。仲尼曰く、夫《か》の孟孫氏は之を盡せり、知（識者）よりも進めり。惟《ただ》之を簡にすることを得ず、夫れ已に簡にする所あり。

孟孫氏は生くる所以を知らず、死する所以を知らず。孰れか先なるを知らず、孰れか後なるを知らず。化（變化）に若《したが》ふて物と爲し、以て其の知らざる所の化を待つのみか、且つ方《まさ》に將《もつ》て化するの、惡《いずくん》ぞ化せざるなるを知らんや、方に將て化せざるの惡ぞ已に化せるなるを知らんや。吾れ特《ひと》り汝と其の夢未だ始めより覺めざる者か。且つ彼は駭形《がいけい》（驚くさま）有れども、損心（傷心）無く、旦宅（寓居）有れども情死なし、孟孫氏は特り覺めたり。人哭すれば亦哭す、是れ其の乃《しか》る所以に自《よ》るなり。且つや相與に之を吾とする耳《のみ》、庸詎《いずくん》ぞ吾が所謂之を吾とするものなるを知らん。且つ汝、夢に鳥と爲つて而して天に厲《いた》り、夢に魚と爲つて而して淵に沒《い》る。識らず、今の言ふ者は其れ覺めたる者か、其れ夢みる者か。適に造《いた》れば笑ふに及ばず、笑を献ずれば排するに及ばず。排に安んじて、而して化を去れば乃《すなは》ち寥たる天一に入る。

(76) 丘（孔子）の言ふ所は、皆、吾の棄つる所なり。亟《すみや》かに去り、走り歸れ、復《ま》た之を言ふ無かれ。子の道は、狂々汲々たる詐巧虚僞の事なり、以て眞を全うすべきにあらざるなり、奚《いずくん》ぞ論ずるに足らんやと。

(77) さっぱり無頓着のさま。

(78) 剽窃や誤謬。　(79) 詳しくほじくること。　(80) 贋物。

(81) 「寓言」の終り、陽子居の席を爭ふの一段を讀み、因つて「譲王」、「盜跖」、「說劍」、「漁父」の四篇を去り、以て「列禦寇」の篇と合わす、然る後、悟り、而して笑ひて曰く、是れ固より一章なり。抄記。原典と少し違う。

(82) 「西中」は林雲銘の字。その著『莊子因』全六巻に見える。

(83) 「荆公」は王安石の贈り名。

(84) 「淄」も「澠」も川の名前。合流地點で味によつて判別できた名手がいたという故事による。

(85) 「子玄」は郭象の字。　(86) この上なく奇抜なこと。

(87) 芴寞《こつばく》（ぼんやりしているさま）形なく、變化常なし、死か生か、天地と竝《なら》ぶか、神明と往くか、芒乎《ぼうこ》として何《いづ》くにか之き、忽（忽然）として何くにか適《ゆ》く。萬物畢《ことごと》く羅《つら》なりて以て歸するに足る莫し。古の道術是《これ》に在るものあり。莊周、其の風を聞きて而して之を悦び、謬悠（間違ってとりとめのないさま）の説、荒唐の言、無端崖（果てのない）の辭を以てす。時に恣縱にして而して儻《とう》（組をつくる）せず、觭《き》（傾くこと）を以て之を見《あら》はさゞるなり。天下を以て、沈濁にして與《とも》に莊語すべからずと爲し、巵言《しげん》（とりとめのない言葉）を以て曼衍《まんえん》を爲し、重言を以て眞を爲し、寓言を以て廣を爲し、獨り天地精神と往來して、而して萬物を敖倪《ほうげい》（おごり見る）せず、是非を譴《せ》めずして以て世俗と處《を》る、その書瓌瑋《くわいゐ》（怪奇）と雖も、而も連犿《れんべん》（物に自在にしたがう）として傷《いた》むなきなり、その辭參差（不揃い）と雖も、而かも諔詭《しゆくき》（奇異）にして觀るべし。彼其れ充實して、以て已むべからざればなり

(88) ねじり曲がること。

(89)「的皪」は、パッと明るくなるさま。「澼渫」は波が波打ち、渦巻くさま。

(90) 其の書言ふ所の仁義性命の類は、字義皆吾が書と同じからず、一難なり。其の意、吾が夫子と衡を爭はんと欲す、故に其の言、過當多し、二難なり。中下の人を鄙略（おろそかにする）し、佛書の所謂最上乘を爲すの說の如し、故に其の言每々高きに過ぐ、三難なり。又其の筆端、鼓舞變化し、皆、尋常文字の蹊徑《けいくい》を以て之を求む可らず、四難なり。況んや語脉機鋒、多く禪家頓宗の所謂劒刃上の事の如し、吾が儒書中、未だ嘗て有らず、此《これ》五難なり。『莊子口義』序の一節。

(91) すぐれて奥深い。

(92) 今且つ此《ここ》に言あり。知らず、其の是《これ》と類するか、其の是と類せざるか。類すると類せざると、相與《あひとも》に類を爲せば、則ち彼と以て異なるなし。然りと雖も請ふ、嘗《こころみ》に之を言はん。始めなるものあり、未だ始めより始めあらざるものあり、未だ始めより夫《か》の未だ始めより始めあらずといふもの有らざるものあり。有なるものあり、無なるものあり、未だ始めより無あらざるなるものあり、未だ始めより夫の未だ始めより無あらざるなるものあり。俄にして有無あり。而して有無の果して孰れか有にして、孰れか無なるを未だ知らざるなり。今我は則ち已に謂ふ有り、而して未だ知らず、吾が謂ふ所の其れ果して謂はれ有るか、其れ果して謂はれ無きかを。天下は秋毫《しうがう》の末より大なるは莫くして、而して大山を小と爲す。殤子《しやうし》（若死した者）より壽なるは莫くして、而して彭祖（八百歳まで生きたという傳說上の仙人）を夭と

爲す。天地、我と竝び生じて、而して萬物、我と一たり。既に已に一たり、且つ言、有るを得るか。既に已に之を一と謂ふ、且つ言を無しとするを得るか。一は言と二と爲る、二は一と三と爲る、此より以往は巧歴（數理に長じた者）も得る能はず、而るを況んや其の凡てをや、故に無よりして有に適《ゆ》くも、以て三に至る。而るを況んや有より有に適くをや。適くこと無からんとせば、是に因るのみ。齊物論篇の一節。

(93) 淮南《わいなん》王の劉安が死んで昇天する際、鶏と犬が中庭の残した藥をなめたため、ともに昇天、鶏の鳴き聲が天上に聞こえ、また犬の吠える聲も雲の中に響いたという故事による。『神仙傳』に見える。

(94) ゆらゆらと漂うさま。　(95) 無名は天地の始め。『老子』第一章中の一句。

(96) 「窈冥」は暗く奥深いさま。「惝怳」は驚くさま。心が安らかではない、あるいは、よく聞き取れないという意味もあるようだ。

(97) ここでは、世間で重んぜられている人の言葉を使つて自說を展開すること。

(98) 臨機應變の言葉。

(99) 寓言は十に九、重言《ちようげん》は十に七、巵言《しげん》は日に出づ。寓言篇の冒頭から。

(100) ぼんやりして區別がつかないさま。

(101) 北冥（北の海）に魚あり、其の名を鯤《こん》と爲す。鯤の大きさ、其の幾千里なるを知らざるなり。化して鳥と爲る。其の名を鵬《ほう》と爲す。鵬の背、其の幾千里をなるを知らざるなり。怒りて飛べば、其の翼、垂天の雲の若《ごと》し。是《こ》の鳥や海、運（荒れること）すれば、則ち將に南冥（南の海）に徙《うつ》らんとす。南冥は天池（海）なり。齊諧《せいかい》（書名）は怪を志《しる》せる者なり。齊諧の言に曰く、鵬の南冥に徙るや、水に擊つこと三千里、扶搖（巻き上がる大風）に摶《はう》つて、上るもの九萬里。去つて六月を以て息《いこ》ふものなりと。野馬《かげろふ》や塵埃や、生物の息を以て相吹くなり。天の蒼々たるは其れ正色か、其の遠くして至極する所なからんか、其の下を視るやまた是《かく》の若くならんのみ。且つ夫れ水の積むや、厚からざれば則ち大舟を負ふに力なし。杯の水を坳堂《あうだう》（床のくぼみ）の上に覆へせば、則ち芥、之が舟と爲り、杯を置くも則ち膠《つ》く。水淺くして舟大なれば也。風の積むや厚からざれば、則ち其の大翼を負ふに力なし。故に九萬里にして則ち風斯《ここ》に下に在り。而る後、乃ち今、風に培《やしな》はれ、背に青天を負ふて之を夭閼《おあつ》（妨げる）する者なし。而る後乃ち今將に南を圖らんとす。蜩《てう》（蟬）と鷽鳩《かくきう》（小鳩）と之を笑ふて曰く、我決起して飛んで楡枋《ゆばう》（楡とハゼの木）を槍《つ》く、時には則ち至らずして地に控《お》ちて已《や》む、奚《なん》ぞ之れ九萬里を以て南するを爲さん。莽蒼《まうさう》（郊外）に適《ゆ》く者は、三餐にして反る、腹猶ほ果然（一杯）たり。百里に適くものは宿《ゆうべ》に糧《かて》を舂《つ》く。千里を適くものは三月糧を聚《あつ》む。之の二蟲は又何をか知らん。小知は大知に及ばず、小年は大年に及ばず。奚《なに》を以て其の然るを知るや。朝菌《きのこ》は晦朔《くわいさく》を知らず、蟪蛄《けいこ》（おけら）は春秋を知らず。此れ小年なり。楚の南に冥靈（木の名）なる者あり、五百歳を以て春となし、五百歳を秋とす。上古に大椿《だいちん》（木の名）なる者あり、八千歳を以て春と爲し、八千歳を秋と爲す。而して彭祖（堯から周まで七、八百年を生きたという傳説上の人物）は乃ち今久しきを以て特《ひと》り聞ゆ。衆人之に匹《なら》はんとす、亦悲しからずや。逍遙游篇の冒頭。

(102) 空中に舞い上がるさま。　(103) 思いはかること。

(104) 今、大冶《だいや》（名鍛冶）、金を鑄《い》んに、金、踊躍して曰く、我れ且《まさ》に必ず鏌鋣《ぼくや》（名刀）と爲らん。大冶必ず以て不祥の金と爲さん。今一《ひと》たび、人の形を犯して曰く、人のみ、人のみと。夫《か》の造化者は必ず以て不祥の人と爲さん。大宗師篇の一節。

(105) 昔は荘周、夢に胡蝶と爲る。栩々然《くくぜん》（樂しむさま）として胡蝶なり。自ら喩《たのし》んで志に適するか、周たるを知らざるなり。俄然として覺むれば則ち蘧々然《きよきよぜん》（目が覺めたさま）として周なり。知らず、周の夢に胡蝶と爲るか、胡蝶の夢に周と爲るか。周と胡蝶とは、則ち必ず分あり。此れを之れ物化と謂ふ。齊物論の一節。

(106) 南海の帝を儵《しゆく》と爲し、北海の帝を忽《こつ》と爲し、中央の帝を渾沌と爲す。儵と忽と、時に相與《あひとも》に渾沌の地で遇へり。渾沌之を待つこと甚だ善し。儵と忽と、渾沌の德に報いんことを謀る。曰く、人皆七竅《ななけふ》（七つの穴）あり、以て視聽し食息す、此れ（渾沌）獨り有ること無し。嘗試《こころ》みに之を鑿《うが》たんと。日に一竅を鑿つ。七日にして渾沌死す。七つの穴とは目二つ、耳二つ、鼻二つ、口一つを指す。應帝王篇の一節。

(107) つゆ。　(108) あわただしいさま。ゆるやかな、という意味もある。
(109) 塵垢粃《ひ》糠《かう》(籾がらとぬか)も将《まさ》に猶ほ堯舜を陶鑄(陶器や鑄物を造るように造ること)せんとする者。逍遙游篇に見える。
(110) 曲がりくねった心を蓬《よもぎ》に喩えた。同右。
(111) 鷇音《こうおん》(ひよこの發する聲)に異なる。齊物論篇に見える。
(112) 成ると虧《か》くると有るは、故《まこと》に昭氏(琴の彈き手)の琴を鼓するなり。ものにはプラスもあればマイナスもあることを「昭氏の琴」に喩えた。同右。
(113) 門無く毒(藥)無く。人を無理に引き入れず、藥も押しつけないという意。人間世篇に見える。
(114) 嬰兒を爲す。赤子のように行うの意。同右。
(115) 無《む》町畦《ていけい》を爲す。「無町畦」とは町や田畑の境界を無視することで、無頼に生きるの意。同右。
(116) 無崖を爲す。「無崖」とは崖を無視することで、自暴自棄的に行動するの意。同右。
(117) 禹舜の紐《ちう》とする所。禹や舜が治世の基本としたところの意。同右。
(118) 死生を以て一條と爲し、可不可を以て一貫と爲す者をして、其の桎梏《しつこく》を解かしむる。德充符篇に見える。
(119) 知を孽《げつ》(不吉なもの)と爲し、約を膠《にかわ》(無理強い)と爲し、德を接(接待の手段)と爲し、工(技巧)を商と爲す。同右。
(120) 刑を以て體(自らを守る)と爲し、禮を以て翼と爲し、知を以て時(應變に身を處す)と爲し、德を以て循《じゅん》(準則)と爲す。大宗師篇に見える。
(121) 德を以て循《じゅん》と爲す者は、其の足ある者と與《とも》に丘に至るを言ふ。同右。
(122) 無を以て首と爲し、生を以て背と爲し、死を以て尻と爲さん。同右。
(123) 汝を以て鼠肝《そかん》(ねずみの肝臟)と爲さんか、汝を以て蟲臂《ちゅうひ》(蟲の肘)と爲さんか。同右。
(124) 汝を黥《いれずみ》するに仁義を以てし、而して汝を劓《はなき》るに是非を以てす。同右。
(125) 天地を以て大鑪《だいろ》と爲し、造化を以て大冶《だいや》(名鍛冶)と爲す。同右。

(126) ひとたびは己を以て馬と爲し、ひとたびは己を以て牛と爲す。應帝王篇に見える。

(127) ヰイあるいはヰタと讀む。應帝王篇をはじめ天運篇や達生篇にも見える。諸橋轍次著の『大漢和辭典』によると、前二者では、素直にしたがう、後者では、もののけ、あるいは、ドジョウを指すと解されている。くねくねした、あるいは、だらりとした蛇というのが語源か。

(128) 濕灰を見たり。生氣のない顔を濕った灰と見立てたもの。應帝王篇に見える。

(129) 弟靡《たいび》を爲し、波流を爲す。弟のように從順で、波のように流れるの意。同右。

(130) 災いを受ける人。菑の原意は荒れ地。人間世篇に見える。

(131) 萬物を等しくする理。鈞の原意は、平均をとるため、陶器をつくるのに用いるろくろ。齊物論篇に見える。

(132) 萬物の眞の主宰者。同右。　(133) 萬物を主宰する眞の君主。同右。

(134) 自然の分際の意。同右。　(135) 天の藏。宇宙の無盡藏なことを言う。同右。

(136) 天の養い。「天食」同じ。ともに同右。

(137) 是《ぜ》に因るの意だが、一個の原理を現わす言葉として使われている。以下同じ。同右。

(138) 兩《ふた》つながら行ふ。同右。　(139) 縛《しば》りを解く。養生論篇に見える。

(140) ますます多くする。齊物論篇に見える。

(141) 行き先がある、行き先がない。人間世篇に見える。

(142) 才能が完全。德充符篇に見える。　(143) なごやかに止まらない。同右。

(144) 和を成すを修む。平和を完成させることを身につける。同右。

(145) 亂れたのち靜かになる。大宗師篇に見える。

(146) 德機（生氣）を杜《とざ》すこと。應帝王篇に見える。

(147) 杜《とざ》しの中に動機がある。同右。　(148) 善き者のはずみ。同右。

(149) 虚無空寂で、勝つことがない。同右。 (150) 生氣のバランスを取る。同右。
(151) 空語にして事（事實）なし。『史記列傳』中の「老荘申韓列傳」の一節。
(152) 架空の人名。鵲《かささぎ》に眼を見張る男の意。齊物論篇に見える
(153) 架空の人名。長い青桐の人の意。長い青桐の下に住んでいたことから、あるいは長梧（地名）というところに住んでいたことから、この名前があるとの説もある。同右。
(154) 架空の人名。手足がばらばらになっているの意。身體に障害のある疎（人名）とする說もある。同右。
(155) 架空の人名。闇が迫り、人が見えなくなるの意か。德充符篇に見える。
(156) 架空の人名。「叔山」は氏で、「無趾」は足がないこと。足切りの刑に處せられたという設定か。同右。
(157) 架空の人名。足が曲がり、唇も三つ叉に割れているの意。同右。
(158) すべて架空の人物。大宗師篇に見える。
(159) 架空の人名。正午あるいは晝間の始まりの意か。應帝王篇に見える。
(160) 架空の人名。蒲《がま》を編んだ衣服（粗末な着物）をつけた人の意。同右。
(161) 諸《これ》を副墨（文字）の子に聞けり。副墨の子は諸を洛誦《らくしょう》（何度も讀む）の孫に聞き、洛誦の孫は之を瞻明《せんめい》（明らかにする）に聞き、瞻明は之を聶許《でふきょ》（私語）に聞き、聶許は之を需役（體得）に聞き、需役は之を於謳《おおう》（詠嘆）に聞き、於謳は之を玄冥（幽暗）に聞き、玄冥は之を參寥（途方もなく高くて廣いさま）に聞き、參寥は之を疑始（絕對の境地。道の第一義）に聞けり。大宗師篇の一節。
(162) 古の眞人は、其の狀、義（筋目が立つ）にして而して朋（片方に與みする）せず。足らざるが若《ごと》くにして、而して承けず。與乎（落ち着いているさま）として其れ觚《こ》（ひとり）にして堅からざるなり。張乎（廣大なさま）として其れ虛にして華ならざるなり。邴々乎《へいへいこ》（喜ぶさま）として其れ喜ぶに似たるか、崔乎（迫るさま）として其れ已むを得ざるか、滀乎《ちくこ》（蓄えるさま）として我が色を進むるなり、與乎として我が德を止むるなり。厲乎《れいこ》（醜いさま）として其れ世に似たるか、警乎《がうこ》

(志の高いさま)として其れ未だ制す可らざるなり。連乎(沈默するさま)として其れ閉を好むに似たるなり、悗乎《べんこ》(無心のさま)として其の言を忘るゝなり。大宗師篇に見える。

(163) 夫れ大塊(大地)の噫氣《あいき》(おくび)、其の名を風と爲す。是れ惟《た》だ作《おこ》ることなし。作れば則ち萬竅《まんけう》(すべての穴)も怒號《どごう》す。而獨《なんぢ》り之の翏々《りうりう》(遠くから吹いてくる風のさま)を聞かざるか。山林の畏隹《わいすい》(鬱然としたさま)たる大木百圍(百かかえ)の竅穴《あな》は鼻に似、口に似、耳に似、枅《けい》(方形のもの)に似、圏(圓形のもの)に似、臼に似、洼《あい》(曲がったもの)に似る者、汚(窪み)に似る者。激する者、謞《かう》(鏑矢の響き)する者、叱する者、吸ふ者、叫ぶ者、譹《かう》(泣き叫ぶ)する者、宎《えう》(かすかな)する者、咬《かう》(悲しげ)する者。前なる者は于《う》と唱へて、隨ふ者は喁《ぐう》と唱ふ。冷風(微風)なれば則ち小和し、飄風《へうふう》なれば則ち大和す。厲風《れいふう》(激しい風)濟《や》めば、則ち衆竅、虚と爲る。而獨《なんぢ》り之《こ》の調々(大きく搖れ動く)たると、之《こ》の刁々《てうてう》(小さく搖れ動く)とを見ざるか。

(164) 彼の節なる者は間(隙間)ありて而して刀刃は厚みなし。厚み無きを以て間あるに入る。恢々乎(廣々としたさま)として其れ刃を遊ばすに於て必ず餘地あり、是を以て十九年にして刀刃は新たに硎《けい》(砥石)に發したるが若《ごと》きなり(新しく砥石にかけたばかりのように輝いているの意)。然りといへども族(骨肉の集まるところ)に至る毎に、吾其の爲し難きを見て、怵然《じゆつぜん》(つつしむさま)として大いに戒め、視ること爲めに止まり、行くこと爲めに遲く、刀を動かすこと甚だ微なり。謋然《くわくぜん》(がらっと割れる)として已に解く、土の地に委するが如し。刀を提げて立ち、之が爲めに四顧し、之が爲めに躊躇す。滿志(得意のさま)、刀を善《ぬぐ》ふて而して之を藏《しま》ふ。養生論篇の一節。

(165) 今日、越(國名)に適《ゆ》き、而して昔(昨日)來《かへ》る也。天下篇に見える。

(166) 卵を見て時夜(時を告げること)を求め、彈《だん》(弓)をみて鴞炙《かうしや》(小鳩をあぶり焼いたもの)を求む。齊物論篇に見える。

(167) 窮まるを薪たるに指《ゆびさ》す、火の傳はるや其の盡くるを知らざるなり。一束の薪が燃え盡きても、火は他に移って燃え盡きることがないとの意。養生論篇に見える。

(168) 火を以て火を救ひ、水を以て水を救ふ。火に火を加え、水に水を加えること。人間世篇に見える。

(169) 山木は自ら寇《あだ》し、膏火は自ら煎《い》るなり。樹木は有用だと伐られ、脂も同様、燃料とされるの意。ともに、才によって自ら禍を招くの比喩として使われる。同右。

(170) 其の異なる者より之を視れば、肝膽も楚越（ともに國名）なり。近接している肝臓と膽臓も本來、楚と越の間ほどの距離があるの意。徳充符篇に見える。

(171) 舟を壑（谷）に藏し、山を澤に藏し、之を固しと謂ふ。然かも夜半、力有る者（造化）、之を負ふて走るを、昧《くら》き者（ものが見えない人間）は知らざるなり。大宗師篇に見える。

(172) 生を以て附贅《ふぜい》（コブ）懸疣《けんいう》（イボ）と爲し、死を以て決疣（裂けたネブト）潰癰《くわいよう》（潰れたヨウ）と爲す。生を餘計なもの、死を面倒なものの消失とみなすの意。同右。

(173) 魚は江湖に相忘れ、人は道術に相忘る。魚は水のなかに自適し、人は道術に自適するの意。同右。

(174) 馬を愛する者は筐《きやう》（竹の箱）を以て矢《し》（馬糞）を盛り、蜄《しん》（大蛤の殻）を以て溺《ねう》（尿）を盛る。適《たま〱》蚊虻《ぶんもう》（カやアブ）の僕縁（群がること）するありて、之を拊《う》つに時ならざれば、則ち銜《くつわ》を缺き、首を毀《こぼ》ち、胸を砕く。意至る所ありて、而して愛亡《うしな》う所あり。人間世篇に見える。

(175) 適《たまた》ま㹠子《とんし》（豚の子）のその死母に食《の》む者を見る。少焉《しばらく》して眴若《しゆんじやく》（眼をしばたく）として皆之を棄てて走る。己を見ざれば爾《しか》り、類するを得ざれば爾り。其の母を愛する所の者は、其の形を愛するに非ざるなり、其の形を使ふ者を愛するなり。徳充符篇に見える。

(176) 天其れ運《めぐ》るか、地其れ處《を》るか、日月其れ所を争ふか。孰れか是（天地日月）を主張する、孰れか是を綱維（つなぎとめる）する、孰れか無事に居りて、推して而して是を行ふ。意《おも》ふに其れ機緘《きかん》（動かし、止めること）有りて而して已むことを得ざるか、意ふに其れ運轉して而して自ら止まること能はざるか。雲なるもの雨となるか、雨なるもの雲となるか、孰れか是を隆施（起こし、降すこと）する、孰れか無事に居りて淫樂して而して是（雲と雨）を勸むる。風は北方に起り、一西一東、上ること有りて彷徨す。孰れか是（風）を噓吸（呼吸）する、孰れか無事に居りて是を披拂（動かす）する。

(177) 夔《き》（一足獸）は蚿《げん》（百足）を憐れみ、蚿は蛇を憐れみ、蛇は風を憐れみ、風は目を憐れみ、目は心を憐れむ。夔は蚿に謂つて曰く、吾れ一足を以て趻踔《きんたく》（歩行の不安定なさま）して而して行くも、子《し》（あなた）の如きは無し。今、子の衆足を使ふこと獨り奈何《いかん》。蚿曰く、然らず。子、夫れ唾《つば》はくものを見ざるか、噴けば則ち大なるもの珠の如く、小なるもの霧の如し、雜《まざ》つて而して下るもの勝《あ》げて數ふべからざるなり。今、予《われ》、吾が、天機を動かして、而して然る所以を知らずと。蚿、蛇に謂つて曰く、吾れ衆足を以て行けども、而かも子の足無きに及ばざるは何ぞや。蛇曰く、夫れ天機の動く所、何ぞ易《か》ふべけんや、吾れ安《いづ》くんぞ足を用ひんやと。蛇、風に謂つて曰く、予《われ》、吾が背脅（背中と脇腹）を動かして而して行くは、則ち似ることあるなり。今、子、蓬々然《はうはうぜん》（風の吹くさま）として北海に起り、蓬々然として南海に入りて、而して似ること有る無きは、何ぞや。風曰く、然り、予、蓬々然として北海に起つて、而して南海に入るなり。然り而して我を指せば則ち我に勝ち、我を鰌《ふ》むも亦我に勝つ。然りと雖も、夫れ大木を折り、大屋を蜚《と》ばすものは惟《た》だ我れ能くするなり。故に衆小を以て勝たず、大勝を爲すなり、大勝を爲すものは、惟だ聖人之を能くす。

秋水篇に見える

(178) 青海原が廣々とひろがること。　(179) 奇抜で奔放。

(180)「渟」は、とどまること。「膏を凝らす」は、きめ細やかに仕上げるの意。

(181) 深い淵。

(182) 莊子善く虛を用い、其の虛を以て天下の實を虛にす。虞邵庵批點『文選心訣』附錄の「宋人作文精義」（李塗）に見える。一八〇四年に日本でも出版された。

(183) きわまり、やむ。　(184) 孟子のこと。

(185) 楚國に同じ。今の湖北・湖南省一帶の地。

(186) 禮にとらわれること。　(187) 束縛すること。

(188) 瑚は夏（國名）、璉は殷《いん》（同）の宗廟の祭器で、玉で作られ、穀物を盛る。四璉六瑚とも言うようだ。

(189) 身體を保つこと。 (190) 莊子、名は周、宋の人。

(191)『劉向《りうきやう》別錄』曰く、宋の蒙人なりと。 (192) 宋公及び諸侯大夫、蒙門の外に盟《ちか》ふ。

(193) 晉の杜預の注は「蒙門」を「宋の城門」としているの意。

蘇東坡

序

吾、もと狂狷《きやうけん》人に容《い》れられず、又人を容るゝ能はず。嘗て東坡集を讀みて、心境頓《とみ》に濶然《くわつぜん》、今是《こんぜ》昨非《さくひ》の感ありき、而して夙習《しゆくしふ》除き難く、狂狷舊の如し。今、此編を草して、復《また》東坡の文字に對して憮然久《これをひさしうす》之。

明治三十乙酉歳八月

於作州湯原客舍

田岡嶺雲識

目次

第一　宋代の文運

文は即ち辭達するのみ、詩は即ち志を言ふのみと。是れ支那民人の頑迷なる腦裡に浸染して、去り難きの陋想なりとす。是れ蓋し三千年來、支那人の思想を繋縛せる孔門の學が、實賤躬行《きゆうかう》を主とし、德行を先として、文學を唯四科の末に數へたる因襲によりて鶩《ぶ》想《さう》運思 編注(1)。以下、『編注』の字を略す の文辭を賤《いやし》みて、浮華とし、卑弱とし、只専らに詩文を以て經世實用のものなるべしと思惟せるに由るものとす。されば彼の詞賦の類は、彼等が指斥して一種の閑文字となすものにして、此を以て實用を忘れて空言に趨《は》せ、性靈を離れて彫琢《てうたく》に流るゝものとし、此を以て文氣の萎靡《ゐび》頽敗なりとなす。是《これ》即ち唐に於て詩文の復古の論の起りたる所以なりとす。蓋し支那は其文字あつてより四千載、其間文運の變革凡《すべ》て四次。三代より秦に至る、一期なり。漢興《おこ》つてより六朝を歴《へ》て隋《ずい》に至る、一期なり。唐宋一期なり。元以後また一期なり。而して先秦の時、學者直ちに其胸臆を抒《の》べて文を爲《つく》る。實用達意の文のみにして、未だ精を八極に騖《は》せ、神を萬仭《ばんじん》に游ばしむる脩辭的の文あらざりしなり。古詩三百篇といへども、是も亦實用を尙《たつと》ぶ北方の歌謠たれば、好色怨誹の語なきに非ずと雖ども、要は思無邪《おもひよこしまなし》に歸して、禮義の中に止《とゞ》まる。是蓋し孔子が筆刪《ひつさん》を加へしによるなるべしといへども、詩を以て、先王の、夫婦を經し、孝敬を成し、人倫を厚くし、教化を美にし、風俗を移すものなりとして、此を以て名教の用に益すべきものとせるは疑ふ可らず。されば名は詩といふと雖ども、地上的の情、實に纏繞《てんぜう》せられて、想像の羽翼に駕《が》して天に戻る能はざりしや論なし。唯南方に辭賦あり、情感の發達せる南方に起りしものたれば、北方の詩と異なりて、引類譬喩、感興に本《もと》づき、實想を殫《つ》くせる、其辭の靡麗《びれい》典雅なる。三代の間、眞に詩的價値を有する文字は唯是あるのみ。

漢に至ては、學者が、嬴秦《えいしん》(2)焚書の後に接して、殘經斷簡を索《もと》めて古を稽《かんが》ふるに急に、訓詁《くんこ》章句の外、思想上に何等の發達なかりしと雖ども、武帝以後、文章の盛みるべきものあり。蓋し劉氏南方に起る。孝文(3)が黄老を好み、孝武(4)が辭賦を喜べる、其性の近き所によりて、趨《むか》ふ所同じからずと雖ども、而かも倶《とも》に南人の傾向あるは一なり、孝武が英邁の資を以て豪華を悦べるは、此南人の氣象と相待《あいまつ》て、會々《たまたま》以て文章に辭賦の盛を來せる歟。兩漢の間、詞人輩出、巧を辭藻に競ふ、魏晋六朝の間、漢の後を承《う》けて辭賦益《ますます》盛に、矜蟲鬪鶴(5)遂に靡《び》嫚《まん》(6)に傷《やぶ》る。物極まれば變ず、唐に至て反動起る。蓋し漢唐の間、儒者の説は微々として僅に師承傳授の間に存し、人心を感化するの力未だ深からず。加ふるに漢武の時、佛教、支那に入りてより其寂滅涅《じやくめつね》槃《はん》の說、老荘が虚無自然の説と相待《あひまち》て、一時を風靡し、江左(7)に玄言清談の風行はれたりしたが如き、未だ當時の思想が孔學の所謂名教に繫縛せられざりしは蓋し辭賦の發達に力ありしならん歟。されども唐、隋を承けて、南北を一統し、秦漢の故地に踞《きよ》するや氣運一革、北方通經實學(8)の風は、南方空言詞章の風を壓し、恰《あた》かも當時の靡嫚《びまん》の極に達して將《まさ》に變ぜんとせる辭賦は、詩文を以て、達意言志の古に復さんとする反動の爲めに、其勢力を失ふに至りぬ。然り、復古といふ、然れども實は調和のみ。唐に至て南北兩朝が實際に統一せられし如く、達意言志の古文古詩と、脩辭有韻の駢躰(9)辭賦とは調和せられたるなり。李杜は大雅を振ふと倡《とな》ふといへども詩に於て律、排律の唐の起りしは、對偶駢儷の風と、所謂古詩の詩躰との調和にはあらざる歟。韓柳は八代の衰を興すと稱せらるれど、其所謂古文なるもの法度森嚴を尙び、開闔《かいかふ》離合(10)、各、法によれる果して單に達意のものといふを得べき歟。進歩なるものが相反のもの丶調和に存すとせば、唐に於ては詞章の上に一進歩をなせるもの耶《か》。唐一代の文運彬々《ひんぴん》たるの間に立て當時に宗たるもの、文を以てしては韓柳あり、詩に於ては李杜あり。然れども、五代を經て宋に至ては、唐に承けたりと雖ども、文運振はず。詩に於ては楊億、劉筠《ゐん》の徒が、盛唐の氣魄漸く衰へたる晩唐の響を嗣《つ》いで、徒らに精緻華巧を主とするのみ。其宗とする所は、彼の敖器之が評して

如百寶流蘇、千絲鐵縄八綺密環妍要非適用、(11)

といへる李商隱にして所謂西昆躰なるもの是。王世貞之を罵《のゝし》て曰く、義山浪子、薄有才藻、遂工儷對、宋人慕之、號爲西昆、楊劉輩竭力馳騁、僅爾窺藩、(12)盛唐の性靈また彫琢に陷らんとするもの。文に於ては、韓柳が六朝の華靡に反動して遒勁《しうけい》を主とせしもの、宋に至つて柳開等の艱澁《かんじふ》となり、終《つひ》に失して險怪奇澁風《ふう》をなす、所謂太學躰《たいがくたい》なるもの是。即ち坡が六一居士集序に

宋興七十餘年、民不知兵、富而敎之、至天聖景祐極矣、而斯文終有愧於古、士亦因陋守舊、論卑而氣弱、(13)

といへるもの、於是乎《こゝにおいてか》反動また起る。

支那人の僻は回顧にあり、古を崇《たつと》んで今を賤しむ。蓋しその實を重んずるや、輕《かろが》ろしく進まず、輕進せざらんとして則を過去に鑑《かんが》むるによる歟。故に彼等の反動は常に回顧的なり、復古的なり。唐代に於て盛唐の詩人、韓柳等の文人が、古詩古文を復するを倡へしが如く、此時《このとき》に於ては詩を盛唐に、

文を韓柳に復せんとするなり。文に於ては穆《ぼく》修、尹洙《いんしゅ》、詩に於ては蘇舜欽《そしゆんきん》先づ之を倡《とな》へて、歐陽脩は文に、蘇軾は詩に、各之を承《う》けて、遂に一世の文運を一革す。歐陽脩は盧陵の人、四歳にして孤、家貧、荻を以て地に畫《ゑが》いて書を學ぶに至る。而かも幼にして頴悟《えいご》、讀めば輒《すなは》ち誦をなす。韓文(14)の遺藁を廢書簏《ろく》(15)中に得、讀んで之を慕ひ、苦志探頤《たんい》、(16)寐食を忘るゝに至る。始めて尹洙《いしゅ》に従ふて古文を學び、遂に文章を以て名一代に冠たり。慶暦、知《ち》諫院《かんいん》(17)に擢《ぬきん》でられ、嘉祐知貢擧となる。脩の貢擧に知たるや、痛く時文を抑へ、凡そ當世に推譽せらるゝ者、悉く之を黜《しりぞ》け、これによつて場屋の風を一變す。蘇は嘉祐中に擧げられてより名聲頓《とみ》に赫然《かくぜん》、朝に入ては屢々讒譖《ざんせん》(18)に遭ひ、久しく居ることを得ずといへども、位益々黜けられて名益々噪《さわ》ぎ、英俊門に滿ちて、蘇詩一度詞壇に赤幟《せきし》を樹《た》てゝより詩風頓に一變せり。蘇又文に於ても歐陽と驅馳すべし、唯最も詩に長ぜるのみ。

當時、學者皆詞章をよくして、遂に歐蘇が右に出づる能はず、而して歐は寧ろ經世の政治家たり。眞の詞人たる者に至ては竟《つひ》に蘇を推さゞるを得ず。

第二　東坡の生地

昔者共工氏(19)、祝融氏と戰ひ勝たず。怒つて頭を不周の山に觸れ、天柱折れ、地維缺け、支那の地勢是《これ》より一方に傾倚《けいい》(20)して、西北に高く、東南に低く、故に河流皆東流して朝宗す。東南は開け、西北は險、西北の地は所謂重山疊嶺、深溪大川、境内を環繞《くわんでう》(21)し、自から相藩籬《はんり》するもの、號して蜀といふ。蜀は獨なり、天險他を〔隔〕てるの謂なり。夫れ支那の地氣自ら南北西の三大部分に別かれて、蜀、西にあり。春秋戰國の時、秦此《こゝ》に興て晋楚と鼎峙《ていぢ》し、三國の時、漢また此に據て魏、呉と天下を三分す。蜀の地の古より居然して別に一區をなせるを見るべし。蓋し北方は則ち黃河一帶の地、寒沙赭山《しやざん》、曠野茫漠として花鳥の勝なく、烟霞の奇なし。南方は則ち長江浩々、兩岸の烟景、鶯花千里、春浦は綠りに、遠山は多し。西方蜀の地に至ては、則ち危岑《きしん》(22)亂峯、頭を攅《あつ》め翠を疊み、江流其間に出で、澗溪《かんけい》(23)の間、勢未だ伸びず、崖に觸れ巖に激し、湍《たん》(24)をなし、灘をなす。三地三樣の地氣、地氣異なれば氣風同じからず。氣風異なれば則ち人文同じからず。三樣の地氣、三樣の氣風、三樣の人文、古より隱然其趨向を殊にす。北なるものは力を實際に着く、道德の觀念最も發達して、鄒魯《すうろ》の儒學となり、南なるものは神を玄境に游ばしむ、純理の考索最も發達して、荊楚《けいそ》(25)の道家となり、西なるものは則ち眼を經世に注ぐ、經綸の議最も發達して秦の法家となる。法家の說く所は峻峭《しゆんせう》、山に似たり。道家の說く所は汪洋《わうやう》、水に似たり。儒家の說く所は平易、野に似たり。豈に地氣に關せずといふ可けんや。更に之を智、仁、勇に配せば、南は智なり、北は仁なり、西は勇なり。法家は嚴厲《げんれい》、勇に非ずや。儒家は和樂、仁にあらずや。道家は高遠、智に非ずや。三樣の地氣、三樣の人文、また三樣の文字あり。孔孟の文は莊重、老莊の文は逸宕《いつたう》(26)、韓非の文は則ち沈鬱孤峻、危巖聳《そばだ》ち、急灘咽《むせ》ぶ。其文は則ち其說に稱ふ。

　此三樣の思想、三樣の文字、下、漢、唐、宋、元、明を經て而かも猶全く渾融せず。列朝、隱約の間に各其異彩を帶ぶるを見る。若し夫《そ》れ之を、東坡の當時に見ん歟《か》。安石は南人と雖ども其說は寧ろ北方的歟。彼の尙《たつと》ぶ所は經術にあり、一部の周禮以て天下を經營せんとす。伊川は寧ろ南方的歟、說精微に入れども實際に遠し。西方は則ち東坡にあり。經に雜《まじ》ゆるに縦横の術を以てす。

東坡は實に蜀の人。夫れ支那山水の秀靈、蜀に鍾《あつ》まる。此間に生れて此山水に俯仰す、豈に此山水の靈異に感應する莫《なか》らんや。故に之を前にしては司馬相如、揚子雲(27)、李太白の徒、皆蜀に出で、宋に至ては則ち三蘇出づ焉。蘇の家は即ち眉州眉山の縣にあり。峨眉の麓、岷峨《みんが》の濱、是れ東坡が呱聲《うぶごゑ》をあげしの處。傳へいふ、東坡生れし時、眉山の草木一夕にして盡く枯ると。東坡それ蜀地江山の秀氣を一身に鍾《あつ》めたるもの歟。陳後山が贈二蘇詩に、

岷峨之山中巴江、桂椒枏櫨楓柞樟、青金黄玉丹砂衣、獸皮鳥羽不足當、異人間出駭四方、嚴汪陳李司馬揚一翁二季對相望、(28)

といへるもの是《これ》。
所謂峩眉の山とは、李白が

峩眉山月半輪秋、影入平羌江水流、(29)

と歌ひたるものにして、揚子江水、源を發するの邊、東坡が自ら

我家江水初發源、(30)

といへる是なり。後其の任に鳳翔にあるや、故山の山水を憶《おも》ふて、

吾家蜀江上、江水綠如藍、爾來走塵上、意思殊不堪、況當岐山下、風物尤可歎、有山禿如赭、有水濁如泔、(31)

といへる、彼が駿逸の材を以てして、駑蹇《どけん》(32)と伍するの不平を洩したるの語とはいへ、以て其桑梓《さうし》の山

水を想ひ得べきに非ずや。嗚呼彼が文章の雄渾にして而かも崢嶸《さうくわう》の氣を帶びたる。豈に幼時日夕親睹《しんと》の、此山と此水とに化せられたるものある莫《なか》らんや。

夫れ經に雜《まじ》ゆるに刑名縱橫の術を以てするは蘇氏の家學。老泉の文の蒼勁峭刻《せうこく》(33)秋官の獄を斷ずるが如きもの、盖し之を韓非、國策に得來れるもの。東坡の文、唯彼が性情潤達、其父の嚴厲《げんれい》に肖《に》ざるが故に、其文も亦甚だ父と同じからずと雖ども、然れど細かに其立論行文を味へば、其本《もと》づく所また刑名法家の術にあるを知るに難からず、天祐中に、軾が翰林に在り、轍尚書にありし時、右司諫楊康國が奏言して、

轍之兄弟、謂其無文學則非也、踏道則未也、其學則學爲儀秦者也、其文率務馳騁好作縱橫排闔、無安靜理、(34)

といへる敵者の言より出でたりと雖どもまた理なきにあらず。

彼の三國の時、蜀の先主勅して申韓(35)の書を誦することを勸め、孔明また申韓管子等の書を手寫して、後主に進めたるを以て見るも、刑名の學盖し西方の氣象、思想と吻合默契する所あり。其流風遠くひき、宋に至りて蘇氏によりて發揮せられたるもの歟《か》。

第三　東坡の一家

誰かいふ將門將を出ださずと、英物一門に鍾《あつま》ること多し。盖し血統の遺傳然らしむる歟。將《は》た一人を出せば他は之に激勵せらるゝによる歟。而れども三蘇の如きはまた異數なり。蘇の家系は唐の蘇

味道に初まる。神龍の初、味道眉州に刺となり官に卒す、其一子の此《これ》に留まりしものを、眉州蘇氏の祖となす。東坡、父は洵《じゅん》、洵に二兄あり、澹《たん》といひ渙《くわん》といふ、父は序。洵の二兄澹、渙、皆文學を以て進士に擧げられ、而して渙、郎官都中に至り、序も渙の官の故を以て大理評事に任ぜられ、後尚書職方員外郎を累贈せらる。

軾聞之、古人、民無常性。雖土地風氣之所禀、而其好惡則存乎其上之人。文章之風、惟漢爲盛。而貴顯暴著者、蜀人爲多。盖相如唱其前、而王褒繼其後（中略）而蜀人始有好文之意、絃歌之聲、與鄒魯比（中略）天聖中伯父解褐西歸、鄉人嘆嗟(36)。

是、渙をいへるもの乎。洵は字は明允、號は老泉、少にして學を喜ばず、年二十有七にして始めて發憤して學をなし、擧に應じて及第せず、悉《つく》く爲る所の文を焚《や》き、益々戸を閉ぢて書を讀むこと六年にして六經《りくけい》百家の書を究む、權書、衡論、機策等の諸論を著はす。盡く闔闢《かふびやく》縱横の説なり。嘉祐中二子と偕《とも》に京師に至り、歐陽脩に知られ、紫薇閣に召試せられんとせしも就《つ》かず、時に朝廷會《たまく》々建隆以來の禮書を修せんとす、乃ち祕書省校書郎を命ぜられ之を纂す。大常因革禮一百巻を成し、方《まさ》に成て卒す。其爲人《ひと、なり》は東坡が

吾先君、於物無所好、燕居如齋、言笑有時(37)。

といへるを以てみるも、嚴厲にして秋霜凛々の風ありしを想ふに足る。母は程氏、東坡の幼時、父洵宦游《くわんいう》(38)して家に在らざりしを以て、教養一《いつ》に母氏によれり。その親《みづか》ら書を授け、古今の成敗等問ふあれば輒《すなは》ち語るに要を以てするを常とせりといふによるも亦盖し尋常の巾幗《きんくわく》者流にあらず。嘗て程氏、

東漢史を讀み、范滂《はんぼう》が(39)傳に至て慨然大息す。軾傍《かたはら》に侍す。曰く某若《も》し滂たらば夫人亦之を許さんやと。程氏曰く。汝よく滂たらば、吾顧《かへ》つて滂が母たる能はざらんやと。夫《そ》れ人、幼時の感化は母にあり、此《かく》の如きの母氏あり、其兒豈に豚犬たらんや。

軾もと兄弟三人、兄景先早世す、所謂、

弟兄三人、懷抱喪其一、傾然仲與叔、耆老天所隲。(40)

叔は即ち轍、軾は實に其仲子たり。軾字は子瞻《しせん》、仁宗の景祐三丙子年、十二月十九癸亥日、乙卯の時を以て其家に生る。傳藻が紀年錄に

十二月十九日卯時公生於眉山縣紗穀行私第(41)、

といへるもの是なり。

轍、字は子由、仁宗寶元二年二月を以て生る。軾より少《わか》きこと四歲。轍は軾の如く闊達ならず、寧ろ父に似て、寡默安詳(42)の人、佛老の道を好み、每《つね》に此を以て軾を戒めたり。軾が莊子に私淑する所あるに、轍は老子を愛して、之を註せしを以て見るも、其人想ふべきにあらずや。

念子似先君、木訥剛且靜、寡詞眞吉人。(43)

其文に至ても秀傑平暢、亦其人の如し、兄と同じく仕へて官、門下侍郎に至る。徽宗《きそう》政和二年を以て卒す。著す所、詩傳、春秋傳、古史、老子解あり。其集を欒《らん》城文集といふ。

軾また一妹あり、山中異談載《の》する所、軾と詩を以て相戲謔《ぎぎやく》するの事によつて攷《かんが》ふるに、寧ろ軾に似て快活の人たりしを知る。

軾が妻は、王氏、名は弗《ふつ》。眉州青神の郷貢進士、方が女《むすめ》、始めて嫁せしとき年十六、軾は十九歳。爲人《ひとゝなり》淑良にしてよく東坡が豪放の弊を濟《すく》ひたりしも、惜《をし》いかな、軾が後鳳翔の任により京に歸りし英宗治平二年五月、二十七歳を以て早く逝けり。軾、其墓表の銘に其爲人を誌していふ、

君之未嫁事父母、既嫁事吾先君先夫人、皆以謹肅聞、其始未嘗自言其知書也、見軾讀書、則終日不去、亦不知其能通也、其後軾有所忘、君輒能記之、問其他書則略知之、由是始知其敏而靜也、從軾官于鳳翔、軾有所爲於外、君未嘗不問知其詳、曰、子去親遠、不可以不愼、日以先君之所以戒軾者相語也、軾與客言於外、君立屛間聽之、退必反覆其言曰、某人也言輒持兩端、惟子意之所嚮、子何用與是人言、有來求與軾親厚甚者、君曰恐不能久、其與人鋭、其去人必速、已而果然、將死之歳、其言多可聽、類有識者、其死也盖年二十有七而已(44)。

それ女兒は唯閨閤《けいがふ》(45)中に在て內助するのみ、故に其功甚だ著《あらは》れずといへども、柔以て剛を濟《すく》ひ、寛以て猛を和ぐ、東坡の如き人、此の如きの內助を少く可《か》らず。其悼亡の詞に曰く、

十年生死兩范々、不思量自難忘、千里孤墳、無所話凄涼、縱使相逢應不識、塵滿面髪如霜、夜來幽夢忽環郷、小軒窓、正梳粧、相顧無言、惟有涙千行、料得年々斷腸處、明月夜、短松岡(46)。

以て彼が斷腸をみる。

繼室は其從女弟、諱は閏之《じゆんし》、軾が其父、王君錫丈人と祭るの文に、

某始婚媾公之猶子、允有令德、夭閼莫遂、惟公幼女、嗣執罍篚(47)、

といふもの是。軾が轗軻《かんか》の間に隨ひ、備《つぶ》さに艱難を嘗《な》む。軾が謫《たく》せられて黄に在る、從ふて倶《とも》に守《を》り。

章子厚に與ふるの書にいふ、

僕居東坡、作陂種稻、有田五十畝、身耕妻蠶、聊以卒歲、昨日一牛病幾死、牛醫不識其狀、而老妻識之曰、此牛發豆斑瘡也、法當以靑蒿粥啖之、用其言而効、勿謂僕謫居之後、一向便作村舍翁、老妻猶解接黑牡丹也。(48)

老妻と稱するもの即ち王氏。趙德麟が侯鯖錄《こうせいろく》、又その逸事を記するあり、

天祐七年正月、東坡在汝陰、州堂前梅花大開、月色鮮霽、先生王夫人曰、春月色勝秋月色、秋月令人悽慘、春月令人和悅、何如召趙德麟等、來飲此花下、先生大喜、曰、吾不知子亦能詩邪、此眞詩家語耳。(49)

夫人、天祐八年八月一日を以て京師に卒す。

黃山谷、東坡に贈るの詩にいふ、

樂天名位聊相似、却是初無富貴心、只缺小蠻與樊素在、我知造物愛公深。(50)

と、然れども、軾亦妾あり、朝雲といふ、姓また王氏、字は子霞、錢塘《せんたう》の人。

世謂樂天有粥駱馬、放楊柳枝詞、嘉其主老病不忍去也、然夢得有詩云、春盡絮飛留不得、隨風好去落誰家、樂天亦云、病與樂天相伴住、春隨樊子一時歸、則是樊素竟去也、予家有數妾、四五年前相繼辭去、獨朝雲隨予南遷、因讀樂天集、戲作朝雲詩。

不似楊枝別樂天、恰如通德伴伶伭、(中略)、錬丹逐我三山去、不作巫陽雲雨仙。(51)

是れ實に紹聖元年軾が惠州に謫《たく》せられし時、朝雲が獨り南遷に隨ふを嘉して作れるもの。既にして

三年七月、朝雲惠州に亡ず、軾に事《つか》ふる二十三年。軾詩以て之を悼む、

紹聖元年十一月、戲作朝雲詩、三年七月五日、朝雲亡於惠州、葬之栖禪寺松林中、東南直大聖堂。駐景恨無千歲藥、贈行惟有小乘禪、傷心一念償前債、彈指三生斷後緣。(52)

此年重陽また之に憶ふて傷心。

三年瘴海上、越嶠眞我家、登山作重九、蠻菊秋未花、（中略）、蜑酒糵衆毒、酸甜如黎櫨、何以侑一樽、隣翁餽蠹蛇、亦復强取醉、歡謠雜悲嗟、今年吁惡歲、僵仆如亂麻、此會我雖健、狂風卷朝霞、使我如霜月、孤光挂天涯、西湖不欲往、暮樹號寒鴉。惠州西湖也、湖上有朝雲墓(53)

蓋し朝雲また尋常婑婧《わだ》(594)の紅兒に非ず。軾、李方叔に與ふる書にいふ、

朝雲死於惠久矣、別後學書、頗有楷法、亦學佛、臨去誦六如偈以絕、葬之惠州栖禪寺、僧作亭覆之、榜曰六如亭。(54)

稍《や》ゝ事を解せしを見る。

軾三子あり、皆父に肖《に》て倶《とも》に善く文を爲《つく》る。長は邁、先室の生む所、仲迨《たい》、叔過、共に繼室の出。而して邁、迨共に仕へて、過、獨り軾の身を終ふるまで追隨、膝下に奉養す。其惠州にあるや、

既習其水土風氣、絕欲息念之外、浩然無疑、殊覺安健也、兒子過頗了事、寢食之餘百不知管、(55)

といひ又、

某既緣此絕欲棄世、故身心倶安、而小兒亦遂超然物外、非此父、不生此子也、呵々(56)

といふ。性情最も父に肖たるもの歟。故を以て過終《つひ》に仕へず。軾卒するに及んで、遂に潁昌《えいしやう》に家し、

湖陰に營み、水竹數畝、名づけて小斜川と曰ひ、自ら斜川居士といふ。斜川集二十卷あり。時之を小坡と稱す。

庶子遯《とん》なるものあり、元豐六年七月軾が黄州にあるの日、妾朝雲の生む所。所謂、

杜門壁觀、雖妻子無幾見、况他人也、然雲藍小袖者、近輙生一子、想聞之一折掌也、(57)

といへる者。彼の

人皆養子望聰明、我被聰明誤一生、惟願孩兒愚且魯、無災無難到公卿、(58)

とは此兒の洗兒詩なり。而して翌年七月、黄州より汝州に移るの途に殤《しやう》す。(59) 所謂

吾年四十九、覊旅失幼子、幼子眞吾兒、眉角生已似、未期觀所好、蹁躚逐書史、搖頭卻梨栗似識非分恥、我老常鮮歡、賴此一笑喜、忽然遭奪去、惡業我累爾、衣薪那免俗、變滅須臾耳、歸來懷抱空、老淚如瀉水。(60)

嗚呼寧馨兒《ねいけいじ》、愚に非ず魯に非ず、彼も亦阿爺《あや》(61)に似て聰明に一生を誤られんことを知《しつ》て、早く天に歸れる歟。

弟轍亦三兒あり、遲といひ、适《くわつ》といひ、遠といふ、軾戲れに詩を以て此に與へて曰ふ、

兩翁歸隱非難事、惟要傳家好兒子、憶昔汝翁如汝長、筆頭一落三千字、世人聞此皆大笑、愼勿生兒兩翁似、不如樗櫟薦明堂、何似鹽車壓千里。(62)

東坡が一門皆凡ならず、庸ならず。而かも遂に三蘇の名に壓せられて聞えず。三蘇皆一時の傑、而して東坡遂に獨り蘇家の聲名を擅《ほしいまゝ》にす。

第四　東坡の生涯

夫れ人間の一生涯、之を譬ふるに猶河流の如き歟。暗流まさに碧澗《へきかん》(63)を擘《さ》いて迸出づ、それ人の少時か。巖に激し、峡を倒《さましま》にして急駃《きふし》(64)す、萬斛《ばんこく》の水雪を砕いて、澗谷《かんこく》飛舞せんとす、それ猶人の壯時の氣鋭に、志雄、眼、四海を空《むなし》ふして、功名唾手して得べしとなすにも似たる哉。既にして溪を逶《めぐ》り、林を縈《まと》ひ、漸く行いて漸く濶《ひろ》く、漸く濶くして漸く漫、溶々として風微《かすか》に、浪暖かなり、人の初老にも比すべき乎。鬢絲《びんし》霜を添へて血氣纔《わづ》かに定まる。漸く行いて水、海に注ぐ、兩岸空濶、汨々《いつく》(65)として水、天を拍《う》つ、方《まさ》に是れ人間老熟の境、圭角磨了し、驕氣落盡、命に安じ天を樂む、靄々たる和氣、春風座に滿つ。

水や此の如し、人や此の如し。試《こころみ》に此を以て東坡に觀ん歟、その進士に擧げられて京に入るに及ぶ一期なり、京に入てより黄州に謫せらるゝに至る又一期なり、黄に謫せられてより性情漸く恬靜《てんせい》、而して嶺南に謫せらるゝに及んで又一變す。次下請ふ詳《つまびらか》に生涯を觀ん哉。

一、少時の頴悟《えいご》

大器晩成すといふことを休《や》めよ、良玉は彫らざるも猶世寶たらん。畢竟大器晩成すといふものは、大器事に礙《さまた》げられて久しく成らざるのみ。神童早く老ゆるもの、亦其神才事に礙げられて伸ぶる能はざるのみ。大器なるもの、神才なるものは、到頭彼は大器なり、神才なるべきのみ。少年は大人の未だ成らざるものとせば、偉人豈に偉兒たらざるべき。

軾、總角より既に敏悟、八歳にして小學に入り、武士張易簡に師事す。其の

眉山道士張易簡、教小學、常百人、予幼兒亦與焉、居天應観北極院、予盍從之三年(66)

といふもの是なり。此三年の間、東坡が何等の感化を此師よりうけ、將《は》た其才に何等の進境ありしや、今詳《つまびらか》にし得べきの限にあらずと雖ども、彼が才の頴脱、往々にして其師を飜弄せしなるを見る。其范文正公文集序に自叙して曰く、

慶曆三年、軾始總角入鄕校、士有自京師來者、以魯人石守道所作慶曆聖德詩示鄕先生、軾從旁窺觀、則能誦習其詞、問先生、以所頌十一人者何人也、先生曰、童子何用知之、軾曰此天人也耶、則不敢知、若亦人耳、何爲其不可。(67)

所謂、慶曆聖德詩なるものは、當時國士直講石介が慶曆の更化を喜んで爲《つく》れるもの。所謂慶曆の更化とは、蓋し宋室當時内外多端、外は即ち北に契丹あり、西に西夏あり、韓琦《かんき》、范仲淹《はんちやうえん》邊師(68)たるに藉《か》つて僅に西夏の大に逞ふするを免ると雖ども、歲弊(69)を增賂《ぞうろ》(70)して僅に契丹の侵冦を拒《ふせ》ぐに過ぎず。内は即ち呂夷簡、相として、群姦、朝に滿つ、此時仁宗遂に大に紀綱を振ひ、弊事を更《あらた》むるに意あり、諫《かん》官(71)の員を增し、王素、歐陽脩、余靖、蔡襄等を以て之に任じ、杜衍《とえん》を以て樞密使とし、韓琦、笵仲淹を樞密副使となす。面目是に於て乎一新、君子朝に滿つ、聖德詩は即ち之を頌《しよう》せるもの。

嗚呼無髫《むてう》(72)の童子にして其師を狎侮《かふぶ》(73)す、彼が眼中人なき矜尚《きようしやう》(74)の氣既に此時に見《あら》はるゝもの、彼が一生の不遇も亦實に此に根《ねざ》す。

又侯鯖録によるに、東坡十歳の時郷里にありて、老蘇が、歐公の謝宣召赴學士院仍謝賜衣金帶及馬表(75)を誦するを見る、老蘇、坡をして之を擬せしむ。其間云ふあり、匪伊垂之、帶有餘、非敢後也、馬不進(76)と。洵《じゆん》喜んで曰く、此子他日當《ま》さに自ら之を用ふることなからんと、果して天祐中再び召されて院に入りし時、承旨(77)を作るに當て、之を益して云ふ、枯羸之質、匪伊垂之、帶有餘、歛退之心、非敢後也、馬不進(78)と。

又洵曾て夏侯大初論を作らしめしに、中に有人能碎千金之璧、不能無聲於破釜、能搏猛虎、不能無色於蜂蠆(79)の語ありきと。知るべし軾が錦心繡腸《きんしんしうちやう》(80)、既に此時に見るべきを。片鱗と雖ども推して以て雲間の游龍を端倪《たんげい》すべし。

軾が少時の逸事、傳はる所此の如きに過ぎざるのみ。夫れ鬱たる巨檞《きよかい》(81)、柯《えだ》を交へ葉を重ね、人仰見て以て驚くなり。而かも其檞實たるの時に當てや、人すてゝ顧みず。人は唯其巨檞たるの時に於て、之に驚くのみ。果して何れの檞實の、如何にして成長せし歟、彼等の留意せざる所。人に於ても亦此の如きものあり、英物偉人の未だ其功を成さゞるや、人夫れ誰か其人に異なるものあるを知らんや、既に知らず、故に顧みず。是れ英物偉人と雖ども、其半生の事蹟往々湮滅《いんめつ》して知る可らざる所以なり。軾が少時の逸事、傳はる所此に過ぎずと雖ども、然れども彼が少時既に凡庸の豚犬兒に非ざりしを知るに足らん。

而して漸く長じて、彼が學殖文思また齡を共に長ぜしや疑なしと雖ども、吾人は彼が一躍して詞壇の流行兒となり、功名の場裏に出入するに至るまでの間、吾人は唯弟子由が撰せる墓誌銘によつて、

比冠、博通經史、屬文日數千言(82)

なりしと。及び成都に遊んで張安道に謁し、安道、國士の禮を以て之を待ちしの事あるを知るのみ。

嘉祐元年、軾二十一歳にして進士に擧げられ、試に禮部に赴く。是れ實に彼が成功の首途たるなり。

二、壯時の成功

(上) 刀筆吏

軾が始めて京に入りしより、元豐年中黃州に流謫せられしに至るの間は、その最も得意の時代たり。官甚だ貴からず、其滿肚の功名心を慰するに足らざりしと雖ども、文名一時に籍甚《せきじん》して、先進の間に推重さる。其生涯は寧ろ平靜に、滿帆の春風大江を下るが如きものありき。

衞玠《えいかい》(83)都に至れば丰采《ふうさい》(84)を競觀し、陸機洛《らく》に入れば才名噪起す。嘉祐二年、軾其父弟と相伴ふて京師に入るや、三蘇の名嘖々《さくさく》として噪《さは》ぐ。時に同じく召試のもの甚だ多し。一日韓琦、客と語て曰く、二蘇此にあり、而して諸人之と試を較せんとするは何ぞやと、而して此語已に傳つて試せずして去るもの十に八九なりしといふを以てするも、當時軾等の聲名を證するに足る。此歳三月仁宗親《みづか》ら崇政殿に御して試を行ふ。歐陽脩、權知貢擧たり、梅聖兪參詳官たり。時に歐陽脩痛く時文の詭異《きい》(85)を疾《や》み、之を濟《すく》ふに意あり、凡そ當世の推譽する所となるもの、皆之を黜《しりぞ》く、榜《ばう》の出づるや、澆薄《げうはく》の士、脩の晨朝《じんでう》を俟《ま》ち、聚《あつまり》て馬首に噪ぐに至る。及第出身するもの凡て八百七十七人、軾、轍倶《とも》に其中にあり。所謂、

昔吾擧進士、試召於禮部、歐陽文忠公見吾文、且曰此我輩人也、吾當避之、是時士以剽裂爲文、

訕公者成市(86)なるもの是。

歐陽公最も軾が文を愛す。軾の文を以て第二に寘《お》く。當時公、聖兪に書を寄せて、

讀軾書、不覺汗出、快哉快哉、老夫當避此人、放出一頭地、(87)

といひ、又一日客と文を論じて軾に及ぶや、乃ち汝我言を記せよ、三十年後世人更に我を道著(88)せじと、

蓋し當時公文章を以て名一代に冠、其文豐腴《ほうゆ》渾厚(89)にして、軾が許して

歐陽子論道似韓愈、論事似陸贄、記事似司馬遷、詩賦似李白、(90)

といへるもの。此人にして此言あり、軾が公に許されたるを見るべく、又軾が文の當時に重《おもき》をなせしを知るべし。

其當時梅聖兪に上《たてまつ》るの書にいふ、

方學爲對偶聲律之文、求斗升之祿、自度無以進見於諸公之間、來京師逾年、未嘗窺其門、今年春、天下之士悉群至於禮部、執事與歐陽公、寔親試之、誠不自意、獲第二、(中略)人不可以苟富貴、亦不可以徒貧賤、有大賢焉而爲其徒則亦足恃矣。(91)

軾が名卿鉅公《めいけいきよこう》(92)の間に往來せしを見る。

試僅に訖《をは》つて即ち母の喪に丁《あた》りて家に歸り、嘉祐四年除服、十二月また轍と父に待して江を下りて楚にゆき、明年正月荆門より陸に出でゝ京に入る。此行に於ける三蘇の詩文を集めたるものを南行集といふ。其序にいふ、

已亥之歳、侍行適楚、舟中無事、雜然有觸於中、而發於詠歎、蓋家君之作、與弟轍之文、皆在焉、
謂之南行集(93)

由來此《この》間山河千里、名勝に富み、古蹟饒《おほ》し、軾此間に俯仰す、知るべし必ずや文思を養ひ得て多かりしを。

此年、軾、河南福昌縣主簿を授かりしも、任に赴かず。翌年八月歐陽公才識兼茂を以て軾を薦《すゝ》めて試に就《つ》かしむ、其制策第三等に入る。宋初より制策の三等に入りしもの軾を除て唯一人あるのみ。轍も亦試に應ず、司馬光其策を考して第三等に入れんとせしも、擬議あり、第四等に入れり。此時、轍、會々《たまく》病む、韓魏公爲めに奏して曰く、今歳制科(94)惟蘇軾蘇轍最も聲望あり、聞く轍偶々病むと、望らくは限を展《のば》さん事をと。遂に常例に比して二十日を展すに至る。以て當時二蘇の聲望を察すべし。

此年十二月、大理評事簽書《せんしよ》鳳翔府(95)判官に除せられ、任に到る。刀筆の吏となつて斗米の爲めに匆忙するは、豈に彼の堪ふる所ならんや。暫く終南山に隱れて、竹林の中に一茆屋《ばうをく》(96)を構へ、避世堂と名づけて此に處《を》る。所謂

譬如倦行客、中路逢清流、塵埃雖未脫、暫憩得一漱(97)

なるもの。之れ終南の山は幽邃《いうすい》人間に遠し。唐の張喬が

帶雪復銜春、横天占半秦、勢奇看不定、景變寫難眞、洞遠皆通岳、川多更有神、白雲幽絶處、自古屬樵人(98)

と詠ぜるもの、李白も亦一度此《これ》に隱れしことあり。軾此《こゝ》に處《をり》て、

隱几頽如病、忘言兀似瘖、茆茨追上古、冠葢謝當今、曉夢猨呼覺、秋懷鳥伴吟(99)の清閑を貪るのみ。

既にして治平二年に至り、任滿ちて京に歸る。是より先き仁宗既に崩じ、子なく、大宗の曾孫曙入つて立つ、英宗是なり。英宗藩邸に在りし日より既に軾が名を聞く。此に於て唐の故事を以て、召して翰林に入れんと欲す。時に韓魏公相たり、その驟《には》かに之を陟《のぼ》すの軾に利あらざるを說き、召して祕閣に試みむを請ふ。英宗曰く之を試むるは、未だ其能否を知らざるが爲めのみ、蘇軾の如きは何の能くせざること有らんやと。試むに及んで果して三等に入る。直史舘に除せらる。時に軾歲方《まさ》に三十。是より先、老蘇の二子と京に來るや、歐陽公其文を看て以て荀子の文となし、乃ち之を繳進《けうしん》し(100)禮書を編せしむ。治平三年四月書方《まさ》に成つて卒す。此前年、室《しつ》王氏卒し、今また父の憂に丁《あた》る。風木の痛、埋玉の恨、愁緖綿々として絕えざるものありけん。軾扶護して蜀に歸り、其服を闋《を》へて京に還りしは、英宗既に崩じ、方《まさ》に神宗の熙寧《きねい》二年なりき。

神宗、王安石を用ひて之に聽くに及んで、軾、安石と合はず。

(下) 安石と諍ふ

先是《これよりさき》熙寧元年神宗即位す、宋興《おこつ》てより、至是《これまで》、代を更《か》ふるもの六、歲を經《ふ》る百年、外は則ち先是《これよりさき》仁宗慶曆中、西夏、和を請ひしより西北の邊疆共に警なしと雖ども、是れ歲幣(69)を賂《まかな》ふて僅に歡心を繫げるのみ、陽は少寧に似たりと雖ども、當時、契丹には洪基、主たり、治平中、國號を大遼と改め、西夏は諒祚《りやうそ》夏國王の位にあり、共に乘ずべきの機を窺ふ。內は則ち祖宗が因て以て建國刱業《さうげふ》(101)、亂後の創痍《さうい》を醫せし仁慈の政の爲めに、紀綱舒緩《じよくわん》し諸弊潰出《くわいしゆつ》す(102)、廟廊の上賢者滿《み》つるも、而も吏治愉惰《ゆだ》(103)、兵備振はず。神宗の位に即《つ》くや、年猶壯、名を好み、功を喜び、深く國威の伸びざるを憤り、大に四夷を攘《はら》ひ先烈を恢張するに意あり。先づ紀綱を張り、積弊を振ひ以て國を富まし、兵を强ふせんと欲して、而して朝臣を環顧《くわんこ》(104)するに、皆故守に習ひ、因循にして事に任ずるに足るものなし。遂に安石を用ひんとす。

安石と臨川の人、好學にして多聞、兼ねて詩文に工《たくみ》なり。少時曾子固と善《よ》かりしの故を以て、曾、之を歐陽に導き、歐陽之を進士上第に擢《ぬき》て朝に薦《すゝ》む。仁宗召して度支《たくし》判官となし終に知制誥《ちせいかう》に累進せりと雖ども、仁宗其爲人《ひとゝなり》を惡《にく》んで重用せず。然れども隱然として重名を持し、士爭ふて之に向ふ、惟《たゞ》蘇洵見ず、辨姦論を著はして以て大姦慝《かんとく》となす。英宗の世、退居して出でず。是に至て神宗終に召して翰林學士となす。安石もとより天下を以て自ら任じ、世を矯《た》め俗を變ずる志あり。非常を創建し、流俗に夐異《けいゝ》(105)せんことを思ふ。頗る神宗の願ふ所に適ひ、神宗心を傾けて之に任じ、參知政事となし尋《つい》で相となす。安石、呂卿等と謀り、帝に勸めて新たに制置三司條例司を立てゝ新法を行ひ、又制擧の法を改め、詩賦を罷め、專ら經義論策を以てし、且自ら其子雨方等と詩書周永三經を傳し、擧人をして之を宗とせしむ。其行ふ所の新法、募役といひ、方田といひ、均税といひ、保甲といひ、法令雨下、就中《なかんづく》青苗の法最も深害たり、所謂青苗の法とは、民に貸すに錢を以てし、息を出さしめ、春散じて秋收の時を以て之を歛《あつ》むるにあり。蘇轍、時に條例司官屬たり、安石に謂て曰く、錢を以て民に貸さば、吏緣《よつ》て姦をなさん、錢、民の手に入らば、良民と雖ども妄用を免れじ、其錢を納むるに及んでは、富民と雖ども違限(106)を免れじ、此の如くは鞭箠《べんすゐ》(107)必ず用ふるに至るべく、州縣煩《はん》に堪へざらんと。安石從はず。夫れ安石の法未だ必ずしも皆惡しからず。唯之を行ふに其人を得ず、且祖法に違ひ、民情に乖《そむ》くといふを以て、上下便とせず、怨議紛起す。安石爲人《ひとゝなり》執拗自用、以爲《おもへ》らく天變畏るゝに足らず、祖宗怯《おそ》るゝに足らず、人言恤《あはれ》むに足らずと、斷乎として其信ずる所を爲して疑はず。彼が滿朝の非難を排して、其所信を貫ける一は神宗の眷遇《けんぐう》厚きによりしとはいへ、また其堅志動かす可からざるものありしに由らずんはあらず。然れども其失も此にあり、之れ既に自用なり、故に偏狹にして人を容《い》るゝ能はず。既に執拗なり、故に非を遂《と》ぐ。安石、仁宗の時、其釣魚宴に侍す、誤つて釣餌を食し、已に悟つて猶之を食既《しよくき》せしもの、豈に非を遂ぐるに非ずや。又其始めて及第せしとき、樞密使晏《あん》元獻、彼を招て飯す、飯罷《や》んで座に延《ひ》き、乃ち汔謂《ほとんど》石を戒めて曰く、能く物を容るれば物も亦容る矣と。是れ石が狹量を戒めたるものに非ずや。石が病、實に執と狹とにあり。狹なり、故に愛憎あり。執なり、故に自ら信ずる所に迷着して悟らず。彼の石の始めて政府に入るや、當時、呂誨《りよくわい》御史大夫たり、石を以て偏見を執し、人の己れに佞《ねい》するを喜ぶといひしものは當れり。之を彈劾するに及んで、大姦似忠、大詐似信、安石外示朴野、中藏巧詐、驕蹇慢上、陰賊害物(108)といへるは之を毀《そし》ること太《はなは》だ過ぎたり。安石必ずしも大姦大詐の佞物《ねいぶつ》にはあらず。神宗嘗て司馬光に問ふ、安石は如何と。光曰ふ、人、安石を姦邪といふは則ち毀《そし》るに過ぎたり、但《たゞ》事を曉《さと》らず、又執拗なるのみと。唯其功は成すに急なるや、新進儇慧《けんけい》(109)の少年を擢用《てきよう》して、其誤まる所となるを悟らず。司馬光嘗て安石に小人を用ふるを戒めしに、安石之に答《こたへ》て、法行るれば則ち之を逐《お》はんといひしも。他日金陵に在て群小に謬《あやま》れたるを悔ゆるを免れず。

新法既に行はる、怨議囂然《がうぜん》、安石、京師に邏卒《らそつ》を置て謗議を察せしむるに至る。軾豈に默して之を視るに忍びんや、乃ち書を上《たてまつ》って纚々《しゝ》(110)神宗を諫む。萬言の書なるもの即ち是。沈德潛が評して、賈長沙之雄姿、陸宣公之整頓、兼而有之(111)といへるもの、字に風霜を挾む。青苗を論じては則ち曰く、

青苗放錢、自昔有禁、今陛下始立成法、毎歲常行、雖云不許抑配、而數世之後暴君汙吏陛下能保之與計、願請之戶、必皆孤貧不齊之人、鞭韃已急、則繼之逃亡不還、則均及鄰保、勢有必至、異日天下必恨之、國史記之曰、青苗錢自陛下始、豈不惜哉、且常平之法、可謂至矣、今欲變爲青苗、壞彼成此、所喪愈多、虧官害民、雖悔何及。(112)

免役の法を論じては則ち曰ふ、

天下單丁女戶盖天民之窮者也、而陛下首欲役之、富有四海、忍不加恤、自楊炎爲兩稅、租調與庸、既兼之矣、奈何復欲取庸、萬一後世不幸有聚歛之臣庸錢不除、差役仍舊推所從來、則必有任其咎者矣。(113)

帝もと名を好む、軾能く其弱點に向て一擊を下す、其力千鈞。

軾は更に百尺竿頭《かんとう》一步を進め來て、國家の存亡盛衰は德に在て法に在らざるを論じて、所謂新法なる者を根抵よりして掀蕩《きんたう》し(114)去らむとす。乃ち曰く、

國家之所以存亡者、在道德之淺深、不在乎強與弱、曆數之所以長短者、在風俗之薄厚、不在乎富

與貧、人主知此則知所輕重矣、故臣願陛下務崇道德、而厚風俗、不願陛下急於有功而貪富強、愛惜風俗、加護元氣、聖人非不知深刻之法可以齊衆、勇悍之夫可以集事、忠厚近於迂濶、老成初若遲鈍、然終不宜以彼易此者知其所得小而所喪大也。[115]

次ぎに安石が民可與樂成、難與慮始といふを駁して、

議者必謂民可與樂成、難與慮始[116]、故陛下堅執不顧、期於必行、此乃戰國貪功之人、行險僥之說未及樂成而怨已起矣。[117]

更に制擧の法を論じては先づ喝破していふ、

夫欲興德行、在於君人者、修身以格物、審好惡以表俗、(中略)若欲設科立名以取之、則是敎天下相率而爲僞也、上以孝取人、則勇者割股、怯者廬墓上、以廉取人、則敝車羸馬惡衣菲食、凡可以中上意者、無所不至、(中略)自文章言之、則策論爲有用、詩賦爲無益、自政事言之則詩賦策論均爲無用、然自祖宗以來、莫之廢者、以爲設法取士、不過如此也、(中略)矧自唐至今以詩賦爲名臣者、不可勝數、何負天下而必欲廢之。[118]

其言の何ぞ韓非に髣髴たる。更に論じて曰く、

得人之道、在於知人、知人之法、在於責實、使君相有知人之明、朝廷有責實之政、則胥吏皀隷未嘗無人、而况於學校貢擧乎、雖因今之法、臣以爲有餘、使君相不知人、朝廷不責實、則公卿侍從常患無人、而况治學校貢擧乎、雖復古之制、臣以爲不足、夫時有可否、物有廢興、方其所安、雖暴君不能廢、及其既厭、雖聖人不能復、故風俗之變、法制隨之、譬如江河之徙移、彊而復之則難

爲力（中略）至於貢擧之法、行之百年、治亂盛衰、初不由此、陛下視祖宗之世、貢擧之法與今孰精、言語文章與今爲孰優、所得人才與今爲孰多、天下之事與今爲孰辨、較此四者之長短、其議決矣、今所欲變改、不過數端、或曰鄕擧德行而略文詞、或曰專取策論而罷詞賦、或欲兼采譽望而罷封彌、或欲變經世貼墨而考大義、此皆知其一、不知其二者也、願陛下留意於遠大者、此數者皆非也、區々之法何預焉。(119)

軾が面目躍々として生動す。蓋し、軾の豪放なる一切の行動を以て自然の流止に放任して、漫《みだ》りに平地に風浪を起して、擾々《ぜう〳〵》自ら勞するを喜ばず、故に曰く風俗之變法制隨之、彊而復之則難爲力と。此の如きの人豈彼の萬事を以て規矩繩墨の間に拘束し、我執にして人を容るゝ能はざる安石と合はんや。二人者が持論の撞着は其背馳《はいち》せる性情の反映なり。試みに之を說かん歟。石は緻密に、軾は粗放なり、粗放なるが故に胸襟も亦豁大《くわつだい》(595)、海の如く、淸濁併せ呑む。緻密なるが故に度量偏狹、動《やゝ》もすれば猜忌《さいき》の眼を以て人をみるを免れず。石は從て峭刻(33)なり、軾は傲岸なり、此は情を恣《ほしいまゝ》にして檢束せず、彼は據る所なければ苟くも言はず苟《いやし》くも行はず。安石の言を立つる必ず堯舜三代を以て則となして、軾が言ふ所は但漢唐を較量するのみ、石は自ら信ずる事篤《あつ》く終に執拗に失す、軾は時と推移す、之《ゆ》く所に之き、止る所に止る、此は人を狎侮《かいぶ》(73)し、彼は憤り易し、彼は行て害を見ずんば自ら信ずる所を行はんとし、此は存して害なくんば自然に任して其舊を存ぜんとす。此は即ち長江汪洋として注ぐ、渾にして雄、彼は即ち、孤峯兀《こつ》として立つ、峭にして潔、試に二人の詩卷をとりて其言を相較すれば、二者が性情歷々として見《あら》はる。

穰侯老擅關中事、長恐諸侯客子來、我亦暮年專一壑、毎逢車馬便驚猜、(120)
とは安石の詠史なり。
平生不識高將軍、何事却來汚我足、(121)
とは軾が、李白を賛せるの句なり。
我名公字偶相同、我屋公墩在眼中、公去我來墩屬我、不應墩姓尙隨公(122)
とは安石が謝公墩（謝安石がありし處）を詠ぜるもの。
欲將同異較錙銖、肝膽猶能楚越如、若信萬殊歸一理、子今知我我知魚(123)
とは、軾が濠州觀魚臺（觀魚の事、荘子に見ゆ）を詠ぜるものなり。一隅をあげて三隅を知るべくんば、二者の性行の相異、推すべきにあらずや。

此の如きの人が、此の如きの人と、相駢《あひなら》んで朝に立たんことの難きは知るべきのみ。司馬光にすら敢言(124)は若《し》かずと稱せられし軾が、元より相合はざるの人の議に諍《あらそ》ふ。深痛深酷の言、豈安石が忌諱《きゐ》に觸れざらんや。安石よつて軾が過失をもとめて之を外に逐はんとす。軾に外弟あり、もと軾と叶はず、安石之を召して軾の過失を問ふ、曰く向きに父の憂に丁《あた》て私鹽蘇木(125)等を販賣すと。安石大《おほい》に喜び、其連姻(126)謝景温をして此を以て軾を劾奏《がいそう》せしむ。乃ち詔を六路(127)に下し、篙工《かうこう》(128)水師を捕へて窮治《きゆうち》(129)すれども得る所なし。神宗、一日、司馬光に謂《いひ》て曰く、蘇軾は佳士に非ず、卿之を誤知《あやまれ》り、鮮于《せんう》侁《しん》遠《とほき》に在《あり》て軾奏藁《そうかう》(130)を以て之を傳ふ、韓琦《かんき》銀三百兩を贈て受けず、乃ち鹽及び蘇木を販《はん》すと。光曰く、凡そ人を責むるには當《ま》さに其情を察すべし、軾販鬻《はんいく》(131)の利豈能く贈る所の銀に及ばんや。安石素《もと》軾を悪《にく》むは陛下豈知らざらん、謝景温連姻たり、故に鷹犬《ようけん》となして之を攻めしむるのみと。帝終《つひ》に措《おい》て問はず、然れども、軾、朝に安んずる能はずして遂に外を請ふて杭州通判となり、以て自ら避く。時に熙寧《きねい》四年十一月、在朝の名士司馬光、歐陽脩、富弼及轍等皆前後相繼いで或は自ら去り或は仕を致し、滿朝皆安石の徒。

　眼看時事力難任、貪戀君恩退未能、[132]

といひ、

　近來愈覺世路險、每到覺處差安便、[133]

といふ。軾、心中豈に多少の不平莫《なか》らんや。時に新令、日に下るも、軾每に法に因て民に便にす。民賴《よう》て以て安《やすん》じ、杭に留まると三歳、熙寧七年五月請ふて[134]密に徙《うつ》る。蓋し轍、時に濟南にあり、相離居するに忍びざるを以てなり。轍が作れる超然臺序に、

　子瞻通守餘杭三年、不得代以轍之在濟南也、求爲東州守、既得請高密、乃有移知密州之命、[135]

といふもの是なり。十一月到任、其居を呼んで超然臺といふ。蓋し子由が命ずる所なり。軾、文を爲《つくつ》て之を記す。曰く、

　凡物皆有可觀、苟有可觀、皆有可樂、非必怪奇瑋麗者也、餔糟啜漓、皆可以醉、果蔬草木皆可以飽也、推此類也吾安往而不樂、夫所以求福而辭禍者、以福可喜而禍可悲也、人之所欲無窮、而物之可以足吾欲者有盡、美惡之辨戰乎中、而去取之擇交乎前、則可樂者常少、而可悲者常多、是謂求禍而辭福、夫求禍而辭福、豈人之情也哉、物有以盖之矣、彼游於物之內、而不游乎物之外、物

非有大小也、自其内観之、未有不高且大者也、彼挾其高大以臨我、則我常眩亂反復、如隙中之観闘、又烏知勝負之所在、是以善惡横生、而憂樂出焉、可不大哀乎(136)。

此等の見盖し是を莊子に得來りたるもの。彼が性情と相遇ふてその一生の實際と爲す、安遇順性(137)よく物外に超然す、故を以て死生窮達の間に處して自得せざるなし。嗚呼今や天下滔々として小利害に狂奔し、小禍福に齷齪《あくせく》す、よく此言を解し得るもの幾人ぞ噫。

此年天下大に旱《かん》し、歳饑《う》ゆ。東北の流民、皆流れて京城に入り、累々絶えず。監安上門(138)鄭俠、其所見の流離困頓の慘を畵きて之を献じ、且上書して曰く、安上門逐日《ちくじつ》見る所百にして一に及ばざるも亦流涕すべし。況んや千萬里の外をやと帝、天災を憂へ、詔して直言を求むるに、言者《いふもの》皆新法を咎《とが》む。安石自ら安んせず、位を去つて外に就き、韓絳《かんかう》を薦めて己に代ふ、呂惠卿參知政事たり。二人其成規を守り、少《すこし》も失はず。時の人、絳を號して傳法沙門となし、惠卿を護法善神といふに至る。惠卿、免役の出錢均《ひと》しからざるを以て、簿書の不善に出づるとなし、手實の法を行ひ、自ら財產を疏《そ》せしめて戸等(139)を定め、又人をして其不實を告ぐるを得せしむ。施行頗る嚴、司農又諸路に下して曰く、施行を時にせざるものは違制を以て論ぜんと。軾、其令の朝廷より出でざるを以て、司農擅《ほしいまゝ》に律を造るものなりとして從はず。幾《いくば》くもなくして朝廷、手實の法を罷《や》む、故を以て密人、害を被《かうむ》ること太甚《はなはだ》しからず。

九年十二月命を受けて徐州に移り、十年四月任に到る。翌年元豐と改元す、其明年三月また湖州に移さる。將《ま》さに行かんとして詩を作つていふ、

餘杭自是山水窟、仄聞呉興更清絶、湖中橘林新著霜、溪上苕花正浮雪、顧渚茶牙白於齒、梅溪木爪紅勝頰、呉兒鱠縷薄欲飛、未去先説饞涎垂。(140)

而るに任に到つて席未だ暖かならず、山水の秀麗未だ観《み》るに到らず、木爪《ぼくゝわ》、鱠縷《くわいる》(141)未だ飽くに及ばずして、彼の運命は一頓挫を受けぬ。

先是《これよりさき》恵卿の勢を得るや、安石の復《また》入らんことを恐れ、百方安石を陥る又屢々絳と迕《たが》ふ、絳よつて帝に白して復安石を相とす。安石罷めて一年ならずして再び入り、絳、恵卿と相繼いで罷めらる。而して安石再び相たること茲《こゝ》に至て二年、功遂に成らず、國未だ嘗て富まずして、天下先づ騒然、兵未だ強からずして邊鄙事多し。交趾《かうし》王《わう》李乾德、大擧して宋を撃ち、聲言して中國青苗助役《じよえき》(142)の法を作り以て民を困《くろし》む、今兵を出して相救ふといふに至る。安石また終に去り、江寧府に判となり復出です。王珪《わうけい》、蔡確《さいかく》、事を用ふ。此年七月二日御史李定、舒亶《じよたん》等、軾が詩と語を摭《せき》(143)して君父を怨望すと言ふ。

蓋し軾前後試をうくること三度、皆異等に入る。仁宗嘗て二蘇の制策を讀んで喜んで曰く、吾れ子孫の爲めに兩宰相を得たりと。蓋し、當時高弟のもの、數年ならずして往々赫然《かくぜん》顯貴或は公輔(144)に至るものあり、軾豈に私《ひそか》に自ら期する所なからんや。而も神宗立つに及んで、安石驟《にはか》に用ひられ、議之と合はず、終に外に出でゝ纔《わづ》かに一州に知となる。軾豈に觖望《けつぼう》(145)なからんや。時に不平を以て詩に托し、時事を諷刺す。軾もと快舌尖、霜刄鞘《さや》を出づるに似たり、況んや滿腔の不平を内に懷《いだ》けるをや。初め軾の出でゝ杭に通判となるや、族人文與可なるものあり、善く軾が爲人を識れるもの、送別の詩、軾を戒むる所あり。

北客若來休問事、西湖雖好莫吟詩。[146]

而して軾終《つひ》に杭州に於けるの詩によつて禍を買へり。

御史の奏言にいふ、軾、朝廷を愚弄し、時事を譏切《きせつ》[596]するの言多し、陛下錢を發して貧民に本業すれば、則ち曰く、贏得兒童語音好、一年强半在城中[147]と、陛下明法以て群吏に課試すれば則ち曰く、讀書萬卷不讀律、致君堯舜知無術[148]と、陛下水利を興せば則ち曰ふ、東海君知明主意、應敎斥鹵變桑田[149]と、陛下監禁[150]を謹《つつし》めば則ち曰ふ、豈是聞韶解忘味、邇來三月食無鹽[151]、其他物に觸れ事に即《つ》き言ふ所、一に譏謗《きばう》を以て主となさゞるなし、大不恭萬死と雖ども聖時に謝するに足らず、伏して望むらくは軾を以て有司に附せんと。軾遂に臺獄[152]に下る。獄必ず之を死に寘《お》かんと欲す、鍛錬久之《これをひさし》ふして決せず。軾自ら其必ず免れざるを度《はか》り、詩を作つて轍に寄す。葉夢得が語れる所、大に當時の狀を詳にすべきあり。

蘇子瞻、元豐間赴詔獄、與其長子邁俱行、與之期、送食惟菜與肉、有不測則撤二物、而送魚、使伺外間以爲候、邁謹守、踰月忽糧盡、出謀於陳留、委其一親戚代送、而忘語其約、親戚偶得鮓送之、不兼他物、子瞻大駭、知不免、以祈哀於上、而無以自達、乃作二詩寄子由、神宗見詩心動[153]。

其詩にいふ、

聖主如天萬物春、小臣愚暗自亡身、百年未滿先償債、十口無歸更累人、是處青山可埋骨、他年夜雨獨傷神、與君世々爲兄弟、又結來生未了因。

柏臺霜氣夜凄々、風動琅璫月向低、夢遶雲山心似鹿、魂驚湯火命如雞、眼中犀角眞吾子、身後牛衣愧老妻、百歳神游定何處、桐卿知葬浙江西。[154]

轍、時に應天府判官を以て南都にあり、見任の官職を以て罪を贖《つぐな》はんことを請ふ。帝もと、軾を罪するに意なし、嘗て直舍人王安禮、間に乘じて、進《すゝみ》て神宗に說て曰く、軾文士、もと才を以て自ら奮ふ、謂《おもへ》らく爵位立《たちどこ》ろに取るべしと、顧て碌々此の如し、其中觖望《けつばう》(145)なき能はず、今一旦、法に致さば、恐くは後世才を容れずといはん。神宗曰く、朕、固、深く譴《けん》せず、特に言者の路を申《の》べんと欲するのみと。遂に死を赦して責授撿校《けんげう》水部員外郎黃州團練副使となし、公事に簽書《せんしよ》(155)するを得ざらしむ。時に天豐二年十二月二十九日なり。年方《まさ》に四十又四。

此時李定資深、獄を鞫《きく》す(156)、一日資深、崇政殿に於て忽ち諸人に謂て曰く、蘇子瞻は誠に奇才なり、二三十年作る所の文字詩句と雖ども、引證の經傳、隨て問へば即ち答ふ、一字の差舛《させん》(157)なし、誠に天下の奇才なりと。

此時轍も亦軾を救ふに坐して、筠州《ゐんしう》に貶《へん》せらる。其他軾が譏諷《きふう》(158)の文字を收めて申さゞるに坐して罪を得るもの、司馬光、黃庭堅、曾鞏《きよう》、錢世雄、以下二十餘人に及べり。此獄や事、軾一人に關するが如くなれども、實は則ち熙寧以來、朝廷の上に相反目せる王安石、司馬光二黨の相排擊するに出でし者にして、此時や、安石既に朝にあらずと雖ども、王珪の輩亦安石の黨、軾が事に托して其敵黨を一網に打盡せる者なり。

三、中年の轗軻《かんか》

(上) 黃州の貶謫

黄州の謫竄《たくざん》は(159)軾が生涯の一轉機たり。蓋し病は人をして身を顧みしめ、憂患は我を省みしむ。かの滄海萬里、長風、帆を揚げてゆくもの楫檝《せふ〳〵》(160)の用を忘れ、其船にあるを忘れ、一旦風激し浪高きに至つて、始めて相戒むることを知る。世海の航路また此の如きのみ。得意の時、揚々として談笑す、未だ此身の何たるに思ひ到らざるなり。失意沈淪にして始めて疑を人生の問題に挾み、反省靜慮す、反省靜慮はよく人の放心を收めて恬靜《てんせい》(161)の人たらしむ。軾や此時獄に在ること百日、死生の間に處して、其驕浮《けうふ》(162)の氣、傲岸《がうがん》の質、自ら矯《た》むる所あり。逆境は邁往敢言の熱血男兒をも馴致するもの耶《か》。

天豐三年正月、軾、京を出でゝ配に赴く。轍、南都より來つて陳に相會す、夫れ人窮すれば天を呼び、憂ふれば骨肉を懷ふ、今二人共に是謫竄《たくざん》の人、想ふ相見て手を握つて語なく、暗涙を揮つて歔欷《きよき》久《これをひさしう》之せしを。

夫子自逐客、尚能哀楚囚、奔馳二百里、徑來寬我憂。(163)

骨肉の至情、轍が遠來は如何に軾が憂愁を慰めたりけん。

十二日轍に會し、十四日再び袂を別ち、鞍馬遲々として進む。新息縣を過ぎて、鄕人任師中なるものゝ、事に坐して獄中にあるに邂逅す、異鄕に在て鄕音をきく、而して其人も亦逆運失意の人、軾豈に情に禁《た》えんや。詩を作つて之に贈る、

怪君便爾忘故鄕、稻熟魚肥信淸美、（中略）知君坐受兒女困、悔不先歸弄淸泚、塵埃我亦失收身、此行蹭蹬尤可鄙。(164)

愁人感多し、淮南の破驛に宿してはいふ、

暮宿淮南村、已沒千山赤、麔鼯號古戍、霧雨暗破驛、回頭梁楚郊、永與中原隔、黄州在何許、想像雲夢澤、（中略）獨喜小兒子、少小事安佚、相從艱難中、肝肺如鐵石、便應與晤語、何止寄衰病。(165)

此時、家人皆轍に寄る、獨り子邁のみ從ふ。千里艱難の間に相伴ふ、慈父の情豈に滄然たらざらんや。

途、淨居寺に游んで翠微の間に煙霞に傲嘯《がうせう》(166)しては、逐竄《ちくざん》(167)の客猶《なほ》雲山に游ぶを喜び、

十載游名山、自製山中衣、願言畢婚嫁、携手老翠微、不悟俗緣在、失身踏危機、刑名非夙學、陷穽損積威、遂恐死生隔、永與雲山違、今日復何日、芒鞋自輕飛、（中略）裴回竹溪月、空翠搖煙霏、鐘聲自送客、出谷猶依々、回首吾家山歲晚將焉歸。(168)

清溪梅花の開くに會ひては、

何人把酒慰深幽、開自無聊落更愁、幸有清溪三百曲、不辭相送至黄州。(169)

無情の草木にも旅情を慰めつゝ、幾多の長亭短驛(170)を過ぎ、二月一日黄州に入りぬ。即ち口吟すらく、

自笑平生爲口忙、老來事業轉荒唐、長江遶廓知魚美、好竹連山覺筍香、逐客不妨員外置、詩人列作水曹郎、只慙無補絲毫事、尙費官家壓酒囊。(171)

嗚呼配處猶魚筍の美を說く、些《いさゝか》の窮厄を見ず。

既に到つて定惠院に寓す。院の顒師《ぎようし》(172)、爲めに竹下に室を開いて嘯軒と名《なづ》け、軾を居らしむ。軾、幅巾芒屩《ばうきやく》(172)、日々に田父野老と溪谷の間に相從ふ。

先生食飽無一事、散歩逍遙自捫腹、不問人家與僧舍、拄杖敲門看脩竹。(173)

閑適の狀想ふべきなり。其他總《す》べて口を杜《と》ぢ門を出です、殆んど復《また》世事を知らざるが如し。所謂

某寓一僧舍、隨僧疏食甚自幸也、感恩念咎之外、灰心杜口、不曾看謁人、所云出入、盖往村寺沐浴、及尋溪傍谷、釣魚採藥、聊以自娛耳。(174)

閑寂無爲の一翁、既に彼の談論風生、口角火を飛ばせしの人にあらず。

五月、轍、軾が家人を以て黃ら至る、巴河口に至て之を迎ふ。詩あり、

三年御史府、擧動觸四壁、幽々百尺井、仰天無一席、（中略）餘生復何幸、樂事有今日、（中略）此邦疑可老、脩竹帶泉石、欲買柯氏林、茲謀待君必。(175)

晏然《あんぜん》として自適するを見るべし。

軾、定惠にあり、未だ久しからずして臨皐《りんかう》に移る。其

已遷居江上臨皐亭、甚淸曠、風晨月夕、杖屨野步、酌江水飲之、(176)

といへるもの是なり。

翌年故營(177)の地を請ひ、自ら墾して之を闢《ひら》く、名けて東坡といふ。

余至黃二年、日以困匱、故人馬正卿、哀予乏食、爲於郡中、請故營地數十畝、使得躬耕其中、地既久荒、爲茨棘瓦礫之場、而歲又大旱、墾闢之勞、筋力殆盡、釋耒而歎。(178)

翌元豐五年、東坡に就て雪堂を築き此に居る、自ら東坡居士と號す。其雪堂記にいふ、

蘇子得廢圃于東坡之脅、築而垣之作堂、堂以大雪中爲、因繪雪於四壁之間、無容隙也、起居偃仰

環顧睥睨、無非雪也、蘇子居之、眞得其所居者也。(179)

歌に曰ふ、

雪堂之前後春草齊、雪堂之左右斜徑微、雪堂之上兮、有硯人之頎々考槃於此兮、芒鞋而葛衣、挹清泉兮、抱甕而忘其機、負頃筐兮、行歌而采薇、吾不知五十九年之非而今日之是、亦不知五十九年之是而今日之非、吾不知天地之大也、寒暑之變、悟昔日之癯而今日之肥、感子之言兮、始也抑吾之縱而鞭吾之口、終也釋吾之縛而脫我之羈、是堂之作也、吾非敢雪之勢而取雪之意、吾逃世之事、而逃世之機、吾不知雪之爲可觀賞、吾不知世之爲可依違、性之便意之適、不在於他在於吾、群息已動、大明既升、吾方輾々、一觀曉隙之塵飛、子不棄兮、我其與歸、客忻然而笑。(180)

誰れか此等の達語の、甚だ莊生に似たらずといふか。

張舜民は東坡の友なり。其郴行錄《ちんかうろく》、東坡の雪堂を叙す、云《いは》く、

會于子瞻所居、晚食子瞻東坡雪堂、子瞻坐詩謫獄、謫此已數年、黃之士人出錢、於州之城東隅地築磯、乃周瑜敗曹操之所、在大江之湄、北附黃岡、地形高下、公府居民、極蕭條、知州廳事、弊陋大不勝處。(181)

此歲七月赤壁に游び、十月復《また》游ぶ。赤壁は即ち三國の時、周瑜《ゆ》が曹操を破りし地。前後赤壁の二賦は即ち此游を記せる者、其前賦にはいふ。

壬戌之秋、七月既望、蘇子與客、泛舟游於赤壁之下、清風徐來、水波不興、擧杯屬客、誦明月之詩、歌窈窕之章、少焉月出東山之上、徘徊於斗牛之間、白露橫江、水光接天、縱一葦之所如、凌

萬頃之茫然、浩々乎如馮虛、御風而不知其所止、飄々乎如遺世獨立、羽化而登仙、於是飲酒樂甚、扣舷而歌之、歌曰、桂棹兮蘭槳、擊空明兮泝流光、渺々兮予懷、望美人兮天一方、客有吹洞簫者、倚歌而和之、其聲嗚々然如怨如慕、如泣如訴、餘音嫋々不絕如縷、舞幽壑之潛蛟、泣孤舟之嫠婦、蘇子愀然、正襟危坐而問客曰、何爲其然也、客曰月明星稀、烏鵲南飛、此非曹孟德之詩乎、西望夏口、東望武昌、山川相繆、鬱乎蒼々、此非孟德之困於周郎者乎、方其破荊州、下江陵、順流而東也、舳艫千里、旌旗蔽空、釃酒臨江、橫槊賦詩、固一世之雄也、而今安在哉、況吾與子、漁樵于江渚之上、侶魚鰕而友麋鹿、駕一葉之扁舟、擧匏樽以相屬、寄蜉蝣於天地、眇滄海之一粟、哀吾生之須臾、羨長江之無窮、挾飛仙以遨游、抱明月而長終、知不可驟得、託遺響于悲風、蘇子曰、客亦知夫水與月乎、逝者如斯、而未嘗往也、盈虛者如彼、而卒莫消長也、蓋將自其變者而觀之、則天地曾不能以一瞬、自其不變者而觀之、則物與我皆無盡也、而又何羨乎、且夫天地之間物各有主、苟非吾之所有、雖一毫而莫取、惟江上之清風、與山間之明月、耳得之而爲聲、目遇之而成色、取之無禁、用之不竭、是造物者之無盡藏也、而吾與子之所共適、客喜而笑、洗盞更酌、肴核既盡、杯盤狼籍、相與枕籍乎舟中、不知東方之既白。[182]

後賦は即ち、

是歳十月之望、步自雪堂、將歸于臨皐、二客從予、過黃泥之阪、霜露既降木葉盡脫、人影在地、仰見明月、顧而樂之、行歌相答、已而歎曰、有客無酒、有酒無殽、月白風清、如此良夜何、客曰、今者薄暮、擧網得魚、巨口而細鱗、狀如松江之鱸、顧安所得酒乎、歸而謀諸婦、婦曰我有斗酒、藏之久矣、以侍子不時之需、於是携酒與魚、復游於赤壁之下、江流有聲、斷岸千尺、山高月小、水落石出、曾日月之幾何、而江山不可復識矣、予乃攝衣而上、履巉巖、披蒙茸、踞虎豹、登虬龍、攀栖鶻之危巣、俯憑夷之幽宮、蓋二客不能從焉、劃然長嘯、草木震動、山鳴谷應、風起水湧、予亦悄然而悲、肅然而恐、凛乎其不可留也、反而登舟、放乎中流、聽其所止而休焉、時夜將半、四顧寂寥、適有孤鶴、横江東來、翅如車輪、玄裳縞衣、戛然長鳴、掠予舟而西也、須臾客去、予亦就睡、夢一道士、羽衣蹁躚、過臨皐之下、揖予而言曰、赤壁之游樂乎、問其姓名、俛而不答、嗚呼噫嘻、我知之矣、疇昔之夜、飛鳴而過我者非子也耶、道士顧笑、予亦驚悟、開戶視之不見其處。(183)

即ち是《これ》。ともに賦の正聲にあらずと雖ども前賦は則ち詞釆華茂、後賦は即ち骨奇高、靡綺《びき》(184)の態なく而かも情景兼到《かねいた》る。大手筆たるを失はず。

此を以て彼の范子豐に與ふるの二書と併せ讀めば、興趣の更に深きを覺ゆ。其一書にいふ、

黄州少西、山麓斗入、江中石室如丹、傳云曹公敗處、所謂赤壁者、或曰非也、(中略)今日李秀才來相別、因以小舟載酒、飲赤壁下、李善吹笛、酒酣作數弄、風起水湧、大魚皆出、上有栖鶻、坐念孟德公瑾如昨日耳。(185)

賦に所謂客に洞簫を吹くものありとは是にあらずや。又一書にいふ、

臨皐亭下、不數十歩便是大江、其半是峩眉雪水、吾飲食沐浴皆取焉、何必歸鄉哉、江山風月本無常主、閒者便是主人。(186)

是れ豈に賦の

且夫天地之間、物各有主、苟非吾之所有、雖一毫而莫取、惟江上之清風、與山間之明月、耳得之而爲聲、目遇之成色、取之無禁、用之不竭、是造物者之無盡藏也、而吾與子之所共適、(187)

とともに天地に大觀せるの妙語にあらずや。

六年十月十二日、夜承天寺に游ぶ、記あり。小品の妙絶。

是より先き朝廷新たに官制を定む。王珪、蔡確左右僕射たり、(左右僕射は舊の平章事に當る)、章惇門下中書侍郎たり、(舊の參知政事に當る)、神宗次叙を以て珪、確を相とすと雖ども、珪等の爲す所を厭ひ、禮重を加へず。官制の改まるや帝、新舊兩《ふたつなが》ら用ひて、また司馬光等を入れんと欲せしも珪等の沮《はゞ》む所となつて得ず。帝また每《つね》に軾が謫竄を憐む、盖し帝もと軾が文字を愛す、其飲食に當つて、筯《はし》を停めて文字を看る、軾が文章を誦する每に必ず歎じて曰く、奇才々々と。嘗て其作る所の中秋詞を覽る、中に惟恐瓊樓玉宇、高處不勝寒(188)の語あり。神宗曰く、蘇軾終に是れ君を愛すと。軾を起して國史を成さしめんと欲す。珪等之を沮む。神宗よつて姑《しばら》く曾子固を用ひしも之の意に允《かな》はず。天豐七年四月遂に手札、軾を汝州に移す、曰ふ、蘇軾黜居思咎、閲歲滋深人材實難不忍終棄と。(189)時に軾まさに目を病み、門を杜《とぢ》て出でず。京師盛《さかん》に傳ふ、軾已に白日仙(190)し去ると、神宗之が爲めに痛惋《つうわん》す、(191)軾當時、人に答へて曰ふ、

某凡百粗遣、春夏間多患瘡及赤目、杜門謝客、而傳者云、遂物故、平生所得毀譽殆皆此類也。(192)

軾黃に在ること五年。此月六日黃を發す、夜行武昌山上に皷角《こかく》(193)をきゝ詩あり、

　黄州皷角又多情、送我南來不辭遠。[194]

謫竄《たくざん》の地と雖ども住慣れては有繋《さすが》に悵然《ちやうぜん》として去るに忍びざるものありけん。江を過ぎて端午、筠《ゐん》に至り、子由に會す。共に逐客となつて相別るゝ事幾裘葛《いくきうかつ》、此《こゝ》に至て再び相見る。知るべし衰顔霜鬢《さうびん》、窮愁のよく人を老いしむるに驚きしを。所謂、

　元豊七年、某舟行赴汝、自富川陸走、高安別家弟子由[195]

なるもの是。子由に別れて行て廬山を過ぐ。廬山は天下の名峯、王貞白が詩に

　嶽立鎭南楚、雄名天下聞、五峰高閡日、九疊翠連雲、夏谷雪猶在、陰岩晝不分、唯應嵩與華、清峻得爲群[196]

といへるもの。軾初めて一度游ぶ、山谷の奇秀、應接に暇あらず。所謂

　僕初入廬山、山谷奇秀、平生所欲見、應接不暇、遂發意不欲作詩也、已而見山中僧俗皆曰、蘇子瞻來矣、不覺作一絶。[197]

　所謂一絶とは即ち其西林寺壁に題せる

　横看成嶺側成峰、遠近高低各不同、不識廬山眞面目、只縁自在此山中[198]

の詩即ち是。實に率爾口を衝《つい》て出でたるの語、而かも興趣油然、達者の言なり。

　七月金陵を過ぐ、時に安石、職を罷《や》めて此に在り、鍾山の下に居る、惠卿が爲めに謬られたるを恨み、常に福建子と獨語す。蓋し惠卿は福建の人。其他優游自適して復《また》世事を顧みず。

　潤水無聲繞竹流、竹西花草弄春柔、茅簷相對坐終日、一鳥不鳴山更幽。[199]

此詩以て彼が當日を想ふに足る。軾往て之を見て共に談笑す。軾が洒落の胸襟、光風霽《せい》月もと恩怨なし、昨は反目し今日は手を把る。當時その安石に與へたる書を讀めば、誰か一度朝堂に立《たち》て諤《がく》々辯難したる者に語るとせん。

某始欲買田金陵、庶幾得陪杖屨、老於鍾山之下、既已不遂、今儀眞一往、又已二十四日、日以求田爲事、然成否未可知也、若幸而成、扁舟往來、見公不難矣。(200)

語々些《いさゝか》の塵芥を帶びざるを見よ。

逼歳(201)泗《し》州《しう》(201)に至る。貲《し》用《よう》罄竭《けいけつ》(202)を以て常州の居住を乞ふ、表に曰く、

臣昔者嘗對便殿、親聞德音、似蒙聖知不在人後、而狂狷妄發、上負恩私、既有司皆以爲可誅、雖明主得而獨赦、一從吏議、坐廢五年、積憂薰心、驚齒髮之先變、抱恨刻骨、傷皮肉之僅存、近者蒙恩、量移汝州、（中略）但以祿廩久空、衣食不繼、累重道遠、不免舟行、自離黃州、風濤驚恐、擧家重病、一子喪亡、今雖已至泗州、而貲用罄竭、去汝尚遠、難於陸行、無屋可居、無田可食、二十餘口不知所歸、飢寒之憂、近在朝夕、與其强顏忍耻、干求於衆人、不若歸命投誠、控告於君父、臣有薄田、在常州宜興縣、粗給饘粥、欲望聖慈許於常州居住。(203)

聽《ゆる》さる、遂に常州に至る。

所謂宜興の田なるもの、王定國に與ふるの書にいへるもの即ち是《これ》、

近有常州宜興、買一小莊子、歲可得百餘碩、似可足食。(204)

又滕逵《とうき》道《だう》に與ふるの書には則ち、

僕買田陽羨、當告聖主哀怜、餘生許於此安置、幸而許者、遂築室荊溪之上而老、僕當閉戸不出、
　君當扁舟過我。(205)

軾はまさに世途の紛擾《ふんぜう》に飽き、山水の間に老いんとす。知るべし五年の謫竄に壯心銷磨《せうま》、意氣沮喪《そさう》、また奮つて難に當るの勇なく、退いて靜かに神を養はんとするを。其宜興に到らんとして揚州の竹西寺に留題して曰ふ。

　十年歸夢寄西風、此去眞爲田舍翁、剩覓蜀岡新井水、要携鄕味過江東（自註蜀江有水與岷江相通、故鄕味云々）
　此生已覺都無事、今歲仍逢大有年、山寺歸來聞好語、野花啼鳥亦欣然。(206)

軾の意知るべきなり。然れども天豈に有爲の人才をして其力を盡くさしめずして、空く老いしめんや。軾また廟廊《べうらう》(207)の上に立つの機に會す。

(下) 再び廟廊に立つ

(甲) 天祐の更化

元豐八年神宗崩じて、朝政一變。軾終にまた召されて朝に入る。神宗在位十八年勤儉にして畋游《てんいう》(208)を御せず、宮室を治めず、厲精《れいせい》日昃《く》るゝまで食に暇あらず。有爲の英主、惜《をしむ》らくは治を求むる太《はなは》だ急、言を聽く太だ廣、人を進むる太だ鋭、誤《あやまつ》て安石を用ひて法度を變壞してより、安石の黨每《つね》に事を用ひ、竟《つひ》に國の大患をなす。富弼《ふひつ》嘗て帝が事功を喜ぶを窺ひ、願くは二十年、口に兵を言はざれと戒めしも釁《きん》を邊疆《へんきやう》に生じ、夏を伐《う》つて却つて敗れ、死者數十

萬、遂に寐《い》ねず食はざるの悔を致す。卒《つひ》に一事の意の如くなることなくして病に罹り崩ず、崩ずるの前、其母宣仁大后、床に臨み謂て曰く、我汝が爲めに某々の事二十餘條を改めんと欲すと。神宗皆點頭。獨り青苗に至《いたつ》ては再三問《もん》すれども應へず。太子立つ、是を哲宗となす。猶幼、宣仁大后、朝に臨み、垂簾《すいれん》政を聽く。大后、神宗の位に在りし日より已に數々《しば〱》新法の不便をいふ。位を攝《せつ》するに及んで、悉く熙寧の新法を罷《や》む。先帝の遺意と稱して皆中より出づ、大臣も與《あづ》からず。既にして王珪卒し蔡確、章惇《しやうとん》等の徒、皆尋《つ》いで貶竄《へんざん》せられ、司馬光復《また》入て相となる。當時慶曆の名臣、韓琦《き》、富弼、歐陽脩等、皆既に凋落し、獨り光の存するあるのみ。此時熙豐の間に貶竄せられし者皆召還さる。軾も亦此歲五月、朝奉郎を以て登州の知となり、任に到つて五日にして、禮部郎中を以て召還され、半月にしてまた擢《ぬきん》でゝ起居舍人に除せらる。軾、憂患に起ち驟《には》かに要地を踏むを欲せず、辭すれども卒《つひ》に許されず。尋《つい》で翌天祐元年二月、中書舍人に遷る。此時、轍も亦召還さる、黄山谷が詩に、

　赤壁歸來入紫清、堂々心在鬢脱零、江砂踏破青鞋底、却結絲絇侍禁庭、(209)

とは之をいへるなり。司馬光既に相となつて鋭意新法を廢す。凡《およ》そ安石建つる所剗革《せんかく》(210)せざるなし。議者或は謂ふ、三年父の道を改むるなしと、新法姑《しばら》く稍々《やゝ》其《その》甚だしきものを損じて足ると。光慨然《がいぜん》として之を爭ふて曰く、先帝の法其善き者は百世變ず可らずと雖ども、安石、惠卿等建つる所の若《ごと》きは天下の害たるもの、當《ま》さに焚《ふん》を救ひ溺《でき》を拯《すく》(211)ふが如くなるも猶及ばざるを恐るべし、況んや、太皇大后、母を以て子を改む、子として父を改むるに非ずと。(212)蓋し司馬光、徹頭徹尾新法を害となす者、安石常にいふ、新法を行ふや終始以て行ふ可しと爲すものは曾子宣なり、終止不可となすものは司馬君實《くんじつ》な

りと。此時、光將《まさ》に免役を罷《や》め差役に復せんとす、差役は丁を以て役に充つるの法、免役は則ち民の貧富を計て等を分ち、錢を輸して以て役に代へしめ、女戸、單丁(213)等には則ち助役錢を出さしむるもの、差役の法久しく行はれ、弊多し。編戸(214)、役に充《あた》りて其役に習はず、官府吏之を虐使し、多く破産を致す、狹鄕《けふきやう》(215)の民の如き或は休息を得ざるあり、故に安石、免役助役の法を以て之に代へたるなり。蓋し安石の法皆用意の餘になる、所謂韓琦と語て安石理會三十年來といへるもの。而して免役の法其最も盡力のもの。當時石、朝廷の其法を變ずるを聞くも毎に夷然《いぜん》(216)として意をなさず、免役を罷むるをきくに及んで愕然《がくぜん》として聲を失して曰く、亦罷めて此に至る乎と。良々《やゝ》久ふして曰ふ、此法終に罷む可らず、安石先帝と之を議する二年にして乃ち行ふ、曲盡せざるなしと。而も司馬光、安石の法を改むるに急、短を以て長を沒するを免れず。軾乃ち議して曰く、差役免役各利害あり、免役の害、民財を培斂《ばいれん》(217)す、十室九空、上に斂聚《れんしゆう》(218)して下錢荒《せんくわう》(219)の患あり。差役の害、民常に官にあり、力を農に專らにするを得ずして、貪吏猾胥《たんりくわつしよ》(220)縁《よつ》て奸を爲すを得。此二害輕重略《ほゞ》相等し矣。今驟《には》かに免役を罷めて差役を行はゞ、是《これ》空しく民を驚かしむるなりと。而かも司馬光以爲《おもへ》らく、差役は上等の戸にみ、更互《かうご》(221)役に充《あ》て休息あり、免役は歳々錢を出だす、休息の期なく、且下戸、單丁、女戸も皆盡く錢を出さしめて、鰥寡孤獨《くわんくわんこどく》の人倶《とも》に免れず。且夫れ力は民の生ずる所、穀帛《こくはく》は民耕桑《こうそう》して得べきも、錢に至ては官の鑄《い》る所、民私《ひそか》に爲すを得ざるを以て、若《もし》錢を以て民に求むれば、歳豐なれば則ち民其穀を賤糶《せんてう》(222)し、凶なれば則ち桑棗《さう〱》(223)を伐り、牛を殺し、田を賣りて、錢を得て以て輸するをなさん。此の如きは民人を休養するの道にあらずと、堅く執つて軾が言を可《き》かず、軾も亦堅く爭ふ、遂に合はず、軾、舍に歸り巾を

卸し帯を弛《ゆる》むるに方《あた》つて、連呼して曰く、司馬牛々々々と。(224)

吾人は是に於て三様の人物、三様の氣象を見る。介甫《かいほ》は革《あらた》むるに急なり、革めざるべくして可なるものも之を革めんとす、新を喜ぶなり、名を好むなり。君實は則ち守るに執なり、守らずして可なるをも、猶之を守らんとす、舊に泥《なづ》むなり、變を知らざるなり。司馬は水を堰《せ》きて溢るゝを知らざるものなり、王は苗をぬきて枯るゝを知らざるものなり。一は盲進し、一は迂闊。子瞻は則ち前二者に異なり、物の來るを待つて然る後應ずる者の自然に任ぜんとす、王は事を生ずるを好み、司馬は事を守るに力め、蘇は則ち無事を喜ぶ。故に先《さき》に軾が新法を論ずるや、免役の怯を難詰す。而して今司馬之を廢せんとすれば軾また力爭す、說を變じたるにはあらず、既に行はるゝの法、安石の立つる所と雖ども、故なくして更《か》ふるを欲せざればなり。嗚呼司馬牛々々、忠信餘《あま》有つて才智足らず。

時に臺諫(225)、光の人多く、皆希合(226)以て進を求む。故に爭て軾の瑕疵《かし》を求むれども得ず。則ち熙寧謗訕《ぼうせん》の說(227)に因緣して以て軾を病《や》ましむ。軾其言既に用ひられず、且讒間頻《ざんかんしき》りに入るを以て朝に安んぜずして外に補せられんことを乞ふも、許されず。光また軾を逐ふの意あつて、會々《たまたま》此歳九月病《やみ》て卒し、乃ち已む。呂大防、范純仁、光に次《つい》で相となる。十一月翰林院學士を以て侍讀に除せらる。時に河南の程頤《ていい》また侍讀たり、軾之と隙あり、終に洛蜀の黨爭を來《きた》す。

(乙) 洛蜀黨爭

所謂洛蜀の黨爭は軾と頤とが個人の嫌隙《けんげき》と(228)、學說の異同とにより、延《ひい》て朝廷に朋黨を生ずるに至りしもの。故に之を叙するに先《さきだ》つて、程頤が學說の由來と、爲人《ひとゝなり》とを說くことを要す。
夫れ上下三千載に通じて、支那の人心を羈束せるものは儒學なり。周末に噴火の一時に破裂せしが如く、雜然として出せし衆多の學派も、永く其光を保つ能はずして、支那人種が實際的氣風の實際的教義に適合すべき傾向あると、及び支那政府が此の如き疆域《きやうゐき》の上に君臨して、此の如く多き民心を治め易からしむべき統一の政略との爲めに、皆疎《うと》んぜられ、忘れられて、或は消え或は失せ、獨り儒教の流風、支那全土を傾倒す。支那人民の思想は、全く之が爲に繫縛せられて、僅に道釋《だうしやく》の教といふものあるも、また、猶此桎梏を離脱する能はず。政治道德悉く源を尋ねざる能はず、憑據《ひようきよ》孔孟に於てせざれば、言信《しん》ぜられず、祖術、孔孟に於てせざれば說聽《き》かれず。才識高邁の士ありと雖ども、卓立不羈よく此金剛圈外に跳出して獨創の見地を闡明《せんめい》する能はざるなり。

　然りと雖ども世運は活機なり、思想は停滯せず。よし支那の學流、儒を宗とすと雖ども、今は昨にあらず、來は今にあらず、世運は遷移し、思想は發展す。同じく孔門の學といふと雖ども、孟子の說く所既に悉く孔子と合せず。況んや漢唐既に先秦と異なり、宋明また漢唐と同じからず。今儒學學風の變を大別せば、三期となすを得。漢唐の訓詁一なり、宋明の理二なり、清の考證三なり。漢唐の訓詁唯言語の末に泥《なづ》む。皮相にして人間の理性を滿たすに足らず、於是乎《こゝにおいてか》宋明の談理興る。談理の風、高遠と雖ども儒教と功實ならず。於是乎《こゝにおいてか》考證の風起る、穿鑿以て儒門の本意を探頤《たんさく》(229)せんとするにあり。それ車輪一轉其輪は本に復して而して車は既に一歩を轉ず。考證は訓詁の轉のみ、轉じて一歩を進めたるのみ。

宋以後は今いふの要なし。請ふ更に少しく詳《つまびらか》に宋以前に於ける儒教の變遷を語らん乎。彼の兒童の讀書を學ぶや、先づ訓詁《くんこ》より入て義理に及ぶ。漢唐と宋明との學變またこれに過ぎざるのみ。夫れ孔門の學、道德を主とす、身を修るに始まり、治國平天下に終る。もと、實踐躬行に過ぎざるのみ。而かも世を距《へだゝ》ることを漸く遠く、時を去ること漸く久しければ、所謂聖賢の德化涵養をうくる能はず。其遺文に依て其遺蹤《ゐしょう》(230)をたづぬ、漢以後是《これ》なり、申毛(231)の徒《と》舊經を傳授し、馬鄭(232)の輩古語を訓解す、諸儒屹々《きつ〳〵》として精を章句の間に費し、神を記誦の上に勞す。而かも是れ言語名物の末、以て文字を說得《ときえ》て博閎《はくくわう》(233)詳密なるべきも、遂に前聖先哲の之を說きし所以の理義に至ては則ち茫乎たり。夫れ人の幼なる、事物を識らんとするに切なりと雖ども、其何たるを知れば輒《すなは》ちやむ、何の故たるを問はざるなり。漸く長ずれば乃ち之を以て滿たざるなり。章句訓詁の學の永く人心を支配するに足らざるや明。况んや後漢の時、佛教初めて傳はりてより、信仰を缺き哲理を缺きたる現實の儒教に飽きたるの徒、翕然《きふぜん》として之に靡《したが》ひ、且其寂滅の理の老莊の虛無を說くと相近きや、老莊の言句を籍《か》つて佛理を說き、老莊の說また佛理によりて闡明せられ、魏晋以來、玄言淸談の徒の如きもの出で、道釋の教相駢《あひなら》んで流布。既にして唐に至つて、禪學又盛に行はれ、學士文人の之を喜ぶもの多く、五代を經て宋に至ては、佛教彌々《いよ〳〵》盛に、禪學一時を風靡するの勢あり。儒の徒力を極めて佛を排すと雖ども、平易淺近なる日用彝倫《いりん》の談は理性既に發達せる當時の人心を服せしむるに足らず。彼の韓愈《かんゆ》の文の雄を以てすら猶說く所粗にして儒風を振ふに足らざりき。宋儒乃ち性命を談じ、窮理を說き、精博深遠以て佛家奧妙《おくめう》の說に對す。稱して孔孟の遺教に則るといふと雖ども、實は則ち儒に加ふるに老佛の說を以てしたるもの。所謂宋儒窮理の學なるものは儒老佛の融合にして、思想の進歩上必至の勢たり。於是乎、漢儒訓詁の習、一變す。而して所謂窮理の學風、端を周程(234)に開き、朱陸に成る。故に宋代儒學の盛なるは仁宗の時に始まる。

　周敦頤《い》は濂溪《れむけい》の人、宇は茂叔、二程の師たり。著す所、通書及び太極圖説なり。蓋し太極の説もと道家に出づ、五代の時、華山の道士陳摶《たん》なる者あり、太極の圖を得て之を种放《ちゆうはう》に授け、放之を穆脩に授け、脩之を周に傳へたりといふ。此の如く太極の説は道家に出づと雖ども、まだ易に本《もとづ》く所あり。易經と道德經とは多少の相似の箇處を有す。儒が道と融合するを得たるは實に易によれり、周は則ち此太極説によりて道を以て儒に融通せしめたるなり。

　儒既に道と融化す。道と佛とは最も相近し、儒是に至ては佛と融化し得ざらんや。果然周に師事せる二程に至ては、更に佛の理をも取り來りて之を儒説に融化し、此の如くにして老佛は儒の坩堝《かんくわ》中に投ぜられて、其理は儒家の用語によりて説かるゝに至れり。二程、兄は顥《かう》、明道是《これ》、弟は頤、則ち伊川なり。其天下の理を悉く儒に備はれば、斷じて佛に負ふ所なしといふ者は、實に即ち儒の理を擴めて老佛の説をも其中に包含せしめたればなり。蓋し儒學が支那人の心に浸染せるの深き、何の説も全く儒を離れて立つ能はざるが故に、孔孟の説を祖述するに托すと雖ども、當時の宋學は既に北方思想に非ずして、其修身齊家の實際的なるを除けば、純然たる理想的の南方思想なり。

　是れ其家學を承《う》けて其血脉に西方思想をつげる蘇軾が、學術の點に於て既に程頤と衝突すべきものあるなり。所謂軾が家學なるものは經に雜《まじ》ゆるに法術を以てしたるもの、蓋し法術なるものは老子が無爲思想に拈《ねん》じ來りて、之を經世の法に應用したるもの。南方の空想的純理考索を以て北方の實際的政治觀念を行《や》りたるものなり。故に多少の南方的思想の痕跡を認め得べしとするも、既に其着力切實なる政治的方面にあれば寧ろ北方的思想に近く、而してその亦北方的思想と異なるは、其權術を挾んで經世を先にして、脩身齊家を後にするにありて此權術は即ち老子が說に本づくと雖ども既にまた老子の說に非らず。故に法術の學は南方思想にあらず、また北方の思想にもあらず。自ら是れ一個西方の思想たり。而して蘇の家學は經に雜ゆるに縱橫の術を以てすといふと雖ども、二程の學が儒說に寓せる老佛の理なるが如く、經に托せる法術の言なるのみ。今程蘇二樣の學をとりて之を比するに蘇の學は力を實際に着け、程の學は想を高遠に騖《は》す。蘇の學は北方的思想にして南方的の變通を有し、程の學は南方的思想にして北方的の固定性を免れず。軾嘗て書を神宗を上《たてま》つて、性命理氣の弊を論じて曰く、

　夫性命之說、自子貢不得聞、而今之學者恥不言性命、讀其文浩然無當而不可窮、觀其貌超然無著而不可挹、此豈眞能然哉、蓋中人之性、安於放而樂於誕耳、陛下亦安用之。[235]

實際に緊切ならざる理氣性命の說は、軾の眼よりして看れば實に放誕[236]迂闊のものならん。且夫さなきだに程學の偏狹なるに、頤の小心なる、さらずも蘇の學の變通あるに、軾の放膽なる、二人者の其學以外、個人としての禀質[237]に於ても亦撞着を免るゝ能はず。

頤爲人《ひとゝなり》峭峻孤狷《こけん》[238]、兄明道の和易にして温容親しむべきに似ず。二人嘗て父に隨待して一僧寺に宿す。顥《かう》は門に入て右し、頤は左す。而して從者皆顥に從て頤は獨行するのみなりしを以てみるも、頤が

峻毅近《ちかづ》く可らざるを見るべし。顥の學をなすや、諸家に泛濫《はんらん》(239)し老釋に出入することを幾《ほと》んど十年、竟《つひ》に孔孟に歸宿せりと雖ども、猶釋老を觀ることを廢せず。頤に至ては四書を以て標指となして、其他則ち一切屛除《へいぢよ》(240)、莊列(241)だも見ず、其狹隘容《い》るゝ所なきや此の如し。其學も亦其人の如し、誠敬を主とす、頤以謂《おもへ》らく人己に克ち禮に復り、邪を閉ぢ誠を存し、之を外に制して以て内を安んせば、久ふして習、性となり、聖賢と同じく止聖の地に止《とゞま》らんと。蓋し周敦頤の學は靜を主とするのみ、頤に至ては則ち靜を守るに敬を以てす。その人の力行を要する所、頤の人品の周に異なるを見るべし。頤の後、紹聖の黨禍(242)に罹《かゝ》り、涪州《ふうしう》に貶《へん》せらるゝや、江を渡り舟幾《ほとん》ど覆る、舟中の人皆號哭す。伊川獨り襟を正ふして安坐常の如し。已にして岸に及ぶ。同舟父老あり、問ふて曰く、船危きの時に當て、君獨り怖色《ふしよく》なし、何ぞや。曰く心、誠敬を存するのみ。父老曰く、心、誠敬を存する固より善し、然れども無心ならんには若《し》かずと。頤の病に中《あた》れるの言なり。

頤既に誠敬を主とす、故に其身を律する極めて嚴。情を矯《た》めて力行。故を以て胸中從容優爲(243)の閑なく、遑々屑々《くわう〱せつ〱》(244)として小事に拘《こだ》はる。其自ら持する嚴なるや、延《ひ》て人に及び、學者に對する亦頗る頤《い》、頤嘗て靜座游定《いうぢやう》(245)、弟子侍立して去るを得ず、日暮僅に許されて舍に就く、退けば則ち雪深きこと數尺なりきと。故に明道嘗て言ふ、異日《いじつ》よく師道を尊嚴にするものは吾《わが》弟なり、後學を接引し、人才に随て而して之を成就するものは、則ち予讓らずと。

頤は其弟子に接する所以を以て人君の前に進說す。初め頤、治平元豐の間、屢《しば〱》薦められしも皆就《な》らず。元祐元年三月初めて崇政殿說書を以て召されて經筵に入るや、乃ち奏して言ふ、

習與智長、化與心成、今夫民善教其子弟者、亦必延名德之士、使與之處、以薰陶成性、况陛下春秋方富、雖睿聖得於天資、而輔養之道不可不至、大率一日之中、接賢士大夫之時多、親宦宮妾之時少則氣質變化自然而成、願選名儒入侍進講、講罷留之、分直以備訪問、或有小失、隨事献規、歳月積久、必能養成聖德、(246)

其言や甚《はなはだ》好し、然れども人を教ゆるには寛猛相濟《あひすく》ひ、一張一弛《し》以て其性を涵養するを要す。今頤は毎《つね》に張つて弛《ゆる》めざらんと欲す、常人と雖ども猶憂厭すべし、况んや人主をや。况んや人主猶幼なるをや。然れども人主と、其幼なるとは頤が顧みる所にあらざるなり。其進講に當つてや、色毎に莊、少事と雖ども亦極争す。帝嘗て檻《をり》に憑《よ》つて偶《たまたま》柳枝を折る、頤よつて色を正ふして曰く、春時萬物發生の時に方《あた》つて、非時に毀折《きせつ》して天地の和を傷《やぶ》る可らずと。哲宗丞《たちま》ち地に擲《なげう》ち、講を終ふるまで樂しまざるの色あり。其緩急を知らず、事に拘する此の如きものあり、太后之をきゝ嘆じて曰く、怪鬼事を壞《やぶ》ると。司馬光すら之を聞き、樂まずして門人に謂《いひ》て曰く、人主をして儒生に親近するを欲せざらしむるは、正に此等の人たるなり。

軾や則ち闊達其經筵《けいえん》にあるや、大體を領して小義に拘《こだは》らず、且其學の法術を主とするや、經を説かずして多く史を説く、治亂興衰、邪正得失の際に至れば、則ち反覆開導、(247)帝をして覺悟する所あらしむ。帝恭默不言《いはず》と雖ども、軾が論説する所を聞けば、輙ち肯首《かうしゆ》(248)之を喜ぶ。

軾と頤と其學説既に異同あり、其性行も背馳《はいち》此の如し、而して同じく袂を聯《つら》ねて朝に立つ。頤の眼よりしてみれば、軾は放恣無頼の徒たるべく、軾によりすれば、頤の爲す所は驕飾《けうしよく》に近からざらん。

水火は相容《あひい》るゝ能はず。果然二人は終に相嫌隙《けんげき》[228]するに至りぬ。

軾もと諧謔を喜ぶ。常に頤が經筵にあつて多く古禮を用ふるを見、人情に近からずとなして之を疾《にく》み、毎に玩侮[249]を加ふ。司馬光の卒するや、時に朝廷、明堂大享《だいきやう》[250]なり、禮事畢《をはつ》て軾等往弔せんとす。獨り頤、可《き》かずして論語を引て曰く、子於是日、哭則不歌[251]と。軾曰く明堂は即ち吉禮なり、歌則不哭[252]とは謂はずと。頤、司馬の諸孫を諭《さと》して弔を受くること事なからしむ。軾嘲《あざけつ》て曰く、頤は燠糟鄙俚《いくさうひり》の叔孫通[253]と謂ふ可しと。頤怒《いかつ》て二人遂に隙《げき》を成す。其門下迭《たがひ》に起《たつ》て標榜、黨を分《わか》つて相攻む。軾いふ、臣素惡程頤之姦、未嘗假以色詞[254]と。之を洛蜀の黨議といふ。盖し頤、河南の人、故に頤を以て首となすを洛黨といひ、軾、眉州に出づるを以て軾を領袖とするを蜀黨といふなり。

先是《これよりさき》軾、試館に策問す、中に今朝廷、欲師仁宗之忠厚、懼百官有司不擧其職、而或至於媮、欲法神宗之勵精、恐監司守令不識其意、而流入於刻[255]の語あり。於是頤の門人右司諫賈易、左正言朱光庭等、軾の策問を擧《あげ》て軾を劾《がい》す。軾の徒、殿中侍御史呂陶いふ、臺諫[225]は當《ま》さに至公に徇《とな》ふべし、事權[256]を假借して私隙《しげき》を報ず可らずと。右司諫王覿《てき》も亦いふ、軾命辭[257]輕重の躰を失ひしに過ぎず、若し悉く同異を考へ、深く嫌疑を究めば、則ち兩岐遂に黨を分ち、論滋々熾《ますますさかん》とならん、夫れ學士命詞[257]措を失するは事猶小なり、士大夫をして朋黨の名あらしむるは大患なりと。太后、朝に臨んで宣諭すらく、軾が文意を覽《み》るに是れ今日の百官有司、監司守令を指して言へり、祖宗を譏諷[158]せるに非ずと。遂に措《お》て問はれず。

時に宰臣頤が直言忌憚なきを以て、多く頤を喜はず。頤以爲《おもへ》らく天下重位惟《たゞ》宰相と經筵となり、天下の治亂は宰相に係り、君德成就は經筵の責なりと。嘗て進講の時、書中容の字あり、哲宗が藩邸の嫌名《けんめい》(258)なるを以て、中人黃綾を以て之を覆へり。頤講を畢《わづら》へて進言して曰く、人主の勢尊からざるを患へず、臣下之を尊ぶこと過甚にして、驕心生ずるを患ふるのみと、語氣頗る忌諱を犯す。於是《こゝにおいて》諫議大夫孔文仲因《よつ》て奏して曰く、頤汙《を》下《か》憸巧《せんかう》素《も》(259)と郷行(260)なし、經筵說《せつ》を陳《の》ぶるに僭橫、分を忘る、市井目して五鬼の魁となす、請ふ田里に放還して、以て典刑(261)を示さんと。御史中丞《じやう》胡宗愈《ゆ》、給事中顧臨等、亦章を連ねて頤を詆《そし》り、經筵にあらしむ可らざるをいふ。乃ち頤を罷《や》め出《いだ》して、管勾《くわんこう》西京國子監となす。

軾も亦久しく紛爭の地に留るを欲せず、外補(262)を請ふ。其李方叔に答ふるの書に

某以虛名過實、士大夫不察、責望逾涯、朽鈍不能副其求、復致紛々、欲自到省靜寡過之地以全餘年、不知果得此願否。(263)

又王晉卿に和するの詩にいふ、

上書得自便、歸老湖山曲、躬耕二頃田、自種十年木。(264)

終に四年七月、龍圖學士を以て杭州に知となる。軾、太后及帝に於て眷遇《けんぐう》最も渥《あつ》し。其未だ翰林にありしや、一夜直して禁中にあり、便殿(265)に召入れられ、茶を賜ひ、歸院の時、御前の金蓮燭を徹して送られしことあり。既に杭に行かんとして郊に出でゝ未だ發せず、帝内侍をして龍茶銀合(266)を賜ひ、慰勞甚だ厚し。既に杭にあり、一日中使《ちゆうし》至り既に行かんとす、之を望湖樓上に送るに、遲々として去らず。諸人をして去らしめ、密かに軾に語て曰く、某京師を出づるの時、官家に辭す、官家曰く孃々(267)に辭了し來れ、某、太后の殿を辭し、復、官家の處に到るに、某を引て一櫃《いちひつ》の旁に至り、此一角(268)を出し

て密《ひそか》に語て曰く、蘇軾に賜與せよ、人をして知らしむるを得ざれと。乃ち賜ふ所の茶を出して軾に附す、其封題[269]皆御筆、知遇至れりといふべし。

杭州は軾が十六年前、安石に迕《さから》ふて外に出で來りて、通判たりし地。所謂

江山故國、所至如歸、父老遺民與臣相問、先生去杭十六年、[270]

これなり。

杭州もと形勝絶佳、唐の時、白樂天、此地に守たり。詩あり、

餘杭形勝世間無、州傍青山縣枕湖、遶郭荷花三十里、拂城松樹一千株、夢兒亭古傳名謝、敎妓樓新道姓蘇、獨有使君年太老、風光不稱白髭鬚。[271]

軾此に在て、湖山の風月に傲嘯《がうせう》[166]すること三歳、略々《ほぼ》樂天が留る所の歳月と相似たり。

在郡依前六百日、山中不記幾回來[272]

の句あり。盖し樂天が詩、在郡六百日、入山十二回を用ひたるなり。當時人に與へし書にいふ、

景色如此、去將安住、但著衣喫飯處得住且住也。[273]

其西湖に游ぶや、毎に吏、牘《とく》[274]を以て自ら隨ふ。舟を泛《うか》べて湖を渡り、來《きたりて》普安院に飯し、靈隱天竺《ちく》の間に徜徉《しやうやう》し、冷泉亭に到て則ち括案剖決[275]、落筆風雨の如し、分爭辨證、談笑の間に辨了して、乃ち僚吏と劇飲し、薄暮則ち馬に乘て歸る。豪興逸韻[276]、想ふべきなり。

六年三月復《また》召されて闕《けつ》に赴き、翰林に入る、弟轍亦尙書右丞となる、讒謗《ざんばう》また起る。右司諫楊康國、轍を劾す、言ふ、蘇轍文學を以て自負して、而して剛狼《がうろう》勝を好む、則ち安石と異なるなし、君もし轍

が文學を悦んで之を用ひて疑はざれば、是又一王安石を用ゆるなりと、報ぜられず。賈易亦《また》復軾を劾するに、軾が嘗て黄より汝に移され、途、常州の居住を許されて揚を去りし時、竹西寺に題せし詩語、山寺歸來聞好語の句(206)を以て、先帝の晏駕《あんが》を聞て喜《よろこび》て作る所なりとし、其不臣容《ゆる》す可らざるをいふ、御史中丞趙君錫等も亦繼《つぎ》て之を言ふ、大后怒《いかり》て二人を罷《や》む。呂大防、軾に併せ罷めんことを請ふ、軾懼《おそ》れて外を乞ひ、乃ち龍圖閣學士を以て出でゝ穎州《えいしう》に知となる。軾、闕に在ること僅に四日、其懷舊別子由詩(277)に序していふ、

元祐六年予自杭州召還、寓居子由東府數月、復出領汝陰、時予五十六矣。(278)

當時王定國に與へし書にいふ、

平生親友、言語往還之間、動成坑穽、極紛々也、(中略)得穎藏拙、餘年之幸也、自是刳心鉗口矣、此地於我稍切、須是安處。(279)

既にして又曰く、

近日都下又一場紛々、何時定乎、穎雖少僻、去都下近、親知多特來相看者、殊倦於應接、更思遠去而未能也。(280)

先是天祐の更化《かうくわ》(281)、王石の黨、一時勢を失ひ、散地に退休す、蔡確の如き嶺南に置かれて茲に死するに至り、怨を啣《ふく》むこと骨に入り、陰に間隙を伺ひ、以て捲土重來《けんどちようらい》の機を待つ。司馬光卒してより、朝廷在位の權漸く輕く、加之《しかも》朝臣、黨を分《わかつ》て相攻め、相猜《そね》み、相疑ふ。王呂の黨乘じて以て蜚語《ひご》を放ち、在位を搖《ゆる》がす、呂大防、劉摯《し》等之を畏れ、其徒を引用ひて以て舊怨を平げんと欲す。幸に蘇轍等の其

の不可を力陳するありて止めりと雖ども、所謂調停の説が在廷有力の者によりて唱へられたるを見れば、王呂の黨の勢の既に漸く恢復し來れるを知るべし。當時都下の情勢知るに難からず、軾また此《その》紛々に混ずるに堪へず。更に遠く去らんことを思ふ。忽ち七年正月改めて揚州の知となる。

東都寄食似浮雲、襆被眞成一宿賓、收得玉堂揮翰手、却有淮月弄舟人。(282)

揚に到り未だ一閲歳ならずして、翌七年九月復召されて兵部尙書兼侍讀となる。先是《これよりさき》五年一月、程頤、父の憂に丁《あた》りて去り、此三月服闋《をは》る、再び之を召すの議あり、頤再び表を上《たてまつ》りて辭す、御史董敦逸《とうとんいつ》、其怨望の語あるを摭《せき》し(143)、よつて黜《しりぞ》けられて管勾《くわんこう》崇福官となる。是より後、頤終《つひ》に召されず。軾の闕に入るや、敦逸等また言ふ、軾、中書舍人たりし時、呂惠卿の制詞を草し、先帝を指斥す、其弟轍と相表裏して以て朝政を紊《みだ》すと。呂大防、奏し曰ふ、先帝中國を富强にし、四夷を鞭撻《べんたつ》せんと欲して、一時群臣將順太だ過ぐ、故に事或は當を失す、太后、皇帝と臨御、民の欲する所に因り、事に隨て極改(282)す、然るに比來、言官(283)此を用て以て士人を中傷し、兼ねて朝廷を搖動せんと欲す、意極めて不善なりと。轍も亦其兄の爲めに辨じて、制詞中其言の先帝に及ぶもの、始以帝堯之仁、姑試伯鯀、終焉孔子之聖、不信宰予(284)といふあるのみ、先帝を謗誹《ばうひ》するものにあらずと。太后因《よつ》て敦逸等を罷む。

然れども軾も亦安んぜす、上書去らんことを請ふ。

乞郡三章字半斜、廟堂傳笑眼昏花、傍人問我遲留意、待賜頭綱八餅茶 自註尙書學士得頭綱餅、龍茶一斤、今年綱到最遲(285)

許されず、尋《つい》で禮部尙書に遷《うつ》り、端明殿學士を以て翰林侍讀を兼ぬ。既にして大勢一旋《いっせん》、軾また貶竄《へんざん》の身となるに至る。

四　晩年の遠竄

（上）嶺南

翌八年九月宣仁太后崩ず。太后政を聴くこと九年、天下號して女中の堯舜といふ。熙豊の天下厭苦の後を承《う》け、賢を擧げ姦を黜《しりぞ》けて、民と休息す、太后の在世中王呂(286)の黨其奸《かん》をなすに所なく、一時屏息《へいそく》す。既に漸く其勢力を恢復し來りたるにも拘はらず、その敢て起て政權を代り執るを爲すを得ざりしものは、實に太后の賢明乘ずるに間なかりしなり。彼等は翹足《げうそく》(287)して機を待つ、機を待つが故に彼等は陰に太后の萬一の事あるを望む。太后萬一あらば、帝、聰と雖ども年猶弱し、以て彼等の意を逞ふするを得んなり。太后も亦其然るを憂ふ。故に嘗て呂大防と先帝の臨終、追悔泣下《なみだ》るに至れるを語り、帝を顧みて曰く、此事官家《くわんけ》宜《よろし》く深く知るべしと。又其崩ずるに臨み、帝に對し、大防等に謂て曰く、老身沒後必ず多く官家を調戯《てうぎ》するものあらん、宜しく聽く勿《なか》るべし。公等も亦宜しく早く退きて、官家をして別に一番の人を用ひしむべしと。更に左右を呼んで問ふ、曾て社飯(288)を賜出せるや否や。因《よつ》て曰く、公等各々去りて一匙の社飯を喫し、明年社飯の時、老が身を思量せよと。

果然太后既に崩じ、哲宗親政するや、禮部侍郎楊畏、上疏して神宗の政を紹述し、且章惇《しやうとん》を召さんことを乞ふ。山雨來らんとして風滿樓《かぜろうにみつ》。軾は勢の必ず變ずべきを見、補外(289)を請ふ。兩學士を以て定州に知となる、雨中、轍に別る、詩あり、

庭下梧桐樹、三年三見汝、前年適汝陰、見汝鳴秋風、去年秋雨時、我自廣陵歸、今年中山去、白

首歸無期、客去莫歎息、主人亦是客、對牀定悠々、夜雨空蕭瑟、起折梧桐枝、贈汝千里行、歸來知健否、莫忘此時情。(290)

十二月任に到る。初め闕を出づる、國是《これ》將《ま》さに變ぜんとして朝議洶々《きょう〳〵》、入辭《じ》するを得ず。既に行《ゆ》いて急進功利の臣、改變の事あるをいふ。果然、黑風白雨驀地《まっしぐら》に來る、壓迫せられたりし噴泉は虧隙《くゐげき》(291)を得て一時に迸發《はうはつ》(292)せり。呂大防、范純仁等罷められ、章惇、蔡京入て之に代はり、京の弟、蔡卞《か》、及び許蔣を以て尙書左丞となし、王呂の遺黨を引《ひい》て悉く要地に居《つ》き、聖道を紹述するを托して、之を紹聖と改め、漸を以て盡く熙豐の政を復し、元祐諸臣の罪を治む。夫れ元豐の新政は司馬光の黨の敗れたるなり。元祐の更化は(281)其反動たり、元祐の更化には、王呂の黨は其元豐に司馬の黨を掊擊《ほうげき》(293)せしよりも通酷の打擊を受けたり。反動は其度を增す每に其勢を加ふ。紹聖の紹述は司馬の黨に加ふるに其元祐の更化にうけたるよりも更に通酷の打擊を以てして之に報ぜり。啻《たゞ》に呂大防、劉摯、范純仁、王覿《てき》、呂陶、趙君錫、晁補之、黃庭堅、秦觀、朱光庭等、洛といはず、蜀といはず、一網に打盡して貶竄《へんざん》せしのみならず、司馬光、呂光著等の既に死せるものをも皆追貶《つゐへん》(294)して贈を奪ひ、更に皇后孟氏、宣仁太后の選聘《せんぺい》(295)に係るの故を以て廢せられ、遂に太后をすら、追廢(296)せんとするに至る。當時反動の猛甚《はなはだ》知るべきなり。

此時程頤は涪《ふう》に、蘇轍は筠《ゐん》に、各また貶黜《へんちゆつ》せらる。軾豈にひとり免るゝを得んや。紹聖元年四月、御史虞米等上書す。軾は先朝久しく罪を以て廢せられたるもの、元祐に至て擢《ぬきん》でられて中書舍人翰林學士となるや、凡そその作りし文字、先朝を譏斥《きせき》(297)し、古を援《ひ》き、今を況《ひ》き、多く衰世の事を引《ひい》て、以て忿怨《ふんゑん》(298)の私行を快《こゝろよ》ふす。呂惠卿制詞には即ち曰ふ、首建青苗、次行助役均輸之政、自同商賈、手實之禍、下及雞豚、苟有蠹國而害民、率皆攘臂而稱首行、(299)と。呂大防制詔には則ち曰く、民亦勞止、願聞休息之期、(300)と。司馬光神道碑を撰《えら》んでは則ちいふ。其退居於洛、如屈原之在陂澤、(301)と。凡そ此類、播《まきちらし》して人口に在るもの一に非ず、當《まさ》に其犯す所を原《たづ》ね、明かに典刑(261)を正すべしと。詔あり、二學士を落し一官と下し、左朝奉郎を以て英州の知となる。其制詞實に蔡卞が撰ぶ所たり。未だ任に到らず、再び貶《へん》せられて寧遠軍節度副使を以て惠州安置となる。

軾の嘗て翰林にありし時、旨《し》を被《かうむ》つて上清儲祥宮碑文を作り、哲宗親《みづか》ら其額を書せり。紹聖の黨禍起るに及び、軾が文は磨去せられて蔡元長、別に之を選ぶに至る。當時黨禍の及びし所を見るに足るべし。

軾獨り三子過、及び妾朝雲と舟行謫《たく》に赴むく。

且泣水村欹側過、人間何處不巉巖(302)

嗚呼人間何の處か巉巖《ざんがん》ならざらん、行路難行路難。

行て慈湖に至り、風に阻まれて、退之が潮州の貶を想ひ、

我行都是退之詩、眞有人家水半扉、千頃桑麻在船底、空餘石髮挂魚衣　自註退之宿曾江口詩曰、暮宿板民村、高處水半扉、(303)

惶恐《くわうきよう》灘《なだ》を過ぎては、姦邪《かんじや》の聖明を蔽塞《へいそく》(304)するを慨《がい》し、

七千里外二毛人、十八灘頭一葉身、山憶喜歡勞遠夢、蜀道在錯喜歡　地名惶恐泣孤臣、(305)

清遠に至て、人の惠州の風物の美を談ずるを聞きて、

江雲漠々桂花滋、梅雨翛々茘子然、聞道黄柑常抵鵲、不容朱橘更論錢、(306)

橘柑茘子《れいし》の美を夢みつゝ、十月を以て恵に到りぬ。初め嘉祐寺に寓す、詩あり、

去年中山府、老病亦宵興、今年江海上、雲房寄山僧。(307)

其参寥子に與ふるの書、其寥落の狀を叙す、

某到貶處半年、凡百粗遣更不能細説、大略只似靈隱天竺和尚退院後、却住一箇小村院子、折足鐺中罨糙米飯、便喫過一生也得、其餘瘴癘病人、北方何嘗不病、是病皆死得、人何必瘴氣、又苦無醫藥、京師國醫手裏死漢寔多。(308)

超然として命に安《やすん》ずるを見るべし。

其居る處名《な》づけて思無邪齋といふ、銘あり、

東坡居士、問法於子由、子由報以佛語曰、本覺必明、無明明覺、居士欣然有得於孔子之言曰、詩三百一言以蔽之、曰思無邪、(中略)銘曰、

大患緣有身、無身則無病、廓然自圜明、鏡々非我鏡、如水洗水、二水同一淨、浩然天地間、惟我我獨也正。(309)

翌年三月、合江亭に遷り、

紹聖元年十月三日、始至惠州、寓於嘉祐寺、明年遷合江之行館、得江樓豁徹之觀、忘幽谷窈窕之趣。(310)

三年四月復嘉祐寺に遷る。

初め軾の貶せらるゝや、其逆境はその氣を御し、其情を靜むるを得たるも、習氣除き難し、動《やゝ》もすれば輙《すなは》ち本に復《かへ》らんとす。逆境は心を內に收めしむれども、順境は氣を外に驅らしむ。再び闕に入《いり》てより、筆舌の爲めに禍を買はんとせしもの幾回。こゝに彼はまた逆境の人となつて、氣を抑え愆《あやまち》を省みる默思の人となりぬ。

過黃州、買檀香數斤、定居之後、杜門燒香、閉目淸坐、深念五十九年之非矣、(311)

といひ

某近日甚能刳心省事、不獨省外事、也幾於寂然無念矣、所謂詩文之類、皆不復經心、亦不自能措辭矣、(312)

といふ。

既に詩文を作らず、外事總て省みず、山水の游敢て亦せず、

羅浮曾一游、每出勞人、不如閉戶之有味也。(313)

唯其樂とする所は、家釀する所の桂酒羅浮香五小盞《せん》のみ、

某終日把盞、積計不過五銀盞爾、然得一釀法絕奇。(314)

其釀す所即ち桂酒、

嶺南家々作酒、近得一桂酒法、釀成不減王晉卿家碧香、亦謫居一樂事也。(315)

釀し得て每に羅浮の道士と飮む、

但、乏可與飮者、羅浮有道士、雖朴野至行淸苦、常欲濟人、深可欽愛、見邀之在此。(316)

桂酒、之を酌むに好下物《かぶつ》あり、

先生洗盞酌桂醑、水盤薦此赬虬珠、似聞江鰩斫玉柱、更洗河豚烹腹腴、我生渉世本爲口、一官久已輕蓴鱸、人間何者非夢幻、南來萬里眞良圖。[317]

而して林下恣まゝに茘子《れいし》をとり啖《くら》ふ、亦彼に於て一快なり。

羅浮山下四時春、盧橘楊梅次第新、日啖茘子三百顆、不辭長作嶺南人。[318]

南來萬里眞良圖といひ、不辭長作嶺南人といふ。軾は復《また》北歸の期なきを思ひ、稍々《やや》惠に老うる計を爲す。

南北去住定有命、此心亦不思歸、明年買田築室作惠州人矣。[319]

州城の後、白鶴觀の舊基あり。乃ち之を買ふて卜築す。

某又已買得數畝地、在白鶴峯上、古白鶴觀基也、已令斫木陶瓦、作屋三十許間、今冬成、去七十無幾、矧未能必至邪、更欲何之、以此神氣粗定。[320]

又詩あり、之をいふ、

前年家水東、指嘉祐寺 回首夕陽麗、去年家水西 指合江亭 溼面春雨細、東西兩無擇、緑盡我輙逝、今年復東徙、舊館聊一憩、已買白鶴峯、規作終老計、長江在北戶、雪浪舞吾砌、靑山滿牆頭、鬖髿幾雲髻、（中略）吾生本無待、俛仰了此生、念々自成劫、塵々各有際、下觀生物息、相吹等蚊蚋。[321]

超えて四年二月十四日、新居落成、因《よつ》て茲《こゝ》に遷る。

新居在一峯上、父老云古白鶴觀基也、下臨大江、見數百里間、柳子厚云、孰使予樂居夷、而忘故土者、非此丘也歟。[322]

山に倚り江に臨み、眼界濶朗、所謂夷に居るを樂しましむるに足るものあり。軾の惠に到るや、獨り過のみ從ふて家人皆宜興に留まれり。此《この》年、長子萬、韶州仁化《せうしうじんくわ》の令を授かり、家を擧げて惠に來る。父子相見ざる三歳、軾齢方《まさ》に六十、まさに是頽景薄西山[323]なるもの、兒孫、阿爺をめぐつて膝下に笑語す。豈に欣然破顔するなきを得んや。

下有澄潭可飲可濯、江山千里、供我遐矚、（中略）子孫遠至、笑話紛如、剪髮垂髫、覆此瓠壺、三年一夢、廼復見予。[324]

陳伯修に與ふる書また之をいふ、

某謫居粗遣、筠州時得書甚安子由在筠、長子已授仁化令、今挈家來矣、某以買地結茅、爲終焉之計、獨未鬆墓爾、行亦當作杜門絕念。[325]

初め軾の惠に到るや、以爲《おもへ》らく老て瘴癘《しやうれい》の鄕に處《を》る、自ら養ふ所以のものなかる可らず。乃ち欲を絕《た》て神を養ひ、念を息《と》めて精を練らんとす。

瘴鄕風土不問可知、少年或可久居、老者殊畏之、唯絕嗜欲、節飮食、可以不死、此言已書之紳矣、[326]

と曰ふ、

某淸淨獨居一年有半爾、已有所覺、此理易曉、無疑也、然絕欲天下之難事也、殆似絕肉、[327]

と曰ふ。既にして痔疾大に作《おこ》る、軾自ら謂《い》ふ、淸淨以て之に勝つべしと。肉を斷ちて麵を食ふのみなること經月。

某舊苦痔疾、蓋二十一年矣、今忽大作、百藥不效、知不能爲甚害、然痛楚無聊兩月餘、頗亦難當、出於無計、遂欲躰糧以清淨勝之、則又未能遽爾、則又不可、但擇其近似者、斷酒肉、斷鹽酪醬菜、凡有味物皆斷、又斷硬米飯、惟淡麵一味、其間更食胡麻茯苓麨少許取飽、胡麻黑脂麻是也、(中略)如此服食多日、氣力不衰、而痔漸退、久不退轉、輔以少氣術、其效殆未量也、此事極難忍、方强力以行之、(中略)既斷肉五味、只啖麨及淡麵、更不消別藥百病自去、此長年之眞訣、易知而難行爾、弟發得志願甚堅、恐是因災致福也、(328)

肉を食はず、葷血《くんけつ》(329)を食はず、鹽酪を斷ち、五味を斷ち、惟《たゞ》麵一斤を口にして、胡麻、茯苓麨を併食《あはせくら》ふのみ、何ぞ生事の蕭散として仙を學ぶものに類せるや。新居に遷つて未だ幾《いくば》くならず所謂、

南嶺過雲開紫翠、北江飛雨送凄涼、酒醒夢回春盡日、閉門隱几坐焚香、門外橘花猶的皪、牆頭荔子既爛斑、樹暗草深人靜處、捲簾欹枕臥看山。(330)

此閑適の清味深く未だ味ふに及ばずして、また貶《へん》せられて萬里、嶺海に向ふ。

(下) 海外

時に章惇等、元祐の黨人を窮追することを猶未だやまず。彌々《いよく》出で丶彌々劇甚《はげし》、此年に至て天祐、朝に立ちしもの一人の全《まつたき》を得るものなし。轍も亦復貶《ふくへん》せられて化州別駕を以て雷州に安置せらる。軾も亦自ら其必ず免れざるべきを知るなり。

自幼累到後、諸縣紛々少暇、不若向時之閒然也、(中略)舍弟復西貶、(中略)某久安居此乎否、

若知之可密錄示（中略）、憂患之來、想皆前定、猶欲早知、少免狼狽。(331)

果然、此歳四月、責授瓊州別駕昌化軍安置の命あり。志林は東坡の自ら筆する所、中に當時をいへるものあり、

余在惠州、忽被命責儋耳、太守方子容、自携告身來吊余曰、此固前定、吾妻沈事僧伽甚誠、一夕夢和尚來辭曰、當與蘇子瞻同行、後七十二日有命、今適七十二日矣、豈非前定乎、遂寄家於惠州、獨與幼子過過渡海。(332)

衰老の身を以て萬里、荒に投ず、軾もと必死を期す、いふあり、

某垂老投荒、無復生還之望、昨與長子邁訣、已處置後事矣、到海南首當作棺、次便作墓、乃留手疏與諸子、死則葬海外、庶幾延陵季子嬴博之義、父既可施之子、子獨不可施之父乎、生不挈家、死不扶柩、此亦東坡之家風也、此外宴坐寂照而已。(333)

五月行て藤に至り、轍の雷に行くに相遇ふ、同じく是垂老の身、生別或は遂に死別たらん、兩白髪翁相對して若何《いかん》の情ぞ。

江邊父老能說子、白須紅頰如君長、莫嫌瓊雷隔雲海、聖恩猶許遙相望。(334)

相伴ふて行を同ふすること正に一月、其間、轍に寄するの詩あり、

我少即多難、邅回一生中、百年不易滿、寸々彎強弓、老矣復何言、榮辱今兩空、泥洹尚一路、所向餘皆窮、似聞崆峒西、仇池迎此翁、胡爲適南海、復駕垂天雄、下視九萬里、浩々皆積風、回望古今州、屬此琉璃鍾、離別何足道、我生豈有終、渡海十年歸、方鏡照兩童、還鄉亦何有、暫假壺

公龍、峨眉向我笑、錦水爲君容、天人巧相勝、不獨數子工、指點昔游處、蒿萊生故宮。(335)

六月十一日雷を至て別る。軾痔疾猶《なほ》未だ瘳《い》えず、轍、兄の病みながらにして遠謫にゆくを見るに忍びず、慇懃《いんぎん》酒を止めんことを勸む。

時來與物逝、路窮非我止、與子各意行、同落百蠻裡、蕭然兩別駕、各携一稚子、（中略）相逢山谷間、一月同臥起、茫々海南北、粗亦足生理、勸我師淵明、力薄且爲已、微痾坐杯酌、止酒則瘳矣、望道雖未濟、隱約見津涘、從今東坡室、不立杜康祀。(336)

涙を揮《ふるつ》て手を別ち、將《まさ》に海を渡らんとす、此海既に渡らば即ち荒服、(337)一生期す可らず、唯萬死あり、頭を擧げて天涯を望めば、雲山蒼茫として鄕國見る可らず、それ異域の觀念には鄕國を伴想し、死の觀念には所親を聯想す、軾此時《このとき》豈に愴然たるものなからんや。其林濟甫《さいほ》の與ふる書にいふ、

某與幼子過南來、餘皆留惠州、生事狼狽、勞苦萬狀、然胸中亦自有翛然處也、今日到海岸、地名遞角場、明日順風即過矣、回望鄕國眞在天末。(338)

又曰く、

某兄弟不善處世、並遭遠竄、墳墓罣外、念之感涕。(339)

七月儋の昌化に到る。儋、京を去る萬里、人の居る所にあらず、食具《そな》はらず、百物あるなし、况んや瘴煙癘霧《しやうえんれいむ》、(340)風土の慘いふ可らざるものあるをや。試に軾が記する所にみよ、

嶺南天氣卑濕、地氣蒸溽、而海南爲甚、夏秋之交、物無不腐壞者、（中略）九月二十七日、秋霖雨不止、顧視幃帳、有白蟻升餘、皆已腐爛感嘆不已。(341)

其慘、想ふべきなり。謝上表に曰ふ、

今年四月十七日、奉被告命、責授臣瓊州別駕昌化軍安置、臣尋於當月十九日起離惠州、至七月二日已至昌化軍訖者、並鬼門而東騖、浮瘴海以南遷、生無還期、死有餘責（中略）俾就窮途、以安餘齒、而臣孤老無托、瘴癘交攻、子孫慟哭於江邊、已爲死別、魑魅逢迎於海上、寧許生還。(342)

何ぞ其言の悽愴《せいそう》なる。

軾の到る初め官屋を僦《かり》て以て居る。既にして元符元年二月朝廷、提擧常平倉(343)、董必《とうひつ》をして廣西を察訪せしむ。必、雷州に至り人を遣はして瓊《けい》に到り、軾を逐ふて官屋を出でしむ。初め蔡京等、呂升卿及び必を嶺外に使はして、悉く元祐の黨を殺さんことを計る、此時范純仁、呂大防等も皆嶺外にあり。議者、升卿の惠卿の弟たるの故を以て、之を天祐臣僚遷謫《せんたく》の地に使はさば全き者なかるべきを以て、堅く不可を言ひ、是によつて罷むを得たり。

軾既に迫逐せられて官屋を去る。乃ち地を軍城の南、天慶觀の鄰に買ひ、室を築《きづい》て以て居る。其鄭靖老に與ふる書にいふ、

初賃官屋數間居之、既不可住、又欲與官員相交渉、近買地起屋五間、一龜頭在南、汚池之側、茂木之下、亦蕭然可以杜門面壁少休也。(344)

與程秀才書(345)に亦いふ、

此間食無肉、病無藥、居無室、出無友、冬無炭、夏無寒泉、然亦未易悉數、大率皆無耳、惟有一幸、無甚瘴也、近與小兒子、結茅數椽居之、僅庇風雨、然勞費亦不貲矣、賴十數學生助工作、躬

泥水之役。(346)

其舍、名づけて桄榔菴《くわうらうあん》といふ、其銘に曰く、

東坡居士謫于儋耳、舍無可居、偃息于桄榔林中、摘葉書銘、以記其處。

九山一區、帝爲方輿、神尻以游、孰非吾居、百柱屓贔、萬瓦披敷、上棟下宇、不煩兵夫、海氛瘴霧、呑吐呼吸、蝮蛇魑魅、出怒入娛、習若堂奧、雜處童奴、東坡居士、强安四隅、以動寓止、以實托虛、放此四大、還於一如、東坡非名、岷峨非廬、須髮不改、示現毘盧、無作無止、無缺無餘、生謂之宅、死謂之墟、三十六里、吾其捨此、跨汗漫而游鴻濛之都乎。(347)

舍在《あ》る處如何の地ぞ、

新居在軍城南、極湫隘、粗在竹樹、烟雨濛晦、眞蜒塢獠洞也。(348)

此に在て日々何の消息をか爲す、

今遠竄荒服、負罪至重、無復歸望、杜門屏居、寢飯之外、更無一事、胸中廓然實無荊棘。(349)

又いふ、

僕既病倦不出、出亦無往還者、闔門面壁而已。(350)

門を杜《と》ぢて出です、何に頼《よつ》てか消遣する、

僕焚筆硯已五年、尚寄味此學、隨行有陶淵明集、陶寫伊鬱、正賴此爾。(351)

又曰ふ、

流轉海外如逃空谷、既無與晤語者、又書籍擧無有、惟陶淵明一集、柳子厚詩文數束、置左右目爲

二、友。[352]

淵明の詩に涵泳《かんえい》し、[353]和して作る所、凡《す》べて四巻。子由、之に引《いん》して曰く、

東坡先生謫居儋耳、寘家羅浮之下、獨與幼子過、負擔度海、葺茅竹而居之、日啗藷芋、而華屋玉食之念、不存於胸中、平生無所嗜好、以圖史爲園囿、文章爲皷吹、至是亦皆罷去、猶獨喜爲詩、精深華妙、不見老人衰憊之氣、是時轍亦遷海康、書來告曰、（中略）吾於詩人無所甚好、獨好淵明之詩、淵明作詩不多、然其詩質而實綺、癯而實腴、（中略）吾於淵明豈獨好其詩也、如其爲人、實有感焉、淵明臨終、疏客儼等、吾少而窮苦、毎以家弊、東西游走、性剛才拙、與物多忤、自量爲己、必貽俗患、俛仰辭世、使汝等幼而饑寒、淵明此語、盖實錄也、吾眞有此病、而不蚤自知、平生出仕、以犯世患、此所以深愧淵明、欲晩節師範其萬一也、嗟呼淵明不宜爲五斗米、一束帶見郷里小兒、而子瞻出仕三十餘年、爲獄吏所折困終不能悛、以陥大難、以桑楡之末景、自托於淵明、其誰宜信之、雖然子瞻之仕、其出處進退猶可攷也。[354]

盖し東坡、老境既に至る。豪放の氣象猶存すと雖ども、圭角磨了また當日風厲《ふうれい》[355]卓發の人にあらず。老は人を圓熟にす、盖し經驗に磨かれ、憂患にもまれて、我執の心、年を逐ふて減じ、傲岸の氣、齢とともに損ずること、猶稜々たる巖角の、濤《なみ》に碎かれ、瀨にもまれて、遇然たる磧《せき》[356]上の砂礫《しやれき》となるが如き歟《か》。彼は恬澹《てんたん》淵明一味の人となれり。

海南の地、元《もと》荒田多く、秔稌《かうと》[357]食ふに足らず、廼《すなわ》ち藷芋を米に雑えて粥糜《かゆ》を作りて之を食《くら》ふ、客俎[358]旬を經て肉なき事あり。寄子由の詩にいふ、

五日一見花猪肉、十日一遇黃雞粥、土人頓々食藷芋、薦以薰鼠燒蝙蝠、舊聞蜜唧甞嘔吐、稍近蝦蟇緣習俗、十年京國傲肥養、日々蒸花壓紅玉、從來此腹負將軍、今者固宜安脱粟、（中略）帽寛帶落驚僮僕、相看會作兩臞仙、還鄉定可騎黃鵠。(359)

想ふ、彼が肚時、甞て寶山に晝睡して、

七尺頑軀走世塵、十圍便腹貯天眞、此中空洞渾無物、何止容君數百人(360)

と誇りし頑軀便腹も、今は則ち淸癯《せいく》、仙人に似たるの人とやなれる。而かも肉無《なけ》れども憂へず。或は菜を擷《つ》んで、風露に飽くの氣、土膏(361)を含むの味に舌を皷し、

秋來霜露滿東園、蘆服生兒芥有孫、我與何曾同一飽、何曾務華侈日食萬錢猶曰無下箸處 不知苦何食雞豚、(362)

或は過、山芋を以て玉糝羹を作れば、朶頤《だい》人間《じんかん》決して此味なしといふ、

香似龍涎仍釅白、味如牛乳更全淸、莫將海南金虀膾、輕比東坡玉糝羹。(363)

或は椰子の冠を着けては、

庚著短簷高屋帽、東坡何事不違時、(364)

と譃し、椰子實《やしのみ》を食ふては、

先生失膏粱、便腹委敗皷、(365)

と戯れ、或は時に烏角巾を着け、溪邊板橋斜なる處、夕陽に立ち、

父老爭看烏角巾、應緣曾現宰官身、溪邊古路三叉口、獨立斜陽數過人。(366)

或は時に小酌微醺《びくん》、白鬚紅頰《はくしゆこうけふ》欣然として過に對す、

寂々東坡一病翁、白須蕭散滿霜風、小兒誤喜朱顏在、一笑那知是酒紅。[367]

其閑適想ふ可きものあり。然れども豪放の氣、時に勃々として詩に發す。姜唐差《きやうたうさ》なるもの詩を乞ふ、康佐は朱崖の人亦書生、坡、手中の扇を借り書して云ふ、

滄海何曾斷地脉、朱崖從此破天荒。[368]

又嘗て醉ふて其几上に書す、

紫髯著人簪茉莉、紅潮登頰醉檳榔。[369]

侯鯖錄《こうせいろく》、當時に於ける一逸事を傳ふ、云ふ、

東坡老人在昌化、嘗負大瓢行歌田畝間、所歌盖哨遍也、饁婦年七十、云、內翰昔日富貴一傷春夢、坡然之、里人呼此媼爲春夢婆、坡一日被酒獨行、遍至子雲諸黎之舍、作詩云、符死風流可奈何、朱顏減盡鬢糸多、投梭每困東隣女、換扇惟逢春夢婆。[370]

坡又一日黎子雲に過《よ》ぎり雨に遇ふ。乃ち農家に就て蒻笠《あみがさ》を借りて之を戴《いたゞ》き、屐《げき》を着けて歸る。婦人小兒相隨ふて爭ひ笑ひ、邑犬《むらいぬ》群り吠ゆ。

持節休誇海上蘇、前身便是牧羊奴、應嫌朱紱當年夢、故作黃冠一笑娛、遺跡與公歸物外、淸風爲我襲庭隅、憑誰喚起王摩詰、畫作東坡戴笠圖、[371]

とは後人の此を詠ぜるなり。

軾、儋耳《たんじ》に在ること四年、元符三年哲宗崩じ、弟端王繼ぐ、是を徽宗《きそう》と爲す。初め哲宗の崩ずる、嗣《し》なきを以て、向《しやう》太后、宰[597]臣を召して之を議す。后、端王を立てんと欲す。章惇曰く、端王は浪子[372]の

みと。曾布身《み》長《なが》し、望んで端王の已に簾下《れんか》に在るを見、叱して曰く、章惇、太后の處分を聽けと。王、簾を出づ、惇、惶恐《くわうきよう》措を失す、王位に即《つ》くに及び、章惇罷《や》められ、蔡京兄弟等また臺諫《だいかん》(225)の攻むる所となりて、相繼いで貶竄され、韓琦の子、仲彥、及び曾布、左右僕射《ぼくや》となり、司馬光等三十三人の官を追復(373)し、范純仁等二十餘人を收叙(374)す。紹聖貶謫の者、皆內郡に徙《うつ》り居住するを得て、軾も亦量移(375)廉州安置となる。萬死を出でゝ一生を倖《さいはひ》す、軾豈に欣然たるもの莫《なか》らんや。

　某今日伏讀赦書、有責降官量移、庶幾復得生見嶺北江山矣、某雖廢棄、曾忝侍從、大恩未報、死不敢忘、聞此美政、不勝踊躍。(376)

六月儋を發し、二十日夜海を渡る。

　參橫斗轉欲三更、苦雨終風也解晴、雲散月明誰點綴、天容海色本澄晴、空餘魯叟乘桴意、粗識軒轅奏樂聲、九死南荒吾不恨、茲游奇絕冠平生。(377)

何等の橫放(378)ぞ。

簾《れん》に到《いたつ》てまた舒州《じよしう》節度副使永州居住の命あり。蓋し此歲七月、皇、長子生れ、國に大慶あるを以てなり。當時、鄭靖老に與へし書にいふ、

　志林未成、得書傳十三卷、某留此過中秋、或至月末乃行、作木栰下水、歷容藤至梧、與邁約挈家至梧相會、迨亦至惠矣。(379)

　蓋し軾、儋に在りし時、上古の絕學を推明せんと欲し、尙書を釋《しやく》す。即ち書に云ふ所の書傳なり。先是《これよりさき》父洵、晩《おそく》に易傳を作《つくつ》て成らずして卒す。軾、黃州に在りし日其志を述べて易傳を作り、復《また》論語

説を作る、於《こゝにおいて》是書傳亦成る。乃ち八月二十九日を以て廉を發し、行《ゆき》て英州に至て、復朝奉郎提擧成都玉局觀(380)の命あり、任便居住(381)を許さる。軾何《いづれ》の處にか其老を養はんとする。初め儋《たん》に於て赦命をきくや、書を鄭靖老に與へて云ふ、

某鬚髪皆白、然躰力之不減舊、或不即死、聖恩汪洋、更一赦、或許歸農、則帶月之鋤、可以對耒、本意專欲歸蜀、不知能得此計否、蜀若不歸、即以杭州爲佳、（中略）臨時隨宜、但不即死、歸田可必也、公欲相從於溪山間、想是眞誠之願、水到渠成、亦須預慮也。(382)

骨を故郷の山に埋めんと欲する、もと人間の常情、其蜀に歸らんと欲すといふ本意當《ま》さに然るべし。而して得ざれば則ち杭を擇《えら》ぶ、盖し杭は再び任にありしの地、西湖の風月、懐に忘るゝ能はざるものある乎。然れども其時に臨み、宜に隨ふ、預め慮《おもんぱか》るを須《もち》ひずといふに至ては、方《まさ》に是《これ》東坡が本色。

其《その》既に英より虔《けん》に到るや、乃ち云ふ、

某留虔州已四十日、雖得舟猶在贛外、更五七日乃乘小舟往即之、勞費百端、又到此長少臥病、幸而皆瘉、僕卒死者六人可駭、住處非舒即常、老病唯退爲上策。(383)

知るべし、當時舒常の孰《いづれ》をか擇んで、此に住まんとせしを。故に二處に就て家の買ふべきものをもとむ、與錢濟明書(384)はいふ、

某已到虔州、二月十間方離矣、此行往常州居住、不知郡中有屋可僦、可典賣者否、如無可居、即欲往眞州舒州、皆可、如聞常之東門外、有裴氏見出賣宅、告令一幹事人與問、當若果可居、爲問其直幾何、度力所及、即徑往議之、俟到金陵、別遣人咨稟也。(385)

又與蘇伯道書(386)はいふ、

龍舒、聞有一官庄可買、已託人問之、若遂則一生足食杜門矣。(387)

已にして子由、書を以て同じく潁昌《えいしやう》に住まんことを勸めて曰く、桑楡《そうゆ》の末景、復離別なるに忍びずと。終に計を決して潁昌に往かんと欲す、

某此行、本欲居淮淅間、近得子由書、苦勸來潁昌相聚、不忍違之、已決從此計、泝汴至陳留出陸也。(388)

既に儀眞に到て、會々《たまく》また忌む者の軾を攻むるあるを聞き、同じく居るを敢てせず。乃ち此地に留て行かず、一宅を買ふを以て居る。坡の此宅に關して一逸話あり、坡が俠情を見るべし。試みに錄せん、

建中靖國、坡自儋北歸、卜居陽羨、陽羨士大夫猶畏而不敢與游、獨士人邵民瞻、從學於坡、坡亦喜其人、時々相與杖策、過長橋、訪山水、爲樂、即爲坡買一宅爲緡五百、坡傾囊僅能償之、卜吉入居、夜與即歩月、偶至村落、聞婦人哭聲極哀、坡與即入而問、何爲哀傷、至是、嫗曰、吾有一居、相傳百年、吾子不肖、擧以售人、吾今日遷徙、百年舊居、一旦訣別、此吾所以泣也、問其所在、則坡所得者也、即命取屋劵、對嫗焚之、呼其子、命翌日還舊居、不索其直、坡自是遂還毗陵、不復買家、借顧塘橋孫氏居、暫住焉。(389)

之を暫くして終《つひ》に毗陵《びりよう》に住まんとす。

近者、幼累舟中皆伏暑、自愍一年在道路矣、不堪復入汴出陸、又聞、子由亦窘用、不忍更以三百

指諉之、已決意、旦夕渡江過毗陵矣。(390)

其末段更にいふ、

塵埃風葉滿室、隨掃隨有、然不可廢掃、以爲賢於不掃也。(391)

蓋し初め曾布等の政を執るや、熙豐元祐を兩存して中を建《たつ》るの意あり、故に元を改めて建中靖國といひ、略々《ほゞ》章惇、蔡卞等が爲せし所を變ぜり、而かも徽宗の意、專ら熙豐の政を紹述せんとするにあるを見るや、布其《その》意を迎へて漸く元祐の諸臣を排するに至る。軾が此語豈に當時に慨するものあつていへるにあらざらんや。

軾、毗陵に至らんとして未だ發せず。俄然一夜病作《おこ》る、蓋し衰老久しく蠻境にあり、瘴毒《しやうどく》に中《あ》てられたる者、其與錢世雄書云(392)

某一夜發熱、不可言、齒間出血、如蚯蚓者無數迨曉乃止、困憊之甚、（中略）是熱毒根源不淺、當專用清涼劑、（中略）渴即少啜之、餘藥皆罷也、莊生聞在宥天下、未聞治天下也、如此不癒則天也、非吾過矣。(393)

而かも癒《い》へざるのみならず、病いよ〱急、食《くら》ふ能はず、言ふ能はず。

兩日來疾有增無減、雖闔外風氣稍清、但虛乏不能食、口殆不能言也。(394)

加之《しかも》此時暑氣頗る酷《ひど》し、

海外久無此熱、殆不能堪、柳子厚所謂意象非中國也。(395)

これ豈罷憊《ひばい》(396)の病者の堪へ得る所ならんや、

河水汚濁不流、熏蒸成病、今日當遷過通濟亭泊、雖不當遠去左右、只就活水快風、一洗病滯、稍健當奉談笑也。(397)

而して病勢少しも去らず、

某食則脹、不食則羸、昨夜且不交睫、端坐飽蚊子爾、不知今夕如何度。(398)

既にして病勢一變、更に暴下を加ふ、(399)

昨日飲冷過度、夜暴下、且復疲甚。(400)

疲《ひ》憊《ばい》彌《いよ〱》加ふて病漸く漸《すゝ》む、即ち速かに毗陵に還らんとす。

某自儀眞得暑毒、困臥如昏醉中、（中略）死生未可必、自半月來、日食米不半合、見食却飽、今且速歸毗陵、聊自憩、此我裏庶幾且少休不即死、書至此、困憊放筆、大息而已。(401)

先是《これよりさき》上表、老を請ひ、本官を以て致仕す。毗陵に歸《かへつ》て遂に起たず。臨終に關して一逸話あり、

東坡北歸、至儀眞得暑疾、止於毗陵顧塘橋孫氏之舘、氣寝上逆、不能臥、時晋陵邑大夫陸元光、獲痔疾臥內、輟所御嬾版以献、縱橫三尺、偃植以受背、公殊以爲便、竟據是版而終、陸君之子、以屬胡德輝、銘之曰、參沒易簀、由殪結纓、斃而得正、匪死實生、堂々東坡、斯文棟梁、以正就木、猶不忍僵、昔我邑長、君先大夫、侍聞夢奠、啓手擧扶、木君戚施、匪屛匪几、詔萬子孫、無曰不詳之器。(402)

時に建中靖國元年七月二十八日。前二日徑山の維琳《ゐりん》師來つて偈《げ》を說く。軾答《こたへ》て曰く、

與君皆丙子、各已三萬日、一日一千偈、電往那容詰、大患緣有身、無身則無疾、平生笑羅什、神

咒眞浪出。(403)

病革《あらた》まるや錢世雄、耳を叩て大聲にいふ、先生平時の履踐此に至て須《すべから》く著力《ちやくりよく》(404)すべし。軾微《かすか》にいふ、著力すれば即ち差《たが》ふと、語絶えて逝く。嗟呼《あゝ》當世の高士、一代の文宗は此の如くにして逝けり、灑落《しやらく》なる風貌また見る可らず、哀夫《かなしいかな》。

次年閏六月を以て汝州郟城《かふじやう》縣釣台郷上瑞里に葬る。弟子由、墓誌を爲《つく》る、銘に曰く、

蘇自欒城、西宅於眉、世有潛德、而人莫知、猗歟先君、名施四方、公幼師焉、其學以光、出而從君、道直言忠、行險如夷、不謀其躬、英宗擢之、神考試之、亦既知矣、而未克施、晚侍哲皇、進以詩書、誰實間之、一斥而疏、公心如玉、焚而不灰、不變生死、孰爲去來、古有微言、衆說所蒙、手發其樞、恃此以終、心之所涵、遇物則見、聲融金石、光溢雲漢、耳目同是、擧世畢知、欲造其淵、或眩以疑、絕學不繼、如已斷弦、百世之後豈無其賢、我初從公、賴以有知、撫我則兄、誨我則師、皆遷於南、而不同歸、天實爲之、莫知我哀。(405)

暮雲、靑苔の墓碣《ぼけつ》を封ずるを妨げず、假令《たとへ》秋烟風冷かなるも、君の文章の光焔長《とこしへ》に丹青を光らす、君以て瞑すべし。

第五　東坡の死後

嗚呼甚しい哉《かな》黨爭の弊や、責罪(406)死君を追ふ。夫れ棺を盖へば功過ともに泯《ほろ》ぶべし、何ぞ更に其生前の事の故を以て、其屍を鞭《むちう》たんや、何ぞ況んや其死者の文辭墨蹟に於て何の咎《とが》かある。

蘇軾沒して、國是また熙豐の政を紹述す、建中靖一年にして元を崇寧と改めしもの、其意熙寧を崇奉するにあり。曾布罷め、蔡京、蔡卞《べん》、復入《またいり》て政を執るに及んで再び司馬光等が官を追奪し、元祐の黨人を藉《せき》す。罪狀して之を姦黨といひ、州縣をして姦黨碑を立てしめ、其學術を禁じ其文字を毀《こぼ》ち、更に熙豐の功臣を顯謨《けんも》閣《かく》に圖《づ》して、王安石を以て孔子に配享《はいきやう》(407)して、孟子の次位に置き、擧人をして王氏の學を宗とせしむるに至る。

此時、軾が文辭墨蹟亦皆毀《こぼ》たる。

臨安石屋洞崖石上、有題名二十五字、云、陳襄、蘇頌、孫奕、黄灝、曾孝章、蘇軾、熙寧六年二月二十一日、內東坡姓名磨去、僅存髣髴、盖崇寧禍時也。(408)

禍、石上の題名に及ぶ、軾が才名の忌《い》まれたるを知るべし。父洵、弟轍、及び門下生黄庭堅、秦觀の文集、皆免れず。政和の間、一たび其禁弛《ゆる》むや、軾が墨蹟を求むること甚《はなはだ》鋭に、一時の士大夫、風に從《したがつて》靡《なび》くの勢ありしも、宣和中再び元祐の學術を禁じ、擧人の之を傳習するものあれば、違制を以て諭《さと》し、又蘇黄の文を收藏習用するものあれば焚毀《ふんき》(409)せしめ、犯す者は大不敬を以て論ぜらるゝに至る。費袞《ひこん》が梁溪漫誌に記する所、以て當時を察すべし、

宣和間、申禁東坡文字甚嚴、有士人、竊携坡集出城、爲閽者所獲、執送有司、見集後、有詩云、文星落處天地泣、此老已亡吾道窮、才力漫超生仲達、功名猶忌死姚崇、人間便覺無清氣、海內何曾識古風、平生萬篇誰護惜、六丁收拾上瑤宮、京尹義其人、陰縱之。(410)

禁此《かく》の如くに嚴《げん》なりしと雖ども、以て坡が文名の隱々のうちに益《ます〱》顯《あらは》るゝを禦《ふせ》ぐに足らずして、却

て當時の士大夫、坡が詩を誦する能はざるものは、自ら氣索《さく》を覺え、人も亦之を不類(411)といふの勢ありき。

先是《これよりさき》女眞、北方に起る、其主阿骨打《あくだ》よく兵を用ひ、終《つひ》に遼を滅ぼして、其故地に據りて帝を稱し、國を金と號す。其弟吳乞買立つに及んで遂に宋を攻む。金軍長驅深く入る、徽宗急に詔を下して己を罪し、兵を四方に徵し、位を欽宗に傳ふ。欽宗、東宮にありし時より失德なく、蔡京等の輩皆之を憚《はゞかり》て、動搖せんと欲せしも能はず。位に即《つ》くに及んで大學生陳東等、闕《けつ》に伏し書を上《たつま》りて蔡京等以下の奸小を誅戮《ちゆうりく》して天下に謝せんと請ふ。京、宗寧に入て相となりしより、大觀、政和、重和を歷て大師となり、政を執ること二十年、君寵を專《もはら》にし威福を逞《たくま》しふし、勢焰薰灼《くんしやく》、其子攸《いう》また權寵あり、父子權勢自ら相軋《あひきし》るに至る、滿朝皆父子の黨なり、時に宋國升平《しようへい》久しく府庫盈溢《えいゝつ》す(412)、京、豐亨《ほうかう》豫大(413)の運に當ると稱し、專ら奢侈を以て徽宗に勸めて、之を蠱《まど》はし、終《つひ》に國家の大患を釀せしが、是に於て父子皆誅竄《ちゆうざん》(414)せらる。

帝また元祐當藉學術の禁を除き、司馬光等に官を追贈す。高宗、欽宗に嗣《つ》ぎ立つに及んで、悉く軾が官職を復し、且贈るに資政殿學士を以てし、文忠と諡《おくりな》す。其孫符《ふ》を以て禮部尙書となす。孝宗立つに及んで甚だ軾が文を喜び、常に左右に寘《お》き終日倦《けん》を忘る。乾道《けんだう》の初、趙夔《き》なるものあり、軾が詩を註す。帝一日學士の宿直せるものを召し、問ふて曰く、近ごろ趙夔等、蘇詩を註する甚だ詳なり、卿《けい》之を見たりや否やと。內侍に命じて取て以て之を示す。乾道九年閏五月、親ら文集を製し、有司に命じて詩集と同じく之を刊せしむ。且序贊を以て曾孫嶠《けう》に賜ふ、中に

敬想高風、恨不同時、掩巻三歎、播以聲詩(415)、の語あり、其重んぜらるゝ此《かく》の如し、遂に太師を贈らる、其勅に曰く、

人傳元祐之學、家有眉山之書、朕三復遺編、久欽高躅、王佐之才可大用、恨不同時、君子之道闇而彰、是以論世、儻九原之可作、庶千載以聞風、惟而英爽之靈、服我哀衣之命、可特贈太師、餘如哉。(416)

帝英明、進士を策するに多く自ら陞黜《しようちゆつ》(417)す。故に擧子皆軾が文に傚《なら》ふ。乾道淳熙(418)の間、蘇文盛に行れ、科場奉じて程式(419)と稱して乾淳體《たい》といふに至る。蘇が文其の如く、屢《しばく》禍に罹る、而かも此に至て其人倶《とも》に光榮ありと謂《いひ》つ可し。

第六　東坡が吏能

東坡は文人なり、詩人なり、筆を落せば千言萬言立《たちどこ》ろに成る。濤《なみ》を配り雲を湧かし、口を開けば錦繍珠璣《きんしうしゆき》(420)自らに出づ、神降り鬼泣く。然りと雖も坡は到底吏能あるものに非ず、坡にしてもし廟廊(207)に立たば宜しくまさに玉堂々中翰《かん》を揮ひ、草《さう》を視るの人たるべし、黄閣《くわうかふ》(421)々中道を論じ、邦を經するは別に人あり。才あらんよりは器を要し、浩落(422)ならんよりは沈重を欲す、威儀整齊、顏貌莊重は坡の事にあらず。坡廟廊を出でばまさに江湖に放浪して風月に傲嘱《がうしよく》(423)すべし、東帶腰を屈して督郵(424)を見るは豈に其能くする所ならんや、吏となつて簿書堆裏《たいり》に埋頭するは周到細心、苟くもせず敢てせず、細故に拘《こだは》り、繁文を喜ぶのものあらざる可らず、是豈に濶達粗放、氣を使ひ興に乗ずるものゝ堪ふる所ならん

や。さりとはいへ、煥發《くわんぱつ》の才氣を有するものは、行くとして可ならざるなし、時に臨んで變に應ず、我《わが》坡に於てもまた吏として多少の功績を認む。認むと雖ども、其功績たる、施政上の治績に非らずして、寧ろ其好義[425]の情に發したる俠者の行のみ。唯之を施したるの吏たり、治者たるの時にありしが故に、權《か》りに之を吏能ともいひ、治績ともいはんのみ。

軾の判官として鳳翔に至るや、岐下《ぎか》[426]もと歳々南山の木栰《もくばつ》[427]を輸《ゆ》し、渭《ゐ》[428]より河《か》に入る。其間砥柱《しちゆう》[429]の險を經るを以て木栰の害を被るもの多く、衙吏《がり》[430]之が爲めに家を破るもの相踵《つ》ぐ。軾之を憂へ、徧く老校[431]に問ふて、其害多きは盖し河渭の暴に乘ずるが故にして、若し河渭の未だ漲らざるに栰《いかだ》を操るもの、時を以て進止せば、重費なかるべきを知り、即ち衙規[432]を修め、衙吏をして自ら水工[433]を擇び、栰行《ばつこう》せしむ。害是《これ》より半減す。

其密《みつ》[434]に知たるや、郡嘗《かつ》て盜竊《たうせつ》ありて未だ獲《え》ず、安撫轉運司之《これ》を憂ひ、悍卒《かんそつ》數千人をして境に入て之を捕へしむ。卒、凶暴恣行《しかう》、禁物《きんもつ》を以て民を誣《し》ひ、其家に入て闘爭、動《やゝ》もすれば人を殺し、民罪《つみ》を畏れて驚散、亂をなさんとするに至る。之を軾に訴ふるものあり、軾其書を投じて曰く、必ず此の甚しきあらざらんと。散卒之を聞て少しく安《やすん》ず。軾徐《おもむ》ろに召出して之を戮《りく》す。其變を慮《おもんぱか》り人心を動搖せざらしむるに此の如きものあり。

軾尋《つい》で徐州に移る、任に到りし翌年七月、霖雨《りんう》、河決して水、城下に匯《くわい》[435]し、漲《みなぎり》て城將《ま》さに敗《やぶ》れんとす。城下の富民爭ひ出でゝ水を避けんとす、軾諭《さと》して曰く、富民出づれば民皆動搖せん、吾誰とともに歟《か》守るべき、吾是《これ》に在り水をして決して城を敗らしめじと。驅つて復《また》入らしむ。軾即ち屐《げき》を履《は》き策を杖《つ》き、親《みづか》ら武衞に入《いり》て其卒長を呼んで之に謂《いひ》て曰く、河將《ま》さに城を害せんとす、事急なり、禁軍と雖ども宜く我が爲に力を盡くすべしと。卒長呼《よび》て曰く、大守猶塗潦《とらう》(436)を避けず、吾儕《ごせい》(437)小人當《まさ》に命を效《いた》すべしと。梃《つゑ》を執《とつ》て其徒を卒ひ、出でゝ東南長堤を築く。兩日夜やまず、城沈まざるもの三版(438)。軾其上に廬《ろ》し、家を過《よぎ》つて入らず。官吏をして堵《と》を分《わかつ》て以て守らしめ、卒《つひ》に其城を全うす。既に十月なり、翌年旨《し》を以て城を改築す。軾廼《すなは》ち東門に大樓を爲《つく》り、堊《しゆ》(439)するに黄土を以てして名づけて黄樓といふ。翌年九月を以て成る、其年重陽、去年を懷ふて惻然《そくぜん》詩あり、中にいふ、

去年重陽不可說、南城夜半波千漚。(440)

去年九月水未だ退かざりしを以て此語《この》あり。

元祐中、軾の再び杭に知となるや、歳適々《たま〳〵》大旱《たいかん》、饑疫並作《ならびおこ》る。軾即ち朝に請ひ、本路(441)の上供米三分の一を免ず、故に米翔貴《しやうき》せず。復《また》度牒(442)を賜ひ、米に易《か》へて以て饑者を救ひ、明年春に方《あたつ》て即ち價を減じて常平米を糶《てう》(443)す。民遂に大旱の患を免るゝを得たり。軾又多く饘粥《せんじゆく》(444)藥劑を作り、吏を遣はして民に施し、民活《い》くるもの甚《おほ》だ衆し。

軾嘗て曰ふ、杭は水陸の會、因《よつ》て疫病他處に比して常に多しと。乃ち羨緡《せんびん》(445)を裒《あつ》めて二千を得、復《また》私橐《したく》(446)を發して黄金五千兩を得、以て病坊を作り、稍《やゝ》々錢糧を蓄へて以て之を待つ。是歳《このとし》秋また大雨、太湖汎溢《はんいつ》して稼《みのり》を害す。軾、來歳も必ず饑えんことを度《はか》り、復《また》朝に上供米の半を免ぜんことを乞ふ、又多く度牒を乞ふて以て常平米幷《ならび》に義倉の所有に糶《てき》(447)し、皆以て來歳の出糶《しゆつてう》に備ふ。朝廷多く之に從ふ。是《これ》に由《よつ》て呉越の民復《また》流散を免るゝを得たり。

蓋し杭は本、江海の地、故に水泉鹹苦《かんく》(448)、居民稀少なりしが、唐の時、刺史李泌《りひ》始めて西湖の水を引《ひい》て六井を作りてより、民、水に足り、故を以て民、日に富めり。後、白居易又西湖の水を浚《さら》へて漕河に入らしめ、河より田に入らしめ、漑《そゝ》ぐ所千頃《せんけい》に至り、民以て殷富《いんぷ》なり。湖水もと葑《ほう》(449)多し、唐の時には歳々輙《すなは》ち浚治《しゆんち》(450)せしも、宋興《おこり》て之を廢せしむ、以て葑積《つもり》て田をなし、水幾《いくば》くもなし、漕河、利を失ひ、給を江潮にとつて市中を舟行するに至る。潮も亦淤《おり》多く民の大患を爲す、六井亦廢に幾《ちか》し。軾、茅山一河専ら江潮を受け、鹽橋一河専ら湖水を受くるを見、遂に二河を浚《さらひ》て以て漕を通し、復堰牐《またえんしやう》(451)を造り、以て湖水蓄洩の限となす、江潮復市に入らず。餘力を以て復《また》六井を完ふし、又葑田《ほうでん》を取り湖中に積み、南北徑三十里の長堤を爲《な》せり、且人を募《つのり》て菱を湖中に種ゆ、菱、春は輙《すなは》ち芟除《さんぢよ》して寸草を餘さず、故に菱も亦生ぜず、而して其利を收めて以て湖を修するに備ふ。堤成つて上に芙蓉《ふよう》、楊柳を植ゆ、之は望めば畫圖の如し、杭人名づけて蘇公堤といふ。

　蘇堤如帶束湖心、羅綺新粧照碧潯、翠幕淺搴憐草色、華筵小簇占花陰、淩波人渡纖々玉、促柱箏翻疊々金、月出笙歌歛城市、珠樓縹緲彩雲深、(452)

是《これ》明の田汝成が西湖游覽の詩、彼の歐陽脩が同游に示して戯れたる、

　菡萏香清畫舸浮、使君寧復憶揚州、都將二十四橋月、換得西湖十頃秋(453)

といへるの地、一帶の長堤湖心を徑《めぐ》つて、柳外の青帘《せいれん》(454)酒を賣るの家多く、西湖一層の風情を加へて此堤も亦其地とともに風流才人の口に上るに至りぬ。

又此地浙江《せつかう》の潮、海門より東來して勢、雷霆《らいてい》の如く、而して浮山、江中に峙《そばだ》ち、漁浦、諸山と犬牙

相錯《あいまじ》り、洄洑《くわいふく》激射(455)、歳々公私の船を敗《やぶ》ること勝《あ》げて計《かぞ》ふ可らず。軾よつて別に江水を引いて漕河を鑿《うが》ち、以て浮山の険を避けんとせしも、軾を悪《にく》むものありて奏聞聴かれず、遂に果たさず。

軾、二十年の間、此地に莅《のぞ》むこと再度、蹟多し、杭の人、軾を徳として生祠《せいし》を作り、又家々に像あり、飲食必ず祝す。軾が後、海外より帰つて此に老いんと欲せしもの、故なきにあらざるなり。

杭より召されて闕に入り、直ちに復出て〻潁《えい》に知となる、此年冬久《ひさし》く雪ふり、人餓ゆ。軾、之を賑濟《しんさい》(456)せんと欲す、事、侯鯖錄《こうせいろく》にあり、云ふ、

天祐六年冬汝陰久雪、人饑、一日天未明、東坡先生來簡召議事曰、某一夕不寐、念潁人之饑、欲出百餘千造炊餅救之、老妻曰謂某同、子昨過陳、見傅欽之言、簽判在陳賑濟有功、何不問其賑濟之法、某遂相招、余笑謝議曰、己備之矣、今細民之困不過食與火耳、義倉之積穀數千石、便可以支散以救下民、作院有炭數萬秤、酒務有柴數十萬秤、依元價賣之、二事可濟下民、先生曰吾事濟矣。(457)

軾、兵部尚書を以て復《また》闕に入り、既にして復出で〻定州に知たり。時に定州軍政壊弛《くわいし》(458)、衞卒驕惰《けうだ》(459)敎へず。軍校其稟賜《りんし》(460)を蠶食するも、前守敢て誰何《すいか》せず。軾到るや即ち貪汙《たんを》(461)甚しきもののみを取て之を責罰し、然後《しかるのち》營房を繕修し、飲博を禁止し、軍中衣食稍《やゝ》足る。乃ち部勒《ぶろく》(462)するに戰法を以てす、衆皆畏伏、春大《おほい》に軍を閲《えつ》す、軍禮久しく廢し、將吏上下の分を識《し》らず。軾命じて舊典を擧ぐ、軍紀肅然。定人相語《あひかたり》て曰く、韓魏公(463)去《さつ》てより此《この》禮を見ずして今に至ると。

晩年、惠に貶《へん》せらる〻や、嶺外の蠻境、百事皆開けず、軾疾苦《しつく》の者には之に藥を與へ、殣斃《いんへい》(464)のもの

は之を竄《せん》[465]に納る、又會々《たまく》東西の新橋を修するあり、軾財を投じて之を助く。故を以て惠の人賢愚となく軾を敬せざるものなし。自らいふ、

久忝侍從、囊中薄有餘貲、深恐書生薄福、難畜此物到此已來、收葬暴骨、助修兩橋、施藥造屋、務散此物、以消塵障、今則索然、僅存朝暮、漸覺此身輕安矣。[466]

施藥掩骼《えんかく》[467]の事人も亦なすべし、唯以て務めて錢を散ぜんといふ、達、軾の如きにあらざれば誰か之を能くせん。

之を要するに軾が或は水を治し、或は盜を捕へ、或は饑旱《きかん》を賑濟《しんさい》[456]せしは皆その義に勇むの情に出でしものゝみ。彼は人道の爲めに盡したるのみ、一片の俠氣のみ。軾は人の難を見、窮を見、默するに忍びざる俠氣あり、彼豈に吏たりしが故に此の如くせしならんや、治者たりしが故に此の如くなりしならんや。吏たり、治者たりしが故に、其吏たり治者たる所以の職に盡さんが爲めに此の如くせしならんや。此等の所爲皆彼が肺肝より出づ、義を見て之を爲すのみ、熱情の溢れ出でしのみ。彼は屈抑せる民、困憊《こんぱい》せる民を見ては自ら此の如くするを禁じ得ざりしなり。

軾守揚、曾旼罷揚州敎授、往見呂吉甫眞州、吉甫曰、軾如何人也、旼曰聰明人也、吉甫怒勵聲曰、堯聰明耶、舜聰明邪、大禹之聰明耶、旼曰非三者之聰明、亦是聰明也、曰所學如何、旼曰學孟子、愈怒愕然而立、曰是何言歟、改旼曰孟子以民爲重、社稷次之、此其所以知學孟子也、吉甫默然久之。[468]

實に彼は社稷の爲めといふよりも寧ろ民を以て重しとせしものなり。

第七　東坡の氣象

東坡の氣象一言以て之を蔽へば情を輔《たす》くるに意を以てしたるもの歟。人間の氣象が智、情、意三者の配合の量によつて成るとせば、東坡には情最も勝ち、意これに次ぎ、智は殆んど能をなさず。即ち坡は情常に熱し、意は其情と結び得べき點のみに動く、智に至ては壓せられて發する能はず、何をか結ぶ得べき點のみに於て情と意と合動すといふ乎、激したる情をして辨別の智に顧みずして、其欲する所を遂げしむるなり。盖し情は見ず意は見えず、意と情と其盲たるや一なり、智や辨別す、智は即ち眼なり、而して見る能はざる意は智の眼に頼らんとするも、見るを欲せざるの情は智の明を却《しりぞ》けて寧ろ意の盲なるに藉《か》るあり。坡が豪放恣情爲《な》さんと欲する所をなし、行はんと欲する所を行ひ、過去を省みず、未來を慮《おもんぱか》らず、信ずる所に從て直進邁往する、豈に情の激する所を貫くに意を以てして、而して全く智的に狐疑狼顧《ちぎらうこ》(469)の敢てせざるものにあらずや。彼が一生の坎坷迍邅《かんかちゆんてん》(470)要するにこれに出でしのみ。

吾人は東坡が智を少《か》けりといふ、是れ比較上の語のみ。偉人なるものは其智、意、情に於て倶《とも》に凡庸に超えたるものあり。而して其超えたる上に於て偏せる所あるのみ、若し夫れ凡庸を超えて、而して三者倶足《ぐそく》圓滿たらば是聖のみ。凡庸を下て而して三者の相衡平せるものは痴のみ。至大は即ち虛、至微は即ち無、無の虛と同じく無たらば、大聖と白痴と相距《あひへだ》る幾何《いくばく》ぞ。唯之れの性の偏する即ち性の僻する所、僻する所必ず其失あり。坡が所謂木有レ癭、石有レ暈、犀有レ通、以取二妍於人一皆物之病也、(471)

といへるもの是。憂患これ有るが爲めに起り、苦患之《これ》有るが爲めに生ず。東坡の

人皆養子望聰明、我被聰明誤一生、惟願孩兒愚且魯、無災無難到公卿、(472)

矯激の語と雖ども、亦一理なからず。嗚呼聖たらん歟聖たらん歟、聖たらずんば則ち痴たらん哉。吾人は東坡が智を以て情と意とに偏する所ありといへり、これ亦地方的感化の影響によるものなくんばあらず。人は四圍の境遇によつて成さるゝといはずや。彼の文學や哲學やが地方的感化の影響ありといふも、畢竟《ひつきやう》は其地方に從《したが》つて個人の氣象に差異あるによればなり。氣象の偏せる所、即ち嗜好の偏する所、嗜好の偏する所、即ち思想表現に異色を來たす所以には非ずや。何を以て乎、軾の氣象は地方的なりといふを得る歟。夫れ南方は情的なり、北方は意的なり、東坡は之を兼ねたり、之を兼ねたるものは即ち西方的の氣象にあらずや。巴蜀《はしよく》の地、山は險にして峭、峻竦《しゆんしよう》(473)なる氣象これによつて成れる歟。水は急にして駃《あう》(474)激越なる氣象これにや化せられたる。而して其激越なるは南人的なり、竦直《しようちよく》(475)なるは北人的なり。西人は即ち之を兼ぬるものなり。

然れども同じく情と意とを兼ぬると雖ども、其中また情に偏するあり、意を以て勝つものあり。意を以て勝つものは北人に近く、情を以て勝つものは南人に近し。之を三蘇に見ん歟、寧ろ意を以て勝ちたるものは老蘇なり、情に勝ちたるものは東坡なり、而して其父と兄との各勝ちたる所を損じて、情と意と相濟《あひそな》へたるものは小蘇なり。夫れ意は智と結び易く、情は意と結び易きを以て也、鄒魯の政道論は山東功利の說に近づき、荊楚《けいそ》(25)の純理論(476)は却て西秦刑術の學を基《もとゐ》とせり。故に意に勝ちたる老蘇は、權數機變の言多きにあらずや。情に勝ちたる東坡は、父の學を承けたりといふと雖ども、晩《おそく》に

道釋を嗜《たしな》みたるに非ずや。小蘇に至《いたつ》ては父の機變なきが故に木訥《ぼくとつ》、兄の豪放なきが故に安詳(477)。而して生を托するに地を同ふして、而かも此の如く性に異同する所あるに至ては、吾人は其所以を家系の遺傳にたづねざる可らずと雖ども、吾人は今蘇が家系に關しては、其性情を文字に發したる三蘇の氣象を髣髴するのみにして、其他其一家に於ける各人各樣の性情氣質に至ては、今知り得る限にあらず、請ふ之を舍《お》かんか。然れども東坡が闊達の氣、殆どが父が嚴厲《げんれい》と相反し、頗る小蘇の稍《や》ゝ其父に肖《に》たるに相似すと雖ども、其の小妹にしてまた快活、坡に肖《に》たるものありとせば、此東坡を成せる一異血脉は蘇が家系を通ぜるあるを知るに難からず。

本より氣象は天稟なりと雖ども、其家庭、其教育、其境遇に應じて、多少の變化を致すを免れず、然れども變化は轉換にあらず、轉換は斷續するも、變化には一貫あり、所謂變化なるのは河流の屈曲逶迤《ゐい》(478)するも、其貫流する所の川たる上に於て增減なきが如きのみ。而して東坡の性行を一貫せるものは、實に其闊達豪放の氣象なるなり。夫《そ》れ情の激し易《やす》きを輔《たす》くるに意を以てす、激して羈《つな》がれず、豪放是なり。情の熱し易きを濟《すく》ふに、意の冷酷を以てす、熱して執せず闊達是なり。或時は榮達し、或時は迍邅《ちゆんてん》(470)、而かも其朝《てう》にあるも、竄《ざん》(479)にあるも、死に處するも憂にあるも、冷時熱時、一切の時に通じて坡の闊達豪放の氣象は一貫して渝《かは》るあることなし。

彼が轍とともに父に侍して江を下《くだり》て南行するや、年方《まさ》に壯、欝勃たる意氣、功名唾手して得つべきの概あり。而かも猶いふ、

入峽喜巉巖、出峽愛平曠、吾心淡無累、遇境即安暢。(480)

坡の安石と議合はず、出でゝ杭州にあるや、所謂玉堂揮翰《きかん》[481]の手を収めて、狂《ま》げて州城に雞を破るの人となれるもの、不平知るべし。而かも彼、望湖亭上に酔ひ、

黒雲翻墨未遮山、白雨跳珠亂入船、卷地風來忽吹散、望湖樓下水如天[482]

の快絶に對しては、

我本無家、更安住、故郷無此好湖山[483]

と大叫す。何ぞそれ浩落[422]なる。

既にして杭より密に遷るや時、熙寧七年にあり、此年大旱登《みの》らず、既に至《いたり》て貧甚し、杞菊《きく》を求めて糧《かて》に充《あ》つ所謂

余自錢塘移守膠西、釋舟揖之安而服車馬之勞、去雕墻之美而庇采椽之居、背湖山之觀而行桑麻之野、始至之日、歳比不登、盗賊滿野、獄訟充斥、而齋厨索然、日食杞菊、人固疑余之不樂也、處之期年而貌加豐、髪之白者日以反黑、余既樂其風俗之淳、而其吏民亦安予之拙也、[484]

是なり。坡、當時、唐の陸龜蒙が杞菊賦に倣《なら》ふて後杞菊賦を作る。序に曰く、

予仕官十有九年、家日益貧、衣食之奉殆不若昔者、及移守膠西、意且一飽、而齋厨索然、不堪其憂、日與通守劉君廷式、循古城廢圃、求杞菊食之捫腹而笑。[485]

其詞に曰く、

嗟呼先生、誰使汝坐堂上稱太守、前賓客之造請、後椽屬之趨走、朝衙達午、夕坐過酉、曾盃酒之不設、攬草木以誑口、對案顰蹙、擧箸噎嘔、(中略)先生忻然而笑曰、人生一世如屈伸肘、何者

爲貧、何者爲富、何者爲美、何者爲陋、或糠覈而瓠肥、或粱肉而墨痩、何侯方丈、庾郎三九、較豐約於夢寐、卒同歸於一朽、吾方以杞爲糧、以菊爲糗、春食苗、夏食葉、秋食花實、而冬食根、庶幾乎西河南陽之壽。(486)

貧にして憂へず、食なくして戚《かなし》まず、豐約を夢寐に較《かく》す、卒《つひ》に一朽《いつきう》に歸すといふに至ては達者の言なり。

既にして坡の讒《ざん》に遇ふて臺獄に下るや、時に任に湖州にあり。朝廷、太常博士皇甫僎《ほせん》を以て坡を追躡《ついでふ》せしむ、僎至るの日、坡、告にあり。僎徑《たゞ》ちに州廨《しうかい》(487)に入て、鞾袍《くわはう》(488)を具し、笏《しやく》を秉《とり》て、庭下に立つ。二卒、臺牒《だいてふ》を懷にす、其衣に挂《か》くるの狀匕首《ひしゆ》の若《ごと》く然り。僎又久しく默していはず。人心蓋《けだし》疑懼《ぎく》。坡、僎に謂《いひ》て曰く、軾、來《このかた》、朝廷を激惱す、今日必ず死を賜はん、死もと辭せず、乞ふ歸《かへり》て家人と訣別せんと。當時、坡もと必死を期す、幸《さいはひ》にして死せざりしも、坡が從容として疑懼の態《てい》なき、死を視る歸するが如きの大勇なくんば能はず。

既にして黄に貶《へん》せらるゝや、途上猶《なほ》いふ、

吾生如寄耳、初不擇所適、但有魚與稻、生理已自畢。(489)

既に到るや、逍遙自適、窮厄の狀なし。

飲中眞味老更濃、醉裏狂言醒可怕、但當謝客對妻子、倒冠落佩從嘲罵、(490)

といひ、

少年辛苦眞食蓼、老景淸閑如啖蔗、饑寒未至且安居、憂患已空猶夢怕、穿花踏月飲村酒、免使醉

歸官長罵、(491)

といふ、豪放氣を使ふの態《てい》、依然。

然れども坡の疎放、平生《へいぜい》に生理の計を作《な》さゞる、貶竄《へんざん》せられて祿廩《ろくりん》(492)の絶ゆるに至ては、窮乏に至るを免れず、而かも坡、其與章子厚書(493)にいふ、

黃州僻陋多雨、氣象昏々也、魚稻薪炭頗賤甚、與窮者相宜、然軾平生未嘗作活計、子厚所知、所得之俸隨手輙盡、而子由有七女、債負山積、賤累皆在渠處、未知何日到此見、寓僧舍、布衣蔬食、隨僧一餐、差爲簡便、以此畏其到也、窮達得喪粗了其理、但祿廩相絶、恐年載間遂有饑寒之憂、不能不少念、然俗所謂水到渠成、至時亦自有處置、安能預爲之愁煎乎。(494)

至る時亦自ら處置あり、安《いづく》んぞよく預《あらかじ》め愁煎するをせんやといふ、坡が落々として物に拘らざる此の如きものあり。而して其水到渠成の語に至ては彼が一生受用の實際、其晏然《あんぜん》として命に安《やすん》じ、事に處する皆これによるのみ。

而かも家人既に悉く來るに及んで、資用多く、廩人《りんにふ》(495)繼がず、一人たらば瓢飲簞食《へういんたんし》便《すなは》ち足る、獨り無知の妻兒を如何《いかん》、乃ち自ら檢束する所あり、

僕行年五十、始知作活大要是慳爾、而又以美名謂之儉素、然吾儕爲之、則不類俗人、眞可謂淡而有味者、又詩云不戢不難、受福不那、口躰之欲、何窮之有、每加節儉、亦是惜福延壽之道、似此鄙俗、且出於不得已、然自謂長策。(496)

乃ち每日用を限り餘を貯ふ、

（上略）但買斫虀魚、及猪羊麞鴈亦足矣、麞入雖不繼、痛自節儉、毎日限用百五十、自月朔日取錢四千五百足、繫作三十塊、掛屋梁上、平明以畫杈子挑取一塊、即藏去杈子、以大竹筒、別貯用不盡者、可謂至儉、然毎日一肉、此間物賤故也、囊中所有可支一年以上。(497)

嗚呼黄金は至汚なり、滔々たる天下、之が爲めに節を賣り、之が爲めに廉耻《れんち》を破り、之が爲めに純潔を汚《け》がし、貧者之に泣き、富者之に驕《おご》る、此《これ》あるものは才なきも貴く、此なきものは能あるも賤《いや》しめらる。嗚呼黄金は至汚のみ、蓄財の事は至て鄙俗の事のみ。而れども坡、一度之をなせば則ち超俗洒脱。

既にして召されて闕に入り、洛蜀の黨議あり、謗訕《ばうさん》(498)に遇ふて復《また》外に出づるや、時に其門下、王定國亦去る、坡、之に示すに詩を以てして曰く、

愼勿怨謗讒、乃我得道資、游泥生蓮花、糞壤出菌芝、賴此善智識、使我枯生荑。(499)

綽然《しやくぜん》として迫らず、坡の如きはよく逆に處するもの歟。

既に潁に到て、未だ幾《いくば》くもなくして、公帑《こうど》(500)已に竭《つ》き、齋厨索然、昔密州にあつて杞菊を餐《くら》ひしの日を想ふて、一詩を作る、

我昔在東武、吏方謹新書、齋空不知春、客至先愁予、采杞聊自誑、食菊不敢餘、歳月今幾許、齒髮日向疎、幸此一郡老、依然十年初、夢飲本來空、眞飽畢亦虛、尙有赤脚婢、能烹頳尾魚、心知皆夢耳、愼勿歌歸歟。(501)

心知皆夢耳、愼勿歌歸歟と。軾の如きは善く窮に處すると云ふべき哉。

其嶺南に謫《たく》せるゝや、書を參寥子に與へていふ。

某垂老、再被嚴譴、皆愚自取、無足言者、事皆已往、譬之墜甑無可追計、從來奉養陋薄、廩入雖微、亦可供粗糲、及子由分俸七千、邁將家大半、就食宜興、不失所外、何復挂心、實翛然。(502)

嗟呼水到渠成、未來を慮らず。墜甑無可追計、既往を顧みず。是即東坡一家の處世法。而して嶺外瘴癘《しやうれい》の地に貶《へん》せられて猶《なほ》所を失はざるの外、何ぞ復《また》、心に挂《か》けん、實に翛然《いうぜん》といふに至ては、東坡にあらざれば能はず。

坡既に嶺南寥落の地に處《を》る。其生理また寂莫たるを免れず。其子由に與ふるの書に云ふ、

惠州市井寥落、然猶日殺一羊、不敢與仕者爭買、時囑屠者、買其背骨耳、骨間亦微肉、熟煮熟漉、出漬酒中、點薄鹽、炙微燋食之、終日抉剔得銖兩於肯綮之間、意甚喜之、如食蟹螯、率數日輒一食、甚覺有補、子由三年、食堂庖處、蒭豢、沒齒而不得骨、豈復知此味乎、(503)

といひ、或は

猶活少飲食、欲於適口、近又喪一庖婢、乃悟此事亦有分定、遂不復擇脫粟連毛、遇輙盡之爾。(504)

其遇ふ所に從て輙ち安《やすん》ず、眞によく命に安じ、天を樂むものなる哉。

其惠に在るや、唯小子過のみ從ふ。坡いふ、

初欲獨赴貶所、兒女等涕泣求行、故與幼子過一人來、餘分寓許下浙中、散就衣食、既不在目前便與之相忘、如本無有也。(505)

夫れ今日は昨日の日に非ず。明日は亦今日の日に非ず。而して昨日や既に去る、昨日の事之を今日

に顧みるも既に去れり。昨日に非ざる今日の日之を如何せんや、明日は未だ來らず、未だ來らざる明日の事、之を今日に慮《おもんぱか》るも、未だ來らず、明日に非らざるの今日の日之を如何せんや。如何ともすべきなきに、愁焦《しうせう》煩悶するも、將《は》た復《また》之を如何せんや。若《し》かず、昨日の事も之を忘れんのみ、明日の事も之れを忘れんのみ。昨日も虛なり、明日も虛なり、現實なるは唯今日の日のみ。而かも今日の日も、また朝は夕にあらず、夕は午にあらず。時々刻々相遷る、所謂現實の今を捉《とら》へんこと得可らず、一瞬時、一刹那の今なるものは暫くも留らず、之を捉へんとする時、その今なるもの既に去《さり》て次の今に遷る。永劫悉く今に非らざるなくして、永劫の中終《つひ》に今なるものなし、今なるものなければ遂に現實なし。一切虛、一切空、我此の間に在て何をか執《と》らん、何をか懷はん。相忘れんには若《し》かず。東坡の受用する所實に忘の一字に在り、是れ實に人生安適の第一法。昨を忘れ、明を忘れ、今を忘れ、憂患を忘れ、苦悶を忘れ、恐怖を忘れ、喜歡を忘れ、あらゆるもの忘れ盡《つく》せば則ち執《しふ》する所なし、執するなければ、適《ゆ》く所に從て天地寬々世路坦々、老子曰はずや、大患は身を有するによると、身を忘るゝ（即ち有せざるに）至て道の玅《めう》盡く矣。

坡の惠より更に儋《たん》に竄《ざん》せらるゝや、程秀才に與ふるの書にいふ、

僕離惠州後、大兒房下亦失一男孫、亦悲愴久之、今則忘矣、（中略）尚有此身、付與造物主聽其流轉、流行坎止無不可者。[506]

先《これよりさき》是坡、黃にあつて一兒を得て殤《しやう》す。[507] 坡、此を哭するの詩あり、詩にいふ、

我淚猶可拭、日遠當日忘、母哭不可聞、欲與汝俱亡、故衣尙懸架、漲乳已流牀、感此欲忘生、一

臥終日僵、中年忝聞道、夢幻講已詳、儲藥如丘山、臨病更求方、仍將恩愛刃、割此衰老腸、知迷欲自反、一慟送餘傷。(508)

一慟餘傷を送る、達なるものに非ざれば能はず、更にいふ、

喪子之戚已忘之矣、此身如電泡、况其餘乎。(509)

嗟呼坡は善く忘るゝもの非耶《ならずや》。

儋の地もと百物なし、而かも軾、此間に在て泰然、

旅況牢落、不言可知、又海南連歳不熟、飲食百物艱難、又泉廣海船不至、藥物酢醬等皆無、厄窮至此、委命而已、老人與過相對如兩苦行僧爾、胸中亦超然自得、不改其度、知之免憂。(510)

といひ、

瘴癘之鄉、僵仆者相屬于前、然亦有以取之、非寒熱失宜、則饑飽過度、苟不犯者、亦未遽病也、若大期至、固不可逃、又非南北之故矣、以此居之泰然不煩深念。(511)

夫れ死生もと命あり、生ずるもの即ち死せざる能はず、必ず死せざる可らずして、而して命に壽夭《じゆえう》あり、然れども壽夭はもと人力に非ず。もし人力にして壽ならしめ得ば、天下何《いづれ》の處に歟《か》夭死あらん。よく人力にして死せざるを得ば天下何の處に歟《か》埋骨の處を要せん。嗟呼《あゝ》人間何事か前定(512)に非らざらん。唯人や未來を觀《み》る能はず、當來を察する能はず。故に事至《いたつ》て而して狼狽す、而して眼前の因緣を以て其事を成せりと爲す、而かも其因緣をして此果を成さしめたる所以の者の別に存するを知らざる。既に前定なり、窮達死生、我の力之を若何《いかん》かすべき。唯命の至る所に安んじて天を樂しまんのみ歟《か》。之

を知るものは以て死生の間に談笑すべし。其與李公擇書(513)にいふ、

吾儕雖老且窮、而道理貫心肝、忠義塡骨髓、直須談笑於死生之際、（中略）僕雖懷坎壈於時、遇事有可尊主澤民者、便忘軀爲之、禍福得喪付與造物。(514)

坡、此に在て又嘗て醉《よひ》て筆を試む、書していふ、

吾始至海南、環視天水無際、悽然傷之、曰何時得出此島耶、已而思之、天地在積水中、九州在瀛海中、中國在小海中、有生孰不在島者、覆盆水於地、芥浮於水、蟻附於芥、茫然不知所濟、少焉水涸、蟻即徑去、見其類出涕曰、幾不復與子相見、豈知俯仰之間有方軌八達之路乎、念此可以一笑。(515)

行文命意(516)、宛たる莊叟《さうそう》(517)の言なり。

其まさに儋《たん》を去らんとするや、黎氏に留別する詩に云ふ、

我本儋耳民、寄生西蜀州、忽然跨海去、譬如事遠游、平生生死夢、三者無劣優。(518)

天地を以て一宇となす、何ぞ南北あらん、何ぞ故土と異鄉とあらん。大觀すれば生と死と夢と皆夢のみ。既に夢なり、何を執《とつ》てか喜戚《きせき》(519)をなさんや。

坡まは酒を愛す、其飮むや多からず、只酒中の趣を愛するのみ、嘗て黃州にあるや、酒を家釀す、いふ、

予雖飮酒不多、然而日欲把盞爲樂、殆不可一日無此君、州釀既少、官酤又惡而貴、遂不免閉戶自釀、麴既不佳、手訣亦疎謬、不甜而敗、則苦硬不可向口、慨然而歎、知窮人之所爲無一成者、然

甜酸甘苦、忽然過口、何足追計、取能醉人、則吾酒何以佳爲、但客不喜爾、然客之喜怒、亦何與吾事哉。(520)

唯醉へば則ち足る、酒の甜酸《てんさん》甘苦は問ふ所に非ずといふ。何ぞ超脱なる、當時猶いふ、客の喜怒何ぞ吾事に與《あづか》らんと、而かも彼啻《たゞ》に自ら醉ふて而して樂しむのみならず、更に客に飲ましむるを喜ぶ、

予飲酒終日、不過五合、天下之不能飲、無在予下者、然喜人飲酒、見客擧杯徐引、則予胸中爲之浩々焉、落々焉、酣適之味、乃過於客、閑居未嘗一日無客之至、未嘗不置酒、天下之好飲、亦無在予上者、常以謂、人之至樂、莫若身無病、而心無憂、我則無此二者矣、然人之有是者、接於予前、則予安得不全其樂乎、故所至常蓄善藥、有求者則與之、而尤喜釀酒以飲客、或曰子無病而多蓄藥、不飲而多釀酒、勞己以爲人何也、予笑曰、病者得藥、吾爲之躰輕、飲者困於酒、吾爲之酣適、蓋自專以自爲也。(521)

彼、病《やみ》て自ら飲む能はざるに至るも、猶客を會して酒を飲ましめ、以て自ら樂めり。

病中邀安國、仍請率禹功同來、僕雖不飲、當請成伯主會、某當杖策倚几於其間、觀諸公醉笑以撥滯悶也。(522)

彼碁を解せず、坡、平生いふ、我三者の人に如《し》かざるものありと。蓋し著碁《ちよき》(523)、喫酒、唱曲是《これ》なり。然れども彼既に酒を喫すること、人に如かざるも、猶人に飲ましむるを喜ぶ。碁《ご》に於ても亦自ら解せずと雖ども、猶亦之を喜ぶ、其《その》儋にあるや、過が人と之を爲すを見て竟日《きやうじつ》(524)厭はず。

予素不解碁、嘗廬山白鶴觀、觀中人皆闔戸晝寐、獨聞碁聲於古松流水之間、意欣然喜之、自爾欲

學、然終不解也、兒子過廼粗能者、僧守張中、日從之戲、予亦隅坐竟日、不以爲厭也。

（前略）勝固欣然、敗亦可喜、優哉游哉、聊復爾耳。(525)

輸贏《ゆえい》彼に於て過眼のみ、勝も亦欣《よろこ》び、敗も亦喜ぶ、吾は此言を以て、今の黄金を賭して相博して靦然《てんぜん》愧《は》づることを知らざる所謂紳士人に寄せんと欲す。而かも其汚れたる脳漿《なうしやう》はよく此超逸を解し得んや否や。

彼の海外より北歸して常州に病み、其起たざるを知るや、書を維林師に與へて云ふ、

某嶺海萬里、不死而歸宿田里、遂有不起之憂、豈非命也夫、然死生亦細故爾、無足道者。(526)

嗚呼死生も亦細故、之を知るものは天高く地闊《ひろ》し。坡は達に始終するものなる歟。

坡の氣象の一貫せるもの此《かく》の如しといへども、既に之をいひしが如く、人は其家庭と其教育と其境遇によりて多少の變化を免れざるものなり。彼は豪放よりして漸く闊達に進めるものなり。其家庭の影響は、吾人が今詳にし得る所にあらず。唯幼時にあつては父の宦游《くわんいう》(38)して家に在らざるが爲め、母氏によりて書を授けられたるを知るのみ。而して母氏が吾よく滂《ばう》(39)が母たらんといへるを以て、尋常の巾幗《きんくわく》とやゝ選を異にするを知るのみ。其教育に至ても亦知れること少し、然れども共に家學を承《う》けて、其思想上に父氏の感化を被《かうむ》りしや疑ふ可らず。さなきだに少壯の氣鋭に血熱せるに、覇氣縱横なる父氏の感化をさへ添へたれば、その禮部の試に高第《かうだい》(527)して、一介の書生を以て歐陽、韓魏(463)等の諸先進に、國士を以て侍せられし當時、その意氣昂々《かう〱》(528)として眼中人なきの慨ありけん。其梅聖兪に上《たてまつ》りし書にいふ、

今年春天下之士群至於禮部、執事與歐陽公寔親試之、軾不自意獲在第二、既而聞之人執事愛其文、以爲有孟軻之風、而歐陽公亦以其能不爲世俗之文也、而取焉、是以在、此非左右爲之先容、非親舊爲之請屬、而嚮之十餘年間聞其名而不得見者、一朝爲知己、退而思之、人不可以苟富貴、亦不可以徒貧賤、有大賢焉、而爲其徒、則亦足恃矣、苟其倖一時之幸、從車騎數十人、使閭巷小民、聚觀而贊歎之、亦何以易此樂也。(529)

其地歩を占め得て高きをみよ。されども其自らいへるが如く、

軾少時、本欲逃竄山林、父兄不許、迫以婚宦。(530)

彼が如き氣象、紛々擾々《ぜうく》の世途に彷徨するに堪へざりけん。されば一方には青年血氣の功名心に驅られて意氣激揚せるも、一方には猶《なほ》山林の心存するを見る。其南行の時、浰陽《れんやう》を早發しては、

富貴本先定、世人自榮枯、囂々好名心、嗟我豈獨無、不能便退縮、但進少徐、我行念西國、已分田園蕪、南來竟何事、碌々隨商車、自進苟無補、乃是懶且愚、人生重意氣、出處夫豈徒、(531)

と詠じつゝも、牛口に夜泊しては

人生本無事、苦爲世味誘、富貴耀吾前、貧賤獨難守、誰知深山子、甘與麋鹿友、置身落蠻荒、生意不自陋、今予獨何者、汲々強奔走、(532)

といふ。二詩を併せ讀まば坡が當時の消息を知るに難からず。坡が初め主として賈誼《かぎ》、陸贄《りくし》(533)の書を讀み、古今の治亂を論じて空言を爲さゞりしもの是れ盖し家學の感化のみ。家學に感化せられて其本色を埋沒せしのみ。其莊子を讀んで喟然《きぜん》として歎《たん》じていへりしを聞かずや。吾昔は中に見るありて口未

だ言ふ能はず、今莊子を見て吾心を得たりと。

然れども既に簪纓《しんえい》(534)して朝に立つ、矜尙《きやうしやう》(74)の心、人と苟《いやし》くも合わず、邁往の氣忌諱《きゐ》を憚らず。侃々《かん〱》諤々《がく〱》大節を持して下らず、遂に黃に貶謫《へんたく》せらるゝに至る。黃に至て軾が氣象一變化す、蓋し臺獄(152)に捕へられ、一度死生の間に出入す、蓋し死の觀念は胸中種々の雜念を驅除して此心を淸澄純淸にす、其驕浮(162)の氣、傲岸《がうがん》(535)の質、自ら矯《た》むるあり、蓋し矯浮傲岸は是れ豪放に伴ふの病弊、豪放のものにして此病を抑へ得ば則ち潤達となるべし。潤達は夫れ豪放の純なるもの歟。

彼の將《ま》さに黃にゆかんとして子由と陳に會するや、詩を以て之に贈て曰く、

相逢知有得、道眼淸不流、別來未一年、落盡驕氣浮、嗟我晩聞道、欵啓如孫休、至言雖久服、放心不自收、悟彼善知識、妙藥應所投、納之憂患場、磨以百日愁、冥頑雖難化、鐫發亦已周、平時種々心、次第去莫留、但餘無所還、永與夫子游、此別何是足道、大江東西州、畏蛇不下榻、睡足吾無求、便爲齊安民、何必歸故丘。(536)

軾既に黃に去て、即ち世事の悠々を以て浮雲聚漚《しゆうおう》(537)となし、泛《あまね》く天地に觀て物外に超えむことを欲せり。而れども豪氣未だ銷《せう》し盡さず、讒譖《ざんせん》(18)の恨、遷謫《せんたく》の怨、猶忘れ去ること能はず、轉々抑へんと欲すれば轉《うた》た昻《あ》がるものありけん。不平の心、不滿の情、何を以て乎《か》安慰せん。人は多く憂患に處して信仰を得。蓋し人は憂患によつて初めて自ら安んずる所をもとむれば歟《か》。嗟《あゝ》呼坡は果して何《いづれ》の處に其安慰をもとめんとする。而れども坡は彼の薄志弱行の徒が天に哭《こく》し、地へ訴へて、煩悶苦惱するを爲さざるなり。

坡が不羈の才は他力の功徳を求めて之に頼るに堪ふる能はず。又虚妄の迷信によつて自ら安んずるものに非ず。庶幾《こひねがは》くは唯一法あり、一身を以て徑尺《けいしやく》(538)の蒲團上に托し、默坐して自照、諸緣を放下し萬事を休息し、是非を思はず、善惡を念《おも》はず、嗒然《たふぜん》(539)として彼我を忘れ、超然として是非を離る。是非を離れ、彼我を忘れて、自心脱落す、天地一如萬物一如、禪や唯自らを以て自らを照《せう》し、己を以て己を信ず、些《いさゝか》の迷信なく些の他力的信仰なし。不羈卓犖《たくらく》の士の頼《よつ》て以て安慰を得べきもの唯これあるのみ。

坡の黄に到るや、即ち安國寺に行て觀心靜坐す。某黄州安國寺記、之を記すること詳なり、いふ、

天豐二年十二月、余自吳興守得罪、上不忍誅、以爲黄州團練副使、使思過而自新焉、其明年二月至黄、舍館粗定、衣食稍給、閉門却掃、收召魂魄、退伏思念、求所以自新之方、反觀從來擧意動作、皆不中道、非獨今之所以得罪者也、欲新其一、恐失其二、觸類而求之、有不可勝悔者、於是喟然歎曰、道不足以御氣、性不足以勝習、不鋤其本、而耘其末、雖今改之、後必復作、盍歸誠佛僧、求一洗之、得城南精舍、曰安國寺、有茂林修竹、陂池亭榭、間一二日輙往、焚香默坐、深自省察、則物我相忘、身心皆空、求罪垢所從生、而不可得、一念淸淨、染汙自落、表裏翛然、無所附麗、私竊樂之、旦往暮還。(540)

坡既に禪に入て靜坐觀心す、更にまた道の息命歸根(541)を學ばんとす。此歲冬至、天慶觀に入て修練す。其與秦太虛書(542)にいふ、

吾儕漸衰、不可復作少年調度、當速用道書方士之言、厚自養錬、謫居無事、頗窺其一二、已借得本州天慶觀道堂三間、冬至後當入此室、四十九日乃出、自非廢放、安得就此。(543)

又與陳大夫書(544)はいふ、

去歳冬至、齋居四十九日、息命歸根、似有所得、旦夕復夏至、當復閉關却掃、古人云化國之日舒以長、妄想既絶、頽然如葛天氏之民、道家所謂延年却老者、殆謂此乎、若終日汲々、隨物上下者、雖享耄期之壽、忽然如白駒之過隙爾。(545)

濶達豪宕《がうたう》の士、往々にして却て僊《せん》を信ず。蓋し神僊の説、燕齊(546)方士の怪誕に始まる。其《その》丹を燒き、砂を錬る、不稽《ふけい》もとより言を待たずといへども、其《その》黄老清淨無爲の説に附會して、慾を遏《とゞ》め眞を養ふの事を説くが故に、卓犖《たくらく》の士、時と容《い》れず、白眼にして世を視、超然として俗塵を洒脱《しやだつ》せんとするものこゝに歸休せんことを冀《ねが》ふもの歟《か》。詩人の類亦多く之を談ずるを喜んで、李白の如き最も此を言ふ。坡の如きは彼の符《ふ》を書し、籙《ろく》(547)を受けて、自ら喜ぶものに非ず。彼は道術を以て惟《たゞ》靜心に歸す、彼は其羽毛を擺脱《はいだつ》(548)して其眞相を知り、名をすてゝ實をとるもの。云ふを見ずや、

道術多方、難得其要、然以某觀之、惟能靜心、閉目以漸習之、但閉得百十息、爲益甚大。(549)

是に至ては道術、禪と相距る幾何《いくばく》ぞや。

東坡は禪に入り道を學ぶといふと雖ども、實は即ち東坡一家の禪と道とのみ。彼が

學佛老者、本期於靜而達、靜似懶、達似放、學者或未至其所期、而先得其所似、不爲無害、(550)

といへる、別に一隻眼を瞪開《たうかい》(551)して其骨髓に徹したるものにあらざれば道破し得ず。利を知り又弊を知る、坡が尋常、仙に溺れ、佛に佞《ねい》するの徒と選を異にするを見るべし。

坡が賈誼、陸贄《りくし》(533)の論策を喜びたりし時には、道釋の如き空漠高遠の説は、迂濶闇塞《うくわつあんそく》(552)として之を却《しりぞ》け、

殊に禪の如きはその味ひ得る所にあらざりき。

佛書舊亦嘗看、但闇塞不能通其妙、獨時取其粗淺假說、以自洗濯、若農夫之去草、旋去旋生、雖若無益、然終愈於不去也、若世之君子、所謂超然玄悟者、僕不識也、往時陳述古、好論禪、自以爲至矣、而鄙僕所言爲淺陋、僕嘗語述古、公之所談譬之飮食龍肉也、而僕之所學猪肉也、猪之與龍則有間矣、然公終日說龍肉、不如僕之食猪肉、實美而眞飽也。(553)

而れども南方的性情を有せる彼は、陸賈の書を擲《なげうち》て莊に耽るに至り、遂には禪に入り、仙を學ぶの人となれり。而して黃州以後に於けるその性行を察するに、二者の影響頗る大なるを見る。その放は達となり、其豪は靜となれり、坡が氣象於《こゝにおいて》是一變、然れども猶些《いさゝか》の霸氣と圭角を認めざるにあらず。逆境に處して安慰の道を求めて、其驕氣と其傲岸(528)を抑へたりし彼は、黃州より召還され、再び得意の人となるに及んでは、また往日の東坡に復らんとして、忽ち第二の打擊をうけ、嶺外に謫せらるゝの人となり、再び靜坐閉目に其心を練るに至りぬ。

定居之後、杜門燒香、閉目淸坐、深念五十九年之非矣、(311)

工夫は加ふるに從つて、益《ますく》熟すべし、況んや齡漸く老熟の庶境《しやきやう》に到れるをや。坡の全身唯是渾然たる一個の達を見るのみ。孔子いふ、七十にして心の欲する所に從ふて矩《のり》を踰《こ》へずと。東坡六十にして適《ゆ》くとして達に非ざるなし。

其儋《たん》より歸るや途、一夜江月に對して歌ふ、

江月照我心、江水洗我肝、端如徑寸珠、墮此白玉盤、我心本如此、月滿江不湍、起舞者誰歟、莫

作三人看、嶠南瘴毒地、有此江月寒、乃知天壤間、何人不清安、牀頭有白酒、盎若白露溥、獨醉還獨醒、夜氣清漫々。(554)

乃知天壤間、何人不清安、胸襟既に達、觀る所悉く達觀、語る所悉く達語。

吾人が最も東坡に服する所とは其才にあらず、其學にあらず、其文に非らず、また其詩に非ず、唯一個彼が達のみ。

第八　東坡の詞章

詞章は其人の思想を表彰するとともに、又其の氣象を示現す。詞章は文字上の觀相なり、曲筆を用ひ、矯語《けうご》(555)を弄して、賴《よつ》て以て其思想の幾分を瞞《まん》するを得ることは則ち之有らん。而かも其行文措辭の間、隱約として其人を露《あら》はす。詞章によつて人をみば、人焉《いづく》んぞ廋《かく》さんや、焉んぞ廋さんや。

南人には南人的の思想あり、而して南人的の氣象あり。北人には北人的の思想あり、北人的の氣象あり。故に南人の文は北人の文に同じからず。蓋し北人の文は莊重、巖々として不動、山の如し。南人の文は雄渾洋々として馳騁《ちてい》、水に似たり。西人の文は峭勁《せうけい》(556)、斷崖の急灘《きふだん》に臨めるが如し、山と水とを兼ねて、而して激越の調あり。老蘇は其氣象、西人にして北人に近し、故に其文も亦峭勁にして而して莊重を兼ぬ。東坡は則ち南人に近し、故に其文跌蕩《てつたう》、而れども深妙の趣を缺く。蓋し其氣象の超逸にして(557)物に滯らざる、洵《まこと》に南人の氣象なり、然れども一種の劍氣を帶びて、玄思なる(558)能はざる、是れ即ち其西人の習氣已むを得ざる所、是れを以て其詞章、氣魄を以て勝《かち》て而かも遂に遠神なし。故

に其の縦横、奔逸、澎湃《はうはい》として巨瀾の捲くが如く、汪洋《わうやう》として大江の注ぐが如く、敖《がう》器之が評せる

東坡如屈注天潢、倒連蒼海、變眩百怪、終歸於雄渾(559)

の勢あるは、實に其處《そのところ》たりと雖《い》へども、虚に憑《よ》りて想を運《めぐら》し、空に架して思を構ふるには、西人なる彼は寧ろ北人的の氣風を雜《まじ》へたるに過ぎたり。故に其文に莊叟《さうそう》(517)が變幻あつて其惝怳《しやうくわう》なく、其詩に靑蓮(560)が俊逸あつて其縹緲《へうべう》なし。動《やゝ》もすれば輒《すなは》ち事實に着し、議論に落つ。其脚猶《なほ》地に跟《よろめ》いて空しく美人を天の一方に望むのみ、譬へば鼎湖《ていこ》(561)湖畔、龍髯《りようぜん》を攀《よ》ぢて髯《ひげ》拔け、猶墮《お》ちて人間に留《とゞま》れるが如し、俗緣未だ絕たず、全く火食の人となり難し。

故に坡が詩、詩としては其想寧ろ散文的なり。坡が文、文としては其筆寧ろ詩的なり、其詩は有韻の語にして、其文は談理の詩なり。是啻《これたゞ》に坡が方處的影響によりて然るのみにはあらず、又時代の感化、預つて力なくんばあらず。蓋し所謂進化なるものは、情より智に、興より理に遷る。唐は感興的の時代なり、宋は談理的の時代なり、唐代の思想の風雅にして詩的なりしが如く、宋の思想は理窟にして散文的なり、而して唐の風雅は盛唐に盛に、晩唐に衰ふ。宋の談理は仁、神兩朝の間に始まりて朱陸の時に成る。詞章の上よりみて之を論ずれば、詩より雅文に遷り、雅文より談理の文に遷る。文も亦詩なり、文なきなり。盛唐は猶六朝に遺響なり、詩獨り盛に、李杜此間に出でたり。韓柳出でゝ文興る、其文や雅。王世貞が所謂韓柳氏振唐者也其文實也(562)といへるもの是《これ》。此時、文は即ち詩、詩は即ち文なり。朱陸出づるの日、文は全く談理のものとなり、詩も亦文なり、興索《つ》きて理に純。仁神の間は則ち晩唐彊弩《きやうど》の餘勢を存して、而して談理新興の勢まさに勃たり。此時、詩衰えて談理に入る過

渡の時代なり。歐蘇此間に生れて、一度唐代の餘焰を將《ま》さに消えんとするに吐きしもの歟《か》。故に坡は純然たる詩人たる能はず、また純然たる散文の人たる能はず。詩を以て文となし、文を以て詩となす。故に王世貞いふ歐蘇氏振宋者也、其文虛と。(563) 故に蘇の文詩、唐に非ず、宋に非ず、自《おのづからこれ》是東坡一家の文詩。

而して其文詩また其氣象とともに變ずるを免れず。坡が其姪に與《あたへ》て文字を作るを教ゆるの書にいふ、

凡文字少小時、須令氣象崢嶸、采色絢爛、漸老漸熟乃造平淡、其實不是平淡、絢爛之極也、汝只見爺伯而今平淡、一向只學此樣、何不敢舊日應擧時文字、看高下抑揚如龍蛇捉不住、當旦學此。(564)

蓋し其少壯時、抱負大《だい》に、霸氣滿つ。加之《しかも》父が學の感化をうけて、縱横家の經綸《けいりん》を喜び、まさに賈陸(565)の論策に傾心せるとき、其文豈に逸氣縱横、劔氣滿幅、崢嶸《さうくわう》絢爛を極めざらんや。然れども彼が莊子に沈潛するに至つて、其文漸く變ぜんとして、而して黃州の謫《たく》にあひ、道釋の教を學びて、其氣を御し、習に勝つに及んで、心胸翛然《いうぜん》として、自得する所あり。故に其詩文も亦一變。子由が所謂、

既而謫居於黃、杜門深居、馳騁翰墨、其文一變、如川之方至(566)

なるもの、之を少壯時の文に比すれば、更に洗錬を經て、高華秀傑、而《し》かも機鋒光芒の往々に露るゝを免れずして、猶《なほ》時に怨刺の語なきを得ず。既にして嶺外に遷るや、道に入ること齡とともに深く、浮華の氣全く失せて、胸中汨然帶芥《いつぜんたいかい》(567)なし。故に其作る所の詩文皆絶塵。黃山谷許して曰ふ、

東坡嶺外詩文、讀之使人耳目聰明、如清風自外來也。(568)

その晩《おそく》に深く淵明に私淑する所ありしを以て見るも。其造詣知るべきなり。山谷の詩にいふ、

淵明千歳人、東坡百世士、出處固不同、風味要相似。[569]

許彦周が坡の文を許して、

東坡辭源如長江大河、飄沙卷沫、枯槎束薪、蘭舟繡鷁、皆隨流至、[570]

といへるは、其前半生のものにあつべく、而して

珍泉幽澗、澄潭靈澤、可愛可喜、無一點塵滓、[571]

といへるは、以て後半生のものにあつべし。陳後山は曰ふ、

蘇詩始學劉夢得、故多怨刺、晩學太白、至其得意處、則似之矣、然失於粗、以其得之易也。[572]

魏淳甫《じゅんぽ》も亦いふ、

呂丞相、跋子美公譜曰、考其辭力、少而鋭、壯而肆、老而嚴、非妙於文章、不足以至此、余觀東坡自南遷以後詩、全類子美夔州以後詩、正所謂老而嚴者也。[573]

以て坡が文の齡とともに變ぜしを知るべし。而れども坡が風調は寧ろ杜に類せずして寧ろ李に似る者、性情相近きの然らしむる所歟。唯、呂が少、壯、老に別つて杜が詩をいふは移して、また坡が詞章を論ずべし。

然れども概して之を論ずれば。坡が文、氣格高邁、風調超逸、其人の如し、所謂

東坡詞源、如長江大河、洶湧奔放、瞬息千里可駭、可愕[574]

なるもの。彼の詩文に於ける、もと事に接し、物に觸れて即ち作《な》る。一たび筆を落せば、手に信《まか》せて千言萬言立《たちどこ》ろに成る、必ずしも推敲鍛錬の刻苦を經ざるなり。彼の詞場の文多く草を起さゞりしとい

ふによるも、其詞章の不用意になりしを見るなり。故に多く一氣呵成縱機揮灑《じゆうききさい》(575)して經營の痕を見ず。巧を弄せず、奇を衒《てら》はず、事に因て奇を出し、境に遇ふて即ち變ず。彼も亦自ら其至る所を知らず。譬へば江河の流、下に順《したがひ》て行くのみにして、其山に觸れ谿《たに》に赴いて、而して變ずるが如きのみ。既に不用意に出《いで》て經營に假《か》らず、故に局促せず、格を出で〻格に入り、規を外《はづ》れて規に歸す、自らにして然《しか》り。故に坡の文字多く典故を用ふると雖ども、是も亦必ずしも之を求めて然るにあらず、其胸中萬卷の書、浩博筆を下すの際自ら流れ出づ。彼また其我語《わがご》たるか、它人《たにん》の語たるかを知らざるなり。故に亦必ずしも拘《こだ》はらず。嘗て試に應じて忠厚刑賞論を爲《つく》る。中にいふあり、皐陶曰殺之三、堯曰宥之三(576)と。諸主文者《しゆぶんしや》(577)皆出處を知らず。坡入り謝するに及んで歐陽、此を擧げて坡に問ふ。坡笑《わらひ》て曰く、想ふに當《まさ》に然るべきのみと。

坡また譬喩を用ふるに長ず。而して目睹《もくと》耳聞のもの、悉く其材たらざるなきなり。譬はゞ神仙の瓦礫《ぐわれき》を點じて黄金となすが如く、一切世間の故實小說、手に入れば便ち用ひて全く揀擇《かんたく》(578)せず。而して街談、巷說、鄙俚《ひり》の言も、一たび其手を經ば、妙處あらざるなきなり。參寥子嘗て坡を評して曰く、

老坡牙頰間、別有一副爐鞴也。(579)

既に不用意に成り、錘鍊《すいれん》(580)を用ひず、唯事に感じ、物に觸るれば卒然として之を文字に發す。故に往々露語率語(581)を雜《まじ》ふるを免れず。是れ白璧《はくへき》の微瑕《びか》なりといへども、其氣を主として工をもとめざる、却て是《これ》、坡が本色を見るなり。東坡嘗て與謝民師書(582)に文を論じて曰く、

所示書敎及詩賦雜文、觀之熟矣、大略如行雲流水、初無定質、但常行於所當行、常止於不可不止、

文理自然、恣態横生、孔子曰言之不文、行之不遠、又曰辭達而已矣、夫言止於達意、則疑若不文、是大不然、求物之妙、如繫風捕影、能使是物了然於心者、蓋千萬人而不一遇也、而況能使了然於口與手者乎、是之謂辭達、辭至於能達、則文不可勝用矣、揚雄好爲艱深之辭、文以淺易之說、若正言之、則人々知之矣、此正所謂雕蟲篆刻者、其太玄法言皆是類也、而獨悔於賦何哉、終身彫蟲、而獨變其音節、便謂之經可乎、屈原作離騷經、盖風雅之再變者、雖與日月爭光可也、可以其似賦、而謂之彫蟲乎、使賈誼見孔子、升堂有餘矣、而乃以賦鄙之、至與司馬相如同科、雄之陋如此、比者甚衆、可與知者道、難與俗人言也。(583)

その如行雲流水殆無定質の語、殆んど彼自ら言ふ者、其揚雲によりて彫蟲篆刻《てうちゆうてんこく》を論じたるは、蓋し託して當世を非《そし》りたるもの。蓋し當時の人の文概《おほむ》ね皆所謂艱深の辭を好みて、以て淺易の說を文《かざ》るものゝみ。坡が文字の文理自然にして恣態横生《したいわうせい》する所、即ち彼が一時と選を異にせる所以にして、而して彼が文運を一革して一代の文宗たりし所以實に茲《こゝ》に存す矣。

坡の文字、既に一氣可成、不用意になる故に、其小品亦最も傑出。其尺牘《せきとく》の如き着墨繁《はん》ならずして情韻生動。率爾《そつじ》の語猶《なほ》妙趣を帶ぶ。所謂雖二嬉笑怒罵之詞一皆可二書而誦一(584)もの。之を誦《しよう》すれば、習々として兩腋《りようわき》に淸風を生ず。王世貞いふ、

懶倦欲睡時、誦子瞻小文及小詞、亦覺神工。(585)

孝宗の其集を刊するや、序して曰く、

力斡造化、元氣淋漓、窮理盡性、貫通天人、山川風雲、草木華實、千彙萬狀、可喜可愕、有感於

中、一寓之於文、雄視百代、自作一家、渾涵光芒、至是而大成矣。(586)

東坡嘗て自ら其文を評して曰ふ、

吾文如萬斛泉、不擇地皆可出、在平地滔々汨々、雖一日千里無難及、其與山石曲折、隨物賦形而不可知也、所可知者、常行於所當行、常止於不可不止是而已矣、其他雖我亦不能知也。(587)

自ら許し得て切當、(588)我豈に敢て一語を加ふるをよくせんや。此語唯に其文を評して切當なるのみならず、移して以て其詩を評すべし、以て其性行を評すべし、亦以て其一生を評すべし。即ち一切東坡なるものを包裹《ほうくわ》して此數十語に評し悉《つく》せりといふべし。

坡が集、東坡集四十卷、後集二十卷、奏議十五卷、内制十卷、外制三卷、和陶詩四卷、總べて九十二卷。

坡、平生、孝友に篤《あつ》く、其門下また人多し。黄廷堅、晁《てう》補之、秦觀、張耒《らい》、陳師道等、坡之を待つ朋儔《ほうちう》(589)の如く、師を以て自ら處《を》らず。元祐中、黄、晁、秦、張、坡と同じく閣に入る、當時稱して四學士といふ。

長公波濤萬頃陂、少公巉秀千尋麓、黄郎蕭々日下鶴、陳子峭々霜中竹、秦文倩儷舒桃李、晁論崢嶸走珠玉、(590)

長公は東坡、少公は子由、其他は即ち四學士なり。就中晁、張は文に長じ、黄、陳は詩に長ず。而して黄の詩尤も高奇、延いて江西に一派を生ず。世或は坡に配して蘇黄といふ、然れども其の量、氣魄並稱するに當らず。魏道輔之を論じて悉《つく》せり。曰く、

東坡文中龍也、理妙萬物、氣吞九州、縱横奔放若游戲然、莫可測其端倪、魯直區々持斤斧準繩之說、隨其後、而與之爭、至謂未知句法、蓋魯直、欲爲東坡之邁往而不能、於是高談句律、旁出樣度、務以自立而相抗、然不免居其下也、山谷之詩有奇而無妙、有斬絶而無横放、舖張學問以爲富、化陳腐以爲新、而渾然天成、如肺肝中流出者不足也、東坡評曰、如蝤蛑江瑤柱、格韻高絶盤餐盡廢、然若多食、則動風發氣、又云、讀魯直詩、如見魯仲連李太白、不敢復論鄙事、雖若不適用、然不爲無補于世、或謂論文者尊東坡、言詩者右山谷、此門生親黨之偏說而已、東都事略山谷傳云、庭堅長于詩、與秦觀、張耒、晁補之、游蘇軾之門、號四學士、獨江西君子、以庭堅配軾、謂之蘇黃、蓋自當時已不以是爲公論矣。[591]

王世貞も亦いふ、

詩格變自蘇黃固也、黃意不滿蘇、直欲凌其上、然故不如蘇也、何者愈巧愈拙、愈新愈陳、愈近愈遠。[592]

嗟呼、趙宋[593]、三百年、詞壇唯一人の蘇子瞻が雄視顧眄《こべん》するを見るのみ。

編　注

(1) 想像力をめぐらすこと。　(2) 秦に同じ。　(3) 漢の文帝。
(4) 漢の武帝。
(5) 自負する蟲と闘う鶴。各自高ぶっているの意か。王世貞の『藝苑卮《し》言』に見える。
(6) きめ細かいさま。　(7) 長江下流の地方。　(8) 經書に通ずること。
(9) 駢儷體《べんれいたい》と同じ。　(10) 開いたり閉じたり。
(11) 百寶、流蘇（總《ふさ》狀の裝飾）の如し。千絲の鐵繩（鐵のくさり）、八綺（多くの白ぎぬ）、密環、姸《けん》にして、適用に非ざるを要す。
(12) 義山（李商隱の字）浪子、薄《やゝ》才藻《さいさう》あり、遂に儷對（駢儷體）に巧みなり、宋の人、之を慕ひて、號して西崑と爲す。楊劉（楊億・劉筠）の輩、力を竭《つく》して馳騁《ちてい》し、僅爾《わづか》に藩《かきね》を窺《うかゞ》ふ。『藝苑卮言』から。
(13) 宋興りて七十餘年、民、兵を知らず、富みて之を敎《をし》ふ。天聖、景祐（宋の仁宗の年號）に至りて極《きは》まれり、而して斯文《しぶん》、古に愧づるあり。士亦《ま》た因陋守舊、論卑《いや》しく氣弱し。
(14) 韓愈の文。　(15) 廢棄處分した書物をいれる箱。　(16) 刻苦思案。
(17) 天子の過失をいましめる役所（諫院《かんいん》）の擔當官。　(18) そしる。
(19) 中國神話の神。水の神といわれる。　(20) 傾き寄りかかる。　(21) めぐらす。
(22) けわしい山。　(23) 谷川。　(24) 早瀬。

(25) 今の湖北・湖南省のあたりを指す。　(26) 世事に無頓着のこと。
(27) 揚雄。子雲は、その字。
(28) 岷峨《みんが》の山中の巴江、桂（肉桂）、椒（山椒）、枏《だん》（楠）、櫨《ろ》（ハゼ）、楓、柞《さく》（クヌギ）、樟《しやう》、青金（寶石）、黃玉、丹砂良く、獸皮鳥羽當《あた》るに足らず。異人間出、四方を駭《どろ》かす、嚴（君平）、王（褒）、陳（子昂）、李（向）、司馬（相如）、揚（雄）、一翁二李（蘇洵《じゆん》と軾・轍の兄弟）對して相望む。「贈二蘇公」による。
(29) 峩眉山月半輪の秋、影は平羌江《へいきやうかう》の水に入つて流る。『峨眉山月歌』の前半。
(30) 我が家は江水初めて源を發す。『遊金山寺』の冒頭の一句。
(31) 吾が家は蜀江《しよくかう》の上《ほとり》、江水は綠にして藍《あゐ》の如し。爾來《じらい》塵土に走り、意思殊《こと》に堪へず。況んや岐山の下に當り、風物尤《もつと》も慙《は》づべきをや。山あるも禿《とく》にして赭《しや》の如く、水あるも濁りて泔《かん》（米のとぎ汁）の如し。詩『鳳翔八觀・東湖』冒頭の一節。　(32) にぶくて足のおそい馬。　(33) きびしく、けわしい。
(34) 轍の兄弟、其の文學なきを謂ふは則ち非也。道を踏むは則ち未だき也。其の學は則ち儀秦（張儀と蘇秦）たるを學ぶ者也。其の文率《おほむ》ね馳騁《ちへい》に務め、好んで縱橫排闔《はいかふ》（門を開く）を作《な》す、安靜の理なし。
(35) 申不害と韓非子。ともに戰國時代、刑名の學を唱えた。
(36) 軾、之を古人に聞く、民に常性なしと。土地風氣の稟《う》ける所と雖も、其の好惡は則ち其の上の人に存す。文章の風惟《た》だ漢、盛んを爲す。而して貴顯暴著（にわかに現れる）は蜀人、多きを爲す。蓋《けだ》し相如、其の前に唱へ、王褒、其の後を繼ぐ、（中略）而し蜀人始めて文を好むの意あり、絃歌の聲、鄒魯《すうろ》と比ぶ、（中略）天聖中、解褐《かいかつ》（初めて官職につく）西歸し、鄉人嘆嗟《たんさ》す。『謝範舍人書』の一節。
(37) 吾《わ》が先君、物に於て好む所なく、燕居、齋《さい》の如く、言笑、時にあり。『四菩薩閣記』の一節。
(38) 官遊と同じ。
(39) 後漢の人。事があって獄に下る時、その母は、息子に對して淸節を全うすることを教えた。

(40) 弟兄本《もと》三人、懐抱、其の一を喪《うしな》ふ。傾然（しばらくして）、仲と叔と、耆老《きらう》、天に隮《のぼ》る所。『次韻子瞻寄賀生日』の冒頭。　(41) 十二月十九日卯時、公、眉山縣紗《さ》縠行私《こくこうし》第《てい》（私宅）に生まる。

(43) 子を念ふ、先君に似たり、木訥《ぼつとつ》剛且つ靜、寡詞にして眞に吉人《きつじん》（よいひと）。詩『潁州初別子由　二首』のうち。　(42) しとやか。

(44) 君の未だ嫁《とつ》がざるは父母に事《つか》へ、既に嫁げば、吾が先君、先夫人に事ふ、皆謹肅《きんしゆく》を以て聞え、其の始め未だ嘗て自ら其の書を知るを言はざる也。軾の書を讀むを見れば、則ち終日去らず、亦其の能く通ずるを知らざる也、其の後、軾、忘るゝ所あれば、君輒《すなは》ち能く之を記し、其の他の書を問へば、則ち略《ほゞ》之を知る。是《これ》に由《よ》て始めて其の敏にして靜なるを知る也。軾に從つて鳳翔《ほうしやう》に官《くわん》するや、軾、外《そと》に於て爲す所あれば、君は未だ嘗て其の詳を問知せざるなくして曰く、子、親を去ること遠し、以て愼《つゝし》まざる可らずと。日《ひゞ》先君の軾を戒しむる所以の者を以て相語《つ》ぐ也、軾の客と外に於て言へば、君は屏間《へいかん》に立ちて之を聽き、退けば必ず其の言を反覆して曰く、某人や言は輒《すなは》ち兩端を持し、惟《た》が子が意の嚮《むか》ふ所のみ、子何《なん》ぞ與《とも》に是《こ》の人の言を用ひんと。軾と親厚せんことを來り求むること甚《はなはだ》しき者あれば、君は曰く、恐らくは久しきこと能はざらん、其の人と鋭なれば、其の人を去ることを必ず速《すみや》かならんと。已にして果然、將《まさ》に死すの歳、其の言、多く聽くべし、有識者に類《たぐ》ふ。其の死や盖し年二十有七のみ。『亡妻王氏墓誌銘』からの引用。

(45) 婦人の部屋。

(46) 十年生死兩《ふたつ》ながら茫々、思量せざるも、自ら忘れ難し。千里の孤墳、凄涼《せいりやう》を話《かた》る所無く、縱使《たとひ》相逢ふも應《まさ》に識《し》らざるべし。塵は面《おもて》に滿ち、髪は霜の如し。夜來の幽夢、忽ち鄕に還《かへ》り、小軒の窓、正に梳粧《そしやう》（髪をととのえ、よそおう）す。相顧みて言無く、惟《た》だ涙千行あり。料得（さとる）す年々斷腸の處《ところ》、明月の夜、短松の岡。『江城子』からの引用。

(47) 某《それがし》始め公（王君錫丈人）の猶子（姪）と婚媾《こんかう》（親族同士の結婚）す。允《まこと》に令德あるも、夭閼《えうあつ》し遂ぐる莫《な》し。惟《た》だ公の幼女、嗣《つ》いで罍篚《らいひ》（酒樽や竹の箱）を執る。

(48) 僕、東坡に居る。陂《つゝみ》を作り稻を種え、田五十畝《ぼ》あり。身《みづか》ら耕し、妻は蠶《かひこ》し、聊《いさゝ》か以て歳を卒《を》ふ。昨日一牛病んで幾《ほと》んど死せんとす。牛醫、其の狀を識《し》らざるも、老妻之を識りて曰く、此の牛は豆斑瘡《とうはんそう》（天然痘）を發する也、法は當《まさ》に青嵩《せいこう》（野にんじん）の粥《かゆ》を以て之を啖《くら》はすべしと。其の言を用ひて効《かう》あり。謂ふ勿れ、僕が謫居《たくきよ》の後、一向便《すなは》ち村舎翁と作《な》るも、老妻猶、黑牡丹（牛の異稱）に接するを解する也。

(49) 元祐七年正月、東坡、汝陰に在り、州堂前の梅花大いに開き、月色鮮霽《せんせい》（鮮やかに晴れ渡る）、先生の王夫人曰く、春月の色は秋月の色に勝る、秋の月は人を悽慘たらしめ、春の月は人を和悅せしむ、趙德麟等を召し、此の花下に來り飲むは何如《いかん》と。先生大いに喜びて曰く、吾、子の亦詩を能くするを知らずや、此れ眞に詩家の語のみ、と。

(50) 樂天、名位（名聲と官位）聊《いさゝ》か相似る、却《かへ》て初めより富貴の心無く、只小蠻と樊素《はんそ》（白居易の二妾）の在るを欠く。我、造物愛の公の深きを知る。詩『子瞻去歲春夏侍立延英子由秋冬間相繼入侍作詩各述所懷予亦次韵』の一節。

(51) 世に謂《い》ふ、樂天に「駱馬《らくば》を粥《ひさ》ぎ、楊柳枝（白樂天の妾樊素《はんそ》の綽名《あだな》）を放つ」の詞あり。その主の老いて病む、去るに忍びざるを嘉《よみ》するなり。然れども夢得（劉禹錫《うしやく》）に詩あり云ふ、春盡《つ》きて絮《じよ》飛び、留《と》め得ず、風に隨つて好《よ》し去れ、誰が家にか落つと。樂天亦云ふ、病は樂天と相伴《あいともな》つて住し、春は樊子に隨つて一時に歸ると。則《すなは》ち是れ樊素竟《つひ》に去る也。子が家に數妾あり、四五年前、相繼《つ》いで辭し去る。獨《ひと》り朝雲、予に隨つて南遷す、樂天集を讀むに因つて、戲れに朝雲の詩を作る。／似ず、楊枝の樂天に別るゝに。恰《あたか》も通德（伶伭《れいげん》の妾）の伶伭に伴《ともな》はるゝが如し。（中略）鍊丹《れんたん》、我れを逐ひて三山に去り、作《な》らず、巫陽《ふやう》雲雨の仙（巫山《ふざん》の仙女）。『朝雲詩』から。

(52) 紹聖《せうせい》元年十一月、戲れに朝雲詩を作る、三年七月五日、朝雲、惠州に亡《ぼう》ず。之を棲禪寺《せいりんじ》の松林中に葬る。東南大聖堂に直《あた》る。駐景（景色の移りかわりを止める）恨《うら》むらくは千歲《せんざい》の藥なく、贈行惟《た》だ小乘禪あるのみ。傷心一念、前債を償ひ、彈指《だんし》三生《さんしやう》（前世・現世・後世）、後緣を斷つ。『棹朝雲』の引及びその一節。

(53) 三年瘴海《しやうかい》の上《ほとり》、越嶠《えつけう》（越南）眞《しん》に我が家。登山、重九《ちようきう》を作《な》す。蠻菊《ばんぎく》、秋なるも未だ花さかず。（中略）蜑酒《たんしゆ》は衆毒を蘖《た》ち、酸甜《さんてん》は梨櫨《りろ》（梨やカリン）の如し。何を以てか一樽を侑《す》めん。隣翁、黿蛇《あだ》（蛙と蛇）を餽《おく》る。亦復《ま》た强ひて醉《ゑひ》を取り、歡謠すれども悲嗟《ひさ》を雜《まじ》ふ。今年、惡歲を吁《なげ》く、僵仆《きやうふ》するもの、亂麻の如し。此會《これたま〳〵》我れ健なりと雖ども、狂風、朝霞を卷き、我れをして霜月、孤光の天涯に挂《か》るが如きならしむ。西湖、往《ゆ》くを欲せず、暮樹、寒鴉《かんあ》號《さけ》ぶ。（惠州の西湖也、湖上に朝雲の墓あり）『丙子重九』から。

(54) 朝雲、惠に死して久し。別後書に學び、頗る楷法《かいはふ》あり、亦佛を學び、去るに臨んで六如偈《りくじよげ》を誦して以て絕ゆ。之を惠州栖禪寺《せいぜんじ》に葬る。僧、亭を作り、之を覆《おほ》ひ、榜《ばう》して六如亭と曰《い》ふ。詩『李方叔四首』の第四首。

(55) 既に其の水土風氣に習《な》れ、欲を絕ち念を息《やす》むるの外、浩然疑ふなく、殊に安健を覺ゆる也。兒子過《くわ》、頗ぶる事を了し、寢食の餘、百《もろく》に知管せず。書簡『答徐得之』の一節。

(56) 某《それがし》既に之に緣《よ》り、欲を絕ち世を棄つ。故に身心俱《とも》に安く、而して小兒も亦遂《つひ》に物外に超然たり。此の父に非ずんば此の子生まれざる也。呵々《か、》。書簡『與王定國』の一節。

(57) 門を杜《とざ》し壁觀、妻子と雖ども幾《ほと》んで見る無し、況んや他人をや。然れども雲藍《うんらん》小袖なる者、近ごろ輒《すなわ》ち一子を生む。想うて之を聞き一たび掌を拆《う》つ也。

(58) 人は皆子を養うて聰明を望めども、我れは聰明に一生を誤らる。惟《た》だ願ふ、孩兒《がいじ》の愚にして且つ魯、災なく難なく公卿に到るを。詩『洗兒』全首。　(59) 死亡する。

(60) 吾が年四十九、羈旅《きりよ》に幼子を失ふ。幼子眞に吾が兒、眉角（眉のあたり）は生まれながらに已に似る。未だ期（一年）ならずして好む所を觀るに、蹁躚《へんせん》（よろよろ）、書史を逐《お》ふ。頭《かしら》を搖《うご》かし梨栗《りりつ》を郤《しりぞ》くるは分に非ざる耻《はぢ》を識《し》るに似たり。吾れ老いて常に歡《よろこ》び鮮《すく》なし、此に賴《よ》りて一たび笑喜す。忽然《こつぜん》、奪ひ去らるに遭《あ》ふ、惡業は我が累《るゐ》のみ。薪《たきゞ》を衣とす、那《なん》ぞ俗を免《まぬか》れん。變滅は須臾《しゆゝ》のみ。歸來すれば、懷抱空しく、老涙、水を瀉《そゝ》ぐが如し。『去歲九月二十七日在黃州生子（中略）病亡於金陵作二詩哭之』第一首全句。　(61) 父親を指す。

(62) 兩翁（東坡と子由）の歸隱（隱居）は難事に非ず、惟《た》だ傳家《でんか》の好兒子を要するのみ。憶《おも》ふ、昔、汝の翁が汝の如く長ぜしとき、筆頭一たび落つれば三千字、世人の此を聞いて皆大笑せしを。愼《つゝし》みて兒を生む、兩翁に似ること勿《なか》れ。如《し》かず、樗櫟《ちよれき》（無用者）の明堂に薦《す》められるゝに。何ぞ似ざる、鹽車、千里（名馬）を壓《くる》しむるに。『別子由三首兼別遲』から。

(63) 青々とした水をたたえた谷川。

(64) 速く走る。　(65) 水が滞りなく流れるさま。

(66) 眉山の道士張易簡、小學を教ふ、常に百人、予が幼時亦焉《これ》に與《あづ》かる。天慶觀北極院に居り、予蓋《けだ》し之に従ふこと三年。『衆妙堂記』の一節。

(67) 慶暦三年、軾始めて總角、鄕校に入る。士有りて京師より來る者、魯人石守道作るところの慶暦聖德詩を以て鄕先生に示す。軾、旁《かたは》ら從《よ》り窺《うかゞ》ひ觀《み》て、則ち能く其の詞を誦習《しようしや》す。先生に問ふに、頌《とな》へる所の十一人は何人やを以てす。先生曰く、童子何ぞ之を知るを用ゐん、と。軾曰く、此れ天人なりや則ち敢へて知らず、若し亦人ならば何爲《なんす》れぞ其の不可ならんや、と。

(68) 國境守備軍。　(69) 毎年贈る金品。　(70) 賄賂《わいろ》を増やす。

(71) 天子や政治の過失をいましめる役目の官吏。

(72) 前髪もない幼兒。　(73) 輕ろんじ、あなどる。　(74) おごりたかぶる。

(75) 宣召（天子が臣下を召見する）學士院に赴くを謝し、仍《な》ほ衣、金帶（黃金で飾った帶）及び馬を賜ふを謝するの表。

(76) 伊《かれ》之を垂れるに匪《あら》ず、帶餘《あま》りあり、敢て後《おく》るゝに非ず、馬の進まざるなり。

(77) 仰せをうけたまわる。

(78) 枯羸《こるい》（やせ細るさま）の質、之を垂れるに匪《あら》ず、帶餘りあり、歛退《けんたい》（退出）の心、敢て後るゝに非ず、馬の進まざるなり。「謝賜對衣金帶馬表」の一節。

(79) 人有り能く千金の璧《はく》を碎くも、聲無く釜を破る能はず、能く猛虎を搏《う》つも、色無く蜂や蠆《さそり》なること能はず。

(80) 美しい心根。詩文の才能をいう。　(81) 檞は宿り木の一種。

(82) 冠に比《およ》ぶ、經史に博通、文を屬する（綴る）こと日に數千言。

(83) 晉の人、顔かたちが端麗だった。　(84) 美しい風貌。　(85) 奇怪。

(86) 昔、吾れ進士に擧げられ、試《し》に禮部に召され、歐陽文忠公、吾が文を見て且つ曰く、此《こ》れ吾輩の人也、吾れ當《まさ》に之を避くべしと。是れ時士（時人）剽裂《へうれつ》（剽竊）を以て文と爲し、公を訕《そし》る者、市を成せり。

(87) 軾の書を讀みて汗の出づるを覺えず、快哉々々《くわいさいく》、老夫は當《まさ》に此の人を避くべし、一頭地を放出す。

(88) 言いたてる。評判する。　(89) ゆたかで厚みがある。

(90) 歐陽子、道を論ずるは韓愈に似、事を論ずるは陸贄《りくし》に似、事を記するは司馬遷に似、詩賦は李白に似る。『六一居士集序』の一節。

(91) 方《まさ》に對偶聲律を爲すの文を學び、斗升（僅か）の祿を求む。自ら度《はか》つて以て諸公の間に進んで見《まみ》えることなし。京師に來りて年を逾《こ》ゆ、未だ嘗て其の門を窺はず。今年春、天下の士、悉《ことごと》く禮部に群り至る。執事、歐陽公と寔《まこと》に親しく之を試む。誠に自ら意《おも》はず第二を獲る。（中略）人は以て苟《いや》しくも富貴たる可らず、亦以て徒《いたづら》に貧賤たる可らず。大賢焉《これ》有り、其徒と爲れば則ち亦恃むに足《た》る。

(92) 高貴な位にある人々。

(93) 已亥《きがい》の歳、行《たび》に侍して楚に適《ゆ》く。舟中無事（中略）雜然、中《こゝろ》に觸れるあり、而して詠歎に發す。蓋し家君の作、弟轍の文とともに皆、焉《これ》にあり、之を南行集と謂ふ。

(94) 制擧と同じ。　(95) 縣名。陝西省內。　(96) 茅屋に同じ。

(97) 譬《たと》へば、倦《つか》れたる行客《かうかく》の、中路にして清流に逢ひたるが如く、塵埃、未だ脱せずと雖ども、暫《しば》らく憩《いこ》ひて一漱《いつそう》を得たり。詩『和子由聞子瞻將如終南太平宮谿堂讀書』の一節。

(98) 帶雪復た春を銜《ふく》み、橫天半秦《はんしん》（陝西の半ば）を占む。勢奇にして看定まらず、景變じて寫すに眞なり難し。洞遠く皆岳に通じ、川多くして更に神あり。白雲幽絕の處、古より樵人《せうじん》に屬す。詩『終南山』の全節。

(99) 几《き》に隱《よ》り、頽《たい》として病めるが如し、言を忘れ、兀《こつ》（兀然）として瘖《いん》（おし）に似たり。茆茨《ぼうし》、上古を追ひ、冠蓋《くわんがい》（冠と車のおおい）、當今を謝す。曉夢、猨《さる》、呼び覺《さま》し、秋懷、鳥、伴《とも》に吟ず。詩『南溪之南竹林中新構一茆堂（中略）故名之曰避世堂』の一節。

(100) 非議上奏する。 (101) 創業と同じ。 (102) くずれ出る。
(103) のんびりしてゆるむ。 (104) 見渡す。 (105) はるかに異なる。
(106) 期限を守らないこと。 (107) むち。
(108) 大姦忠に似、大詐《たいさ》信に似、安石外《そと》に朴野を示せど、中に巧詐を藏《かく》し、驕蹇《けうけん》（おごりたかぶる）上を漫《あなど》り、陰賊（人に知られないように悪事を働く）物を害《そこな》ふ。
(109) わるがしこい。 (110) 縄などの長くよいさま。連なるさま。
(111) 賈長沙（賈誼《かぎ》）の雄姿、陸宣公（陸贄《りくし》。彼の書いた詔勅や奏議は「陸宣公奏議」として、その種の模範とされた）の整頓、兼ねて之あり。
(112) 青苗放銭は昔より禁ずる有り。今、陛下の始めて成法を立て、毎歳常に行なふ、抑配（無理やりに貸しつける）するを許さずと云ふと雖ども、而《し》かし數世の後、暴君汙吏《をり》、陛下能く之に計を與《とも》にするを保せんか。願請の戸、必ず皆孤貧不齊《ふせい》の人にして、鞭韃《べんたつ》已《すで》に急なれば則ち之を繼《つ》いで、逃亡して還《かへ》らざん。則ち均《ひと》しく鄰保《りんぽ》に及ぶ、勢の必ず至ること有り、異日、天下必ず之を恨み、國史は之を記して曰《い》はん、青苗錢は陛下より始まると。豈に惜しまざらんや。且つ常平の法は至《し》と謂ふ可きなり。今變じて青苗と爲さんと欲して、彼の壞《くづ》れて此に成らば、喪《うしな》ふ所愈《いよ》々多く、虧官《くゐくわん》害民（官を傷け、民をそこなう）、悔ゆると雖ども何ぞ及ばん。
(113) 天下の單丁（兄弟のない人）女戶は、蓋《けだ》し天民の窮する者也、而して陛下は首《しゆ》として之を役せんと欲し、富四海《しかい》を有して忍びて恤《じゆつ》を加へず。楊炎（唐の政治家）より兩稅と爲すも、租調、庸と既に之を兼ねたり。奈何《いかん》ぞ復た庸を取らんと欲するや。萬一後世不幸にして聚斂《しうれん》の臣ありて、庸錢除かず、差役舊《きう》に仍《よ》り、從來する所を推さば則ち必ず其の咎《とが》に任ずる者あらん。 (114) 高くあげて流し去る。
(115) 國家の存亡する所以の者は、道德の淺深に在り、强と弱とには在らず。曆數の長短なる所以の者は、風俗の薄厚に在り、富と貧とには在らず。人主、此を知れば則ち輕重する所を知るなり。故に臣願ふ、陛下の務めて道德を崇《たふと》び、而して風俗を厚くするを。願はず、陛下の功あるに急にして富强を貪《むさぼ》るを。風俗を愛惜し、元氣を加護せんことを。聖人は深刻の法以て衆を齊《すく》ふべく、勇悍《ゆうかん》の夫《ふ》以て事を集《な》す可きを知らざるに非ず。忠厚は迂闊《うくわつ》に近く、老成、初めは遲鈍なるが若《ごと》し。然り終《つひ》に宜《よろ》しく彼を以て此《これ》に易《か》ふべからざるは、其の得る所小にして喪《うしな》ふ所大なるを知ればなり。

(116) 民は與《とも》に成るを樂しむ可く、與に始めを慮《はか》り難し。

(117) 議者必ず謂はん、民は與《とも》に成るを樂しむ可く、與に始めを慮《はか》り難しと。故に陛下、堅く執りて顧みず、必ず行なふに期す。此れ乃《すなは》ち戰國貪功の人、險僥《けんげう》(危險を冒して幸いを求める)の説を行ない、未だ成るを樂しむに及ばずして怨み已《すで》に起るなり。

(118) 夫れ德行を興さんと欲せば、君人(君主)に在る者は修身以て物を格《たゞ》し、好惡を審《つまびら》かにして以て俗に表はすべし。(中略)若《も》し設科立名(條目を設け、名を立てる)以て之を取らんと欲せば、則ち是《こ》れ天下相率ゐて僞《ぎ》を爲すを敎ゆる也。上、孝を以て人を取らば則ち勇者は股を割き(モモの肉を切り取って父母に供する)、怯者は墓上に廬《いほり》す(墓守)。廉《れん》を以て人を取らば、則ち敝車《へいしや》(敗れ車)、羸馬《るいば》(やせ衰えた馬)、惡衣、菲食《ひしよく》(粗食)、凡そ以て上意に中《かな》ふべきものは、至らざる所なし。(中略)文章によつて之を言へば、則ち策論は有用にして、詩賦は無益なり。政事より之を言へば、則ち詩賦、策論均《ひと》しく無用なり。然れども、祖宗より以來、之の廢する者莫《な》し。以爲《おもへら》く、法を設け、士を取るは此の如《かく》きに過ぎざる也。(中略)矧《いは》んや唐より今に至る、詩賦を以て名臣なる者、數ふに勝《た》ふ可からず。何ぞ天下を負ひて、必ずや之を廢せんと欲せんや。『議學校貢擧狀』から。

(119) 人を得るの道は、人を知るに在り、人を知るの法は實を責《たゞ》す在り。君相をして人を知るの明あり、朝廷をして實を責《たゞ》すの政あらしめば、則ち胥吏《しより》皂隸《さうれい》だも未だ嘗て人なくんばあらず。而かも況《し》んや學校貢擧に於てをや。今の法に因ると雖ども、臣以爲《おもへ》らく、餘り有りと。君相をして人を知らず、朝廷をして實を責めざらしめば、則ち公卿侍從も常に人なきを患《うれ》へん。而かも況んや學校貢擧をや。古《いにし》への制に復《かへ》すと雖ども、臣以て足らずと爲す。夫れ時に可否あり、物に廢興あり、其の安んずる所に方《あた》つては、暴君と雖ども廢する能はず、其の既に厭《あ》くに及んでは、聖人と雖ども復する能はず。故に風俗の變、法制の之に隨ふ。譬《たと》へば江河の徙移《しい》するが如く、彊《し》ひて之を復さば、則ち力を無し難し。（中略）貢擧の法に至っては、之を行なふこと百年、治亂盛衰、初めより此に由らず。陛下、祖宗の世を視ば、貢擧の法、今と孰《いづ》れか精と爲す。言語文章、今と孰れか優と爲す。得る所の人才、今と孰れか多しと爲す。天下の事、今と孰れか辨ずと爲す。此の四者の長短を較《くら》ぶれば、其の議、決せん。今變改せんと欲する所、數端に過ぎず。或《あるひ》は曰ふ、郷、德行を擧げ、而して文詞を略すと、或は曰ふ、專《もつぱ》ら策論を取り、而して詞賦を罷《や》むと。或は譽望を兼《かね》采りて封彌《ふうび》（公平な試驗）を罷めんと欲し、或は經世貼墨《てふぼく》（經書中の一行を示し、前後をかくして通讀させる試驗の一法）を變じて大義を考へんと欲す。此れ皆其の一を知つて、其の二を知らざる者也。願はくは陛下、意を遠大なる者に留《とゞ》めよ。此の數者皆非《ひ》也。區々の法、何ぞ預からんや。

(120) 穰侯《じやうこう》（中國戰國時代、秦の人魏冉《ぎぜん》）老いて擅《ほしい》まゝにす關中の事。長く恐る、諸侯の客子の來るを。我れ亦暮年、一壑《いちがく》（一つの谷間）を專《もつぱ》らにす。車馬に逢ふ每に、便ち驚猜《けいさい》す。『偶書』から。

(121) 平生識《し》らず高將軍（高力士）、何事ぞ却って來り汚す吾が足を。

(122) 我が名、公の字、偶《たまた》ま相同じ。我が屋、公の墩《とん》（平地の小高い台地）、眼中に在り。公去り我れ來つて墩、我れに屬す。應《まさ》に墩の姓尙《なほ》公に隨ふべからず。『謝安墩』から。

(123) 同異を將《もつ》て錙銖《ししゆ》を較《くら》べんと欲せば、肝膽《かんたん》猶ほ能く楚越《そゑつ》の如し。若し萬殊一理に歸せば、子、今《いま》我を知り、我、魚を知らん。『濠州七絶』中「觀魚臺」全節。「子今知レ我我知レ魚」は『莊子』秋水篇の故事に據る。

(124) 思い切って意見を述べる。

(125) 「私鹽」は政府專賣の鹽を密賣すること。「蘇木」は蘇芳《すおう》のこと。皮は紅色の染料となる。

(126) 結婚によって親類となる。　(127) 前後左右上下の路。全國を指す。　(128) 船頭。

(129) 罪狀を徹底的に調べる。　(130) 奏文の下書き。　(131) 商賣。

(132) 眼《まなこ》に看《み》る、時事、力任《た》へ難《がた》し。君恩を貪戀《たんれん》して退くこと未《いま》だ能はず。『初到杭州寄子由二絶』から。

（133）近來愈《いよいよ》世路の隘《せま》きを覺《おぼ》ゆ。毎《つね》に處《ところ》の安便《あんべん》（輕快な氣分）に差《たが》ふを覺ゆるに到《いた》る。
（134）密州。山東省諸城縣。
（135）子瞻、餘杭の通守たること三年。代り得ざるは、轍の濟南《せいなん》（山東省歷城縣）に在るを以て也。東州（山東省）の守爲《た》らんことを求む、既に高密（密州）の請ひ得て乃《すなは》ち移つて密州の知たれの命あり。
（136）凡そ物皆觀《み》る可きあり。苟しくも觀る可きあれば、皆樂しむ可きあり。怪奇瑋麗《ゐれい》（珍しく美しい）なる者を必するには非ざる也。餔糟啜漓《ほさうせつり》（酒粕を食べ、薄酒を飲む）するも、皆以て醉ふ可く、果蔬《くわそ》草木、皆以て飽く可き也。此の類を推せば、也《ま》た吾れに安《いづ》くに往《ゆ》いて樂しからざらん。夫れ福を求めて禍を辭する所以の者は、福、喜ぶ可くして禍、悲しむ可きを以てなり。人の欲する所は窮《きはま》り無くして、物の以て吾が欲を足《みた》す可き者には盡《つ》くることあり。美惡の辨、中《なか》に戰ひて、去取の擇、前に交はれば、則ち樂しむ可き者常に少なくして、悲しむ可き者常に多し。是れを、禍を求めて福を辭すと謂《い》ふ。夫《そ》れ禍を求めて福を辭するは、豈に人の情ならんや。物の以て之を蓋《おほ》ふ有り。彼れ物の內に游びて、物の外に游ばざるなり。物に大小あるに非ざる也。其の內よりして之を觀れば、未だ高にして且大ならざる者あらざる也。彼《か》れ其の高大を挾《さしはさ》んで以て我れに臨めば、則ち我れ常に眩亂《げんらん》（目がくらむ）反覆して、隙中《げきちゆう》の觀鬪（隙間から人の爭うのを見る）の如く、又烏《いづく》んぞ勝負の在る所を知らんや。是れ以て善惡、橫生し、憂樂出づ。大《おほ》いに哀《かな》しまざる可けんや。『超然臺記』から。
（137）境遇に安んじ、性に從ふ。　（138）安上門の門番。　（139）貧富の等級。
（140）餘杭《よかう》（杭州內）、自ら是れ山水の窟《いはや》、仄《ほの》かに聞く、吳興（湖州內）は更に清絕なりと。湖（太湖）中の橘林は新たに霜を著《つ》け、溪上の苕花《ていくわ》（あしの花）は正《まさ》に雪を浮かぶ。顧渚《こしよ》（山名）の茶牙は齒よりも白く、梅溪の木瓜《ぼくくわ》は紅《くれなゐ》、頰に勝《まさ》る。吳兒の鱠縷《くわいる》（なます）は薄うして飛ばんと欲す、未だ去らざるに先づ說けば、饞涎《さんぜん》（よだれ）垂るゝ。『將之湖州戲贈莘老』の一節。　（141）なます。
（142）王安石による新法の一つ。力役《りきえき》を免ぜられた者に課した稅。　（143）拾う。

(144) 三公と四輔（四種の輔佐官）。ともに皇帝を補佐する高官。　(145) 欠望と同じ。

(146) 北客若《も》し來らば、事を問ふを休《や》めよ、西湖好《よ》し雖ども、詩を吟ずる莫《な》かれ。『戒東坡』の一節。

(147) 贏《か》ち得たり兒童の語音好《よ》きを、一年の强半は城中に在り。『山邨五絶』の一節。

(148) 讀書萬卷、律《りつ》を讀まず、君を堯舜《げうしゆん》に致さんにも術《すべ》なきを知る。『戲子由』の一節。

(149) 東海若《も》し明主の意を知らば、應《まさ》に斥鹵《せきろ》をして桑田に變ぜしむべし。『八月十五日看潮五絶』の一節。

(150) 民間でひそかに食鹽を製造することを禁ずる。

(151) 豈に是れ韶《せう》を聞いて解《よ》く味《あぢは》ひを忘れんや。爾來《じらい》三月、食に鹽《しほ》なし。『山邨五絶』の一節。

(152) 御史臺に屬する獄。

(153) 蘇子瞻、元豐間、詔獄（天子の詔を受けて罪人を裁く獄舍）に赴く。其の長子邁と倶《とも》に行く。之に與《あづか》るの期、食は惟《たゞ》菜と肉を送る。不測有れば則ち二物を撤し、魚を送り、外間（世間）以て候を爲すを伺はしむ。邁、謹みて守り、月を踰《こ》えて忽ち糧盡き、陳留に謀《はか》るに出で、其の一親戚に代送を委ぬ。其の約を語るを忘れ、親戚偶《たまた》ま鮓《なます》を得て之を送り、他物を兼ねず。子瞻大に駭《おどろ》き、免れざるを知りて、以て上に哀れを祈《もと》む。以て自ら達するなく、乃ち二詩を子由に寄す。神宗、詩を見て心動く。

(154) 聖主は天の如く萬物、春なるに、小臣は愚暗にして自ら身を亡ぼす。百年未だ滿たざるに先づ債を償ふ。十口（一家十人）は歸するなく、更に人を累《るゐ》せん。是處《こゝ》青山、骨を埋むべし。他年夜雨、獨《ひと》り神《しん》を傷《いた》ましめん。君と世々《よよ》兄弟と爲《な》り、又結ばん、來生未了の因を。／柏臺（御史臺）の霜氣、夜凄々《せいく》、風は琅璫《らうたう》（鐵の鎖）を動かして月は低きに向かふ。夢は雲山を遶《めぐ》つて心、鹿に似、魂《こん》は湯火に驚いて命、雞《けい》の如し。眼中の犀角は眞に吾が子、身後の牛衣（粗衣）を老妻に愧《は》づ。百歲神游、定めて何《いづ》れの處《ところ》ぞ、桐鄕《どうきやう》（杭州・湖州の人々）、浙江の西に葬るを知る。『子以事繫御史臺獄（中略）以遺子由』から。　(155) 署名。　(156) 罪人をとことん調べる。

(157) あやまり、たがう。　(158) 遠回しにそしる。　(159) 竄謫《ざんたく》に同じ。

(160) カジとカイ。　(161) 安らかで靜かなこと。　(162) おごりたかぶる。

(163) 夫子自ら逐客たるに、尚《な》ほ能く楚囚を哀《かな》しむ。奔馳《ほんち》二百里、徑《たゞ》ちに來りて我が憂を寛《ゆる》うす。詩『子由自南都來陳三日而別』の冒頭。

(164) 怪しむ、君が便爾《べんじ》（容易に）として故郷を忘るを。稻熟し魚肥え、信《まこと》に清美なり。（中略）知る、君が坐《ざ》して受くる兒女の困《くるし》みを。悔ゆ、先づ歸りて清泚《せいくく》（澄んで清らか）を弄せざるを。塵埃、我れも亦《また》收身を失し、此の行は蹭蹬《そうとう》（よろめく）として尤《もつと》も鄙《いや》しむ可《べ》し。詩『過新息留示鄉人任師中』の一節。

(165) 暮《くれ》に宿す、淮南《わいなん》の村。已《すで》に沒す、千山赤し。囓囓《きんご》（むさゝび）は古戌《こじゆ》（古い守備兵の陣屋）に號《さけ》び、霧雨は破驛に暗し。頭《かうべ》を回《めぐ》らせば梁楚《りやうそ》の郊、永く中原と隔つ。黃州は何《いづ》れの許《ところ》にか在る、想像す、雲夢澤《うんぼうたく》を。（中略）獨り喜ぶ、小兒子。少小、安佚《あんいつ》を事とせしも、相從ふ艱難《かんなん》の中、肝肺は鐵石の如し。便《すなは》ち應《まさ》に與《とも》に晤語《ごゞ》すべし、何ぞ衰病を寄するに止《とゞ》まらんや。詩『過淮』から。

(166) 傲然とうそぶく。　(167) 罪人として追われる。

(168) 十載、名山に遊び、自ら製《つく》る。山中の衣。願うて言ふ、婚嫁《こんか》を畢《をは》らば、手を携へて翠微《すゐび》に老いんと。悟らず、俗緣の在るを。身を失して危機を踏む。刑名（刑名學）は夙學《しゆくがく》に非ずして、陷穽《かんせい》、積威（大きな威力）を損《そこな》ふ。遂《つひ》に恐る、死生の隔《へだ》てを。永く雲山と違《たが》ふ。今日は復《ま》た何の日ぞ、芒鞋《ばうあい》自ら輕飛す。（中略）裴回《はいくわい》（徘徊）す、竹溪の月。空翠、煙霏《えんぴ》を搖《うご》かす。鐘聲自ら客を送り、谷を出でて猶《な》ほ依々たり。首《かうべ》を回《めぐ》らす、吾が家山（大蘇山と小蘇山）。歲晚、將《まさ》に焉《いづ》くに歸らんとするや。詩『游淨居寺』から。

(169) 何人か酒を把《と》つて深幽を慰する、開きても自ら無聊、落つれば更に愁《うれ》ふ。幸《さいは》ひに有り、清溪三百曲。辭せず、相送りて黃州に至る。『梅花二首』からの引用。

(170) 「長亭」は十里毎に置かれた旅人の休憩所、「短驛」は五里毎の宿場。

(171) 自ら笑ふ、平生口《くち》の爲めに忙しきを。老來、事業轉《うた》た荒唐。長江は廓《くわく》を遶《めぐ》りて魚の美なるを知り、好竹連山、筍《じゆん》香《かんば》しきを覺ゆ。逐客《ちくかく》は妨げず、員外の置。詩人は列《つら》なりて水曹郎《すゐさうろう》（水澤を管理する役人）と作《な》る。只慙《は》づ、糸毫《しがう》の事を補ふなきを。尚《な》ほ、官家を費して酒嚢《しゆなう》を壓す。『初到黄州』から。

(172) おだやかで、つつしみ深い導士。「幅巾」は頭巾。「芒屩」は藁ぐつ。

(173) 先生、食《しよく》飽きて一事なく、散歩逍遙自ら腹を捫《な》づ。問はず、人家と僧舎とを。杖《つゑ》を拄《つ》き、門を敲《たゝ》いて修竹を看《み》る。詩『寓居定惠院之東雜花滿山（後略）』の一節。

(174) 某《それがし》、一僧舎に寓し、僧に隨つて疏食《そしよく》、甚《はなは》だ自《おのづ》から幸ひ也。恩に感じ、咎《とが》を念《おも》ふの外、灰心（無心）杜口、曾《かつ》て人に看謁せず、云ふ所に出入す。蓋《けだ》し村寺に往《ゆ》きて沐浴、及《ま》た溪を尋ね谷に傍《そ》ひ、魚を釣り藥を採《と》り、聊《いさゝ》か以て自ら娯《たの》しむのみ。

(175) 三年御史の府、擧動四壁に觸る。幽々百尺の井《せい》、天を仰げば一席もなし。（中略）餘世復《ま》た何の幸《さいはひ》ぞ、樂事今日《けふ》あり。（中略）此の邦《くに》に老ゆ可きかと疑ふ。修竹は泉石を帶ぶ。買はんと欲す、柯《か》氏の林を。茲《こゝ》に謀るに君を待ちて必《ひつ》とせん。『曉至巴河口迎子由』より。

(176) 已《すで》に江上の臨皐亭《りんかうてい》に遷居す、甚《はなは》だ清曠《せいくわう》たり。風晨《しん》月夕、杖履野歩、江水を酌《く》みて之を飲む。『蘇軾與朱康叔尺牘』から。

(177) 古い耕作地。

(178) 余、黄に至りて二年、日に以て困匱《こんき》（物に不自由する）す。故人馬《ば》正卿《せいけい》は予が乏食《ばふしよく》を哀《あは》れみ、爲めに郡中に於《おい》て故營地數十畝《ぼ》を請ひ、便《すなは》ち其の中に躬耕《きゆうかう》するを得《え》せ使《し》む。地既に久しく荒れ、茨棘瓦礫《しきよくぐわれき》の場と爲《な》る、而して歳《とし》又大《おほ》いに旱《ひでり》し、墾闢《こんぺき》の勞、筋力は殆んど盡き、耒《すき》を釋《す》てて歎ず。『東坡八首』の序。

(179) 蘇子、廢圃を東坡《とうば》の脅《かたは》らに得、築《つ》いて之を垣《かき》し、堂を作る。堂、大雪中を以て爲る、因つて雪を四壁の間に繪《ゑが》き、容隙《ようげき》無き也。起居偃仰《えんぎやう》（寝たり起きたり）、環顧睥睨《へいげい》するも、雪に非ざるは無き也。蘇子の之に居る、眞に其の居る所を得る者也。

(180) 雪堂の前後は、春草齊《つらな》り、雪堂の左右は、斜徑《しやけい》微かなり。雪堂の上は、碩人《せきじん》（德のある人）の頎々《きゝ》（背高く美しい）として此に考槃《かうはん》（あぐらをかいて氣まゝな生活を送る）する有り、芒鞋《ばうあい》（わらぐつ）にして葛衣《かつい》。清泉を掬《く》む、瓮《をう》（みか）を抱いて其の機を忘る。頃筐《けいきやう》（かご）を負ふ、行歌して薇《び》（ぜんまい）を采《と》る。吾れ、五十九年の非にして、今日の是なるを知らず、亦五十九年の是にして、今日の非たるを知らず、吾れ、天地の大、也《ま》た寒暑の變を知らざるも、昔日の癯《く》（やせる）にして、今日の肥なるを悟る。子の言に感じぬ、始めや吾れの縦を抑《おさ》へて、吾れの口を鞭《むちう》ち、終りや吾れの縛《ばく》を釋《と》いて、我れの韈《くつばみ》を脱《と》く。是《こ》の堂を作るや、吾れ雪の勢を敢《をか》して、雪の意を取るに非ず。吾れ世の事を逃げ、世の機を逃ぐ。吾れは雪の觀賞す可きと爲したるを知らず、吾れは世の依違す可きと爲したるを知らず。性の便《やすら》かなる、意の適《ゆ》く、他に在らずして、吾れに在り。群息已《すで》に動き、大明（太陽）既に升《あが》る。吾れ方《まさ》に輾々《てん〳〵》として、一たび曉隙《げうげき》の塵飛するを觀る。子棄てざれ、我れは其れ與《とも》に歸らん。客忻然《きんぜん》として笑ふ。

(181) 子瞻の居る所に會し、子瞻の東坡雪堂に晩食す。子瞻は詩に坐して謫獄《たくごく》、此に謫せらるゝこと已《すで》に數年なり。黄の士人は錢を出して、州の城の東隅の地に磯《きし》を築く。乃ち周瑜《しうゆ》が曹操を敗るの所にして、大江の涓《ほとり》に在り。北は黄岡に附き、地形高下す。公府の居民は、極めて蕭條《せうでう》として、知州廳事（州政）の弊陋《へいろう》は、大いに處《を》るに勝《た》へず。

(182) 壬戌《じんじゆつ》の秋、七月の既望《きばう》（十六日）、蘇子（東坡）客と舟を泛《うか》べて赤壁の下に游ぶ。清風徐《おもむ》ろに來つて、水波興《おこ》らず。杯を擧げて客に屬《すゝ》め、明月の詩（『詩經』陳風・月出を指す。月にかけて美人への戀慕を歌う）を誦《しよう》し、窈窕《ようてう》の章（『詩經』周南・關雎《くわんしよ》を指す。よき乙女を伴侶として求める男の氣持を歌う）を歌ふ。少焉《しばらく》にして月、東山の上に出で、斗牛の間に徘徊す。白露は江に横たはり、水光は天に接す。一葦《いちゐ》の如《ゆ》く所を縦《ほしいまゝ》にして、萬頃《ばんけい》の茫然たるを凌《しの》ぐ。浩々乎《かうかうこ》として虚に馮《よ》り風に御《ぎよ》して、其の止《とゞ》まる所を知らざるが如し。飄々乎《へう〳〵こ》として世を遺《わす》れて獨り立ち、羽化して登仙するが如し。是《こゝ》に於《お》いて酒を飲んで樂しむこと甚《はなは》だし。舷《ふなばた》を扣《たゝ》いて之を歌ふ。歌つて曰く、桂の棹、蘭の槳《かい》、空明を撃ちて流光に泝《さかのぼ》る。渺々《べう〳〵》たり予が懷《おも》ひ、美人を天の一方に望む、と。客に洞簫《どうせう》を吹く者あり、歌に倚《よ》つて之に和す。其の聲は嗚々然（泣き叫ぶ樣子）として怨むが如く慕ふが如く、泣くが如く訴へるが如し。餘音嫋々《でう〳〵》として絶えざること縷《る》の如し。幽壑《ゆうがく》（幽谷）の潛蛟《せんかう》（淵にひそむミズチ）を舞はしめ、孤舟の嫠婦《りふ》（寡婦）を泣かしむ。蘇子、愀然《しうぜん》として襟を正し危坐して客に問ひて曰く、何爲《なんす》れぞ其の然るや、と。客の曰く、月明らかに星稀れに、烏鵲《うじやく》の南に飛ぶとは、此《こ》れ曹孟德（曹操）の詩に非ずや。西は夏口を望み、東は武昌を望む、山川の相繆《あひまと》ひ、鬱乎《うつこ》として蒼々《さう〳〵》たり。此れ孟徳の周郎（周瑜）に困《くる》しめられしものに非ずや。方に其（孟徳）の荆州を破り、江陵を下り、流れに順《したが》ひて東するや、舳艫《ぢくろ》千里、旌旗《せいき》は空を蔽《おほ》ひ、酒を釃《した》みて江に臨み、槊《さく》（ほこ）を横《よこた》へて詩を賦す。固より一世の雄なり。而《しか》るに今安《いづ》くに在りや。況んや吾と子と江渚の上《ほとり》に漁樵《ぎよせう》（魚をとり木を切る）し、魚鰕《ぎよか》を侶《つれ》とし、麋鹿《びろく》を友にし、一葉の扁舟《へんしう》に駕し、匏樽《はうそん》（酒の容器）を擧げて以て相屬《あひすゝ》め、蜉蝣《ふいう》を天地に寄す、渺《べう》たる滄海《さうかい》の一粟たるをや。吾が生の須臾《しゆゆ》なるを哀《かな》しみ、長江の窮まりなきを羨《うらや》む。飛仙を挾《わきは》さんで以て遨游《がういう》（あそぶ）、明月を抱きて長《とこし》へに終へんこと、驟《にはか》に得べからざるを知り、遺響を悲風に託せり、と。蘇子曰く、客亦夫《そ》れ水と月とを知るか。逝く者は斯《か》くの如くにして、未だ嘗て往かざるなり。盈虚《えいきよ》は彼《か》の如くにして、卒《つひ》に消長する莫《な》きなり。蓋《けだ》し將《は》た其の變ずる者より之を觀れば、則ち天地は曾《か》つて以て一瞬なる能はず。其の變ぜざる者より之を觀れば、則ち物と我と皆盡《つ》くるなきなり。而《しか》るに又何をか羨まんや。且夫れ天地の間物各《おの〳〵》主あり、苟《いやし》くも吾《われ》の有する所に非ざれば、一毫《いちかう》と雖も取る莫かれ。惟《た》だ江上の清風と、山間の明月とは、耳の之を得て聲と爲し、目の之に遇ひて色を成す。之を取るも禁ずるなく、之を用《もち》ふるも竭《つ》きず。是《こ》れ造物者の無盡藏にして、吾と子との共に適《かな》ふ所なり、と。客の喜びて笑ひ、盞《さかづき》を洗ひて更に酌《く》む。肴核《かうかく》（魚と果物の種子。御馳走）は既に盡《つ》き、杯盤は狼籍《らうぜき》たり。相與《あひとも》に舟中に枕籍《ちんしや》して、東方の既に白むを知らず。

(183) 是《こ》の歳十月の望《ばう》（十五日）、歩みて雪堂より將《まさ》に臨皐《りんかう》に歸らんとす。二客、予に從ひて黄泥の阪を過ぐ。霜露既《すで》に降り、木葉盡《こと〴〵》く脱《お》つ。人影は地に在り、仰いで明月を見る。顧みて之を樂しみ、行歌《かうか》（歩きながら歌う）して相答ふ。已にして歎じて曰く、客あれども酒なく、酒あれども殽《さかな》なく、月白くして風清し。此の良夜を如何《いかん》せん、と。客の曰く、今者の薄暮、網を擧げて魚を得たり。巨口にして細鱗、狀《かたち》は松江の鱸《すゞき》の如し。顧みるに安《いづ》くに酒を得る所ぞ、と。歸りて諸《これ》を婦に謀《はか》るに、婦の曰く、我に斗酒あり、之を藏すること久し、以て子の不時の需《もとめ》を待てり、と。是《こゝ》に於て酒と魚を携へ、復《ま》た赤壁の下に游ぶ。江流に聲あり、斷崖千尺《せんせき》、山は高くして月は小さく、水は落ちて石出づ。曾《かつ》て日月の幾何《いくばく》ぞ、而るに江山は復《ま》た識る可からず。予は乃《すなは》ち衣を攝《かゝ》げて上《のぼ》る。巉巖《ざんがん》を履《ふ》み、蒙茸《もうじふ》（くさむら）を披《ひら》き、虎豹《こへう》

（岩の形状）に踞《きよ》し、虬龍《きうりゆう》（みずちや龍。ここでは古木の形状）に登り、栖鶻《せいこつ》の危巣（はやぶさの高い巣）に攀《よ》じ、馮夷《ひようい》（水神）の幽宮を俯す。蓋し二客は從ふこと能はず。劃然《くわくぜん》として長嘯《ちやうせう》すれば、草木は震動、山は鳴り、谷は應へて、風起り、水湧く。予も亦悄然として悲しみ、肅然《しゆくぜん》として恐る、凛乎《りんこ》として其の留まる可からざるなり。反《かへ》りて舟に登り、中流に放ち、其の止まる所に聽《まか》せて休む。時は夜將《まさ》に半ばにならんとし、四顧寂寥、適《たまた》ま孤鶴あり、江を横ぎりて東より來る。翅《つばさ》は車輪の如く、玄裳縞衣《げんしやうかうい》（黒のもすそと白の上着）、戛然《かつぜん》として長鳴、予の舟を掠《かす》めて西せり。須臾《しゆゆ》にして客は去り、予も亦睡《ねむ》りに就く。夢に一道士、羽衣蹁躚《へんせん》（ひらひらと舞う）、臨皐《りんかう》の下を過ぎ、予に揖《いふ》して曰く、赤壁の游、樂しかりしか、と。其の姓名を問ふに、俛《ふ》して答へず。嗚呼噫嘻《あゝあゝ》、我は之を知れり。疇昔《ちうせき》の夜、飛鳴して我を過《よぎ》りし者は子に非ずや、と。道士、顧みて笑ふ。予も亦驚きて悟《めざ》む。戸を開いて之を視れば、其の處に見ず。

（184）花やかで美しい。

（185）黄州少しく西せば、山麓斗入し、江中の石室は丹の如し。傳に云ふ、曹公の敗るゝ處、謂ふ所の赤壁なる者は、或は曰ふ、非《ひ》也と。（中略）今日、李秀才來つて相別れんとす、因つて小舟を以て酒を載せ、赤壁下に飲む。李善《よ》く笛を吹く、酒酣《たけな》はにして數弄を作《な》せば、風起り水湧く。大魚皆出で、上に栖鶻《せいこつ》有り。坐《そゞ》ろに孟德（曹操）公瑾《こうきん》（周瑜《しうゆ》）を念《おも》ひ、昨日の如きのみ。

（186）臨皐亭《りんかうてい》下、數十歩ならずして便《すなは》ち是れ大江、其の半《なか》ばは是れ峩眉《がび》（山名）の雪水なり。吾れ飲食沐浴《もくよく》皆焉《これ》を取る、何ぞ必ずしも鄕に歸らん哉。江山風月、本《もと》より常主なし、閒者（閑人）便ち是れ主人。

（187）且つ夫れ天地の間、物各《おの〳〵》主有り。苟《いや》しくも吾れの有する所に非ざれば、一毫《いちがう》と雖ども取る莫《な》かれ。惟《た》だ江上の清風と、山間の明月とは、耳の之を得て聲となし、目の之に遇《あ》ひて色を成す。之を取るも禁ずるなく、之を用ふるも竭《つ》きず。是れ造物者の無盡藏にして、吾れと子との共に適ふ所なり。

（188）惟《た》だ恐る、瓊樓玉宇（月の中にあるという美しい宮殿）、高處は寒きに勝《た》へざらん。詩『水調歌頭』の一節。

（189）蘇軾黜居《ちゆつきよ》（官位を落とされ家居する）、咎《とが》を思ひ、歳を閲《けみ》して滋《ますま》す深し。人材實に難く、終に棄《す》つるに忍びず。

(190) 眞晝に天に昇り、仙人となること。ここでは死亡を意味する。

(191) 非常に悲しむ。

(192) 某《それがし》凡百粗ぼ遣《や》る、春夏の間、患瘡《くわんさう》及び赤目多し。門を杜《とざ》し、客を謝す。而して傳者云ふ、遂《つひ》に物故すと。平生得る所の毀譽《きよ》は殆んど皆此の類也。

(193) 皷と、つの笛。

(194) 黄州の鼓角《こかく》亦多情なり、我を送りて南來す、遠きを辭せず。詩『過江夜行武昌山聞黄州皷角』の一節。

(195) 元豐七年、某《それがし》舟行して汝に赴く。富川より陸走、高安にて家弟子由と別る。

(196) 嶽立ちて南楚を鎭す。雄名は天下に聞《きこ》え、五峰は高く日を閡《そこな》ふ。九疊（九重）の翠《みどり》、雲に連《つら》なり、夏も谷に雪猶《な》ほあり、陰岩晝分《ひるわか》たず。唯《た》だ應《まさ》に嵩《すう》（聳え立つ）と華、清峻（清くて険しい）得て群を爲すべし。詩『看廬山』。

(197) 僕初めて廬山に入る。山谷奇秀、平生見んと欲する所にして、應接に暇《いと》まあらず、遂に意を發して詩を作らんと欲せず。已にして山中に僧俗を見る、皆曰く、蘇子瞻來る、と。覺えず一絕を作る。『記遊廬山』から。

(198) 横看すれば嶺《れい》を成し、側《そく》よりは峯を成す。遠近高低 各《おの〱》同じからず。識らず、廬山の眞面目《しんめんもく》。只自ら此の山中に在るに緣《よ》るのみ。『題西林壁』全節。

(199) 澗水《かんすい》、聲なく竹を繞《めぐ》りて流れ、竹西（竹やぶの西側）、花草、春柔（おだやかな春）を弄《もてあそ》ぶ。茅簷《ばうえん》（かや葺きの軒）相對して終日を坐《すわ》る。一鳥も鳴かず山更《さら》に幽なり。

(200) 某《それがし》始めより田を金陵に買はんと欲し、庶幾《ねが》はくば杖履《ぢやうく》に陪《ばい》し、鍾山の下に老いるを得んと。既に已《すで》に遂げざるも、今儀眞《ぎしん》に一往《いちおう》、又已《すで》に二十四日、日《ひゞ》以て田を求むる事と爲す。然れども成否は未だ知る可からざる也。若《も》し幸《さいは》ひにして成らば、扁舟往來、公を見ること難からず。

(201) 歳末。

(202) 資金がつきる。

(203) 臣、昔者嘗《かつ》て便殿に對し、親しく德音を聞く。聖知を蒙《かうむ》り、人後に在らざるに似たり。而《しか》るに狂狷《きやうけん》、妄《みだ》りに發し、上は恩私に負《そむ》く。既に有司皆以爲《おもへら》く、誅す可しと。明主得《え》て獨り赦《ゆる》すと雖も、一たび吏議に從ひて坐廢五年、積憂は心に薫《むすば》れ、齒髮の先づ變ずるに驚く。恨みを抱いて骨を刻み、皮肉の僅かに存するを傷つく。近者恩を蒙りて汝州《じよしう》に量移（罪のために邊地に追われた役人が近い任地に移されること）せらる。（中略）但祿廩《たゞろくりん》（俸給）の久しく空しきを以て、衣食繼がず。累《るゐ》重くして道遠ければ、舟行を免れざるも、黄州を離れしより風濤《ふうたう》に驚恐せられ、擧家重く病み、一子喪亡《さうぼう》せり。今已すでに泗州《ししう》に至ると雖ども、資用罄竭《けいけつ》し、汝を去ること尚遠く、陸行に難し。屋に居る可きなく、田に食《くら》ふ可きなし。二十餘口、歸する所を知らず。飢寒の憂《うれ》へ、近く朝夕に在り。其の强顏、耻《はぢ》を忍んで衆人に干求《かんきう》（敢えて求める）するよりは、若《し》かず、歸命《きめい》（心を寄せて服從する）誠を投じ、君父に控告（訴え出る）するに。臣に薄田有り、常州宜興縣に在つて、粗《ほ》ぼ饘粥《せんじゆく》（濃いカユとうすいカユ）を給す。聖慈の常州居住に許さるゝを望まんと欲す。

(204) 近くに常州宜興あり、一小莊子を買ふ。歲に百餘碩《せき》（石）を得可く、食《くら》ふに足る可きに似たり。

(205) 僕、田を陽羨《やうせん》に買ふ。當《まさ》に聖主の哀怜《あいれい》（あわれに思う）し、餘生、此に安置を許されんを告ぐべし。幸ひに許さるれば、遂《つひ》に室を荆溪《けいく》の上《ほとり》に築いて老いん。僕、當《まさ》に戶を閉《とざ》して出でざるべし。君當に扁舟《へんしう》、我に過《よ》ぎるべし。

(206) 十年の歸夢、西風に寄す、此《こゝ》より去つて眞に田舍翁《でんしやをう》と爲らん。剩《さら》に蜀岡新井《しよくかうしんせい》の水を覓《もと》め、鄉味を携へて江東に過《わた》らんとす。（蜀岡、水あり、岷江《びんかう》と相通ず、故に鄉味云々）／此の生、已《すで》に覺ゆ、都《すべ》て無事。今歲仍《な》ほ逢ふ、大《おおい》に年《みのり》あるに。山寺に歸來して好語を聞く、野花啼鳥《ていてう》亦欣然《きんぜん》たり。『歸宜興留題竹西寺三首』の第一首と第三首。

(207) 朝廷。

(208) 狩獵。

(209) 赤壁歸來、紫淸（神仙の居るところ）に入る。堂々たる心、鬢に在りては脫して零《わづ》かなり。江砂を踏んで靑鞋《せいあい》（わらじ）の底を破る。却て絲絇《しく》（くつの飾り）を結んで禁庭（禁廷）に侍《じ》す。詩『子瞻去歲春侍立邇英子由秋冬間相繼入侍次韵』の一節。

(210) 削り改める。

(211) 火災や水禍にある人を救助する。

(212) 呂中撰『宋大事記講義卷十八』に見える。

(213) 兄弟のない人。

(214) 戶籍に組み込まれた人民。

(215) 土地が狹くて人口が多い土地。

(216) 物に動じないさま。

(217) つちかい集める。

(218) 收斂。

(219) 金錢が乏しくなること。

(220)「猾胥」は、わるがしこい役人。 (221) 交互に同じ。 (222) 大切にしないで米を賣る。
(223) 桑やナツメ。
(224) 司馬遷によつて「多言にして躁《さう》なり」（『仲尼弟子列傳』）と評された司馬牛（孔子の門人）と「頂牛」（お互いに衝突して譲らないこと）とをかけたものか。
(225) 主君をいさめる官職。 (226) 迎合。 (227)「謗訕」は、そしること。
(228) 信じ合えず、氣持に隔てがあること。 (229) 物事の本質を探り求める。 (230) 足跡。
(231) 申公（『魯詩』の作者）と毛享（『毛詩』の編者）。 (232) 馬融と鄭玄。 (233) 廣大と同じ。
(234) 周敦頤《い》と程顥《かう》・程頤《い》の兄弟。
(235) 夫れ性命の説は子貢より聞くを得ず、而るに今の學者、性命を言はざるを恥づ。其の文を讀めば、浩然《かうぜん》當るなくして窮《きは》む可らず、其の貌を觀れば、超然著《つ》くるなくして掊《く》む可らず。此れ豈に眞に能く然らんや。蓋《けだ》し、中人の性は放に安んじ、誕《いつは》るに樂しむのみ。陛下亦安《いづく》んぞ之を用ひんや。
(236) かつて氣まゝ。 (237) 生まれつきの性質。 (238) 狷介《りんかい》孤高なこと。
(239) 廣く行き渡る。 (240) しりぞけ除く。 (241) 莊子と列子。
(242) 黨派から生ずるわざわい。「紹聖」は年號、哲宗の時代で一〇九四年から一〇九八年まで。
(243) 力に餘裕がある。 (244)「遑々」は、あわただしく落ち着きがないこと。
(245) 冥想の境地に遊ぶ。
(246) 習、智とともに長ずれば、化して與《とも》に心と成る。今夫《そ》れ民、善く其の子弟を教ふる者、亦必らずや名德の士を延《ひ》いて之と處《を》らしめば、以て薰陶、性と成らん。況んや陛下、春秋方《まさ》に富み、睿聖、天資に得ると雖も、而も輔養の道、至らざる可からず。大率《おほむね》一日の中、賢士大夫に接するの時多く、宦官《くわん〳〵》宮妾に親しむの時少なければ、則ち氣質變化して自然にして成る。願はくば名儒を選び入れて進講に侍《はべ》らせ、講罷《や》みても之を留《とゞ》め、分直以て訪問に備へ、或は小失あれば、事に随つて規《き》（いましめ）を献ずれば、歳月積りて久しく、必ずや能く養ひて聖徳を成さん。
(247) 導いて悟らせる。　(248) 首肯と同じ。　(249) あなどり、もてあそぶ。
(250) 秋冬、天子が宗廟をまつる行事。
(251) 子、是《この》日に於ては、哭すれば則ち歌はず。『論語』巻之四、述而第七の一節。
(252) 歌はゞ則ち哭《こく》せず。
(253) 世間知らずで、人生の大切な道理を知らない叔孫通のような奴《やつ》の意。
(254) 臣素《もと》より程頤の姦を悪む、未だ嘗て以て色詞（顔色と言葉）を假《か》さず。
(255) 今、朝廷、仁宗の忠厚を師《し》せんと欲せば、百官有司が其の職を擧《おこな》はず、或ひは媮《ゆ》（一時の快樂をむさぼる）に至るを懼《おそ》れる。神宗の厲精《れいせい》を法とせんと欲せば監司（洲と郡の長官）守令が其の意を識らず、刻に流入するを恐る。
(256) 職權。　(257) 言葉遣い。「命辭」「命詞」ともに同意。
(258) 發言など紛らわしい言葉。君主にかかわる字句は禁じられた。
(259)「汗下」は非常に汚れているの意。「憸巧」は小賢しく、へりぐたる。
(260) 田舎に行くこと。　(261) 昔からのおきて。　(262) 地方官に補佐されること。
(263) 某《それがし》 虚名、實に過ぐるを以て、士大夫察せず、責望逾涯《ゆがい》（限りない）たるも、朽鈍其の求めに副《そ》ふ能はず、復《ま》た紛々《ふんぐ》を致す。自ら省静寡過《くわく》（過失が少ない）の地を致し、以て餘年を全ふせんと欲すれども、知らず、果たして此の願を得る否やを。
(264) 上書して自便を得、歸老す、湖山の曲《くま》。躬《みづか》ら耕す、二頃《にけい》の田。自ら種《う》う、十年の木。
(265) 便座に同じ。　(266)「龍茶」は名茶の名。「銀合」は銀の小箱。
(267) 天子が母后を指して言う。　(268)「角」は、つの形の容器。　(269) 封緘《ふうかん》して表題に書くこと。
(270) 江山、故國にして、至る所歸するが如し。父老遺民、臣と相問ふ。先生杭を去りて十六年。『公到杭州謝表』から。

(271) 餘杭（杭州）の形勝は世間に無く、州は青山に傍《そ》ひ、縣は湖に枕《のぞ》む。郭を遶《めぐ》りて荷花（はすの花）三十里、城を拂ひて松樹一千株《しゅ》。夢兒亭は古びたるも名は謝（謝靈運。幼名を客兒と言った）を傳へ、教妓樓は新たにして姓は蘇（蘇小小のゆかりの經營者）と道《い》ふ。獨り使君《しくん》（作者を指す）年太《はなは》だ老いたるあり、風光、白髭鬚《はくしゝゅ》（白い口ひげや顎ひげ）に稱《かな》はず。詩『餘杭形勝』の全節。

(272) 在郡、前に依つて（白樂天の前例によって）六百日、山中記せず幾回來るを。詩『予去杭十六年而復來、留二年而去（中略）以醜石贈行。作三絕句』から。

(273) 景色此《かく》の如し、去つて將《まさ》に安《いづ》くに往《ゆ》かんとす。但《たゞ》著衣喫飯の處あれば、住み得、且つ住む也。詩『與李公擇十一首』から。

(274) 書きもの。紙類。原義は文字を記す木片。

(275) 案件をまとめ、善惡を判斷する。

(276) 自由奔放な詩作。

(277) 其の懷舊、子由と別るゝの詩。『感舊詩』を指す。

(278) 元祐六年、予、杭州より召還され、子由の東府（尙書府）に寓居すること數月、復《また》汝陰（潁州）を領す。時に予、五十六なり。

(279) 平生親友なるも、言語往還の間、動《やゝ》もすれば坑穽《かうせい》（落とし穴）を成すこと、極めて紛々《ふんぐ》也。（中略）潁《えい》を得て拙を藏するは餘年の幸《さいはひ》也、是れより心を刳《ゑぐ》り口を鉗《と》ぢん。此の地は我れに於て我稍《やゝ》切なり、須《すべか》らく是れに安處すべし。

(280) 近日都下、又一場の紛々《ふんぐ》、何《いづ》れの時にか定まらん。潁《えい》は少しく僻《へき》なりと雖も、都下を去ること近くして、親知の特に來りて相看る者多し、殊に應接に倦《あ》く。更に遠く去らんことを思ひて未だ能はざる也。

(281) 再教化。ここでは新黨の放逐を指す。

(282) 東都寄食、浮雲に似たり、襆被《ぼくひ》（旅行用の寢具と衣類）、眞《まこと》に成る。一宿の賓《ひん》。玉堂、揮翰《きかん》（筆をふるう）の手を收め得て、卻《かへ》つて淮月（淮水の月）弄舟の人あり。『次韻林子中春日新隄書事見寄』の前半。「極改」は收め改めるの意。

(283) 諫官。君德の足りないところを補い、政治の失をいさめる役人。

(284) 帝堯の仁を以て始め、姑《しばら》く伯鯀《はくこん》（堯の臣で、禹の父）を試み、孔子の聖に終り、宰予を信ぜず。宰予は孔子の門人だが、孔子をして「朽《く》ちたる木は離《ほ》る可からず、糞土の墻《かき》は杇《ぬ》る可からず」と嘆かせ、「始め吾《われ》人に於けるや其の言を聽きて其の行ひを信ず。今、吾れ人に於けるや其の言を聽きて其の行ひを觀ん」と言わせた人物。

(285) 郡を乞ふ三章（三度の上奏）、字半《なか》ば斜めなり。廟堂《べうだう》傳へ笑ふ、眼、昏茫《こんぼう》（くらくかすむ）すと。傍人我れに問ふ、遲留の意。賜《たま》はるを待つ頭綱八餅《とうかうはつぺい》（「頭綱」は新茶。「餅」は丸めて平らにしたもの」）茶。自註、尙書學士、頭綱餅龍茶一斤を得。今年、綱の到ること最も遲し、詩『七年九月自廣陵召還、復館於浴室東堂（後略）』から。

(286) 王安石と呂惠卿《りよけいく》。

(287) 足を爪立《つまだ》てる。

(288) 土地の神を祭る行事に供えるめし。

(289) 地方官への轉出。

(290) 庭下の梧桐樹《ごとうじゆ》、三年三たび汝《なんぢ》を見る。前半、汝陰《じよいん》（穎州）に適《ゆ》き、汝を見るに秋風に鳴る。去年秋雨の時、我れは廣陵（揚州）より歸る。今年、中山（定州）に去るも、白首、歸るに期なし。客去るも歎息する莫《なか》れ、主人亦是れ客なり。對牀《たいしやう》（床をつらねる）定めて悠々、夜雨空しく蕭瑟《せうしつ》。起つて梧桐の枝を折る、汝に贈らん、千里の行。歸り來つて知る、健なりや否や。忘るゝ莫《なか》れ、この時の情を。『東府雨中別子由』の全節。

(291) すきま。

(292) ほとばしり出る。

(293) 打擊と同じ。

(294) 前科を追究して官位をおとす。

(295) 選んで招く。

(296) 死後に位を廢する。

(297) 非難して斥《しりぞ》ける。

(298) いきどおり、うらむ。

(299) 首《はじ》め青苗（青苗法）を建て、次は助役《じよえき》、均輸（均輸法）の政を行なひ、自ら商賈《しやうこ》と同じくし、手實の禍は下は雞豚に及ぶ。苟《まこと》に國を蠹《むしば》み、民を害《そこな》ふあり、皆を率ゐて攘臂《じやうひ》して首を稱《とな》ふ行なり。

(300) 民は亦勞止（疲勞）す。休息の期を聞くを願ふ。

(301) 其の洛に退居するや、屈原の陂澤《はたく》（沼澤）に在るが如し。

(302) 且《か》つ水村に竝《なら》んで欹側《きそく》して過ぐ。人間何《いづ》れの處《ところ》か巉巖《ざんがん》ならざらん。『慈湖夾阻風五首』の第五首の後半。

(303)我れ行都《すべ》て是れ退之（韓愈）の詩、眞に有り、人家水半（水が半ばまできた）の扉。千頃《せんけい》の桑麻《さうま》は船底に在り、空しく石髮（藻）を餘し、魚衣（水苔《みづごけ》）を挂《か》く。自註、退之の『曾江口に宿す』の詩に曰く、暮宿す板民村、高處水半の扉。同右の第三首全部。

(304)おおい、ふさぐ。

(305)七千里外、二毛の人（白髮の老人）。十八灘頭《たんとう》、一葉（一艘の舟）の身。山は喜歡を憶《おも》うて遠夢を勞し（蜀道に錯喜歡あり）、地名は惶恐《くわうきよう》、孤臣を泣かしむ。詩『八月七日初入贛過惶恐灘』の前半。

(306)江雲は漠々として桂花滋《うるほ》ひ、梅雨は翛々《せうく》（雨の降るさま）として茘子《れいし》然《も》ゆ。聞道《きくならく》、黄柑《くわうかん》、常に鵲《じやく》に抵《なげう》つと。容《ゆる》さず、朱橘《しゆきつ》の更に錢を論ずるを。詩『舟行至清遠縣見顧秀才極談惠州風物之美』の一節。

(307)去年、中山府、老病亦宵《よひ》に興《お》く。今年、江海の上《ほとり》、雲房（山中の僧房）、山僧に寄す。詩『上元夜』の一節。

(308)某《それがし》、貶處《へんしよ》に到ること半年、凡百粗《ほ》ぼ遣る、更に細説する能はず、大略只、靈隱天竺《てんぢく》和尚の退院後に似たり。却《しりぞ》きて一箇の小村院子に住み、折足鐺《せつそくさう》（脚の曲った鍋）中に糙飯《さうべい》（半搗き米）の飯を罨《あん》（おおう）ず。便《すなは》ち喫して一生を過ごすも也《ま》た得《う》。其の餘、瘴癘《しやうれい》（マラリア）の人を病《や》ましむ、北方何ぞ嘗て病まざる。是れ病めば皆死に得。人何ぞ必ずしも瘴氣のみならんや。又醫藥なきに苦しむも、京師國醫の手裏、死漢寖《もつと》も多し。

(309)東坡居士、法を子由に問ふ。子由報ずるに佛語を以てして曰ふ、本覺必ず明、無明は明覺なりと。居士欣然《きんぜん》として孔子の言に得る有りて曰く、詩三百、一言以て之を蔽《おほ》へば、曰く、思、邪《よこしま》なしと。（下略）銘して曰く。大患、身あるに緣《よ》る、身なければ則ち病なし。廓然自ら圜明《ゑんめい》（あたりが明るい）なるも、鏡々は我が鏡に非ず。水を以て水を洗ふが如し、二水は同じく一淨。浩然《かうぜん》天地の間、惟《た》だ我れ獨りなるも也《ま》た正《なん》ぞ。『思無邪齋銘』から。

(310)紹聖元年十月三日、始めて惠州に至りて、嘉祐寺に寓す。明年、合江の行舘（旅亭）に遷り、江樓豁徹《くわつてつ》（からりとしている）の觀を得、幽谷窈窕《えうてう》の趣を忘る。王宗稷編『東坡先生年譜』に見える。

(311)黄州を過ぎ、檀香（梅檀の香木）數斤を買ひ、定居の後、杜門《ともん》（門をとざす）燒香、閉目清坐、深く五十九年の非を念ふ。『與吳秀才書』より。

(312) 某《それがし》、近日、甚《はなは》だ能く心を刳《えぐ》り事を省みる。獨り外事を省みざれば、也《ま》た寂然無念に幾《ちか》し。謂ふ所の詩文の類、皆復《ま》た心を經《へ》ざれば、亦た自ら能く辭を措かず。詩『與陳伯修』の一節。

(313) 羅浮（山名）曾《かつ》て一游す。出づる毎に人を勞せしむ。如《し》かず、閉戸の味あるに。『答張文潛』より。

(314) 某《それがし》、終日、盞《さかづき》を把《と》る。積計、五銀盞《ぎんさん》に過ぎざるのみ。然れども近く一釀法を得る。絶《はなは》だ奇なり。書簡『與程正輔提刑』の一節。

(315) 嶺南の家々酒を作り、近く一桂酒《けいしゅ》の法を得たり。釀成すれば王晉卿《しんけい》の家の碧香に減ぜず、亦謫居《たくきょ》の一樂事也。書簡『答錢濟明』から。

(316) 但與《たゞとも》に飮む可き者に乏《とぼ》し、羅浮に道士あり、朴野と雖も、至行淸苦、常に人を濟《たす》けんと欲す、深く欽愛《きんあい》（敬愛）す可し、之を見邀《むか》へて此に在り。同右。

(317) 先生洗盞《せんさん》して桂醑《けいしょ》（桂の花を浮かべた美酒）を酌《く》み、水盤に此の頳虬《ていきう》の珠《しゅ》（赤龍の玉。茘支）を薦《すゝ》む。聞くに似たり、江鰩《かうえう》（蛤の一種）の玉柱を斫《き》る。更には洗河豚（毒を抜いた生《なま》のふぐ）の腹腴《ふくゆ》（ふっくらとした腹）を烹《に》る。我が生、世に渉《わた》る。本《もと》口の爲めなり。一官久しく已《すで》に蓴鱸《じゅんろ》（ジュンサイの吸い物とスズキのナマス。故郷の味）を輕んず。人間何者か夢幻に非ざらん、南來萬里、眞《まこと》に良圖なりし。『四月十一日初食茘支』の末尾。

(318) 羅浮山下四時《しゞ》の春、盧橘楊梅《ろきつやうばい》次第に新たなり。日に茘枝《れいし》を啖《くら》ふ、三百顆《くわ》。辭せず、長《とこ》しへに嶺南の人と作《な》るを。『食茘支二首』の第二首。

(319) 南北去住、定めて命あらん、此の心亦、歸を思はず。明年、田を買ひ室を築き、惠州の人と作《な》らん。

(320) 某《それがし》又已《すで》に數畝《すうほ》の地を買得す、白鶴峯上に在り、古白鶴觀の基《もとゐ》也。已に木を斫《き》り、瓦を陶《や》き、屋三十許間を作らしむ、今冬成らん。七十を去ること幾ばくもなく、矧《いは》んや未だ至るを能くせざるをや。更に何《いづ》くに之《ゆ》かんと欲する、此を以て神氣粗《ほ》ぼ定まる。『與毛澤民推官三首』の一節。

(321) 前年は水東に家《いへ》し（嘉祐寺を指す）、首《かうべ》を回《めぐ》らせば夕陽麗《うらゝ》かなり。去年は水西に家し（合江樓を指す）、面を涇《うるほ》して春雨細《こまや》かなり。東西兩《ふたつ》ながら擇《えら》ぶなく、緣盡くれば我れ輒《すなは》ち逝《ゆ》く。今年復《ま》た東に徙《うつ》り（再び嘉祐寺に移るを指す）、舊館に聊《いさゝ》か一憩《いつけい》す。已に買ふ、白鶴峯。規《はか》つて終老の計を作《な》す。長江は北戸に在り、雲浪は吾が砌《せい》（石だゝみ）に舞ふ。靑山は牆頭《しやうとう》（垣根のあたり）に滿ち、鬖髿《わた》（髮が美しい）、幾雲髻《いくうんけい》。（中略）吾が生本《もと》より待つ無く、俯仰《ふぎやう》此の生を了《をは》る。念々自ら却《ごふ》を成し、塵々各《おの〱》際あり。下に觀る、生物の息、相吹くこと蚊蚋《ぶんぜい》（蚊やブヨ）に等し、『遷居』のほとんど全節。

(322) 新居は一峯の上に在り、父老云ふ、古白鶴觀の基《もとゐ》也と。下は大江を臨み、數百里の間を見る。柳子厚（宗元）云ふ、孰《いづ》れぞ予をして夷《えびす》に居るを樂しみ、而して故土を忘れしむる者ぞ（『鈷鉧《こぼ》潭記《たんき》』の一節）と。此の丘に非ざるか。『與陳伯修五首』のうち。

(323) 是頽景《これたいけい》（夕陽）、西山に薄し。『歲暮作和張常侍』の一節。「韶州仁化」は、現・廣東省樂昌縣の東。

(324) 下に澄潭《ちようたん》あり、飲むべく濯《あら》ふべし。江山千里、わが遐矚《かしよく》（はるかに見つめる）に供す。（中略）子孫遠く至り、笑話紛如《ふんじよ》。剪髮垂髫《せんぱつすゐてう》、此の瓠《こ》壺（ひさごで作った酒壺）を覆《くつがへ》す。三年一夢、廼《すなは》ち復《ま》た予と見る。『和陶時運』から。

(325) 某《それがし》、謫居《たくきよ》粗《ほ》ぼ遣る、筠州《ゐんしう》時に書を得ること甚だ安し（子由、筠に在り）。長子已《すで》に仁化の命を授かり、今、家を挈《ひつさ》げて來る。某《それがし》以て地を買ひ、茅を結び、終焉の計と爲す、獨り未だ墓を甃《きづ》かざるのみ。行《ゆく〱》亦當《まさ》に杜門絕念を作《な》すべし。

(326) 瘴鄕《しやうきやう》の風土、問はずして知る可し。少年或ひは久居す可きも、老者は殊に之を畏《おそ》る。唯嗜慾《しよく》を絕ち、飲食を節し、以て死せざる可し、此の言已《すで》に之を紳（太い帶）に書したり。『答錢濟明三首（惠州）』の一節。

(327) 某《それがし》、淸淨獨居一年有半のみにして、已《すで》に覺ゆる所あり。此の理曉《さと》り易く、疑ひなき也。然れども絕欲は天下の難事也、殆んど肉を絕つに似たり。

(328) 某《それがし》舊《もと》痔疾に苦しむ、蓋《けだ》し二十一年なり。今忽ち大いに作《おこ》り、百藥效《き》かず、甚だしき害を爲す能はざるを知るも、然れども痛楚《つうそ》無聊《ぶれう》、兩月の餘、頗ぶる亦當り難く、計無きに出づ。遂に躰糧《たいりやう》（身體内の食物）の淸淨なるを以て之に勝たんと欲す、則ち又未だ能く遽《には》かにならざれば、則ち又可ならず。但《たゞ》其の近似せる者を擇《えら》びて、酒肉を斷ち、醢酪《えんらく》（シオと乳製品）醬菜を斷ち、凡《およ》そ味ある物皆斷つ。又硬米飯を斷ち、惟《た》だ淡麵《たんめん》一味のみ、其の間更に胡麻、茯苓《ぶくりやう》、麨《むぎこがし》少し許《ばか》りを食ひ、飽を取る。胡麻は黒脂麻是《こ》れ也。（中略）此《かく》の如く服食すること已《すで》に多日、氣力衰へずして痔漸く退く。久しく退轉せず、輔《たす》くるに少氣の術を以てす、其の效殆んど未だ量《はか》られざる也。此の事極めて忍び難くして、方《まさ》に强力を以て之を行ふ。（中略）既に肉五味を斷ち、只麨及び淡麵を啖《くら》ふ、更に別の藥を消せざるに百病自ら去る。此れ長年の眞訣《しんけつ》なるも、知り易くして行ひ難きのみ。弟、志願を發し得て甚だ堅し。恐らくは是れ災《わざは》ひに因つて福と致す也。

(329) 生臭い野菜と肉類。

(330) 南嶺過雲、紫翠《しすゐ》を開き、北江飛雨、凄涼《せいりやう》を送る。酒醒め、夢回《かへ》り、春盡《つ》くる日、門を閉ぢ、几《き》に隱《よ》り、坐して香を焼《た》く。門外の橘花《きつくわ》、猶ほ的皪《てきれき》、牆頭《しやうとう》（かきね）の荔子《れいし》既に爛斑《らんぱん》（まだらに熟す）たり。樹暗く、草深く、人靜かなる處、簾《すだれ》を捲き、枕を攲《そばだ》て、臥《ぐわ》して山を看《み》る。『三月二十九日二首』の全節。

(331) 幼累の到りし後より、諸縣紛々《ふんぐ》として暇《いとま》少なし、向時（以前）の鬩然《げきぜん》たるに若《し》かざる也。（中略）舍弟、復《また》西に貶《へん》せらる。（中略）某《それがし》久しく此《こゝ》に安居するや否や、若《も》し之を知らば密《ひそ》かに錄示す可し。憂患の來る、想ふに皆前に定まる。猶《なほ》早く知らんことを欲す、少しく狼狽《らうばい》を免れん。『與王敏仲五首』から。

(332) 余、惠州に在りて忽ち責儋耳《たんじ》を命ぜらる。太守方子容、自ら告を攜《たづさ》へ身《したし》く來り、余を吊《とぶら》ひて曰く、此れ固より前定《ぜんぢやう》（前世からの因縁）なり、吾が妻沈、僧伽（高僧）に事《つか》へること甚だ誠にして一夕、夢に和尚來りて、曰ふ、當《まさ》に蘇子瞻と同行すべし、後《のち》七十二日、命あらん、と、今七十二日に適《かな》ふ。豈に前定ならざらんや、と。遂に家を惠州に寄せ、獨り幼子過とともに海を過渡す。『志林』にも各種の異本があるようだが、ここでも嶺雲の引用に據った。

(333) 某《それがし》垂老にして荒に投ぜらる、復《ま》た生還の望みなし。昨は長子邁《まい》と訣《わか》れ、已《すで》に後事を處置せり。海南に到れば、首《はじ》めに當《まさ》に棺を作るべく、次は便《すなは》ち墓を作らん。乃《すなは》ち手疏《しゆそ》（書）を留《とゞ》て諸子に與へ、死すれば海外に葬られ、延陵《えんりよう》の季子《きし》（呉の季札）が嬴博《えいはく》（地名。季子がここに旅先で死んだ長子を葬った）の義を庶幾《ねが》ふ。父既に之を子に施す可くば、子獨り之を父に施す可らざらんや。生きて家を挈《ひつさ》げず、死して柩《ひつぎ》を扶《たす》けず、此れ亦、東坡の家風也。此の外は宴坐寂照《じやくせう》（坐禪して虛心に感得する）するのみ。書簡『與王敏仲』からの引用。

(334) 江邊の父老能《よ》く子《し》(子由)を說く、白須《はくしう》(白いひげ)紅頰《こうけふ》、君(東坡)の如く長《たけたか》しと。嫌ふ莫《な》かれ、瓊《けい》と雷《らい》と雲海を隔つるを。聖恩尙《な》ほ許す、遙かに相望むを。『吾謫海南子由雷州被命即行了不相知至梧乃聞尙在藤也旦夕當追及作此詩示之』の一節。

(335) 我れ少にして即ち多難、邅回《てんくわい》(行きなやむ)一生の中。百年滿たし易《やす》からず、寸々《すん〱》强弓を彎《ひ》く。老いたり復《また》何をか言はん、榮辱今兩《ふたつ》ながら空し。泥洹《ないをん》(涅槃《ねはん》)尙《なお》一路、向かふ所、餘《よ》、皆窮す。聞くに似たり崆峒《こうどう》(傳說上の山)の西、仇池《きうち》(地名)此の翁を迎ふと。胡爲《なんす》れぞ南海に適《ゆ》き、復《ま》た垂天の雄(大鵬)に駕せんや。下に視る九萬里、浩々《かう〱》として皆積風。回望す古今の州、此の琉璃《るり》の鍾《さかづき》に屬す。離別何ぞ道《い》ふに足らん、我が生豈《あ》に終り有らんや。渡海十年にして歸らば、方鏡兩童(兩瞳)を照らさん。鄕に還《かへ》る亦何か有らんや、暫《しば》らく假る壺公《こゝう》の龍。峨眉《がび》(山名。兄弟の故鄕にある)我れに向かつて笑ひ、錦水(河の名。同上)君の爲めに容《かたちづく》る。天人、巧、相勝《あひまさ》り、獨りならず數子の工。指點す、昔游の處、嵩萊《かうらい》(荒れ草)、故宮に生ず。『次前韻夢中得句覺而遇淸風急雨寄子由』の全節。

(336) 時來《きた》つて物と逝《ゆ》く、路窮《きは》まつて我が止《とゞ》まるに非ず。子と各《おの〱》の意のまゝに行き、同じく落つ百蠻の裡《うち》。蕭然《せうぜん》兩別駕、各《おの〱》携ふ一稚子、(中略)相逢ふ山谷の間、一月臥起《ぐわき》を同じくす。茫々たり海の南と北と、粗《ほ》ぼ亦生理に足らん。我れに勸む、淵明を師とせよ、力薄きも且《しばら》く己《おの》が爲めにせよ、微痾《びあ》、杯酌に坐《ざ》(かかわって罰を受ける)す、酒を止《や》むれば則ち瘳《い》えんと。道を望みて未だ濟《な》らずと雖ども、隱約、津涘《しんし》(對岸のはし)を見る。今より東坡の室、杜康《とかう》(中國古代の傳說上、酒をつくったとされる人。杜氏《とうじ》の語源)の祀《し》を立てじ。詩『和陶止酒』から。

(337) 舜の時代、王畿を去る二千里か二千五百里に至る間を指す。化外の蠻地とされた。

(338) 某《それがし》幼子過《くわ》と南來し、餘は皆惠州に留《とゞ》まる。生事狼狽《らうばい》にして、勞苦萬狀たり、然れども胸中亦自《おのづか》ら翛然《いうぜん》(物事にとらわれない)たる處ある也。今日、海岸に到れば、地を遞角場《ていかくぢやう》(曲り角の意)と名づく。明日、順風ならば即ち過《よ》ぎらん。鄕國を回望すれば、眞に天末に在り。

(339) 某《それがし》兄弟善《よ》く世に處せずして、並《とも》に遠竄《ゑんざん》に遭《あ》ふ。墳墓罣外《たんぐわい》(かきねの外)、之を念へば感涕《かんてい》す。同じく『與林濟甫二首』から。

（340）ひどい霧。

（341）嶺南の天氣は卑濕にして、地氣は蒸溽《じようじよく》（むし暑い）たり、而して海南は甚《はなはだ》しと爲す。夏秋の交、物の腐壞せざる者なく、（中略）九月二十七日、秋の霖雨《りんう》止まず。幃帳《ゐちやう》を顧視すれば、白蟻升餘あり、皆已《すで》に腐爛せり。感嘆已《や》まず。

（342）今年四月十七日、告命を被《かうむ》り奉る、責授（官位を下げる）せられて臣、瓊州《けいしう》別駕昌化軍安置たり。臣尋《つ》いで當月十九日に於いて起ちて惠州を離れ、七月二日に至つて已《すで》に昌化軍に至り訖《をは》る者なり。鬼門に並《そ》ひて東騖《とうぶ》（東に走る）し、瘴海《しやうかい》に浮かびて以て南遷す。生きて還《かへ》るの期なく、死して餘責あり。（中略）窮途に就《つ》かしめて、以て餘齒（餘生）を安んず、而れども臣、孤老にして托するなく、瘴癘《しやうれい》交《こも》ごも攻む。子孫、江邊に慟哭《どうこく》し、已《すで》に死別を爲し、魑魅《ちみ》の海上に逢迎《ほうげい》、寧《なん》ぞ生還を許さんや。『到昌化軍謝表』の一節。

（343）米價を安定させるために設置した國の倉庫（常平倉）を司る役人。

（344）初め官屋數間を賃《か》りて之に居る、既に住む可らず、又官員と相交渉するを欲せざれば、近ごろ地を買ひ、屋五間を起す。一龜頭、南に在り、汚池の側《かたは》ら、茂木の下にして、亦蕭然《せうぜん》として以て門を杜《とざ》し、面壁少休す可き也。

（345）程秀才に與ふる書。

（346）此の間、食《くら》ふに肉なく、病むに藥なく、居るに室なく、出づるに友なく、冬に炭なく、夏に寒泉なし。然《しか》して亦未だ悉《ことごと》くは數へ易《やす》からざるも、大率《おおむね》皆無きのみ。惟《た》だ一幸あり、甚瘴《じんしやう》（熱病を起こさせる惡い氣）なき也。近ごろ小兒子と茅數椽《すうてん》（茅《かや》を數本、たるきにする）結びて之に居り、僅かに風雨に庇《おほ》ふ、然れども勞費亦貲《はか》られざるなり。十數學生を賴《たの》みて工作を助け、泥水の役を躬《みづか》らす。

（347）東坡居士、儋耳《たんじ》に謫《たく》せられ、舍の居る可きなく、桄榔《くわうらう》（たがやさん）林中に偃息《えんそく》す。葉を摘み銘を書し、以て其の處を記す。／九山一區、帝は方輿《ほうよ》と爲す、神は尻《かう》して以て游ぶ、孰《いづ》れか吾が居に非ざる。百柱屓贔《きひ》（力を出すさま）し、萬瓦披敷す。上棟下宇（たるきを下にする）、兵夫（軍夫）を煩《わづら》はず。海氛瘴霧《かいふんしやうむ》（海のまがまがしいガスや霧）、呑吐呼吸し、蝮蛇魑魅《ふくだちみ》、出づれば怒り、入りては娯《たの》しむ。習ひて堂奥の如《ごと》し、童奴と雜處す。東坡居士、强ひて四隅に安んじ、動を以て止に寓し、實を以て虛に托す。此の四大を放つて、一如に還《かへ》る。東坡、名に非ず、岷峨《びんが》（岷山と峨眉山。東坡の故郷）、廬《かりや》に非ず。須髮《しゆはつ》（ひげや髮の毛）を改めずして、毗盧《びる》（佛の眞の姿）を示現す。作《な》すなく止むなく、缺《か》くるなく餘るなし。生は之を宅と謂ひ、死は之を墟と謂ふ。三十六里、吾れ其れ此を捨つ、汗漫《かんまん》（水の廣々としたさま）に跨《また》り、而して鴻濛《こうもう》（天地自然の元氣）の都に游ばんか。

(348) 新居は軍城の南に在りて極めて湫隘《しうあい》（土地が低くて、せせこましい）にして、粗《まば》らに竹樹あり。烟雨濛晦《もうくわい》（ぼんやり暗い）、眞に蜑塢《たんを》（蜑人《たんじん》の潛む砦）獠洞《らうどう》（獠族の住む洞窟）也。書簡『答程天侔』の一節。

(349) 今、荒服（五服のうち。もっとも遠隔の地）に遠竄《ゑんざん》せられ、罪を負ふこと至重にして、復た歸るの望なし。門を杜《とざ》して屛居《へいきよ》し、寢飯の外、更に一事なく、胸中廓然として、實に荆棘《けいきよく》なし。書簡『與劉宜翁』の一節。

(350) 僕既に病《や》み倦《う》んで出でず、出づるも亦往還する者なし、闔門《かふもん》（閉門）面壁するのみ。書簡『答程天侔』の一節。

(351) 僕、筆硯を焚《や》くこと已《すで》に五年、尙、味を此の學に寄す。隨行、陶淵明集あり、伊鬱を陶寫（樂しみ晴らす）するは、正に此れに賴《よ》るのみ。書簡『答程全文推官』の一節。

(352) 海外に流轉するは、空谷に逃ぐるが如し、既に與《とも》に晤語《ごご》する者なく、又、書籍は擧げて有るなく、惟《た》だ陶淵明一集、柳子厚詩文數束、左右に置き、目して二友と爲すのみ。同右。

(353) 恩恵を受ける。

(354) 東坡先生、儋耳《たんじ》に謫居《たくきよ》し、家を羅浮の下に寘《お》く。獨り幼子過と負擔して海を度《わた》り、茅竹《ぼうちく》を葺《ふ》いて之に居る。日に藷芋《しよう》を啗《くら》ひ、而して華屋玉食の念、胸中に存せず。平生嗜好する所なく、圖史（圖書と史書）を以て園囿《ゑんいう》と爲し、文章、鼓吹を爲すは、是れに至りて皆罷《や》め去るも、猶獨り詩を爲《つく》ることを喜ぶ。精深華妙にして老人衰憊《すゐはい》の氣を見ず。是《こ》の時、轍、亦海康（雷州）に遷《うつ》さる、書來りて告げて曰く、（中略）吾れ詩人の甚だ好む所なきに於て、獨り淵明の詩を好む。淵明、詩を作ること多からず、然れども其の詩、質にして實に綺《き》、癯《く》（やせる）にして實に腴《ゆ》（ゆたか）なり。（中略）吾れ淵明に於いて豈に獨り其の詩を好むのみならず、其の人と爲りの如きは、實に感ずるあるなり。淵明、終りに臨み、客（來し方）を儼《げん》等に䟽《あか》す、吾れ少にして窮苦、每《つね》に家の弊なるを以て東西に游走す、性剛にして才拙《つた》なく、物と多く忤《さから》ふ、自ら量《はか》りて己《おの》が爲めにせば、必ず俗患を胎《のこ》さん、俛仰《ふぎやう》（俯仰）世を辭し、汝等を幼にして饑え寒からしむると。淵明の此の語、盖《けだ》し實録也。吾れ眞に此の病ありて蚤《つと》に自ら知らず、平生出仕し以て世患を犯す、此れ深く淵明に愧《は》づる所以、晩節其の萬が一に師範せんと欲する也。嗟呼《あゝ》淵明、宜しく五斗米の爲めに一たび束帶して郷里の小兒を見る可からず、而れども子瞻《しせん》は出仕すること三十餘年、獄吏の折困（くじき、はずかしめる）する所と爲るも、終《つひ》に悛《あらた》むる能はずして以て大難に陥り、桑楡《さうゆ》の末景を以て、自ら淵明に托す、其れ誰か宜しく之を信ずべけんやと。然りと雖ども子瞻の仕、其の出處進退は猶攷《かんが》ふ可き也。儼は淵明の長子の名前。

(355) 氣風がはげしく、並みではない受け答え。

(356) 河原。

(357) うるち米ともち米。

(358) 旅先でのまないた。

(359) 五日一たび見る花猪《くわちよ》の肉、十日一たび遇ふ黄雞《くわうけい》の粥《かゆ》。土人は頓々《とんく》として藷芋《しよう》を食《くら》ひ、薦《すゝ》むるに薫鼠《くんそ》、焼蝙蝠《やきかうもり》を以てす。舊蜜唧《もとみつしよく》（鼠の子の密漬）を聞きて嘗《かつ》て嘔吐《おうと》せしも、稍《やゝ》蝦蟇《がま》に近づきて習俗に縁《よ》る。十年京國《けいこく》、肥養に傲《おご》り、日々蒸花《じようくわ》（蒸して花の色になった肉。あるいは花蟹のむしものか）、紅玉を壓す。從來、此の腹、將軍に負《そむ》き、今は固《もと》より宜しく脱粟《だつぞく》に安んずべし。（中略）帽は寛《ゆる》やかに帶は落ちて僮僕《どうぼく》を驚かす。相看て會《かなら》ず作《な》らん兩癯仙《りやうくせん》（二人の痩せた仙人）、還郷定めて黄鵠《くわうこく》（黄色味を帶びた白鳥）に騎すべし。詩『聞子由痩』から。

(360) 七尺の頑軀《ぐわんく》、世塵に走り、十圍の便腹《べんぷく》、天眞を貯ふ。此の中《うち》空洞渾《すべ》て物無し、何ぞ止《たゞ》に君を容《い》れて數百人ならんや。詩『寶山晝睡』の全節。

(361) 地味。

(362) 秋來りて霜露は東園に滿ち、蘆菔《ろふく》（大根）は兒《じ》を生じ、芥《かい》（からし菜）に孫《そん》あり。我れは何曾《かそう》（晉の人。美食家）と同じく一飽す、（何曾は、華侈《くわし》に務め、日に食するに萬錢、猶曰く、箸を下すの處《ところ》無しと）、知らず何を苦しんでか雞豚《けいとん》を食《くら》はん。詩『擷菜』の全節。

(363) 香《かをり》は龍涎《りようぜん》（龍のよだれ）に似て、仍《な》ほ儼白《げんぱく》（純白）、味は牛乳の如く、更に全く淸し。海南の金虀膾《きんせいくわい》（すずきのなます）を將《も》つて輕《かろ》しく東坡の玉糝羹《ぎよくさんかう》に比する莫《なか》れ。詩『過子忽出新意以山芋作玉糝羹色香味皆奇絶（後略）』の全節。

(364) 庚《さら》に著《つ》く短簷高屋《たんえんかうをく》（ひさしが短く、丈の高い）帽、東坡何事か時に違《たが》はざる。詩『次韻子由三首』のうち「椰子冠」の末尾。

(365) 先生、膏粱《かうりやう》を失ひ、便腹、敗鼓《はいこ》（破れ太鼓）に委《ゆだ》ぬ。詩『食檳榔』の一節。

(366) 父老争ひ看る烏《う》角巾《かくきん》（角のある黒頭巾）、應《まさ》に曾《かつ》て宰官（役人）の身を現《げん》ずるに縁《よ》る。溪邊の古路三叉口《さんさ》、獨り立つ斜陽、數《しばしば》人を過《す》ぐ。詩『縱筆三首』のうち第二首。

(367) 寂々たり、東坡一病翁。白須《はくしゆ》（白いヒゲ）蕭散《せうさん》として霜風《しもかぜ》滿つ。小兒誤《あやま》つて喜ぶ、朱顔の在るを。一笑す、那《なん》ぞ知らん是れ酒紅なるを。同右の第一首。

(368) 滄海何ぞ曾て地脈を斷たんや。朱崖、此れより破天荒。

(369) 紫麝《しじや》、人に著《つ》く、茉莉《まつり》（まつりか）を簪《かざ》す。紅潮、頰を登る、檳榔《びんらう》に醉ふ。『冷齋夜話』から。海南島の少女たちが髮に茉莉花を差していたのをまねたもの。

(370) 東坡老人、昌化に在り、嘗て大瓢《だいへう》を負うて田畝《でんぽ》の間を行歌す。歌ふ所は蓋《けだ》し哨遍（胡樂の一つ）ならん。饁婦《えふ》（田野に食物を届ける女）年七十、云はく、內翰（翰林學士）、昔日の富貴は一場の春夢と。坡、之を然りとし、里人は此の媼《おうな》を呼んで春夢婆と爲す。坡、一日、酒を被《かうむ》りて獨り行き、遍《あまね》く子雲諸黎《しよれい》（子雲などのリー族）の舍に至り、詩を作つて云ふ。死に符《おもむ》く風流奈何《いかん》にすべき、朱顔減《げん》じ盡《つく》し鬢糸《びんし》（老人の白髮）多し。梭《ひ》を投げて每《つね》に東隣の女を困らせ、扇を換へて惟《た》だ春夢婆に逢ふ。

(371) 持節、誇を休《や》む海上の蘇、前身は便《すなは》ち是《こ》れ牧羊奴（羊飼いの奴隷）、應《まさ》に朱紱《しゆはつ》（朱色の膝掛け）當年の夢を嫌《いと》ふべし。故《ことさら》に黃冠（草で編んだ帽子）一笑の娯《たのし》みを作《な》し、遺跡は公と與《とも》に物外に歸す。淸風、我が爲めに庭隅を襲ひ、誰に憑《よ》つて王摩詰（王維）を喚起《よびおこ》し、東坡笠を載せるの圖を畫き作《あが》らせん。周少隱作。

(372) 游蕩の子弟。　(373) 元に返す。　(274) 元に戻す。

(375) 左遷された役人を、事情が變つて近い任地に移す。

(376) 某《それがし》今日伏して赦書を讀む、責降（官職を下げる）、官の量移あり、庶幾《ねがは》くは復た生きて嶺北の江山を見るを得んことを。某、廢棄さると雖も、曾《かつ》て侍從を忝《かたじけな》うす。大恩は未だ報いず、死するも敢えて忘れず。此の美政を聞けば、踴躍に勝《た》へず。書簡『與程正輔』から。ただし、二個所、省略あり。

(377) 參橫《しんよこた》はり、斗《と》轉じ、三更ならんと欲し、苦雨終風、也《ま》た解《よ》く晴る。雲散じ、月明らかにして誰か點綴《てんてい》せん、天容海色本《もと》より澄清たり。空しく餘す、魯叟《ろそう》（孔子）が桴《いかだ》に乘ずるの意。粗《ほ》ぼ識《し》る、軒轅《けんゑん》（黃帝）が樂を奏するの聲。南荒に九死するも吾は恨みず。玆《こ》の游、奇絕、平生に冠たり。詩『六月二十日夜渡海』の全節。

(378) ほしいまま。奔放。

(379) 志林未《いま》だ成さずして、書傳十三卷を得。某《それがし》此《こゝ》に留りて中秋を過ぐ。或ひは月末に至りて乃《すなは》ち行かん。木栰《ぼくばつ》（いかだ）を作りて水を下り、容藤（容州と藤州か）を歷《へ》て梧（梧州）に至らん。邁《まい》と家を挈《ひっさ》げ梧に至りて相會ふを約せしなり。迨《たい》亦惠（惠州）に至らん。

(380) 朝奉郎（諫官職の一つ）に復《ふく》し、成都玉局觀（四川省成都にあった觀名）を提擧（司どる）せよ。

(381) 任地にかかわらない、自由な居住。

(382) 某《それがし》、鬚髮《しゆはつ》皆白し、然れども躰力の舊に減せず。或ひは死に即《つ》かず、聖恩汪洋《わうやう》、更に一赦、或ひは歸農を許さば、則ち月を帶ぶるの鋤《じよ》、以て耒《らい》に對す可き也。本意、專《もつぱ》ら蜀に歸らんと欲すれども、知らず、能く此の計を遂ぐるや否や。蜀、若《も》し歸らざれば即ち杭州を以て佳と爲す。（中略）時に臨み、宜に隨ふ、但《たゞ》死に即《つ》かざれば、歸田、必《ひつ》す可き也。公、溪山の間に相從はんと欲するは、想ふに是れ眞誠の願なり。水到り渠成る、亦預慮するを須《もち》ひざる也。

(383) 某《それがし》、虔州に留まること已《すで》に四十日にして、舟を得ると雖も猶、贛《かん》（江西省）外に在り。更に五七日（三十五日）、乃ち小舟に乘りて往き、之に即《つ》く。勞費百端、又此に到りて長少（年長者と年少者）、臥病す。幸ひにして皆癒《い》ゆるも、僕卒の死する者六人、駭《おどろ》く可し。住處《すみか》は舒《じよ》〔州〕に非ざれば則ち常〔州〕、老病唯退くを上策と爲すのみ。書簡『答蘇伯固』の一節。

(384) 錢濟明に與ふるの書。

(385) 某《それがし》、已《すで》に虔州に到り、二月十間（十日頃）、方《まさ》に離る。此の行は常州に往きて居住せんも、知らず、郡中に屋の僦《か》る可き、典賣す可き者の有るや否やを。如《も》し居す可き無ければ、即ち眞州、舒州に往かんと欲す、皆可《か》。聞くが如くんば常〔州〕の東門の外に裴氏の見出せる宅の賣る有りと。告ぐ、一幹事人（代理人）をして與《ため》に問はしめよ。當《まさ》に若《も》し果して居す可くんば、爲めに其の直《あたひ》の幾何《いくばく》かを問ひ、力を度《はか》り、及ぶ所なれば即ち徑《たゞ》ちに往きて之を議せん。金陵（南京）に至るを俟《ま》ちて別の人を遣《や》り咨稟《しひん》せん也。

(386) 蘇伯道に與ふるの書。

(387) 龍舒《りようじよ》（安徽省舒城縣内部の地名）に、一官庄（屯田）の買ふ可きあるを聞き、已《すで》に人を託して之を問はしむ。若《も》し遂ぐれば則ち一生、食足り、門を杜《と》ぢん。

(388) 某《それがし》、此の行は、本《もと》より淮淅《わいせつ》（淮水と淅江）の間に居せんと欲するも、近ごろ子由の書を得るに、苦《いた》く潁昌《えいしやう》（河北省許昌）に來り相聚《つど》ふを勸むれば、之に違《たが》ふに忍びず、已《すで》に決して此の計に從ひ、汴《べん》〔水〕を泝《さかのぼ》り陳留に至りて陸《をか》に出でんとする也。書簡『與程德孺運使』の一節。

(389) 建中靖國（一一〇一年）、坡《ば》（東坡）、儋《たん》より北歸、陽羨（江蘇省宜興縣の南）に卜居す。陽羨の士大夫猶《なお》畏《おそ》れて敢へて與《とも》に游ばず、獨り邵民瞻《せうみんせん》、從つて坡に學ぶ。坡も亦其の人を喜《よろこ》び、時々相與《あいとも》に策《つゑ》を杖《つ》き、長橋を過《よぎ》り、山水を訪ね、樂しみを爲す。即ち爲めに坡、一宅を買ひ、緡《びん》五百と爲す。坡、嚢《なう》を傾けて僅かに能く之を償《つぐな》ひ、吉を卜《うらな》ひて入居す。夜、與に即《つ》きて月と歩み、偶《たまく》村落に至るに、婦人の哭《な》く聲の極めて哀しきを聞く。坡與《とも》に即ち入りて問ふ、何すれぞ哀傷すると。是《こゝ》に至りて嫗《おうな》曰く、吾に一居あり、相傳《あひつたふ》ること百年、吾が子不肖にして擧げて以て人に售《う》れり。吾れ今日遷徙《せんし》、百年の舊居、一旦訣別す、此《これ》吾が泣く所以也と。其の所在を問ふに、則ち坡の得る所の者也。即ち屋劵（家屋の所有を證明する手形）を取るを命じ、嫗に對して之を焚く。其の子を呼び、翌日、舊居に還るを命じ、其の直《あたひ》を索《もと》めず。坡是《こ》れ自《よ》り遂に毗陵《びりよう》（江蘇省武進縣治）に還り、復《ま》た家を買はず、顧《こ》塘橋《たうけう》の孫氏の居を借り、暫《しばら》く住めり。

(390) 近者《ちかごろ》、幼累（幼い者たち）舟中に皆伏暑（盛夏、暑さにに倒れるの意か）し、自ら愍《あは》れむ、一年道路に在るを。堪へず、復《ふたゝ》び汴《べん》（水）に入りて陸に出づるを。又聞く、子由の亦窘用《きんよう》（官職を下げられる）せらるゝを。更に三百指（家族三〇人）を以て之に諉《ゆだ》ぬるに忍びざれば、已《すで》に意を決す、旦夕渡江、毗陵《びりよう》に過《わた》らんと。『與黄師是』からの引用。

(391) 塵埃風葉、滿室にして、隨掃隨有、然れども掃くを廢す可からざれば、以爲《おもへ》らく、掃かざるに賢《まさ》る也と。

(392) 其の錢世雄に與ふるの書に云ふ。

(393) 某《それがし》、一夜發熱す、言ふ可からず。齒間、血を出《いだ》し、蚯蚓《きういん》（みゝず）の如き者無數、曉に迨《いた》りて乃ち止むも、困憊之《こ》れ甚《はなは》だし。（中略）是れ熱毒の根源、淺からざれば、當《まさ》に清涼藥を專用すべし。（中略）渴すれば即ち少しく之を啜《すゝ》り、餘藥は皆罷《しりぞ》くる也。莊生（莊子）より天下の在宥《ざいゝう》（あるがまゝに任せる）を聞けども、未だ天下を治むるを聞かざる也。此《かく》の如くして癒《い》えざれば則ち天也、吾が過《くわ》に非ざる也。書簡『與錢濟明』の一節。

(394) 兩日來疾《やまひ》の增すあれども減ずる無く、閫外《こんぐわい》（戸外）の風氣、稍《や》ゝ清しと雖も、但虚乏《たゞきよぼふ》（身體の衰弱）、食《くら》ふ能はず、口殆んど言ふ能はざる也。書簡『與米元章』の一節。

(395) 海外久しく此の熱なし、殆んど堪ゆる能はず。柳子厚（宗元）の謂はゆる意象の中國に非ざる也。同右。

(396) 疲れ切る。

(397) 河水汚濁して流れず、熏蒸《くんじよう》して病を成せば、今日當《まさ》に通濟亭に遷過して泊すべし。當《まさ》に遠く左右を去るべからずと雖も、只活水快風に就き、病滯を一洗せんとす。稍《や》ゝ健とならば當に談笑奉るべき也。同右。

(398) 某、食へば則ち脹《は》り、食はざれば則ち羸《つか》る。昨夜且《しばら》くも睫《まつげ》を交へず、端坐、蚊子《ぶんし》を飽かしむるのみ。知らず、今夕如何にして度《わた》るかを。同右。　(399) 急性の下痢。

(400) 昨日、冷を飲むこと過度にして、夜暴《にはか》に下る、且つ復た疲れ、甚《はなは》だし。書簡『與米元章』の一節。

(401) 某《それがし》、儀眞より暑毒を得、困臥し、昏醉中の如し。（中略）死生、未だ必《ひつ》す可からず、半月より來、日に米を食《くら》ふこと半合ならず、食を見れば却つて飽く。今且《まさ》に速かに毗陵《びりやう》に歸り、聊《いさゝ》か自ら憩《いこ》はん。此れ我ら庶幾《ねがは》くは且《いさゝ》か少しく休み、即死せざらんを。書、此れに至りて困憊、筆を放つて大息するのみ。書簡『與章子平』の一節。

(402) 東坡北歸、儀眞に至りて暑疾を得、毗陵顧塘橋の孫氏の館に止《とゞ》まる。氣、寢ねて上逆（頭に血がのぼる）、臥す能はず。時に晋陵邑の大夫、陵元光、痔疾を獲《え》て内に臥す。御する所の嬾版《らんばん》（クッション）を輟《や》め、以て献ず。縱横三尺、偃植《えんしよく》（ふせたり立てたり）して背を受く。公殊に以て便となし、竟《つひ》に是《こ》の版に據つて終る。陸君の子、以て胡德輝に屬《しよく》し、之に銘して曰《いは》く、沒（死去）に參《さん》じて簀《すのこ》（病床）を易え、殪《えつ》（死去）に由つて纓《えい》を結ぶ。斃《たふ》れて正を得、死するに匪《あら》ずして實《まこと》に生く。堂々東坡は斯文《しぶん》の棟梁にして、以て正に木に就く（棺に入る）。猶ほ僵れるに忍びず、昔、我が邑長《むらをさ》、君の先きの大夫、侍して夢奠《ぼんてん》（臨終）を聞く、手を啓《ひら》いて擧げて扶《たす》く。君を木する（棺に入れる）戚《かな》しみて施す。屛《ついたて》に匪《あら》ず、几《つくえ》に匪ず、萬《よろづ》の子孫に詔《つ》ぐ、不詳《ふしやう》の器と曰《い》ふ無かれ、と。費袞《ひこん》の『梁溪漫誌』卷四「東坡懶版」から。

(403) 君と皆、丙子（景祐三年の生まれ）、各《おのおの》已《すで》に三萬日。一日一千偈、電往（稲妻のように早い）那《なん》ぞ容《あ》に詰《なじ》らんや。大患、身あるに縁《よ》り、身なければ疾《やまひ》なし。平生、羅什《らじふ》（鳩摩《くま》羅什）を笑ふも、神咒《しんじゆ》（だらに）、眞《まこと》に浪《みだり》に出づ。詩『答徑山琳長老』の全節。

(404) 力を出す。

(405) 蘇、欒城《らんじやう》より西のかた眉（州名）に宅《すま》ふ。世に潛德なるものあり、人の知る莫《な》し。猗歟《あゝ》先君、名を四方に施《ほどこ》す。公は幼にして焉《これ》を師とし、其の學は以て光る。出でて君に從ひ、直言を道《い》ひて忠。行險（危險な道を進むこと）夷《い》の如く、其の躬《み》を謀らず。英宗、之を擢《ぬき》んで神（神宗）之を考試す。亦既に知りて、未だ克《よ》く施さず。晩《おく》れて哲皇（哲宗）に侍し、進むに詩書を以てす。誰か實《まこと》に之を間せし、一斥踈《うと》んず、公の心は玉の如く、焚《や》きて灰たらず。生死を變へず、孰《いづれ》か去來を爲さん。古《いにし》へ微言有り、衆說の蒙《おほ》ふ所、手は其の樞《すう》を發《あば》き、此を恃《たの》みて以て終る。心の涵《うるほ》ふところ、物に遇へば則ち見《あら》はれ、聲は金石に融《と》け、光は雲漢に溢《あふ》る。耳目は是《これ》と同じく、世を擧げて畢《つひ》に知る。其の淵を造らんと欲して、或ひは眩《くら》みて以て疑ふ。絶學繼《つ》がず、已《すで》に弦を斷つが如し。百世の後、豈に其の賢無からんや。我初めて公に從ひ、賴《よつ》て以て知るあり、我を撫《な》づれば則ち兄、我を誨《をし》ふれば則ち師、皆南に遷りて、同じく歸らず、天實《まこと》に之を爲す。我が哀《かな》しみを知る莫《な》し。

(406) 罪をただし、せめる。

(407) 主神に添えて、他の神を祭る。

(408) 臨安、石屋洞の崖石上、題名二十五字有り、云はく、陳襄、蘇頌、孫奕《えき》、黄灝《かう》、曾孝章、蘇軾、熙寧六年二月二十一日、内、東坡の姓名、磨し去り、僅かに存して髣髴たり、蓋し崇寧禍の時也。

(409) 焼いたり、こわしたり。

(410) 宣和（一一一九—一一二五）の間、東坡の文字を申禁（禁止の宣告）すること甚だ嚴、士人有りて竊《ひそか》に坡集を携へて城を出でんとするも、閽者《こんじゃ》（門番）の獲《う》る所となり、執りて有司に送る。集を見たる後、詩あり云ふ。文星落つる處、天地泣き、此の老已《すで》に亡く、吾が道は窮まる。才力漫《そぞろ》に生ける仲達《ちゅうだつ》を超え、功名猶ほ死せる姚崇《ようすう》（唐の宰相。宋環とともに開元の治を成す）を忌む。人間便ち清氣無きを覺ゆ。海内何ぞ曾て古風を識らんや。平生萬篇誰か護惜せん。六丁（道教の神）収拾して瑤宮（玉で造った宮殿）に上《たてまつ》る。京尹《けいいん》、其の人を義（裁斷）し、陰《ひそ》かに之を縦《ほしいま》まにす。

(411) 無頼。不善。　(412) みちあふれる。　(413) 天下太平で人民が樂しみを極める。

(414) 罪をせめたり、流刑にする。

(415) 敬《つつし》んで高風を想ふ。恨《うらみ》、時を同じうせざるも、巻を掩《おほ》ひて三歎、播《は》して以て詩を聲にす。

(416) 人、元祐の學を傳ふ。家に眉山の書あり、朕、遺編を三復す。久しく高躅《こうしょく》（高尚な行爲）を欽《うやま》ふ。王佐の才、大いに用ふ可く、恨《うらみ》、時を同じうせず。君子の道は闇《くら》くして彰《あきら》かなり、是れ以て世を論ず。儻《も》し九原の作る可くんば、千載以て風を聞くを庶《ねが》ふ。惟《た》だ英爽（容姿がすぐれて氣高い）の靈、我が哀衣（喪服）の命に服せよ。特に太師を贈る可《べ》し、餘は故《もと》の如し。『宋贈蘇文忠公太師勅文』の後半。

(417) 位をあげたり、退けたり。　(418)「乾道」「淳熙」ともに孝宗の年號。　(419) きまり。

(420)「錦綉」は錦繡と同じ。「珠璣」は圓い玉と四角な玉の意。

(421) 宰相の官署。　(422) 心が廣々として、さっぱりしている。　(423) 傲然とゆだねる。

(424) 郡主の補佐役で、各縣を巡回して監督する。

(425) 義を好む。　(426) 岐山の下。　(427) いかだ。

(428) 渭水《ゐすい》。甘粛省に源を發し、陝西《せんせい》省を東に抜けて黄河に合流している。

(429) 山西省平陸縣の東にある山の名。黄河の激流の中にある。

(430) 役人。 (431) 老いた指揮官。 (432) 役所の規則。

(433) 水夫。 (434) 密州。山東省諸城縣。 (435) あつまる。

(436) 道の水たまり。 (437) われら。

(438) 幅一丈、高さ二尺の枝を三つ重ねた高さ。つまり六尺の高さまで垣を作つて水を防いだとの意。

(439) 土でふさぐ。

(440) 去年の重陽、説く可からず、南城夜半、波千漚《せんおう》（何度も何度も水がひたす）。詩『九日黄樓作』から。

(441) 「路」は宋代の行政區劃《くかく》。

(442) 僧尼であることの國家の證明書だが、これを賣ることによつて政府は國の財源とした。

(443) せり賣りをする。「常平米」は常平倉《じやうへいさう》の米。

(444) 米や粟のかゆ。 (445) 餘剰金。 (446) 私用の袋。私財。

(447) 米を買い入れる。 (448) 鹽からい。 (449) まこもの根。

(450) 浚渫《しゆんせつ》と同じ。 (451) せきや垣。

(452) 蘇堤、帶の如く湖心を束ね、羅綺新粧、碧潯《へきじん》（綠の淵）を照らす。、翠幕淺く搴《かか》げて草色を憐《あはれ》み、華莚《くわえん》（花ござ）小簇《しやうぞく》（ささだけ）花陰を占む。波を凌いで人纖々《せんく》の玉を渡り、柱箏《ちゆうさう》（こと）を促《うなが》して疊々《でふでふ》の金を翻す。月出でて笙歌《しやうか》、城市に斂《あつ》まり、珠樓縹緲《へうべう》として雲を彩《いろど》りて深し。

(453) 菡萏《かんたん》（蓮の花）の香清く畫舸《ぐわか》（彩色をほどこした船）浮かぶ。君をして寧《むし》ろ復《ふたゝ》び楊州を憶《おも》ひ、都《すべ》て二十四橋の月を將《も》つて、西湖十頃の秋を換へて得せしめん。詩『西湖戯作同游者』の全節。

(454) 酒を賣る店の青い旗。 (455) めぐり流れる。

(456) 貧困者や被災者に金品をあたえて元氣づける。

(457) 天祐六年冬、汝陰(現・安徽省阜陽縣)久しく雪、人饑ゆ。一日天未だ明けず、東坡先生簡《かん》を來《きた》し、議事を召して曰く、某《それがし》一夕寐ねず、潁人《えいじん》の饑《うゑ》を念ひ、百餘、千を出して炊餠《すいべい》(むしもち)を造り、之を救はんと欲す。老妻の曰く、某に同じきを謂ひて、子昨《さく》、陳を過《よ》ぎ、傳欽(呻吟を傳える)の言を見たり、簽判《せんぱん》(郡政のモニターを司る役人)陳に在って賑齊《しんさい》に功ありと、何ぞ其の賑濟の法を問わざると、某遂《つひ》に相招く。余笑ひて謝し、議して曰く、已に之を備ふ。今、細民の困《くるし》みは食と火に過ぎざるのみ、義倉の積むや穀《こく》數千石、便《すなは》ち以て支散(わかち散らす)、以て下民を救ふ可し。作院(作業所)に炭數萬秤《へい》(はかり)有り、酒務(酒税などを扱ふ役所)に柴數十萬秤有り、元價に依つて之を賣り、二事、下民を濟ふ可し。先生曰く、吾が事濟《す》めり。

(458) くずれ、ゆるむ。　(459) おごり、なまける。　(460) 賜わつた食いぶち。

(461) 貪汚と同じ。　(462) 部分《ふわ》けし、役割を定める。

(463) 韓琦《かんき》のこと。　(464) 野垂れ死に。　(465) 塚穴《つかあな》。

(466) 久しく侍從を忝《かたじけな》くし、嚢中《なうちゆう》薄く餘貲《よし》(餘資)あり、深く書生の薄福を恐る。此の物を畜《たくは》へ難く、此《こゝ》に到りて已來《いらい》(以來)、暴骨(戰爭などで野にさらされた骨)を收葬、兩橋(二つの橋)を助修、藥を施し、屋を造り、務めて此の物を散じ、以て塵障(俗世の罪障)を消す。今や則ち索然、僅かに朝暮を存し、漸《やうや》く此の身の輕安なるを覺ゆ。書簡『與南華辯老』から。　(467) しかばねを收容する。

(468) 軾、揚に守たり、曾旼《そうびん》、揚州教授を罷《や》め、往きて呂吉甫(呂惠卿《けいく》)を眞州に見る。吉甫曰く、軾は如何なる人か。旼曰く、聰明な人也、吉甫、怒りて聲を勵《はげま》して曰く、堯の聰明か、舜の聰明か、大禹の聰明か。旼曰く、三者の聰明に非ざるも、これ聰明也。曰く、學ぶ所は如何《いかん》。旼曰く、孟子を學ぶ。愈《いよい》よ怒り、愕然《がくぜん》として立ち、曰く、何を言ふや。改めて旼曰く、孟子は民を以て重しとなし、社稷《しやしよく》、之に次《つ》ぐ。此《これ》其の孟子を知り學ぶ所以なり。吉甫、默然《もくねん》、之を久しうす。王鞏の『隨手雜錄』から。

(469) 狐のように疑い、狼のように後を振り返る。 (470) 行きなやむ。
(471) 木に瘤《や》するあり、石に暈《かさ》あり、犀《さい》に通あり（犀の角に白い筋のあること）、以て人に取つて妍《けん》（美しいもの）とするもの、皆物の病也。
(472) 人は皆子を養ひて聰明を望む。我は聰明に一生を誤《あや》まらる。惟《ただ》願ふ、孩兒《がいじ》（赤児）の愚にして魯、無災無難にして公卿に到らんを。詩『洗兒戲作』の全節。
(473) 高く聳える。 (474) 早い。 (475) 凛として立つこと。
(476) 老莊の學を指す。 (477) 穩和なさま。 (478) 長々と續くさま。 (479) 流竄。
(480) 峡に入つて巉巖《ざんがん》（険しく高い岩）を喜び、峡を出でて平曠（土地のひらけたところ）を愛す。吾が心は淡くして累《わづら》ひなく、境に遇《あ》へば卽ち安暢《あんちやう》（安らかで、のびのびとする）なり。詩『出峡』の冒頭。
(481) ここでは「玉堂」は翰林院を指す。「揮翰」は文書の作成にはげむの意。
(482) 黑雲、墨を翻《ひるがへ》して未だ山を遮《さへぎ》らず、白雨、珠を跳《をど》らせて亂れて船に入る。地を卷き、風來つて忽ち吹き散《さん》ず、望湖樓下、水、天の如し。詩『六月二十七日望湖樓醉書五絶』のうち。
(483) 我れ本《もと》家なし、更に安《いづく》にか往かん。故鄕に此の好湖山なし。同右。
(484) 余、錢塘《せんたう》より膠西《かうせい》に移守す、舟揖《しうしふ》の安きを釋《す》て、車馬の勞に服す。雕墻《てうしやう》（彫刻された屛）の美を去りて采椽《さいてん》（粗末な木材）の居に庇《ひさし》し、湖山の觀に背《そむ》き、桑麻の野を行く。始めて至るの日、歲《さい》比《ひ》して登《みの》らず、盜賊、野に滿ち、獄訟、充斥（溢れる）す。齋厨《さいちゆう》（精進料理をする調理場）は索然、日に杞菊《くこ》（枸杞と菊）を食《くら》ふ。人は固より余の樂しからざるを疑ふ也。之に處《を》ること期年して貌、豐かさを加へ、髮の白き者、日《ひゞ》以て黑きに反《かへ》り、余既に其の風俗の淳を樂しみ、其の吏民亦、予の拙に安んずる也。
(485) 予、仕官十有九年、家、日《ひゞ》に益《ます〱》貧す、衣食の奉（俸給）殆んど昔者《せきじや》に若《し》かず。膠西《かうせい》に移守するに及んで、意且《まさ》に一飽せんも、齋厨《さいちゆう》索然、其の憂へに堪へず、日に通守（副長官）劉君廷式と古城の廢圃《はいほ》を循《めぐ》り、杞菊を求めて之を食《くら》ひ、腹を捫《な》でて笑ふ。

(486) 嗟呼《あゝ》先生、誰か汝をして堂上に坐さしめ、太守を稱せん。前、賓客の造請（到って機嫌を伺う）すれば、後《うしろ》、掾屬《えんぞく》（下役）の趨走（あちこちに走る）す。朝衙《てうが》（朝の役所）は午に達し、夕は坐して酉《いう》（午後六時）を過ぐ。曾《かつ》て盃酒の設けず、草木を欐《と》つて以て口を誑《たぶらか》す。案に對《むか》ひて顰蹙《ひんしゆく》、箸を擧げて噎嘔《えつおう》（むせんで吐く）。（中略）先生、忻然《きんぜん》（欣然）笑つて曰く、人生、肘《ひざ》を屈伸するが如し、何者を貧となし、何者を富となすや、何者を美となし、何者を陋となすや。或ひは糠覈《かうけつ》（粗末な食物）にして瓠肥《こひ》（ひさごのように肥える）、或ひは梁肉《りやうにく》にして墨瘦（黑ずみ、やせる）、何侯《かこう》（晉《しん》の何曾）の方丈（食前方丈）、庾郎（南齊の庾杲之《ゆかんし》）の三九（粗食。當時、吳人の魚菜は二七種と言われた。「韮《にら》」と「九」は同音なので、三韮→三九）、豐約（富貧）を夢寐《むび》に較《くら》ぶれば、卒《つひ》に同じく一朽に歸す。吾れ方《まさ》に杞を以て糧《かて》と爲し、菊を以て糗《きゆう》（いりごめ）と爲す。春、苗を食ひ、夏、葉を食ひ、秋は花實を食ひ、而して冬、根を食ふ。庶幾《こひねが》はんか西河、南陽の壽。「西河」は、孔子の弟子、子夏が晩年、西河に住み、百歲で世を去つたことによる。「南陽」は南陽郷では山上に菊が生え、その谷川の水は甘美で、同鄉では上壽に達する者が多くいるという故事によっている。

(487) 州の役所。

(488) 著靴の時に着る服。

(489) 吾が生、寄る如きのみ、初めより適《ゆ》く所を擇《えら》ばず、但《た》だ魚と稻あり、生理已《すで》に自《おのづ》から畢《をは》る。詩『過淮』の一節。

(490) 飲中の眞味、老いて更に濃く、醉裏の狂言、醒めて怕《おそ》るべし。ただ當《まさ》に客を謝して妻子に對すべし。冠《かんむり》を倒し、佩《はい》を落して嘲罵に從《まか》す。詩『少年時嘗過一邨院（中略）偶起此詩。故作一絕』から。

(491) 少年の辛苦は眞《まこと》に蓼《たで》を食《くら》ひ、老景（老年の境涯）の清閑は蔗《しよ》（さとうきび）を啖《くら》ふが如し。饑寒（飢と寒さ）未だ至らず、且《まさ》に安居せんとす、憂患已《すで》に空しく猶《な》ほ夢に怕《おそ》れるがごとし。花を穿《うが》ち、月を踏んで村酒を飲み、醉ふて歸るも官長に罵《のの》しらむるを兒《まぬか》る。詩『定惠院寓居月夜偶出』から。

(492) 役所からあたえられる俸祿《ほうろく》。　(493) 其の章子厚に與ふる書。

(494) 黃州僻陋《へきろう》、雨多く、氣象は昏々《こんく》也。魚稻薪炭頗《すこ》ぶる賤、甚し、窮者と相宜《あいよろ》し。然れども軾の平生未だ嘗《かつ》て活計を作《な》さゞるは、子厚の知る所、得る所の俸は手に随つて輒《すなは》ち盡《つ》くす。而《しか》るに子由に七女あり、債負（金銭や物資を借りる）は山積、賤累《せんるゐ》（自身の妻妾子女をいう）皆渠《かれ》の處に在り、未だ知らず、何《いづ》れの日にか此に到りて見るを。僧舍に寓し、布衣蔬食《そしょく》、僧に随つて一餐《いっさん》、差《や》ゝ箇便を爲す。此を以て其の到るを畏《おそ》るゝ也。窮達得喪、粗《ほゞ》其の理《ことわり》を了す。但祿廩《たゞろくりん》相絶えなば、恐る、年載の間、遂《つひ》に饑寒の憂へあるを。少しく念《おも》はざる能はず、然れども俗に謂ふ所の水到りて渠《きよ》成る、時に至れば亦自ら處置あらん。安《いづく》んぞ能く預《あらかじ》め之が爲めに愁煎《しうせん》（悲しみ、いらつく）せんや。

(495) 官から支給される米粟《べいぞく》の收入。

(496) 僕行年五十、始めて活を作《な》すの大要は是れ慳《けん》のみなるを知り、而して又、美名を以て之を儉素と謂ふ。然れども吾儕《ごせい》（我等）の之を爲すは則ち俗人に類せず、眞に淡にして味ある者と謂ふ可し。又詩（詩經、小雅、桑扈《さうこ》）に云ふ、戢《をさ》めざるは難からず、福を受くるは那《おほ》からずと。口躰の欲、何ぞ窮《きはま》ること之《こ》れ有らん。毎《つね》に節儉を加ふるは、亦是れ福を惜しみ壽を延ばすの道にして、此れ鄙俗に似るも、且《まさ》に已《や》むを得ざるに出づ。然れども自ら長策と謂ふ。書簡『與李公擇』からの引用。

(497) 但《たゞ》、斫臠《しやくれん》（切り身）の魚及び猪羊麞《しやう》（のろ）鴈《がん》を買ふも亦足るなり。廩入《りんにふ》繼がずと雖も、痛く自ら節儉し、毎日限用すること百五十、月の朔日《ついたち》より、錢四千五百足を取り、繋いで三十塊と作《な》し、屋の梁上に掛く。、平明に畫杈子《ぐわさし》（掛物かけ）を以て一塊を挑取し、即ち杈子を藏《かく》し去る。大竹筒を以て別に用ひて盡きざる者を貯ふ、至儉と謂ふ可し。然れども毎日一肉、此の間、物の賤《いや》しきが故也。嚢中《なうちゆう》有する所、一年以上を支ふ可し。

(498) そしること。

(499) 愼《つゝし》んで謗讒《ぼうざん》を怨《うら》む勿れ、乃ち我れ道資（道のたすけ）を得る。淤泥《おでい》、蓮花を生じ、糞壤《ふんじやう》、菌芝《きんし》（靈芝）を出す。此の善智識を頼《たの》みて、我をして枯《こ》に荑《い》（芽）を生ぜしめん。『韓退之孟郊墓銘云昌其詩學此問王定國（後略）』から。

(500) 公金。

(501) 我れ昔、東武に在り、吏方《まさ》に新書を謹む。齋は空しくして春を知らず、客至つて先づ愁《うれ》ふ。杞《き》を采《と》つて聊《いさゝ》か自ら詎《あざむ》き、菊を食《くら》うて敢て餘さず。歲月今幾何《いくばく》ぞ、齒髮は日に疎に向かふ。幸《さいはひ》に此の一郡に老たるも、依然たり、十年の初。夢飮本來《ほんらい》空しく、眞飽竟《つひ》に亦虛《むな》し。尙ほ赤脚の婢《ひ》あり、能く赬尾《ていび》（赤くなった尾。よわった魚）の魚を烹《に》る。心に知る、皆夢のみ。愼《つゝし》みて歸歟《きよ》（歸らんか）を歌ふ勿れ。『到穎未幾公帑已竭齋廚索然戲作』の全節。

（502）某《それがし》垂老、再び嚴譴《げんけん》を被《かうむ》る。皆愚にして自ら取り、言ふに足る者なし。事皆已《すで》に往く、之を譬へば墜《お》つる甑《こしき》の追ふ可き計なし。從來、奉養（飮食）は陋薄にして、廩入は微《かす》かと雖も亦粗糲《それい》を供すべし。子由の分俸（俸給を分ける）七千に及び、邁《まい》、家の大半を將《もつ》て食（生計）のため宜興に就《い》く。所を失はざるの外、何ぞ復《ま》た心に挂《か》けん。實《まこと》に脩然《いうぜん》（物事にとらわれないさま）たり。

（503）惠州の市井は寥落《れうらく》たり、然れども猶日に一羊を殺す、敢て仕者と爭ひ買ふをせず、時に屠者《としや》に囑《ことづ》けて其の背骨を買ふのみ。骨間亦微肉あり、熟煮熱漉《じゆくしやねつろく》（よく煮て、熱いうちにさらう）、出《いだ》して酒中に漬け、薄鹽を點じ、炙《あぶ》りて微かに燋《こが》し、之を食《くら》ふ。終日抉剔《けつてき》（えぐり出す）して、銖兩《しゆりやう》を肯綮《かうけい》の間に得《う》。意甚だ之を喜ぶ、蟹螯《かいがう》（蟹のはさみ）を食ふが如し。率《おほむ》ね數日輒《すなは》ち一食し、甚だ補ひあるを覺ゆ。子由三年食堂は庖所《ほうしよ》、芻豢《すうくわん》（牛羊の類）あり、沒齒（終身）、骨を得ざらん、豈に復《ま》た此の味を知らんや。

（504）猶活きて少《すこ》く飮食す。口に適せんと欲するも近く又一庖婢（炊事婦）を喪《うしな》ふ。乃《すなは》ち此の事亦分（分限）定まるあるを悟る。遂に復《ま》た脫粟《だつぞく》連毛（籾《もみ》をとっただけで、カビの生えた米を炊いた飯）を擇《えら》ばず、遇《あ》へば輒《すなは》ち之を盡すのみ。『與陳伯修』の一節。

（505）初め獨り貶所《へんしよ》に赴かんと欲するも、兒女等涕泣《ていきふ》して行かんことを求む。故に幼子過《くわ》一人と來り、餘は許下（許可）の浙中に分寓し、散じて衣食に就く。既に目前に在らず、便《すなは》ち之とともに相忘れ、本《もと》より有るなきが如き也。

（506）僕の惠州を離れし後、大兒（長男）房下（家）亦一男孫を失ひ、亦悲愴《ひそう》、之を久しうせしも、今は則ち忘れたり。（中略）尙、此の身あり、造物者に付與して其の流轉を聽すれば、流行坎止《かんし》（危難に遇って止まる）、可ならざる者なし。

（507）怪我をして死亡する。

(508) 我が涙は猶ほ拭《ぬぐ》ふ可し、日《ひゞ》に遠く當に日に忘るべし。母の哭《こく》するは聞く可からず、汝《なんじ》とともに亡びんと欲す。故衣尚《な》ほ架に懸《か》かり、漲乳《ちやうにゆう》、已《すで》に牀《しやう》に流る。此に感じて生を忘れんと欲し、一たび臥《ぐわ》して終日僵《たふ》る。中年、忝《かたじけ》なくも道を聞き、夢幻、講ずること已《すで》に詳《つまびら》かなり。藥を儲《たくは》ふるは丘山の如く、病むに臨んで更に方を求む。仍《な》ほ恩愛の刃《やいば》を將《も》つて、此の衰老の腸《はらわた》を割《さ》く。迷と知つて自ら反《かへ》らんと欲す、一慟《いちどう》（慟哭をつくす）して餘傷（ひきずる感傷）を送る。『去歳九月二十七日在黃州生子（中略）病亡於金陵作二詩哭之』第二首の全句。

(509) 喪子の戚み已《すで》に之を忘れたり。此の身、電泡（電と泡）の如し。況んや其の餘をや。『與滕達道』から。

(510) 旅況牢落（さびしいさま）として、言はずして知る可し、又海南は連歳熟せざれば、飲食百物、艱難《かんなん》なり。又泉廣（福建と廣東）の海船、至らざれば、藥物酢醬《そしやう》等、皆無し。厄窮（艱難困苦）の此れに至れば命《めい》を委ぬるのみ。老人、過と相對す、兩苦行僧の如し。胸中亦超然として自得し、其の度を改めず、之を知りて憂を免る。書簡『與姪孫元老』の一節。

(511) 瘴癘《しやうれい》の郷、僵仆《きやうふ》する者、前に相屬《つ》ぐ、然れども亦以て之を取るあり、寒熱の宜しきを失ふに非ざれば、則ち饑飽、度を過ぐ、苟《いや》しくも此れを犯さゞる者、亦未だ遽《には》かに病まざる也。若《も》し大期（死期）至らば、固より逃ぐる可からず、又南北の故に非ざるなり。此れを以て之に居ること泰然として、深念を煩《わづら》はさず。書簡『與王庠』の一節。

(512) 前から定まっていること。　(513) 李公擇に與ふる書。

(514) 吾儕、老且《か》つ窮と雖も、而《しか》も道理は心肝を貫き、忠義は骨髓を塡《うづ》む、直ちに須《すべか》らく死生の際に談笑すべし。（中略）僕は坎壈《かんらん》（不遇）を時に懷《おも》ふと雖も、事に遇《あ》へば尊主澤民《そんしゆたくみん》（君主をあがめ、民を厚遇する）すべきものあり、使《すなは》ち軀《み》を忘れて之を爲す。禍福《くわふく》得喪、造物に付與す。

(515) 吾れ始めて海南に至る、環視するに天水際《はて》なく、悽然《せいぜん》として之を傷《いた》みて曰く、何《いつ》れの時にか此の島を出づるを得んや。已《すで》にして之を思へば、天地は積水中に在り、九州は瀛海《えいかい》（大海）中に在り、中國は小海中に在り、生ありて孰《だれ》か島に在らざる者ぞ。盆水を地に覆《くつがへ》せば、芥、水に浮かぶ。蟻、芥に附《つ》きて茫然として濟《わた》る所を知らず。少《しば》らくして水、涸《か》る、蟻即ち徑《たゞ》ちに去る。其の類を見て涕《なみだ》を出して曰く、幾《ほと》んど復《ま》た子と相見ざるも、豈に俯仰の間、方軌《はうき》（二台の車が並ぶ）八達の路あるを知らんや。此を念《おも》へば以て一笑す可しと。『曲肴舊聞』から。

(516) 主意。　(517) 荘周を指す。

(518) 我本儋耳《もとたんじ》の民なり、西、蜀州に寄生す。忽然、海を跨《また》ぎて去る、譬へば事の遠游するが如し。平生、生と死と夢と、三者の劣優なし。『臨別北渡時』から。　(519) 喜びと悲しみ。

(520) 予、飲酒多からずと雖も、然れども日《ひゞ》に盞《さかづき》を把《と》り樂を爲さんと欲し、殆んど一日として此の君なかる可からず。州の釀ずる既に少なく、官の酤《う》る又惡《あ》しくして貴《たか》ければ、遂に戸を閉ぢ、自ら釀ずるを免れず。麴既に佳《か》ならず、手《しゅ》訣《けつ》亦疎《そ》にして謬《あやま》つ。甜《あま》からずして敗《そこな》へば、則ち苦硬にして口に向く可からず。慨然として歎き、知る、窮人の爲す所は一つの成る者なきを。然れども甜酸《てんさん》甘苦は、忽然として口を過ぎ、何ぞ追計（過去のことをはかる）するに足らんや。取りて能く人を醉はしむれば則ち吾が酒、何を以てか佳ならん。但《たゞ》客、喜ばざるのみ。然れども客の喜怒亦何ぞ吾が事に與《あづか》らんや。

(521) 予、酒を飲むこと終日にして五合に過ぎず、天下の飲む能はざるも予の下に在る者なし。然れども人の飲酒を喜び、客の杯を擧げて徐《おもむ》ろに引くを見れば、則ち予の胸中、之が爲めに浩々たり、落々たり。酣適《かんてき》（心ゆくまで酒に醉って快くなる）の味乃《すなは》ち客に過《よ》ぎれば、閑居未だ嘗て一日として客の至るなくんばあらず、未だ嘗て酒を置かずんばあらず。天下の好く飲むも亦、予の上に在る者なし。常に以謂《おもへ》らく、人の至樂は身に病なく、心に憂なきに若《し》くはなしと。我れは則ち是《こ》の二者なし。然れども人の是れある、予の前に接すれば、則ち予は安《いづく》んぞ其の樂を全うせざるを得んや。故に至る所、常に善藥を蓄へ、求めある者には則ち之を與ふ。而して尤《もつと》も喜びて酒を釀し、以て客に飲ましむ。或るひと曰ふ、子、病なくして多く藥を蓄へ、飲まずして多く酒を釀す、己《おの》れを勞して以て人の爲めにするは何ぞやと。予笑つて曰く、病者、藥を得れば吾れ之が爲めに軀《からだ》輕く、飲者、酒に困《みだ》るれば吾れ之が爲めに酣適すと。蓋《けだ》し自ら專ら以て自らの爲す也。雜文『書東皐子傳後』の一節。

(522) 病中、安國を邀《むか》へ、仍《な》ほ請へば、禹功《うこう》を率ゐて同じく來る。僕、飲まず雖も當《まさ》に請うて伯主《はしゅ》（諸侯のはたがしら）の會を成すべし。某《それがし》、杖策《ぢやうさく》（つえ。指揮棒）に當りて、其の間に倚几《いき》（ひじかけによる）し、諸公の醉笑するを觀て以て滯悶を撥《ひら》く也。詩『立春日病中邀安國（中略）不能飲』の題目。

(523) 碁をおく。

(525) 予、素《もと》より碁《ご》を解せず。(524) 終日。嘗《かつ》て廬《ろ》山の白鶴觀に游ぶ。觀中の人、皆戸《と》を闔ぢて晝寐《い》ぬ。獨《ひと》り碁聲《きせい》を古松流水の間に聞き、意欣然《きんぜん》として之を喜ぶ。自爾《それより》學ばんと欲すれども、然れども終《つひ》に解せざる也。兒子過は迺《すなは》ち粗能《ほゞよ》くする者にして、儋守《たんしゅ》張中も日《ひゞ》之に從つて戲る、予亦隅坐《ぐうざ》すること竟日《きやうじつ》、以て厭を爲さゞる也。／（前略）勝てば固《もと》より欣然、敗《やぶ》るゝも亦喜ぶ可し。優なる哉、游なる哉、聊《いさゝ》か復《ま》た爾《しか》るのみ。詩『觀碁』の引とその末尾。

(526) 某《それがし》、嶺海萬里、死せずして田里（故郷）に歸宿（歸着）すれども、遂に不起の憂あり、豈に命に非ざらんや。然れども死生は亦細故《さいこ》のみ、道《い》ふに足る者なし。『與徑山維琳』から。

(527) 優秀な成績で及第する。(528) 昂然と同じ。

(529) 今年の春、天下の士、禮部に群《むらが》り至る。執事、歐陽公と寔《まこと》に親《みづか》ら之を試《し》す。軾、自ら意《おも》はず獲《え》て第二に在り。既にして之を人に聞くに執事、其の文を愛して以て孟軻《まうか》の風ありと爲す。而して歐陽公亦以て其の能く世俗の文と爲さゞる也。焉《これ》を取りて以て在り、此れ左右、之を先容（前もって稱揚する）と爲すに非ず、親舊（親戚や昔なじみの人）、之を請屬《せいしょく》（物をたのむ）と爲すに非ず。而して之に嚮《さきだ》つ十餘年間、其の名を聞いて見得ざりし者、一朝にして知己と爲る。退いて之を思へば、人は以て苟しくも富貴なる可からず、亦以て徒《いたづ》らに貧賤なる可からず。大賢あり、而して其の徒と爲らば、則ち亦恃《たの》むに足る。其の倖《こう》（思いも寄らない幸運）を苟《いや》しくもするは一時の幸、車騎《しゃき》に從ふ數十人、閭巷《りよかう》の小民をして、聚觀《しゅうくわん》（集まり見る）、之を賛歎せしむ、亦何を以て此の樂しみに易《か》へんや。

(530) 軾、少時、本《もと》、山林に逃竄《たうざん》（逃げかくれる）せんを欲するも、父兄許さず、迫るに婚宦《こんくわん》（結婚と仕官）を以てす。『與王庠書』の一節。

(531) 富貴、本《もと》より先づ定まる、世人自《おのづか》ら榮枯す。囂々《がうく》たる好名心、嗟我《あゝわ》れ豈に獨《ひと》り無からんや。退縮に便《やす》んずる能はず、但《たゞ》進むことを少しく徐《しづ》かならしむるのみ。我が行、西國を念《おも》ふ、田園の蕪《あ》るゝを已《おの》が分とす。南來竟《つひ》に何事ぞ、碌々《ろくく》として商車に隨ふ。自ら進んで苟《いや》しくも補ひなければ、乃《すなは》ち是れ嬾《らん》にして且つ愚。人生、意氣を重んず、出處、夫《そ》れ豈に徒《いたづ》らならんや。詩『浰陽早發』から。

(532) 人生、本《もと》より事なく、世味《せいみ》(浮世の味わい)の爲に誘《いざな》はるゝに苦しむ。富貴《ふうき》、吾が前に耀《かゞや》けば、貧賤、獨《ひと》り守り難し。誰か知らん、深山の子、麋鹿《びろく》と與《とも》に友たるに甘んずるを。身を置きて蠻荒に落つるは、生意自《おのずか》ら陋ならず。今予《われ》獨り何する者ぞ、汲々《きふく》として强《し》ひて奔走す。詩『夜泊牛口』の一節。

(533) 唐の政治家。その奏議を集めた『陸宣公奏議』は政治家の必讀書といわれた。

(534) 高い位につくこと。　(535) 氣位が高くて、へりくだらない。

(536) 相逢うて得るあるを知る、道眼淸《きよ》うして流れず。別來、未だ一年ならざるに、落ち盡くす、驕氣《けうき》の浮ぶを。嗟我《あゝ》れ晩《おそ》くに道を聞き、欵啓《くわんけい》(所見の小なること)孫休(三國時代の吳の第三代皇帝)の如し。至言は久《ひさ》しく服すと雖ども、放心自ら收めず。悟る、彼は善知識、妙藥は投ずる所に應ず。之を憂患の塲に納《い》れ、磨するに百日の愁《うれへ》を以てす。冥頑《めいぐわん》(頑冥)、化し難しと雖ども、鐫發《せんばつ》(うがち、あばく)亦已《すで》に周《あま》ねく、平時種々の心は、次第に去つて留まるなし。但《たゞ》餘すに還《かへ》る所なく、永く夫子と游ばん。此の別れ、何ぞ道《い》ふに足らん、大江東西の州。蛇を畏《おそ》れて榻《たふ》を下らず、睡足りて吾《わ》れに求めなし。便《すなは》ち齊安《せいあん》(黃州)の民と爲《な》り、何ぞ必ずしも故丘に歸らん。前揭『子由自南都來陳三日而別』の後半。

(537) 集まり、ひたす。　(538) さしわたし一尺。　(539) 我を忘れたさま。

(540) 天豐二年十二月、余、吳興(湖州)の守たるより罪を得、上、誅するに忍びず、以て黃州團練副使と爲し、過《くわ》を思ひて自ら新たならしむ。其の明年二月、黃に至り、舍館粗《ほ》ぼ定まり、衣食稍《やゝ》給せらる。門を閉ぢて却掃(掃除)し、魂魄を收召し、退き伏して思念し、自ら新たにする所以の方を求む。反《ひるがへ》つて從來の擧意動作を觀れば、皆道に中《あた》らず、獨り今の罪を得る所以の者のみに非ざる也。其の一を新たにせんと欲するも、其の二を失ふを恐れる。類に觸れて之を求むれば、勝《た》へて悔ゆべからざる者あり。是に於て喟然《きぜん》として歎じて曰く、道は以て氣を御するに足らず、性以て習ひに勝つに足らず、其の本を鋤《す》かずして、其の末を耘《たがや》す、今之を改むと雖ども、後必らず復《ま》た作《おこ》らん、蓋《なん》ぞ佛僧に歸誠（歸依）して之を一洗せんことを求めん。城南の精舍《しやうじや》を得て、安國寺と曰ひ、茂林、修竹、陂池《ひち》（土手を持った池）、亭榭《ていしや》あり。間一二日して輒《すなは》ち往《ゆ》く。香を梵《た》いて默坐、深く自ら省察すれば、則ち物我相忘れ、身心皆空たり。罪垢《ざいく》の從つて生ずる所を求めて得可らず、一念清淨、染汙《せんを》自ら落つ。表裏翛然《いうぜん》として附麗《ふり》（物事にとらわれる）する所なし。私《ひそ》かに竊《ひそ》かに之を樂しみ、旦《あした》に往きて暮《ひぐれ》に還《か》へる。

(541) 命を息《や》め、根に歸る。
(542) 秦太虛に與ふるの書。

(543) 吾儕《ごせい》漸く衰へ、復《ま》た少年の調度（用意）を作《な》す可からず、當《まさ》に速《すみや》かに道書方士の言を用ひて厚く自ら養鍊すべし。謫居《たくきよ》無事、頗《すこ》ぶる窺《うかゞ》ふ、其の一二を。已《すで》に本州天慶觀道堂三間を借り得て、冬至の後當《まさ》に此の室に入り、四十九日にして乃《すなは》ち出づべし。自ら廢放（捨て去る）するに非ずんば、安《いづく》んぞ此に就くを得んや。

(544) 陳大夫に與ふるの書。

(545) 去歲冬至齋居《さいきよ》（齋戒してこもる）四十九日、息命歸根、得る所あるに似たり。旦夕復た夏至、當《まさ》に復《ふたゝ》び閉關（門を閉じる）却掃《きやくさう》（世間と交渉を絕つ）すべし。古人云《い》はく、化國（よく治った國）の日、舒《じよ》（のんびり）して以て長し、と。妄想既に絕え、頹然《たいぜん》として葛天氏（中國古代の傳說上の帝王で、理想國を作った）の民の如し。道家の所謂延年却老《きやくらう》（壽命をのばして年をとらない）なる者、殆んど此を謂ふ乎《か》。終日汲々として物に隨つて上下するが若《ごと》き者は、耄期《ばうき》の壽を享《う》くると雖も、忽然、白駒の隙《げき》を過《よぎ》るが如きのみ。

(546) 夔と齊。中國の春秋時代の國名。

(547) 「符」は一般に割符《わりふ》の意だが、道教では、それに呪文を書いて守り札とした。「籙」は道家の祕文。

(548) 拂いのける。

(549) 道術多方、其の要を得難し。然れども某《それがし》を以て之を觀ずるに、惟《た》だ能く心を靜にして目を閉ぢ、漸を以て之を習ふ。但《たゞ》百十（百以上。數の多きをいう）息を閉ぢ得て、益《えき》甚大と爲す。『與王定國書』から。
(550) 佛老を學ぶ者は、本《もと》より靜にして達なるを期す。靜は懶《らん》に似、達は放に似たり。學ぶ者は或は未だ其の期する所に至らずして、先づ其の似る所を得ば、害なきと爲さず。書簡『答畢仲擧』の一節。
(551) 見開く。　(552)「闇塞」は暗く、ふさがっている、つまり、理解不可能なこと。
(553) 佛書舊《もと》亦嘗《かつ》て看る、但《たゞ》闇塞にして其の妙に通ずる能はず、獨《ひと》り時に其の粗淺の假説を取りて以て自ら洗濯す。農夫の草を去《と》る、旋《たちま》ち去り旋ち生ずるが如く、益なきが若《ごと》しと雖ども、然し終《つひ》に去らざるに愈《まさ》る也。世の君子、所謂超然玄悟なる者の若《ごと》きは、僕は識《し》らざる也。往時、陳述古の好んで禪を論じ、自ら以て至れりと爲し、而して僕の言ふ所を陋《いや》しみて淺陋と爲す。僕嘗て述古に語る、公の談ずる所は、之を譬《たと》へば龍肉を飲食するがごとし、而れども僕の學ぶ所は猪肉也、猪と龍とは則ち間あり、然るに公の終日、龍肉を説くは、僕の猪肉を食《くら》ひ、實に美にして眞に飽くには若《し》かざる也と。書簡『答畢仲擧』から。
(554) 江月は我が心を照らし、江水は我が肝《きも》を洗ふ。端《まさ》に徑寸《けいすん》の珠の如く、この白玉盤を墮《おと》す。我が心、本此《もとかく》の如く、月滿ちて江湍《たん》せず。起つて舞ふ者は誰か、三人の看を作《な》す莫《なか》れ。嶠南瘴毒《けうなんしやうどく》の地、此の江月の寒きあり。乃ち知る、天壤の間、何人《なんびと》か淸安ならざる。牀頭《しやうとう》に白酒あり、盎《あう》（溢れる）として白露の漙《たん》（多いさま）たるが如し。獨り醉《ゑ》ひ、還《ま》た獨り醒む、夜氣淸く漫々《まん〳〵》たり。詩『藤州江上夜起對月贈邵道士』から。
(555) いつわりの言葉。　(556) けわしく、強い。
(557) 超然としていること。飛びぬけて、すぐれていること。　(558) 奥深い思想。
(559) 東坡、屈するが如く天潢《てんくわう》（銀河）に注ぎ、倒《さかし》まに蒼海に連《つら》なる。變眩《へんげん》百怪、終《つひ》に雄渾に歸す。
(560) 李白を指す。
(561) 湖北省荊山《けいざん》のふもとにある湖。黄帝がここから龍に乗つて昇天したと言われる。高位の臣下や后たち七十餘人は同乘できたが、龍のひげにつかまって昇天しようとしていた小臣たちは龍のひげが抜けて地に落ちたと言う。

(562) 韓柳 (韓愈と柳宗元) 氏は唐を振ふ者也、其の文實《じつ》也。『藝苑卮言《しげん》』巻三からの引用。

(563) 歐蘇 (歐陽脩と蘇東坡) 氏は宋を振ふ者也、其の文虚也。同右。

(564) 凡《およ》そ文字は少小の時、須《すべか》らく氣象崢嶸《そうくわう》、采色絢爛《けんらん》たらしむべし。漸く老い漸く熟すれば、乃ち平淡に造《いた》る。其の實は是れ平淡ならずして、絢爛の極み也。汝は只爺伯、而今《じこん》(現在) の平淡なるを見て、一向只《たゞ》此の様を學べども、何ぞ敢て舊日應學 (科擧を受ける) が時の文字の高下抑揚して、龍蛇の捉《とら》へて住《とゞ》めざるが如きを見ざる。當《まさ》に且《しばら》く此を學ぶべし。

(565) 賈誼《かぎ》と陸贄《りくし》。

(566) 既にして黄に謫居、門を杜《とざ》し深居、翰墨を馳騁《ちてい》す。其の文は一變、川の方《まさ》に至るが如し。『東坡先生墓誌銘』から。

(567) 「汨然」は、物事が滞りなくすすむの意。「蔕芥」は、小さいトゲとゴミの意で、ここでは、ちょっとした故障を指す。

(568) 東坡の嶺外の詩文は、之を讀めば人の耳目を聰明ならしむ、清風の外から來るが如き也。

(569) 淵明は千歳の人にして、東坡は百世の士、出處は固《もとよ》り同じからずして、風味、相似を要《な》す。

(570) 東坡の辭源、長江大河の如し。沙《すな》を飄《ひるがへ》し、抹《しぶき》を巻き、枯槎《こさ》(朽ちたいかだ)、東薪 (東ねたたきゞ)、蘭舟 (木蘭で作った美しい舟)、繡鷁《しうげき》(青鷺の形をした、縫取りした船首を持つ舟)、皆、流れに隨つて至る。

(571) 珍泉幽澗《いうかん》(幽谷)、澄潭靈澤、愛す可く、喜ぶ可し。一點の塵滓《ちんさい》(チリやカス) も無し。前注とともに許顗《がい》の『彦周詩話』の一節。

(572) 蘇、詩を始めて劉夢得に學ぶ、故に怨刺多し。晩《おそ》くには太白に學ぶ、其の意を得る處《ところ》に至れば則ち之に似たり。然れども粗に失《しつ》するは以て之を得る易き也。『後山詩話』から。

(573) 呂丞相《じようしやう》(呂不韋)、「子美公 (杜甫) 譜」に跋《ばつ》して曰く、其の辭力を考ふるに、少にして鋭、壯にして肆《し》(ほしいまゝ)、老にして嚴なり、文章に妙《たへ》に非ざれば、以て此に至るに足らず。余、東坡の南遷より以後の詩を觀るに、全て子美の夔州《きしう》以後の詩に類す。正に所謂老にして嚴なる者也。

(574) 東坡の詞源（文章が水源のようにむらがり流れるさま）、長江大河の如し。洶湧《きようゆう》奔放、瞬息《しゆんそく》千里、駭《おどろ》く可く、愕《おどろ》く可し。費袞《ひこん》の『梁溪《りやうけい》漫志』から。

(575) 機會をほしいままにとらえて、筆をふりまわす。

(576) 皐陶《かうえつ》（古代、傳說上の賢人。法律を作り、刑を制定したといわれる）之を殺せと三たび曰へば、堯之を宥《ゆる》せと三たび曰ふ。

(577) 科擧の試驗官。

(578) えらぶ。

(579) 老坡、牙頰《がけふ》の間（齒と頰の間、つまり口）、別に一副（一組）の爐鞴《ろはい》（ふいご）有る也。

(580) 鍛錬と同じ。

(581) 露骨な言葉や輕率な表現。

(582) 謝民師に與ふる書。

(583) 示す所の書敎（尙書の敎え）及び詩賦、雜文は之を觀るに熟せり。大略《ほゞ》行雲流水の如し。初め定質なく、但《た》だ常に當《まさ》に行くべき所に行き、常に止まざる可からざるに止む。文理自然、恣態《したい》（ほしいままなさま）橫生（橫にはみ出す）す。孔子曰く、言の不文《ふぶん》なれば、之を行くこと遠からず、と。又曰く、辭は達して已《や》む、と。夫《そ》れ言、達意に止《とゞ》まれば、則ち疑ふ、不文の若《ごと》し、と。是《これ》大いに然らず。求物の妙は、風を繫《つな》ぎ、影を捕へるが如し。能く是《こ》れ物をして心に了然たらしむるは、蓋《けだ》し千萬人にして一遇せざる也。而して況んや能く口と手に了然たらしむるにおいてをや。是《これ》は之《これ》、辭、達すると謂ふ。辭、能く達するに至れば、則ち文（文飾）、用ふるに勝《た》ふ可からず。揚雄、好んで艱深（難解）の辭を爲《つく》り、以て淺易の說を文《かざ》る。若《も》し正《すなほ》に之を言はゞ、則ち人々は之を知るなり。此の正《まさ》に謂ふ所の雕蟲篆刻《てうちゆうてんこく》（細かい細工をほどこす）なる者、其の『太玄』『法言』は皆、是《かゝ》る類《たぐひ》也。而して獨り賦《ふ》に悔むとは何ぞや。終身、彫蟲して、獨り其の音節を變ずる、便ち之を經《けい》と謂ふ、可なるや。屈原の『離騷』經を作る、蓋《けだ》し風雅の再變せる者なり。日月と光を爭ふと雖ども可なり。其の賦に似たるを以て、之を彫蟲と謂ふ可けんや。賈誼をして孔子に見《まみ》えしむれば、升堂（堂に上る。學問技藝の大意に通ずる）餘り有らん。而して乃ち賦を以て之を鄙《いや》しみ、司馬相如と科を同じくするに至る。雄の陋《ろう》、此《か》くの如く比者《ひしや》（近頃）甚《はなは》だ衆《おほ》し。知者とともに道《い》ふべし、俗人とともには言ひ難《がた》きなり。

(584) 所謂嬉笑《きせう》怒罵の詞と雖も皆、書して誦《しよう》す可き。『宋史蘇軾傳』から。

(585) 懶倦《らんけん》（ものうい）睡《ねむ》らんと欲する時、子瞻の小文及び小詞を誦せば、亦神工を覺ゆ。前掲『藝苑卮言』の一節。

(586) 力《つと》めて造化を斡《めぐら》し、元氣琳漓《りんり》として理を窮《きは》め、性を盡《つく》す。天と人を貫通、山川風雲、草木華實、千彙萬狀《せんゐばんじやう》（さまざまな種類や有様）、喜ぶ可く、愕《おどろ》く可し、中に感ずるあり、之を文に一寓す。百代を雄視して、自ら一家を作《な》す。光芒を渾涵《こんくわん》（つつみかくす）、是《こゝ》に至つて大成す。孝宗選『東坡全集』序から。

(587) 吾が文、萬斛《ばんこく》の泉の如く、地を擇ばずして、皆出づ可く、平地に在りて、滔々汨々《たう〱いつ〱》（とどこおりなく流れる）、一日千里と雖も及び難きなく、其の山石と曲折する、物に隨ひ形に賦《うご》きて知る可からざる也。知る可き所は、常に當《まさ》に行くべき所に行き、常に止《とゞ》まらざる可からざるに止まる、是れのみ。其の他は我れと雖も亦知る能はざる也。

(588) 適切。　(589) 友人。

(590) 長公（東坡）の波濤萬頃《ばんけい》の陂《つゝみ》。少公（子由）の巉秀（山が切りたって秀でる）千尋の麓《ふもと》。黄郎は蕭々日下《じつか》の鶴。陳子は峭々霜中の竹。秦の文は倩儷《せいれい》（すっきり）、桃李を舒《の》ぶ。晁の論は崢嶸《さうくわう》、珠玉を走らす。張文潛（耒）の詩『贈李德載』による。

(591) 東坡は文中の龍（文學の第一人者）也。妙《たへ》なる萬物を理《をさ》め、氣、九州を呑《の》む。縱橫奔放、游戲するが如く然《しか》り、其の端倪《たんげい》を測る可きなし。魯直（黄山谷）區々として斤斧準繩《きんぷじゆんじよう》の説を持《ぢ》し、その後に隨ひ、之と爭ひ、未だ句法を知らずと謂ふに至る。蓋《けだ》し魯直、東坡の邁往《まいわう》を爲さんと欲して能はず、是に於いて、句律（句の音律）を高談し、旁《かたは》ら樣度（樣式）を出だし、務めて以て自立し相抗せり、然れども其の下に居ることを免れざるなり。山谷の詩は奇ありて妙なく、斬絶（けわしさ）ありて橫放なし。學問を鋪張（ひろげる）して以て富と爲し、陳腐を化して以て新と爲して、渾然として天成、肺肝中より流出するが如き者、足らざる也。東坡評して曰く、蝤蛑《しうぼう》（がざみ）江瑤柱《かうえうちゆう》（たいら貝の柱）の如き、格韻（格調と氣韻）高絶、盤餐《ばんさん》（大皿に盛った料理）盡く廢す。然れども若し多食すれば、則ち風《ふう》を動かし氣を發す（病氣となる）。又云ふ、魯直の詩を讀むに、魯仲連、李太白を見るが如し、敢へて復た鄙事を論《あげつら》はず、用に適せざるが如しと雖ども、然し世に補《おぎな》ひなしと爲さず、と（『書黄魯直詩後二首』からの引用）。或《ある》ひは、文を論ずる者は東坡を尊び、詩を言ふ者は山谷を右にすと謂ふが、此《こ》れは門生親黨の偏説のみ。東都事略の山谷傳に云ふ、庭堅は詩に長じ、秦觀、張耒《らい》、晁補之とともに蘇軾の門に游ぶ、四學士と號す。獨り江西の君子は庭堅を以て軾に配し、之を蘇黃と謂ふ。盖《けだ》し當時より已に是《これ》を以て公論と爲さず。魏泰撰『臨漢隱居詩話』からの引用。なお、ここでは、大部分が王君虚の『滹南《こなん》詩話』、東坡自身の『仇池筆記』及び『書黃魯直詩後』などからの引用から成っている。

(592) 詩格、蘇黃より變じて固まる也。黃の意、蘇に滿たず、直ちに其の上に淩《しの》がんと欲す。然るが故、蘇に如《し》かざる也。何となれば愈《いよく》巧にして愈拙、愈新にして愈陳、愈近くして愈遠くなればなり。

(593) 宋朝を指す。　(594) たおやかで美しい。　(595) 廣々としている。

(596) 痛烈にそしる。　(597) 重臣。

屈原

校訂・ルビ・編註　安藤信廣

目　次

第一章　屈原以前の詩

支那の人種が、何《いづれ》の處何《ところ》の邊《あたり》より來りし乎《か》は、今問ふ限りにあらず。唯吾人は書契後《しよけい》[1]に於ける支那の文化が、北方黄河沿岸の地より起りて、漸《やうや》く南方に嚮《むか》ひたるを知る。太古は邈焉姑《ばくえんしばら》く措《おく》焉、唐虞《たうぐ》[2]の際此《この》北方に占據《せんきよ》せる漢人種が、南方に驅逐せる苗《べう》[3]人種を追ふて、猶《なほ》其境を拓《ひら》かんと力《つと》めたりしの蹟《あと》は、舜《しゆん》の南狩[4]蒼梧《そうご》[5]の野に崩ぜるを以ても徴すべく、湘妃《しやうひ》[6]の涙痕、今に江畔の竹に斑《はん》を爲すといふに非ずや。されば當時に在ては、江邊一帶猶所謂《いはゆる》王化に浴《よく》せざりしを知るべく、夏殷《かいん》[7]二代千年の間を經《へ》たりと雖《いへ》ども、當時の質の文に勝てる、北方畿甸《きでん》[8]の地を以てすら猶文化の發達を見ざれば、況《いは》んや王化に遠きの地、依然たる蠻風《ばんぷう》知る可《べ》き耳《のみ》。郁々乎《いくいくこ》として文、南方荊楚《けいそ》[9]の地の始めて文化に嚮《むか》ひしは蓋《けだ》し周初[10]に在る歟《か》。文王[11]の時、周德《しうとく》漸く南流、江漢《かうかん》の域に及びたりしは、周南《しうなん》、召南《しやうなん》[12]之を徴すべし。周南召南といふは、序者《じよしや》[13]解して化の北よりして南するを言ふと、いふ、北よりして南すとは、毛氏[14]之を註して、其化岐周《きしう》[15]より江漢[16]の域に被《かう》むるを謂ふと爲す。所謂江漢の域とは楚の北疆《ほくきやう》也。周南に漢廣《かんくわう》[17]あり、序者之を解して曰《いは》く、漢廣は德廣《とくくわう》の及ぶ所也、文王の道《みち》、南國に被つて、美化、江漢の域に行はれ、禮を犯すを思ふことなし、求めて得可《うべか》らざる也、と。其辭に曰く、

南有㆓喬木㆒、不㆑可㆓休息㆒、漢有㆓游女㆒、不㆑可㆑求思、漢之廣矣、不㆑可㆑泳思、江之永矣、不㆑可㆑方思、[18]

かく王化の及ぶこと遲く、從つて文化の開くること晩《おそ》ければ、周に采詩《さいし》の官[19]あれども、采詩此《こゝ》に及

ばず、故に詩に楚風なし、三百篇周召の二南より、王幽曹衞《わういうさうゑい》の諸風、大小二雅《にが》、商周魯《しやうしうろ》の三頌に至るまで、皆北方の詩也。而して所謂詩なる者は詩の序者が解せる如く(20)、志《こころざし》の之《ゆ》く所を詩といふ也、心にあれば志たり、此《この》志之《ゆ》きて言に發す、卽ち詩なり、情中《うち》に動いて言に形《あらは》る、言ふて足らず、故に嗟歎《さたん》す、嗟歎して足らず、故に永歌《えいか》する也、言の盡す能はざる所にして而して嗟歎の餘に出づる、必ず自然の音響節族《せつぞく》ある也、卽ち永歌する也、詩は志の永歌也、されば既に茲《こゝ》に人あり、則ち情中に動かざる能はず、情の動く、人文《じんぶん》と必ずしも相待たず、情中に動いて言に形《あらは》れて永歎《えいたん》す、故に詩は文字なきの時よりして能く存《そん》する也、故に茲《こゝ》に民あれば茲に詩あり、詩は文學中の最長兄たる也、されば詩經採《と》れる以前、必ずしも詩なしといふ可《べか》らず、詩採れる以外の國、必ずしも詩なしといふ可らず、唯文學なきの時、文字なきの地、其詩傳《つた》はるを得易《えやす》からざる而已《のみ》。詩經、當時傳ふる所を錄《ろく》す、楚の地未《いま》だ開けず、要荒《やうくわう》(21)其音を異《こと》にす、故に天子采詩《さいし》の官、此《こゝ》に至るに及ばず、故に楚風なき也。荊楚必ずしも詩なきに非ざる也、然れども既に錄して傳へられず、錄して傳へられしは唯北方の詩ありし而已《のみ》。

　上古詩なきに非ず、然《しか》れども今悉《ことごと》くいはず、唯詩經に錄せらるゝ者主として皆周代の者也、而して別《わか》つて風雅頌《ふうがしよう》(22)の三類と爲す、風《ふう》なる者は男女相與《あひとも》に詠歌して各々其情を言ふ者也、蓋し周の時、天子五歲に一度巡狩《じゆんしゆ》す、禮《れい》の王制《わうせい》(23)に記する所の如し、而して大師《たいし》(24)をして其地の詩を採り、之を陳《ちん》せしめて以て民風《みんぷう》を觀《み》る、故に之を風といふ。詩の序者解して曰く、(25)上以て下を風化《ふうくわ》し、下以て上を風刺《ふうし》す、文を主として而して譎諫《けつかん》す、言ふ者罪なく、聞く者以て戒《いまし》むるに足れり、故に風といふと。而して之を諸侯の國に採る、故に之を國風《こくふう》といふ。故に風に二南あり、二南以外十三國風あり、邶《はい》、鄘《よう》、衞《ゑい》、王《わう》、鄭《てい》、齊《せい》、魏《ぎ》、唐《たう》、陳《ちん》、檜《くわい》、曹《さう》、豳風是也《ひんぷうこれなり》。所謂二南とは周南、召南是也。周召は禹貢《うこう》(26)雍州岐山《ようしうきざん》の陽《みなみ》の地、周の先公大王(27)、狄《てき》の難を避けて豳より始めて此に遷《うつ》る、其子は卽ち文王(28)、紂《ちう》(29)に命ぜられて南國の諸侯を典治す。故に雍《よう》、梁《りやう》、荊《けい》、豫《よ》、徐《じょ》、揚《やう》の人、咸《みな》其德を被《かうむ》つて之に從ふ。文王命を受けて邑《いふ》を豐《ほう》に作るや乃ち岐を分ちて周召の地を邦《はう》(30)にす、周公旦《たん》(31)召公奭《せき》(32)の釆地たり、二人者《は》先公の教を、己れ職とするの地に施す、彼の六州、二公の德教を得る最も純、所謂周南召南とは二公の德教、岐よりして南國に行はるゝを言ふ也。俱《とも》に親しく文王の化を被《かうむつ》て人皆性情の正を得、故に此を風の正經《せいけい》と爲す。二南多く后妃《こうひ》夫人の德をいふ、序に所謂(33)天下を風化して夫婦を正《ただし》うするもの是也《これなり》。周南桃夭《たうえう》は男女以て正しく婚姻時を以てし、國に鰥民《くわんみん》(34)なきを美《び》せる者也。

桃之夭々、灼々其華、之子于歸、宜㆓其室家㆒、
桃之夭々、有㆓蕡其實㆒、之子于歸、宜㆓其家室㆒、
桃之夭々、其葉蓁々、之子于歸、宜㆓其家人㆒、(35)

召南甘棠《かんだう》は召伯を美する者、

蔽芾甘棠、勿㆑剪勿㆑伐、召伯所㆑茇、
蔽芾甘棠、勿㆑剪勿㆑敗、召伯所㆑憩、
蔽芾甘棠、勿㆑剪勿㆑拜、召伯所㆑說、(36)

雅とは周室西都豐鎬《ほうかう》(37)に居れる時の詩也、詩の序者之を解して曰く(38)、一國の事、一人の本に繫《つな》がるを

風と謂ひ、天下の事を言《いひ》て、四方の風を形《あら》はすを雅といふ、雅は正なり、王政に由《よつ》て廢興《はいこう》する所を言ふ也、と。卽ち風は一人の私に繫げて之をいひ、雅は王政の公に就いて之をいふ也。而して雅に小大あるは、政の小大による也。序者曰く、(39)政に小大あり、故に小雅あり、大雅ありと。故に小雅に於ては宴享《えんきやう》の樂を述べ、大雅は朝會《てうくわい》の樂を述ぶ。其樂に用ふる、國君は小雅を以てし、天子は大雅を以てする也。而して小雅鹿鳴《ろくめい》より菁莪《せいが》に至る諸篇、及び大雅文王より卷阿《けんあ》に至る諸篇は、皆成王以前の時の詩。故に大雅十八篇、小雅十六篇、正經《せいけい》(40)たるなり。鹿鳴は群臣嘉賓《かひん》を燕《えん》する也。其辭に曰く、

呦々鹿鳴、食二野之苹一、我有二嘉賓一、鼓レ瑟吹レ笙、吹レ笙鼓レ簧、承レ筐是將、人之好レ我、示二我周行一、

呦々鹿鳴、食二野之蒿一、我有二嘉賓一、德音孔昭、視レ民不レ恌、君子是則是傚、我有二旨酒一、嘉賓式燕以敖、

呦々鹿鳴、食二野之芩一、我有二嘉賓一、鼓レ瑟鼓レ琴、鼓レ瑟鼓レ琴、和樂且湛、我有二旨酒一、以燕二樂嘉賓之心一、(41)

大雅、文王は、文王命を受けて周を作《おこ》せるをいふ也。

文王在レ上、於昭レ于レ天、周雖二舊邦一、其命維新、有周不レ顯、帝命不レ時、文王陟降、在二帝左右一、

亹々文王、令聞不レ已、陳錫哉レ周、侯文王孫子、文王孫子、本支百世、凡周之士、不レ顯亦世、

世之不レ顯、厥猶翼々、思皇多士、生二此王國一、王國克生、維周之楨、濟々多士、文王以寧、

穆々文王、於緝熙敬止、假哉天命、有二商孫子一、商之孫子、其麗不レ億、上帝既命、侯于レ周服、

侯服レ于レ周、天命靡レ常、殷士膚敏、祼二將于一レ京、厥作二祼將一、常服二黼冔一、王之藎臣、無レ念二爾祖一、

無レ念二爾祖一、聿脩二厥德一、永言配レ命、自求二多福一、殷之未レ喪レ師、克配二上帝一、宜レ鑒レ于レ殷、駿命不レ易、

命之不レ易、無レ遏二爾躬一、宣二昭義問一、有虞レ殷自レ天、上天之載、無レ聲無レ臭、儀二刑文王一、萬邦作レ孚(42)、

風、周南召南の二十五篇。雅、小雅の鹿鳴より菁莪に至り、大雅の文王より卷阿に至る、皆西周の盛時に當りて、善政美俗四方に遍《あまね》く、其歌謠に發して其正を得たる者也。王道衰へ、禮義廢し、政敎失し、國の治亂同じからず、人の賢否亦異《こと》に、其感じて發する所、邪正齊《ひと》しからず、變風變雅《へんぷうへんが》(43)作《おこ》れり矣。邶《はい》より豳《ひん》に至る十三國風、皆變風なり。小雅、六月《りくげつ》より何草《かさう》に至り、大雅、民勞《みんらう》より召旻《せうびん》に至る、皆變雅なり。皆是所謂人倫の廢を傷み、刑政の苛を哀《かなし》み、情性を吟詠して、以て其上を風し、事變《じへん》に達して、而して其舊俗《きうぞく》を懷《おも》ふ者也。十三國風中邶、鄘《よう》、衞《ゑい》は共に故《もと》の商紂《しやうちう》(44)畿內の地、周の初、其地紂化日久しく、未だ諸侯を建《た》つ可らざるを以て、乃ち其地を三分して、三監《さんかん》を置く、邶、鄘、衞是也。成王の時三監叛《そむ》く、因《より》て之を伐《う》ち、更に此三國に於て諸侯を立て、衞を以て之が長たらしむ、後衞稍《やゝ》々彼の二國を併せ、混《こん》じて之に名づく、衞の頃公《けいこう》に至って、周の夷王《いわう》の時に當る、衞國政衰へ、變風始めて作《おこ》る。而して作者其傷《いた》む所ある、各其國本《こくほん》に從って異なり、故に邶、鄘、衞の詩あり。邶風、柏舟《はくしう》は頃公の時、小人側《かたはら》にあり、仁人遇《あ》はざるを傷める也。

汎彼柏舟、亦汎其流、耿々不レ寐、如レ有二隱憂一、微二我無一レ酒、以敖以遊、
我心匪レ鑒、不レ可二以茹一、亦有二兄弟一、不レ可二以據一、薄言往愬、逢二彼之怒一、
我心匪レ石、不レ可レ轉也、我心匪レ席、不レ可レ卷也、威儀棣々、不レ可レ選也、
憂心悄々、慍レ于二羣小一、覯レ閔既多、受レ侮不レ少、靜言思レ之、寤辟有レ摽、
日居月諸、胡迭而微、心之憂矣、如二匪レ澣衣一、靜言思レ之、不レ能二奮飛一、(45)

鄘風、君子《くんし》偕老《かいらう》(46)は小君の德、服飾の盛、宜しく君子と偕《とも》に老ゆべきを陳《の》べて、衞夫人(47)の淫亂を刺《そし》れる也。

君子偕老、副笄六珈、委々佗々、如レ山如レ河、象服是宜、子之不レ淑、云如レ之何、
玼兮玼兮、其之翟也、鬒髮如レ雲、不レ屑レ髢也、玉之瑱也、象之揥也、揚且之晳也、胡然而天也、胡然而帝也、
瑳兮瑳兮、其之展也、蒙二彼縐絺一、是紲袢也、子之淸揚、揚且之顏也、展如レ之人兮、邦之媛也、(48)

衞風、氓《ばう》は宣公の時、禮義消亡し、淫風大に行はれ、男女別なく、遂《つひ》に相奔誘《あいほんいう》し、華《くわ》落ち、色衰ふれば、復《また》相棄背《きはい》するを刺《そし》れるなり。

氓之蚩々、抱レ布貿レ絲、匪二來貿一レ絲、來卽レ我謀、送レ子涉レ淇、至レ于二頓丘一、匪二我愆一レ期、子無二良媒一、將子無レ怒、秋以爲レ期、
乘二彼垝垣一、以望二復關一、不レ見二復關一、泣涕漣々、既見二復關一、載笑載言、爾卜爾筮、體無二

咎言一、以二爾車一來、以二我賄一遷、
桑之未レ落、其葉沃若、于嗟鳩兮、無レ食二桑葚一、于嗟女兮、無二與レ士耽一、士之耽兮、猶可レ説也、女之耽兮、不レ可レ説也、
桑之落矣、其黃而隕、自二我徂一レ爾、三歳食貧、淇水湯々、漸二車帷裳一、女也不レ爽、士貳二其行一、士也罔レ極、二二三其德一、
三歳爲レ婦、靡二室勞一矣、夙興夜寐、靡レ有レ朝矣、言既遂矣、至レ于レ暴矣、兄弟不レ知、咥其笑矣、靜言思レ之、躬自悼矣、
及レ爾偕老、老使二我怨一、淇則有レ岸、隰則有レ泮、總角之宴、言笑晏々、信誓旦々、不レ思二其反一、反是不レ思、亦已焉哉、(49)

王風《わうふう》とは周東遷《とうせん》(50)後の王國の變風をいふ也、平王東都《とうと》に遷《うつり》てよりして王室の尊、諸侯と異なるなく、詩復《また》雅なる能はず。國風に同じ、故に之を貶《へん》して王國の變風とは謂ふ也。其黍離《しょり》は周《しう》の大夫《たいふ》、行役、西周鎬京《かうけい》の地に至り、故《もと》の宗廟宮室を過ぎれば、盡く禾黍と爲れるを見、周室の顚覆《てんぷく》を閔《あはれ》み、彷徨《はうくわう》去るに忍びずして、是の詩を作れる也。

彼黍離々、彼稷之苗、行邁靡々、中心搖々、知レ我者、謂二我心憂一、不レ知レ我者、謂二我何求一、
悠々蒼天、此何人哉、
彼黍離々、彼稷之穗、行邁靡々、中心如レ醉、知レ我者、謂二我心憂一、不レ知レ我者、謂二我何求一、
悠々蒼天、此何人哉、

彼黍離々、彼稷之實、行邁靡々、中心如レ噎、知レ我者、謂二我心憂一、不レ知レ我者、謂二我何求一、
悠々蒼天、此何人哉、(51)

鄭《てい》は周の宣王の母弟の封《ほう》ぜられし處《ところ》、初め其封、宗周の畿内咸林《かんりん》(52)の地にあり。武公の時、晋《しん》の文侯と平王を東都の王城に定め(53)、卒《にはか》に虢鄶《かくくわい》(54)の二邑に克《か》ちて、之を取る、國人武公を美とす、鄭の變風作《おこ》る。其溱洧《しんゐ》は兵革息《や》まず、男女相棄て、淫風大に行はるゝを刺《そし》れる也。

溱與レ洧、方渙々兮、士與レ女、方秉レ蕑兮、女曰觀乎、士曰既且、且往觀乎、洧之外、洵訏且樂、
維士與レ女、伊其相謔、贈レ之以二勺藥一、
溱與レ洧、瀏其清矣、士與レ女、殷其盈矣、女曰觀乎、士曰既且、且往觀乎、洧之外、洵訏且樂、
維士與レ女、伊其將謔、贈レ之以二勺藥一、(55)

齊は周武王の時、大師呂望《たいしりよばう》(56)封ぜらるゝの地、哀公に至て政衰へ、荒浮怠慢《くわうふたいまん》、齊人の變風始めて作《おこ》る。齊風、載驅《さいく》は、哀公禮義の故なく、其車服を盛にして通道大都に疾驅するを刺れる也。

載驅薄々、簟笰朱鞹、魯道有レ蕩、齊子發夕、
四驪濟々、垂レ轡濔々、魯道有レ蕩、齊子豈弟、
汶水湯々、行人彭々、魯道有レ蕩、齊子翺翔、
汶水滔々、行人儦々、魯道有レ蕩、齊子遊敖、(57)

周平桓《へいくわん》(58)の世に當つて、魏の變風始めて作る。其碩鼠《せきそ》は重斂《ちゆうれん》を刺る也。國人《こくじん》其君、重斂民を蠶食《さんしよく》し、其政を脩《をさ》めず、貪つて人を畏《おそ》るゝ大鼠の若《ごと》きを刺れる也。

碩鼠々々、無レ食二我黍一、三歳貫レ女、莫二我肯顧一、逝將三去レ女、適二彼樂土一、樂土々々、爰得二我所一、

碩鼠々々、無レ食二我麥一、三歳貫レ女、莫二我肯德一、逝將三去レ女、適二彼樂國一、樂國々々、爰得二我直一、

碩鼠々々、無レ食二我苗一、三歳貫レ女、莫二我肯勞一、逝將三去レ女、適二彼樂郊一、樂郊々々、誰之永號、(59)

唐《たう》は帝堯《げう》舊都の地、成王其母弟《ぼてい》を此に封じ、唐侯と曰ふ。地、南に晉水《しんすゐ》あり、故に改めて晉侯と爲る。晉僖《き》侯、甚嗇《しょく》、物を愛《を》しみ、儉、禮に中《あた》らず、國人之を閔《いた》み、唐の變風始めて作る。其蟋蟀《しつしゅつ》は僖侯を刺れる也。

蟋蟀在レ堂、歳聿其莫、今我不レ樂、日月其除、無二已大康一、職思二其居一、好レ樂無レ荒、良士瞿々、

蟋蟀在レ堂、歳聿其逝、今我不レ樂、日月其邁、無二已大康一、職思二其外一、好レ樂無レ荒、良士蹶々、

蟋蟀在レ堂、役車其休、今我不レ樂、日月其慆、無二已大康一、職思二其憂一、好レ樂無レ荒、良士休々、(60)

周宣王の時に至つて、秦《しん》始めて大。秦の變風作る。蒹葭《けんか》は襄公の新《あらた》に諸侯となり、周の舊土に處《を》り、未だ周禮を用ゆる能はざるを刺《そし》れる也。

蒹葭蒼々、白露爲レ霜、所レ謂伊人、在二水一方一、遡洄從レ之、道阻且長、遡游從レ之、宛在二水中央一、

蒹葭淒々、白露未レ晞、所レ謂伊人、在二水之湄一、遡洄從レ之、道阻且躋、遡游從レ之、宛在二水中坻一、

蒹葭采々、白露未レ已、所レ謂伊人、在二水之涘一、遡洄從レ之、道阻且右、遡游從レ之、宛在二水中沚一、(61)

陳《ちん》の幽公《いうこう》は厲王《れいわう》の時に當る。政衰へ、荒蕩度《くわうたうど》なし。國人傷《いた》んで、之《これ》を刺《そし》る。陳の變風作る。東門之楊《とうもんしやう》は、昏姻《こんいん》(62)時を失し、男女違多く、親迎《しんげい》して女猶《なほ》至らざる者あるをいふて、時を刺れる也。

東門之楊、其葉牂々、昏以爲レ期、明星煌々、

東門之楊、其葉肺々、昏以爲レ期、明星晢々、(63)

周の夷王厲王の時、檜公政事を務《つと》めずして、好んで衣服を潔うす、大夫之を去る、檜の變風始めて作る。羔裘《かうきう》是也。

羔裘逍遙、狐裘以朝、豈不二爾思一、勞心忉々、

羔裘翺翔、狐裘在レ堂、豈不二爾思一、我心憂傷、

羔裘如レ膏、日出有レ曜、豈不二爾思一、中心是悼、(64)

曹《さう》の昭公、周の惠王の時に當る。奢を好んで小人に任じ、政衰へて、其變風始めて作れり。其侯人《こうじん》は共公の、君子を遠《とほざ》けて小人を近《ちかづ》くるを刺れる也。

彼侯人兮、何㆓戈與㆒㆑祋、彼其之子、三百赤芾、
維鵜在㆑梁、不㆑濡㆓其翼㆒、彼其之子、不㆑稱㆓其服㆒、
維鵜在㆑梁、不㆑濡㆓其味㆒、彼其之子、不㆑遂㆓其媾㆒、
薈兮蔚兮、南山朝隮、婉兮孌兮、季女斯飢、(65)

周の先后稷《こうしょく》(66)、舜の時初めて邰《たい》(67)に封ぜらる、其曾孫公劉《こうりう》、夏の太康《たいかう》の時、其官守を失ふて邰より出でゝ豳《ひん》に竄《ざん》せらる。猶《なほ》后稷の業を修め、勤恤《きんじゆつ》民を愛し、民咸《みな》之に歸す。商の末世、太王、又戎狄の難を避けて岐《き》(68)に入る、民又之に歸す。成王の時、周公、管蔡《くわんさい》(69)の流言を避け、出でゝ東都に居ること二年。公劉、太王、豳に居り、民事を憂念せるを思ひ、比して以て己が志を序す。後太師《たいし》大に其志を述べ、意を豳公の事に主とす、故に其詩を以て、豳國の變風となす。其鴟鴞《しけう》は成王周公の志を知らざるをいへる也。

鴟鴞鴟鴞、既取㆓我子㆒、無㆑毀㆓我室㆒、恩㆑斯勤㆑斯、鬻㆑子之閔㆑斯、
迨㆔天之未㆓陰雨㆒、徹㆓彼桑土㆒、綢㆓繆牖戶㆒、今女下民、或㆓敢侮㆒㆑予、
予手拮据、予所㆑將荼、予所㆓蓄租㆒、予口卒瘏、曰予未㆑有㆓室家㆒、
予羽譙々、予尾翛々、予室翹々、風雨所㆓漂搖㆒、予維音嘵々、(70)

小雅蓼莪《りくが》は幽王を刺る也、民人勞苦、孝子養を終ふるを得ざるを諷せる也。

蓼々者莪、匪㆑莪伊蒿、哀々父母、生㆑我劬勞、
蓼々者莪、匪㆑莪伊蔚、哀々父母、生㆑我勞瘁、

缾之罄矣、維罍之恥、鮮民之生、不レ如レ死之久矣、無レ父何怙、無レ母何恃、出則御レ恤、入則靡レ至、

父兮生レ我、母兮鞠レ我、拊レ我畜レ我、長レ我育レ我、顧レ我復レ我、出入腹レ我、欲レ報二之德一、昊天罔レ極、

南山烈々、飄風發々、民莫レ不レ穀、我獨何害、

南山律々、飄風弗々、民莫レ不レ穀、我獨不レ卒、(71)

大雅蕩《たう》は、召穆公《せうぼくこう》厲王の無道、天下蕩々として綱紀文章なきを傷みて作れる所、穆公敢て王の惡を斥言《せきげん》せず、文王殷紂を咨嗟《しさ》するを陳《の》べて以て之を切刺せる也。

蕩々上帝、下民之辟、疾威上帝、其命多レ辟、天生二烝民一、其命匪レ諶、靡レ不レ有レ初、鮮二克有一レ終、

文王曰咨、咨女殷商、曾是彊禦、曾是掊克、曾是在レ位、曾是在レ服、天降二滔德一、女興是力、

文王曰咨、咨女殷商、而秉二義類一、彊禦多レ懟、流言以對、寇攘式レ內、侯作侯祝、靡レ屆靡レ究、

文王曰咨、咨女殷商、女炰三烋于二中國一、斂レ怨以爲レ德、不レ明二爾德一、時無レ背無レ側、爾德不レ明、以無レ陪無レ卿、

文王曰咨、咨女殷商、天不二湎レ爾以一レ酒、不義從式、既愆二爾止一、靡レ明靡レ晦、式號式呼、俾二晝作一レ夜、

文王曰咨、咨女殷商、如レ蜩如レ螗、如レ沸如レ羹、小大近レ喪、人尚乎由行、內奰レ于二中國一、覃

及二鬼方一、
文王曰咨、咨女殷商、匪二上帝不一レ時、殷不レ用レ舊、雖レ無二老成人一、尚有二典刑一、曾是莫レ聽、
大命以傾、
文王曰咨、咨女殷商、人亦有レ言、顚沛之揭、枝葉未レ有レ害、本實先撥、殷鑒不レ遠、在二夏后之
世一、(72)

頌《しょう》とは成徳の形容を美《び》し、其成功を以て神明に告ぐる者也。而して周頌《しうしょう》あり、魯頌《ろしょう》あり、商頌《しゃうしょう》あり。
周頌は周室《しうしつ》功を成し、太平徳洽《とくかふ》(73)を致すの詩にして、其作《そのおこり》周公攝政成王卽位の初にある也。其我將《がしゃう》は文王を明堂《めいだう》(74)に祀る也。

我將我享、維羊維牛、維天其右レ之、
儀二式刑文王之典一、日靖二四方一、伊嘏文王、既右饗レ之、
我其夙夜、畏二天之威一、于レ時保レ之、(75)

魯頌は魯の僖公《きこう》の賢を美せる也。僖公は周の惠王襄王の時に當る。能く魯の政を振ふ、國人、其功を美して其頌を作れる也。其閟宮《ひきう》は僖公能く周公の宇《う》を復するを頌する也。

閟宮有レ侐、實々枚々、赫々姜源、其德不レ回、上帝是依、無レ災無レ害、彌レ月不レ遲、是生二后
稷一、隆二之百福一、黍稷重穋、稙穉菽麥、奄二有下國一、俾二民稼穡一、有レ稷有レ黍、有レ稻有レ秬、
奄二有下土一、纘二禹之緒一、
后稷之孫、實維大王、居二岐之陽一、實始剪レ商、至レ于二文武一、纘二大王之緒一、致三天之屆、于二

牧之野一、無レ貳無レ虞、上帝臨レ女、敦二商之旅一、克咸二厥功一、

王曰叔父、建二爾元子一、俾レ侯レ于レ魯、大啓二爾宇一、爲二周室輔一、

乃命二魯公一、俾レ侯レ于レ東、錫二之山川一、土田附庸、周公之孫、莊公之子、龍旂承レ祀、六轡耳々、春秋匪レ解、享祀不レ忒、皇々后帝、皇祖后稷、享以二騂犧一、是饗是宜、降福既多、周公皇祖、亦其福レ女、

秋而載嘗、夏而楅衡、白牡騂剛、犧尊將々、毛炰胾羹、籩豆大房、萬舞洋々、孝孫有レ慶、俾二爾熾而昌一、俾二爾壽而臧一、保二彼東方一、魯邦是常、不レ虧不レ崩、不レ震不レ騰、三壽作レ朋、如レ岡如レ陵、

公車千乘、朱英綠縢、二矛重弓、公徒三萬、貝冑朱綅、烝徒增々、戎狄是膺、荊舒是懲、則莫二我敢承一、俾二爾昌而熾一、俾二爾壽而富一、黃髮台背、壽胥與試、俾二爾昌而大一、俾二爾耆而艾一、萬有千歲、眉壽無レ有レ害、

泰山巖々、魯邦所レ詹、奄二有龜蒙一、遂荒二大東一、至レ于二海邦一、淮夷來同、莫レ不二率從一、魯侯之功、

保二有鳧繹一、遂荒二徐宅一、至レ于二海邦一、淮夷蠻貊、及彼南夷、莫レ不二率從一、莫二敢不一レ諾、魯侯是若、

天錫二公純嘏一、眉壽保レ魯、居二常與一レ許、復二周公之宇一、魯侯燕喜、令妻壽母、宜二大夫庶士一、邦國是有、既多受レ祉、黃髮兒齒、

徂來之松、新甫之柏、是斷是度、是尋是尺、松桷有レ舄、路寢孔碩、新廟奕々、奚斯所レ作、孔曼且碩、萬民是若、(76)

商頌、商は堯の末年、契《せつ》(77)の封ぜらるゝの地、其母簡狄《かんてき》、鳦卵《いつ》を呑んで契を生む、鳦は玄鳥也。契の後十四世、湯《たう》に至て則ち命を受け、夏《か》に代つて天下を定む。後中宗、高宗皆中興の功あり、時に詩を作つて之を頌する者あり。周興つて殷滅び、紂の兄微子《びし》、宋公に封ぜられて殷の祀を承《う》く。商の禮樂漸く散亡す。七世にして戴公《たいこう》に至り、時、周宣王に當る。大夫正考父《せいかうほ》なる者、商の名頌十二篇を周の大師に校《かう》(78)し、歸つて以て其先王を祀《まつ》れり。孔子、詩を錄するの時、則五篇を得るのみ。乃ち之を列《つら》ねて三頌に備《そな》へたる也。其玄鳥《げんてう》は高宗を祀れる也。

天命二玄鳥一、降而生レ商、宅二殷土芒々一、古帝命二武湯一、正二域彼四方一、

方命二厥后一、奄二有九有一、商之先后、受レ命不レ殆、在二武丁孫子一、

武丁孫子、武王靡レ不レ勝、龍旂十乘、大糦是承、

邦畿千里、維民所レ止、肇二域彼四海一、四海來假、來假祁々、景員維河、殷受命咸宜、百祿是何、(79)

古人稱して詩に六義《りくぎ》ありといふ、風雅頌《ふうがしょう》は其三義也、外に比賦興《ひふきょう》の三義あり、合して是を六義とはいふ也。然れども風雅頌は質の上の分類也。比賦興は體の上の分類也。比賦興、風雅頌と相經緯《けいゐ》(80)す、風雅頌を三經とし、比賦興を三緯とする也。故に風雅頌を離れて比賦興あるに非ず、風といひ、雅といひ、頌といふ、而して其詩體、比にあらざれば則ち賦、賦にあらざれば興。興は物に託して感を興《おこ》

す也。賦とは直《ただ》ちに其事を敷陳《ふちん》する也。比は譬《たとへ》也、物を引て例を比する也。

有レ女同レ車、顏如二舜華一、將翺將翔、佩玉瓊琚、彼美孟姜、洵美且都、(81)

是《これ》賦也、孟姜《まうきやう》の美色を賦せる也。

伐木丁々、鳥鳴嚶々、出レ自二幽谷一、遷レ于二喬木一、嚶其鳴矣、求二其友一聲、相二彼鳥一矣、猶求レ友聲、矧伊人矣、不レ求二友生一、神之聽レ之、終和且平、(82)

伐木《ばつぼく》は鳥鳴より興して鳥の友を求むるを以て、人の友無かる可らざるをいふ、興也。

鶴鳴レ于二九皐一、聲聞レ于レ天、魚在レ于レ渚、或潛在レ淵、樂二彼之園一、爰有二樹檀一、其下維穀、他山之石、可二以攻一レ玉、(83)

類に觸《ふ》れて比をなし眞意を直露《ちよくろ》せず。是比也。

以上擧《あ》げ來りたる所のものを以て、畧々《ほぼ》所謂十五國風、二雅三頌の髣髴《はうふつ》を知るべし。周南の雍和《ようわ》たる、召南の惇格《じゆんかく》なる、邶風の君子變《へん》に處《を》り淵靜《ゑんせい》自ら守れる、齊風の翩々《へんぺん》として俠氣ある、唐風の憂思深遠なる、秦風の秋聲朝氣に似たる、邠風の深く民情に切《せつ》なる、小雅の忠厚、大雅の閎遠《くわうゑん》、周頌の天心氣聲なる、魯頌の愼《つつしみ》て禮法を守れる、商頌の天威大聲なる、皆各其地と其時との印象を有して、而して更に概して之を見る、北人の性格髣髴として其間に見《あら》はるゝ也。盖《けだ》し北人の性格は實際的也、實用的也、利用厚生を尙んで空言空理を排し、政治道德の觀念發達して、審美想像の力欠け、實行の意志強く感興の情乏《とぼ》し。故に北人に在ては其詩と雖ども詩的想像の力、道義倫理の規矩準繩《きくじゆんじよう》に律せられて、其自然の奔逸《ほんいつ》を逞《たくまし》うするを得ず。所謂詩三百、思無邪の一言を以て蔽ふ可し(84)といひ、情に發して禮義に止まるといふ。北人の詩は皆道徳倫理を目的とす、故に北人の詩は以て風《ふう》し(85)、以て化《くわ》す(86)可き者也、政治道徳上の或意味を有する情の發現也。夫れ情は盲《まう》也、情内《うち》に熱すれば、奔騰《ほんたう》す、激厲《げきれい》し跌宕《てつたう》し(87)、憤恨となり、放恣となる。道義の冷靜以て情の狂熱を抑ふ。故によく之を和げて所謂「色を好みて淫せず怨誹《ゑんぴ》(88)して亂(89)」せしめざらしむる也。且夫れ北方の地、山は兀《ごつ》、水は濁《だく》、茫々たる平原、天然の風物自から多趣ならざるは、實用を重んずるの念と相合《あいがつし》て、北人の詩を以て單に人情世態を曲盡するのみに嚮《むか》はしめたり。故に詩經全部を擧げて抒情の詩たらしめ、而して其情の發動皆禮義の中を超えず。故に溫厚、和平、優柔、敦切《とんせつ》は詩經の詩皆然らざるはなし。其親子の情を詠ぜるものは蓼莪《りくが》なり、既に之を引けり。其悽切惻々《せいせつそくそく》人を動かす者あり、殊に其《その》

　父兮生レ我、母兮鞠レ我、拊レ我畜レ我、長レ我育レ我、顧レ我復レ我、出入腹レ我、欲レ報二之徳一、昊天罔レ極(90)

といふに至ては我も亦不覺《おぼえず》聲を放つて慟哭せんと欲す。

其兄弟を詠ずるものは、小雅常棣《じゃうてい》にいふ。

　常棣之華、鄂不二韡々一、凡今之人、莫レ若二兄弟一、
　死喪之威、兄弟孔懷、原隰裒矣、兄弟求矣、
　脊令在レ原、兄弟急難、毎有二良朋一、況也永歎、
　兄弟鬩レ于レ牆、外禦二其務一、毎有二良朋一、烝也無レ戎、(91)

其夫婦の間を敍しては、齊風鷄鳴《けいめい》に曰ふ、

雞既鳴矣、朝既盈矣、匪二雞則鳴一、蒼蠅之聲、
東方明矣、朝既昌矣、匪二東方則明一、月出之光、
蟲飛薨々、甘二與レ子同一レ夢、會且レ歸矣、無二庶予子憎一(92)

親しんで而して狎《な》れざるものに非ずや。君臣の情を叙しては卽ち四牡《しぼ》あり。

四牡騑々、周道倭遲、豈不レ懷レ歸、王事靡レ盬、我心傷悲、
四牡騑々、嘽々駱馬、豈不レ懷レ歸、王事靡レ盬、不レ遑二啓處一、
翩々者鵻、載飛載下、集レ于二苞栩一、王事靡レ盬、不レ遑レ將レ父、
翩々者鵻、載飛載止、集レ于二苞杞一、王事靡レ盬、不レ遑レ將レ母、
駕二彼四駱一、載驟駸々、豈不レ懷レ歸、是用作レ歌、將レ母來諗、(93)

奉公の情何ぞ篤《あつ》きや。

葛生《かつせい》は晋の獻公《けんこう》攻戰を好み、國人多く喪するを刺《そし》れる也、而《し》かも敢《あへ》て咄々《とつとつ》直言せず、却《かへつ》て夫《をつと》征役に從つて棄亡《きぼう》反らず、其妻《つま》家に居て怨思するを敍す、何等の婉柔《ゑんじう》ぞ。

葛生蒙レ楚、蘞蔓レ于レ野、予美亡レ此、誰與獨處、
葛生蒙レ棘、蘞蔓レ于レ域、予美亡レ此、誰與獨息、
角枕粲兮、錦衾爛兮、予美亡レ此、誰與獨旦、
夏之日、冬之夜、百歲之後、歸レ于二其居一、
冬之夜、夏之日、百歲之後、歸レ于二其室一、(94)

牆有茨《しやういうし》は衞人《ゑいひと》公子、其君の母に通ずる刺《そし》れる也。而《し》かも何ぞ含蓄ある、

牆有レ茨、不レ可レ掃也、中冓之言、不レ可レ道也、所レ可レ道也、言レ之醜也、
牆有レ茨、不レ可レ襄也、中冓之言、不レ可レ詳也、所レ可レ詳也、言レ之長也、
牆有レ茨、不レ可レ束也、中冓之言、不レ可レ讀也、所レ可レ讀也、言レ之辱也、[95]

中冓《ちゆうこう》の言、道《い》ふ可《べか》らず、詳《つまびらか》にす可らず、讀む可らざるを以て君の爲《た》めに隱《か》くす也。
男女相戀ふは情の最も切なるもの也。而《し》かも關雎《くわんしよ》

窈窕淑女、寤寐求レ之、求レ之不レ得、寤寐思服、悠哉悠哉、輾轉反側、[96]

の情既に切なるも而も、猶、河之洲《かのしう》にあるの雎鳩《しよきう》に托して、情意至りて而して別有るをいふ。[97]何ぞ篤實なる。

北人の詩は夫れ此の如く情を抑ふるに意を以てして敢て放逸せしめず、情既に道義の規矩繩墨中に鑄《い》らる、故に想像力に乏し。夫れ躬行《きうかう》は意の發現也、想像力は情の發現也。詩は想像による、空《くう》也。倫理は躬行也、實也。北人空をすてゝ實をとる、道義の觀念盛なれば、想像の力之が爲めに塞《ふさ》がれて其奔逸を得ざる也。從つて其措辭《そじ》も亦顧眄馳騁《こべんちへい》する能はず、簡朴蒼古《かんぼくさうこ》。大抵皆四字句にして、長短錯綜すること少なく、秩然《ちつぜん》體を爲し調を整ふ、而して語を復し、句を重ね、以て嗟嘆の情を永うす。所謂篇章簡古《かんこ》、詠歎悠長、或は一物にして屢々言を陳じ、或は片語にして三たび意を致すといふもの是也。固より詠歌自然の音調、節族《せつぞく》を得たるもの、後世四聲《しせい》[98]の嚴正なる音韻法の下に律せられたる詩と比すべきものに非ずと雖ども、然れども、相等しき字數、句數を重ねて、章をなし、其中に整一の所

あるを見るは、是北方の詩の特色なり。
　夫れ北人の實際的なる、詩をさへ政治倫理の實用に供したる也。故に北人の詩は單に、美のために美を歌ふにはあらず、善の爲めに之を歌ふ也。美は情感也、固《も》とより目的なし、不羈《ふき》なるべき也、北人は之を善の爲めにす、北人は善を目的として美を役《えき》する也。美は善に羈《つな》がるゝ也。故に詩の序者、詩の用を說いて曰く、先王之を以て夫婦を經し、孝敬を成し、人倫を厚くし、敎化を美にし、風俗を移すと。(99) 北人の詩に對する、此の如き見地を以てせる也。此餘弊《よへい》後世に承《う》けて詩を以て風化の具となす、笑ふべき也。盖し孔子の儒敎、後世の人心を支配すると共に、此詩を以て倫理の用となす北人的思想も、亦支那人の頭腦に浸潤せること深き也、或は敎訓的意味の多少を以て詩の價を論ぜんとするに至《いたり》ては詩の獨立を害するや甚しき也。若《も》し支那の文學史に北人の詩のみの發達のみあらしめば、如何に其趣の落莫《らくばく》たりしぞ。幸に南方に楚辭あり、南人の思想を發揚して、異彩を放てり。支那南方の文學は北方と異なり、多趣なる、活動ある自然と、從て感情に富み、詩想に富める人民との間に發達して、一種別様の文字をなせり。韻律散漫にして、其章句、長短錯落《さくらく》、瑰語麗辭《くわいごれいじ》に富む、盖し詩に楚風なしと雖ども、詩なかりしに非ず、唯蠻貊《ばんぱく》(100)の地、其詩大師のために陳ぜらるゝの榮を得ざりしのみ。孔子の時既に楚に狂鳳兮《きやうほうけい》(101)の吟あり。後ち楚人荀卿《じゆんけい》(102)楚に宦游して、五賦を作るあり。

　爰有㆓大物㆒、非㆑絲非㆑帛、文理成㆑章、非㆑日非㆑月、爲㆓天下明㆒、生者以壽、死者以葬、城郭以固、三軍以强、粹而王、駁而伯、無㆑一焉而亡、臣愚不㆑識、敢請㆓之王㆒、王曰、此夫文而不㆑采者與、簡然易㆑知、而到㆑有㆑理者與、君子所㆑敬、而小人所㆑不者與、性不㆑得則若㆓禽獸㆒、性

得レ之則甚雅似者與、匹夫隆レ之則爲二聖人一、諸侯隆レ之則一二四海一者與、致レ明而約、甚順而體、請歸二之禮一(103)

然らば此時既に賦ありし也。

或は云ふ賦は古詩の一義也と。然れども南方の賦は單に直敍すること、詩の賦の如きに非ざる也。賦の中自ら比あり、興あり、賦あり、賦は則ち一種の南詩のみ。此見《けん》の如きは後世局促《きょくそく》の徒、儒を以て一切を律せんとし、終《つひ》に詩經を以て凡ての詩の本源とせんとするの迷妄に出づるのみ。賦は既に此の如く早く存したりと雖ども、其賦を大成して、其英華を發揚せしは、實に屈原なりとす。

第二章　屈原の生涯

寥廓《れうくわく》たる者は宇宙《うちう》、上には則ち日月《じつげつ》懸《かか》り焉、列星宿《れつせいしゅく》す焉。下には則ち山川形《かたち》し焉、生類處《せいるいを》る焉。四維極を立てゝ(104)、春秋代序す。誰か之を然らしむる、誰か之を主宰する。仰《あふぎ》て之を觀る、蒼々たる者は天、何者か茲《ここ》に宅《たく》せる。茲に宅せる者之を然らしむる歟《か》、之を主宰する歟。果して之れ有る乎《か》。徳何ぞ洪《こう》に、力何ぞ大なる。之を神といふ歟、之を上帝といふ歟。萬類を創造し、宇宙を主宰する。其れ渠《かれ》の徳、渠の力歟、其徳仰ぐべく、其力駭《おどろ》くべし。渠それ萬能乎、渠それ普遍乎。今其然るを信ぜんと欲して、而して猶疑《うたがひ》有り焉。俗常に溷濁《こんだく》、清流容れられず、世常に陷缺《かんけつ》、方正多く憂に離《かか》る。天にあるものは神乎、上帝か、萬能か、普遍乎。俗何ぞ常に此《かく》の如き、世何ぞ常に此の如き。神なる者、上帝なる者、果たして天にある乎、此の如くにして猶萬能乎。普遍乎。運命なる者あり、巨魔《きよま》、其綱《かう》を執《と》る。神の力之に及ばず。上帝の德之に及ばず。渠《かれ》俗を溷濁《こんだく》し、渠世を缺陥《けつかん》す。渠既に之を缺陥し、之を溷濁す。清流なる者は渠の惡《にく》む所也、方正なる者は渠の嫉《ねた》む所也。運命の巨縄を操縦して、彼《か》の清流する者、方正なる者を翻弄揶揄《ほんろうやゆ》し、己は舌を吐き、掌《たなごころ》を抵《うち》て、見て之を悦ぶ。宇宙を創造せるものは天帝歟、而かも人間を主宰する者は魔王。嗚呼人何の爲めにか生る、疾痛慘怛《さんたん》則ち父母を呼ぶ、父母之を如何《いかん》せんや。勞苦倦極《けんきよく》、則ち天に呼ぶ、天何をか知らんや。輾轉煩悶《てんてんはんもん》、人は此の如くにして其生を終る。葛藟《かつるい》あり、荊棘《けいきよく》あり、巨魔之を蕃《はん》す、世路に充ちて人見ず、人之を踏む。之に傷づく、免れんとすればいよ〳〵纏《まと》ひ、いよ〳〵悶ゆればいよ〳〵苦《くるし》む。人なる者此の如きのみ、苦悶堪《た》へ得ずんば、天に向て是非を愬《うつた》へんよりは、若《し》かず自ら殺して、其生を終り、淋漓《りんり》滿口の血を喞《ふく》んで、之を彼の魔王の面に噴《ふ》き吹《ふ》かんには。

屈原[105]は方正を以て、讒佞《ざんねい》の爲めに詘《しりぞ》けられ、悲憤憂怨して、終《つひ》に石を抱《いだい》て汨羅《べきら》に投じたる者也。屈原名は平《へい》、戰國、楚の懷王《くわいわう》[106]の時の人。楚の同姓也。楚の先祖は帝顓頊《せんぎよく》、高陽《かうやう》[107]より出でたり。其裔孫《えいそん》[108]陸終と曰ふ、六子あり、其季《き》[109]を季連といふ。芋《う》姓。楚は其後也。季連の苗裔を鬻熊《ゐくゆう》といふ、鬻熊は文王の師也。周の成王の時に當て、鬻熊の後《のち》、楚に封ぜらる。丹陽《たんやう》[110]に居る。楚武王《ぶわう》に至て南海を奄征《えんせい》し、北江漢《かうかん》に至る。尊爵《そんしやく》を周に求む、周與《あた》へず、遂《つひ》に僭號《せんがう》して王と稱し、始めて郢《えい》[111]に都す。郢は卽ち今の湖北、荊州《けいしう》府、江陵縣の地なり。其子瑕《か》[112]屈の地を受けて客卿《かくけい》となる、因て以て氏と爲す、是れ原の先也。武王の子文王《ぶんわう》、文王の子成王《せいわう》あり、文王は齊桓《せいくわん》[113]と時を同うし、成王は宋襄《そうじやう》[114]と時を同うす。

楚漸《やうや》く疆大《きやうだい》也。成王の孫莊王《さうわう》、始め淫虐を行ふ、所謂三年不レ蜚《とばず》不レ鳴《なかず》(115)、後遂に行を改めて諸侯に覇《は》たり、兵を周の境上に觀《しめ》して、鼎《かなへ》の輕重を問ふに至る(116)。昭王《せうわう》の時、吳の闔閭《かふりよ》の爲めに破られしも、國を失ふに至らず。宣王《せんわう》に至て、魏の惠王《けいわう》、齊の威王《ゐわう》、秦の孝公《かうこう》と時を同うし、南方一帶の地に虎踞《こきよ》して國大に兵强く、隱然一敵國《てきこく》(117)をなす、懷王《くわいわう》は卽ち宣王の孫、威王の子也。秦の惠王と時を同うす。屈原、懷王に仕へて其左徒《さと》(118)たり、王、屈原が博聞彊志《きやうし》にして、治亂に明かに、辭令に嫺《なら》へるを以て、其初め甚だ之に任ぜり。原入《いり》ては則ち王と國事を圖議《とぎ》して號令を出だし、出でゝは卽ち賓客に接遇し、諸侯に應接し、威望甚だ重し、高木風多し。上官大夫《じやうくわんたいふ》(119)之と列を同うする靳尙《きんしやう》なる者、寵《ちよう》を爭て心に其能を害とす。既にして懷王、屈原をして憲令《けんれい》を造爲《ざうゐ》せしむ。屈原草藁《さうかう》を屬《つづ》けて未だ定まらず、靳尙見て之を奪はんと欲す、屈原與《あた》へず。靳尙因て屈原を王に僭《せん》して曰く、王、屈平をして令を爲《つく》らしむ、衆の皆知る所、而るに一令出《いづ》る每に、平其功に伐《ほこり》て以爲《おもへ》らく、我に非らざれば能《よ》くなすことなけんと曰ふと。王怒《いかり》て屈原を疏《うと》むず。屈原王聽《わうてう》の聰《そう》ならずして、讒諂《ざんてん》の明を蔽《へい》し、邪曲《じやきよく》の公を害して、方正の容れられざるを疾《いた》み、憂心煩亂《はんらん》して愬《うつた》ふる所を知らず。乃ち、離騷《りそう》を作《つくり》て、以て自ら遣《や》る。物に寓《よ》せて情を托《たく》し、類を引いて譬《たとへ》を取り、反覆以て己の淸白を明かにして、君の惑《まどひ》を解かんと欲す。而して懷王終《つひ》に悟らず。夫《そ》れ人君、人を知るものは興り、人を知らざるものは衰ふ、楚國是《これ》より漸《やうや》く振《ふる》はず。

是より先き、秦張儀《ちやうぎ》(120)を用ひて勢西方に彊《つよ》く、其勢、楚と相下《あひくだ》らず。蓋《けだ》し秦は固《もと》と西陲《せいすい》の一鄙邑《ひいふ》、其初め甚だ微。周の幽王《いうわう》、犬戎《けんじゆう》(121)の爲めに酈山《りざん》の下に殺さるゝや、秦の襄公《じやうこう》、兵に將《しやう》として周を救ひ、戰《たたかひ》甚だ力《つと》む。周の平王《へいわう》の犬戎の難を避けて東の方雒邑《らくいふ》(122)に遷《うつ》るや、襄公、兵を以て平王を送り、功を以て諸侯となり、岐《き》(123)以西の地を賜ふ。周東遷してより王室衰微、諸侯放恣《ほうし》、覇者なるもの興る。齊桓《かん》、晋文、宋襄、楚荘と秦穆《ぼく》と當時稱して五覇といふ。穆公《ぼくこう》は襄公八世の孫、晋の文公と時を同うす。百里奚《ひやくりけい》、蹇叔《けんしゆく》、由余《いうよ》等を用ひて、地を廣め、國を益し、東、強晋を服せしめ、西、戎夷に覇たり。穆公より十餘傳して孝公に至る。時に周室益微に、諸侯力政、爭て相兼併《けんぺい》す。華山(124)以東、彊國六、齊威《せいゐ》、楚宣、魏惠、燕悼《えんたう》、韓哀、趙成侯と、皆淮泗《わいし》(125)の間に竝ぶ。而して楚と魏とは秦と界を接《まじ》へたり。秦僻《へき》して雍州《ようしう》(126)にあるを以て、中國諸侯の會盟に與《あづ》からず、遇せらるゝこと夷翟《いてき》の如し。孝公是に於て商鞅《しやうあう》(127)を用ひ、法を變じ、刑を修め、内に耕稼を務め、外に戰死の賞罰を勸む。於是《ここにおいて》、國富み、兵強く、關中《くわんちゆう》(128)の地に據《よ》りて、東面して山東(129)の諸侯を制せんことを計れり。孝公卒《しゆつ》して、惠王立ち、其十四年初めて王と稱す。實に楚の懷王卽位四年にあり。是より先き惠王十年に、張儀秦に相《しやう》たり。

張儀は魏の人、始め嘗《かつ》て蘇秦《そしん》(130)と倶《とも》に鬼谷《きこく》先生に事《つか》へて術を學ぶ、蘇秦は雒陽《らくやう》の人、秦自《みづから》以《おもへ》らく張儀に及ばずと。張儀已に學びて諸侯に游說《いうぜい》す、嘗て楚の相に從て飮せしに、楚の相、璧《へき》を亡《うしな》へり。門下張儀を疑ひ、共に張儀を執《と》らへて掠笞《りやうち》する數百、其妻の曰く、噫《ああ》、子、書を讀み、游說する毋《な》からましかば、安《いづくん》ぞ此辱を得ん乎《や》と。張儀、其妻に謂て曰く、吾《わが》舌を視《み》よ、尚《なほ》在りや不《いな》や、其妻笑て曰く、舌は在也《あるなり》。儀曰足《たり》なん矣。

蘇秦も亦出遊する數歲、大に困《こん》じて歸る。兄弟嫂妹《さうまい》妻妾、竊《ひそか》に皆之を笑ふ、蘇秦聞て慙《は》ぢ、自ら傷む。乃ち室を閉ぢて出でず、周書の陰符《いんぷ》(131)を得て、伏して之を讀む。期年《きねん》にして揣摩《しま》を出だす。曰く此以て當世の君に說く可し矣と。周顯王《けんわう》に說かんことを求む、顯王の左右皆之を輕んじて信せず。乃ち西の方秦に至り、惠王に說く。用ひられず。乃ち東、趙に之《ゆ》き、更に去《ゆき》て燕に游ぶ、燕の文侯を見て之を說て、趙と從親《しょうしん》するの利をいふ。燕王悅ぶ。蘇秦に車馬金帛《きんぱく》を資して以て趙に至らしむ。蘇秦卽ち趙の肅侯《しゅくこう》に說て曰く、諸侯の地は秦に五倍せり。諸侯の卒《そつ》を料《はか》るに、秦に十倍せり。六國一と爲つて、力を幷《あ》せて西に嚮《むか》つて、秦を攻めば、秦必ず破れん矣。今、西面して之に事《つか》へば、秦に臣とせられん。夫れ人を破るの、人に破らるゝと、人を臣とするの、人に臣とせらるゝと、豈に日を同うして論ずべけん哉《や》。故に竊《ひそか》に大王の爲めに計るに、韓、魏、齊、楚、燕、趙を一にして、以て從親して、秦に畔《そむ》くに如《し》くは莫《な》し。六國從親して以て秦を擯《しりぞ》けば、則ち秦の甲は必ず敢て函谷より出で以て山東を害するを得じ矣。此の如くば、則ち霸王《はわう》の業成らん矣と。趙王乃ち車百乘、黃金千鎰《いつ》、白璧百雙《さう》、錦繡千純《しゅん》を飾《ととの》へて以て諸侯と約せしむ。是時、秦の惠王、魏を攻めて地を略し、且《ま》さに兵を東せんとす、蘇秦、秦兵の趙に至り、計の爲めに敗れんことを恐る、念《おも》ふに秦に用ひしむべきもの莫し。乃ち張儀を激怒せしめて、秦に入らしむ。張儀、秦に入り、遂に以て秦の惠王に見ゆ。惠王以て客卿となし、與に諸侯を伐たんことを謀る。張儀既に秦に相となり、乃ち文檄を爲《つく》つて楚の相に告げて曰く、始め吾若《なんぢ》に從て飮みし時、我而《なん》ぢの璧を盜まざるに、若《なんぢ》我を笞《むちう》てり。若善く汝が國を守れ、我顧みて且《ま》さに而ぢが城を盜まんとすと。後、儀の楚に讐《あだ》する、實に此に由れる歟《か》。

張儀、秦に相となつて七年、相を免《や》めて魏に相となり、以て秦の爲めにす。魏をして先づ秦に事《つか》へしめて、諸侯をして之に效《なら》はしめんと欲す。魏の襄王、儀に聽くを肯《がへ》んぜず、既にして魏の襄王卒し、哀王立つ。張儀復《また》哀王に說き、従約《しようやく》を倍《そむ》いて、儀に因て成《せい》を秦に請はしむ。儀、魏に居ること六年、歸て復《また》秦に相たり。秦の惠王、王となつて十二年、楚の懷王十六年、秦、齊を伐《う》たんと欲す。而して楚、齊と從親、惠王之を患ふ。乃ち宣言すらく、張儀、相を免ずと。因て張儀をして佯《いつは》つて秦を去り、幣《へい》を厚うし、質《ち》を委《ゐ》(132)して楚王に見《まみ》えしめ、且楚王に謂はしめて曰く、秦甚だ齊を憎む。今、齊楚と從親す、楚、誠によく齊と絶たば、秦願くは故《もと》の秦分《わか》つ所の楚の商於《しやうを》(133)の地六百里を獻ぜんと。楚王貪《たん》にして張儀を信ず、大に悦んで曰く、吾復《ま》た吾が商於の地を得つと。乃ち相の璽《じ》を張儀に授《さづけ》て、厚く之に賂《まひな》ひ、日々に與《とも》に置酒《ちしゆ》す。遂に齊に絶ち、因て使をして秦に如《ゆ》いて封地を受けしむ。張儀楚の使と秦に至り、佯《いつは》り醉ふて車より落ち、病と稱して出でざること三月、地得可からず。楚王の曰く、儀吾が齊に絶てるを以て、尚薄《なほうす》しとなして却て、秦に合ふ。乃ち勇士を遣つて北の方齊王を辱かしむ。齊王大に怒り、楚の符を折つて、秦齊の交、合す。張儀乃ち起きて朝し、楚の使者に謂て曰く、子何ぞ地を受けざる、某より某に至るまで、廣袤《くわうぼう》(134)六里と。使者還り、報ず。懷王大に怒り、師を興して秦を伐つ。秦も亦兵を發して之を擊つ。

翌年春、楚、秦と丹淅《たんせつ》に戰ふ、秦大に楚に克《か》ち、斬首八萬、楚の將屈匄《くつかい》を虜にし、遂に楚の漢中《かんちゆう》(135)の地を取る。懷王乃ち國の兵を悉《つ》くして、復《また》秦を襲ひ、大に藍田《らんでん》(136)に戰ふ。楚の師復《また》敗る。魏之を聞て楚を襲ふ、楚懼《おそ》れて兩城を割《さき》て、秦に與へて、兵を引いて歸る。齊竟《つひ》に怒つて、楚を救はず。秦、齊を要《えう》(137)し、黔中《けんちゆう》(138)の地を得、武關(139)の外を以て之を易《か》へんと欲す。楚王の曰く、地を易ふることを願はず、願くは張儀を得て甘心せんと。張儀聞て乃ち曰く、一人の儀を以て漢中の地に當らば、臣請ふ往《ゆき》て楚に如《ゆ》かんと。儀、楚に如く、懐王因《とら》へて之を殺さんと欲す。儀もと大夫靳尙《きんしやう》に善《よ》し、之に私して、因て懐王の幸姫《こうき》鄭袖《ていしう》に説かしむ。鄭袖卒《つひ》に張儀を王に言して、之を出だす、儀出づ。懐王厚く禮すること故《もと》の如し、張儀既に出でゝ未だ去らず。蘇秦の死を聞く。是より先き、蘇秦、從約の長となり、併せて六國に相《しやう》たり。既にして齊魏、秦に欺《あざむ》かれて盟を渝《か》へて、趙を伐つ、趙王、蘇秦を讓《せ》む。蘇秦恐れて趙を去て、而して從約皆解けぬ。此時、齊又燕と隙《げき》あり、蘇秦、燕の爲めに齊に至り、齊王に說て、宮室を高うし、苑囿《ゑんいう》を大にして、齊を破敝《はへい》せしめんとす。其後、齊の大夫、蘇秦と寵を爭ふ者多し。人をして蘇秦を刺さしむ。蘇秦既に死す。初め張儀、秦に仕ふるや蘇秦の術中にありしを悟り、謂《おもへ》らく、吾《われ》蘇秦に及ばざる明《あきら》けし、蘇君の時、吾何ぞ言はんと、故に蘇秦能く六國を從約するを得て秦の兵敢て函谷關《がんこくくわん》を闚《うかが》はざりしもの十五年。張儀、蘇秦既に死せりと聞き、即ち王に說くに從約を叛《そむき》て、秦と合親して、婚姻を約せんことを以てす。時に楚王已に張儀を得て、而して黔中の地を出だして秦に與へて以て約を踐《ふ》むを量《は》かる。之を許さんと欲す。是《この》時、屈原既に疏《うと》んぜられて復《また》位にあらず、齊に使して方《まさ》に歸る。王を諫《いさめ》て曰く、前に大王、張儀に欺かれたり。張儀至れるとき、臣以爲《おもへ》らく、大王之を烹《に》つらんと。今縱《たと》ひ殺すに忍びずとも、又其邪說に聽かば不可。懐王曰く、儀を許して黔中を（ママ）得るは美利也。後にして倍《そむ》くは不可と。故に卒《つひ》に張儀を許して秦と親《したし》む。張儀、楚を去て韓、齊、趙、燕に之き、衡《かう》(140)を說き、皆聽かる。儀、歸り報ず。未だ咸陽《かんやう》（秦時に咸陽に都す）に至らずして、秦の惠王卒し、武王立つ。武王、太子たりし時より張儀を悅《よろこ》ばず、位に卽《つ》くに及んで群臣多く、張儀を讒《ざん》す。諸侯、張儀が武王と郤《げき》あるを聞き、皆衡《こう》を畔《そむ》いて復《また》合從《がつしよう》す。齊の湣王《びんわう》、從の長たらんと欲し、楚の秦と合せんことを惡《にく》み、使をして楚王に書を遺《おく》り、懷王を説て秦と絶たしむ。懷王遂に齊と合して秦と絶つ。張儀、秦に在て意安んぜず。東に出でゝ魏に之き、魏に相たること一歳にして魏に卒しぬ。尋《つい》で秦の武王死し、昭王《しやうわう》立つ。懷王の二十四年也。昭王の母は楚人なり、乃ち厚く楚に賂《まひな》ふ。楚王、齊に倍《そむ》ひて復《また》秦に合ひ、入て秦の昭王と黃棘《くわうきよく》(141)に盟約す。秦復《また》楚に上庸《じやうよう》(142)の地を與ふ。齊、韓、魏等の諸國、楚の其從親を負《そむ》いて秦に合ふが爲めに、三國共に楚を伐つ。楚、太子をして入て秦に質たらしめて、救を請ふ。秦、兵を出だす、三國引き去る。既にして楚の太子、私《ひそか》に秦の太夫と鬪ひ、之を殺して逃げ歸る。秦王怒り、齊韓魏と共に連《しき》りに兵を出だして楚を破る。懷王恐れ、乃ち太子をして齊に質たらしめて、以て平を求む。秦の昭王、楚王に書を遺《おくり》て武關に會せんと欲す。懷王書を見て之を患《うれ》ふ、往かんと欲すれば恐くは欺かれん、往く無くば、秦の怒を恐る。屈原曰く、秦は虎狼《こらう》の國なり、信ず可らず、行く無きには如かじと。懷王の子、子蘭《しらん》、王に行かんことを勸む。曰く奈何《いか》んぞ秦の驩心《くわんしん》を絶たんと。是に於て懷王遂に往て秦の昭王に會す、昭王詐《いつは》りて一將軍をして兵を武關に伏せしめ、號して秦王と爲す、楚王至れば則ち武關を閉ぢ、遂に與に西の方咸陽に至て章臺《しやうだい》に朝《てう》せしめ、蕃臣《はんしん》の如くし、與《とも》に亢禮《かうれい》(143)せず。懷王悔ゆ、秦因て懷王を留《とゞめ》て、要するに割地を以てす。懷王怒て聽かず、秦因て之を留め、還るを得ず。楚の大臣相與《あひとも》に謀て、太子の齊に質たるを迎へて、之を立つ。是を頃襄王《けいじやうわう》と爲す。頃襄王元年、秦の昭王、懷王を要すれども地を得ずして、楚の却て王を立てゝ以て秦に對するを怒り、兵を發して楚を攻む、楚の軍大に敗る。翌年懷王亡《に》げて逃歸る、秦覺《さとり》て楚の道を遮《さへぎ》る、懷王恐れて乃ち間道より趙に亡ぐ、趙恐れて內《い》れず、魏に走らんとす、秦追ひ至り、復《また》秦に之く、竟《つひ》に病を發して秦に死して歸り葬らる。秦楚遂に絶つ。頃襄王既に立ち、其弟子蘭《しらん》を以て令尹《れいゐん》(144)となす、楚人既に子蘭を咎《とが》むるに、懷王を勸めて秦に入て反らざらしめしを以てす。屈原亦絀《しりぞ》けられたりと雖ども、心を懷王に繋《か》け、是《ここ》を以て甚だ子蘭を嫉《にく》む、子蘭之を聞て大に怒る、卒《つひ》に上官大夫をして屈原を頃襄王に短《そし》らしむ、頃襄王怒て之を江南に遷す。

屈原既に放たれ、郢都《えいと》を發して江を下つて東す、夏首《かしゅ》(145)を過ぎ、洞庭《どうてい》(146)に浮び、沅湘《げしゃう》(147)に上る、故都顧れども見えず、目を江南の風物に傷ましめ、心鬱邑《うついう》として開けず、發憤、情を抒《の》べて九章《きうしやう》(148)を作る。其一に曰ふ有り、臨二沅湘之玄淵一兮、遂自忍而沈レ流、卒沒レ身而絶レ名兮、惜二壅レ君之不一レ昭と(149)、又曰ふあり、寧溘死而流亡兮、恐二禍殃之有一レ再、不レ畢レ辭而赴レ淵兮、惜二壅レ君之不一レ識(150)、と。於是《ここにおいて》石を懷いて、遂に自ら汨羅《べきら》に投じて死す。或は曰ふ、屈原、水に投ずるの日、五月五日にあり。楚人、屈原を哀み、毎《つね》に此日を以て之を祭る。世に五月五日に粽《ちまき》を作り、五色絲及楝葉《れんえふ》を弁《あは》せ帶にするもの、皆汨羅の遺風なりと。續齊諧記《ぞくせいかいき》(151)に之をいふ。

屈原以二五月五日一、投二汨羅一而死、楚人哀レ之、毎於二此日一、以レ筒貯レ米、投レ水祭レ之、漢建武中、長沙區回、白日忽見二一人一、自稱二三閭大夫一、謂レ回曰、聞君常見レ祭、甚善、但常年所レ遺、竝蛟龍所レ竊、今若有レ惠、可下以二楝樹葉一塞レ上、以二五色絲一轉中縛之上、此物蛟龍所レ憚、回依二其言一、世人五月五日作レ粽、弁帶二五色絲及楝葉一、皆汨羅之遺風、(152)

汨羅は長沙《ちやうさ》(153)の地にあり、屈原汨羅に沈んでより後百有餘年、漢に賈誼《かぎ》(154)あり、文帝《ぶんてい》に仕へ、亦讒《そしり》に遭ふて長沙に謫《たく》せらる。賈生既に辭して往行《わうかう》す。長沙は地卑濕《ひしつ》なりと聞て、自ら以《おも》へらく、壽長きを得じと。又讁を以て去る、意自ら得ず。事、時を異にして而して屈原と似る、湘水を度《わた》るに及んで、俯仰して感慨に禁《た》へず、賦を爲《つく》つて以て屈原を吊《てう》す。古を吊《てう》して以て今を憤る也、其辭に曰く、

恭承二嘉惠一兮、俟二罪長沙一、側聞屈原兮、自沈二汨羅一、造託二湘流一兮、敬弔二先生一、遭二世罔一レ極兮、乃隕二厥身一、嗚乎哀哉兮、逢二時不祥一、鸞鳳伏竄兮、鴟鴞翺翔、闒茸尊顯兮、讒諛得レ志、賢聖逆曳兮、方正倒植、世謂二伯夷貪一兮、謂二盜跖廉一、莫邪爲レ鈍兮、鉛刀爲レ銛、于嗟默默兮、生之無レ故、斡二棄周鼎一兮、而寶二康瓠一、騰二駕罷牛一兮、驂二蹇驢一、驥垂二兩耳一兮、服二鹽車一、章甫薦レ屨兮、漸不レ可レ久、嗟苦三先生兮、獨離二此咎一、訊曰、已矣、國其莫二吾知一、獨壹鬱兮、其誰語、鳳漂々其高逝兮、夫固自縮而遠去、襲二九淵之神龍一兮、沕深潛以自珍、彌二融爚一以隱處兮、夫豈從三螘與二蛭螾一、所レ貴聖人之神德兮、遠二濁世一而自藏、使二騏驥可一レ得二係而羈一兮、豈云異二夫犬羊一、般紛紛其離二此尤一兮、亦夫子之辜也、歷二九州一而相二其君一兮、何必懷二此都一也、鳳皇翔レ于二千仞之上一兮、覽二德輝一而下レ之、見二細德之險徵一兮、搖二增翮一逝而去レ之、彼尋常之汙瀆兮、豈能容二吞舟之魚一、橫二江湖一之鱣鱏兮、固將レ制レ于二螻蟻一、(155)

吾邦の齋藤拙堂《さいとうせつだう》、(156)嘗て屈原投汨羅辯《くつげんべきらにとうずるのべん》を作り、屈原の死を論じて、謂《いは》れ無きの說なりとす。曰く、

屈原之死、出レ於二附會一、司馬遷、弗レ察而收レ之耳、今考二其迹一、不二止區々小說一、奇怪駭レ人、殆類二務光申徒之所一レ爲、原之賢、決無二此事一、遷好奇之士、喜採二雜說一、如二伊尹負鼎、百里飯牛一、猶且弗レ釋、汨羅之事、豈可二獨信一乎、夫原之爲レ人、狷潔嫉レ邪太甚、好事者、因附會以誣レ之耳、或曰、遷據二楚詞中語一、子以爲二附會一、何居、余應レ之曰、古書之文多二比喻一、況

詞賦之非二實錄一乎、如二漁夫篇一、本爲二虛設一、子若信レ之、如二天問篇語一レ怪、亦眞有レ之乎、蓋憤世之言、易二險怪一而難二平坦一、所謂赴二湘流一、葬二魚腹一者、言レ將レ死二身於江濱一耳、非二眞將一レ死也、子據二此言一、以證二原之死一、果然則魯連之踏レ海、其亦爲二眞投一レ海乎、[157]

說き得て甚《はなは》だ理あり、但《ただ》吾人は此の如き覩易《みやす》き理が、史記あつて以來二千年にして拙堂を待《まつ》て、始めて說破せられたるを奇とする耳《のみ》。誠に遷にして、果《はた》して彼の楚辭中の語により、附會して屈原の死をいひたりとせば、遷の眼識の陋《ろう》、嗤《わら》ふべきのみ。詞人想を騖《は》せて、辭を構《かま》ふ、豈に悉《ことごと》く信ず可けんや。況んや憂憤情熱するの言、矯激《けうげき》のものなきを必せず。其屈原が辭に、往々湘水に赴かんをいふの、將《ま》さに身を江濱《がうひん》に死せんとするを言へるなること、拙堂の言の如し。否《しか》らざれば死したる者、何をか言はんや、大史公《たいしこう》[158]と雖ども何ぞ此を知らざらん。然れども眞に將さに死せんとするに非ずとは、拙堂旣に屈原に非ず。何を以て原の或は將さに眞に江濱に死せんとするにあらざるを知らんや。且夫《かつそ》れ拙堂の屈原の死、附會に出づるといふ者、原の賢決して此事なしといふの外、一の根據なし、證左なし考證なし。揣摩《しま》のみ。然れども賈誼の屈原を吊するに、旣に屈原自沈二汨羅一兮[159]の語あり。賈誼の時、屈原の時を距《へだた》る未《いま》だ遠からず、其說由《より》て來る久しき知るべし、必ずしも附會といふ可らず、又九章抽思《ちうし》の章の、

望二北山一而流涕兮、臨二流水一而太息、望二孟夏之短夜一兮、何晦明之若レ歲、惟郢路之遼遠兮、魂一夕而九逝、[160]

の語、之を推すに當《ま》さに屈原放流せられて、江南に行くの時をいふなるべく、而《しか》らば其孟夏の短夜と

いふもの、屈原の死せりと稱せらるゝの日と時相當《あひあた》れるに非ずや。若《も》し九章を以て、其次序、時に關《かかは》れるものとせば、抽思《ちうし》は哀郢《あいえい》の後、懷沙《くわいさ》の前にあり。哀郢は郢を去て東行するをいへるもの也、懷沙は浩々沅湘兮、分流汨兮(161)の語あれば、其旣に湘水の邊にあつていへるもの也。而して抽思の亂《らん》(162)に、長瀨湍流、泝二江潭一兮、狂顧南行、聊以娛レ心(163)といへるは、豈に夏首《かしゅ》を過ぎて、南の方洞庭《どうてい》を經《へ》て、湘水に泝《さかの》ぼるをいふに非ざるべき歟《や》。若《も》し是《これ》より推さば、汨羅に於ける屈原の死の五月五日といへるの、必ずしも無稽《むけい》に非ざるべきに非ずや。日時旣に無稽に非ずとせば、汨羅に於ける其死亦豈に斷じて、附會なりといふを得んや。司馬遷の好奇の士にして雜說を采《と》るを喜べるは、吾人も亦其史家としての弊《へい》たるを知る。然れども旣に采る所あり、雜說と雖ども之を稱して附會といふ可らず。且夫れ正傳なきもの、雜說に據らずして何をか采らん。要は其眞僞如何と鑒別するのみ、屈原の事固《もと》より傳はらず、太史公の雜說に采別ありしや、論勿《ろんな》し、然れども旣に采て以て據る所あり、是れ寧ろ彼の拙堂が原之賢、決無二此事一なる獨斷の空漠たるに勝らずや。

更《さ》らに進んで之を論ず、屈原の淸にして隘なる、其水に投ずるが如き、寧《むし》ろ有り得べきの事也。以下請ふ少しく原が性格を論ぜん歟《か》、之を論ぜば拙堂の說は自からにして破せられん。

第三章　屈原の氣質

離騷《りさう》(164)の文嗚《を》咽《えつ》激越《げきゑつ》、是れ其境遇屈子《くつし》(165)の如く然るものにあらざれば何ぞよく之を爲さん、其境遇屈子の如く然りとするも、其稟質《りんしつ》屈子の如く然るに非ざれば竟《つひ》に此千古の奇文を爲すに足らざる也。其君に忠にして而して信ぜられず、國を憂へて却《かへつ》て疎んぜられ、滿腔《まんかう》の悲憤を懷いて澤畔《たくはん》に行吟《かうぎん》せし、其境遇屈子を激して屈子彼が如きの文を爲さしめしは論なし。而かも此の如き境遇に處して而して激して此の如き文を爲《つく》るに至りたるものは、實に屈子此の如き境遇に處して此の如く激すべき稟質を有《いう》すれば也。

吾人が屢々《しばしば》論ぜしことあるが如く、南北風氣を異にすれば、從つて人氣を同じうせざるは明か也、支那北方の人が沈重に嚴峻《げんしゅん》に寧《むし》ろ意に勝ちて倫理的觀念敦《あつ》きに反し、南方の人は快活《くわいかつ》に疎大《そだい》に寧ろ情に勝ちて詩的觀念强き也、屈子は楚人也、卽ち南人也、屈子は到底《たうてい》情の人也、多感の人也、夫れ情は智の如く冷《ひやや》かならず、意の如く頑《かたくな》ならず、情は熱する也、熱して而して激し易き也、屈子は卽ち熱するの人也、而して激し易きの人たる也、屈子の文の悲憤なるは其氣象の激し易きを證して餘ある者也、屈子をして冷且頑ならしめば何ぞ此悲憤あらんや。

抑《そもそも》も支那の文化が北よりして南に及べること既に說けるが如し、故に屈子の時に於ては楚も既に北方の文化に浴したる也、而して此北方の文化は主として倫理的の性質を帶びたるは其人氣の影響する所、已《や》むを得ざれば、從つて當時の學を爲す者が何《いづ》れも此北方儒教の倫理說の感化を被《かうむ》らざるや少し、屈子は當時の博學宏辯《はくがくくわうべん》の士と稱せらる、固《もと》より其素行の上に於て儒教倫理の感化を被《かうむ》りたるや疑なし、其彼が一生を貫通せる忠誠の心の如き固《もと》より彼が至情然《しか》るものあつて存すといへども、而かも猶此儒教倫理によつて其觀念を稠度《ちうど》(166)にせられたるの迹《あと》なくんばあらず、且夫れ所謂儒教の倫理なる者は人間自然の情に基づきて而して此に意志の克制《こくせい》を加へたる者なり、父子相愛するは自然の情也、此情を抽《ひき》て之を専《もつぱら》にして而して此情の爲めに諸他の情慾を克制せる者卽ち孝《かう》なり、其忠《ちゆう》といひ、悌《てい》といひ、友《いう》といふが如き皆是れ也、故に儒教の倫理の一方に於て所謂敦人情(167)する所以の者ある也、是《ここ》を以て屈子の搏學は更に其彼が人情の自然に發せる忠君の至情を敦《あつ》うせるものあつて存《そん》せしを見る也、然れども又此儒教の倫理は屈子をして情の奔逸に任《まか》すを抑へて所謂止《とど》まる所を知らしめたる也、其彼《か》の彼《かれ》が中に哀怨悲憤に禁《た》へざるものあつて而して猶《なほ》言はんと欲して言ふ能はず、申《の》べんとして申べず、意緒低徊《ていくわい》、情緒纏綿《てんめん》たる所以も亦此《ここ》に存する也。

此《かく》の如く屈子は北方の倫理說の感化を被りたるが故に、多少其情に意志の克制を加へたるものありと雖《いへ》ども、彼は到底情の人たるを免る〻能はざるなり、假令《たとひ》其忠君の觀念の儒教倫理說の感化に負ふ所ありとするも、然れども其君に疎《うと》ぜられ、其同班《どうはん》に讒《ざん》せられながらも猶其君國《くんこく》に眷戀《けんれん》して懷《こころ》に忘る〻能はざるものあるは、其天性、情に篤きの致す所にあらずして何ぞ、試みに離騷をとりて見よ、儻人《たうじん》の邪辟《じやへき》を惡《にく》み、君の不明を憂へ、幾度か去らんとして去らず、吉占《きつせん》に考へ、神明《しんめい》に問ひ、皆其去るの可を示して而して纔《わづ》かに去り、至ること未だ遠からず忽ち復《また》故國を顧望して悵々《ちやうちやう》(168)として去る能はざるをいふの、惻然《そくぜん》として人の心を動かしむるや、是れ豈に其情の切なるに由るに非ずや、是れ啻《ただ》に離騷一篇然るのみにあらざるなり、屈原の文大抵然らざるはなきなり、夫れ情は熱するなり、熱する者は其心純一《じゆんいつ》なるなり、其情一方に向つて奔《は》せて回《かへ》らざるなり、屈原は卽ち忠に純一なるものに非ずや、又情は激し易きなり、激し易き者は其激するや往々常規《じやうき》を外《はず》れたるの行に陷るを免れず、彼が末路は卽ち是に非ずや。

或は彼の汨羅に投じたるを以て信ずるに足らずと爲す者あり、則ち曰ふ屈原の如きの士もと才學の人決して此の事を爲さじと、殊に知らず屈原は情の人、激し易し、彼既に讒臣の短《そしり》に遇ふて而して斥《しりぞ》けらる、彼が心豈に慊焉《けんえん》(169)たる者なからんや、斥《しりぞ》けられて江南に流落し、一度君の心の回《かへ》りて再び我を用ふるの日あらんことを望み、而して其君竟《つひ》に秦に客死して我竟《つひ》に故國に還るなし、絶望は最も人を激せしむる者也、感じ易きの人は最も此絶望にうたるゝこと痛き者也、屈子連《しき》りに屯蹇《ちゅんけん》(170)の時命に遇ひ、而して終《つひ》に絶望の大打撃をうく、多感の彼豈に平然として此運命を堪《た》ふるに勝《た》へんや、煩絶悶絶其極《そのきはまる》や遂に自ら殺して僅《わづか》に其安《やすき》を得たるのみ、是れ決してあり得可からざるの事に非ず、否寧《むし》ろ屈子の如き多感の人には多くあり得べきの事にして、彼の屈子は才學の人決して此事なしといふが如きは、是れ纔《わづか》に屈子の半面を見得たる憒々《くわいくわい》(171)の者の言のみ。

夫れ睡眠が一日に於ける此心身の安息たらば、死は即ち此眠の永き者のみ、一生に於けるの大安息にはあらずや、即ち一生の夜にはあらずや、人は希望あるが故に未來に光明あり、一切の希望都《すべ》て絶したる時、人は前途唯闇黑あるのみ、人は光明なき闇黑には堪ふる能はざる者也、彼は此生に於て何の快樂をも認むる能はず、四圍の一切、皆苦患たらば人生に於ける不幸の極《きはみ》也、彼は唯煩悶あるのみにして何の安慰なき也、是《ここ》に於て人は此煩悶を脱して安慰を得んとするの情に強く、彼は寧《むし》ろ辛き此生を捨てゝ、而して安静なる死に入らんことを求めずんばあらざるべし。人或は自殺を不可といふ、然れどもモルヒネを以て病者を麻睡《ますゐ》(172)せしむることの何等の不可を見ずば、自殺は即ち一切の苦患、一切の煩悶を脱し去る一種の麻睡也、永き麻睡也、寧ろ何の不可ぞ、多き疲勞は多き睡眠を要すとせば、苦《にが》き生涯に早く其永訣を與《あた》へて死の安《やすき》を貪《むさぼ》るも亦何の不可ぞ、吾は世の自殺者を罪とせず、寧ろ吾は之を愍《あはれ》む。

屈原は卽ち此苦しき現世に絶望して其軀骸《くがい》(173)を自ら殺せる者のみ、彼は沅湘の間に身を投じて汨羅の水深き處に安靜の眠永く寤《さ》めず、以て凡《すべ》ての苦患と煩悶とを忘れたる者のみ、彼は冷かなる智の計較《けいかく》と、頑なる意の克制との篏轡《かんひ》(174)あらず、彼は終に情の奔逸するに任《まか》して其悲慘の末路を遂げたり、彼は其學と其才とを以てして、而して竟《つひ》に情の人たるを免るゝ能はざりしなり、其天問は叙事にして叙情す、之を讀めば其學を見るべし、何等の宏識《くわうしき》ぞ、其離騷は叙情にして叙事す、之を讀めば其人を見るべし、何等の多感ぞ、而して其學は遂に其人を滅するに足らざりし也。

屈子の性行に就ては吾人聞く所少し、吾人は唯其の楚の大夫として君に疎んぜられ、怨望して終に汨羅に死せしを知るのみ、其他に就ては歴史何の傳ふる所あるなし、然れども離騷を讀めば、彼も亦一種の風流好事の人歟《か》、其女を求むるを説くの何ぞ慇懃《いんぎん》なるや、よし其離騷にいふ所は其本意とする所自ら別にこれ有りとするも、而かも此を寓するに男女の情事を假《か》るに至《いたり》ては、彼は到底多恨の人たるを免るゝ能はざる也、其相求めて而して得ず、或は應ぜられず、或は媒《なかだち》を得ず、情迫り意悵《いた》むを叙するの邊《あたり》に於ては、彼は確に戀愛を叙して筆の至れる者也。

夫れ詩人は情の人たるを要する也、詩人多感ならざれば以て詩を爲《つく》り難し、感ずること深きが故に其語を出すや切たる也、詩人は哲學者に非ず、思索するに非ず、彼は唯感ず可きのみ、詩人は宗教家には非ず、必ず信ずるを要せず、彼は唯興ず可きのみ、詩は卽ち感興なり、理窟《りくつ》にもあらず、信仰にもあらず、故に詩人は情の人たるを要する也、屈子は詩人たるに於て少《か》くる所を見ず、彼は到底八家九流(175)各異を立て辯を好み、以て相論難する當時諸子の流には非ず、而して又彼は假令《たとひ》其行に於て忠誠なりしとするも、是れ畢竟《ひっきゃう》は其情の篤きに本づく者なれば、道徳の木鐸《ぼくたく》(176)として世に立つ者にも非ず、彼は竟に詩人たる也、屈子は實に支那の詩界に一新版圖を廣げたる者也、楚辭なかりせば、支那の詩界は如何《いか》に落莫《らくばく》たりしぞ、詩經三百篇の詩、簡古はあり、奇石苔蘚《たいせん》を帶ぶ、愛す可らざるに非ず、然れども楚辭の汪洋奔驟《わうやうほんしう》、長江東に下り處々に急灘《きふだん》の所あるが如くなるに比し得べきに非ず、楚辭なければ即ち漢魏六朝の詩賦なし、六朝の詩賦を少《か》けば唐宋の律絶如何に工《たくみ》なりとするも、支那の詩は確に其精華の半《なかば》を減ずる也、彼の胡應麟《こおうりん》(177)の如き、離騷を以て詩に非ず、文に非ず、恰《あた》かも竹の木にあらず、草にあらざるが如しといふと雖ども、離騷は即ち有韻の文也、有韻の文は即ち詩也、彼の徒《いたづら》に古を尙《たふと》ぶや、詩經の詩をのみ正宗《せいそう》とするが故に如《かくのごとき》是の言ありといへども、離騷の詩たるは疑を容れざる所、屈子は洵《まこと》に絶代の詩人たる也、楚は其以前に絶代の文人莊子を出して而して又屈子を出だす、假令《たとひ》鄒魯《すうろ》(178)の如く孔孟を出ださずと雖ども、亦其文學を以て一方に雄視するに足る也。

第四章　屈原の作物

吾に解《と》く可らざるの深憂《しんいう》あり、吾に銷《け》す可らざるの幽憤《いうふん》あり、心根《しんこん》に鬱結《うつけつ》して、獨《ひとり》自ら煩悶す。仰いで天に愬《うった》へん乎《か》、天寂々《せきせき》たり、俯《ふ》して地に哭《こく》せん乎、地冷々たり、顧みて之を人に語らんとするも、人吾に聽かず、之をいはん乎、道《い》ふも誰か之を聽かん、之をいはざらん乎、いはざれば余が心堪へず。

言ふ莫《なか》らん乎、不可なり。言はん乎、不可なり。言ふも不可なり、言ふなきも不可ならば、言ふなくして不可ならんよりは、いふて不可ならんには如《し》かず。之をいふて聴く者なくんば、遮《さもあらばあれ》(179)莫我は之を天に愬へず、之を地に哭せず、之を人に語らず、自ら語り、自ら哭し、自ら愬ふ。乃ち筆を呵《か》して其滿肚《まんと》の牢騷《らうさう》(180)を傾倒す、感慨淋漓《りんり》、言句の外に溢《あふ》れ、於是乎《ここにおいてか》大文字成る矣。故に大憤《だいふん》無ければ大文《たいぶん》なし。物平《へい》を得ざれば鳴る也、人も亦不平にして鳴る也、其平を得ざること大なれば其鳴ることも亦大なる也。

屈原の諸作亦皆憤によつて作れる者。

屈原の諸作今存する者二十六篇、曰く離騷《りさう》、曰く天問《てんもん》、曰く遠游《ゑんいう》、曰く卜居《ぼくきよ》、曰く漁夫《ぎよほ》、曰く大招《だいしやう》、凡て六、九章《きうしやう》、九歌《きうか》、又十八、則ち計二十四篇、而して他に國殤《こくしやう》、禮魂《れいこん》あり、九歌の末に繋《か》く、而かも十一を合して、九となす可らざれば、竟《つひ》に合計して二十六篇と爲る也。而して漢書藝文志には則ち曰ふ、屈原賦二十五篇と。然らば則ち今存する所、原の作に非ざるものを混ずるや明《あきら》けし矣。或は大招一篇、招魂を以て義となすを以て、恐らくは原の自作にあらずとし、之を宋《そう》(181)の弟子景差《けいさ》(182)の作となす、蓋《けだ》し庶幾《ちか》し。今其文を攷《かんが》ふるに、宋玉作る所の招魂の模擬《もぎ》に過ぎざるのみならず、其文字、庸劣《ようれつ》、屈原の悽惋《せいゑん》なく、悲愴なく、平易膚近《ふきん》にして斧痕《ふこん》(183)の歴々たる、到底原が淩厲激宕《りようれいげきたう》(184)を見るべきに非ず。之を宋玉のに比ぶるも、猶遜色《そんしよく》を見る。且又屈原の諸作、語助《ごじよ》(185)に兮《けい》(186)の字を用《もち》ふるのみ、而して此は只《し》(187)の字を措《お》く。到底其原の作たらざるや昭《あきらか》也。

獨り此のみならず、吾人は卜居、漁父の二篇も、亦屈原の自作に非ざるを疑ふ者也。何を以て之をいふ、蓋し此二篇共に屈原既放の四字を以て文を起し來る。吾人は必ずしも文に自ら稱するの例無きといふには非ず。然れども此二篇が共に原が他作に比して、著しく淺露《せんろ》[188]なるを見て、而して共に同じく三人稱を用ひたるを併《あは》せ攷《かんが》へて、而して此二篇が他手に出でたるをいふ也。恐らくは是《これ》他人、宋玉、景差の如きの徒、屈原が其忠にして放流せられたるを傷み、其事を虛托して作れる所乎《か》。且《かつ》其文意を考ふるに、其優游容與《いういうようよ》の態ある、頗《すこぶ》る屈原の狷介《けんかい》に似ず。其卜居に、用二君之心一、行二君之意一、龜策誠不レ能レ知二此事一[189]を以て、其漁父に遂去不二復言一[190]といふを以て、篇を結びたる、何等の悠揚ぞ。行文相似《あひに》、文意相若《あいし》く。二篇の一手に出でたるは論なしと雖ども、其屈原の自作に非らざるも亦知る可きに似たり。滄浪之水清兮、可三以濯二吾纓一、滄浪之水濁兮、可三以濯二吾足一[191]の濶達《くわつたつ》の言、何ぞ清にして隘《あい》、屈原の若《ごと》き者の口より出づべけんや。

然らば、存する所の屈原の作は、離騷九歌、天問九章、(國殤、禮魂を加ふ)、遠遊是のみ、凡て二十三篇耳《のみ》。然れども是大に漢書、志《しる》す所の數と合せず。然れども、班固《はんこ》[192]は劉向《りうきやう》[193]の七略《しちりやく》[194]に本《もとづ》いて、其藝文志《げいもんし》[195]を著はせり。而して楚辭十五卷、劉向の自らの編集する所、向、漁父卜、居の類を以て原の自作として之を錄す。班固直に之を據る。故に漢書、志す所の數多きのみ。

古來皆九歌以下を以て放流の後にあるものとなす。私《ひそか》に謂《おもへ》らく然らず。離騷よりして皆放流の後になると。蓋し其江南に遷されたるは頃襄王の時にあるべきも、其早く絀《しりぞ》けられて位にあらざるは久し。九章哀郢の中に、至レ今九年而不レ復[196]の語あり。今原の死せしの歲、何《いづれ》の時にあるを詳《つまびらか》にせずと雖ども、揣摩《しま》して之を考ふるに、蓋し江南に遷されたるの歲にあるべくして、其江南に流浪せしは甚だ長からざるなるべき歟《か》、蓋し頃襄王立《たち》て三年、懐王秦に客死す、原が死蓋し此時にある乎、夫れ原絀けられて位に在ずと雖ども、心を懐王に繋《つな》げて忘れず、其冀幸《こひねが》ふは君の一たび悟り、俗の一たび改まるにあるのみ、而《し》かも君の心反《かへ》す可らず、君楚にあり猶一縷《いちる》の望を繋ぐ、君の秦に囚《とら》へらるゝに及んでは、原が望殆ど索《つ》きたり、時に憤怨の語を以て、之を子蘭《しらん》に洩《も》らすを免《まぬが》れざる也。遂に子蘭に譖《しひ》せられて江南に遷さるゝに及んでは、憤極まる也。況《いは》んや懐王客死、原が望蓋し此時に絶えたるなり。絶望は死を招く、原の死の此時にありたるや疑ふ可らざるに似たり。今假りに懐王客死の翌年を以て、原の歿年とせんに、其放流に遭ひたるは、之を遡《さかのぼ》ること九年、早く懐王の二十六年にあらざる可らず。若し此時既に放逐に遭ひたりとせば、史記の傳に、原の懐王が其三十年武關の會に赴くを諫めたるをいふ、疑ふべき者あり。而れども其楚世家に據《よ》るに、之を諫めたるものは昭睢《しやうしよ》にして、原に非らず。因て之を考ふるに、屈原が王を諫めたるは、懐王二十五年黄棘《くわうきよく》に於ける秦王との會にして、同じく秦王との會なるを以て、武關の會と、司馬遷之を錯《あやま》りたるにはあらざる可き乎。卽ち原、懐王の時已に放逐され、而して頃襄の時更に遠謫せられたるもの非邪《にあらずや》。果して然らば、離騷の作他に比して最も早しとするも、其文意を推して之を量るに、蓋し猶放逐の後にあるべきは、中に濟㆓沅湘㆒以南征兮(197)の語あるを以ても知るべきに似たり。而れども離騷、楚國の眷戀するの情最も深し。其作の他の諸作に後れたるに非らざるは論を待たざる也。

　其作の最も晩き者は蓋し九章歟《か》。九章は是れ原の絶筆なる歟。其痛恨絶望の情、大に離騷の國を去て猶眷戀の意あると異なるものあるを見るなり。其他九歌、天問、遠游の如き、其時詳ならずと雖ども、九歌は離騒中の、隮㆓沅湘㆒以南征兮、就㆓重華㆒而陳㆑詞、启㆔九歌與㆓九辯㆒兮[198]といへるに相當《あひあた》れば、其作或は騒の前後にあるべき歟。天問、咄々《とつとつ》天に呵《か》して之に問ふ、怫々《ふつふつ》の情想ふ可し。其憤るは猶時に激する也。遠遊は、仙《せん》に託して超世を思ふ、心を當世に絶つの意髣髴《はうふつ》。天問の作は前にして遠遊之に次ぐ歟。故に余を以て之を見れば、篇の序次、まさに離騒第一、九歌、天問、遠遊、之に次ぎ、而して九章最後なるべし。

屈原忠貞を執履《しつり》するを以てして、讒謗《ざんばう》を被る、王既に予を信ぜず、何に因てか予の無辜《むこ》を明《あきらか》にせん、王聴《わうてう》聰ならず、方正容《い》れられず、容れられずんば之を去らん乎、而かも楚は吾が祖宗《そそう》の國也、庸主《ようしゅ》上にあり、佞臣《ねいしん》下にあり、國を捨てゝ去らば、此社稷《しゃしょく》[199]を如何ん。憂心煩亂、愬ふる所を知らず、怨望の思あり、而して猶睠顧《けんこ》の情あり、君の覺梧して、一度正道に反らんことを冀《こひねが》ひて、上唐虞《たうぐ》三后の制を述べ、下に桀紂羿澆《けつちうげいげう》の敗を序し、乃ち離騒を作りて其中心の愁思をいふ。司馬遷曰ふ、夫れ天は人の始《はじめ》也、父母者《は》人の本《もと》也、人窮すれば則ち本に反る、故に勞苦倦極《けんきょく》にして未だ嘗《かつ》て天を呼ばずんばあらざる也、疾痛慘憺《しっつうさんたん》にして未だ嘗て父母を呼ばずんばあらざる也。屈平道を正《ただし》うし、行を直《なお》うす、忠を竭《つく》し、智を盡して以て其君に事《つか》ふ、讒人之を間《へ》だつ、窮せりと謂《いひ》つ可し矣。信ありて疑はれ、忠にして謗《そし》らる、能く怨《うらみ》なからんや。屈平が離騒を作れること、蓋し怨よりなりと。[200]當《あた》れり矣。其詞《そのし》温にして、其旨《そのし》や微、類を引き、譬《たとへ》を設け、直言せず、疾呼せず、比《ひ》を藉《か》り、興《きゃう》に託して以て王を風《ふう》す、怨して而《し》かも亂せず、故に其文悠揚搖曳《やうえい》、舒《の》びんとして舒びず、顧みて復《また》反る。芳《はう》にして而《しか》して潔《けつ》、故に其詞高華精妙《せいめう》にして、遂に侈靡《しび》に流れず。人をして一詠三歎、踟躕《ちちう》低徊の情に禁《た》へざらしむ。

離騷の義如何《いかん》、司馬遷は曰く、離騷者猶㆓離憂㆒也と。(201) 王逸《わういつ》は解して曰く、離別也、騷愁也、言以㆓放逐離別㆒中心愁思と、(202) 二者の解想《おも》ふに相異なるに非ず。

但班固乃ち曰く、離遭也(203)と、終に逸の意と同じからざるを致したりといへども、遷の騷に憂《いう》の義を解して、離に何等の解を試みざるを以てすれば、離騷は離別の憂思の義たるに似たり。而して逸が離騷に附するに經《けい》の字を以てして、經徑也とし、以㆓放逐離別㆒、中心愁思、猶㆘陳㆓直徑㆒以風㆗諫君㆖也(204)といふに至ては曲解嗤《わら》ふべき也。經は蓋し後世之を尙《たふと》びて之を聖人の書に列して加へたるもの。離騷の二字と義に於て何の交渉かあらんや。

離騷一篇先づ筆を己の帝高陽《かうやう》の苗裔《べうえい》にして、君と祖を共にするといふに起す。高陽は顓頊《せんぎょく》也、顓頊、滕隍墳《とうくわうふん》氏の女《むすめ》を娶《めと》りて老僮《らうどう》を生む、是楚の先たり、原の先づ君と祖を共にするを道《い》ふは、君國と義に於て離る可らざるものあるを說く也、攝提《せつてい》、孟陬《まうすう》、庚寅《かういん》、吾以て降《くだ》れりといふものは、己の太歲寅《たいさいとら》に在る、正月始春、庚寅の日を以て生れ、陰陽の正中を得たるを言ふ也。吾旣に此內美あり、又之に重ぬるに脩能《しうのう》を以てす。而かも年歲吾と與《とも》ならず、日月忽《こつ》として淹《ひさ》しからず、天時過ぎ易く、人年老い易し。時に及んで早く爲すなくんば、草木零落、美人(205)遲暮《ちぼ》を如何《いかんせ》ん、騏驥《きき》(206)に乘つて馳騁《たてい》し、願くは先行を驅つて、君が爲めに導いて、奔走前後、前王の武《ぶ》(207)に踵《つ》ぎ、堯舜《げうしゅん》の耿介《かうかい》を得て、桀紂《けつちう》の昌被《しゃうひ》に脫せしめんとす、而かも黨人偷樂《とうらく》、路幽昧《いうまい》にして險隘《けんあい》、此間にあつて身の殃《わざはひ》を憚《はばか》らざるものは、唯君國の傾危を惟《これ》恐るれば而已《のみ》。余固《も》と蹇々《けんけん》(208)の患《わづらひ》を爲すを知らざるに非ず、君を愛して止《や》まんとして止《や》む能はず。九天を指して以て正を爲す、而して君余の中情を揆《はか》らず、反て讒を信じて齎怒《せいど》す。(209) 黃昏を期とせるに、中道にして路を改め、余と成言せるに、侮遁して他あり。恨むらくは功成らず、名立たずして、老冉々《ぜんぜん》として將《ま》さに至らんとす。然れども、餘情信姱《しんこ》(210)にして練要《れんえう》(211)ならば、長く顑頷《かんがん》(212)するも、何ぞ傷《いた》まん。時俗に工媚して、容れられんよりは寧ろ淸白に伏して直《たゞち》に死するに若《し》かず。賦して曰く、

蹇吾法㆓夫前修㆒兮、非㆓世俗之所㆒㆑服、雖㆑不㆑周㆓於今之人㆒兮、願依㆓彭咸之遺則㆒、長太息以掩㆑涕兮、哀㆓民生之多艱㆒、余雖㆑好㆓修姱㆒以鞿羈兮、蹇朝誶而夕替、既替㆑余以㆓蕙纕㆒兮、又申㆑之以㆑攬㆑茝、亦余心之所㆑善兮、雖㆓九死㆒其猶未㆑悔、怨㆓靈修之浩蕩㆒兮、終不㆑察㆓夫民心㆒、衆女嫉㆓余之蛾眉㆒兮、謠諑謂㆓余之善淫㆒、固時俗之工巧兮、偭㆓規矩㆒而改錯、背㆓繩墨㆒以追㆑曲兮、競㆓周容㆒以爲㆑度、忳鬱邑余侘傺兮、吾獨窮㆔困乎㆓此時㆒也、寧溘死而流亡兮、余不㆑忍㆑爲㆓此態㆒也、鷙鳥之不㆑群兮、自㆓前世㆒而固然、何方圜之能周兮、夫孰異㆑道而相安、屈㆑心而抑㆑志兮、忍㆑尤而攘㆑詬、伏㆓淸白㆒以死㆑直兮、固前世之所㆑厚、悔㆓相㆑道之不㆒㆑察兮、延佇乎吾將㆑反、廻㆓朕車㆒以復㆑路兮、及㆓行迷之未㆒㆑遠、步㆓余馬於蘭皐㆒兮、馳㆓椒丘㆒且焉止息、進不㆑入以離㆑尤兮、退將㆔復修㆓吾初服㆒(213)

我道行はれず、進んで天下を兼善《けんぜん》する能はざれば、若《し》かず、退て獨り其身を善くせんには。人、余が中情を察せず、世を擧げて余を聽かず。忽ち反顧して目を游ばしめ、將《ま》さに往《ゆき》て四荒《しくわう》に觀《み》んとす、諫めて聽かれず、其將《ま》さに國を去らんとするをいふ也。則ち沅湘を濟《わたり》て、以て南征す。玉虬《ぎよくきう》(214)を駟《し》(215)して、鷖《えい》(216)に乘り、埃風《あいふう》(217)を溘《おほ》ふて上征す。

屈原賦して此《こゝ》に至《いたつ》て、其絶大の想像力、一時に迸發《へいはつ》し、馳《は》せて天上に神游し、天閽《てんこん》(218)に至りて上帝に

訴へんとするを狀す。絶妙の好文字。

朝發二軔於蒼梧一兮、夕余至レ乎二縣圃一、欲三少留二此靈瑣一兮、日忽々其將レ暮、吾令二羲和弭一レ節兮、望二崦嵫一而勿レ迫、路曼々其脩遠兮、吾將二上下而求索一、飮三余馬於二咸池一兮、總三余轡乎二扶桑一、折二若木一以拂レ日兮、聊逍遙以相羊、前二望舒一使二先驅一兮、後二飛廉一使二奔屬一、鸞皇爲レ余先戒兮、雷師告レ余以レ未レ具、吾令二凰鳳飛騰一兮、繼レ之以二日夜一、飄風屯其相離兮、帥二雲霓一而來御、紛總々其離合兮、斑陸離其上下、吾令二帝閽開一レ關兮、倚二閶闔一而望レ予、時曖々其將レ罷兮、結二幽蘭一以延佇、世溷濁而不レ分兮、好蔽レ美而嫉妬、朝吾將レ濟二白水一兮、登二閬風一而緤レ馬、(219)

天帝に訴へんとして天に上れば、天門亦開かず、曖々《あいあい》として罷極《やみきは》まる、長立還意あり、而して地上の溷濁《こんだく》還るも何かせんや、則ち白水を渡り、神山に登らんとして、車を屯し、馬を繫《つな》いで、且焉《しばらく》留止す。是に至て無端復《はしなくもまた》故國を顧念す、國に賢臣なきを思ふて、流涕す。中心倦々《けんけん》君國を忘れざるを見るべし。忽反顧以流レ涕兮、哀二高丘之無一レ女(220)の句を以て一轉換し、游行女を求むるの狀を叙して、意を君の爲めに賢臣を求むるに勞するを道《い》ふ。先づ豐隆《ほうりう》（雷師）をして雲に乘て宓妃《ふくひ》(221)の所在を求めしめ、佩纕《はいじやう》(222)を解いて之と言を結び、更に蹇修《けんしう》(223)をして理(224)を爲さしめたるも宓妃厥《その》美を保《たも》つ(225)て驕傲、事緯繣《ゐくわく》(226)して遂に致す能はず。更に瑤臺《えうだい》の偃蹇《えんけん》を望み、有娀《いうじゆう》の佚女《いつぢよ》(227)を見て、乃ち鴆《ちん》(228)をして媒となせば、鴆、余に告げて好《よ》からずといひ、雄鳩を逝かしむれば、佻巧《てうかう》信ず可らず。自ら適《ゆ》かんとして不可、猶豫《いうよ》して狐疑、亦高辛《かうしん》（帝嚳《ていこく》）(229)に先んぜらる。宓妃を索《もと》めて見るを肯ぜられず、簡狄《かんてき》（有娀之佚女）を求めて又高帝に後《おく》る。更に意を有虞《いうぐ》の二姚《にえう》(230)に寓す、翻て思ふ閨中邃遠《すいゑん》、哲王寤《さ》めず、女を得て之を奬《す》むるも君に達せざらんを恐る。朕《わ》が情を懷いて遂に發せず、心中煩憂、去らん乎、意踟躕《ちちう》す、留《とどま》らん乎、忍びず。乃ち靈氛《れいふん》(231)に命じて占せしむ。靈氛いふ、勉《つと》めて遠逝《ゑんせい》して狐疑《こぎ》する無《なか》れ、何所《いづこ》か獨り芳草無からん、爾《なんぢ》何ぞ故宇《こう》を懷ふと。世の迷昧《めいまい》にして眩曜《げんえう》なる、余も亦之を知る、而かも猶心を故國に繫けて猶豫狐疑す、又巫咸《ふかん》(232)に謀《はか》れば、榘矱《くくわく》(233)の同じき所を求めて、勉めて升降して以て上下し、年歳の未だ晏《おそ》からず、時も亦猶其未《そのいま》だ央《つ》きざるに及べといふ。時繽紛《ひんぷん》として變易、蘭芷《らんし》變じて芳ばしからず、荃蕙《せんけい》化して茅となる。昔日の芳草、今直ちに蕭艾《せうがい》となれり。椒蘭《せうらん》を覽《み》るも、其れ茲《こ》の若《ごと》し、又況《いは》んや掲車《けつしや》と江離《かうり》とをや。世溷濁、善惡變易、又何ぞ以て淹留するに忍びん、吾が意決せり。若《し》かず余が飾《しよく》の方《まさ》に壯《さかん》なるに及んで、周流《しうりう》して上下に觀《み》んには。

靈氛既告レ余以二吉占一兮、歷二吉日一乎吾將レ行、折二瓊枝一以爲レ羞兮、精二瓊爢一以爲レ粻、爲レ余
駕二飛龍一兮、雜二瑤象一以爲レ車、何離心之可レ同兮、吾將二遠逝以自疏一、邅二吾道夫崑崙一兮、路
脩遠以周流、揚二雲霓之晻靄一兮、鳴二玉鸞之啾々一、朝發二軔於天津一兮、夕余至レ乎二西極一、鳳
皇翼其承レ旂兮、高翺翔之翼々、忽吾行二此流沙一兮、遵二赤水一而容與、麾二蛟龍一使レ梁レ津兮、
詔二西皇一使レ涉レ予、路脩遠以多レ艱兮、騰二衆車一使二徑待一、路二不周一以左轉兮、指二西海一以
爲レ期、屯二余車一其千乘兮、齊二玉軑一而竝馳、駕二八龍之婉々一兮、載二雲旗之委蛇一、抑レ志而
弭レ節兮、神高馳之邈々、奏二九歌一而舞レ韶兮、聊假レ日以媮樂、(234)

瓊枝《けいし》を羞《しう》となし、瓊爢《けいび》を粻《ちやう》となし、飛龍を駕し、瑤象を車とし、八龍の婉々に駕し、玉軑《ぎよくたい》を齊《ひとし》うし

て泣馳、崑崙《こんろん》に登り、流沙《りうさ》を渉《わた》り、九歌を奏し、九韶を舞はすも、以て憂を解くに足らず。偶々《たまたま》皇の赫戯《かくぎ》に陟陞《ちょくしやう》して、忽ち夫の舊郷を臨睨《りんげい》し、愁且思《うれへ》ふ。意、楚國を忘るゝ能はず、僕御《ぼくぎょ》悲感、我が馬歸を思ふ。蜷局結屈《けんきょくけつくつ》して行くを肯てせず。

僕夫悲、余馬懷兮、蜷局顧而不レ行、(235)

然れども懷王遂に悟らず、屈原終《つひ》に復用ゐられず。

といふを以て篇を結ぶ。屈原、時を憤《いきどほ》り、王を怨み、留《とどま》らんとして能《あた》はず、意を決して去る、去つて而して情に禁《た》へず、顧みて復反る。故國を眷戀《けんれん》して終《つひ》に去る能はざるの意を明にする也。

九歌《きうか》は何ぞ東皇太一《とうくわうたいいつ》、雲中君《うんちゆうくん》、湘君《しやうくん》、湘夫人《しやうふじん》、大司命《だいしめい》、小司命《せうしめい》、東君《とうくん》、河伯《かはく》、山鬼《さんき》、凡て九篇にして加ふるに國殤《こくしやう》、禮魂《れいこん》の二篇を以てせる也。何を以てか作れる。玉逸、之に序して曰く、

昔楚國南郢之邑、沅湘之間、其俗信レ鬼而好レ祀、其詞必作二歌樂一鼓舞、以樂二諸神一、屈原放逐、竄二伏其域一、懷憂苦毒、愁思怫鬱、出見二俗人祭祀之禮、歌舞之樂一、其詞鄙陋、因爲作二九歌之曲一、上陳二事神之敬一、下以見二己之寃結一、託レ之以風諫、故其文意不レ同、章句雜錯、而廣異義焉、(236)

既に祭祀歌舞の歌也、詩(237)の頌と近し。故に屈原作中、憤怨の語最も少し。而も孤憤深慨、内に鬱積す。又境に觸れて發洩するを免れざる也。今悉く擧ぐるに及ばず、中に湘君の一篇あり。湘夫人は堯《げう》の二女、娥皇女英、堯《げう》以て舜《しゆん》に配す。傳へ曰ふ、舜の時、有苗《いうべう》(238)服せず。舜往《ゆき》て之を征す。二女從て反らず、道に沅湘水の渚に死せり。因て湘夫人といふ、と。屈原其二女の儀德美好にして、千里飄泊、

遂に命を水中に没するを閔《あわれ》み、且以て自ら傷む也。先づ筆を下して悲秋銷魂の景を敘す。

帝子降二兮北渚一、目眇々兮愁レ余、嫋々兮秋風、洞庭波兮木葉下、登二白蘋一兮騁望、與二佳期一兮夕張、(239)

秋風嫋々として湘水波だち、木葉落つ、心を満目の風光に傷ましめ、因て湘夫人を懐《した》ふ。彷彿《はうふつ》存するが若《ごと》し、就《つ》かんとすれば形無し、但流水の潺湲《せんくわん》を見る。

思二公子一兮未二敢言一、慌惚兮遠望、觀二流水兮潺湲一、(240)

自ら傷んで驅馳《くち》、朝に馬を江皐《かうかう》に馳せ、夕に西澨《せいぜい》を濟《わた》り、之を求め之を索《もと》む。佳人命あり、忽ち予を召す。卽ち駕に騰《はせ》て逝《ゆ》く、室を水中に築き、衆芳を積聚して以て殿堂を爲《つく》り、之と偕《とも》に處《を》る。九疑《きうぎ》(241)は帝舜の葬らるゝ所、舜、九嶷の山神を遣《やり》て來迎《きむか》ふ、靈の來る繽紛《ひんぷん》雲の如し、二女我をすてゝ去る。嗚呼《ああ》余何《いづ》くにか適歸せん、命の不可なる歟、時それ値ひ難し。余が袂《べい》を江中に捐《す》て、余が褋《てふ》を醴浦《れいほ》に遺《す》て、若《し》かず逍遙以て容與せんにはと。屈原湘夫人に託して、其感慨を傾くる也。

屈原既に放たれて流離辛苦、運否《ひ》に命窮す、憂憤鬱勃《うつぼつ》、舒《の》ぶる所なし、懊絶惱絶《あうぜつなうぜつ》、天を仰いで呼號す、彼蒼《かのさう》語らず、天も亦余を嘲ける歟《か》。憤懣遺《や》るに由なし、呵《か》して之に問ふ、天問《てんもん》是也。故に滿幅の文字凌厲激宕《りようれいげきたう》、咄々《とつとつ》天に逼《せま》る。詭譎變幻《きけつへんげん》、奇を極め怪を極む。傳說を援《ひ》き、神話を引き、一問復《また》一問、句を逐ふて累層し來る。王逸が序に曰ふ、

屈原放逐、憂心愁悴、彷二徨山澤一、經二歷陵陸一、嗟號二昊旻一、仰レ天歎息、見下楚有二先王之廟、及公卿祠堂一、圖中畫天地山川神靈琦偉僪佹、及古聖賢、怪物行事上、周流罷倦、休二息其下一、仰

見二圖畫一、因書二其壁一、呵而問レ之、以渫二憤懣一、舒二瀉愁思一、[242]

天問一篇、文義次せず、又奇怪の事多きを以て、古より難解と稱せらる、然れども詳《つまびら》に之を讀む、大抵其意を見るに難からず。屈原先づ筆を天地の創造に起して、

曰遂古之初、誰傳道レ之、上下未レ形、何由考レ之、冥昭瞢闇、誰能極レ之、憑翼惟像、何以識レ之、明々闇々、惟時何爲、陰陽三合、何本何化、[243]

と問ひ、更に天の成れる所以に及んで、

圜則九重、孰營二度之一、惟茲何功、孰初作レ之、斡維焉繫、天極焉加、八柱何當、東南何レ虧、九天之際、安放安屬、隅隈多有、誰知二其數一、天何所レ沓、十二焉分、日月安屬、列星安陳、[244]

と疑ひ、日の出沒する所以、

出レ自二湯谷一、次レ于二蒙汜一、自レ明及レ晦、所レ行幾里、[245]

月の盈缺する所以、

夜光何德、死則又育、厥利維何、而顧菟在レ腹、[246]

陰陽の調和する所以、

女岐無レ合レ夫、焉取二九子一、伯强何處、惠氣安在、[247]

天地の晦明する所以、

何闔而晦、何開而明、角宿未レ旦、曜靈安藏、[248]

を疑ひ、更らに進んで、九地の此の如きを疑ひ、

康回憑怒、墜何故以東南傾、九州安錯、川谷何洿、東流不レ溢、孰知二其故一、東西南北、其修孰多、南北順嶞、其衍幾何、崑崙縣圃、其尻安在、增城九重、其高幾里、四方之門、其誰從レ焉、西北辟啓、何氣通焉、日安不レ到、燭龍何照、羲和之未レ揚、若華何光、何處冬暖、何處夏寒、焉有二石林一、何獸能言、焉有二虬龍一、負レ熊以游、雄虺九首、儵忽焉在、何所レ不レ死、長人何守、靡蓱九衢、枲華安居、一蛇吞レ象、厥大何如、黑水玄趾、三危安在、延年不レ死、壽何所レ止、鯪魚何所、鬿堆焉處、(249)

と問ひ、更に人事に及びて、上は堯舜より、下齊桓に至る諸般の傳説を擧し來りて、而して之を問ふ。一問復《また》一問、層々累々底止する所を知らず、殆んど二百問に至る。

擧世溷濁、憤つて絶叫するも反響なし。憂へて通哭するも世人皆聾《ろう》なり。志の潔、行の廉、世に依るべきなし。若《し》かず高擧飛揚、彼《か》の仙人と倶《とも》に遊戲、超世超俗して濁穢を蟬脫《せんだつ》せんには。是《ここ》に於《おい》て乎《か》遠遊《ゑんいう》の篇あり。王逸の叙に曰く、

屈原履二方直之行一、不レ容レ於レ世、上爲三讒佞所二譖毀一、下爲三俗人所二困極一、章二皇山澤一、無レ所二告訴一、乃深惟二元一一、修二執恬漠一、思欲レ濟レ世、則意中憤然、文采秀發、遂叙二妙思一、託二配仙人一、與俱遊戲、周二歷天地一、無レ所レ不レ到、然猶懷二念楚國一、思二慕舊故一、忠信之篤、仁義之厚也(250)

嶄然《ざんぜん》として筆を起す、曰く、

悲二時俗之迫阨一兮、願輕擧而遠遊、質菲薄而無レ因兮、焉託乘而上浮、遭二沈濁一而汙穢兮、獨鬱

結其誰語、夜耿々而不レ寐兮、魂煢々而至レ曙、惟天地之無レ窮兮、哀二人生之長勤一、往者余弗レ及兮、來者吾不レ聞、歩徙倚而遙思兮、怊惝怳而永懷、意荒忽而流蕩兮、心愁悽而增悲、(251)

形神勞苦安んずる所を求めて得ず、虚靜にして恬愉《てんゆ》、無爲にして自得するには若《し》かず。

聞二赤松之清塵一兮、願承三風乎二遺則一、貴二眞人之休德一兮、羨二往世之登仙一、(252)

是《ここ》に於《おい》てか人群を離れて遁逸《とんいつ》し、形穆々《ぼくぼく》として遠きに浸《ひた》り、氣變《へん》に因て曾擧《そうきよ》、神犇《ほん》して鬼怪、精皎々《けうけう》として往來、時に髣髴《はうふつ》として遙《はるか》に見る、氛埃《ふんあい》を絶して終《つひ》に故都に反らず、衆患《しゆうくわん》を免れて懼《おそ》れず、世其如《そのゆ》く所を知るなし。屈原是に至て力を極めて仙遊を叙す、曰く、

仍二羽人於丹丘一兮、留二不死之舊鄕一、朝濯三髮於二湯谷一兮、夕晞二余身兮九陽一、吸二飛泉之微液一兮、懷二琬琰之華英一、玉色頩以脕顏兮、精醇粹而始壯、質銷鑠以汋約兮、神要眇以淫放、嘉二南州之炎德一兮、麗二桂樹之冬榮一、山蕭條而無レ獸兮、野寂漠其無レ人、載二營魄一而登霞兮、掩二浮雲一而上征、(253)

乃ち豐隆《ほうりう》を先導とし、飛廉《ひれん》を前にして路を啓《ひら》き、風伯《ふうはく》を先驅とし、鳳凰其旂《き》を承け、彗星《すゐせい》を擥《とり》て旌《はた》となし、斗柄《とへい》を擧げて麾《き》となし、玄武《げんぶ》を召して奔屬とし、文昌《ぶんしやう》を後にして掌行《しやうかう》せしめ、雨師《うし》を左にして徑侍せしめ、雷公《らいこう》を右にして衞となし、衆神轂《くるま》を竝《ならべ》て奉仕、是に於てか意揚《あが》り心悅ぶ、青雲を涉《わたり》て以て相羊《しやうやう》せんと欲す、忽ち舊都を臨睨《りんげい》して僕夫懷ひ、余が心悲む、邊馬《へんば》顧みて行かず、舊故を思ふて想像し、長太息して涕《なみだ》を掩《ぬぐ》ふ。嗚呼天に升り、雲に乘り、百神を使役し、萬方を周歷《しうれき》して、樂む所にあらず。猶故國の故舊を念《おも》ふ。此邊離騷と文意倶に相似て、而して離騷は筆を茲《ここ》に絶てりと雖ども、

此篇は更《さ》らに俛仰《ふぎやう》して復去るを叙す。離騷に比して此作の後《のち》に出でゝ、屈原が既に絶望の情やゝ深きを見るべし。思慕益なし、踟躕《ちちう》暫時卽ち去る。炎神を指して直ちに馳せ、南疑《なんぎ》(254)に往かんと欲す。祝融蹕御《ひつぎよ》し、鸞鳥《らんてう》に騰告《たうこく》せしめて、宓妃《ふくひ》を迎へ、樂を張る、承雲《しよううん》(255)と咸池《かんち》(256)とを奏し、堯の二女九韶の歌を御す、湘水の靈瑟《れいしつ》を鼓し、海若《かいじやく》(257)と憑夷《ひようい》(258)と舞ふ、玄螭《げんち》(259)蟲象《ちゆうしやう》(260)竝に出で進み、雌蜺《しげい》(261)増撓《ぞうたう》し、鸞鳥翔飛す。音樂博衍《はくえん》、終極なし。遂に往て周流、北垠《ほくぎん》(262)を寒門に絕つ、道絕え路窮まる、乃ち黔嬴《けんえい》(263)を召し、之を見、余が爲めに平路に先んぜしむ、玄冥の境如何。

經㆓營四荒㆒兮、周㆓流六漠㆒、上至㆓列缺㆒兮、降望㆓大壑㆒、下崢嶸而無㆑地兮、上寥廓而無㆑天、

視㆓儵忽㆒而無㆑見兮、聽㆓惝怳㆒而無㆑聞、超㆓無爲㆒以至淸兮、與㆓泰初㆒而爲㆑鄰、(264)

何等道に邃《くはし》きの言ぞ。

然れども屈原が鬱結せる憂憤は、道を修して猶平むるを得ず。煩悶懊惱、生きて此苦に遭《あ》はんよりは、死して之を免るゝの易《やす》きに若かず。乃ち九章を作り以て己が志を章す。九章九篇、惜誦《せきしよう》一也、涉江《せふかう》一也、哀郢《あいえい》一なり、抽思《ちうし》一なり、懷沙《くわいさ》一なり、思美人《しびじん》一なり、惜往日《せきわうじつ》一なり、橘頌《きつしよう》、悲回風《ひくわいふう》各一なり、凡て九。

蒼天を指して以て正を爲し、五帝をして以て折中せしむ、忠誠を竭《つ》くして、君に事《つか》ふれば、其群に離るゝを以て、反て贅肬《ぜいいう》(265)とせられ、儇媚《けんび》(266)を忘れて衆に背《そむ》けば、君闇余を知るなし。吾が、君を先にして身を後にするは、衆人の仇《あだ》する所。專ら君を思ふて他なきは、又衆兆《しゆうてう》の讎《あだ》とする所。嗚呼忠何の罪か以て罰に遇ふ。亦余が心の志す所にあらず。行不群にして以て顚越《てんゑつ》す、又衆兆の咍《わら》ふ所。紛とし

て尤《とがめ》に逢ひ、謗《そしり》に離《か》かり、謇《ああ》、釋《と》く可らず、情沈抑《ちんよく》して達せず。蔽《おほ》はれて白《まう》すべきなし、心鬱邑として余侘傺《たてい》す。余の中情を察するなし、志を陳ぜんとするに路なし。煩言詒《はんげんおく》る可らず、退いて靜默なれば余を知るなし。進んで號呼するも又吾を聞くなし。侘傺の煩惑《はんわく》を申《かさ》ね、中心忳々《とんとん》として瞀亂《ぼうらん》す。矰弋機《そうよくき》して上に在り、罻羅《ゐら》張《はり》て下にあり、身を側《そばだ》てゝ藏匿《ざうとく》せんとするに所無し。低徊して以て住《とど》まらんと欲すれば、患を重ねて尤《とがめ》に離《かか》らんことを恐る。高飛而遠集《たかくとびてとおくいたりよ》余去《さ》らんとするも、君余に汝何《いづ》くに之くと謂ふなし。而かも變心矯行、横奔して路を失せんは、余心の爲すに忍びざる所、既に放逐せられて山澤に私處するも、猶修善倦まず。

擣二木蘭一以矯レ蕙兮、糳二申椒一以爲レ糧、播三江離與二滋菊一兮、願春日以爲二糗芳一、(267)

修善倦まずと雖ども、恐《おそら》くは君の深く己の情を照す能はざるを。乃ち重ねて此篇を著はして、以て自ら明かにし、憤を發し、情を抒《の》べ、惜誦して以て愍を致す。惜誦是也。盖し惜誦は九章の叙言にして其之を作る所以をいふもの歟《か》。

渉江は、原既に遷謫せられ、江を渉《わた》つて南して流に上《の》ぼる、心悽愴として遷謫を悲むの情あるを叙する也。

世溷濁而莫二余知一兮、吾方高馳而不レ顧、駕二青虬一兮驂二白螭一、吾與二重華一遊二兮瑤之圃一、登二崑崙一兮食二玉英一、與二天地一兮同レ壽、與二日月一兮同レ光、哀三南夷之莫二吾知一兮、旦余濟レ乎二江湘一、乘二鄂渚一而反顧兮、欸《ナゲキ》二秋冬之緒風一、歩二余馬兮山皐一、邸二余車兮方林一、乘二舲船一余上レ沅兮、齊二吳榜一以擊レ汰、船容與而不レ進兮、淹回レ水而疑滯、朝發二枉陼一兮、夕宿二辰陽一、苟余心之端直兮、雖二僻遠一之何傷、入二漵浦一余儃佪兮、迷不レ知二吾之所一レ如、深林杳以冥々兮、乃猨狖之所レ居、山峻高以蔽レ日兮、下幽晦以多雨、霰雪紛其無レ垠兮、雲霏々而承レ宇、哀二吾生之無一レ樂兮、幽獨二處乎山中一、吾不レ能二變レ心而從一レ俗兮、固將二愁苦而終窮一、(268)

哀郢は、放たれて國都を去るを叙して、復ること再び得可からざるを哀《かなし》むなり。

發二郢都一而去レ閭兮、荒忽其焉極、楫齊揚以容與兮、哀三見レ君而不二再得一、望二長楸一而太息兮、涕淫々其若レ霰、過二夏首一而西浮兮、顧二龍門一而不レ見、心嬋媛而傷懷兮、眇不レ知二其所一レ蹠《ユク》、順二風波一以從レ流兮、焉洋洋而爲レ客、凌二陽侯之氾濫一兮、忽翺翔之焉薄《トドマル》、心絓結而不レ解兮、思蹇產而不レ釋、將二運レ舟而下浮一兮、上二洞庭一而下レ江、去二終古之所一レ居兮、今逍遙而來レ東、羌靈魂之欲レ歸兮、何須臾而忘レ反、背二夏浦一而西思兮、哀二故都之日遠一、(269)

其《その》亂に曰く、

曼二余目一以流觀兮、冀二壹反之何時一、鳥飛反二故鄉一兮、狐死必首レ丘、信非二吾罪一而棄逐兮、何日夜而忘レ之、(270)

語の何ぞ惻々たる。

憂思鬱々たり、思を道《い》ふて頌を作り、情を抒《の》べて辭を陳ず。憂心達せず、斯《こ》の言誰にか告げん。聊《いささ》か以て自ら遣《や》る。抽思の作是《これ》也。

有レ鳥自レ南兮、來集二漢北一、好姱佳麗兮、胖獨處二此異域一、既惸獨而不レ群兮、又無三良媒在二其側一、道卓遠而日忘兮、願二自申一而不レ得、望二北山一而流レ涕兮、臨二流水一而太息、望二孟夏之短夜一兮、何晦明之若レ歳、惟郢路之遼遠兮、魂一夕而九逝、曾不レ知二路之曲直一兮、南指三月與二列星一、願二徑逝一而不レ得兮、魂識二路之營々一、何靈魂之信直兮、人之心不下與二吾心一同上、理弱而媒不レ通兮、尙不レ知二余之從容一、(271)

鳥を以て自ら喩へて、其思を抽《ぬ》く也。

屈原既に汨然《こつぜん》放流、南土に居る、地僻陬《へきすう》、境寥廓《れうかく》、憖《うれひ》に離《かか》ること既に長し、鬱結紆軫《うつけつうしん》、恐らくは遂に顚沛《てんぱい》せん、乃ち自强《じきやう》して情を撫《ぶ》し、心を抑へ、恨《うらみ》を懲《とど》め、忿《いかり》を改め、聊か以て憂を舒《の》べ、哀を娯《たのし》む、身あるが故に憂あり、一死辭せず、窮愁吾に於て何かあらん。懷沙を作つて其志を道《い》ふ。

浩々沅湘兮、分流汨兮、脩路幽蔽兮、道遠忽兮、曾唫《カサネテ》恆悲兮、永歎慨兮、世既莫二吾知一兮、人心不レ可レ謂兮、懷レ質抱レ情兮、獨無レ匹兮、伯樂既歿兮、驥將二焉程《ハカラン》一兮、人生有レ命兮、各有レ所レ錯兮、定レ心廣レ志、余何畏懼兮、曾傷爰哀、永歎喟兮、世溷濁莫二吾知一、人心不レ可レ謂兮、知二死不一レ可レ讓、願勿レ愛《ヲシム》兮、明以告二君子一、吾將以爲レ類兮、(272)

夫れ人窮極《きは》まり迫窮《きは》まる、一出路なく、四面皆闇黑、希望の微光だもなし。悶絶懊絶惱絶、猶足らず。於是乎《ここにおいてか》卽ち思ふ、生あるが故に苦あり、身あるが故に憂あり。此身一たび捨てば、窮阨何《きゆうやくいづく》にかあらん。死を思ふは絶望の極のみ。死は絶望に於ける唯一の慰なるのみ。獨の詩人ハイネ、多病長窮、嘗て書を其知人に遺《やり》て曰ふ、吾側《わが》に一劒あり、余は余が欲するに任せて此劒を執《と》り得、是れ余が苦痛の唯一の慰のみと、屈原の意亦是のみ。

思美人は其君を思ふなり、君を思ふて優心冲々《ちゆうちゆう》、君が心反らず、吾度《ど》を改めず、君と余と何《いづれ》の時か合はん、命幽《いう》に處《を》る、窮身勞苦、吾將《ま》さに罷《つか》れんとす、已むなし、白日の未だ暮れざるに及んで早く去らんには。煢々《けいけい》として獨り南に行く。是れ思美人の意也。

思二美人一兮、擥レ涙而竚眙、媒絶路阻兮、言不レ可二結而詒一、蹇々之煩寃兮、陷滯而不レ發、申レ旦以舒二中情一兮、志沈菀而莫レ達、願寄二言於浮雲一兮、遇二豐隆一而不レ將、因二歸鳥一而致レ辭兮、羌迅高而難レ當、高辛之靈盛兮、遭二玄鳥一而致レ詒、欲二變レ節以從一レ俗兮、媿易レ初而屈レ志、獨歷レ年而離レ愍兮、羌憑心猶未レ化、寧隱閔而壽考兮、何變易之可レ爲、知二前轍之不一レ遂兮、未レ改二此度一、車既覆而馬顚兮、蹇獨懷二此異路一、(273)

屈原初め王の爲めに甚だ任ぜらる、讒《ざん》に遭《あ》ふに及んで、罪無うして遠謫せらる、往日《おうじつ》の曾て信ぜられしを懷ふて、今の窮阨《きゆうやく》を恨む。寧ろ流に赴て死するも、長く此窮阨に處《を》るに忍びず。唯君壅蔽《ようへい》せられて識《し》らず、昭《あきら》かならざるを惜む、惜往日是也《これなり》。

臨二沅湘之玄淵一兮、遂自忍而沈レ流、卒沈レ身而絕名兮、惜壅二君之不昭一、(274)

寧溘死而流亡兮、恐禍殃之有レ再、不レ畢レ辭而赴レ淵兮、惜壅二君之不識一、(275)

といひ、

何ぞ情の切に語の激せるや。

屈原江南に處る、江南よく橘を生ず。原、橘の獨り南國に生じて移徙《いし》すべからざるを以て、之を喜《よろこ》んで自ら比し、橘頌を作る。其辭に曰く、

嗟爾幼志、有二以異一兮、獨立不レ遷、豈不レ可レ喜兮、深固難レ徙、廓其無レ求兮、蘇世獨立、橫

而不レ流兮、閉レ心自愼、終不二過失一兮、秉レ德無レ私、參二天地一兮、願歲幷謝、與長友兮、椒離不レ淫、梗其有レ理兮、年歲雖レ少、可二師長一兮、行比二伯夷一、置以爲レ像兮、(276)

悲回風は飄風《へうふう》の蕙《けい》を搖がすに感興して、芳草の隕落《ゐんらく》し易きを悲み、以て忠直の傷《そこな》はれ易きをいふ也。

惟佳人之獨懷兮、折二芳椒一以自處、增二歔欷之嗟嗟一兮、獨隱伏而思慮、涕泣交而凄々兮、思不レ眠以至レ曙、終長夜之曼々兮、掩二此哀一而不レ去、寤從容以周流兮、聊逍遙以自恃、傷二太息之愍歎一兮、氣於邑而不レ可レ止、糺二思心一以爲レ纕兮、編二愁苦一以爲レ膺、折二若木一以蔽レ光兮、隨二飄風之所一レ仍、存二髣髴不一レ見兮、心踊躍其若レ湯、撫二珮衽一以案レ志兮、超惘々而遂行、歲曶々其若レ頹兮、時亦冉々而將レ至、薠蘅槁而節離兮、芳以歇而不レ比、憐二思心之不一レ可レ懲兮、證二此言之不レ可レ聊、寧逝死而流亡兮、不レ忍二此心之常愁一(277)

今傳ふる所の楚辭、收むる所九章の篇次、前記する所の如し。然れども吾人を以て之を攷《かんが》ふるに、序列當《たう》を得ざるものあるに似たり、私《ひそか》に以爲《おもへ》らく、惜誦第一、哀郢、涉江は江南に遷るの途上を敘する也、之に次《つ》ぐ。橘頌は既に江南にあるをいふ也、其次也。抽思、思美人、悲回風次なり。憂思告ぐる所なし、興に托して思を道《い》ふ也。懷沙、惜往日、終也、憂憤極まつて死をいふ也。屈原の作物の梗概、大概右の如し。以下謂ふ其作物に對して少しく批評する所あらん。

第五章　屈原作物の批評

明《みん》の胡應麟《こおうりん》嘗て屈原を評して曰く、

屈原氏以二瑰奇浩瀚之才一、屬二縱横艱夭之運一、因二牢騷愁怨之感一、發二沈雄偉博之辭一、上陳二天道一、下悉二人情一、中稽二物理一、旁引廣譬、貝網兼羅、文詞鉅麗、躰制宏深、興寄超遠、百代而下、才人學士、追レ之莫レ逮、取レ之不レ窮、史謂争二光日月一、詎不レ信夫、(278)と、盡せり矣。何の辭以てか之に加へん。唯論じて細ならず、説いて詳ならず。嘗試《こころ》みに吾人をして其見る所をいはしめよ。

夫れ文士の作物には、時代の印象あり、地方の色彩あり、境遇の影響あり、性情の發露あり、是れ已む可らざる者也。曰く時代の印象とは何ぞ、禮に曰はずや、治世の音は安以て樂、其政和すればなり、亂世の音は怨以て怒、其政乖《そむ》けばなり、亡國の音は哀にして思ふ、其民困すればなりと。(279)音は情の中に動いて、聲に形《あら》はるゝもの也。詩は其詞に形るゝもの也。音をいふ、以て詩をいふ可らざらんや。曰く地方の色彩とは何ぞ、地を殊にすれば風氣同じからず、從《したが》て氣象同じからず。論語に孔子、子路の强を問ふに對へて、南方の强か抑《そ》も北方の强か、寛柔以て敎へ、無道に報せず、南方の强なり、君子之に居る、金革を被り、死して厭はず、北方の强なり、而して强者之に居るといふ。(280)氣象に南北あり、詞に形はれて何ぞ、地を殊にすれば色を特にせざらむ。曰く境遇の影響とは何ぞ、佚《いつ》すれば樂み、窮すれば悲む、人に七情あり、境に觸れて喜怒哀樂す。禮に其哀《あい》心感ずるものは其聲噍《せう》以て殺《さい》、其樂《らく》心感ずるものは其聲嘽《せん》以て緩《くわん》、其怠《たい》心感ずるものは其聲發《はつ》以て散《さん》、其怒《ど》心感ずるものは其聲粗《そ》以て厲《れい》、其敬《けい》心感ずるものは其聲直《ちょく》以て廉《れん》、其愛《あい》心感ずるものは其聲和《わ》以て柔《じゅう》(281)といふものは樂を説くものの也といへども、樂と詩と人心の物に感ずるに由るは一也。曰く性情の發露とは何ぞ、人生れながらにして氣象の異なるあり、或は多感、或は冷酷、或は和樂にして平易、或者は矯激《はうげき》にして圭角《けいかく》、性情既に異なり、發露する所自ら同じき能はず。ショッペンハウアー氏曰く、文は精神的人相也と。

國風は溫雅、兩漢は渾璞《こんはく》、建安は高華、六朝は靡曼《びまん》、唐は淸空、宋は生澁《せいじふ》、明は險窘《けんきん》、蓋し時の變也、屈原の時は戰國の時也、戰國の末造《まつざう》也、周鼎《しうてい》既に輕く、秦の勢既に強く、六國の衰亡既に萠《きざ》す。此間に生るゝ者、自ら疑懼憤悱《ぎくふんひ》の念を懷《いだ》かざるを得ざる也。蓋し春秋の時、周室の威德衰へたりと雖ども、猶諸侯を命令す、當時に霸《は》たらんとするもの、王命を假《か》らざる能はざる、以て見るべし。故に當時に於ける思索家は、其意猶時を濟《すく》はんとするにあり、其說く所惇切《とんせつ》篤實。

戰國に至ては亂離の極、救世の望得可からず、當世の士、世を憤つて時を罵る乎、俗を脫して自ら淸うする乎、思想界も亦時と共に激揚凌厲、諸子雲の如く興り、自ら標異して互に相抵排《ていはい》す、故に當時の士、心に遑々《くわうくわう》不安の念を懷き、詞に慘怛《さんたん》憤悱の言を洩らす。屈原の時此《かく》の如し、屈原の辭の自から和平の意に乏しく、姱辭《くわじ》逸調、愴惻《そうもく》濃至、蓋し又當時時勢の印象ならずんばあらず。

且夫《かつそ》れ、屈子が世間的懊惱の極、遂に人間を離れて、神明と伍し、俗界を脫して天上に逍遙《せうえう》せんといふもの、實に其絕大なる想像力に歸すべしといへども、亦當時の思想の、時の亂離に影響せられて人皆離脫《フライハイト》を念ふあるに職由《しよくゆう》せずんばあらず。離騷及び遠遊は、此を以て其篇を結構せるもの、今論ずるを要せず。九歌九章中、此思想亦處々に散見す。例へば、九歌の少司命に於て

穐蘭兮青々、綠葉兮紫莖、滿堂兮美人、忽獨與ㇾ余兮目成、入不ㇾ言兮出不ㇾ辭、乘二回風一兮載二雲旗一、悲莫ㇾ悲二兮生別離一、樂莫ㇾ樂二兮新相知一、荷衣兮蕙帶、儵而來兮忽而逝、夕宿二兮帝

郊㆒、君誰須㆓兮雲之際㆒、與㆑女游㆓兮九河㆒、衝㆑風至兮水揚㆑波、與㆑女沐㆓兮咸池㆒、晞㆓女髪兮陽之阿㆒、望㆓美人兮未㆑來、臨㆑風怳兮浩歌、孔蓋兮翠旌、登㆓九天㆒兮撫㆓彗星㆒、竦㆓長劒㆒兮擁㆓幼艾㆒、荃獨宜㆔兮爲㆓民正㆒、(282)

といひ、九章の悲回風に於て

上㆓高巖之峭岸㆒兮、處㆓雌蜺之標顚㆒、據㆓青冥㆒而攄㆑虹兮、遂儵忽而捫㆑天、吸㆓湛露之浮涼㆒兮、漱㆓凝霜之雰々㆒、依㆓風穴㆒以自息兮、忽傾寤以嬋媛、憑㆓崐崙㆒以瞰㆓霧露㆒兮、隱㆓岐山㆒以清㆑江、(283)

と云へるが如き以て知るべき而已《のみ》。而して此の如きの出世間的の思想は、北人に稀《まれ》にして南人に通有なるものなりとす。

屈原は楚人也、當時楚は長江一帶の地を奄有《えんいう》して、南方の一大國たり。屈原既に生れて南人たり、南人は感情に富み、想像に長ず、空想に馳鶩《ちぶ》して、實際を忘る。故に南人の思想は、理想的也、出世間的也、所謂無町畦也《ていけいなきなり》。(284)而して其文は瓌瑋《くわいゐ》也、遒麗《しうれい》也、思想も豐腴《ほうゆ》、詞藻も豐富也。試みに楚辭一卷を開けば、想像を縱横に馳鶩し、上《うえ》九天を窮め、下《した》九地を極め、汪洋自《わうやうじ》恣《し》汗漫《かんまん》にして町畦《ていけい》を見ず。而して其激楚《げきそ》なる熱情は急潮の如く其間に迸り出で、洶湧《きようよう》奔騰するを見る也。而して其絶大なる想像力あるは、天問之を證し、激楚なる感情に富めるは、離騷以て察すべき也。而して此點に於て吾人は屈子と莊子とが酷似の點を認む。一は散文、一は韻文の差ありと雖ども、屈の遠游《ゑんいう》は莊の逍遙游《せうえういう》と、此の天問は彼の天運篇と、筆致の髣髴《はうふつ》たるものあるを認むる也。

莊の逍遙游に

邈姑射之山、有二神人一居焉、肌膚若二氷雪一、綽約若二處子一、不レ食二五穀一、吸レ風飲レ露、乘二雲氣一御二飛龍一、而游二乎四海之外一、其神凝使三物不二疵癘一、而禾穀熟、[285]

といふもの、豈に遠游の

浚二六氣一而飲二沆瀣一兮、漱二正陽一而含二朝霞一、保二神明之清澄一兮、精氣入而麤穢除、順二凱風一以從游兮、至二南巢一而壹息、見二王子一而宿レ之兮、審二壹氣之和德一、曰道可レ受兮、不可傳、其小無レ内兮、其大無レ垠、無レ滑二而魂一兮、彼將自然、壹氣孔神兮、於二中夜一存、虛以待レ之兮、無爲之先、庶類以成、此德之門、[286]

末段宛然たる老子の口吻にあらずや。

天其運乎、地其處乎、日月其爭二於所一乎、孰主二張是一、孰綱二維是一、孰居二無事一、推而行レ是、意者其有二機緘一而不レ得レ已邪、意者其運轉而不レ能二自止一邪、雲者爲レ雨乎、雨者爲レ雲乎、孰隆二施是一、孰居二無事一、淫樂而勸レ是、風起二北方一、一西一東、有レ上彷徨、孰噓二吸是一、孰居二無事一、而披二拂是一、[287]

是れ莊子天運篇首の語也、天問の篇首と酷似を見ずや、或は後人屈原の詞に倣《なら》ふて贋《がん》して之を爲《つく》り、之を莊中に混ぜる未だ知る可らず。

南人の想像に富めるや、よく抽象の事實を具體的に表現し來る。故に南人の筆に入れば勃窣《ぼっそつ》の理窟も、詩的の話說となる也。此《この》砂を化して金となす底《てい》の筆腕は、莊の最も長ずる所、逍遙游一篇一段多趣の説話を假《かつ》て、其玄妙《げんめう》(288)の理を談ず。屈子は卽ち物を假つて比興す。溫暖なる南地に繁生せる禽獸草木は、屈子の使役する所となりて、一篇の楚辭、其寓意を除きて之を誦すれば、楚地の博物志たり。所謂善鳥香草以て忠貞に配し、惡禽臭物以て讒佞《ざんねい》に比し、虛修美人以て君に媲《なぞら》へ、宓妃《ふくひ》佚女《いつぢよ》以て賢臣に譬《たと》へ、虬龍鸞鳳《きうりようらんほう》以て君子に托し、飄風雲霓《へうふううんげい》以て小人となす者是也。

紛吾既有二此内美一兮、又重レ之以二修能一、扈三江離與二辟芷一兮、紉二秋蘭一以爲レ佩、汨余若レ將弗レ及兮、恐三年歲之不二吾與一、朝搴二阰之木蘭一兮、夕攬二洲之宿莽一、日月忽其不レ淹兮、春與レ秋其代序、惟草木之零落兮、恐二美人之遲暮一、不二撫レ壯而棄レ穢兮、何不レ改レ乎二此度一也、乘二騏驥一以馳騁兮、來吾道二夫先路一、昔三后之純粹兮、固衆芳之所レ在、雜三申椒與二菌桂一兮、豈維紉二夫蕙茝一、(289)

といひ、

余既滋二蘭之九畹一兮、又樹二蕙之百畝一、畦三留夷與二揭車一兮、雜三杜衡與二芳芷一、冀二枝葉之峻茂一兮、願竢二時乎吾將レ刈、雖二萎絕一其亦何傷兮、哀二衆芳之蕪穢一、(290)

といひ、

朝飲二木蘭之墜露一兮、夕餐二秋菊之落英一、苟余情其信姱以練要兮、長顑頷亦何傷、擥二木根一以結レ茝兮、貫二薜荔之落蘂一、矯二菌桂一以紉レ蕙兮、索二胡繩一之纚々、(291)

といふ、衆芳以て自ら譬ふる也。

思二美人一兮、擥レ涕而竚眙、媒絕路阻兮、言不レ可二結而詒一、蹇々之煩冤兮、陷滯而不レ發、申レ旦以舒㆓中情㆒兮、志沈菀而莫㆑達、願寄㆓言於浮雲㆒兮、遇㆓豐隆㆒而不㆑將、因㆓歸鳥㆒而致㆑辭兮、羌迅高而難㆑當、高辛之靈盛兮、遭㆓玄鳥㆒而致㆑詒、(292)

美人を以て其君に比する也。

孔子は亂神怪力を語らず(293)と說けり。現世主義なる、實際主義なる、北人に在つては、唯今の在る所以に安んじ、今の所によつてゆく、繩墨《じようぼく》に遵從《じゆんじゆう》するのみ。南人は然らず、空想に富み、從て迷信に深し。從て傳說神話に富むなり。屈原の材を神話傳說にかりたるもの、九章あり、天問あり、北人の夢想だにも至らざる怪物行事を捉《とら》へ來つて、一篇の辭となす。南人なる屈原に非ざれば能はざる所也。

屈原、身、閥族に生れ、博覽多才、宜しく用ゐらるゝこと高く、任ぜらるゝ事重かるべき也。而して讒人の間《かん》に遭ひ、王の昏暗によつて、竄謫《ざんたく》の咎《とが》に離《かか》る。意豈に平かなるを得んや。滿肚《まんと》の愁思鬱懷、境《きやう》に遇ひ、事に觸れて發す。怨誹の辭洵《まこと》に已むを得ざる也。太史公嘗て離騷を評して怨より生ずといへり。豈に啻《ただ》に離騷のみならんや。二十五篇皆怨のみ。騷賦の悽惻悲惋《せいそくひわん》は其境遇實に之を然らしむるのみ、離騷に

怨㆓靈脩之浩蕩㆒兮、終不㆑察㆓夫民心㆒、衆女嫉㆓余之蛾眉㆒兮、謠諑謂㆑余以㆓善淫㆒、固時俗之工巧兮、偭㆓規矩㆒而改錯、背㆓繩墨㆒以追㆑曲兮、競㆓周容㆒以爲㆑度、忳鬱邑余侘傺兮、吾獨窮㆓困乎此時㆒也、寧溘死以流亡兮、余不㆑忍㆑爲㆓此態㆒也、鷙鳥之不㆑群兮、自㆓前世㆒而固然、何方圜之能周兮、夫孰異㆑道而相安、屈㆑心而抑㆑志兮、忍㆑尤兮攘㆑詬、伏㆓淸白㆒以死㆑直兮、固前聖之所㆑厚、悔㆓相㆑道之不㆒㆑察兮、延佇乎吾將㆑反、(294)

といひ、九章に

惜誦以致㆑愍兮、發㆑憤以抒㆑情、所㆑作忠而言㆑之兮、指㆓蒼天㆒以爲㆑正、令㆓五帝以折中㆒兮、戒㆓六神㆒與嚮服、俾㆓山川以備㆒㆑御兮、命㆓咎繇㆒使㆑聽㆑直、竭㆓忠誠㆒以事㆑君兮、反離㆑羣而贅肬、忘㆓儇媚㆒以背㆑衆兮、待㆓明君其知㆒㆑之、言與㆑行其可㆑迹兮、情與㆑貌其不㆑變、故相㆑臣莫㆑若㆑君兮、所㆓以證㆒㆑之不㆑遠、吾誼先㆑君而後㆑身兮、羌衆人之所㆑仇、專惟㆑君而無㆑他兮、又衆兆之所㆑讎、壹㆑心而不㆑豫兮、羌不㆑可㆑保、疾親㆑君而無㆑他兮、有㆓招㆑禍之道㆒、思㆑君其莫㆓我忠㆒兮、忽忘㆓身之賤貧㆒、事㆑君而不㆑貳兮、迷不㆑知㆓寵之門㆒、忠何罪以遇㆑罰兮、亦非㆓余心之所㆒㆑志、行不㆑羣以巓越兮、又衆兆之所㆑咍、紛逢㆑尤以離㆑謗兮、謇不㆑可㆑釋、情沈抑而不㆑達兮、又蔽而莫㆓之白㆒、心鬱邑余侘傺兮、又莫㆑察㆓余之中情㆒、固煩言不㆑可㆓結而詒㆒兮、願㆑陳㆑志而無㆑路、退靜默而莫㆓余知㆒兮、進號呼又莫㆓吾聞㆒、申㆓侘傺之煩惑㆒兮、中悶瞀之忳々、[295]

何ぞ其情の切にして、其辭の悽なる。

屈原既に亂離の世に生れ、時君の闇《あん》に遭《あ》ふ、彼をして多感ならざれば乃ち已む。既に多感、情は切なる信《まこと》に已むを得ざる也。楚辭に繾綣《けんけん》低徊決せんと欲して決せず、去らんとして去る能はざるの情懷あるは屈子が多感を證する者也。且屈子、離騷、遠游等の諸篇に於て、世を捨て、俗を脱して人間を去らんとして猶人間に意あり、一度天上に屆《いたり》て忽ち地上に落下する者、是亦屈子が熱情の人たる所以。

或は意を決して去らんとし、

悔㆓相㆑道之不㆒㆑察兮、延佇乎吾將㆑反、回㆓朕車㆒以復㆑路兮、及㆓行迷之未㆒㆑遠、[296]

といひ、既に去て天游するや、忽ち、

忽反顧以流レ涕兮、哀二高丘無一レ女、(297)

意已む能はず、猶復《また》楚國を顧念して、賢臣の有るなきに哀む、情の禁《た》ふ可らざるあり。反らんとして復《また》念ふ。世溷濁《こんだく》して哲王寤《さと》らず、反るも之を如何《いかんせ》ん。

懷二朕情一而不レ發兮、余焉能忍二與レ此終古一、(298)

去らんと欲して決せず。反らんと欲して決せず、狐疑《こぎ》躊躇《ちうちよ》乃ち占によつて決せんとす。而して、

欲レ從二靈氛之吉占一兮、心猶豫而狐疑、(299)

占して猶迷ふ、再び占して纔《わづか》に意を定む。

何離心之可レ同兮、吾將二遠逝以自疏一、(300)

乃ち周流して上下に觀《み》んとし、既に行て又故鄕を念ふ。

忽臨二睨夫舊鄕一、僕夫悲余馬懷兮、蜷局顧而不レ行、(301)

僕夫悲み馬前《すす》まず、行かんとして竟《つひ》に行く能はざる也。是洵《まこと》に屈原の性情を直露せる者なり。

屈原の作物一言以て之を蔽《おほ》へば卽ち情也、其人物が情の現化なるが如く、其作物も亦情の結象也。其作物の愴惻《さうそく》なるも、悲惋《ひゑん》なるも、激越《げきえつ》なるも、痛切なるも、瑰奇《くわいき》なるも、鉅麗《きよれい》なるも、皆情の發現也。其人物の忠厚なる、熱誠なる、眞摯なる、忨慨《ぐわんがい》なる、幽鬱なるが皆情の發現なるが如く、其作物も亦情の發現也、既に情の人也、智の人に非ず、故に尋思《じんし》する能はず、故に辯說《べんせつ》する能はず、故に抽象の理致《りち》に涉《わた》る能はず。直ちに感興し、直ちに詠歎する也、故に直ちに詩となる也、屈子の作物

二十五篇を存して、而して一の散文なきは蓋《けだ》し是が爲めのみ、必ずしも遺佚《いいつ》せしのみにはあらじ。莊子は一面に屈子が情を具へて、一面に老子が智を具へたる也。春秋の時の言、猶閒雅《かんが》の態あり、戰國の時の言、皆激楚《げきそ》の調を帶ぶ。亂世は人の情を激すれば也。孟子にして猶孔子に比すれば厲《はげ》し、故に莊子は老子に比して情に勝《まさ》れる者ある也、屈子は情に於て莊子に似たり、而れども智に於て全く少《か》く。故に老子は純たる思索の人也、莊子は思索すると共に感興す。屈子に至ては純《まつた》く感興する耳《のみ》。南人たるが爲めに、遠游に於けるが如く、其思想の道家に似たるを認めざるに非ずと雖ども、彼は之を思索の上に得たる者にはあらじ。故に老莊は哲學者也、屈原に至ては純たる感興の人也、詩人也。故に理に於て莊に劣り、詞（詩としての）に於ては莊に駕《が》す可し。莊子は理と文と兼ねて南人の特性を表はせり、屈に至ては純乎たる文の上に於ける南人を表はせる者也。莊が南方哲學の代表者たるが如く、屈子は南方文學の代表者也。此二人者あつて支那の思想界は一種奕々《えきえき》たる精采《せいさい》を發揮せる也。

第六章　屈原の末流

楚辭の體、屈原に於て大成す、當時既に其響を嗣《つ》げる者、多し。宋玉《そうぎよく》、唐勒《たうろく》、景差《けいさ》の徒、皆辭を好み、賦を以て稱せらると傳ふ。唐勒、景差の作、今存するものなし。漢志によるに(302)唐勒四篇、宋玉十六篇といふ、就中宋玉最も著はる。其作亦最多く存す。其楚辭に見ゆるものは曰く九辯《きうべん》、曰く招魂《しやうこん》、文選に見ゆるものは、別に風賦《ふうふ》、高唐賦《かうたうふ》、神女賦《しんじよふ》、登徒子《とうとし》好色賦《かうしよくふ》あり、對楚王問《たいそわうもん》あり、其他邃賦《すいふ》、釣賦《てうふ》亦其作と稱せらる。九辯は屈原の忠にして放逐せられたるを閔惜《びんせき》し、悲秋に藉《か》りて感を興し、幽悽悲傷の情を極む。離騒の宏博なしと雖ども、直ちに九章に摩壘《まるい》する[303]に足る。

悲哉秋之爲レ氣也、蕭瑟兮、草木搖落而變衰、憭慄兮、若下在二遠行一、登レ山臨レ水兮、送上レ將レ歸、泬寥兮、天高而氣清、寂寥兮、收レ潦而水清、憯悽增欷兮、薄寒之中レ人、愴怳懭悢兮、去レ故而就レ新、坎廩兮、貧士失レ職而志不レ平、廓落兮、羇旅而無二友生一、惆悵兮、而私自憐、燕翩々其辭歸兮、蟬寂寞而無レ聲、鴈廱々而南游兮、鵾雞啁哳而悲鳴、獨申レ旦而不レ寐兮、哀二蟋蟀之宵征一、時亹々而過レ中兮、蹇淹留而無レ成、[304]

招魂は屈原の忠にして斥棄せられ、山澤に愁懣《しうまん》し、魂魄放佚《はういつ》、厥《その》命將《ま》さに落ちんとするを憐み、其精神を復《か》へし、其年壽を延ばさしめんとして作る所と稱せらる。吾人を以て之を見る、寧ろ是れ一篇哀悼の文のみ、吊詞《てうし》のみ。唯王逸、宋玉等諸人を以て屈子の門人となすと雖ども、史に稱する所によれば、[305]唯稱して屈原既に死せし後、楚の宋玉、唐勒、景差の徒ありといふに過ぎず。王逸、何の據あつてか、宋玉者屈原弟子也[306]とはいふ。寧ろ屈原が騒賦の流を汲みたる一楚人のみ。必ず屈原と時を同うせしに非ず、何ぞ當時に於て其精神を復し、其年壽を延ばさしめんがためにして作らんや。一後人の其德を慕ひ、其不遇を悲みて作れる所にすぎざるべきのみ。其辭剴切《がいせつ》は九辯に及ばずと雖ども、懷愧《くわいくわい》[307]之に過ぐ、庶幾《ちか》くは天問に比するに足らん乎《か》。

朕幼清以廉潔兮、身服レ義而未レ沫、主二此盛德一兮、牽レ俗而蕪穢、上無レ所レ考二此盛德一兮、長離レ殃而愁苦、帝告二巫陽一曰、有レ人在レ下、我欲レ輔レ之、魂魄離散、汝筮予レ之、巫陽對曰、掌夢、上帝其命難レ從、若必筮予レ之、恐後之謝不レ能三復用二巫陽一焉、乃下招曰、魂兮歸來、去二

君之恆幹一、何爲乎四方些、舍二君之樂處一、而離二彼不祥一些、魂兮歸來、東方不レ可二以託一些、長人千仭、唯魂是索些、十日代出、流レ金鑠レ石些、彼皆習レ之、魂往必釋些、歸來々々、不レ可二以託一些、魂兮歸來、南方不レ可二以止一些、雕題黑齒、得二人肉一而祀、以二其骨一爲レ醢些、蝮蛇蓁々、封狐千里些、雄虺九首、往來儵忽、呑レ人以益二其心一些、歸來々々、不レ可二以久淫一些、魂兮歸來、西方之害、流沙千里些、旋入二雷淵一、爢散而不レ可レ止些、幸而得レ脫、其外曠宇些、赤蟻若レ象、玄蠭若レ壺些、五穀不レ生、叢菅是食些、其土爛レ人、求レ水無レ所レ得些、彷徉無レ所レ倚、廣大無レ所レ極些、歸來々々、恐自遺レ賊些、魂兮歸來、北方不レ可二以止一些、增冰峨々、飛雪千里些、歸來歸來、不レ可二以久一些、魂兮歸來、君無レ上レ天些、虎豹九關、啄二害下人一些、一夫九首、拔木九千些、豺狼從目、往來侁々些、懸レ人以娭、投二之深淵一些、致二命於帝一、然後得レ瞑些、歸來々々、往恐危レ身些、魂兮歸來、君無レ下二此幽都一些、土伯九約、其角觺々些、敦脄血拇、逐レ人駓々些、參目虎首、其身若レ牛些、此皆甘レ人、歸來歸來、恐自遺レ災些、魂兮歸來、入二脩門一些、工祝招レ君、背行先些、秦篝齊縷、鄭綿絡些、招具該備、永嘯呼些、魂兮歸來、反二故居一些、天地四方、多二賊姦一些、(308)

然れども時既に同じからず、人も亦同じからず、宋玉等の流《りう》、屈子博學宏辭の後に生れ、能く更に標置して此に凌駕して新機軸を出だすに足らず、於是乎《ここにおいてか》別に自ら立たんとすれば、辭を以て之に勝《まさ》るを求めざるを得ず。故に騷賦、宋玉等に至つて辭の絢爛は即ち譲らずと雖《いへ》ども、終《つひ》に其熱摯《ねつし》剴切《がいせつ》に至ては到底比すべきに非ず。其對偶整比《たいぐうせいひ》、(309)屈原が洶湧《きようよう》奔騰の熱情を少《か》く、

靚二杪秋之遙夜一兮、心憭悷而有レ哀、春秋逴々而日高兮、然惆悵而自悲、四時遞來而卒レ歲兮、陰陽不レ可二與儷偕一、白日晼晚其將レ入兮、明月銷鑠而減毀、歲忽々而遒盡兮、老冉々而愈弛、心搖悅而日幸兮、然怊悵而無レ冀、中憯惻之悽愴兮、長太息而增欷、年洋々以日往兮、老嵺廓而無レ處、事亹々而覬進兮、蹇淹留而躊躇、（九辯(310)）

情は卽ち至れり、辭は既に屈原の騷《さう》と同じからず、語を重ぬること多しと雖ども、終に屈子が洞庭波たち木葉下るの一句(311)が秋景を寫して畫に入るに比すべきに非ず。

招魂の如きは全篇を擧げて既に整比《せいひ》としたる者、其四方の惡を陳ずる所、既に整然排偶《はいぐう》(312)をなすのみならず、其層々句を累《かさ》ね來つて靡麗《びれい》(313)を見る。同じく室の構造をいふや、而して屈原はいふ、

築二室兮水中一、葺レ之兮荷蓋、蓀壁兮紫壇、匊二芳椒一兮盈レ堂、桂棟兮蘭橑、辛夷楣兮葯房、罔二薜茘一兮爲レ帷、擗二蕙櫋一兮既張、白玉兮爲レ鎭、疏二石蘭一兮爲レ芳、芷葺二兮荷屋一、繚二之兮杜衡一、合二百草一兮實レ庭、建二芳馨兮廡門一(314)

猶清艷を脫せず、宋玉は卽ち叙して曰く。

高堂邃宇、檻層軒些、層臺累榭、臨二高山一些、網戶朱綴、刻二方連一些、冬有二突廈一、夏室寒些、川谷徑復、流潺湲些、光風轉レ蕙、氾二崇蘭一些、經レ堂入レ奧、朱二塵筵一些、砥室翠翹、挂二曲瓊一些、翡翠珠被、爛齊レ光些、蒻阿拂レ壁、羅幬張兮、纂組綺縞、結二琦璜一兮、室中之觀、多二珍怪一兮、蘭膏明燭、華容備兮、二八侍宿、射遞代兮、九侯淑女、多迅レ衆兮、盛鬋不レ同レ制、實滿レ宮兮、容態好比、順彌代兮、弱顏固植、謇其有レ意兮、姱容脩態、絙二洞房一兮、蛾眉曼睩、

目騰レ光兮、靡顔膩理、遺視睇兮、離榭脩幕、侍二君之閒一兮、翡帷翠幬、飾二高堂一兮、紅壁沙版、玄玉之梁兮、仰觀二刻桷一、畫二龍蛇一兮、坐レ堂伏レ檻、臨二曲池一兮、芙蓉始發、雜二芰荷一兮、紫莖屛風、文緣レ波兮、文異豹飾、侍二陂陀一兮、軒輬既低、步騎羅兮、蘭薄戶樹、瓊木籬兮、(315)其浸々華靡《しんしんくわび》なるを見るべし、其高唐賦《かうたうふ》、神女賦《しんぢよふ》、登徒子好色賦《とうとしかうしよくふ》の如きに至ては皆是れ美人を詠ぜし者、既に屈子の美人を以て君に譬《たと》へしと同じからず。極力筆を弄《ろう》して美人の態を描出せんとせし而已《のみ》。其措辭更に瑰麗《くわいれい》を極む。其神女賦にいふ。

夫何神女之姣麗兮、含二陰陽之渥飾一、被二華藻之可一レ好兮、若二翡翠之奮一レ翼、其象無レ雙、其美無レ極、毛嬙鄣レ袂、不レ足二程式一、西施掩レ面、比レ之無レ色、近レ之既妖、遠レ之有レ望、骨法多レ奇、應二君之相一、視レ之盈レ目、孰者克尙、私心獨悅、樂レ之無量、交希恩疎、不レ可二盡暢一、他人莫レ覩、玉覽二其狀一、其狀峩峩、何可二極言一、貌豐盈以莊姝兮、苞二溫潤之玉顏一、眸子炯其精朗兮、瞭多レ美而可レ觀、眉聯娟似二蛾揚一兮、朱唇的其若レ丹、素質幹之醲實兮、志解泰而體閑、既姽三嫿於二幽靜一兮、又婆三娑乎二人閒一、宜二高殿以廣一レ意兮、翼放縱而綽寬、動二霧縠一以徐步兮、拂レ墀聲珊珊、望二余帷一而延視兮、若二流波之將一レ瀾、奮二長袖一以正レ衽兮、立躑躅而不レ安、澹清靜其愔嫕兮、性沈詳而不レ煩、時容與以微動兮、志未レ可レ乎レ得レ原、意似レ近而既遠兮、若レ將レ來而復旋、褰二余幬一而請レ御兮、願盡二心之惓惓一、懷二貞亮之潔淸一兮、卒與レ我兮相難、陳二嘉辭一而云對兮、吐二芬芳一其若レ蘭、精交接以來往兮、心凱康以樂歡、神獨亨而未レ結兮、魂煢煢以無レ端、含二然諾一其不レ分兮、喟揚レ音而哀歎、頩薄怒以自持兮、曾不レ可レ乎二犯干一、於レ是搖㆓佩飾㆒、鳴㆓玉鸞㆒、整㆓衣服㆒、斂㆓容顏㆒、顧㆓女師㆒、命㆓太傅㆒、歡情未㆑接、將㆓辭而去㆒、遷延引㆑身、不㆑可㆓親附㆒、似㆑逝未㆑行、中若㆓相首㆒、目略微眄、精彩相授、志態橫出、不㆑可㆑勝㆑記、意離未㆑絕、神心怖覆、禮不㆑遑㆑訖、辭不㆑及㆑究、願㆑假㆓須臾㆒、神女稱㆑遽、徊㆑腸傷㆑氣、顚倒失㆑據、闇然而瞑、忽不㆑知㆑處、情獨私懷、誰者可㆑語、惆悵垂㆑涕、求㆑之至㆑曙、(316)

宋を以て屈に比す、一は冷素、(317)一は濃艶、一は淸臞《せいく》、一は豐腴《ほうゆ》、(318)宋玉は實に早く茲《ここ》に漢代の賦の源を開きたる者也。

楚騷、兩漢に入て辭賦(319)となる、夫《そ》れ漢は秦天下の一統の後を承《う》けて、南北の思想會流す。故に其一方に於て鄒魯《すうろ》の儒を傳ふると共に、一方には荆楚(320)老莊の說行はれ、三百篇の流なる古詩は楚騷の流なる辭賦と竝行《ならびおこな》はれたりき。而して辭賦は寧《むし》ろ古詩を超へて當時に流行したるものゝ如く、隨て作者輩出せり。是れ盖し漢の南方に興りたると、孝武(321)の侈靡《しび》、(322)辭賦の閎麗《くわうれい》を喜びたるに由らん。孝武の柏梁體《はくりやうたい》(323)より七言の開けたる、盖し亦北方の簡古漸く南方曼衍《まんえん》の影響をうけて其調を永うしたるもの非耶《にあらずや》。

漢代の辭賦、實に楚騷の流なりと雖ども、流れて而して變ぜるもの也、既に號して賦といふ、漢代の作者は此を以て敷陳舖叙《ふちんほじよ》(324)の意となし、偏に侈麗閎衍《しれいくわうゑん》(325)の辭を以て、馳騁縱橫《ちへいじゆうわう》(326)をつくすのみ。揚子《やうし》雲《うん》が詞人之賦は麗にして則に、辭人之賦は麗にして淫なりといへるもの是也。楚騷は所謂悃款悱惻《こんくわんひそく》(328)の旨、中に熾《さかん》にして、噫鬱悲愴《あいうつひそう》(329)の音、感興の間に發する者、故に則也。辭賦に至ては虛辭《きよじ》濫說《らんせつ》、中に忠厚の念を懷かず、唯浮華の詞を弄す、故に淫也。一は蒼涼《さうりやう》、(330)一は華耀《くわえう》、(331)一は含畜深婉《がんちくしんゑん》、(332)一は誇張宏鉅《こちやうくわうきよ》、(333)

一は其調の噍殺《せうさい》(334)、戰國に於ける激楚《げきそ》(335)の思想を表し、一は其詞の排比《はいひ》、兩漢訓詁補綴《くんこほてい》の思想を表する也。而して漢代の作者陸賈《りくか》(336)、其端を啓《ひら》き、賈誼《かぎ》(337)之を振ひ、漢武、前代の餘烈《よれつ》を承け、太平の天子、文學を好む、是《ここ》を以て文運鬱として一時に盛に、枚乘《ばいじよう》(338)、枚皐《ばいかう》(339)、東方朔《とうばうさく》(340)、王褒《わうはう》(341)、劉向《りうきやう》(342)等の徒、皆一時の俊、然れども竟《つひ》に司馬相如《しばしやうじよ》(343)の詞采華藻《しさいくわさう》、優に一頭地を抽《ぬ》きたるに若《し》かず、後に楊雄《やういう》、班固《はんこ》(344)の流皆一時の能手たるを失はずと雖ども、終に相如を蔽《おほ》ふに足らざる也、辭賦に相如あるは、楚騷に屈原あるが如し、一代の桂冕《けいべん》(345)は此人の額上を去る可らず。

漢書藝文志に據《よ》るに、相如の賦二十九篇あり、其子虛賦《しきよふ》は子虛、烏《う》有《いう》、亡是《ぼうぜ》の三人を設け、此を藉《か》りて天子諸侯の苑囿《ゑんいう》(346)を推論せる者、最も漢賦の誇大侈麗《しれい》を見るべし。其雲夢《うんぼう》を叙するや、

雲夢者方九百里、其中有レ山焉、其山則盤紆岪鬱、隆崇嵂崒、岑巖參差、日月蔽虧、交錯糾紛、上干二青雲一、罷池陂陁、下屬二江河一、其土則丹青赭堊、雌黃白坿、錫碧金銀、衆色炫燿、照爛龍鱗、其石則赤玉玫瑰、琳瑉琨珸、瑊玏玄厲、碝石武夫、其東則有二蕙圃衡蘭一、芷若射干、穹窮昌蒲、江離蘪蕪、諸蔗猼且、其南則有二平原廣澤一、登降陁靡、案衍壇曼、緣以二大江一、限以二巫山一、其高燥則生二葴菥苞荔、薛莎青薠一、其埤濕則生二藏莨蒹葭、東薔彫胡、蓮藕菰蘆、菴藺軒芋、衆物居レ之、不レ可二勝圖一、其西則有二湧泉清池一、激水推移、外發二芙蓉蔆華一、內隱二鉅石白沙一、其中則有二神龜蛟鼉、瑇瑁鼈黿一、其北則有二陰林巨樹、楩枏豫章、桂椒木蘭、蘗離朱楊、樝梸梬栗、橘柚芬芳一、其上則有二赤猨蠼蝚、鵷雛孔鸞、騰遠射干一、其下則有二白虎玄豹、蟃蜒貙豻、兕象野犀、窮奇獌狿一、於レ是乃使二專諸之倫一、手二格此獸一、楚王乃駕二馴駮之駟一、

乘二彫玉之輿一、靡二魚須之橈旃一、曳二明月之珠旗一、建二干將之雄戟一、左二烏嗥之雕弓一、右二夏服之勁箭一、陽子驂乘、纖阿爲レ御、案レ節未レ舒、卽陵二狡獸一、轔二邛々一、蹴二距虛一、軼二野馬一而轊二騊駼一、乘二遺風一而射二游騏一、儵眒淒浰、靁動熛至、星流霆擊、弓不二虛發一、中必決レ眥、洞レ胸達レ腋、絕二乎必繫一、獲若二雨獸一、揜レ草蔽レ地、於レ是楚王乃弭レ節裴回、翶翔容與、覽二乎陰林一、觀三壯士之暴怒、與二猛獸之恐懼一、徼レ谻受レ詘、殫睹二衆物之變態一、於レ是鄭女曼姬、被二阿錫一、揄二紵縞一、襍二纖羅一、垂二霧縠一、襞積褰縐、紆徐委曲、鬱橈谿谷、衯々裶々、揚袘卹削、蜚纖垂髾、扶輿猗靡、噏呷萃蔡、下摩二蘭蕙一、上拂二羽蓋一、錯二翡翠之葳蕤一、繆二繞玉綏一、縹々忽々、若二神仙之彷彿一、於レ是乃相與獠二於蕙圃一、媻姍勃窣、上二金隄一、揜二翡翠一、射二鵕鸃一、微矰出、纖繳施、弋二白鵠一、連二駕鵝一、雙鶬下、玄鶴加、怠而後發、游二於清池一、浮二文鷁一、揚二桂枻一、張二翠帷一、建二羽蓋一、罔二瑇瑁一、釣二紫貝一、摐二金鼓一、吹二鳴籟一、榜人歌、聲流喝、水蟲駭、波鴻沸、涌泉起、奔揚會、礧石相擊、硠々磕々、若二靁霆之聲一、聞二乎數百里之外一、將レ息二獠者一、擊二靈鼓一、起二烽燧一、車案レ行、騎就レ隊、纚乎淫々、班乎裔々、於レ是楚王乃登二陽雲之臺一、泊乎無レ爲、澹乎自持、勺藥之和、具而後御レ之、(347)

相如既に雲夢を敍し更に筆を極めて夸張《こちよう》、天子の上林《じやうりん》(348)を説く、

左二蒼梧一、右二西極一、丹水更二其南一、紫淵徑二其北一、終二始霸滻一、出二入涇渭一、酆鄗潦潏、紆餘委蛇、經三營乎二其內一、蕩々兮八川分流、相背而異レ態、東西南北、馳鶩往來、出二乎椒丘之闕一、行レ乎二洲淤之浦一、徑レ乎二桂林之中一、過二乎泱莽之野一、汩乎渾流、順レ阿而下、赴二隘陿

之口一、觸二穹石一、激二堆埼一、沸乎暴怒、洶涌澎湃、滭弗宓汨、偪側泌瀄、横流逆折、轉騰潎洌、滂濞沆溉、穹隆雲橈、宛潬膠盭、踰波趨レ浥、涖涖下レ瀨、批レ巖衝レ擁、奔揚滯沛、臨レ坻注レ壑、瀺灂霣墜、沈沈隱隱、砰磅訇礚、潏潏淈淈、湁潗鼎沸、馳波跳沫、汩急漂疾、悠遠長懷、寂漻無レ聲、肆乎永歸、然後灝溔潢漾、安翔徐回、翯乎滈滈、東注二太湖一、衍二溢陂池一、於レ是乎蛟龍赤螭、䱭鰽漸離、鰅鰫鰬魠、禺禺魼鰨、揵レ鰭掉レ尾、振レ鱗奮レ翼、潛三處乎二深巖一、魚鼈讙聲、萬物衆夥、明月珠子、的二皪江靡一、蜀石黃碝、水玉磊砢、磷磷爛爛、采色澔汗、聚三積乎二其中一、鴻鷫鵠鴇、駕鵝屬玉、交精旋目、煩鶩庸渠、箴疵鵁盧、羣三浮乎二其上一、汎淫泛濫、隨レ風澹淡、與レ波搖蕩、奄二薄水渚一、唼二喋菁藻一、咀二嚼菱藕一、於レ是乎崇山矗矗、巃嵸崔巍、深林巨木、嶄巖參嵯、九嵕巀嶭、南山峨峨、巖陁甗錡、摧崣崛崎、振レ溪通レ谷、蹇產溝瀆、谽呀豁閜、阜陵別隖、崴磈嵔瘣、丘虛堀礨、隱轔鬱㠥、登降施靡、陂池貏豸、沇溶淫鬻、散二渙夷陸一、亭皐千里、靡レ不レ被レ築、揜以二綠蕙一、被以二江離一、糅以二蘪蕪一、雜以二留夷一、布二結縷一、攢二戾莎一、揭車衡蘭、稾本射干、茈薑蘘荷、葴持若蓀、鮮支黃礫、蔣苧青薠、布二濩閎澤一、延二曼太原一、離靡廣衍、應レ風披靡、吐レ芳揚レ烈、郁郁菲菲、衆香發越、肸蠁布寫、晻薆咇茀、於レ是乎周覽泛觀、縝紛軋芴、芒芒恍忽、視レ之無レ端、察レ之無レ涯、日出二東沼一、入レ乎二西陂一、其南則隆冬生長、涌水躍波、其獸則獱旄貘犛、沈牛麈麋、赤首圜題、窮奇象犀、其北則盛夏含レ凍裂レ地、涉レ冰揭レ河、其獸則麒麟角端、騊駼橐駝、蛩蛩驒騱、駃騠驢贏、於レ是乎離宮別館、彌レ山跨レ谷、高廊四注、重坐曲閣、華榱璧璫、輦道纚屬、步櫚周流、長途中宿、夷レ嵕築レ堂、累臺增成、巖窔洞房、頫沓眇而無レ見、仰攀レ橑而捫レ天、奔星更レ於二閨闥一、宛虹拖レ於二楯軒一、青龍蚴三蟉於二東葙一、象輿婉三僤於二西淸一、靈圄燕レ於二間館一、偓佺之倫、暴レ於二南榮一、醴泉涌二於淸室一、通川過レ於二中庭一、盤石振レ崖、嶔巖倚傾、嵯峨嶕嶫、刻削崢嶸、玫瑰碧林、珊瑚叢生、瑉玉旁唐、玢豳文鱗、赤瑕駁犖、雜二臿其間一、晁采琬琰、和氏出焉、於レ是乎盧橘夏熟、黃柑橙楱、枇杷橪柿、亭柰厚朴、梬棗楊梅、櫻桃蒲陶、隱夫薁棣、荅遝離支、羅レ乎二後宮一、列レ乎二北園一、貤二丘陵一、下二平原一、揚二翠葉一、扤二紫莖一、發二紅華一、垂二朱榮一、煌煌扈扈、照二曜鉅野一、沙棠櫟櫧、華楓枰櫨、留落胥邪、仁頻幷閭、欃檀木蘭、豫章女貞、長千仞、大連抱、夸條直暢、實葉葰楙、欑立叢倚、連卷欐佹、崔錯癹骫、坑衡閜砢、垂條扶疏、落英幡纚、紛溶萷蔘、猗狔從レ風、藰莅芔歙、蓋象二金石之聲、管籥之音一、偨池茈虒、旋三還乎二後宮一、雜襲絫輯、被レ山緣レ谷、循レ阪下レ隰、視レ之無レ端、究レ之無レ窮、於レ是乎玄猨素雌、蜼玃飛蠝、蛭蜩蠼猱、獑胡豰蛫、棲三息乎二其間一、長嘯哀鳴、翩幡互經、夭二蟜枝格一、偃二蹇杪顚一、隃二絕梁一、騰二殊榛一、捷二垂條一、掉二希間一、牢落陸離、爛熳遠遷、若レ此者、數百千處、娛遊往來、宮宿館舍、庖厨不レ徙、後宮不レ移、百官備具、於レ是乎、背レ秋涉レ冬、天子校獵、乘二鏤象一、六二玉虬一、拖二蜺旌一、靡二雲旗一、前二皮軒一、後二道游一、孫叔奉レ轡、衞公參乘、扈從橫行、出レ乎二四校之中一、鼓二巖簿一、縱二獵者一、河江爲レ阹、泰山爲レ櫓、車騎靁起、殷レ天動レ地、先後陸離、離散別追、淫淫裔裔、緣レ陵流レ澤、雲布雨施、生二貔豹一、搏二豺狼一、手二熊羆一、足二壄羊一、蒙二鶡蘇一、絝二白虎一、被二斑文一、跨二壄馬一、凌二三嵕之危一、下二磧歷之坻一、徑レ峻赴レ險、越レ壑厲レ水、椎二蜚廉一、弄二獬豸一、格二蝦蛤一、鋋二猛氏一、羂二騕褭一、射二封豕一、箭不二苟害一、解レ脰陷レ腦、弓不二虛發一、應レ聲而倒、於レ是乘輿弭レ節徘徊、翶翔往來、睨二部曲之進退一、覽二將帥之變態一、然後侵淫促レ節、儵夐遠去、流二離輕禽一、蹴二履狡獸一、轊二白鹿一、捷二狡兎一、軼二赤電一、遺二光耀一、追二怪物一、出二宇宙一、彎二蕃弱一、滿二白羽一、射二游梟一、櫟二蜚遽一、擇レ肉而后發、先レ中而命レ處、弦矢分、藝殪仆、然后揚レ節而上浮、凌二驚風一、歷二駭猋一、乘二虛無一、與レ神俱、躪二玄鶴一、亂二昆雞一、遒二孔鸞一、促二鵔鸃一、拂二鷖鳥一、捎二鳳凰一、捷二鵷鶵一、弇二焦明一、道盡途殫、廻レ車而還、消搖乎襄羊、降三集乎二北紘一、率乎直指、晻乎反レ鄉、蹷二石闕一、歷二封巒一、過二鳷鵲一、望二露寒一、下二棠梨一、息二宜春一、西馳二宣曲一、濯二鷁牛首一、登二龍臺一、掩二細柳一、觀二士大夫之勤略一、均二獵者之所二得獲一、徒車之所二轥轢一、步騎之所二蹂若一、人臣之所二蹈籍一、與下其窮極倦𨍏、驚憚讋伏、不レ被二創刃一而死者上、他他籍籍、塡レ坑滿レ谷、掩レ平彌レ澤、(349)

或は儒教的思想を以て詩を律せんとするの弊、漢代の賦、相如の如きものにして、猶《なほ》、末段諷諫《ふうかん》の意を寓するといふを免れず。然れども揚雄が所謂、百を勸めて一を風する、猶鄭衞《ていゑい》の聲を騁《は》せ、曲終つて雅を奏する(350)が如きもの、信《まこと》に戲なるのみ。

相如の賦を作るや、其辭閎麗《くわうれい》を極むと雖ども、猶當時遒勁《しうけい》の風を帶びて、雄渾《ゆうこん》の態あるを失せずと雖ども、六朝の靡弱纖巧《びじやくせんかう》を啓《ひら》きたるものは實に相如が輩の罪也、方考孺《はうかうじゆ》(351)曰く、屈原の離騷は世を憂へ、戚《せき》を憤り、天地を呼び、鬼神を目す、其語長短舒縱《ちようたんじよしよう》、(352)抑揚闔闢《よくやうかふへき》、(353)辯說詭異《べんせつきい》、(354)襍錯《ざつさく》して章を成す、皆至性の忠厚介潔(355)風人の義を得たるに出で、拘々《こうこう》筆を執り、思を凝らして、之を爲せるに非らざる也、其徒に至つて、やゝ師意を失ひ、淫靡に流る、而して相如、揚雄また慕て之を校し、窮幽極遠、艱深《かんしん》(356)の字を捜輯し、積累して以て句を成す、其意數十言に過ぎずして、衍《えん》して浮漫瑰怪《くわいくわい》(357)の辭を爲《つ》くり、多きは數千言に至る、然れども其道に合ふものを求むるに至ては、片言を欲するも而も得可からざる也、後の學者相襲倣してより、特《ひと》り辭賦の然るのみならず、文に於ても亦然り、晉宋以後に迨《およ》んで、萎弱淺陋《ゐじやくせんろう》(358)また誦す可らず、人皆以て六朝の過となす、而して安《いづくん》ぞ實は相如の徒、其禍を首《はじ》むるなるを知らんや、と。至言と謂《いひ》つ可し。

六朝に於ては支那文學の靡麗の極に達したる時也、蓋し六朝所謂當時の文士詞人、殆ど悉く南朝の人也、六朝は卽ち文學上に於て南方の勢力を得たる時也。漢の時、南北の調各々相沿ふて其發達を遂げたり、一面には楚騷の面容を一變せる辭賦一時の盛を極めたりと雖ども、一面には三百篇に源を開ける古詩は蘇李《そり》(359)に至て、四言より五言となり、柏梁の躰興《おこつ》て七言となり、樂府《がふ》(360)又其間に起れり。漢代の古詩は當時辭賦の宏鉅《くわうきよ》なるに似ず、其僕茂《ぼくも》雄深《ゆうしん》(361)猶北方の調を存せり、辭賦といふと雖ども猶風骨高華、藻葩《さうは》(362)未だ絢爛《けんらん》に達せず、而るに六朝に於ては鄴下《げふ》(363)相和して麗新の風を扇ぎ、建和(364)より明和(365)を經て、竟《つひ》に其詩は漸く對遇律《たいぐうりつ》(366)の基を爲し、其文は四六駢儷《しろくべんれい》(367)の極に達し、詩文の法相混じて明かならず、文たるか、詩たるか、詩たるか、文たるか、當時に在ては文も韻文也、詩も亦駢儷なり。六朝の世殆《ほとん》ど散文なるものなき也。文辭を擧げて悉く韻文也、聲調《せいてう》(368)を重んじ、音韻を整ふるの文のみ。

蓋し六朝の代禍亂《くわらん》相踵《あひつ》ぎ、名教振はず、是《ここ》を以て或は高潔世の昏濁と相伴ふて自ら瀆《けが》す能はざる乎、或は高く標異《へうい》(369)して世を褻玩《せつがん》(370)せる乎、當時の才人、大旨《おほむ》ね力を道義政治の實踐に着《つ》けて經世濟時の術を行ふことを爲さず、縱放昏酣《しようはうこんかん》(371)世事を遺落して自得《みづからえ》たりとす。故に著作に理致を主としたるものなく、而して當時六朝の繁華、秦淮《しんわい》の風月に恨を惹き、後庭の煙花に情を悩ます、(372)游惰《いうだ》、俗を爲し、淫靡、習を爲す、故を以て文學に於ても靡麗を喜び、纖巧を尙ぶの風を來たし、遂に想をすてゝ形を重んじ、意を措きて辭を修め、華、實に過ぎ、文、質に勝ち、物色愈《いよいよ》繁くして、性情愈減ぜる、浮華雕繪《てうくわい》(373)、鉛華《えんくわ》人に媚ぶる底の一種の文字を見るに至りたる也。魏の時既に浸々華靡を尙んで、六朝の聲氣を開きたりと雖ども、漢を距《へだつ》ること未だ遠からず、猶氣の雄を以て勝つ、古貌《こぼう》猶存するものありき、晋より宋に至つて、古《こ》(374)に於て漸く遠く、律《りつ》(375)に於て漸く開く、詩運一變所謂、氣變じて詔《せう》(376)、色變じて麗、體變じて整、句變じて琢《たく》なるもの、胡應麟《こおうりん》(377)が士衡《しかう》(378)（陸）、安仁《あんじん》(379)（潘）、一變して排偶《はいぐう》開く矣といへるは、宋を謂へる也。宋より齊に至り、聲色大に開け神韻《しんゐん》殆ど隱る、齊は艷を以て勝つもの也。應麟が靈運《れいうん》（謝）(380)、延年《えんねん》（顏）(381)、再變して、排偶盛なり矣とは、齊を謂へる也。

梁《りやう》に入て輕靡《けいび》の極に達す。所謂玄暉《げんき》（謝）(382)、三變して、徘偶愈工《いよいよたくみ》に、惇樸愈散じ、漢道盡く矣とは梁をいへる也。古文の流全く亡ぶ、齊梁に至つて駢儷の體は其極盛に達したる也。陸機は六朝に於て詞を以て勝れる者也、其陸雲(383)と雙鳳の稱あり、其文賦最も著名也。

佇二中區一以玄覽、頤三情志於二典墳一、遵二四時一以歎レ逝、瞻二萬物一而思紛、悲三落葉於二勁秋一、喜二柔條於二芳春一、心懍懍以懷レ霜、志眇眇而臨レ雲、詠二世德之駿烈一、誦二先人清芬一、游二文章之林府一、嘉二麗藻之彬彬一、慨投レ篇而援レ筆、聊宣三之乎二斯文一、其始也皆收視反聽、耽思傍訊、

精鶩二八極一、心游二萬仭一、其致也情曈曨而彌鮮、物昭晣而互進、傾二羣言之瀝液一、漱二六藝之芳潤一、浮二天淵一以安流、濯二下泉一而潛浸、於レ是沈辭怫悅、若二游魚銜レ鉤、而出二重淵之深一、浮藻聯翩、若三翰鳥纓レ繳、而墜二曾雲之峻一、收二百世之闕文一、採二千載之遺韻一、謝三朝華於二已披一、啓三夕秀於二未振一、觀三古今於二須臾一、撫二四海於二一瞬一、然後選レ義按レ部、考レ辭就レ班、抱レ景者咸叩、懷レ響者畢彈、或因レ枝以振レ葉、或沿レ波而討レ源、或本レ隱以之レ顯、或求レ易而得レ難、或虎變而獸擾、或龍見而鳥瀾、或妥帖而易レ施、或岨峿而不レ安、罄二澄心一以凝思、眇二衆慮一而爲レ言、籠三天地於二形內一、挫三萬物於二筆端一、始躑三躅於二燥吻一、終流三離於二濡翰一、理扶レ質以立レ幹、文垂レ條而結レ繁、信情貌之不レ差、故每レ變而在レ顏、思涉レ樂其必笑、方言レ哀而已歎、或操レ觚以率爾、或含レ毫而邈然、伊茲事之可レ樂、固聖賢之所レ欽、課二虛無一以責レ有、叩二寂寞一而求レ音、函三緜邈於二尺素一、吐三滂沛乎二寸心一、言恢レ之而彌廣、思按レ之而愈深、播二芳蕤之馥馥一、發二青條之森森一、粲風飛而猋竪、鬱雲起レ乎二翰林一、體有二萬殊一、物無二一量一、紛紜揮霍、形難レ爲レ狀、辭程レ才以效レ伎、意司レ契而爲レ匠、在二有無一而僶俛、當二淺深一而不レ讓、雖二離レ方而遯一レ員、期二窮レ形而盡一レ相、故夫夸レ目者尙レ奢、愜レ心者貴レ當、言レ窮者無レ隘、論レ達者唯曠、詩緣レ情而綺靡、賦體レ物而瀏亮、碑披レ文以相質、誄纏緜而悽愴、銘博約而溫潤、箴頓挫而淸壯、頌優游以彬蔚、論精微而朗暢、奏平徹以閑雅、說煒曄而譎誑、雖二區分之在一レ茲、亦禁レ邪而制レ放、要二辭達理擧一、故無レ取レ乎二冗長一、其爲レ物也多レ姿、其爲レ體也屢遷、其會レ意也尙レ巧、其遺レ言也貴レ姸、曁二音聲之迭代一、若二五色之相宣一、雖二逝止之無レ常、固崎錡而難一レ便、苟達レ變而識レ次、猶二開レ流以納一レ泉、如失レ機而後會、恆操レ末以續レ顚、謬二玄黃之袟叙一、故淟涊而不レ鮮、或仰逼二於先條一、或俯侵レ於二後章一、或辭害而理比、或言順而義妨、離レ之則雙美、合レ之則兩傷、考三殿最於二錙銖一、定三去留於二毫芒一、苟銓衡之所レ裁、固應レ繩其必當、或文繁理富、而意不二指適一、極無二兩致一、盡不レ可レ益、立二片言一而居レ要、乃一篇之警策、雖二衆辭之有一レ條、必待レ茲而效レ績、亮功多而累寡、故取レ足而不レ易、或藻思綺合、清麗千眠、炳若二縟繡一、悽若二繁絃一、必所レ擬之不レ殊、乃闇三合乎二曩篇一、雖レ杼三軸於二予懷一、怵二佗人之我一レ先、苟傷レ廉而愆レ義、亦雖レ愛而必捐、或苕發穎豎、離レ衆絶レ致、形不レ可レ逐、響難レ爲レ係、塊孤立而特峙、非二常音之所一レ緯、心牢落而無レ偶、意徘徊而不レ能レ揥、石韞レ玉而山輝、水懷レ珠而川媚、彼榛楛之勿レ翦、亦蒙三榮於二集翠一、綴三下里於二白雪一、吾亦濟二夫所一レ偉、或託三言於二短韻一、對二窮迹一而孤興、俯寂寞而無レ友、仰寥廓而莫レ承、譬二偏絃之獨張一、含二清唱一而靡レ應、或寄三辭於二瘁音一、言徒靡而弗レ華、混二妍蚩一而成レ體、累二良質一爲レ瑕、象二下管之偏疾一、故雖レ應而不レ和、或遺レ理以存レ異、徒尋レ虛而逐レ微、言寡レ情而鮮レ愛、辭浮漂而不レ歸、猶二絃幺而徽急一、故雖レ和而不レ悲、或奔放以諧合、務嘈囋而妖冶、徒悅レ目而偶レ俗、固聲高而曲下、寤下防露與二桑間一、又雖レ悲而不上レ雅、或清虛以婉約、每除レ煩而去レ濫、闕二大羹之遺味一、同二朱絃之清氾一、雖二一唱而三歎一、固既雅而不レ豔、若二夫豐約之裁、俯仰之形一、因レ宜適レ變、曲有二微情一、或言拙而喩巧、或理朴而辭輕、或襲レ故而彌新、或沿レ濁而更清、或覽レ之而必察、或研レ之而後精、譬猶二舞者赴レ節以投レ袂、歌者應レ絃而遣一レ聲、是蓋輪扁

所レ不レ得レ言、故亦非三華説之所二能精一、普三辭條與二文律一、良予膺之所レ服、練二世情之常尤一、識二前脩之所一レ淑、雖レ濬三發於二巧心一、或受三欰於二拙目一、彼瓊敷與二玉藻一、若二中原之有一レ菽、同二槖籥之罔一レ窮、與二天地一乎竝育、雖レ紛三藹於二此世一、嗟不レ盈レ於二予掬一、患二挈瓶之屢空一、病二昌言之難一レ屬、故踸三踔於二短垣一、放二庸音一以足レ曲、恆遺レ恨以終レ篇、豈懷レ盈而自足、懼蒙三塵於二叩罐一、顧取三笑乎二鳴玉一、若夫應感之會、通塞之紀、來不レ可レ遏、去不レ可レ止、藏若二景滅一、行猶二響起一、方天機之駿利、夫何紛而不レ理、思風發レ於二胷臆一、言泉流レ於二脣齒一、紛威蕤以馺遝、唯毫素之所レ擬、文徽徽以溢レ目、音泠泠而盈レ耳、及二其六情底滯、志往神留一、兀若二枯木一、豁若二涸流一、攬二營魂一以探レ賾、頓二精爽一而自求、理翳翳而愈伏、思軋軋其若レ抽、是以或竭レ情而多レ悔、或率レ意而寡レ尤、雖二茲物之在一レ我、非二余力之所一レ勠、故時撫二空懷一而自惋、吾未レ識二夫開塞之所一レ由也、伊茲文之爲レ用、固衆理之所レ因、恢二萬里一使レ無レ閡、通二億載一而爲レ津、俯貽三則於二來葉一、仰觀三象乎二古人一、濟二文武於將一レ墜、宣二風聲於不一レ泯、塗無二遠而不一レ彌、理無二微而不一レ綸、配三霑潤於二雲雨一、象三變化乎二鬼神一、被二金石一而德廣、流二管絃一而日新、[384]

編注

第一章

（1）中國太古の文字。木や竹の札に記されたり、またはきざまれた文字。文明の開始を言う。

（2）中國の傳説上の天子堯《ぎょう》と舜《しゅん》。堯の姓は陶唐氏、舜の姓は有虞氏なので、あわせて唐虞と言う。

（3）現在、中國南方の雲南省・貴州省などに住む民族。古代には長江流域に居住していたが、漢民族に追われて南下した。

（4）南方を巡察する。「狩」は、巡狩。天子が諸侯の領地を見てまわること。

（5）地名。今の湖南省寧遠縣。帝舜が崩じたとされる所。

（6）舜の妃の娥皇《がこう》・女英《じょえい》の二人。舜の死を知って湘水に投身自殺をしたので「湘妃」という。

（7）中國古代の王朝の名。「夏」は、禹《う》王が開いたとされるが、實在は確認されていない。「殷」は、湯《とう》王が開いたと傳えられ、前一六〇〇年代から前一一五〇年ごろまで續いた。確認できる最古の王朝。

（8）王畿《おうき》と甸服《でんぷく》。「畿」は、天子の直轄する領域で、王城から千里以内の地。その外側を五百里毎に區分し、侯《こう》服・甸服《でんぷく》・綏《すい》服・要服・荒服と呼び、あわせて五服と呼んだ。「甸」はその二番目の甸服。

（9）今の湖南・湖北兩省を中心とした地域の名。長江中流の地域。

（10）王朝の名。前一一五〇年前後のころ、殷を滅して武王によって開かれた。

（11）周王朝を創始した武王の父。殷王朝から西方の實力者として認められ、「西伯《せいはく》」と呼ばれていた。

(12)『詩經』の篇名。『詩經』は、中國最古の詩集。三〇五篇。「風《ふう》」（「國風」）と呼ばれる各地方の民謠、「雅《が》」（「大雅」「小雅」にわかれる）と呼ばれる儀式・宴席の歌曲、「頌《しょう》」と呼ばれる祭祀の歌曲から成る。但し、本書では、「雅」について別の基準によって區分している。注（37）參照。

(13)『詩經』の「大序」「小序」を書いた人物。『詩經』のテキストは、前漢の時代に、「魯詩《ろし》」「韓詩《かんし》」「齊詩《せいし》」の「三家詩」の系統と、「毛詩」の系統とがあったが、後に「毛詩」の系統だけが殘った。「毛詩」は、前漢の毛亨《もうこう》・毛萇《もうちょう》が注釋を加えたテキストで、正しくは『毛氏傳』と呼び、それぞれの詩篇のはじめに短い序文（「小序」）を付しているのが特徴である。特に卷頭の「關雎《かんしょ》」に付した序文（大序）は例外的な長文で、しかも作品の解説に止まらず、『詩經』全體の綱領を示し、文學理論にまでわたっている。だが、これらの序文を誰が記したのかは不明。

(14)『毛氏傳』を著した毛亨または毛萇。

(15)岐山《きざん》（陝西省岐山縣）のふもとにあった周王朝のみやこ。

(16)長江と漢水の流域。南方を言う。特に長江と漢水が接近しやがて合流する湖北省の地域を指すことが多い。

(17)『詩經』の作品名。

(18)南に喬木《けうぼく》有り、休息すべからず、漢に游女《いうぢょ》有り、求むべからず、漢の廣きは、泳ぐべからず、江の永きは、方《いかだ》すべからず。

(19)民間の詩歌を採集して、民衆の聲を政治に反映させるため設けられた役所。周代にはじまるとされているが、儒家によって理想化された傳説と考えられる。

(20)以下は、『詩經』（毛詩）の「大序」の文章によっている。「大序」の關係する部分を節錄すれば、次の通り。詩者、志之所㆑之也。在㆑心爲㆑志、發㆑言爲㆑詩。情動㆓於中㆒、而形㆓於言㆒。言㆑之不㆑足、故嗟㆓歎之㆒。嗟㆓歎之㆒不㆑足、故永㆓歌之㆒。永㆓歌之㆒不㆑足、不㆑知㆓手之舞㆑之、足之蹈㆑之也。

(21)邊境の地。要服と荒服。邊境の地を言う。注（8）參照。

(22)『詩經』の内容を、歌われた場によって分類したもの。注（12）參照。
(23)『禮記《らいき》』王制篇。『禮記』は、儒家の聖典「五經」の一つで、周王朝の禮樂制度を記したとされているもの。
(24)周代の官名。音樂を奏する工人の長。
(25)『詩經』（毛詩）「大序」の該當する部分は、以下の通り。上以風二化下一、下以風二刺上一。主レ文而譎諫、言レ之者無レ罪、聞レ之者足二以戒一。故曰レ風。
(26)『書經《しよきよう》』の編名。中國の九つの州の地理・產物などを記したもの。
(27)周の古公亶父《ここうたんぽ》をいう。周を強大な國に育てた文王の祖父で、周王朝の開祖武王の曾祖父。太王《たいおう》ともいう。
(28)文王は古公亶父の孫であり、この部分は筆者の誤り。古公亶父の子は季歴《きれき》で、その子が文王である。
(29)殷王朝最後の天子。夏《か》の桀《けつ》王と竝んで、暴虐無道で滅亡を招いた天子とされる。
(30)くに。天子が諸侯にあたえたり、諸侯が臣下にあたえて治めさせる封土。
(31)周王朝の開祖武王の弟。周（陝西省岐山県）を治めたので周公と言う。武王の亡き後、幼い成王を輔佐して王朝の基礎を固めた。
(32)周公旦の弟。召（陝西省岐山県の南西）を治めたので召公と言う。旦と同じく、成王を輔佐した。
(33)『詩經』（毛詩）「大序」の該當する部分は、以下の通り。所下以風二天下一、而正中夫婦上也。
(34)年をとっても妻を持たずにいる男性。
(35)桃の夭夭《えうえう》たる、灼灼《しやくしやく》たり（ひかり輝いている）其の華《はな》、之《こ》の子于《ここ》に歸《とつ》ぐ、其の室家（とつぎ先の家）に宜《よろ》しからん。（第一章）桃の夭夭たる、蕡《ふん》（豊かにみのるさま）たる其の實《み》有り、之の子于に歸ぐ、其の家室に宜しからん。（第二章）桃の夭夭たる、其の葉蓁蓁（繁るさま）たり、之の子于に歸ぐ、其の家人に宜しからん。（第三章）
(36)蔽芾《へいひ》（小さいさま）たる甘棠《かんだう》（からなしの木）は、翦《き》ること勿《な》かれ伐《き》ること勿かれ、召伯《せうはく》の茇《やど》りし所。（第一章）蔽芾たる甘棠は、翦ること勿かれ敗《やぶ》ること勿かれ、召伯の憩《いこ》ひし所。（第二章）蔽芾たる甘棠は、翦ること勿かれ拜《かが》むること勿かれ、召伯の説《やど》りし所。(第三章)「召伯」は、召公奭《せき》の尊稱。伯は、諸侯を統率する者の意。注(32)參照。

(37)周の文王・武王がみやこを置いた所。いまの陝西《せんせい》省長安縣の西方。周王朝は後に洛邑《らくゆう》(洛陽)に遷都する。遷都以前を西周、以後を東周と呼ぶ。本書は、「雅」を西周時代の古い歌謡と理解していることが分かる。

(38)『詩經』(毛詩)「大序」の該當する部分は、以下の通り。是以一國之事、繫㆓一人之本㆒、謂㆓之風㆒。言㆓天下之事㆒、形㆓四方之風㆒、謂㆓之雅㆒。雅者、正也。言㆔王政之所㆓由廢興㆒也。

(39)『詩經』(毛詩)「大序」の該當する部分は、以下の通り。政有㆓小大㆒、故有㆓小雅㆒焉、有㆓大雅㆒焉。

(40)經典として正しい部分。周王朝第二代(文王から算えれば第三代)の王である成王以前の詩篇を、正統なものとして正經と呼んだもの。

(41)呦呦《いういう》として鹿《しか》鳴き、野の苹《へい》(よもぎ)を食《は》む。我に嘉賓《かひん》(よき客人)有り、瑟《しつ》を鼓《こ》し笙《しやう》を吹く。笙を吹き簧《くわう》を鼓す、筐《きやう》を承《ささ》げて是《こ》れ將《おこな》ふ。人の我を好《よみ》せば、我に周行《しうかう》を示せ。(第一章)呦呦として鹿鳴き、野の蒿《かう》(くさよもぎ)を食《は》む。我に嘉賓有り、德音孔《とくいんはなは》だ昭《あきらか》なり。民を視《み》ること恌《うす》からず、君子是れ則《のつと》り是れ傚《なら》ふ。我に旨酒《ししゆ》有り、嘉賓式《もつ》て燕《えん》し以《もつ》て敖《あそ》ぶ。(第二章)呦呦として鹿鳴き、野の芩《きん》(つる草)を食む。我に嘉賓有り、瑟を鼓し琴《きん》を鼓す。瑟を鼓し琴を鼓し、和樂《わらく》して且《か》つ湛《たのし》む。我に旨酒有り、以て嘉賓の心を燕樂《えんらく》せしむ。(第三章)

(42)文王上《かみ》に在り、於《ああ》天に昭《あら》はる。周は舊邦《きうはう》なりと雖《いへど》も、其の命維《めいこ》れ新《あらた》なり。有周顯《いうしうあきら》かならざらんや、帝命時ならざらんや。文王陟降《ちよくかう》して、帝の左右《さいう》に在り。(第一章)亹亹《びび》(熱心につとめるさま)たる文王、令聞已《れいぶんや》まず。陳《し》き錫《たま》ひて周《しう》を哉《はじ》む、侯《こ》れ文王の孫子。文王の孫子、本支百世《ほんしひやくせい》。凡《およ》そ周の士《し》、顯《あきらか》ならざらんや亦世《またよよ》にす。(第二章)世《よよ》にして之《これあきらか》顯《あきらか》ならざらんや、厥《そ》の猶《はかりごと》は翼翼《よくよく》(うやうやしいさま)たり。思《ここ》に皇《くわう》たる多士、此《こ》の王國に生ず。王國に克《よ》く生ず、維《こ》れ周の楨《しうてい》。濟濟《せいせい》たる多士、文王以て寧《やす》し。(第三章)穆穆《ぼくぼく》たる文王は、於緝熙《ああしふき》(徳がひかり輝く)にして敬止《けいし》す。假《おほ》いなる哉《かな》天命、商《しやう》(殷王朝の別稱)の孫子を有《たも》つ。商の孫子、其の麗億《かずおく》のみならず。上帝既《すで》に命じて、侯《こ》れ周に服す。(第四章)侯《こ》れ周に服するは、天命常靡《つねな》ければなり。殷士の膚敏《ふびん》(美德があり行ないがきびきびしている)なる、京《けい》に祼將《くわんしやう》(神の降臨を願う祭りを行う）す。厥《そ》の祼將を作《な》すや、常に黼冔《ほく》（禮服）を服す。王の藎臣《じんしん》（忠臣）、爾《なんぢ》が祖《そ》を念《おも》ふ無からんや。（第五章）爾が祖を念ふ無からんや。聿《ここ》に厥《そ》の德を脩《をさ》む。永《なが》く言《ここ》に命に配《はい》し、自《みずか》ら多福を求む。殷の未だ師《もろもろ》を喪《うしな》はざりしとき、克《よ》く上帝に配せり。宜《よろ》しく殷に鑒《かんがみ》るべし、駿命《しゅんめい》易《やす》からず。（第六章）命《めい》の易《やす》からざる、爾《なんぢ》の躬《み》に遏《とど》むること無かれ。義問を宣昭《せんせう》（廣く明らかにする）にして、有《ま》た殷を虞《はか》りて天に自《したが》へ。上天の載《こと》は、聲《こゑ》無く臭《かほり》無し。文王に儀刑《ぎけい》して、萬邦《ばんぽう》孚《まこと》を作《な》さん。（第七章）

(43)「風」「雅」の中の、うつり變って亂れたもの。周王朝初期の王道が正しく行われたころの詩篇を「正風」「正雅」と呼び、あわせて「正經」とするのに對して言う。注(40)參照。

(44)殷の紂王。商は、殷のこと。注(29)參照。

(45)汎《はん》たる彼《か》の柏舟《はくしう》（このてがしわの木の舟）は、亦《また》汎として其れ流る。耿耿《かうかう》（心が不安なさま）として寐《い》ねられず、隱憂《いんいう》有るが如《ごと》し。我酒無きに微《あら》ず、以て敖《がう》し以て遊ばん。（第一章）我が心鑒《かがみ》に匪《あら》ず、以て茹《はか》るべからず。亦《また》兄弟《ていけい》有れども、以て據《よ》るべからず。薄《いささ》か言《ここ》に往《ゆ》いて愬《うった》ふれば、彼の怒りに逢《あ》ふ。（第二章）我が心石に匪ず、轉ずべからざるなり。我が心席《むしろ》に匪ず、卷くべからざるなり。威儀《いぎ》棣棣《ていてい》（禮儀正しくみやびなさま）として選《かぞ》ふべからざるなり。（第三章）憂心《いうしん》悄悄《せうせう》として、羣小《ぐんせう》に慍《いか》らる。閔《うれ》ひに覯《あ》ふこと既に多く、侮《あなど》りを受くることも少なからず。靜かに言《ここ》に之《これ》を思ひ、寤《さ》めて辟《むねう》つこと摽《へう》（悲しみで心をうつ）たる有り。（第四章）日や月や、胡《なん》ぞ迭《たがひ》にして微なる。心の憂《うれ》ふる、澣《あら》はざる衣の如し。靜かに言《ここ》に之を思ふも、奮飛《ふんぴ》する能はず。（第五章）

(46)諸侯の夫人。

(47)衛の宣公の夫人、宣姜《せんきょう》。淫亂の人であったという。ただし、この「君子偕老」を、衛夫人（宣姜）を非難する歌と解釋するのは「毛詩」の說で、第一章第六句の「不淑」を「不善」の意としたことから生じた無理な解釋と考えられる。古語では「不淑」は「不幸」の意であることが知られており、亡くなった高貴な婦人をいたむ歌とするのが今日では一般的である。嶺雲は「毛詩」以來の傳統的解釋に立っているようである。

(48)君子と偕《とも》に老いん、副笄《ふくけい》（かもじとかんざし）六珈《りくか》（髮飾りをつける）す。委委佗佗《ゐゐたた》（のびやかで美しいさま）として、山の如く河の如し。象服《しやうふく》（禮服）是《こ》れ宜《よろ》し。子の淑《しゆく》ならざる、云《ここ》に之を如何《いかん》せん。（第一章）玼《し》（あざやか）たり玼《し》たり、其《そ》れ之《こ》れ翟《てき》（雉《きじ》の羽もようの衣）なり。鬒髮《しんぱつ》雲の如く、髢《かもじ》を屑《いさぎよ》しとせざるなり。玉《ぎよく》の瑱《てん》（耳飾り）や、象《ざう》の揥《てい》（かんざし）や。揚《やう》（廣いひたい）にして且《か》つ之れ晳《せき》（色白）なり。胡《なん》ぞ然《しか》くして天のごとくなるや、胡ぞ然くして帝のごとくなるや。（第二章）瑳《さ》（あざやかに美しい）たり瑳たり、其れ之れ展《てん》（うわぎ）なり。彼《か》の縐絺《しうち》（ちぢみの着物）を蒙《おほ》うて、是《こ》れ紲袢《せつぱん》（下着を結ぶ）するなり。子《し》の清揚《せいやう》なる、揚《やう》にして且《か》つ之れ顔《がん》なり。展《まこと》に之《か》くの如き人は、邦《くに》の媛《ゑん》（美人）なり。（第三章）

(49) 氓《ばう》の蚩蚩《しし》（おだやかでまじめなさま）たる、布《ぬの》を抱きて絲《いと》に貿《か》ふ。來《きた》りて絲に貿ふるに匪《あら》ず、來りて我に即《つ》いて謀《はか》る。子《し》を送りて淇《き》を渉《わた》り、頓丘《とんきう》（丘の名）に至《いた》る。我期《き》を衍《あやま》つに匪ず、子《し》に良媒《りやうばい》無し。將《こ》ふ子よ怒る無かれ、秋以て期と爲さん。（第一章）彼の垝垣《きゑん》（くずれた土垣）に乘《の》りて、以て復關《ふくくわん》（地名。戀人のいる土地の名）を望《のぞ》む。復關を見ざれば、泣涕漣漣《きふていれんれん》たり。既に復關を見れば、載《すなは》ち笑ひ載ち言ふ。爾《なんぢ》の卜《ぼく》爾の筮《ぜい》、體《たい》（うらないで現れた結果）咎言《きうげん》（凶を告げる言葉）無くんば、爾の車を以て來《きた》れ、我が賄《わい》（財産）を以て遷《うつ》らん。（第二章）桑《くは》の未《いま》だ落ちざるとき、其の葉沃若《よくじやく》（つややかなさま）たり。于嗟鳩《ああはと》よ、桑葚《さうじん》（桑の實）を食《くら》ふ無かれ。于嗟女《ぢよ》よ、士と耽《ふけ》る無かれ。士の耽るは猶《な》ほ說《と》くべきなり。女の耽けるは、說くべからざるなり。（第三章）桑の落つる、其れ黃《くわう》にして隕《お》つ。我爾の徂《ゆ》きてより、三歳食貧《しよくまず》し。淇水湯湯《きすゐしやうしやう》（水がみちるさま）として、車の帷裳《いしやう》を漸《ひた》す。女《ぢよ》や爽《たが》はざるに、士は其の行《かう》を貳《に》にす。士や極《きよく》（正しい道）罔《な》し、其の德を二三《にさん》にす。（第四章）三歳婦《ふ》と爲《な》り、室を勞《らう》（いたわる）とする靡《な》し。夙《つと》に興《お》き夜《よは》に寐《い》ね、朝《あした》有ること靡《な》し。言《ここ》に既に遂《と》げ（婚約をはたす）、暴《ばう》（亂暴する）に至る、兄弟知らず、咥《き》として其れ笑《わら》ふ。靜かに言《ここ》に之《これ》を思ひ、躬《み》自《みづか》ら悼《いた》む。（第五章）爾と偕《とも》に老いんとせしに、老いて我をして怨《うら》みしむ。淇《き》には則《すなは》ち岸《きし》有り、隰《しふ》には則ち泮《つつみ》有り。總角《さうかく》（あげまきをしていた若いころ）の宴《えん》、言笑晏晏《げんせうあんあん》（なごやかなさま）たり。信誓《しんせい》（誓いをたてる）旦旦《たんたん》（明らか）たり、其《そ》の反《はん》せんことを思はざりき。反せんことを是れ思はざりき、亦已《またや》んぬる哉《かな》。（第六章）

(50) 周の第十二代幽王《ゆうおう》は、後繼者問題で混亂をまねき、皇后の父申侯《しんこう》とそれを援《たす》けた犬戎《けんじゆう》（異民族の名）によって殺された。幽王の子宜臼《ぎきゆう》は諸侯の支持により天子となり（第十三代平王《へいおう》）、都を東方の洛邑《らくゆう》（河南省洛陽）に遷した。これを周室の東遷（西暦前七七〇年）と言い、これ以前を西周、以後を東周と呼ぶ。「王風」とは、東遷以後の東周時代の洛邑周邊の歌謠。

(51) 彼《か》の黍離離《しよりり》（伸び垂れるさま）たり、彼の稷《しよく》の苗《なへ》。行き邁《ゆ》くこと靡靡《びび》（おそいさま）たり、中心（心の中）搖搖《えうえう》たり。我を知る者は、我を心憂《うれ》ふと謂《い》ふ。我を知らざる者は、我何をか求むと謂ふ。悠悠《いういう》たる蒼天《さうてん》、此れ何人《なにびと》ぞや。（第一章）

彼の黍離離たり、彼の稷の穗《ほ》。行き邁くこと靡靡たり、中心醉《ゑ》ふが如し、我を知る者は、我を心憂ふと謂ふ。我を知らざる者は、我何をか求むと謂ふ。悠悠たる蒼天、此れ何人ぞや。（第二章）　彼の黍離離たり、彼の稷の實《み》。行き邁くこと靡靡たり、中心噎《むせ》ぶが如し。我を知る者は、我を心憂ふと謂ふ。我を知らざる者は、我何をか求むと謂ふ。悠悠たる蒼天、此れ何人ぞや。（第三章）

(52) 今の陝西省華縣附近。

(53) 周室の東遷をいう。東遷に際して平王の最大の後ろ楯になったのが、鄭の武公と晋の文侯であった。注(50)參照。

(54) 周代の國名。虢《かく》は、今の河南省陝州《せん》にあった。鄶は、檜とも書き、今の河南省密縣の東北にあった。

(55) 溱《しん》（川の名）と洧《ゐ》（川の名）と、方《まさ》に渙渙《くわんくわん》（水のみなぎるさま）たり。士と女《ぢよ》と、方に蕑《かん》（蘭）を秉《と》る。女曰《いは》く「觀《み》んか」と、士曰く「既《すで》にす」と。「且《か》つ往《ゆ》き觀んか。洧《ゐ》の外、洵《まこと》に訏《く》（廣い）にして且つ樂し」と。維《こ》れ士と女と、伊《こ》れ其《そ》れ相《あ》ひ謔《ぎやく》（たわむれる。男女が結ばれることをいう）し、之に贈《おく》るに勺藥《しやくやく》を以《もつ》てす。（第一章）　溱と洧と、瀏《りう》（深い）として其れ清し。士と女と、殷《いん》（數多いこと）として其れ盈《み》てり。女曰く「觀んか」と、士曰く「既にす」と。「且つ往き觀んか。洧の外、詢に訏にして且つ樂し」と。維れ士と女と、伊れ其れ將《まさ》に謔し、之に贈るに勺藥を以てす。（第二章）

(56)「大師」は、天子の補佐役。「呂望」は、呂尙《りよしよう》のこと。呂尙は、周の初期の兵法家・政治家。はじめ、呂尙が釣りをしているところを周の文王に見出だされ、文王が「太公（父のこと）が望んでいたような人物だ」と言ったことから太公望と呼ばれたとされる。

(57) 載《すなは》ち驅《か》ること薄薄《はくはく》（はやく驅けるさま）たり、簟茀《てんふつ》（竹をあんで作ったおおい）朱鞹《しゆくわく》（朱色の皮のかざり）。魯道《ろだう》（魯國につながる街道）蕩《たう》（たいらか）たる有り、齊子《せいし》發夕《はつせき》（夜通し走る）す。（第一章）　四驪《しり》濟濟《せいせい》たり、轡《ひ》（たづな）を垂《た》るること濔濔《でいでい》たり。魯道蕩たる有り、齊子豈弟《がいてい》（樂しみよろこぶ）す。（第二章） 汶水《ぶんすゐ》（川の名）湯湯《しやうしやう》たり、行人彭彭《かうじんはうはう》（おびただしいさま）たり。魯道蕩たる有り、齊子翺翔《かうしよう》す。（第三章） 汶水滔滔《たうたう》たり、行人儦儦《へうへう》たり。魯道蕩たる有り、齊子遊敖《いうがう》す。（第四章）

（58）周の平王と桓王。兩者の治世は、前七七〇年の周室の東遷以後、紀元前八世紀末ごろまで。

（59）碩鼠《せきそ》（大きなねずみ。領主を比喩したもの）碩鼠《せきそ》、我が黍《きび》を食らふ無かれ。三歳女《なんぢ》に貫《つか》へしも、我を肯《あ》へて顧《かへりみ》る莫《な》し。逝《ここ》に將《まさ》に女を去り、彼《か》の樂土《らくど》に適《ゆ》かんとす。樂土樂土、爰《ここ》に我が所《ところ》を得ん。（第一章） 碩鼠碩鼠、我が麥《むぎ》を食らふ無かれ。三歳女に貫へしも、我を肯へて德《とく》する莫し。逝に將に女を去り、彼の樂國（樂しいみやこ）に適かんとす。樂國樂國、爰に我が直（正しいあつかい）を得ん。（第二章） 碩鼠碩鼠、我が苗《なへ》を食らふ無かれ、三歳女に貫へしも、我を肯へて勞《ろう》する莫し。逝に將に女を去り、彼の樂郊《らくかう》（樂しい土地。郊は、みやこの周邊の土地）に適かんとす。樂郊樂郊、誰か之れ永號《えいがう》（ながく泣きさけぶ）せん。（第三章）

（60）蟋蟀《しつしゆつ》（きりぎりす）堂《だう》に有り、歳聿《としここ》に其《そ》れ莫《く》れん。今我樂しまずんば、日月其れ除《さ》らん。已《はなは》だ大いに康《たのし》む無かれ、職《しよく》として其の居（國の政令）を思へ。樂しみを好むも荒《すさ》むこと無かれ、良士は瞿瞿《くく》（氣配りをするさま）たり。（第一章） 蟋蟀堂に在り、歳聿に其れ逝《ゆ》かん。今我樂しまずんば、日月其れ邁《ゆ》かん。已だ大いに康む無かれ。職として其の外《ほか》（他の人々）を思へ。樂しみを好むも荒むこと無かれ、良士は蹶蹶《けいけい》（きびきびしているさま）たり。（第二章） 蟋蟀堂に有り、役車《えきしや》（農作業に用いるくるま）其れ休す。今我樂しまずんば、日月其れ慆《す》ぎん。已だ大いに康む無かれ、職として其の憂《うれひ》を思へ。樂しみを好むも荒むこと無かれ、良士は休休《きうきう》（ゆったりとしているさま）たり。（第三章）

（61）蒹葭《けんか》（よしとあし）蒼蒼《さうさう》たり、白露霜《しも》と爲る。謂ふ所の伊《こ》の人、水の一方に在《あ》り。遡洄《そくわい》（流れにさからって上る）して之《これ》に從はんとすれば、道阻《そ》にして且《か》つ長し。遡游《そゆう》（流れにそってわたる）して之に從へば、宛《ゑん》（あたかも）として水の中央に在り。（第一章） 蒹葭凄凄《せいせい》（綠濃く茂るさま）たり、白露未《いま》だ晞《かは》かず。謂ふ所の伊の人、水の湄《び》に在り。遡洄して之に從はんとすれば、道阻にして且つ躋《のぼ》る。遡游して之に從へば、宛として水の中坻《ちゆうち》（川のなかの小島）に在り。（第二章） 蒹葭采采《さいさい》（茂るさま）たり、白露未だ已《や》まず。謂ふ所の伊の人、水の涘《し》（きし）に在り。遡洄して之に從はんとすれば、道阻にして且つ右《みぎ》す。遡游して之に從へば、宛として水の中沚《ちゆうし》（川のなかす）に在り。（第三章）　なお第二章第一句目の「凄凄」は、『毛詩』では「萋萋」とし、南宋朱熹の『詩集傳』は、「凄凄」としている。

(62) 夫婦になること。婚姻に同じ。

(63) 東門の楊《やう》（やなぎ）、其の葉牂牂《さうさう》（盛んなさま）たり。昏《こん》（夕暮れどき）以て期と爲すに、明星《めいせい》（あけの明星）煌煌《くわうくわう》たり。（第一章）　東門の楊、其の葉肺肺《はいはい》（盛んなさま）たり。昏以て期と爲すに、明星晳晳《せきせき》たり。（第二章）

(64) 羔裘《かうきう》（小羊の毛皮）逍遙《せうえう》し、狐裘《こきう》（狐の毛皮）以《もつ》て朝《てう》す。豈《あ》に爾《なんぢ》を思はざらん、勞心忉忉《たうたう》（心配するさま）たり。（第一章）　羔裘翺翔《かうしやう》（自由にすごす）し、狐裘堂に在り。豈に爾を思はざらん、我が心憂傷す。（第二章）　羔裘膏《かう》の如し、日出でて曜《えう》（光りかがやく）たる有り。豈に爾を思はざらん、中心是れ悼《いた》む。（第三章）

(65) 彼の侯人、戈《くわ》（ほこ）と祋《たい》（ほこの一種）とを何《にな》ふ。彼の其の之の子は、三百の赤芾《せきふつ》（高位者の朝服に用いる赤い前垂れ）。（第一章）　維《こ》れ鵜《てい》（がらん鳥）梁《りやう》（やな）に在り、其の翼《つばさ》を濡《ぬら》さず。彼の其の之の子は、其の服に稱《かな》はず。（第二章）　維れ鵜梁に在り、其の咮《ちう》（くちばし）を濡さず。彼の其の之の子は、其の媾《こう》（よしみ）を遂《と》げず。（第三章）　薈《くわい》（雲のおこるさま）たり蔚《うつ》たり、南山朝《あした》に隮《せい》（雲が立ちのぼる）す。婉《ゑん》たり孌《れん》たり、季女《きぢよ》（子どもや女たち）斯《ここ》に飢《う》う。（第四章）

(66) 周王朝の始祖棄《き》のこと。棄は舜のとき后稷（農業をつかさどる長官）となったので、それが彼の呼稱となった。

(67) 地名。陝西省武功縣。

(68) 地名。陝西省岐山縣東北。周王朝の祖先である太王（古公亶父《たんぽ》）が戎狄《じゆうてき》（異民族の名）を避けて都を移し、後の周の基礎を築いたところ。

(69) 周の周公旦《たん》の兄弟の管叔《かんしゆく》と蔡叔《さいしゆく》。滅した殷の殘存勢力とむすんで周王朝に叛旗をひるがえしたが、周公に鎭定された。

(70) 鴟鴞《しけう》（よたか）よ鴟鴞よ、既《すで》に我が子を取る。我が室を毀《こぼ》つ無かれ。斯《これ》を恩（いつくしむ）し斯を勤《きん》（はげむ）し、子を鬻《やしな》ひしを之れ斯《これ》を閔《あは》れめ。（第一章）　天の未《いま》だ陰雨せざるに迨《およ》んで、彼の桑土《さうど》を徹《と》り、牖戸《いうこ》（窓と戸口）を綢繆《ちうびう》（しっかりしばる。作る意）す。今女《なんぢ》下民（下にいる人々）よ、敢《あ》へて予を侮《あなど》ること或《あ》らんや。（第二章）予が手　拮据《きつきよ》（手がつかれる）す、予の将《と》る所は荼《と》（ちがや）。予の蓄租《ちくそ》（たくわえあつめる）する所、予が口は卒《ことごと》く瘏《や》みぬ。曰《いは》く　予　未だ室家有らずと。（第三章）予が羽　譙譙《せうせう》（いたむさま）たり、予が尾　翛翛《せうせう》（やぶれるさま）たり。予が室　翹翹《げうげう》（危いさま）たり。風雨の漂搖《へうえう》する所、予　維《こ》れ音《こゑ》　嘵嘵《けうけう》（おそれるさま）たり。（第四章）

(71) 蓼蓼《りくりく》（長くおおきいさま）たる者は莪《が》（つのよもぎ）、匪《あら》ず伊《こ》れ蒿《かう》（くさよもぎ）。哀哀《あいあい》たる父母、我を生みて劬勞《くろう》す。（第一章）蓼蓼たる者は莪、莪に匪ず伊れ蔚《ゐ》（おとこよもぎ）。哀哀たる父母、我を生みて勞瘁《らうすゐ》す。（第二章）缾《へい》（かめ）の磬《つ》く（酒が無くなる）くるは、維《こ》れ罍《らい》（酒だる）の恥《はぢ》。鮮民《せんみん》（食物の少ない貧しい人）の生は、死《し》に如かざること之《こ》れ久し。父無くば何をか怙《たの》まん、母無くば何をか恃《たの》まん。出でては則ち恤《うれ》ひを銜《ふく》み、入りては則ち至る靡《な》し。（第三章）父や我を生み、母や我を鞠《やしな》ふ。我を拊《ふ》（なでる）し我を畜《やしな》ひ、我を長《ちやう》じ我を育《いく》す。我を顧《かへり》み我を復《ふく》し、出でても入りても我を腹《いだ》く。之《これ》が德に報《むく》いんと欲すれど、昊天《こうてん》（おおぞら）極《きはま》り罔《な》し。（第四章）南山烈烈たり、飄風發發《へうふうはつはつ》（風がはやいさま）たり。民穀《たみよ》からざる莫《な》きに、我獨《ひと》り何ぞ害ある。（第五章）南山律律（高く峻しいさま）たり、飄風弗弗《へうふうふつふつ》（はげしいさま）たり。民穀《よ》からざる莫《な》きに、我獨《ひと》り卒《を》へず。（第六章）

(72) 蕩蕩《たうたう》たる上帝、下民の辟《へき》（君主）。疾威《しつゐ》なる上帝、其の命《めい》　辟《よこしま》多し。天烝民《じようみん》（多くの民）を生ずるも、其の命諶《めいまこと》に匪《あら》ず。初《はじめ》有らざる靡《な》きも、克《よ》く終《をはり》有る鮮《すくな》し。（第一章）文王曰《ぶんおういは》く「咨《ああ》、咨女殷商《ああなんぢいんしやう》。曾《すなは》ち是れ彊禦《きょうぎょ》（暴虐な臣下）、曾《すなは》ち是れ掊克《ほうこく》（税金をしぼりたる役人）。曾《すなは》ち是れ位《くらゐ》に在らしめ、曾《すなは》ち是れ服《こと》に在らしむ。天滔德《たうとく》を降《くだ》す、女興《なんぢおこ》して是れ力《つと》む。」（第二章）文王曰く「咨《ああ》、咨女《ああなんぢ》殷商。而義類《なんぢぎるゐ》を秉《と》れ、彊禦《きょうぎょ》なれば懟《うらみ》多し。流言《りうげん》以て對《たい》し、寇攘《こうじやう》（强盗とこそどろ）内《うち》に式《のつと》る。侯《こ》れ作《のろ》ひ侯《こ》れ祝《のろ》ひ、屆《いた》る靡《な》く究《きは》まる靡《な》し。」（第三章）文王曰く「咨、咨女殷商、女中國に炰烋《はうかう》（おごりたかぶって居丈高にふるまうこと）し、怨《うらみ》を斂《をさ》めて以て德と爲す。爾《なんぢ》の德を明らかにせざるは、時《こ》れ背《はい》無く側《そく》無きなり。爾《なんぢ》の德の明らかならざるは、以て陪《ばい》無く卿《けい》無きなり。」（第四章）文王曰く「咨、咨女殷商、天爾《なんぢ》を湎《しづ》むるに酒を以てせざるに、不義に從《したが》ひ式《のつと》れり。既に爾《なんぢ》の止《し》（ふるまい）を愆《あやま》り、明《めい》（晝）靡《な》く晦《くわい》（夜）靡し。式《もつ》て號《がう》し式《もつ》て呼《こ》し、晝《ひる》をして夜と作《な》さしむ。」

（第五章）　文王曰く「咨、咨女殷商、蜩《てう》（くまぜみ）の如く螗《たう》（小ぜみ）の如く、沸《ふつ》（湯がわくこと）の如く羹《かう》（あつもの）の如し。小大《せうだい》　喪《ほろ》ぶるに近きも、人尚《な》ほ由《よ》りて行《おこな》ふ。内《うち》中國に奰《いか》り、覃《ひき》て鬼方《きほう》（遠方の異族の國）に及ぶ。」（第六章）　文王曰く、「咨、咨女殷商。上帝時ならざるに匪《あら》ず、殷舊《きう》を用《もち》ひず。老成《らうせい》の人無しと雖《いえど》も、尚《な》ほ典刑《てんけい》有り。曾《かつ》て是れ聽《き》くこと莫《な》く、大命《たいめい》以て傾く。」（第七章）　文王曰く、「咨、咨女殷商。人亦《また》言ふ有り、「顚沛《てんぱい》（木の倒れること）の揭《けつ》（木の根が抜け逆立ちしていること）たる、枝葉《しえう》未《いま》だ害有らざるも、本實《もとまこと》に先《ま》づ撥《はつ》（絶えること）す」と。殷鑒《いんかん》（殷の手本とすべきもの）遠からず、夏后《かこう》（夏《か》王朝の世。特にその最後の天子桀《けつ》をさす）の世に在り。」（第八章）

(73) 徳化があまねく天下に廣がること。

(74) 天子の大廟《たいびよう》。天子が先祖をまつる祭祀を行い、諸侯を朝見した建物。

(75) 我將《われしよう》し我享《きよう》し、維《こ》れ羊《ひつじ》　維れ牛。維れ天　其《そ》れ之《これ》を右《たす》けよ。文王《ぶんわう》の典に儀《ぎ》して式《もつ》て刑《のつと》り、日々に四方《しはう》を靖《やす》んず。伊《こ》れ嘏《か》（善美で偉大であること）なるかな文王、既に右《たす》けて之《これ》を饗《う》く。我其れ夙夜《しゆくや》に、天の威《ゐ》を畏《おそ》れ、時に之《これ》を保《たも》つ。

(76) 閟宮《ひさう》（周王室の祖先后稷《こうしよく》の母姜嫄《きやうげん》を祀る廟）侐《しづか》なる有り、實實《じつじつ》（廣大なさま）枚枚《ばいばい》（ひっそりしたさま）たり。赫赫《かくかく》たる姜嫄《きやうげん》、其《そ》の徳回《よこしま》ならず、上帝　是《こ》れ依《よ》れり。災《さい》無く害《がい》無く、月を彌《を》へて遲《おそ》からず。是《ここ》に后稷《こうしよく》を生み、之《これ》に百福を降《くだ》す。黍稷《しよしよく》　重穋《ちようりく》、稙穉《ちよくち》（はやまきとおそまきの稲）、菽麥《しゆくばく》。下國《かこく》（天下の國々）を奄有《えんいう》し、民をして稼穡《かしよく》せしむ。稷《しよく》有り黍《しよ》有り、稻《たう》有り秬《きよ》有り。下土を奄有し、禹《う》の緒《しよ》を纘《つ》ぐ。（第一章）　后稷の孫、實《まこと》に維《こ》れ大王《たいわう》。岐《き》の陽《みなみ》に居《を》り、實《まこと》に始めて商《しやう》（殷王朝）を剪《た》たんとす。文・武に至り、大王《たいわう》の緒《しよ》を纘《つ》ぎ、天の屆《かい》（天誅）を、牧《ぼく》の野（周の武王が殷の紂王と戦い勝利した地。河南省）に致す。貳《うたが》ふこと無く虞《おもんぱか》ること無かれ、上帝女《なんぢ》に臨《のぞ》めり。商の旅《りよ》（軍勢）を敦《をさ》めて、克《よ》く厥《そ》の功《こう》を咸《おなじ》くす。（第二章）　王曰《わういは》く「叔父《しゆくふ》（周公をさす）、爾《なんぢ》の元子《げんし》（長男。伯禽《はくきん》をいう）を建《た》て、魯《ろ》に侯《こう》たらしめん。大《おほい》に爾の宇《う》を啓《ひら》き、周室《しうしつ》の輔《たすけ》と爲《な》れ」と。（第三章）　乃《すなは》ち魯公《ろこう》に命じ、東《ひがし》に侯《きみ》たらしめ、之《これ》に山川《さんせん》を錫《たま》ふ、土田《どでん》と附庸《ふよう》（附屬する小國。ここでは魯に屬する小國）。周公《しうこう》の孫《そん》、莊公《さうこう》の子（僖公《きこう》をいう）、龍旂《りようき》もて祀《まつり》を承《う》け、六轡《りくひ》（六つのたづな）耳耳《じじ》（さかんにたなびくさま）たり。春秋解《をこた》ること匪《あら》ず、享祀《きやうし》忒《たが》はず。皇皇《くわうくわう》たる后帝《こうてい》、皇祖后稷、享するに騂犧《せいぎ》（純粋の赤牛）を以てす。是《こ》れ饗《う》け是れ宜《よ》しとし、福《ふく》を降《くだ》すこと既《すで》に多し。周公皇祖《しうこうくわうそ》、亦其《そ》れ女《なんぢ》に福《さいは》ひせん。(第四章) 秋にして載《すなは》ち嘗《しやう》し、夏にして楅衡《ふくかう》(牛の角にそえ木をつけて廣がらぬようにするもの) す。白牡《はくぼ》騂剛《せいがう》、犧尊《ぎそん》(牛の形をした酒器) 將將《しやうしやう》たり。毛炰《もうはう》(毛を焼き去った豚肉) 胾羹《しかう》(肉のあつもの)、籩豆《へんとう》(たかつき) 大房《たいばう》(玉で飾ったそなえものをのせる机)。萬舞《ばんぶ》洋洋《やうやう》として、孝孫慶《かうそんけい》有り。爾をして熾《さかん》にして昌《さかん》ならしめ、爾をして壽《じゆ》にして臧《よ》からしむ。彼の東方を保《たも》ち、魯邦《ろほう》是れ常《つね》あり。虧《か》けず崩《くづ》れず、震《うご》かず騰《あが》らず。三壽《さんじゆ》(三卿) 朋《ほう》を作《な》して、岡の如く陵《おか》の如し。(第五章) 公車千乘、朱英 (赤いやりじるし) 綠縢《りよくとう》(綠の繩でしばった弓)。二矛重弓《にぼうちようきう》、公徒 (魯公の軍兵) 三萬。貝冑朱綅《ばいちうしゆしん》(あか絲おどしのよろい)、烝徒增增《じようとそうそう》たり。戎狄《じうてき》を是れ膺《う》ち、荊舒《けいじよ》を是れ懲《こら》す。則《すなは》ち我に敢《あ》へて承《あ》たる莫《な》し。爾をして昌《さかん》にして熾《さかん》ならしめ、爾をして壽にして富ましむ。黃髮台背《くわうはつたいはい》(しみの多い背。高齢をいう)、壽《じゆ》にして胥《あ》ひ與《とも》に試《こころ》みん。爾をして昌《さかん》にして大ならしめ、爾をして耆《き》(六十歳) にして艾《がい》(五十歳) ならしめん。萬有千歳《ばんいうせんさい》、眉壽《びじゆ》(長命の人) 害有ること無けん。(第六章) 泰山巖巖《がんがん》たり、魯邦の詹《み》る所。龜蒙《きもう》(龜山と蒙山) を奄有《えんいう》して、遂《つひ》に大東《たいとう》を荒《たも》つ。海邦に至り、淮夷來同《わいいらいどう》し、率從《そつじゆう》せざる莫《な》きは、魯侯の功。(第七章) 鳧繹《ふえき》(鳧山と繹山) を保有し、遂に徐宅《じよたく》(徐國の異族の居住地) を荒《たも》つ。海邦に至り、淮夷蠻貊《ばんぱく》、及び彼の南夷、率從せざる莫く、敢へて諾《だく》せざる莫く、魯侯に是れ若《したが》ふ。(第八章) 天公に純嘏《じゆんか》(大いなる福) を錫ひ、眉壽にして魯を保《やす》んず。常《じやう》と許《きよ》とに居りて、周公の宇を復す。魯侯燕喜《えんき》して、令妻壽母《じゆぼ》あり。大夫庶士に宜《よろ》しく、邦國を是れ有《たも》つ。既に多く祉《し》(さいわい) を受け、黃髮兒齒《じし》たり。(第九章) 徂來《そらい》(山の名。徂徠山とも) の松、新甫《しんぽ》(山の名) の柏《はく》。是れ斷《た》ち是れ度《はか》る。是れ尋《じん》(八尺) 是れ尺。松桷《しようかく》(松のたるき) 舄《せき》(大きい) たる有り、路寢《ろしん》(宗廟の正殿) 孔《はなは》だ碩《おほい》なり。新しき廟は奕奕《えきえき》(盛大につらなるさま) たり、奚斯《けいし》(人名。公子魚の字《あざな》) の作る所。孔《はなは》だ曼《なが》く且《か》つ碩《おほい》なり。萬民是れ若《したが》ふ。(第十章) なお本篇は脫落・錯簡があるとも考えられ、諸家によって章の分け方に異同がある。毛詩に従えば八章に分けられるが、嶺雲は十章に分けているので、今それによる。

(77) 古代の傳說上の賢人。堯の臣であったが舜にも認められ、その司徒 (教育をつかさどる官職) となった。

(78) 校訂する。正孝父が周の都まででかけて行って、大師 (樂官の長) について商頌を校訂した、と言うのである。

(79) 天玄鳥《げんてう》に命じ、隆りて商《しやう》を生ましめ、殷土の芒芒《ばうばう》たるに宅《を》らしむ。古帝武湯《いにしへぶたう》に命じ、彼の四方に正域《せいゐき》せしむ。方《あまね》く厥《そ》の后《きみ》(諸侯) に命じ、九有 (九州。中國全土) を奄有《えんいう》す。商の先后《せんこう》、命を受けて殆《あやふ》からざるは、武丁《ぶてい》(高宗) の孫子に在り。武丁の孫子、武王に勝《た》へざる靡《な》し。龍旂《りようき》十乘、大糦《たいし》(祭りに供える飲食物) を是れ承《ささ》ぐ。邦畿《ほうき》千里、維《こ》れ民の止まる所。彼の四海を肇域《てうゐき》(界を正しく定めて天下を統一すること) し、四海來《きた》り假《いた》る。來り假ること祁祁《きき》たり、景員《けいいん》(大いにめぐらす。黄河を國土のまわりにめぐらせること) 維《こ》れ河《か》。殷命を受くること咸《ことごとく》宜《よろ》し、百祿《ひやくろく》是れ何《にな》ふ。

(80)「經」は、たて絲。「緯」は、横絲。たて絲と横絲を組み合わせて織物を織るように、組み合わされること。つまり、一篇の詩は、風・雅・頌のどれかに所屬していると同時に、比・賦・興のどれかの表現形式をとっていること。

(81) 女《ぢよ》有り車を同《とも》にす、顏《かんばせ》は舜華《しゆんくわ》(むくげ) の如し。將《もつ》て翺《かう》し將て翔《しやう》し、佩玉瓊琚《はいぎよくけいきよ》。彼《か》の美《うるは》しき孟姜《まうきやう》(姜氏の長女)、洵《まこと》に美しくして且《か》つ都《みやび》なり。(鄭風「有女同車」第一章)

(82) 伐木《ばつぼく》すること丁丁《たうたう》たり、鳥鳴いて嚶嚶《あうあう》たり。幽谷《いうこく》より出《い》でて、喬木《けうぼく》に遷《うつ》る。嚶《あう》として其れ鳴き、其の友を求むる聲《こゑ》あり。彼の鳥を相《み》るに、猶《な》ほ友を求むる聲あり。矧《いは》んや伊《こ》の人、友生《いうせい》を求めざらんや。神《しん》の之を聽《き》かば、終《つい》に和し且《か》つ平《たひら》かならん。(小雅「伐木《ばつぼく》」第一章)

(83) 鶴九皐《つるきうかう》に鳴く、聲《こゑ》天に聞こゆ。魚渚《うをなぎさ》に在り、或《あるひ》は潛《ひそ》んで淵《ふち》に在り。彼の園《その》を樂しむ。爰《ここ》に樹檀《じゆだん》(むくのき) 有り。其の下は維《こ》れ穀《こく》(こうぞ)。他山の石、以《もつ》て玉を攻《をさ》む可《べ》し。(小雅「鶴鳴《かくめい》」第二章)

(84)『論語』爲政篇の言葉。「子曰く、詩三百、一言以て之を蔽《おほ》はば、曰く、思ひ邪《よこしま》無しと。」による。「思無邪」の語は、『詩經』魯頌の「駉《けい》」篇第四章に見える語。

(85) 諷諫《ふうかん》する。「風」は、「諷」に同じ。爲政者を批判すること。

(86) 教化する。教えさとして人々を良い方に變えること。

(87) しまりがなく、勝手氣ままにふるまうこと。

(88) うらみそしる。うらんで人を惡しざまに言う。

(89)『史記』巻八十四「屈原・賈生列傳」第二十四の言葉。原文は、「國風好レ色而不レ淫、小雅怨誹而不レ亂。」

(90) 注 (71) 參照。

(91) 常棣《じやうてい》（にわざくら）の華《はな》、鄂《がく》（あつまって開くさま）として韡韡《ゐゐ》（美しくひかり輝くさま）たらざらんや。凡《およそ》今の人、兄弟《けいてい》に如《し》くは莫《な》し。（第一章）死喪《しさう》（死んで喪《ほろ》びること）の威《おそ》れ、兄弟孔《はなは》だ懐《おも》ふ。原隰《げんしふ》（原野や沼澤地）に裒《あつま》るも、兄弟は求む。（第二章）脊令《せきれい》（水鳥の名。せきれい）原《げん》に在り、兄弟　難《なん》を急《きふ》にす。毎《つね》に良朋《りやうほう》有あるも、況《ますます》永く歎《なげ》く。（第三章）兄弟　牆《かき》に鬩《せめ》げども、外　其の務《あなど》りを禦《ふせ》ぐ。毎に良朋有るも、烝《ひさ》しくして戎《たす》くる無し。（第四章）本文では五章以下は省略されているが、前體は八章で構成されている。

(92) 雞既に鳴き、朝《てう》（朝廷）既に盈《み》つ。雞則ち鳴くに匪《あら》ず。蒼蠅《さうよう》（あおばえ）の聲なり。（第一章）東方明けたり、朝既に昌《さかん》なり。東方則ち明るきに匪ず、月出づるの光なり。（第二章）蟲《むし》飛んで薨薨《くわうくわう》（群がり飛ぶさま）たり、子と夢を同じくするを甘しとす。會《くわい》するもの（朝廷に會合した人々）且《まさ》に歸らんとす、庶《ねが》はくは予が子《し》を憎《にく》ましむる無からん。（第三章）第三章末句の解は諸説あるが、嶺雲の返点に合う解を取った。

(93) 四牡《しぼ》（四頭の牡馬《おすうま》）騑騑《ひひ》（驅けつづけるさま）たり、周道倭遲《しうだうゐち》（遠くまでつづくさま）たり。豈《あに》歸るを懐《おも》はざらんや、王事《わうじ》（王の命による職務）盬《もろ》きこと靡《な》し（いいかげんにすることはできない）、我が心傷悲《しやうひ》す。（第一章）四牡騑騑たり、嘽嘽《たんたん》（疲れ苦しんで喘《あえ》ぐさま）たる駱馬《らくば》（白馬で、たてがみの黒いもの）。豈歸るを懐はざらんや、王事盬きこと靡し、啓處《けいしよ》（おちついて休む）するに遑《いとま》あらず。（第二章）翩翩《へんぺん》たる者は鵻《すい》（はちまんばと）、載《すなは》ち飛び載ち下り、苞栩《ほうく》（しげったくぬぎの木）に集《とどま》る。王事盬きこと靡し、父を將《やしな》ふに遑あらず。（第三章）翩翩たる者は鵻、載ち飛び載ち止《とどま》り、苞杞《はうき》（しげったくこの木）に集る。王事盬きこと靡し、母を將ふに遑あらず。（第四章）彼の四駱に駕《が》して、載《すなは》ち驟《は》すること駸駸《しんしん》たり。豈歸るを懐はざらんや。是《ここ》を以《もつ》て歌を作り、母を將《やしな》はんことを來《きた》り諗《つ》ぐ。（第五章）（小雅「四牡」）

(94) 葛《くず》生じて楚《そ》に蒙《かうむ》り、蘞《れん》（つる草の一種。やぶからし）野に蔓《はびこ》る。予が美此《ここ》に亡《な》し、誰と與にか獨り處《を》らん。（第一章）葛生じて棘《きよく》に蒙り、蘞域に蔓る。予が美此に亡し、誰と與にか獨り息《いこ》はん。（第二章）角枕《かくちん》（動物の角《つの》の細工で飾った枕）粲《さん》たり、錦衾《きんきん》爛《らん》たり。予が美　此に亡し、誰と與にか獨り旦《あか》さん。（第三章）夏の日、冬の夜、百歳の後、其の居に歸せん。（第四章）冬の夜、夏の日、百歳の後、其の室に歸せん。（第五章）（唐風「葛生」）

(95) 牆《かき》に茨《いばら》有り、掃ふ可《べ》からず。中冓《ちゆうこう》(夫婦だけの寝室)の言《げん》、道《い》ふ可《べ》からず。道ふ可き所ならんや、之《これ》を言はば醜し。(第一章) 牆に茨有り、襄《はら》ふ可《べ》からず。中冓の言、詳《つまびらか》にす可からず。詳にす可き所ならんや、之を言はば長ず。(第二章) 牆に茨有り、束《つか》ぬる可からず。中冓の言、讀む可からず。讀む可き所ならんや、之を言はば辱なり。(第三章)(鄘風「牆有茨」)

(96) 窈窕《えうてう》たる淑女《しゆくぢよ》は、寤寐《ごび》(寝てもさめても)にも之を求む。之を求めて得ざれば、寤寐にも思服(思い慕う)す。悠《いう》なる哉《かな》悠なる哉、輾轉反側《てんてんはんそく》(ごろごろと寝返りをうつ)す。(周南「關雎」第二章)

(97)「周南」關雎篇の冒頭に、「關關雎鳩、在㆓河之洲㆒、窈窕淑女、君子好逑」(關關《くわんくわん》たる雎鳩《しよきう》は、河《か》の洲《しう》に在り。窈窕《えうてう》たる淑女は、君子の好逑《こうきゆう》)とあるのを言う。

(98) 中國語に固有の高低による音調。トーン・アクセント(tone accent)。中國語の音節には必ず獨自の音調があり、それを「聲調」という。それには古くから四種類の區分があり、「四聲」という。六朝時代に「四聲」が明確に自覺され、その組み合わせを定型化し詩の韻律を整えようとする試みが行われた。「四聲」の諧和による韻律定型化の試みは次の唐代に至って完成し、〈近体詩〉と呼ばれる。

(99)『詩經』大序の次の部分による。先王以㆑之經㆓夫婦㆒、成㆓孝敬㆒、厚㆓人倫㆒、美㆓教化㆒、移㆓風俗㆒。

(100) 野蠻人。「蠻」は、中國南方の野蠻人をいい、「貊」は、北方の野蠻人をいうが、あわせて廣く蠻族の意。楚の地方は、古代には蠻族の地と意識されていた。

(101) 楚の隱者接與《せつよ》(狂人のふりをして世を避けていたので「楚狂接輿」とも呼ばれる)が孔子をあざけって歌ったとされる歌。『論語』微子篇に見えるもの。その歌は、以下の通り。「鳳兮鳳兮、何德之衰。往者不㆑可㆑諫、來者猶可㆑追。已而已而、今之從㆑政者殆而。(鳳よ鳳よ、何ぞ德の衰へたる。往く者は諫《いさ》むべからず、來たれる者は猶ほ追ふべし。已《や》みなん已みなん、今の政に從ふ者は殆《あや》ふし。」)

(102) 荀子(前三一三?—二三八?)のこと。荀子は、戰國末期の儒家で、本名荀況《じゆんきよう》。趙《ちよう》の出身。楚の春申君《しゆんしんくん》に仕え、蘭陵の令となる。孔子の學問を傳え、禮を重視し、孟子の性善説に對して性惡説を唱えた。嶺雲が「楚人荀卿」と言っているのは、荀子が楚に仕えたため。『荀子』二十巻は、その学説を記したもの。

(103) 爰《ここ》に大物《たいぶつ》有り。絲《し》（いと）に非《あら》ず帛《はく》（絹の布）に非ざるも、文理（美しいもよう）章（あや）を成す。日に非ず月に非ざるも、天下の明と爲る。生者は以て壽《いのちなが》く、死者は以て葬せらる。城郭は以て固《かた》く、三軍は以て強し。粹（純粋に守る）にして王《わう》（天下の王者となる）、駁《ばく》（不純なものが混じる）にして伯《はく》（王にかわって天下に號令する覇者となる）。一も無くして亡ぶ。臣愚かにして識《し》らず。敢へて之を王に請ふ。王曰く、此れ夫れ文《ぶん》（美しいもよう）にして采《さい》（過度の裝飾）あらざる者か。簡然として知り易《やす》く、而《しか》して理有るを致す者か。君子の敬ふ所にして、小人のしかせざる所の者か。性（人間の本性）の得ざれば則ち禽獸《きんじゅう》の若《ごと》く、性の之を得れば則ち甚だ雅に似たる者か。匹夫（愚かな男）も之を隆《さかん》にすれば則ち聖人と爲り、諸侯も之を隆にすれば則ち四海（全世界）を一にする者か。明を致して約（簡單でつづまやか）、甚だ順にして體《たい》（明確なかたち）あり。請ふ之を禮《れい》に歸せん。（『荀子』賦篇「禮賦」。五つの賦が収められているので、嶺雲は「五賦」と總稱している。）

第二章

(104) 四方のすみ。乾《いぬい》（北西）・坤《ひつじさる》（南西）・艮《うしとら》（北東）・巽《たつみ》（南東）をいう。

(105) 屈原は、本名屈平《くつへい》。前三四三？―前二七七？。戰國楚の政治家で、『楚辭』の作者。傳記は本文に詳しい。最期は汨羅（川の名。湖南省湘陰《しょういん》縣の北）に投身自殺したとされる。

(106) 屈原の仕えた王の名。（在位、前三二八―前二九九）はじめは屈原を信任していたが、後に讒言を信じて屈原をうとんじ、屈原の諫めを聞かずに秦と接近し、最後はあざむかれて秦に捕えられ、前二九六年、彼地に客死した。

(107) 中國古代の傳説上の天子。黃帝の孫。高陽（河南省杞《き》縣の西）に都を置いたので高陽氏と號した。

(108) 遠い子孫。

(109) 末子。兄弟中、最も下の男子。

(110) 湖北省秭歸《しき》縣の東。鬻熊の子孫の熊繹《ゆうえき》が楚に封ぜられて都を置いた所。

（111）湖北省江陵縣の北西。楚武王が都を置き、戰國末期に秦の壓力を受けて遷都するまで、春秋戰國時代を通じて楚の都であった所。（112）屈氏が封土として与えられた土地の地名。
（113）齊の桓公。（前六八五―前六四三在位）春秋時代の齊の君主。春秋五覇《ごは》（春秋時代の五人の覇者）の一人。
（114）宋の襄公。
（115）三年もの間、飛びもせず鳴きもしない。長い間、何一つしないこと。楚の莊王が即位後三年たっても遊びふけっていたので、臣下の伍擧《ごきょ》が諷刺したことば。『史記』巻四十「楚世家」第十の記事。
（116）楚の莊王が天下を取ろうとする野心を持ち、周の定王に傳國の寶物の鼎《かなえ》の重さを聞いたこと。他人の權威を疑い輕視すること。『春秋左氏傳』宣公三年の記事。（117）同等の力を持つ國。互いに匹敵する國。
（118）官職名。王の側近として政治に參預し、詔令を起草し、外交に協力する官。
（119）戰國時代の、楚の官職名。
（120）戰國時代の魏《ぎ》の遊說家。諸侯を遊說して、秦と結ぶ連衡《れんこう》策を說いた。（?―前三〇九）
（121）周代、現在の陝西《せんせい》省地域にいた異族の名。周は一度この犬戎のために亡び（西周）、東方に逃れて國を再建した（東周）。注（50）參照。（122）現在の河南省洛陽市。（123）現在の陝西省岐山縣。
（124）現在の陝西省華縣の西にある山。秦と他の六つの大國（齊・楚・魏・燕・韓・趙）とを分ける境界に位置した。
（125）二つの川の名。淮水と泗水。河南・安徽・江蘇・山東の各省を流域とする。但し、六大國が「皆淮泗の間に竝ぶ」という本文の記述は大勢を述べたもの。
（126）古代の九州の一つ。陝西省北部、甘肅省北西部をあわせた地方。
（127）法家の思想家・政治家。姓は公孫、名は鞅。衞の人なので衞鞅とも言い、秦の孝公に仕えて商の地に封ぜられたので商鞅とも言う。（?―前三三八）
（128）現在の陝西省の地。周圍を山に圍まれ、東西南北に關所があって侵入しづらい地だったので「關中」と言う。

(129) 華山以東の地。注（124）參照。

(130) 戰國時代の遊説家。合從《がっしょう》（六國が南北に同盟して秦に對抗する策）を唱えて六國の大臣を兼任するに至った。後に連衡《れんこう》策（秦が六國と個別に東西に同盟を結ぶ策。秦に從屬的な同盟を結んで安全保障を得る策だが、實際は秦の各個擊破策）を唱えた張儀に敗れて暗殺された。（？―前三一七）

(131) 古代の兵法書の名。蘇秦はこの書によって「揣摩《しま》」（他人の心をおしはかる）の術を學んだという。

(132) 禮物をおさめる。「質」は、君主などに納める禮物。「委」は、さしだすこと。君主に仕えるために禮物をさしだすこと。

(133) 地名。現在の陝西省東南部の地。商と於の二地を言う。楚の西北境だったが秦に奪われたもの。

(134) 土地の廣さ。面積。「廣」は、東西の廣がり、「袤」は、南北の廣がり。「廣袤六里」とは、六里四方の面積。

(135) 現在の陝西省南部、湖北省北西部の地。　(136) 現在の陝西省藍田縣。

(137) おびやかす。おどす。なお本文「齊を要す」とあるが、正しくは「楚を要す」。

(138) 現在の湖南省沅陵《げんりょう》縣の西。またそこを中心とした地域。なお、この地を秦が求めるのは後年のことで、あるいは嶺雲の誤記か。

(139) 漢中の地を言う。注（135）參照。

(140) 連衡《れんこう》（連横）。各國が個別に西方の秦と同盟を結んで安全をはかる方針。またその同盟關係。注（130）參照。

(141) 地名。河南省新野縣の東北。棘陽《きょくよう》とも言う。　(142) 地名。湖北省房縣の西北。

(143) 對等の資格で禮をする。「亢」は、あたる意。　(144) 周代、楚國の最上位の大臣。

(145) 地名。夏水《かすい》の河口。湖北省沙市の南。郢都（楚の都。湖北省江陵県の北）の東南にあたる。

(146) 湖の名。湖南省にある中國最大の淡水湖。洞庭湖。

(147) 川の名。沅水と湘水。沅水は、貴州省に源を發し、湖南省に入って洞庭湖に注ぐ。湘水は、廣西壯族自治區に源を發し、北東流して湖南省に入り瀟水を合わせて洞庭湖に注ぐ。

(148)『楚辭』の篇名。屈原作とされている。九つの短編より成り、「九章」は、その總稱。その篇目は、「惜誦《せきしよう》」「渉江《せふかう》」「哀郢《あいえい》」「抽思《ちうし》」「懷沙《くわいさ》」「思美人《しびじん》」「惜往日《せきわうじつ》」「橘頌《きつしよう》」「悲回風《ひくわいふう》」の九篇。

(149)沅湘《げんしやう》の玄淵《げんえん》に臨み、遂《つひ》に自ら忍《しの》んで流れに沈み、卒《つひ》に身を没して名を絶たんとするも、君を壅《ふさ》ぐもの（主君の耳目をふさいで誤りを犯させる臣下）の昭《あき》らかならざるを惜しむ。（九章「惜往日」）

(150)寧《むし》ろ溘《にはか》に死して流亡《りうぼう》せん、禍殃《くわおう》（わざわい）の再び有らんことを恐る。辭を畢《を》へずして淵《ふち》に赴《おもむ》かんとするも、君を壅《ふさ》ぐものの識《し》られざるを惜しむ。（九章「惜往日」）

(151)書名。一巻。梁の呉均《ごきん》の撰。神怪の説を記したもの。

(152)屈原五月五日を以て、汨羅《べきら》に投じて死す。楚人之《そひとこれ》を哀《あは》れみ、毎《つね》に此《こ》の日に、筒《つつ》を以て米を貯《おさ》め、水に投じて之を祭る。漢の建武《けんぶ》（年號の名。二五―五六）中、長沙《ちやうさ》の區回《おうくわい》（人名）、白日忽ち一人を見る。自ら三閭大大《さんりよたいぶ》（楚の官職名。王族を監督する職。屈原がこの官に就いたので、屈原をしばしばこの官名で呼ぶ）と稱す。回《くわい》に謂ひて曰く、「聞くならく君常《つね》に祭らると。甚《はなは》だ善《よ》し。但《た》だ常年遺《おく》る所、竝《す》べて蛟龍《かうりう》に竊《ぬす》まる。今若《も》し惠《めぐ》み有らば、楝樹《れんじゆ》（あふちの木）の葉を以て上を塞《ふさ》ぎ、五色の絲《いと》を以て之を轉縛《てんばく》す可《べ》し。此の物蛟龍の憚《はばか》る所なり」と。回其の言に依《よ》る。世人五月五日に粽《ちまき》を作り、幷《す》べて五色の絲、及び楝《あふち》の葉を帯するは、皆汨羅の遺風なり。

(153)現在の湖南省長沙市。

(154)前漢の文帝に仕えた文臣。（前二〇一―一六九）二十餘歳で文帝に召されて博士となり、太中大夫に遷り、制度の改革を企てたが功臣たちに反對され、長沙王の傅《ふ》（つけびと）に左遷された。のち梁の懷王の傅として中央にもどり三十三歳で亡くなった。

(155)恭《かたじけな》くも嘉《よ》き惠《めぐみ》を承《う》け、罪を長沙に俟《ま》つ。側《かすか》に聞く「屈原、自ら汨羅に沈む」と。造《いた》りて湘流に託して、敬して先生を弔《とむら》ふ。世の極（中正の道）罔《な》きに遭《あ》ひ、乃《すなは》ち厥《そ》の身を隕《お》とす。嗚呼《ああ》哀《かな》しい哉《かな》、時の不祥に逢ふ。鸞鳳伏竄《らんぽうふくざん》し、鴟鴞《しけう》（ふくろう。凶惡な者のたとえ）翺翔《かうしやう》す。闒茸《たふじよう》（心が下劣な者）尊顯《そんけん》となり、讒諛《ざんゆ》（他人をおとしめる者）志を得たり。賢聖逆曳し、方正（誠實で品行正しい者）倒植す。世伯夷を貪《たん》なりと謂ひ、盜跖《たうせき》（古代の著名な強盜の名）を廉《れん》なりと謂ふ。莫邪《ばくや》（古代の著名な寶劍の名）を鈍《どん》と爲し、鉛刀を銛《せん》（するどい）と爲す。于嗟《ああ》默默たり、生（先生。屈原をいう）の故無《ゆゑな》きなり。周鼎を斡棄《あつき》（うちすてる）し、康瓠《かうこ》（こわれた壺《つぼ》。役に立たぬもののたとえ）を寶《たから》とす。罷《つか》れたる牛に騰駕《たうが》（車を引かせる）せしめ、蹇《にぶ》き驢《ろ》を驂（そえうま）にす。驥《き》（すぐれた馬）は兩耳を垂《た》れ、鹽《しお》の車に服す。章甫《しやうほ》（黑色の布のかんむり）を履《くつ》に薦《し》き、漸《やうや》く久しくす可《べ》からず。嗟《ああ》先生、獨《ひと》り此の咎《とが》に離《かか》るを苦しむ。訊《つ》げて曰く、已《や》んぬるかな、國に其れ吾を知る莫《な》し。獨り壹鬱《いつうつ》として、其れ誰とか語らん。鳳は漂漂《へうへう》として其れ高く逝《ゆ》き、夫《そ》れ固《もと》より自ら縮《ただ》しくして遠く去る。九淵の神龍を襲《おそ》ひ、沕《ひそ》かに深く潛《ひそ》みて以て自らを珍《たふと》くせん。融《あき》らかなる爚《ひかり》を彌《とほ》ざけて以て隱《かく》れ處《を》らん、夫れ豈《あ》に螘《あり》と蛭螾《しついん》（ひるとみみず。蟲けら）とに從がはんや。貴《たふと》ぶ所は聖人の神德なれば、濁世に遠ざかりて自ら藏《かく》れん。騏驥《きき》（すぐれた馬）をして係《つな》ぎて羈《き》（つなぎとめる）するを得《う》可《べ》から使《し》むれば、豈に云《ここ》に夫《か》の犬と羊とに異ならんや。般《はん》として紛紛《ふんぷん》として其れ此の尤《とが》めに離《かか》る、亦《ま》た夫子《ふうし》の辜《とが》なり。九州を歴《へ》て其の君を相《み》よ、何ぞ必ずしも此《こ》の都を懷《おも》はんや。鳳皇《ほうわう》は千仭の上に翔《かけ》り、德の輝くを覽《み》て之に下る。細德の險《けは》しき徵《きざし》を見ては、增《かさ》なれる翮《つばさ》を搖らして逝きて之を去る。彼《か》の尋常の汙瀆《をとく》（汚い溝《みぞ》）は、豈に能《よ》く吞舟《どんしう》の魚を容《い》れんや。江湖に横たはるの鱣鱏《てんしん》（大魚）は、固《もと》より將《まさ》に螻蟻《ろうぎ》（けらやあり）に制せられんとす。（賈誼「弔屈原文」〈屈原を弔ふ文〉）嶺雲はこれを「賦」としているが、『文選』では「弔文」に分類している。なお、嶺雲が依った本文は不明だが、『史記』屈原賈生列傳に引かれているものに近い。

(156) わが國、江戸時代の儒者。伊勢の津の人。本名は、正謙《せいけん》。拙堂は、號。『拙堂文集』『拙堂文話』などの著書がある。（一七九七—一八六五）

(157) 屈原の死は、附會《ふくわい》より出《い》づ。司馬遷《しばせん》察せずして之を收むるのみ。今其の迹《あと》を考ふるに、止《ただ》に區區《くく》たる小説なるのみならず、奇怪《きくわい》人を駭《おどろ》かすこと、殆《ほとん》ど務光《むくわう》・申徒《しんと》（いずれも傳説上の殷の賢人、務光と申徒狄《しんとてき》のこと。それぞれ、湯王《とうおう》が天下をゆずろうとしたとき、けがらわしいと恥じて投身自殺したとされる）の爲す所に類す。原の賢、決して此の事無し。遷は好奇の士にして、喜んで雜説を採《と》る。伊尹負鼎《いゐんふてい》（殷の伊尹が湯王に近付くために料理人となり、後にその名宰相となった故事）・百里飯牛

(百里奚《ひゃくりけい》は、春秋時代の人で、秦の穆公《ぼくこう》に仕えて秦を强國にした。飯牛の故事は、春秋時代、甯戚《ねいせき》が牛飼いをしていたのを齊の桓公が認めてとりたてた故事。従ってここは「甯戚飯牛」と言うべきところを拙堂が誤認したもの）の如きすら、猶《な》ほ且《か》つ釋《しゃく》せず。汨羅の事、豈に獨り信ず可けん乎《や》。夫《そ》れ原の人と爲《な》り、狷潔《けんけつ》にして邪を嫉《にく》むこと太《おほ》いに甚《はなは》だし。好事者、因《よ》りて附會して以て之を誣《いつは》る耳《のみ》。或《あるひと》曰く、「遷楚詞（『楚辭』のこと）中の語に據《よ》れり。子《きみ》以て附會と爲すは、何居《なんぞや》」と。余之に應《こた》へて曰く、「古書の文 比喩多し。況《いは》んや詞賦の實錄に非ざるを乎《や》。漁夫《ぎょほ》（『楚辭』の篇名。「漁父《ぎょほ》」に同じ）篇の如きは、本より虛説と爲す。子《きみ》 若《も》し之を信ぜば、天問篇（『楚辭』の篇名）の怪を語るが如きも、亦《ま》た眞に之有らん乎《や》。蓋《けだ》し憤世の言、險怪《けんくわい》たり易《やす》くして平坦《へいたん》なり難《がた》し。所謂《いはゆる》「湘流に赴《おもむ》きて、魚腹に葬むられん」（『楚辭』漁父篇中の言葉）とは、將《まさ》に身を江濱《かうひん》に死せんとするを言ふ耳《のみ》にして、眞に將《まさ》に死せんとするに非ざるなり。子《きみ》此の言に據《よ》りて以て原の死を證す。果《は》たして然《しか》らば則ち魯連（戰國時代の齊の人。魯仲連。節操のすぐれた人物で、趙・魏に協力して秦に抗戰した。秦がもし帝となるなら、東海に身を投げて死のうと言った故事で知られる）の海を踏むは、其れ亦た眞に海に投ずと爲す乎《や》」と。

(158) 司馬遷を言う。父の代より漢の太史令（天文・曆・記録をつかさどる官の長）だったため。『史記』も、本來は『太史公書』と呼ばれていた。

(159) 屈原自ら汨羅に沈む。注（155）參照。

(160) 北山《ほくざん》を望みて流涕《りうてい》し、流水《りうすゐ》に臨《のぞ》んで太息《たいそく》す。孟夏《まうか》（初夏）の短夜を望めども、何ぞ晦明《くわいめい》（一夜）の歲《とし》（一年）の若《ごと》くなるや。惟《こ》れ郢《えい》（楚のみやこ。湖北省江陵県の北）の路の遼遠《れうゑん》なる、魂一夕《いっせき》にして九《ここの》たびも逝《ゆ》く。

(161) 浩浩《かうかう》たる沅湘《げんしやう》、分流して汩《こつ》（水の流れの速いさま）たり。

(162)『楚辭』のいくつかの篇中に見える、篇末の形式。全體を歌いおさめたり、歌い足りなかったことがらを歌い足すなどする獨立の部分。「おさめ」と訓ずることもある。

(163) 長瀨《ちやうらい》（どこまでもつづく淺瀨）湍流《たんりう》（激しく急な流れ）、江潭《かうたん》を泝《さかのぼ》る。狂顧して南行し、聊《いささ》か以て心を娛《なぐさ》めん。

第三章

(164)『楚辭』の篇名。『楚辭』の中心をなす篇であり、屈原の代表作とされるもの。

(165) 屈原のこと、「子」は、男子の尊稱。 (166) こまやかでととのっていること。
(167) 人情を敦《あつ》くする。（人の性情をおだやかで德厚いものにする、との意）
(168) 悲しみいたむ。 (169) 不滿足なこと。 (170) ゆきなやむ。人生がうまくゆかずに困難なこと。
(171) 心がみだれること。 (172) 痲醉と同じ。 (173) からだ。身體。「骸軀」と同じ。
(174) 型とたづな。「篏《かん》」は、「嵌《かん》」と同じで、一定の型にはめこむこと。「篏轡」は、著者の造語か。但し、ここは「箝《かん》」と同義に用いていると考えられる。「箝」は、竹ではさむ、口をとざして沈默させる意。「箝轡」であれば、馬の口をとざす木片とたづな。馬を制御する道具。人間を制約するもののたとえ。
(175) 春秋戰國時代に活躍した思想家たちの流派。諸子百家。
(176) 金屬製の鈴で、舌が木でできているもの。古代、法令を民衆に示すとき振り鳴らした。そこから轉じて、社會の指導者を言う。本文は、『論語』八佾《はちいつ》篇に、「天將㆘以㆓夫子㆒爲㆗木鐸㆖（天將《まさ》に夫子を以て木鐸と爲さんとす）」とあるのによる。
(177) 人名。明《みん》の詩人、文筆家。字《あざな》は、元瑞《げんずい》。蘭谿の人。藏書家としても知られる。（一五五一―一六〇二）
(178) 地名。鄒は、現在の山東省鄒縣・春秋時代の邾《ちゅ》國で、戰國時代に鄒國と改めた。孟子の生國。魯は、現在の山東省曲阜。孔子の生國。

第四章

(179) どうであろうと、ままよ。晉代以後の俗語。
(180) 思うにまかせず、不平なさま。不滿。心滿たされずに惱むさまを表す擬態語。
(181) 宋玉《そうぎょく》のこと。宋玉（前二九〇―前二二三）は、戰國時代の楚の文人で、屈原の弟子。作品には、「九辯」（『楚辭』所收）、「神女賦」「高唐賦」（『文選』所收）などがある。
(182) 戰國時代の楚の文人。屈原の後繼者の一人。一說に、楚の傾襄王《けいじょうおう》に仕えたと言う。また宋玉の弟子とも言う。生没年未詳。　（183）斧《おの》で切ったり削ったりしたあと。文章を添削したあと。

（184）がむしゃらに進んで、度をこえて激しいこと。

（185）一句の中にあって、音調をととのえる働きしかしない語。語勢を助けるために用いられる文字。語助詞。語助字。

（186）意味の無い語助詞の一種。特に『楚辭』に多用され、『楚辭』の文體的特徴の一つとなっている。

（187）意味の無い語助詞の一種。『楚辭』中の「大招」篇に特に多用されている。

（188）淺薄で底があらわれてしまっていること。

（189）君の心を用《もち》ひて、君の意を行《おこな》へ。龜策《きさく》（龜甲や筮竹《ぜいちく》による占い）は誠に此の事を知る能《あた》はず。

（190）遂《つひ》に去りて復《ま》た言はず。

（191）滄浪《さうらう》（川の名。漢水の下流域の呼稱）の水清《す》まば、以て吾《わ》が纓（冠のひも）を濯《あら》ふ可《べ》し。滄浪の水濁らば、以て吾が足を濯ふ可《べ》し。（『楚辭』「漁父」）

（192）後漢の歴史家。字《あざな》は、孟堅《もうけん》。扶風《ふふう》（陝西省）の人。班彪《はんぴゆう》の子。父の遺志をつぎ、二十數年かけて『漢書』を著したが、未完成のまま獄死した。妹の班昭《はんしよう》が、それを完成させた。（三二―九二）

（193）前漢末の學者。本名は、更生。字《あざな》は、子政。漢室の一族の出身で、宮中の藏書を整理・校訂し、息子の劉歆《りゆうきん》とともに、「七略」を著わした。また『列女傳』『新序』などの著書をも著わした。（前七七―前六）

（194）書名。前漢末に劉歆《りゆうきん》（前五三？―二三。劉向の息子）が父の劉向とともに編集した圖書目錄及びその解題。輯略《しゆうりやく》・六藝《りくげい》略《りやく》・諸子略・詩賦略・兵書略・術數略・方技略からなる。

（195）『漢書』藝文志のこと。班固が、劉向・劉歆父子の著した「七略」に基いて著した圖書解題・目錄。當時傳わっていた書物の内容を知るための根本資料で、後世の史書の書籍解題の手本となった。

（196）今に至るまで九年にして復《かへ》らず。　（197）沅湘《げんしやう》を濟《わた》りて以て南征す。

（198）沅湘を濟《わた》りて以て南征し、重華に就《つ》きて詞を陳《の》ぶ。九歌と九辯とを啓す。

(199) 國家。「社」は、土地の神。「稷」は、五穀の神。國家の最も重要な祭神。轉じて國家を言う。
(200)『史記』卷八十四「屈原賈生列傳」第二十四の中の言葉。
(201) 離騷は猶《な》ほ離憂のごときなり。（『史記』卷八十四「屈原賈生列傳」第二十四の中の語）
(202) 離《り》とは、別《べつ》なり。騷《そう》とは、愁なり。言ふこころは、放逐せられて離別するを以て、中心愁思するなり。（『楚辭章句』王逸注）
(203) 離とは、遭《あ》ふなり。
(204) 經は、徑《けい》なり。…放逐せられて離別するを以て、中心愁思すること、猶《な》ほ直徑《ちよくけい》（まっすぐな道）を陳《の》べて以て君を諷諫するがごときなり。（『楚辭章句』王逸注）
(205) 美しい人。主君を指す。具體的には、楚の懷王を言う。 (206) 足の早い、立派な馬。
(207) 足跡。事業のあと。 (208) 口やかましく諫めること。 (209) 火のついたように激しく怒る。
(210) 本當に美しいこと。 (211) えりすぐって鍛える。自らすぐれた節操をはぐくむこと。
(212) 面《おも》やつれして顔色が黄色くなること。
(213) 蹇《けん》（なやみくるしむ）として吾夫《か》の前修《ぜんしう》に法《のつと》る、世俗の服する所に非ず。今の人に周《あ》はずと雖《いへど》も、願はくは彭咸《ほうかん》（殷の賢人。主君をいさめて容れられず、投身自殺をした）の遺則《ゐそく》に依《よ》らん。長太息《ちやうたいそく》して以て涕《なみだ》を掩《ぬぐ》ひ、民生《みんせい》の多艱《たかん》なるを哀しむ。余修姱《しうくわ》を好むと雖《いへど》も以て鞿羈《きき》（束縛されること）せられ、蹇《ああ》朝《あした》に誶《つ》げて夕《ゆふべ》に替《す》てらる。既に余を替《す》つるに蕙纕《けいじやう》（蕙草《かおりぐさ》の帶《おび》をつけること。いでたちや品性が衆人と違うこと）を以てし、又之《これ》に申《かさ》ぬるに茝《し》（よろいぐさ）を攬《と》るを以てす。亦余が心の善《よ》しとする所、九死《きうし》すと雖も其れ猶《な》ほ未だ悔《く》いず。靈修《れいしう》（すぐれて善美な人。主君をさす）の浩湯《かうたう》（しまりがない）たるを怨む、終《つひ》に夫《か》の民心を察せず。衆女（たくさんの女性。君側の多くの臣下をいう）余の蛾眉《がび》を嫉《ねた》みて、謠諑《えうたく》（惡口を言いふらす）して余の善く淫すと謂ふ。固《まこと》に時俗の工巧《こうかう》なる、規矩《きく》に偭《そむ》いて改め錯《お》く。繩墨《じようぼく》に背《そむ》いて以て曲を追ひ、周容《しうよう》（迎合すること）を競《きそ》ひて以て度と爲す。忳《とん》として鬱邑《うついふ》して余侘傺《たてい》（憂えて立ちつくす）し、吾獨り此の時に窮困す。寧《むし》ろ溘《すみやか》に死して以て流亡すとも、余此の態を爲すに忍びず。鷙鳥《してう》（たか・わしなどの鳥）の群《ぐん》せざるは、前世よりして固《もと》より然り。何ぞ方圜《ほうゑん》（四角と丸）の之《こ》れ能《よ》く周《あ》はん、夫れ孰《たれ》か道を異《こと》にして相《あ》ひ安んぜん。心を屈して志を抑《おさ》へ、尤《とがめ》を忍んで詬《はぢ》を攘《はら》はん。凊白に伏《ふく》して以て直に死するは、固《まこと》に前聖の厚くする所なり。道を相《み》るの察《あきら》かならざるを悔《く》い、延佇《えんちょ》（たたずむ）して吾將《まさ》に反らんとす。朕《わ》が車を迴《めぐ》らして以て路《みち》を復《かへ》り、行々《ゆくゆく》迷ふことの未だ遠からざるに及ばん。余が馬を蘭《らん》皐《かう》（蘭《らん》の香る水邊）に歩ませ、椒丘《せうきう》（山椒の香る丘）に馳《は》せて且《しばら》く焉《ここ》に止息《しそく》せん。進んで入れられずして以て尤《とがめ》に離《かか》り、退いて將《まさ》に復《ま》た吾が初服《しよふく》（もとの服。自己本來の志操）を修《をさ》めんとす。

(214) 玉のように白い虬龍《みづち》。「虬」は「虯」の俗字で、龍の角《つの》の無いものを言う。

(215) 四頭だての馬車をひかせる。四頭のみずちに馬車をひかせること。

(216) 鳳凰の一種。五色の巨大な鳥。飛べば太陽の光を翳《かげ》らすという意味で「翳」と言う。

(217) ほこりをまきあげる風。

(218) 帝閽《ていこん》を言う。天帝の宮殿の門番。

(219) 朝《あした》に軔《じん》（車）を蒼梧《さうご》（山の名。湖南省寧遠縣の南東。帝舜の死亡した所とされる）に發し、夕に余縣圃《けんぽ》（想像上の崑崙《こんろん》山中にあるという高地）に至る。少《しばら》く此の靈瑣《れいさ》（神の國の神聖な門）に留まらんと欲すれば、日は忽忽《こつこつ》として其れ將に暮れんとす。吾羲和《ぎくわ》（太陽の御者の名）をして節《せつ》（進む速度）を弭《とど》めしめ、崦嵫《えんじ》（日の沈む山の名）を望みて迫《せま》る勿《な》からしむ。路曼曼として其れ脩遠《しうゑん》なり、吾將《まさ》に上下して求索《きうさく》せんとす。余が馬を咸池《かんち》（太陽が水浴びをするという池）に飲《みづか》ひ、余が轡《たづな》を扶桑《ふさう》（太陽ののぼる所にある木）に總《むす》び、若木《じやくぼく》（神木の名）を折りて以て日を拂《はら》ひ、聊《いささ》か逍遙《せうえう》して以て相羊《しやうやう》（行きつもどりつする）せん。望舒《ばうじょ》（月の御者）を前にして先驅せしめ、飛廉《ひれん》（風の神）を後にして奔屬《はんぞく》せしむ。鸞皇《らんわう》余が爲《ため》に先戒《せんかい》し、雷師《らいし》余に告《つ》ぐるに未だ具《そな》はらざるを以てす。吾鳳鳥をして飛騰せしめ、之を繼《つ》ぐに日夜を以てす。飄風《へうふう》（うずまく風）は屯《あつ》まって其れ相ひ離れ、雲霓《うんげい》（雲とにじ）を帥《ひき》ゐて來たり御《むか》ふ。紛として總總《そうそう》として其れ離合《りがふ》し、斑《はん》として陸離《りくり》（入りみだれるさま）として其れ上下す、吾　帝閽《ていこん》をして關《くわん》を開かしめんとすれば、閶闔《しやうかふ》（天の門）に倚《よ》りて予を望む。時は曖曖《あいあい》として其れ將に罷《きは》まらんとす。幽蘭《いうらん》を結んで延佇《えんちょ》す。世は溷濁《こんだく》して分れず、好んで美を蔽《おほ》ひて嫉妬《しつと》す。朝《あした》に吾將《まさ》に白水《はくすゐ》（崑崙山中の川の名）を濟《わた》らんとし、閬風《らうふう》（崑崙山の上にある神山）に登りて馬を緤《つな》ぐ。

(220) 忽《たちま》ち反顧《はんこ》して以て涕《なみだ》を流し、高丘《こうきゅう》の女無きを哀しむ。

(221) 古代の傳説上の天子、伏羲《ふくぎ》（宓羲）の娘。洛水《らくすい》で死に、その女神となったという。

(222) 佩《お》び玉をつらねた飾り帶。　(223) 宓羲の臣の名。蹇脩。

(224) 求婚の言葉を述べる。仲人として禮法に從って求婚を申し入れること。

(225) 守りたもつ。一説に、ほこる。　(226) そむきたがう。

(227) 「有娀」は、傳説上の古代の部族の名。山西省永濟縣附近に居住していたとされる。「佚女」は、すぐれた美女。有娀氏には二人の娘があり、姉娘の簡狄《かんてき》の方が、後に帝嚳《こく》の妃となり、契《せつ》を生んだとされる。契は、殷王朝の始祖。

(228) 羽に毒を持った鳥。

(229) 「高辛」氏は、帝嚳の天子としての稱號。帝嚳は、黄帝の曾孫、名は俊《しゅん》。瑞頊《せんぎょく》高陽氏を補佐して辛の地に封ぜられ、後に帝位について高辛氏と號した。簡狄をめとって契を生んだ。

(230) 「有虞」氏は、夏《か》のころの部族名。河南省虞城縣附近にいたとされる。舜の子孫で、姓は姚《えう》。「二姚」は、姚姓の二女の意で、有虞氏の二人の娘を言う。夏后少康の夫人となった。

(231) 巫の名。　(232) 神巫の名、天から降るとされていた。

(233) 定規。法度。生きる上での信條を言う。

(234) 靈氛《れいふん》既に余に告ぐるに吉占を以てす。吉日を歷《えら》んで吾將《まさ》に行かんとす。瓊枝《けいし》（玉でできた樹の枝）を折りて以て羞《しう》（食料）と爲し、瓊爢《けいび》（玉の屑）を精《しら》げて以て粻《ちやう》（旅行に携帯する食料。ほしいい）と爲す。余が爲に飛龍を駕《が》し、瑤象《えうざう》を雜《まじ》へて以て車と爲す。何ぞ離心（離れた心）の同じかる可き、吾將に遠く逝《ゆ》きて以て自ら疏《とほざ》けんとす。吾が道を夫《か》の崑崙《こんろん》に邅《めぐ》らせれば、路脩遠《みちしうゑん》にして以て周流《しうりう》す。雲霓《うんげい》の晻藹《あんあい》たるを揚《あ》げ、玉鸞《ぎょくらん》の啾啾《しうしう》（鈴などの鳴る音）たるを鳴らす。朝に軔《じん》（馬車）を天津《てんしん》（天の川のわたし場）に發し、夕《ゆふべ》に余西極に至る。鳳皇は翼しんで其れ旂《き》を承《ささ》げ、高く翺翔《かうしやう》して之れ翼翼《よくよく》たり。忽ち吾此《こ》の流沙《りうさ》に行き、赤水に遵《したが》ひて容與《ようよ》す。蛟龍《かうりょう》を麾きて津《しん》に梁《はし》かけしめ、西皇に詔《つ》げて予を渉《わた》さしむ。路脩遠にして以て艱《なやみ》多し、衆車を騰《は》せて徑待《けいたい》（先行して待つこと）せしむ。不周《ふしう》（山の名。崑崙山の西北にあるとされる）に路《みち》して以て左轉し、西海を指して以て期と爲す。余が車を屯《あつむ》れば其れ千乘なり、玉軑《ぎよくたい》（白玉の車輪）を齊《ととの》へて竝び馳《は》す。八龍の婉婉《ゑんゑん》たるを駕し、雲旗の委蛇《ゐい》（たなびくさま）たるを載《た》つ。志を抑へて節を弭《とど》め、神高く馳《は》せて之れ邈邈《ばくばく》（はるか遠いさま）たり。九歌《きうか》（夏王啓《けい》が天から得たという樂曲）を奏して韶《せう》（舜の樂曲）を舞ひ、聊《しばら》く日を假《か》りて以て媮樂《ゆらく》す。

(235) 僕夫《ぼくふ》悲しみ、余が馬懷《おも》ひ、蜷局《けんきよく》（立ちすくむさま）として顧《かへり》みて行かず。

(236) 昔楚國の南郢《なんえい》の邑、沅湘《げんしやう》の間は、其の俗鬼《き》（死者の靈魂）を信じて祀《まつり》を好む。其の祠は必ず歌樂《かがく》を作《な》して鼓舞《こぶ》し、以て諸神を樂しましむ。屈原放逐せられて、其の域に竄伏し、懷憂苦毒《くわいいうくどく》、愁思《しうし》沸鬱《ふつうつ》す。出でて俗人の祭祀の禮、歌舞の樂《がく》を見るに、其の詞鄙陋《ひろう》（いなかじみて劣っている）なり。因《よ》りて爲に九歌の曲を作りて、上は事神《じしん》（神々に仕える）の敬を陳《の》べ、下は以て己の寃結を見《あらは》し、之に託して以て風諫す。故に其の文意同じからず、章句雜錯《ざつさく》して廣く異議あり。

(237) 『詩經』の頌の詩篇のこと。注（12）參照。

(238) 苗族。中國南方に住んでいた民族。漢民族に追われて南下し、現在では雲南省、タイ・ビルマ國境などに廣く散居している。注（3）參照。

(239) 帝子（湘夫人。一説に湘君）北渚に降《くだ》る。目眇眇《べうべう》として余を愁へしむ。嫋嫋《でうでう》（そよそよとふくさま）たる秋風、洞庭波だちて木葉下る。白蘋《はくひん》（しろはますげ。ここでは、それが咲いている堤）に登りて騁望《ていぼう》し、佳期を與《とも》にせんとして夕に張《は》る（支度をする）。（「九歌」湘夫人）。

(240) 公子を思ひて未だ敢《あ》へて言はず。慌惚《くわうこつ》（うっとりするさま）として遠く望み、流水の潺湲《せんくわん》（水の流れるさま）たるを觀《み》る。（「九歌」湘夫人）

(241) 山の名。九嶷とも書く。帝舜が葬られた所という。

(242) 屈原放逐せられて、憂心愁悴《しうすい》す。山澤を彷徨し、陵陸を經歷す。嗟して旻旻《かうびん》（大空）に號《さけ》び、天を仰いで歎息す。楚に先王の廟、及び公卿の祠堂有り、天地山川神靈の琦瑋《きゐ》（めずらかですぐれているさま）・僪佹《けつき》（奇怪なさま）なる、及び古聖賢・怪物の行事を圖畫《づぐわ》（繪をえがく）するを見る。周流して罷《つか》れ倦《う》み、其の下に休息す。仰ぎて圖畫を見、因りて其の壁に書し、呵《か》（責めとがめる）して之に問ひ、以て憤懣《ふんまん》を渫《も》らし、愁思を舒瀉《じよしや》す。

(243) 曰く、遂古《すゐこ》（おおむかし）の初め、誰か傳へて之を道《い》ふ。上下《しやうか》未だ形あらず、何に由《よ》りてか之を考ふ。冥昭《めいせう》（夜と晝）瞢闇《ぼうあん》（ほの暗い。晝夜が未分化でぼんやりしていること）なる、誰か能く之を極むる。馮翼《ひようよく》（生氣が滿ちているさま）として惟《こ》れ像《ざう》あり、何を以てか之を識《し》れる。明明闇闇、惟《こ》れ時《こ》れ何《いづ》れか爲せる。陰陽三合（まじわりあう）す、何《いづ》れか本にして何れか化《くわ》なる。

(244) 圜則《ゑんそく》（圓《まる》い天の體制）は九重なりと、孰《たれ》か之を營度《えいど》（設計）せる。惟《こ》れ茲《こ》れ何の功ぞ、孰《たれ》か初めて之を作れる。斡維《あつゐ》（天の回轉軸と、それを地につなぐ綱）焉《いづ》くにか繫《かか》る、天極（天を支える中央の柱）焉くにか加はる。八柱（天の八方を支える柱）何《いづ》くにか當る、東南は何ぞ虧《か》けたる。九天の際《きは》は、安《いづ》くにか放《いた》り安くにか屬《つ》く。隅隈《ぐうわい》多く有り、誰か其の數《すう》を知れる。天何《いづ》こか沓《かさ》なる所なる、十二（十二辰。木星を觀察するために設けた天空の區分）焉《いづ》くにか分《わか》てる。日月安くにか屬《つ》き、列星安くにか陳《つら》なる。

(245) 湯谷《やうこく》（太陽の出る所の名）より出でて、蒙汜《もうし》（太陽の入る所の名）に次《やど》る。明《めい》より晦《くわい》に及ぶまで、行く所は幾里ぞ。

(246) 夜光《やくわう》（月）何の德ぞ、死しては則ち又育《いく》す。厥《そ》の利は維《こ》れ何ぞ、而して顧菟《こと》（ふりかえる姿をしたうさぎ）腹に在り。

(247) 女岐《ぢよき》（神女の名。夫無しに九人の子を產んだという）は夫に合ふ無くして、焉《なん》ぞ九子を取れる。伯强《はくきやう》（北方の風神）は何れにか處《を》る、惠氣《けいき》（春の空氣）安くに在りや。

(248) 何くにか闔《と》ぢて晦《くら》く、何くにか開きて明るき。角宿《かくしゆく》（東方の星座）未だ旦《あ》けざるとき、曜靈《えうれい》（太陽）は安くにか藏《かく》るる。

(249) 康回《かうくわい》（共工《きょうこう》の名。共工は、帝位をめぐって瑞頊《せんぎょく》と争い、地柱を折った）馮怒《ひようど》して、墜《ち》（大地）何の故に以て東南に傾く。九州安くにか錯《お》ける、川谷何ぞ洿《ふか》き。東に流れて溢《あふ》れず、孰《たれ》か其の故を知る。東西と南北と、其の修《なが》さは孰《いづ》れか多き。南北順ひて橢《なが》しとせば、其の衍幾何《あまりいくばく》ぞ。崑崙《こんろん》の縣圃《けんぽ》、其の尻《を》るところ安くにか在る。增城《ぞうじやう》の九重なる、其の高きこと幾里ぞ。四方の門、其れ誰か焉《これ》に從《よ》る。西北は辟啓《へきけい》（開いている）す、何の氣か焉《これ》を通る。日安《いづ》くにか到らざる、燭龍《しよくりよう》（天の西北にいて燭をくわえて照らす龍）何ぞ照せる。羲和《ぎくわ》（太陽の馬車の御者）の未だ揚《あ》がらざるに、若華《じやくくわ》（若木《じやくぼく》の華《はな》。若木は、西方にあるという太陽のやどる木）何ぞ光れる。何れの所か冬に暖《あたた》かなる、何れの所か夏に寒き。焉くにか石林《せきりん》有る、何の獸か能く言《ものい》ふ。焉くにか虯龍《きうりよう》有りて、熊《ゆう》を負ひて以て游ぶ。雄虺《いうき》（一身九頭の蛇神）は九首、儵忽《しゆくこつ》として焉くに在りや。何れか死せざる所ぞ、長人（背が高く巨大な民）は何をか守る。靡蓱《びへい》（水草の名）は九衢《きうく》（九つに枝わかれする）、枲華《しくわ》（たねのある麻）安《いづ》くにか居る。一蛇象を呑み、厥《そ》の大いさ何如《いかん》ぞ。黑水と玄趾《げんし》と、三危《さんき》とは安くに在りや。延年して死せず、壽は何くに止まる所ぞ。鯪魚《りようぎよ》（魚身で四足の生きもの）何れの所ぞ、鬿堆《きたい》（奇鳥の名）焉くにか處る。

（250）屈原方直の行を履《ふ》み、世に容《い》れられず。上讒佞《ざんねい》の譖毀《せんき》する所と爲り、下俗人の困極する所と爲る。山澤に章皇《しやうくわう》し、告訴する所無し。乃ち深く元一《げんいつ》（唯一の幽玄な眞理）を惟《おも》ひ、恬漠《てんばく》（性質がおちついていて靜かなこと）を修め執《と》る。思ひて世を濟《すく》はんと欲し、則ち意中憤然たり。文采秀發し、遂に妙思を敍し、託して仙人に配し、與《とも》に倶《とも》に遊戲《いうぎ》して、天地を周歴し、到らざる所無し。然れども猶ほ楚國を懷念し、舊故を思慕す。忠信の篤《あつ》く、仁義の厚きものなり。

（251）時俗の迫阨《はくあい》を悲しみ、願はくは輕擧して遠遊せん。質菲薄《ひはく》にして因《よ》る無く、焉《いづ》くにか託乘《たくじよう》して上浮せん。沈濁に遭《あ》ひて汙穢《おあい》せられ、獨り鬱結《うつけつ》して其れ誰にか語らん。夜耿耿《けいけい》として寐《い》ねず、魂焭焭《けいけい》（まどいさまようさま）として曙《あけぼの》に至る。惟れ天地の窮まり無き、人生の長勤を哀しむ。往者は余及ばず、來者は吾聞かず。歩みて徙倚《しい》（さまよう）して遙かに思ひ、怊《てう》（がっかりする）として惝怳《しやうくわう》（ぼんやりしてうつろなさま）として永く懷《おも》ふ。意荒忽《くわうこつ》として流蕩《りうたう》し、心愁悽《しうせい》して増《ますます》　悲しむ。

（252）赤松《せきしよう》（赤松子。古代の仙人の名）の清塵を聞き、願はくは風を遺則に承《う》けんことを。眞人の休德（美德）を貴び、往世《わうせい》の登仙を羨《ほ》む。

（253）羽人《うじん》（仙人）に丹丘《たんきう》（晝も夜も輝くという丘）に仍《したが》ひ、不死の舊郷《きうきやう》に留まる。朝《あした》に髪を湯谷《やうこく》に濯《あら》ひ、夕に余が身を九陽に晞《かわ》かす。飛泉の微液《びえき》を吸ひ、琬琰《ゑんえん》（玉の名）の華英《くわえい》を懷《いだ》く。玉色　頩《へい》（つややか）として以て脕顏《ばんがん》（あでやかな顏）に、精は醇粹《じゆんすゐ》にして始めて壯《さか》んなり。質（肉體）は銷鑠《せうしやく》（消え溶ける）して以て汋約《しやくやく》（しなやか）たり、神《しん》は要眇《えうべう》として以て淫放《いんぱう》（ほしいままにする）なり。南州《なんしう》の炎德を嘉《よみ》し、桂樹の冬榮《とうえい》を麗《うるは》しとす。山は蕭條《せうでう》として獸無く、野は寂漠《せきばく》として其れ人無し。營魄《えいはく》（精氣。生命力にみちた靈魂。「魄」は肉體を支配する靈魂）を載《の》せて登霞《とうか》（はるかな天空にのぼる）し、浮雲を掩《とど》めて上《のぼ》り征《ゆ》く。

(254) 南方の九疑山。舜など多くの神靈のやどるとされる山。注(241)參照。

(255) 黄帝の樂曲の名。　(256) 堯の樂曲の名。　(257) 海神の名。

(258) 水中の仙人の名。また、黄河の神の名。　(259) 黑い龍。　(260) 蟲と水中の怪物。

(261) 雌のにじ。雄にじは、虹という。　(262) 北極の門。　(263) 造化の神の名。

(264) 四荒を經營し、六漠《りくばく》（全世界。天地の上下と東西南北の四方）を周流し、上りて列缺《れつけつ》（天の裂け目）に至り、降りて大壑《たいがく》（東方の海にある底無しの谷）を望む。下は崢嶸《さうくわう》として地無く、上は寥郭《れうくわく》として天無し。儵忽《しゆくこつ》を視るも見る無く、惝怳《しやうくわう》を聽くも聞く無し。無爲を超《こ》えて以て至清《しせい》に、泰初《たいしよ》（萬物の生じる前の精氣にみちみちた狀態）と與《とも》にして鄰《となり》と爲る。

(265) よけいなこぶ。餘計者。　(266) 人に好まれるような顔付きをすること。

(267) 木蘭を擣《つ》いて以て蕙《けい》（香草）を矯《ま》ぜ、申椒《しんせう》（山椒の一種）を糳《しら》げて以て糧《りやう》と爲す。江離《かうり》と滋《しげ》る菊《きく》とを播《ま》きて、願はくは春日以て糗芳《きうはう》（香ばしい乾し飯）と爲さん。（「九章」惜誦）

(268) 世溷濁《こんだく》して余を知る莫し。吾方《まさ》に高く馳《は》せて顧《かへり》みず。青虬《せいきう》を駕して白螭《はくち》（白いみずち）を驂《さん》（そえ馬）にし、吾重華《ちようくわ》（舜の別號）と瑤《えう》（玉樹）の圃《ほ》（園）に遊ぶ。崑崙に登って玉英を食《くら》ひ、天地と壽《じゆ》を同《ひと》しくし、日月と光を同じくせん。南夷の吾を知る莫きを哀しみ、旦《あした》に余江湘を濟《わた》らんとす。鄂渚《がくしよ》（地名。湖北省武昌縣の西）に乘《のぼ》りて反顧すれば、欸《ああ》秋冬の緒風《しよふう》（なごりの風）あり。余が馬を山皐《さんかう》に步ませ、余が車を方林に邸《とど》む。舲船《れいせん》に乘りて余沅を上《のぼ》り、吳榜《ごばう》（吳の國の良い櫂）を齊《ととの》へて汰《なみ》を擊つ。船容與として進まず、淹《とど》まりて水を回《めぐ》り疑滯《ぎようたい》（とどこおる。疑は凝と同じ）す。朝に枉渚《わうしよ》を發して、夕に辰陽（湖南省辰溪《しんけい》縣の北）に宿る。苟《まこと》に余が心之れ端直ならば、僻遠《へきゑん》と雖も之れ何ぞ傷まん。漵浦《じよほ》（湖南省漵浦縣）に入りて余儃佪《せんくわい》し、迷ひて吾が如《ゆ》く所を知らず。深林杳《えう》として以て冥冥《めいめい》たり、乃ち猨狖《ゑんいう》の居る所なり。山は峻高にして以て日を蔽《おほ》ひ、下は幽晦《いうくわい》にして以て多雨なり。霰雪《さんせつ》紛として其れ垠《かぎり》無く、雲霏霏《ひひ》として宇《のき》に承《つづ》く。吾が生の樂しみ無

きを哀しみ、幽《おくふか》く山中に獨處《どくしよ》す。吾心を變じて俗に從ふ能はず、固《もと》より將《まさ》に愁苦《しうく》して終《つひ》に窮せんとす。（「九章」渉江）

（269）郢都《えいと》を發して閭《りよ》を去る、荒忽《くわうこつ》として其れ焉《いづく》んぞ極まらん。楫《かぢ》を齊《ひと》しく揚《あ》げて以て容與し、君を見んとして再び得ざるを哀しむ。長楸《ちやうしう》（高いヒサギの木）を望んで太息し、涕は淫淫として其れ霰《あられ》の若し。夏首を過ぎて西に浮かび、龍門を顧《かへり》みれども見えず。心嬋媛《せんゑん》として傷懷し、眇《べう》として其の蹠《ゆ》く所を知らず。風波に順ひて以て流れに從ひ、焉《ここ》に洋洋として客《かく》（旅人）と爲る。陽侯《やうこう》（波浪の神の名）の氾濫《はんらん》を淩《しの》ぎ、忽ち翺翔して之れ焉くにか薄《とどま》る。心は絓結《くわけつ》して解けず、思ひは蹇產《けんさん》として釋《と》けず。將に舟を運《めぐ》らして下に浮かばんとし、洞庭に上らんとして江に下る。終古《しゆうこ》の居る所を去りて、今逍遙《せうえう》として東に來《きた》る。羌《ああ》靈魂の歸らんと欲する、何ぞ須臾《しゆゆ》も反るを忘れんや。夏浦《かほ》に背《そむ》いて西を思ひ、故都の日々に遠ざかるを哀しむ。（「九章」哀郢）

（270）余が目を曼《とほ》くして以て流觀《りうくわん》し、壹《ひと》たび反ること之れ何《いづ》くの時にかあらんと冀《こひねが》ふ。鳥は飛んで故鄉に反り、孤は死して必ず丘に首《まくら》す。信《まこと》に吾が罪に非ずして棄逐《きちく》せらる、何ぞ日夜にして之を忘れん。（「九章」哀郢・亂）

（271）鳥有り南よりす。來《きた》りて漢北《かんぼく》（漢水の北岸）に集《とど》まる。好姱佳麗《かうくわかれい》にして、牉《わか》れて獨り此の異域《いゐき》に處《を》る。既に惸獨《けいどく》にして群《ぐん》せず、又良媒《りやうばい》の其の側《かたはら》に在る無し。道卓遠《たくゑん》にして日々に忘れられ、自ら申《の》べんと願へども而も得ず。北山を望んで涕を流し、流水に臨んで太息す。孟夏《まうか》の短夜を望めども、何ぞ晦明《くわいめい》（日が暮れてから夜があけるまで）の歲の若《ごと》くなる。惟れ郢の路《みち》の遼遠《れうゑん》なる、魂一夕にして九《ここの》たびも逝く。曾《かつ》て路の曲直を知らず、南のかた月と列星とを指さす。徑《ただち》に逝かんと願ひて得ず、魂は路《みち》の營營たるを識《し》る。何ぞ靈魂の信直なる、人の心は吾が心と同じからず。理弱くして媒通ぜず、尚《なほ》余の從容を知らず。（「九章」抽思）

（272）浩浩たる沅湘、分流して汩《こつ》（すみやか）たり。脩路《しうろ》（長くつづく道）は幽蔽《いうへい》して、道遠忽《ゑんこつ》たり。曾《かさね》て唫《ぎん》じて恆に悲しみ、永く歎慨《たんがい》す。世既に吾を知る莫く、人心謂ふ可からず。質を懷き情を抱きて、獨り匹《ひつ》無し。伯樂《はくらく》（馬の見たてをする名人）既に沒しては、驥《き》（駿馬）將に焉くにか程《はか》らんとす。人生命《めい》有り、各々錯《お》く所有り。心を定め志を廣くして、余何ぞ畏懼《ゐく》せん。曾《かさね》て傷みて爰《ここ》に哀《かな》しみ、永く歎喟《たんき》す。世溷濁《こんだく》して吾を知る莫《な》く、人心は謂ふ可からず。死の讓《ゆづ》る可から

ざるを知る、願はくは愛《を》しむ勿からん。明らかに以て君子に告げん、吾將に以て類と爲らんとすと。（「九章」懷沙）

（273）美人を思ひ、涕を攬《をさ》めて竚《たたず》み眙《み》る。媒《ばい》絶え路阻《はば》まれ、言結んで詒《おく》る可からず。蹇蹇《けんけん》（路が險しくて行きなやむさま）として之れ煩冤《はんゑん》し、陷滯《かんたい》（泥中にはまり滯《とどこお》る）して發せず。旦《たん》を申《かさ》ねて以て中情を舒《の》べんとすれば、志沈菀《ちんうつ》して達する莫《な》し。願はくは言を浮雲に寄せんとするも、豐隆《ほうりゅう》（雲の神）に遇へども將《したが》はず。歸鳥に因《よ》りて辭《じ》を致さんとすれば、羌迅《ああはや》く高くして當り難し。高辛《かうしん》（帝嚳《こく》をいう）の靈の盛《さか》んなる、玄鳥《げんてう》に遭《あ》ひて詒《おくりもの》を致す。節を變へて以て俗に從はんと欲すれど、媿《は》づらくは初めを易《か》へて志を屈するを。獨り年を歷て愍《うれひ》に離《かか》り、羌馮心《ああひょうしん》（胸にみちる怒りの情）猶《な》ほ未だ化せず。寧《むし》ろ隱《いた》み閔《うれ》へて壽考《じゆこう》（長生きする）ならんも、何ぞ變易（みさおを變えること）を之れ爲す可けん。前轍の遂げざるを知るも、未だ此の度を改めず。車は既に覆《くつが》へりて馬は顚《たふ》るるも、蹇《けん》として獨り此の異路（衆人とは異なる道）を懷《おも》ふ。（「九章」思美人）

（274）沅湘の玄淵に臨んで、遂《つひ》に自ら忍んで流れに沈み、卒《つひ》に身を沈めて名を絶たんとすれば、惜しむらくは君の不昭を壅《ふさ》がんことを。（「九章」惜往日）

（275）寧《むし》ろ溘死《かふし》して流亡せん、恐らくは禍殃《くわあう》の再び有らんことを。辭を畢《を》へずして淵《ふち》に赴《おもむ》かんに、惜しむらくは君の不識を壅がんことを。（「九章」惜往日）

（276）嗟爾《ああなんぢ》の幼志《えうし》、以て異なる有り。獨立して遷《うつ》らず、豈《あ》に喜ぶ可からざらんや。深固にして徙《うつ》し難《がた》く、廓《くわく》として其れ求むる無し。蘇《そ》世《せい》（世俗の中で目ざめている）して獨立し、横《わう》にして流れず。心を閉ぢ自ら愼《つつし》み、終《つひ》に過失せず。德を秉《と》りて私無く、天地に參《まじ》はる。願はくは歲の幷《なら》び謝するまで、與に長《ひさ》しく友たらん。淑離《しゆくり》（しとやかで俗から離れている）にして淫ならず、梗《かた》くして其れ理有り。年歲少《わか》しと雖も、師長とす可し。行は伯夷《はくい》に比す、置いて以て像と爲さん。

（「九章」橘頌）

（277）惟《ただ》佳人を之れ獨り懷《おも》ひ、芳椒《はうせう》を折りて以て自ら處《を》る。歔欷《きょき》の嗟嗟《ささ》たるを增《ま》し、獨り隱《かく》れ伏して思慮す。涕泣交《ていきふ》はって凄凄《せいせい》たり、思ひて眠らず以て曙に至る。終《つひ》に長夜は之れ曼曼《まんまん》たり、此の哀しみを掩《ぬぐ》へども去らず。寤《さ》めて從容《しょうよう》として以て周流《しうりう》し、聊《いささ》か逍遙《せうえう》して以て自ら恃《たの》む。太息して之れ愍歎《びんたん》するを傷み、氣は於邑《おいふ》して止む可からず。思心を紏《あざな》ひて以て纕《じやう》（帶）と爲し、愁苦を編みて以て膺《よう》（胸飾り）と爲す。若木を折りて以て光を蔽《おほ》ひ、飄風《へうふう》の仍《よ》る所に隨はん。髣髴として見えざるを存し、心踴躍《ようやく》して其れ湯の若《ごと》し。珮衽《はいじん》（佩《お》び玉と前みごろ）を撫《おさ》へて以て志を案《おさ》へ、超として惘惘《ばうばう》として遂《つひ》に行く。歲《とし》は曶曶《こつこつ》（速やかに去るさま）として其れ頹《くづ》るるが若く、時も亦冉冉《ぜんぜん》として將に至らんとす。蘋蘅《ひんこう》は槁《か》れて節は離れ、芳以《はうすで》に歇《つ》きて比せず。思心の懲《こ》らす可からざるを憐れみ、此の言の聊《いやし》くもす可からざるを證す。寧《むし》ろ逝死《せいし》して流亡せんも、此の心の常に愁ふるに忍《しの》びず。（「九章」悲回風）

第五章

（278）屈原氏瑰奇《くわいき》（すぐれてめずらしい）・浩瀚《かうかん》（廣く大きい）の才を以て、縱橫《じゆうわう》・顑頷《かんえう》（苦しみ早死にする）の運に屬し、牢騷《らうそう》（不平なさま）・愁怨の感に因《よ》り、沈雄・偉博の辭を發す。上《かみ》は天道を陳《の》べ、下《しも》は人情を悉《つく》す。中《うち》は物理を稽《かんが》へ、旁引廣譬《ばういんくわうひ》なり。貝網兼羅《ばいまうけんら》、文詞鉅麗《きよれい》、躰制《たいせい》宏深にして、興寄超遠なり。百代よりして下、才人學士、之《これ》を追ふも逮《およ》ぶ莫《な》く、之《これ》を取るも窮《きは》まらず。史（『史記』「屈原賈生列傳」）に謂ふ「光を日月と爭ふ」と、詎《なん》ぞ信《まこと》ならずや。

（279）『禮記』樂記篇の語。

（280）著者は出典を『論語』としているが、実は『中庸』第二章による。　（281）『禮記』樂記篇の語。

（282）穐蘭《しうらん》靑靑たり、綠葉と紫莖《しけい》と。滿堂の美人、忽ち獨り余と目成《もくせい》（目くばせして約束する）す。入るに言《ものい》はず出づるに辭せず、回風に乘りて雲旗を載《た》つ。悲しきは生別離より悲しきは莫《な》く、樂しきは新相知《さうち》より樂しきは莫し。荷《か》の衣蕙《けい》の帶、儵《しゆく》として來《きた》り忽《こつ》として逝《ゆ》く。夕に帝郊《ていこう》（天帝の城外）に宿れば、君誰をか雲の際に須《ま》つ。女《なんぢ》と九河に遊べば、風を衝《つ》き至りて水波《なみ》を揚《あ》ぐ。女と咸池《かんち》に沐《もく》し、女の髮を陽《やう》の阿《あ》（日の照る山のくま）に晞《かわ》かさん。美人の未だ來らざるを望み、風に臨んで怳《くわう》として浩歌《かうか》す。孔蓋《こうがい》（孔雀《くじやく》の羽の車蓋）と翠旌《すゐせい》（翡翠《かわせみ》の羽でかざった旗）と、九天に登つて彗星《すゐせい》を撫《ぶ》す。長劍を竦《と》りて幼艾《えうがい》（幼く弱い者）を擁《いだ》く、荃《せん》（香草の名。相手への美稱。ここでは大司命神を尊ぶ呼稱）獨り宜しく民の正爲《た》るべし。

（283）高巖《かうがん》の峭岸《せうがん》（けわしい岸）に上《のぼ》り、雌蜺《しげい》（雌《めす》のにじ。虹の外がわに出るうすい光帶をいう）の標顚《へうてん》（いただき）に處《を》る。靑冥《せいめい》に據《よ》りて虹を攄《の》べ、遂《つひ》に儵忽《しゆくこつ》として天を捫《な》づ。湛露《たんろ》の浮涼（露のこおるように冷たいさま）なるを吸《す》ひ、凝霜《ぎようさう》の雰雰《ふんぷん》たるに漱《くちすす》ぎ、風穴《ふうけつ》に依《よ》つて以て自ら息《いこ》ひ、忽《たちま》ち傾寤《けいご》（身をひるがえして目ざめる）して以て嬋媛《せんゑん》（心がひかれるさま）たり。崑崙《こんろん》に馮《よ》りて以て霧露を瞰《みおろ》し、岷山《びんざん》（四川省松潘縣の東南にある山。長江の水源と考えられていた）に隱《よ》りて以て江を淸らかにせんとす。

(284) もののさかいめが無いこと。「町畦」は、くぎり、さかいめ。『莊子』人間世篇の語。

(285) 藐姑射《はこや》の山に、神人有りて居る。肌膚《きふ》氷雪の若く、綽約《しやくやく》として處子《しよし》の若し。五穀《ごこく》を食らはず、風を吸ひ露を飮む。雲氣に乘り、飛龍を御し、而して四海の外に游ぶ。其の神凝《こ》りて物をして疵癘《しれい》（やまい）あらざらしめ、禾穀熟す。

(286) 六氣《りくき》（天地の六種の氣）を湌《くら》ひて沆瀣《かうかい》（夜半の精氣）を飮み、正陽《せいやう》（日中の精氣）に漱《くちすす》ぎて朝霞《てうか》を含む。神明の淸澄を保《たも》たば、精氣入りて麤穢《そあい》を除かん。凱風《がいふう》（南風）に順ひて以て從遊《しようゆう》し、南巣《なんさう》（南方の鳳凰の巣）に至りて壹《ひと》たび息ふ。王子《わうし》に見《まみ》えて之に宿り、壹氣《いつき》の和德を審《つまびら》かにす。曰く「道は受く可《べ》くして、傳ふ可からず。其の小は內無く、其の大は垠《かぎり》無し。而《なんぢ》の魂を滑《みだ》す無くんば、彼將《まさ》に自ら然《しか》らんとす。壹氣の孔《はなは》だ神なる、中夜に於て存す。虛を以て之を待つは、無爲の先なり。庶類《しよるゐ》（萬物）以て成る、此れ德の門なり」と。

(287) 天其れ運《めぐ》れる乎、地其れ處《を》れる乎、日月其れ所を爭ふ乎。孰《たれ》か是を主張し、孰か是を綱維する。孰か無事に居り、推して是を行ふ。意は其れ機緘有りて巳《や》むを得ざるか。意は其れ運轉して自ら止《や》む能はざるか。雲は雨と爲れる乎《か》、雨は雲と爲れるか。孰か是を隆施せる、孰か無事に居り、淫樂して是を勸《すす》むる。風北方に起こり、一西一東、上に有りて彷徨す。孰か是を噓吸せる、孰か無事に居りて、是を披拂《ひふつ》（なびかす）せる。（『莊子』天運篇）

(288) 奧深く微妙ですぐれていること。「玅」は、「妙」に同じ。

(289) 紛として吾既に此の內美有り、又之に重ぬるに修能《しうたい》（美しい姿。能は態に同じ）を以てす。江離《かうり》（香草の名。おんなかずら）と辟芷《へきし》（香草の名。草深い所に生えるよろいぐさ）とを扈《かうむ》り、秋蘭《しうらん》（香草の名。ふじばかま）を紉《つな》いで以て佩と爲す。汩《いつ》として余將《まさ》に及ばざらんとするが若《ごと》くし、年歳の吾と與《とも》にせざるを恐る。朝には阰《をか》の木蘭（木蓮）を搴《ぬ》き、夕べには洲《す》の宿莽《しゆくばう》を攬《と》る。日月忽《こつ》として其れ淹《ひさ》しからず、春と秋と其れ代序《だいじよ》す。惟《た》だ草木の零落《れいらく》し、美人（美しい人。懷王を指す）の遅暮《ちぼ》（年をとること）するを恐る。壮《さう》（美しいもの）を撫《ぶ》して穢《あい》を棄てず、何ぞ此の度を改めざるや。騏驥《きき》（すぐれた馬）に乗りて以て馳騁《ちてい》せよ、來たれ吾夫《か》の先路を道《みちび》かん。昔三后（夏の禹王、殷の湯王、周の文王、武王）の純粋《じゆんすゐ》なる、固《もと》より衆芳の在る所。申椒《しんせう》と菌桂《きんけい》（香草の名。花白く葉の黄色い香木）とを雜《まじ》へ、豈維《あにただ》夫の蕙茝《けいし》のみを紉《つな》がんや。（「離騷」）

（290）余既に蘭の九畹《ゑん》（一畹は三十畝）なるを滋《う》え、又蕙の百畝なるを樹《う》う。留夷《りうい》と掲車《けつしや》とを畦《うね》にし、杜衡《とかう》（香草。かんあおい）と芳芷《ほうし》とを雜《まじ》ふ。枝葉の峻茂《しゆんも》せんことを冀《こひねが》ひ、願はくは時に吾の將に刈らんとするを竢《ま》たんことを。萎絕（枯れつきる）すと雖も其れ亦何ぞ傷《いた》まん、衆芳の蕪穢《ぶあい》を哀しむ。（「離騷」）

（291）朝に木蘭の墜露《つゐろ》を飲み、夕に秋菊の落英を餐《くら》ふ。苟《まこと》に余が情其れ信《まこと》に姱《うつく》しくして以て練要《れんえう》（すぐれた節操を保つ）ならば、長く顑頷《かんがん》（面《おも》やつれ）するも亦何ぞ傷まん。木根を擥《と》りて以て茝《し》を結び、薜荔《へいれい》（香木。かずらの類）の落蘂《らくずゐ》を貫《つらぬ》く。菌桂《きんけい》を矯《あ》げて以て蕙を紉《つな》ぎ、胡繩《こじよう》（香草の名）を索《なは》にして之れ纚纚《しし》（紐が長く美しいさま）たり。（「離騷」）

（292）美人を思ひ、涕《なみだ》を擥《をさ》めて竚《たたず》み眙《み》る。媒《ばい》絕え路阻《はば》まれ、言結んで詒《おく》る可からず。蹇蹇《けんけん》として之れ煩冤《はんゑん》し、陷滯《かんたい》して發せず。旦《たん》を申《かさ》ねて以て中情を舒《の》べんとすれば、志沈菀《ちんうつ》して達する莫《な》し。願はくは言を浮雲に寄せんとするも、豐隆《ほうりゆう》に遇へども將《したが》はず。歸鳥《きてう》に因《よ》りて辭を到《いた》さんとすれば、羌迅《ああはや》く高くして當り難し。高辛《かうしん》の靈の盛《さか》んなる、玄鳥に遭《あ》ひて詒《おくりもの》を致す。（「九章」思美人）（注（273）参照）

（293）『論語』述而第七の中の語。

（294）靈脩（すぐれて善美な人。君主をさす）の浩蕩《かうたう》たるを怨む、終《つひ》に夫《か》の民心を察せず。衆女余の蛾眉《がび》を嫉《ねた》みて、謠諑《えうたく》（悪口を言う）して余を謂ふに善《よ》く淫するを以てす。固《まこと》に時俗の工巧《こうかう》なる、規矩《きく》（定規やコンパス）に偭《そむ》いて改め錯《お》く。繩墨《じようぼく》（墨なわ）に背いて以て曲《まが》れるを追ひ、周容《しうよう》（世間の意向に合わせる）を競ひて以て度と爲す。忳《とん》として鬱邑《うついふ》して余侘傺《たてい》（憂えに立ちつくす）し、吾獨り此の時に窮困するなり。寧ろ溘死《かふし》して以て流亡すとも、余此の態を爲すに忍びざるなり。鷙鳥《してう》の群《ぐん》せざるは、前世よりして固より然り。何ぞ方圜《はうゑん》は之れ能く周《あ》はん、夫れ孰《たれ》か道を異にして相ひ安んぜん。心を屈して志《こころざし》を抑へ、尤《とがめ》を忍んで詬《はぢ》を攘《はら》ふ。清白に伏して以て直に死するは、固《まこと》に前聖の厚くする所なり。道を相《み》るの察《あきら》かならざるを悔《く》い、延佇《えんちょ》（たたずむ）して吾將に反らんとす。（「離騷」）

(295) 惜《いた》み誦《しょう》して以て愍《うれ》ひを致し、憤《いきどほ》りを發して以て情を杼《の》ぶ。作《な》す所忠にして之を言はん、蒼天を指《ゆびさ》して以て正と爲さん。五帝をして以て折中せしめ、六神を戒《いまし》めて與《とも》に嚮服《きやうふく》（面と向かって罪を言う）せしめん。山川をして以て御《ぎょ》（陪審）に備へしめ、咎繇《かうえう》（舜のときに士師だった人。士師は裁判官の長）に命じて直《ちょく》を聽かしむ。忠誠を竭《つく》して以て君に事《つか》へしに、反つて羣《ぐん》を離れて贅肬《ぜいいう》（餘計なこぶ）となる。儇媚《けんび》（人に好い顔をする）を忘れて以て衆に背《そむ》き、明君の其れ之《これ》を知るを待つ。言と行と其れ迹《あと》づく可《べ》く、情と貌《ばう》と其れ變ぜず。故に臣を相《み》るは君に若《し》くは莫《な》く、之を證する所以は遠からず。吾が誼《ぎ》（主義とする考え）君を先にして身を後にす、羌《ああ》衆人の仇《あだ》とする所なり。專ら君を惟《おも》ひて他無し、又衆兆《しゆうてう》の讎《あだ》とする所なり。心を壹《いつ》にして豫《ためら》はず、羌保《たも》つべからざるなり。疾《つと》めて君に親しみて他無し、禍《わざは》ひを招くの道有り。君を思ふこと其れ我より忠なるは莫し、忽ち身の賤貧なるを忘る。君に事へて貳《じ》（二心）せず、迷ふて寵《ちょう》の門を知らず。忠何の罪ありて以て罰に遇ふ、亦余が心の志す所に非ず。行ひ羣せずして以て顚越《てんゑつ》（失敗する）す、又衆兆の咍《わら》ふ所なり。紛として尤《とがめ》に逢《あ》ひて以て謗《そしり》に離《かか》り、謇釋《ああと》く可からず。情沈抑せられて達せず、又蔽《おほ》はれて之を白《あきらか》にする莫し。心鬱邑《うついふ》として余侘傺《たてい》し、又余の中情を察する莫し。固《まこと》に煩言は結んで詒《おく》る可からず、志を陳《の》べんと願へども路無し。退いて靜默すれば余を知る莫し、進んで號呼《がうこ》すれば又吾に聞く莫し。侘傺して之れ煩惑するを申《かさ》ね、中は悶瞀《もんぼう》（もだえ亂れる）して之れ忳忳《とんとん》たり。（「九章」惜誦）

(296) 道を相《み》るの察《あきら》かならざるを悔い、延佇して吾將に反らんとす。朕《わ》が車を回らして以て路を復《かへ》り、行迷《かうめい》（道に迷うこと）の未だ遠からざるに及ばん。（「離騷」）

(297) 忽ち反顧して以て涕《なみだ》を流し、高丘に女無きを哀しむ。（同前）

(298) 朕《わ》が情を懷《いだ》きて發せず、余焉《いづ》くんぞ能く此と終古なるに忍びんや。（同前）

(299) 靈氛《れいふん》（神巫の名）の吉占に従はんと欲すれど、心猶豫《いうよ》して狐疑す。（同前）

(300) 何ぞ離心の同じかる可き、吾將に遠く逝《ゆ》きて以て自ら疏《とほざ》けんとす。（同前）

(301) 忽ち夫《か》の舊郷を臨睨す。僕夫《ぼくふ》（しもべ。ここでは御者）悲しみ、余が馬懷《おも》ひ、蜷局《けんきよく》（足がすくんで動かぬさま）として顧《かへり》みて行かず。（同前）

第六章

(302)『漢書』藝文志。　(303) 敵のとりでに接する。目標の人と同じ程度に達すること。

(304) 悲しい哉《かな》秋の氣たるや。蕭瑟《せうしつ》（風の鳴る音の形容）として、草木搖落《えうらく》して變衰《へんすゐ》す。憭慄《れうりつ》（心が痛むさま）として、遠行に在りて、山に登り水に臨《のぞ》みて、將に歸らんとするを送るが若《ごと》し。泬寥《けつれう》（むなしく雲一つなく晴れるさま）として、天高くして氣清し。寂寥《せきれう》（靜かでさびしいさま）として、潦《なみ》を收めて水淸し。憯悽《さんせい》として増々欷《ますますすすりな》き、薄寒之れ人に中《あた》る。愴怳《さうくわう》（悲しみのあまりぼんやりするさま）懭悢《くわうらう》（心がむなしく憂える）として、故《ふるさと》を去りて新（新しい土地）に就く。坎廩《かんらん》（不平なさま）たり、貧士職を失ひて志平《たひら》かならず。廓落《くわくらく》（空虚なさま）たり、羈旅《きりよ》にして友生《いうせい》無し。惆悵《ちうちやう》たり、而して私《ひそ》かに自ら憐れむ。燕は翩翩《へんぺん》として其れ辭し歸り、蟬は寂寞として聲無し。雁は廱廱《ようよう》（雁のつれだって鳴くさま）として南遊し、鵾雞《こんけい》（大きな雞。とうまる）は啁哳《たうたつ》（やかましく鳴く）として悲鳴す。獨り旦を申《かさ》ねて（夜に旦《あさ》を重ねる。夜明けになる）寐《い》ねられず、蟋蟀《しつしゆつ》の宵征《せうせい》（夜通し鳴く）を哀《かな》しむ。時は亹亹《びび》（時の過ぎ行くさま）として中を過ぎ、蹇《けん》として淹留《えんりう》して成る無し。

(305)『史記』巻八十四「屈原賈生列傳」第二十四による。その關係する部分は次の通り。

屈原既死之後、楚有㆓宋玉・唐勒・景差之徒者㆒。皆好㆑辭而以㆑賦見㆑稱。（屈原既に死するの後、楚に宋玉・唐勒・景差の徒なる者有り。皆辭を好みて賦を以て稱せらる。）

(306) 宋玉なる者は屈原の弟子なり。　(307) 雄大なこと。

(308) 朕《われ》幼《えう》より清《せい》以て廉潔《れんけつ》に、身は義を服して未だ沬《や》まず。此の盛德を主とし、俗に牽《ひ》かれて蕪穢《ぶあい》す。上は此の盛德を考ふる所無く、長く殃《わざはひ》に離《かか》りて愁苦《しうく》す。帝（天帝）巫陽《ふやう》（神巫の名）に告げて曰く、「人有り下に在り、我之《これ》を輔《たす》けんと欲す。魂魄《こんぱく》離散せり、汝筮《ぜい》（筮竹《ぜいちく》で占う。所在を占ってみつける）して之を予《あた》へよ」と。巫陽　對《こた》へて曰く、「掌夢《しやうむ》（夢占いをする巫。ここでは、その掌夢のするべきことだ、との意）なり、上帝其の命從ひ難し。若し必ず筮して之を予《あた》ふれば、恐らくは後に之《これ》を謝《さ》りて復た巫陽を用ふる能はず」と。乃《すなは》ち下り招いて曰く、「魂よ歸り來れ、君の恆幹《こうかん》（肉體）を去り、何爲《なんす》れぞ四方にゆく。君の樂處《らくしよ》を舍《す》てて、彼の不祥に離《かか》る。魂よ歸り來れ、東方は以て託《たく》す可からず。長人（巨大な怪人）は千仞、惟《ただ》魂を是れ索《もと》む。十日（十個の太陽）代《かは》るがはる出で、金を流し石を鑠《とか》す。彼（長人）は皆之に習《な》れたるも、魂往かば必ず釋《と》けん。歸り來れ歸り來れ、以て託す可からず。魂よ歸り來れ、南方は以て止まる可からず。雕題《てうだい》（ひたいに入れ墨をする）黑齒、人肉を得て而《しか》して祀《まつ》り、其の骨を以て醢《かい》（鹽づけ）と爲す。蝮蛇《ふくだ》（まむし）は蓁蓁《しんしん》として、封狐《ほうこ》（大きい狐）は千里なり。雄虺《いうき》（毒蛇の名）は九首、往來儵忽《しゆくこつ》として、人を呑《の》んで以て其の心《しん》（心臟）を益《ま》す。歸り來れ歸り來れ、以て久しく淫す可からず。魂よ歸り來れ、西方の害は、流沙千里なり。旋《めぐ》りて雷淵《らいえん》（雷神のひそむ淵《ふち》）に入れば、䴠散《びさん》して止まる可からず。幸《さいはひ》に脫するを得《う》るも、其の外は曠宇《くわうう》（むなしい原野）なり。赤蟻《せきぎ》（赤色の蟻《あり》）は象《ぞう》の若く、玄蠭《けんぽう》（黑色の蜂《はち》）は壺の若し。五穀《ごこく》は生ぜず、叢菅《さうくわん》（むらがり生える菅《かや》）を是れ食らふ。其の土は人を爛《ただ》れしめ、水を求むるも得る所無し。彷徉《はうやう》（歩きまわる）するも倚《よ》る所無く、廣大《くわうだい》にして極《きは》まる所無し。歸り來れ歸り來れ、恐らくは自ら賊《ぞく》（災害）を遺《おく》らん。魂よ歸り來れ、北方は以て止《とど》まる可からず。增冰《ぞうひよう》は峨峨《がが》として、飛雪は千里なり。歸り來れ歸り來れ、以て久しくす可からず。魂よ歸り來れ、君天に上る無かれ。虎豹九關《こへうきうくわん》（九重の天門）にあり、下人を啄害《たくがい》す。一夫九首あり、木を拔くこと九千なり。豺狼從目《さいらうしようもく》（目が縱《たて》についている）にして、往來《わうらい》して侁侁《しんしん》（たくさん驅けまわるさま）たり。人を懸《か》けて以て娭《たはむ》れ、之を深淵に投ず。命を帝に致して、然る後に瞑《めい》するを得《う》。歸り來れ歸り來れ、往かば恐らくは身を危くせん。魂よ歸り來れ、君此の幽都《いうと》（地下の國。よみの國）に下る無かれ。土伯《どはく》（地下の國の支配者）九約《きうやく》（體が九つに折れ曲がっている）、其の角《つの》は觺觺《ぎぎ》（鋭いさま）たり。敦脄《とんばい》（背の肉が厚い）血拇《けつぼ》（血にまみれた親指）にして、人を逐《お》ふこと駓駓《ひひ》（すばやく走るさま）たり。參目《さんもく》（三つ目）虎首《こしゆ》にして、其の身は牛の若し。此れ皆人を甘《うま》しとす。歸り來れ歸り來れ、恐らくは自ら災《わざはひ》を遺《おく》らん。魂よ歸り來れ、脩門《しうもん》（楚の都の城門の名）に入れ。工祝《こうしゆく》（招魂祭祀を掌る巫祝）君を招き、背行《はいかう》（後ろ向きに歩いて先導する）して先だつ。秦《しん》の篝《かう》（魂のよりついた衣を入れる竹籠）と齊《せい》の縷《る》（細絲で作ったさげひも）と、鄭《てい》の綿もて絡《まと》へり。招具《せうぐ》該《か》ね備《そな》はり、永く嘯呼《せうこ》す。魂よ歸り來れ、故居に反《かへ》れ。天地四方には、賊姦《ぞくかん》多し。（「招魂」）

(309) 對句表現がととのっていること。「對偶」は、二つの語句・文が對になっていること。「整比」は、整然と竝ぶこと。

(310) 杪秋《せうしう》（晩秋）の遙夜《えうや》（長夜）の靚《しづ》かなれば、心は繚悷《れうれい》（もつれるさま）して哀しむ有り。春秋逴逴《たくたく》（はるかに去るさま）として日高く、然れども惆悵《ちうちやう》として自ら悲しむ。四時は遞《かたみ》に來りて歲を卒《お》へ、陰陽は與《とも》に儷偕《れいかい》（竝び去る）す可からず。白日は晼晚《ゑんばん》（だんだんと日が暮れるさま）として其れ將に入らんとす、明月は銷鑠《せうしやく》（形が消えてゆく）して減毀《げんき》す。歲忽忽《としこつこつ》として遒《す》ぎ盡《つ》き、老《おい》は冉冉《ぜんぜん》として愈々弛《いよいようつ》る。心遙悅《えうえつ》して日々に幸《こひねが》ふも、然《しか》も怊悵《てうちやう》（うらむさま）して冀《ねがひ》（希望）無し。中は憯惻《さんそく》（いたみ悲しむ）して之れ悽愴《せいさう》たり、長く太息して增々《ますます》欷《すすりな》く。年は洋洋《やうやう》として以て日々に往《ゆ》き、老いて嵺廓《れうくわく》（廣々としてむなしいさま）として處《を》る無し。事は亹亹《びび》（休まずに努めるさま）として進まんと覬《ねが》ふも、蹇《けん》として淹留《えんりう》して躊躇《ちうちよ》す。（「九辯」）

(311) 「九歌」湘夫人篇の第四句、「洞庭波兮木葉下」を言う。

(312) 「對偶」に同じ。二つの語句・文を對にして整然と配置すること。注(309)參照。

(313) 表現が華美なこと。

(314) 室を水中に築き、之を葺《ふ》きて荷《か》もて蓋《おほ》ふ。蓀《そん》の壁紫《し》（紫貝）の壇、芳椒《ほうせう》（香りのよい山椒）を匊《し》いて堂を盈《みた》す。桂の棟蘭の橑《たるき》、辛夷《しんい》の楣《び》（はりげた）葯《やく》の房。薜荔《へいれい》（まさきのかずら）を罔《あ》みて帷《ゐ》と爲し、蕙《けい》の櫋《めん》（かおりぐさののきづけ。櫋は、のき板飾り）を擗《さ》いて既に張る。白玉を鎭《ちん》（おもし）と爲し、石蘭（香草の名。蘭の一種）を疏《し》いて芳《ほう》と爲す。芷《し》（香草の名。よろいぐさ）もて荷屋に葺き、之に杜衡《とかう》（かんあおい）を繚《めぐ》らす。百草を合はせて庭に實たし、芳馨《ほうけい》（香りたつ香花）を廡門《ぶもん》（屋根のある門）に建《つ》む。（「九歌」湘夫人）

(315) 高堂邃宇《すゐう》、檻《かん》（てすり）ありて層軒《そうけん》（軒《のき》を重ねる）なり。層臺《そうだい》と累榭《るゐしや》（重なったうてな。榭は、屋根のある臺）と、高山に臨《のぞ》む。網戶《もうこ》（網の目狀の彫刻をした門扉）は朱綴《しゆてい》（網の目模樣に朱色を施したもの）にして、方連《はうれん》（方形の連續模樣）を刻す。冬には突廈《えうか》（あたたかい部屋）有り、夏室は寒《すず》し。川谷は徑復《けいふく》し、流れて潺湲《せんくわん》たり。光風は蕙を轉じて、崇蘭《すうらん》（むらがる蘭）を氾《うか》ぶ。堂を經て奥に入れば、塵《ぢん》（塵うけ。天井を言う）と筵《むしろ》とを朱にす。砥室《ししつ》（磨き石で作った室）の翠翹《すゐげう》（かわせみの羽の飾り）、曲瓊《きよくけい》（玉でできた鈎《かぎ》）に挂《か》く（衣類などをかける）。翡翠《ひすゐ》と珠の被《ひ》（夜具）は、爛《らん》として光を齊《ひと》しうす。蒻阿《じやくあ》（やわらかい白絹）は壁を拂《おほ》ひ、羅幬《らちう》（うす絹のとばり）を張る。纂組《さんそ》（赤い紐《ひも》と組み紐）と綺縞《きかう》（あや絹とねり絹）と、琦璜《きくわう》（美しい玉と半圓の玉）を結ぶ。室中の觀《くわん》には、珍怪《ちんくわい》多し。蘭膏《らんかう》（蘭をねりこんだ膏《あぶら》）の明燭《めいしよく》、華容《くわよう》（花のように美しい顔だちの女性）備《そな》はる。二八《にはち》（八人ずつ二列に竝んだ十六人の舞姫）は侍宿《じしゆく》（夜通し仕える）して、射《いと》へば遞代《ていたい》（交代する）す。九侯（多くの諸侯）の淑女は、多く衆に迅《す》ぐ。盛鬋《せいせん》（かざりたてた髪）制を同じくせず、實《み》ちて宮に滿つ。容態好比して、順彌《じゆんび》（順にあまねく交代する）して代わる。弱顏《じやくがん》（なごやかな顔）にして固く植《た》つ（みさおを立てる）、謇《ああ》其れ意（深い情）有り。姱容脩態《くわようしうたい》にして、洞房《どうばう》（奥深い部屋）に絙《わた》る（滿ちる）。蛾眉曼睩《がびまんりよく》（切れ長の目で伏目がちに見る）にして、目光を騰《は》す。靡顏《びがん》（きめ細かい肌の顔）膩理《じり》（なめらかな肌）にして、遺視《ゐし》（ながし目）矊《めん》たり（情がこもっている）。離榭（はなれとなっている高殿）脩幕（長い幕をめぐらした休息所）に、君の閒《かん》（暇なときの遊び）に侍せん。翡《ひ》の帷翠《ゐすい》の幬《ちう》、高堂を飾る。紅壁沙版《しやばん》、玄玉《げんぎよく》の梁《うつばり》。仰いで刻桷《こくかく》（彫刻をした椽《たるき》）を觀れば、龍蛇を畫《ゑが》く。堂に坐して檻《かん》に伏すれば、曲池に臨む。芙蓉《ふよう》は始めて發《ひら》き、芰荷《きか》（ひしとはすの葉）を雜《まじ》ふ。紫莖《しけい》の屛風《へいふう》（水草の名。あさざ）は、文（水紋）波に緣《そ》ふ。文異《ぶんい》の豹蝕《へうしよく》（文様の美しい豹の皮の飾り。侍衛の兵士の服飾をいう）は、陂陀《はた》（きざはし）に侍す。軒輬《けんりやう》（輕い馬車の名）既に低《いた》り、歩騎《ほき》は羅《つらな》る。蘭薄（蘭の草むら）戶《こ》に樹《う》ゑ、瓊木《けいぼく》（玉のように美しい木）を籬《まがき》とす。（「招魂」）

（316）夫れ何ぞ神女の姣麗《かうれい》なる、陰陽の渥飾《あくしよく》（厚い恵み）を含む。華藻《くわさう》の好《よみ》す可きを被り、翡翠《ひすゐ》の翼を奮《ふる》ふが若し。其の象《かたち》は雙《たぐひ》無く、其の美は極り無し。毛嬙《まうしやう》（美女の名）も袂《たもと》にて鄣《さへぎ》り、程式《ていしよく》（くらべる）するに足らず。西施《せいし》（昔の美女の名）も面《おもて》を掩《おほ》ひて、之に比ぶるに色無し。之に近づけば既に妖《えう》に、之に遠ざかれば望む有り。骨法奇多く、君の相に應ず。之を視《み》れば目に盈《み》ち、孰者《たれ》か克《よ》く尙《くは》へん。私《ひそ》かに心に獨り悅《よろこ》び、之を樂しむこと無量なり。交はり希《まれ》に恩疎《そ》にして、盡《ことごと》く暢《の》ぶ可からず。他人は睹《み》る莫く、玉《ぎよく》（作者宋玉のこと）のみ其の狀《じやう》を覽《み》たり。其の狀は峩峩《がが》たり、何ぞ極言す可けん。貌豐盈《かたちほうえい》にして以て莊姝《さうしゆ》（ひきしまって美しい）に、溫潤《をんじゆん》の玉顏を苞《か》ぬ。眸子《ばうし》炯《かがや》きて其れ精朗《せいらう》に、瞭《あきら》かに美多くして觀る可し。眉は聯娟《れんけん》として蛾《が》の揚《あ》がるに似て、朱唇的《しゆしんあきら》かにして其れ丹の若し。素《もと》より質幹《しつかん》の醲實《ぢようじつ》（充實している）なる、志は解泰《かいたい》（おちついている）にして體《たい》は閑《みやび》やかなり。既に幽靜《いうせい》に婠嫿《きくわく》（ゆったりとするさま）し、又人間《じんかん》に婆娑《ばさ》（ゆるやかに歩くさま）す。宜しく高殿《かうでん》にして以て意を廣《ひろ》むべし、翼《ほしいまま》に放縱《はうしよう》にして綽寬《しやくくわん》なれ。霧縠《むこく》（霧のように輕い絹）を動かして以て徐《おもむろ》に歩み、墀《には》を拂《はら》ひて聲は珊珊《さんさん》（玉のひびく音）たり。余が帷《とばり》を望んで延視《えんし》し、流波の將《まさ》に瀾《なみ》だたんとするが若《ごと》し。長袖《ちやうしう》を奮《ふる》つて以て衽《えり》を正しうし、立って躑躅《てきちよく》（歩きまわる）して安んぜず。澹《しづか》にして淸靜《せいせい》にして其れ愔嫕《いんえい》（なごやかで靜か）に、性は沈詳《ちんしやう》（心を沈める）にして煩《わづら》はしからず、時に容與《ようよ》して以て微《かす》かに動き、志未だ原《もと》を得《う》るに可ならず。意近きに似て既に遠く、將に來らんとするが若くして復た旋《かへ》る。余が幬《とばり》を褰《かか》げて御《ぎよ》せんと請《こ》ひ、願はくは心の惓惓《けんけん》たるを盡くさん。貞亮《ていりやう》の絜淸《けつせい》を懷《いだ》き、卒《つひ》に我と相ひ難《かた》しとす。嘉辭《かじ》を陳《の》べて云《ここ》に對すれば、芬芳《ふんほう》を吐くこと其れ蘭の若し。精交接《こころ》して以て來往し、心凱康《がいこう》（和やかに樂しむ）して樂歡《らくくわん》す。神獨り享《とほ》りて未だ結ばず、魂煢煢《けいけい》として以て端《はし》無し。然諾《ぜんだく》を含んで其れ分《あた》らず、喟《なげ》きて音を揚《あ》げて哀歎《あいたん》す。頩《へい》（怒って青ざめる）として薄《いささ》か怒りて以て自ら持《ぢ》し、曾《かつ》て犯干を可とせず。是《ここ》に於いて珮飾《はいしよく》を搖《ゆるが》し、玉鸞《ぎよくらん》を鳴らす。衣服を整へ、容顏を斂《をさ》む。女師を顧《かへり》み、太傅《たいふ》に命じ、歡情《くわんじやう》未だ接せざるに、將に辭して去らんとす。遷延（しりぞいて去る）して身を引き、親附《しんぷ》（親しみ近付く）す可からず。逝《ゆ》くに似て未だ行かず、中ごろ相ひ首《むか》ふが若し。目略《もくりやく》（輕く見る）して微《わづ》かに眄《かへり》み、精彩《せいさい》相ひ授《さづ》く。志態横《ほしいまま》に出で、記すに勝《た》ふ可からず。意離れて未だ絕えず、神心怖覆《ふふく》（おそれる）す。禮訖《をふ》るに遑《いとま》あらず、辭究《きは》むるに及ばず。須臾《しゆゆ》を假さんことを願へば、神女は遽《すみや》かなりと稱す（いそいでいると言う）。腸を徊《めぐ》らし氣を傷《やぶ》り、巓倒《てんたう》して據《よ》りどころを失ふ。闇然《あんぜん》として瞑《くら》く、忽ち處《ところ》を知らず。情《こころ》に獨り私《ひそ》かに懷《おも》ふ、誰《たれ》者にか語る可き。惆悵《ちうちやう》して涕《なみだ》を垂れ、之を求めて曙《あかつき》に至る。

(317) ひややかで簡素。　(318) ゆたかで美しい。「腴」は充實して美しいこと。

(319) 漢代に流行した長編の美文。抒情的で韻文的要素の強いものを「辭」、敍事的で散文的要素の強いものを「賦」と言う。

(320) 楚の地域を言う。楚の都のあった郢を中心とした地域。現在の湖北省一帶。

(321) 前漢の武帝。（前一四〇—前八七在位）前漢第七代の天子。孝武帝。本名は劉徹。匈奴と戦ってこれを破り、周邊諸民族を攻めて支配し、帝國の範圍を廣めた。内政面でも、制度を整え、儒教を國教とし、教育・文化をさかんにした。

(322) ぜいたくでおごること。

(323) 複數の作者が一句または複數句を作って一首を構成する。詩體の名。「柏梁體」は、前漢武帝のときに生まれた連句形式の詩體で、一句を七言で構成し、連句形式であったため（句間の）飛躍や變化の大きな詩形式だった。

(324) 敷きつらねるように叙事をつらねること。「賦」という文學形式の説明として、細大もらさず對象を描きつくすために、表現を敷きつらねるという意味で「敷陳」「鋪叙」と言ったもの。

(325) 言葉が華美で豐富なこと。

(326) 自由自在に馳けめぐること。表現が自由奔放なことを言う。

(327) 揚雄《よういう》（前五三—後一八）を字《あざな》で呼んだもの。揚雄は前漢の文人。辭賦の作家であると同時に哲學者。字《あざな》は子雲。成都（四川省）の人。司馬相如を尊敬し賦の創作にはげんだ。成帝・哀帝・平帝らに仕え、黄門侍郎等の官職についた。王莽が新王朝を開いた後、自殺した。本文で引いている語の原文「詩人之賦、麗以則。辭人之賦、麗以淫」はその著書『法言』吾子篇の語。「詩人」は『詩經』の作り手、「辭人」は辭賦の作り手を言う。

(328) 心が誠實であるあまり、もだえいたむこと。　(329) むせび胸ふさがること。

(330) いたましく寂しい。「愴涼」に同じ。　(331) はなやかでかがやかしい。

(332) 表現が深くひかえめであること。　(333) 廣く巨大であること。

(334) 音が低いが調子が急であること。　(335) 清らかで悲劇的な調子。

(336) 前漢初期の政治家、文人。楚の人。漢の高祖に従って辯説家として活躍し、多くの辭賦・文章を制作した。生没年未詳。「新語」十二編を著した。　(337) 注(154)参照。

(338) 前漢の文人。字《あざな》は叔。淮陰の人。呉王郎中となる。都に徵される道中で死ぬ。賦の形式の「七發」を制作した。

(?—前一四〇)

(339) 前漢の文人。枚乘の庶子で賦の作者。(前一五三—?)

(340) 前漢の辭賦家。辯說家。平原(山東省)の人。字は曼倩《まんせん》。滑稽な言動によって武帝に仕えた侍臣。辯舌・文章に長じ、奇行で知られる。(前一五三—前九三)

(341) 前漢の文人で辭賦家。資中(四川省)の人。宣帝に仕えて活動した。生没年未詳。

(342) 前漢末の學者、字は子政。古籍を整理・校勘して目錄を整えた。辭賦の作者でもあった。(前七七—前六)

(343) 前漢の文人で最も重要な辭賦家。成都(四川省)の人。武帝に獻じた「上林賦」が最も著名。(前一七九—前一一七)

(344) 後漢の歷史家・辭賦家。字は孟堅。安陵(陝西省)の人。「兩都賦」が著名。歷史家として『漢書』を著す。(三二—九二)

(345) 桂のかんむり。「冕」は、禮裝に用いる冠。イギリス國王がワーズワースらを「桂冠詩人」として敕選したのにより、嶺雲は最も優れた詩人に與えられる冠の意に用いている。

(346) 庭園。林や池沼などを含む廣大な園林を言う。

(347) 雲夢《うんぼう》(楚の大濕地帶の名。洞庭湖及びその周邊の長江中流域に廣がっていた)は方《ほう》九百里、其の中に山有り。其の山は則ち盤紆《ばんう》(わだかまり巡《めぐ》る)岪鬱《ふつうつ》(はるかに深いさま)として、隆崇《りゆうしゆう》(高くそびえる)嵂崒《りつしゆつ》(そびえるさま)たり。岑巖參差《れいがんしんし》として、日月も蔽《かく》れ虧《か》く。交錯糾紛《かうさくきうふん》して、上は青雲《せいうん》を干《をか》す。罷池《ひち》(かたより崩れる)陂陁《はた》(けわしいさま)として、下は江河に屬《つづ》く。其の土は則ち丹靑《たんせい》(赤土と靑土)・赭堊《しやあく》(赤土と白土)、雌黃《しわう》・白坿《はくふ》(どちらも石英)、錫碧《せきへき》(白臘《はくろう》と靑玉)・金銀あり。衆色炫耀《げんえう》し、照爛《せうらん》すること龍《りゆう》の鱗《うろこ》のごとし。其の石は則ち赤玉・玫瑰《ばいくわい》(雲母)、琳瑉《りんびん》(珠《たま》と、それに次ぐ美しさの石)・琨珸《こんご》(昆吾山から出る美金)、瑊玏《かんろく》(玉の名)・玄厲《げんれい》(黑石)、碝石《ぜんせき》(白に赤色の交じった玉石)・武夫《ぶふ》(赤に白色の模樣のある玉名)あり。其の東には則ち蕙圃《けいほ》・衡蘭《かうらん》有り、芷若《しじやく》・射干《えきかん》、穹窮《きうきゆう》・菖蒲《しやうぶ》、江蘺《かうり》・蘼蕪《びぶ》、諸蔗《しよしよ》・猼且《はくしよ》(以上、すべて香草の名)あり。其の南には則ち平原廣澤《くわうたく》有りて、登降陁靡《いび》(ななめにつづくさま)たり。案衍《あんえん》(くぼみ下るさま)・壇曼《だんまん》(平らで廣いさま)として、緣《めぐ》らすに大江《たいかう》を以てし、限《かぎ》るに巫山《ふざん》を以てす。其の高燥《かうさう》には、則ち葴《しん》・蔪《し》・苞《へう》・荔《れい》（いずれも草の名）、薛《せつ》・莎《さ》・青薠《せいはん》（いずれも草の名）を生ず。其の卑濕《ひしつ》には、則ち藏莨《ざうらう》（草の名）・蒹葭（蘆《あし》のこと）、東蘠《とうしやう》（食用となる草の名）・彫胡《てうこ》（菰《まこも》の實）、蓮《れん》・藕《こう》（荷の根）・菰蘆《ころ》（ひょうたん）、菴蕳《えんろ》（よもぎ）・軒芋《けんう》（水葎《みずむぐら》）を生ず。衆物之に居り、勝《あ》げて圖《ゑが》く可からず。其の西には則ち湧泉《ようせん》・清池有り、激水推《お》し移る。外には芙蓉《ふよう》・菱華《りようくわ》を發《ひら》き、内には鉅石《きよせき》・白沙を隱《かく》す。其の中には則ち神龜《しんき》・蛟鼉《かうだ》（わに）、瑇瑁《たいまい》・鼈黿《べつげん》（すっぽん）有り。其の北には則ち陰林・巨樹、楩柟《べんなん》（楠《くすのき》の一種）・豫章《よしやう》（楠の一種）、桂椒《けいせう》・木蘭、檗《はく》（喬木の名）・離《り》（山梨）・朱楊《しゆやう》、樝梨《さり》（こぼけ）・梬栗《えいりつ》（さるがき）、橘柚《きついう》の芬芳（かおりたかい）なる有り。其の上には則ち赤猨《せきゑん》・蠼蝚《くわくだう》（おおざる）、鵷雛《ゑんすう》・孔鸞《こうらん》、騰遠《とうゑん》・射干《やかん》（いずれも猿の一種）有り。其の下には則ち白虎・玄豹《げんぺう》、蟃蜒《まんえん》（大獸の名）貙《ちゆ》・（狸に似た動物）・豻《かん》（野犬）、兕《じ》（野牛）・象・野犀《やさい》、窮奇（怪獸の名）・獌狿《まんえん》（巨大な獸の名）有り。是《ここ》に於《おい》てか乃《すなは》ち專諸《せんしよ》（春秋時代呉の勇士の名。鱄設諸《せんせつしよ》のこと）の倫《ともがら》をして、此の獸を手格《しゆかく》（手で打つ）せしむ。楚王は乃ち馴駮《じゆんはく》（馴らしたまだらうま）の駟《し》（四頭立ての馬車）に駕し、雕玉《てうぎよく》の輿《よ》に乘り、魚須《ぎよしゆ》（魚のひげ）の橈旃《たうせん》（旗）を靡《なびか》す。明月の珠旗を曳《ひ》き、干將《かんしやう》（劍をきたえる人の名）の雄戟《ゆうげき》を建つ。烏嘷《うかう》（黄帝の弓の名）の雕弓《てうきゆう》を左にし、夏服《かふく》（夏后氏のやなぐい）の勁箭《けいせん》（强い矢）を右にす。陽子《やうし》（古代のすぐれた御者の名）は驂乘《さんじやう》し、纖阿《せんあ》（月の御者の名）は御《ぎよ》と爲る。節を案じて未だ舒《の》びざるに、卽ち狡獸を陵《しの》ぐ。邛邛《きようきよう》（青色で馬に似た獸）を蹸《ふみにじ》り、距虛《きよきよ》（騾《らば》に似た小型の獸）を蹴る。野馬を軼《つ》きて、陶駼《たうと》（馬に似た獸）を轊《つ》く。遺風《ゐふう》に乘りて游騏《いうき》（天上の獸）を射る。倏眒《しゆくしん》（はやいさま）凄浰《せいれん》（きわめてはやいさま）として、靁《かみなり》のごとく動き熛《はやて》のごとく至り、星のごとくに流れ霆《いかづち》のごとく撃《う》つ。弓は虚しくは發《はつ》せず、中《あた》れば必ず眦《まなじり》を決す。胸を洞《つらぬ》き掖《わき》を達《とほ》し、心繫《しんけい》を絶つ。獲《えもの》は雨獸《うじう》（雨のようにたくさんのけもの）の若《ごと》く、草を揜《おほ》ひ地を蔽《おほ》ふ。是《ここ》に於《おい》てか楚王は乃ち節を弭《とど》めて裴回《はいくわい》し、翺翔容與《くわうしやうようよ》たり。陰林を覽《み》、壮士の暴怒すると、猛獸の恐懼《きようく》するとを觀《み》る。谻《うみつか》るるを徼《さへぎ》り詘《つか》るるを受け、殫《ことごと》く衆物の變態を睹《み》る。是に於て鄭女《ていぢよ》（鄭の美女）・曼姬《まんき》（楚の武王の夫人鄧曼《とうまん》）、阿錫《あせき》（細い絹と細い布）を被《かうむ》り、紵縞《ちよかう》を揄《ひ》く。纖羅《せんら》を襍《まじ》へ、霧縠《むこく》（霧のようになびく薄絹）を垂る。襞積《へきせき》（衣のひだ）・褰縐《けんしう》（しわ）、紆徐委曲《うよゐきよく》たり。鬱橈《うつだう》（衣服のひだが深々と入り組むさま）たること谿谷《けいこく》のごとし。衯衯裶裶《ふんふんひひ》として、揚袘《やうい》（あげた袖）卹削《じゆつさく》（ほどよくしたてたさま）たり。蜚纖垂髾《ひせんすゐせう》（打掛の飾り）、扶輿《ふよ》（王の車につき從う）・猗靡《いび》（しとやかにつき從うさま）たり。翕呷《きふかふ》（衣をきらめかすさま）萃蔡《すゐさい》（はためかすさま）として、下は蘭蕙を靡《ま》し、上は羽蓋《うがい》を拂《はら》ふ。翡翠《ひすゐ》の葳蕤《ゐずゐ》（羽毛のしなやかに垂れるさま）たるを錯《まじ》へ、玉綏《ぎよくすゐ》（玉で飾られたひも）を繆繞《れうぜう》す。縹縹忽忽《こつこつ》として、神仙の彷彿《はうふつ》たるが若し。是に於いて乃ち相ひ與《とも》に蕙圃《けいほ》に獠《かり》す。媻姍《はんさん》・勃窣《ぼつそつ》（ともに、はらばいになって登るさま）として、金隄《きんてい》に上る。翡翠を揜《とら》へ、鵔鸃《しゆんぎ》を射る。微矰《びそう》（小さないぐるみ）を出だし、纖繳《せんしやく》（細い絲のいぐるみ）を施《ほどこ》す。白鵠を弋《よく》（いぐるみで捕らえる）し、駕鵝《かが》（雁）を連ぬ。雙鶬《さうさう》（二羽のまなづる）下り、玄鶴加ふ。怠《う》みて後《のち》發し、淸池に遊び、文鷁《ぶんげき》（水鳥を描いた船）を浮かべ、桂枻《けいえい》（かつらのかい）を揚《あ》ぐ。翠帷《すゐゐ》を張り、羽蓋を建つ。瑇瑁《たいまい》を罔《あみ》し、紫貝《しばい》を釣る。金鼓を摐《う》ち、鳴籟《めいらい》を吹く。榜人《ばうじん》（かじとり）歌ひ、聲流喝《りうあい》す。水蟲駭《おどろ》き、波鴻《はこう》沸《わ》く。湧泉《ようせん》起《おこ》り、奔揚《ほんやう》（荒波）會《くわい》す。礧石《らいせき》（ころび落ちる石）相ひ擊ち、硠硠礚礚《らうらうかいかい》たり。靁霆《らいてい》の聲の若《ごと》く、數百里の外に聞こゆ。將《まさ》に獠者《れうしや》（狩り人）を息《いこ》はしめんとし、靈鼓《れいこ》（六面の太鼓）を擊ち、烽燧《はうすゐ》（のろし）を起こす。車は行を案じ、騎《き》は隊《たい》に就《つ》く。纚乎《しこ》（行くさま）として淫淫《いんいん》たり、班乎《はんこ》（巡るさま）として裔裔《えいえい》（分列するさま）たり。是《ここ》に於《おい》て楚王乃ち陽雲の臺《だい》に登り、泊乎《はくこ》として爲す無く、澹乎《たんこ》（ひっそりと靜かなさま）として自ら持《ぢ》す。勺藥《しやくやく》（五種の味）の和、具《そな》はりて後之《のちこれ》を御《ぎよ》す（召しあがる）。（「子虛賦」本文は『史記』司馬相如列傳によっていると考えられる）

（348）上林苑。天子の苑の名。狩獵・園遊等に用いた。

（349）蒼梧《さうご》（郡名。長安の東方にある）を左にし、西極（古代の豳《ひん》國。長安の西方にある）を右にす。丹水《たんすゐ》（川の名）其の南を更《へ》、紫淵《しゑん》（水澤の名。紫澤《したく》）其の北を徑《わた》る。灞《は》・滻《さん》（いずれも川の名）に終始し、涇《けい》・渭《ゐ》（いずれも川の名）に出入す。酆《ほう》・鄗《かう》・潦《らう》・潏《けつ》（いずれも川の名）、紆餘委蛇《うよゐい》として、其の内に經營す。蕩蕩《たうたう》として八川分流し、相ひ背《そむ》きて態《たい》を異《こと》にす。東西南北に、馳騖往來《ちぶわうらい》し、椒丘《せうきう》の闕《けつ》を出で、洲淤《しうよ》（中洲）の浦《ほ》に行き、桂林《けいりん》の中を經《わた》り、泱莽《あうまう》（廣大なさま）の野を過ぐ。汩乎《いつこ》として渾流《こんりう》し、阿《くま》に順《したが》つて下り、隘陿《あいけう》の口《ほとり》に赴《おもむ》く。穹石《きゆうせき》に觸《ふ》れ、堆埼《たいき》（曲がった岸邊）に激し、沸乎《ふつこ》として暴怒《ぼうど》し、洶湧《きようよう》して澎湃《はうはい》し、滭弗《ひつふつ》（勢いさかんなさま）宓汩《ひついつ》（過ぎ去ることの速いさま）、偪側《ひよくそく》（せまるさま）泌瀄《ひつしつ》（あいうつさま）す。横ざまに流れ逆さまに折れ、轉騰潎洌《てんとうべつれつ》（あいうつさま）たり。滂濞《はうひ》（水が激しく流れるさま）沆溉《かうがい》（ゆるやかに流れるさま）、穹隆《きゆうりゆう》

（水がもりあがるさま）雲橈《うんだう》（雲のように屈曲するさま）、宛潭《ゑんぜん》（ころがるさま）膠盭《かうれい》（ななめに屈曲するさま）たり。踰波《ゆは》（後ろの波が前の波をこえたもの）浥《ふち》に趨《おもむ》き、涖涖《りり》として瀬《せ》を下る。巖《いはほ》を批《う》ち擁《くま》を衝《つ》き、奔揚滯沛《ほんやうていはい》す。坻《しま》に臨み壑《たに》に注《そそ》ぎ、瀺灂《ざんしやく》（水の音）として霣隧《ゑんつゐ》す。沈沈隱隱、砰磅訇磕《はうはうくわうかい》（水の岩などに當たる音）、潏潏淈淈《けつけつこつこつ》、湁潗《ちふしふ》（水の湧くさま）して鼎《かなへ》のごとく沸《わ》く。馳《は》せる波跳《なみは》ぬる沫《しぶき》、汩隱《いついん》（急に變化するさま）として漂疾《へうしつ》、悠遠《いうゑん》長懷（どこまでも歸ってゆく）し、寂漻《せきれう》にして聲無く、肆乎《しこ》（ほしいままにするさま）として永く歸る。然る後、灝溔《かうやう》・潢漾《くわうやう》（どちらも水のはてしなく廣がるさま）として、安《しづ》かに翔《かけ》り徐《おもむろ》に回《めぐ》り、翯乎《かくこ》（水の光るさま）として滈滈《かうかう》（水の白く光るさま）たり。東のかた太湖に注ぎ、陂池《ひち》に衍溢《えんいつ》す。是《ここ》に於てか、蛟龍《かうりよう》・赤螭《せきち》、鮔鰽《こうぼう》・漸離《ぜんり》、鰅鰫《ぎようよう》・鰬魠《けんたく》、禺禺《ぎようぎよう》・魼《きよ》・鰨《たふ》（以上、魚類の名）あり。鰭《ひれ》を掲《あ》げ尾を掉《ふる》ひ、鱗を振るひ翼を奮《ふる》ひて、深巖《しんがん》に潛み處《を》る。魚鼈《ぎよべつ》讙《かまびす》しく聲《な》き、萬物衆夥《しゆうくわ》なり。明月の珠子《しゆし》、江靡《かうび》（川のほとり）に的皪《てきれき》たり。蜀石・黄碝《くわうぜん》（黄色の美石）、水玉（水晶）は磊砢《らいら》として、磷磷爛爛《りんりんらんらん》と、采色澔汗《かうかん》（きらめくさま）して、其の中に叢《むらが》り積る。鴻《こう》・鷫《しゆく》・鵠《こく》・鴇《はう》、駕鵝《かが》・屬玉《しよくぎよく》、交精《かうせい》・旋目《せんもく》、煩鶩《はんぼく》・庸渠《ようきよ》、箴疵《しんし》・鵁盧《かうろ》（以上、鳥類の名）ありて、其の上に羣《むら》がり浮かぶ。汎淫泛濫して、風に隨って澹淡《たんたん》たり。波と與に搖蕩《えうたう》して、水渚を奄薄《えんぱく》す。菁藻《せいさう》を唼喋《さうたう》（ついばむこと）して、菱藕《りようごう》（ひしとはす）を咀嚼《そしやく》す。是に於てか崇山《すうざん》（山名。河南省にある）は矗矗《ちくちく》（高くそびえるさま）、巃嵸《ろうそう》・崔巍《さいぎ》（いずれも高いさま）たり。深林・巨木あり、嶄巖《ざんがん》（するどくきりたつさま）・嵾嵳《しんし》たり。九嵕《きうそう》（山の名。陝西省にある）は巀嶭《せつげつ》（高くけわしいさま）、南山（山名。終南山。陝西省にある）は峨峨《がが》たり。巖陁《げんち》は甗錡《けんき》（こしきをそばだてたさま）のごとく、摧崣《さいゐ》（高いさま）崛崎《くつき》（ひときわ高くそびえる）して、溪《たに》を振《をさ》め谷に通じて、蹇產《けんさん》たる溝瀆《こうとく》（谷川）あり。谽呀《がんが》・豁閜《くわつが》として、阜陵《ふりよう》・別隝《べつたう》（水中の山）あり、崴磈《いき》・嵔廆《あいかい》、丘虛《きうきよ》・堀礨《くつらい》たり。隱轔《いんりん》・鬱壘《うつるゐ》、登降・施靡《しび》し、陂池《ひち》（くずれて切り立っているさま）・貏豸《ひち》（しだいにたいらかになるさま）、沇溶《ゐよう》（水が谷間をさかんに流れるさま）・淫鬻《いんゐく》（水が狭い所をゆるやかに流れるさま）として、夷陸《いりく》（廣く平らな地）に散渙《さんくわん》す。亭皐《ていかう》（澤にある隄の上の亭）千里にして、築《ちく》を被《かうむ》らざるは靡《な》し。揜《おほ》ふに綠蕙《りよくけい》を以てし、被らすに江蘺《かうり》を以てす。糅《まじ》ふるに蘪蕪《びぶ》を以てし、雜ふるに留夷《りうい》を以てす。結縷《けつる》を布《し》き、戾莎《れいさ》を攢《あつ》め、揭車《けいしや》・衡《かう》・蘭、槀本《かうほん》・射干《やかん》、茈薑《しきやう》・蘘荷《じやうか》、葴持《しんち》・若・蓀、鮮支・黄礫《くわうれき》、蔣苧《しやうちよ》・青薠《せいはん》（以上、香草・植物の名）あり。閎澤《くわうたく》（廣い水邊）に布濩《ふご》（あまねくみちる）し、太原に延曼《えんまん》し、離靡（つらなりつづく）廣衍《くわうえん》（はてしなく廣がる）して、風に應じて披靡《ひび》す。芳を吐き烈を揚げ、郁郁菲菲として、衆香發越す。肸蠁《きつきやう》（さかんに起こるさま）布寫し、晻薆《あんあい》（香りの盛んなさま）咇茀《ひつぼつ》（香りの盛んなさま）たり。是に於てか周《あまね》く覽《み》泛《ひろ》く觀《み》れば、縝紛軋芴《ちんぷんあつふつ》（こまやかなさま）とし、芒芒怳忽《ばうばうくわうこつ》として、之を視《み》れども端《はし》無く、之を察《み》れども涯《かぎり》無し。日は東沼《とうせう》より出で、西陂に入る。其の南は則ち隆冬《りゆうとう》にも成長し、湧水・躍波あり。其の獸《けもの》は則ち獱《よう》・旄《ばう》・貘《ばく》・犛《り》、沈牛・麈《しゆ》・麋《び》、赤首・圜題《ゑんだい》、窮奇・象・犀《さい》あり。其の北は則ち盛夏にも凍《こほり》を含んで地を裂《さ》き、冰を渉《わた》りて河を揭《わた》る。其の獸は則ち麒麟《きりん》・角端《かくたん》、騊駼《たうと》・槖駝《たくだ》、蛩蛩《きようきよう》・驒騱《たんけい》、駃騠《けつてい》（足の速い良馬）・驢驘《ろら》（ろばとらば）あり。是に於てか離宮・別館、山に彌《わた》り谷に跨《またが》る。高廊四《よ》もに注《そそ》ぎ、重坐《ちようざ》・曲閣あり。華榱《くわすゐ》（美しくいろどられたたる木）璧璫《へきたう》（玉で飾ったたる木の木じり）にして、輦道《れんだう》（二階建てとなっている道）纚屬《しぞく》（長くつづく）す。步櫩《ほえん》（回廊）周流して、長途に中宿す。嵕《やま》を夷《たいら》げ堂を築き、累臺增成《るゐだいそうせい》して、巖窔《がんえう》に洞房あり。頫《ふ》せば杳眇《えうべう》として見ること無く、仰げば橑《たるき》を攀《よ》じて天を捫《な》づ。奔星閨闥《ほんせいけいたつ》を更《へ》、宛虹楯軒《ゑんこうじゆんけん》に拕《ひ》く。青龍（仙界の車）東箱《とうしよう》に蚴蟉《いうきう》（うねうねと動くさま）し、象輿《しようよ》（瑞兆のある車）西淸に婉僤《ゑんぜん》（ゆったり動くさま）たり。靈圄《れいぎよ》（仙人たちの呼び名）閒館《かんくわん》に燕し、偓佺《あくせん》（仙人の名）の倫《ともがら》、南榮に暴《ばく》す。醴泉《れいせん》淸室に湧き、通川中庭に過ぐ。盤石崖《きし》を振《ととの》へ、嶔巖《かんがん》として倚《よ》り傾く。嵯峨《さが》嶕嶫《しふげふ》として、刻削《こくさく》崢嶸たり。玫瑰《ばいくわい》・碧林、珊瑚《さんご》叢生《そうせい》し、瑉玉旁唐《びんぎよくはうたう》（廣がるさま）し、玢豳《ふんぴん》たる文鱗あり。赤瑕（赤い小玉）駁犖《はくらく》（點在するさま）として、其の閒に雜《まじは》り臿《はさま》る。晁采琬琰《てうさいゑんえん》として、和氏《くわし》（天下の名玉）出《い》づ。是に於てか盧橘《ろきつ》は夏に熟《じゆく》す。黃甘《くわうかん》・橙《たう》・楱《そう》、枇杷《びは》・橪柿《えんし》、亭柰《ていだい》・厚朴《こうはく》、樗棗《えいさう》・楊梅《やうばい》、櫻桃《あうたう》・蒲陶《ぶだう》、隱夫《いんぷ》・薁棣《いくてい》、荅遝《たふたふ》・離支《りし》（以上、果實のなる木の名）あり。後宮に羅《つらな》り、北園に列《つらな》る。丘陵に貤《はびこ》り、平原に下る。翠葉《すゐえふ》を揚《あ》げ、紫莖《しけい》を扤《うごか》す。紅華《こうくわ》を發《ひら》き、朱榮《しゆえい》を垂る。煌煌扈扈《くわうくわうこここ》（鮮やかなさま）として、鉅野《きよや》に照曜《せうえう》す。沙棠《さたう》・櫟《れき》・櫧《しよ》、華・楓《ふう》・枰《へい》・櫨《ろ》、留《りう》・落・胥邪《しよや》、仁頻《じんぴん》・幷閭《へいりよ》、欃檀《ざんだん》・木蘭、豫章《よしやう》・女貞（以上、大木の名。但し、未詳のものも多く含まれる）あり。長さ千仞、大きさ連抱なり。夸條《くわでう》直《すぐ》に暢《の》び、實葉葰楙《しゆんぼう》（大きくさかんなさま）なり。攢《あつま》り立ち叢《むらが》り倚《よ》り、連卷《れんけん》（からまる）・欐佹《りき》（重なりあう）、崔錯《さいさく》・癹骫《はつゐ》（わだかまり曲がる）、坑衡《かうかう》（まっすぐなさま）・閜砢《あら》（互いによりあうさま）たり。垂條扶疏《すゐでうふそ》し、落英幡纚《はんし》（飛び散る）たり。紛溶箾蔘《ふんようせうしん》（枝の高く抜き出るさま）、猗狔《いぢ》（しなやか）として風に從ひ、藰莅《りうり》・卉《き》歙《きふ》（風が木々を吹く音）たり。蓋し金石の聲、管籥《くわんやく》の音に象《かたど》る。偨池《しち》（ふぞろいなさま）茈虒《しち》（等しくないさま）として、後宮に旋《めぐ》り還《めぐ》る。雜襲絫輯《ざつしふるるしふ》（重なり合って覆うこと）して、山に被り谷に緣《よ》り、阪に循《したが》ひ隰《さは》に下る。之を視れども端《はし》無く、之を究《きは》むれども窮まり無し。是に於てか玄猨《げんゑん》・素雌《そし》、蜼《ゐ》・玃《くわく》（以上、猿の類）・飛蠝《ひるゐ》（むささび）、蛭蜩《てつたう》（未詳）・蠼猱《くわくだう》、獑胡《ざんこ》・穀蛫《こくき》（以上、猿の類）、其の間に棲息す。長嘯哀鳴《ちやうせうあいめい》し、翩幡《へんばん》として互《たがひ》に經《ふ》。枝格《しかく》に夭蟜《えうけう》（しきりに手足を伸ばすさま）し、杪顚《べうてん》（木末《こずゑ》）に偃蹇《えんけん》す。絶梁《ぜつりやう》（高くかかった橋）を踰《こ》え、殊榛《しゆしん》（巨木）に騰《のぼ》る。垂條《すゐでう》を捷《と》り、希間《きかん》（枝のまばらな所）に掉《つ》く。牢落陸離《らうらくりくり》、爛漫《らんまん》として遠く遷《うつ》る。此《かく》の若《ごと》き者、數百千處、娛遊往來して、宮に宿り館に舍《やど》る。庖厨徙《はうちゆううつ》さず、後宮移さず、百官備具《びぐ》す。是に於てか、秋に背《そむ》き冬を涉《わた》りて、天子校獵《かうれふ》（狩獵する）す。鏤象《ろうぞう》（彫刻した象牙で飾った馬車）に乘り、玉虯《ぎよくきう》（くつわを玉で飾った虯龍のような馬）を六（六頭だて）にす。蜺旌《げいせい》を拖《ひ》き、雲旗を靡《なびか》す。皮軒《ひけん》（虎皮で飾った車）を前にし、道游《だういう》（道車と游車。天子の出游のとき前に竝べられる車）を後にす。孫叔《そんしゆく》（漢の太僕の公孫賀《こうそんが》のこと）轡《たづな》を奉じ、衞公《ゑいこう》（漢の大將軍衞青《ゑいせい》のこと）參乘す。扈從橫行《こじゆうわうこう》し、四校《しかう》の中より出づ。嚴《げん》を簿《ぼ》（鹵簿《ろぼ》。天子の行列）のうちに鼓《つづみう》ち、獵者《れふしや》を縱《はな》つ。河江《かかう》を阹《ささへ》と爲し、泰山（山名。山東省にある名山）を櫓《やぐら》と爲す。車騎靁《いかづち》のごとく起り、天に殷《ふる》ひ地を動かす。先後陸離《りくり》、離散して別れ追ふ。淫淫裔裔《えいえい》として、陵《をか》に緣《よ》り澤《さは》に流れ、雲のごとく布《し》き雨のごとく施す。貔《ひ》（虎の仲間）豹《へう》を生《いけどり》にし、豺狼《さいらう》を搏《う》つ。熊羆《ゆうひ》を手《てうち》にし、壄羊《ややう》を足にす。鶡蘇《かつそ》（鶡は、雉《きじ》に似た鳥。蘇は、その裂け分かれた羽）を蒙《かうむ》り、白虎を絝《ほだ》す。斑文《はんぶん》を被り、壄馬《やば》に跨《またが》る。三嵕《さんそう》（山の名）の危《あや》ふきを凌《しの》ぎ、磧歷《せきれき》の坻《さか》を下る。峻を徑《わた》り險に赴き、壑《たに》を越え水を厲《わた》る。蜚廉《ひれん》（想像上の鳥の名。鳥身・鹿頭の鳥）を椎《う》ち、獬豸《かいち》（鹿に似た一角の獸）を弄《もてあそ》ぶ。蝦蛤《かかふ》（獸の名）を格《う》ち、猛氏《まうし》（蜀から産する獸の名。熊に似てやや小型）を鋌《つ》く。騕褭《えうでう》（金口で赤色の馬。一日に萬里を行くという）を羂《ほだ》し、封豕《ほうし》（大きな豚）を射る。箭《や》は苟《いやしく》も害せず。脰《うなじ》を解《と》き腦《なう》を陷《おとしい》る。弓は虛しくは發せず、聲に應じて倒《たふ》る。是に於て乘輿《じようよ》節を弭《とど》めて徘徊《はいくわい》し、翺翔往來《くわうしやうわうらい》す。部曲の進退を睨《み》、將帥《しやうすゐ》の變態《へんたい》を覽《み》る。然る後に浸淫《しんいん》として節を促《すみや》かにし、儵敻《しゆくけい》として遠く去る。輕禽を流離し、狡獸《かうじう》を蹴履し、白鹿を轊《す》り、狡兎を捷《と》る。赤電を軼《す》ぎ、光耀を遺《のこ》す。怪物を追ひて、宇宙より出で、蕃弱《はんじやく》（夏后氏の良弓の名）を彎《ひ》きて、白羽を滿たす。游梟《いうけう》（人を食う怪獸）を射、蜚遽《ひきよ》（天上の神獸の名）を櫟《う》つ。肉を擇《えら》びて后《のち》に發し、中《あた》るに先《さきだ》ちて處《ところ》を命《なづ》く。

弦矢《げんし》分かるるや、藝殪《まとたふ》れ仆《ふ》す。然る后《のち》節を揚《あ》げて上り浮《うか》ぶ。驚風《けいふう》を凌《しの》ぎ、駭猋《がいへう》を歴《ふ》。虚無に乗じ、神と倶《とも》にす。玄鶴《げんかく》を躪《ふ》み、昆雞《こんけい》を亂す。孔鸞《こうらん》を遒《と》り、鵔鸃《しゆんぎ》を促《と》る。翳鳥《えいてう》を拂《はら》ひ、鳳凰《はうわう》を捎《う》つ。鵷鶵《ゑんすう》を捷《と》り、焦明《せうめい》を弇《と》る。道盡き途《みち》殫《つ》きて、車を廻《めぐら》せて還《かへ》る。消搖乎《せうえうこ》として襄羊《じやうやう》し、北紘《ほくくわう》（世界の北方のはて）に降集《かうしふ》す。率乎《そつこ》として直ちに指《さ》し、晻乎《えんこ》として郷に反る。石闕《せきけつ》（以下四句、みな武帝の建てた樓の名）を蹶《ふ》み、封巒《ほうらん》を歴《ふ》。鳷鵲《しじやく》に過《よぎ》り、露寒《ろかん》を望む。棠梨《たうり》（以下三句、みな宮殿の名）に下り、宜春《ぎしゆん》に息《いこ》ふ。西のかた宣曲《せんきよく》に馳《は》せ、鷁《ふね》を牛首《ぎうしゆ》（池名）に濯《あら》ふ。龍臺《りようだい》（樓觀の名）に登り、細柳《さいりう》（樓觀の名）に掩《とどま》る。士大夫の勤略《きんりやく》を觀《み》、獵者の得獲《とくくわく》する所を均《ひと》しうす。徒車の躪《ふ》み轢《ふ》む所、歩騎の蹂《ふ》み若《にじ》る所、人臣の蹈《ふ》み籍《し》く所と、其の窮極倦郄《けんげき》（疲れきること）し、驚憚讋伏《けいたんせふふく》（恐れて動けぬさま）し、創刃《さうじん》を被らずして死する者と、他他籍籍《たたせきせき》（交わり横たわるさま）として、坑《たに》に塡《み》ち谷に滿ち、平《ひらち》を掩《おほ》ひ澤《さは》に彌《わた》る。（「上林賦」の一節。前掲「子虚賦」が『史記』に依るのに對し、「上林賦」は『文選』に依ると考えられる。）

(350)「鄭衛の聲」は、『詩經』の「鄭風」「衛風」を言う。どちらも淫亂なものとされていた。「雅」は、『詩經』の「大雅」「小雅」。どちらも格調高い調べとされていた。

(351) 明代初期の學者。浙江省寧波の人。字《あざな》は希道。號は、遜志《そんし》齋《さい》。著書に『遜志齋集』がある。（一三五七—一四〇二）ここで嶺雲の引いている文章は、『遜志齋集』巻十「與二鄭叔度一」（鄭叔度に與《あた》ふ）八首の其二の一部。

(352) 長い句や短い句がほしいままにのびひろがる。

(353) 扉が開くことと閉じること。ここでは、抑揚が強くなることと弱くなること。

(354) 語り方があやしく不思議なこと。

(355) 眞心厚く節操が正しく潔い。

(356) 苦しみが深いこと。無理に難解で奇異な表現を作ることを言う。

(357)「浮漫」は、誇大であること。「瑰怪」は、めずらしくあやし氣なさま。

(358) しおれて弱々しく愚劣なこと。

(359) 蘇武と李陵。蘇武は、漢の武帝の使者として匈奴に赴き、そこに十數年間抑留された人物。李陵は、漢の武帝の将軍。匈奴と戰い敗れて捕えられた。兩者は匈奴の地で出會い、蘇武が許されて漢に歸國するにあたり離別した。蘇武が使者として旅立つ際に妻に贈ったとされる五言詩、蘇武・李陵の別れの際に贈ったとされる五言詩等が、現存する。（『文選』二十九所收）それが事實とすれば、最も古い五言詩の作例の一つということになる。但し、その作品は實際には後代の作と考えられ、作者不詳の別離の作を、蘇・李の別れに假託して改變したものとされている。

(360) 漢代におこった民間歌謠。武帝の命により、各地の歌曲を収集・保存し、その任に當たった官所を「樂府」と言った。そのため、そこに採集された歌曲そのものをも「樂府」と呼ぶようになった。

(361) 素樸、誠實で雄大であること。　(362) 水草と花。美しい文章をたとえる。

(363) 三國時代、魏の都。今の河南省臨漳縣《りんしょう》。当時、魏の曹操《そうそう》・曹丕《そうひ》・曹植《そうち》らの王族自身が一流の詩人であったばかりでなく、王粲《おうさん》・劉楨《りゅうてい》ら「建安の七子」と呼ばれる詩人たちが活躍し、數多くの創作樂府と五言詩を制作した。その文學は建安文學と呼ばれ、鄴はその中心地だった。

(364) 後漢の年號。（一四七—一四九）但し、この年號は文脈と何の關係も無いので、三國六朝文學の出發點となった後漢の「建安」（一九六—二二〇）か、韻律が重視されはじめた南齊の「建元」（四七九—四八二）の誤りか。

(365) 該當する年號無し。定形韻律が一應の完成に達した南齊の「永明」（四八三—四九三）の誤りか。

(366) 對句《ついく》と平仄《ひょうそく》をととのえた定形の詩の音律。その最終的完成は、七世紀の唐代の「近体詩」完成まで待たねばならないが、南齊の時代に一度定式化され、それを「永明體」と呼んだ。

(367) 散文の文體の名。四言句、六言句を多用し、對句で大部分を構成し、典故のある用語を華麗に配列した装飾性の強い文體。詩の韻律をとり入れ、平仄をもととのえるなどし、詩との境界が曖昧になったとも言われる。

(368) 中國語の音調。中國語には、各音節に固有のトーン（tone・音の高低）があり、それを「聲調」という。そのトーンの高低により詩の音律を整えることが南齊のころに工夫された。平らなトーンを「平聲《ひょうせい》」と呼び、それ以外の屈折したトーンを「仄聲《そくせい》」と呼ぶ。「平仄《ひょうそく》」とは、その諧和を定式化した韻律を言う。注（98）參照。

(369) 高くぬきん出る。

(370) もてあそぶ。他を低く見て對應すること。

(371) 勝手氣ままにあそびまわる。

(372) 「秦淮」は、六朝歴代の都建康《けんこう》（現在の南京市《なんきん》）のまわりを流れる運河。「後庭」は、六朝最後の天子、陳の後主（陳叔寶）が制作した「玉樹後庭花《ぎよくじゆこうていか》」の歌曲を言う。亡國の歌とされる。「煙花」は、妓女。

(373) 彫刻したり描いたりする。ここでは「浮華」（中味の無い言葉）を連ねて飾りたてること。

(374) 古體詩。定型律を持たない、古代以來の自由律の詩。

(375) 律詩。定形律を持った近體詩を言うが、南齊「永明體」以來の定型律を指向する詩をも含んで言う。

(376) 春のような華やかさ。ここでは「氣」（氣骨）のある表現がおだやかな華麗さへと變化したこと。

(377) 明の文學者で批評家。字は元瑞。注(177)參照。

(378) 陸機（二六一—三〇三）の字《あざな》。西晉の詩人。

(379) 潘岳（二四八—三〇〇）の字。西晉の詩人。

(380) 謝靈運（三八五—四三三）。宋の詩人。

(381) 顏延之《がんえんし》（三八四—四五六）の字。宋の詩人。

(382) 謝朓《しやちよう》（四六四—四九九）の字。南齊の詩人。

(383) 西晉の詩人。（二六二—三〇三）陸機の弟。字は子龍。

(384) 中區《ちゆうく》（中央）に佇《たたず》みて以て玄覽《げんらん》（心を奥深い所に置いて萬物を觀察する）し、情志を典墳《てんぷん》（三皇・五帝のころの書とされる古典）に頤《やしな》ふ。四時に遵《したが》ひて以て逝《ゆ》くを歎《なげ》き、萬物《ばんぶつ》を瞻《み》て思ひは紛《みだ》る。落葉《らくえふ》を勁秋《けいしう》（風や霜の嚴しい秋）に悲しみ、柔條《じうでう》を芳春《はうしゆん》に喜ぶ。心は懍懍《りんりん》（嚴しく集中するさま）として以て霜を懷《いだ》き、志は眇眇《べうべう》として雲に臨む。世德《せいとく》の駿烈《しゆんれつ》を詠じ、先人の清芬《せいふん》を誦《しよう》す。文章の林府《りんぷ》に遊び、麗藻《れいさう》（美しい文章）の彬彬《ひんぴん》（表現と内容の均整がとれているさま）たるを嘉《よみ》す。慨として篇を投じて筆を援《と》り、聊《いささ》か之《これ》を斯《こ》の文に宣《の》ぶ。

其の始めたるや皆收視反聽《しうしはんてい》（視力と聽力を閉ざす）し、耽思傍訊《たんしばうじん》す。精を八極《はつきよく》（この世の八つのはて）に騖《は》せ、心を萬仞《ばんじん》に游ばしむ。其の致《いた》るや、情曈曨《どうろう》（朝日が明けそめてゆくさま）として彌々《いよいよ》鮮やかに、物昭晰《せうせつ》にして互ひに進む。羣言《ぐんげん》の瀝液《れきえき》（したたりおちるしずく）を傾け、六藝《りくげい》（儒家の尊んだ六種の學藝。またその學藝の中心となった、易《えき》・詩・書・禮・樂《がく》・春秋《しゆんじう》の六種の古典）の芳潤《はうじゆん》なるに漱《すす》ぐ。天淵《てんゑん》に浮かびて以て安流し、下泉に濯《すす》ぎて潜浸《せんしん》す。是《ここ》に於いて沈辭佛悦《ちんじふつえつ》として、游魚《いうぎよ》の鉤《つりばり》を銜《ふく》みて、重淵《ちようゑん》の深きを出《い》づるが若《ごと》し。浮藻聯翩《ふさうれんぺん》として、翰鳥《かんてう》の繳《いぐるみ》に纓《かか》りて、曾雲《そううん》の峻《たか》きより墜《お》つるが若し。百世の闕文（かつて存在していなかった文章）を収め、千載の遺韻（忘れられていたひびき）を採《と》る。朝華を已に披《ひら》けるに謝し、夕秀《せきしう》を未だ振《ひら》かざるに啓《ひら》く。古今を須臾《しゆゆ》に觀《み》、四海を一瞬に撫《ぶ》す。

然る後義を選び部を按じ、辭《じ》を考へ班《はん》に就《つ》く。景を抱く者（形を持つもの）は咸叩《みなたた》き、響《ひびき》を懷《いだ》く者（音を出すもの）は畢《ことごと》く彈《だん》ず。或いは枝に因《よ》りて以て葉を振《ふる》ひ、或いは波に沿《したが》ひて源を討《たづ》ぬ。或いは隱（はっきりとしないイメージ）に本《もと》づきて以て顯《けん》（具體的表現）に之《ゆ》き、或いは易《い》（平易な表現）を求めて難（難解な表現）を得《う》。或いは虎變《こへん》（虎の毛の模様が美しくはえかわるように變化する）して獸擾《じうぜう》（獸が亂れ走るようにいりまじる）し、或いは龍見《りようけん》して鳥瀾《てうらん》（鳥が亂れさわぐようにいりみだれる）す。或いは妥帖《だでふ》（ぴたりと落ち着くさま）して施《ほどこ》し易《やす》く、或いは岨峿《そご》して安からず。澄心《ちようしん》を罄《つく》して以て凝思し、衆慮を眇《はる》かにして言を爲す。天地を形內《けいだい》（形ある文章のなか）に籠《こ》め、萬物を筆端に挫《くじ》（征服する）く。始めは燥吻《さうふん》（かわいた唇）に躑躅《てきちよく》し、終《つひ》には濡翰《じゆかん》（ぬれた筆さき）に流離《りうり》す。理は質《しつ》を扶《たす》けて以て幹《みき》を立て、文は條《えだ》を垂《た》れて繁（しげった葉）を結ぶ。信《まこと》に情貌《じやうばう》（人の心と顔の表情）は之れ差《たが》はず、故に變《へん》ずる每《ごと》に顏《かんばせ》に在り。思ひの樂しみに渉《わた》れば其れ必ず笑ひ、方《まさ》に哀しみを言ひて已《すで》に歎《なげ》く。或いは觚《こ》（木簡）を操《と》りて以て率爾《そつじ》（すぐにできるさま）たり、或いは毫《ふで》を含みて邈然《ばくぜん》たり。

伊《こ》れ茲《こ》の事の樂しむべき、固《もと》より聖賢の欽《つつ》しむ所なり。虛無に課して以て有《いう》を責め、寂寞《せきばく》を叩いて音《おん》を求む。緜邈《めんばく》（限りない想念）を尺素《せきそ》（文字を記す一尺の白絹）に函《ふく》み、滂沛《はうはい》（さかんに湧き出る想像力）を寸心に吐く。言《げん》は之《これ》を恢《おほい》にして彌々《いよいよ》廣く、思ひは之を按《あん》じて逾々《いよいよ》探し。芳蕤《はうずゐ》（香りたつ花）の馥馥《ふくふく》（香りがさかんなさま）たるを播《し》き、青條《せいでう》の森森《しんしん》たるを發《ひら》く。粲《さん》として風のごとく飛びて猋豎《へうじゆ》（つむじ風のように立ちのぼる）し、鬱《うつ》として雲のごとく翰林《かんりん》に起こる。

體《たい》（文體）に萬殊《ばんしゆ》（無限の種類）有り、物に一量《いちりやう》（同一の形）無し。紛紜《ふんうん》として揮霍《きくわく》（激しく變化する）し、形は狀《じやう》を爲し難し。辭は才を程して以て伎《ぎ》を效《いた》し、意は契《けい》（要點）を司《つかさ》どりて匠《しやう》（たくみな構成）を爲す。有無（言葉の取捨）に在りて僶俛《びんべん》（努力する）し、淺深《せんしん》に當《あた》りて讓らず。方《ほう》（四角）を離れて員《ゑん》（圓形）を遯《のが》ると雖も、形を窮めて相を盡くさんと期す。

故に夫《か》の目に夸《ほこ》る者は奢《しや》を尙《たつと》び、心に愜《かな》ふ者は當を貴ぶ。窮を言ふ者は隘《あい》（せまいこと）無からんや、達を論ずる者は唯曠《ただくわう》（壯大なこと）たり。詩は情《じやう》に縁《よ》りて綺靡《きび》（はなやかに美しい）なり、賦《ふ》は物を體（體現する）して瀏亮《りうりやう》（清らかではっきりしているさま）たり。碑は文を披《ひら》いて以て相質《さうしつ》（內容を助ける）なり、誄《るゐ》（死者をいたむ文章）は纏緜《てんめん》とて悽愴《せいさう》なり。銘は博約《はくやく》にして溫潤《をんじゆん》なり、箴《しん》（得失を敎戒する文章）は頓挫《とんざ》して淸壯《せいさう》（清らかで勢いがある）なり。頌《しよう》（人の功績を稱える文章）は優遊《いういう》して以て彬蔚《ひんうつ》（ととのって美しい）なり、論は精微《せいび》にして朗暢《らうちやう》なり。奏《そう》（上奏文）は平徹《へいてつ》にして以て閑雅《かんが》なり、說《せつ》（義理を明らかにして說得する文章）は煒曄《ゐえふ》にして譎誑《けつきやう》（人の目を惑わすように變化にとむ）なり。區《く》（文體の區別）分《わ》かれて茲《ここ》に在りと雖も、亦邪を禁じて放《はう》を制す。辭の達して理の擧《あ》がらんことを要《えう》す、故に冗長《じようちやう》を取ること無し。

其の物爲《た》るや姿《すがた》多く、其の體爲《たいた》るや屢々遷《しばしばうつ》る。其の意に會《くわい》する（心に了解する）や巧《かう》を尙《たつと》び、其の言を遣《や》るや姸《けん》（美しさ）を貴ぶ。音聲の迭《たがひ》に代はるに曁《およ》んでは、五色の相ひ宣《の》ぶるが若し。逝止《せいし》（行くと止まると。音韻の變化を言う）の常無きこと、固《まこと》に崎錡《きき》（不安定であやういさま）として便じ難しと雖も、苟《まこと》に變《へん》に達して次《じ》（順序）を識《し》らば、猶《な》ほ流れを開いて以て泉を納るるがごとし。如《も》し機を失《うしな》つて後會《のちくわい》し、恆《つね》に末《すゑ》を操《と》りて以て顚《てん》に續くれば、玄黃《げんくわう》（黑と黃色の模樣）の袟叙《ちつじよ》を謬《あやま》り、故に淟涊《てんでん》（にごりけがれるさま）として鮮やかならず。

或《ある》いは仰《あふ》いで先條《せんでう》に逼《せま》り、或いは俯《ふ》して後章を侵《おか》す。或いは辭害《そこな》ひて理比《たす》け、或いは言順《したが》ひて義防《さまた》ぐ。之《これ》を離せば則ち雙《なら》び美しく、之を合すれば則ち兩《ふた》つながら傷《やぶ》る。殿最《でんさい》（最下と最上。惡い文章と良い文章）を錙銖《ししゆ》（わずかな重さ。細かい差）に考へ、去留《きよりう》を毫芒《がうばう》（細い毛先）に定む。苟に銓衡《せんかう》の裁《さい》する所、固《もと》より繩《のり》に應じて其れ必ず當《あた》る。或いは文繁《しげ》く理富《と》みて、而《しか》も意指《してき》適せず。極《きは》まりて兩《ふた》つながら致す無く、盡きて益《ま》す可《べ》からざれば、片言を立てて要に居《を》らしむ、乃ち一篇の警策《けいさく》（馬を速く走らせるためのむち。文章の中で全體をひきたたせる核心の言葉）なり。衆辭《しゆうじ》の條《でう》有りと雖も、必ず茲《これ》を待ちて績を效《いた》す。亮《まこと》に功《こう》多くして累　寡《わづらひすくな》し、故に足《た》るを取りて易《か》へず。

或いは藻思《さうし》（文章の構想）綺合《きがふ》（美しくまとまる）して、淸麗千眠《せんみん》（美しくかがやくさま）、炳《へい》として縟繡《じよくしう》（美麗な刺繡）の若《ごと》く、悽として繁絃《はんげん》（複雜な弦樂のしらべ）の若《ごと》きも、必ず擬《ぎ》する所に殊《こと》ならず、乃ち曩篇《なうへん》（古人が作った文章）に闇合《あんがう》するあり。予が懷《こころ》に杼軸《ちよぢく》(作り成す)すと雖も、佗人《たにん》の我に先《さき》んずるを怵《おそ》る。苟《いやし》くも廉《れん》を傷つけ義を愆《あやま》るなれば、亦愛すと雖も而《しか》も必ず捐《す》つ。

或いは苕《てう》(葦の穗)のごとく發《ひら》き穎《えい》(稻穗)のごとく豎《た》ち、衆を離れ致《ち》(おもむき)を絕つ。形は逐《お》ふ可《べ》からず、響きは係《けい》(つなぎとめること)を爲し難し。塊《くわい》として孤立して特《ひと》り峙《た》ち、常音の緯《ゐ》(經《たていと》に對して緯《よこいと》を入れる)する所に非ず。心は牢落《ろうらく》(空虛なさま)として偶《とも》無く、意は徘徊して揥《と》る能はず。石は玉を韞《つつ》んで山は輝き、水は珠《たま》を懷《いだ》きて川は媚《うるは》し。彼の榛楛《しんこ》(はしばみとくこなどのつまらない木)の剪《き》る勿《な》き、亦榮《えい》(はなやかになること)を集翠《しふすゐ》(木にとまる翡翠《かわせみ》)に蒙《かうむ》る。下里《かり》(俗謠の名)を白雪《はくせつ》(雅曲の名)に綴《つづ》るも、吾亦夫《か》の偉とする所を濟《な》す。

或いは言を短韻(短い文)に託し、窮跡《きゆうせき》に對して孤《ひと》り興る。俯《ふ》しては寂寞《せきばく》として友無く、仰《あふ》いでは寥廓《れいくわく》(空虛なさま)として承《う》くる莫し。偏絃《へんげん》(一本だけ弦を張った樂器)の獨り張るに譬《たと》ふれば、淸唱《せいしやう》を含めども而《しか》も應ずる靡《な》し。或いは辭を瘁音《すゐいん》(劣惡な言葉)に寄せ、言徒《いたづ》らに靡《び》にして華ならず。姸蚩《けんし》(美しいものと醜いもの)を混じて體を成し、良質を累《かさ》ねて瑕《きず》を爲す。下管《かくわん》(堂下で演奏される音樂)の偏疾《へんしつ》(ひたすら速い)なるに象《に》たり、故に應ずと雖も和せず。或いは理を遺《す》てて以て異を存《そん》し、徒《いたづ》らに虛を尋ねて微《び》を逐《お》ふ。言は情寡《すくな》くして愛鮮《すくな》く、辭は浮漂《ふへう》して歸《き》せず。猶《な》ほ絃の幺《えう》(細い)にして徽《き》(琴の音調)の急なるがごとし。故に和すると雖も悲しまず。或いは奔放《ほんぼう》にして以て諧合《かいがふ》すれば、務《つと》めて嘈囋《さうさつ》(騷がしいさま)として妖冶《えうや》(なまめかしい)たり。徒らに目を悅《よろこ》ばせて俗《ぞく》に偶《ぐう》するも、固《まこと》に聲高くして曲下がる。防露《ばうろ》(古代のみだらな曲の名)と桑間《さうかん》(古代のみだらな曲の名)と、又悲しむと雖も雅ならざるを寤《さと》る。或いは淸虛にして以て婉約《ゑんやく》(おだやかで簡素)なれば、每《つね》に煩《はん》を除きて濫《らん》を去る。大羹《たいかう》(調味料を使わない肉汁)の遺味《ゐみ》を闕《か》き、朱絃《しゆげん》(朱色の弦を張った瑟《しつ》。典雅だが單純な音を出す)の淸氾《せいはん》なるに同《ひと》し。一唱して三歎《さんたん》すと雖も、固《もと》より既に雅にして豔《えん》ならず。

夫《か》の豐約《ほうやく》(表現の豐麗さと簡約さ)の裁《さい》、俯仰《ふぎやう》の形の若《ごと》きは、宜《よろ》しきに因《よ》り變《へん》に適せば、曲に微情《びじやう》(微妙な調子)有り。

或いは言拙《つたな》くして喩《たと》へ巧みに、或いは理朴《ぼく》にして辭輕《かろ》し。或いは故《ふる》きを襲ひて彌々新《いよいよあら》たに、或いは濁れるに沿《よ》りて更に淸し。或いは之を覽《み》て必ず察し、或いは之を姸《みが》きて而る後に精なり。譬へば猶ほ舞者の節《せつ》に赴《おもむ》いて以て袂《たもと》を投じ、歌者の紘《げん》に應じて聲を遣《や》るがごとし。是れ蓋《けだ》し輪扁《りんぺん》（古代の車輪作りの名人の名。車輪を削る妙所は口で言うことはできない、と語ったという）も言ふを得ざる所なり、故に亦華說《くわせつ》（效果の無い言葉を重ねた說明）の能く精《くは》しくする所に非ず。

辭條《じでう》と文律とを普《あまね》くするは、良《まこと》に予が膺《むね》の服する所なり。世情《せじやう》の常尤《じやういう》（常におちいりがちな缺點）を練《れん》（訓練してみがく）せば、前脩《ぜんしう》（優れた先人）の淑《よし》とする所を識らん。巧心《かうしん》に濬《ふか》く發せりと雖も、或いは嗤《わら》ひを拙目《せつもく》に受く。彼の瓊敷《けいふ》（美玉の花）と玉藻《ぎよくさう》（玉の冠飾。いずれも優れた文章のたとえ）とは、中原《ちゆうげん》の菽《まめ》有る（『詩經』小雅・小宛篇の語。優れたものは人々から愛されるたとえ）が若し。槖籥《たくやく》（火に空氣を送るふいご）の窮《きは》まり罔《な》きに同《ひと》しく、天地と與に竝《なら》び育《はぐ》む。此の世に紛藹《ふんあい》（數多いこと）すと雖も、嗟予《ああ》が掬《きく》（一すくい）に盈《み》たず。挈瓶《けつぺい》（手に提げる小さなかめ）の屢々《しばしば》空しきを患《うれ》へ、昌言の屬《つ》ぎ難きを病《や》む（憂えなやむ）。故に短垣《たんゑん》（低い垣根。短い文章のこと）に踸踔《ちんたく》（うまく歩けない）し、庸音《ようおん》を放ちて以て曲を足《た》らしむ。恆《つね》に恨みを遺《のこ》して以て篇を終ふ。豈盈《あにえい》（みちたりること）を懷いて自足《じそく》（自分で滿足する）せんや。懼らくは塵を叩罐《こうふ》（鳴らない瓦器をたたいて音を出そうとする）に蒙《かうむ》り、顧《かへ》つて笑ひを鳴玉（玉を鳴らす人）に取るを。

若《も》し夫《そ》れ應感《おうかん》（物と心が感應する）の會、通塞《つうそく》（うまくいくときとうまくいかないとき）の紀は、來《きた》りて遏《や》む可からず、去りて止む可からず。藏《かく》るること景《ひかり》の滅《き》ゆるが若く、行くこと猶ほ響きの起こるがごとし。方《まさ》に天機の駿利《しゆんり》なる、夫れ何ぞ紛《ふん》として理《をさま》らざる。思風胷臆《しふうきようおく》に發し、言泉脣齒《しんし》に流る。紛《ふん》として威蕤《ゐずゐ》（盛んなさま）として以て馺遝《さふたふ》（盛んにつらなるさま）たり。唯毫素《がうそ》（筆と白絹）の擬する所なり。文徽徽《きき》（美しくあざやかなさま）として以て目に溢《あふ》れ、音泠泠《おんれいれい》（音聲のさかんなさま）として耳に盈《み》つ。其の六情底滯《ていたい》して、志往《こころざしゆ》き神留《しんとど》まるに及んでは、兀《ごつ》（高くつきでたさま）たること枯木の若く、豁《くわつ》（からりと開けているさま）たること涸流の若し。營魂《えいこん》（ゆれ動く魂）を攬りて以て賾《さく》（奧深い道理）を探り、精爽《せいさう》（精神）を頓《とん》して自ら求む。理は翳翳《えいえい》（かくれて知りがたいさま）として愈々伏《いよいよふく》し、思ひは軋軋《あつあつ》（考えあぐねて苦しむさま）として其れ抽《ぬきん》づるが若し。是《ここ》を以て或いは情を竭《つく》して悔《く》い多く、或いは意に率《したが》ひて尤《とがめ》寡《すくな》し。茲《こ》の物（文章を作るということ）の我に在りと雖も、余が力の勠《あは》（一つにあわせる）する所に非ず。故に時に空懷《くうくわい》（空っぽの胸中）を撫《ぶ》して自ら惋《うら》む、吾未《いま》だ夫の開塞《かいそく》（創造力の根源が開いたり閉じたりする）の由る所を識《し》らず。

伊れ茲《ここ》の文の用（はたらき）爲《た》る。固《まこと》に衆理の因る所なり。萬里を恢《おほい》にして閡《かぎり》無からしめ、億載《おくさい》に通じて津《しん》を爲す。俯《ふ》しては則《のり》を來葉《らいえふ》（未來）に貽《のこ》し、仰いでは象を古人に觀《み》る。文武（周の文王・武王。また、彼らがのこした文化）を將《まさ》に墜《お》ちんとするに濟《すく》ひ、風聲《ふうせい》（王者の教化）を泯《ほろ》びざるに宣《の》ぶ。塗《みち》は遠しとして彌《わた》らざるは無く、理は微なりとも綸《をさ》めざる無し。霑潤《てんじゆん》（文章が人々にうるおいをもたらす力）を雲雨に配し、變化《へんくわ》を鬼神に象《かたど》る。金石に被らしめて德廣く、管絃に流《ほどこ》して日に新たなり。

高青邱

校訂・ルビ・讀下し譯　中村嘉弘

目次

序論

支那上下四千載、唐虞《とうぐ》は邈焉《ばくえん》たり(1)、三代周に至て文運始めて闢《ひらく》く、周以後命を革《あらた》むこと十四代、奕代《えきだい》の文運迭《たがひ》に消長あるを免れずと雖《いへ》ども、一代必ず一代の特徴あり、而して又必ず一代の宗匠あり、周に在《あつ》ては則ち莊子の文の奇逸、屈子の賦の幽悽《いうせい》、千古の絶調たり、兩京には司馬遷の史筆の奔逸(2)、司馬相如《しやうじよ》の詞賦の遒麗《しうれい》(3)、一代を曠《ひろ》うす、六朝の間世降《くだ》り、時衰え、駢儷《べんれい》是《こ》れ尚《たふと》ぶ、唯《ただ》魏に曹子建あり、晋に陶淵明あり、曹の高華(4)、陶の清遠、敻《はる》かに頭角を一時に抽《ぬ》く、唐には詩に李白の飄逸《へういつ》あり、杜甫の沈痛あり、以て武《あと》を大雅に踵《つ》ぎ、文に韓退之の雄健あり、柳宗元の跌蕩《てつたう》あり、よく八代の衰を振ふと稱せらる、宋の時は道學一世を風靡《ふうび》す、談理の風獨り盛なり、故に作家少なし、文には歐陽修の渾醇《こんじゆん》、詩に蘇東坡の雋逸《しゆんいつ》(5)あり、南渡後亦僅《わづか》に一陸放翁の圓潤あり、元は胡人《こじん》を以て中國に入る、故に殆んど文學なし、唯《ただ》金朝の遺臣たる一元遺山の勁抜《けいばつ》あるのみ、元遺山は卽ち宗明二代間、文運の鴻溝《こうこう》に於ける津橋(6)のみ、故に上、蘇東坡につぎ、下高青邱に接すと稱せらる、明に入ては其中葉一時、人才蔚然《うつぜん》として起り、終《つひ》に復古の氣運を成せりと雖ども、皆一時の雄也、一代の宗匠にあらず、眞の詩才を求むれば、よく其國初の高青邱に駕《が》するに足るものなし、彼生れて亂離に遭ひ、死するに天命を終うる能はず、刑死の慘に罹《かか》りて夭折《えうせつ》したりと雖ども、其天才一に詩に流露して、其作る所咳唾《がいだ》悉《ことご》く珠、眞に明代の冠冕《くわんべん》詩人として、李杜蘇陸の徒と相比肩するに足るものあるなり。
吾人が今傳せんと欲する所の者は、卽ち此不幸なる詩人、明の高靑邱なり。

第一章　其少壯時

（一）　其生時

不而罕山邊《ブルハン》、王氣天を衝《つ》いて、絶倫の英雄成吉思汗《ジンギスカン》此地に生れ、鐵騎亞細亞《あじあ》の大陸を蹂躪《じうりん》し、餘威遠く東歐に振ひ、其版圖、東は太平洋の沿岸より、西は多惱《どなう》の河畔に及びたる空前の雄圖も、一道の光芒《くわうばう》大空を横絶して倏《たちま》ちに消ゆる流星の如く、久しからずして卽ち衰へ、其死後一抔《いつぽう》(7)の土未だ乾かざるに、其版圖は三分裂し、其一たる支那の帝國に據有せる元朝も成吉思汗の孫、世祖の國を建ててより六十年、順帝の世に至りては輔弼《ほひつ》の權、府中に重く、大師の威、宮中に重く、紀綱紊亂《びんらん》國帑《こくど》匱缺《きけつ》(8)、加之《これにくはふるに》順帝驕奢《けうしや》を極め、淫戲を事としたれば、元室の威嚴倏ちに地に墜《お》ち、之に乘じて、久しく蒙吉胡人の羈束《きそく》に屈したる漢人、敵愾《てきがい》の氣焔《きえん》大に揚り、豪傑四起して難を首《はじ》め、竟《つひ》に朱元璋《しゆげんしやう》出でゝ明、天下を一統するに及んで元祚《げんそ》終《つひ》に覆滅の末運に遭へり。

吾が高靑邱は實に此元祚既に促《せま》れる順帝の世至元二年丙子《ひのえね》の歳に生れたる也、至元二年は卽ち吾《わが》後醍醐帝、延元元年、楠正成が七度人間に生るゝを誓うて湊川に戰死せしの歳に當り、而して又此歳西、中央亞細亞の平原、嬀水《きすい》（阿母河《アム》）の濱、撒馬罕《サマルカンド》の邊に、雄圖四海を蓋《おほ》ひ、成吉思汗と同《おなじ》く歐亞兩大陸に跨《またが》つて其威武を振ひたりし帖木兒《タメルラン》(9)亦地上の光を見たり、彼は武を以て其力を騁《は》せたり、戰慴《せんせふ》(10)する許多の帝冠を脚下に跪《ひざまづ》かしめぬ、此は文を以て其才を揮《ふる》へり、縱令《たとひ》身は坎壈《かんらん》(11)に死したりと雖ども、天は光榮ある月桂冕《げつけいべん》を、其才思湧くが如き其額上に加へたり。文と武と其嚮《むか》ふ所を異にし、西と東と其生るゝ所を異にしたりと雖ども、此二人者《は》時を同ふして生れ、其不朽の名を垂れたるに於て又相同じき者あるなり。

青邱諱《いみな》は啓、字は季迪《きてき》、青邱は其號又槎軒《さけん》と號す、其祖を本凝といひ、其父を一元といふ、字は順翁、兄を咨《し》といひ、青邱は其次なり、其家系は本《も》と渤海に出づと稱す、其送高二文學遊錢塘(12)の詩に所謂、

我家本出㆓渤海王㆒、子孫散落來㆓南方㆒(13)

なるものにして、世々汴京《べんけい》(14)に住せしが、宋南渡の時、蹕《あと》に隨《したが》ふて臨安(15)に來り、後呉(16)に趨《はしつ》て呉人となれる者也、其家世々《よゝ》富めり、而《しか》れども其名聞ゆる者なし、青邱に至《いたつ》て家道落ちたりと雖ども、才に雄に、名、天下に輝くを至《いた》したり、青邱が生れし時、其居は實に城の北郭に在り、其唐處敬を送る詩序(17)に云ふ、

余世居㆓呉之北郭(18)㆒

といへる者是《これ》、而して後、呉淞江滸《うーすんかうこ》(19)の大樹村に徙《うつ》れり、盖《けだ》し其產たる田百餘畝《ほ》の沙湖《さこ》に在り、呉淞江

を(ママ)東に迺《めぐ》り南に切れるが故に其課耕(20)の便を計りて然《しか》る者なり。

（二）　其郷里

吾《わが》詩人は呉人也、吾詩人桑梓《さうし》の地は、實に天下の名都にして、古より勝麗豪富を以て名ありしなり、吾詩人嘗て自ら其呉趨行《ごすうこう》に於て、其勝を歌《うたつ》て曰く、

僕本呉郷士、請歌二呉趨行一、呉中實豪都、勝麗古所レ名、五湖洶二巨澤一、八門洞二高城一、飛觀被レ山起、游艦沸レ川横、土物既繁雄、民風亦和平、泰伯徳讓在、言游文學成、長沙啓二伯基一、異夢表二休禎一、舊閥凡幾家、奕代產二才英一、遭レ時各建レ事、徇レ義或騰レ聲、財賦甲二南州一、詞華並二西京一、茲邦信多レ美、麤學雜二備稱一、願君聽二此曲一、此曲匪レ誇レ盈。(21)

蓋《けだ》し支那の山水は南に入て秀麗也、源を崑崙《こんろん》の下に發したる一道の長江は、朝宗して洶湧《きょうよう》、東海に注ぎ、江に沿へる一帯の山脈、峰をなし、嶺をなし、江流と競《きそ》うて東に向《むかつ》て飛舞せんとし、而して江流の滙《くわい》(22)せる者所々湖をなし、澤をなして山水兩《ふたつ》ながら佳《か》に、加《くわ》之ふるに氣暖に雨多ければ、草樹茂生、緑を滴《したゝ》らし、風光の勝、自ら北方の枯燥《こさう》に似ざるものあるなり。造化吝《おし》まず、南方に自然の大景を賦す、江南の景の奇は實に天下に冠絶せるなり、吾《わが》詩人が題畫の詩の、每《つね》に江南の形勝を説くを以てするも、以て見るべきなり。

劉松年畫

樵青刺レ篙勝レ搖レ槳、船頭分レ流水聲響、青山渺々波漾々、自鷗飛過時一兩、載レ書百卷酒十壺、
日斜出游女兒湖、鄰舟買得巨口鱸、醉拍二銅斗一歌二嗚々一、此樂除二却江南一無。[23]

題二武昌魏孝廉槃所レ藏畫一

楚山遠吐參差碧、虛閣開臨繫レ船石、沙樹彫時鄂渚秋、江鷗沒處湘潭夕、閣中幽人坐讀レ書、書
聲入レ水驚二龍魚一、欲下吹二短笛一相尋去上、黃鶴磯頭好待レ予。[24]

題二韓長司所レ藏山水圖一

參卿昔佐二西安幕一、騎レ馬看レ山時出レ郭、終南泰華勢最高、橫作二秋雲一掃二寥廓一、秦川漢苑萬
里開、酒醒望遠登二荒臺一。日斜渭上歸人渡、岳暗關中飛雨來、此處奇觀絕二天下一、何事歸來猶
看レ畫、畫中小景似二江南一、黃葉漁村見二煙舍一、莫レ戀江南眞故鄉、蓴鱸炊熟酒船香、美人不二
是滄州客一、去々宜レ登二白玉堂一。[25]

牀屏《しやうへい》山水圖歌

畫工知余愛二青山一、久墮二塵網一無レ由レ還、故將二列岫一寫二屏障一、使四我臥三起於二其間一、從レ此
長如レ宿二清境一、枕上分明見二峯嶺一、爐煙曉入二帳中一飛、擁レ被驚和二白雲冷一、丹崖碧樹層々開、

江南遠逐二孤帆一來、就中樓閣是何處、彷彿神女巫陽臺、楚山修竹瀟湘水、似レ有二清猿忽啼起一、
江南千里夢游歸、半牀落月高堂裏、(26)

而して呉は此江南に於て就中《なかんづく》形勝に雄なる者なり、されば此自然の大景に涵化《かんくわ》せらるゝ呉人にして詩人として名を得たる者尠《すくな》しとせず、唐に陸龜蒙《きもう》あり、宋に笵成大《はんせいだい》あり、吾詩人は實に此等の後に生れて、而して却《かへつ》て彼等の群に抜く者なり、季迪の友王褘《わうき》、嘗て季迪の詩巻に序せる中にいふあり、(27)「余嘗て呉中の詩を論ず、唐に陸魯望あり、宋に范致能あり、魯望の詩は寄興悠遠なれども、其音響は則ち駸々《しん〳〵》として已に晩唐に迫り、致能の詩は措辭溫縟《おんじよく》(28)なれども、然れども其格調は特に宋なるのみ、勝國(29)の時に在《あつ》て余、呉に適《ゆ》き、陳子平の詩を得、其の言たる平實にして流麗、之を陸、范に揆《き》するに、(30)吾其孰《いづ》れか先、孰れか後たるを知らざるなり、呉の詩、元に在て惟《たゞ》、子平、而して知者《しるもの》盖し鮮《すくな》し、今吾是《こゝ》に於て復《また》季迪の詩を得焉《たり》、季迪年方《まさ》に壯、志氣偉然、其自ら見る所殆ど詩に止まらずして、而して其の詩に於ける則ち已に能く自ら家を成す、唐宋以來の作者と又孰《いづ》れか先、孰れか後なるを知らざるなり」と、且又明初のみを以てするも、季迪の外、呉中に於て詩を以て當時に名あるもの、楊基、張羽、徐賁《ひ》あり、季迪と其名を齊《ひとし》うして、明初の四傑と稱せられ、以て初唐の四傑たる王（勃）、楊（烱《けい》）、盧（照鄰）、駱《らく》（賓王）に配せられたりといふを以てするも如何に呉中に詩人を生ずるの多きを見るべきなり。

而して地を以て人を異にするが如く、地理的の感化が人間に或一種の色彩を與ふるものとせば、詩人の詩なる者も確かに亦此《この》地理的の色彩を帶びざる可らざるなり。

然り、南人の快活なるは其音に於ても其詩に於ても雋爽《しゆんさう》(31)に、北人の沈毅なるは、其音に於ても其詩に於ても沈鬱《ちんうつ》を免れざるなり、世説《せせつ》に云ふ、唐貞観《ぢやうくわん》の時、趙師字耶利《あざなやり》なる者あり、善く琴を鼓す、甞て云へらく呉聲は清婉、長江廣流の綿々徐《おもむろ》に逝《ゆ》くが若《ごと》く、國士の風なり、蜀聲《しよくせい》は躁急《さうきう》激浪奔雷の若しと、(32)又許渾の詩に曰《い》ふ、南國多情多二艶詞一と、(33)實に呉人たる吾詩人の詩は、南方の景の如く清麗に、南方の人の如く雋逸なるものあるなり、其悠遠なるものは碧雲遠く瀟湘《せうしやう》を遶《めぐ》るが如く、浩蕩《かうたう》なるものは大帆空に挂《かか》つて江水を下るが如く、清新なるものは秋水の芙蕖《ふきよ》(34)の如く、激越なる者は江上秋風の怒濤を捲くが如く、悽惋《せいえん》なるものは月明の猿聲に似たり、誰か之を南方の地理的影響にあらずといふものぞ。

吾詩人は實に此の如き地理的影響を以て生れ、而して詩に於て元季に掉尾《たうび》し、明初に正を始めたるなり。

(三) 幼時の警敏

天才は生る、學問の力に假《か》らず、閲歴の效に藉《か》らず、其才自らにして發露す、故に天才は往々にして早熟する也、吾が青邱亦少《わか》きよりして警敏、其友人張適の哀詞の序にいふ。

未レ冠、以二穎敏一聞、所レ交以二千言一貽レ之曰、子能記臆否、君一目即成レ誦、(35)

又其門人呂勉又之を敍して曰ふ、

書一目即成レ誦、久而不レ忘、尤粹二羣史一、嗜レ爲レ詩、出レ語無二塵俗氣一、清新俊逸、若二天授一之然者(36)一。

果然彼は天才なり、彼は詩人として生れたる者也、傳ふらく青邱十六歳の時、饒介之《ぜうかいし》當時浙江廉訪《れんぱう》(37)を以て呉中に分守す、(38)毎《つね》に其文士を延《ひ》き自ら醉樵《すいせう》と號す、青邱の名を聞き、使をして之を招くもの再、青邱初め畏避之を久《ひさし》ふせしも、強いられて纔《わづ》かに往きしに、之を久ふせしも座にあるもの皆鉅儒碩卿《きよじゆせきけい》(39)なり、介之、青邱が才を試みんと欲し、倪雲林《げいうんりん》が竹木の圖を以て、原詩の韻に次して之に題せんことを命ぜり、青邱侍立《じりつ》少頃《しばらく》にして詩卽ち成る、曰く、

主人原非二段干木一、一瓢倒瀉瀟湘綠、踰レ垣爲惜酒在レ尊、飲餘自鼓無絃曲。(40)

初め座中の諸老皆青邱が愿穉《げんち》(41)を易《あな》どる、詩成るに及んで驚異感嘆すと、李白舊時又詩を賦して郡守を驚かせしことあり、事酷《はなは》だ相類す、天才者の早熟相比するに足るなり。

(四) 元季の擾亂《ぜうらん》

吾《わが》詩人が世に出でたる時は元祚既促天下將《ま》さに亂れんとし、山雨來らんとして風滿樓(42)の勢ありき、吾詩人が生れたる翌三年には、廣東の朱光卿、其黨と叛《そむ》き、大金國と號し、赤符と改元し、河南の棒胡も亦兵を擧げて難を首《はじ》む、吾詩人六歳の時、改元あり、至正といふ、其六年靖州《せいしう》の猺《えう》(43)、呉天保、亂を作《な》し、勢尤《もつと》も熾《さかん》に、黔陽《げんやう》、武岡、溆浦《じよほ》等の諸郡縣を寇陷《こうかん》(44)し、衆六萬餘、湖廣の猺も倶《とも》に亂れ、隙に乘じて亦入寇し、翌年十一月に至ては臺州の方國珍、亂を作《な》して衆を海上に聚《あつ》め、官軍之を伐《う》て克《か》たず、官を授けて招降すれども就かず、勢甚だ猖獗《しやうけつ》に、進んで溫州を攻む、至正十一年五月、潁州《えいしう》の妖

人、劉福通亦亂を作し、潁州を陷《おとしい》る、衆十萬と號す、紅巾を以て號となす、初め欒城《らんじやう》の韓山童、其祖父の時より白蓮會を以て香を焚《た》き、衆を惑はす、山童に至て倡言《しやうげん》すらく、天下大《おほい》に亂る、彌勒佛下生《げしやう》すと、河南及び江淮《かうわい》の愚民翕然《きふぜん》として之を信ず、福通復《また》妖言していふ、山童當《ま》さに中國の主たるべしと、二人同じく兵を起さんとし、事覺《あら》はる、捕縛急なり、福通遂《つひ》に反し、山童は擒《きん》に就く、福通よつて山童の子林兒《りんじ》を奉じて主となし、後立てゝ帝となし、小明王と號し、都を亳《はく》州に建てゝ國號を宋と號せり、蕭縣《せうけん》の李二亦燒香を以て衆を聚《あつ》め、其黨、趙均用等と徐州を攻陷《せめおと》して之に據り、蘄州《きしう》の徐壽輝亦妖術を以て衆を聚め、蘄水《きすい》及び黃州を陷れ僭《せん》して帝となす、國を天完と號し、治平と改元し、更に進んで江州を破る、翌十二年二月定遠の人郭子興、汝潁《じよえい》の兵起り、州郡騷動するを見て、亦兵を擧げて自ら元帥と稱し、濠州《がうしう》を攻拔て之に據り、其閏《うるふ》三月朔《さく》、朱元璋《しゆげんしやう》も亦兵を濠梁《がうりやう》に起して此に附けり、朱元璋は實に明の太祖なり、郡雄割據し、元の天下紛々竟《つひ》に亂痲。

是《これ》より先き至正十一年四月、黃河決す、丞相《じようしやう》脫《だつ》々、漕運使賈魯《かろ》に命じて總治河防使となし、黃河の故道を開かしむ、河南の兵民十七萬を發して功を興し、凡《およ》そ五閱月にして成る、魯、河を治めし時、黃陵岡に於て石人の一眼なるを得、時に童謠あり、云ふ石人一隻眼、挑㆓動黃河㆒天下反と、(45)果然天下此《かく》の如く亂る。

於是《ここにおいて》宰相脫々、親《みづか》ら出でゝ諸路の軍馬を總制し、徐州を征し其城を屠《ほふ》る、李二、趙均用等濠州に走る、脫々賈魯《かろ》に命じて之と追擊せしむ、均用等、郭子興と城に嬰《こも》って之を拒《ふせ》ぐ、會々魯死し兵解く、均用遂に濠城に據り主を稱し、子興を囚《とら》ふ、朱元璋滁陽《ちよやう》に入り、人を遣はして郭子興を迎ふ、子興由《よつ》て部する所の萬人を領して、入て滁州城に據り滁陽主と稱す。十三年五月泰州《たいしう》の民、張士誠又亂を作し、高郵に據る、大周と僭號し、元を建て〻天祐《てんいう》といふ、十一月丞相脫々、軍を督して高郵を征し、連戰克捷《こくせふ》、賊勢大に蹙《ちぢま》る、元の平章政事(46)哈痲《がふま》なる者、素より脫々と隙《げき》あり、脫々を譖《しん》(47)して其官を削り、之を淮安《わいあん》に殺し、自是《これより》元の軍復《また》振はず。至正十三年は實に高靑邱が十八歲に當り、實に其始めて其妻を有し、家庭を成せるの時也。

(五) 其一家

彼は早く其姑恃《こじ》を失へり、其風樹操《ふうじゆさう》は自ら之を傷《いた》んで作れるものなり。

朝風之飄々兮、維樹之搖々兮、吾思レ親之翺々兮、夕風之烈々兮、維樹之揭々、吾思レ親之慅々兮、樹之有レ風、猶可レ息兮、吾之無レ親、終不レ可ニ復得一兮。(48)

然れども早く怙恃を失へる彼は貞淑の配を得て以て其憂を償へり。

由來詩人は感情に富むなり、其才に於て早熟なる吾詩人は、また其感情に於ても早熟たるを免れざりしなり、彼は其年十八の時既に戀に落ちたり、其意中の人は卽ち靑邱の鉅室《きよしつ》(49)、周仲達の女、思慕徒《いたづら》に切なるも而かも當時其亂離の中にありて家道傾き、之を聘《へい》する能はず、嘗て婦翁の家にゆき、其客位間《きやくゐま》にある蘆雁《ろがん》の圖に一絕を題して曰く、

西風吹折荻花枝、好鳥飛來羽翼垂、沙濶水寒魚不レ見、滿身霜露立多時。(50)

翁其《その》語の悽切《せいせつ》なるに感じて、終《つひ》に婚を爲さしめしかば、靑邱は世上幾多の詩人の如く失戀の恨を抱

て終世癒《い》えざるの傷《いたみ》に悶ゆるを免れたりき、ハイネやバイロンやギョエテや、皆其少時早く戀愛を味ひたり、而して彼等は皆失戀の苦きを味ひたりき、幸福なる吾詩人よ、彼はユーゴーの如く其少時の初戀を成して、幸福なる家庭の樂を享くるを得たる也。

其戀に成就したる彼は、啻《たゞ》に其當初に於て幸福なりしのみならず、其妻は實に彼が終生の好侶たりしなり、バイロンが「婚嫁は戀の甜《あま》き酒を酢の酸苦に變ぜしむるものなり」といひたる矯激の言は、吾詩人に於て其例を誤りたるなり、吾詩人は其一生を坎壈《かんらん》不遇(51)に終りたりき、而かも其憂多き吾詩人の傍にありて、終始彼を慰籍したるものは彼の妻なりき、永の如く冷かなる世情に對すの彼の不平も、鬱悶も、彼の妻の春の如き溫情によりて、卽ち融和せられ、消散せられたりしなり、其獨酌の詩にいふ、

白日下二遠川一、寒風振二高柯一、蕭條掩レ關臥、暮雀忽已過、我有二羈旅愁一、鬱如レ抱二沈痾一、起坐呼二淸尊一、獨飮還獨歌、一斟解二物累一、再酌廻二天和一、數觴竟復醺、翻恨愁無レ多、所以古達士、但飮不レ顧レ他、回レ頭向レ婦笑、戚々終如何。(52)

彼は支那に於ける諸他の詩人の如く酒を愛せり、酒を藉《か》つて愁城を破らんとせしなり、其將レ進レ酒(53)にはいふ、

君不レ見陳孟公、一生愛レ酒稱二豪雄一、君不レ見揚子雲、三世執レ戟徒工レ文、得失如今兩何有、勸レ君相逢且相壽、試看六印盡垂レ腰、何似一巵長在レ手、莫レ惜黃金醉二青春一、幾人不レ飮身亦貧、酒中有レ趣世不レ識、但好二富貴一忘二其眞一、便須レ吐二車茵一、莫レ畏丞相嗔、桃花滿二谿口一、

笑殺醒游人、絲繩玉缸醲初熟、搖蕩春光若㆓波綠㆒、前無㆓御史㆒可㆑盡㆑歡、倒㆓著錦袍㆒舞㆓鸜鵒㆒、愛妾已去曲池平、此時欲㆑飮焉能傾、地下應㆑無㆓酒壚處㆒、何苦寂莫孤㆓平生㆒、一杯一曲、我歌君續、明月自來、不㆑須㆑秉㆑燭、五岳既遠、三山亦空、欲㆑求㆓神仙㆒、在㆓杯酒中㆒。(54)

然《しか》りと雖ども李白の如く酒を以て其性命とし、長安市中酒家に醉倒して天子喚來れども舟に上らざりし酒中の仙(55)にはあらざりしなり、彼は酒を藉《か》って其鬱を開くといふも、而《し》かも其傍に侍して彼がために杯を侑《すす》むる其妻なかりせば卽ち如何、頭《かうべ》を回《めぐ》らして妻に向つて笑ふ、此處《このところ》無限の情趣。

此《かく》の如く、彼は其妻によりて、溫き家庭の和樂に浴せり、されば彼が其家を憶《おも》ふ甚だ切なるものあるなり、其吳越に遊べる時、家書を寄するの詩にいふ、

底事鄉書累自修、路長唯恐有㆓沈浮㆒、還憂得㆑到㆑家添㆑憶、不㆔敢多言㆓客裏愁㆒。(56)

其書、家に到て却《かへつ》て憶を添へんことを憂へて、敢て多く客裏の愁を言はずといふ、如何にやさしき同情よ、其家書を得るの詩にはいふ、

未㆑讀書中語、憂懷已覺㆑寬、燈前看㆓封篋㆒、題字有㆓平安㆒。(57)

家書を得て匆々披《ひら》かんとし、燈前先づ封篋《ふうけふ》を看、題字に平安の語あるをみて、已に其懷を寬《ゆる》うす、彼が情は倦々《けん〱》(58)每に家庭を遶《めぐ》れるを見るなり。

彼が『羈旅行』、慘憺《さんたん》の氣を帶び、其鄉を懷《おも》ふの念に深き、兒女の情、或は彼が平生の氣象に似ざるが如きものあるなり、曰く、

馬頭北風吹㆑地白、手冷時驚墮㆓鞭策㆒、隻堠欲㆑來雙堠過、客程不㆑盡關山多、狐狸縱橫古城壞、

旗折官亭無二酒賣一、土風處々殊二故園一、郷音只聞僮僕言、天涯歳晩無二相識一、囊金已空歸不レ得、瞑投二人家一自炊レ黍、土屋青燈雁啼レ雨、此時暫解羈旅憂、夢與二家人一夜深語、人生出レ門即苦辛、何況長爲二萬里身一、遠遊縱得二功名好一、不レ如貧賤郷中老。(59)

彼は鳳凰《ほうわう》相和鳴せる其家庭に、熊羆《ゆうひ》數々《しばく》夢に入りて、一男三女を得たりき、而して其子祖授は晩年始めて得る所、彼の容《い》るゝ能はざる若《ごと》き喜にも關はらず、天は直ちに其手より之を奪去《うばひさつ》て殤《しやう》(60)せしめぬ、其一女亦至正二十七年を以て夭《えう》しぬ、其悼詩、斷腸の情を極む。

保養常多レ闕、艱難愧二我貧一、悽々臨レ歿語、的々在レ生親、遺佩寒江月、殘燈夜室塵、中郎他日稾、留付與二何人一。(61)

又其翌春花を憶《おも》へるもの亦悽切《せいせつ》。

中女我所レ憐、六歳自抱持、懷中看レ哺レ果、膝上教レ誦レ詩、晨起學二姉妝一、鏡臺强臨窺、稍知レ愛二羅綺一、家貧未レ能レ爲、嗟我久失意、雨雪走二路歧一、暮歸見二歡迎一、憂懷每成レ怡、如レ何屬レ疾朝、復値二事變時一、聞驚遽沈隕、藥餌不レ得レ施、倉皇具二薄棺一、哭送向二遠陂一、茫々已難レ尋、惻々猶苦悲、却思去年春、花開舊園池、牽レ我樹下行、令三我折二好枝一、今年花復開、客居遠江湄、家全爾獨歿、看レ花淚空垂、一觴不二自慰一、夕幔風凄其。(62)

故に彼は其死後に二弱兒を遺《のこ》すのみなりき、而して彼の二兒を愛する、其彼が出でて史官となり京に在るの日、客中憶二女(63)の詩あり。

每憶門前兩候レ歸、客中長夜夢魂飛、料應下此際猶依レ母、燈下看上レ縫二寄レ我衣一。(64)

彼は幼にして其怙恃《こじ》を失へり、故に彼は其父に盡すべき所を以て兄に事《つか》へ、母に盡すべき所を以て其姉妹とに盡したり、彼は其妻子に情の濃《こまやか》なるものあるが如く、又其兄妹に對しても情に篤《あつ》かりき、彼が家を憶《おも》ひ、妻兒を憶ひ、兄妹を懷ふの詩は、集中にあつて凡て百首の多きに上れり、彼は夫として溫良、親として慈愛、弟として悌、兄として友なりしなり、彼は詩人なり、其詩人として情に富めるが故に、又其一家に對しても情に篤きものありしなり。

(六) 北郭十子

徳孤ならず必ず鄰あり(65)、吾《わが》青邱を產したる吳の地は、一時詩人の淵叢として、當時亂離の間に志を得ざる者滙會《くわいくわい》す(66)、當時北郭《ほくかく》の十才子と稱せられたる者王行、徐賁《じよひ》、張羽、宋克、余堯臣《よげうしん》、呂敏《りよびん》、陳則、唐肅《たうしゆく》、高遜志《かうそんし》及び吾高啓、是《これ》皆卜居《ぼくきよ》相近く相往來して詩酒の樂を偕《とも》にせり、張羽が續懷友詩(67)の序に所謂、

皆落魄不レ任レ事、故得レ留二連詩酒一(68)。

なる者是、青邱その送二唐肅一序(69)中に之を述べて曰く、

余世居二吳北郭一、同里交善者、惟王止仲一人、十餘年來、徐幼文自二毘陵一、高士敏自二河南一、唐處敬自二會稽一、余唐卿自二永嘉一、張來儀自二潯陽一、各以レ故來居レ吳、而皆與レ余鄰、于レ是北郭之文物遂盛矣(70)。

後、青邱、春日懷二十友一(71)の詩あり、中に其七友を擧げて、唐肅と高遜志とを少《か》けり、其余堯臣を

懷ふの詩には北郭共に飛花に醉ひしを叙して曰く、

列戟衞二嚴關一、應レ無二休沐暇一、群英罷二追遊一、餘香掩二空榭一、飛花北郭晩、華月南園夜、淸景不レ能レ同、蹉跎恐二年謝一。(72)

張羽のには契濶《けつくわつ》の情をのぶ、

端居養二恬素一、獨詠聖人篇、夕景臨レ池酌、春寒掩レ閣眠、芳藥初翻レ雨、新篠稍披レ煙、累日虧二幽訪一、慙余塵務牽。(73)

王行には竹馬の友、今尊酒を同うし難きに惆悵《ちうちやう》す、

共二此一里一居、誰令レ阻二良覿一、惆帳歩二芳園一、山櫻還獨摘、風含駐レ花意、雨散流レ池跡、尊酒不二來同一、茲晨端可レ惜。(74)

呂敏には往《ゆき》て道の妙《めう》をきかんと欲す、曰ふ、

同謂在二塵境一、獨能依二道門一、園齋坐二永日一、庭綠靄初繁、觀レ妙夙有レ契、悟レ靜自無レ煩、晨策思頻往、聆二君超世言一。(75)

宋克には騎を聯《つら》ねて花を西澗寺《せいかんじ》に看《み》しを懷ふて、今昔の感を寓《よ》せ、

看レ花西澗寺、憶子昔同行、蘭入華觴氣、波泛綠琴聲、茲歡隨レ節逝、離恨坐相嬰、安得重聯レ騎、射レ雉出二東城一。(76)

徐賁には一時手を携《たづさへ》て逍遙の樂あり。

晨興理レ櫛罷、禽聲悦二淸旭一、雨餘嘉樹新、色映春塘綠、閲レ景感二幽悰一、歩レ陰思二往躅一、携レ

手此逍遙、須レ君慰二心曲一。(77)

陳則には遙《はるか》かに相思ふて悵望《ちやうばう》する(78)を寫す。

徂春易レ爲レ感、復此棲二孤寂一、鶯啼遠林雨、悵望郷園隔、客舎換レ衣晨、僧齋聽レ鐘夕、知君思正紛、雜英共如レ積。(79)

以て此等の諸子が交情始終渝《かは》らざりしを見るべきなり。

又別に楊基《やうき》あり、又青邱が詩友たり、或は此楊基に前の張羽、徐賁及び吾青邱を加へて、之を稱して高楊張徐といひ、之を唐の四傑《しけつ》に比せり、張習嘗て相比して曰く、(80)惟《たゞ》文の似たるのみならず、其終る所亦相遠からず、眉菴《びあん》（楊基）と盈川《えいせん》（楊烱《やうけい》）とは終を同くせしこと一の如し、大史（高）の斃《たふるゝ》は賓王《ひんのう》（駱《らく》）に同じく、北郭（徐）海に溺れずと雖ども僅《わづか》に要領を全うして首邱《しゆきう》(81)に非ず、司丞《しじよう》（張）龍江(82)に投ず、又照隣（盧）と異なるなしと。

王行字《あざな》は止仲《しちゆう》、青邱と同里にして、交最《もつとも》早かりし者、生れて強記、其髫時《てうじ》(83)、父子從うて閶門《しやうもん》(84)の南の市人のために藥を市《う》る、其藥肆《やくし》の主翁のために愛せられ、仍《よつ》て遍《あまね》く其藏書を閲《けみ》するを得、未だ弱冠ならずして呉城の北、望齊門《ばうせいもん》に徒を集めて之に教授せり、几上《きじやう》(85)留册なくして、其議論踔厲《たくれい》、古今を貫穿《くわんせん》せりといふ、其青邱と交はれるは蓋《けだ》し此間《このかん》也、晩年仕へず石湖の濱に老いたり、徐賁《じよひ》は其字《あざな》幼文、毘陵《ひりよう》より徙《うつ》つて呉に來り、亦城北、望齊門外に家《いへ》せり、青邱と交を訂せしは此時か、詩に工《たくみ》なり、其集を北郭集と云ふ、彼骯髒《かうさう》(86)の士、後、明初、廣西參政河南左布政使となりし時、大將軍の其疆《きやう》を往返するも犒勞《かうらう》の煩《はん》をなさず、よつて罪を得て獄に死せり、張羽、字は來儀、もと潯陽《じんやう》の人、兵を避けて呉に來り、後徐賁と呉興に之《ゆ》き、菁山《せいざん》に居れり、文を善くす、明初、徴《め》されて大常司丞《だいじゃうしじょう》に擢《ぬ》かれ、兼ねて翰林院並に文淵閣の事を掌《つかさど》りしも、後罪を獲《え》、免れざるを知り、龍江に投じて死せり、集を靜居といふ、宋克、字は仲溫、呉人、十友中にあって最も天下の志を懷《いだ》く者、少《わかき》より任俠にして劍を撃ち、馬を走らし、天下の亂るゝを見て、握奇の陣法を學び、北の方中原に走って豪傑に從うて、事を計らんとして得ず、仍《よつ》て門を闔《と》ぢ詩を賦して志を見《し》めせり、明初、徴されて侍書となれり、余堯臣、字は唐卿《たうけい》、永嘉《えいか》の人、仕進に意なく、呉に來りて諸人と十友たり、後仕《つか》へて新鄭丞《しんていのじょう》を授けられたり、呂敏、字は志學、元に不平也、當時元胡服《こふく》を尙《たふと》び、惟《ただ》道士のみ深衣幅巾《ふくきん》(87)を許されたれば、呂敏は乃《すなは》も道士となつて服を易《か》へたり、後人(88)才に擧げらる、陳則、字は文度、屋を僦《やと》うて徒《と》(89)に授け、詩を以て呉下に名あり、唐肅、字は處敬、會稽人《くわいけいのひと》、其集丹崖集あり、洪武《こうぶ》の初、國史編修に擢《ぬきん》でられしも、後佃淳《でんじゅん》に謫《たく》せられて卒《しゅつ》せり、楊基、字は孟載、其先は蜀人《しょくひと》(90)、呉に居る、後薦《す》められて官に入り、仕へて山西按察使《あんさつし》に至る、讒《ざん》せられて職を奪はれ、役《えき》に供せられ工所(91)に卒す。

(七)　青邱の遷居

至正十八年青邱二十三歳、亂を避けて呉淞江上の青邱に遷《うつ》る、先是《これよりさき》至正十五年三月滁陽王《ちよやうわう》郭子興卒し、六月朱元璋代《かは》て其軍を統《す》べ、和州より江を渡《わたつ》て太平路を取り、翌十六年三月更に、水陸の師を帥《ひきゐ》て、金陵に克《か》ち、集慶路を改めて應天府となす、勢《いきほひ》漸《ようや》く盛《さかん》なり、時に張士誠は既に楊州を陷《おとしい》れ、平江に入り、更に進んで湖州、松江、常州諸路と陥れ、杭州に入て嘉興に寇《こう》す、屢々《しばしば》苗《べう》の帥、楊完者のために敗られ、勢窮して元に降《くだ》り、元、士誠を以て大尉となす、此年七月、楊完者、兵敗れて自殺し、士誠遂《つひ》に嘉興に據《よ》り、隱然として東南に虎踞《こきよ》す、(92) 當時群彦《ぐんげん》(93)從ひ仕ふる者多かりしも吾詩人は獨り家を挈《たづさ》へて呉淞江の青邱に移り外舅《くわいきう》に依れり、其青邱と號するは、實に此時に始まれり、彼が其家を江上に移して城東故居に別るゝ詩に曰ふ、

人情戀㆓故郷㆒、誰樂㆓遠爲㆑客、我行豈得㆑已、實爲㆓喪亂迫㆒、凄々顧㆓丘隴㆒、悄々別㆓親戚㆒、不㆑去畏㆓憂虞㆒、欲㆑去念㆓離隔㆒、雖㆑有㆓妻子從㆒、我恨終不㆑釋、出㆑門未㆑忍㆑發、惆悵至㆓日夕㆒。(94)

悽切の語、人をして悄然《せうぜん》たらしむ。

其甫里《ほり》卽事、亦當時の作、蓋《けだ》し甫里は卽ち唐の時陸龜蒙の居りし處《ところ》、青邱は其北渚《ほくしよ》にあり。

甫里卽事

長橋短橋楊柳、前浦後浦荷花、人看旗出㆓酒市㆒、鷗送船歸㆓釣家㆒、風波欲㆑起不㆑起、煙日將㆑斜未㆑斜、絶勝苕中剡曲、金虀玉鱠堪㆑誇。(95)

唼々綠頭鴨鬪、翻々紅尾魚跳、沙寛水狹江穩、柳短莎長路遙、人爭㆑渡處斜日、月欲㆑圓詩大潮、我比㆓天隨㆒似否、扁舟醉臥吹㆑簫。(96)

江廟漁郎晩祭、津亭估客朝過、鐘邊山遠水遠、篷底風多雨多、饑蟹銜㆑沙落㆑斷、黠禽暎㆑竹窺㆑

羅、丫頭兩槳休レ去、爲唱呉儂櫂歌。(97)
橫網不レ遮二過客一、渡船時載二歸僧一、炊菰飯勝二炊稻一、釆蓮歌似二釆菱一、煙外晩村弄レ笛、沙邊夜店停レ燈、短簑醉拍二銅斗一、我亦年來稍能。(98)

彼れ青邱に遷りし後、歌詠終日以て自ら適す、自ら適するに非ず、以て自ら遣《や》るのみ、彼方《まさ》に青春、血中《うち》に熱す、天下治平ならば或は知らず、此豪傑四起の際に當《あた》て壯心豈《あ》に半夜雞聲を聞いて衾《きん》を蹴《け》らざらんや、其劉將軍、杜文學と晩に西城に登るの詩に曰く、

木落悲二南國一、城高見二北辰一、飄零猶有レ客、經濟豈無レ人、鳥過風生レ翼、龍歸雨在レ鱗、相期倶努力、天地正烽塵。(99)

唯《ただ》彼は詩人なり、縱橫の志あるも、經綸《けいりん》の辣腕《らつわん》を有する者に非ず、枉《ま》げて鬱勃の雄心を抑へて、山水の間に放浪せるのみ、彼が其集婁江吟稾《ろうかうぎんかう》に序せるもの、實に彼が志を道《い》へり、曰く、

天下無事時、士有二豪邁奇崛之才一、而無レ所レ用、往々放二於山林草澤之間一、與二田夫野老一、沈酣歌呼、以自快二其意一、莫レ有レ聞二於世一也、逮二天下有一レ事、則相與奮レ臂而起、勇者騁二其力一、智者效二其謀一、辯者行二其說一、莫レ不レ有下以濟二事業一、而成中功名上、盖非下向之田夫野老所二能羈留而狎玩一者上、亦各因二其時一焉、爾今天下崩離、征伐四出、可レ謂二有事之時一也、其決三策於二帷幄之中一、揚三武於二軍旅之間一、奉三命於二疆埸之外一者、皆上之所レ需、而有レ待二乎智勇能辯之士一也、使三山林草澤或有二其人一、孰不レ願下出二於其間一、以應二上之所一レ需、而用中己之所上レ能、有下肯稿項老三死於二布褐藜藿一者上哉、余生二是時一、實無二其才一、雖レ欲二自奮一、譬如下

人無二堅車良馬一而欲上レ適二千里之塗一、不二亦難一歟、故竄伏レ於二婁江之濱一、以自安二其陋一、時登二高邱一、望三江水之東馳百里而注二之海一、波濤之所二洶欻一、煙雲之所二杳靄一、與二夫草木之盛衰、魚鳥之翔泳一、凡可二以感レ心而動一レ目者、一發レ於レ詩、蓋所下以遣三憂憤於二兩忘一、置丙得喪於乙一笑甲者、初不レ計二其工不工一也。(100)

其青邱子の歌は實に亦此時の作也、彼は其天才を自覺せり、否《いな》自覺せるにあらず、天才者は自ら識《し》らずして其嗜《たしな》み、自ら其我が天に享《う》けたる才に向つて馳《は》するを免れざる也、彼は其野心を抑へ、其覇氣を抑へ、當時の天下に白眼して、專ら其力を詩に用ひたるなり、其歌の序に曰く、

江上有二青邱一、予徙家二其南一、因自號二青邱子一、閒居無事、終日苦吟、間作二青邱子歌一、言二其意一、以解二詩淫之嘲一。(101)

其歌に曰く、

青邱子、臞而清、本是五雲閣下之仙卿、何年降謫在二世間一、向レ人不レ道姓與レ名、躡レ屩厭二遠游一、荷レ鋤懶二躬耕一、有レ劍任二鏽澀一、有レ書任二縱橫一、不三肯折レ腰爲二五斗米一、不三肯掉レ舌下二七十城一、但好覓二詩句一、自吟自酬賡、田間曳レ杖復帶レ索、旁人不レ識笑且輕、謂是魯迂儒、楚狂生、青邱子聞レ之不レ介レ意、吟聲出レ吻不レ絕二咿咿鳴一、朝吟忘二其飢一、暮吟散二不平一、當二其苦吟時一、兀々如レ被レ酲、頭髮不レ暇レ櫛、家事不レ及レ營、兒啼不レ知レ憐、客至不レ果レ迎、不レ憂回也空、不レ慕猗氏盈、不レ慚レ被二寬褐一、不レ羨レ垂二華纓一、不レ問龍虎苦戰鬭、不レ管烏兎忙奔傾、向二水際一獨坐、林中獨行、斲二元氣一、搜二元精一、造化萬物難レ隱レ情、冥茫八極遊二心兵一、

坐令三無象作二有聲一、微如レ破二懸蝨一、壯若レ屠二長鯨一、淸同レ吸二沆瀣一、險比レ排二崢嶸一、靄々晴雲披、軋々凍草萌、高攀二天根一探二月窟一、犀照二牛渚一萬怪呈、妙意俄同二鬼神一會、佳景每與二江山一爭、星虹助二光氣一、煙露滋二華英一、聽レ音諧二韶樂一、咀レ味得二大羹一、世間無三物爲二我娛一、自出二金石一相轟鏗、江邊茅屋風雨晴、閉レ門睡足詩初成、叩レ壺自高歌、不レ顧二俗耳驚一、欲下呼二君山老父一、攜二諸仙所レ弄之長笛一、和二我此歌一吹中月明上、但愁欻忽波浪起、鳥獸駭叫山搖崩、天帝聞レ之怒、下二遣自鶴一迎、不レ容在レ世作二狡獪一、復結二飛珮一還二瑤京一。(102)

彼は其天職を知り、而して又自ら分とする所を知りて、江湖放浪の處士を以て居り、以て自ら高ふし、敢て疆場《きやうぢやう》軍旅の間に奔走するを屑《いさぎよし》とせざりしなり、盡し高材逸足の士の亂世に處する、進んで筆を投じて戎軒《じゆうけん》を事とし、乾坤一擲《けんこんいってき》の功名を賭《と》するに非らざれば、則ち寧《むし》ろ退いて高く踏み遠く逃れ、世間の倥偬《こうそう》と絕ちて其靜默を守る而已《のみ》、高靑邱は卽ち後者に居《お》りし者なり、而して彼は詩を以て功名に代へたる者なり、彼は卽ち詩に隱れたるものなり、其初めて北窗《ほくさう》を開きて晩酌するの詩に曰ふ、

春喧罷二凄風一、朝始開二北牖一、靑山入二吾座一、不レ異レ延二故友一、自掃二榻上塵一、琴册列二左右一、悠然坐二其間一、傲兀醉二杯酒一、況當二江花落一、微雨斜日後、遠見帆度レ川、高聞鳥鳴レ柳、孰云非二吾廬一、居止亦可レ久、人生處二一席一、累樹復何有、幽懷悟二澹泊一、末事辭二紛揉一、更擬長夏眠、風期結二陶叟一。(103)

以て彼れ暢然《ちやうぜん》(104)として安んずる所あるを見るべし。

（八）　呉楚の游

此年冬後は更に親しく自然の大景に接して其奚嚢《けいなう》を増さんがために東南、呉越の地に游び、一歳を隔てゝ始めて還《かへ》りぬ、當時作る所、呉越紀游詩十五首あり、蓋し三歳の游、其作る所豈《あ》に僅《わづか》に此に止《とど》まらんや、蓋し散失漸《やうや》く存せる者のみ、其呉越紀游詩序に曰く、(105)

至正戊戌庚子間、余嘗游二東南諸郡一、顧二覽山川一、所レ賦甚夥、久而散失、暇日理二篋中一、得二敷紙一而壞爛破闕、多非二完章一、因擇二其可レ存者一、追二賦當日之意一、以足レ成レ之、凡一十五首、雖レ未レ能下北遡二大河一、西涉二嵩華一以賦中其險逕絕特之狀上、然此所下以寫二行役之情一、紀二游歷之蹟上、與二夫懷レ賢吊古之意一亦往々而在、固不二得而棄一也、因錄以自覽焉。(106)

蓋し造化、此天地に賦するに一大文章と以てす、上は爛《らん》たる日月の麗《つらな》れるより、下は蔚《うつ》たる山川の布《し》けるに至るまで、天地間《てんちのかん》自《おのづか》らにして是《これ》詩也、而して其詩や無聲にして而して無盡藏なり、人間是《これ》を采《と》つて之《これ》を其言に現はして、之を歌へること今に幾千年ぞ、而して天地竟《つひ》に其詩の妙、一分を減ぜざる也、彼の詩人なる者、多く山水の逸游を好む、蓋し詩人現前其大景に接して、之を攫《つか》み奪うて造化の詩を已《すで》に私し、其才に誇らんとすればなり、而して天地悠々、千古其大景を露呈して吝《おし》まず、而《し》かも何人も遂《つひ》に其功を奪ふ能《あた》はざる也。

呉越の行其始めて南門を發して晩行するの詩に曰く、

歲暮寒亦行、征人有二常期一、辭二我家鄉樂一、適二彼道路危一、酒闌別二賓親一、驅レ車出二郊岐一、

我馬力未レ痛、已越山與レ陂、回レ頭望二高城一、落日雲樹滋、遭レ亂既少レ安、謀レ生復多レ飢、途逢往來人、孰不二爲レ此馳一、遠游亦吾志、去矣何勞レ悲。(107)

亂に遭《あ》ふて安少く、生を謀って飢多し、途《みち》に逢ふの行人、皆此が爲に役々《えき〱》す、之を見て感慨已《や》まざるものある也、其早曉蕭山《せうざん》(108)を過ぎて白鶴、柯亭《かてい》、諸郵を歴《ふ》るの詩には、則ち途上の光景、登臨樂むべきも、時の平《たひらか》に非らざるを恨みて憮然《ぶぜん》。

客起何太早、郵荒絶二雞鳴一、況時江雨晦、不レ得レ見二啓明一、凌競度二高關一、山空縣無レ城、隔レ林聞二人呼一、已有二先レ我行一、側身避二徑滑一、聚レ足防二厓傾一、衣寒復多レ風、澌々遠水聲、千峯霧中過、不レ識狀與レ名、嵐開見二前郵一、始覺歴二數程一、越禽啼二楓篁一、冷日傍二午晴一、煙生沙墟寂、葉落澗寺清、登臨亦可レ悅、但恨時非レ平。(109)

會稽《くわいけい》に至り、蓬萊閣に登り、雲門秦望の諸山を望み、翛然《せうぜん》(110)として心、旅愁を忘れ、更に火食の緣未だ了せざるを悲む。

旅思曠然釋、置レ身蒼林杪、群山爲レ誰來、歴々散二清曉一、奇姿脫二霧雨一、奮首爭欲レ矯、氣通海煙長、色帶州郭小、曲疑藏二啼猿一、橫恐截二歸鳥一、流暉互蕩激、下有二湖壑繞一、佳處未二遍經一、一覽心頗了、秦皇遺迹泯、晉士流風杳、願探二金匱篇一、振レ袂翔二塵表一。(111)

其越城(112)に入るや、長槍兵《ちやうさうへい》なる者あり、出でゝ城を犯す、青邱因《よつ》て出でゝ夜、龕山《がんざん》(113)に投じて、以て難を避けぬ、長槍兵なる者は蓋し張明鑑なる者の黨衆、初め至正十五年、明鑑、衆を淮西《わいせい》に聚《あつ》め、青布を以て號となし、青軍と名《なづ》く、其黨、張監、驍勇《げうゆう》善《よ》く槍《やり》を用ふるによつて又長槍軍といふ、一度招降

せられて元に就きしも、久しからずして復叛《またそむ》き、揚州城に據れる者是《これ》也、青邱當時慘憺《さんたん》の狀を叙して曰ふ、

列藩遏二戎亂一、駐レ鉞實此州、如何殺二大將一、王師自相讎、我來亂始定、城郭氣尙愁、又聞有二鄰兵一、倉卒豈敢留、促還出二西門一、天寒絕二行輈一、古戍暗二雨雪一、旌旗暮悠々、野屋閉不レ守、澤田棄誰收、居人且奔逃、游子安得休、透迤蒼山去、泱漭玄雲浮、人虎爭レ夜行、風榛嘯レ巖幽、我徒戒相親、一失未レ易レ求、飢拾二谷口栗一、寒燒二澗中樵一、神迷路多迂、再宿達二海陬一、雖レ嘗二登頓勞一、幸免二迫辱憂一、聖尼畏レ于レ匡、嗟我敢有レ尤、但慙去レ越早、不レ遂二名山游一。(114)

李白、詩あり、いふ、此行不レ爲二鱸魚膾一、自愛二名山一入二剡中一(115)と、吳越の地もと名山多し、青邱が此行地理を察せんとにもあらず、風俗を觀んとにもあらず、其主とする所は山水の風光を觀んとするにありしのみ、而して兵に阻まれて遂げず、其憾《うらみ》知る可き耳《のみ》。

杭州、臨安あり、嘗《かつ》て宋の南渡するや、一たび此に都せり、青邱既に杭州に入り、鳳凰山(116)に登り、故宮の遺跡を尋ね、當時を懷《おも》ふて、今の世運復衰えたるを慨《がい》し、俯仰膺《むね》を折って痛嘆す。

玆山勢將レ飛、宮殿壓二其上一、江潮正東來、朝夕似二奔嚮一、當時結構意、欲レ敵二汴都壯一、我來百年後、紫氣愁不レ王、烏啼壁門空、落葉滿二陰障一、風悲度二遺樂一、樹古羅二嚴仗一、行人悼二降王一、故老怨二姦相一、蒼天何悠々、未レ得レ問二興喪一、世運今復衰、凄涼一回望。(117)

瘴壘、愁雲凝《こ》り、驚沙、寒日昏《くら》し、奉口(118)の戰場を過ぎては、兵戈《へいくわ》の慘を傷んで靖難《せいなん》(119)の術《すべ》なきに愧《は》ぢ、

路廻荒山開、如レ出二古塞門一、驚沙四邊起、塞日慘欲レ昏、上有二飢鳶聲一、下有二枯蓬根一、白

骨横二馬前一、貴賤寧復論、不レ知將軍誰、此地昔戰奔、我欲レ問二路人一、前行盡空邨、登高望二廢壘一、鬼結愁雲屯、當時十萬師、覆没能幾存、應レ有二獨老翁一、來此哭二子孫一、年來未レ休レ兵、强弱事二幷呑一、功名竟誰成、殺レ人遍二乾坤一、媿無二拯レ亂術一、佇立空傷レ魂。(120)

海寧に雙廟《さうべう》あり、許遠と張巡とを祀《まつ》る、(121)二人共に唐玄宗《げんそう》の時の人、安祿山の叛《そむ》くや、身を挺して義を倡《とな》へ、睢陽《すゐやう》の孤城に嬰《こも》り、苦節を守て遂に生降せず、南八男兒、一死國に殉《とな》へたる者、青邱今二公の廟に謁す、豈に時を慨《なげき》て一掬《いつきく》の涙なからんや、

嗟今屬二喪亂一、戎馬正旁午、臨レ危肯捐レ軀、如レ公未二多數一、獨立爲悲傷、斜陽下二寒楚一。(122)

海昌城樓に登り、(123)海を望み滄溟《さうめい》の大を見ては、亂離の間民生の艱厄《かんやく》、地あつて居る可らざるを悲み、

況今艱危際、民苦在二墊溺一、有レ地不レ可レ居、鴻洞風塵黑、安得三擊レ水游、圖南附二鵬翼一。(124)

青邱、外にあること三歳にして、至正二十年其故里に歸れり。

（九）　婁江《ろうかう》の寓

呉越の游より歸て、二歳を經て、至正二十三年彼は其青邱の寓より遷つて、婁江の濱に寓しぬ、盖し呉淞江《ごしようかう》の東北、七里許《ばかり》、海に入る江口即ち婁江なり、其遷婁江寓館の詩(125)にいふ、

寓レ形百年內、行止固無レ端、我生甫三九、東西宜レ未レ闌、去年宅二山陲一、今年徙二江干一、野生崇二儉陋一、經營唯苟完、閒窗俯二平疇一、幽扉臨二遠湍一、豈忘大厦居、弗レ稱非レ所レ安、披榛始來レ玆、霜露凄以寒、誰云遠二親愛一、弟子相與歡、室中有二名酒一、歳暮聊盤桓。(126)

詩によつて之を察するに其遷寓、蓋し歳暮に在り、而して此時年方《まさ》に二十有七、青邱、此江上の居にあること三年、其江上春日遣懷の詩(127)にいふ、

江上逢レ春已兩回、客中時序苦ニ相催一、蛛營ニ戸網一蟲初出、雀借ニ簷巣一燕未レ來、年少郎間眞信レ拙、詩成雖レ好可レ言レ才、如今欲下向ニ南隣叟一、旋乞ニ垂楊一遶レ舍栽上。(128)

既にして至正二十五年、彼徙《うつ》って郡中に居る、是《これ》を以て終に圜中に落つ、其江上故居に別るゝの詩にいふ、

家具初移借ニ釣船一、臨レ行魚鳥亦悽然、城南徙レ舍惟三里、渚北間居已二年、花墅回看春水外、草堂留掩夕陽邊、多慚父老相留意、來去聊隨ニ大化一遷。(129)

先是《これよりさき》、群雄中、天完主、徐壽輝(130)は漢陽に據りしも、未だ幾《いくばく》ならずして將士離叛、其將陳友諒は其主徐壽輝を弑《しい》して自立し、國を漢と號し、明玉珍亦成都に帝を稱し、國號を夏と曰《い》ふ、時に朱元璋既に楊州、杭州等を取り、劉基、宋濂《そうれん》等の徒皆之に就き、朱元璋を輔弼《ほひつ》して獻替、計畫する所多し、而《しか》るに陳友諒既に帝と稱してより、湖北江西の地に蟠踞《ばんきょ》し、更に江東を併せんとして張士誠と東西、朱元璋を夾擊せんとす、朱元璋、よって師を帥《ひき》ゐて陳友諒を伐《うつ》て之を武昌に走らし、更に進んで江西諸路を略して終に至正廿三年七月大に之を鄱陽湖《はやうこ》に敗り、友諒、軍に死す、朱元璋更に追究して友諒の子理を降《くだ》し、悉く湖廣、江西の地を平げ、至正二十四年正月遂に國號を建てゝ吳と曰ふ。

時に一度元に歸順せし張士誠、復自立して吳王と稱し、江淮《かうわい》(131)の間を占據す、至正廿六年、朱元璋、士誠を伐つを以て大江の神に祭告し、乃ち徐達を以て大將軍とし、常遇春を副將軍とし、兵を引いて

姑蘇《こそ》(132)に向ひ、ゆく〳〵湖州の諸路を略し、遂に其城を圍ましむ、廿七年九月城圍《じやうゐ》既に久しく、城中木石倶《とも》に盡く、其八日、達は葑門《ほうもん》(133)を破り、遇春は閶門《しやうもん》(84)を破り、士誠の兵大《おほい》に潰《つひ》ゆ、諸將之に乘じて蟻附《ぎふ》して城に登り、城遂に破る、士誠兵二三萬を收め、親《みづか》ら之を率ゐて萬壽寺の東街に戰ひしも、復《また》敗れ、執《とら》へられしも竟《つひ》に自ら縊死せり、年四十七。

吾詩人は實に此圍中にあり、其中秋翫月《ぐわんげつ》の詩は實に至正二十六年丙午中秋卽ち此圍中にある時の作也。

中秋翫月《ぐわんげつ》張校理宅

八月望夜天如レ藍、海色捲レ霧山收レ嵐、玉盤元沈龍窟底、忽起萬丈誰能探、初來二空中一光尚溼、孀娥寒鬢風鬖髿、人言一年此最好、金精水氣秋相涵、小星盡去大星在、芒角欲レ吐敢與レ參、天將二洗眼一照二下土一、啖食肯縱妖蟇貪、穿レ深窺レ暗不レ遺レ隙、魍魎忌レ影逃二巖嵌一、前年客中憶レ見レ之、家人怨レ別方喃々、荒山不レ知佳節至、垂レ首凭レ案尋二書蟫一、但怪流輝入二敗戶一、油燈失レ燄留二孤龕一、起行二陰林一不レ用レ炬、剝啄獨叩峰西菴、虬蛇亂踏心膽悸、怪影走レ石皆楓楠、卽呼二道人一共載レ酒、放レ舟直下芙蓉潭、翻々驚鶻落二樹杪一、吹レ笛正和鳥飛南、今年在レ舍反寂寞、暗室困臥如二僵蠶一、乾愁無レ端負二良夜一、月固不レ言我則慚、人無二賢愚一競翫賞、況我淸景性所レ躭、忽憶諸君隔二河水一、持レ被就宿聆二高談一、爲呼二老婢一掃二庭宇一、一席盤飣梨與レ柑、江城重閉萬家寂、樓鼓近聽纔撾レ三、空階凄基覺二霧泫一、虛牖窈窕疑煙含、婆娑欲レ留月伴レ影、素鸞西下煩二停驂一、明宵復出已難レ似、動別經歳嗟何堪、尊前此月又此客、世所レ難レ遇心應レ諳、關山幾處未レ解レ兵、撃柝不レ寐愁二丁男一、南隣歌舞北隣哭、月雖二同照一異二苦甘一、何人爲レ我揮二天才一、乾坤多難倶平哉、行者得レ還居者樂、清光所レ及恩皆覃、懸知此願未レ易レ遂、憂來擧レ盞從二沈酣一、須臾衆散曉蟲急、古桂吹落青毿々。[134]

此亂後、青邱、復《また》居を江東に遷す、其次韻周誼秀才對月見寄[135]の詩は實に當時の作、其同じく月に對するも、亦去年の亂中に似ず。

空林鶴鳴草堂靜、桂影亭々月初正、憐君幽臥對二中秋一、尊酒無レ人起相命、夜深詩成遺寄レ我、自訴窮愁兼二疾病一、嗟余比レ君愁更多、舊感新憂來毎幷、前年看レ月綠茗園、賓客當レ筵一時盛、自吹二横笛一倚二清歌一、痛飲不レ知甁屢罄、去年圍中在二北郭一、何異孤豚落二深穽一、登レ樓強欲レ攬二清輝一、刁斗連營不レ堪レ聽、今年族寓向二江渚一、暫喜東南亂初定、閒來未レ厭戸張レ羅、貧去唯愁室懸磬、牧兒耕叟共來往、那得衣冠解二相敬一、久居二村野一坐自鄙、銷盡豪懷與二狂興一、風塵無二復舊時顏一、愧レ見相逢問二名姓一、朋友凋零江海空、弟兄離隔關山迴、良宵佳月雖レ可レ賞、羸影牕間竟誰竝、迢々河轉漏初長、槭々葉鳴風稍勁、此時倚レ壁自孤吟、只有蛩聲與相應、初疑此月定非レ月、應二是人間照愁鏡一、還思人愁月豈知、何苦多憂損二情性一、一生能幾見二此月一、盛年若去尤難レ更、明宵圓景未二便虧一、落二盡芙蓉一江色淨、君能強起從レ我歡、共入二空明一恣二游泳一、直期枕藉向二舟中一、不レ管遙天垂二斗柄一。[136]

又呉城感舊の詩あり、蓋し亂後、呉城に於て張士誠を弔《てう》せる者也。

城苑秋風蔓草深、豪華都向此銷沈、趙佗空有稱尊計、劉表初無弭亂心、半夜危樓俄縱火、十年高塢漫藏金、廢興一夢誰能問、回首青山落日陰。(137)

其前聯西漢文帝の時、南越王尉《なんゑつわうのゐ》趙佗が自立《じりふ》して武帝となれるを以て、士誠が自立して呉王を號せるに比し、又三國の時、曹操、袁紹《ゑんせう》(138)と相持するに方《あた》り、劉表、枝梧《しご》して佐《たす》くる所なかりしを以て、陳友諒の朱元璋を夾撃せんことを士誠に約し、士誠齷齪《あくさく》敢《あへ》て應ぜざりしに比し、其迂劣《うれつ》(139)を惜める者なり。

青邱、此歳、其至正十八年、青邱に遷りてより當時に至るまで凡て十載間の詩を集めて缶鳴集《ふめいしふ》といふ、其詩凡て七百三十二、其自序に曰ふ、

古人之於詩、不專意而爲之也、國風之作、發於性情之不能已、豈以爲務哉、後世始有名家者、一事於此而不他、疲殫心神、蒐刮萬象、以求工於言語之間、有所得意、則歌吟蹈舞、擧世之可樂者、不足以易之、深嗜篤好、雖以之取禍、身罹困逐、而不忍廢、謂之惑、非歟、余不幸而少有是好、含毫伸牘、吟聲咿咿不絕於口吻、或視爲廢事而喪志、然獨念才疎力薄、既進不能有爲於當時、退不能勤於畎畝、與其嗜世之末利汲々者、爭騖於形勢之途、顧獨事此、豈不亦少愈哉、遂爲之不置、且時雖多事、而以無用得安於閒、故日與幽人逸士、唱和於山巓水涯、以遂其所好、雖其工未敢與昔之名家者比、然自得之樂、雖善辯者、未能知其有異否也、故累歲以來、所著頗多、近客東江之渚、因間始出而彙次之、自戊戌至丁未、得七百三十二篇、題之曰缶鳴集、自此而後著者則別爲之集焉、藏之巾笥、時

出而自讀レ之、凡歲月之更遷、山川之歷涉、親友暌合之期、時事變故之蹟、十載之間可レ喜可レ悲者、皆在而可レ考、固不レ忍二棄而弗一レ錄也、若二其取レ義之或乖、造辭之未一レ善、則有レ待レ於二大方之教一焉(140)。

彼は江東に來《きたつ》て以來漁樵《ぎょせう》と相混《こん》じて閑散の生を送らんとはせるなり、其郊野雜賦《かうしょざつぷ》十六首は盖《けだ》し當時の作也。

江水舍西東、鄰家是釣翁、路痕深草没、井脉暗潮通、籬隔蔬邊雨、門開竹下風、不二因レ時賣一レ畚、何事入二城中一。(141)

此鄉堪レ避レ地、亂後戶翻增、俗美嫌レ欺レ客、年豐愛レ施レ僧、帶レ星耕處軛、照レ雪紡時燈、且作二求レ田計一、元龍豈我能。(142)

春泥桑下路、孤策自扶行、身賤知二農事一、心間見二物情一、鳥鳴風欲レ起、牛飯月初生、漸喜無二人識一、何煩レ易二姓名一。(143)

移レ家到二渚濱一、沙鳥便相親、地僻偏容レ懶、村荒却稱レ貧、犬隨春饁女、鷄喚曉耕人、願得レ無二愁事一、閒眠老二此身一。(144)

野色迥蒼々、開レ門葉滿レ塘、僧來雙屐雨、漁臥一船霜、靜裏修二香傳一、閒中錄二酒方一、平生當世意、到レ此坐成レ忘。(145)

何處可二徘徊一、林間共二水隈一、夜歸家犬識、春睡野禽催、有レ地唯栽レ藥、無二村不一レ見レ梅、興來慚獨飲、時喚老農陪。(146)

秋日江居寫懷

毎レ看二搖落一卽成レ悲、況在三漂零與二別離一、爲レ客偶當鱸美處、思レ兄正値雁來時、天邊瞑爲二秋陰蚤一、江上寒因二歲閏遲一、莫下把二丰姿一比中楊柳上、愁多蕭颯恐先衰。[147]

舌在休レ誇術未レ窮、且將二蹤跡一託二漁翁一、芙蓉澤國瀰漫雨、禾黍田疇奄冉風、身計未レ成先業廢、心懷欲レ說舊交空、楚雲吳樹無窮恨、都在蕭條隱几中。[148]

桑苧翁家次近居、人煙沙竹自成レ墟、移レ門欲レ就山當レ榻、補レ屋唯防雨濕書、貧爲二湖田長半沒一、拙因二世事本多疎一、當時亦有二求レ名意一、自喜年來漸已除。[149]

喪亂將レ家幸得レ全、客中長恥受二人憐一、妻能守レ道同二王覇一、婢不レ知レ詩異二鄭玄一、借得種レ蔬傍舍地、分來灌レ菊別池泉、却欣遠跡無二相問一、一擢秋風笠澤邊。[150]

然れども明の統一は彼として永く此江上に高臥するを得ざらしめたり。

（十）明の統一

陳友諒は既に滅び、張士誠も亦亡びたり、而して宋主、韓林兒亦卒《しゅつ》せり、於是《ここにおいて》朱元璋は南、方國珍を招き降《くだ》し群雄一掃、於是徐達、常遇春等を將とし北に向つて元を攻めしむ、先是《これよりさき》元に於ては搠《さく》思監《しかん》なる者、丞相《じょうしゃう》たり、宦者《くわんじゃ》と相表裏して權を振ひ、四方の警報、將臣の功狀、皆壅《ふさがつ》て上聞せず、老的沙なる者あり、其罪を彈劾す、搠思監、皇太子愛獻識里達臘《アユツエリダラウ》の老的沙を惡《にく》めるを利し、太子によつて之を斥けしかば、老的沙は走つて大同の主將孛羅帖不兒《ポロチムール》に依れり、而るに河南の主將擴郭帖不兒《ククチムール》なる者、孛羅帖木兒と相善《よか》らず、皇太子及搠思監相謀つて、乃ち擴郭帖木兒を引きて、孛羅帖木兒を除かんとせしに、孛羅帖木兒先づ發して大都に逼《せま》り、搠思監を殺し、自ら代りて丞相となれり、至正二十四年秋七月太子は走つて上都にゆき、擴郭帖木兒と兵を合せて大都を攻め、大都の朝臣、內、之に應じて孛羅帖木兒を殺せしかば、擴郭帖木兒は入《いり》て丞相となり、天下兵馬の權を總攬《そうらん》せしが、既にして其勢を負ふて不臣の志あり、遂に太原に叛く、吾詩人當時、其朝鮮兒歌に之を詠じて曰く、

中國年來亂未レ鋤、頓令二貢使入朝無一、儲皇尚說居二靈武一、丞相方謀卜二許都一、金水河邊幾株柳、依レ舊春風無レ恙否、小臣撫レ事憶二昇平一、尊前淚瀉多レ於レ酒。(151)

其儲皇《ちょくわう》、靈武に居《お》るといふは、唐天寶の亂、安祿山、京師を陷《おとしい》れ、太子、位に靈武に卽《つ》けるを以て、當時太子太原に奔《はし》り、此の唐の肅宗の故事を以て自立せんとせるをいへる者、丞相許都を卜《ぼく》すとは、三國の時、關羽の威、華夏に震《ふる》ひ、曹操、許都に徙《うつ》て其鋭を避けんと議せるを以て、擴郭帖木兒、中書左丞相《さじょうしゃう》に封ぜられ、河南王となり、南征功なく、反《かへつ》て彰德《しやうとく》に退き居るをいへるなり、此の如く元の內廷の內に相鬩《せめ》げるに乘じて、徐達等は先づ山東を略し、河南を取り、潼關《どうくわん》を陷れ、到る所元軍を破り、河を渡つて四面より湖の如く大都に逼り、元は防戰に暇《いとま》なく、順帝は上都に奔り、朱元璋遂に皇帝の位に金陵に卽き、國號をたてゝ明といひ、元を改めて洪武といふ、實に至正二十八年正月、靑邱、年三十三、元季、兵亂相踵《つ》ぐこと殆ど二十年、於《ここにおいて》是海內始めて靖《やす》し、靑邱、兵後、郭を出るの詩あり。

俯仰興亡異、靑山落照中、民歸隣樹在、兵去壘煙空、城角猶悲奏、江帆始遠通、昔年荊棘露、又滿闔閭宮。(152)

又亂後妻江舊館を經るの詩に曰く、

此地昔相依、重來事已非、新年芳草遍、舊里熟人稀、遠燕皆巢レ樹、閒花自落レ磯、遺蹤竟難レ覓、愁二步夕陽一歸。(153)

亂後悲喜交至《こも〴〵》るの景象を見るべし。

又石射堋《せきしゃほう》の詩に曰く、

石射堋、張二石城一、石鼓響或發、石騎勢欲レ行、彷彿古戰場、上有二愁雲生一、餓鴟嘯二寒風一、耆若二箭鏑鳴一、何人作レ此留二山中一、鳥獸欲レ過膽盡驚、疑是神禹治レ水時、來敎三鬼射二降妖精一、至レ今風雨夕、猶聽人馬聲、嘗聞父老言、鼓鳴則有レ兵、方今瘡痍民、脫レ命見二太平一、我願碎二其鼓一、隳二其堋一、一人安、四海淸、自レ此萬年無二戰爭一。(154)

兵を厭《いと》ふの意、言外に溢《あふ》るゝを見る。

第二章　吾詩人少時の詩

吾詩人は此の如く生れて元季の旣促(155)に遭ひ、其中年に至るまでを兵火亂離の間に送りたりき、此《かく》の如く衰亂の世に生きたる彼の詩は、自ら凄涼慷慨の調を帶ぶるを免れざるなり、治平時に遭はしめば、當《まさ》に大に爲すあるべきの才を抱きて、而して上に淫佚《いんいつ》の主あり、輔《たす》くるに僭橫の臣を以てし、時に伯樂なし、良驥《りやうき》[156]空しく首を翹《あ》げて悲鳴するあるべきのみ、況《いは》んや天下崩離、群雄割據の時、文學の士寧ろ時に用なし、徒《いたづ》らに山水の間に放浪し、憂憤を詩に遣《や》る、其婁江吟槀《ろうかうぎんかう》の自序に「余是《こ》の時に生れ、實に其才なし、自ら奮はんと欲すと雖ども、譬《たとへ》ば人の堅車良馬無《な》うして、而して千里の塗《みち》に適《ゆ》かんと欲するが如く、亦難《かた》からずや、故に竊《ひそ》かに婁江の濱に伏して、以て自ら其陋に安んじ、時に高邱に登り、江水の東馳百里にして海に注ぐを望み、波濤の洶欻《きようくつ》[157]する所、煙雲の杳靄《えうあい》[158]する所と、夫《そ》の草木の盛衰、魚鳥の翔泳《しようえい》と、凡《およ》そ以て心に感じて目に動く可き者、一に詩に發す、盖し憂憤を兩忘[159]に遣り、得喪を一笑に置く所以の者、初より其工と不工とを計らざる也」といひ、缶鳴《ふめい》集自序に「然れども獨り念《おも》ふ、才疎にして力薄く、既に進んで當時に爲す有る能はず、退ひて勤に、畎畝《けんぽ》に服する能はず、其世の末利を嗜みて汲々たる者と、爭うて形勢の途に騖《ぶ》[159]せんよりは、顧《おも》ふに獨り此を事とす、豈に亦少しく愈《かは》らざらんや、遂に之がために置かず、且つ時多事と雖《いへ》ども、而かも無用を以て閒《かん》に安んずるを得、故に日に幽人逸士と山巓水涯《さんてんすいがい》に唱和して以て其好む所を遂ぐ」といふ者卽ち是《これ》にして、年少彼が如きの士にして此の如きの境遇に處《を》る、肚裏《とり》豈に多少不平の氣を少《か》ぎ得んや、盖し男兒生れて二十、三十の間は、其學方《まさ》に成り、其才方に爛《らん》す、其充實せる才と蘊蓄せる學とを以て之を實際に試みんと欲す、修養既に成れるも未だ經驗の失敗を嘗めず、眼前唯洋々たる希望あるのみ、意氣空しく斗牛を衝《つ》き、以爲《おもへ》らく功名手に唾《つば》して成るべしと、野氣蒼莽《さうまう》、雄心鬱勃、翮《はね》を振つて大に飛躍をなさんと欲するの秋《とき》なり、而して吾詩人は恰かも此の當《ま》さに飛躍すべきの秋に當りて、風疾《と》く雨急に、其飛躍を試むる能はずして、空しく翼を戢《をさ》めて其志を抑へざる能はざりしなり、彼假令《たと》ひ山巓水涯の間に隠れて、邱《おか》に登り江を望み、懐を波濤煙雲に遣《や》るといふと雖も、豈に竟《つひ》に全く世外の人となり得んや、況んや彼は傳に稱するが如く尤も權略を好み、事を稠人《ちうじん》中に論ず、言繁ならずして而して切に肯綮《こうけい》に中《あた》るが如きものありしをや、彼が一片骯髒《かうさう》(86)の氣終に銷《け》し得ざるものありて、彼が秋風を吟じていへるが如く「而我何爲者、不二與レ世相忘一」(160)ものありし也、其至正十八年、張進士が會試に京師に赴くを送るの詩にいふを見ずや。

君行勿レ亟我有レ語、落日尚在二車衡一懸、竊聞天子正側レ席、此去爲拜彤庭前、揮レ毫休レ奏醴泉頌、給レ札莫レ賦淩雲篇、但當三開レ口論二世事一、號令次第宜二何先一、坐令三王綱復二大正一、乾樞共仰天中施、我今有レ志未レ能レ往、矯レ首萬里空茫然。(161)

我今志あり、未だ往く能はず、首を矯《あ》げて萬里空しく茫然と、以て彼が志を見るべきにあらずや。

又其廬山《ろざん》宋隱君が所製の墨を寄せしを謝して、

瓦篝自掃煙埃濕、風雨空山杵聲急、香爐峰前五粒松、燒成二片玉一玄香濃、寄レ我團々未二磨缺一、有レ如二蝕盡天邊月一、陶泓日暖水滿レ池、雲氣忽起秋淋漓、茅屋光寒客心懼、上有二蛟龍一欲二飛去一、便思寫レ檄驚二天驕一、夜磨二楯鼻一冰不レ銷、又思作レ賦獻二天子一、曉出二洛陽一價增レ紙、我今年少才不レ多、兩事未レ能如レ墨何、但學顚狂如二醉旭一、頭髮可レ濡秋未レ禿。(162)

夜楯鼻《じゅんび》を磨して檄《げき》を寫して天驕《てんけう》を驚かさんか、賦を作つて天子に獻じ、洛陽《らくやう》の紙價を貴《たか》うせんか、彼の抱負せし所知るべきのみ、而かも亂離の際、其驥足《きそく》を伸ばすに足らず、強《しひ》て其志を抑ふ、薛相士《せつしゃうし》に贈るの詩に曰く、

我少喜二功名一、輕レ事勇且狂、顧レ影毎自奇、磊落七尺長、要將二三策一、爲レ君致二時康一、公卿可二俯拾一、豈數尙書郎、回レ頭幾何年、突兀漸老蒼、始圖竟無レ成、艱險嗟備嘗、歸來省二昨非一、我耕婦自桑、擊レ木野田間、高歌誦二虞唐一、薛生遠挐レ舟、訪レ我南渚旁、自言解レ相レ人、視レ余難二久藏一、腦後骨已隆、眉間氣初黃、我起前謝レ生、弛弓懶二復張一、請看近時人、躍レ馬富貴場、非三才冒二權寵一、須臾竟披猖、鼎食復鼎烹、主父世共傷、安居保常分、爲レ計豈不レ良、願生毋二多言一、妄念吾已忘。(163)

豈に功名を輕んぜんや、磊落《らいらく》七尺の軀、ために時康を致し、公卿《こうけい》俯して拾ふべしとせるなり、而《し》かも坎壈《かんらん》(51)して山野にあるもの久しく、竟《つひ》に彼れは馬を富貴の場《ぢやう》に躍らさんよりは、安居常分を保つを欲したるなり、これ狂《ま》げて、功名を忘れ、野心を忘れんとしたるものゝみ。

既に其志を懷《いだ》いて伸ぶる能はず、之を抑へて而して之を詞に抒《の》ぶ、故に青邱少時の詩、跌宕驕逸《てつたうけういつ》、不平の氣、滿幅に橫逸す、其太白三章の一に曰く、

太白初升北斗落、行人早起車鳴レ鐸、豈願身離二父母邦一、山川路遠非レ不レ惡、貧賤未レ知二生處樂一。(164)

何等の凄切《せいせつ》ぞ、二に曰く

太白正高北斗低、行人出レ關雞亂啼、他鄉無二人是知己一、欲レ歸未レ歸東復西、敝裘愧レ見家中妻(165)

三に曰く、

太白猶懸北斗沒、行人衣上霜拂々、下レ馬飮レ酒歌二苦聲一、新豐主人莫二相忽一、人奴亦有二封侯

骨㆒。(166)

何等の跌宕ぞ。

其葉卿《せふけい》の來游を送る者、悲壯淋漓《りんり》、人をして覺《おぼ》えず起つて劍を拔《ぬい》て地を斫《き》つて舞はしめんとす。

問㆑君辭㆑家今幾年、布衣綫斷芒屩穿、江湖夢廻燈火夜、聽雨每憶山中田、兵戈忽斷故鄕路、雖㆑有㆓兩足㆒歸無㆑緣、上書願㆑雪父兄恥、畫㆑地聚㆑米籌㆓山川㆒、居然無㆑成困㆓逆旅㆒、白日但看㆓孤雲㆒眠、時人不㆑容禰生傲、坐客豈信毛公賢、黃金已盡酒徒散、壯士反爲㆓兒女憐㆒、飢吟倚㆑壁氣未㆑餒、有㆑如㆔病鶻棲㆓荒煙㆒、却欲㆔南游探㆓禹穴㆒、僕夫整㆑駕鷄鳴前、波濤翻㆑江畏㆓飢鰐㆒、霧雨連㆑海愁㆓飛鳶㆒、相逢誰肯問㆓憔悴㆒、山水自爲㆓窮人㆒妍、乾坤無㆑家去何止、飄泊不㆑異廻風船、區々願君自愛惜、今古遇合無㆑非㆑天、亂離貧賤何足㆑歎、王孫亦在㆓道路邊㆒、我今豈少㆓四方志㆒、讀書坐破牀頭氈、恩讎兩無欲㆓誰報㆒、送㆑子空歌寶劍篇。(167)

其荊門《けいもん》壯士歌は牢騷悲歌、髮、冠を衝くの慨あり。

水洶々、氷差々、荊門葉黃杪秋時、上有㆓騰攫之猿猱㆒、下有㆓噏嚼之蛟螭㆒、悲哉此路難、孰敢徑渡㆑之、三撫㆑髀、壯士起、劍風騷勞髮上指、仰㆑天長歌不㆑見㆑星、哀鴻夕叫雲冥々。(168)

其悲歌は音響哀切。

征途險巇、人乏馬飢、富老不㆑如㆓貧少㆒、美游不㆑如㆓惡歸㆒、浮雲隨㆑風、零㆓亂四野㆒、仰㆑天悲歌、泣數行下。(169)

其主客行は凌厲《りょうれい》、(170)俊鶻《しゅんこつ》、(171)空を摩《ま》す。

主人楚歌客楚舞、落日黄雲雁聲苦、笑拂腰間寶劒光、美人滿堂色如レ土、大兒北海人中奇、小兒能讀曹娥碑、相逢且莫レ歎二貧賤一、但願有レ酒無二別離一、君不レ見平原墓上生二秋草一、國士無窮道傍老。(172)

其東門行は咄哉《とつさい》(173)大空を呵《か》す。

出二東門一、暮歸來、入レ室四壁空、突中無レ煙甑生レ埃、弱妻蓬頭稚子痩、使二我心下忽有一レ哀、安能學二東方生一、空抱二國士才一、身長七尺齒編レ貝、索レ米不レ得レ取二笑咍一、鷄鳴東門早欲レ開、杖レ劒當二遠去一、不レ乘二駟馬一不二復廻一、妻前挽レ衣言、君可レ棄レ妾、奈二此呱々孩一、君莫レ憂レ無レ糧、田中已生レ秾、君莫レ憂レ無レ裳、機中布成尚可レ裁、不レ須三苦慕二富貴一、富貴多有二害菑一、賤妾與レ君生同レ居、死即共作二山下灰一、吾欲レ行、爲徘徊、仰視二蒼天一重咄哉。(174)

夜中有レ感は何等の骯髒《かうさう》(86)ぞ、

倦僕厨中睡已安、吹レ燈呼起冐二霜寒一、酒醒無限悲歌意、不レ覓二書看一覓レ劒看。(175)

送二友謫戍一(176)は感慨限りなし。

獨攜二一劒一未レ知レ名、憐レ我惟君弟與レ兄、欲下把二平生肝膽事一、盡和二別酒一向レ君傾上。(177)

呉中逢下王才隨二朝京一使、赴レ燕南歸上(178)は何等の激越ぞ。

江南草長蝴蝶飛、白馬新自二燕山一歸、燕山歸、不レ堪レ說、易水寒風薊門雪、朝邸空隨使者車、禁闥不レ受書生謁、一杯勸レ君歌二莫哀一、歸時應レ過黄金臺、不レ見荒基秋來土花紫、伯圖已歇昭王死、千載無三人延二國士一。(179)

其醉歌贈二宋仲溫一は(180)

書足レ記二姓名一、劍可レ酬二恩讎一、少學兩不レ就、空作二澹蕩游一、與レ君相逢在二東州一、赤氣浮レ面非二凡儔一、驅レ車欲レ過公子宅、苦心莫レ伸涕横流、黄雲已蔽燕國晩、白露正滿梁園秋、天高海闊無レ處レ往、借問何以銷二煩憂一、千石酒、萬戸侯、請君論レ此誰當レ優、吳門日出花滿レ樓、醉眠不レ須遣二客休一、君留綠綺琴、我脱紫綺裘、今朝春好能飲否、東風吹散江南愁、(181)

豪放の裡《うち》に悲痛を藏す。

其憶昨行(182)跌宕淋漓。

憶昨結レ交豪俠客、意氣相傾無二促戚一、十年亂離如レ不レ知、日費二黄金一出游劇、狐裘蒙茸欺二北風一、霹靂應レ手鳴二彫弓一、桓王墓下沙草白、彷彿地似二遼城東一、馬行二雪中一四蹄熱、流影欲レ追飛隼滅、歸來笑學曹景宗、生擊二黄獐一飲二其血一、皐橋泰娘雙翠娥、喚二來尊前一爲レ我歌、白日欲レ沒奈レ愁何、廻潭水綠春始波、此中夜游樂更多、月出東山白雲裏、照見船中笛聲起、驚鷗飛過片々輕、有レ似三梅花落二江水一、天峰最高明日登、手接二飛鳥一攀二危藤一、龍門路黑不レ可レ上、松風吹滅巖中燈、衆客欲レ歸我不レ能、更度二前嶺一緣二崚嶒一、遠携二茗器一下相候、喜有二白首楞伽僧一、館娃離宮已爲レ寺、香逕無レ人欲二愁思一、醉題二高壁一墨如レ鴉、一半攲斜不レ成レ字、夫差城南天下稀、狂游累日忘二却歸一、座中爭起勸二我酒一、但道飲レ此無二相違一、自二從飄零各江湖一、故舊如今幾人在、荒煙落日野烏啼、寂莫青山顏亦改、須レ知少年樂事偏、當レ飲豈得レ言レ無レ錢、我今自算雖レ未レ老、豪健已覺難レ如レ前、去日已去不レ可レ止、來日方來猶可レ喜、古來達士有二名

言一、只說人生行樂耳。(183)

其西城門に登るの詩を見ずや何等の沈痛ぞ。

登レ城望二神州一、風塵暗二淮楚一、江山帶二睥睨一、烽火接二樓櫓一、幷呑何時休、百骨易二寸土一、向來禾黍地、雨露長二榛莽一、不レ見二征戰場一、那知二邊人苦一、馬驚西風笳、鳥散落日鼓、嗚々城下水、流恨自今古。(184)

人をして親しく其境にありて、流泉嗚咽《をえつ》の響をきくの想あらしむ。

此の如く衰亂の世に於ては、人をして一種悲壯の感を懷かしむると共に、一方に於て亦一種逃世の情を惹《ひ》く者なり、逃世の情は一種の厭世なり、兵戈四《よも》に動き、到る處流血、地を染むる慘憺の光景は多感の人をして忍びずして、世を厭《いと》ふの念を動かしむる者なり、且夫《かつそ》れ倜儻不羈《てきたうふき》の士、時に不平あれば則ち齷齪《あくさく》として、此塵世に居《お》り、天下の庸愚と蠕々《ぜん〱》として生くるに堪へざる者あり、即ち高蹈高擧を念《おも》ふ、此二樣の原因は、蓋し吾詩人の詩に仙を求むるの意を道《い》へる者、往々にして有之《これあ》らしむる所以なるべき乎《か》、其夢游仙(185)の詩に曰く、

夢騎蒼麒麟、手持白玉鞭、長風八萬里、夜入通明天、正逢絳闕開、謁レ帝陪二群仙一、飄颻紫霞珮、杳靄青霓旆、命與二衞叔卿一、共讀金蕊篇、玄文不レ可レ識、謫歸一千年、驚寤忽長嘆、虛空但雲煙。(186)

其曹生《さうせい》の新安山中に歸るを送るには曰く、

黃山西來九華連、巖洞翕忽通二雲煙一、白鷺嶺下煉丹處、瑤草獨秀今千年、三十二峰在二青天一、

仰レ面歴數擧二馬鞭一、高林雜樹多未レ識、風雨一過倶葱芊、山深何物尤可レ憐、秋禽幽鳴巧如レ絃、路廻澗阻似レ無レ地、中有二蒔レ藥千家田一、雲間雞犬隔二流水一、居人彷彿皆神仙、我欲二窮游一久無レ緣、羨君忽去尋二歸船一、猿聲兩岸谿幾曲、白沙明月相洄沿、到時西峰草堂前、應レ有三携レ酒來二華顚一、山人不レ喜レ說二朝市一、但話二久別一情依然、塵埃舊褐便可レ脫、濯費二十斛山中泉一、爲レ予淨掃石上葉、早晩有レ意來高眠。(187)

元季亂離の間に、其半生を過したる吾詩人の詩は此の如くなりしなり、一方に於て悲壯の調を帶ぶるとゝもに、一方に於て又飄逸の調を帶ぶ、彼は元遺山(188)の如く亡國の臣たり、杜甫の如く亂離の中を經たり、而して李白の如く不羈《ふき》の天才を有したりしなり、故に高青邱の詩或は李白の如く飄逸、或は杜甫の如く沈痛、或は元遺山の如く悲壯、諸體をかねて而して才情以て之を貫けるなり。

第三章　臺閣時代

(一)　徵に就く

洪武元年明祖の既に萬乘の位に卽《つ》くや、彼は元季亂離二十年民の既に久しく干戈《かんくわ》に苦むを知る、乃ち武を偃《ふ》せて大に文教を興さんと欲し、卽位の元年八月、卽ち先づ學士詹同《せんどう》等十人に命じて、十道に分行して賢哲隠逸の士を訪求せしめ、其九月詔を下して賢を求め、更に其十一月又夏元吉等をして徧《あまね》く天下に賢才を訪求せしめたり、乃ち開國の例によって前代の史を修せんと欲し、其十二月詔して局を天界寺に開き、文學の士十六人を徵《め》して同じく纂修《さんしう》せしむ、翌年正月高靑邱も亦同里の謝徽《しゃき》とともに召されて金陵に赴き、事に預かる、其答二余新鄭一の詩に(189)

初春天子下二明詔一、欲レ纂二前史一羅二儒英一、非才亦辱使者召、辭謝不レ得來二南京一(190)

なる者是《これ》、南京は卽ち金陵、此年八月詔して汴梁《べんりやう》を以て北京《ほくけい》となし、金陵を南京とせるなり、又其徵に就いて方《まさ》に發せんとし其妻と別るゝ詩あり、曰く、

承レ詔趣嚴レ駕、晨當レ赴二京師一、佳徵豈不レ榮、獨念與レ子辭、子自レ歸二我家一、貧乏久共レ之、闈門藹二情歡一、寵レ德不レ以レ姿、天寒室懸罄、何忍遠去レ茲、王明待二紬文一、不レ暇レ顧二我私一、忽々愧二子勤一、爲レ我烹二伏雌一、攜レ幼送レ我泣、問我旋レ軫時、行路亦已遙、浮雲蔽二川坻一、宴安聖所レ戒、胡爲守二蓬茨一、我志願レ裨レ國、有レ遂幸在レ斯、加餐待二後晤一、勿レ作二悄々思一。(191)

又親友に留別して曰く、

長送三遊人作二遠行一、今朝還自別二鄕城一、北山恐レ起移文誚、東觀慙レ叨議論名、路去幾程天欲レ近、春來十日水初生、只愁使者頻催レ發、不レ盡江頭話レ別情。(192)

此行途上、土橋を早發しては家に在るの日晏《あん》として起くるの逸《いつ》を思ふ。

空山遠無レ驛、逆旅聊可レ宿、懷レ征候二鳴鷄一、燃レ帶續二我燭一、僕夫昨行苦、爛熳睡正熟、呼レ之愧二忽々一、推レ車出二茅屋一、高巖尙懸レ斗、深谷未レ升レ旭、欲レ亟去反遲、怪石暗屢觸、思當二

在レ家時一、日晏始舒レ足、胡爲此行邁、霜露勞二局促一、王事靡二敢辭一、非レ關レ徇二微祿一。(193)

車、八岡《はつかう》を過ぎては、

上レ岡如レ登レ天、下レ岡如レ決レ川、勞哉輓レ車夫、呀喘當二我前一、兩轅鬪欲レ摧、土石厲且堅、我行閔二其憊一、時下息二彼肩一、雖レ非二古羊腸一、實懼覆與レ顚、如何道路子、車來競連々、白日已傾仄、我行尙廻邅、安得レ駕二逸足一、平野超二飛煙一、(194)

既に京に到る、乃ち史局なる天界寺に寓せり、天界寺は元の時龍翔《りゆうしやう》集慶寺と名《なづ》けらる、江寧府志によるに城中大市橋の北に在《あ》りといふ、其天界寺に寓するの詩に曰く、

雨過帝城頭、香凝佛界幽、果園春乳雀、花殿午鳴鳩、萬履隨レ鐘集、千燈入レ鏡流、禪居容二旅跡一、不レ覺久淹留。(195)

又雨中西閣に登るの詩あり。

片雲出二鐘山一、陰滿江東曉、幽人閣上寒、風雨啼鸎少、紅塵禁陌淨、綠樹層城繞、不レ爲レ怨二春徂一、離懷自憂悄。(196)

彼獨り寓して天界寺にあり、客況《きやくきやう》寂莫則ち家を憶《おも》ひ、妻を懷ひ、其女《むすめ》を懷ふて、覊《き》愁《しう》切《しき》りに動く者あるなり、夜天界の西軒に坐しては、月色清景悅《よろこ》ぶべしと雖ども終に故園に非ざるを嗟《なげ》き、

明月出二東閣一、照三我坐二前軒一、諸僧夜已定、寂莫與レ誰言、煙幔螢微度、風條蟬罷レ喧、淸景雖レ堪レ悅、終嗟非二故園一。(197)

園柳に對しても猶《なほ》情に禁《た》へず。

依々客園柳、來時未レ堪レ折、今看夏條長、上有二新蟬咽一、芳序惜二推遷一、佳人念二離別一、秋風莫二遽起一、旅思方騷屑、(198)

陳四秀才の吳に還《かへ》るを送《おくつ》ては、

君是故郷人、同作二他郷住一、同來不二同返一、惆悵臨レ分處、手把長干花、回望長洲樹、恐レ起二憶レ家心一、愁レ題二送レ君句一、(199)

鐘樓に登りては京城を望んで、

朝罷登レ樓賞二晚晴一、三山二水總分明、人間地湧黃金界、天上雲開白玉城、宮樹遠連江樹色、寺鐘微答禁鐘聲、憑レ高空此觀二形勝一、深愧無三才賦二帝京一、(200)

其妻の寄するに答へては、

落月入二曉闈一、相思不レ須レ啼、我非二秋胡子一、君豈蘇秦妻、風從二故鄉一來、吹レ詩達二京縣一、讀レ之見二君心一、寧徒見二君面一、拔レ草不レ易レ絕、割レ水終難レ開、行雲會有レ時、飛下巫陽臺、莫レ信長安道、花枝滿樓好、白馬繫二春風一、離愁坐將レ老、(201)

其の僕至りて二女消息を得ては、

我僕持二尺書一、來レ自二我故鄉一、讀レ書意未レ了、呼レ僕問二彼詳一、云我兩小女、別來稍已長、大女手摻々、窓前學二縫裳一、小女啼啞々、走索二瓜果一嘗、喜二爺有レ使歸一、迎レ門各踉蹌、我坐聽二此言一、欲レ慰意反傷、稍近尙爾思、更遠何能忘、(202)

其姊を夢みては、

我家白頭姉、遠在二妻水曲一、昨夜夢見レ之、千里地誰縮、不レ知別已久、尚作二別時哭一、覺來旅齋空、風雪灑二窗竹一、田家有二弟妹一、終歳喜二相逐一、我非二王事靡一、胡忍レ離二骨肉一、城東先人廬、尚有二書可一レ讀、何當二乞レ身還、親爲レ姉煮レ粥。(203)

彼は今遠く京城に客となって、故山杳《はるか》に雲山を距《へだ》つ、顧れども見えず、知るべし夢魂夜々江村の家を遶《めぐ》れるを、其京師嘗呉粳《ごかう》(204)の詩亦蓋し當時の作、榮達に處《を》つて當日の窮苦を想へる也。

新杭粲如レ玉、遠漕來二中呉一、初嘗愛二精鑿一、想出二官田租一、我本東皐民、少年習二耕鉏一、霜天萬穗熟、忩啄從二飢烏一、日暮刈穫歸、妻孥共歡呼、茅屋夜舂急、風雨江村孤、晨炊滿家香、薦以二出網鱸一、如今幸蒙レ恩、遨游在二南都一、門前半區田、別來想已蕪、長年盜二寸廩一、補報一事無、投レ匕忽歎息、飽食慙二農夫一。(205)

(二) 元史の編修

洪武二年二月始めて史局を開く、宋濂《そうれん》、王禕《わうき》總裁たり、濂字《あざな》は景濂、潛夫と號し、浦江の人、元季に翰林編修となり、明初に徵《め》されて翰林學士承旨(206)となれり、太祖嘗て評して曰ふ、浙東《せきとう》の人才は唯《ただ》卿と王禕とのみ、才思の雄なるは卿、禕に如《し》かず、學問の博きは禕、卿に如かずと、太祖又劉基と文を論ぜしに、基いふ宋濂第一、其次は臣敢て多く讓らずと、以て當時彼が文名を見るべし、此時王禕と詔を奉じて元史の編修を督せり、禕字は子充、宋濂と同門たり、亦文名一時に高し、當時同じく纂修に預る者、汪克寬、胡翰、宋禧《そうき》、陶凱、陳基、曾魯、趙汸《てうはう》、張文海、徐尊生、黃篪《くわうち》、傅恕《ふじょ》、王錡《わうき》、傳著《ふちょ》、趙壎《てうけん》、謝徽《しゃき》、等、啓と共に凡て十有六人、太祖十六人の者を召し、之に諭《さと》して曰く今爾等《なんじら》に命じて纂修せしめ、以て一代の史に備ふ、務めて其事を直述し美を溢《いつ》にする勿《なか》れ、惡を隱す勿れ、庶《あまね》く公論を合して、以て鑑戒に垂れよと、而して高啓は主として曆志を編す、呂勉《りょべん》が傳(207)に所謂「總裁宋公、曆、黄帝より以來、聖君重んずる所、微遠明《あきらか》にし難きを以て、特に之を先生に委ね、考據を爲《な》さしむ、運氣、度數、歲餘、歲差、授時、歩氣の屬、古に徵し、今を驗し、必ず天道に脗合《ふんがふ》せんことを求む、苟焉《かりそめ》にして已《や》むべきにあらず、及び他の志傳、節に詳明あり、文實に深く事核《きは》め、公の奬賞する所となる」なる者、是《これ》にして、而して其年八月に至つて書成り、十三日表を奉じて之を奉天殿に上進せしに白金文綺《ぶんき》(208)の賜あり、啓、當時、詩あり。

詔預㆓編摩㆒辱㆓主知㆒、布衣亦得㆑拜㆓龍墀㆒、書成㆓一代㆒存㆓殷鑒㆒、朝列㆓千官㆒備㆓漢儀㆒、漏盡秋城催㆑仗早、燭光曉殿卷㆑簾遲、時淸機務應㆓多暇㆒、閣下從容幸一披。(209)

閱《こ》えて二日、節、中秋に當る、同じく纂修の士十六人天界寺の中庭に於て酒を置て佳節を賞し、兼ねて史事の甫《はじ》めて成れるを祝す、啓、詩あり、其詩の序に曰く、

洪武二年八月十三日、元史成、中書表進、詔賜㆓纂修之士㆒十六人銀幣㆒、且引對奬諭、擢㆓授庶職㆒、老病者、則賜歸㆑于㆑鄉、閱㆓二日㆒中秋、諸君以㆘史事甫成、而佳節適至、又樂㆓上賜之優渥㆒、而惜㆗同局之將㆖㆑違也、乃卽㆓所㆑寓天界佛寺之中庭㆒、置酒爲㆓翫月之賞㆒、分㆑韻賦㆑詩、以紀㆓其事㆒、啓得㆓衢字㆒云。(210)

其詩に云ふ、

聖主念二前鑒一、述作徵二名儒一、群來高館間、厠レ跡愧二我愚一、孰謂此責輕、毫端有二褒誅一、書成進二丹陛一、召對共拜趨、去留雖レ不レ同、雨露均沾濡、已淹二三時勞一、可レ廢二一夕娛一、況逢端正月、當レ空照二眉鬚一、流光滿二金界一、境與二人間一殊、廣庭布二長筵一、嘉肴薦二芳腴一、豈唯多士集、亦有二名僧俱一、興酣貴二形忘一、諧笑不二復拘一、觴行豈辭レ勤、仰看轉二斗樞一、明晨卽分レ袂、此樂誠須臾、人生二四海間一、相見皆友于、不レ知誰使令、流蕩無二根株一、忽然此相遇、旋復成二天隅一、願各崇二令名一、逍遙步二亨衢一、明年重見レ月、相憶當二長吁一。(211)

元史の編修既に終りたれば、啓は更に諸功臣の子弟に教授するの任を命ぜられ、翌年正月開平王の二子の東宮に侍學するに經を授く、其早春皇太子に侍して、東苑池上に游ぶの詩に曰く、

銅輦出紆徐、春宮晝講餘、戟煩二郎將一衞、簡授二大夫一書、草長園鳴レ鹿、氷開沼躍レ魚、從遊伴二商皓一、忝竊愧何如。(212)

蓋し當時の作也。

二月翰林院編修を授けらる、是れ青邱が一介の處士より擢《ぬ》かれて此榮達に上り其功名の志を成したる最も得意の時にして、彼は惓戀《けんれん》の情にたへざる家人を京城に招き、由《よつ》て寓を鍾山里の第《てい》に遷《うつ》して相別るゝこと三歳にして、再び一家團欒《だんらん》春の如きの樂《たのしみ》を味へり、其天界寺より移つて鍾山里に寓するの詩に曰く、

移レ寓鍾山里、開レ軒見二翠微一、寺僧違乍遠、隣父識猶稀、愛レ讀明開レ牖、防レ偸固設レ扉、誰言新舍好、畢竟未レ如レ歸。(213)

長く貧賤に沈みたりし者、今忽《たちま》ち榮達して此樂を見るを得たり、彼が會心想ふ可きなり、其家人の京に至れるを喜ぶの詩に曰ふ、

家人遠來如二我歸一、骨肉已是鄕園非、妻羸女病想二行苦一、塵土覆レ面風吹レ衣、裝車日暮解二牛軛一、呼レ燭買レ酒敲二隣扉一、客懷乍見不レ得レ語、一室相對情依々、憶昨初蒙二使者徵一、遠別二田舍一來二京畿一、小臣微賤等二蟻蝨一、召對上レ殿瞻二天威一、詔從二太史一校二金匱一、每旦珥レ筆趨二彤闈一、春遊二禁苑一侍二鶴駕一、冬祀二泰時一隨二龍旂一、有レ時青坊坐陪レ講、宮壺滿賜霑二恩輝一、草茅被レ寵已踰レ分、不才寧免誚與レ譏、海鳥那知享二鐘鼓一、野馬終懼遭二籠鞿一、江湖浩蕩故山遠、歸夢每逐鴻南飛、常時出レ院就二空舘一、僮僕愁對語者稀、知君在レ舍亦岑寂、歲暮雨雪吟二蛜蝛一、今宵得レ見信可レ樂、如下獲二美饌一飽中我飢上、但憂兄姉尙遠隔、言笑未レ了仍歔欷、何當下乞レ還棄二手版一、重理二吳榜一尋中漁磯上、門前親種一頃稻、婢供二井臼一妻鳴レ機、秋來租稅送レ縣畢、村酒可レ醉鷄豚肥、誰言此願未レ易レ遂、聖澤甚沛寧終違。(214)

天下竟《つひ》に完名の人なし、盈《えい》に處《を》つて須《すべか》らく缺《けつ》を想ふべし、青邱此時得意を極めて、而して歡樂の永く終へ難きを知る、故に道《い》ふ「草茅《さうぼう》寵を被《かうむ》ること已に分を踰《こ》ゆ、不才寧《いづく》ぞ誚《せう》と譏《き》とを免れん」と、蓋し明祖刻薄の資を以て効程を見るに急なりしや轉じて刑名となり、流れて猜忌《さいき》となり、刑を用うる事太甚《はなは》だ繁く、彼の前代功臣跋扈《ばっこ》の跡に懲《こ》りて、大《おほい》に宿將功臣を削滅して、一人のよく其終を克《よ》くするものなかりしを以ても、之を見るに足るなり、青雲久しく居る可らず。

玄運有二恆旋一、盛時無二久居一、勿レ嗤城南巷、寂寞揚雄廬、(君子有レ所レ思行)(215)。

彼は早く去るの哲人身を保つ所以の途《みち》あるべきを思ふ、故に曰ふ、「何《いづれ》か當《ま》さに還《かへる》を乞ふて手版を棄て、重ねて呉榜《ごばう》を理《をさ》めて漁磯《ぎょき》を尋ね、門前親《みづか》ら一頃《いっけい》の稻を種え、婢は井臼《せいきう》を供し、妻は機を鳴らし、秋來租稅縣に送て畢《をは》らば、村酒醉ふべく、鷄豚肥ゆべき」と、是《これ》を以て、彼は其年七月特に戸部侍郎に擢《ぬきん》でられたりと雖ども、年少未だ理財の任を諳《そら》んぜざるを以て辭し、仍《よつ》て金幣を給《たま》はって放歸せらるゝを得、同じく徵《ちょう》に應ぜし同里の人謝徽と同じく歸って復《また》江上の靑邱に居《を》れり、其辭して方《まさ》に東に還《かへ》らんとして、始めて都門を出でゝ、

詔貳二民曹一出二禁林一、陳辭因得レ解二朝簪一、臣材自信元難レ稱、聖澤誰言尚未レ深、遠水江花秋艇去、長河宮樹曉鐘沈、還レ鄕何事行猶緩、爲レ有二區々戀レ闕心一。(216)

又此時其謝翰林留別に酬《むく》ゆるの詩あり、其序に曰く、

啓與二同郡謝君徽一同徵、又同官二翰林一、洪武三年七月二十八日上御二闕樓一召對、擢二啓戸部侍郞一、謝吏部侍郞一、俱以二踰冒一辭、卽蒙二兪允一、賜二內帑白金一放二歸于一レ鄕。(217)

其詞に曰く、

江左稱二謝家一、奕葉多二名人一、君今復秀發、瓊枝邁二風塵一、顧余忝二鄕里一、才華敢論レ美、丹詔偶見レ徵、雲蘿欻同起、謁レ帝入二九闕一、咫尺瞻二天顏一、從レ玆謬通レ籍、接レ武諸公間、朝侍二靑坊讀一、夜陪二玉堂宿一、講罷分二御羹一、吟成刻二官燭一、出入在二兩宮一、與レ君無レ不レ同、自慙本鷗鷺、亦得隨二鵷鴻一、朝々禁門下、聽レ鷄共騎レ馬、上國多二故人一、情親似レ君寡、並命超二列卿一、寵極翻憂驚、我叨掌二國計一、君佐持二銓衡一、偕辭向二明主一、叩レ天聽二天語一、勅賚內帑金、

東還特相許、拜レ賜出二皇都一、人言似二兩疏一、月明照二宮錦一、同櫂入二中吳一、吳中故鄕道、雨歇秋光好、青山度レ水迎、喜我歸來早、落日下二長洲一、分携忽解レ舟、如何到レ家喜、却有別レ君愁、別レ君去還邇、只隔二吳江水一、離思與レ秋長、蘆花三十里、來往片帆通、相期作二釣翁一、高歌雖二鄙野一、猶可レ贊二王風一。(218)

嗚呼野鶴自由に慣《な》る、永く樊籠《はんろう》の裡《うち》に居らしむ可らず、跌宕《てつたう》不羈、彼が如《ごと》き者、豈に臺閣の上紫朱を施《し》いて晨出晩退するの煩《はん》に堪《た》へんや、彼は既に其出で仕へし翌冬苦寒ありし時、早く既に其乞還《きつくわん》の意を漏したりしなり、詩あり證す可し。

北風怒發浮雲昏、積陰慘々愁二乾坤一、龍蛇蟄レ泥獸入レ穴、怪石凍裂生二皴痕一、臨滄觀下飛雪滿、橫江渡口驚濤奔、空山萬木盡立死、未レ覺陽氣回二深根一、茅檐老父坐無レ褐、擧レ首但望開二朝暾一、苦寒如レ此豈宜レ客、嗟我歲晚飄二羈魂一、尋常在レ舍信可レ樂、牀頭每有松醪存、山中炭賤地爐煖、兒女環坐忘二卑尊一、鳥飛亦斷況來友、十日不三敢開二衡門一、竭來京師每晨出、强逐二車馬一朝二天閽一、歸時顏色黯如レ土、破屋瞑作二飢鳶蹲一、陌頭酒價雖レ苦貴、一斗三百誰能論、急呼取レ醉徑高臥、布被絮薄終難レ溫、却思健兒戍二西北一、千里積雪連二崐崙一、河氷蹈碎馬蹄熱、夜斫二健壘一收二羌渾一、書生只解弄二口頰一、無二力可一レ報二朝廷恩一、不レ如早上二乞レ身疏一、一簑歸釣二江南邨一。(219)

牀頭《しやうとう》每《つね》に酒あり、地爐《ちろ》常に煖《あたたか》に、兒女環坐、十日門を開かざる山中の間適に慣れたる彼は、每晨《まいしん》出で丶車馬を逐《お》うて朝し、酒は貴うして醉をなし難く、衾《きん》は薄うして睡《ねむり》をなし難く、京師の煩累なる生

涯に安んずる能はずして、毎に一簑《いつさ》歸つて江南の邨《むら》に釣るの意に切なりし也、其御溝鷺《ぎよこうが》を觀《み》るの詩に曰く、

白雪泛金塘、群翻動曙光、危棲翹獨趾、亂唼引修吭、池中鵠可並、廷內鷺難行、自憐觀詠者、江湖興未忘。(220)

彼は竟に御溝の鷺と同じく江湖の興を忘れ得ざるものなりしなり。

而して今や彼は其志を遂げたり、彼は江上の家に歸つて漁磯《ぎよき》に閑鷗《かんおう》と相馴《な》るゝの樂を再びするを得たり、其嬀蜼子《きゐし》の歌、元と其友王常宗のために作れるものなりと雖ども、彼此《ひし》其出處相似たる自《おのづ》ら彼自《みずか》らいふものに似たり。

嬀蜼子、乃是軒轅之裔、虞鯀之孫、混沌既死一萬年、獨抱大樸存、竊伏在草野、冥心究皇墳、蚤逢三光五嶽之氣乍分裂、天狼下地舐血流渾々、鹿走秦中原、蛇鬪鄭國門、俎豆棄草莽、干戈欻崩奔、嬀蜼子便欲東游渡弱水、沐髮滄海朝陽盆、又欲西行泝河漢、踰崑崙、山横川阻兩地俱不可以往兮、歸來掩戶臥日昏、蒔黍一區、注醪一樽、妻給井臼、兒牧鷄豚、不詰曲以媚俗、不偃蹇而淩尊、作爲古文詞、言高氣醇溫、手提數寸管、欲發義理根、上探孔孟心、下吊屈賈魂、其質耀金石、其芳吐蘭蓀、叩虛答有響、斲險成無痕、陸珍雜水怪、變狀弗可論、幾年兀々不肯出、坐待眞主應運九五開乾坤、鶴書自天來、幽隱初見拔、使者遠造廬、鷄鳴起膏轄、與纂金匱編、尙書爲給札、姦魂泣幽塚、下恐遭誅殺、書成一代進紫宸、鸞旗羽衞夾陛陳、閤門導謁稱小

臣一、麻衣不レ脱拜二聖人一、捧レ函近二前殿一、龍顏喜回レ春、勅賚內帑之金與二綺段一、其文織作銀麒麟、蒙レ恩乞還レ家、以奉二白髮親一、戴二古弁一、垂二長紳一、自號二山澤之臞民一、嫣雌子幸際二明良時一、無爲寂默坐老東海湄、靑邱有レ客鈍且癡、與レ汝欲レ結同襟期、左鼓二淸瑟一、右吹二鳴篪一、作レ歌共祝天子壽、五風十雨萬國赤子同澌々。(221)

彼は青邱の一逸民となれり、歌を作つて共に永《なが》く天子の壽を祝せんと期せり、然《しか》れども天の詩人を疾《にく》むや、彼は故山に歸りたりと雖ども永く故山の山水に靜吟する能はず、後四歳を閱《へ》て彼は刑戮《けいりく》の人となれり。

第四章　臺閣時の詩

詩は情の聲なり、情は感に隨うてうつり、感は境に隨うて變ず、故に詩は境に隨うて其調を異にする也、坎壈《かんらん》(51)の際は其聲促《そく》、得意の時は其聲舒《の》ぶ、吾詩人の詩を以て之を徵するに、處士の時、亂離の際は、悲壯不平の氣咄々《とつとつ》人に逼《せま》る者あり、而して其臺閣にあるの日、武を偃《ふ》せ兵を戢《をさ》め、天下既に昇平、而して身に官位の尊あり、家に儲粟《ちょぞく》(222)を缺《か》かず、當時の詩自ら雍和《ようわ》(223)毫も哀颯《あいさつ》(224)の氣を帶びず、其車駕親《みづか》ら方邱に祀《まつ》り、射を齋宮に選せし時賦して奉る所の、

奠二璧方壇一曉祝釐、豹竿風動從二靈祇一、獻符多士歌二昌運一、扈レ蹕諸蕃覲二盛儀一、郊射貫レ侯初

復レ古、汾祠獲レ鼎未レ云レ奇、山川效レ順年多レ穀、神答二皇心一定有レ期、(225)

御溝

春含二禁柳一綠相和、縈二貫天津一若二絳河一、派出二宮牆一流葉斷、源通二靈沼一躍魚多、曲迂月下龍舟轉、淸照雲間雉扇過、行客何須問二深淺一、長流不レ盡似二恩波一(226)、

閶闔《しやうかふ》篇の

天門迎レ旭開二紫霞一、八表洞達春無レ涯、閣道縈廻度二鸞車一、羽旗揚レ彩鐘鼓撾、後宮三千人、秀色掩盡世上花、宸游時過廣成家、瑶觴再壽盛二露華一、一仁興、萬福加、何須レ慕二神仙一、辛勤煉二丹砂一、小臣微詞欲二拜獻一、帝德自大非レ爲レ誇(227)。

洋々たる太平の氣象、淸明館中諸人に呈するの詩亦怡樂《いらく》の情、隱約として見るべし。

新煙著レ柳禁垣斜、杏酪分レ香俗共誇、白下有レ山皆繞レ郭、淸明無二客不一レ思レ家、卞侯墓上迷二芳草一、盧女門前映二落花一、喜得故人同待レ詔、擬下沽二春酒一醉中京華上(228)。

秋興の詩猶一字衰颯《すゐさつ》(229)の音を着けず。

柳外秋風起二御河一、京華客子意如レ何、伎同二南郭一知レ應レ濫、俸比二東方一愧二己多一、梁寺鐘來殘月落、漢宮砧斷早鴻過、不材幸得二同趨一レ闕、幾度珊々候二曉珂一(230)。

雪夜、翰林院に宿して作れる所、亦唯《ただ》慶祥(231)の意を道《い》ふのみ。

偶伴二王摩詰一、寒宵宿二禁林一、院鈴風外靜、宮漏雪中沈、絳蠟銷二吟燭一、青綾擁二賜衾一、明朝陪二賀瑞一、銀闕曉光深。(232)

絳蠟《かうらふ》の燭《しょく》、青綾《せいりょう》の衾《きん》、自ら草莽《さうまう》にあるの日、苦寒布衾を茅屋《ばうおく》の下に擁せしと、其情異ならざるを得ず、其苦寒江上主人の壁間に書せし詩に曰く、

慘節欲レ盡郊原空、北風五日吹二沙蓬一、客子東游骨肉遠、主人賴有二江邊翁一、青燈白酒同傾瀉、醉擁二布衾一茅屋下、中宵不三敢愁二苦寒一、猶有二窮年遠行者一。(233)

前者の悠揚自ら後者の寒酸に比すべからざるを見ん、其南岡に登つて都《と》邑《いふ》宮闕《きゆうけつ》を望むの詩、其一に曰く、

落日登レ高望二帝畿一、龍幡山下見二龍飛一、雲霄雙闕開二黃道一、煙樹三宮接二翠微一、沙苑馬間秋獵罷、天街車鬪晩朝歸、明朝欲レ獻昇平頌、還逐二仙班一入二瑣闈一。(234)

其二に曰く、

秦金不レ厭氣佳哉、紫盖黃旗此日開、殘雪已銷鳷鵲觀、浮雲不レ隱鳳凰臺、山如二洛下一屢々出、江自二巴中一渺々來、六代衣冠總成レ土、幸逢二昌運一莫レ興レ哀。(235)

何等の雄麗ぞ、何等の昌大《しゃうだい》ぞ、何等の弘博ぞ、興國の音自《おのづか》ら然らざるを得ざる也。

蓋し支那は革命の邦也、故に一代の氣運既に衰え、紀綱弛廢《しはい》すれば乃ち新興の者あり、取《と》て之に代る、夫《そ》れ衰運の世、百弊皆在り、新興の者取て之に代れば、百廢皆興る、革命は下毒劑なり、積毒之によつて掃はる、革命は興奮劑也、氣運之によつて振ふ也、故に國、革命あれば、氣勢勃々として

揚がり、氣運駸々《しん〱》として進み、悉く前代の面目をとつて之を一新するなり、高青邱が此時、明正《まさ》に新《あらた》に興る、興國の氣運勃々として隆《さかん》なり、政治法制より制藝學術[236]に至るまで、皆一代の規模を剏《はじ》めたり、此の如き時の文學は、自ら其時勢の印象をうけて、聲容の壯を致し、雄大となり、昌大となり、富麗となり、偉麗となるは爭ふべからざるの數也、彼が當時の詩が興國の音を帶ぶるは、此《これ》がため也、試みに當時の詩を以て彼が往日の者に比するに、此は俊麗軒々として朝旭《てうきよく》の霞中に上るが如く、彼は凌厲《りようれい》[237]矯々として秋隼《しうじゆん》の空を摩《ま》するが如く、此は躰裁雄渾《ていさいゆうこん》、彼は風骨穎利《えいり》、彼は浙江《せつかう》の潮《うしほ》の如く、此は蒼海《さうかい》の月の如し、一は奇、一は宏《くわう》、一は峭《せう》、一は和、一は情を以てし、氣を以てし、一は才を以てし、學を以てす、二者の相同じからずして、所謂勝國[29]に處《をつ》ては則ち悲歌慷慨《かうがい》し、興朝[238]に際しては則ち鼓舞歡迎する所以なり。

　而して吾人を以て之をみるに青邱が長所は寧《むし》ろ彼にあって此にあらざるなり、蓋し彼が詩は彼が其謹嚴を要する正史の筆を操《と》るの間に於て、其奔逸を減じて字句の緊正を致したるは疑ふ可らず、而して吾詩人は其古詩に於て、古詩中に於て殊に其長短句に於て、其妙を見得るが如く、其長所は確に其奔逸にあるなり、彼高青邱が詩人に普通なる多感の質を有して感興の動く所、情自ら激して、天來の神韻、此時に下り、妙句妙辭不用意にして錯落《さくらく》、躰《たい》をなすものあるは、勿論《もちろん》、南人なる彼は、自ら其文學に於ても南人の調を帶びて、簡古よりも寧ろ跌宕《てつたう》に、律切清深なるよりも寧ろ豪放邁往《まいわう》に、正大明達なるよりも寧ろ凌厲險怪に、穩を對偶の精切に求めんよりは、奇を長句雜句に出さんことは、寧ろ彼の長ずる所なりしなり、故に謹嚴律切なる臺閣の躰の、往日不平慷慨の時、筑《ちく》を撃つて吟せるものに劣る所あるは洵《まこと》にやむを得ざる所あらん、ハイネ嘗て曰《い》ふ、悲哀あって始めて詩ありと、實に悲痛は感興の荆鞭《けいべん》也(239)、故に悲痛の詩に成るの詩は往々にして得意無事の時に優る、是れ盖し詩は感興を以て其性命となして、得意の時則ち心、外に鶩《は》せて志、聲色に奪はるゝを免れずして、而して失意の時其心内省、故に目睹《もくと》耳聞《じぶん》皆感興あれば也、青邱の詩の往日に優なりといふ所以也。

第五章　其晩年

洪武三年彼が都門の仕進の生涯より脱して、再び江上處士の生涯に復《かへ》りたるは、實に彼が三十五歳の秋なりき、其呉淞江に至るの詩に曰く、

江浄涵㆓素空㆒、高帆漾㆓天風㆒、澄波三百里、歸興與無㆑窮、心期弄㆓雲月㆒、迢遞辭㆓金闕㆒、晩色海霞銷、秋芳渚蓮歇、久別釣魚磯、今朝始拂㆑衣、忘㆑機舊鷗鳥、相見莫㆓驚飛㆒。(240)

其楓橋《ふうけう》に至るの詩には曰く、

遙看㆓城郭㆒尚疑㆑非、不㆑見青山舊塔微、官秩加㆑身應㆓謬得㆒、郷音到㆑耳是眞歸、夕陽寺掩啼鳥在、秋水橋空乳鴨飛、寄㆑語里閭休㆓復羨㆒、錦衣今已作㆓荷衣㆒。(241)

始歸二江上一夜聞二吳生歌一因憶二前歳別時一

前年月夜聞二君唱一、秋滿二蘆花一此江上、一聲離思水茫然、雲逐二孤帆一共搖颺、驚魚噴レ浪棲鶻飛、木葉散落風吹レ衣、蓮歌盡歇松陵浦、漁笛還沈笠澤磯、停レ杯數到臨終拍、露下無レ聲斜漢白、滿船相送盡凄然、況我當レ爲二遠行客一、解レ紱今年別二紫宸一、歸舟江上又逢レ君、一尊重聽當年曲、相對渾疑夢裏聞、東方欲レ曙餘聲絕、悲喜盈レ襟竟誰說、願長把レ酒聽二君歌一、從レ此天涯少二離別一。(242)

其睡覺の一詩、逍遙《せうえう》自適の狀を叙して往日仕進の今日の閒散《かんさん》に若《し》かざるをいふ、

爐薫靄宿潤、秋滿狀屛裏、曙色透レ窗來、幽人眠未レ起、風驚露樹怯、日出煙禽喜、却憶二候東華一、朝衣寒似レ水。(243)

東華は蓋し宮城東面の門にして、學士初めて天子を拜するには皆此門より入ると、結末の一句其言外の意、亦冷水に似たり、其樂天に效《なら》ふの一詩、又官を辭して曠放《くわうはう》(244)自ら喜ぶの適をいふものなり。

誰言我久賤、明時已叨レ祿、誰言我苦レ貧、空倉尙餘粟、辭レ闕是引退、還レ鄉豈遷逐、舊宅一架書、荒園數叢菊、俗緣任二妻子一、家事煩二僮僕一、性懶宜二早間一、何須暮年促、猶著二朝士冠一、新裁二野人服一、杯深午醉重、被暖朝眠熟、旁人笑二寂寞一、寂寞吾所レ欲、終老亦何求、但懼無二此福一、功名如二美味一、染レ指已云足、何待厭飽餘、腸胃生二疢毒一、請看留侯退、遠勝二主父族一、我師二老子言一、知足故不レ辱。(245)

彼は既に功名を美味に比し、厭飽せば腸胃に疢毒《ちんどく》を生ずべし、一度已《すで》に指を染めたり便《すなは》ち足れりと

なし、之を一擲《いってき》して復顧みず、寂莫の生涯を求めて翌洪武四年、彼は江上より更に居を武邱の西麓に移し、徒を集めて業を授け、又未だ幾《いくばく》ならずして城南に遷《うつ》れり、其遷居の詩に曰く、

辛苦中年未レ有レ廬、東西長寄一嚢書、未レ能レ避レ俗還依レ俗、堪レ信移レ居更索居、葉滿二隣園一煙冪々、竹連二僧舍一雨疎々、何須許伯長安第、此屋翛然已有レ餘。(246)

先《これよりさき》是盧熊《ゆう》なる者あり、郡志を修めて初めて成れり、會《たまたま》青邱、故山に歸る、乃ち之が爲めに考據し、幷《ならび》に躬《みずか》ら風俗、古蹟《こせき》、祠廟《しべう》、冢墓《ちょうぼ》、(247)山水、泉石、園亭、寺宇、橋梁等を探覧して毎に一詩を系《か》け、之を姑蘇雜詠《こそざつえい》と名づく、此年十二月に至って書成る、其詩凡て一百二十三篇、自ら序して曰く、

吳爲二古名都一、其山水人物之勝、見レ於二劉白皮陸諸公之所一レ賦者衆矣、余爲二郡人一、暇日搜レ奇訪三異於二荒墟邃谷之中一、雖二行躅殆徧一、而紀詠之作、則多レ所レ闕焉、及レ歸二自京師一、屛二居松江之渚一、書籍散落、賓客不レ至、閉レ門默坐之餘、無二以自遣一、偶得二郡志一閲レ之、觀二其所レ載山川臺榭園池祠墓之處一、余向嘗得レ於二煙雲草莽之間一、爲レ之躊躇而瞻眺者、皆歷々在レ目、因二其地一想二其人一、求二其盛衰廢興之故一、不レ能レ無レ感焉、遂采二其著者一、各賦レ詩詠レ之、辭語蕪陋、不レ足レ傳レ於二此邦一、然而登高望遠之情、懷賢弔古之意、與二夫撫レ事覽レ物之作一、喜慕哀悼、俯二仰千載一、有丁或足丙以存二勸戒一、而考乙得失甲、猶三愈於二飽食終日、而無レ所レ用レ心者一也、況幸得レ爲二聖朝退吏一、居二江湖之上一、時取二一篇一、與二漁父一鼓レ枻長歌、以樂二上賜之深一豈不レ快哉、因不レ忍二棄去一、萃次成レ帙名二姑蘇雜詠一、合二古今諸躰一、凡一百二十三篇云。(248)

今試みに姑蘇雜詠中の詩を摘せんか、姑蘇臺は戰國の時、吳王夫差、越に克《か》ち、越柵楯《さくび》(249)を獻ぜしに

因て起せし所、其高さ三百里を望むべく、登るに九曲の路を造れり、越王勾踐《こうせん》、呉を破るに及んで之を焚《や》ける者、今日唯《ただ》滿地の荆榛《けいしん》を見るのみ。

金椎夜築西山土、催二作高臺一貯二歌舞一、文身澤國構二王基一、卻笑先人獨何苦、銅溝玉檻成二繁華一、幻出峯頭一片霞、望處直窮三百里。役時應レ廢幾千家、蟠レ空曲路迷二仙仗一、攀二盡瑤梯一纔到レ上、外繞雕龍宛轉欄、中施繡鳳葳蕤帳、熏爐長爇鬱金香、共道千齡樂未レ央、茂苑月來秋佩冷、洞庭雨過夏綃涼、當レ牕衆妓如二仙女一、揚レ袂迎レ風欲二輕擧一、人從二天上一見二經過一、鳥向二雲間一驚二笑語一、日暮橫塘花盡開、捲レ簾臺上望二王來一、宴舟初自二觀魚一返、獵騎還從二射鹿一廻、從登不レ用持レ鈹隊、自列二紅妝一侍二高會一、香傳二羅帕一進二黃柑一、縷二切鱸刀一供二玉鱠一、燭光遠落太湖波、驚二起魚龍一出沒多、城上烏啼河漢轉、此時誰問夜如レ何、管絃嘈々聒二人耳一、不レ聞兵來渡二谿水一、欲下携二西子一走登上レ舟、醉倚二畫欄一嬌不レ起、瞑目無レ因到二甬東一、可レ憐一炬綺羅空、獻レ楣竟墮讒人計、賜レ劒應レ辜諫士忠、客來試問遺宮路、物色荒涼總非レ故、褰レ裳始信不二虛言一、滿地荊榛見二零露一、當年爭奪苦勞レ機、却把二江山一付二落暉一、聞設越王臺殿上、如今亦有二鷓鴣飛一。(250)

先づ樓臺修飾の盛を叙し、更に呉王奢遊《しやいう》の盛を寫し、中間一轉國滅び、臺殘するを叙し、終に成敗倶《とも》に一夢に歸するを以て結ぶ、筆力遒麗《しうれい》(3)、感慨無限。

洞庭山は太湖の中にあり、舊《も》と蛇虎雉の三物なしといふ、穴有り乃ち林屋洞天、傳ふらく呉王闔閭《かふりよ》、靈威丈人をして入り探らしめ、禹、藏する所の治水の符幷《ならび》に不死の方を得、其中銀房、石室と、白芝、

紫泉あり、又兩圓石《ゑんせき》あり、之を叩《たた》けば則ち鳴る、神鉦《しんしやう》と謂《い》ふと、詠じて曰く、

朝登西巖望太湖、青天在水飛雲孤、洞庭縹緲兩峰出、正似碧海浮方壺、嘗聞此山古靈壤、蛇虎絶跡歡樵夫、濤聲半夜恐魂夢、石氣五月寒肌膚、居人彷彿武陵客、戸種橘柚收爲租、高風欲起沙鳥避、明月未出霜猿呼、中有林屋仙所都、銀房石室開金鋪、羅浮峨嵋互通達、別有路往非人途、天后毎降龍垂胡、神鉦忽響驚棲鼯、自懸日月照洞內、古木陰蔽空朝晡、風吹白芝晩易老、雲帶紫泉秋不枯、靈威丈人亦仙徒、深入探得函中符、玄衣使者不暇惜、欲使出拯蒼生蘇、後來好事多繼往、石壁篆刻猶堪摹、千年玉鼠化蝙蝠、下撲炬火如飛鳥、玄關拒閉誰復到、似怪衣上腥塵汚、勿言神仙事恍惚、靈蹟具在良非誣、我生擾々胡爲乎、坐見白髪生頭顱、久欲尋眞未能去、局束世故縁妻孥、何當臨湖借漁艇、拍浪徑渡先雙鳧、獨攀幽險不用扶、身佩五嶽眞景圖、夜登天壇掃落葉、自取薪水供丹爐、此身願作仙家奴、不知仙人肯許無、狂語醉發應盧胡、(251)

仙郷叙し來つて、結末乃《すなは》ち己を省み、白髪頭顱《とうろ》に生じて、猶《なお》眞を尋ねて去る能《あた》はざるを慨し、忽ち空中の樓閣を拈《てん》じ來つて、飄逸自ら火食人の語に非ず。

彼は當日、元史に一字褒貶《はうへん》の筆を操《と》りしの手を以て、江湖空しく一郡の風物を詠ずる閑事業に從ひたり、實に歸隱の後、彼は門を閉ぢて寂莫の生を樂み、終日事なく意恬《てん》に、氣平に、暢然《ちやうぜん》(104)として田園に高臥せるなり、其曉睡の詩に道《い》ふ、

野夫性慵朝不レ出、斂簣蕭然掩二閒室一、村深無二客早敲一レ門、睡覺長過半簷日、林深寂々鳥鳴少、牕影交々樹横密、此時欹レ枕意方恬、一任二牀風亂一二書帙一、昔年霜街踏二官鼓一、欲下與二群兒一走
爭上レ疾、如今只戀布衾溫、悟從二前計一應レ多レ失、厨中黍熟呼未レ起、妻子嗔嘲竟誰恤、天能容レ
老二此江邊一、無事長眠吾願畢。(252)

彼は唯長く此江邊に老いんと欲せしなり、而かも咄《とつ》、彼の運命の神は、狡獪惡謔《あくぎやく》(253)を作《な》す、吾詩人をして永く此幽靜の生涯に樂むを妨げて、彼を此地上の生活より奪ひ去つて、彼をして復此江邊に其眠を貪《むさぼ》るを得ざらしめたり。

洪武五年十月、禮部主事魏觀、蘇州府の知府となつて任に來る、士を好み王彝《わうい》等の輩を延見す、青邱、其京師にありし日、嘗て舊好あり、故に尤《もつと》も之を禮遇す、相與《とも》に往還、虚日なし、終に路の相距《へだ》たれるを以て、翌年春、吾《わが》詩人は爲めに城南の寓居より、又城中の夏侯橋に徙《うつ》り、以て朝夕の親與《とも》に便にせり、何ぞ知らん、彼遂《つい》に魏觀の累を以て罪を買はんとは。

蓋し、蘇州の郡治舊《も》(254)と城の中心にありしも、張士誠の此に據りしや據《よ》つて以て宮となせしかば、乃ち元の都水行司の胥門《しよもん》内に在るに遷り、治せり、士誠敗れ、火を放ち、爲めに遂に荒墟《くわうきよ》となれり、魏觀玆《ここ》に知府たるに及んで、其郡治所在の西に偏せると及び署の隘《あい》に因つて舊地を按《あん》じて之に徙らんとす、而して此地正に僞宮の廢址《はいし》なり、觀先《これよりさき》是又城中の港の久しく湮塞《いんそく》(255)せるを開《ひら》て之を通ぜり、於《ここにおいて》是方張なる者あり蜚語《ひご》をなし上聞していふ、觀、宮を復し涇《けい》(256)を開く、心異圖《いと》あるなりと、太祖もと猜忌の人、乃ち御史張度をして覘《うかが》はしむ、度もと狡獪《かうくわい》の人、郡に至て僞《いつはつ》て役人となり、搬運の勞を

執《と》り其中に雜事し、斧斤《ふきん》工畢《おは》り吉日を擇《えら》んで構架《こうか》(257)するに及んで、乃ち還《かへ》り奏し之を劾す、觀遂に是《これ》を以て罪を得、靑邱も亦觀がために其上梁文(258)を爲《つく》りたるを以て、目して黨とせられ、王彝等と共に京に攣《ひか》る、傳ふる者いふ、初《はじめ》靑邱の侍郎を以て引還《ひきかへ》るや、夜、龍灣に宿す、夢に其父其 掌《たなごゝろ》に一魏の字を書していふ、相見るを愼めよと、(259)彼、果然竟《つひ》に罪を以て洪武七年秋九月遂《つひ》に京師に腰斬せられて其蹇屯《けんとん》(260)の命を終りぬ、其京に赴くや坦然《たんぜん》亂れず、途上猶吟哦《ぎんが》(261)を絶たず、詩ありいふ、

楓橋北望草斑々、十去行人九不レ還、自知淸澈原無レ愧、盍下倩二長江一鑑中此心上。(262)

枉屈《わうくつ》伸ぶべきなし、唯此心淸白、俯仰して愧《は》づる所なし、而《し》かも楓橋北に去て復《また》還らず、靑邱去てより五百年、今に吳淞江上の水、嗚咽《おえつ》當年詩人の恨を愬《うつた》ふ、其方《まさ》に臺に赴く時、其友張羽詩あり、

高臺闕二江山一、梯航輳二成闤一、佳麗煥二夙昔一、而獨慘二我顏一、游者固云樂、子去不二復還一、平生五千卷、寧救二此日艱一、天網詎恢々、康莊徧二榛菅一、所レ恃莫レ可レ滅、才名穹壤間。(263)

其罪を獲《え》たりといふ上梁の文、今傳はらず、蓋し諱《いむ》で存ぜざるものか、但《ただ》郡治上梁の詩あり、

郡治新還舊觀雄、文梁高擧跨二晴空一、南山久養干レ雲器、東海初生貫レ日虹、欲下與二龍庭一宣レ化遠上、還開二燕寢一賦レ詩工、大材今作黃堂用、民庶多歸廣庇中。(264)

或は云ふ靑邱の罪を獲たるは、其嘗て廷中にありし日、詩を作って宮女の圖に題して、女奴扶レ醉踏二蒼苔一、明月西園侍レ宴廻、小犬隔レ花空吠レ影、夜深宮禁有レ誰來の詩あり、(265)又畫犬を詠じて莫下向二瑤階一吠中人影上、羊車半夜出二深宮一の句あり、(266)蓋《けだ》し明祖《みんそ》色を好み、後宮九千人春殿に滿ち、其脂粉錢四十萬に上《のぼ》れり、故に此詩を以て己を諷嘲するものとして之を銜《ふく》み、遂に魏觀の獄に假《か》って之

を殺せるなりと、観がために郡治を頌するの事、もと罪、死に當らず、或は彼既に詩に因て怒に觸る、故に此慘刑をうけし者歟《か》、或は彼が刑死をいはず、或は蹇連《けんれん》(267)以て没すといひ、歸て家に卒《しゆつ》すといふものは憐んで之を諱《い》むの辭なるのみ。

嗚呼天、年を假《か》さず吾詩人は此《かく》の如くにして夭死せり、彼は其青邱子歌に於て自らいへりし如く、天帝の怒つて白鶴を下し遣《つかは》して迎へしことのあまりに早かりし也、亂離の間に生れ、亂離の間に活《い》き、後昇平の時に當るも、官にあること僅《わづか》に三歳、蹇連を以て始まりし彼の生涯は、遂に又蹇連を以て終りたりしなり。

先是《これよりさき》其死に前だつ一年、久しく嗣子を有せざりし彼は其歳二月二日を以て其子祖授を得たり、彼之を叙して曰く、

　二月二日子祖授生、其母嘗夢一姥跪捧以献、孕而既生、太守魏公來賀、聞二其啼一、甚奇レ之、余年三十八歳、始有二是兒一、不レ能レ無レ喜。(268)

又賦詩ありいふ、

　他日愚賢未レ可レ知、眼前聊復慰二衰遲一、人間豚犬應二誰子一、天上麒麟豈我兒、夢兆先占神媼送、
　啼聲還得二使君奇一、樂天從レ此休二長歎一、已有三人傳二柏賈詩一。(269)

嗚呼彼が其文櫝《ぶんき》を傳へんことを期して其衰遲(267)を慰めたる其孩兒は、其父に先《さきだ》つて殤《しやう》し、吾詩人は其二女を遺《のこ》せしのみにして遂に後なかりき、不幸なる吾詩人よ。

諸友皆青邱の其罪にあらずして死するを悼《いた》む、張羽の詩最も情の切を見る、曰く、

張　羽

燈前把レ卷涙双垂、妻子驚看那得レ知、江上故人身已歿、篋中尋得寄來詩。

消息初傳信又疑、君亡誰復可レ言レ詩、中郎幼女今癡小、遺藁千篇付二與誰一。

生平意氣竟何爲、無レ祿無レ田最可レ悲、賴有二聲名消不一レ得、漢家樂府盛唐詩。(270)

第六章　晩年の詩

彼は一度青雲の志を遂げて其功名の理想を實にし、而して青年の空想却《かへつ》て徒《いたづ》らに身を累するのみたるを悟りて、功名は美味の如し、一度指を染むれば便《すなは》ち足ると喝破し、戸曹《こさう》(271)の榮官をすつること弊履の如く、退吏となって江郡に歸臥したりし彼は、功名の空を知れり、榮華の空を知れり、彼は一切利名の念を捨てたり、彼は寂莫を喜んで索居し、曠散《くわうさん》を樂んで田園に處《を》れり、夫《そ》れ人其未だ利名の念を絶つ能《あた》はざるに於て、則ち不平の氣あり、而して又則ち塵俗の氣あり、若《も》し既によく此利名の念を絶たば翛然《せうぜん》(110)として心自ら清く、超然として氣自ら揚がる、此に於て塵俗の氣全く絶え、不平の氣又全く銷《け》すべし、既に不平の氣と塵俗の氣となし、其心既に逸、其境既に閒《かん》、此時に於けるの詩は則ち冲澹《ちゆうたん》ならざる能はず、蕭散《せうさん》ならざる能はず、曠放《くわうはう》(244)ならざる能はず、吾《わが》高青邱歸隱後の詩即ち是《これ》也、彼の詩は是《こゝ》に至て終に三變せる也、其初め未だ仕へざるや峭拔《せうばつ》(272)、中ごろ既に仕へては即ち雄麗也、晩年に於て彼の詩は卽ち洗錬也、粉を傳《つ》けざる何郎(273)の面豈《あ》に素艶ならざらんや、之を花に比す、其初は梅也、偃蹇《えんけん》節に倣《おご》る、中は牡丹《ぼたん》也、富麗而《し》かも俗に勝《た》へず、終は卽ち水仙也、素艶一枝、綽約《しやくやく》の態、庶幾《ねがは》くは以て其晩年の洗錬に比するに足りなん哉《かな》。

實に元季彼は其未だ仕へざるや稜々《りようく》たる悲歌の壯士なりしなり、既に仕へては彼は堂々たる衣冠の朝士たりしなり、而して退隱後の彼は洵《まこと》に溫乎《おんこ》たる田園の隱士たるなり、彼は强て車馬を逐うて每《まい》晨天閽《しんてんこん》(274)に朝するの煩累を厭《いと》うて、聲榮をすつること塵土の如く、高踏し去て江村の舊釣磯《てうき》に歸りしは、古、晋の時、彼の陶潛が五斗米《ごとべい》のために腰を鄕里の小兒に屈するを屑《いさぎよ》しとせず、卽ち綬《じゆ》と解いて歸去來を賦し、悠然として南山を看、菊を東籬《とうり》の下に採りたると、其行《おこなひ》の跡何ぞ相類せるや、倶に田園歸臥、世と凡《すべ》て相忘れ、詩と賦して澹泊《たんぱく》の生を樂む其境既に似たり、故に二人者の詩、往々にして相似る、其閑淡相似たり、冲素相似たり(275)、曠放の處《ところ》相似たり、脫塵の處相似たり、試みに其始めて田園に歸るの詩を見よ。

辭レ秩還二故里一、永言遂二遐心一、豈欲レ事二高騫一、居崇自難レ任、淸晨問二田廬一、荒蹊尙能尋、秋蟲語二左右一、翳々桑麻深、別來幾何時、舊竹已成レ林、父老喜二我歸一、攜レ榼來共斟、聞二知天子聖一、歡然散二顏襟一、相期畢二租稅一、歲暮同謳吟、

白露蕪二草木一、荒園掩二窮秋一、歸來一芟理、始覺吾廬幽、高柳蔭レ巷疎、淸川映レ門流、落日望二禾黍一、離々滿二西疇一、乍歸意自欣、策レ杖頻覽游、名宦誠足レ貴、猥承懼二愆尤一、早退非二引年一、皇恩未レ能レ酬、相逢勿レ稱レ隱、不二是東陵侯一。(276)

出郊抵二東屯一　五首

故郷一區田、自二我先人一遺、賴レ此容二我懶一、不レ耕坐待レ炊、霜露被二寒野一、屬下當二斂穫一時上、年來徵薄入、税駕宿二東陂一、今年雖レ未レ豐、亦足レ療二我飢一、萬鍾知難レ稱、保レ此復何辭。

喌々雞登レ塲、秋稼稍狼籍、疎楡蔭二門巷一、景暗煙火夕、田家雖レ作レ苦、於レ世寡二憂戚一、況當二收穫景一、斗酒復可レ適、所以沮溺徒、躬耕不レ辭レ劇。

我本東皐民、偶往住二州城一、玆來臥二農舍一、頓愜田野情、如三魚反二故淵一、悠然樂二其生一、臨レ去謝二主媼一、重來自藜羹、我非二催租吏一、叩レ門勿二相驚一。

朝服久已解、儼然山澤臞、欲レ狎林野人、相歡混二賢愚一、朝來二此水濱一、高歌步踟躕、忽逢一田父、舍レ耕拜二路隅一、疑二我是長官一、怪二我躰貌殊一、我已忘レ所レ有、彼我未レ忘歟、不レ能レ使レ爭レ席、心愧禦寇徒。

坐久體不レ適、卷レ書出二柴關一、臨レ流偶西望、正見秦餘山、野淨寒木疎、川長暝禽還、此中忽有レ得、怡然散二襟顏一、遂同二樵牧一歸、歌笑落日間。(277)

而して彼の江邊に其妻と相住して、其適する所を樂みたるは、又彼の蘇軾《そしょく》が東坡《とうば》に處《を》りしと相似たるものあるを認むるなり、南齋晩坐にいふ、

雁過南齋暮、魂銷默坐中、賤貧長作レ客、愁病欲レ成レ翁、窗灑侵レ燈雨、庭飄走レ葉風、山妻猶解レ事、未レ遣二酒尊空一。(278)

又彼が臘月《らうげつ》二十四日、雨中夜坐の詩二首以て當時の襟懷を窺ふ可し。

不レ興二貧後歎一、毎動二醉中吟一、渉レ難知二天意一、居レ間長二道心一、雁聲隨レ雨到、鬢色與レ年侵、獨想平生事、蕭然坐二夜深一、身退惟宜レ靜、謀疎且任レ眞、樓空三日雨、書亂一牀塵、邱隴多二良友一、江湖獨放臣、莫レ嗟年景暮、轉レ眼是新春。(279)

其身退く惟《ただ》靜に宜《よろ》しといひ、間に居《お》って道心を長ずといふ其境の恬憺《てんたん》よく詩と相稱《かな》ふもの也。

第七章　生涯の概見

古《いにしへ》より詩人夭折多し、蓋し肝膽を吐き盡して其命を削る歟《か》、李長吉の如き、バイロンの如き、シェレーの如き、キーツの如き、皆其《その》然る者なり、古より詩人命數毎《つね》に奇なり、ハイネの巴理《ぱり》の客中に窮死せる、杜甫の亂離中に迍邅《ちゅんてん》し(280)終に牛酒(281)を貪って頓死《とんし》せる、李白の采石《さいせき》(282)の流に月を掬《きく》して溺《おぼ》れ死せる、皆其終を克《よ》くせざる者なり、左氏(283)の盲、太史公の刖《げつ》、(284)皆其命の蹇《なや》める者なり、自古《いにしへより》詩人の生涯和平なるもの尠《すく》なし、吾詩人も亦其數を免れざる者なり、亂離の中に生れて奔竄《ほんざん》生を聊《やす》んぜず、一度榮達を得しも、永く此に安んずる能はず、乃ち郷に歸つて江湖に處《を》る、而《し》かも終に綺言《きげん》(285)累をなして、市に腰斬せらるゝに至《いたっ》ては慘の太甚《はなはだ》しきものなり、況んや命を享くること甚だ長からず、彼をして少しく延びしめば、其造詣する所未だ知る可らざるものありしならんも、未だ天才を發揮して至れるに及ばずして乃ち死す、最も惜しむべき也。

蓋《けだ》し通じて彼の生涯にみるに、彼は實に詩人的の性情を有したる也、才のある所、好則ち之に従ふ、彼は詩人としての天才を有したるが故に、彼は詩を嗜めること最も深かりしなり、同邑《どういふ》(286)の友張適の哀詞の序にいふ所によるに、彼は詩人の優柔、騒人の凄清《せいせい》、漢魏《かんぎ》の古雅と晋唐《しんたう》の和醇《わじゅん》新逸と類して之を選し、日に之を詩詠せりと(287)、又彼は其弱冠の頃、日に詩五首を課したりといはる、彼は漸《やうや》く老いて詩の精をもとめて其課詩の數を減じたりといへども、猶日に一首を課したりといふ(288)、詩を嗜むこと深きにあらざれば何ぞよく之あらんや、彼は詩を以て性命とせる者なり、彼は如何なる時、如何なる地に於ても詩を作るを廢せざるなり、彼は當時亂離の間に立ちて功名を立つるを爲さず猶吟哦《ぎんが》(289)を廢せざりしなり、當時彼は詩淫と嘲《あざ》けらるゝまでに詩に耽りたるなり、彼は其靑邱子歌(102)にいへる如く、腰を五斗米に折らず、舌を掉《ふる》って七十城を下すの偉策を立てんともせず、但好んで詩句を覔《もと》めて、自ら吟じ、自ら酬賡《しうかう》し、吟聲吻《くち》を出でゝ咿唔《いご》を廢せざりしなり、彼其吟哦の時に當ては其飢をも忘れ、其不平をも忘れたる也、頭髪をも櫛《くしけづ》らず、家事をも營まず、兒啼《じてい》をも憐《あはれ》まず、客の至るをも迎へず、貧を憂えず、賤《せん》を慙《は》ぢず、富を慕はず、貴を羨《うらや》まず、躬《み》の亂離の中にあるを念《おも》はず、日月の老を催《うなが》すに管せざるまでに彼は詩に熱せるなり、詩を樂めるなり、彼が自ら其缶鳴集《ふめいしふ》に序して(140)「余不幸にして、是《こ》（詩）の好あり、毫《がう》を含み牘《とく》を伸べ、吟聲咿唔《いご》、口吻に絕たず、或は視て事を廢して志を喪ふと爲す」といへるもの眞然なり。

彼既に詩を嗜むこと此の如く深し、故に彼は詩人的の生活を喜びたり、故に彼は群雄蜂起兵燹《へいせん》相つぐの間に在《あつ》て、靜《しづか》に靑邱の畔《ほとり》に高邱に登り、江水を望み、波濤の洶欻《きょうくつ》、(157)煙雲の杳靄《えうあい》の間に、衡門茅屋《かうもんばうをく》の下に酒熟し、豚肥え、田夫野老と相飮《あひのみ》て醉《ゑひ》て、而《しかう》して野心も功名も一切世俗的の末利を以て一漚《いちおう》(290)に比して汲々《きふく》として爭ひ鶩《は》するを爲さざりし也、故に彼は東掖《とうえき》(291)に陪講し、翰林に翩翾《へんせん》(292)するの榮達を熕しとして、再び江上の村に高臥し、漁樵《ぎょせう》の間に混じて自ら其適する所に安んじたるなり、故に彼は其自ら缶鳴集に序していへるが如く、竟《つひ》に詩を以て禍を取りたるも顧みざりしなり。

實に彼は詩に於て天賦の才を有し、而して詩を嗜むこと此の如く深かりしなり、故に彼は其享けたる天の使命を自覺せり、彼は天の彼に詩を以て命じたるを知る、彼は自から詩神の寵兒たるを識《し》る、故に彼は詩に於て一種の自信を有す、彼は阨窮《やくきゅう》(293)の我を困ずるを嘆せず、彼は吾詩を昌《さかん》にせんがために、天の此阨窮を我に下して我を激するたるを信ずる也。

秋日山中

山澤含二霧雨一、偶來若レ居レ夷、我無二遠游志一、何與二親愛一離、暑退初可レ喜、秋來轉堪レ悲、壯顏豈草木、樵悴同二此時一、中心與二百憂一、日暮如レ有レ期、悄々出二空宇一、悠々適二荒陂一、阨窮勿二復嘆一、天欲レ昌二吾詩一。(294)

故に彼は詩に於て一の自負を有す、彼れ其靑邱子の歌に於て自《みづから》を叙していふらく、「本《も》と是《これ》五雲閣下の仙卿、何《いづれ》の年か降謫《かうたく》せられて世間にあり」(102)と、又其詩成つて世を驚かすを叙すらく「君山の老父を呼び、諸仙弄《ろう》する所の長笛を携《たづさ》へ、我が此歌に和して月明に吹かんと欲す、但《ただ》愁ふ、欻忽《こつこつ》波浪起り、鳥獸駭《な》き叫び山搖《ゆる》ぎ崩《くづ》れ、天帝之を聞て怒り白鶴を下し遣《つかは》して迎へて、世に在て狡獪《かうくわい》を作《な》すを容《ゆる》さず、復飛《またひ》珮《はい》を結んで瑤京《えうけい》に還《かへら》ん」(102)と、又缶鳴集の自序にも「其工未だ敢て昔の名家者と比せずと雖ども、然れども自得の樂、善辯する者と雖ども未だ其異あるや否《いなや》を知る能はざるなり」(140)といふに至《いたつ》ては、謙辭の中昂々《かうく》として自ら高うするの意髣髴《はうふつ》たるを見るべし。

此《かく》の如く彼は詩を以て其性命とせるが故に、詩に於ける其平生の著作甚だ富めるなり、卽ち其元季家を挈《たづさ》へて其舅父《きうふ》に仍《よ》り呉淞江上に隱れたる當時、酣暢《かんちやう》、歌詠以て其趣に適せし當時、賦する所のもの江舘、靑邱等の集より、其鳳臺集は其史官たりし時の作なり、後諸集中の詩を選んで之を蒐《あつ》めたる者卽ち缶鳴集なり、姑蘇雜詠は退隱後の作なり、其他吹臺、南樓、勝壬《しようじん》等の諸集あり、其詩、缶鳴集にあるもの七百三十二篇、是《これ》彼が二十三歳の時卽ち至正十八年より三十二歳卽ち至正二十七年元滅ぶるに至るの間の詩にして、而して此以後至正二十八年卽ち明太祖、洪武元年より同三年、彼が歸田の後に及ぶまで其詩凡て二百二十八篇、十三年間の詩合して略《ほゞ》千篇の多きに止《とゞま》れり、此明年、姑蘇雜詠の著ありて其詩數統《すべ》へて百二十三篇、此よりして其法に死する(ママ)迄三歳の間自ら集を爲さず、而して徐用理の彼が全集を著せる增入の詩數幾《ほとん》ど九百篇、是れ蓋し此三歳の間に作れる者にあらずして、蓋し缶鳴集は其著以前に四集ありたるを删改會稡《さんかいくわいすゐ》(295)したるものなれば、其徐用理が增入したる九百篇中の多くは彼自ら昔し棄去せるものを、其間に錯置《まぜお》けるものたるや疑ひなし、之を要するに其詩、彼が弱冠以後十七年間の詩幾ど二千篇、豈に亦多からずや、而して此等の中に就て彼が最も長を稱するに足るものは其長篇の者に存す、彼が長歌は所謂磊落嶔岑《らいらくれいしん》(296)、其生動を極むるものにして、蓋し翩々《へんぺ》たる矯逸《けういつ》の才、豪宕凌厲《がうたうりょうれい》(237)にして規矩《きく》を甘んぜず、故に法律嚴整に長ぜずして奔放馳騁《ちてい》(297)の所に於て其妙《めう》を見ればなり。

且彼が詩は主觀的にして多く抒情に傾むけり、蓋し彼が純乎《じゅんこ》たる詩人的の才情を有して感情に富めるを以てして、其初めや國步の艱難に遭ひ、其終りや蹇連《けんれん》(267)以て死す、其轗軻《かんか》なる彼が一生の境遇は更に彼が感情を激して之を鋭くし、終に彼は物に觸れ、事に接して其鬱勃《うつぼつ》せる感情を發露す、故に彼の詩には淋漓《りんり》たる自己の感慨を抒詠せる一種痛切の情味饒《おほ》きこと認め得可し、而して殊に悲惻《ひそく》(298)の調を帶びたるもの多きは要するに彼が不遇の境遇此を然らしめたるに外ならざるべし。

要之《これをえう》するに吾詩人は南國的流麗の才を以て、感情的なる彼の伉慨《かうがい》(299)の氣を遣《や》れるものなり、故に其詩綺麗の裡《うち》に雄拔の調を帶ぶる也、彼嘗て袁景文に贈るの詩にいふ、

清新還似レ我、雄健不レ如レ他(300)

と、實に清新と雄健と相兼ねたるは、彼が詩の慣調なり(301)。

第八章　其詩人としての地位

支那上下三千載、文運の興廢を考うるに凡そ二大變あり、夫《そ》れ變革なるものは其裏面に於て必ず復古の意味を有す、蓋し變革は破壞なり、破壞して而して後に建設するなり、而して破壞の由《よつ》て來る所

は其現在に安からざる所以の者あつて存するにあり、其現在に慊《あきた》らざる所以の者は現在に不良を認むるあるに由る、而して不良といひ良といふ、畢竟は對比の語なり、故に必ず比較上の打算より來らざる可らずして其《その》之を不良なりといふ時、既に別に此不良に對して良と信ずる所の者あって存ぜざる可らず、然らば吾人が此現在に不良を認むるは之を未來と相比して之をいふか、將《は》た又過去と相較して之をいふなる乎《か》、盖し未來は未だ來らざるなり、空なり、過去は既に過ぎたりと雖ども實なり、人は空なるものを考ふるの能力なきもの也、故に實なるものを以て空なるものと相計量する能はず、必ずや實なるものと實なるものとを對比せざる可らず、故に比較なるものは唯現實を過去と對して計量する上に於てのみ存す可きものなり、卽ち現在を惡《あ》しゝといふは過去を善しとするもの也、卽ち現在を惡なりといふは、過去に比して惡なりといふなり、變革とは現在の不良を破らんとするなり、現在の不良を破らんとするの志は卽ち過去の良に復《かへ》らんとするの念に外ならざる也、卽ち變革なるものゝ志の由て來る所は一種の復古の念に外ならざるなり、卽ち變革は必ず復古の意味を有するなり、必ずしも其人が保守的の氣質あるがためによつて然るにあらず、人に空を捉《とら》へて之を計るの能力を賦せられざる以上は、人に或志念の動緣として作用する者は、必ず實なる過去ならざる可らずして人は實に回顧するの已《や》むを得ざるなり、彼の歐洲中世紀の終に於けるレネーサンスは、洵《まこと》に暗《ダークエーヂ》世の闇黑を破つて近世文明の曙光を放ちたるものなり、而して所謂レネーサンスなる者は希臘《ぎりしや》古典の研鑽にありたりき、近世紀の初期基督教の根抵を震憾《しんかん》せる宗教改革《レフォーメーション》は實に舊教《カソリック》の腐敗に激して、直ちに聖經《ばいぶる》の古義に溯らんとしたるものにあらずや、近世政治上の一大激動たる佛國革命は當時王政の弛廢《しはい》に倦《うん》で、ルーソーが說ける太古の民約に復らんとして、其血を流せるにはあらずや、近くは吾邦の維新革命は、其標的とする所、王政復古に他ならざりしにあらずや、夫れ此の如く變革の動緣は毎に復古にあるを見るなり。

翻て之を支那文運の興廢に見る、其所謂二大變なるものは又毎に復古の意義を有するの變なる也、先秦の詩と文と、其直氣一往《いちわう》のもの漢に入つて漸く其古を失ひ、楚騷《そさう》(302)より變じたる辭賦流行し、徒《いたづ》らに詞藻の工を衒《てら》うて、揚子雲《やうしうん》(303)が所謂辭人(304)の賦、麗にして淫なるもの比々《ひゞ》皆是《みなこれ》(305)、其流六朝に入りて因襲、風をなし、駢儷《べんれい》ひとり行はれて浮華靡麗《びれい》(306)の體極まる、唐に至て詩に李杜ありて、大雅の跡を振ひ、文に韓柳(307)ありてよく八代の衰を起す、於是乎《ここにおいてか》古文古詩復《また》興る、是れ卽ち第一變なり、卽ち第一の復古なり、詩は盛唐、文は中唐、詩は遒麗《しうれい》(3)、文は雄渾《ゆうこん》、唐代文運の昌盛洵《まこと》に空前絕後たり、而して宋に入って、其初めや文に歐蘇(308)あり、詩に蘇黃(309)あり、猶稍《やゝ》唐代の餘風を存したりと雖ども、宋儒が漢唐の訓《くん》詁《こ》以外に、自家の說を立て、義理の學を剏《はじ》めたるや、人皆空疎の理屈に溺れ、爲めに詩情の此理致に妨げられしこと多く、竟には文は語錄の枯燥《こさう》に陷り、詩も亦頭巾《づきん》の習氣を帶びて生硬粗莽《そまう》(310)いふに足らず、南渡後僅《わづか》に一放翁《はうをう》あり、稍々宋季を掉《ふる》ひたりと雖ども、之を要するに宋一代の風、談理、感興に勝ち、美文に至《いたつ》ては殆ど見るに足るものなし、金元の間胡人沐猴《こじんもくこう》にして冠す、何ぞ文雅を解せん、唯一人の元遺山《げんゐざん》(311)ありて、金元の過渡に生れ、亡國の遺臣を以て悲凉伉壯《かうさう》(312)の懷を抱き、一代の宗匠として、上は蘇東坡に接し、下高青邱に及ぶと稱せらるれど、此以外に作家なく、唐代の復古も、强弩《きやうど》の末魯《ろ》縞《かう》を穿《うが》たず、此に至つて其勢殆ど索《つ》きたり、是《ここ》に於て乎《か》復、明代に七子の復古あり。

明の國初、太祖興王の規模、よく文教を振ひ、文には卽ち宋濂《そうれん》、王褘《わうき》あり、詩には卽ち高啓、劉基あり、其他勝代(29)の遺逸、風流標映(313)する、指數す可《べか》らず、共に鑣《くつわ》を並べて文壇に驅《か》り、一代の風氣既に蔚然《うつぜん》として當時に開けたりと雖ども、而れども國初唯僅に正始の端を啓《ひら》けりといふのみにして、未だ氣運の醇化を見る能はず、永樂宣德の際、楊士奇、解大紳(314)の徒出で、其著、簡淡沖融(315)を以て主となし、天下靡然《びぜん》として之に嚮《むか》ひ、所謂臺閣體なる者起る、而かも末流日に衰《おとろ》え、氣體漸く弱し、於是乎《ここにおいか》七子(316)、弘治正德の際に出でゝ、之を矯《た》め復古を唱言す、李東陽先《ま》づ出でゝ先聲し、何李(317)、相和して之を張り、王李(318)後れ起つて遂に之を成し、一時翕然《きふぜん》之を宗として明代の文運一大轉化す、七子の徒、文は西京《せいけい》(319)より、詩は中唐より以下は一切吐棄して取らず、相標榜して一世を睥睨《へいげい》し、嘉靖の時に迨《およ》んで、李攀龍《りはんりょう》、王世貞の徒出で、踵《くびす》を李何に接して、又文は盛唐を規《き》し以て一代の氣運を斡旋せり、而て此等の徒一方に於て、其臺閣體の淺率(320)に反動し、一方に於て古風の蒼渾《さうこん》(321)に追蹤《つゐしょう》せんとして、高華矜貴《きょうき》(322)、力《つと》めて凡庸を去らんとし、其弊や遂に摸擬刻畫の先秦を主とし、詩は邪徑に陷り、竟に一代深痼《しんこ》(323)の病弊をなせりと雖ども、然れども其雅音を追ひ、古風を振ひしの功は、則ち沒す可らず。

唐に於て六朝浮華の弊に反動して、一度鼓吹せられたる復古は、明唐に至て宋元の淺薄に反動して、再び唱言せられたり、是れ支那文運の第二變歟《か》、淸の沈德潛《しんとくせん》嘗て明一代の詩を總評して曰く、「宋詩は腐に近く、元詩は纖に近し、明詩は其復古なり、而して二百七十餘年中、又升降盛衰の別あり、嘗て有明《いうみん》一代(324)の詩を取て之を論ず、洪武の初劉伯溫の高格と並に高季迪《きてき》、袁景文諸人の各才情を逞《たくまし》うし、鑣《くつわ》を連れて軫《しん》を並ぶるを以てして、然かも猶、元紀の餘風を存し、未だ隆時の正軌を極めず、永樂以還、躰《たい》、臺閣を崇《たつと》び、骫骳《ゐひ》振[325]はず、弘正の間、献吉（李）、仲默（何）の力《つと》めて雅音を追ひ、庭實（邊）、昌穀《しゃうこく》（徐）左右に驂靳《さんきん》[326]して、古風未だ墜《お》ちず、餘、楊用修《ようようしう》の才華、薛君采《せつくんさい》の雅正、高子業《かうしげふ》の冲淡の如き倶《とも》に斐然《はいぜん》[327]と稱せらる、于鱗《うりん》（李）、元美《げんび》（王）、益以《えきい》（呉）、茂秦《もしん》（謝）、曩哲《だうてつ》に接踵《せつしょう》し、其間規格餘りありと雖ども、未だ變化ある能はず、識者其自得の妙尠《すくな》きを咎《とが》む、然れども其菁英《せいえい》[328]を取れる、彬々乎《ひんひんこ》として大雅の章なり、是よりして後、正聲漸く遠く、繁響競ひ作《おこ》り、公安袁氏、竟陵鍾氏、譚氏[329]、之を鄶《くわい》より譏《そしり》[330]なきに比す、蓋し詩教衰えて國祚《こくそ》[331]亦之がために移れり矣、此《これ》升降盛衰の大略也」[332]と、而して、吾高青邱は實に詩に於て元季の衰風を振つて而して明代復古の濫觴《らんしゃう》をなせる者なり。

夫れ天下の事は一往一反《いちわういつぱん》、反動と反動と互に相起る、而して其一往一反は又其盛衰と相稱《かな》ふ、蓋し物其往《ゆく》久しければ則ち衰え、衰ふれば則ち歇《つひ》ゆ、歇ゆれば則ち其反動起る、反動起って其弊振はれ、其衰復《また》興る、且夫れ國に革命あれば、前代の弊凡《すべ》て鑒《かんが》みらる、故に一切の事と物と皆必ず前代に反動す、蓋し宋代の詩其初めや東坡、仁宗神宗の際に出で唐季五代の纖佻《せんてう》[333]を振つて、其詩、雄大雋逸《しゅんいつ》(5)、風韻骨力並び勝ち、一代の詞宗として響を李杜に嗣《つ》ぎ、黃山谷は江西の人、其門に出《い》でゝ拗峭《えうせう》[334]自ら高しとし、終に江西の一派を啓《ひら》き、當時一代の文運大に振へりと雖ども、而かも明道、伊川《いせん》の二程、東坡と時を同うして出で濂溪《れんけい》（周茂叔）、横渠《わうきょ》（張子厚）等と相先後して、道學の端《たん》を啓き、漢唐諸儒の訓詁の學の偏《ひとへ》に力を章句の字義に専らにするを排して聖賢、道を説くの眞意に參ずる所以にあらずとして、直ちに義理の上に發明する所あらんとして、性を談じ、理を説き、當時の學風を一變して、主として力を推理思索の上に着けしめしより、晦庵《くわいあん》（朱熹《しゅき》）、象山（陸九淵）と時を同じうして、乾道《けんだう》淳熙《じゆゑ》の際に出《い》で、宏博の才と識とを以て、終に一代の學風を大成し、是がために天下の學者皆、窮理格物を尙《たふと》んで詞藻を卑しめ、且《かつ》智によれる推理の、情に動く感興と相兩立し難きものあるや、眞詩殆ど是がために亡び、偶々《たまく》作者あるも感興に得べき風韻全く失せて、其語句多くは推理的の勃窣《ぼつそつ》(335)に陷り、詩によつて理を談ずるが如きもの比々皆然り、是を以て南渡以後、誠齋《せいさい》（楊萬里《やうばんり》）、石湖《せきこ》（范成大《はんせいだい》）等皆詩を以て家に名づくと雖ども猶動《やゝ》もすれば生硬淺露(336)、所謂宋詩の窠臼《くわきう》(337)を脫する能はざるものあり、僅に一放翁《はうをう》（陸游）ありて風骨意趣よく當時に超絕するも酷《こく》に之を評すれば、猶粗率《そそつ》(338)を免れざるものあり、何ぞ況んや其他の滔々《たうく》たるものをや、是を以て宋末の詩淸婉《せいゑん》のものなく、醞籍《うんしや》(339)のものなく、圓潤のものなく、遒麗《しうれい》(3)のものなく、恰《あたか》も村學究の書を鄕里の小兒に授くるが如く、枯燥冗套《こさうじようたう》(340)いふに足るものなきなり。

元代の詩は宋に反動するなり、故に元代の詩は華靡《くわび》なり、奇を聘《は》せ麗を鬪はす、元遺山が獨り亡國の遺臣を以て沈痛激越の調をなすありと雖ども、而《し》かも其悲壯の中猶一種の幽麗(341)を含むものあり、其詩、

神龍失レ水困二蜉蝣一、一舸倉皇入二宋州一、紫氣已沈牛斗夜、白雲空望帝鄕秋、劫前寶地三千界、
夢裏瓊枝十二樓、欲下就二長河一問中遺事上、悠々東注不二還流一(342)

の如き其「紫氣已に沈む、牛斗の夜、白雲空しく望む帝鄕の秋」といふは、豪宕《がうたう》の裡《うち》に感慨を寓し、「長河に就て遺事を問はんと欲すれば、悠々東に注いで還流せず」といふ、悲壯淋漓《りんり》として人を泣かしめんとする者あり、而かも其「劫前寶地三千界、夢裡瓊枝十二樓」の句、麗新いふ可らず、遺山

を除いて元の詩を語れば先づ指を虞集《ぐしふ》に屈す可し、虞集に先だって趙孟頫《てうまうふ》（子昂《すがう》）あり、其他楊載、范梈《はんぱう》、掲傒斯《けつけいし》の三者あり、虞集と名を齋《ひとし》うす、其他薩都剌《さつとら》、馬祖常、皆元季の作家たり、此等諸人の詩倶《とも》に皆流麗清婉を以て勝れるものなり。

此の如く元代の詩は幽微清麗なりしなり、彼の詞曲が元代に於て始めて發達したるを以てみれば、元代の詞采の此《かく》の如き、寧《むし》ろ怪しむべきにあらず、其綺語を以て細情を寫し、讀む者をして魂飛ばしむる靈活の詞曲を有する元代の詩は、寧ろ其此の如くならざるを怪しむべきのみ。

然れども華麗なるものは乃ち纖弱に失し易し、元季の詩は則ち此弊に陷り、歌行《かかう》は小詞と相擇《えら》ぶなきに至れり、是を以て當時既に其弊を知て之を矯《た》めんとせし楊維禎《やうゐてい》の如きあり、其詩鴻門會《こうもんくわい》の如き大に當時穠縟《ぢようじよく》(343)の風に非ず。

天迷レ關、地迷レ戸、東龍白日西龍雨、撞レ鍾飲レ酒愁海翻、碧火吹レ巣雙猰㺄、照天萬古無二二鳥一、殘星破月開二天餘一、座中有レ客天子氣、左股七十二子連二明珠一、軍聲十萬振二屋瓦一、拔レ劍當レ人面如レ赭、將軍下レ馬力拔レ山、氣捲二黃河一酒中瀉、劍光上レ天寒彗殘、明朝畫レ地分二河山一、將軍呼レ龍將二客走一、石破青天撞二玉斗一。(344)

然れども枉《わう》を矯《た》めて直に過ぎ、却《かへつ》て詭怪《きくわい》不經(345)に陷れるを免れざりしは惜むべしと雖も、彼は既に明代氣運の先聲をなせる者なり、明初に至《いたつ》てよく元季の鉛華を洗落して博大の氣象を發揮したる者は實に吾詩人高青邱なりとす、青邱其高邁の天才を以て徧《あまね》く古調を學ぶ、彼は實に楊維楨が志を成せる者といふべき也、趙甌北《てうおうほく》嘗て青邱の詩を論じて曰く、其の五古五律は則ち漢魏六朝及び初盛唐に脫胎し、七古七律は則ち參《まじ》ゆるに中唐を以てし、七絶は晩唐に幷《あは》せ及ぶと、(346)實に青邱の詩、上は漢魏より下唐宋に及び、備《つぶ》さに諸體に出入して其神理を得、(347)惟殞折《ただゐんせつ》、(348)太《はなは》だ速《すみやか》に、蹊徑《けいけい》(349)未だ化するに及ばず、直ちに大雅を追ふ能はずと雖ども、然れども音節響亮《きやうりやう》(350)優によく元風を一變したる者なり、而して天才は羈《き》せられず、彼がよく現代の流弊の外に超越して、典を古《いにしへ》に採りたるは、則ち後日明詩、復古の風の端を啓きたるものといはざるを得ざるなり、而して彼は惟當時の風に鑒《かんが》みて其弊に陷らざらんを欲して、則ち氣魄高邁のものを擇んで、漫然古を學びたるのみ、故に彼は彼の七子の輩の如く自ら其復古を標榜して、自ら高了(351)するなかりしのみ、彼は自ら識《し》らざるも、既に當日に於て復古の氣運を喚醒《よびさま》したる者といはざる可らず、但し彼は天來の詩情を有す、故に古調を摹擬《もぎ》するも而れども妙手の觸るゝ處、自然に鎔鑄《ようちう》融化して、天衣無縫竟《つひ》に其痕跡を留めず、故に彼の後の七子が既に復古を標榜し、卽ち彼等は復古を意識して復古のために復古せんとし、說く事は便《すなは》ち得たるも、獨り情趣其說く所に伴ふ能はずして、強て古調をなし、故に模倣の痕跡歷々として掩《おほ》ふ可らずして、錢謙益が嘲けりしが如く嬰兒《えいじ》の語を學ぶ(352)に同じく甌北が所謂其面貌を襲ひ、其聲調を仿《なら》ふも、而かも神理索然として則ち優孟の衣冠(353)なるを免るゝ能はざるものに比すれば、太《はなは》た相似ざるものありて、復古の氣運とは風馬牛相涉らざるの觀なきに非ざるも、然れども深く青邱の詩の元季の躰外《たいぐわい》に一生面を開きたる所以の理に考ふれば、彼の詩は洵《まこと》に一代の文運に關して其先を爲せる者なるを知るべし。

　此の如く青邱の詩は獨り元季に高格を標して、衰朝の風に似ざるものありといふと雖ども、彼は其一生の殆ど大半は元の時に過ぎたり、故に其詩猶當時の沿襲(354)を承《う》けて、自ら麗新なるものあるを見るなり、是れ洵《まこと》に時代の影響然らしむるものにして、彼が詩の高古にして、而して復《また》清新に、粉澤(459)なしと雖ども穠麗《ぢようれい》(460)を免れざるは、是が爲め也。

倦繡圖《けんしうづ》

翠絲盤葉碧玲瓏、小蕚花舖茜縷紅、夢裡鴛鴦留不レ得、分明却在二繡牀中一。(355)

待月詞

漏板敲レ愁夜驚レ冷、露井桃花濕無レ影、海風吹レ星銷二碧煙一、羿妃粧遲鏡未レ懸、素鸞不レ來桂香死、雲外紫篁呼レ夢起、瓊樓欲レ開天半紅、徘徊望拜娥池東、蘭閨未レ返燈寒後、恰似前宵待レ郎久。(356)

吳王井

曾聞鑑レ影照二宮娃一、玉手牽絲帶二露華一、今日空山僧自汲、一缾寒供佛前花。(357)

玉波冷雙蓮《ぎょくはれいさうれん》

金風暮剪雙頭蘂、啼臉辭レ秋嫣血紫、宮女三千罷二笑喧一、錦雲障冷鴛鴦死、滿江煙玉流二古香一、尋レ魂弔レ影愁茫々、吳天墜露衰紅濕、一夜波涼小龍泣。(358)

何等《なんらの》悽惋妙絶ぞ。

送人游湘中

離恨掛二帆檣一、隨レ君遠入レ湘、飛花蕩二春影一、江水不レ勝レ長。[359]

梅花九首　錄七

瓊姿只合レ在二瑶臺一、誰向二江南一處々栽、雪滿二山中一高士臥、月明林下美人來、寒依疎影蕭々竹、春掩殘香漠々苔、自レ去二何郎一無二好詠一、東風愁寂幾回開。[360]

縞袂相逢半是仙、平生水竹有二深緣一、將レ疎尙密微經レ雨、似レ暗還明遠在レ煙、薄暝山家松樹下、嫩寒江店杏花前、秦人若解二當時種一、不下引二漁郎一入中洞天上。[361]

翠羽驚飛別二樹頭一、冷香狼籍倩レ誰收、騎レ驢客醉風吹レ帽、放レ鶴人歸雪滿レ舟、淡月微雲皆似レ夢、空山流水獨成レ愁、幾看孤影低徊處、只道花神夜出游。[362]

淡々霜華溼二粉痕一、誰施二綃帳一護レ香溫、詩隨十里尋レ春路、愁在三更挂レ月村、飛去只憂雲作レ伴、銷來肯信玉爲レ魂、一尊欲レ訪羅浮客、落葉空山正掩レ門。[363]

夢斷揚州閣掩レ塵、幽期猶自屬二詩人一、立殘孤影長過レ夜、看到二餘芳一不二是春一、雲暖空山栽レ玉偏、月寒深浦泣レ珠頻、掀蓬圖裏當時見、錯愛二横斜一郤未レ眞。[364]

最愛寒多最得レ陽、仙游長在二白雲鄕一、春愁寂莫天應レ老、夜色朦朧月亦香、楚客不レ吟江路寂、

吳王已醉苑臺荒、枝頭誰見花驚處、嫋々微風簌々霜。(365)
斷魂只有二月明知一、無限春愁在二一技一、不二共レ人言一唯獨笑、忽疑二君到一正相思、歌殘別院燒レ燈夜、妝罷深宮覽レ鏡時、舊夢已隨二流水一遠、山窗聊復伴二題詩一。(366)

倒掛《たうけい》

綠衣小鳳啼レ愁罷、瘦影翻懸桂枝下、芙蓉帳裏篆消時、解斂二餘香一散二中夜一、鐘鼓迢々鎖二禁門一、宵衣未レ得奉二明恩一、五更香冷羅浮月、相二想梅花一應二斷魂一。(367)

鳳臺曲

飛裙織レ霧秋痕薄、星漢低レ宮花漠々、瓊臺夜寒閉二嬴女一、鸞管參差隔レ煙語、瑤京舊侶招二遠游一、人間帳冷鴛鴦愁、海影無レ塵月如レ夢、仙骨不レ欺鸞背重、衰蘭泣レ露空二秦苑一、叢玉聲微彩霞遠。(368)

石崇墓《せきすうのはか》

蚪鬢欲レ怒珊瑚折、步障圍レ春錦雲熱、眞珠換レ妾勝二驚鴻一、笑蹈二香塵一如レ蹈レ空、酒闌金谷鶯花醉、衆逐樓前舞裙墜、財多買得東市愁、羅綺散盡餘二荒邱一、猶憐白首同歸者、夜伴二游魂一楓樹下。(369)

題二美人對レ鏡図一

曉院鹿盧鳴二露井一、玉人夢斷梨雲冷、起開二妝閤一笑窺レ奩、月裏分明見二娥影一、自對猶憐況主家、春風一面斷腸花、何由鑄入二青銅内一、不レ遣下秋霜換中蛾翠上。(370)

錢舜擧畫美人摘阮圖歌

圓槽象レ月修二寒玉一、暗貯二宮商一滿二空腹一、美人和レ恨抱二秋風一、偸寫琴中舞鸞曲、傾鬟低黛幾娉婷、夢約二湘娥一倚レ竹聽、滴盡氷盤老鮫涙、阿咸帳底醉初醒、梧桐落レ翠萎二蘭紫一、仙澗流雲含二玉子一、甲屛難レ障夜深寒、恐踏二驚鴻一忽飛起、不識人間出塞聲、瑤臺別有斷腸情、調終人去哀絃歇、桂樹鳥啼墜二斜月一。(371)

此等の諸篇皆幽麗(341)清婉洵《まこと》に彼の才情の秀朗に由るべしと雖ども、然れども亦是確《たしか》に時代の影響をうけて、元風の痕を留むるものたるなり、但其詩綺麗といふと雖ども纖弱に陷らず、艶冶《えんや》に陷らず、輕靡(372)ならず、淸楚にして中に一種哀切の情を含みて、譬《い》はゞ淡粧の麗人眉を低《た》れて斷腸の思に惱めるが若《ごと》く、綺羅鉛華を避けて自ら人の情を惹《ひ》くものあるは、則ち青邱の青邱たる所にして、王世貞が青邱の此一面を評して燕姬靚粧《せいしゃう》(373)の如く巧笑便辟《べんぺき》なりと曰《い》へるは(374)、則ち當らざるものあるなり、彼の悲痛なる性情は此《かく》の如き巧麗の想を遣《や》るの間にも、自然に發露するを免れざるなり。

此の如く一方に於ては一代風氣の浸潤せる所を其詩に認め得べきとともに、調を古にとり、高邁雋逸《しゅんいつ》(5)其跌宕《いつたう》の意を矯夭《けうえう》(375)の語に寓せて走驟《そうしう》縱横、王世貞が所謂射雕胡兒《せきてうこじ》(376)の如く、伉健《かうけん》(377)急利、往々にして命中(374)すと評し去りたる一方面あるを見ん、而して其歌行の類、古意直ちに漢魏に逼《せま》るものあり。

宛轉行《ゑんてんかう》

宛轉復宛轉、宛轉日幾回、君膓鹿盧斷、我膓車輪摧。(378)

照鏡詞

君家青銅鏡、價重比二黃金一、空持照二人面一、不三持照二人心一。(379)

古別離

他人豈不レ別、所レ別諒有レ由、嗟君今何營、輕薄好二遠游一、遙々京洛車、汎々江漢舟、君身非二賈胡一、所レ至自輙留、徽音已冥邈、思懷尚綢繆、露滋紅蘭春、霜變綠桂秋、此時望二歸來一、含レ情上二高樓一、川塗本無レ限、君去焉得レ休、願令二中斷阻一、化二彼山與一レ邱。(380)

迎送神曲

薦レ芳兮奠レ醑、斲レ氷爲レ梁兮、葺レ荷以爲レ宇、神不レ來兮孰與處、空山愀兮暮多レ雨、渺吾望兮瀟湘、雲冥々兮水茫々、有二美人一兮在レ堂、盍レ歸二來兮故鄉一。(381)

小長干曲

郎采菱葉尖、妾采荷葉圓、石城愁二日暮一、各自撥二歸船一。(382)

擬古

纂々牆下李、芃々陂中麥、浩々望二遠塗一、悠々思二行客一、客行歲已盈、紆鬱傷二我情一、始知失レ群鴻、不レ若求レ友鸎、登レ山知二天高一、臨レ流識二川阻一、不二遣レ懷同レ心、那知二別離苦一、別離不レ可レ久、寂莫不レ可レ守、自傷紅顏子、相思成二皓首一、朝日如不レ晚、行人會當レ返。(383)

美人一相見、遺レ我白玉環、上有二雙雕龍一、游戲在二雲間一、持レ此感二深意一、佩結無二時間一、玉以比二貞潔一、環以明二不絕一、雲龍永相從、誰能使二離別一。(384)

其盛唐の調を帯ぶるものには、

贈二李外史一

仙人飄々若二雲風一、來去倏忽誰能窮、豈惟上界足二官府一、往々亦在塵埃中、我欲三尋レ眞向二五嶽一、亂後舊路迷二榛蓬一、天雞未レ鳴夜谷暗、海鶴已去秋壇空、丹厓碧澗瑤草歇、洞府一閟無レ由レ通、陌頭驚逢李道士、自說杜史爲二吾翁一、旁人相傳解起死、袖裏有レ丹如レ日紅、我聞安期古策士、親見楚漢爭二雌雄一、終然濁世不二肯住一、渡海竟去先二飛鴻一、玄洲東望纔咫尺、彩霞幻結

金銀宮、何當三共赴二食レ棗約一、三花醉折春濛々、廻二看城郭一煙霧杳、大笑下士眞沙蟲。(385)

登二陽山絶頂一

我登二此山巓一、不レ知此山高、但覺群山總在レ下、坐撫二其頂一同二兒曹一、又見太湖動二我前一、洶湧三十萬頃煙波濤、長風吹レ人度二層嶂一、不レ用仙翁赤城杖、峰廻秋礙海鶴飛、日出夜聽天雞唱、中有二一泉長不一レ枯、乃是蜿蜒神物之所レ都、老藤陰森洞府黑、樹上不三敢留二棲烏一、常年禱レ雨車、來レ此投二金符一、靈旗風轉白日晦、馬鬣一滴霑二三吳一、巖巒蒼々境多レ異、樵子尋常不二曾至一、探レ幽歷レ險未レ得レ歸、忽聽鐘來二澗西寺一、此時望二青冥一、脫略塵世情、白雲冉々足下起、如レ欲下載レ我昇レ天行上、古來名賢總何有、只有此山長不レ朽、欲下呼二明月一海上來、照把中長生一瓢酒上、浮邱醉枕レ肱、洪崖笑開レ口、天風吹落浩歌聲、地上行人盡回レ首。(386)

白雲泉

白雲不レ爲レ雨、散在二清泉一流、泉氣復爲レ雲、山中同一秋、巖前石竇幽寒處、雲自長浮泉自注、潛龍未三起出二深泓一、渴鳥時來下二高樹一、雲應二無心飛上一レ天、泉亦不二肯隨奔一レ川、老僧愛レ此不二復下レ山去一、臥レ雲飲レ泉終二歲年一。(387)

贈二金華隱者一

我聞名山洞府三十六、一々靈蹤紀二眞籙一、金華秀出向二東南一、遠勝陽明與二句曲一、樓臺縹緲開二煙霞一、天帝賜與神仙家、靈源有レ路不レ可レ入、但見幾片流出雲中花、子房之師赤松子、三千年前亦居レ此、飛行恍惚誰解尋、漫說至レ今猶不レ死、松花酒熟何處遊、瑤草自綠春巖幽、群羊臥レ地散如レ石、老鹿耕レ田馴似レ牛、聞有二隱君子一、乃是學レ仙者、自三從入二山中一、不三曾到二山下一、世人莫レ知二其姓名一、以レ山呼レ之不二敢輕一、樵夫忽見苦レ未レ識、只疑便是黃初平、嗟我胡爲在二塵網一、遠望二高峰一若二天壤一、茯苓夜煮儻許レ餐、鐵杖來敲石門響。(388)

長相思

長相思、思何長、愁如二天絲遠悠揚一、搖レ風曳レ日不レ可レ量、未レ能レ絆二去足一、唯解レ結二離腸一、關山碧雲看欲レ暮、空幃坐掩荃蘭香、長相思、思何長。(389)

寓感

人雖レ異二草木一、不レ若松柏壽、欲下於二百年間一、辛苦圖中不朽上、形質天所レ畀、名姓吾自取、形名兩未レ立、誰我竟何有、不レ能知二我先一、奚暇レ恤二我後一、遺臭與二流芳一、冥然付二杯酒一。(390)

蜀琴有二奇紋一、本是枯桐枝、一彈舞二鸞鶴一、再彈下二靈祇一、曾持薦二黃帝一、雲中奏二咸池一、棄置久不レ調、流塵被二朱絲一、終焉含二妙響一、未三始有二成虧一。(391)

宿二湯氏江樓一夜起觀レ潮

舟師夜驚呼、隔浦亂燈集、潮聲若二萬騎一、怒奪二海門一入、初來聽猶遠、忽過顧無レ及、震搖高山動、噴灑明月溼、霜風助翻レ江、蛟龍苦レ難レ蟄、應レ知陰陽氣、來往此呼吸、登レ樓覺二神壯一、憑レ險方逈立、何處望二靈旗一、煙中去波急。[392]

登二金陵雨花臺一望二大江一、

大江來從二萬山中一、山勢盡與二江流一東、鍾山如レ龍獨西上、欲下破二巨浪一乘中長風上、江山相雄不二相讓一、形勝爭誇天下壯、秦皇空此瘞二黃金一、佳氣葱々至レ今王、我懷鬱塞何由開、酒酣走上城南臺、坐覺蒼茫萬古意、遠自二荒煙落日之中一來、石頭城下濤聲怒、武騎千群誰敢渡、黃旗入レ洛竟何祥、鐵鎖橫レ江未レ爲レ固、前三國、後六朝、草生二宮闕一何蕭々、英雄乘レ時務二割據一、幾度戰血流二寒潮一、我生幸逢聖人起二南國一、禍亂初平事休息、從レ今四海永爲レ家、不レ用長江限二南北一。[393]

海石

大星墮レ水聲若レ吼、祖龍下叱二神羊一走、誰將二五色一補二天餘一、屹障二狂瀾一歲年久、空憐山頭精衞鳥、身墮二風波一銜不レ了、媧皇去後幾蒼田、鼇背靈峰一拳小。[394]

贈醉樵

川釣已遭レ獵、野耕終改レ圖、不レ如山中樵、醉臥誰得レ呼、采レ山不レ采レ松、松花可レ爲レ酒、酒熟誰共斟、木客爲二我友一、木客已去空二石牀一、擧レ杯向レ月激二吳剛一、借二汝快斧一斫二大桂一、要令三四海增二清光一、林風吹レ髮寒擁レ耳、獨枕空尊碧巖裏、此時忘却負レ薪歸、猛虎一聲驚不レ起、世間萬事如二浮煙一、看レ棋何必逢二神仙一、青松化レ石鶴未レ返、酒醒又是三千年。(395)

巫山高

巴江西上巫峽深、奇峰十二江之陰、陽雲高臺不レ可レ尋、但見丹楓碧樹攢二幽林一、昔聞瑤姬在二其下一、月爲二環玦一風爲レ襟、空山久獨居、偶感襄王心、楚宮閟二秋夢一、彷彿來同レ衾、神仙會遇當レ有レ道、豈傚世俗成二荒淫一、千秋遺賦應レ多レ恨、暮雨蕭々猿自吟。(396)

題二黃大癡天池石壁圖一

黃大癡、滑稽玩レ世人不レ知、疑似阿母旁、再謫偸レ桃兒、平生好レ飲復好レ畫、醉後灑レ墨秋淋漓、嘗爲二弟子李少翁一、貌得華山絕頂之天池、乃知別有二縮地術一、坐移二勝景一來二書帷一、身騎二黃鵠一去未レ遠、縞素飄落流二塵緇一、潁川公子欣レ得レ之、手持示レ我請レ賦レ詩、我聞此中可レ度難、玉枕祕記傳レ自二青牛師一、池生碧蓮花、千葉光陸離、服食可二騰化一、遊レ空駕二雲螭一、奈何靈蹟久閟藏、荒竹滿レ野啼二猩狸一、尋レ眞羽客不二肯一相顧一、卻借二釋子一營二茅茨一、我昔來游早春時、雪殘衆壑鎖寒姿、磴滑不敢騎馬上、青鞵自策桃笻枝、上有煙蘿披佛之翠壁、下有沙石蕩漾之淸漪、晴天倒影落明鏡、正如玉女曉沐高鬟垂、飲猿忽下藤裊々、浴鶴乍立風澌々、匡廬有池我未到、未省於此誰當奇、掃石坐其涯、沿洄引流巵、醉來自照影、俯笑知爲誰、落梅撲香滿接羅、暮出東澗鐘鳴遲、歸來城郭中、復受塵土欺、十年勝景難再得、恍若淸夢一斷無由追、朝爽觀此圖、惻愴使我悲、當時同游已少在、我今未老形先疲、人生擾々嗟何爲、不達但爲高人嗤、漢南旣老司馬樹、峴首已仆羊公碑、惟應學道悟眞訣、不與陵谷同遷移、仙巖洞府孰最好、東有地肺西峨嵋、高崖鐵鎖不可攀援以遐上、仰望白雲樓觀空峨巍、此山易上何乃遺、便與猿鶴秋相期、欲借太乙舟、夜臥浩蕩隨風吹、洞簫呼起千古月、照我白髮涼絲々、傾玉醪、薦瑤芝、招君來游愼勿辭、無爲漫對圖畫日夕遙相思。(397)

以上の諸篇皆豪宕飄逸、其聲調宛然として醉李白が口吻ならずや。

黑河秋雨引

胡天夜裂天垂泣、雲壓鷹低翻翅溼、髯王醉影抱寒驚、氈殿嘈々箭鳴急、紅氷淚落青燈下、倒卷河流入紘瀉、瘦駝臥磧歇鈴車、扑朔陰沙鬼行野、漢魂私語鬢風凄、都護營荒咽凍鼙、蘭山木葉連愁起、散入塞門塵萬里、夢斷金蟾隔煙小、青塚埋聲秋不曉。(398)

張中丞廟

延秋門上烏啼レ霜、羯兒曉登天子牀、江頭老臣涙暗滴、萬乘西去關山長、公卿相率作二降虜一、草間拜泣如二群羊一、當時不レ識顏平原、豈復知レ有二張睢陽一、孤城落日百戰後、瘦馬食盡人裹レ瘡、男兒竟爲二忠義一死、碧血滿地嗟誰藏、賀蘭不レ斬上方劒、英雄有レ恨何時忘、千年海上見二祠廟一、古苔叢木秋風荒、摩二挲畫壁一塵網裏、勇氣燁々虬髯張、巫歌二大招一客酹レ酒、忠魂或能來二故鄕一。(399)

客舍雨中聽簫

客中久不レ聞二絲竹一、此夕逢三君吹二紫玉一、斷猿哀雁總驚啼、我亦無レ端涙相續、數聲嫋々復嗚々、散入二寒雲一細欲レ無、愁望二洞庭一空落木、夢游二秦苑一總荒蕪、曲中只訴君心苦、不道人聽更凄楚、關山燈下歎二覊臣一、江浦舟中泣二嫠婦一、憶昨閶門費二酒貲一、玉人邀坐弄二參差一、彩霞深院花開處、明月高樓鶴去時、如今忽在他鄕外、風雨寒窓兩憔悴、恨無下百斛金陵春、同上二鳳凰臺上一醉上、始知嶰谷枯篁枝、中有二人間無限悲一、願君袖歸挂二高壁一、莫二更相逢容易吹一。(400)

甘露寺

勝地江山壯、名林歲月遙、刹藏京口樹、鐘送海門潮、月黑龍光發、天淸蜃氣銷、何當下尋二佷石一、閒坐話中前朝上。(401)

送二謝恭一

涼風起二江海一、萬樹盡秋聲、搖落豈堪レ別、躊躇空復情、帆過京口渡、砧響石頭城、爲レ客歸宜レ早、高堂白髮生。(402)

送三前進士夏向之歸二宜春一

淒涼庾開府、老去復如何、故國歸鴻少、新朝振鷺多、菊荒應二自歎一、麥秀竟誰歌、相送堪二愁思一、蕭々楚水波。(403)

岳王墓

大樹無三枝向二北風一、千年遺恨泣二英雄一、班レ師詔已來二三殿一、射レ虜書猶說二兩宮一、每憶上方誰請レ劍、空嗟高廟自藏レ弓、栖霞嶺上今回レ首、不レ見諸陵白露中。(404)

送下沈左司從二汪參政一分中省陝西上

重臣分レ陝去二臺端一、賓從威儀盡漢官、四塞河山歸二版籍一、百年父老見二衣冠一、函關月落聽レ雞度、華岳雲開立レ馬見、知爾西行定回レ首、如今江左是長安。(405)

寄二題安慶城樓一

層構初成百戰終、憑レ高應レ喜楚氛空、山隨二粉堞一連レ雲起、江引二清淮一與レ海通、遠客帆檣秋水外、殘兵鼓角夕陽中、時清莫レ問英雄事、回レ頭長煙滅二去鴻一。(406)

送三何記室游二湖州一

暮雨關城獨去遲、少年心事劍相知、故人當レ路輕二貧賤一、倦客逢レ秋惡二別離一、疎柳一旗江上酒、亂山孤棹道中詩、水嬉散後湖亭廢、此去煩レ君吊二牧之一。(407)

聞二角吟一

驚起黃楡塞下鴻、一聲嗚軋戍樓空、此時吹動關山意、十萬征人歸夢中、玉張彎弓夜初起、月白不レ知霜似レ水、餘聲散作滿天愁、風吹不レ入單于壘。(408)

登二涵空閣一

滾々波濤漠々天、曲欄高棟此山巓、置身直在浮雲上、縱目長過去鳥前、數杵秋聲荒苑樹、一帆暝色太湖船、老僧不レ識興亡恨、只向二遊人一說二往年一。(409)

沈痛蒼勁酷《はなは》だ杜甫に似たるものあるに非ずや。其他、

水上盥レ手

盥レ手愛二春水一、水香手應レ綠、沄々細浪起、杳々驚魚伏、怊悵坐二沙邊一、流花去難レ掬。(410)

尋二胡隱君一

渡レ水復渡レ水、看レ花還看レ花、春風江上路、不レ覺到二君家一。(411)

月樓歌

樓高々、月皓々、容レ月多、得レ月早、朝看西墮レ江、夕見東生レ島、我歌二烏飛一向二穹昊一、樓中之人須二醉倒一、人長間、月長好、月中藥成人不レ老。(412)

寄レ衣曲

郎寒甚二妾寒一、持レ衣向レ燈泣、不二是手縫遲一、綿多針線澁。(413)

青樓怨

浴金熏爐鏤玉奩、蘭香今夜爲レ君添、烏棲黃昏烏起レ曙、纔見レ道レ來還道レ去。(414)

送郭省郎東歸

桃葉渡頭聞二唱歌一、孤帆欲レ發奈レ愁何、君歸是我來時路、山水無レ多離思多。(415)

閶門舟中逢二白範一

十載長嗟故舊分、半歸二黄土一半青雲、扁舟此日楓橋畔、一褐秋風忽見レ君。(416)

隴頭水《ろうとうすゐ》

人間何處無二流水一、偏到二隴頭一愁レ入レ耳、夜雜二羌歌一明月中、秋驚二漢夢一空山裏、隴阪崎嶇九回折、聲隨二到處一長嗚咽、欲照二愁顏一畏二水渾一、前軍曾洗金創血、回頭千里是長安、征人淚枯流不レ乾。(417)

君馬黄

君馬黄、我馬玄、君馬金叵匝、我馬錦連乾、兩馬喜遇皆嘶鳴、何異主人相見情、長安大道可レ並レ轡、莫レ誇得意爭レ先行、搖鞭共踏二落花一去、燕姬酒壚在二何處一。(418)

涼州詞

關外垂楊早換レ秋、行人落日旆悠々、隴頭高處愁西望、只有二黄河入レ漢流一。(419)

の高暢(420)なる、正に是盛唐の調に愧ぢざる者、

贈二群上人一

湖雨洗レ秋碧、西南見二諸峰一、中有二楞伽僧一、迴閟超世蹤、高風搖二飛泉一、落日帶二遠松一、欲レ往已知レ處、煙蘿鳴二飯鐘一。(421)

酬二余左司一

門巷接二垂楊一、同鄰忘二異鄕一、兒親欣二見熟一、僕立厭二言長一、讀借風牀簡、炊分雨碓粱、亂來成二久別一、能不レ爲二情傷一。(422)

京師《けいし》寓廨《ぐうかい》

寂莫過二芳時一、幽懷只自知、袖無二投レ相刺一、篋有二寄レ僧詩一、鼠跡塵凝レ悵、蛙聲雨到レ池、疎慵堪レ置レ散、不三敢怨二名卑一。(423)

游二南峰寺一有二支遁放鶴亭一

毎向二人間一望二碧峰一、石門今得レ問二幽蹤一、路緣風磴冷々策、寺隔煙蘿杳々鐘、窗下鳥來多二墜果一、亭前鶴去只高松、一龕願借依二香火一、莫レ道詩人非二戴顒一。(424)

詠軒

肅々布二華榻一、冷々罷二朱絃一、臨レ檻一流睇、幽事忽滿レ前、池草方依微、庭柯正蒽芊、偶爾發二孤詠一、聊玆寫二中悁一、景融理自得、詎辨媸與レ妍、猶慙至妙意、寂莫非二言宣一(425)

の平淡閑雅、正に是《これ》中唐韋柳(426)の響。

明皇秉レ燭夜游圖

華蕚樓頭日初墮、紫衣催上宮門鎖、大家今夕燕二西園一、高爇銀盤百枝火、海棠欲レ睡不レ得レ成、紅妝照見殊分明、滿庭紫燄作二春霧一、不レ知有レ月空中行、新譜霓裳試初按、內使頻呼二燒燭一換、知更宮女報二銅籤一、歌舞休レ催夜方半、共言醉飲終二此宵一、明日且免群臣朝、只憂風露漸欲レ冷、妃子衣薄愁成レ嬌、琵琶羯鼓相追逐、白日君心歡不レ足、此時何暇化二光明一、去照逃亡小家屋、姑蘇臺上長夜歌、江都宮裏飛螢多、一般行樂未レ知レ極、烽火忽至將二如何一、可憐蜀道歸來客、南內凄涼頭盡白、孤燈不レ照返魂人、梧桐夜雨秋蕭瑟。(427)

牧牛詞

爾牛角彎環、我牛尾禿速、共拈短笛與二長鞭一、南隴東岡去相逐、日斜草遠牛行遲、牛勞牛飢惟我知、牛上唱歌牛下坐、夜歸還向二牛邊一臥、長年牧牛百不レ憂、但恐輸レ租賣二我牛一。(428)

伐木詞

竹擔挑多兩肩赤、礪レ斧時尋澗邊石、老夫氣力秋漸衰、易レ斫喜有二枯林枝一、白雲無レ人暗二空谷一、遠聲丁々如二啄木一、暮歸待レ伴不二獨行一、前途虎多荊棘生、長年不三曾到二城府一、聞比二山中一路尤阻。[429]

賣花詞

綠盆小樹枝々好、花比二人家一別開早、陌頭擔得春風行、美人出レ簾聞二叫聲一、移去莫レ愁花不レ活、賣與還傳種花訣、餘香滿路日暮歸、猶有二蜂蝶相隨飛一、買レ花朱門幾回改、不レ如擔上花長在。[430]

新絃曲

舊絃解、新絃張、氷絲牽レ愁六尺長、寬急頻從二指邊一聽、金雁參差移不レ定、新絃響高調易レ促、不レ如舊絃彈已熟、憐レ新厭レ舊妾恨深、爲レ君試奏白頭吟、他日愁如舊絃棄、泣向二羅裙帶頭一繫。[431]

行路難

危莫レ若レ編二虎須一、險莫レ若レ觸二鯨牙一、行路之難復過レ此、前有二瞿塘一後褒斜、杯酒朝驩、矛刄夕加、恩讐反覆間、楚漢生二一家一、鉤戈死二雲陽一、鴟夷棄二江沙一、所以賢達人、高飛不レ下避網罟、行路難、堪㆓嘆嗟㆒。[432]

暮途書見

暮歸東市門、道路聞㆓悲啼㆒、駐㆑馬一借問、答云征人妻、征人新戰歿、飲㆑恨沉㆓黃泥㆒、有㆑兒在㆓哺下㆒、飢來食無㆑糜、誓將㆑割㆓玆愛㆒、棄去從㆓東西㆒、我看巢中燕、雛長隨㆑母飛、皇天仁㆓萬物㆒、兼照理弗㆑違、此獨何奇偶、不能㆓與㆑之齊㆒、躊躇去復顧、使㆓我心肝摧㆒。[433]

元白[434]の平易流麗と風格相背《に》るもの。

會㆓宿成均㆒汲㆓玉兎泉㆒煮㆑茗

白兎如㆑嫌㆓桂宮冷㆒、走入杏花壇下井、姮娥無㆑伴每相尋、水底亭々落㆓孤影㆒、曾搗㆓秋風㆒玉臼霜、至㆑今泉味帶㆓天香㆒、玉堂仙翁欲㆑飲㆑客、鹿盧夜半響㆓空廊㆒、齋㆑燈明滅茶煙裏、醉魂忽醒秋風起、只愁詩就失㆓彌明㆒、殘雪滿庭寒似㆑水。[435]

春江行

春江南北疑㆑無㆑岸、綠草綠波連不㆑斷、一女紅粧出浣㆑紗、恰如㆔鏡裏見㆓桃花㆒、裌衣猶冷過㆓寒食㆒、雲度春陰半江黑、浦口風多潮正深、輕舟搖蕩似㆓人心㆒、鵁鶄暮啼歸路遠、飛絮茫々楚王苑。[436]

秋柳

欲レ挽二長條一已不レ堪、都門無二復舊毿々一、此時愁殺桓司馬、暮雨秋風滿二漢南一。(437)

春夜詞

杏園濕レ鬢秋千下、銀蠟光寒曲屏畵、數漏閒過毎睡時、月明微見墮二游絲一、欲レ歸自踏娉婷影、風動二玉釵一花亦冷、屋貯二嬌愁一鎖二幔紗一、青絲嘶騎醉二誰家一、管絃不レ動空二臺榭一、夢與二烏衣一語二中夜一。(438)

溫縟《おんじょく》(28)晩唐の華藻(439)に類するものにあらずや、其他彼の詩にして往々失して或は宋詩に似るものなきに非ずと雖ども、彼は純乎《じゅんこ》たる詩人の性情を有する者、宋人の理致に勝てると異なり、故に寥々《れう〱》たるのみ、實に彼の多く轍を追ひしは唐代の音にして、是卽ち彼が元季に標を別にして明代の氣運の先をなし、明代冠冕《くわんべん》の宗匠なる所以なりとす。

李夢陽《りぼうやう》、字は献吉、孝宗弘治七年進士に擧げられ、戸部《こぶ》主事を授かり、郎中に遷《うつ》る、抗直(440)を以て獄に下るもの二たび、後孝宗崩じ、武宗立ち、劉瑾《りうきん》等事を用ゆるに當り、其の忌諱《きき》に觸れ、又獄に下り、後免《ゆる》されて江西提學副使(441)となり、又御史江萬實《かうばんじつ》と爭ひ、劾せられて官を罷《や》め、家居して後、益《ます〱》跅弛《たくし》(442)氣を負ひ、園池を治め、賓客を招き、日々に俠少(443)を縱《はな》つて、繁臺晋邱(444)の間に射獵し、自ら空同子と號す、名海内に震ふ、然れども蹇連竟《けんれんつひ》に志を得ずして卒《しゅつ》す。夢陽、才思雄鷙《ゆうし》、(445)卓然復古を以て自ら命ず、弘治の時、宰相李東陽、文柄《ぶんぺい》(446)を主《つかさ》どる、宋元に出入し唐代に溯流し、聲、館閣(447)に擅にす、天下翕然《きふぜん》として之を宗とす、夢陽獨り其萎弱《ゐじゃく》を譏《そし》り、倡言《しゃうげん》す。文は必ず秦漢、詩は必ず盛唐、是に非ざれは言はずと。何景明、徐禎卿《じょていけい》、邊貢《へんこう》、朱應登、顧璘《こりん》、陳沂《ちんぎ》、鄭善夫、康海、王九思等と十才子と號せらる、又景明、禎卿、貢、海、九思、王廷相と七才子と號せらる。

何景明、字は仲默、八歳にして詩古文をよくし、十五歳にして鄕に擧げられ、十九歳進士に第《だい》し、中書舍人を授かる、李夢陽等と復古を倡《とな》ふ。夢陽最も雄駿《ゆうしゅん》、景明稍《やゝ》後れ出でゝ相與《あととも》に頡頏《きつかう》せり。景明、志操耿介《かうかい》にして節義を尙《たふと》び夢陽と並《とも》に國士の風あり、二人初め其交《まじはり》甚《はなはだ》歡《くわん》、名成るの後互に相詆《そし》る、夢陽は摹倣《もはう》を主とし、景明は剏造《さうざう》を主とし、相持して下らず、而《しか》れども二人各相齊《ひと》しく何季と並稱せらる。說者謂《い》ふ、景明、才、夢陽に遜《ゆづ》れども詩は秀逸穩稱《おんしょう》、(448)夢陽に視《くらぶ》れば反《かへつ》て之に過ぎたりと。又邊貢、徐禎卿《ていけい》と並《とも》に四傑と稱せらる、其持論に曰ふ、詩は陶に溺れ、謝力《つと》めて之を振《ふるつ》て、古詩の法、謝に亡ぶ、文は隋に靡《び》す、韓力《つと》めて之を振つて古文の法、韓に亡ぶと。(449)

李攀龍《りはんりょう》、字は于鱗《うりん》、自ら滄溟《さうめい》と號す、少《わかく》して訓詁の學を厭《いと》ひ、日に古書を讀む、嘉靖二十三年進士に擧げられ、陝西《せんせい》の提學副使(441)に進む、既にして病を謝して歸り、白雪樓を構へて名日《ひゞ》に益《ますく》高し、後擢《ぬきん》でられて河南の按察使《あんさつし》となり、母の喪に奔《はし》り哀毀《あいき》、(450)病を得て卒《しゅつ》す、攀龍の始めて刑部主事となりし時、李先芳、謝榛《しゃしん》、吳維岳が輩と詩社を立つ、王世貞初めて褐《かつ》を釋《と》くや、先芳引《ひき》て社に入る、既にして先芳出でゝ外吏《げり》となり、宗臣《そうじん》(451)梁有譽入る、五子の稱あり、未だ幾《いくばく》ならずして徐中行、吳國倫も亦至る、乃ち改めて七子と稱す、諸人多く少年、才高く氣鋭なり、互に相標榜し當世を視て人なしとす、七才子の名天下に播《し》く、先芳維岳を擯《しりぞ》けて與らしめず、已にして亦榛をも擯け、攀龍遂に之が魁《くわい》たり、其持論に謂ふ、文は西京より(319)、詩は天寶(452)よりして下は倶《とも》に觀るに足るものなしと、獨り李夢陽を推して之を宗とし、諸子相和して是《これ》に非ざれば則ち詆《そし》つて宋學となす、攀龍才思勁鷙《けいし》(453)、名最も高し、心獨り世貞を重んず、其詩を作る、務めて聲調を以て勝り、文は則ち聱牙《がうが》戟口《げきこう》(454)篇を終《お》ふ可らず。

王世貞、字は元美、自ら鳳州《ほうしう》と號し、又弇州山人《えんしうさんじん》と號す。嘉靖二十六年、年十九にして進士に擧げられ、京師に官し、李が詩社に入り、詩名甚《はなはだ》高し、攀龍歿して後獨り文盟を主とすること二十年、才最も高く、地望(455)最も顯《あら》はる、聲華意氣、海内を籠蓋《ろうがい》(456)す、其持論、文は必ず西漢、詩は必ず盛唐、大曆(457)以後の書は讀むこと勿《なか》れと(458)。

編注

(1) はるかなさま。　(2) 奔放自在でこと。　(3) しっかりして美しい。
(4) 立派で、はなやかなこと。　(5) ひときわすぐれていること。　(6) 渡しに架ける橋。
(7) ひとすくいの土、轉じて小さい土塚。　(8) 中身がカラになること。　(9) チムールをいう。
(10) おののき、おそれること。　(11) 不遇。困窮。　(12) 「高二文學の錢塘《せんたう》(浙江《せっかう》)に遊ぶを送る」。
(13) 我が家は本《もと》渤海の王に出づ、子孫散落して南方に來る。
(14) 北宋の都。今の河南省開封市。　(15) 南宋の都。今の浙江省杭州市。　(16) 今の江蘇省蘇州市。
(17) 原文は「送唐處敬序」。　(18) 余《よ》世吳の北郭に居る。
(19) 太湖から流れ出て黄浦江を輕て海に注ぐ川。「滸」は、ほとりの意。　(20) 農耕を割り當てること。
(21) 僕は本《も》と吳鄕の士なれば、請ふ吳趨の行を歌《うた》わん。吳中は實《まこと》に豪都にして、勝麗は古より名のある所なり。五湖は巨澤洶《なみだ》ち、八門は高城に洞《つらぬ》く。飛觀(高い樓閣)は山を被《おお》ひて起ち、游艦は川に沸《わ》きて横《わう》す。土物(產物)は既に繁雄にして、民風も亦和平なり。泰伯(吳國の傳說的な始祖)の德讓(謙讓)在り、言游(孔子の高弟。吳人)の文學成る。長沙(吳國の始祖孫堅を指す)は伯基(霸業の基礎)を啓《ひら》き、異夢(孫堅が生まれる前、母親が自身の腸が天門にからみついた夢を見たという)休禎《きうてい》(めでたいこと)を表わす。舊閥凡そ幾ばくの家ぞ、奕代《えきだい》(代々)才英を產す。時に遭《あ》ひて各《おの》おの事を建て、義に徇《したが》ひて或は聲を騰《あ》ぐ。財賦(物資と稅)は南州(南の地方)に甲(トップ)たり、詞華は西京《せいけい》(長安)に並ぶ。茲《こ》の邦《くに》は信《まこと》に美《よ》きこと多く、麤《ほゞ》擧ぐるも備《つぶさ》には稱し難し。願はくは君此の曲を聽け、此の曲は盈《えい》を誇るに匪《あら》ず。

(22) 集まること。

(23)「劉松年の畫」。樵青《せうせい》（漁婦）篙《さを》を刺《さ》し槳《しやう》（かじ）を搖《うご》かすに勝《まさ》れり。船頭流れを分ちて水聲響く。靑山渺渺《べう〱》、波漾漾《やう〱》（ゆれ動くさま）。白鷗《はくおう》飛び過ぐ、時に一兩。書を載すること百巻にして酒は十壺。日斜《なゝ》めに出でて游ぶ、女兒の湖。鄰舟買ひ得たり、巨口の鱸《すゞき》。醉うて銅斗（銅製のマス）を拍《たゝ》いて嗚々《をゝ》を歌ふ。この樂しみ、江南を除却して無し。

(24)「武昌の魏《ぎ》孝廉槃《こうれんはん》の藏する所の畫に題す」。楚山遠く吐く、參差《しんし》の碧《みどり》。虛閣開いて臨む、船を繫ぐの石。沙樹（岸邊の樹木）彫《しぼ》む時、鄂渚《がくしよ》（地名。武昌）秋なり。江鷗沒する處、湘潭《しやうたん》（湖の深い淵）夕《ゆふべ》なり。閣中の幽人、坐して書を讀む。書聲水に入りて龍魚を驚かす。短笛を吹いて相尋ね去《ゆ》かんと欲す。黃鶴《くわうかく》（黃色の鶴。仙人の乗物といわれる）磯頭《きとう》、好し予を待て。

(25)「韓長司《かんちやうし》藏する所の山水の圖に題す」。參卿《さんけい》（官名）、昔西安の幕に佐たり。馬に騎《の》り、山を看て時に郭《くわく》を出づ。終南泰華（終南山と泰山と華山）、勢ひ最も高く、橫に秋雲を作つて寥廓《れうくわく》（大空）を掃《はら》ふ。秦川（渭《ゐ》水《すい》一帶の地方）漢苑（長安の故墟）、萬里開く。酒醒《さ》め望遠せんとして荒臺に登る。日斜めにして渭上《ゐじやう》（渭水の上を）歸人渡り、岳は暗くして關中（函谷關のうち）飛雨來る。此の處の奇觀、天下に絕たり。何事か歸り來りて猶《な》ほ畫を看る。畫中の小景、江南に似たり。黃葉の漁村、煙舍（煙の立ちのぼる小屋）を見る。戀ふる莫《なか》れ、江南の眞故鄉。蓴鱸《じゆんろ》（蓴菜と、すずき）炊熟し、酒船香《かんば》し。美人（「參卿」を指す）是れ滄洲《さうしう》（海中の仙山）の客ならず。去り去りて宜《よろ》しく白玉の堂に登るべし。

(26)「牀屛（寢床の橫に立てる屛風）山水圖の歌」。畫工は知る、余が靑山を愛するも、久しく塵網に墮《お》ちて還《かへ》るに由《よし》なきを。故《ことさ》らに列岫《れつしう》（岫は山中の岩あな）を將《もつ》て屛障に寫し、我をしてその間に臥起せ使《し》む。此れ從《よ》り長く清境に宿するが如く、枕上分明に峯嶺を見る。爐煙は曉に帳中に入りて飛び、被（掛けぶとん）を擁して驚きて白雲の冷かなるに和す。丹崖碧樹《たんがいへきじゆ》、層々として開き、江雨遠く孤帆を逐《お》うて來る。就中《なかんづく》樓閣は是れ何《いづ》れの處ぞ、彷彿《はうふつ》たり神女の巫陽臺《ふやうだい》（巫山の南の臺地）。楚山の修竹、瀟湘《せうしやう》の水、淸猿忽《たちま》ち啼《な》き起る有るに似たり。江南千里、夢に游びて歸る。半牀（寢床の半分）の落月　高堂の裏《うち》。

(27) 王褘「高季迪詩集序」の一節。魯望は陸龜蒙の字《あざな》。致能は同じく范成大の字。
(28) 溫和で、くたくだしい。 (29) 亡ぼされた前代の王國。 (30) はかる。比べる。
(31) すぐれてすがすがしいこと。
(32) 明の廖用賢の『尙友錄』巻十六に見える趙師の話。「世説に云ふ」とあるが、「世説」は書名ではない。
(33) 南國多情にして艶詞多し。唐の許渾《きよこん》の「聽歌鷓鴣辭（鷓鴣《しやこ》の辭を歌ふを聽く）」の冒頭の句。
(34) 蓮の別名。特にその花を指す。
(35) 未だ冠せざるに、穎敏《えいびん》を以て聞ゆ。交る所《もの》、千言を以て之《こ》れに貽《おく》りて曰く、子能く記憶するや否やと。君一目すれば卽《すなは》ち誦を成す。張適の「哀辭」の序の一節。『高靑邱詩集注』附錄の「哀誄」に載せられている。
(36) 書一目すれば卽ち誦を成し、久しくして忘れず。尤《もつと》も羣史（もろもろの歴史）に粹《くは》し、詩を爲《つく》るを嗜《この》み、語を出せば塵俗の氣なく、清新俊逸、天の之を授けて然る者の若《ごと》し。呂勉の『槎軒集本傳』の一節。
(37) 官名。按察使の異名。 (38) 職を分け持つこと。 (39) 巨儒碩學と同じ。
(40) 主人原《もと》より段干木《だんかんぼく》に非ず。一瓢倒《さかし》まに瀉《そゝ》げば瀟湘、綠なり。垣《かき》を踰《こ》えんすれども爲めに惜む、酒の尊《そん》（酒器）に在るを。飲餘《のみあま》し自ら鼓す、無絃の曲。段干木は戰國、魏の人で、出仕を好まず、王が訪ねてきた時、垣根を越えて逃げた。呂勉の『槎軒集本傳』に見える。
(41) すなおで、幼いこと。 (42) 許渾の「咸陽城東樓」の詩の一句。「山雨欲來風滿樓」。
(43) 「蠻族」の名。 (44) 攻め落とす。
(45) 石人一隻眼《いつせきがん》、黄河を挑動して天下反す。『元志』河渠志三、黄河の條に見える。
(46) 官名。宰相の職。 (47) そしる。中傷する。
(48) 朝風の飄々《へう〳〵》たる。維《こ》れ樹の搖々たる、吾が親《しん》を思ふの翹々《げう〳〵》（遠くまで行くさま）たる。夕風《せきふう》の烈々たる、維れ樹の揭々《けつ〳〵》（高く立つこと）たる、吾が親を思ふの惙々《てつ〳〵》（うれえて心が定まらないさま）たる。樹の風あるは猶ほ息《や》むべきも、吾の親なきは終《つひ》に復た得可《う》からず。

(49) 勢力のある家。

(50) 西風吹き折る荻花《てきくわ》の枝。好鳥飛び來りて羽翼垂る。沙《すな》潤《ひろ》く水寒くして魚見えず。滿身の霜露、立つこと多時。呂勉の『槎軒集本傳』に見える。

(51) 不遇で困窮すること。

(52) 白日、遠き川を下り、寒風　高柯《かうか》（高い枝）を振ふ。蕭條《せうでう》として關（門）を掩《おほ》うて臥《ふ》し、暮雀《ぼじやく》忽ち已に過ぐ。我れに羈旅《きりよ》の愁ひあり、鬱《うつ》として沈痾《ちんあ》を抱くが如し。起坐して淸尊（淸らかな酒器）を呼び、獨り飲み還《ま》た獨り歌ふ。一斟《いつしん》（ひとくみ）、物累を解き、再酌、天和（天の和氣）を廻《めぐ》らす。數觴《すうしやう》（數杯）竟《つひ》に復《ま》た醺《ゑ》ひ、翻《かへつ》て恨む、愁ひの多き無きを。所以《ゆゑ》に古への達士、但だ飲んで他を顧《かへり》みず、頭《かうべ》を回《めぐ》らして婦《つま》に向ひて笑ふ、戚々《せきせき》終《つひ》に如何《いかん》と。

(53) 將《まさ》に酒を進めんとす。

(54) 君見ずや陳孟公（漢、杜陵の人。大の酒好きで、客をなかなか歸さなかった）、一生酒を愛して豪雄と稱せらる。君見ずや揚子雲（楊雄）、三世戟《ほこ》を執《と》つて徒《いたづ》らに文に工《たくみ》なり。得失、如今兩《ふた》つながら何か有らん。君に勸む、相逢うて且《か》つ相壽せよ。試みに看よ、六印（將軍や宰相の六つの印）の盡《ことごと》く腰に垂るゝを。何ぞ似ん、一巵《いつし》（一つのさかずき）長《とこ》しへに手に在るに。惜む莫れ、黃金、靑春に醉ふを。幾人か飲まず、身亦た貧し。酒中趣あるを世識《し》らず。但だ富貴を好んで其の眞を忘る。便《すなは》ち須《すべか》らく車茵《しやいん》（車のしきもの）に吐《と》すべし。畏《おそ》るゝ莫れ、丞相の嗔《いか》るを。桃花、谿口《けいこう》に滿ち、笑殺す、醒游（素面《しらふ》）の人。絲繩玉缸《しじようぎよくかう》（絹絲で編んだ繩と玉で作ったかめ）釀初めて熟し、搖蕩《えうたう》せる春光は波の綠なるが若《ごと》し。前に御史なし、歡を盡すべし。錦袍《きんぱう》を倒著（逆さにつける）して鸜鵒《くよく》（舞の名。「鸜鵒」は鳥の名）を舞はん。愛妾（横戀慕による讒訴《ざんそ》よって愛妾を失った故事による）已に去つて曲池平らかに、此の時飲まんと欲するも焉《いづく》んぞ能く傾けん。地下應《まさ》に酒壚《しゆろ》（酒を賣るところ）の處なかるべし。何を苦しんで寂莫として平生に孤《そむ》く。一杯一曲、我は歌はん、君よ續け。明月自ら來つて、燭を秉《と》るを須《もち》ゐず。五岳既に遠く、三山（海中の三つの仙山）亦た空し。神仙を求めんと欲すれば、杯酒の中に在り。

(55) 杜甫の「飲中八仙歌」に「李白一斗詩百篇、長安市上酒家眠、天子呼來不上船、自稱臣是酒中仙」とある。

(56) 「寄家書」。底事《なにごと》ぞ鄉書（故鄉への手紙）累《しき》りに自ら修す。路長くして唯だ恐る沈浮（異變）有るを。還《ま》た憂ふ、家に到るを得て憶《おもひ》を添ふるを。敢て多く客裏（旅行中）の愁ひを言はず。
(57)「得家書」。未だ讀まず書中の語、憂懷已に寛なるを覺ゆ。燈前、封篋《ふうけふ》（固くとじた箱）を看る、題字に平安あり。
(58) ねんごろなさま。
(59) 馬頭の北風、地を吹いて白く、手冷やかに、時に驚いて鞭策《べんさく》を墮《おと》す。隻堠《せきこう》（五里塚）來らんと欲して雙堠《さうこう》（十里塚）過ぎ、客程盡きず關山多し。狐狸縱横に古城壞《やぶ》れ、旗折れて官亭（官の宿舎）酒の賣るなし。土風（土地の風俗）處々、故園に殊《こと》なり、郷音只《た》だ聞く、僮僕《どうぼく》（從僕）の言。天涯歲晩《としくれ》て相識《あひしる》なく、囊金《なうきん》（懷中の金）已に空しく歸り得ず。暝《くれ》に人家に投じて自ら黍《きび》を炊《かし》ぐ。土屋の青燈、雁《がん》、雨に啼く。此の時暫《しばら》く解く、羈旅の憂ひ。夢に家人と夜深に語る。人生門を出づれば卽ち苦辛、何ぞ況《いは》んや長く萬里の身と爲《な》るをや。遠遊は縱《たと》ひ功名の好きを得るも、如《し》かず、貧賤にして郷中に老いんには。
(60) 怪我を負って死ぬこと。
(61)「悼女（女《むすめ》を悼《いた》む）」。保養常に闕《か》くること多く、艱難、我が貧を愧づ。悽々《せい〱》たり、歿するに臨むの語。的々たり（はっきりしている）、生に在《あ》るの親。遺佩《ゐはい》（故人のつけていたもの）、寒江の月。殘燈、夜室の塵。中郎他日の稾《かう》（自分の遺稿）、留付（留めてさずけること）、何人《なんびと》にか與へん。「中郎」は蔡邕のことで、その娘が彼の遺書を、よく暗記していたという故事を踏まえている。
(62)「見花憶亡女書（花を見て亡女を憶ひて書す）」。中《なか》の女《むすめ》は我が憐む所、六歲自ら抱持す。懷中に果（果物）を哺《ほ》するを看、膝上に詩を誦するを敎ふ。晨《あした》に起きて姉の妝《しやう》を學び、鏡臺强《し》ひて臨んで窺《うかが》ふ。稍《やうや》く羅綺《らき》（上質の着物）を愛するを知るも、家貧しくして未だ爲《な》す能《あた》はず。嗟《あゝ》我れ久しく失意、雨雪路歧《ろき》（追分）に走る。暮に歸つて歡迎せらるれば、憂懷每《つね》に怡《よろこ》びを成す。如何《いかん》ぞ疾《やまひ》を屬するの朝《あした》、復た事變の時に値《あ》はんとは。聞きて驚く遽《にはか》に沈隕《ちんゐん》（死ぬこと）せしを。藥餌も施すを得ず。倉皇として薄棺を具へ、哭送して遠陂《ゑんぴ》（遠い墓地）に向ふ。茫々《ばう〱》として已に尋ね難きも、惻々《そく〱》として猶《な》ほ苦《はなは》だ悲しむ。却つて思ふ、去年の春、花は開く、舊園の池。我れを牽《ひ》きて樹下に行き、我れをして好き枝を折ら令《し》む。今年花復た開けども、客居す、遠江の湄《ほとり》。家は全くして爾獨《なんぢひと》り歿し、花を看《み》て涙空しく垂る。一觴《いつしやう》（一杯の酒）自ら慰めず、夕幔《せきまん》（夕べのとばり）、風、凄其《せいき》（凄然）たり。　(63)「客中二女を憶ふ」。

(64) 毎《つね》に憶ふ、門前兩《ふたり》ながら歸るを候《ま》つを。客中長夜、夢魂飛ぶ。料《はか》るに應《まさ》に此の際猶《な》ほ母に依り、燈下、我に寄する衣を縫ふを看《み》るなるべし。

(65)『論語』里仁篇「子曰、德不孤、必有鄰」。　(66) 集まること。

(67)「春日懷十友詩」余司馬堯臣《げうしん》に付けられた金檀『高青邱詩集注』の引く淸の錢謙益『列朝詩集小傳』に見える。

(68) 皆落魄して事に任ぜず。故に詩酒に留連するを得たり。

(69)「唐肅を送る序」。文集の『鳧藻集《ふさうしう》』には「送唐處敬序」とある。處敬は唐肅の字。「唐肅を送る序」とするのは、「春日懷十友詩」余司馬堯臣の金檀の注に引く錢謙益の『列朝詩集小傳』に依るものである。ここに掲げる序もまた注に引く『列朝詩集小傳』をそのまま掲げており、『鳧藻集』の原文とはかなり異同がある。

(70) 余世《よ》、吳の北郭に居り、同里の交善なる者、惟《た》だ王止仲一人のみ。十餘年來、徐幼文は毘陵《ひりよう》より、高士敏は河南より、唐處敬は會稽より、余唐卿は永嘉より、張來儀は潯陽《じんやう》より、各《おの》おの故を以て來り吳に居り、而して皆余と鄰《となり》す。是《ここ》に于《おいて》北郭の文物遂《つひ》に盛んなり、以下『鳧藻集』の原文を異同のある部分のみ掲げる。餘世居吳之北郭、同里之士有文行而相友善者、曰王君止仲一人而已、……徐君幼文……、高君士敏……、唐君處敬……、余君唐卿……、張君來儀……、而卜第適皆與餘鄰、於是……。

(71)「春日十友を懷ふ。」十友とは、余司馬堯臣、張校理羽、楊署令基、王隱君行、呂道士敏、宋軍咨克《ぐんし》、徐記室賁《ひ》、陳孝廉則、僧道衍《だうえん》、王徵士彝《い》を指す。それぞれに一首を作っている。

(72) 列戟《れつげき》（戈《ほこ》を並べること）、嚴關を衞《まも》り、應《まさ》に休沐《きうもく》の暇《いとま》なかるべし。群英（英才の群）追遊（再遊）を罷《や》め、餘香　空樹《くうしや》（「樹」は屋根のある臺地）を掩《おほ》ふ。飛花北郭の晩、華月南園の夜、淸景同じうする能はず。蹉跎《さた》、年の謝（移り去ること）せんことを恐る。

(73) 端居して恬素（恬淡素朴）を養ひ、獨《ひと》り詠ず、聖人の篇。夕景、池に臨んで酌《く》み、春寒、閤を掩うて眠る。芳藥

(芍藥《しやくやく》)初めて雨に翻り、新篠《しんでう》(若いしのだけ)稍《やうや》く煙を披《ひら》く。累日、幽訪(幽居への訪問)を虧《か》き、慙《は》づ、余の塵務に牽《ひ》かるゝを。

(74)此の一里を共にして居れど、誰か良覿《りやうてき》(面會)を阻《はば》ましむ。惆悵《ちうちやう》して芳園に歩し、山櫻《さんおう》還《ま》た獨り摘む。風は含む、花を駐《とど》むるの意。雨は散ず、池に流るるの跡。尊酒(樽酒)、來り同じうせず、茲《こ》の晨《あした》、端《まさ》に惜む可し。

(75)同じく謂《い》ふ、塵境に在りと、獨り能く道門に依る。園齋、永日に坐し、庭《てい》綠に、靄として初めて繁し。妙を觀て夙《つと》に契(默契)有り、靜を悟って自ら煩なし。晨《あした》に策《つゑ》つきて思ふ、頻《しき》りに往きて、君が超世の言を聆《き》かんと。

(76)花を看る、西澗寺。憶ふ、子と昔同行せしを。蘭は入る、華觴《くわしやう》(美しい酒杯)の氣。波は泛《うか》ぶ、綠琴の聲。茲《こ》の歡、節(季節)に隨って逝《ゆ》き、離恨坐《そゞろ》に相嬰《あひか》る。安《いづく》んぞ得ん、重ねて騎を聯《つら》ね、雉《きじ》を射て東城を出づるを。

(77)晨興《しんこう》(朝早く起きること)櫛《くし》を理《をさ》め罷《をは》れば、禽聲《きんせい》、淸旭《せいきよく》(晴れやかな朝日)を悅《よろこ》ぶ。雨餘、嘉樹(すこやかな木)新たに、色は映ず、春塘《しゆんたう》(春の堤)の綠に。景を閱して幽悰《いうそう》(浮世を離れる樂しみ)を感じ、陰《かげ》に歩して往躅《わうちよく》(昔日)を思ふ。手を携《たづさ》へて此《ここ》に逍遙し、君を須《ま》つて心曲(心の奧)を慰めん。　(78)うらめしげに眺める。

(79)徂春《そしゆん》(晩春)感を爲し易《やす》く、復た此《こゝ》に孤寂に棲《す》む。鶯は啼く、遠林の雨。悵望《ちやうばう》すれば鄕園隔たる。客舍衣を換ふるの晨《あした》、僧齋、鐘を聽くの夕べ。知る、君が思ひ正に紛たるを。雜英(さまざまな花)と共に積むが如し。「復た」以降、「聽くの夕べ」まで相手を思いやっての言葉。

(80)『高靑邱詩集注』附錄の「羣書雜記」に見える張習の語。

(81)唐の四傑中の王勃が水に溺れて死んだことを踏まえている。「首邱」は狐は死ぬ時、頭を、もと住んでいた方向にむけるという故事から、故鄕に葬られることを指す。

(82)龍江は、その名稱から言って、中國全土各地に存在しているようだが、張羽が嶺南(廣東・廣西)に謫《たく》された後の入水だとすると、それでも、諸橋徹次著『大漢和辭典』によれば四個所を數える。そのいずれか。

(83)幼時。　(84)吳縣城の西北の門。周邊、市が立った。　(85)机上。

(86) まっすぐで、志をえないこと。 (87) 頭巾。 (88) 人材。
(89) 生徒。 (90) 先祖。 (91) 勞働現場。
(92) 虎のようにうずくまる。勢力をかまえる。 (93) 才徳のすぐれた者たち。
(94) 「移家江上別城東故宮（家を江上に移し、城東の故居に別る）」。人情、故郷を戀ふ、誰か遠く客と爲《な》るを樂まん。我が行豈《あ》に已《や》むを得んや、實に喪亂（國が亡び、人民が離散すること）に迫らる。凄々《せいく》として丘隴《きうろう》を顧み、悄々《せうく》として親戚に別る。去らざれば憂虞《いうぐ》を畏《おそ》れ、去らんと欲すれば離隔を念《おも》ふ。妻子の從ふありと雖も、我が恨み終《つひ》に釋《と》けず。門を出でて未だ發するに忍びず、惆悵《ちうちやう》して日の夕に至る。
(95) 『甫里卽事』の第一首。長橋短橋の楊柳、前浦後浦の荷花（蓮の花）。人は看る、旗の酒市（酒を賣る市場）に出づるを。鷗《かもめ》は送る、船の釣家（釣魚を生業とする家）に歸るを。風波起らんと欲して起らず、煙日（光のうすれた夕日）將《まさ》に斜めならんとして未だ斜めならず。絕《はなは》だ勝る、苕中剡曲《てうちうえんきよく》（苕水と剡溪。ともに溪谷）。金虀玉膾《きんさいぎよくくわい》（魚のなますと橙《だいく》を細切にして和えた料理）、誇るに堪へたり。
(96) 『甫里卽事』の第二首。唼々《さふく》（口を動かすさま）として綠頭の鴨《かも》鬪ひ、翻々として紅尾の魚跳《おど》る。沙寬《ひろ》く水狹くして江は穩やかに、柳短く莎《さ》（はますげ）長くして路遙かなり。人の渡を爭ふ處は斜日、月圓《まどか》ならんと欲する時は大潮、我れ天隨（陸龜蒙。その居宅が近くにあった）に比す　似たるや否や、扁舟に醉臥して簫《せう》を吹く。
(97) 『甫里卽事』の第三首。江廟、漁郎（すなどりする男）晩に祭り、津亭（船宿）、估客《こかく》（行商人）朝《あした》に過ぐ。鐘邊、山遠く水遠く、篷底《ほうてい》（とまのあたり）、風多く雨多し。饑蟹《きかい》は沙《すな》を銜《ふく》んで籪《だん》（カニを捕える竹製の器具）に落ち、黠禽《かつきん》（わるがしこい小鳥）は竹に映《えい》じて羅《あみ》を窺《うかが》ふ。丫頭《あとう》（あげまきに結んだ髪）、兩槳《りやうしやう》（二つの櫂《かい》）、去るを休《や》めよ。爲に唱《うた》へ、吳儂《ごのう》（吳人）の櫂歌《たうか》。
(98) 『甫里卽事』の第四首。橫網、過客を遮《さへぎ》らず、渡船、時に歸僧を載す。炊菰《すゐこ》（マコモをたく）の飯は炊稻（米飯）に勝り、采蓮（蓮をとる）の歌は采菱《さいりよう》（ヒシをとる）に似たり。煙外の晩村、笛を弄《ろう》し、沙邊《さへん》の夜店、燈を停《とど》む。短簑《たんさ》（短いミノをつけた漁夫）酔うて銅斗（酒を汲む銅製のヒシャク）を拍《う》ち、我れも亦た年來稍《や》や能《よ》くす。

(99)「與劉將軍杜文學晚登西城」。木落ちて南國を悲しみ、城高くして北辰を見る。飄零《へうれい》猶《な》ほ客あり、經濟豈に人なからんや。鳥過ぎて風、翼に生じ、龍歸りて雨、鱗《りん》に在《あ》り。相期して倶《そも》に努力せん、天地正に烽塵（兵亂の世）。

(100)「婁江吟稾序」。天下無事なる時、士、豪邁奇崛《がうまいきくつ》の才あれども、而《しかれ》ども用ふる所なし。往々《わう〳〵》山林草澤の間に放たれて、田夫野老と、沈酣《ちんかん》（醉ひつぶれる）歌呼して、以て自ら其の意を快くし、世に聞ゆるある莫《な》きなり。天下事あるに逮《およ》べば、則ち相與《とも》に臂《うで》を奮ひて起たん。勇者は其の力を騁《は》せ、智者は其の 謀《はかりごと》を效《いた》し、辯者は其の說を行ひ、以て事業を濟《な》して、而《しか》うして功名を成すことあらざる莫《な》からん。蓋《けだ》し向《さき》の田夫野老の能く羈留《きりう》（旅さきで宿る）して狎玩《かふぐわん》（なれなれしくもてあそぶ）する所の者に非ずして、亦た各《おの》おの其の時に因《よ》るならん。爾今《じこん》天下崩離し、征伐四《よ》に出で、有時の時と謂ふ可きなり。其の策を帷幄《いあく》の中に決し、武を軍旅の間に揚げ、命を疆場《きやうぢやう》（國境）の外に奉ずる者、皆上の需《もと》むる所にして、而して智勇能辯の士に待つあるなり。山林草澤に或いは其の人あら使《し》めば、孰《たれ》か其の間より出でて、以て上の需むる所に應じて、己《おのれ》の能くする所を用ゐるを願はざらんや。肯《あへ》て槁項《かうかう》（首すじが痩せ細ること）布褐藜藿《ふかつれいくわく》（粗末な衣服と食事）に老死せんとする者あらんや。これ以降は、第二章冒頭（四〇四頁二行目以降）に嶺雲自身の訓讀があるので、略す。

(101)「青邱子歌序」。江上に青邱あり。予徙《うつ》りて其の南に家す。因りて自ら青邱子と號す。閒居無事、終日苦吟す。間《とき》に青邱子の歌を作り、其の意を言ひ、以て詩淫の嘲《あざけ》りを解く。

(102)青邱子、臞《やせ》て淸し。本《も》と是《これ》五雲閣（五色の雲が棚引く樓閣）下の仙卿（仙人の仲間）なり。何《いづれ》の年が降謫せられて世間に在り。人に向ひて道《い》はず、姓と名とを。屩《くつ》を躡《ふ》むも遠游を厭《いと》ひ、鋤《すき》荷ふも躬耕《きうかう》（自ら耕す）に懶《ものう》し。劍あるも鏽澀《しうじふ》（さびる）に任せ、書あるも縱横に任かす。肯《あへ》て腰を折つて五斗米《ごとべい》の爲にせず、肯《あへ》て舌を掉《ふる》つて七十城を下《くだ》さず。但だ好んで詩句を覓《もと》め、自ら吟じ自ら酬賡《しうかう》（返す）す。田間に杖を曳《ひ》き、復た索《なわ》を帶《おび》とす。旁人（傍人）は識らず笑ひ且つ輕んず。謂ふ、是れ魯《ろ》の迂儒《うじゆ》、楚《そ》の狂生と。青邱子、之《こ》れを聞けども意に介せず、吟聲吻《くち》を出でて咿咿《いゝ》（ものを言う聲）の鳴を絶たず。朝《あした》に吟じて其の飢を忘れ、暮に吟じて不平を散ず。其の苦吟の時に當つて、兀兀《ごつ〳〵》（フラつく）として醒《てい》(醉)を被《かうむ》るが如し。頭髪は櫛《くしけ》づるに暇《いとま》あらず、家事は營むに及ばず。兒啼《こな》くも憐むを知らず。客至るも迎ふるを果さず。憂へず、回也《くわいや》(顏回《がんかい》)の空しきを。慕はず、猗氏《いし》(猗頓《いとん》)の盈《み》つるを。慙《は》ぢず、寛褐《くわんかつ》(ダブついた破衣)を被《かうむ》るを。羨《うらや》まず、華纓《くわえい》(立派な冠のヒモ)を垂るゝを。問はず、龍虎の苦しみて戰鬪するを。管せず、烏兎《うと》の忙しく奔傾するに。冥茫《めいばう》(茫々と同じ)たる八極に心兵を遊ばしめ、坐《そゞ》ろに無象をして有聲と作《な》ら令《し》む。微なるは懸蝨《けんしつ》(窓にかけたダニ)を破るが如く、壯なるは長鯨を屠《ほう》るが若く、淸なるは沆瀣《かうかい》(北方の夜半の空氣)を吸ふに同じく、險なるは崢嶸《さうくわう》を排するに比《くら》ぶ。靄々《あい〱》として晴雲披《ひら》き、軋々《あつ〱》(きしる音)として凍草萠《も》ゆ。高く天根を攀《よ》ぢて月窟を探り、犀《さい》(燃やした犀の角をいう)は牛渚(淵の名。南京の南にある)を照して萬怪呈す。妙意俄《にはか》に鬼神と同じく會し、佳景每《つね》に江山と争ふ。星虹《せいこう》(流星)、光氣(光)を助け、世煙露、華英(花房)を滋《うる》ほす。音を聽けば韶樂《せうがく》(舜の樂曲)に諧《かな》ひ、味を咀《あぢは》へば大羹《たいかう》(調味料を用いない肉汁)を得たり。世間、物の我が娯《たのし》みを爲すなく、自ら金石を出だして相轟鏗《ぐわうかう》(鳴りとどろく)す。江邊の茅屋、風雨晴れ、門を閉ぢて睡《ねむ》り足り、詩初めて成る。壺を叩《たた》いて自ら高歌し、俗耳の驚くを顧みず。君山(山名)の老父を呼び、諸仙弄する所の長笛を攜《たづさ》へ、我が此の歌に和して月明に吹かしめんと欲す。但だ愁《うれ》ふ、欻忽《こつ〱》(突然)として波浪起り、鳥獸駭《おどろ》き叫び、山、搖《ゆら》ぎ崩れ、天帝之《こ》れを聞いて怒り、白鶴を下し遣《つかは》して迎へしめ、容《ゆる》さず世に在つて狡獪《かうくわい》を作《な》すを。復た飛珮《ひはい》(ひらひらする玉珮《ぎよくはい》)を結んで瑤京《えうけい》(玉のうてな。天の京)に還《かへ》らんか。

(103)「初開北窓晩酌」。春暄《あたた》かくして凄風《せいふう》罷《や》み、朝《あした》に始めて北牖《ほくいう》を開く。青山、吾《わ》が座に入り、故友を延《ひ》くに異ならず。自ら榻上《たふじやう》(長椅子の上)の塵を掃ひ、琴册《きんさく》(琴と書物)、左右に列《つら》ぬ。悠然と其の間に坐し、傲兀《がうごつ》(悠然)として杯酒に醉ふ。況《いは》んや江花(河べりの花)落つるに當るをや。微雨斜日の後、遠く見る、帆の川を度《わた》るを。高く聞く、鳥の柳に鳴くを。孰《た》れか云ふ、吾が廬に非ずと。居止(居住)亦た久しうす可し。人生、一席に處《を》る、累樹《るいしや》(高く重なったうてな)復《ま》た何かあらん。幽懷、澹泊《たんぱく》を悟り、末事紛揉《ふんじう》(もつれあう)を辭す。更に擬《ぎ》す、長夏に眠り、風期(風通しのよい地の空氣)、陶叟《たうそう》(陶淵明)に結ぶを。

(104)のびやか。のんびり。

(105) 金檀『高靑邱詩集注』の年譜、至正十八戊戌、二十三歳の條に「吳越紀遊詩序」を載せ、「此序、朱紹舊刻三先生詩より補入す」とある。「奚囊」は下僕に持たせる歌袋。

(106) 至正戊戌庚子《ぼじゅつかうし》の間、余嘗て東南の諸郡に游び、山川を顧覽し、賦する所甚だ夥《おほ》し。久しうして散失す。暇日、篋中《けうちう》（箱の中）を理《おさ》め、數紙を得たれども壞爛破闕《くわいらんはけつ》（みだれ、破れ、缺けている）し、多くは完章に非ず。因りて其の存する可き者を擇び、當日の意を追賦し、以て之を成すに足る。凡そ一十五首、未だ北のかた大河を溯《さかの》ぼり、西のかた嵩華《すうくわ》（嵩山と華山）を渉り、以て其の險逕《けんけい》（けわしい道）絶特の狀を賦する能はずと雖も、然れども此れ行役の情を寫し、游歷の蹟《あと》を紀する所以と、夫《か》の賢を懷ひ吊古するの意と亦た往々にして在り、固より得て棄てざるなり、因りて錄して以て自ら覽《み》る。

(107)「始發南門晚行道中（始めて南門を發す、晚行道中）」。歲暮、寒くして亦た行く、征人、常期（豫定の日程）あり。我が家鄉の樂みを辭して、彼の道路の危うきに適《ゆ》く。酒闌《たけなは》にして賓親（賓客と親戚）に別れ、車を驅つて郊岐《かうき》（郊外の路）を出《い》づ。我が馬、力未だ痡《つか》れず、已に越ゆ、山と陂《ひ》（坂）と。頭《かうべ》を回《めぐ》らして高城を望めば、落日、雲樹滋《しげ》し。亂に遭《あ》うて既に安きこと少く、生を謀りて復た飢うる多し。途《みち》に逢ふ往來の人、孰《た》れか此れが爲に馳《は》せざる。遠游亦た吾が志なり、去れ、何ぞ悲しむを勞さん。

(108) 蕭山は縣名。浙江省杭州市の東南、杭州から紹興への途中にあり、下の白鶴・柯亭もまたその途中にある宿場である。

(109)「早過蕭山歷白鶴柯亭諸郵（早《つと》に蕭山を過ぎ白鶴柯亭の諸郵を歷《ふ》）」。客起（旅人の起きること）、何ぞ太《はなは》だ早き、邨《むら》荒れて雞鳴絶《た》ゆ。況んや時に江雨（河に降る雨）晦《くら》く、啓明を見るを得ず。凌競（寒さにふるえるさま）として高關（高いところにある關所）を度《わた》り、山空しくして縣に城なし。林を隔てて人の呼ぶを聞く、已に我れに先《さき》だちて行くあり。側身（身體をそばめる）して徑《みち》の滑かなるを避け、足を聚《あつ》めて厓《がい》の傾くを防ぐ。衣寒くして復た風多し、活々《くわつ〱》（水が勢いよく流れるさま）たり遠水の聲。千峯、霧中に過ぐ、識《し》らず、狀（姿）と名とを。嵐《らん》開いて前郵（前の宿場）を見、始て覺ゆ、數程を歷《へ》たりるを。越禽楓篁《ゑつきんふうくわう》（楓や竹やぶ）に啼き、冷日、午晴（晝に晴れること）に傍《ちかづ》く。煙生じて沙墟寂《さきよせき》たり、葉落ちて澗寺《かんじ》（谷間にある寺）清し。登臨亦た悅ぶ可し、但だ恨む、時平《たひら》かに非ざるを。

(110) 物に因われないさま。

(111)「登蓬萊閣望雲門秦望諸山（蓬萊閣に登りて雲門・秦望の諸山を望む）」。旅思曠然《くわうぜん》として釋《と》け、身を置く蒼林の杪《こずゑ》。群山誰《た》が爲にか來り、歷々として清曉に散ずる。奇姿、霧雨を脫し、奮首（首をふる）、爭ひて矯《あが》らんと欲す。氣（山々の氣）は通ず、海煙（けぶる海）の長きに。色は帶ぶ、州郭の小なるを。曲（山々の曲折）は疑ふ、啼猿を藏するかと。橫（異常なさま）は恐る、歸鳥を截《た》たんかと。流暉《りうき》（光の流れ）互に蕩激《たうげき》（はげしく動く）し、下に湖壑《こがく》（湖や谷間）の繞《めぐ》るあり。佳處未だ遍《あま》ねくは經ざるも、一覽、心頗《すこぶ》る了《おは》る。秦皇の遺迹泯《ほろ》び、晉士（晉の王獻子）の流風沓《はる》かなり。願はくは金匱《きんき》の篇を探り、袂《たもと》を振つて塵表に翔《か》けん。

(112) 紹興府治をいう。

(113) 蕭山縣にある山。

(114)「聞長槍兵至出越城夜投龕山（長槍兵の至るを聞き越城を出でて夜龕山に投ず）」。列藩、戎亂《じうらん》（兵亂）を遏《や》めんとし、鉞《ゑつ》（派遣の將軍）を駐《とど》むるは實に此の州。如何《いかん》ぞ大將を殺し、王師自ら相讎《あだ》する。我れ來るに亂始めて定まり、城郭、氣尙《な》ほ愁ふ。又聞く、鄰（隣國）に兵ありと。倉卒豈《あ》に敢て留まらんや。促《うなが》し還《かへ》らんと西門を出づるに、天寒くして行輈《かうちう》（行く車）絕ゆ。古戍《こじゆ》（古いとりで）は雨雪暗く、旌旗《せいき》は暮に悠々たり。野屋、閉ぢて守らず、澤田、棄てられて誰か收めん。居人且《か》つ奔逃するに、游子安《いづく》んぞ得て休まんや。逶迤《ゐい》として蒼山に去り、泱漭《おうまう》（廣大なさま）として玄雲浮ぶ。人虎、夜を爭ひて行く、風榛《ふうしん》（風にゆらぐハンノキ）巖《いは》に嘯《うそぶ》いて幽なり。我が徒、戒めて相親しむ。一失すれば、未だ求め易からず（とりかえしがつかない）。飢ゑては谷口の栗を拾ひ、寒くしては澗中《かんちう》の槱《いう》（柴）を燒く。神迷ひて路多く迂《う》なり。再宿して海陬《かいすう》に達す。登頓（登ったり降りたりする）の勞を嘗《な》むと雖も、幸ひに迫辱（迫られ、はずかしめられる）の憂を免る。聖尼《せいぢ》は匡《きやう》に畏《おそ》る（孔子が匡というところで苦しめられたことを踏まえる）、嗟《あゝ》我れ敢て尤《とが》有らんや。但だ慙《は》づ、越を去ること早くして、名山に游を遂《と》げざるを。

(115) 此の行は鱸魚《ろぎよ》の膾《なます》の爲ならず。自ら名山を愛して剡《せん》（浙江省の地名）に入る。李白「秋下荊門（秋荊門《けいもん》を下る）」中の句。

(116) 杭州府城南の山。

(117)「登鳳凰山尋故宮遺跡（鳳凰山に登り、故宮の遺跡を尋ぬ）」。茲《こ》の山、勢ひ將《まさ》に飛ばんとし、宮殿、其の上を壓す。江潮正に東より來り、朝夕、奔嚮《ほんきやう》（ほとばしり、むかう）するに似たり。當時、結構の意、汴都《べんと》（宋の都）の壯なるに敵せんと欲す。我れ來る、百年の後。紫氣愁へて王ならず。鳥は啼いて壁門空しく、落葉、陰障（暗い圍いのうち）に滿つ。風は悲んで遺樂（遺された樂曲）を度《わた》し、樹は古くして嚴仗を羅《つら》ぬ。行人、降王（元に降伏した王）を悼《いた》み、故老、姦相を怨む。蒼天何ぞ悠々たる、未だ得ず、興喪（興亡）を問ふを。世運、今復た衰ふ、凄涼として一たび回望す。

(118) 杭州市の北、德清縣の南にある地名。

(119) 帝室の難を解決すること。

(120)「過奔口戰場（奔口の戰場を過ぐ）」。路廻《めぐ》りて荒山開け、古塞《こさい》の門を出づるが如し。驚沙《けいさ》（飛び立つ砂）、四邊に起り、寒日、慘として昏《く》れんと欲す。上に飢鳶《きえん》の聲あり、下に枯蓬《こほう》の根あり。白骨、馬前に横はり、貴賤寧《なん》ぞ復た論ぜんや。知らず、將軍は誰ぞ、此の地、昔戰奔す。我れ路人に問はんと欲するも、前行盡く空邨《くうそん》。登高（高いところに登る）して廢壘を望めば、鬼（鬼氣）は結ぼれて愁雲屯《たむろ》す。當時十萬の師、覆没《ふくぼつ》して能く幾《いくばく》か存せる。應《まさ》に獨り老翁あるべし、來りて此《こゝ》に子孫を哭せん。年來未だ兵を休めず、强弱、幷呑《へいどん》を事とす。功名竟《つひ》に誰か成さん、人を殺して乾坤《けんこん》に遍ねし。媿《は》づらくは亂を拯《すく》ふの術なきを。佇立《ちよりつ》して空しく魂《こん》を傷ましむ。

(121) 海寧は杭州市の東北。雙廟は海寧縣の西にある。許遠は鹽官（海寧縣の南西）の人なので、その鄕里に廟が建てられたのである。許遠と張巡は、安祿山の亂の時、賊に降る者が相繼ぐ中で、義兵を率ゐて睢陽《すいやう》（今の河南省商丘縣の南）に立てこもつて賊軍と戰った。至德二載（七五七）、安祿山の子安慶緒の兵に圍まれ、死守すること十ヵ月にして城は落ち、許遠・張巡とも殺された。事は『唐書』張巡傳に見える。雙廟はこの二人を祭ったもので、後にその部下であった南霽雲《なんせいうん》（南八）らも增祀された。張巡が處刑される時、「南八、男兒は死すのみ」と呼びかけ、霽雲もそれに應じて屈しなかったことによる。（南八男兒終不屈）

(122)「謁雙廟（雙廟に謁す）」の末の六句。嗟《あゝ》今喪亂に屬し、戎馬《じうば》（兵亂）、正に旁午たり。危ふきに臨んで肯《あへ》て軀《み》を捐《す》つ、公の如き未だ多く數へず。獨り立ちて爲《ため》に悲傷すれば、斜陽、寒楚（寒々とした苦しみ）に下る。

(123) 海昌城は、今の浙江省鹽官。鹽官は、杭州市の東北、海寧縣の西南、杭州灣の北岸にあり、銭塘江が杭州灣に注ぐ所に位置する。

(124)「登海昌城樓望海（海昌城樓に登つて海を望む）」の末六句。況んや今艱危《かんき》の際、民の苦みは墊溺《てんでき》（溺れること）に在り。地あるも居る可からず、鴻洞《こうどう》（雲が湧きおこるさま）として風塵黑し。安《いづく》んぞ水を撃つて游び、圖南鵬翼に附するを得ん。

(125)「婁江の寓館に還る」。

(126) 形を寓す、百年の內。行止（出處進退）固《もと》より端《たん》（定め）なし。我れ生れて甫《はじ》めて三九、東西（あちこちに移動すること）宜《よろ》しく未だ闌《たけなは》ならざるべし。去年は山陲《さんすゐ》（山のほとり）に宅し、今年は江干《かうかん》（河のふち）に徙《うつ》る。野生、倹陋《けんろう》を崇《たふと》び、經營、唯だ苟《いささ》か完《まつた》うす。閒窗《かんきう》（靜かな家）、平疇《へいちう》（平らな畠）に俯し、幽扉遠湍《ゑんたん》（遠くに見える早瀬）に臨む。豈に忘れんや大厦《たいか》に居《お》るを。稱《かな》は弗《ざ》れば安んずる所に非ず。披榛《ひしん》（藪をきりひらく）、始めて茲《こゝ》に來り、霜露淒《せい》以て寒し。誰か云ふ、親愛に遠ざかると。弟子《ていし》相與《とも》に歡《よろこ》ぶ。室中に名酒あり、歳暮、聊《いささ》か盤桓《ばんかん》（ゆったり樂しむさま）す。

(127)「江上春日懷を遣《や》る」。

(128)「江上、春に逢ふこと已に兩回。客中の時序、相催すに苦しむ。蛛《くも》は戶網を營み、蟲初めて出づ。雀《すゞめ》は簷巢《えんさう》（のきの古巢）を借り、燕未だ來らず。年少卽ち閒《かん》なるは眞《まこと》に拙なるを信ず。詩成り、好しと雖も才と言ふ可けんや。如今、南鄰の叟《そう》に向ひ、旋《かへ》つて垂楊を乞ひ、舍を遶《めぐ》りて栽《う》ゑんと欲す。

(129)「別江上故居（江上の故居に別る）」。家具初めて移さんとして釣船を借る、行くに臨んで魚鳥も亦た悽然《せいぜん》たり。城南に舍を徙《うつ》すこと惟《た》だ三里。渚北に閒居すること已に二年。花墅《くわしよ》（花の咲きみだれる別莊）、回看す、春水の外。草堂、留めて掩《おほ》ふ、夕陽の邊。多く慚《は》づ、父老相留むるの意に。來去、聊《いささ》か大化（幼・壯・老・死の變化）に隨《したが》つて遷る。

(130) 元の末、皇帝を僭稱して國を天完と定める。

(131) 江蘇と安徽《あんき》。　(132) 今の蘇州市を指す。　(133) 吳縣城（蘇州）の東門。

(134)「中秋翫月張校理宅得南字（中秋月を張校理の宅に翫《もてあそ》びて南の字を得たり）」。八月望夜（滿月の夜）、天藍《あい》の如く、海色、霧を捲《ま》いて山、嵐《らん》を收む。玉盤（月を指す）元《も》と沈む、龍窟《りようくつ》の底。忽ち起ること萬丈、誰か能く探らん。初め空中に來るとき光尙《な》ほ溼《うるほ》ひ、孀娥《さうが》（嫦娥《じやうが》）の寒鬢、風鬖鬖《らんさん》（髮のみだれるさま）。人は言ふ、一年此れ最も好しと。金精（黃金の精。月の異稱）水氣、秋相涵《ひた》す。小星盡《ことごと》く去つて大星在り。芒角《ばうかく》（星の光）吐かんと欲す、敢と參（ともに星の名）と。天、洗眼を將《もつ》て下土を照らし、啖食《たんしよく》、肯《あへ》て縱《ゆる》さんや、妖蟇《えうば》の貪《むさぼ》るを。深きを穿《うが》ち、暗きを窺《うかが》つて隙《げき》を遺《のこ》さず。魍魎《まうりよう》、影に忌《い》んで巖嵌《がんかん》（岩のくぼみ）に逃《のが》る。前年客中、これを見しを憶《おも》ふ。家人別れを怨んで方《まさ》に喃々《なんなん》。荒山知らず、佳節の至るを。首を垂れ案に凭《よ》りて書蟫《しよたん》（本のしみ）を尋ぬ。但だ怪む、流輝の敗戶《はいこ》（破れ屋）に入るを。油燈、燄《ほのほ》を失ひて孤龕《こがん》（たった一つの厨子《づし》）に留まる。起ちて陰林を行くに炬《きよ》を用ひず、剝啄《はくたく》（步行の音）、獨り叩《たゝ》く峰西の菴《あん》。虬蛇《きうだ》（みずちや蛇）亂踏すれば心膽悸《しんたんおどろ》く。怪影の石に走るは皆楓楠《ふうなん》。卽ち道人を呼びて共に酒を載せ、舟を放《はな》ちて直《たゞち》に下る、芙蓉潭《ふようたん》。翻々《はんぱん》たる鷩鶻《けいこつ》（鷩くはやぶさ）、樹杪《じゆせう》（木の梢）より落ち、笛を吹いて正《まさ》に和す、烏の飛びて南するに。今年、舍に在りて反つて寂莫、暗室に困臥して僵蠶《きやうさん》（じっと動かないさま）の如し。乾愁（何ともなく起こる悲しみ）、端《はし》なくも良夜に負《そむ》く。月固《もと》より言はざるも我れ則ち慚《は》づ。人、賢愚となく競ひて翫賞す、況んや我れは淸景、性の躭《ふけ》る所なるをや。忽ち憶ふ、諸君と河水を隔つるを。被（掛けぶとん）を持して就いて宿し、高談を聆《き》かん。爲に老婢を呼んで庭宇（屋敷）を掃ひ、一席の盤飣《ばんてい》（大皿に食物を盛る）、梨と柑と。江城、重く閉ぢて萬家寂《せき》たり。樓鼓近く聽けば纔《わづか》に三を撾《う》つ。空階淒基《せいき》（淒然と同じ）として霧の泫《うるほ》すを覺え、虛牖《きよいう》（がらんどうの窓）窈窕《えうてう》として疑ふらくは煙の含むかと。婆娑（步きまわるさま）として留めんと欲す、月の影を伴《ともな》ふを。素鸞《そらん》（白鷺。仙女を指す）、西に下らんとすれば停驂《ていさん》（三頭立ての馬を停める）を煩はす。明宵復た出づるも已に似難し。動《やゝ》もすれば別れて經歲（年を重ねる）、嗟《あゝ》何ぞ堪《た》へんや。尊前（酒樽の前）、此の月又此の客、世に遇《あ》ひ難き所、心應《まさ》に諳《そらん》ずべし。關山幾處《いくところ》か未だ兵を解かず。擊柝《げきたく》寐《ねむ》らず丁男《ていだん》を愁へしむ。南隣は歌舞し、北隣は哭す。月は同じく照らすと雖も苦甘を異にす。何人か我が爲に天才を揮ひ、乾坤《けんこん》の多難、倶《とも》に平戡《へいかん》（平定）し、行く者は還るを得《え》、居《お》る者は樂しみ、淸光及ぶ所、恩皆覃《およ》ばん。懸《はるか》に知る、此の願ひ未だ遂《と》げ易からざるを。憂ひ來り盞《さかづき》を擧げて沈酣《ちんかん》（醉いつぶれる）に從《ま》かす。須臾《しゆゆ》にして衆散じて曉蟲急に、古桂吹き落ちて靑毿毿《さんさん》（細長く、こんもりしているさま）たり。

(135)「周誼秀才の月に對して寄せ見る《ら》ゝに次韻す」。

(136) 空林、鶴鳴いて草堂靜かに、桂影、亭々として月初めて正し。憐む、君が幽臥して中秋に對するを。尊酒（樽に盛った酒）人なく、起ちて相命ずるに。夜深くして詩成り、遣はして我れに寄す。自ら訴ふ、窮愁の疾病を兼ぬるを。嗟《あゝ》余は君に比するに愁ひ更に多く、舊感新憂、來りて毎《つね》に幷《あは》す。前年月を看る、綠茗園。賓客筵《えん》に當りて一時に盛んなり。自ら横笛を吹いて清歌に倚《よ》り、痛飲知らず、瓶婁《へいしばし》ば罄《つ》くるを。去年圍中、北郭に在り、何ぞ異ならん、孤豚の深穽《しんせい》に落つるに。樓に登りて强ひて清輝を攬《と》らんと欲するに、刁斗《てうと》（どら）連營（とりでを連ねる）、聽くに堪へず。今年旅寓《りよぐう》、江渚に向ひ、暫《しばら》は喜ぶ、東南亂初めて定まるを。閒來《かんらい》未だ厭《いと》はず、戸に羅を張るを（「門前雀羅を張る」を踏まえる）。貧去《ひんきよ》唯だ愁ふ、室懸罄《けんけい》（部屋に一物もないさま）なるを。牧兒耕叟《かうそう》、共に來往するに、那《なん》ぞ得ん、衣冠相敬するを解するを。久しく村野に居《お》れば坐《そゞろ》に自ら鄙《いや》し。銷《け》し盡す、豪懷と狂興と。風塵に復た舊時の顏なく、見るを愧《は》づ、相逢ひて名姓を問はるゝに。朋友凋零《てうれい》して江海空しく、弟兄離隔して關山迥《はる》かなり。良宵の佳月、賞す可しと雖も、羸影《るゐえい》（痩せた姿）、牕閒《さうかん》（窓間）、竟《つひ》に誰と竝ぶ。迢々《てう〳〵》（はるかに遠いさま）として河（銀河）轉じて漏初めて長く、槭々《さく〳〵》（ざわざわする）として葉鳴りて風稍《や》や勁《つよ》し。此の時壁に倚つて自ら孤吟すれば、只だあり、蛩聲《きようせい》（足音）の與《とも》に相應ずる。初めて疑ふ、此の月定めて月に非ず、應《まさ》に是れ人間《じんかん》照愁の鏡なるべしと。還《ま》た思ふ、人の愁ひ、月豈《あ》に知らんや。何ぞ苦んで多憂、情性を損《す》つ。一生能く幾たびか此の月を見る、盛年若《も》し去るを尤《もつと》も更《かは》り難し。明宵、圓景、未だ便《すなは》ち虧《か》けず、芙蓉を落し盡して江色淨《きよ》し。君能く强ひて起ち、我れに從つて歡《たのし》み、共に空明に入りて游泳を恣《ほしいまゝ》にせん。直《た》だ期す、沈藉《ちんしや》して舟中に向ふを。管せず、遙天斗柄《とへい》を垂るゝに。

(137)「吳越感舊（吳城舊を感ず）」。城苑の秋風、蔓草《まんそう》深く、豪華都《すべ》て此れに向ひて銷沈《せうちん》す。趙佗《てうた》空《むな》しくあり、尊を稱するの計。劉表《りうへう》初めより無し、亂を弭《や》むるの心。半夜、危樓、俄《にはか》に火を縱《はな》ち、十年、高塢《かうを》（高い土手）、漫《みだり》に金を藏す（後漢の董卓《とうたく》が都に高い土手を築いて金銀を貯えた故事を踏まえる）。廢興一夢、誰か能く問はん。首《かうべ》を回らせば、青山、落日に陰《くも》る。

(138) 勝負のつかない狀態。

(139) 機敏でないこと。

(140)「缶鳴集序」。古人の詩に於ける、意を專《もつぱ》らにして之を爲《つく》らざるなり。國風の作、性情の已《や》む能はざるに發す。豈に以て務むるを爲さんや。後世始めて名家なる者あり、一に此に事として他せず、心神を疲殫《ひたん》（疲れつくす）して、萬象を蒐乱《しうくわつ》（すみずみまでえぐりとる）す。以て工を言語の間に求め、意を得る所あれば、則ち歌吟蹈舞し、世の樂しむ可き者を擧ぐるも、以て之に易ふるに足らず、深嗜《しんし》篤好、之を以て禍《わざわ》ひを取ると雖も、身は困逐（困り抜くこと）に罹《かか》るも、廢するに忍びず。之を惑へりと謂《い》ふか、非か。余不幸にして少《わか》くして是《こ》の好あり、毫《ふで》を含んで牘《とく》（書き物）を伸べ、吟聲吚吚《いい》（鳥獸の鳴く聲）として口吻を絕へず。或《あ》るひと視て事を廢して志を喪《うしな》ふと爲す。然れども獨《ひと》り念《おも》へり、才疎にして力薄く、既に進んで當時に爲すある能はず、退きて畎畝《けんぽ》に勤むる能はず。其の世の末利を嗜《この》みて汲々たる者の、爭ひて形勢の途に鶱《は》するよりは、顧みて獨り此を事とする、豈に亦た少しく愈《まさ》らざらんやと。遂に之が爲に置かず、且つ時に多事と雖も、而《しか》れども無用を以て間に安んずるを得《う》。故に日《ひゞ》幽人逸士と、山巓《さんてん》水涯に唱和し、以て其の好む所を遂ぐ。其の工未だ敢て昔の名家なる者と比せずと雖も、然れども自得の樂み、善く辯ずる者と雖も、未だ其の異あるや否やを知る能はず。故に累年以來、著す所頗《すこぶ》る多し。近ごろ東江の渚に客となり、間に因りて始めて出《いだ》して之を彙次《ゐじ》（編集）す。戊戌《ぼじゆつ》より丁未に至るまで、七百三十二篇を得、之に題して缶鳴集と曰《い》ふ。此れよりして後に著せる者は則ち別に之が集を爲さん。之を巾笥《きんし》（箱に入れ、布をかぶす）に藏し、時に出して自ら之を讀む。凡そ歲月の更遷、山川の歷渉、親友睽合《けいがふ》（離合）の期、時事變故の蹟《あと》、十載（十年）の間喜ぶ可く悲しむ可き者、皆在りて考ふ可く、固《もと》より棄てゝ錄せざるに忍びざるなり。其の義を取るの或いは乖《もと》り、造辭の未だ善からざるが若きは、則ち大方の敎に待つあらん。なお「然獨念」以下「以遂其所好」までの一節については、四〇四頁に嶺雲の訓讀がある。

(141)「郊野雜賦」の第一首。江水、舍の西東、鄰家は是れ釣翁。路痕、深草没し、井脉、暗潮に通ず。籬《まがき》は隔つ、蔬邊（野菜畑のあたり）の雨。門は開く、竹下の風。時に因りて畚《もっこ》を賣らずんば、何事か城中に入らん。

(142) 第二首。此の鄕、地（ここでは戰地をいう）を避くるに堪へたり。亂後、戶翻《かへつ》て增す。俗は美にして客を欺くを嫌ひ、年豐《みのり》かにして僧に施すを愛す。星を帶ぶ、耕處の軛《くびき》。雪を照らす、紡《ばう》時の燈。且《しばら》く田を求むるの計を作《な》す、元龍（魏の陳登の字。彼は大きな寢床に上り、客には粗末な寢床にねかせた)、豈に我れ能くせんや。

(143) 第四首。春泥、桑下の路、孤策(ひとり杖をつく)、自ら扶《たす》け行く。身賤しくして農事を知り、心間《かん》にして物情を見る。鳥鳴いて風起らんと欲し、牛飯《くら》ひて月初めて生ず。漸《やうや》く喜ぶ　人の識る無きを、何ぞ姓名を易《か》ふるを煩はさん。

(144) 第五首。家を移して渚濱に到り、沙鳥(水禽《すいきん》)便《すなは》ち相親しむ。地は僻《へき》にして偏《ひとへ》に懶《らん》(ものぐさ)を容《い》れ、村は荒れて却《かへ》つて貧に稱《かな》ふ。犬は隨《したが》ふ、春饁《しゆんえふ》(春の田を耕す人に供する食べ物)の女。鷄は喚《よ》ぶ、曉耕の人。願はくは愁事なきを得て、閒眠《かんみん》(のどかに眠る)此の身を老いん。

(145) 第一二首。野色迥《はるか》に蒼々たり、門を開けば、葉、塘《たう》(つつみ)に滿つ。僧は來る、雙屐《さうげき》(一足の足駄)の雨。漁は臥す、一船の霜。靜裏、香傳(香についての言い傳え)を修し、閒中、酒方(酒の作り方)を錄す。平生、當世の意、此に到つて坐《そゞろ》に忘を成す。

(146) 第一四首。何《いづれ》の處か徘徊すべき、林間と水隈《すいわい》と。夜歸、家犬識り、春睡、野禽《やきん》の催《うなが》す。地あり、唯だ藥(藥草)を栽《う》ゑ、村として梅を見ざるはなし。興來りて慚《は》づ獨り飲むを、時に喚《よ》んで老農を陪《ばい》せしむ。

(147) 「秋日江居寫懷七首」の第一首。搖落を看る每に、即ち悲みを成す。況んや漂零と別離とに在るをや。客と爲りて偶《たまた》ま當る、鱸《ろ》(すゞき)の美なる處《ところ》。兄(流謫《るたく》に處せらていた)を思ひて正《まさ》に値《あ》ふ、雁來るの時。天邊の暝《めい》(暗さ)は秋陰の蚤《はや》きが爲めにして、江上の寒は歲閏《さいじゆん》(うるうどし)の遲きに因る、丰姿《ふうし》(樣子がよい姿)を把《と》りて楊柳に比する莫《なか》れ。愁ひ多ければ蕭颯《せうさつ》として恐らくは先づ衰へん。

(148) 同第三首。舌在るも誇るを休《や》めよ　術未だ窮せずと。且《しばら》く蹤跡《しようせき》を將《もつ》て漁翁に託す。芙蓉の澤國(水鄉)、瀰漫《びまん》の雨。禾黍《くわしよ》(粟あるいは稻ときび)の田疇《でんちう》、奄冉《えんぜん》(ぐずぐずしている)の風。身計未だ成らずして先業廢し、心懷說かんと欲すれども舊交空し。楚雲吳樹(「楚」も「吳」も國名)、無窮の恨み、都《すべ》て在り、蕭條隱几《せうでういんき》(机によりかかる)の中。

(149) 同第五首。桑苧翁《さうちよ》(陸羽のこと。桑や麻を栽培して生活していたことから)の家　次近(近隣)に居す、人煙沙竹、自《おのづか》ら墟を成す。門を移して就《ゆ》かんと欲す、山の榻《たふ》(寢臺)に當るに。屋を補ひて唯だ防ぐ、雨の書を溼《うるほ》すを。貧は湖田(湖岸にある田畑）の長く半ば沒するが爲なり、拙は世事本《も》と多く疎《うと》きに因る。當時亦た名を求むるの意あり。自ら喜ぶ、年來漸く已に除くを。

(150) 同第六首。喪亂（戰亂）、家を將《ひき》ゐて幸《さいはひ》に全きを得たり。客中長く恥づ、人の憐みを受くるを。妻は能く道を守りて王霸《わうは》（後漢の王霸の妻を指す。良妻の鏡とされる）に同じきも、婢は詩を知らず、鄭玄《ちやうげん》に異なる。借り得て蔬《そ》を種う、傍舍の地。分ち來りて菊に灌《そゝ》ぐ、別池の泉。却つて欣《よろこ》ぶ、遠跡（戰亂の跡）相問ふなきを。一櫂《いつたう》（高く立つ一本のこずえ）の秋風、笠澤《りふたく》（太湖を指す）の邊。

(151)「朝鮮兒歌（朝鮮兒の歌）」の末八句。中國年來、亂未だ鋤《のぞ》かれず、頓《とみ》に貢使（高麗からの朝貢使）をして入朝なからしむ。儲皇《ちよくわう》（太子。ここでは元の太子）、尙ほ說く、靈武（地名。唐の玄宗の第三子がここで皇帝の位につき、肅宗を名乘り、事態を収めた故事を指す）に居るを。丞相方《まさ》に謀る、許都（許の京。三國時代、曹操がここに難を避けたことを指している）をトせんことを。金水河邊、幾株の柳。舊に依りて春風恙《つゝが》なきや否《いな》や。小臣（謙辭）事を撫して（往事をおもうこと）昇平を憶ふ。尊前（酒樽の前）、涙瀉《そゝ》いで酒よりも多し。

(152)「兵後出郭」。俯仰、興亡異なる、青山落照の中。民歸つて隣樹在り、兵去つて壘煙空し。城角猶《な》ほ悲しく奏し、江帆始めて遠く通ず。昔年荆棘《けいきよく》の露、又滿つ闔閭宮《かうりよきう》（姑蘇臺を指す）。

(153)「亂後經婁江舊館（亂後婁江《ろうかう》の舊館を經《ふ》る）」。此の地、昔相依る（互いに助け合う）、重來《ちようらい》、事已に非なり。新年、芳草遍ねく、舊里、熟人（知人）稀なり。遠燕、皆樹に巣《すく》ひ、間花（もの靜かに咲く花）、自ら磯に落つ。遺蹤《いしよう》（遺跡）、竟《つひ》に覓《もと》め難く、夕陽に愁歩して歸る。

(154) 石射堋（石造りのあずち）、石城に張る。石鼓響き、或は發し、石騎、勢ひ行かんと欲す。彷彿《はうふつ》たり古戰場、上に愁雲の生ずるあり。餓鴟《がし》（飢えたトビ）、寒風に嘯《うそぶ》き、砉《げき》（皮と骨が離れる時に發する音）として箭鏑《せんてき》（かぶら矢）の鳴るが若《ごと》し。何人《なんぴと》か此れを作りて山中に留むる。鳥獸過ぎんと欲して膽盡《ことごと》く驚く。疑ふらくは是れ神禹《しんう》（神のような禹）、水を治むる時、來りて鬼をして妖精を射て降さしむ。今に至るまで風雨の夕べ、猶ほ聽く人馬の聲。嘗て聞く父老の言、鼓鳴れば則ち兵ありと。方今瘡痍《さうい》（創痍）の民、命を脱して太平を見る。我れ願はくは其の鼓を砕き、其の堋《ほう》を隳《こぼ》ち、一人（天子）安く、四海清く、此れより萬年、戰爭のなからんことを。

(155) 全くさし迫ること。　(156) 一日千里を走るという良馬。　(157) 波立つさま。

(158) はかるにかすむ。　(159) 二つながら忘れること。「駑」は、ぐず〱すること。

(160) 而して我れ何《なん》する者ぞ、世と相忘れず。「秋風」詩の末二句。

(161) 「送張貢士祥會試京師（張貢士祥の京師に會試するを送る）」の末十二句。君が行亟《すみや》かなる勿《なか》れ 我に語有り。落日尚ほ車衡（車の横木）に在りて懸る。竊《ひそか》に聞く、天子正に席を側《そばだ》つと。此《こゝ》を去つて爲に拜せよ、彤庭《とうてい》（宮中の庭。赤く塗り上げるため）の前。毫《ふで》を揮ふも奏するを休《や》めよ、醴泉《れいせん》の頌《しよう》（「醴泉」は甘い味のする泉の意だが、これをたたえて天子を喜ばせた故事がある）。札（紙）を給せらるゝも賦する莫《なか》れ、凌雲の篇（司馬相如が「大人の賦」をつくって天子を喜ばせ、雲を凌ぐような氣持にさせたという故事がある）。但だ當《まさ》に口を開いて世事を論ずべし。號令の次第は宜しく何をか先にすべき。坐して王綱（帝王の政治の大綱）をして大正（至正）に復せしめ、乾樞《けんすう》（天の中軸の意。ここでは皇圖を指す）共に仰がしめよ、天中に旋《めぐ》るを。我れ今志あるも未だ往く能はず。首《かうべ》を矯《あ》げて萬里空しく茫然たり。

(162) 「謝盧山宋隱君寄惠所製墨（盧山の宋隱君製する所の墨を寄惠せられしを謝す）」。瓦篝《ぐわこう》（墨の原料である油煙をとる装置）自ら掃ひて煙埃《えんあい》涇《うるほ》ひ、風雨空山、杵聲《しよせい》（杵《きね》を打つ音）急なり。香爐峰前、五粒《りふ》の松（五葉松）、焼いて片玉を成せば玄香（墨の異名）濃《こまや》かなり。我れに寄す、團々未だ磨缺せず、蝕盡せる天邊の月の如きあり。陶泓《たうわう》（硯の異名）、日暖かにして水、池に滿ち、雲氣忽ち起つて秋淋漓《りんり》。茅屋《ばうをく》光寒くして客心懼《おそ》る、上に蛟龍《かうりよう》ありて飛び去らんと欲す。便ち思ふ、檄《げき》を寫して天驕（匈奴の單于《ぜんう》を指す）を驚かすを。夜楯鼻《じゆんび》（楯のまんなか）を磨せば氷銷《き》えず、又思ふ、賦を作りて天子に獻ずるを。曉に洛陽に出せば價《あたひ》紙に增さん。我れ今年少《わか》く才多からず、兩事未だ能くせず墨を如何せん、但だ學ぶ、顚狂なること醉旭《すゐきよく》（醉った張旭。醉うと、時に頭を墨で濡して書いたという）の如きを。頭髮濡《うるほ》す可く秋未だ禿《とく》せず。

(163) 「贈薛相士」。我れ少《わか》くして功名を喜び、事を輕んじて勇にして且つ狂。影を顧みて每《つね》に自ら奇とす、磊落《らいらく》として七尺長し。要す、二三策を將《もつ》て、君の爲に時康（時世の安らかなこと）を致さんことを。公卿は俯して拾ふ可く、豈に數へんや尙書郎。頭《かうべ》を回らせば幾何《いくばく》の年、突兀《とつこつ》、漸《やうや》く老蒼（年老いて髮が白くなること）たり。始圖竟《つひ》に成るなく、艱險、嗟《あゝ》備《つぶさ》に嘗《な》む。歸來して昨の非なるを省み、我れ耕して婦自ら桑《さう》（桑を植え、蠶をかう）す。木を擊つ、野田の間。高歌して虞唐《ぐたう》（唐虞の世を歌った歌）を誦す。薛生、遠く舟を拏《だ》し（手に入れる）、我れを訪ふ、南渚の旁《かたはら》。自ら言ふ、人を相《み》るを解すと。余を視て久しく藏し難し。腦後の骨已に隆《たか》く、眉間、氣初めて黃なりと。我れ起つて前んで生に謝《すゝ》す、弛弓《しきう》（ゆるんだ弓）復た張るに懶《もの》うし。請ふ看よ、近時の人、馬を躍らす、富貴の塲、非才、權寵を冒すも、須臾《しゆゆ》にして竟に披猖《ひしやう》（裂け破れること）す。鼎に食《は》んで復た鼎に烹《に》らる 主父《しゆほ》（主父偃《えん》。「五鼎《ごてい》に食《くら》はずんば五鼎に烹《に》られん」と豪語したが、のち罪に問われ、一族皆殺しにされた）、世共に傷む。安居して常分を保つ。計《はかりごと》を爲す、豈に良からざらんや。願くは生多言する毋《なか》れ、妄念、吾れ已に忘る。「非㆔才冒㆓權寵㆒」の句は、返點を改め「非才冒㆓權寵㆒」として讀んだ。

(164) 太白（金星）初めて升《のぼ》り、北斗落つ。行人早く起きて車、鐸《すゞ》を鳴らす。豈に願はんや身、父母の邦に離るゝを。山川、路《みち》遠くして惡しからざるに非ず。貧賤、未だ生處の樂みを知らず。

(165) 太白正に高くして北斗低く、行人、關を出づれば、雞《にはとり》亂啼す。他鄕は人の是れ知己なるはなし。歸らんと欲して未だ歸らず、東し復た西す。敝裘《へいきう》（破れた皮衣）見るを愧《は》づ、家中の妻。

(166) 太白猶ほ懸つて北斗沒す。行人の衣上、霜拂々《ふつく》（散るさま）たり。馬より下りて酒を飮み、苦聲を歌ふ。新豐の主人（唐の馬周が落ちぶれて新豐の客店にいた時、太宗から召し出されたという故事がある）相忽《ゆるがせ》にする莫れ。人奴《じんど》も亦封侯の骨あり。

(167)「送葉卿東游」。君に問ふ、家を辭して今幾年《いくとし》ぞ。布衣は綫《いと》斷え、芒屩《ばうく》（すすきで編んだくつ）穿《うが》つ。江湖、夢は廻《かへ》る、燈火の夜。聽雨、每《つね》に憶ふ、山中の田。兵戈《へいくわ》忽ち斷ゆ、故鄕の路。兩足有りと雖も歸るに緣無し。上書、雪《すゝ》がんと願ふ、父兄の恥。地に畫し米を聚《あつ》めて山川を籌《はか》る。居然として成るなく逆旅《げきりよ》に困《くるし》み、白日但だ孤雲を看て眠る。時人は容《い》れず、禰生《でいせい》（後漢の人。性格が傲慢で殺される）の傲《がう》。坐客豈に信ぜんや、毛公（『史記列傳』の信陵君の項に出る。處士。市井に隱れていた）の賢。黃金已に盡きて酒徒散じ、壯士反《かへ》つて兒女に憐れまる。飢吟壁に倚《よ》るも、氣未だ餒《う》ゑず。病鶻《びやうこつ》（病んだ熊鷹）の荒煙に棲《す》むが如きあり。却《かへ》つて南游して禹穴《うけつ》（禹が入ったといわる穴）を探らんと欲し、僕夫駕《が》を整ふ鷄鳴の前。波濤江を翻へして飢鰐《きがく》（飢えたワニ）を畏《おそ》れ、霧雨海に連りて飛鳶《ひえん》を愁ふ。相逢ふも誰か肯《あへ》て憔悴を問はん。山水自ら窮人の爲に妍《けん》なり。乾坤《けんこん》に家なく去りて何《いづく》にか止まらん。飄泊異《こと》ならず、廻風の船。區區として願ふ、君自ら愛惜せよ。今古、遇合は天に非ざる無し。亂離貧賤、何ぞ歎くに足らん。王孫亦た道路の邊に在り。我れ今豈に四方の志を少《か》かんや。讀書、坐して破る、牀頭の氈《せん》。恩讎《おんしう》兩《ふた》つながらなく、誰にか報いんと欲する。子を送りて空しく歌ふ、寶劔の篇（曲名）。

(168) 水は洶々《きようく》、氷は差々たり。荊門、葉は黄なり、杪秋《べうしう》の時。上には騰攫《とうくわく》（飛びかかる）の猿猱《ゑんだう》（サルの類）あり、下には嚵嚼《さんしやく》（貪食でかみつく）の蛟螭《かうち》（ミズチの類）あり。悲しいかな、此の路の難き。孰《たれ》か敢て徑《ただ》ちに之《これ》を渡らんとして、三たび髀《ひ》（モモ）を撫《う》つ。壯士は起つ。劔風、騒勞（陰惨のさま）として髮、上を指す。天を仰いで長歌すれど星を見ず。哀鴻《あいこう》（哀れなカリ）夕べに叫《さけ》んで雲、冥々たり。

(169) 征途は險巇《けんぎ》（けわしい）、人は乏《つか》れ馬は飢う。富老は貧少に如《し》かず。美游は惡歸に如かず。浮雲、風に随ひ、四野に零亂（こぼれ落ちて亂れる）す。天を仰いで悲歌すれば、泣《なみだ》數行下る。

(170) はげしくて當りがたい。

(171) 俊敏なハヤブサ。

(172) 主人楚歌せん、客楚舞せよ。落日黄雲、雁聲苦し。笑つて拂ふ、腰間寶劔の光。美人、滿堂、色、土の如し。大兒は北海人中の奇（北海太守となった孔融を指す）にして、小兒（楊修を指す）は能く讀む、曹娥《さうが》の碑。相逢ふ、且つ貧賤を歎ずる莫れ。但だ願ふ、酒あつて別離なきを。君見ずや、平原（權勢をふるった平原君を指す）墓上、秋草生じ、國士無窮、道傍に老ゆるを。

(173) 呼びかけてあやしむさま。

(174) 東門を出でて、暮に歸り來る。室に入れば四壁空しく、突（煙出し）中に煙なく甑《そう》に埃《ほこり》を生ず。弱妻（若い妻）は蓬頭《ほうとう》、稚子は瘦《や》す。我が心下（心中）をして忽ち哀あら使《し》む、安《いづく》んぞ能く東方（東方朔《とうばうさく》）に生を學ばんや。空しく國士の才を抱く、身長七尺、齒は貝を編む（美しい齒並び）。米を索《もと》めて笑咍《せうかい》（笑い）を取るを得ず。鷄鳴、東門早く開かんと欲す。劒に仗《よ》りて當《まさ》に遠く去るべし。駟馬《しば》に乘らずんば復た廻《か》らず。妻前《すゝ》みて衣を挽《ひ》ひて言ふ。君、妾を棄つ可きも、此の呱々《こゝ》の孩《がい》(みどりご)を奈《い》かん。君、糧なきを憂ふる莫れ、田中已に穄《らい》(麥)を生ず。君、裳なきを憂ふる莫れ、機中、布成らば尙ほ裁つ可し。須《すべか》らく苦《はなは》だ富貴を慕ふべからず。富貴は多く害菑《がいさい》(わざわい)あり。賤妾、君と生きては居を同じうし、死しては卽ち共に山下の灰と作《な》らんと。吾れ行かんと欲して爲《ため》に徘徊《はいくわい》す、仰いで蒼天を視、重ねて咄《とつ》なるかな。「笑咍を取る」とは、『漢書』東方朔傳に「朔對《こた》へて曰く、朱儒は長三尺餘なるに、一囊の粟、錢二百四十を奉ず、臣朔は長九尺餘にして、亦た一囊の粟、錢二百四十を奉ず、朱儒飽いて死せんと欲し、臣朔飢えて死せんと欲す。臣の言、用ふ可くんば、幸ひに其の禮を異にせよ、用ふ可からざれば、之を罷め、但だ長安の米を索め令《し》むる無かれと。上大いに笑ひて、因りて金馬門に待詔せ使《し》め、稍や親近さるるを得たり」とあるにもとづく。

(175) 倦僕(疲れた家僕)、厨中《ちうちゆう》に睡《ねむり》已に安し。燈を吹き、呼び起さん、霜寒を冒す。酒醒めて無限悲歌の意、書を覓《もと》めて看ず、劒を覓めて看る。「夜中有感(夜中感あり)」二首の其一。(176)「友の謫戍《たくじゆ》を送る」。

(177) 獨り一劒を攜へて未だ名を知られず。我を憐れむは惟《た》だ君、弟と兄たり。平生肝膽の事を把《と》り、盡く別酒(別れの酒)に和し、君に向つて傾けんと欲す。

(178)「吳中にて王才の朝京使に隨ひて燕に赴き、南に歸るに逢ふ」。

(179) 江南、草長じて蝴蝶飛ぶ。白馬、新たに燕山より歸る。燕山より歸り、說くに堪へず。易水《えきすゐ》の寒風、薊門《けいもん》(地名)の雪、朝邸空しく隨ふ、使者の車。禁閽《きんこん》受けず、書生の謁。一杯、君に勸め、莫哀《ばくあい》を歌ふ。歸る時應《まさ》に過ぐべし、黃金臺(燕の昭王が築いた。千金を積んで諸侯を招いた)。見ずや、荒基(荒れた礎石)、秋來土花(苔)紫なるを。伯圖(霸國)已に歇《や》んで昭王死す。千載、人の國士を延《ひ》くなし。

(180)「醉歌宋仲溫に贈る」。『高靑邱詩集注』卷十一「醉贈宋卿」詩の金檀の注に、「鐵網珊瑚に高啓の醉歌贈宋仲溫を載す、此と互に異る、附錄して覽に備ふ」としてこの詩を引く。

(181) 書は姓名を記するに足り、劒は恩讎に酬いる可し。少《わか》くして學ぶも兩《ふた》つながら就《な》らず、空しく澹蕩《たんとう》(ゆったり、のどか）の游を作《な》す。君と相逢ひて東州に在り。赤氣面に浮びて凡儔《ぼんちう》（ぼんくら）に非ず。車は驅《か》つて過《よぎ》らんと欲す、公子の宅。苦心して伸びんとする莫れ、涕《なみだ》横流せん。黃雲已に蔽《おほ》ふ、燕國の晩《くれ》。白露正に滿つ、梁園の秋。天高く海闊《ひろ》けれど、往く處なし。借問《しやもん》す、何を以てか煩憂を銷《け》す。千石の酒、萬戶の侯、請ふ、君此を論ぜよ、誰か當《まさ》に優るべき。吳門日出でて花樓に滿つ。醉眠須《もち》ひず、客をして休せ遣《し》むるを。君は留《とど》む、綠綺《りよくき》（綠色のあや絹）の琴。我は脫す、紫綺の裘《きう》（皮衣）。今朝春は好《よろ》し、能く飲むや否や。東風吹き散らさん、江南の愁ひ。

(182)「憶昨行寄吳中諸故人（憶昨行、吳中の諸故人に寄す）」の略。

(183) 憶ふ、昨、交りを結ぶ豪俠の客。意氣相傾けて促戚（切迫する憂い）なし。十年の亂離、知らざるが如し。日に黃金を費し、出でて游劇す。狐裘蒙茸《もうじよう》（狐皮の衣がみだれる）、北風を欺《あなど》り、霹靂《へきれき》、手に應じて彫弓鳴る。桓王墓下、沙草白く、彷彿《はうふつ》として地は遼城の東に似たり。馬は雪中を行きて四蹄熱《ねつ》し、流影追はんと欲す、飛隼《ひじゆん》の滅するに。歸り來り笑ひて學ぶ、曹景宗（騎射の名手）。生きながら黃獐《くわうしやう》（老猪）を擊つて其の血を飲む、皐橋《かうけう》（蘇州にある）の泰娘《たいぢよう》（歌姬）、雙翠娥《さうすゐが》（二つの黑々とした眉。美人の形容）、尊前（酒器の前）に喚《よ》び來つて我が爲に歌はしむ。白日沒せんと欲して愁ひを奈何《いかん》せん、廻潭《くわいたん》（潭をめぐること）水綠にして春始めて波だつ。此の中夜游、樂み更に多し。月は出づ、東山白雲の裏《うち》。照し見る、船中、笛聲の起るを。驚鷗飛び過ぎて片々として輕く、梅花の江水に落つるに似たるあり。天峰最も高く、明日《めいじつ》登る。手は飛鳥に接して危藤（危なげな藤蔓）を攀《よ》づ。龍門、路黑くして上る可からず。松風吹き滅《け》す巖中の燈。衆客歸らんと欲するも我は能はず。更に前嶺を度《わた》りて崚嶒《りようそう》（山がけわしく、重なり合うさま）に緣《よ》る。遠く茗器《めいき》（茶器）を携へて下に相候《ま》つ。喜ぶ、白首の楞伽僧《りようがそう》あるを。館娃《くわんあ》（美人を住まわせる。ここでは吳官の意）の離宮、已に寺と爲り、香逕《かうけい》、人なく愁思せんと欲す。醉うて高壁に題すれば墨鴉《あ》の如く、一半は攲斜《きしや》（傾く）して字を成さず。夫差の城南、天下に稀なり、狂游、累日、却歸を忘る。座中爭ひ起つて我に酒を勸む。但だ道《い》ふ、此を飲んで相違《たが》ふ無かれと。飄零各おの江湖なりしより、故舊、如今、幾人か在る。荒煙落日、野烏《やう》啼き、寂莫たる青山、顏《かんばせ》亦た改まる、須らく知るべし、少年樂事の偏するを。飲むに當つて豈に錢無しと言ふを得んや。我今自ら算す、未だ老いずと雖も、豪健已《すべ》に覺ゆ、前《さき》の如くなり難きを。去日已に去つて止む可からず。來日方《まさ》に來る、猶は喜ぶ可し。古來達士、名言あり、只《た》だ說く、人生行樂のみと。

(184)「登西城門」の全行。城に登りて神州を望めば、風塵、淮楚《わいそ》(淮水と揚子江岸)に暗し。江山、睥睨《へいげい》(城垣の風)を帶び、烽火 樓櫓《ろうろ》に接す。幷呑、何れの時か休《や》まん。百骨、寸土に易《か》ふ。向來《きやうらい》、禾黍《くわしよ》の地、雨露、榛莽《しんまう》を長ず。征戰の場を見ずんば、那《なん》ぞ邊人の苦しみを知らんや。馬は驚く、西風の笳《か》(あし笛)。鳥は散ず、落日の鼓。嗚々《をを》(むせび泣く)たり城下の水、流恨自ら今古。

(185)「游仙を夢む」。

(186) 夢に騎《の》る、蒼麒麟《さうきりん》。手に持す、白玉の鞭。長風八萬里、夜に入る、通明の天(天上の通明殿)。正に逢ふ、絳闕《かうけつ》(赤色の大きな門)の開くに。帝に謁して群仙に陪す。飄颻《へうえう》(飄搖と同じ)たり、紫霞の佩《はい》(佩玉)。杳靄《えうあい》たり、靑霓《せいげい》(靑色の虹)の旃《せん》(赤い旗)。命ぜられて衞叔卿(仙人の名)と、共に讀む金蕊篇《きんずゐへん》(仙書)。玄文(玄妙な文章)、識る可からず、謫せられて歸る、一千年。驚き寤《さ》めて忽ち長嘆すれば、虛空、但だ雲煙のみ。

(187)「送曹生歸新安山中」。黃山、西より來つて九華(山名)に連る。巖洞、翕忽《きふこつ》(忽ち一緖に起こる)として雲煙を通ず。白鵞嶺《はくがれい》下、煉丹の處。瑤草《えうさう》(仙境に生える美しい草)獨り秀《ひい》づ、今千年。三十二峰、靑天に在り、面を仰いで歷數、馬鞭を擧ぐ。高林雜樹、多くは未だ識らず、風雨一たび過ぐれば倶《とも》に葱芊《そうせん》(繁茂する)たり。山深く何物か尤も憐むべき。秋禽《しうきん》の幽鳴、巧、絃の如し。路は廻《めぐ》り澗《たに》は阻《へだた》つて地(平地)なきに似たり。中に藥を蒔《ま》く千家の田あり。雲間の雞犬、流水を隔て、居人、彷彿《はうふつ》として皆神仙。我れ窮游せんと欲して久しく緣なし。羨《うらや》む、君が忽ち去つて歸船を尋ぬるを。猿聲、兩岸、谿《たに》幾曲す。白沙明月、相洄沿《くわいえん》(水流を上下する)す。到る時、西峰草堂の前、應《まさ》に酒を携へて華巓(白髮頭)來《きた》すあるべし。山人は朝市を說くを喜ばず。但だ久別を話《かた》りて情依然たり。塵埃の舊褐《きうかつ》(古くなった粗服)、便ち脫すべし、濯《あら》ふに十斛《じつこく》の山中の泉を費さん。予の爲に淨らかに掃へ、石上の葉。早晚意あらば、來りて高眠せん。

(188) 金末の詩人、元好問。

(189)「余新鄭に答ふ」。

(190) 初春天子、明詔を下し、前史を纂せんと欲して儒英を羅《ら》す。菲才《ひさい》も亦た 辱《かたじけな》くす、使者の召。辭謝すれども得ずして南京《なんけい》に來る。全詩百句の中の一節。

(191)「召修元史將赴京師別内（召されて元史を修せんとし將に京師に赴かんとして内《ない》に別る）」。詔を承けて趣《すみやか》に駕を嚴にし、晨《あした》に當《まさ》に京師に赴くべし。佳徵（ありがたいお召）、豈に榮ならずや。獨り念ふ、子《し》（妻を指す）と辭するを。子、我が家に歸《とつ》ぎしより、貧乏久しく之を共にす。閨門、情歡藹《あい》たり、德を寵して姿を以てせず。天寒くして室は懸罄《けんけい》（部屋に一物もない狀態）、何ぞ忍びんや、遠く茲《こゝ》を去るを。王明（帝の明德）、紬文《ちうぶん》（書物の編纂）を待つ、我私《がし》を顧るに暇あらず。忽々《そうく》として子が勤に愧づ。我が爲に伏雌《ふし》（めんどり）を烹《に》る。幼を攜へ、我を送りて泣き、問ふ、我の軫《しん》（車の横木）を旋《かへ》すの時を。行路亦た已に遙に、浮雲、川坻《せんち》（川のなぎさ）を蔽《おほ》ふ。宴安は聖の戒むる所、胡爲《なんすれ》ぞ蓬茨《ほうし》（草小屋）を守らん。我が志は國を裨《たす》けんことを願ふ。遂ぐるあるは幸に斯《こゝ》に在り。加餐して後晤《こうご》（後日の面會）を待て、悄々の思ひを作《な》す勿れ。

(192)「被召將赴京師留別親友（召されて將に京師に赴かんとし親友に留別す）」。長《つね》に遊人の遠行を作《な》すを送りしに、今朝還《ま》た自ら鄉城に別る。北山、起さんことを恐る、移文の誚《そし》り（隱遁としていた者が變節して官位に就いたことを非難したという「北山移文」の故事を踏まえたもの）。東觀（宮中内の圖書室）叨《みだ》りにするを慙《は》づ、議論の名。路去りて幾ばくの程か天（みやこ）近からんと欲す。春來りて十日、水初めて生ず。只だ愁ふ、使者の頻《しき》りに發するを催すを。盡きず、江頭別れを話《かた》るの情。

(193)「早發土橋（早《つと》に土橋を發す）」。空山遠く驛なく、逆旅聊《いささ》か宿すべし。征《たび》を懷ひて鳴雞を候《ま》ち、帶を燃やして我が燭を續《つ》ぐ。僕夫、昨の行の苦しきに、爛熳として睡《ねむ》り正《まさ》に熟す。之を呼びて怒々を愧づるも、車を推して茅屋を出づ。高巖、尙ほ斗（北斗星）を懸け、深谷、未だ旭を升《のぼ》さず。亟《すみや》かならんと欲するも去《ゆ》くこと反つて遲く、怪石、暗に屢《しばし》ば觸る。思ふ、家に在るの時に當りて、日晏《おそ》くして始めて足を舒《の》ばすを。胡爲《なんすれ》ぞ、此に行き邁《ゆ》き、霜露局促を勞する。王事、敢て辭する靡《な》く、微祿に徇《じゅん》ずるに關するに非ず。

(194)「車過八岡」。岡に上るは天に登るが如く、岡を下るは川を決するが如し。勞《つか》れたる哉《かな》、車を輓《ひ》くの夫、呀喘《がぜん》（口をあけてあえぐ）して我が前に當る。兩轅《りやうゑん》（兩方のながえ）鬪ひて摧《くだ》けんと欲し、土石、厲《れい》（あらと）にして且つ堅し。我《われ》行其の憊《つか》れたるを閔《あはれ》み、時に下《くだ》りて彼の肩を息はしむ。古の羊腸（羊腸の坂道というのが故事にあったことを踏まえる）に非ずと雖も、實に懼《おそ》る、覆と顚とを。如何《いかん》ぞ、道路の子（旅客）、車來りて競ひて連々たる。白日已に傾仄《けいそく》（傾き、光を弱めている）せるに、我が行は尙ほ迴邅《くわいてん》（ぐずぐずする）す。安《いづく》んぞ逸足に駕し得て、平野、飛煙を超ゆるを。

(195)「寓天界寺」。雨は過ぐ帝城の頭《ほとり》、香は凝りて佛界幽なり。果園、春に乳せる雀、花殿、午《ひる》に鳴く鳩。萬履、鐘に隨つて集まり、千燈、鏡に入りて流る。禪居旅跡（旅人を指す）を容る。覺えず久しく淹留《えんりう》す。

(196)「寓天界寺雨中登西閣（天界寺に寓し雨中西閣に登る）」。片雲、鐘山を出で、陰は滿つ、江東（南京を指す）の曉。幽人（青邱自身）、閣上に寒く、風雨、啼鶯《ていあう》（鶯）少し。紅塵、禁陌《きんぱく》（都大路）に淨《きよ》く、綠樹、層城に繞《めぐ》る。春の徂《ゆ》くを怨むが爲ならず、離懷（旅情）、自ら憂悄す。

(197)「夜坐天界西軒」。明月　東閣を出で、我が前軒に坐するを照らす。諸僧、夜已に定《ぢやう》し、寂寞《せきばく》、誰と言はん。煙幔《えんまん》（煙るような垂幕）、螢微《かすか》に度《わた》り、風條（風に吹かれる枝）、蟬喧《けん》を罷む。淸景悅ぶに堪へたりと雖も、終《つひ》に嗟《なげ》く、故園に非ざるを。

(198)「對園柳」。依々たる客園の柳、來《きた》る時、未だ折るに堪へず。今は看る、夏條（夏の枝）の長く、上に新蟬の咽ぶあるを。芳序（春）、推遷を惜み、佳人、離別を念ふ。秋風、遽《にはか》に起る莫れ。旅思、方《まさ》に騷屑《さうせつ》（さびしいさま）たり。

(199)「送陳四秀才還吳」。君は是れ故鄕の人、同じく他鄕に住を作《な》す。同じく來りて同じくは返らず。惆悵《ちうちやう》たり、分るゝに臨む處。手に把《と》る、長干（地名。南京にある）の花。回望す　長洲（蘇州城外の名勝地）の樹。家を憶ふの心を起さんことを恐れ、君を送るの句を題するを愁ふ。

(200)「登天界寺鐘樓望京城（天界寺の鐘樓に登りて京城を望む）」。朝《てう》を罷《や》め（朝廷から退出すること）、樓に登りて晩晴を賞す。三山二水　總《すべ》て分明たり。人間、地は湧く黃金界。天上（宮廷を指す）雲は開く白玉城。宮樹遠く連なる、江樹の色。寺鐘、微《かすか》に答ふ禁鐘（禁中の鐘）の聲。高きに憑《よ》りて空しく此《こゝ》に形勝を觀る。深く愧づ、才の帝京を賦する無きを。

(201)「答內寄（內《ない》の寄するに答ふ）」。落月、曉闈に入る。相思、啼《な》くを須《もち》ひず。我は秋胡子《しうこし》に非ず。君、豈に蘇秦の妻ならんや。風は故郷より來り、詩を吹いて京縣（みやこ）に達す。之れを讀んで君の心を見る。寧《いづくん》ぞ徒《た》だ君の面を見るのみならんや。草を拔くも絕ち易《やす》からず、水を割くも終に開き難し。行雲、會《かなら》ず時あり、飛びて下る巫《ふ》陽臺《やうだい》（巫山の雲雨を踏まえている）。信ずる莫れ、長安の道、花枝、滿樓好しと。白馬、春風に繫ぐも、離愁坐《そゞろ》に將《まさ》に老いんとす。秋胡子は歸鄉の途次、桑採る美人（實は夫人）に心を動かされて手に入れようとした浮氣者、蘇秦の妻は落ちぶれて歸ってきた夫を嘲笑った。

（202）「僕至得二女消息（僕至りて二女の消息を得たり）」。我が僕、尺書《せきしよ》を持して、我が故鄉より來る。書を讀みて意未だ了せず、僕を呼びて、彼の詳《くわ》しきを問ふ。云ふ、我が兩少女、別來、稍《や》や已に長ず。大女は手摻々《さんく》（細やか）、窓前、縫裳を學ぶ、小女は啼くこと啞々《あゝ》たり、走りて瓜果を索《もと》めて嘗《な》む。爺《や》の使ひありて歸るを喜び、門に迎へて各おの踉蹌《らうそう》たりと。我れ坐して此の言を聽き、慰めんと欲して意反つて傷む。稍《や》や近きも尙ほ爾《なんぢ》を思ふに、更に遠ければ何ぞ能く忘れんや。

（203）「夢姉」。我が家の白頭の姉、遠く婁水《ろうすゐ》の曲《くま》に在り。昨夜夢に之を見る。千里、地、誰か縮むる。知らず、別るゝこと已に久しきも、尙ほ別時の哭を作すを。覺め來れば旅齋《りよさい》（旅の書齋）空しく、風雪　窗竹に灑《そゝ》ぐ。田家に弟妹あり、終歲、相逐《お》ふを喜ぶ。我れ王事の縻《つな》ぐに非ずんば、胡《なん》ぞ骨肉を離るゝに忍びんや。城東、先人（父親）の廬、尙ほ書の讀む可きあり、何ぞ當《まさ》に身を乞ひて還り、親《みづか》ら姉の爲に粥を煮るべき。

（204）「京師にて吳粳を嘗《な》む」。

（205）新秔《しんかう》（新米）、粲《さん》（鮮やかなこと）として玉の如し。遠漕《ゑんさう》、中吳（蘇州）より來《きた》る。初めて嘗《な》め精鑿《せいさく》（精米）を愛す。想ふ官田の租より出づるを。我れ本《も》と東皐《とうかう》（蘇州城東の澤地）の民、少年より耕鉏《かうしよ》（耕し鋤く）を習ふ。霜天、萬穗熟し、恣《ほしいまゝ》に啄《ついば》むこと飢烏に從《ま》かす。日暮、刈穫《がいくわく》して歸れば、妻孥《さいど》共に歡呼す。茅屋《ばうをく》、夜舂《やしよう》急に、風雨、江村孤なり。晨炊《しんすゐ》（朝食）、滿家香しく、薦《すゝ》むるに出網（網にかかったばかり）の鱸《ろ》を以てす。如今幸ひに恩を蒙《かうむ》り、遨游《がういう》して南都に在り。門前、半區の田、別來、想ふに已に蕪《あ》れしならん。長年、寸廩《すんりん》（わずかな扶持米）を盜み、補報（報いること）一事無し。

匕《ひ》を投じて忽ち歎息し、飽食して農夫に慙《は》ず。　(206) 上位の學士。
(207) 呂勉『槎軒集本傳』に「二月開局、總裁宋公、以暦自黃帝以來、聖君所重、微遠難明、特委之先生爲考據、運氣・度數・歲餘・歲差・授時・歩氣之屬、徵古驗今、必求脗合乎天道、非苟焉而已（苟焉にして已むに非ず）、及他志傳、節有詳明、文實事核（文實に事核に）、深爲公獎賞（深く公に獎賞せらる）」とある。（　）内に原文に即して訓讀を改めた。「核」は、つきつめて調べること。　(208) 銀の模様の入った絹。
(209) 「奉天殿進元史（奉天殿にて元史を進む）」。詔して編摩（編纂）に預り、主知（皇帝の知遇）を辱《かたじけな》うす。布衣亦た龍墀《りようち》（禁裏の階段の下）に拜するを得たり。書は一代を成して殷鑒《いんかん》を存し、朝に千官を列して漢儀（漢時代の威儀）を備ふ。漏は盡きて秋城、仗《ぢやう》（兵仗）を催すこと早く、燭は光《かがや》きて曉殿、簾を卷くこと遲し。時淸ければ機務應《まさ》に多暇なるべし、閣下從容《しようよう》として幸ひに一たび披《ひら》く。
(210) 「天界翫月（天界にて月を翫《もてあそ》ぶ）」序。洪武二年八月十三日、元史成り、中書より表進す。詔して纂修の士一十六人に銀幣を賜ひ、且つ引對獎諭し、庶職を擢《ぬき》んでて授く。老病の者は、則ち賜つて鄕に歸る。二日を閲《けみ》して中秋、諸君、史事甫《はじ》めて成り、而して佳節適《たまた》ま至り、又上賜の優渥《いうあく》を樂しみ、而して同局の將《まさ》に違《たが》はんとするを以てや、乃《すなは》ち寓する所の天界佛寺の中庭に卽《つ》き、置酒して翫月《ぐわんげつ》の賞を爲し、韻を分ちて詩を賦し、以て其の事を紀《しる》す、啓、衢《く》の字を得たりといふ。
(211) 聖主　前鑒（前代を鏡にすること）を念ひ、述作、名儒を徵す。群がり來る高館の間、跡を厠《まじ》へて我が愚を愧づ。孰《た》れか謂ふ、此の責輕しと。毫《がう》端に褒誅（ほめたり、おとしめたりする）あり。書成りて丹陛（朱色のきざはし）に進め、召對（天子に召されて應對する）して共に拜趨す。去留、同じからずと雖も、雨露、均しく沾濡《てんじゆ》（うるおう）す。已に三時（三季）の勞を淹《ひさ》しくす。一夕の娛《たのし》みを廢す可けんや。況んや逢ふ、端正の月。空に當つて眉鬚を照らす。流光、金界に滿ち、境は人間《じんかん》と殊なる。廣庭に長筵《ちやうえん》を布《し》き、嘉肴《かかう》、芳腴《はうゆ》（芳しく味のよいもの）を薦む。豈に唯だ多士の集《つど》へるのみならんや、亦た名僧の俱《とも》にするあり。興酣《たけなは》にして形を忘るゝを貴び、諧笑、復た拘せず。觴《さかづき》、行《めぐ》れば豈に勤むるを辭せんや。仰いで看る、斗樞《とすう》（北斗）の轉ずるを。明晨《めいしん》即ち袂《たもと》を分つ。此の樂み誠に須臾、人は四海の間に生れ、相見るは皆友于《いうう》（兄弟）。知らず、誰か使令して、流蕩して根株なからしむる。忽然として此に相遇ひ、旋《たちま》ち復た天隅と成る。願はくは各おの令名を崇《たか》くし、逍遙として享衢《かうく》（支障のない街）に歩せ。明年重ねて月を見ば、相憶ふて當に長吁《ちやうく》（感歎の聲を長くあげる）すべし。

(212)「早春侍皇太子游東苑池上呈靑坊諸公（早春皇太子に侍して東苑池上に游び靑坊の諸公に呈す）」。銅輦《どうれん》（太子の銅製の車飾り）出でて紆徐《うじよ》（ゆったり行く）たり。春宮、晝講の餘。戟《ほこ》は郎將を煩はして衞《まも》らしめ、箇（紙）は大夫に授けて書かしむ。草は長じて園に鹿を鳴かせ、氷開いて沼に魚躍る。從游して商皓《しやうかう》（商山四皓の略）に伴ふ。忝竊《てんせつ》（かたじけないこと。謙遜のことば）、愧づること何如《いかん》。

(213)「自天界寺移寓鐘山里（天界寺より寓を鐘山里に移す）」。寓を移す　鐘山里、軒を開いて翠微《すゐび》を見る。寺僧（天界寺の僧）、違ひて乍《たちま》ち遠く、隣父（隣家の主人）識ること猶ほ稀なり。讀むを愛して明るく牖《まど》を開き、偸《ぬす》むを防いで固く扉を設く。誰か言ふ、新舍好しと。畢竟《ひつきやう》、未だ歸るに如かず。

(214)「喜家人至京」。家人遠く來りて我の歸るが如し、骨肉已に是なるも鄕園は非なり。妻は羸《つか》れ、女《むすめ》は病み、行の苦なるを想ふ。塵土、面を覆ひ、風、衣を吹く。裝車、日暮、牛軛《ぎうやく》を解き、燭を呼び、酒を買はんとして隣扉を敲《たた》く。客懷、乍《たちま》ち見て語る得ず、一室に相對して情依々（なつかしく、離れがたいさま）たり。憶ふ、昨、初めて使者の徵を蒙《かうむ》り、遠く田舍に別れて京畿《けいき》に來る。小臣微賤にして蟣蝨《きしつ》（ダニ、シラミの類）に等し。召對、殿に上りて天威を瞻《み》る。詔して太史に從ひて金匱《きんき》を校し、每旦筆を珥《じ》（耳にはさむ）して彤闈《とうゐ》（宮中）に趨《はし》る。春は禁苑に遊びて鶴駕に侍し、冬は泰畤《たいぢ》（天壇）を祀《まつ》つて龍旂《りようき》（天子の旗）に隨ふ。時あつて靑坊（東宮）に坐して講に陪し、宮壺滿賜（宮中で酒を十分にいただく）、恩輝に霑《うるほ》ふ。草茅《さうばう》、寵を被《かうむ》つて已に分を踰《こ》え、不才寧《いづ》くんぞ免れんや、誚《せう》（惡評）と譏《き》（そしり）とを。海鳥那《なん》ぞ知らん、鐘鼓を享《う》くるを。野馬、終に懼《おそ》る、籠鞿《ろうき》（くつばみ）に遭《あ》ふを。江湖浩蕩として故山遠く、歸夢、每《つね》に逐《お》ふ、鴻（ヒシクイ）の南に飛ぶを。常時院を出でて空舘に就けば、僮僕《どうぼく》愁へて對し語る者稀なり。知る、君が舍に在りて亦た岑寂《しんせき》（氣がふさがって、さびしい）歳暮、雨雪、蛜蝛《いゐ》（ワラジムシ）を吟ずるを。今宵見るを得て信《まこと》に樂む可し。美饌《びぜん》を獲て我が飢《うゑ》を飽《あ》かしむるが如し。但だ憂ふ、兄姉尚ほ遠く隔たるを。言笑未だ了《をは》らざるに仍《な》ほ歔欷《きよき》す。何《いづれ》か當《まさ》に還へるを乞ひて手版（笏《しやく》）を棄て、重ねて呉榜《ごばう》（呉の舟）を理《をさ》めて漁磯《ぎよき》（漁のできる磯）を尋ね、門前親《みづか》ら一頃《いつけい》の稻を種え、稗《ひ》は井臼《せいきう》を供し、妻は機《はた》を鳴らし、秋來　租税は縣に送りて畢《をは》らば、村酒醉ふ可く、雞豚は肥ゆべし。誰か言ふ、此の願ひ未だ遂げ易からずと。聖澤甚だ沛《さか》んなり、寧くんぞ終《つひ》に違《たが》はんや。

(215) 玄運（天運）、恆《つね》に旋《めぐ》るあり。盛時久しく居るなし。嗤《わら》ふ勿れ、城南の巷《かう》。寂寞たり、揚雄の盧《ろ》。「君子有所思行（君子思ふ所有るの行）」の末四句。

(216)「辭戸曹後東遷出都門有作（戸曹を辭して後、東に遷らんとして都門を出でて作あり）」。詔して民曹（戸部《こぶ》）に貳《じ》（次席）として禁林（翰林）に出でしむ。陳辭して因りて朝簪《てうしん》（かんざし）を解くを得たり。臣の材、自ら信ず、元より稱《かな》ひ難きを。聖澤、誰か言ふ　尙ほ未だ深からずと。遠水江花、秋艇《しうてい》去り、長河（銀河）宮樹、曉鐘に沈む。鄕に還らんとして何事ぞ、行くに猶ほ緩やかなる。區々として闕を戀ふるの心あるが爲なり。

(217)「酬謝翰林留別（謝翰林の留別に酬ゆ）」。啓、同郡の謝君徽と同じく徵《め》され、又同じく翰林に官たり、洪武三年七月二十八日、上、闕樓に御して召對し、啓を戸部侍郎に、謝を吏部侍郎に擢《ぬき》んず、倶に踰冐（過遇）を以て辭す。卽ち兪允《ゆいん》（勅許）を蒙り、內帑《ないど》の白金を賜はり鄕に放ち歸らしむ。

(218) 江左（江南）、謝家を稱す、奕葉《えきえふ》　名人多し。君、今復た秀發、瓊枝《けいし》（美しい枝）、風塵に邁《まみ》ゆ。顧みるに余、鄕里を忝《かたじけ》なうす、才華、敢て美を論ぜんや。丹詔（天子の命）偶《たま》ま徵さる、雲蘿《うんら》（山中の隱宅）、欻《たちま》ち同じく起つ。帝に謁して九闕に入り、咫尺《しせき》、天顏を瞻《み》る。茲《これ》より謬《あやま》つて籍を通じ（出仕すること）、武（歩み）を接す、諸公の間。朝《あした》に靑坊（東宮）の讀に侍し、夜は玉堂（翰林院）の宿に陪《ばい》す。講罷《や》んで御羹《ぎよかう》を分ち、吟成つて官燭を刻す。出入して兩宮に在り、君と同じからざるなし。自ら慙づ、本より鷗鷺《おうろ》なるに、亦た得て鵷鴻《ゑんこう》（大鳥）に隨ふを。朝々禁門の下、雞を聽いて共に馬に騎《の》る。上國（みやこ）に故人多きも、情の親《した》しき、君に似たるは寡《すくな》し。並びに命ぜられて列卿に超《こ》え、寵極まつて飜《かへ》つて憂驚す。我は叨《みだり》に國計を掌《つかさど》り、君は佐として銓衡《せんかう》を持す。偕《とも》に辭して明主に向ひ、天を叩《たゝ》いて天語を聽く。勅して賚《たま》ふ、內帑の金、東還、特に相許さる。賜《たまもの》を拜して皇都を出づ。人は言ふ、兩疏に似たりと。月明らかにして宮錦を照らし、同櫂《どうたう》（舟を一つにする）、中吳に入る。雨歇《や》んで秋光好し。吳中故鄉の道、青山、水を渡つて迎へ、喜ぶ、我が歸來の早きを。落日、長洲を下り、分携、忽ち舟を解く。如何《いかん》せん、家に到るの喜び、却つて有る、君に別るゝの愁ひ。君に別れて去るも還《ま》た邇《ちか》く、只だ吳江の水を隔つるのみ。離思、秋とともに長し。蘆花三十里、來往、片帆通ず。相期して釣翁と作《な》らん。高歌、鄙野《ひや》と雖も、猶ほ王風を贊す可し。兩疎は疎廣・疎受の兄弟。ともに病と稱して職を辭した。

(219)「京師苦寒」。北風、怒發して浮雲昏《くら》く、積陰、慘々として乾坤を愁へしむ。龍蛇は泥に蟄《ちつ》し、獸は穴に入り、怪石凍裂して皴痕《しゆんこん》（割れた痕）を生ず。臨滄觀《りんさうくわん》（建物の名）下、飛雪滿ち、橫江渡口（揚子江の渡し場）、驚濤《きやうたう》奔《はし》る。空山の萬木、盡く立ちながら死し、未だ覺えず、陽氣の深根に回るを。茅檐《ばうえん》（茅葺ののき）の老父、坐して褐《かつ》なく、首《かうべ》を擧げて但だ望む、朝暾《てうとん》（夜明け）開くを。苦寒此《かく》の如《ごと》し、豈に客に宜《よろ》しからんや。嗟《あゝ》我れ歲晚に羈魂《きこん》（旅心）を飄す。尋常、舍（田舍）に在るは信《まこと》に樂む可し、牀頭（寢床のさき）每《つね》に有り、松醪《しようらう》（にごり酒）の存する。山中炭賤《やす》くして地爐煖《あたゝか》く、兒女環坐して卑尊を忘る。鳥の飛ぶも亦た斷ゆ、況んや來友をや。十日敢て衡門を開かず。朅來《けつらい》（往來）、京師、每晨《まいしん》出で、强《し》ひて車馬を逐《お》ひて天閽《てんこん》（宮城の門）に朝す。歸る時、顏色黯《くら》きこと土の如く、破屋瞑《くら》きに飢鳶《きえん》の蹲《そん》（うずくまること）を作《な》す。陌頭《はくとう》（市中）の酒價、貴《たか》きに苦むと雖も、一斗三百（一升が三百文）、誰か能く論ぜん。急に呼んで醉ひを取り、逕《たゞち》に高臥す。布被（掛蒲團）絮《わた》薄くして終に溫かなり難し。却つて思ふ、健兒の西北に戍《まも》り、千里の積雪、崑崙《こんろん》に連り、河氷蹈《ふ》み碎いて馬蹄熱く、夜堅壘を斫《き》つて羌渾《きやうこん》（西戎《せいじゆう》を指す）を收むるを。書生只だ解すのみ、口頰《こうけふ》を弄《ろう》するを。力の朝廷の恩に報ゆ可きなし。如《し》かず、早く身を乞ふの疏を上《たてまつ》り、一簑《いつさ》、歸りて江南の邨《むら》に釣らんには。

(220)「御溝觀鵞」。「御溝」は宮城をめぐる堀。白雪（ガチョウを見立てた）、金塘《きんたう》（宮中の堤）に泛ぴ、群翻して曙光を動かす。危棲して獨趾《どくし》（片足）を翹《あ》げ、亂唼《らんさふ》（やたらについばむ）して修吭《しうかう》（長いノド）を引く。池中鵠《こく》に並ぶ可く、廷內の鷺《ろ》、行き難し。自ら憐む、觀詠の者（作者自身）、江湖、興、未だ忘れざるを。

（221）「嫣雌子歌」。嫣雌子（わるがしこいテナガザルの意。王常宗の號）、乃ち是れ軒轅《けんゑん》（黃帝）の裔《えい》、虞鰥《ぐくわん》（舜）の子。混沌《こんとん》（莊子逍遙游篇に見える）既に死して一萬年、獨り大樸《たいぼく》を抱いて存す。竊《ひそか》に伏して草野に在り、冥心《めいしん》、皇墳（伏羲・神農・黃帝の書）を究む。蚤《はや》く逢ふ、三光五嶽の氣、乍《たちま》ち分裂するに。天狼（星の名）、地に下り、血を舐《な》めて流れ渾々《こんこん》たり。鹿は走る、秦の中原。蛇は鬪ふ、鄭の國門。俎《と》豆《とう》（祭器）は草莽《さうまう》に棄てられ、干戈《かんくわ》欻《たちま》ち崩奔す。嫣雌子便《すなは》ち東游して弱水を渡り、髮を滄海の朝陽盆（朝日に照らし出された大海原）に沐《あら》はんと欲す。又西行して河漢（銀河）を泝《さかのぼ》り、崑崙《こんろん》を踰《こ》えんと欲す。山は橫《よこた》はり川は阻《へだ》て、兩地俱《とも》に以て往《ゆ》く可からず。歸來して戶を掩《おほ》ひて旦昏《たんこん》（一日中）に臥《ふ》す。黍を蒔《しよま》くこと一區、醪《らう》（にごり酒）を注ぐこと一樽。妻は井臼《せいきう》（食事）を給し、兒は雞豚を牧す。詰曲（曲げる）以て俗に媚《こ》びず、偃蹇《えんけん》にして尊を淩《しの》がず。古文詞を作爲して、言高くして氣、醇溫《じゆんをん》（純で溫かい）なり。手に數寸の管（筆）を提《ひつさ》げ、義理の根《こん》を發せんと欲す。上《かみ》は探る、孔孟の心。下は吊《とむら》ふ、屈賈《くつか》（屈原と賈誼《かぎ》）の魂。其の質は金石を耀かせ、其の芳は蘭蓀《らんそん》（香草の名）を吐く。虛を叩けば答へて響きあり、險を斲《き》りて成つて痕《あと》無し。陸珍、水怪を雜《まじ》へ、變狀、論ず可からず。幾年か兀々《ごつごつ》（ひとり自分を高くする）として肯《あへ》て出でず。坐して待つ、眞主の運の九五に應じて乾坤を開くを。鶴書、天より來り、幽隱、初めて拔かる。使者、遠く廬に造《いた》り、雞鳴、起つて轄《くさび》に膏《あぶら》す。與《とも》に纂《さん》す、金匱《きんき》の編。尙書、書、一代を成して紫宸《ししん》に進む。鸞旗《らんき》爲に札を給す。姦魂（姦雄の心）、幽塚《いうちよう》に泣き、下に恐る、誅殺に遭《あ》はんことを。羽衞（彩色をほどこした羽をつけた儀仗兵）、陛（宮殿の階段）を夾《はさ》んで陳《つら》ぬ。閤門《かふもん》、導謁して小臣と稱し、麻衣脫せずして聖人（天子）を拜す、函《かん》を捧げ前殿に近《ちかづ》く、龍顏喜んで春を回《かへ》す。勅して賚《たま》ふ、內帑《ないど》の金と綺段《きたん》（美しい布）と。其の文織り作す、銀麒麟《ぎんきりん》。恩を蒙《かうむ》つて乞ひて家に還り、以て白髮の親に奉ず。古弁（昔風な冠）を戴き、長紳（長い帶）を垂れ、自ら山澤の臞民《くみん》（やせた民の意）と號す。嫣雌子　幸に明良（明君良臣）の時に際し、無爲寂默《せきもく》、坐して老《お》ゆ、東海の湄《ほとり》。青邱に客（青邱自身を指す）あり、鈍且《か》つ癡《ち》。汝と結ばんと欲す、同襟の期。左に淸瑟《せいしつ》（淸らかな琴）を鼓し、右に鳴篪《めいち》（橫笛）を吹き、歌を作り共に祝《いの》る、天子の壽。五風十雨、萬國の赤子、同じく熙々《きゝ》たらんを。

(222) モチゴメのたくわえ。轉じて食物のたくわえ。　(223) 平安なさま。　(224) 悲しい感じ。

(225)「大駕親祀方邱選射齋宮奉次御製韻（大駕親しく方邱を祀《まつ》り齋宮に選射、御製の韻に次し奉る）」。璧《たま》を方壇（地祇をまつる壇）に奠《てん》（供える）して曉に祝釐《しゆくり》（幸福を祈る）し、豹竿《へうかん》、風に動いて靈祇《れいぎ》（地の神）に從ふ。獻符、多士、昌運を歌ひ、蹕《ひつ》に扈《こ》して諸蕃（もろもろの蕃族）、盛儀を覩《み》る。郊射（郊外での射禮《じやらい》）、侯（的）を貫き、初めて古《いにしへ》に復《かへ》る。汾祠《ふんし》、鼎を獲る（漢の武帝が汾陰《ふんいん》で鼎を得たことを指す）も未だ奇と云《い》はず。山川、順を效《いた》して年に穀多し。神の皇心に答ふる、定めて期有らん。

(226) 春は禁柳（宮中の柳）を含んで、綠相和し、天津（宮城）を縈貫《えいくわん》（めぐる）して絳河《かうか》（銀河）の若《ごと》し、派は宮牆《きうしやう》を出でて流葉（紅葉に詩の題を書いて流す行事）斷え、源は靈沼に通じて躍魚多し。曲紆《きよくう》（まがりくねる）、月下、龍舟（帝をのせる舟）轉ず。淸照、雲間、雉扇《ちせん》（キジの羽で作った扇）過ぐ。行客何ぞ須《もち》ひん、深淺を問ふを。長流盡きず、恩波《おんぱ》に似たり。

(227) 天門、旭《あさひ》を迎へて紫霞開け、八表（八方）洞達して春涯《かぎり》無し。閣道（屋根をつけた道）縈廻《えいくわい》して鸞車《らんしや》渡り、羽旗、彩を揚げて鐘鼓撾《う》つ。後宮三千人、秀色掩《おほ》ひ盡す、世上の花。宸游《しんいう》（行幸）時に過ぐ、廣成（古代の仙人の名）の家。瑤觴《えうしやう》（玉の盃）再び壽して露華（美酒）を盛る。一仁興《おこ》り萬福加はる、何ぞ神仙を慕ふを須《もち》ひ、辛勤して丹砂を煉《ね》らんを。小臣、微詞、拜献せんと欲す、帝德自ら大にして誇《こ》（誇張）を爲すに非ず。

(228)「淸明呈館中諸公（淸明、館中の諸公に呈す）」。新煙柳に著《つ》いて禁垣（宮城の垣）斜めなり。杏酪《きやうらく》（杏仁湯）香を分ちて俗共に誇る。白下、山有り、皆郭《くわく》を繞《めぐ》り、淸明客として家を思はざるなし。卞侯《べんこう》（晉の將軍）の墓上　芳草に迷ひ、盧女の門前（莫愁と呼ばれた妓女のいた山門のあたり）落花映ず。喜び得たり、故人と同じく待詔するを。春酒を沽《か》ひて京華に醉はんと擬《ぎ》す。

(229) 衰えた感じ。

(230)「京師秋興次謝太史韻（京師秋興、謝太史の韻に次す）」。柳外の秋風、御河に起る。京華の客子、意何の如き。伎《ぎ》（技能）は南郭に同じく應《まさ》に濫なるべきを知り、俸は東方（東方朔）に比して已に多きを愧づ。梁寺《りようじ》（梁の武帝の時に立てた寺）、鐘來りて殘月落ち、漢宮、砧《きぬた》斷えて早鴻《さうこう》過ぐ。不材幸《さいはひ》に同じく闕に趨《はし》るを得たり、幾度《いくたび》か珊々《さんくく》の曉珂《げうか》（早朝に佩玉をひびかせながら參內する人々）を候《ま》つ。南郭は竽《う》（笙の大型のもの）の吹き手だったが、實際は吹けず、そのフリをしてゴマカしていた人物。

(231) めでたいことを慶賀する。

(232)「雪夜宿翰林院呈危宋二院長（雪夜翰林院に宿し、危宋二院長に呈す）」。偶ま《たまた》玉摩詰（王維）に伴ひ、寒宵　禁林（翰林院）に宿す。院鈴、風外に静かに、宮漏、雪中に沈む。絳蠟《かうろふ》（赤色のローソク）吟燭（吟詠のためのあかり）を銷《け》し、青綾、賜衾《しきん》を擁す。明朝、賀瑞《がずゐ》（豐年の賀）に陪す。銀闕（銀色にかがやく宮殿）、曉光深し。

(233)「苦寒書江上主人壁間」。慘節（冬を指す）盡きんと欲して郊原空《むな》し。北風五日、沙蓬《さほう》（砂上のヨモギ）を吹く、客子東游して骨肉遠く、主人（旅館の主）賴《さいはひ》に江邊の翁あり。青燭白酒（にごり酒）、同じく傾寫《けいしや》し、醉ひて布衾（粗末な夜具）を擁す。茅屋の下、中宵敢て苦寒を愁へず。猶ほ窮年（年の瀨）に遠く行く者あり。

(234)「晩登南岡望都邑宮闕二首（晩に南岡に登りて都邑宮闕を望む　二首）」。落日、高きに登りて帝畿（畿內）を望む。龍蟠《りようばん》山下《さんか》龍の飛ぶを見る。雲霄《うんせう》の雙闕（二つの宮門）、黃道を開き、煙樹の三宮（三つの宮殿）、翠微に接す。沙苑、馬は間《ひま》にして秋獵罷《や》み、天街、車鬪ひて晩朝（遲く參內する）歸る。明朝献ぜんと欲す、昇平の頌。還た仙班（大官の列）を逐《お》ひて瑣闈《さい》（宮中の控所）に入る。

(235) 秦金（明の高官で詩人）も厭はず　氣佳なる哉《かな》。紫蓋《しがい》（紫の車蓋）黃旗、此の日開く。殘雪已に銷《き》ゆ、鳷鵲觀《しじやくくわん》（古えの高樓）。浮雲隱さず　鳳凰臺《ほうおうだい》。山は洛下（洛陽）の如く層々として出で、江は巴中より渺々《べうべう》として來る。六代の衣冠、總て土と成る。幸ひ昌運に逢ふ、哀を興《おこ》す莫《なか》れ。　(236) 八股文《はつこぶん》。

(237) はげしく、あたりがたいこと。　(238) 勃興の王朝。　(239) 刑鞭と同じ。

(240)「至呉淞江」。江淨《きよ》らかにして素空（晴れた空）を涵《ひた》し、高帆、天風に漾《ただよ》ふ。澄波三百里、歸興（故郷に歸る樂しみ）と與《とも》に窮り無し。心に期す、雲月を弄《ろう》するを。迢遞《てうてい》（はるかに點々と續く）として金闕を辭す。晩色海霧銷《き》え、秋芳（秋に咲く花）、渚蓮（渚に自生する蓮）歇《つ》く。久しく別る、釣魚の磯。今朝始めて衣を拂ふ。機（世俗への欲念）を忘る、舊鷗鳥。

相見て驚飛する莫れ。
(241)「歸呉至楓橋（呉に歸りて楓橋に至る）」。遙に城郭（蘇州城を指す）を看て尚ほ非なるかと疑ふ。見ず、青山舊塔の微《かすか》なるを。官秩（官位）身に加ふるも應《まさ》に謬《あやま》つて得たるなるべし。郷音耳に到つて是れ眞に歸るなり。夕陽寺掩《と》ぢて啼鳥在り。秋水（秋の川）、橋空しく乳鴨《にうあふ》（母鴨）飛ぶ。語を寄す、里閻《りえん》（近隣の里人）復た羨《うらや》むを休《や》めよ。錦衣、今已に荷衣（ハスの葉で作った服。隱者の意あり）を作る。
(242) 始めて江上に歸り、夜　呉生の歌を聞き、因りて前歳の別時を憶ふ。前年月夜、君の唱《うた》ふを聞く。秋は蘆花に滿つ、此の江上。一聲、離思（別離のうれい）、水茫然《ばうぜん》たり。雲は孤帆を逐ひて共に搖颺《えうやう》（ゆらゆらする）。驚魚、浪を噴いて棲鶻《せいこつ》（巣にいるクマタカ）飛び、木葉散り落して風、衣を吹く。蓮歌（ハスを採る歌）盡く歇《つ》く、松陵（地名）の浦。漁笛還た沈む、笠澤（太湖）の磯。杯《さかづき》を停《とど》め數へて到る、臨終の拍。露下りて聲無く斜漢（西に傾いた銀河）白し。滿船相送りて盡く凄然たり。況んや我れ當《まさ》に遠行の客と爲るべきをや。紱《ふつ》（印綬）を解いて、今年、紫宸に別れ、歸舟、江上、又君に逢ふ。一尊重ねて聽く、當年の曲。相對して渾《すべ》て疑ふ。夢裏に聞くかと。東方曙《あ》けんと欲して餘聲絶え、悲喜、襟に盈《み》ちて竟《つひ》に誰か說かん。願はくは長く酒を把《と》つて君の歌を聽き、此れより天涯　離別少からん。
(243)「睡覺」。爐薫《くん》じて靄宿《もやとど》まりて潤《うるほ》ひ、秋は滿つ、牀屏（寢臺のついたて）の裏《うち》。曙色窗《まど》に透りて來り、幽人、眠《ねむり》未だ起たず。風驚《さわ》ぎて露樹（露をふくんだ樹）怯《おび》え、日出でて煙禽（煙の中の鳥）喜ぶ。却つて憶ふ、東華（宮中）に候し、朝衣、寒くして水に似たるを。　(244) モノにとらわれず、さっぱりしていること。
(245)「效樂天」。誰か言ふ　我れ久しく賤しと。明時（昭代）已に祿を叨《かたじけな》くす、誰か言ふ、我れ貧に苦しむと。空倉尚ほ餘粟あり、闕（宮中）を辭するは是れ引退なり。郷に還るは豈に遷逐（左遷や放逐）ならんや。舊宅に一架の書、荒園に數叢の菊。俗緣は妻子に任せ、家事は僮僕《どうぼく》を煩はす。性懶《らん》なれば早く間なるに宜しく、何ぞ須《ま》たん、暮年の促《せは》しきを。猶ほ朝士（朝臣）の冠を著《つ》くるも、新に野人の服を裁せり。杯深くして午醉重く、被（夜着）暖かにして朝眠熟す。旁人、寂莫を笑ふも、寂莫は吾が欲する所なり。終《つひ》に老ゆとも亦た何をか求めん。但だ懼《おそ》る、此の福無からんを。功名は美味の如く、指を染むれば已に云《こゝ》に足れり。何ぞ待たん、厭飽の餘、腸胃疢毒《ちんどく》を生ずるを。請ふ看よ、留侯（張良）の退くは、遠く主父《しゆほ》（主父偃《えん》。事に坐して一族が殺された）の族せらるゝに勝れるを。我は老子の言を師とす、足るを知る故に辱《はづかし》められず。

(246)「遷城南新居（城南の新居に遷る）」。辛苦するも中年にして未だ廬《ろ》有らず。東西、長く寄す、一嚢の書。未だ俗を避くる能はず、還《ま》た俗に依る。信ずるに堪へたり、居を移せば更に索居（轉居を求める）なるを。葉は隣園に滿ちて煙羃々《べき〱》（一面におおいかぶさって暗いさま）たり。竹は僧舍に連りて雨疏々たり。何ぞ須《もち》ひん、許伯、長安の第《てい》（許伯が朝廷からいただいた屋敷）。此の屋儵然《いうぜん》（ひろびろとしている）として已に餘りあり。

(247) 塚や墓。

(248) 吳は古《いにしへ》の名都爲《た》り。其の山水人物の勝、劉・白・皮・陸（唐の詩人、劉禹錫《ふしやく》・白居易・皮日休・陸龜蒙《きまう》）の諸公の賦する所に見ゆる者衆《おほ》し。余、郡人の爲に、暇日、奇を搜《さぐ》りて異を荒墟邃谷《くわうきよすゐこく》の中に訪《と》ひ、行躅《ちよく》（足跡）殆ど偏《あまね》しと雖も、而《しか》れども紀詠の作は、則ち闕《か》ける所多し。京師より歸るに及び、松江の渚に屏居す。書籍散落し、賓客至らず、門を閉じ默坐するの餘、以て自ら遣《や》る無し。偶《たまた》ま郡志を得て之を閲《けみ》し、其の載する所の山川・臺榭《だいしや》・園地・祠墓の處を觀るに、余向《さき》に嘗て煙雲草莽《さうまう》の間に得て、之れが爲に躊躇して瞻眺《せんてう》（見上げる）する者、皆歷々として目に在り、其の地に因り、其の人を想ひ、其の盛衰廢興の故を求め、感無き能はず。遂に其の著《あら》はれる者は采《と》り、各《おのお》の詞を賦して之を詠ず。辭語蕪陋《ぶろう》（粗雜）にして此の邦に傳ふるに足らず。然れども登高望遠の情、懷賢吊古の意と、夫《か》の事を撫し物を覽るの作と、喜慕哀悼して、千載に俯仰し、或は以て勸戒を存して、得失を考ふるに足る有り。猶《な》ほ飽食すること終日にして、心を用ひる所無き者に愈《まさ》れるがごとし。況んや幸に聖朝の退吏爲《な》るを得《え》、江湖の上《ほとり》に居り、時に一篇を取り、漁父と栧《えい》（カイ）を鼓して長歌し、以て上賜の深きを樂しむ、豈に快ならずや。因りて棄て去るに忍びず、萃次《すゐじ》（集めて順序をつける）して帙《ちつ》を成し姑蘇雜詠と名づく。古今の諸躰を合し、凡そ一百二十三篇と云ふ。

(249) 杭や梁。

(250)「姑蘇臺」。金椎（大金槌）、夜築く（晝夜兼行で建設）、西山の土。高臺を催作して歌舞（歌姫や舞姫）を貯ふ。文身の澤國、王基を構《かま》へ、卻つて笑ふ、先人（太伯と仲雍《ちゆうよう》を指す。ともに呉の始祖）獨《ひと》り何ぞ苦しむと。銅の溝《みぞ》、玉の檻《おばしま》、繁華を成し、幻出す、峯頭、一片の霞。望む處は直ちに窮む、三百里。役時《えきじ》、應《まさ》に廢すべし、幾千の家。空に蟠《わだか》まる曲路は仙仗（供奉の行列）を迷はし、瑤梯《えうてい》（玉のハシゴ）に攀《よ》じ盡して纔《わづか》に上に到る。外に繞《めぐ》らす、雕龍、宛轉の欄《おばしま》。中に施す、繡鳳《しうほう》、葳《ゐ》蕤《ずゐ》（ふさふさしたさま）の帳《とばり》。熏爐《くんろ》、長《つね》に爇《や》く、鬱金香《うつこんかう》。共に道《い》ふ、千齡（千年）、樂しみ未だ央《つ》きずと。茂苑月來りて秋佩《しうはい》（秋の腰の飾り）冷かに、洞庭（太湖を指す）、雨過ぎて夏綃《かせう》（夏の衣）涼し。牕《まど》に當る衆妓は仙女の如く、袂《たもと》を揚げて風を迎へ輕く擧がらんと欲す。人は天上より經過を見、鳥は雲間に向ひて笑語に驚く。日暮、横塘《わうたう》（横にのびる堤）、花盡く開き、簾《すだれ》を捲いて　臺上、王の來るを望む。宴舟初めて觀魚より返り、獵騎還《ま》た射鹿より廻《かへ》る。從登には用ひず、鈹《ひ》（劔）を持するの隊、自ら紅妝《こうしやう》を列して高會（宴會）に侍せしむ。香は羅《ら》帕《はく》（薄い袱紗《ふくさ》）に傳はりて黄柑《くわうかん》を進め、鸞刀《らんたう》（鈴のついた包丁）縷切《るせつ》し、玉鱠《ぎよくくわい》（玉のようなナマス）を供ふ。燭光は遠く落つ、太湖の波。魚龍を驚起して出沒多し。城上、烏啼いて河漢轉じ、此の時、誰か問はん、夜如何《いかん》せんと。管絃、嘈々《さうく》として人耳に聒《かまびす》しく、聞かず、兵（越の軍隊）來りて谿水を渡るを。西子（西施）を携へ走りて舟に登らんと欲するも、醉ひて畫欄に倚《よ》りて嬌《けう》として起たず。瞑目して甬東《ようとう》（地名）に到るに因《よ》る無し。憐む可し、一炬《いつきよ》にして綺羅空しく、楣《び》（門の上の横ばり）を獻ぜられて竟《つひ》に墮《お》つ、讐人《しうじん》の計。劔を賜ひて應に寒《さむ》くべし、諫士（伍子胥《ごししよ》を指す）の忠。客來りて試みに問ふ、遺宮の路。物色、荒涼として總《すべ》て故《もと》に非ず。裳を褰《かゝ》げて始めて信ず、虛言ならざるを。滿地の荆榛《けいしん》、零露を見る。當年の爭奪、苦《はなは》だ機を勞す。却つて江山を把《と》つて落暉《らくき》に付せしむ。聞説《きくなら》く、越王臺殿の上、如今、亦た鷓鴣《しやこ》の飛ぶあり。

(251)「洞庭山」。朝《あした》に西巖に登りて太湖を望む。靑天、水に在りて飛雲孤なり。洞庭の縹緲《へうべう》、兩峰出でて、正に似たり、碧海に方壺（渤海の東にあり、神仙の住むという島）を浮ぶるに。嘗て聞く、此の山、古《いにしへ》の靈壤、蛇虎、跡を絕つて樵夫を歡ばしむと。濤聲、半夜　魂夢を恐れしめ、石氣、五月、肌膚を寒からしむ。居人は彷彿《はうふつ》たり、武陵の客（陶淵明を指す）。戸ごとに橘柚《きついう》を種《う》ゑ、收めて租と爲す。高風起らんと欲して沙鳥避け、明月未だ出でずして霜猿呼ぶ。中に林屋有り、仙の都する所。銀房、石室、金舗（金の門）を開く。羅浮、峨嵋《がび》（ともに山の名）、互ひに通達し、別に路の往く有るも人の途《みち》に非ず。天后（林屋洞中の主）毎《つね》に降りて龍、胡（アゴに垂れた肉）を垂れ、神鉦《しんしやう》忽ち響いて栖鼯《せいご》（ムササビ）を驚かす。自ら日月を懸けて洞内を照らし、古木陰蔽して朝晡《てうほ》（朝暮）に空し。風は白芝を吹いて晩に老い易く、雲は紫泉を帯《めぐ》りて秋枯れず。靈威丈人亦た仙徒、深く入りて探り得たり、函中の符。玄衣の使者、惜むに暇《いとま》あらず、出《いだ》して蒼生を拯《すく》ひ蘇《よみがへ》らしめんと欲す。後來、好事、繼いで往くこと多く、石壁の篆刻《てんこく》、猶ほ摹《も》するに堪へたり。千年の玉鼠、蝙蝠《へんぷく》に化し、下りて炬火《きよくわ》を撲《う》つこと飛鳥の如し。玄關、拒閉して誰か復た到らん。怪しむに似たり、衣上、塵汚に腥《なまぐさ》きを。言ふ勿れ、神仙、事恍惚《くわうこつ》なりと。靈蹟具《つぶさ》に在り、良《まこと》に誣《いつはり》に非ず。我が生の擾々《ぜう〱》たる、胡爲《なんすれ》ぞや。坐して見る、白髪の頭顱《とうろ》に生ずるを。久しく眞を尋ねんと欲して未だ去る能はず。世故に局束するは妻孥《さいど》に縁る。何れか當に湖に臨んで漁艇を借り、浪《なみ》を拍ち徑《たゞち》に渡つて雙鳧《さうふ》（番のマガモ。王喬の故事を踏まえる）に先んずべき。獨り幽險を攀《よ》ぢて扶《たす》くるを用ひず。身に佩《お》ぶ、五嶽眞形圖。夜、天壇に登りて落葉を掃《はら》ひ、自ら薪水を取りて丹爐（仙丹を練る爐）に供す。此の身、願はくは仙家の奴と作《な》らん。知らず、仙人の肯《あへ》て許すや無《いな》やを。狂語、醉ひて發す、應に盧胡《ろこ》（一笑に付すこと）すべし。

(252)「曉睡」。野夫、性慵《ものう》くして朝《あした》に出でず、敝簀《へいさく》（破れすのこ）、蕭然として閒室を掩ふ。村深くして客の早く門を敲《たゝ》く無く、睡覺《ねむ》りて長く過ぐ、半簷《はんえん》（のき半ば）の日。林深く、寂々《せき〱》として鳥鳴くこと少《ま》れに、牕影《さうえい》交々として樹《き》横密（ほしいままに茂る）たり。此の時、枕を欹《そばだ》てゝ意方《まさ》に恬《やすら》かなり。一《いつ》に任《ま》かす、牀風《しやうふう》（臥床に吹く風）の書帙《しよちつ》を亂すを。昔年霜街、官鼓を踏み、群兒と走りて疾《はや》きを争はんと欲す。如今、只だ戀ふ、布衾《ふきん》の溫かきを。悟る、前計に從ふは應に失多かるべきを。厨中《ちうろう》、黍《しよ》（きびめし）熟して呼べども未だ起きず。妻子、嗔嘲《しんてう》すれども竟に誰か恤《うれ》ふる。天能く此の江邊に老ゆるを容《ゆる》さば、無事長眠　吾が願ひ畢《をは》らん。

(253) 悪ふざけ。　(254) 郡の役所の所在地。　(255) 埋もれ、ふさがること。

(256) 溝。　(257) 棟上げ。　(258) 上棟式の祝文。

(259)「盖し」以下の一段は、『高靑邱詩集注』附錄「羣書雜記」に見える楊循吉「吳中故語」にもとづく記述である。

(260) 順調ではないこと。(261) 吟詠と同じ。
(262) 楓橋、北に望めば草斑々《はん〱》たり。十去《ゆ》くも、行人、九は還らず。自ら知る、清澈《せいてつ》原《もと》より愧《は》づ無きを。盍《なん》ぞ長江を倩《か》りて此の心を鑑《てら》さざる。
(263) 張羽「槎史赴臺（槎史〈青邱を指す〉、臺に赴く）」。高臺、江山を闚《うかが》ひ、梯航《ていかう》（段状の山腹）、闤《くわん》（市街）を輳成《そうせい》（集成）す。佳麗、夙昔《しゆくせき》より煥《かがや》けるも、而《しか》れども獨り我が顔を慘《いた》ましむ。游者は固《もと》より云《こゝ》に樂しむも、子は去りて復た還らず。平生五千卷、寧《いづく》んぞ此の日の艱《かん》を救はんや。天網詎《なん》ぞ恢々《くわい〱》ならんや。康莊（大通り）、榛菅《しんくわん》（生茂ったカヤ）徧《あまね》からん、恃《たの》む所は滅す可き莫し、才名は穹壤《きうじやう》（天地）の間。
(264)「郡治上梁（郡治の上梁）」。郡治（郡役所）、新たに還る、舊館に雄なるに。文梁（色どりしたハリ）、高く擧りて晴空に跨《またが》る。南山、久しく養ふ、雲を干《おか》すの器（用材）。東海、初めて生ず、日を貫くの虹。龍庭（匈奴の王庭）へ化を宣《の》べて遠からんと欲し、還《ま》た燕寢（居間）を開いて詩を賦すこと工《たく》みなり。大材、今作《な》る、黄堂（役所の建物の名）の用。民庶、多く歸す、廣屁《くわうひ》の中に。
(265)「宮女圖」。女奴（女宮に使える女）、醉ふを扶けて蒼苔を踏む。明月の西園の宴に侍して廻《かへ》る。小犬、花を隔てゝ空しく影に吠ゆ。夜深くして宮禁、誰か有りて來る。
(266)「畫犬」の後半二句、瑤階《えうかい》（美しいきざはし）に向ひ、人影に吠ゆる莫れ。羊車（宮廷内に使用する美しく飾った車）半夜深宮を出づ。青邱が「宮女圖」および「畫犬」の詩によつて慘禍を招いたという説は、銭謙益の『列朝詩集』注（『宮女圖』の金壇注に引用がある）や朱彝尊の『靜志居詩話』（一九八五年、上海古籍出版社『高青邱集』には附錄の「諸家評語」に載せる）などに見える。(267) 行路に行きなやむ。「衰遲」は老年の意。
(268)「子祖授生（子祖授生まる）」の題下の言葉。二月二日子祖授生まる、其の母嘗て一姥《うば》の跪《ひざま》づき捧げて以て献ずるを夢み、孕《はら》んで既に生まる。太守魏公來り賀し、其の啼くを聞き、甚だ之を奇とす。余年三十八歲、始めて是《こ》の兒有り、喜び無き能はず。

(269)「子祖授生」。他日、愚賢未だ知る可からず。眼前聊《いささ》か復た衰遲（老年）を慰む。人間《じんかん》の豚犬、應《まさ》に誰が子なるべき。天上の麒麟豈に我が兒ならんや。夢兆《むてう》、先づ占ふ、神嫗《しんあう》の送るを。啼聲還《ま》た使君（魏觀を指す）の奇とするを得たり。樂天、此れより長歎するを休《や》めよ。已に人の柏匱《はくき》（詩稿を入れる柏《かし》の木箱）の詩を傳ふるに有り。末尾は白樂天の『題文集櫃』を踏まえている。

(270)『高靑邱詩集注』付錄の「哀誄」にこの張羽の哀悼の詩三首を載せる。燈前、卷を把《と》りて涙双《ふたつ》ながら垂る。妻子驚き看るも那《なん》ぞ知るを得ん。江上の故人、身《み》已を歿す。篋中《けふちゆう》、尋ね得たり、寄來の詩。／消息初めて傳はるに信じ又疑ふ。君亡《な》くして誰か復《ま》た詩を言ふ可けんや。中郎（靑邱を指す）の幼女、今癡小（幼いこと）、遺藁千篇、誰にか付與せん。／生平の意氣　竟《つひ》何か爲さん。祿無く田無く最も悲しむ可し。頼《さいはひ》に聲名の消し得ざる有り、漢家の樂府《がふ》、盛唐の詩。

(271) 官名。戸籍で扱われる民を管理する役人。　(272) 群を抜いてそびえ立つ。

(273) 魏の何晏のこと。『世說新語』容止篇に次のような話がある。「何平叔（何晏）姿儀美《うるは》しく面至つて白し。魏の明帝其の粉を傳くるかと疑ひ、正に夏月、熱湯䴵《ねつたうへい》（熱いうどん）を與ふ。既に噉《くら》ひ、大いに汗出づ。朱衣を以て自ら拭ふに、色轉《うた》た皎然《かうぜん》たり。　(274) 帝王の宮門。　(275) 素朴で、さっぱりしていること。

(276)「始歸田園」。秩（俸祿）を辭して故里に還る。永言（歌うこと）して遐心《かしん》（出世間の氣持）を遂ぐ、豈に高騫《かうけん》（立身出世）を事とするを欲せんや。居ること崇《たか》きは自ら任《た》へ難し。淸晨、田廬を問ひ、荒蹊《くわうけい》（荒れた小路）尙は能く尋ぬ。秋蟲、左右に語り、翳々《えい〱》として桑麻深し。別來　幾何《いくばく》の時ぞ、舊竹已に林と成れり。父老、我が歸るを喜び、榼《かふ》（酒樽）を携へて來りて共に斟《く》む。天子の聖を聞知して、歡然として顏襟（顔や胸のうち）を散ず。相期す、租税を畢《をは》り、歲暮同じく謳吟（吟唱に同じ）するを。／白露　草木蕪《あ》れ、荒園、窮秋を掩《おほ》ふ。歸來して一たび芟理《さんり》（鎌などを使って手入れをする）すれば、始めて覺ゆ、吾が廬の幽なるを。高柳は巷《ちまた》を蔭《おほ》ひて疎《まば》らに、淸川は門に映じて流る。落日に禾黍《くわしよ》（稲）を望めば、離々として西疇《せいちう》に滿つ。乍《たちま》ち歸つて意自ら欣《よろこ》ぶ。杖を策《つ》いて頻《しき》りに覽游す。名宦《めいくわん》（名誉ある官職）誠に貴ぶに足るも、猥《みだり》に承けて愆尤《けんいう》（過失と咎め）を懼《おそ》る。早退は引年（年をとって官職をやめる）に非ず、皇恩、未だ酬ゆる能はず。

相逢ふも隠と稱する勿《なか》れ、是れ東陵侯ならず。東陵侯は秦の家臣で、國が破れたあと、平民となり、味のよい瓜を育てて有名となった。

(277)「出郊、東屯《とうとん》に抵《いた》る」。故郷の一區の田、我が先人より遺《のこ》さる。此れに頼《よ》りて我が懶《らん》（怠けること）を容《ゆる》され、耕さずして坐して炊《かし》ぐを待つ。霜露、寒野に被《かうむ》り、當《まさ》に斂穫《れんくわく》（收穫に同じ）すべきの時に屬す。年來、徵、薄く入れば、税駕（車をとめる）、東陂《とうひ》（東側の堤防沿いの村）に宿す。今年、未だ豐かならずと雖も、亦た我が飢を療《いや》すに足る。萬鐘（巨萬の祿高）、知る、稱《かな》ひ難きを。此れを保たば復た何ぞ辭（この地を去ること）せん。／粥々《しゆく〳〵》（擬音。チュウチュウ）として雞、場に登り、秋稼《しうか》、稍《やうや》く狼藉たり。疎《まば》らな楡《にれ》は門巷（門前の道）を蔭《おほ》ひ、景《かげ》暗くして煙火夕《ゆふべ》なり。田家、苦を作《な》すと雖も、世に於いて憂戚寡《いうせきすくな》し。况んや收穫の景に當りて、斗酒復た適す可し。所以《ゆゑ》に沮溺《そでき》（長沮と桀溺。古えの隱者）の徒、躬耕《きうかう》（自耕）して劇を辭せず。／我は本《もと》東皐《とうかう》（城東の澤地）の氓《たみ》にして、偶《たまた》ま往きて州城に住めり。茲《こゝ》に來りて農舍に臥《ぐわ》し、頓《とみ》に愜《かな》ふ、田野の情に。魚の故淵に反《かへ》るが如く、悠然として其の生を樂しむ。去るに臨んで主媼《しゆあう》（女主人）に謝す、重ねて來《きた》れば自《おのづか》ら藜羹《れいかう》を、我は催租の吏に非ざれば、門を叩くも相驚く勿れ。／朝服久しく已に解き、儼然《げんぜん》として山澤に臞《やせ》たり。狎《な》れんと欲す、林野の人に。相歡《よろこ》んで賢愚を混《こん》ぜん。朝《あした》に此の水濱に來り、高歌歩して踟躕《ちちう》す。忽ち逢ふ、一田父、耕を舍《お》いて路隅に拜す。我の是れ長官なるを疑ひ、我が躰貌《たいばう》の殊《こと》なるを怪しむ。我れ已に有する所を忘る、彼は我を未だ忘れざるか。席を爭は使《し》むる能はず、心に愧《は》づ、禦寇《ぎよこう》（列子）の徒に。末尾は席次を争うまでになっていない、つまり同格になっていないの意。／坐すること久しうして體、適せず。書を巻いて柴關《さいくわん》（柴門に同じ）を出づ。流れに臨んで偶《たまた》ま西望すれば、正に見る、秦餘山。野は淨《きよ》くして寒木疎なり。川は長くして暝禽《めいきん》（夕暮に飛ぶ鳥）還る。此の中、忽ち得る有り、怡然《いぜん》として襟顏《きんがん》（胸のうちと顔）を散ず。遂に樵牧《せうぼく》（きこりと牧童）と同じく歸り、歌笑す、落日の間。

(278)「晩坐南齋寫懷二首（晩に南齋〈南向きの書齋〉に坐し懷を寫す　二首）」其の一。雁は過ぐ、南齋の暮れ。魂は銷《き》ゆ、默坐の中。賤貧長く客と作《な》り、愁病（うれいと病い）、翁と成らんと欲す。窗《まど》には灑《そゝ》ぐ、燈を侵すの雨。庭には飜《ひるがへ》る、葉を走らすの風。山妻、猶ほ事を解す、未だ酒尊（酒樽）をして空しから遣《し》めず。

(279)「臘月廿四日雨中夜坐　二首」。貧後の歎を興《おこ》さず、毎《つね》に酔中に吟を動かす。難を渉《わた》りて天意を知り、間《かん》に居《お》りて道心を長ず。雁聲、雨に隨ひて到り、鬢色、年と侵す。獨り想ふ、平生の事、蕭然《せうぜん》として夜深に坐す。／身退いて惟《た》だ靜に宜《よろ》し、謀《はかりごと》、疎《そ》にして且《か》つ眞（情のまこと）に任《ま》かす。樓は空し、三日の雨。書は亂る、一牀（床一面）の塵。邱隴《きうりよう》（墳墓）良友多く、江湖、獨り放臣（野に放たれた臣）。嗟《なげ》く莫《なか》れ　年景の暮るゝを。眼を轉ずれば是れ新春。

(280) ゆきなやんで進まぬこと。　(281) 牛肉と酒。　(282) 地名。

(283) 左丘明。『春秋左氏傳』の著者といわれる。

(284)「刖」は足切りの刑。しかし司馬遷が受けたのは宮刑。『史記』太史公自序に「左丘、明を失ひて厥《そ》れ國語有り、孫子脚を臏《き》られて兵法を論ず」とある。作者自身の誤記か、あるいは編集者によるミスか。

(285) 美しい詩文の言葉。　(286) 同郷と同じ。

(287)『高靑邱詩集注』付錄の「哀誅」中の張適の「哀辭」の序に「詩人之優柔、騷人之淒淸、漢魏之古雅、晉唐之和醇新逸、類而選成一集、名曰傚古、日咀詠之」とある。「和醇」は、おだやかで、厚みのある意、「新逸」は新鮮で、すぐれていること。

(288) 呂勉の『槎軒集本傳』に「踰弱冠、日課詩五首、久而恐不精、日二首、後一首（弱冠を踰《こ》え、日に詩五首を課し、久しくして精ならざるを恐れて、日に二首、後に一首とす）」とある。　(289) 吟詠。　(290) 一つの水泡。

(291) 東宮に同じ。　(292) 輕やかに飛ぶさま。　(293) 物事に行きづまる。

(294) 山澤、霧雨を含み、偶《たまた》ま來《きた》れば夷《い》に居《を》るが若《ごと》し。我に遠游の志無く、何ぞ親愛と離れんや。暑退きて初めて喜ぶ可きも、秋來れば轉《うた》た悲しむに堪へたり。壯顏（壯夫の顏）、豈に草木ならんや。憔悴《せうすゐ》するは此の時に同じ。中心（心中）の百憂と、日暮、期する有るが如し、悄々《せうく》として空宇（空屋）を出で、悠々として荒陂《くわうひ》（荒れた堤）に適《ゆ》く。阨窮《やくきう》、復た難ずる勿れ。天、吾が詩を昌《さかん》にせんと欲す。

(295) 改訂・編集する。　(296) 嶺岑は高い嶺の意。　(297) ほしいままにふるまうこと。
(298) 悲傷に同じ。　(299) 慷慨に同じ。
(300) 清新なるは還《ま》た我に似たり、雄健なるは他《かれ》に如《し》かず。この二句は、『高青邱詩集注』付録「羣書雜記」中の陸深の『金臺紀聞雜鈔』に見える。　(301) 常日頃の調べ。
(302) 楚の離騷。　(303) 揚雄。子雲はその字。　(304) 文章を上手に作る人。
(305) どれもこれも同じの意。　(306) 華美。　(307) 韓愈と柳宗元。
(308) 歐陽脩と蘇軾《そしよく》。　(309) 蘇軾と黃庭堅。　(310) 粗漏と同じ。
(311) 元好問。遺山はその號。　(312)「伉壯」は、なげきが盛んなこと。　(313) 高く映えること。
(314) 解縉。大紳はその字。　(315) 滿ちて流れるさま。
(316) 七子は、いわゆる古文辭派の前七子、李夢陽・何景明・徐貞卿・邊貢・康海・王九思・王廷相の七人をいう。
(317) 何景明と李夢陽。　(318) 王世貞と李攀龍。いわゆる古文辭派後七子を代表する。
(319) 前漢（西漢）と同じ。　(320) 淺くまとまる。　(321) 混沌とさびているさま。
(322) 自信にあふれてえらぶること。　(323) 深く凝りかたまる。　(324) 明朝と同じ。
(325) 屈曲。　(326) 前後に從う。　(327) あやがあって美しい。　(328) 精華。
(329) 公安・竟陵は、それぞれ詩體の一つ。前者は袁宏道兄弟が唱え、後者は鐘惺《せい》・譚元春が創めた。
(330) 鄶は古えの國の名前。季禮が詩經の中の鄶風以下を評論しなかった故事を踏まえた比喩。それ以下は齒牙にかけないの意。　(331) 王位。　(332) 沈德潛『明詩別裁序』からの引用。
(333) 線が細く、輕はずみ。　(334) けわしく、剛情なさま。　(335) 地面を這って行く。
(336) 底が淺く、あらわ。　(337) きまったかた。しきたり。　(338) あらくて飾り氣がとぼしい。
(339) 心廣く、おだやか。　(340) 冗套は、くたくだしく、型通りのこと。　(341) 奥深く美しいさま。

(342)「衞州感事（衞州にて事に感ず）」。神龍、水を失ひ蜉蝣《ふいう》（かげろう）を困《くる》しめ、一舸《いっか》（船首の切り立った一雙の大船）、倉皇として宋州に入る。紫氣已に沈む、牛斗（牽牛星と北斗星）の夜。白雲空しく望む、帝鄕の秋。却前《ごうぜん》の寶地、三千界。夢裏の瓊枝《けいし》、十二樓。長河に就きて遺事を問はんと欲するも、悠々として東に注いで還流せず。

(343)茂って、こってりしたさま。

(344)天、闕に迷ひ、地、戶に迷ふ。東龍は白日、西龍は雨。鐘を撞《つ》きて酒を飲めば愁海翻へる。碧火、巢を吹く雙《さう》猰貐《けつゆ》（想像上の食人獸）。照天、萬古、二烏（二つの太陽）無し。殘星、破月、天餘（天外）に開く。座中、客有り、天子の氣。左股（左側）七十二子、明珠を連ぬ、軍聲十萬、屋瓦を振ふ。劍を拔きて人に當れば面赭《しゃ》の如し。將軍、馬を下り、力、山を拔く。氣は黃河を捲きて酒中に瀉《そゝ》ぎ、劍光天に上りて寒彗《かんせい》（寒々としたほうき星）殘す。明朝、地を畫《くわく》して河山を分つ。將軍、龍を呼びて客に走るを將《たす》く、石破れ、青天、玉斗を撞《つ》く。

(345)怪異で、道理に合わない。　(346)趙翼『甌北詩話』巻八、高青邱詩の條に見える。

(347)靈妙な道理。　(348)死去。　(349)小道。

(350)音聲がはっきりしていること。　(351)高くする。

(352)錢謙益『列朝詩集小傳』丙集、李夢陽の條に「牽率（引っぱり合う）模擬し、聲句字の間に剽賊《へうぞく》（剽竊に同じ）して、嬰兒の語を學ぶが如し」とある。

(353)趙翼『甌北詩話』巻八、高青邱詩の條に見える。「優孟の衣冠」とは、外形だけ似て、實を伴わないの意。楚の名優、優孟が庇護を受けた宰相の死後、妻子が貧困に苦しんでいるのを知り、王の前で元宰相の衣服をつけて舞い、妻子の窮狀を訴え、息子に領地を得させたという故事による。　(354)因襲と同じ。

(355)女性の刺繡に倦んだ圖の意。翠絲《すゐし》（綠色の絲）の盤葉（丸く縫いとられた葉）、碧玲瓏《へきれいろう》たり。小蕚《せうがく》の花を舗《し》いて茜縷《せんる》（赤い絲）紅《くれなゐ》なり。夢裡の鴛鴦、留め得ざるも、分明、却つて繡牀（刺繡のほどこされた寢床）の中に在り。

(356)題名は、月を待つ言葉の意。ここでは月を待つのは女性。漏板（水時計）愁ひを敲《たゝ》いて、夜冷たきに驚く。露井（屋根のない井戸）の桃花、濕《うるほ》ひて影無し。海風、星を吹いて碧煙を銷《け》し、羿妃《げいひ》（嫦娥）、粧《よそほ》ひ遲くして鏡未だ懸けず。素鸞《そらん》（月中に住む白鷺）來らず、桂香（同じく桂の花）死す。雲外の紫篁《しくわう》（宮中にある竹林）、夢を呼んで起たしむ、瓊樓《けいろう》（玉樓）開かんと欲して天半ば紅なり。徘徊し望んで拜す、娥池《がち》（宮中内の池）の東。蘭閨《らんけい》（紅閨）未だ返らず、燈寒きの後。恰《あたか》も似たり、前宵、郎を待つこと久しきに。

(357) 吳王の井戸。蘇州の靈巖山上にある。曾《かつ》て聞く、影を鑑《うつ》して宮娃《きうあ》（官女）を照らすと。玉手、牽絲（つるべのヒモを引くこと）、露華を帶ぶ。今日、空山、僧自ら汲む。一瓶《いつぺい》、寒に供す、佛前の花。

(358) 金風（秋風）暮れに剪《き》る、雙頭の蘂《ずゐ》。啼臉《ていけん》（泣きはらした顏）秋を辭して嫣血《えんけつ》（女性の血）、紫なり。宮女三千、笑喧（笑いさざめく）を罷《や》め、錦雲の障（ついたて）、冷かにして鴛鴦《をしどり》死す。滿江の煙玉（花火か）、古香を流し、魂を尋ね、影を吊《とむら》ひて愁ひ茫々たり。吳天の墜露《つゐろ》、衰紅（盛りをすぎた紅の蓮の花）濕ひ、一夜波涼しく小龍泣く。以上は唐の一處士が水邊で出會った「龍女」（龍の化身）が同題の曲（孫武の怒にふれて斬られた、吳王闔閭《かふりよ》の二人の女兵士を悼んだもの）を歌ったという故事を踏まえたもの。

(359) 「送人游湘中（人の湘中に游ぶを送る）」。離恨（別離の悲しみ）、帆檣《はんしやう》（帆柱）に掛り、君に隨ひて遠く湘《しやう》（湘江）に入る。飛花、春影を蕩《うご》かし、江水長きに勝《た》へず。

(360) 瓊姿《けいし》只だ合《まさ》に瑤臺に在るべし、誰か江南に向けて處々に栽《う》ゑたる。雪は山中に滿ちて高士臥《ふ》し、月明林下、美人來る。寒くして依る踈影（まばらな梅の木）。蕭々の竹、春は掩ふ、殘香、漠々の苔。何郎（六朝の詩人何村を指す。梅をよく詠じた）の去りしより好詠無く、東風愁寂、幾回か開きし。第一首。ここでは嶺雲は九首のうち七首を収めている。大雪の日、他人の食を奪うのを恐れて家を出なかった男や、月明の夜、林の中で薄化粧白衣の女性と逢い、酒をともにするが、醉後、その姿を見失ったという風流兒の故事を踏まえている。

(361) 縞袂《かうへい》（白絹の袖）、相逢ふ、半ば是れ仙なり。平生、水竹、深き緣あり。將に疎ならんとして尙ほ密微なるは雨を經たるなり。暗きに似て還た明かにして遠きは煙に在り。薄暝（夕景）の山家、松樹の下にして、嫩寒《どんかん》（うすら寒い）の江店、杏花の前なり。秦人《しんじん》若《も》し當時に種《う》うるを解さば、漁郎を引いて洞天（仙人の居るところ）に入らしめず。第二首。

(362) 翠羽（鶯）驚き飛んで樹頭を別にし、冷香（梅の香）狼藉、誰を倩《やと》ひて收めん。驢に騎するの客は醉ひて風、帽を吹き、鶴を放つの人（林和靖を指す）は歸りて雪、舟に滿つ。淡月微雲皆夢に似て、空山流水獨り愁ひを成す。幾たびか看る、孤影低徊する處。只だ道《い》ふ、花神の夜出でて游ぶと。第三首。

(363) 淡々たる霜華、粉痕（化粧をほどこした顏）を溼《うるほ》す。誰か綃帳《せうちやう》（絹のとばり）を施して香を護りて溫くせんや。詩は隨ふ、十里春を尋ぬるの路。愁ひは在り、三更月を挂《か》くるの村。飛び去りて只だ憂ふ、雲を伴と作《な》すを、銷《き》え來りて肯《あへ》て信ぜんや、玉を魂と爲すを。一尊（一樽の酒）、訪はんと欲す、羅浮（梅の名所）の客。落葉空山、正に門を掩はん。第四首。

(364) 夢斷えて揚州、閣は塵に掩はるゝも、幽期（祕密な約束）猶ほ自ら詩人に屬せるを。立殘（立ちつくすこと）の孤影は長く夜を過し、看て餘芳に到れば是《こ》れ春ならず。雲暖かにして空山、玉を裁《う》うること偏《あまね》く、月寒くして深浦、珠を泣くこと頻《しき》りなり。掀蓬圖《きんぽうづ》（梅を描いた名畫）裏《り》　當時見る、錯《あやま》ちて橫斜を愛す（林和靖を指す）、卻《かへ》つて未だ眞ならず。第六首。この一首も、孝行息子が旅人から頂戴した石を山の上に植えたら、美しい玉となったり、また鮫人《かうじん》（人魚）が泣くと、その淚がやはり美しい珠になったという故事を踏まえている。

(365) 最も愛す、寒多くして最も陽を得るを、仙游、長《とこし》へに白雲鄉に在り。春愁寂寞、天應《まさ》に老ゆるなるべし、夜色朦朧、月も亦た香《かんば》し。楚客（屈原）吟ぜず、江路寂《せき》たり、吳王（天差）已に醉ひて苑臺荒る。枝頭、誰か見ん花驚くの處、嫋々《でう〱》たる微風、簌々《そく〱》（擬音《ぎおん》）の霜。第八首。

(366) 斷魂只《た》だ月明の知る有り、無限の春愁、一枝に在り。人と共に言はず、唯だ獨り笑ひ、忽ち君の到るを疑ひ、正に相思ふ。歌は殘す、別院、燈を燒くの夜、妝《よそほひ》は罷《や》む、深宮、鏡を覽《み》るの時。舊夢已に流水に隨ひて遠く、山窗聊《いさゝ》か復《ま》た題詩を伴ふ。第九首。

(367) 綠衣の小鳳（倒掛。羽根は綠色で、赤いくちばしを持つ小鳥）、愁ひに啼いて罷み、瘦影《そうえい》翻《ひるがへ》つて懸《かゝ》る、桂枝の下《もと》。芙蓉の帳裏、篆《てん》（香爐の煙）消ゆる時、解《よ》く餘香を斂《をさ》めて中夜に散ず。鐘鼓迢々《てう〱》として禁門を鎖《とざ》し、宵衣《せうい》未だ得ず　明恩を奉ずるを。五更、香は冷かなり　羅浮（南方廣州にある梅の名所）の月、梅花を相想ひて應に斷魂なるべし。

(368) 飛裙（風にひるがえるすそ）、霧を織りて秋痕薄く、星漢、宮に低《た》れて花漠々たり。瓊臺《けいだい》、夜寒くして嬴女《えいぢょ》（弄玉を指す）を閉し、鵞管《がくわん》（簫《しょう》を指す）參差《しんし》として煙を隔てゝ語る。瑤京《えうけい》（天上の都）の舊侶（昔の仲間）遠游を招く。人間《じんかん》、帳冷かにして鴛鴦《ゑんあう》愁ふ。海影、塵無く、月夢の如し。仙骨、欺《あざむ》かず、鸞背《らんはい》への重きを。衰蘭、露に泣いて秦苑空しく、叢玉（同じく簫を指す）、聲微《かすか》にして彩霞遠し。この詩も、秦の穆公《ぼくこう》の時代、簫の名手だった男（蕭史）が、その簫の愛好者だった公の娘弄玉と結ばれたのち、鸞《らん》鳥に乗って天上に還って行ったという故事を素材にしたもの。

(369) 虯鬚《きうしゅ》（みずちのようなヒゲ）怒らんと欲して珊瑚折れ、歩障、春を圍んで錦雲熱《あつ》し。眞珠妾《せふ》に換へて驚鴻《けいこう》（美女の名）に勝れり。笑ひて香塵を蹈むこと空を蹈むが如し。酒闌《たけなは》にして、金谷、鶯花《あうくわ》（鶯と花。春の景色をいう）に醉ひ、衆は逐ふ、樓前、舞裙の墜《お》つるを。財多くして買ひ得たり、東市の愁ひ。羅綺散じ盡して荒邱を餘《のこ》す。猶ほ憐む、白首同じく歸する者。夜　游魂を伴ふ、楓樹の下《もと》。この詩も、官位を利用して富を成した石崇《せきすう》の後半生に材を取ったもの。石は同輩の王愷《がい》が武帝から頂戴した珊瑚樹をこわし、王が築いた四十里のついたてに對抗して五十里の錦のついたてを作り、また大量の眞珠によって緑珠という美女をあがなって妾とした。しかし、その美女は他の權力者に乞われて、死を選んだ。「金谷」は石の別荘のあったところで、その後、石は、この問題で窮地に追い込まれ、潘嶽とともに東市（洛陽市内）で處刑された。「白首同歸者」とは、その時、潘のいった言葉。

(370) 「美人、鏡に對する圖に題す」。曉院の鹿盧《ろくろ》（車井戸）、露井（むき出しの井戸）に鳴り、玉人、夢斷えて　梨雲（梨の花盛り）冷かなり。起ちて妝閣《しやうかふ》（化粧部屋）を開き、笑ひて奩《れん》（鏡の箱）を窺《うかが》ふ。月裏、分明に娥影（嫦娥《じようが》の次女）を見る。自ら對するも猶ほ憐む、況んや主家（主人）をや、春風、一面、斷腸の花。何に由りてか、鑄《い》て靑銅の內に入れ、秋霜をして蛾翠《がすゐ》（つやのある黑い眉）に換へ遣《し》めざらん。

(371) 「錢舜擧《せんしゆんきよ》の畫、美人摘阮《てきげん》（月琴を彈《ひ》く）の圖の歌」。圓槽（月琴の胴）、月を象《かたど》りて寒玉（月琴の名）を修し、暗《ひそか》に京商（音律）を貯へて空腹（胴中）に滿たす。美人恨みに和して秋風を抱き、偸《ひそか》に寫す、琴中舞鸞《ぶらん》の曲（舞曲の名）。傾鬟低黛《けいくわんていたい》（たぶさを傾け、眉をたれる）幾娉婷《いくはうてい》（あまたの美人たち）、夢に湘娥（湘君《しやうくん》）に約して竹に倚《よ》りて聽く。滴り盡す、氷盤、老鮫《らうかう》の涙（鮫人《かうじん》の涙は珠となる）、阿咸《あかん》（阮咸や月琴の發明者）、帳底に醉ひ初めて醒む。梧桐、翠《みどり》を落し、蘭は紫に萎《しぼ》み、仙澗《せんかん》（仙漢と同じ）の流雲、玉子《ぎよくし》（小さな玉）を含む。甲屏（玉で甲羅のように張りつめた屏）、障《さへぎ》り難し、夜深の寒。恐る、驚鴻（驚く白鳥）を踏んで忽ち飛び起こすを、識らず、人間《じんかん》出塞の聲。瑤臺、別に有り、斷腸の情。調終り人去り、哀絃歇《や》めば、桂樹、鳥啼き、斜月を墜《おと》す。

（372）輕くて、こまやかなこと。

（373）美しく化粧すること。「燕姫」は燕地方の女性の意で、歌舞をよくしたという。

（374）『藝苑巵言』巻之五に見える。「高季迪如射雕胡兒伉健急利往命中又如燕姫靚粧巧笑便辟」。

（375）曲りくねるさま。

（376）鷲を射るのが巧みな異民族の子供。

（377）「伉健」は強くて、すこやか。「急利」は、すばやく、鋭いこと。

（378）宛轉復《ま》た宛轉、宛轉日に幾回。君が腸は鹿盧《ろくろ》に斷たれ、我が腸《はらわた》は車輪に摧《くだ》く。男女の情愛を歌ったものとされる。

（379）君が家の青銅鏡、價《あたひ》は重くして黄金に比す。空しく持して人面を照らす、持して人心を照らさず。

（380）他人豈に別れざらんや、別るゝ所、諒《まこと》に由《よし》有り。嗟《あゝ》君、今何をか營み、輕薄にして遠游を好む。遙々たり、京洛《けいらく》（洛陽）の車、汎々《はんく》たり、江漢の舟。君が身は賈胡《ここ》（西域の商人）に非ざるに、至る所自《みづか》ら輙《すなは》ち留まる。徽音《きいん》（よい便り）已に冥邈《めいばく》（はるかなさま）たり、思懷尚《な》ほ綢繆《ちうびう》たり。露は滋《しげ》し、紅蘭の春、霜は變ず、綠桂の秋。此の時、歸り來るを望み、情を含んで高樓に上る。川塗（平原を走る道）本《もと》より限り無く、君去らば、焉《いづく》んぞ休するを得ん。願はくは、中ごろ斷阻せしめ、彼の山と邱《をか》とに化さん。都に上った男を思う女の氣持を歌ったもの。

（381）芳（花）を薦《す》め　醑《しよ》（酒）奠《そな》へ、氷を劉《き》りて梁《はり》と爲し、荷《はす》を葺《ふ》いて宇《う》と爲す。神來らず孰《た》れか與《とも》に處《を》る、空山楸《しう》（ものさびしい）として　暮に雨多し。眇《べう》として吾《わ》れは望む、瀟湘《せうしやう》を、雲は冥々として水は茫々たり。美人（白龍の母を指す）有りて堂に在り、盍《な》んぞ故郷に歸り來らざる。この詩も、東晉《とうしん》の時代、或る娘が肉のかたまりを出産すると、それが白龍となったので驚き、山の上に廟を立てて、その母が毎年、白龍を出迎えたという故事を素材にしている。前半は、白龍を迎える準備、後半は待つ氣持ちを表現している。

(382)「小長干の曲」。郎は采《と》る、菱葉の尖れるを。妾《せふ》は采る、荷葉の圓《まる》きを。石城（石頭城）、日暮を愁へ、各自歸船を撥《はつ》す（漕ぐ）。子供たちの遊びを歌ったもの。小長干は南京郊外の盛り場。

(383)「擬古十二首」其の一。纂々《さん〳〵》（密集するさま）たる牆下《しやうか》の李、芃々《ほう〳〵》（繁茂するさま）たる陂中《ひちう》（土手）の麥。浩々として遠塗（遠路）を望み、悠々として行客を思ふ。客行歳《とし》已に盈《み》ち、紆鬱《うゝつ》（心が晴れぬさま）として我が情を傷《いた》ましむ。始めて知る、群を失ふの鴻《こう》（ひしくい）は、若《しか》ず友を求むるの鶯《うぐひす》に。山に登りて天の高きを知り、流れに臨んで川の阻《はゞ》むを識る。懐を遣《や》つて心を同じくせざれば、那《なん》ぞ別離の苦を知らん。別離は久しくす可からず、寂寞《せきばく》は守る可からず。自ら傷む、紅顔の子《し》、相思して皓首（白髪頭）を成すを。朝日《てうじつ》如し晩《く》れずんば、行人會《かなら》ず當《まさ》に返るべし。旅立った友を思う氣持を歌ったもの。

(384)其の八。美人一たび相見て、我に遺《おく》る、白玉の環。上に雙雕龍《さうてうりゆう》（二つの龍のほりもの）有り、游戲して雲間に在り。此を持して深意に感じ、佩結《はいけつ》（帯に結ぶ）して時として間なる無し。玉は以て貞潔に比し、環は以て不絶を明かにす。雲龍（雲と龍）、永く相從ふ、誰か能く離別せしめん。

(385)「李外史に贈る」。仙人、飄々として雲風の若《ごと》く、來去倏忽《しゆくこつ》として誰か能く窮めん。豈に惟《た》だ上界の官府に足るのみならんや、往々亦た在り、塵埃《ぢんあい》の中。我れ眞を尋ねて五嶽に向はんと欲するも、亂後の舊路、榛蓬《しんぽう》（雜木や草むら）に迷ふ。天雞《てんけい》（一番鷄）未だ鳴かずして夜谷暗く、海鶴（海の鶴）已に去りて秋壇（秋の臺地）空し。丹崖《たんがい》（赤色のがけ）碧澗《へきかん》（綠の谷）瑤草歇《や》み、洞府一たび閟《と》ぢて通ずるに由《よし》無し。陌頭《はくとう》（路上）驚いて逢ふ、李道士、自ら説《い》ふ、柱史（老子）は吾が翁《をう》爲《た》りと。旁人相傳ふ、解《よ》く起死すと、袖裏、丹有り、日の如く紅なり。我れ聞く、安期は古《いにしへ》の策士、親《した》しく見る、楚漢（楚と漢）の雌雄を爭ふを。終然、濁世肯《あへ》て往《とゞ》まらず、渡海竟《つひ》に去りて飛鴻に先《さきだ》つ。玄洲（東海中の仙山）、東に望めば纔《わづか》に咫尺《しせき》、彩霞、幻に結ぶ金銀宮。何ぞ當に共に棗《なつめ》を食《くら》ふの約に赴くべき、三花（一年に三度花をつける樹木）醉ひて折れば春濛々たり。城郭を廻看《くわいかん》すれば煙霧杳《はるか》なり、大笑す、下士眞《しん》に沙蟲なり。この詩も、さまざまな故事や傳説を踏まえている。煩瑣になるので省く。

(386) 陽山（蘇州の西北にある山）の絶頂に登る。我れ此の山の巓《いただき》に登り、知らず、この山の高きを。但だ覺ゆ群山總《すべ》て下に在り、坐して其の頂《いただき》を撫《ぶ》せば兒曹の同《ごと》し。又見る、太湖の我が前に動くを、洶湧《きようゆう》す、三十萬頃《けい》の煙波濤。長風、人を吹いて層嶂《そうしやう》（重なり、つらなった峰）を度《わた》り、用ひず、仙翁赤城の杖《つゑ》（赤城山にまつわる仙人の杖）。峰は廻《めぐ》りて、秋礙《さへぎ》る、海鶻《かいこつ》（海のはやぶさ）の飛ぶを、日は出でて、夜聽く天雞（一番鷄）の唱ふるを。中に一泉、長《とこし》へに枯れざる有り、乃ち是れ蜿蜒《ゑんえん》たる神物（龍）の都《みやこ》する所。老藤、陰森として洞府（洞窟）黑く、樹上敢て棲烏《せいう》を留めず。常年、雨を禱《いの》るの車は、此に來りて金符を投ず。靈旗（日月や北斗星や昇龍を描いた旗）風に轉じて、白日晦《くら》く、馬鬣《ばれふ》の一滴、三呉（呉の三州）を雩《うるほ》す。巖巒《がんらん》蒼々として境に異《い》多く、樵子《せうし》（きこり）も尋常曾て至らず。幽を探り險を歴《へ》て未だ歸るを得ず、忽ち聽く、鐘の澗西《かんせい》（谷の西側）の寺より來るを。此の時、靑冥（靑空）を望んで、脫略す、塵世の情。白雲冉冉《ぜん〳〵》として足下に起り、我を載せ天に昇りて行かんと欲するが如し、古來、名賢總《すべ》て何か有らん、只だ有り、此の山の長く朽《く》ちざるを。明月を呼んで海上より來り照らさしめ、長生一瓢《べう》の酒を把《と》らんと欲す。浮邱（仙人の名）は醉ひて肱《ひぢ》を枕とし、洪崖（仙人の一人）は笑ひて口を開かん。天風吹き落す　浩歌の聲、地上の行人、盡く首《かうべ》を回らす。

(387) 白雲、雨と爲らず、散じて清泉に在りて流る。泉氣復《ま》た雲と爲り、山中同一の秋。巖前の石竇《せきとう》（石の穴）幽寒の處、雲は自《おのづか》ら長く浮び、泉は自ら注ぐ。潛龍、未だ起ちて深泓《しんわう》（ふち）を出でず、渴鳥、時に來りて高樹より下る。雲は應《まさ》に無心にして飛びて天に上るべく、泉は亦た肯《あへ》て隨ひて川に奔《はし》らず。老僧、此れを愛して復た山を下りて去らず、雲に臥し泉に飲みて歳年を終る。

(388)「金華隱者に贈る」。我は聞く、名山洞府（洞窟）三十六、一々靈蹤《れいしよう》（靈跡）、眞籙《しんろく》（仙家の記錄）に紀す。金華秀出して東南に向ひ、遠く勝る陽明と句曲《こうきよく》（ともに山の名）と。樓臺縹緲《へうべう》として煙霞を開き、天帝賜與す神仙の家。靈源（仙道の源）路有るも入る可からず、但だ見る、幾片か流し出す雲中の花。子房（張良）の師赤松子、三千年前亦た此に居《を》る。飛行恍惚《ひぎやうくわうこつ》として誰か解《よ》く尋ねん、漫《みだり》に說く、今に至るも猶ほ死せずと。松花、酒熟して何《いづ》れの處にか遊ぶ、瑤草自ら緣にして春巖《しゆんがん》幽なり。群羊、地に臥《ふ》し散じて石の如く、老鹿《らうろく》、田を耕し馴《な》れて牛に似たり。聞く、隱君子有りと、乃ち是れ仙を學ぶ者。山中に入りて自從《より》曾て山下に到らず。世人、其の姓名を知る莫し、山を以て之を呼び敢て輕んぜず。樵夫忽ち見るも未だ識らざるに苦しむ、只だ疑ふ、便《すなは》ち是れ黃初平（十五歲の時、道士の手引きで金華山に來て仙術を習得した羊飼）ならんかと。嗟《あゝ》我れ胡爲《なんすれ》ぞ塵網に在るや、遠く高峰を望めば、天壤の若《ごと》し。茯苓《ぶくりやう》、夜煮て、儻《も》し餐《さん》するを許さば、鐵杖を來《いた》りて敲《たゝ》き、石門を響かせん。

(389) 長相思《ちやうさうし》、思ひ何ぞ長き、愁ひは天絲（かげろう）の遠く悠揚するが如し。風に瑤《ゆら》ぎ日を曳《ひ》いて量る可からず、未だ去る足を絆《つな》ぐ能はざるも、唯だ離腸を結ぶを解す。闗山碧雲、看《みす》みす暮れんと欲す。空幃《くうゐ》（空《から》のとばり）、坐《そゞろ》掩ふ、荃蘭《せんらん》（ともに香草）の香。長相思、思ひ何ぞ長き。

(390)「寓感二十首」中の第十一首。人は草木に異ると雖も、若《し》かず、松柏の壽に。百年の間に於て、辛苦して不朽を圖らんと欲す。形質は天の畀《あた》ふる所、名姓（名譽）は吾れ自ら取る。形名兩《ふた》つながら未だ立たず、誰我《すゐが》（自分は誰か）竟《つひ》に何か有らん。吾が先を知る能はざれば、奚《なん》ぞ我が後《のち》を恤《うれ》ふるに暇《いとま》あらん。遺臭（痕跡をのこす）と流芳（名譽を流す）と、冥然として杯酒に付す。

(391) 同上の第十六首。蜀琴《しよくきん》（蜀の古琴）に奇紋有り、本と是れ枯桐の枝。一彈すれば鸞鶴《らんかく》を舞はし、再彈すれば靈祇《れいぎ》（神靈）を下す。曾て持して黃帝に薦《すゝ》め、雲中に咸池《かんち》（曲名）を奏す。棄置せられて久しく調せられず、流塵、朱絲に被《かうむ》る。終焉《しうえん》（永久に）、妙響を含む、未だ始より成虧《せいき》（增減）有らず。

(392)「湯氏の江樓に宿し夜起きて潮《うしほ》を觀る」（「吳越紀游十五首」中の一首）。舟師（船頭）夜驚きて呼ぶに、隔浦（向う岸）亂燈集《つど》へり。潮聲、萬騎の若く、怒りて海門を奪つて入る。初め來る、聽くに猶ほ遠し、忽ち過ぎて顧るに及ぶ無し。震搖して高山動き、噴灑《ふんさい》（噴き出し、そそぐ）して明月溼《うるほ》ふ。霜風助けて江を翻へし、蛟龍《かうりゆう》も蟄《ちつ》し難きに苦しむ。應《まさ》に知るべし　陰陽の氣、來往して此に呼吸するを。樓に登りて神の壯なるを覺え、險に憑《よ》りて方《まさ》に迥《はるか》に立つ。何《いづ》れの處か靈旗（伍《ぶ》士《し》胥《よう》の靈魂が宿る旗）を望まん、煙中、去波（寄せては返す波）急なり。

(393)「金陵の雨花臺に登りて大江（揚子江）を望む」。大江は來る、萬山の中よりす。山勢盡《ことごと》く江流と東《ひがし》す、鐘山（紫金山）は龍の如く獨り西に上り、巨浪を破り長風に乘ぜんと欲す。江山（揚子江と紫金山）、相雄ならんとして相讓らず、形勝を爭ひて誇る、天下に壯なるを。秦皇（秦の始皇帝）空しく此《ここ》に黄金を瘞《うづ》む、佳氣（吉祥の氣）葱々《そうそう》（氣のゆきわたるさま）として今に至つて王《さか》んなり。我が懷《おも》ひ鬱塞す、何に由つてか開かん、酒酣《たけなは》にして走つて上る城南の臺。坐に覺《そゞろ》ゆ、蒼茫萬古の意、遠く荒煙、落日の中より來る。石頭城下 濤聲怒り、武騎千群、誰か敢て渡らん。黄旗、洛《らく》に入る（童謠中の言葉。實は入らなかった）とは、竟《つひ》に何の祥ぞや、鐵鎖、江に横《よこた》へるも 未だ固めと爲《な》らず。前には三國、後には六朝、草は宮闕《きゆうけつ》に生じて何ぞ蕭々《せうせう》たる。英雄、時に乘じて割據を務め、幾度《いくたび》か戰血、寒潮に流る。我が生、幸《さいはひ》に逢ふ、聖人（聖主）の南國に起るに、禍亂初めて平ぎて事《こと》休息す。今より四海、永く家と爲し、用ひず、長江の南北を限るを。

(394)「海石爲張記室賦（海石、張記室の爲に賦す）」。大星、水に墮《お》ちて聲吼《ほ》ゆるが若《ごと》し、祖龍（ここでは秦の始皇帝を指す）、下、神羊（羊が石となった故事による。ここでは海の石となった「大星」を指す）を叱《しつ》して走らしむ。誰が五色を將《もつ》て天の餘を補ふ（女媧《じよか》が五色の石で天を補ったという傳説を踏まえている）、屹《きつ》として狂瀾《きやうらん》を障《さへぎ》つて歲時久し。空しく憐む、山頭、精衞の鳥、身、風波に墮ちて銜《ふく》んで了《をは》らず。媧皇《くわくわう》（女媧）去るの後、幾たびか蒼田、鼇背《がうはい》（龜の背中）の靈峰（蓬萊山）、一拳、小なり。

(395)「醉樵（饒介之《じようかいし》の號）に贈る」。川釣已に獵に遭《あ》ひ（呂尙が釣をしていて文王の獵に遇い、仕官した故事を指す）、野耕終に圖《と》を改む（同じく伊尹《いいん》が野を耕していたが、蜀の招聘を受けて計畫を改めた故事による）。如《し》かず、山中の樵に、醉臥、誰か呼ぶを得ん。山に采《と》れども松を采らず、松花は酒と爲す可し。酒熟して誰と共にか斟《く》まん、木客（こだま）は我が友爲《た》り。木客已に去りて石牀（石の床）空しく、杯《さかづき》を擧げ月に向ひて吳剛（漢の人。仙術を學び、罪を得て、日中に茂った桂の木を切らされた）を邀《むか》ふ。汝の快斧を借りて大桂を斫《き》る、要す、四海をして清光を增さ令《し》めんことを。林風、髮を吹いて、寒、耳を擁し、獨り空尊（空の樽）に枕す、碧巖の裏《うち》。此の時、忘却す、薪《たきぎ》を負ひて歸るを、猛虎一聲、驚いて起たず。世間萬事 浮煙の如し、棋《き》を看る何ぞ必ずしも神仙に逢はん（山中で仙術を行なう、將棋をする子供たちに出會った男の話による）。靑松、石に化して鶴未だ返らず、酒醒めて又是れ三千年（三千年にして石と化した松の故事を踏まえる）。

（396）「巫山《ふざん》高し」。巴江（揚子江）西に上がれば巫峽深し、奇峰十二、江の陰。陽雲の高臺（往古の陽臺）、尋ぬ可からず、但だ見る、丹楓碧樹の幽林に攢《あつ》まるを。昔聞く、瑤姫（巫山の神女）其の下に在りと、月を環玦《くわんけつ》（腰につける玉の飾り）と爲し風を襟を爲す。空山、久しく獨居するも、偶《たまた》ま感ぜしむ、襄王（戰國時代、齊《せい》の君主）の心。楚宮秋夢を閟《と》ぢ、彷彿《はうふつ》として、來りて衾《きん》を同うす。神仙の會遇、當《まさ》に道有るべし、豈に傚《なら》はんや、世俗の荒淫を成すに。千秋の遺賦（巫女のこの交情を歌った宋玉の『高唐賦』を指す）、應《まさ》に恨み多かるべし、暮雨蕭々《せう〱》として　猿自《おのづか》ら吟ず。

（397）「黃大癡《たいち》の天池石壁の圖に題す」。黃大癡、滑稽、世を玩《もてあそ》んで人知らず、疑ふらくは似たり阿母（西王母）の旁《かたはら》なる、再び謫せられし桃を偸《ぬす》むの兒（東方朔）に。平生飲を好み、復た畵を好む、醉後、墨を灑《そゝ》げば秋淋漓《りんり》たり。嘗て弟子李少翁の爲に、貌し得たり、華山絕頂の天池。乃ち知る、別に縮地の術有るを、坐して勝景を移して書帷《しよゐ》（書齋のとばり）に來らしむ。身は黃鵠《くわうこく》に騎し去りて未だ遠からざるも、縞素《かうそ》（白絹の畵布）飄落して塵緇《ぢんし》（黑い塵）を流す。穎川《えいせん》の公子（溫陵の陳彥廉《けんれん》）、之を得たるを欣《よろこ》び、手に持し我に示して詩を賦せんことを請ふ。我れ聞く、此の中に度《わた》る可きこと難し、玉枕の祕記（『枕中記』を指す）は靑牛の師（老子）より傳ふ。池に生ず、碧蓮花《へきれんげ》、千葉、光陸離《りくり》たり。服食すれば騰化《とうくわ》（空にあがるようになる）す可く、空に游んで雲螭《うんち》（龍）に駕せん。柰何《いかん》ぞ靈蹟久しく閟藏《ひざう》（閉ざしかくす）せらるゝ、荒竹、野に滿ちて猩狸《せいり》（しょうじょうと狸）を啼《な》かしむ。眞を尋ぬるの羽客《うかく》肯て一たびも相顧みず、卻つて釋子に借《か》して茅茨《ばうし》を營ましむ。我れ昔、來り游ぶ早春の時、雪は殘して衆壑《しうがく》（多くの谷間）、寒姿を銷《け》す。磴《とう》（石段）は滑かにして敢て馬に騎して上らず、靑鞵《せいけい》（青い皮の足袋）自ら策す桃筇枝《たうきようし》（桃竹の杖）。上には煙蘿《えんら》披拂《ひふつ》（もやもやと霞がたなびく）の翠壁有り、下には沙石蕩漾《たうやう》（搖れ動く）の淸漪《せいい》（清らかなさざなみ）有り。晴天、倒影して明鏡に落ち、正に玉女、曉に沐して高鬟《かうくわん》（高いみずら）垂るゝが如し。飲猿忽ち下つて藤裊々《でう〱》（ゆらゆらする）、浴鶴乍《たちま》ち立つて風澌々《しゝ》（風の吹く音）たり。匡廬（廬山）池有り、我れ未だ到らず、未だ省《かへり》みず、此に於て誰《いづれ》か當に奇とすべき。石を掃ひて其の涯《きし》に坐し、泂《なが》れに沿ひて卮《さかづき》を引き流す。醉ひ來つて自ら影を照らし、俯して笑ふ。知る、誰とか爲すと。落梅、香を撲《う》ちて接䍦《せつり》（白い帽子）に滿ち、暮れに東澗（東の谷）を出づれば鐘鳴ること遲し。歸り來る城郭の中、復た受く、塵土を欺くを。十年の勝景、再びは得難く、恍《くわう》として清夢一斷して追ふに由《よし》無きが若《ごと》し。朝爽、此の圖を觀《み》れば、惻愴《そくさう》（惻々と同じ）として我をして悲しま使む。當時の同游已《すで》に在ること少く、我れ今未だ老いざるに形先づ疲る。人生の擾々《ぜう〳〵》たる、嗟《あゝ》何をか爲さん、達せざれば但だ高人に嗤《わら》はる。漢南既に老ゆ、司馬の樹（晉の司馬垣溫が漢南の地を過ぎて、若い時に植えた柳が大木になっているのを見て、人生の短かさを嘆いたという故事による）、峴首《けんしゆ》已に仆《たふ》る羊公の碑（晉の羊公は德望があり、死後人々がそれを記念して碑を峴山々頭に建てたが、いつしか倒れてしまったことを指す）、惟だ應《まさ》に道を學んで眞訣《しんけつ》を悟るべく、陵谷（岡と谷）と同じく遷移せず。仙巖洞府（仙術をきわめる洞窟）、孰《いづれ》か最も好き、東に地肺（山の名）有り、西に峨眉。高崖の鐵鎖、攀援（よじのぼる）して以て逕《たゞち》に上る可からず、仰ぎて白雲を望めば樓觀空しく峨巍《がぎ》（山の高く險しいさま）たり。此の山、上り易し、何ぞ乃ち遺《のこ》さんや、便《すなは》ち猿鶴と秋に相期す。太乙《たいいつ》の舟を借りて、夜臥浩蕩、風の吹くに隨《したが》はんと欲す。洞簫《どうせう》（尺八の類）呼び起す、千古の月、我が白髮を照らして涼絲々（細長いこと）たらん。玉醪《ぎよくらう》（どぶろく）を傾け、瑤芝（靈芝《れいし》）を薦《すゝ》め、君を招いて來游せしめむ、愼んで辭する勿れ。爲す無かれ、漫《みだり》に圖《と》畫《ぐわ》に對して日夕遙かに相思ふことを。

(398) 原題は「黑河秋雨引賦趙王孫家琵琶蓋其名也（黑河秋雨引、趙王孫が家の琵琶を賦す蓋し其の名なり）」。胡天（塞外）夜裂けて、天泣《なみだ》を垂る。雲は壓し鷹は低く、翻翅《はんし》（ひるがえる羽根）溼《うるほ》ふ。髯王《ぜんわう》（單于《ぜんう》を指す）の醉影、寒を抱いて驚き、氈殿《せんでん》（包《パオ》）嘈々《さう〳〵》として箭鳴《せんめい》（矢が鳴る）急なり。紅氷として淚は落つ、青燈の下。倒《さかしま》に河流を卷いて絃に入りて瀉《そゝ》ぐ。瘦駝《そうだ》（瘦せたラクダ）磧《せき》（河原）に臥して鈴車（鈴のついた車）を歇《とゞ》め、扑朔《ぼくさく》（びっこを引く）として陰沙（暗い沙漠）、鬼、野を行く。漢魂（漢人の幽魂）、私語して鬢風（びんを吹く風）凄《すさま》じく、都護の營は荒れて凍鼙《とうへい》（凍りついた鼙鼓《へいこ》の聲）咽《むせ》ぶ。蘭山（賀蘭山）の木葉、愁ひに連つて起り、散じて入る塞門、塵、萬里なり。夢斷ゆれば金蟾《きんせん》（金色のヒキガエル。月の異稱）、煙を隔て小なり。青塚《せいちよう》（青い塚。王昭君の墓を指す）、聲を埋めて秋曉《あかつき》ならず。

(399)「張中丞《じよう》の廟」。延秋門（宮廷の門の一つ）上、烏、霜に啼き、羯兒《けつじ》（安祿山を指す）、曉に登る天子の牀。江頭の老臣

（杜甫を指す）、涙暗《ひそか》に滴り、萬乘（ここでは玄宗を指す）西に去つて、關山長し。公卿相率ゐて降虜と作《な》り、草間に拜泣して群羊の如し。當時は識らず　顏平原（顏眞卿。このとき平原の太守だった）、豈に復た張睢陽《ちやうすゐやう》有るを知らんや。孤城落日、百戰の後、瘦馬食《くら》ひ盡して人瘡《きず》を裹《つゝ》む。男兒竟《つひ》に忠義の爲に死す、碧血滿地、嗟《あゝ》誰か藏（埋藏）せん。賀蘭（觀戰して張巡を助けなかった）は斬られず、上方（宮廷の臺所を指す）の劔、英雄恨み有り、何《いづ》れの時にか忘れん。千年、海上、祠廟を見る、古苔叢木、秋風に荒る。畫壁を摩挲《まさ》（撫でる）す塵網の裏《うち》、勇氣燁々《えふえふ》（盛ん）、虬鬚《きうしゆ》（みずちのようなヒゲ）張る。巫《ふ》は大招（楚辭の一篇）を歌ひ、客は酒を酹《そゝ》ぐ、忠魂或は能く故鄕に來らん。安祿山の亂の時、玄宗のために盡忠のまことをつくした張巡を歌ったもの。

（400）「客舍雨中聽江卿吹簫（客舍雨中　江卿《かうけい》（不詳）の簫を吹くを聽く）」。客中《かくちゆう》久しく絲竹《しちく》を聞かず、此の夕、君が紫玉《しぎよく》（紫の玉をつけた簫《せう》）を吹くに逢ふ。斷猿（群から離れた猿）哀雁總《すべ》て驚啼し、我も亦た端《はし》無くも涙相續《あひつ》げり。數聲嫋々《でうでう》として復た嗚々《をゝ》（むせ泣くさま）たり、散じて寒雲に入り細やかにして無からんと欲す。愁《うれ》へて洞庭（湖）を望めば空しく落木、夢に秦苑（秦の宮苑）に游べば總て荒蕪《くわうぶ》す。曲中只だ訴ふ、君が心の苦しきを、道《い》はず、人の聽いて更に凄楚《せいそ》なるを。關山の燈下、羈臣（他家に身を寄せている臣）を歎ぜしめ、江浦の舟中、嫠婦《りふ》（寡婦）を泣かしむ。憶ふ昨、閶門《しやうもん》（蘇州城の西門）酒貰《しゆし》（酒代）を費《つひや》し、玉人（美人）邀《むか》へ坐して參差《しんし》（簫の別稱）を弄《ろう》す。彩霞深院　花開くの處、明月高樓、鶴去るの時。如今忽ち在り、他鄕の外、風雨寒窓、兩《ふた》つながら（兩人とも）憔悴す。恨むらくは百斛《ひやくこく》の金陵春（酒の名）、同じく鳳凰臺（金陵にあった臺地）上に上りて醉ふ無きを。始めて知る、嶰谷《かいこく》（崑崙《こんろん》にあった谷。昔、ここで伶倫《れいりん》が竹で笛を作ったという）枯篁《こくわう》（枯れた竹）の枝、中に人間《じんかん》無限の悲しみ有るを。願はくは君、袖《しう》（袖に抱くこと）して歸つて高壁に挂《か》け、更に相逢ふも容易に吹くこと莫《なか》れ。

（401）勝地、江山壯んに、名林、歲月遙かなり、刹《せつ》は藏《かく》る京口（地名。揚子江の北岸にある）の樹、鐘は送る海門の潮《しほ》、月は黑くして龍光發し、天は淸くして蜃氣《しんき》銷ゆ、何《いづれ》か當《まさ》に很石《こんせき》（この石の上で孫權と劉備が事を謀ったといわれる）を尋ね、間坐して前朝を話《かた》るべき。甘露寺は江蘇省にある。

(402)「謝恭を送る」。涼風、江海に起り、萬樹盡《ことごと》く秋聲。搖落豈《あ》に別るゝに堪へんや、躊躇空しく復《ま》た情。帆は過ぐ京口の渡、砧《きぬた》は響く石頭城（南京の西にある）。客と爲りて歸ること宜しく早かるべし、高堂、白髮生ず。

(403)「前（元朝）進士夏尚之《かしやうし》の宜春に歸るを送る」。凄涼たり庾開府《ゆかいふ》（庾信《ゆしん》になぞえる）、老い去つて復た如何《いかん》。故國歸鴻《きこう》（歸る雁）少く、新朝（新しい宮廷。ここでは明）振鷺《しんろ》（群がり飛ぶ鷺）多し。菊の荒るゝ（陶淵明の「歸去來辭」の住居のさま）は應《まさ》に自《みづか》ら歎ずべく、麥の秀づる（いわゆる麥秀の故事による）は竟《つひ》に誰か歌はん。相送りて愁思に堪ふ、蕭々たり楚水（揚子江）の波。

(404)大樹、枝の北風に向ふ無し、千年の遺恨、英雄（岳飛）を泣かしむ。師を班《かへ》すの詔は已に三殿より來り、虜（敵國。金）を射るの書は猶ほ兩宮（徽・欽の二帝）を說く。毎《つね》に憶《おも》ふ、上方、誰か劍を請ふ、空しく嗟《なげ》く、高廟（漢の高祖）自《みづか》ら弓を藏する（高く飛んでも、必要がなくなれば弓はしまわれるという故事を踏まえたもの。韓信は高祖のためにつくしたが、のち命を絶たれた）を。栖霞《せいか》（嶽飛の墓がある山の名）嶺上《れいじやう》、今、首《かうべ》を回らす、見ず、諸陵白露の中。

(405)「送沈左司從汪參政分省陝西汪由御史中丞出（沈左司の汪參政に從ひ陝西《せんせい》に分省するを送る、汪は御史中丞より出さる）」。重臣（汪廣洋を指す）陝《せん》を分ちて臺端（政府）を去る。賓從（幕僚や從者）の威儀盡く漢官（漢式）。四塞の河山、版籍に歸し、百年の父老、衣冠を見る。函關（函谷關）月落ちて雞を聽いて度《わた》り、華岳（中國五岳の一つ）、雲開いて馬を立てゝ看る。知る、爾《なんぢ》西行すれば定めて首を回らすを、如今、江左（揚子江の下流）是れ長安。

(406)「安慶城樓に寄題す」。層構初めて成つて百戰終る、高きに憑《よ》りて應《まさ》に喜ぶべし、楚氛《そふん》（楚の凶氣）の空しきを。山は粉堞《ふんてふ》（白亞の城壁）に隨ひ雲に連つて起り、江（揚子江）は淸淮《せいわい》（淸らかな淮水）を引いて海と通ず。遠客の帆檣《はんしやう》、秋水の外、殘兵の鼓角（鼓や角笛）、夕陽の中。時は淸し、問ふ莫れ、英雄の事。首を回らせば長煙、去鴻（飛び行く雁）を滅す。

(407)「何記室の湖州に游ぶを送る」。暮雨、關城（關所と城）獨り去ること遲し、少年の心事、劍相知る。故人路に當りて貧賤を輕んじ、倦客（旅に疲れた人）秋に逢ひて別離を惡《にく》む。疎柳、一旗江上の酒、亂山孤棹《こたう》（ひとり舟を進める）、道中の詩。水嬉《すゐき》（競艇）散ずるの後、湖亭廢《すた》る、此を去りて君を煩はして牧之《ぼくし》（杜牧。湖州の地方官だった）を吊《とむら》はん。

（408）「角吟（角笛による演奏）を聞く」。驚き起つ、黄楡塞下《くわうゆさいか》（黄色の楡《にれ》の葉のあるとりで。長城を指す）の鴻《こう》一聲嗚《を》軋《あつ》（むせびきしる）すれば戍樓《じゆうろう》（國境守備の櫓）空し。此の時、吹き動かす關山の意、十萬の征人、歸夢の中。玉張彎弓《わんきう》（弓を張る）、夜初めて起つ、月白く、知らず霜の水に似たるを。餘聲散じて作《な》す滿天の愁ひ、風吹けども入らず、單于《ぜんう》の壘。

（409）「涵空閣（江蘇省吳縣の靈巖寺にある樓閣）に登る」。滾々《こんこん》たる波濤、漠々たる天、曲欄（曲がった欄干）高棟、此の山巓《さんてん》。身を置けば直ちに在り浮雲の上、目を縱《ほし》いままにして長く過ぐ、去鳥（行く鳥）の前。數杵《すうしよ》（いくつかのきぬた）の秋聲、荒苑の樹、一帆の暝色《めいしよく》太湖《たいこ》の船。老僧は識らず、興亡の恨み、只だ遊人に向ひて往年を說く。

（410）「水上に手を盥《あら》ふ」。手を盥ひて春水を愛す、水香《かんば》しくして手應《まさ》に綠なるべし。沄々《うんうん》（湧きあがるさま）として細浪起り、杳々《えうえう》として驚魚伏す。悵悵《てうちやう》（失意のさま）として沙邊に坐す、流花去りて掬《すく》ひ難し。

（411）「胡隱君を尋ぬ」。隱君は隱者と同じ。水を渡り復た水を渡り、花を看て還た花を看る。春風、江上の路、覺えず君が家に到る。

（412）「潘隱居君月樓歌（潘隱君《はんいんくん》の月樓の歌）」。樓は高々、月は皓々。月（月光）を容るゝこと多く、月を得る（見る）こと早し。朝《あした》に看る、西のかた江に墮つるを。夕に見る、東のかた島に生ずるを。我れ烏飛《うひ》（烏鵲南飛の歌。不詳）を歌ひて穹昊《きうかう》（大空）に向ふ、樓中の人須《すべか》らく醉到すべし。人は長く間《のどか》に、月は長く好し、月中、藥成つて（月中の兎が不老の仙藥をついて作るとの故事による）人老いず。

（413）「寄衣曲二首（衣を寄するの曲）」其の一。郎の寒きは妾の寒きより甚し、衣を持して燈に向ひて泣く。是れ手縫《てぬひ》の遲きにあらず、綿多くして針線澁ればなり。出征の夫を思う妻の氣持ちを歌ったもの。

（414）浴金（金メッキ）の熏爐《くんろ》鏤玉《ろうぎよく》の奩《れん》（玉をちりばめた箱）、蘭香、今夜、君の爲に添ふ、烏は黃昏に棲《す》み烏は曙に起つ、纔《わづか》に來ると道《い》ふを見れば還た去ると道ふ。青樓の妓女の心情を歌ったもの。

（415）「送郭省郎東歸二首（郭省郎の東に歸るを送る）」其の二。桃葉（渡し場の名。王獻之《おうけんし》の妾の名前に由來する）渡《と》頭《とう》、唱歌を聞く、孤帆発せんと欲して愁ひを奈何《いかん》せん。君の帰るは是れ我が來る時の路、山水（よい眺め）多く無けれども離思（離愁）多し。

(416)「閶門《しやうもん》（呉縣城の西北の門）の舟中、白範に逢ふ」。十載（十年）長く嗟《なげ》く、故舊の分るゝを。半ば黄土に歸し、半ば青雲（高位・高官に出世したこと）。扁舟、此の日、楓橋（寒山寺近くにある）の畔《ほとり》、一褐《いつかつ》（一着の粗末な衣服）の秋風、忽ち君を見る。

(417)「隴頭水」は、もと「漢の鼓角横吹曲」（樂府《がふ》正聲）で、「征戍」の辛苦を歌ったもの。つまり、この詩は高青邱が、それに挑んだ作品。人間、何《いづれ》の處か流水無からん。偏《ひとへ》に隴《ろう》頭（隴山のほとり。河南省内、その向こうに敵地があった）に到れば耳に入るを愁ふ。夜は羌歌《きやうか》（チベット系遊牧民族の歌）に雜はる、明月の中。秋は漢夢（漢人の夢）を驚かす、空山の裏。隴阪（隴山の坂）崎嶇《きく》として九たび回折し、聲は到る處に隨つて長《とこし》へに嗚咽す。愁顔（漢軍の憂え顔）を照らさんと欲するも水の渾《にご》るを畏《おそ》る、前軍（前を行く軍隊）曾て洗ふ、金創（刃傷）の血。回頭千里是れ長安、征人（出征の將兵）涙枯るゝも流水は乾《か》れず。

(418)この詩も前作品と同様、「漢の短簫鐃《だう》歌曲」に挑んだもの。君が馬は黄、我が馬は玄。君が馬は金叵匝《きんあんさふ》（金の頭巾）、我が馬は錦連乾《きんれんけん》（錦の腹巻）。兩馬喜び遇ひて皆嘶鳴《せいめい》（いななく）、何ぞ異ならん、主人相見るの情。長安の大道、轡《たづな》を並ぶ可し。誇る莫れ、得意、先を爭ひて行くを。搖鞭（鞭をふる）共に落花を蹈んで去る、燕姫（燕の地方の女性。歌舞をよくする）の酒壚《しゆろ》（酒場）何處《いづく》にか在る。

(419)「涼州詞二首」其の二。「涼州詞」も中央アジアからきた音譜で、それに挑んだもの。關外の垂楊、早く秋を換ふ、行人、落日、旆《はた》悠々。隴頭（前々注を見よ）の高處、愁ひて西望すれば、只だ黄河の漢に入りて流るゝ有り。

(420)高く、のびのびとしていること。

(421)「群上人に贈る」。湖雨、秋を洗ひて碧にして、西南に諸峰を見る。中に楞伽《りようが》（寺の名）の僧あり、迥《はるか》に閟《とざ》す、超世の蹤《あと》。高風（天風）、飛泉（瀧）を搖《うご》かし、落日、遠松を帶ぶ。往《ゆ》かんと欲して已《すで》に處を知る。煙蘿《えんら》（煙るようなつる草）、飯鐘（食事の時を知らせる鐘）を鳴らす。

(422)「余左司に酬《むく》ゆ」。門巷（村里）、垂楊に接し、同鄰、異鄕を忘る。兒は親んで見熟（馴染になる）するを欣《よろこ》び、僕《ぼく》立つて言の長きを厭《いと》ふ。讀《どく》（讀書）は借る、風牀（風の通る寢臺）の簡（書册）、炊は分つ、雨碓《うたい》（雨中につく）の粱《りやう》（あわ）。亂來（爭亂以來）、久別を成す、能く情の爲に傷《いた》まざらんや。

(423)「京師《けいし》寓解《ぐうかい》三首」其の三。「廨」は官舍の意。寂寞として芳時（春たけなわの時）を過ぎ、幽懷（胸底）只《た》だ自《みづか》ら知る。袖に相《しやう》に投ずるの刺《し》無く、篋《はこ》に僧を寄するの詩有り。鼠跡《そせき》、塵《ちり》、帳に凝り、蛙聲《あせい》、雨、池に到る。疎慵《そよう》（ものぐさなさま）散るに置かるゝに堪へたり、敢て名の卑《ひく》きを怨みず。

(424)「南峰寺に游ぶ、支遁《しとん》の放鶴亭有り」。毎《つね》に人間《じんかん》に向ひて碧峰を望む、石門、今、幽踪《いうそう》（ひっそりとした足跡）を問ひ得たり。路は風磴《ふうとう》（風の吹く石段）に縁《よ》る、冷々の策《つゑ》、寺は隔つ煙蘿《えんら》（煙るようなつる草）杳々《えう〳〵》の鐘。窗下、鳥來りて墜果（落ちた木の實）多く、亭前、鶴去つて只だ高松。一龕《いちがん》、願はくは借りて香火に依らん、道《い》ふ莫れ、詩人は戴顒《たいぎよう》に非ずと。

(425)「詠軒」は書齋の名前。肅々として華榻《くわたふ》（立派な腰かけ）を布《し》き、冷々として朱絃を罷《や》む。檻《かん》（手すり）に臨んで一たび流睇《りうてい》すれば、幽事（世とかけはなれた事柄）忽ち前に滿つ。池草方《まさ》に依微（かすかにぼんやりする）たり、庭柯《ていか》（庭の木の枝）正に蔥芊《そうせん》（青々と茂ったさま）たり。偶爾《たま〳〵》孤詠を發し、聊茲《いさゝかこゝ》に中悁《ちうけん》（心の憂え）を寫す。景、融して理自《おのづか》ら得、詎《なん》ぞ辯ぜん、媸《し》（醜）と妍《けん》とを。猶ほ慙《は》づ、至妙の意、寂莫として言の宣《の》ぶるに非ざるを。

(426) 中唐の詩人、韋應物と柳宗元。

(427)「明皇（玄宗）燭を秉《と》りて夜游するの圖」。華萼樓頭《くわがくろうとう》、日初めて墮ち、紫衣催《うなが》し上《のぼ》す、宮門の鎖。大家《たいか》、今夕、西園に燕（宴と同じ）す、高く爇《や》く、銀盤百枝の火。海棠《かいだう》（楊貴妃を指す）睡らんと欲して成すを得ず、紅妝《こうさう》（女性の化粧を言う）、照らし見れば、殊に分明なり。滿庭の紫燄《しえん》（紫色の燈火の炎）、春霧と作《な》り、知らず、月有りて空中に行くを。新譜の霓裳《げいしやう》、試みに初めて按ぜんとし、内使（宮女）頻《しき》りに燒燭を呼びて換ふ。知更（時計番）の宮女、銅籤《どうせん》（銅札。これを石段の上に落として時を知らせる）を報じ、歌舞、催すを休《や》めて夜方《まさ》に半ばなり。共に言ふ、醉飲して此の宵を終へんと、明日、且《しばら》く免ず、群臣の朝するを。只だ憂ふ、風露の漸く冷かならんと欲するを、妃子《ひし》（楊貴妃を指す）、衣薄くして愁ひ嬌を成す。琵琶羯鼓《かっこ》（楊貴妃と玄宗による兩樂器の合奏）相追逐するも、白日、君が心歡《よろこ》び足らず。此の時何の暇《いとま》か光明を化して、去つて照らさん逃亡の小家屋（玄宗に、苛政を逃れて城外に出た農民たちの小屋を思う氣持ちはあるかの意）。姑蘇臺上、長夜の歌（呉王夫《ふ》差の歡樂を指す）、江都宮裏、飛螢多し（同じく隋《ずい》の煬帝《ようだい》の遊樂を指す）。一般（すべて）の行樂未だ極を知らず、烽火忽ち至りて將《まさ》に如何《いかん》せんとす。憐む可し、蜀道歸來の客（亂を治めて歸ってきた玄宗を指す）、南內《なんだい》（皇居の南）凄涼として頭盡く白し。孤燈照らさず、返魂の人（死んだ楊貴妃の魂を呼びかえそうとする人、つまり玄宗のこと）、梧桐の夜雨、秋蕭瑟《せうしつ》たり。

（428）爾《なんぢ》の牛の角は彎環《わんくわん》し、我が牛の尾は禿《とく》速（短い）たり。共に拈《と》る、短笛と長鞭と、南隴《なんろう》（南のはたけ）東岡《とうかう》、去《ゆ》きて相逐ふ。日は斜めに草は遠く、牛の行くは遲し、牛は勞《つか》れ、牛は飢う、惟だ我のみ知る。牛上に唱歌し、牛下に坐し、夜歸れば環《ま》た牛邊に向ひて臥《ふ》す。長年牛を牧して百《なべ》て憂へず、但だ恐る、租を輸《いた》さんとして我が牛を賣るを。

（429）竹擔（竹のショイコ）挑《かつ》ぐこと多くして兩肩赤し、斧を礪《と》がんとして時に尋ぬ澗邊《かんぺん》（谷間）の石。老父（自分のこと）の氣力、秋漸く衰ふ、斫《き》り易くして喜ぶ枯林の枝有るを。白雲、人無く、空谷暗し、遠聲丁々《たう〳〵》啄木《きつゝき》の如し。暮に歸らんとして伴《とも》を待ち、獨り行かず、前途、虎多くして荊棘《けいきよく》生ず。長年曾て城府に到らず、聞く、山中に比すれば路尤《もつと》も阻《けは》しと。

（430）緑盆の小樹、枝々好し、花は人家に比して別に開くこと早し。陌頭《はくとう》（街頭）、擔《にな》ひ得て春風に行く、美人、簾《れん》を出でて叫聲を聞く。移し去るも愁ふる莫れ、花の活きざるを。賣與して還《ま》た傳ふ、種花（花の栽培）の訣《けつ》。餘香滿路、日暮に歸る、猶ほ蜂蝶の相隨ひて飛ぶ有り。花を買ふの朱門、幾回か改まる。如かず、擔上（擔い桶の上）、花長《とこし》へに在るに。

（431）舊絃は解かれ、新絃は張らる。氷絲、愁ひを牽いて六尺（箏《きう》の長さと同じ）長し。寛急頻りに指邊に從ひて聽き、金雁《きんがん》（箏の柱）參差《しんし》として移つて定まらず。新絃は響は高くして調《しらべ》、促《そく》し易し。如かず舊絃の彈じて已に熟するに。新を憐み舊を厭《いと》ふ、妾《せふ》が恨み深し。君が爲に試みに奏せん、白頭の吟（司馬相如が他の女性をむかえようとした時、妻の卓文君が、夫の白髪になるまで自分を愛さないことを怨んだ詩を作って、それを止めさせた故事による）。他日愁へん、舊紘の如く棄てらるゝを。泣いて羅裙《らくん》の帶頭に向ひて繫ぐ。

(432)「行路難三首」其の二。危ふきは虎の須《ひげ》を編むに若《し》くは莫《な》く、險《けわ》しきは鯨の牙に觸るゝに若くは莫し。行路（人生行路）の難きこと復《ま》た此れに過ぐ。前に瞿塘《くたう》（揚子江の上流にある峽谷）有り　後に褒斜《はうや》（褒谷と斜谷。ともに險しい溪谷）。杯酒、朝《あした》に驩《よろこ》べども、矛刃《ぼうじん》夕に加はる。恩讐は反覆の間、楚漢（楚の項羽と漢の劉邦）は一家に生ず。鉤弋《こうよく》（漢の武帝の夫人。昭帝を生んだが、專横が過ぎてとがめられ、雲陽に葬られた）は雲陽に死し、鴟夷《しい》（皮袋。伍子胥のむくろは皮袋に入れられて江沙に捨てられた）は江沙に棄てらる。所以《ゆゑ》に賢達の人、高く飛びて下らず、網罝《まうしや》（鳥をとらえる網）を避く。行路難、嘆嗟《たんさ》するに堪へたり。

(433)「暮途、見るを書す」。暮に歸る、東市の門。道路に悲啼（悲鳴）を聞く。馬を駐《とゞ》めて一たび借問《しやもん》す。答へて云ふ、征人の妻なり。征人新《あらた》に戰歿し、恨みを飮んで黃泥に沉《しづ》む。兒有りて哺下（哺育中）に在り、飢ゑ來りて食に糜《かゆ》なし。誓つて將《まさ》に茲《この》愛を割かんとす、棄て去つて東西に從《まか》せんと。我れは看る、巢中の燕、雛《すう》は長く母に隨つて飛ぶを。皇天、萬物を仁《いつくし》み、兼ねて照らして理違《ちが》はず。此れ獨り何の奇偶（運命）か、之《こ》れと齊《ひと》しくする能はず。躊躇して去りて復た顧みれば、我が心肝をして摧《くだ》かしむ。

(434)唐の詩人、元稹《げんしん》と白居易。

(435)「會宿成均汲玉兎泉煮茗諸君聯句不就因戲呈宋學士（成均に會宿し、玉兎泉を汲みて茗《めい》を煮る。諸君の聯句就《な》らず。因って戲れに宋學士に呈す）」。「成均」は南京にあった學校で、「玉兎泉」は、その東側にあった。白兎、桂宮（月を指す）の冷かなるを嫌ふが如く、走りて入る杏花壇下の井。姮娥《こうが》（月の異稱）、伴無く、毎《つね》に相尋ね、水底、亭々として孤影を落す。曾て秋風に搗《つ》く玉臼《ぎよくきう》の霜（仙藥を言う）。今に至つて泉味、天香を帶ぶ。玉堂（翰林院）の仙翁（宗學士を指す）、客に飮ましめんと欲し、鹿盧《ろくろ》、夜半、空廊に響く。齋燈（部屋の燈火）明滅す、茶煙の裏《うち》。醉魂忽ち醒めて秋風起る。只だ愁ふ、詩就《な》りて彌明《びめい》（いよいよ明るくなる）を失ふを。殘雪滿庭、寒、水に似たり。

(436) 春江（春の川）の南北、岸無きかと疑ふ。綠草綠波、連《つらな》りて斷えず。一女の紅粧（化粧した女性ひとり）、出でて紗《しや》を浣《あら》ふ。恰《あたか》も鏡裏に桃花を見るが如し。袷衣《かふい》（あわせ）猶《な》ほ冷かにして寒食を過ぎ、雲は度《わた》り、春陰、半江（川の名）黑し。浦口（揚子江岸の地名）、風多く潮《しほ》正に深く、輕舟、搖蕩して人心に似たり。鷓鴣《しやこ》、暮に啼いて歸路遠く、飛絮《ひじよ》（柳絮）茫々たり、楚王の苑。

(437) 長條（長い枝）を挽《ひ》かんと欲するも已に堪へず。都門復《ま》た舊《もと》の毿々《さんく》無し。此の時、愁殺す、桓司馬《くわんしば》。暮雨、秋風、漢南（漢水の南）に滿つ。第三句は桓溫が北伐から歸ってみると、少年時代に植えた柳が十圍《とうがかえ》もある大木になっているのを見て感極まったという故事によっている。

(438) 杏園、鬢《びん》を濕《うるほ》す秋千《しうせん》（ブランコ。當時、女性の遊具だった）の下。銀蠟（精選した白色の蠟）、光は寒し、曲屛（曲った屛風）の畫。數漏（水時計の音を數える）、閒《かん》に過ぐ、每《つね》に睡るの時。月明くして微《かすか》に見る、游絲（かげろう）を墮すを。歸らんと欲して自ら踏む娉婷《はうてい》（美人）の影。風は玉釵《ぎよくさ》（玉のかんざし）を動かして花亦た冷かなり。屋に嬌愁を貯へて幔紗《まんしや》（紗の垂れ幕）を鎖《とざ》す。青絲《せいし》の嘶騎《せいき》（青絲の手綱を引いて馬をいななかせながら走らせている人）、誰が家にか醉ふ。管絃動かず、臺榭《だいしや》空《むな》し。夢に烏衣（つばめ）と中夜を語る。

(439) 文飾。　(440) 剛直と同じ。　(441)「提學」は地方の學政をつかさどる役所。

(442) 磊落《らいらく》と同じ。　(443) おとこ氣にある若者。　(444) 繁臺は地名。河南省開封縣の東南にある。

(445) 雄々しく、たけだけしい。　(446) 文章上の權柄。

(447) 宋代以降、學者や文人が勤めていた昭文館や祕閣など。　(448) しっくりバランスがとれている。

(449)「陶」は陶淵明、「謝」は謝靈雲、「韓」は韓愈を指す。

(450) 喪にあたって悲しみ、やせ衰える。　(451) 天子と同族で家臣となっている者。

(452) 唐の玄宗の治世の後半期の年號（七四二―七五六）。　(453) 強く荒々しい。

（454）贅牙、口を戟す。餘分の齒は口を傷つけるの意。　（455）地位と名望。
（456）おおいかぶさる。　（457）唐の代宗の大歴年間（七六六—七七九）を指す。
（458）「李夢陽」以下の附記は『明史』巻二八六・二八七所收の該當部分からの抄錄。
（459）化粧すること。　（460）さかんな美しさ。

王漁洋

校訂・讀下し譯　中村嘉弘

目　次

第壹章　康熙《かうき》の世

天下の氣運は、其興る自ら時有つて、冥々の裡《うち》相關聯するものある乎《か》。抑《そもそ》も亦天公爲す所あり、湊巧《そうかう》(1)の妙を弄する乎。將《は》た亦偶然にして暗に相合して然《しか》る乎。歴史上往々にして時を同うして、處を異にするの各方、等しく昌運に際會すること之れ有り、清朝康熙の時の如《ごと》き、正に是歟《か》。康熙帝、英明の資を以て、國初の創業に當り、文教を振ひ鴻圖《こうと》を啓《ひら》く。之と相前后して、佛にルイ十四世あり、魯《ろ》にピーター一世あり。魯帝は則ち一千六百八十二年、十一歳を以て帝位を襲《つ》ぎ、瑞典《すゑーでん》のチャールズ十二世を敗りて威名隆々、都をモスコヴの舊都より聖彼得堡《せんとぺてるすぶるぐ》に遷《うつ》し、國民の風氣を一新して東偏の夷を以て一躍して西歐列强の會盟に伍《ご》したり。佛王は則ち較《や》ゝ時を早うして、祚《そ》を踐《ふ》み、昌盛の治、文華燦爛《さんらん》、其宮廷は全歐の翹楚《げうそ》たり、其一擧手一投足は悉《こと〴〵》く列國の模範たり。コルネイユ、ラシイヌ、モリエルの徒を出して太平を粉飾し、十七世紀の下半より十八世紀の初期を以て、史家にルイ十四世の世なりと稱せしめたる、佛國の史上に於て最も赫々《かく〳〵》の時なり。ルイ王の治世は一千六百四十三年より一千七百十五年に至り、ピーター帝は一千六百八十二年より一千七百二十四年に至りて、而して聖祖の康熙元年はまさに西暦一千六百六十二年に當りて、ルイ王に遲るゝこと凡《およそ》二十年、ピーターより早きこと亦凡二十年、聖祖の崩ぜる康熙六十一年は西暦一千七百二十三年にしてルイより晩《おく》るゝこと七年、ピーターより早きこと十二年、多少の齟齬《そご》ありといへども、此等の三帝は則ち之を指して同時といふも殆《ほとん》ど不可なきまでに其時代相接近せるに非ず耶《や》。且夫《かつそ》れ更に思之《これをおもふ》、徳川氏の治化まさに其極に至りて、家康が懐柔の法として用ゐたる文教奬勵の結果は、文運の勃興を致したる、五代將軍綱吉の元祿の治は、まさに西暦一千六百八十八年より、一千七百〇三年の間にありて、康熙二十七年より四十二年の間に跨り、亦是《これ》所謂ルイ十四世の代と時を同うす。ルイの世も佛國史上の一紀元なり、ピーターの世も魯國史上の一紀元たり、元祿も徳川氏の代に於ける一紀元なれば、康熙も亦愛親覺羅《あいしんかくら》の朝に於ける一紀元なり。乾坤《けんこん》の間に磅礴《はうはく》せる興王の氣象、一時に迸發《へいはつ》し、四處に散飛して、光彩煥發《くわんぱつ》以て絶大の偉觀を呈して、歴史の寂寞を飾れるもの歟《か》。且夫《かつそ》れ魯は新たに開けて萬物未だ緒に就かず、故を以て未だ文教に顯著する所を見ざりしと雖《いへ》ども、ルイの世、元祿の世、康熙の世は其政治上に於て赫々たりしが如く文學上に於ても亦彬々《ひんく》、人才の輩出を見る。ルイ十四世は卽ち佛文學の所謂クラシカル時代なり、元祿文學は徳川時代の精萃《せいすゐ》也、康熙は卽ち乾隆と並び稱せられて、清朝に於ける文運の最勃興期也。兵馬倥偬《こうそう》の後を承けて、一代の鴻圖を啓かんとす、創痍未だ痊《い》えずして、人皆馬上に飽く。此時に於て興學崇文以て民を慰撫するは則ち興朝(2)の政、當《まさ》に然らざるを得ざる也。故に徳川家康の豐臣氏を滅して天下に臨むや、則ち武を偃《ふ》せ文を興し、儒術を崇《たふと》んで以て治を致せり。故に清の國初、太宗世祖、相踵《つ》いで文教を奬勵したり。徳川氏は五代六十年餘にして元祿となり、清朝は太宗以後三代、四十年に近くして康熙あり。其間蘊蓄せる所の文華、是《こゝ》に至つて一時に迸發したる也。盖《けだ》し愛親覺羅氏の北方の蠻族として遊牧を以て事とせしは、其起源甚だ遠くして、盖し遼、金の際にありと雖ども、其茹毛《じょもう》飲血(3)の俗に安んじて、未だ中原を窺ふに意あらざりしなり。然れども大陸に於ける勢力は毎《つね》に南下する也、北邊荒漠の中に粗野なる生活に安んずる戎狄《じゅうてき》の徒、毎《つね》に南方中原、肥沃の曠野に朶頤《だい》垂涎《すゐぜん》して、南下する也。

大古は邈焉《ばくえん》(4)、攷《かんが》へ易からずと雖ども、今の所謂漢人種なる者、元《も》と是《これ》北邊の一族、南下して其本來茲に盤踞《ばんきょ》せし人種を逐《お》ひて代《かはり》て中原に佔據《てんきょ》し、漸次に其勢力を張擴したるは疑ふ可らず、舜禹《しゅんう》が南征して崩ぜる者、以て當時漢人種の勢力猶未だ南方に伸びざりしの明らかなるはいはず、周に至りてすら、猶只《なほただ》呉楚一帶の地は會盟以外に立てる涅齒《でつし》文身の野蠻たりしを以ても、當時に在ては南方の猶開拓を經ざりしを見るべく、唐宋の間と雖ども、猶南方は瘴煙《しょうえん》蠻雨の地として、謫竄《たくざん》(5)の地とせられ、退之の潮州、東坡の海南、皆可厭の地として、畫き出されたり。是を以てするも、支那の勢力の南方に漸《すゝ》めるを知るべく、獨り漢人種の然るのみならず、漢人種既に中國に佔據せし以後と雖ども、猶北方の蠻人毎《つね》に中國を窺覦《きゆ》し、機を見て則ち乘ぜんとす。秦漢に於ける匈奴《きょうど》は前漢に於て武帝、後漢に於て光武の英武に追はれたりと雖ども、漢季より延《ひ》いて魏晉《ぎしん》に於て胡人の亂を爲すこと毎に絶えず、五胡の亂あり、延《ひい》て支那の天下は南北に分れ、幸に隋唐の一統ありと雖ども、唐末亦五代の紛爭を免れずして、北人常に中國に寇《こう》するを絶たず。宋に至《いたつ》ても亦其國初より既に北人に惱まされ、遼、金相繼いで起り、金はつひに支那の天下を二分して其一を保つに至り、但《ただ》久しからずして金は亡《ほろ》びたりと雖ども、元、蒙古の一部落に起りてつひに天下を一統し、北人の勢力を中國に植《た》てたり。元に代り其明の中造、既に滿洲の一方、王氣の鬱勃せるあり。明の神宗萬曆十一年に於ては、清朝の大祖愛親覺羅亦中國を窺《うかが》はんとし、明季の亂に乘じて南下、明の餘孽《よげつ》を南に追ひ、國を北に建てゝ初めて清と號せしは、實に其大宗の時にして、明の崇禎《すうてい》七年にあり。如《かくのごとく》此支那の中原は、常に蠻人の蹂躙《じうりん》を免れずと雖ども、然れども其來り中原に據《よ》れる蠻人は、毎に此《この》中國の文明に化せられ開化に浴して、漢人種に同化せられ、同一の禮樂、同一の文教を奉ずるに至る。是れ盖し漢人種の用ゆる所の文字の象形なるが爲めに、地の廣きこと此の如くにして、猶其文學上《(ママ)》の統一を保つを得、且《かつ》歷朝の政略上、儒教を崇《たふと》べるより禮樂上の統一有り、其禮樂に化し、其文教を奉ずるにあらざるよりは、此四億萬の黔首《けんしゅ》を治むる能はざるに由るものにして、初め遼の朔漠《さくばく》(6)より起り、汴《べん》(7)に入りて後晋の圖書禮樂を取りて北せしや、當時其國三面敵と相隣りて、歲時蒐獵《しうれふ》を務《つとめ》とせしも、猶其制度を修擧したるも女眞《じょしん》の契丹《きったん》の東北隅より崛起《くつき》し、大遼の地を擧げて之を有するや、既に其舊人を收用し、其制度を襲《つ》ぎ、其文物を採り、其後宋を攻めて汴に入り、大江以北を擧げて之を有するに及びては、多く經籍圖書と文士とを得、其禮樂を正し、其官制を定めたるも、元朝に至ては其初、其國師八思巴《ぱすぱ》なるものをして別に一種の蒙古新字を創爲して之を用ゐしめたることありと雖ども、其弘布甚だ廣からずして、且璽書《じしょ》の頒行《はんかう》等仍《なほ》各其國字を以て副《そ》へざるを得ざりしも以て見るべく、清朝に於ても、太祖の時、滿文(8)を創立して國中に頒行《はんかう》し、太宗の天聰三年に太海榜式(9)をして漢書を飜譯せしめたりと雖ども、世祖、都を燕京に定むるに及んでは首として孔子《こうし》の裔《えい》、孔胤植《こういんしょく》に詔して衍聖公《えんせいこう》(10)を襲がしめたるが如き、豈《あ》に滿人漢化の端を啓《ひら》きたるものに非ずや。統一上漢化せざる可らざる必然の結果として、文教を興し、儒術を崇び、天下に詔して遺書をを購求し、其他工部に諭《ゆ》して

朕惟修レ己治レ人、大經大法、備載二經文一欲下與二翰林諸臣一明中其義理上、但內院尙非二經筵日講之地一、速造二文華殿一以便講二求古訓一(11)

といへるも帝の躬を以て學を勉め以て衆を奮ひたるを見るべく、又其禮部に諭せしには

朕惟帝王致レ治文敎爲レ先、臣子致レ君經術爲レ本、自二明末一擾亂日尋、學問之道闕焉不レ講、今天下漸定、朕將下興二文敎一、崇二儒術一、以開中太平上、爾部傳二諭學臣一、訓二督士子一、凡理學道德經濟典故諸書、務要二研究淹貫一通レ古明レ今、明躰卽爲二眞儒一、達用則爲二良吏一、果有二此等實學一朕不レ次二簡拔一重加二作用一(12)

といひて天下の人才を採貢したる(13)が如き偃武《えんぶ》尙文(14)の意知るべし。聖祖、學を好み、既に位に卽《つ》くに及んで、大に文敎をつとめ、漢文を採用し、且《かつ》徧《あま》ねく遺書を天下に求め、或は諸學士を召して巵酒《ししゅ》を賜ひ、懽忭暢飮《くわんべんちやういん》して笑語禁なく、霑醉《てんすゐ》(15)する者は內官に命じて扶掖《ふえき》して行かしめ、或は又武帝の柏梁體《はくりやうたい》(16)の詩に倣ひ、羣臣《ぐんしん》を乾淸殿《けんせいでん》中に宴《えん》して、自ら麗日和風被二萬方一(17)の句を首唱し、諸臣をして次《じ》を以て唱和せしめしが如き、或は時々諸臣に御書御詩を賜ひしが如き、最も恩を加へて、文事を獎勵せしの微意を見るに足る也。明史此時に成り、康熙字典此時に成り、佩文韻府《はいぶんゐんぷ》、淵鑑類函《ゑんかんるいかん》、亦此時に成る。御製登城の詩一篇、洋々たる王者の氣也。詩に曰く、

　城高千仞衞二山川一、虎踞龍盤王氣全、車馬往來雲霧裏、民生休戚在二當前一。(18)

大宗以來の尙文の治、茲《こゝ》に至《いたつ》て其華《はな》を開き、文運鬱然其人物を擧ぐれば卽ち文家に魏叔子(19)あり汪堯峰(20)あり、顧亭林、朱竹垞《だ》(21)あり、考據に閻若璩《えんじやくきよ》、毛奇齡(22)あり、詩家には卽ち施愚山(23)あり、宋荔裳《れいしやう》(24)あり、

呉梅村あり、實に興朝の文運、詩運、共に初めて此時に發露せるものにして、才賢林立、一時の盛觀を呈す。我《わが》王漁洋も亦實に此文學の昌運に際會して、其名を成したるものなり。

第二章　漁洋の生涯

其一、前烈　承統既不レ凡[25]

時、人を生む乎《か》、人、時を作る乎《か》。抑《そもそ》も亦時と人を相待つて一代の盛を爲す乎、政治の舞臺と、文學の壇場《だんぢやう》とに論なく、時運昌《さかん》なる時、即ち英雋《えいしゆん》の士、其間に出《い》づ。我漁洋は既に康熙の時に出でゝ、清朝三百年間に於て詩壇の大宗たり。

夫れ有明一代、[26]其詩、弘（治）、正（德）嘉（靖）、隆（慶）の際より盛なるはなく、而して弘正の際に出でゝ、李（夢陽《ぼうやう》）、何（景明）、徐（禎卿《ていけい》）とともに四傑の稱ありし邊貢華泉は即ち濟南《さいなん》の人也。嘉隆の際に出でゝ七子の首たりし李攀龍滄溟《さうめい》も亦濟南の人也。明一代の詩風を震盪《しんたう》したる主動は二人までも鄕を同じくし、時を接《つ》いで山東の地に出でたるのみならず、其風雅の餘響、再び清初に昂調して、我《わが》王漁洋亦前賢の武《あと》を踵《つ》ぎて起り、更に駕《が》して之に軼《こ》えんとしたり。漁洋は實に山東濟南の新城の人也。漁洋、名は士禎《してい》[27]、字は子眞、一字は貽上《いじやう》、亦阮亭《げんてい》と號す。山東新城の人、故にまた王新城と稱せられる。彼が自撰の年譜に仍《よ》りて之をみるに、其祖もと靑州諸城に居《を》れり、諸城は卽ち古に稱する瑯琊《らうや》の地。漁洋が八世の祖を貴といふ、時、元末に當り、白馬軍の亂あり、鄕に安んずる能はずして、濟南新城の曹村に避け、人の傭作となる。其門未だ顯はれざるなり。其子伍有、(28)性醇謹《じゆんきん》(29)施與を好み、鄕里を賑《にぎ》はし隱德多し。積善の家必ず餘慶ある歟《か》、其次子麟明(30)といふに至《いた》つて、鄕人稱して王菩薩《ぼさつ》と曰ひ、又其門前槐樹《くわいじゆ》あるを以て、又其家を稱して大槐王氏と曰ふ。生れて警穎《けいえい》(31)强記、初めて讀書仕官して、穎川《えいせん》王府の教授となり、次で其次子重光に至つて其門始めて大。蓋し重光、明の世宗、嘉靖辛丑《しんちう》の歲、進士となり、工部主事を授けられ、歷官、貴州按察使に至る。公事を以て沒し、大僕寺少卿を贈らる、實に漁洋の高祖に當る。其次子之垣《しくわん》、少《わか》うして文章を能くす。嘉靖壬戌《じんじゆつ》、進士となり、荆州府推官を授けられ、累遷、禮科都給事中《れいくわときふじちゆう》となり、事を言ふ激切にして、旨に忤《さから》うを以て俸を奪はれしも、又起こされて大僕寺少卿より歷官、戶部左侍郎《こぶさじろう》に到り、死して戶部尙書を贈らる。其著炳燭《へいしよく》篇、攝生篇、百警篇、等有り。其季子象晉《しやうしん》、明の神宗、萬曆甲辰、進士中書舍人を授けられ、後歷官、明崇禎八年浙江右布政使となり、任に杭州に之《ゆ》き、仝《どう》十年行年七十にして致仕して里に歸り、復仕へず、自ら明農處士と號し、門を闔《と》ぢ、客を謝して、親《みづか》ら諸孫を敎ゆ、順治十年九十三にして死す。天性寬厚、室に媵侍《ようじ》(32)なく、盛暑と雖ども、衣冠危座、讀書排纂、(33)沒するまで輟《や》まず。群芳譜、剪桐載筆《せんどうさいひつ》、操觚《さうこ》勦說《さうせつ》、等著述十餘種に至る。歷官、浙江右布政使に至れり。

其季子與敕は、卽ち漁洋の父匡盧公《きやうろこう》是れ也、性孝謹、(34)淸の世祖、燕京に定鼎《ていてい》(35)し、群邑《ぐんいふ》に詔《みことのり》し、眞才を選んで大學に充貢(36)せしむるや、有司、與敕を薦めたるも、其父年老いたるを名とし、敢て仕へず。毎春秋佳日輙《すなは》ち酒を置《おい》て、邑の耆宿《きしゅく》舊故を邀《むか》へて樂となす。少《わか》きより駢麗《べんれい》の文に工《たく》みに、中歳亦好んで詩を作る。而《し》かも棄去て錄せずして曰く、吾偶《たまく》懐抱を寫す、弦の音があるが如し、弦停《や》めば音寂矣《じゃくたり》、何ぞ此技を留むるの贅《ぜい》を爲すを用ひんやと、康熙二十四年九月死す。夫人孫子亦賢、漁洋の幼時、兄弟、家塾より歸れば、夫人輙ち呼んで其學ぶ所と、祖父の意に當るや否《いな》やとを問ひ、而る後側《かたはら》に列座せしめて之に酒食を與へ、或は塾中に讀書して夜分歸らざれば則ち小婢を遣《つか》はして、巵酒餅餌《ししゅへいじ》(37)を送り、之を慰勞するを常とす。故に兄弟四人、會食毎《つね》に輙ち談藝、以て母を慰めて夫人も亦之がために解顔せりといふ。漁洋等の文に名を成せる、豈に復《また》此家庭あり、此庭訓あるに負ふ所莫《なか》らんや。四子あり、長を士祿といひ、即ち西樵《せいせう》、仲を士禧《しき》といひ、即ち禮吉、叔を士祜《しいう》といふ即ち東亭、漁洋士禛は實に其季《すゑ》也。漁洋は明の思宗崇禎七年閏八月二十八日を以て生る。西樵、時に九歳、禮吉八歳、東亭は纔《わづか》に三歳、王氏の家門を輝《かがやか》したる者は實に其季子なりしなり。

而《しかう》して更に之を察す、漁洋の詩を以て名を成せるの、偶然にあらざるを知るものあり。私《ひそか》に謂ふ、人生れて其父母に肖《に》る、其肖たるは形貌のみに非らざる也、其傳ふる所の血の相遺《のこ》す所、啻《たゞ》に生理的にのみにあらずして、また心理的に肖る也。而して又啻に父母にのみ肖るに非ざる也、血統の相聯絡する所、父母の其父母にも肖る也、父母の其兄弟姉妹にも肖る也、父母の父母の父母にも肖ることある也、父母の父母の父母の兄弟姉妹にも肖ることあるなり、數代を隔ててさへ相肖ることあるなり。而して其肖るや、父母に肖ずして、却て叔伯父母に肖ることある也、祖父母、高祖父母に肖ることある也、兄弟多ければ、即ち各相肖る所を同しうせずして、其性と其形とを一にせざるもあるなり。然れども傳ふる所の血なるものが、人に於ける先天的の、外面裏面の情態を作るものたるは疑ふ可らず。我漁洋を生じたる王家に於ても、詩人をなすべき血の、相遺し相傳へて、其精其粹、凝成《ぎょうせい》して漁洋を生じたる也。遠祖は姑《しばら》く措《お》く、其祖系に屬するものにして詩才あるもの、三伯祖、象蒙の詩にいふ、

我攜二綠綺一奏二薰風一、一曲相思彈未レ終、淚垂絃絕送二歸鴻一、送二歸鴻一坐二明月一、人不レ見心如レ結。(38)

何等風神ぞや。八叔祖、象艮《こん》、迂園詩集あり、詩名遠く出《い》づ、其詩よく唐人の矩矱《きよわく》(39)を規橅《きぼ》す(40)、蕭條兩岸柳、怊悵五更鷄、月明才十日、人病已經レ旬(41)等の句あり。十叔祖、象節亦詩名あり、古寺人來花作レ供、孤城春盡草如レ煙(42)の二句を傳ふ。十七叔祖象巽《そん》、天才排奡《はいがう》(43)、目一世を空しうす、常に鏡を引いて自ら照らして曰く、名士たらずんば、必ず當《ま》さに賊たるべしと、其詩跌宕《てつたう》亦其人となりに稱《かな》ふ。題項王廟壁(44)の詩に曰く、

三章既沛秦川雨、入レ關更肆阿房炬、漢王眞龍項王虎、玉玦三提王不レ語、鼎上桮羹棄二翁姆一、項王眞龍漢王鼠、垓下美人泣二楚歌一、定陶美人泣二楚舞一、眞龍亦鼠虎亦鼠。(45)

十八叔祖象履、其詩また傳ふるに足る者あり、鶴隱雨蘿《かくいんうら》、諸集あり、

日々輕雷送二雨聲一、小窓歴亂竹枝橫、水痕時落還時漲、枕上看山秋欲レ生。(46)

伯父與允《よいん》、性清介忠烈、崇禎中官(47)、御史たり、時相《じしやう》に迕《たが》ひ、罷《や》めて家居す。崇禎十七年、李自成の京師を陷れ、思宗自剄《じけい》す、變を聞くや卽ち門を闔《と》ぢて妻子と、ともに自剄す、節に殉ずる也。池北偶談、手書一紙(48)を載す、云ふ、

京師卒《つひ》に破れ、聖主社稷《しゃしょく》に殉ず。予之を聞いて雪涕衣《せっていい》(49)を沾《うる》ほす。龍髯《りょうぜん》を攀《よ》ぢて(50)命を殉ずるに及ばず、遂《つひ》に妻于氏、子士和と偕《とも》に寝室に命ず、命や奈何《いかん》、葬簿に従ひ、速《すみやか》に従ふ、時に随ふ也。

隴首集《ろうしゅしふ》あり、其詠梅の詩、其性を見る。

繁英任レ似レ火、氷稜自如レ石、南枝與北枝、不レ作二春風格一。(51)

従伯與玫《よまい》、豔體《えんたい》(52)の詩に工《たくみ》、著はす所、籠鵞館集《ろうがくわんしふ》あり。悼亡詩に云ふ、

二十五年將レ就レ木、一千里路不レ通レ書、欲下喚二小兒一求中夢草上、定呼二妙子一到二稠桑一。(53)

其血統をうくること此の如し、故に詩に工なるもの、漁洋のみたらず、其兄弟皆然り。長兄西樵、其名漁洋に及ばずと雖ども、才相頡頏《きっかう》(54)するに堪へたり。諸生たりし時より既に詩を嗜み、漁洋等兄弟の皆詩を爲《つく》る實に西樵の薫陶たり、然脂集、十笏《じっこつ》草堂集、等の著あり。其詩二千餘篇の多きに及べり。

裁衣曲

初罷清砧響、還勞素腕舒、殘燈金粟尺、遠道玉關書、白紵縫仍澁、紅綿怨有レ餘、流黄明月路、何處遂二輕車一。(55)

長平阬《かう》歌(56)

虎狼之秦胡不仁、鋭頭小兒服振々、劫灰更促括也將、一戰趙壘成二埃塵一、白骨岳積四十萬、至レ今此地無二青春一、丹鴎水遶發鳩麓、指點當年趙兵觚、土人往々阬旁耕、拾得殘戈或斷鏃、鏃頭長以レ寸、戈頭長以レ尺、持將磨向丹河沙、古血猶腥土花赤、省寃谷接武安臺、南來遺蹟仍崔嵬、應下共二髑髏山下月一、夜深同對中鬼燐哀上。(57)

古意

鵁鶄兩々栖二浦沙一、昨夜郎來眠二妾家一、滅レ燭入レ門帶レ星去、看郎一似二菖蒲花一。(58)

仲兄禮吉、下第(59)仕へず、家食して以て老い、甚だ時に名なしと雖ども、亦詩あること數百篇、其三の一を擇《えら》び存して刻せるもの抱山集二巻あり。抱山とは其少《わか》き日居りし所の堂名たり、其詩多く清警。(60)

望終南殘雪

將レ雪無二雪色一、色在二浮雲端一、煨芋對二新雪一、骨與二梅花一寒。(61)

叔兄東亭亦詩を善くす。嘗《かつ》て少時、雪夜、兄弟同《ひと》しく集まり、酒を置く、酒半《なかば》にして共に王裴《わうはい》(62)の輞川集《まうせんしふ》に和するを約す、東亭詩先づ成る、日落空山中、但聞發二樵響一(63)の句あり、兄弟皆筆を擱《お》けり。又嘗て宋荔裳《そうれいしやう》等諸同人と呉興の白雀寺に游び、韻を分って五言古詩を賦す。東亭詩先づ成り、擧座皆歎絶せりといふ。東亭早く殊《し》す、詩集古《こ》鉢山人詩《はつさんじんし》一巻、古鉢集二巻あり。計甫草《けいほさう》嘗て曰く、三王並に盛名を負ふ、西樵、阮亭《げんてい》、蚤達《さうたつ》、(64)故に聲譽起り易し、乃ち東亭の才詎《なん》ぞ肯《あへ》て蜂腰《ほうえう》をなさん哉《や》と。

舟過犇牛

楓葉蕭々露氣清、蒲叢獵々早潮生、扁舟跂脚聞二風水一、便有二長江萬里情一。(65)

禮吉は世に絶つ、姑《しばら》く措く。三王其名一時に籍々して、而して漁洋遂に其雋尤《しゆんいう》(66)たり。其祖父象晋、父與敕に語《かた》て曰く、汝諸子皆佳《か》、將來進士と成らん者三人、某々是《これ》、而して幼者尤も早く早達せんと。果して其言の如し。

其二、猶弱、天才早夙彗(67)

自明崇禎七甲戌誕生
至順治十二乙未二十二歳

漁洋生れて纔《わづか》に二歳、崇禎八年、其祖父方《まさ》に浙江右布政使と爲り、任に之《ゆ》く。漁洋も亦隨ひて杭州に赴く、杭州に在ること三歳、其間清麗明媚なる西湖の風光は、此幼詩人日夕の矚眺《しょくてう》(68)に入りたらんも、孩嬰《がいえい》何の知る所もなくてやありし、抑も亦彼が清新なる詩風は、早く此間にや涵養せられし、崇禎十年、其祖父致任し、漁洋も亦隨ひ歸る。時に彼年方《まさ》に四歳、七歳にして始めて小學に入る、誰かいふ、大器は晩成すと、然れども其器ある者は卽ち天成なり、天才ある者多くは早熟す、故に英雋《えいしゅん》(69)の士は早く其幼時に於て嶄然《ざんぜん》頭角を出だすを見る也。唯早熟の者は、心滿ち易く、故を以て終に功を收むなくして、可惜《あたら》却て其才を埋却し、終に才子、才ならずの恨あらしむるのみ。若しそれ晩成の者に至ては、彼たゞ其器あり、故に晩《おもき》にだも猶よく大成するのみ。天才者に於ては早熟は寧ろ其常にして、晩成却て例外なるべきのみ。我漁洋も亦、其垂髫《すゐてう》既に聖童(70)の目あり、早く後日の大詩人の面影を見るべき者あるなり。彼其《その》池北偶談(71)に於て、其幼時を語つて曰く、

予六七歳始めて鄕塾に入りて詩を受く、誦して燕々、綠衣等の篇に至り、便ち棖觸《たふしょく》涕《な》(72)かんと欲するを覺えて、亦自ら其所以を知らず。

彼八歳にして既に詩を能くし、肄業《しげふ》(73)の暇、卽ち私《ひそか》に文選、唐詩等を取つて、之を誦す。時に兄西樵十七歳方《まさ》に諸生に補せらる、亦詩を爲《つく》るを嗜み、漁洋の詩を見て之を喜び、劉頃陽編する所の、唐詩宿中の王孟(74)、常建、王昌齡、韋應物《ゐおうぶつ》、柳宗元等數家の詩をとつて漁洋をして之を手抄せしめたりとい

ふ。漁洋九歳の時は卽ち崇禎十五年也、明祚《みんそ》既に傾き、滿洲の一隅に起れる愛親覺羅《あいしんかくら》氏の兵既に山東を侵し、此年冬十二月、濟南に寇《こう》し、新城陷る。王氏、兵を長白山の魯泉に避く、當時猶少、其峰巒洞壑《ほうらんどうがく》(75)の奇、未だ知るに及ばざりし也。漸く長じて後宦游《くわんゆう》(76)四方、然れども歸りて里にあれば、必ず往《ゆ》き游ぶ、前後凡《すべ》て四次。當時一夕其祖父に侍す、祖父會々《たまく》其從弟洞庭を邀《むか》へ飲めり、洞庭、草書に工《たくみ》、酒闌《たけなは》して諸孫競ひ進《すゝん》で書を乞ふ。祖父酒を把《と》つて對句を命じて曰く、醉愛羲之蹟(77)と。漁洋聲に應じて曰く、狂吟白也詩と。二人大に喜び、其父に謂《いつ》て曰く、其子必ず蚤成《さうせい》(78)せんと。

嘗て自ら記して言ふ。

予髫時《てうじ》、私《ひそか》に清明、憎蚊《ぞうぶん》の二賦を爲《つく》る、傅公彤臣《とうしん》之を見て激賞過情の譽あり(79)。

又言ふ。

髫時嘗て落葉の詩數編を爲り、先輩の稱する所となる、句あり云ふ、已共寒江潮上下、況逢新燕影參差、又云ふ、年々搖落吳江思、忍向㆓煙波㆒問㆓板橋㆒。(80)時に祖父猶健、親《みづか》ら諸孫を敎へ、兄弟相偕《とも》に書を東堂に讀む。堂の外、靑桐三、白丁香一(81)、竹十餘頃《けい》のみにして、人跡至ること罕《まれ》に、苔蘚《たいせん》階に被《かうむ》り、紙窻《しそう》竹屋、燈火相映じ、咿唔《いご》の聲相聞ゆ。

十五歳の夏出でゝ童子の試に應じ落さる、此歳既に詩一卷あり、落箋堂初藁《しよかう》といふ。西樵、序して之を刻す。十七歳再び試に應ず、三試皆第一也、提學(82)其文を賞して、戰國策に似たりとなす。翌順治八年、漁洋十八歳、鄕試に應じ、第六名に擧げらる。此冬、伯兄と同じく公車(83)に上り、會試に赴く。驂《さん》を停《とど》め軛《やく》を輟《や》むる(84)毎に輙《すなは》ち相倡和し、之を旗亭驛壁に書す、滸山《こざん》道中の詩に曰ふ、

斷靄望沈々、關河歳暮心、蒼山連二凍浦一、雪屋入二寒林一、梟雁荒陂晩、鷄豚古社深、墨王亭畔路、載レ酒憶二登臨一。(85)

王丹麓の今世説にいふ。

新城の二王、郵亭野店に遇ふ毎に、輙ち詩を壁上に題す。詩既に人を驚かし、筆を使ふ亦斗大《とだい》(86)龍拿虎攫《りょうだこくわく》(87)、尤悔庵《いうくわいあん》(88)、道、燕齊を經て之を見、鞍《くら》を解き食を造りて、坐對晷《とき》を移して去る能はず。

而して會試、落第して歸り、順治十二年再び、會試に赴く、亦伯兄の殿試にゆくに車を同じうす。路、趙北口に至る。竹枝詩十首あり、其一に曰ふ、

金粉初匀柳萬條、樂游原下索二春饒一、銷魂橋上銷魂樹、不レ待二飛花一魂亦銷。(89)

此時、叔兄東亭も亦是より先き拔貢(90)せられて國學に入り、此年亦太學生(91)を以て廷試、都に入る、時に三王の稱あり。漁洋は會試、式第五十六名に中《あた》りしも、殿試せずして、其五月鄕に歸り、是《これ》より、初めて帖括《でふくわつ》(92)を棄て、專ら詩を攻《をさ》む。漢魏六朝四唐《とたう》(93)宋元諸集に至るまで、其堂奥を窺ひ、其大凡を撮《さつ》せざるなし、詩の進境茲《こゝ》に於て乎《か》見るべく、彼の詩人としての生涯は、實に此歳以後に始まるなり。故に自らも云ふ、刪詩斷二自丙申年一と。(94)

其三、方壯官二江南一(95)　自順治十三年丙申二十三歳 至康熙三年乙巳三十一歳

順治十三年丙申五月、伯兄西樵を東萊に省《せい》す、先是《これよりさき》、順治十二年、西樵、殿試に就き、末甲(96)に置かれ、舘選復與《あづ》かるを得ざるを以て、牒《てふ》を吏部に投じ、改めて教職を乞ひ、是を以て萊州《らいしう》府學の教授

たり。萊州は卽ち始皇が不死の藥を海に求めしめしの地、漁洋既に至り、偕《とも》に遊ぶ、海を蠡勺亭《れいしやくてい》に見る。

登高邱而望遠海、坐見萬里之波濤、長天寥廓雲景異、春陰偃蹇魚龍高、怒潮乘風立千丈、虎蛟水兕紛騰逃、群靈潛結萬蜃氣、一痕未没三山椒、須臾勢盡潮亦止、波淡天青静如綺、菱苔沈綠紛塘坳、螺蚌搖光散沙汭、參差島嶼羅殊域、紛如星宿秋天裏、擊我劍聽君歌、有酒不飲當奈何、日主祠前水蕭瑟、仙人臺上雲嵯峨、羨門高誓不可見、秦王漢武空經過、祇今指顧傷懷抱、黄腄⿰巾玄鉼盡荒草、人生快意無幾時、明鏡朱顏豈長好、吾將避世女姑山、不然垂釣蜉蝣島。(97)

順治十四年八月、歴城に游び、諸名士を明湖に集めて、秋柳社を擧ぐ。山東の名士、咸《みな》集る。漁洋、秋柳詩四章を賦し、詩四方に傳はつて和する者、甚だ衆《おほ》く、王が詩名籍々《せき〳〵》(98)として始めて高し矣。漁洋、菜根堂詩集の序に此を敍して曰く、

順治丁酉十四年秋、予濟南に客たり、時正に秋賦、諸名士明湖に雲集す。一日水面の亭に會飲す、亭下楊柳十餘株、水際に披拂《ひふつ》(99)して、綽約《しやくやく》人に近づく。葉始め微黄、乍《たちま》ちにして秋色を染む、搖落の態あるが若し。予悵然《ちやうぜん》として感有り、詩四章を賦す。一時和する者數十人、又三年、予、廣陵(100)に至れるに、則ち四詩流傳已に久しく、大江の南北、和する者益々衆《おほ》し。是に於て秋柳詩、藝苑の口實たり矣。

其詩の序に曰く、

昔江南王子、感二落葉一以興レ悲、金城司馬、攀二長條一而隕レ涕、僕本恨人、性多二感慨一、寄二情楊柳一、同二小雅之僕夫一、致二託悲秋一、望二湘皐之遠者一、偶成二四什一以示二同人一、爲レ我和レ之。(101)

詩に曰く、

秋來何處最銷魂、殘照西風白下門、他日差池春燕影、祇今憔悴晩煙痕、愁生陌上黄驄曲、夢遠江南烏夜村、莫レ聽臨レ風三弄レ笛、玉關哀怨總難レ論。(102)

娟々涼露欲レ爲レ霜、萬縷千條拂二玉塘一、浦裏青荷中婦鏡、江干黄竹女兒箱、空憐板渚隋堤水、不レ見瑯琊大道王、若過二洛陽風景地一、含レ情重問永豐坊。(103)

東風作レ絮糝二春衣一、太息蕭條景物非、扶荔宮中花事盡、靈和殿裏昔人稀、相逢南鴈皆愁侶、好語西烏莫二夜飛一、往日風流問二枚叔一、梁園回レ首素心違。(104)

桃根桃葉鎭相隣、眺二盡平蕪一欲レ化レ煙、秋色向レ人猶旖旎、春閨曽與致二纏綿一、新愁帝子悲二今日一、舊事公孫憶二往年一、記否靑門珠絡鼓、松枝相映夕陽邊。(105)

陳伯璣《ちんはくき》之を評して曰ふ、元倡《げんしやう》初めて黄庭を寫して恰《あた》かも好處に到れるが如し、諸名家和作、皆及ぶ能はずと。汪堯峰《わうげうほう》も亦云ふ、嚴給事沆《かうしやう》(106)稱す、東風作絮春衣の一首、朔鴻《さくこう》(107)關笛羈愁《きしゆう》を引き易きが如しと、之を讀むに良《まこと》に然りと。(108)其詩を讀むに、宛《あたか》も秋柳蕭條《せうぜう》、猶纏綿《てんめん》の意を存じて、疎枝憔悴《せうすゐ》晩煙を罩《こ》むるの態あり、情味人に勝つ。

順治十五年、殿試に赴き、二甲(109)に居る、此時京に在り、慈仁寺に居る。其佛殿前古松二株あり、相傳ふ、元の時植ゆる所と。低枝曲幹偃罩《えんたう》(110)甚だ張る、之を望めば青鳳翅《はね》を展《の》ばすが如し、漁洋當時書を西樵に寓《よ》せていふ。

長夏慈仁に僦居《しうきよ》(111)し、雙松の下に坐臥《ざぐわ》す。涼風時に至り、爽肌骨に沁《しん》す。一二友人來り語り、亦復た巾韈《きんべつ》(112)を命ぜず、日夕竟《つひ》に去る。都《すべ》て時世の周旋を忘る(113)。

當時漁洋、此雙古松を詠じて、許天玉に贈つて曰く、

我昔登二泰山一、擧レ手攀二秦松一、東南雲海幾千里、夜懸二日氣一開二鴻蒙一、山人出レ山已三載、復見金元雙樹在、矍鑠石骨青桐姿、古貌荒唐閲二人代一、長夏蒼々秋氣深、風來絶澗蛟龍吟、仙人五粒不レ可レ見、但有三元鶴來往飛二陰森一、蚴蟉詰屈宛相向、千里盤拏氣初放、一任支離拔レ地生、那須夭嬌排レ雲上、我來高枕石壇邊、耳畔往々聞二驚泉一、白日沈々不レ到レ地、颯然雷雨生二空天一、煙色欲レ瞑鐘復起、雄談岸幘波濤駛、千秋萬歳知者誰、閩海奇人許夫子(114)。

汪堯峰の說鈴に此を記して云ふ。

王十一京師に在り、將《まさ》に寓を慈仁寺に遷さんとす。予往《ゆき》て之を阻《はゞみ》て曰く、子慈仁寺に寓せば、雙松の詩に賦せざるを得ず、恐らくは子が名を損ぜんと。王傲然として曰く寓移せざる可らず、詩那《なん》ぞ便《すなは》ち作る可けんと。案ずるに王集中雙松歌一首を載す、蓋《けだ》し是歳《このとし》移寓后の作也。歌詞雄偉沈麗、題と頗る相稱《かな》ふ。王既に此言をなして、其后竟《つひに》爾筆を操《と》る、才人固《もと》是れ量り難し(115)。

其年九月、其館選に與《あづか》るを得ざるを以て、怏々《あうく》里に歸る。詩あり、志を述ぶ。

二十偶通レ籍、三年歸二舊林一、聊知返二初服一、豈敢謝二朝簪一、遯レ跡思二壺口一、忘レ機憶二漢陰一、

終當下與二嘯父一、天路試相尋上。(116)

翌順治十六年謁選のゆえに將《まさ》に再び都に入らんとす。雨夜仲兄禮吉と、共に宿す、詩あり。

高館多二梧桐一、微雨飛向レ夕、淸談不レ能レ寐、入レ夜轉蕭索、餘香歇二幽幌一、暗蟲響二堦石一、夢破忽沈吟、悵然越鄕客。(117)

既に京に入る、時に兄西樵も復會々《たまく》萊州府教授より國子助教に遷り、十一月、京に至る。二王盛年俊才を以て都下に在るの諸名士、汪琬《わうゑん》、劉體仁、彭駿孫等の徒と締交往還《わうくわん》、詩文を酬倡《しうしやう》し、聲華一時に籍甚す。且《かつ》二王香奩詩《かうれんし》を喜び、彭駿孫と相倡和するもの數十首に至り、彭王倡和集あり、今其漁洋の作る所二首を擧す。

纔過二禊節一罷二秋千一、過眼流光倍解レ憐、柳絮横塘三尺水、梨花簾幙午時烟、綠熊箪冷殘春後、白鶴香濃繡佛前、愛寫二名經一躭二彗業一、不レ知人月共嬋娟。(118)

深沈院落景初遲、宿酒猶酣倦起時、爲怯夜寒生二屈戌一、從敎三花影亂二罘罳一、如レ聞二長歎一眠初覺、乍識二餘香一幔尚垂、解道游仙眞夢裡、好將二惆悵一寄二紅蕤一。(119)

是年、江南揚州府推官を拜し、明十七年三月父を奉じて任に就く。其八月江南鄕試同考試官に充《あ》てられ金陵に至る。一夜、燕子磯《えんしき》を過ぎて詩を題す。金陵外郭の北江に臨んで小石山あり、巉石《ざんせき》疊起(120)、江中に突入す。形、燕子に似たり、卽ち燕子磯也、王丹麓、今世說、記して云ふ。

阮亭同考たり、白門に至る、夜柁《かぢ》を鼓《な》らして、大江中を行く、漏下つて將《ま》さに盡きんとし、始めて燕子磯に抵《いた》る。王、興發して登らんとす。會々《たまく》天雨新に霽《は》れ、林木蕭颯《せうさつ》、江濤噴湧、山谷と相應答す。從者顧視して色動く、王徑《ただ》ちに東萱《そくきよ》(121)を呼んで以て往き、數詩を石壁に題し、從容屣歩《しほ》(122)して還る、翌日、詩白下に傳はり、和する者凡《およそ》數十家。

其詩に曰く、

渡江訪二名山一、層巓到二曛黑一、大江森欲レ動、浩々千里色、把レ炬石燕飛、燃レ犀潛蛟匿、北望靈巖塔、知是專諸邑、悲慨下沾レ襟、此意誰當レ識。(123)

金陵に到るの翌月、漁洋疾を得て危甚だし、揚州に歸る。東亭之を聞いて兼程、揚州に至る、三閲月始めて痊《い》ゆ、詩有り云ふ、

海客秋善レ病、歸來臥二茅屋一、東牕蔭二叢桂一、西牕羅二斑竹一、露檻驚二狐鶴一、風欞散二疎菊一、以二此澹漠心一、聊取二媚幽獨一、鴻鵠薄レ天游、麏麚樂二巖谷一。(124)

漁洋嘗て此詩を以て、汪堯峰に示して曰く、此詩當《ま》さに韋左司《ゐさじ》應物に減ぜざるべしと、其澹遠《たんゑん》を誇れる也、汪笑《わらひ》て曰く、露檻驚二狐鶴一、風欞散二疎菊一、已《すで》に微《すこ》しく柳州に類すと。蓋し漁洋嘗て論詩絶句中に云ふ有り、解識無レ聲絃指妙、柳州那得並二蘇州一と、(125)蘇州は卽ち應物、故に堯峰此語ありし也。

東亭已に揚に來りて、其父此にあるの故を以て留侍去らず、漁洋之を叙していふ。

不肖《ふせう》揚州に筮仕《ぜいし》する時、家嚴官舍に在り、兄遂に留侍す。定省の餘、兄弟文を論ずる、啻《たゞ》家塾のときのみならず。長兄、時に吏部に官たり、詩を寄せて云ふ、聞道汝兄去、提携慰二寂寥一、燈火開幾許、稚子喜應レ饒、共試南冷水、同看北斗杓、何時如意舞、一破廣陵潮と。(126)蓋《けだ》し兄不肖と聚首《しゆうしゆ》(127)の樂あるを羨んで、而して己の離居を恨む也。官舍竹亭鶴柴《かくさい》あり、梅花、辛夷《しんい》、修竹を雜

植す、兄毎《つね》に其間に婆娑《ばさ》讀書す(128)。

病初めて起つや、卽ち南江を渡つて常州に之《ゆ》き、毘陵《びりよう》より舟を歸して、西蠡河《せいれいが》を下る。延陵に季子を吊し、丹徒に宋武帝を哀み、江畔の京口に出づ。別駕程崑崙《ていこんろん》と同じく輿《よ》、黄鶴山を過ぎて招隱寺より夾山《けふざん》に登り、又江中の三山、金、焦、北固等に游ぶ。招隱は晋の處士戴顒《たいぎよう》が宅を捨てゝ寺となせるもの、京口城南に在り、初地《しよち》(129)空宇を留《とど》めて金碧凋殘《こんぺきてうざん》し、山泉寂歴《せきれき》(130)、空しく剡中《えんちゆう》(131)の人の風流を想はしむ。夾山は唐僧夾山の此に說法せし處、竹林寺あり、修竹萬竿《ばんかん》、煙景空翠《くうすい》滿ち、神情高寄(132)、人をして首を回《めぐ》らして、白雲を禮《らい》して、塵累を謝するの早きにあらんを欲せしむ。三山、大江中に羅列し、金山、西に在り、舊名は金鼇《きんがう》、相傳ふ、唐の時頭陀《づだ》あり、錫《しやく》を此に挂《か》け、手を斷つて以て伽藍《がらん》を建てんとす、忽《たちま》ち一日江口に於て金數鎰《すういつ》(133)を得、依つて敕して金山の名を賜ふと。北固山中央に在り、山南絕頂、北固樓あり、梁武帝親ら天下第一江山の六字を書して楣《のき》に揭げたりと傳ふ。焦山東に在りて、舊《もと》浮玉と名づく、山の餘支、東に出で水波瀰淼《びべう》(134)の中に分峙《ぶんぢ》せるを海門山といふ。

海門歌

岷峨東下江水長、遠從二井絡一來二吳鄕一、奔濤萬里始一曲、古之天塹維朱方、北界二中原一壯二南紀一、魚龍日月相廻翔、中流一島號二浮玉一、登高眺遠何茫茫、長空飛鳥去不レ盡、江海一氣同靑蒼、山外兩峰遠奇絕、雙闕屹立天中央、左江右海辨二雲氣一、如下爲二八裔一分中紀疆上、江流到レ此一縛束、早潮晚汐無二披猖一、燭龍曉日出二雲海一、山光照曜連二扶桑一。年來海戍未二停罷一、峨舸大艦來汪洋、胡豆洲前起二烽火一、徒兒浦上披二裲襠一。古聞京口兵可レ用、寄奴一去天蒼涼、我願

此山障二江海一、七閩百粵爲二隄防一、作レ歌大醉臥二巖石一、起看江月流二淸光一。(135)

振レ衣直上江天閣、懷古仍登海嶽樓、三楚風濤盃底合、九江雲物坐中收、石簰落照翻二孤影一、玉帶山門訪二舊遊一、我醉吟詩最高頂、蛟龍驚起暮潮秋。(136)

登金山

京口より江を過ぎて瓜州に至る詩あり、
昨上京江北固樓、微茫風日見二瓜洲一、層々遠樹浮二靑薺一、葉々輕帆起二白鷗一。(137)

其行、詩を得ること四十編、一集となし、過江集といふ。張九徵、之を評して曰く、筆墨の外、自ら性情を具へ、登覽の餘、別に懷抱を深うす、と。(138)

翌順治十八年春正月、例を以て松江に往き直指(139)に謁す。途《みち》姑蘇に古を懷ふて、破楚門東の暮雨に立ちつくして、竹枝聲裡に春の盡《く》れんとするを傷み、虎邱《こきう》風に臨んで闔廬《かふりよ》を吊しては、寂莫たる空山、王氣、金虎(140)とともに失はれたるを感じ、滸墅《こしょ》に次《やど》りて陽山の殘雪を眺《のぞ》み、忽ち鄧尉《とうゐ》の梅花を憶ひ、遂に輕舟西崦《せいあん》を下り、太湖に入る。梅樹初めて花さける石澗《せきかん》の流を滿山の香雪中に送られて、夜雨、聖恩寺還元閣に宿し、雨中鄧尉山を尋ね、山下より行《ゆ》いて銭家礀《せんかかん》に至り、湖中の處山を望む。

杖策信忘レ疲、行々畫圖裏、崎嶇下二雲壑一、蒼茫望二煙水一、石徑何盤紆、疏籬照二梅蕊一、寥落重湖濱、柴門數家市、居人太古風、但解數二雞豕一、語レ我種植法、敦樸有二奇理一、雖レ非二角里儔一、頗謂桃源比、逶迤到二湖湄一、浩渺歎二觀止一、震澤控二三江一、波瀾此方始、法華表二東陲一、漁洋正相似。煙雨春空濛、峯巒暮俶詭、昨朝梵天閣、遠眺如レ隱レ几、豈知方丈山、忽落芒鞵底、

欲レ乞五湖長、垂釣將レ已矣。(141)

信宿して乃ち歸棹《きたう》を旋《めぐ》らす。其聖恩寺に宿せるや太湖を望むに、湖中一小山あり、一峯正に寺門に當る、卽ち漁洋山也。山人其秀峙《しうじ》(142)附麗する所なきを愛し取て以て自ら號とす、始めて漁洋山人といふ、其自ら記する所に云ふ。

漁洋山は鄧尉《とうゐ》の南、太湖の濱に在り、法華諸山と相連綴《れんてつ》す、巖谷幽窅《いうえう》(143)、筇屐《きようげき》(144)罕《まれ》に至る。萬峯に登つて之を眺むるに、陰晴雪雨、煙鬟鏡黛《えんくわんきやうたい》(145)、殊特に妙好なり、名狀す可らず。予山に入《いり》て梅を探《さぐ》り、聖恩寺還元閣上に信宿し、是《これ》山と朝夕相望む夙因《しゆくいん》(146)あるが如し、乃《すなわ》ち自ら漁洋山人と號すと云ふ。(147)

此行一夜楓橋に泊す、寒山寺に到らんとす。時に夜已に曛黑《くんこく》(148)、風雨雜遝《ざつたふ》(149)、漁洋卽ち衣を攝し履《げき》を著《つ》け、炬《きよ》を列《つ》らねて岸に登り、徑《ただ》ちに寺門に上り、詩二絶を題して去る、一時以て狂となせりといふ。其一に云ふ、

日暮東塘正落潮、孤篷泊處雨瀟々、疎鐘夜火寒山寺、記レ過吳楓第幾橋。(150)

歸路、無錫《むしやく》を過ぎ、惠山に登る。山の南、春申澗《しゆんしんかん》あり、昔楚の考烈王の時、春申君を此《こゝ》に封ず。考烈、王子なし、春申君之を患《うれ》ふ、趙人《てうひと》李園其女弟、(151)女環を持して之を進めんと欲す。楚王の子に宜《よろ》しからざるを聞き、先ず之を春申君に薦む、女環至り皷曲《こきよく》を致《いた》し、未だ終らず、春申君大に悅《よろこ》び、遂に之を留《とど》む、身《はら》めるあり、之を楚王に進む、遂に子男《しだん》(152)を生む、立てゝ太子となし、女環を王后となす。李園事を用ひ、春申君の語泄《も》れんことを恐れ、春申君を殺して以て口を滅せんとす。考烈王卒《しゆつ》す。李

園先ず入つて死士を棘門《きよくもん》に伏せて春申君を刺殺し、盡く春申君の家を滅せり。漁洋此を過ぎて古を感じて作あり。

桃夏遺宮在、章華蔓草深、但餘流水意、如レ聽女環琴。(153)

此行、詩を賦すること六十餘篇、入呉集の著有り。此三月復《また》金陵に事あり。布衣《ほい》丁繼《ていけい》の邀笛歩《えうてきほ》(154)水閣に舘す。丁繼と相往來し、詩を其間に賦す。其時の詩を蒐《あつ》めて白門集あり、其序に曰く、

青溪佳麗、白下冶游、空在二小姑之祠一、無二復聖郎之曲一、渡名二桃葉一、懷二王令之風流一、湖近二莫愁一、憶二盧家之舊事一、高二臥邀笛之歩一、偶成二擊鉢之吟一、調類二清商一、語多二雜興一、以三所レ居在二秦淮之側一、故所レ詠皆秦淮之事云爾。(155)

蓋し丁、年時に七十有八、人となり少《わか》きより聲伎《せいぎ》(156)に習ひ、漁洋の爲めに南曲中の遺事を縷述《るじゆつ》し、娓々《びゞ》倦まず、漁洋即ち其後を掇拾《てつしふ》(157)して之を詩に入れ、秦淮雜詩十四首あり。秦淮舊都の風景を感じては、

年來腸斷秣陵舟、夢遶秦淮水上樓、十日雨絲風片裏、濃春煙景似二殘秋一。(158)

莫愁湖《ばくしうこ》は石頭城の西にあり、妓莫愁なるもの有りて、湖上に家し、此名を得たりと。

湖落秦淮春復秋、莫愁好作石城游、年來愁與二春湖一滿、不レ信湖名猶莫愁。(159)

明の李福王、匪人(160)に狎近《かふきん》(161)し、巷談俚唱、大内に流入し、梨園子弟、朝房(162)に出入す。諸大臣敢《あへ》て諫《いさ》めず、却《かへつ》て共に呼んで老神仙となし、遂に夤緣《いんえん》(163)求進する者あるに至る。阮司馬圓海、呉綾《ごりよう》(164)を以て朱絲欄《しゆしらん》(165)を作り、其作る所の燕子箋《えんしせん》、春燈謎《しゆんとうめい》諸劇を書して宮中に進む。

新歌細字寫二氷紈一、小部君王帶レ笑看、千載秦淮嗚咽水、不レ應三仍恨二孔都官一。(166)

金陵、元人の没して教坊に入れるもの多し、故に頓、脱諸姓あり、當時脱十孃《だつじふぢやう》なるもの者年八十、明《みん》萬暦中に北里(167)の尤《いう》たりし者、感じて卽ち賦す。

舊院風流數二頓楊一、梨園往事淚沾レ裳、樽前白髪談二天寶一零落人間脱十孃一。(168)

其の

傳壽清歌沙嫩簫、紅牙紫玉夜相邀、而今明月空如レ水、不レ見青溪長板橋。(169)

とは舊院の妓、絃索を能《よ》くするの傳壽《ふじゆ》と、桃葉の女郎善《よ》く簫《せう》を吹き書に工《たく》みなるの沙嫩《さどん》とを詠ぜる者。

新月高々夜漏分、棗花簾子水沉薫、石橋巷口諸年少、解レ唱當年白練裙。(170)

とは、萬暦中、鄭應尼なる者、公車(83)下第(59)して南都に在りし時に、曲中の馬湘蘭《ばしやうらん》(171)、盛名を負ひ、王伯穀《こく》と文字《もんじ》の飲(172)をなして、應尼に遇《あ》へども、禮を以てせず、應尼白練裙《はくれんくん》、雜劇を造て之を調謔《てうぎやく》(173)せるをいへる也。

玉驄清曉拂二多羅一、處々憑レ欄更踏歌、盡日凝レ粧明鏡裏、水晶簾影映二横波一。(174)

とは玉人、水樓にあるの態を詠ぜる者。

北里新詞那易レ聞、欲下乘二秋水一問中湘君上、傳來好句紅鸚鵡、今日清溪有二范雲一。(175)

とは秦淮の女子范雲《はんらん》、詩をよくし、紅鸚鵡《こうあうむ》の詞、最佳なるをいへる者。

十里清淮水蔚藍、板橋斜日柳毿々、棲鴉流水空蕭瑟、不レ見題レ詩紀阿男。(176)

阿男は詩人伯紫なる者の妹、其秋柳の詩、棲鴉流水點二秋光一(177)の句あり、故に摘して之を詠ぜる也。

漁洋詩話、之に關するの一話を載せていふ。

阿男名は映淮《えいわい》、後《の》ち莒州杜氏《きよしうとし》に適《ゆ》く、節を以て聞ゆ。伯紫、余に書を與へていふ、公の詩は卽ち史、乃ち青鐙《せいとう》白髮の嫠婦《りふ》を以て、莫愁、桃葉(178)と同じく列す、後人其れ之を何とか謂《い》はんと。余之を謝す、後入《いり》て儀郎(179)となりしや、乃ち力主覆疏其閭(180)を旌《せい》す(181)。笑《わらつ》て曰く、聊か以て少年綺語《きご》の過《あやまち》を懺悔す(182)。

漁洋復間《またひま》ある每《ごと》に、輒《すなは》ち肩輿《けんよ》、幽を探り、古《いにしへ》を訪ふ。秋七月事畢《を》はり、大風江を渡り、眞州に到る、詩あり。

曉上江樓最上層、去帆婀娜意難レ勝、白沙亭下潮千尺、直送二離心一到二秣陵一。(183)

吳玉隨なる者あり、全椒《ぜんせう》の人、漁洋と同年の進士也。嘗て同じく廷對(184)に赴く、諸新郎(185)期して咸《みな》禮部に集まる、一人あり入《い》る、突如大呼して曰く、此中何者か濟南の王郎(186)たる乎《か》と。漁洋方《まさ》に榻上《たふ》に跂脚《ききやく》す(187)、笑て曰く、君自ら之を辨ずべしと。後直ちに前《すす》んで漁洋が臂《ひぢ》を捉《とらへ》て曰く、此卽ち是也と衆相見て愕然《がくぜん》。卽ち玉隨なり。漁洋此地を過ぐ、玉隨一夕來訪《きたりと》ふ、置酒露坐、久《ひさしうして》之月色皎然《かうぜん》、玉隨氣昂《たかぶ》り卽ち絶句を賦す。句にいふ、如レ此青天如レ此月、兩人須レ問二大江秋一(188)と。漁洋之に和し、應酬遂に一卷をなす。欒江倡和集是也《らんかうしやうわしふこれなり》、今其一を錄す。

嗚嘘斜日森二碧篠一、人影參差曲岸頭、頃刻疾書兩丸墨、山蟬墮レ地數聲秋。(189)

其集の序の曰く、

輕寒送レ節、零雨迎レ秋、緬二懷京洛之遊一、風流飇散、言念二邱樊之樂一、昆從飄蓬、話二賓雁一以將レ愁、望二行雲一而瘖歎、楚大夫心傷二搖落一、臨レ水登レ山、梁王孫怨寄二波潮一、江楓林葉、況復鷄臺夢遠、江東之桃葉難レ逢、螢苑人稀、河南之楊花又落、蕪城斜日、風景蒼凉、瓜歩清秋、川原蕭瑟、此固騷人所レ爲二帳望一、而秋士干以感興者也、又況五馬渡頭、方山亭下、典午之遺跡不レ見、大業之繁華邈然、能無二眺聽之悲一、豈乏二行吟之侶一、乃者昆山雙璧、平輿二龍、名流生二射雉之城一、尊宿鷩二石麟之異一、竹林諸子、並擅二清遠之名一、陽夏群賢、早識二封胡之譽一、既已牙期同調、兼レ之孔李通家、墊巾而共訪二名園一、命レ楫而同遊二江郭一、揮レ杯擊レ鉢、四部倶成、裂レ素題レ襟、千人自廢、州東名士、尤工二倒薤之書一、稷下狂奴、欲レ贈二紉蘭之佩一、人凡四、詩凡四十五首、附見凡十一則、爲二欒江倡和集一、則亦猶二溫李之漢上、皮陸之松陵一云爾。(190)

是《こ》の冬淮安《わいあん》に赴く、舟中、歳暮懷人詩六十首を作る。紙盡き、案牘《あんとく》(191)の尾を取つて之に書す。丙夜にして畢《をは》る。堯峯此を評して曰く、歳暮懷人詩、詞旨清麗、間々《まま》奇峭《きせう》の語を出《いだ》すと。杜茶邨《とちやそん》又曰く、使君才藻許《かく》の如し、當《ま》さに是れ天人なるべしと。淮安にありて歸らずして翌春に涉る。先《これよりさき》是順治十八年正月七日世祖崩ず、皇太子祚《そ》を踐《ふ》む、年纔に八歲聖祖是《これ》也、明年元を康熙《かうき》と改む。是歲《このとし》事あり、江を下《くだつ》て江陰に至る。城北の君山に登る、春申君を以ての故に此名あり。

楚相何年邑、凄涼獨此經、棘門成二宿草一、浮遠祇空亭、半壁將二吳楚一、空江入二杳冥一、却思洞庭上、一十二峰靑。(192)

歸途丹陽を過ぎ、觀音山に登り、曲阿《きょくあ》、後湖を望む。湖は古《いにしへ》秦の時の雲陽湖、所謂《いはゆる》東南有二天子氣一在二雲陽之間一(193)という者是也、詩あり、

我昨南渡登二金焦一、鯨魚跋レ浪生二風濤一、更上二君山一俯二震澤一、長江萬里窮二秋毫一、五日探レ奇興不レ盡、曲阿城畔來登レ高、觀音山高高百丈、星辰羅列捫二層霄一、懸崖絶磴挂二猿臂一、崇巒疊嶂森二松毛一、山巓作レ亭瞰二飛鳥一、湖光山色相周遭、練湖一萬六千頃、勢與二江海一爭二迢遙一、淵注渟著古所レ歎、滄桑磨滅非二前朝一、風景不レ異謝郎死、我來憑眺淩二寒宵一、長嘯空山答二山鬼一、驚二飛鵰鶻一求二其曹一、滄波混茫接二元氣一、如レ有三盂水浮二堂坳一、氷夷擊レ鼓百靈集、金支翠羽光飄搖、是時月黑風怒號、萬弩突射錢塘潮、蛟龍贔屭時隱現、靈胥慘澹天吳驕、高驪長山互鉤帶、六州一氣廻二斗杓一、楊公蘄黃昔開レ府、坐清二江漢一眞人豪、蔡生白晳美無レ度、頗能飮酒歌二離騒一、東吳菰蘆有二君輩一、力鞭二巨石一驅二神鼇一、練塘一勺好二栖托一、結隣未レト心空勞、酒闌歌罷意惆悵、煙江明日橫二輕舠一。[194]

曉に潤州より江を渡て還《かへ》る、當時の詩を刻して壬寅集《じんいんしふ》といふ。漁洋の揚州にあるや、日は公事に簿書堆裏に埋頭し、了《をは》れば卽ち詞人騷客と詩酒に追逐す、吳梅村が以て劉穆之《りうぼくし》に擬《ぎ》したるも所以《ゆゑん》ある也。是歳《このとし》袁籜菴《ゑんたくあん》、金陵より來る、卽ち杜茶村《とちやそん》、朱秋厓《しゆしうがい》、陳泊璣《ちんはくき》、陳其年《ちんきねん》等諸名士と紅橋に宴す、盖《けだ》し紅橋は吳綺《ごき》が揚州鼓吹詞に据《よ》るに云ふ。[195]

紅橋は城の西北二里にあり、朱欄數丈遠く兩岸に通ず。彩虹波に臥し、丹蛟《たんかう》[196]水を截《き》るといふと雖《いへ》ども、以て喩《たと》ふるに足らずして、荷香柳色、雕楹《てうえい》曲檻[197]、鱗次環繞、綿亘《めんこう》十餘里、春夏の交、繁絃急管、金勒畫船、其間に掩映出没す[198]、誠に一群の麗觀也。

又漁洋の紅橋游記に云ふ、

出二鎮淮門一、循二小秦淮一、折而北、陂岸起伏多レ態、竹木蓊鬱、清流映帶、人家多因レ水爲レ園、亭榭溪塘、幽窈而明瑟、頗盡二四時之美一、拏二小艇一、循レ河西北行、林木盡處有レ橋、宛然如三垂虹下飲二于澗一、又如三麗人靚粧袨服、流二照明鏡中一、所謂紅橋也、游人登二平山堂一、率至二法海寺一、捨レ舟而陸、徑必出二紅橋下一、橋四面皆人家、荷塘六七月間、菡萏作レ花、香聞二數里一、青簾白舫、絡繹如レ織、良謂二勝游一矣、予數往二來北郭一、必過二紅橋一、顧而樂レ之、登レ橋四望、忽復徘徊感嘆、當三哀樂之交乘二于中一、往々不レ能三自喩二其故一、王謝冶城之語、景晏牛山之悲、今之視レ昔、亦有レ然耶、予與二諸子一、聚散不レ恒、良會未レ易レ遘、而紅橋之名、或反因二諸子一而得レ傳二于後世一、增二懷古憑吊者之徘徊感嘆一如二予今日一、未レ可レ知也、爲二之記一云(199)。

漁洋時に浣溪紗《くわんけいさ》三闋《けつ》(200)を作る、和する者甚だ多く、江の南北に流傳し、或は繪《ゑが》いて圖畫となすものあるに至り、紅橋の名自是《これより》高く、揚州を過ぐる者、多く紅橋を問ふ。嗟呼《あゝ》〔齊藤〕拙堂ありて月瀬《つきがせ》の名聞こえ、〔賴〕山陽ありて邪馬溪の名著《あら》はる、其《それ》自ら紅橋の名、或《あるひ》は反《かへつ》て諸子に因て後世に傳はり、懷古憑吊《ひょうてう》者の徘徊感嘆、予が今日の如きを增すを得る未だ知る可らざるなりといふ者、遂に虛《むな》しからず、兄西樵後《のち》之を語《かたつ》て曰く、

貽上蚤《はや》く夙慧《しゅくけい》を負ふ。神姿清徹、瓊林《けいりん》玉樹の郎然人を照らすが如し。揚州の法曹となり、日々に諸名士を蜀岡、紅橋の間に集め、撃鉢《げきはつ》、詩を賦す(201)。香清く、茶熟し、絹素橫飛す。故に陽羨の陳其年、兩行小吏艷神仙、爭寫君侯腸斷句(202)の詠あり、今に至つて廣陵を過ぐる者、其遺事を道《い》ふ、彷彿《ほうふつ》として歐蘇、徒《いたづ》らに樊川《はんせん》を憶ふの夢(203)のみならざる也(204)。

西樵の辛甲集にいふ。

客秋汴上《べんじやう》(7)より維揚の官舎に省覲《せいきん》す(205)、時に貽上《いじやう》檄せられて將《ま》さに秣陵《まつりよう》の行あらんとす、僅《わづか》に對牀《たいしやう》一宿乃ち與《とも》に同舟し、送つて眞州南郭に至つて別る。

又山人の癸卯《きばう》詩巻の序にも亦云ふ。

予、順治十七年來つて揚州に佐たり、西樵大梁《たいりやう》より廣陵を過ぐ、對牀一夕遂に鑾江《らんかう》の上《ほとり》に別る。後二年康熙三年春上巳《じやうし》復此《こゝ》に修禊《しうけい》す(206)。漁洋、酒間、冶春詩を賦し、坐上皆屬和《しよくわ》す、詩に云ふ。

今年東風太狡獪、弄レ晴作レ雨遣レ春來、江梅一夜落二紅雪一、便有二夭桃一無數開、

野外桃花紅近レ人、穠華簇々照二青春一、一株低亞隋皇墓、且可下當二盃酒一入上レ脣、

紅橋飛跨水當レ中、一字闌干九曲紅、日午畫船橋下過、衣香人影太匆々、

三月韶光畫不レ成、尋レ春步屧可憐生、青蕪不レ見隋宮殿、一種垂楊萬古情、

海棠一樹淡胭脂、開時不レ讓錦城姿、花前痛飮情難レ盡、歸二臥屏山一看二折枝一、

當年鐵礮壓レ城開、折戟沈レ沙長二野苔一、梅花嶺畔青々草、閑送遊人騎レ馬回、

彭澤豪華久黄土、梁谿歌舞散二寒煙一、生前行樂猶如レ此、何處看レ春不レ可レ憐。(207)

紅橋修禊の事、是より山人去《さつ》て後と雖ども、遂に廣陵の故事と爲《な》るに至れり、陳其年の詩に云ふ。

官舫銀鐙賦二冶春一、廉夫才調更無レ倫、玉山筵上頽唐甚、意氣公然籠二罩人一。(208)

宗梅岑《そうばいしん》も亦《また》云ふ。

休下從二白傅一歌中楊柳上莫下向二劉郎一演中竹枝上、五日東風十日雨、江樓齊唱冶春詞。(209)

漁洋の詩名想ふべき也。後曲阜《きょくふ》の孔尙任《こうしやうじん》亦揚州に至り、詩を紅橋に題していふ、

阮亭合下向二揚州一住上、杜牧風流屬二後生一、二十四橋頭添二酒社一、十三樓下說二詩名一、曾維二畫舫一無二閑柳一、再到二紗窗一祇舊鶯、等是竹西歌吹地、煙花好句讓二多情一。[210]

是歳秋亦金陵にゆく、公事の餘輙《すなは》ち徧《あま》ねく名勝を探る。臺城は、晉の成帝が建康宮址也。蔓草《まんさう》寒草、古壘猶參差《なおしんし》す、古《いにしへ》を懷ふて、華林宮館の路、淸明の時節、今たゞ野棠《やたう》[211]の花さけるを悲み、雞籠山は齊武帝の子竟陵王《きやうりようわう》の學士を集めて四部要略を纂修《さんしう》せし處、登《のぼつ》て雞鳴寺に至れば風流今空しく、白門[212]の秋柳晩烟《ばんえん》を罩《こ》む。靑溪月に宿しては、舊院今荒れたり、長板橋頭の柳、誰が家ぞ、猶樓に倚《よ》るの人あり。斜陽瓦官寺に來れば、松聲覆殿《ふくでん》寒く、梵響《ぼんきやう》[213]空寂にこたへ、支道林が茲《こゝ》に南華を註せしを憶ふ。

曉發、江を渡る、江上、韋應物が詩を讀む。

彈琴向二空江一夜靜見二江月一、水波正遙裔、河漢坐超忽、五絃泛二波濤一、餘音散二林樾一、沙邊鶴唳遠、煙中人語歇、何處楚山靑、孤帆遠將レ沒、獨有二韋公詩一、依々伴二淸絕一。[214]

此行の詩文を後白門集となす。

先是《これよりさき》是康熙二年、兄西樵、考功司主事を以て、河南の鄕試を典す、其收得せし所の試文、疵ありしの故を以て是歳五月刑部に移さる。十月に至つて獄解け、揚州に來る。漁洋、舟を以て之を秦郵に逆《むか》ふ、既に見る、西樵手を搖して前事を道《い》ふ勿《なか》らしめ、直《ただち》に詩卷を出《いだ》して、之を讀ましめて曰く、吾境地差《や》ゝ進むと。署に到る、羼提閣《せんだいかく》の深靚《しんせい》[215]を樂み、此に居り、暇あれば輙ち讀書し、又多く盆山を列ね、苧袍草履《ちよはうさうく》[216]其間を婆娑《ばさ》す、夜は必ず漁洋と對床、詩を賦す。

時に漁洋、揚にあること既に五年、考満ちて禮部主客主事に內遷(217)し、將《ま》さに廣陵を去らんとす。翌四年春、如皐《じよかう》の冒辟疆《ばうへききやう》、漁洋を邀《むか》へて、其水繪園に修禊《しうけい》(206)す、會するもの凡《すべ》て八人、中に邵潛夫《せうせんぷ》なるものあり、年已に八十、又萬曆の詩人也。性傲僻諧《がうへきかな》はず、好んで人を嫚罵《まんば》(218)す、貧甚だし。漁洋記していふ。

康熙乙巳《いつし》、予皐を過ぎ之を訪ふ、邵居る所委巷(219)、乃ち輿從《よじゆう》を屏《しりぞ》け徒歩して入る、茅屋三間、黝黑《いうこく》(220)漆の如し。邵、筋骨鐵の如く白髮鬖々《さん〱》領《えり》に被《かぶ》る、雙眸烱然《さうぼうけいぜん》曰く、偶《たま〱》酒一斗あり、能く飲まん乎《か》と。予欣然爲《た》めに滿を引く、與《とも》に冒氏の洗鉢池に修禊す、猶能く余輩と詩を賦す(221)。陳其年亦在り、冒氏の家、歌兒楊枝紫雲（ママ）といふ者、姝麗《しゆれい》(222)善く歌ふ、其年の狎《かふ》(223)する所たり。各體を分つて詩を賦するに及んで、漁洋其年に戲れて曰く、紫雲の硯《すずり》を捧ぐるを得ば乃ち可と。其年笑て之を諾す。漁洋乃ち湘中閣に坐して、立《たちどこ》ろに七言古詩十章を作る、其一に曰く、

平山堂下五清明、草長鶯飛無限情、不レ怪老顚裂二風景一、名園上日相逢迎、銀箏初彈阮初擘、此夕留髡應二十石一、春衣明歲杜陵遊、憶汝狂歌拓二金戟一。(224)

詩中所謂老顚《いはゆるらうてん》裂風景なる者、蓋し明の楊用修、瀘州《ろしう》に在りて、嘗て醉うて胡粉を面に傅《つ》け、雙丫髻《さうあけい》を作りて(225)、花を插み、門生をして之を舁《かつ》がし、諸妓をして觴《しやう》を捧げしめて、城中を遊行す、人の之を規《いまし》むる者ありしに曰く、聊《いささ》か以て壯心を耗《け》し、餘年を遣《や》る。所謂老顚風景を裂かんとするもの、良《まこと》に亦之れ有り、我を知らざるもの、此言を聞く可らず、我を知る者は、此言を聞かざる可らずと、漁洋蓋し此事に取る也。此夕留髡當十石とは卽ち水繪菴修禊記中に曰《い》ふ。

日已に將《ま》さに、瞑《く》れんとす、乃ち寒碧堂を開き、爰《こゝ》に歌兒に命じて、紫玉釵《しぎょくさ》、牡丹亭(226)數劇を演ぜしむ。差々《やゝ》復諧暢(227)、漏下二皷(228)、紅碧瑠璃《るり》(229)數十枚を以て、或は山巓《さんてん》に置き、或は水涯に置き、高下低昂、晶熒閃爍《かうしやうけいせんしやく》(230)、人影と相凌亂《りょうらん》し、横吹の聲、管絃に拉雜《らつざつ》(231)して、忽ち山上より起り、栖鴉《せいあ》簌々《そくく》定(232)まらず、阮亭《げんてい》の曰く、此れ何ぞ星斗を羅《つら》ねて、絳笙《こうしやう》(233)を聴くに異ならんと。

又其一に曰く、

廻溪綠淨不レ可レ唾、碧蘿陰中棹船過、落花游絲春晝閑、獨許先生此高臥、劇憐風物共披襟、蕭然絲竹皆清音、永和三日今千載、坐使三清風滿二竹林一。(234)

蓋し時に、文衡山《ぶんかうざん》(235)の蘭亭卷を出して同じく觀る、故に末句此《これ》に及べる也。水繪菴修禊記又、

枕煙亭几上《きじやう》、文待詔の蘭亭修禊圖記一卷あり、卷素《も》と朱黮《しゆたん》(236)碧隱、茂林修竹、冪歷便娟《べきれきべんけん》(237)、展玩すれば王庾《わうゆ》諸子弟と、麈《しゆ》(238)を捉《と》つて面談するが如し、

といへる者是也。香祖筆記、山人また自ら當時を記して曰く、

余康熙乙巳の春將《ま》さに廣陵を去らんとす、偶《たま》ま公事を以て如皐に至る。冒辟疆、余に約して水繪園の別業に修禊(206)し、體を分つて詩を賦す、余七言古體を得、湘中閣に坐して立《たちどこ》ろ十章を成す。黄岡の杜濬于皇《としゆんうくわう》後れて至る、他日或《あるひと》之に問て曰く、阮亭の詩如何、杜の曰く、酒酣落筆搖二五嶽一、詩成嘯傲凌二滄州一。(239)

又紫雲に贈るの詩あり、

名園一樹綠楊枝、眠起東風踠レ地垂、憶向灞陵三月見、飛花如レ雪颺二輕絲一。(240)

當時の風流意氣想ふ可き也。

漁洋如皐より、歸るに及んで乃ち吏事を謝し、五月重ねて金陵に之《ゆ》く。所謂解組初辭レ郡(241)もの是也、道上作あり、

乍疎乍密秧針雨、時去時來舶趠風、五月行人秣陵去、一江風雨晝濛々。(242)

天闕山上、金陵を望んで古を懷へば、萬里の長風、壯士を吹く。牛首山に登りて一鐙樓に宿し、山月滿樓、遙《はるか》に江西にある施愚山を懷ひ、攝山の德雲庵に空山の夜雨に寐《ねむり》をなさず、又舊院の遺址を尋ぬ。

香艷銷沉盡、空尋舊板橋、人稀春寂々、事去雨瀟々、黃蝶飄二寒圃一、靑溪咽二暮潮一、鷺峯寺前柳、搖落亦魂銷。(243)

所謂舊院とは板橋雜記に云ふ、舊院、人は曲中と稱す、妓家鱗次《りんじ》、比屋して居る、屋宇精潔、花木蕭疎、迥《はるか》に塵境に非ずと。舊板橋とは卽ち長板橋也、又雜記に云ふ、院牆《ゐんしやう》(244)外數十步、曠遠芊眠《せんみん》(245)、水烟碧を凝らし、廻光鷲峯兩寺之を夾《さしはさ》み、中山東花園其前に亘《わた》り、秦淮朱雀桁《しんわいすざくかう》(246)其後を遶《めぐ》ると。

金陵より歸りて七月北上す。諸名士之を禪智寺碩《せき》揆禪師の方丈に祖道し、禪智倡和集あり。漁洋揚州に官すること凡て六年、所謂一醉紅橋便六年(247)なる者是也。蓋し揚の地たる、事劇《はげし》く務煩《つとめはん》、大吏疑難の事あれば、之を藩臬《はんげつ》(248)に下し、藩臬復《また》之を李官(249)に下す。漁洋、黎明、堂に坐すれば、羽書旁午《ばうご》、征檄《せいげき》(250)左右に至る者雨の如し、而《しか》も山人裁答酬應《しうおう》流るゝが如く、侍史十餘人、手腕脫を告ぐ。夜に入《い》れば巨燭《きよしよく》を燃やし、案牘《あんとく》(191)を剖析し、少しも休せず、嘗て數月を以て欽件《きんけん》(251)數千を完うし、一時指を齚《か》んで推

して神異となせりといふ。然《しか》れどもまた事畢《をは》れば卽ち賓客を召し、舟を紅橋平山堂に汎《うか》べ、酒酣《たけなは》にして詩を賦し、斷紈零素《だんぐわんれいそ》、(252)墨瀋《ぼくしん》狼藉、(253)其居易錄に自ら云ふ。

予少《わか》きより山水を癖好す、嘗て憶ふ、古人、身到る處放過の言なしと。(254)故に揚州に在るの日金陵、京口《けいかう》、梁谿《りやうけい》、姑蘇《こそ》、諸名勝に於て、皆簿書期會中に、登臨を廢せずして、公事亦濡滯《じゆたい》(255)する者なし。吳梅村師、予が廣陵に在るや、日は公事を了し夜は詞人に接するを謂《いひ》て劉穆之《りゆうぼくし》(256)に擬す、予豈に敢て古人を望まん、山水の癖の若《ごと》きは則ち庶幾《ねがは》くは之に近き耳《のみ》。(257)

且《かつ》其官に在るや文章結納、天下に遍《あま》ねうして、客の之を訪《と》ふもの日々に以て踵《くびす》を接《つ》いで山人、詩酒流連曲《つぶ》さに款洽《くわんかふ》(258)を盡す。而《し》かも其躬《み》は儉素自ら奉じ、日に蔬菜《そさい》一二器を食するのみ。且《かつ》其間一錢を名《めい》せず、(259)急裝(260)するの時惟《ただ》圖書數十篋《けふ》(261)ありしのみ。嘗て詩あり。曰ふ、

四年只飲邗江水、數卷圖書萬首詩。(262)

蓋し實錄也。

其四　中年、使西蜀　自康熙四乙巳三十二歲 至康熙十四乙卯四十四歲

康熙四年七月、依稀、夢は猶《なほ》江南の好風景を遶《めぐ》りつゝ、江南好の數詞を作りて北行の程に上りぬ。路、淮北《わいほく》を經て廣陵の故人を憶ふ。

南風吹㆓五兩㆒、淅々乘㆓潮便㆒、綠波蓮浦漲、白露蘅皐遠、稍看煙景夕、篙師拖樓飯、不㆑見廣陵人、舍凄詠㆓江練㆒。(263)

八月臨淄《りんし》に至り、父母に拜別して其叔兄東行とともに北上す。趙北口に至り、十二年前嘗て此を過ぎたるを憶ふ。而して今、堤柳婆娑《ばさ》[264]復た曩時《だうじ》[265]なし、攀柳折條の感に勝《た》へず。

十二年前乍到時、板橋一曲柳千絲、而今滿目金城感、不レ見柔條踠レ地垂。[266]

既に京に到り禮部に到り、翌夏一たび里に返り、青州を過ぎて周櫟園《しうれきゑん》の眞意亭に留まり、爲めに畫冊に題する者十餘首、其周櫟下に與へて畫を論ずるに云ふ。

某青州眞意亭に在り、先生のために畫冊を題す。因《よつ》て憶ふ、辛丑《しんちう》揚州に在り、壬寅《じんいん》眞州に在り、前後先生のために畫を題し、詩を賦すること三四十篇に下らず。今再《ふたたび》にして而して三なり矣。[267]

其胡元潤の畫に題せるに曰く、

白波青嶂非二人境一、憶住二江南一過二五年一、今日長征老二鞍馬一、菰蒲春雨夢二江天一。[268]

五年冬、復京師に如《ゆ》き汪琬《わうゑん》、程可則の輩と文社を爲《つく》り、文名益高く、四方の士人、詩文を挾《さしはさ》んで京師に遊ぶ者必ず漁洋に謁す。山人、後進を汲引[269]するを務め、王門の弟子と稱するもの漸《やうや》く天下に滿つ。

康熙九年淮《わい》に之《ゆ》きて榷《かく》[270]を視、翌十年戶部郎中に遷《うつ》る。先是《これよりさき》西樵、其官を還《かへ》されて、復《また》考功郎を以て、京に在り。宗琬《そうゑん》、施愚山等の徒と文酒の會をなし、盛に倡和《しやうわ》有り、二王の名益《ます〱》、都門に籍甚《せきじん》す。康熙十一年六月、命じられて四川の鄉試を典し、蜀《しよく》に之《ゆ》く。二十二日陛辭[271]、七月一日京を發し、南西、山西に入る。途《みち》、井陘《せいけい》を過ぐ、井陘は漢の二年、韓信が張耳と成安君陳餘を擊ちしとき、陳餘、兵を此に集むること二十萬。李左車、成安君を見て說《と》いて曰く、井陘道隘《せま》く車、軌を方《なら》ぶるを得ず、騎、列を成すを得ず、臣に假すに奇兵三萬を以てせば、間道より其輜重《しちょう》を絶ち、十日に至らずして兩將の頭《かうべ》致す可しと。成安君聽かずして終《つひ》に敗れたるの地。詩あり曰く、

廻星城邊落日黄、西來氣欲レ無二太行一、柏巖雙壁稍狡獪、目成已覺心清涼、天公一夜送二寒雨一、千疊萬疊雲錦張、丹崖翠壁竅萬狀、瑰奇娟妙難二具詳一、綠蘿蕭々罥二巾角一、石瀨颯々漸二衣裳一、峰廻徑絶不レ知レ數、谽谺倏見開二中央一、戍樓旌竿滿レ雲直、横亘長城環二巨防一、冠山子城瞰二窮漠一、噴壑巨瀑聞二雷硍一、登レ樓顧盼豁二胸臆一、四山雲氣爭飛揚、蛟龍鬱律起二眼底一、散爲二霖雨一周二八荒一、關南石勢更奇怪、亦如三突奧連二堂皇一、懸車束馬那可レ度、行人緣レ棧如二秋秧一、幽幷澤潞此天險、飛鳥欲レ過愁翺翔、聖代即今罷二烽燧一、空餘二畫角一吹二嚴霜一、乃知地利未レ足レ恃、此關幾閲諸侯王。(272)

其初九日雨中、故關(273)を出《い》づ。危棧《きさん》、溪に臨み、延緣錯互。(274) 詩あり、

危棧飛流滿仭山、戍樓遙指暮雲間、西風忽送瀟々雨、滿路槐花出二故關一。(275)

關を出づれば卽ち山西、古の幷州《へいしう》の地、壽陽を過ぎて汾河《ふんが》に沿うて南に下り、冷泉關を經て、平陽に至る。古の趙の地也。豫讓橋より猗氏《いし》を過ぎて蒲州に至り、又首陽山を望む。首陽山は伯夷叔齊《はくいしゅくせい》の、周の粟《ぞく》を食《くら》はずして餓死せしと稱せらるゝ所、詩あり曰ふ、

峩々首陽山、迢々屬二雷首一、遙揖巨靈掌、近對風陵口、蒼茫河上舟、搖落關門柳、一詠採薇歌、昔人復何有。(276)

中條山下を過ぎて黄河を渡り、潼關《どうくわん》に出づ。華山を望む。

關中八水滙、淸渭獨朝宗、黃河西北來、交會船司空、河流挾二厎柱一、岳勢分二弘農一、山河兩戒首、氣壓殽函東、金天正肅殺、屹然白帝宮、削成五千仭、眞宰散二鴻蒙一、及レ關見二岌嶪一、天精羅二心胸一、倏忽雲氣生、西接終南峰、諸峯忽已失、俯レ首趨二河潼一、峨々司冦冠、獨立靑雲中、蒼茫望二三輔一、秋氣去安窮、荒唐秦王臘、寂莫希夷蹤、何當下共駕二白鹿一、還共驂中茅龍上。(277)

渭《い》南《なん》に至り又渭橋に古を懷ふ。渭橋は秦の始皇の造る所、蓋《けだ》し始皇既に天下を統一するや周末封建の弊に懲り、天下の權と富とを以て中央に集中せんとし、群縣の制を布《し》き、又天下の豪富十二萬を咸《かん》陽《やう》に徙《うつ》し、且《かつ》諸侯の宮室を寫放(278)して之を作り、殿屋複道、周閣(279)相屬《しょく》す。且得る所の諸侯の美人、鐘鼓を以て充《あ》てゝ之に入れ、奢侈《しゃし》を窮極して咸陽宮を築き、北陵によつて殿を營み、端門(280)四達以て紫宮(281)を制し、帝居に象《かたど》り、渭水を引て都に灌《そゝ》ぎ以て、南北に隔つ。阿房長樂宮は渭南にあり、長樂宮の北、橋あり渭に跨《また》がる、以て天漢の横橋に象《かたど》る。渭橋是也。嗚呼《あゝ》一代の雄圖、壯は則ち壯なりと雖《いへ》ども、世に不死の藥なし、徐市《じょふつ》(282)之を求めて還《かへ》らず。璧《へき》を持するの山鬼、既に祖龍(283)の死をいふ。死して墓土未《いま》だ乾かざるに、既に敗る。國既に敗る、縱令《たとひ》驪《り》山《ざん》の上七十餘萬人の徒を役《えき》し、三泉(284)の下を穿《うが》ちて錮《こ》して椁《くわく》(285)を致し、宮觀(286)奇器珍怪を徙《うつ》し藏して之に滿《あ》て、水銀を以て大海を爲《つく》り、機を以て相灌輸(287)し、鳧《ふ》雁《がん》(288)を之に浮べ、上天文を具へ、下地理を具へ、人魚(289)の膏《あぶら》を以て滅せざるの燭となし、匠人をして機《き》弩《ど》矢《し》(290)を作つて穿ち、近《ちかづ》くものあらば、輙ち之を射さしむるも、之を如何せんや。之を如何せんや。世上の興敗は此《かく》の如くにして、而して天は悠々地は悠々、惟《ただ》終南の山あり、連綿其南に峙《ぢ》據《きょ》して、世上幾回の興敗をか見し。

秦川夕澄霽、灃水明如レ練、西上中渭橋、颯然秋氣變、嬴政昔構造、作レ此象二天漢一、美人與二鐘鼓一、流連恣二荒宴一、徐市期不レ來、山鬼璧已獻、我昨驪山行、徘徊吊二中羡一、荊榛蔽二銀海一、樵牧羅二金雁一、麒麟折二其股一、冷落青梧觀、後代復何王、繡嶺明珠殿、唯有二終南山一、興亡幾回見。(291)

驪山に行き古を懷ふ、開元の華清宮既に毀《こぼた》れて、溫泉青瀾《せいらん》蒸々故《もと》の若《ごと》し。

鸜鵒何年問二上皇一、野棠風折繚垣長、銷魂此日朝元閣、親試華清二湯。
空城幾曲水潺々、松柏凄涼滿二舊山一、輦道無レ人秋草合、年々嗚咽到二人間一。(292)

灞《は》橋《けう》に至て家を想ふ。

長樂坡前雨以レ塵、少陵原上淚霑レ巾、灞橋兩岸千條柳、送盡東西渡レ水人。
太華終南萬里遙、西來無三處不二魂銷一、閨中若問二金錢卜一、秋風秋雨過二灞橋一。(293)

長安、咸陽を過ぎて西すれば馬嵬《ばくわい》(294)に出づ、秋風蕭條たり、美人の魂何處《いづこ》にかさまよふ。

何處長生殿裏秋、無情清渭日東流、香魂不レ及黃旛綽、猶占二驪山土一邱一。(295)

武功より扶風を經て、鳳翔《ほうしやう》に至り、南に折れて寶雞に至る。古の陳倉(296)、秦樹但《ただ》蒼々として、覇圖《はと》今寂莫たり。益門鎭に至る、路漸く棧道に入る。

天險當二秦鳳一、提封界二雍梁一、棧雲高不レ落、隴樹曉還蒼、古堠催二征騎一、秋風吊二戰場一、山南明日路、漸入武都羌。(297)

鳳嶺を過ぎ、雨中、馬蹄、雲霧を亂して柴關嶺を超え、閏七月六日、馬鞍嶺に到る。馬鞍は畫眉關よりして南、馬道に至る百里間、俗に二十四馬鞍嶺なる者あり、嶺嶔崎《きんき》紆曲《うきょく》(298)、或は高く隆起、或は低くして窪伏《わふく》(299)、馬鞍の如き者凡て二十四、故に此名あり、一嶺毎に上下登頓(300)、輒ち數里に及ぶ。

南下二畫眉關一、遠色疊二諸嶺一、螽綠百里間、斷鰐蔽二光景一、蹇嘘疲二登降一、纖路亦修整、或厂如二連軒一、或植如二負屏一、或如二岐陽鼓一、或如二宛朐鼎一、如レ鳥或跂レ翼、如レ魚或骨硬、殊狀紛角逐、詭類爭二一逞一、峭岸勢欲レ圻、捷足不レ遑レ騁、二分垂在レ外、趾壓後人頂、飛瀑時界レ道、赴レ壑力逾猛、人與レ水鬪爭、心目各相警、天意限二雍梁一、設レ險有二斯境一、君子履二忠信一、小人懷二僥倖一、永念垂堂言、乘レ危更三省(301)。

觀音碥《へん》に至る、觀音碥もと閻王碥といふ。蓋し其上下二十餘里の間、危厓峻壁、横列、屛障の如く、石を鑿《うが》つて徑《みち》を爲《つ》くり、徑の左右、怪石天を插み、金剛王釗《こんがうわうせう》(302)の如く、羅刹面《らせつめん》の如く、夜叉臂《やしゃひ》の如し。而して其下絶澗《ぜつかん》(303)に臨む、江水、衆山の瀑流《ばくりう》を受けて、漩渦《せんくわ》廻伏(304)、雪車氷柱(305)の如く、疾雷震霆《しんてい》の如く、凝つて深淵となり、其色黝黑《いうこく》、潭《たん》して流れず、人をして毛髮森竪《しんじゅ》(306)せしむるものあり。益州于役記《き》なるもの之を記して曰く、

青橋驛より行くこと十里、外路寬途なし。右立の石厓傾曲斷《た》えず、江に對するの絶壁鐵色突兀《とつごつ》、幾千丈許《ばかり》、獰惡《だうあく》の狀常と同じからず。絶へて藤蘿《とうら》の綠尠《すくな》く、並に猿鼯《ゑんご》(307)の路なし、久視、人をして畏《おそれ》を生ぜしむ。十里、巖轉じ路絶え、烏龍《うりょう》江聲、噴騰砉濩《ふんとうかくくわく》(308)、玻璃《はり》を擊つが如し。衆山臥起《ぐわき》、道路を疊塞《でふそく》(309)し、石足偏跂《へんき》(310)、懸巖外に出で、厓厂《がいかん》著歩(311)、仰矚其墜《お》ちんと欲するに驚き、傍求(312)旅魂を斂《おさ》む。即ち所謂閻王碥なり、曲沃の賈中丞《かちゅうじょう》(313)亦此を過ぎて徒行、費を集め工を鳩《あつ》めて、火を以て石を煆《や》き、

醯沃《けいよく》の石碎(314)を用ゆ、功成つて道の寛《ひろ》さ昔に倍す、因《よっ》て改めて觀音碥《へん》となす。

漁洋の詩にいふ、

觀音碥險絶、連山列二天仗一、奔峭洶二波濤一、大石蹴二龍象一、造物鬱磊砢、及レ茲乃一放、急瀑何砰訇、盤石成二巨防一、渟爲二千丈湫一、潭々不二流宕一、怪物中屈蟠、豈無二鎖紐壯一、儻燃二牛渚犀一、窮二此精靈狀一、頗聞賈中丞、於レ此鏟二疊嶂一、故人推二沈宋一、詩筆各雄長、星宿森二光芒一、虬龍怒倔強、解レ鞍苔石滑、高歌一神王、更須二巨靈手一、運斤出二天匠一、鑱二我郙閣銘一、敵二彼小海唱一。(315)

觀音碥より之《ゆ》くこと二十里、七盤嶺に至る、即ち褒城縣北十三里にあり、劒門の東南に當る。盤回七轉して山頂に至る、山頂を雞頭山といふ。稽神錄《げいしんろく》に唐、溫造(316)、興元節度となり、任に赴き將《ま》さに漢中に近《ちかづ》かんとす、大に雨ふり平地水尚《なほ》尺餘進む可らず、乃《すなわ》ち雞翁山神に禱《いの》れるに疾風、雲を驅《か》つて卽時に晴霽《せいせい》せり、文宗其事を聞き勅して雞翁山神を封じて侯となすといふ者卽ち是《これ》。蓋し石峰、江に臨み、突起雞冠の狀の如く、薄削高峙《かうじ》、其名ある所以。南に望めば卽ち山勢陡斷《とうだん》し(317)、平原空曠一望、數百里、人煙邨落《そんらく》、橘柚參差《きついうしんし》、稻田高下す、詩あり曰ふ、

七日行二褒斜一、目瞶耳亦聾、濁浪崩二厓垠一、征衣碎二蒙茸一、不レ知天地濶、詎測造化功、岌然土囊口、雞幘摩二蒼穹一、磴道上七盤、大翮排二天風一、絕頂忽開豁、白日當二虛空一、褒水出レ谷流、漢江繞二其東一、巴山跨二秦蜀一、蜿蜒連二上庸一、川原盡沃野、天府如二關中一、橘柚鬱成レ林、稻苗亦芃々、襄陽大艑至、千里帆檣通、當年號二天漢一、運歸隆準公、將相得二人傑一、驅策芟二羣

雄一、一戰收二三秦一、遂都二咸陽宮一、智勇久淪沒、山川自寵嵸、跋レ馬向二褒國一、日落煙濛々。(318)

嶺を下れば卽ち褒城縣なり、閏《うるふ》七月七夕、茲《ここ》に抵《いた》る、京を出でゝより正に一月。

褒斜十日路、白髮忽侵尋、紅葉下二江水一、始知秋氣深、馬驚初出レ谷、城閉不レ聞レ砧、何處天河影、浮雲只自陰。(319)

山谷の間にあること七日方《ま》さに此《こゝ》に至て平野を見る。神情頓《とみ》に遠《とほし》、唐人の詩に所謂《いはゆる》馬上米囊《べいなう》花を見る(320)の想《おもひ》あり。

定軍山に至る、諸葛武侯の墓あり。夫《そ》れ武侯、時の紛々を厭《いと》うて、もと南陽に高臥す、劉備三顧の知己に感じて、敢《あへ》て出でゝ三分の策を立つ。曹操《さうさう》は天子を奉じて居然中原に在り、孫權は江南の天險に据《よ》つて雄視す、乃ち巴蜀《はしょく》に據らざる能はず。既に巴蜀に據ると雖も、巴蜀は唯以て自ら守るべきの地なり、出でゝ霸を爲すの地に非らざる也。故を以て武侯の意、始めより未だ事の必ず成るべきを期せざるなり。兩度の出師《すゐし》成敗は料《はか》る可からず、彼は唯一片知己の恩に感じ、出でゝ鞠躬盡瘁《きつきゆうじんすゐ》唯其人事のある所を盡して、斃《たふ》れて已む是《これ》のみ。而かも五丈原頭、秋風寒く、一夜天邊將星隕《お》ちて、漢室も亦是とともに覆《くつがへ》りぬ。漁洋墓下に至り、詩を爲《つく》つて之を弔《てう》して曰く。

高密起二南陽一、文終從二高祖一、暴繫本見レ疑、數觸亦非レ武、堂々諸葛公、魚水託二心膂一、二表匹二謨訓一、一德追二伊呂一、視レ操但如レ鬼、畏レ蜀還如レ虎、嗟彼巾幗徒、與レ公豈儔伍、紫色復蛙聲、抵隙各爲レ主、火井方二炎一、赤伏更典午、志士恥二帝秦一、祭器猶存レ魯、陰平一失レ險、面縛忘レ奔レ莒、知公抱二遺憾一、龍臥成二千古一、峨々定軍山、悠々沔陽滸、鬱々冬青林、哀々號二杜

宇、耕餘拾㆓敗鏃㆒、月黒聞㆓軍鼓㆒、譙侯寧足㆑誅、激昂涙如㆑雨。(321)

漢中に至る、漢中は隆準《りゆうせつ》の天子(318)、一度此に王たり。

路逶㆓褒斜㆒夢㆓故園㆒、今朝風物似㆓中原㆒、平蕪蹀躞連錢馬、近郭參差橘柚村、萬疊雲峰趨㆓廣漢㆒、千帆秋水下㆓襄樊㆒、只愁明日金牛路、回首興元落照昏。(322)

漢中に漢壇あり、傳へいふ、漢《かん》高祖、漢王たりし時、韓信を拝して大將となし、此壇を築いて命を授くと。

絳灌當時伍、黥彭異代看、竟成㆓隆準帝㆒、不㆑屑㆓沐猴冠㆒、磊落眞王氣、蒼茫大將壇、風雲今寂莫、江漢自波瀾。(323)

漢中又明に瑞王《ずゐわう》の宮あり、王は神宗の子、天啓中福惠二王と國に就く。李自成、秦に入るに及んで王、重慶に走る。張獻忠、重慶を陥《おとしい》れ、瑞王を執《とら》へて之を磔《たく》し、闔宮《かふきう》(324)之に死す、時に順治元年六月也。傳へいふ、當時瑞王を執《とら》へて將《まさ》に之を剮《くわ》(325)せんとするや、天雷大に震《ふる》ふ。獻忠大に呼《さけ》んで曰く、天雷霆を示して我をして瑞王を殺さざらしむる乎《か》、必ず王を剮せば我を奈何《いかん》せんと、遂《つひ》に之を殺すと。

漁洋、其蜀道驛程記に荒廢の狀を記して曰く、

今瓦礫滿目、唯《たゞ》後殿一區を存ず、改めて興元書院とせり。又所謂西園なるものを觀るに、亭榭《ていしや》四五あり、桂花《けいくわ》漸く落ち、紫荊《しけい》(326)數樹方《まさ》に花さく、凄艶《せいえん》人を動かす。羝羊《ていよう》(327)あり草中に伏す、人に驚いて起つ。因《よつ》て盛時鶴州鳬渚《ふしよ》(328)の樂を憶うて而して今臺榭已に傾むき、曲池平《へい》に就く、雍門《ようもん》(329)の琴を待たずして泣《なみだ》下る矣。

故宮曲二首あり。

溼螢幾點粘二修竹一、昏黃月映蒼煙綠、金牀玉几不二歸來一、空唱人間可哀曲。(330)
往日朱門帝子家、柴車一去卽天涯、平臺賓客今何處、零落小山叢桂花。(331)

漢中より南鄭《なんてい》に到り、南鄭より沔《べん》に至る、其間七十里水田漠々《ばくばく》、罷亞《はあ》(332)萬頃、詩あり。

黑水梁州道、停レ車問二土風一、沔流天漢外、嶓冢夕陽東、處々棕櫚綠、邨々穲稏紅、更須參玉版、
修竹賤如レ蓬。(333)

沔縣、諸葛武侯の祠《し》あり、遺像儼然《げんぜん》、

天漢遙々指二劍關一、逢レ人先問定軍山、惠陵草木冰霜裏、丞相祠堂檜柏間、八陣風雲通二指顧一、
一江波浪急潺湲、遺民衢路還私祭、不二獨英雄血涙斑一。(334)

祠後琴室あり、石琴傳はる、云《い》ふ、是れ公の御する所。

竹篠娟々靜、江流漠々陰、至レ今籌筆地、猶見出師心、遺恨成二銜璧一、元聲有二故琴一、千秋紘指
外、髣髴遇二高深一。(335)

沔より大安驛を經て五丁峽に至る、五丁峽又金牛峽と名づく、傳へいふ、古《いにしへ》、秦《しんの》惠王、金牛を以て蜀を詐《いつ》はり、五丁力士をして此峽を開かしむと。其峽口鐘皷《しょうこ》二山左右夾立《けふりつ》し、水其間を流れ、人、水中を行く。一水は南より來り、一水は西より來り、峽の水源を有す。蜀道驛程記に曰く、

峽口懸厓萬仭《けんがいばんじん》、陰風颯然《さつぜん》、峽に入れば卽ち奔峭四《ほんせうし》合《がふ》、(336)猿鳥磧絶《せきぜつ》、(337)水、峽中より噴薄《ふんぱく》して出で、人馬水中を行く、惡石蠻象獰龍《ばんざうだうりゆう》(338)の如く水中に伏し、時々人を嚙む。

詩あり曰く、

南窮石牛道、嵒々下二雲棧一、三日招二我魂一、足踔目猶眩、豈知東蒼州、耳目益奇變、始過金牛驛、樛嵑已淩亂、漾水從レ北來、劣足泛二鳧雁一、舉レ頭嶓冢山、峨冠倚二天半一、大哉神禹功、從レ此導二江漢一、漸入五丁峽、譎詭駭二聞見一、斗壁何獰猙、十萬磨二大劒一、攢羅列二交戟一、茫昧通二一綫一、亂水殷二峽中一、鮫蜃喜二瀾汗一、仰眺絶二圭景一、俯聆競二雷抃一、九鼎鑄二神姦一、到レ此百憂患、東方牧犢兒、竟使二蠶叢判一、我行忽萬里、風土異二鄉縣一、身落大荒西、終賴二皇天眷一、咄々復何言、艱虞一身賤。[339]

五丁峽より三十里にして甯羌《ねいきやう》に至る。夜雨、詩あり、

不レ信無二晴日一、曾聞有二漏天一、武都連二夜雨一、巴子幾人船、山入二氐中一亂、寒臨二僰道一偏、荒城聞二鼓角一、回レ首意茫然。[340]

寧羌の西五十里にして黃壩《くわうは》驛あり、夜至る、詩あり、

氐道森沉十日雨、石林冥々斷二行旅一、洪濤殷地四山動、百折盤渦噤難レ語、前有二蝮蛇一後豺虎、紅鶴哀號奮二毛羽一、吾生胡爲狎二此曹一、命輕如レ毛爭二一縷一、妻孥飄泊寄二京國一、欲レ歸不レ歸在二何所一、鄉關回レ首四千里、縱有二苦辛一誰告レ汝。[341]

龍門山に登り、朝天峽に至る。蓋《けだ》し蜀中の士大夫闕《けつ》に赴《おも》むくに、倶《とも》に此途《このみち》よりす、故に此名あり。兩峽削立、闕門の如し、嘉陵の水其中を流る。

朝登嘉陵舟、日出羌水赤、履レ險倦二鞍馬一、即レ次亦稱レ適、默黮雙峽來、突見巨靈跖、嶄巖無二

寸膚一、青冥厲二雙翮一、陰厓積二龍蜿一、跳波畏二鯨擲一、往々壓二人頂一、駭二此欲レ崩石一、洞穴峽半開、兵氣尙狼籍、蛇豕據二成都一、置レ戍當二險阨一、至レ今三十年、白骨滿二梓益一、流民近稍歸、天意厭二兵革一、會見賓盧人、燒畬開二确确一、慷慨一扣レ舷、浩歌感二今昔一、風便黎州城、茫々波濤白。(342)

蓋し明末順治元年七月、張獻忠、成都を圍み、成都陷る。蜀王宮眷《きうけん》(343)を率ゐて、井《せい》に投じて死し、闔宮《かふきう》(324)害せらる。獻忠乃ち成都に據《よ》り、僭號《せんごう》僞朝を立てゝ大西といふ。成都其屠《ほふ》る所となりて人煙斷絕、數千里の內、塚中《ちょうちゅう》の白骨も亦一も存するなし。人類旣に盡き、孑遺《げつゐ》(344)食を爲す可きなし。地中枯骨を掘り、屑《くづ》して之を糜《つぶ》し、以て口を餬《のり》するに至る。所謂白骨滿梓益(345)なる者是也。當時を距《へだた》る僅《わづか》に三十年、山人の蜀に使する寧羌より昭化に到る、荒殘凋瘵《てうさい》(346)の狀、觀るに忍びざるものあり、此時朝廷旨あり、流移(347)を招集し、其征賦《せいふ》を寬《ゆる》うし、民を募つて蜀に入るものは官に拜せらるゝを得、所謂流民近稍歸(348)なる者是也。

閏七月十七日此より水行、四川に入る。蜀道驛程記に曰く、

閏七月十六日夜、大《おほい》に風ふく、晨稍ゝ《あしたやう〳〵》霽《は》る、舟に入る、舟中寬《ひろ》く、首尾狹、竹箬《ちくじゃく》(349)之を覆ふて僅に風雨を蔽《おほ》ふ、左右槳《かい》を用ゆる六枝、(350)桅篷《ぐわいほう》(351)を施さず、製江浙《かうせつ》の梭船《させん》(352)の如し、人呼んで板船と爲す。

朝元より廣元に至る、舟中舟人渝歌《ゆか》(353)をなす、柝聲《たくせい》斷續、寐《ねむり》を成す能《あた》はずして詩あり。

江上渝歌幾處聞、孤舟日暮雨紛々、歌聲漸過二烏奴一去、九十九峰多二白雲一。(354)

廣元より昭化に至り、十七日夜雙漩子《さうせんし》に抵《いたつ》て泊す。月夜笛聲をきく、甚だ悽婉《せいゑん》(355)。

嘉陵江上泊レ舟時、戍鼓初停月上遲、已聽寒潮不レ成レ寐、誰家横笛怨二龜茲一。(356)

夜泊す、風は急にして夜潮激し。浪翻《なみひるがへ》つて月影寒く、扁舟《へんしう》萬里の情を動かして獨《ひとり》夜眠《ねむり》を成し難し。

淅々風欺レ枕、明々月入レ船、三巴空有レ涙、獨夜不レ成レ眠、流宕魚鳧國、凄其鴻雁天、故園梅信早、歸去逼二殘年一。(357)

昭化より蒼溪を經て、十八日閬中《らうちゆう》に至る。道既に遠く秋既に深く、風は征衣を吹いて客夢寒し、家を懷ひ親を懷ふ。

行役忽永久、衣裳白露凄、秋風吹二劍外一、客鬢老二巴西一、螢火飛還沒、寒螿咽復啼、不レ堪蜀道雨、山霧晝常迷。(358)

西漢茫々去、來過碧玉樓、九廻腸已斷、三折水還流、涕涙聞二鵑鳥一、雲山繞二劍州一、老親穿二望眼一、霜雪白盈レ頭。(359)

藥物知何益、愁多老病侵、眼枯兒女涙、心折短長吟、鄉信何時達、秋濤日夜深、巴猿殊造次、悽絶叫二楓林一。(360)

二十一日閬中城の南門を出で、閬水を渡つて、南岸に登り、遶《めぐ》つて錦屛山の背に出で、西南に行くこと四十里、龍山驛に至る。四《よ》もに人居なく、雨甚し。

閬州城邊雲氣浮、龍山驛裏雨聲愁、遠游不レ唾青城地、絶域空悲白雁秋、巴嶺稀逢人北去、渝江長是水南流、蕭條孤館荊榛夕、更二指千峯一入二漢州一。(361)

二十三日亦《また》雨行、富邨《ふそん》驛に至る、驛程記にいふ。

柳邊驛より南行四十里、天馬山富邨《ふそん》驛に次《やど》す。楊文忠の詩に、纔到二富邨一風景別、竹林松徑是人家(362)と、今は豺虎《さいこ》穴のみ。窗外《さうぐわい》は卽ち荒山、蟲聲四起、夜寐《ねむり》を成さず。又詩あり、いふ、

陰蟲何太苦、戶外卽蒼山、急柝侵二孤枕一、秋河落二百蠻一、燈昏山鬼逼、雨止蟄龍還、一夜瀰二江水一、愁人淚點斑。(363)

翌二十四日曉發、雨を衝《つ》いて出で、天馬山を過ぐ、驛程記に所謂五更雨行炬《きよ》を把《と》つて、亂山の中をゆく、上霧下潦《からう》、(364)衣袴盡く溼《うるほ》ふ。詩あり、いふ、

兩炬殘更裏、亂山高復低、疾風吹二白雨一、折レ坂下二青泥一、詰屈穿二牛角一、縱橫印二虎蹄一、廿年餘戰骨、何處聽二荒雞一。(365)

鹽亭に至り、南、梓潼江《しどうかう》を渡る。

南下孱亭路、千峯挾レ雨秋、江潮不レ送レ客、獨向二射洪一流。(366)

蟾毒山《せんどくざん》を經て夜、秋林驛に次す、雨甚だし。翌、涪江《ふうかう》を渡り、牛頭山を望む。

十四巴西雨、艱難到二梓州一、晚晴見二涪水一、淸絕抱二南樓一、不レ見千頭橘、空驚萬里秋、尙餘登覽興、留レ眼望二牛頭一。(367)

潼川《どうせん》を過ぎては、杜少陵《とせうりよう》の久しく此に流寓せるを懷《おも》ひ、中江に至りては、山濤《さんたう》が竹を刳《ゑぐ》て酒を釀せしをおもふ。中江の西南山より天柱山といふ、漢州を界す、山巒《さんらん》孤秀、杜の如し、詩あり、

朝出元武門、雲垂雨忽凍、登々天柱山、千盤墮二澒洞一、崢嶸逾二巴閬一、槎牙過二秦鳳一、陟レ嶺如レ累レ棋、下レ谷如レ入レ甕、心俯尻益高、足縮目先送、敢嗟鳥獸群、稍喜徒旅衆、我有二大羽箭一、麗レ龜輒命中、於菟昂二其首一、飲レ羽乃不レ動、道旁松合抱、巨可レ任二梁棟一、惜哉野蔓纏、不レ蒙匠石用、絶頂見二岷山一、青城亦伯仲、一氣連二諸蕃一、三州實西控、太平幸無事、左髻時入貢、念彼松姚戍、坐レ甲苦饑凍、俯臨陸海雄、仰視天宇空、長嘯千仞岡、出レ險忽如レ夢。(368)

山を下れば卽ち漢州、山茲《ここ》に至つて始めて盡《つ》く、驛程記に曰ふ。

天柱山を下り、河を渡りて漢州の界に野宿す。閏七月朔《さく》、棧《さん》に入てより時、旬月を逾《こ》へ、程二千を逾ゆ、此《こゝ》に至つて始めて山を出《い》づ。杜詩の連山西南斷、始見千里豁(369)は信《まこと》に實錄たり、連山 疑《うたがふ》らくは卽ち天柱山ならん。

金鴈驛《きんがんえき》、漢州を經、青城を望みては、丈人《ぢやうじん》一たび手を招けば、天路の遙《はる》かならざるべきを想ひ、八陣圖遺址《ゐし》を望みては、馬を駐《とゞ》めて降王(370)を惜み、新都に楊升庵《やうしようあん》の故宅を過ぎては、其手植の桂《かつら》二樹、西風の裡《うち》に猶《なほ》存するあるを感じ、遂に成都に入れり。

其成都に留るの間、浣花溪《くわんくわけい》に游んでは、少陵(371)が卜居《ばくきょ》の蹟をしのび、

萬里橋邊去、還多吊古情、人煙過二蠶市一、新月上二龜城一、寂々更漏發、蕭々鱗甲生、廻看草堂路、修竹水蕪平。(372)

九月九日劉備の陵に謁しては、霸業の遂《と》げ難きを傷《いた》む。

萬里登高日、橋山白露寒、至レ今悲二蜀帝一、何處問二祠官一、杳々衣冠閉、凄々封樹殘、錦江非二

渭水一、猶作霸陵看。(373)

九月十五日事畢《をは》り、成都を發す。

半年浪跡錦城游、纔數二歸程一已暮秋、晩照開時見二千里一、寒鴉飛盡過二雙流一、眼明修竹横塘路、心逐江雲下峽舟、異域忽驚搖落久、今宵一醉失二鄕愁一。(374)

雙流を過ぎ、新津に岷江《びんかう》を渡り、眉州に至る。眉州は三蘇(375)の生れし地、其祠は其故第《こてい》(376)なり、城の西偏にあり、三面水を環《めぐ》らし、堂前二古柏あり、甚《はなは》だ(377)夭矯。

蟇頤山色腴不レ枯、玻璃江水如二醍醐一、眉州城郭劫灰後、水塍漠々成二榛蕪一、郵亭下レ馬詢二老卒一、蘇公故第城西隅、旋來束帶薦二蘋藻一、辰良何必煩二神巫一、往者此地鐵脚亂、高門大宅皆焚如、此祠巋然誰所レ作、維公大節驚二頑愚一、雙柏輪囷溜二霜雨一、廷立冠劍古丈夫、長公遺像龍眠筆、馬券剝落涪翁書、殘碑插レ笏尙林立、紫藤碧蘚纏二龜趺一、祠西一水最蕭瑟、經レ霜菡萏猶扶疎、甘蕉十丈覆二簷霤一、落花亂迸紅珊瑚、當年結構不二草々一、要令三咫尺成二江湖一、故園如レ此不二歸老一、與二人家國一徒區々、瓊儋雷籐歷二九死一、口甘二薫鼠一隨二猿狙一、頭綱八餅有二何意一、桄榔萬里非二吾廬一、兩公神靈未二磨滅一、應下騎二白鳳一游中清都上、游二戲下界一復聊爾、鯤鵬豈必槍二枋楡一、眉州玻瓈天馬駒、酹レ公三釂公歸乎。(378)

五更細雨、眉州を出て夾江《けふかう》に至る、青衣江の畔《ほとり》にあり、驛程記にいふ。

巴閬《はらう》より成都に走り、眉に至る千餘里、名都大邑《たいいう》(379)茂草を鞠爲《きくゐ》す(380)、夾江の境に入れば卽ち溝塍《こうしょう》棊布《きふ》(381)、煙邨《えんそん》暖然、吳中の風物に類す。

詩にいふ。

沉黎東上古犍爲、紅樹蒼藤竹亞レ枝、騎レ馬青衣江畔路、一天風雨望二峨眉一。(382)

來江の東四十里許《ばかり》、山あり九盤と名づく、十月初一日此に至る。所謂

山は青衣江に臨み、石壁大劍を橫磨するが如く、江濤其下に奔突し、人をして骨慄《ふる》はしむ。遙《はる》かに大峩《たいが》(383)を望めば、天半に秀出して、雲嵐《うんらん》萬狀、積雪晶然、中峩は傴僂《くる》の如く、少峩は拱揖《きょういふ》(384)の如し、北來の諸山、蜿蜒《ゑんえん》起伏、爭うて峨下に趨《はし》(385)る。

九盤を經て嘉州に入る。嘉州の山水は第一と稱せらる。岷江東より來り、青衣水、沫水《まつすゐ》は西より來りて、合流城下を過ぎて東南に流る。

龍游城郭碧玻瓈、西望二三峨一曉黛滋、分二取三江一作二明鏡一、鏡中各自照二蛾眉一。(386)

此に信宿して、四近の名勝を探る。其北、竹公溪あり、相傳ふ古《いにしへ》一女人あり、溪に浣《あら》ふ、大竹あり流れて其足間に入る、其中啼聲《ていせい》あるをきゝ、剖《さき》て之を觀《み》るに、則ち孩《がい》なり、歸《かえ》て之を養ふ、長ずるに及んで才武あり、自立夜郎侯となり、竹を以て姓となすと。

竹公溪水綠悠々、也合二三江一一處流、珍重嘉陽山水色、來朝送レ客下二戎州一。(387)

高望山の絕頂に登る、山また高標山と名づく、巋然《きぜん》(388)として高く峙《そばだ》ち、萬象前に在り、峩眉三江を望んで歌あり、

四海復四海、九州還九州、河伯海若更相笑、蟪蛄何足レ知二春秋一、今年辭レ帝蓬萊宮、乘レ風偶作西南游、中條姑射不レ足レ數、失レ喜太華揚二高旒一、河潼遠坼巨靈跖、鉤梯百丈臨二龍湫一、終

南太白幻二雲物一、秦棧詰曲哀猿愁、錦城小住五十日、岷山秀色垂二簾鉤一、青城玉壘尻首接、灌口屈注雙江流、興極欲レ蹋大峨脊、郤騎二痩馬一來二龍游一、嘉州罨畫枕二江上一、孤峯縹緲東南浮、神霄玉清有二遺跡一、登臨可三以消二煩憂一、蹋レ泥盤々到二絶頂一、江山披豁開二雙眸一、峯巒八面簇二金碧一、下瞰二江海一如二浮漚一、八十四盤在二衣帶一、氣凌二五嶽一驕二公侯一、暮雲早雪忽明滅、兜羅綿現無二時休一、岷江從レ東來、奔騰廻二萬牛一、沫水滙二青衣一、簸蕩千斛舟、三江九峯倏然合、丹厓翠嶂窮二雕鎪一、江山奇麗冠二天下一、何意絶景來二蠻陬一、天風蓬勃日西墜、搔首欲レ去仍淹留、荊吳萬里自レ茲始、來朝起レ柂尋二巴邱一。(389)

又凌雲《りょううん》の勝をきゝ此《こゝ》に遊ぶ、曉に平羌《へいきやう》を渡り、江邊亂石を蹋《け》り、興旺し馬をすてゝ、歩して凄雲の絶頂に上る。時に雨新たに霽《は》れ、初日青壁を射、下に瞰《み》れば三江浩蕩《かうたう》、平席の如く、西に望めば峨眉《がび》遙に相揖《いふ》す。曠然《くわうぜん》(390)として衣を千仞《せんじん》の岡に振ひ、足を萬里の流に濯《あら》ふの想《おもひ》ある也。蓋し邵博《せうはく》の清音亭記によるに云ふ、天下山水の勝は蜀に在り、蜀の勝は嘉州にあり、嘉州の勝は凌雲寺にあり、寺の南山又其勝なりと。故に東坡詩あり、いふ、生きて萬戸の侯に封ぜらるゝを願はず、亦韓荊州《かんけいしう》に識《し》らるゝを願はず、但願ふ身、漢嘉の守となつて、酒を載せて時に凄雲の游を作《な》さんと。(391) 勝此の如し、詩なかる可らず。

眞作二凌雲載レ酒遊一、漢嘉奇絶冠二西州一、九峯向レ日吟二江葉一、三水通レ潮抱二郡樓一、山自二涪翁亭畔一好、泉從二古佛髻中一流、東坡老去方思レ蜀、不レ願人間萬戸侯。(392)

翌、嘉陽より舟に登つて江を下る。

青衣江水碧鱗々、爽レ岸山容索レ笑新、悵望三峩九秋色、飄零萬里一歸人、亭臺處々餘二金粉一、城郭家々繞二綠蘋一、信二宿嘉州一如二舊識一、茘枝樓好對二江津一。(393)

首《かうべ》を回《めぐ》らして烏尤山《ういうざん》を望む、山に爾雅臺《じがだい》あり、郭景純の爾雅を註する處、山下墨魚を產す、謂《い》ふ研墨を食して化する所也と。

墨魚吹レ浪一江浮、爾雅臺荒古木秋、碧水丹山留不レ得、風帆回レ首別二烏尤一。(394)

順風槳《かい》を蕩《うごか》して舟漸《やうや》く進み、道犍爲《けんゐ》を過ぐ、江水遙々楚《そ》に入《いり》て流れ、首を回らせば凌雲既に渺茫《べうばう》に墮《お》ち、天外たゞ峩眉の客を送《おくつ》て、峯頂の清雲、白毫毛《びやくがうまう》の如きを見る。十月初三日敍州に至る。敍は岷《びん》と大江と相會流する處《ところ》、晩に鎖江亭に登る。遙に望めば、落霞《らくか》孤鶩《こぼく》(395)城堞《じやうてふ》(396)歷々として、蒼山暮靄《ばあい》の間にあり。初五日江安を經て、清溪に至る。清溪は李白が詩に所謂峩眉山月半輪の秋、影は平羌江水に入《いり》て流る。夜清溪を發して三峽に向ふ、君を思へども見ず渝洲に下る(397)なる者、卽ち此《これ》、

蠻雲漏日影凄々、夾岸蕭條紅樹低、好在二峩眉半輪月一、伴レ人今夜宿二清溪一。(398)

納溪を經、瀘州《ろしう》に至る。出師表《すゐしのへう》に所謂五月渡レ瀘《ろをわたる》なるもの、詩ありいふ、

錦官城東內江流、錦官城西外江流、直到二江陽一復相見、暫時小別不レ須レ愁。(399)

城南の忠山に登る、三峽の流《ながれ》茫々、五峰の影歷々、下城郭を俯瞰《ふかん》すれば、萬瓦鱗集、寺は煙外に在り、樓は水邊に在り。州の北二里撫琴渡《ぶきんと》あり、相傳ふ是れ尹伯奇《ゐんはくき》が琴を彈ずる處と。伯奇は蓋し吉甫《きつぽ》の子、至孝也。吉甫後母の譖《しん》(400)をきゝ之を遂《お》ふ。伯奇、芰荷《しか》(401)を編んで衣とし、楟花《ていくわ》(402)を採って食《くら》ふ。清朝《せいてう》霜を履《ふ》む、乃ち琴を援《ひ》いて死す、此處《このところ》卽ち此《これ》。

明月生二琴渡一、似レ聞彈二履霜一、猿聲何處發、今夜宿二江陽一、更有二巴渝曲一、能霑二旅客裳一、
楓林前路遠、葉々似二瀟湘一。(403)

初六日又、五峰に登る、晨起《しんき》舟を泛《うか》べて至る。驛程記にいふ、

舟中より四眺すれば、晨曦《しんぎ》晻靄《あんあい》、(404)煙雲卷舒《けんじょ》、遠近の諸山、濃淡出没、江樓水市、漁浦風帆、歴々數ふ可し。山麓に至つて輿《よ》して上る、共にする何生、許生、騎して從ふ。小市を穿《うが》つ、居人百餘家、山を負ひ、江に映じ、蔬畦竹圃《そけいちくほ》、(405)蒼翠彌望《さうすゐびばう》、(406)昔盛なりし時、商船輻輳《ふくそう》の所たり。水容は青滑々、(407)山態は碧玲瓏《へきれいろう》、(408)雲樹孤城の外に遠く、風帆小市の東を過ぐ。更に北嚴寺に游んで回《かへ》る。

瀘を過ぎて東百二十里、合江あり、歲暮天涯、故國音書絶え、渝歌聲苦《ゆかせいく》、(409)客心を摧《くだ》いて寐《ねむり》を就《な》さず。

鰼部蠻荒水、東南裂レ地來、江臨二巴子一潤、山倚二少岷一開、故國音書絶、天涯老鬢催、渝歌聲太苦、中夜起徘徊。(410)

十月七日晡《ほ》、江津に至る。小山、桐子樹《とうしじゅ》多く、葉渥丹《あくたん》(411)の如し、夕霞と相映じて一江明《あきらか》なり。

路入二江州一愛二晩晴一、青山紅樹眼中明、斜陽潮送二孤舟一上、沙岸人牽二百丈一行。(412)

夜渝州に泊す、渝州は今の重慶なり、所謂三江の會を承《う》くる處、岷江は西南、敍瀘(413)よりして來り、涪江《ふうかう》は嘉陵江、巴江と合して西北よりして長江に會す。

塗山斜月落、巴國曙鷄鳴、亂艇煙初合、三江潮夜生、霜寒催二曉角一、石氣肅二高城一、不レ寐聞二猿嘯一、迢々入レ峽聲。(414)

渝を過ぎて巴峡に入る。新月哀笛、羈客《きかく》(415)の涙徒《いたづら》に多し。

曲折眞成レ字、滄波十月天、雲開見二江樹一、峡斷望二人煙一、新月數聲笛、巴歌何處船、今宵羈客涙、流落竹枝前。(416)

長壽縣を過ぎて涪州に入り、北巖に登りて程伊川の注易堂を訪ひ、更に石魚に感興して鄕思を動かす。石魚は涪陵《ふうりよう》(417)の江心にあり、雙魚を石に刻せる者、一魚ごとに三十六鱗。

涪陵水落見二雙魚一、北望二鄕園一萬里餘、三十六鱗空自好、乘レ潮不レ寄一封書。(418)

十月十二日酆都《ほうと》に至る。肩輿《けんよ》平都山に上り、仙都觀の古趾《こし》を訪ひ、麻姑洞《まこどう》を觀る。

神仙官府事紛然、懶漫誰能更學レ仙、但乞二麻姑一爬二背癢一、餘杭兌レ酒此中眠。(419)

忠州を過ぎて禹廟《うべう》に賽《さい》し、陸宣公(420)の墓に謁し、壤塗《じようと》、雲陽を經て夔州《きしう》(421)に至る。城樓に登つて八陣圖を望みて、永安京裡《えいあんきゆうり》先生病篤《あつ》くして遺孤を武侯に托《たく》せるを思ひ、

城上風雲猶護レ蜀、江間波浪失レ呑レ呉。(422)

瀼西《じようせい》に少陵(371)の岸連巫峡影、門對蜀江聲(423)の處にあるの祠《し》を訪うては、絶代の文士貧に老いたるを哀《かな》しむ。白帝城は卽ち李白の詩に所謂、朝辭白帝彩雲間、千里江陵一日還(424)なるもの。城、白帝山に枕《のぞ》み、石垣繚繞《せきゑんれうぜう》(425)、上青冥(426)を極む。絶頂正俯すれば、瞿塘兩厓《くたうりやうがい》あり、灔澦石《えんよせき》(427)其西にありて江面に孤峙《こぢ》し、南には卽ち昭烈(428)の廟あり。杜甫、詩あり、白帝城門水雲外、低レ身直下八千尺(429)、正に之《これ》也。峡口此より始まる、其兩厓は卽ち瞿塘なり。連厓千丈奔流雹激、舟人甚だ之を懼《おそ》る。舟正《まさ》に發す、詩あり。

十月瞿唐峡、孤根灔澦堆、風雷髙二白帝一、雲雨暗二陽臺一、朱鷺軍中樂、青楓渡口盃、瀼西廻望

好、欲レ去且徘徊(430)。

巫山《ふざん》は江北に在り、形酷《はなは》だ巫の字に肖《に》たり、舟を泊して高唐觀に登る。傳へいふ、西王母女《むすめ》(431)あり、瑤姫《えうき》といふ、未だ行かずして卒《しゅつ》し、巫山の陽《みなみ》に葬る。楚《そ》の懷王高唐に游ぶ、晝寢《い》ねて夢に神と遇《あ》ふ、ために高唐観を巫山の南に置く。宋玉の高唐賦にいふ、昔先王、嘗《かつ》て高唐に游ぶ、夢に一婦人を見る、王因《よつ》て之を幸《かう》す、去て辭して曰く妾《せふ》は巫山の陽、高邱《かうきゅう》(432)の阻《そ》にあり、旦《あした》に行雲となり、暮に行雨となる、朝々暮々陽臺の下に在りと、是《これ》也。

西上二高唐觀一、陽雲對二舊臺一、瑶姫何處所、望遠獨徘徊、恍忽荆王夢、芳華宋玉才、細腰宮畔柳、併作二楚人哀一。(433)

又觀の西、箜篌山麓《くごさんろく》に神女廟を見、十二峰を望む。其自ら記する所にいふ、舟巫峽に入り、三分水山を過ぐ、益《ますく》奇麗、神鴉《しんあ》四五あり、飛んで行舟を逐ふ、肉を以て之に擲《なげう》つ、妙承、蜩《せみ》の如し、飽けば卽ち巖洞中に歸ると。

十二峯娟妙、輕舟望二是非一、靑天半雲雨、夕日亂二煙霏一、瀑水臨レ江合、神鴉出レ洞飛、朝雲無二處所一、應レ待二楚王歸一。(434)

所謂三峽の險なる者は、奉節の瞿塘峽、巫山の巫峽、夷陵《いりよう》の西陵峽是也。西夔州《きしう》より起り、東夷陵に達する間をいひ、連山疊嶂《でふしやう》(435)、天を隱し日を蔽ふこと凡《およ》そ六七百里、巫峽の猿聲、荆門《けいもん》(436)の秋風、遙夜《えうや》孤(437)舟の情想《おも》ふ可き也。巴東に至る、秋風亭あり。

秋風亭上望、搖落値二秋風一、巫峽千帆上、荆門一水通、淸猿吟二楚塞一、客涙落二巴東一、故相還㆓祠廟㆒、凄其伏臘同(438)。

歸州に抵《いた》り、秭歸《しき》に夜泊す。秭歸は屈原の故宅の在りし處、云ふ屈原暫《しばら》く郷に還《かへ》る、其姉女須《あねぢよしゆ》、原が還《かへる》を聞き、亦來《きた》つて之を喩《さと》す、故に秭歸といふと。姊は秭と通ずる也。

江水茫茫去、西風感㆓鬢絲㆒、峽深夔子國、月上屈原祠、灘響夜方急、猿聲寒更悲、楚天搖落後、
何處採㆓江籬㆒(439)。

此夜五更山行、屈沱《くつだ》に之《ゆ》き、屈原の廟に謁す。廟山を負ひ、江に面す。

斜月楚山外、寒江初上㆑潮、左徒遺廟在、未㆑惜馬蹄遙、國破憐㆓哀郢㆒、魂歸賦㆓大招㆒、雲旗空
悵望、回㆑首木蘭橈(440)。

歸州より五里白狗峽《はくこうけふ》に入り、三十里にして新灘《しんたん》に至るべし。十九日登舟、兵書峽を過ぐ、傳へて諸葛武侯藏書の地となす。

　峽半石壁洞あり、中に石有り、形卷帙《くわんちつ》に似たり、俗に武侯の兵書と謂ふ。遙《はるか》に峽口を望めば、煙靄《えんあい》明滅、虧蔽《きへい》(441)萬狀、稍〻《やう〱》之に近づけば則ち驚濤《きやうたう》、雪の如く、浩洶《かうきよう》(442)人を恐れしむ、聲數里に聞ゆ、大石傾隤《けいたい》(443)、水面に横牾《わうご》(444)し、楚蜀間《そしよくのかん》第一の險也(445)。

詩にいふ、

兵書峽口石横㆑流、怒敵江心萬斛舟、蜀舸呉船齊著㆑力、西陵前去賽㆓黄牛㆒(446)。

又空舲峽《くうれいけふ》あり、絶厓壁立。數百丈、飛鳥栖《す》む能はず。

上灘嘈々如㆓震霆㆒、下灘東來如㆓建瓴㆒、瞥過前山纔一瞬、鷓鴣啼處到㆓空舲㆒(447)。

新灘より八十里にして、黄牛峡に至る。其南岸重嶺《ちょうれい》疊起、峰頂色《いろ》あり、人、刀を負ひ牛を牽《ひ》くが如し、人は黒、牛は黄、成就分明、既に人跡の絶つ所、此を得て究むるなし。巖既に高く、加うるに江湍《かうたん》(448)深廻、途逕《とけい》(449)信宿と雖《いへ》ども、猶此物を見ず。故に行者謠《うたつ》て曰く、朝《あした》に黄牛を發し、夕に黄牛を宿すと。孔明の黄陵廟記に曰く、

神像影より現はる。髮鬢鬚眉《はつびんしゆび》、冠裳宛然《くわんしやうゑんぜん》、綵畫《さいぐわ》(450)の者の如し。前に一旌旗《せいき》を竪《た》て、後に一黄犢《くわうとく》(451)を駐《とど》む、猶工を董《ただ》し、開導の勢あり、古傳載する所、黄龍、禹《う》を助け、工を開き、治水九載にして功成ると、信《まこと》に誣《し》ひざる也。

詩あり。

秭歸來百里、突兀見㆓黄牛㆒、下水纔朝暮、行人已白頭、山川虁路險、疏鑿禹功留、尙憶平成日、茫々辨㆓九州㆒。(452)

黄牛を發して途《みち》、蝦蟇碚《がまはい》に登る。陸放翁の入蜀記によるに云ふ、蝦蟇頭鼻吻《ふん》(453)頷絶《はなは》だ類して、背脊皰處《はいせきはうしよ》尤《もつと》も眞に逼《せま》る。造物の巧此《かく》の如き者あり。背上より深く入れば一洞穴を得、石色綠潤、泉冷々として聲あり、洞より出で、蝦蟇口鼻の間に垂れ、水簾《すゐれん》を成して江に入ると。

黄牛打鼓朝發㆑船、碧波白鳥爭清姸、迴㆑首名山大川閣、烏尾已捩西陵煙、三峽欲㆑盡尙迤邐、云十二碚紛鉤連、頗聞中有㆓第四泉㆒、康王谷水差隨㆑肩、峽窮碚轉詫㆓奇事㆒、忽見飛瀑流琤㶁、爬㆑沙終古此巖側、青冥無㆑路誰夤緣、江風吹㆑笠冷㆓毛髮㆒、峽雲挾㆑雨鳴㆓船舷㆒、大索瓶瓮貯㆓飛雪㆒、旋㆓去屐齒㆒窮㆓危巓㆒、横斜拾㆑級一徑上、藤梢橘刺相糾纏、皴皰槎牙澀㆓苔蘚㆒、清泉百

道爭二涓涓一、陰洞終古閟二白日一、神瀵噴薄鍾乳堅、石壁巃嵸艱巉錯、題レ名豈辨唐宋年、永叔涪翁詩不レ滅、誰爲二好事一重鎚鐫、名山蒙頂壓二顧渚一、春芽開裹勞二烹煎一、下レ巖轉レ舵未レ忍レ去、下牢關外斜陽懸。(454)

彝陵州《いりょうしゅう》に抵《いた》る。古の西陵の地、州の西、江を泝《さかのぼ》ること二十里、西陵峡あり。江水峡中を歴《へ》て、西陵峡に至つて始めて漫して、平流となる。州、其衝に當る、故に古より皆此地を以て攻守の要害となす。城郭雄壯にして西、大江に臨む、實に荊岳《けいがく》(455)の門戸なり。

扁舟天上落、回首萬灘高、斜日明二西塞一、秋風過二下牢一、江湖初莽蕩、呉蜀幾旌旄、至喜亭邊泊、椎牛也自豪。(456)

蜀道艱難易二白頭一、羊腸虎臂又黄牛、西陵纔過荊江出、聽二盡猿聲一是峽州。(457)

夷陵を過ぎて宣都に大風に遇ひ、暮雨、枝江に入る、枝江は卽《すなわち》荊州、江陵府に楚の懷王の冢《ちょう》(458)あり、唐の張說の詩に、嶢關《げうくわん》の路に客死し、枝江の陽に返葬(459)すといふ者是《これ》也。

當年遺恨割二商於一、故國秋風總廢墟、望裏丹陽抔土在、寒潮猶似哭二三閭一。(460)

又荊州懷古の詩あり、

白帝城邊醉放レ舟、夕陽荊楚此登樓。驚レ心割據三分地、放レ眼關河萬里遊、山色茫々江夏遠、風煙漠々渚宮秋、何須更續英雄記、今古無三人似二仲謀一。(461)

江陵に至つて舟をすつ。江陵は李白の詩に所謂千里江陵一日還(424)なるもの、是《これ》。舟をすてゝ陸行、北に向ふ。荊門を過ぎ、萬山の鯿魚《へんぎょ》(462)に孟浩然《まうかうねん》を憶ひ、隆中の臥龍(463)に諸葛亮《しょかつりゃう》を憶ひ、銅鞮坊《どうていぼう》北の路、少年馬を走らして、齊《ひと》しく野鷹《やよう》を唱へて來る(464)の襄陽《じやうやう》を過ぎて、漢江を渡る、漢江は卽ち沔水《べんすゐ》の下流、源を蜀に發して南下せるもの、驛程記に曰ふ、

漾水《やうすゐ》、沔水、漢水、滄浪水《さうらうすゐ》、實に東漢の一水、地に隨うて名を易《か》ふ、南、江夏沙羡《させん》の北に至つて江に入る、經(465)に所謂沔水、江と合流するもの是也。余、閏七月を以て沔を渡り、嶓冢《はちよう》を過ぐ、實に東漢發源の處、今行萬里、三峽を下り、復《また》沔水と相見る、未だ情あるを免かれずして、而して余の行役の久しき知る可し矣。

詩あり、

昨過嶓冢陽、今來漢皐曲、萬里故人心、江流鴨頭綠。(466)

漢江を涉《わた》れば卽ち樊城《はんじやう》。

樊口隔二銅鞮一、江樓烏夜啼、行人渡レ江去、回首峴山西。(467)

何處白銅鞮、相逢大堤曲、樊城多二酒家一、郎在二誰家一宿。(468)

新野を經て南陽に至る、南陽臥龍岡《ぐわりようかう》あり、謂ふ武侯が躬耕《きゆうかう》の處と。

五丈原頭望、秋風落二大星一、空留高臥處、古柏日冥々。(469)

博望城に至る、此地後漢の張騫《ちやうけん》の封ぜられし處、其匈奴《きようど》に留《とど》めらるゝ十餘歲にして、猶漢節(470)を失はざりしを憶ひ、襄城に至て黃帝將《ま》さに大隗《たいくわい》を具茨《ぐし》の山に見んとして此《こゝ》に至て七聖皆迷へる(471)といへる莊子の寓言《ぐうげん》を想ひ、行いて汝水を渡り、潁水《えいすゐ》を渡り、玆《こゝ》に河に至る、滎澤《けいたく》に至て河を渡る。西望、過來の地を想うて、

使者河源復卻廻、杖藜曽記到二雲臺一、高秋華嶽三峰出、曉日潼關四扇開、星宿海從二天上一、落崛崙槎自二斗邊一來、何時更訪二茅龍一去、東望二滄溟一水一杯。(472)

行《ゆ》いて、衞輝に次す、母の訃《ふ》を聞く、先是《これよりさき》、母痰疾《たんしつ》(473)に罹り、遂に起たず。實に八月初一日に在り。山人是《こゝ》に至て始めて訃を聞き、即ち徒跣《とせん》喪に奔《はし》り十一月里に抵《いた》る、苫土《せんど》に寐處《びしょ》(474)し、哀毀《あいき》(475)骨立ち杖して後起つに至る。池北偶談に自ら之を記して曰く、蜀に入るの時、百牢關を過ぐ、一詩を作り諸兄を懷ふ、盧《ろ》の字を結ぶ、心忽ち動いて曰く、盧は盧居(476)なり、不祥なきを得んやと。又劔南の詩を閲《け》みす、云ふ有り、成都放榜《はうばう》(477)一人、楊姓具慶下愴然《さうぜん》と感あり、(478)又心之を惡《にく》む、榜放《はな》つに比《およ》んで、解元果して楊兆龍《やうでうりょう》也、心益《ます〳〵》動く、時に先慈(479)宜人己に背《そむ》かる、予萬里外にあり、未だ知らざりしなりと。

此行《このかう》、詩を得ること凡そ三百五十有餘篇、蜀道集となす。皆高古雄放、當時以て韓蘇の海外詩に比せり。(480)葉子吉評して曰く、大篇短章に論なく、毎首二十分の力量あり、所謂獅子《しし》象を搏《う》つに皆全力を用ゆる者なりと。盖し蜀の地、山水明麗、棧雲《ざんうん》峽雨、詩情を動かすこと多かりし也。漁洋が平生尤《もっと》も棧道の圖を愛し、又論詩絶句に詩情合レ在二空舲峽一、冷雁哀猿和二竹枝一(481)といへる、彼が夢寐《むび》して得ざりしの山川に放游す、大江幽壑《いうがく》(482)煙嵐《えんらん》雲水、豈《あ》に絶奇の詩を促《せま》り出さざらんや。

翌十二年より十四年に至る喪に服すること三年、其間亦母死せしの翌十二年七月二十日、其兄西樵亦哀毀病没す、四十年の兄弟誨《をし》へては師たり、撫《ぶ》しては兄たりし者一朝溘焉《かふえん》、鴒原《れいげん》(483)の悲《かなしみ》ありて更に牙生《がせい》、弦を輟《や》むるの痛《いたみ》あり。其閲先兄西樵故書泣賦(484)に曰く、

丹鉛脫レ手尚依然、淚灑蛛絲對二舊篇一、南面百城如二昨夢一、河東三篋憶二當年一、縱橫鼠跡承塵

上、零落苔花廢砌邊、痛絶人琴今已矣、牙生從レ此竟摧レ絃。(485)

服《を》闋はつて七月京師に赴く、時に故人皆散じて惟《たゞ》李湘北、陳子端、葉子吉三人の翰林にあるのみ。漁洋の京に至るや、李と陳と卽日之を天寧寺《てんねいじ》に訪ふ、適〻《たま〳〵》山人他に往く、二人塔下に坐して以て待ち、牡鑰《ぼやく》(486)將《ま》さに下らんとするに至て、始て騎を連ねて城に入れりといふ。既にして彭駿孫又浙西より來り、問《とひ》て文酒の會(487)をなすも、復曩時《なうじ》の盛なし。秋復鄕に歸る、李と葉と之を送つて慈仁寺の邸に豎坐し、流連日晏《くる》るに至て、發するを得ず。

其五、初老、使二粵東一(488)

自康熙十五、丙辰四十三歳
至康熙卅四、乙亥六十二歳

康熙十五年正月京師に赴く、戸部郎中たる故《もと》の如し、是《この》九月夫人張氏没す。張氏、順治七年八月、十四歳を以て漁洋に配し、鸞鳳《らんぽう》の侶たること二十六年、漁洋は詞人疎散《そさん》にして家人の生産を問はざるも、張氏能《よ》く勤儉を以て內助し、漁洋をして其好む所に專《もつぱら》にするを得しめたり。嗚呼《あゝ》室に入て人を思へば流芳(489)已に歇《や》み、遺挂《いけい》(490)壁に在り、悵然《ちやうぜん》として賦す。

病中送三我向二南秦一、感レ逝傷レ離涕淚長、長憶啼猿斷腸處、嘉陵江驛雨如レ塵。(491)

予、使を奉じて蜀に入る、時に兩《ふたり》ながら愛子を喪《うしな》ひ、宜人(492)病骨牀《しやう》を支へて、而して予、萬里の(493)行あり、宜人予が心を傷《やぶ》らんことを慮《おもんぱか》り、涕《なみだ》を破つて笑をなし、病を扶《たす》けて裝を治む。刀尺の聲、嗚咽と相間《まじ》はる、惟、予の聞かんことを恐るゝ也、(494)

といへる當時を憶《おも》へる者。

千里窮交脱贈心、蕪城春雨夜深々、一官長物吾何有、卻損閨中纏二臂金一。(495)

是れ卽ち

辛丑《しんちう》廣陵に至り、閩中《びんちゆう》の友人許天玉、公車北上、資斧《しふ》(496)を缺《か》くを以て來り告ぐ。會《たま〲》、囊《なう》一錢なし、先室張宜人笑て曰く、君憂ふる勿《なか》れ、我、君の爲めに之を籌《はか》らんと、腕上の條を解き、予に脱付して曰く、此れ許《ばかり》君の費たるに足らざる耶《や》と、予も亦一笑(497)、

を云へる者なり。蓋し古賢媛《いにしへけんゑん》(498)の風ありしを見る。

人間青春久しからず、老冉々《ぜん〲》として早く至る、母を喪ひ、兒を喪ひ、妻を喪ひ、相つげる哀痛は、又人の早く老ふることをたすけて漁洋脚痛《きやくつう》に悩む。

去年牙齒豁、一痛連鼸車、今年腰脚痛、登降須二人扶一、吾年纔四十、早衰信有レ諸、憶昔登二金焦一、南遊窮二具區一、騰趠如二飛猱一、神尻駕二空虛一、西行極二岷峨一、奇觀淩二清都一、兩脚輕二孱顏一、邛杖非二吾須一、十載一彈指、肉緩筋亦駑、况復苦二蹊鼇一、舉歩多二崎嶇一、始悟咸二其腓一、初九利二安居一、既不レ策二捷足一、安用悲二泥塗一、誰能相比附、如二彼蹷與一レ驢(499)。

康熙十七年正月王が文名、天閽《てんこん》(500)に達し懋謹殿《ぼうきんでん》に對す。明日、詩文兼優を以て、翰林院《かんりんゐん》侍讀を授かる。

其召對錄にいふ、

康熙丙辰《へいしん》、某《それがし》、再び戶部郎中に補せられ、京師に居《を》る。一日杜肇余《とてうよ》閣學(501)、予に謂《いひ》て曰く昨、諸相に隨《したがひ》て事を奏す、上忽《たちま》ち問ふ、今各衙門官《がもんくわん》、讀書博學詩文を善くする者孰《たれ》か最首と爲す、高陽李公對《こたへ》て曰く、臣の知る所を以てすれば、戶部郎中王士禎其人也と、上之を頷《がん》して朕《ちん》も亦之

を知ると曰へりと。明年丁巳《ていし》六月大暑、講を輟《や》む、一日桐城《とうじやう》の張讀學を召し入れ、上の問ふこと前の如し。張公對《こた》ふ、王郎中某、詩一時の共に推す所たり、臣等も亦皆就いて之を正《た》だすと。上、士禎の名を擧ぐる再三に至り、又問ふ、王某の詩、後世に傳ふ可きや否《いなや》、張對て曰く一時の論、以て傳ふべしと爲《な》すと、上又之を頷す。七月初一日、上又高陽の李公、臨朐《りんく》の馮公《ふうこう》に問ふ、再び士禎及び中書舍人陳玉基を以て對ふ、上之を頷す。又明年戊午《ぼご》正月二十二日、遂に翰林掌院學士陳公と同じく懋勤殿に召對を蒙《かうむ》る。次日特旨、翰林院侍讀を授かる。[502]

翌十八年、明史の纂修官に充《あ》てらる。是歳《このとし》博學鴻儒《こうじゅ》を以て徵せらるゝ者京師に雲集し、施閏章《しじゅんしやう》、汪琬《わうゑん》等また皆翰林に入り、館に在つて互に相倡酬《しやうしう》す。十九年歳庚申《かうしん》に當る閏八月、國子監祭酒に遷《うつ》る。先是《これよりさき》順治十六年、山人未だ達せざりし時、正陽門關の壯繆祠《さうびうし》に祈籤《きせん》す、云ふ、今君庚申未だ亨通《かうつう》せず、且《しばら》く江頭に向つて釣翁となる、玉兎《ぎょくと》重ねて生ぜば、應《ま》さに跡を發すべし、萬人頭上に英雄を逞《たくまし》うせんと。山人其明年庚子の歳揚州に至り、所謂江頭に釣翁となる者也。居ること五年にして、甲辰の歳內遷、此歳庚申閏八月に至て國子監祭酒に拜せらる、卽ち閏月玉兎重生なる者也。[503]池北偶談を載せて云ふ。[504]

所謂庚申なる者は蓋し始終を合せて之を言ふなり、揚郡、江に瀕《ひん》す、[505]故に江頭と曰ふ也。庚申歳八月に至て、閏《うるふ》を置て、予崇禎甲戌《かふじゅつ》を以て生る、實に閏八月にあり、閏中《じゅんちゅう》秋を過ぐる四閱月《えつげつ》、遂に聖恩を蒙《かふ》むり、擢《ぬき》んでて大司成に拜す、是《こゝ》に於て乃ち玉兎重生の義を悟る。

康熙二十一年春正月、上元の月、內閣九卿、翰林詹事《せんじ》等に宴を乾淸宮《けんせいきゅう》に賜ふ、詔《みことのり》して柏梁體の詩を賦せしむ。帝首倡《しゆしやう》して云ふ、麗日和風被萬方と。(506)大學士已下《いか》次を以て賡和《かうわ》、(507)山人九徳六行爲士坊(508)の一句を得、二十三年冬、詹事府少詹事に遷る、祭酒に在《あ》ること四載、池北偶談に云ふ、(509)

祭酒一二年ならずして、輙《すなわ》ち遷り去る、春秋丁祭(510)四者を過ぐるなし。順治中、淄川《しせん》高念東侍郎、祭酒たり、久しく遷らず、一日閣に至る、洪文襄、戯れて謂《いつ》て曰く、高先生五丁の開山と謂《いひ》つ可しと。高笑て曰く、五丁六甲(511)妨げなしと。果して三年始めて遷り去る。予、成均(512)に在る四載に迄《いた》りて、始めて少詹(513)に遷る。戯《たはむれ》に口占して先生に寄せて云ふ。嘉話曾聞役二六丁一、任教人笑二鈍司成一、六丁今日還加レ二、始信前賢畏二後生一。(514)

康熙廿三年冬十一月、使を奉じて南海神を祭告す。(515)先是《これよりさき》十月十九日聖祖、東に巡狩し、宗を祭り、孔子を闕里(516)に謁し、更に官を遣はして岳鎮海瀆《がくちんかいとく》の神を祭る、王の行く蓋し此事を以てなり、河間に至る。時に兵部督左理事官鄭重も亦同じく命を承《う》けて、南鎮會稽山《かいけいざん》に奉告す。

五時新成禮二百神一、同時銜レ命帝城闉、朔風初過毛萇里、西日難レ遮庾亮塵、丹荔黃蕉炎海路、茂林修竹鏡湖濵、今宵且乞麻姑酒、別後倶爲萬里人。(517)

又徳州其の留別の詩に答へて曰ふ、

城下河流日暮寒、明燈綠酒罄二交歡一、從知二越絶風煙好一、敢謂珠厓道路難、巖瀨千峰雲際出、武夷九曲鏡中看、官園焙後茶香熟、此日思レ君到二建安一。(518)

古聊城を過ぎては魯連が射書を懐ひ、(519)留縣を過ぎては留侯(520)の祠を弔し、魚山の下に曹子建が八斗の才(521)を感じ、小洞庭を望んでは蘇司業が風流(522)を慕ひ、徐州を過ぎ、河を渡つて彭城《はうじやう》に入る。徐州は古、項羽が西楚の霸王となつて都せし處、彭城は卽ち古の大彭。

楚漢興亡後、雌雄幾戰爭、大風過二泗上一、落日照二彭城一、玉斗空遺恨、銀刀久厭レ兵、登レ艫一長嘯、氷雪太崢嶸。(523)

彭を過ぎて宿州に至る、宿州東門の道を汴堤《べんてい》といふ、卽ち古の隋堤《ずいてい》なり。隋堤曲を作りて往日を悲む。

殿脚三千事已非、隋堤風物尚依稀、玉蛾金璽飄零盡、誰見楊花日暮飛。(524)

宿を過ぎて臨淮《りんわい》に至る。時方《まさ》に十二月十八日、故に凛々歳云晏、我行淮楚間(525)の句あり。定遠桐城を過ぎ、二十七日、雪を冒《をか》して潛山の下をすぐ。諸峰雲霧の中に出沒して丹楓烏桕《たんふうきう》(526)、石流百折す。

處々溪山好、倪黃畫亦難、雪雲數峯白、楓桕萬林丹、高下松毛積、凄清石榴寒、天心愛二羈旅一、巖壑飽經レ看。(527)

潛山をすぎて沙河に至り、上流を渡り唐婆嶺に至る、峻坂《しゆんぱん》相屬し、雪中望見れば、前人、魚貫上下す。坂を登りて四矚《ししよく》すれば、萬樹薺《なづな》の如く、溪流之を經緯す。

皖公山色望迢々、皖水清冷不レ上レ潮、青笠紅衫風雪裏、一林楓桕馬蕭々。(528)

潛山の北三里、彰法山麓に大尉喬玄(529)の故宅あり、二喬の生れし處、溪流紆折《うせつ》松竹鬱然《うつぜん》、今寺となり廣敎寺といふ。寺前井あり、相傳ふ二喬、梳粧《そしやう》(530)の所と、今に至つて水臙脂色《えんじのいろ》を帶ぶ、黃山谷の詩に所謂松竹二喬宅、雪雲三祖山(531)なるもの卽ち是。

修眉細々寫二春山一、松竹蕭々響二珮環一、霸氣江東久銷歇、空留二初地一在二人間一。(532)

十二月二十八日雪やまず灊水《せんすゐ》を渡り、西に灊山の雲表に横絶するを望んで、太湖を過ぎ、晩に龍山に抵《いた》り河を渡る。寒山雪麓《せつろく》、長橋魚浦、居然として畫の如き也。

雪滿㆓龍山㆒望㆓五湖㆒、漁舟沙歩晩招呼、憑㆑誰喚起維摩詰、重寫寒江雪渡圖。(533)

宿松に至つて歳暮る、方《まさ》に除日。

久客忘㆓時序㆒、匆々逼㆓歳除㆒、楓林紅照㆑眼、鬢髮白盈㆑梳、灊岳多㆓迴雁㆒、潯江足㆓鯉魚㆒、春風來㆓早晩㆒、誰寄故園書。(534)

客中年は新まりて康熙二十四年となりぬ。元旦大雪、黃梅縣を過ぎて五祖山に謁し、山を下れば十里の間、木に松楓多く、草に蘭蕙《らんけい》(535)多く、鳥に畫眉翡翠《ひすゐ》(536)多く、山下の村落梅花多し。

雪滿㆓空山㆒下㆓翠微㆒、娛㆑人十里盡淸暉、野梅香破半溪水、翠羽一雙相背飛。(537)

太雪、潯陽江《じんやうかう》を渡る。樂天、昔、江中に琵琶を聞いて琵琶行あり。

行々皖口又蘄黃、纔挂㆓孤帆㆒指㆓豫章㆒、爲㆑報㆓匡君㆒多置酒、夜來風雪過㆓潯陽㆒。(538)

九江に抵《いた》り、更に廬山に入る。

曉出潯陽郭、廬山方出㆑雲、雲中雙白鹿、邀㆑我問㆓匡君㆒。(539)

十二日舟、苦竹洲を過ぐ。始めて雁を聞く、皆北に飛ぶ、感あり。

孤舟聞㆓雁唳㆒、春思滿㆓江湖㆒、北去經㆓彭蠡㆒、南飛異㆓鷓鴣㆒、已驚關塞遠、深念雪霜徂、故國多㆓煙水㆒、音書好寄無。(540)

又峽江を過ぐ。

短岫幽篁峽口陰、亂帆鴉軋滿二江潯一、長年煙際遙相問、十八灘頭水淺深。(541)

十八灘は贛水《かんすゐ》中に在り、萬安より虔州《けんしう》に至る、此に由る。惶恐灘《くわうきようたん》最も北にあり、是より北鼈口灘《べつこうたん》に至る大小凡て十八灘。

繫レ舟萬安城、已聞灘聲惡、連峰造二天闕一、疾雷殷二地絡一、篙師理二咸楫一、直與二驚湍一薄、萬山立二積鐵一、其下臨二大壑一、沉々蛟龍宮、神物信所レ託、排空紛怪石、森然奮搏攫、潛虬動二鱗甲一、巨刃揚二鐔鍔一、地根在二何處一、坐覺坤軸弱、悵然念二神禹一、封泥此疏鑿、長年聚二群力一、撇漩出二寥廓一、三復垂堂言、遠遊亦何樂。(542)

江行十八灘を經て、吉水に至る、漸《やうや》く嶺南に近し、氣候頓《とみ》に暄《けん》。(543)

螺川川北字江西、沙暖舟暄咫尺迷、纔過二元宵一如二上巳一、春山處々郭公啼。(544)

廬陵《ろりよう》に至り、方《まさ》に元宵《げんせう》、鄕思頻《しき》りなり。

放レ舟豫章水、月上廬陵城、照影疑レ無レ定、窺人似レ有レ情、冷々青桂溼、歷々白楡生、故國當二三五一、清輝亦自盈。(545)

泰和に至り夜泊す、道中詩あり、異鄕の風土を咏《えい》じて曰く、

捩レ舵開頭不レ計レ程、睡餘眞愛贛江清、將レ尋二方麴一猶嫌レ早、欲レ卸二吳綿一尙有レ情、木客山都人比レ舍、功曹主簿鳥多レ名、炎荒風物看殊異、署二附雙魚一達二上京一。(546)

泰和より萬安、皁口《さうこう》、攸鎭《いうちん》を經て、連日雨休《や》まず、江水淸漲《せいちやう》、(547)贛石二百里、一も見るものなし。攸鎭に至れば岸上の桃花既に盛に開く。

竟日孤篷雨、宵分尚未レ休、瘴雲來二嶺表一、江漲下二虔州一、暗溼桃花重、平添竹箭流、更聞春喚語、催レ白五更頭。(548)

路は嶺表に近くして一月早く桃花を見る。黄金洲頭夭々として紅燃えんとす。

巖屋纔三合、煙扉自一家、春風何造次、開遍小桃花。(549)

贛《かん》州に王陽明が宸濠《しんがう》を討ぜしの蹟《あと》を弔《てう》し、更に庾嶺《ゆれい》を行盡くして挂角寺《くわいかくじ》に張九齡の祠に謁して、一月三十日始興江口に至る。江、此に至て湞水《ていすゐ》、墨江、水を合して始めて巨津をなす。

西過二始興水一、湞谿增二綠波一、推レ篷春日下、高レ枕粵山多、前路逢二瀧吏一、迴風起二蜑歌一、鼻亭不レ可レ問、亂石鬱嵯峨。(550)

路、韶州《せうしう》に入る。舜祠《しゆんし》あり。昔聞く、舜南狩《なんしう》して蒼梧《さうご》の野に至て崩ず。蒼梧は韶の西にあり。

髣髴南巡蹟、重華事有無、雨痕上二斑竹一、雲氣接二蒼梧一、儀鳳何年逝、啼鵑歲又徂、不レ勝懷古意、江色日荒蕪。(551)

又韶石(552)あり、洲の北に至り、其石凡そ三十六、中《うち》兩石あり、其高各百仭《じん》、高圓五里、(553)相對峙《たいぢ》して相去ること一里、小大畧《ほゞ》均しく雙闕《さうけつ》(554)に似たり、韶州志に曰ふ、韶の山奇多くして韶石最たり、雙闕又韶石の絶奇なる者たりと。孫伯度、南征紀略亦之を記して曰ふ、

韶石前後怪石相望む、直なるは危柱(555)の若《ごと》く、削なるは堵牆《としやう》(556)の若く、圓なるは廩囷《りんきん》(557)の若く、半削なるは諨爪《ふくくわ》(558)の首尾の若く、翹々《げうく》(559)なるは舟航に似、方幅なるは布帆の如く、廉起《れんき》(560)なるは檐宇《えんう》(561)の如く、皆亢石孤稜《かうせきこりよう》(562)、煙を棲《す》まし、樹を帶び、左右舟檣《しうしやう》(563)、青々未だ了《をは》らず、

云ふ、昔舜游んで曽て此石に登り、韶樂(564)を奏す、故に名づくと。

昔聞韶石奇、今覩韶石狀、奇峰剴二凡體一、斗絶各雄長、怪石走二中流一、牙角怒相向、峽迫春湍豪、撞春力頗抗、雙闕屹東西、毬門始誰創、其旁有二阿閣一、靈鳳昔來貺、傳聞帝南巡、九成奏二匡嶂一、后夔不レ可レ作、疇與辨二眞妄一、飄搖翠龍駕、髣髴鈎陳仗、西望蒼梧雲、臨レ風獨惆悵(565)。

二月一日、曲江に抵《いた》る。

二月一日春態閑、桃花欲レ落鳥綿蠻、回レ頭不レ識中原路、人在三楓五渡間。(566)

初三日、東江に泊し、觀音巖を見る。巖削立百丈を逾《こ》え、巖穴深廣、千人を座せしむべし、洞口皆像形あり、成就自然刻劃(567)、南來志に自記す。

巖、峭壁《せうへき》、江に俯す、級を拾ふ五六丈餘可《ばかり》にして洞あり、呀然開豁《がぜんかいくわつ》(568)、中に觀音大士を祠《し》す。危欄壑《たに》に架し、左右石壁、束炬《そくきょ》(569)前導三折、絶頂に至る、下臨《かりん》地なし、巖巓《がんてん》鍾乳倒《さかしま》に垂下す。冪洞口《べきどうこう》(570)、巖根復《また》一洞在り、深窈黝《えういう》(571)黒水其中に出で、江に注いで絶えず。

詩あり、

粤山無二寸膚一、斯巖益厜㕒、其下蟠二水府一、其上排二雲霓一、洞穴豁二天半一、十丈臨二江涯一、騎危躡二虛空一、險絶緣二鈎梯一、白日忽晝晦、疑レ逢魑與魅、金獸佩二腰間一、火鈴前後隨、蝙蝠如二白鴉一、鍾乳皆倒垂、冪䍦掩二洞門一、狡獪神所レ爲、暗瀑響陰壑、尋丈安可レ知、灑落深潭中、如二弩齊發一レ機、佛座雲霧生、濛々沾二人衣一、遠江上二明月一、欄杆拂二參旗一、歸舟意惝怳、絶景誰能追(572)。

湞水《ていすゐ》を下つて峽山に至る。下に二禺祠《にぐうし》あり、或はいふ、黃帝の二小子、大禺仲陽音律を善くす、南阮兪《げんゆ》の竹を採つて、黃鐘律を制し、遂に此山に隱るといふ。(573) 磵中《かんちゆう》(574)遠近悉《ことごと》く菖蒲《しやうぶ》及阮兪竹を生ず、藻川、芳風交々《こもゞ》馥《ふく》と。

軒轅二帝子、聞住二綠雲間一、世遠無二遺跡一、夕陽空二亂山一、攀レ髯失二弓劒一、採レ藥異二荊蠻一、猿鳥靑冥裏、應二悲去不一レ還。(575)

峽山また歸猿祠あり、峭壁嵒岈《がんが》、(576)石級甚だ高く、巨石屹立《きつりつ》、古榕《こよう》(577)其罅《ひゞ》に生じ、蛟蛇《かうだ》の結蟠《けつばん》(578)する如し。相傳ふ、唐の時、孫恪《そんかく》、(59)下第して洛中に遊び、袁氏《ゑんし》に婚し、後家を携《たづさ》へて南康に之《ゆ》き、峽山寺を過ぐ、袁氏玉環を以て僧に獻じ、化して白猿となり奔去《はしりさ》る、蓋し此猿舊《も》と養ふ所、高力士束帛《そくはく》を以て易《か》へて、上陽宮に擾《みだ》す、玉環は卽ち訶陵《かりよう》の胡人、猿臂《ゑんぴ》に施隨する所なりと。

若爲二越女一化二猿公一、霧鬢風鬟向二此中一、留二得訶陵環子一在、月明長憶上陽宮。(579)

旣に廣州に到り、南海神祠に祭告す。南海神は府の東南に在り、衆水、扶胥口《ふしよこう》に會する所の波羅《はら》江灣に在《あ》り。

茫々百粤間、衆水歸二扶胥一、下涯波羅江、日夜相灌輸、嵯峨兩虎門、衞二此陽侯居一、神宮壓二滄溟一、潮汐在二階除一、我駕萬斛舟、乘レ風但斯須、飛廉送二旌麾一、龍伯爲二前驅一、百靈何蜿蜒、穹龜與二長魚一、將レ命二肅牲醴一、來格神所レ愉、振衣浴日亭、遙見三足烏、咫尺躡二樊桐一、覽二彼天帝都一。(580)

詩中謂ふ所の浴日亭は卽ち神廟の西に在り、小邱屹立、亭、其嶷《ぎよく》(581)に冠す。

乘レ槎興不レ盡、復欲レ帆二南溟一、夕次扶胥口、朝登浴日亭、島夷紛破碎、天水倒二空青一、一望窮二寥廓一、眞是小洞庭(582)。

廣州に五代の僞漢劉龑《りうげん》が冢《ちょう》(458)あり、龑既に大號(583)を僭《せん》するの後、たゞ奢靡を事とし、宮殿を治むるを以て務となす。昭陽諸殿、秀華諸宮を作る、みな瑰麗《くわいれい》を極む。昭陽殿、金を以て仰陽となし、銀を地面となし、簷楹榱桷《えんえいすゐかく》(584)、亦みな之を飾るに銀を以てし、殿下水渠を設け、浸《ひた》すに珍珠を以てし、又南薫殿あり、柱皆礎石を通透刻鏤《こくる》し(585)、各爐を置き、香を燃やし、氣あつて形なし。嘗て其左右に語《かたつ》て曰く、隋帝の論車(586)沈水を焼く、卻《かへつ》て粗疎(587)を成す、爭《いか》でか我二十四箇仙人を藏用するに似んと。而《し》かも相繼ぎ四世にして卽ち亡び、亡國の主、踟蹰《ちちゆう》して紇干山頭凍死雀何不二飛去一生處樂(588)をいはしむ。初、龑石識《せきしん》を得、古篆《こてん》(589)十六、其文に云ふ、人々有レ一、山々値レ牛、兎絲呑レ骨、蓋海承レ劉(590)と。蓋し人人一有るは大人なり、山々は出なり、値牛は龑、漢國を建てし歳《とし》、丑《ちゆう》に在る也。兎絲《とし》は其子晟《せい》、位を襲《つ》ぎしの歳、卯《ばう》に在る也。呑骨は諸弟を滅す也、蓋海《かふかい》は越人天水をいふ、宋の姓を指す也。承劉は劉の降を承《う》くる也、果して讖の如し。明に崇禎《すうてい》九年、秋、雷あり、其冢邊に出で奮て穴を成す。一田夫、之を見、投ずるに石を以てするに、空々聲あり。乃ち一雄雞を内《い》れしに、曉曙に鷄鳴をきく、是に於て其子弟を率《ひき》ゐて入る。堂宇豁然《くわつぜん》、珠簾《しゆれん》半ば垂れ、左右金案玉几備列す。金人十二あり、之を擧ぐるに重さ各一五六斤、中に二金像、冕《べん》して坐す、王と后との若《ごと》し、各五六十斤、旁《かたは》ら學士十八あり、白銀を以て之を爲《つく》る。地は皆金蠶珠貝《きんさんしゆばい》(591)、築く所、旁《かたわ》らに便房(592)あり、牕《まど》に當《あたつ》て一寶鏡あり、大さ徑三尺、光燭、白日の如し。寶硯《はうけん》一、硯池中玉魚あり、能《よ》く游動す、碧玉盤《へきぎょくばん》一、水を以て其中に滿注し、二金魚の影あり、浮び出づ。他珍異の物甚《はなは》だ衆《おほ》し、指識す可らず。邑令《ゆうれい》に白《まう》す、邑令其地を捜發し、玉枕一、金人四を得、一碑あり、穴門中(593)に當って立つ。辭に稱す、高祖天皇大帝哀册文(594)、翰林學士、知制誥《ちせいかう》(595)、正議大夫《たいふ》(596)、尚書右丞相《うじょうしやう》、紫金魚袋臣(597)盧應勅撰並書《ちょくせんならびにしょ》と。蓋し劉龑が墓也。

紇干山雀凍欲レ死、朱五經兒作二天子一、紛々負販皆侯王、山牛兎絲粵中起、中原澒洞久風塵、遂使二傭奴一竊二邊鄙一、黄屋左纛歴二四世一、坐斥二洛州一爲二刺史一、昭陽溝水流二眞珠一、論車卻笑燒二沉水一金銀當日錮二三泉一、帶レ劍上レ陵嗟已矣、苦將二肖像一擬二休屠一、金蠶玉魚誰料理、茂陵甲帳出二人間一、況爾區々安足レ齒、驪山地市竟如何、銀海茫々同一レ軌(598)。

又城北、粵秀山《ゑつしうざん》に越山臺あり。

越王古臺上、春暮復登臨、割據無二秦漢一、滄江自古今、風吹鼇背雨、日射虎門陰、欲レ問呼鑾道、荒涼蔓草深(599)。

又歌舞岡は秦の末、南越王陀《た》の三月三日修禊《しうけい》(206)の處、後、劉龑、石を疊んで道をつくり、名《なづ》けて呼鑾《こらん》といひ、甘菊芙蓉《ふよう》を夾裁《けふさい》して群臣と遊宴す。

歌舞岡前輦路微、昌華故苑想依稀、劉郎去作降王長、斜日紅綿作レ絮飛(600)。

蓋し漁洋詩話にいふ、粵王臺、廣州の北城に枕《のぞ》む、呼鑾道の故蹟あり、女牆《ぢよしやう》(601)の間皆木綿花時、紅、天外に照る、亦奇觀なりと。末句蓋し此を言へるなり。

廣州竹枝あり。

潮來濠畔接二江波一、魚藻門邊淨二綺羅一、兩岸畫欄紅照レ水、蜑船爭唱木魚歌(602)。

木魚歌とは、蓋し粤《ゑつ》、俗歌を好み、其歌の長調なる者、數百千言に至る、三絃を以て之に合す、毎《つね》に中絃を空うして以て起止す、名《なづ》けて木魚歌といふ也。吾嘗て謂《い》ふ、粤の俗甚だ日本に似たり、其氣象の豪放なる所、似、其清潔なる所、似る、而して是れ諸他の支那人に見る可らざる所、今いふ所の木魚歌なる者、唱ふる所亦琵琶行、連昌宮詞(603)の如き長篇なりといへば、或は是れ吾が淨瑠璃の類に非ざるなき乎《か》。蓋し我邦の語調一氣平板、抑揚なく、曲折なし、故に唱に適せず。是を以て支那の唱曲は、日本に入て謠曲となりて、猶やゝ唱に近かりしも一變淨瑠璃に至つて全く所謂語物《かたりもの》となりぬ。更に之をいへば支那にては唱曲を琵琶に和するに、琵琶は卽ち傳來して我國にては所謂平家を語るの樂となりぬ。私《ひそか》に想ふ、粤人の爲す所、亦我に近からざる乎と。且又謂ふ、粤人の音は邦人に近し、現時の清音には入聲《につしやう》なしといへども、粤人にはこれ有り。現時の清音にはカ行の音なしと雖ども、粤人には有り。蓋し支那北方は常に胡人の蹂躙に遭ふて、其人種も其言語も混じたりと雖ども、南方には猶昔日の漢人の純なるものを存する乎。抑《そもそも》も亦或は南方古《いにしへ》に所謂黑齒雕題《てうだい》(604)の民、海を超《こへ》て日本に入れる者あり、邦人と種子を同ふせるものあるに非ざる乎。

海珠石上柳陰濃、隊々龍舟出二浪中一、一抹斜陽照二金碧一齊將二孔翠一作二船篷一。(605)

海珠石なるものは越王臺の南にあり、廣袤《くわうぼう》數千丈、巨浸(606)天を瞽《くら》ぶと雖ども没する能はず。語に云へる、南海に沉水《ちんすゐ》の香あり、亦浮水の石ありたる者卽是也《すなはちこれなり》。相傳ふ、胡賈《こゝ》(607)あり、摩尼珠《まにたま》を持して此《こゝ》に至れるに、珠飛んで水に入り、夜輒《すなは》ち光怪あり、故に此海を名《なづ》けて珠海といひ、浦を沉珠といひ、石を海珠といふと。又廣の俗、競渡(608)を尚《たふと》び、盛時或は白雀毳《はくじやくぜい》(609)、孔雀尾、翡翠毛を以て船蓬《せんぽう》(610)を飾り、以て相誇る。斜陽之を照せば、金碧爛然、翠毛、雨を着けて沾濕《てんしつ》(611)せず、荷蓋《かがい》(612)上の珠、搖漾《えうやう》(613)定まらざるが如きものあり、末句之をいふ也。

鬖雲盤髻簇二宮鴉一、一線紅潮枕畔斜、夜半髮香人夢醒、銀絲開遍素馨花。(614)

蓋し此地素馨《そけい》、其香特に酷烈、女子綵絲《さいし》(615)を以て花心を穿《うが》ち、髻《もとどり》に繞《まと》つて飾となす也。山人著はす所の皇華記聞に云ふ、素馨花藤本《とうほん》叢生、花白きこと粟の如し、舊《も》(616)と花田に產す、今海幢寺《かいたうじ》南地の沙園邨《さゑんそん》に移る。花を鬻《ひさ》ぐの人、先一夜其蓓蕾《はいらい》(617)を摘み、貫くに竹絲を以てし、晩に傍《そ》うて城に入りて市に鬻ぐ。(618)闤闠晩粧用ひて以て髻を圍む、花、髻上に在りて始めて盛開、芳香竟夜《きやうや》(619)と是也。

梅花已近二小春一開、朱槿紅桃次第催、杏子枇杷都上レ市、玉盤三月有二楊梅一。(620)

皇華紀聞に所謂、廣州二月の間已に楊梅、枇杷《びは》、李《すもも》、杏子《あんず》を食ふなる者是をいふ也。

廣に留まること二月、四月四日を以て歸途に上る。

耆舊海南偏、相思二十年、來攀貝多樹、別負荔枝天、江晩饒二芳草一、山春有二杜鵑一、別離無限思、都付蜑人船。(621)

湞水《ていすゐ》を遡《さかのぼ》り、往路を復して之く。六日、羚山峽《れいざんけふ》に至る。峽は端州に在り、連山江を夾《さしはさ》み、飛泉迥落《けいらく》(622)頗る奇石あり、相傳ふ、羊あり石に化すと。溪中の石斲《きつ》て硯《すゞり》となす、至妙、端谿石《たんげいせき》これなり。峽口の西、亭あり、東江といふ、其上を靈山寺となす。之に登つて俯視すれば、建瓴《けんれい》(623)水頭十丈、山を排して下る。山人の北歸志にいふ、

初六日羚羊峽を過ぎ、峽山寺に上る。寺前東江亭あり、下俯硯洲《けんしう》を視《み》る。端人(624)硯材を取る必ず

洲の沙を用ゐて之を磨《ま》礱《ろう》す。(625)

詩ありいふ、

古寺四月中、尚有二木棉花一、殷紅照二羚羊一、苔壁何紛葩、下有二東江亭一、俯臨硯洲沙、牂牁萬里來、遠勢如二修蛇一、高峽扼二其衝一、天險遙二褒斜一、寺當兩峽口、石徑交二峪岈一、紅泉尚分飛、竹筧通二坳窪一、西望端州城、七星莽周遮、明當陟二其巓一、舉レ手搴二匏瓜一。(626)

峽山寺西に望めば、小山碁布《きふ》、墨點の如し、即ち七星巖也。又此に游ぶ、七星巖瀝湖《れきこ》の中にあり、七峰兩々離立相連屬せず、二十餘里間、貫珠の繩《なは》を引き、璇璣《せんき》(627)の廻轉せるが如し。高要舊志にいふ、蓋し帝車(628)の精成る所にして、瀝湖は卽ち雲漢の餘液なり、天に七星《しちしやう》あり以て象をなし、地に七峯あり以て法をなす、象ある者は精氣の爲す所、峯、精氣なし、星を以て精氣となす、其雲を含み、雨を吐き、禽獸を居《お》き、草木を生ず、皆星の精の爲す所、石乳(629)は星の津《しん》、寶藏(630)は星の光芒、巻石(631)の多きは皆珠斗(632)の子孫なりと。

北斗森魁杓、何年化爲レ石、散落南斗傍、光芒色相射、遙塡端州城、七峰張二幕帟一、崧臺屹二中央一、晻靄仙靈宅、天帝觴二百神一、於レ茲互主客、巖竇鳴二鼓鐘一、石乳亂二矛戟一、往々鳥獸形、奇譎蕩二精魄一、其旁兩洞天、谽谺幾年闢、水聲暗澎湃、時有二蜿蜒跡一、云此龍所レ宮、終古雲霧積、沈々抱レ珠睡、五嶺慳二雨澤一、吾欲レ割二其耳一、雨工起鞭策、坐使二瀝湖盈一、乘レ流挂二帆席一。時旱甚(633)瀝湖竭

十一日、三水に次《やど》り、十四日、淸遠峽を過ぎ、重ねて飛來寺に游ぶ。蓋し曩《さ》きに東峰に游んで西峰

に及はず、故に此游ある也。北歸志に云ふ、

四月十四日、精遠峽飛來寺に游び、西峰の問歸亭に登る。亭西、石級盤紆《ばんう》、(634)旁《かたは》ら澗壑《かんがく》(635)に臨む、三折して中碧軒《ちゆうへきけん》を得、軒後、巨石林立、其上洞の如く、厂《かん》(636)の如く、承霤《しやうりう》(637)の如く、歩檐《ほえん》(638)の如し。一溪、東に流れ、竹木蔽虧《へいき》、石梁之《これ》に駕《が》す。其西、石壁巉削《ざんせう》、(639)泉其巓《てん》に出で、萬竅《ばんけう》(640)爭ひ瀉《そゝ》いで瀑布《ばくふ》をなさず。最高《もつともたか》き處、拜經臺寺たり、東西兩峰の間に介す。中、大壑《だいがく》(641)を限る、禺陽帝子《ぐうやうていし》祠よりして半山亭、而して古飛來寺、而して歸猿祠、東峰の勝處なり、問歸亭よりして中碧軒、而して黃金澗、而して拜經堂、西峰の勝處也。

詩にいふ、

我昨游二飛來一、乃自二東峯一始、得レ隴復望レ蜀、夢落西峰裏、歸棹粵江潯、煙雨孤篷底、菩提解レ迎レ客、一笑呼二屐齒一、繚繞曲棧危、宛與二蜀道一似、數折得二石壁一、萬笏摩レ空起、如レ厂如二歩櫚一、神工信奇詭、西巖隱二飛瀑一、迸罅流二石髓一、鳥啼翛々竹、花覆濛々水、平生禽尙レ志、歎息吾衰矣、笑問白足僧、胡爲羨二衣紫一。(642)

其夜、黃石磯に宿す、夜雨。

春枕夢忽破、決溜鳴二篷窗一、驚雷碾二陰峽一、急雨鏦二奔瀧一、新凉臥二桃笙一、遠夢生二楓江一、起坐祝二媼龍一、添レ波送二歸艭一。(643)

翌十五日雨未だ休《や》まず、大廟峽を過ぐ。葢し清遠より湞陽《たうやう》に至る、三峽より、一を中宿といひ、一を湞陽といふ。大廟は二峽の間に介して、尤も險陜《けんけふ》、(644)山人の詩に所謂、

夜泊黄石磯、急雨如二萬弩一、朝過大廟峽、怪石蹲二渇虎一(645)

なる者是也。夜、漢陽の峽口に宿して、月に對し、峽口今宵月、其如二客思一何(646)と吟じ、十六日又雨、湞陽峽、四山、雲を出し、一水湍悍《たんかん》(647)の間を過ぐ、雨逼二驚瀧一失、雲從二大壑一看(648)なる者是《これ》。

行き行いて復《また》大庾嶺を渡る。

大庾連二横浦一、艱難此再經、鬐從二五嶺一白、山入二百蠻一青、嶠水流二炎海一、榕陰數二驛亭一、今宵望二南斗一、漸遠使臣星(649)。

嶺を越ゆれば卽ち南安也。

嶺南巳負荔枝天、横浦重過意惘然、暫借二谿樓一看二山色一、蠟花如レ雪寺門前(650)。

贛州《かんしう》に到ってまた舟に上り、贛水を上る。五月初三日新淦《しんかん》を過ぎて揚子洲に次《やど》り、翌豐城に至る。磯頭山《きとうざん》の濱《ひん》、曲江あり、形半月の如し。中三潭《さんたん》(651)を分ち、岸旁居民繚繞《れうげう》(425)、楡《ゆ》柳《りう》(652)行をなし、水波の艷、金碧《こんぺき》を蕩《たう》するが如し。舊傳か宋、隆祐大后、金花を以て潭に投じ風を祈ると、故に又金花潭と名《なづ》く。曲江亭上、詩あり。

磯山髙百尺、磯下曲江流、芳杜蕭々暮、金花歳々秋、青峯相嫵媚、白鳥自滄洲、已矣干將氣、宵分望二斗牛一(663)。

南昌を經、呉城に望湖亭に上り、初八日大風、彭蠡湖《はうれいこ》に入り、晩に南康に次《やど》る。

茫々彭蠡雨、漠々匡山雲、雨帶二孤帆一去、雲將二別緒一紛(654)。

偶《たまく》其友、三原の人孫枝《そんし》蔚《うつ》豹人《へうじん》、廬山《ろざん》に游び、此《ここ》に客たり、南康の太守周燦《しうさん》と偕《とも》に訪ひ來る。酒を船頭に置く、月湖中に出で、五老の諸峯、蒼茫一碧、遂に五月九日又共に廬山に游ぶ。先づ白鹿洞に往き、途を西北に取り、五老峰を望む。雲氣頃刻《けいこく》にして萬狀、溪路險隘、輿《よ》を容れず、騎して黄洋坂に至る、則ち田塍《でんしょう》(655)交錯、泉流互に注ぐ。又五六里許忽ち聞く、大聲、谷に起り、疾雷の如し、三峽澗《さんけふかん》なり。峽門、衆流の吭《のど》を扼《やく》し、湍《たん》(656)驚き瀨《らい》激し、濺沫《せんまつ》(657)橋上行人の衣を沾《うる》ほす。三峽橋を歴《へ》て萬松の間を行くこと二百步許、四山忽ち開敞《かいしやう》(658)潭あり、即ち玉淵潭《ぎょくえんたん》なり。東は石壁架立(659)縱橫數百丈、西は則ち大石陂陀《はた》(660)、水、峽中より來り數折、壁に至り、滙《くわい》(661)して深潭となる、陰風《いんぷう》髮を吹いて森然留る可らず、東坡が詩に所謂玉淵神龍近(662)なるもの是也。又棲賢寺、萬杉寺を看、又開先寺に至る。其西、瀑あり、瀑布雙劒峰に出で黄巖を經、白龍の奮迅、怒退《や》む可らざるが如く、峽を劈《さ》いて三折して下潭に注ぐ、砰訇殷轔《はうくわいんりん》(663)、崖谷飛動す。峽を青玉といひ、潭を龍池といふ。石碧《みどり》にして削《さく》、水練にして飛、潭紺《こん》にして淵。

　廬南萬古峽、常有二野雲封一、朝來雷雨過、白日下二飛龍一(664)

といふもの是也。更に三疊泉を觀んとす、風便《かぜのたより》なるを以て卽ち往かずして舟に登る。十三日江口、風を守る(665)、小孤山に面す、山太《はなは》だ峭麗《せうれい》(666)、其南は丹厓翠壁、叢祠綺樹《きじゆ》、之を望めば畫圖の若《ごと》し。其北は巉々《ざんく》(667)露骨上に神女廟あり。彭郎磯《はうらうき》と岸を夾《さしはさ》んで對峙《たいぢ》す、故に山人の詩に終日彭郎對小姑(668)の句あり、小姑は小孤と音相同じき也。

　已過落星石、前臨大雷岸、水宿淹二期程一、日暮中流半、紞々戍鼓鳴、蕭々水禽散、愁對小姑祠、靈風送二波瀾一(669)。

彭蠡《はうれい》の口、石鐘山あり、下深潭に臨み、微風浪《なみ》を皷《こ》すれば卽ち水石相搏《う》ち、響《ひゞき》洪鐘の如し、因て其稱を受くる也。東坡《とうば》嘗て此に游び之を記して云ふ、絶壁の下、大石側立、千石猛獸、奇鬼の如く、森然人を搏《う》たんとすと。(670)山人、詩あり、

蘇公游賞後、餘韻石鐘山、水石長如レ此、行人自不レ閑、鶴巣丹壁上、魚罾翠微間、安得レ乘二明月一、扁舟數往還。(671)

路、一轉して江に入り、皖城《くわんじやう》を過ぎて漢武帝が親《みづか》ら蛟《かう》を此地に射たるを想うて、雄風の去《さつ》て還らざるを慨し、夏家口に泊しては、李白とともに秋浦の猿聲に客心を砕き、天門山には又明月孤舟歸思、刀環を折らん(672)ことを思ひ、牛渚《ぎうしよ》太白の祠に謁しては姑溪の好風日、游子却て歸るを忘れ、行き行きて金陵に至り、三十年前の曾游を憶《おも》ふ。

佳麗金陵道、垂楊夾二去津一、潮迎二落帆客一、花映二倚樓人一、依レ舊青山繞、如何白髮新、昔游三十載、髣髴記二前塵一。(673)

金陵より陸行、路滁州《ちよしう》に入る。醉翁亭、豐樂亭に歐陽修の遺蹤《ゐしよう》(674)を弔《てう》し、復臨淮《りんわい》に次して孤館、夢は空しく故山を遶《めぐ》る。

歸路仍淮水、﨑嶇嶺海餘、我行萬里道、未レ得一行書、漁戶緯蕭接、估船吹笛初、今宵孤館裏、鄕夢復何如。(675)

雨中黃河に渡りて、七月便道(676)、里に歸り、其父を省す。時に父齡《よはひ》既に頽、容色肌膚疇昔《ちうせき》に非ず、仍《よつ》て惄然《できぜん》(677)歸養の意あり。九月復命、後一日卽ち例に循《したが》うて假を乞ひ、還り去れば、先だつこと十日既に

館を損《す》てたり(678)、仍《よつ》て居盧出(679)でず、其間一たび太后の崩をきゝて京へ上れるのみ。康熙二十八年十一月京師に赴むき、翌三月都察院左副都御史に、九月兵部督捕右侍郎に、三十二年八月戸部右侍郎に遷《うつ》る。三十五年復《また》蜀に使す。

其六　頽齢、再使蜀　自康熙三十五丙子六十三歳 至康熙五十辛卯臨終

先是《これよりさき》康熙三十四年、十二月十七日、詔して天下に赦《ゆる》し、廷臣を遣《つか》はして長白山、五嶽《ごがく》四瀆《しとく》(680)及び歴代帝王の陵寝(681)、孔子闕里《けつり》(516)に祭告せしむ。時に山人、戸部左侍郎たり、翌正月二十一日西嶽、西鐘、江《かう》瀆《とく》に祭告するの命下り、二月三日京を出づ。涿郡《たくぐん》は古の趙の地たり、藺相如《りんしやうじよ》の墓あり、之を吊して過ぐ。井陘《せいけい》を經て故關に至る、介休を經、洪洞《こうどう》を過ぎ、風陵に河を渡つて、潼關《どうくわん》に入る。

　行盡幷汾路、前旌欲レ度レ關、亂帆河曲水、隔岸虢州山、地險煙嵐合、時清虎豹閑、永懷黃綺侶、白首臥二商顏一。(682)

途、華山に游ぶ。華山は陳希夷の隱るゝ所、初め天下亂る、希夷白驢《はくろ》に騎《の》り、惡少數十を從へて汴州《べんしう》に入らんとす。中途、藝祖(683)の死を聞き、大笑、驢より墮《お》つ、曰く天下是に於て定ると、遂に山に入り、先天の學を得、玉泉あり、水色漿《しやう》の如く、清冽《せいれつ》にして甘、之を服すれば以て沈痾《ちんあ》を去ると。

　目玩玉泉流、靜悟先天易、多事墜驢時、强與人間事(684)。

山の北谷口、大石あり、玉泉其下を流る、上に山蓀亭《さんそんてい》の三大字、斗の如きを鐫《せん》す(685)、樹四株あり、無憂樹といふ。

結レ茅孤石稜、玉泉下奔注、亭空泉尙流、上有二無憂樹一。(686)

娑羅坪《さらべい》は娑羅樹あり、大《おほき》さ合抱、頂《いただき》華蓋の如く、葉々出で丶掌の如く、白華綠萼《りよくがく》二寸許といふ。

小憩娑羅坪、手撫娑羅樹、仰見上方雲、時向二人間一去。(687)

山の西、毛女洞あり、毛女は秦の始皇の宮人、秦亡びて華山に入り、松葉を食《くら》うて遂に饑えずして洞中にあり、時に鼓琴の聲をきくと。

毛女負レ琴去、倏然松杪飛、青冥風露冷、髣髴見二天衣一。(688)

山の西峯、玉井あり、大さ五尺、其潛流、西澗(689)に注ぎ、二十八宿潭となる。

窈窕青柯館、正在二西峰罅一、二十八潭懸、飛瀑從レ天下。(690)

華山を過ぎ、新豐に出づ。新豐は蓋し漢高祖其父を置く處、父東歸を思ふ、仍《よつ》て城市街里を改築して、其故里豐を象《かたど》り、豐の民を茲《こゝ》に徙《うつ》し、卽ち新豐といふなり。又樊噲《はんくわい》の舞陽侯の祠《し》あり。

漢代枌楡社、遺墟極望平、空提三尺劍、忍レ啜一杯羹、細雨新豐樹、寒蕪小苑城、惟餘二舞陽廟一、漠々土花生。(691)

臨潼《りんどう》に入り、驪山《りざん》の下を過ぐ。古、開元の天子此に游幸す。華清宮は其の北麓にあり、供奉《ぐぶ》の溫泉甃《たゝ》むに文瑤《ぶんえう》密石(692)を以てし、中央玉蓮花あり、湯を捧げ、又沉香《じんかう》を以て山となし、錦繡《きんしう》を鳧雁《ふがん》(288)となし、玄宗鈒鏤《さふる》(693)の小舟を汎《うか》べて、嬉游せしの蹟《あと》、今皆樵牧《せうぼく》(694)の場となる。滿山の松聲、流水、東に逝《ゆ》く、俯仰して感いふ可らず。半腹石甕寺《せきをうじ》あり、開元中、華清宮を創造するの餘材を以て修繕すと。林麓磵壑《かんがく》(695)映帶、畫の如し。

當年石甕寺、曽對集靈臺、靑雀無二廻信一、黃虬是禍胎、朝雲何日散、山月至レ今來、坐久流二仙梵一、松聲薄暮哀。(696)

三月初七日踈雨《そう》蕭々《せう〳〵》、霸陵を過ぐ、岸を夾むの楊柳參差《しんし》、煙を籠《こ》めて疎、云ふ昔に比すれば什《じふ》の九を減ずと、感ずるあり、

灞橋楊柳碧毿々、曽送三征人去二漢南一、今日攀レ條憔悴絶、樹猶如レ此我何堪。(697)

長安に入る、故都今寂莫、昔日の盛麗復《また》見る可らず。曲江は城の東南に在り、水流屈曲、故に曲江といふ。其北、園あり、秦に宜春といふ。傳へいふ、秦の昭王、三月上巳《じやうし》酒を河曲に置く、金人あり、泉よりして劔を捧げて出でゝ曰く、君をして西夏及び秦霸の諸侯を制有せしめんと。前後漢の時相沿《そ》うて盛集の地たり、宣帝、樂游廟を起す。唐の時亦都人咸《みな》游賞す、上巳節卽ち宴を臣僚に此《こゝ》に賜《たま》ひ、綵舟《さいしう》(698)を備ふ。杜少陵、天寶亂後、舊都の亂離を哀《かなし》んで、哀江頭の詩ありといふ、細柳新蒲爲レ誰綠と。(699)此處《このところ》千古、人をして哀ましむ。

賜レ沐逢二修禊一、宜春歳々游、傳呼夾城仗、早御望仙樓、捧レ劔金人曲、淩レ波綵鷁舟、新蒲將二細柳一、蕭瑟至レ今愁。(700)

韋曲《ゐきよく》は唐中宗、韋の后の家のありし處、景龍二年宮中言ふ、皇后衣笥裙上《いしんくん》(701)、五色雲起ると。帝命じて圖して以て百官に示す。外戚韋巨源、請うて之を天下に布《し》く。迦葉《かえふ》志忠なるもの、桑條の歌(702)十二篇を上《たてまつ》り、大常卿鄭愔《ていいん》又引て之を伸して以て后に媚《へつら》へり。

皇子陂邊路、風光韋曲多、曽鄰天尺五、最近第三坡、芳草新年色、桑條舊日歌、傷春更懷古、容

易醉顏酡(703)。

老杜が故趾《こし》を吊《てう》して少陵原頭に桃花の落つるを悲み、小杜(704)が孤墳を吊しては、終南山下の小桃花下に涙を灑《そゝ》ぎ、茂陵に漢武が秋風勢を失ふの客たるを傷《いた》み、槖泉《たくせん》に秦穆《しんぼく》(705)が殘春斷碣《だんけつ》(706)の主たるを想ひ、長安より渭水《ゐすゐ》を渡《わたつ》て西北に向ひ、三月二十四日鳳翔《ほうしやう》に入り、更に汧陽《けんやう》に至る。汧水其西を流れて、隴首《ろうしゆ》(707)に連る、不レ勝懷古意、羌笛暮休レ吹(708)の句あり。汧水を渡つて西し、呉嶽に登る。

名嶽標二西極一、金天作二鎮雄一、東看連二太白一、北望盡二回中一、日出横二秦畤一、煙消指二漢宮一、導レ岍思二禹蹟一、此地鑿二鴻濛一。(709)

既に呉嶽に祭告し、卽ち路を轉じて復《また》渭水を渡りて、南下、蜀に出でんとす。途《みち》寶雞に出づ、寶雞の東南、鳳女臺あり、古の雍《よう》の地なり。相傳ふ、秦の穆公《ぼくこう》の時、周簫史《しうのせうし》善く簫を吹く、王、弄玉を以て之に妻《めあ》はし、倶《とも》に樓中に簫を吹き、鳳鳴《ほうめい》(710)を作《な》す、鳳凰《ほうわう》來つて其屋に止《とゞま》り、二人共に鳳に乘じて去ると。

弄玉空祠鎖二寂寥一、碧雲天際水迢々、丹青不レ畫乘レ鸞女、夜々月明聞二洞簫一。(711)

陳倉に至る、故城の內、賣酒樓あり、唐より宋に至り、兵燹《へいせん》の中此樓獨り存すと。故に東坡、詩あり、曉入陳倉縣、猶餘賣酒樓(712)と。

昨向二宜春下苑一遊、曲江煙景似二悲秋一、珠簾甲帳皆黃土、何必陳倉賣酒樓(713)。

陳倉より途、棧中《さんちゆう》に入《い》る、山深くして萬木蕭々。柴關嶺《さいくわんれい》の南、紫柏山あり、云《い》ふ是れ留侯(520)が穀《こく》を辟《さけ》て赤松(714)に從て遊びし處《ところ》と。山下、留侯祠あり、四月七日此《こゝ》を過ぎ、一謁(715)して過ぐ、十二日微雨、漢江に汎《うか》ぶ。秦蜀驛程後記に云ふ、康熙三十五年四月十二日微雨、漢江に汎《うか》ぶ。沔《べん》、褒水を合して此に至るを漢江となす、流、空濶《くうくわつ》、遠山屏列《へいれつ》(716)、一葦《いちゐ》、中に汎び、清吹、間《かん》に作《おこ》る。漁船四五、白獺《びやくだつ》を用《も》つて魚を捕ふ。捷《せふ》、猿猱《ゑんだう》(717)の如し。頃刻《けいこく》魚を得ること四五枚、大さ皆數尺、斜風細雨、江山杳靄《えうあい》(718)の趣を極むと。詩あり、

廣川微雨過、疊鼓發二中流一、白獺啣レ魚上、青峰捲レ幔收、江童竹枝曲、漢女木蘭舟、歸路重城晩、江燈滿二市樓一。(719)

大安驛の迅雷驟雨《じんらいしうう》に、潭毒關前《たんどくくわんぜん》の壘、宋の劉子羽《りうしう》が決死、金を退けし英風を慕ひ、百牢關の孤雲落照に、漢臣、蜀を傳諭(720)し、唐帝征鑾を失せる前朝の事を想ひ、更に路、蜀道に入て、嘉陵江上遙《はるか》に家を憶《おも》ふ。

自レ入二秦關一歳月遲、棧雲隴樹苦相思、嘉陵驛路三千里、處々春山叫二畫眉一。(721)

嘉陵の岸、山あり、刀鐶《たうくわん》といふ。

晨過赤銅水、望見刀鐶山、閨中應レ計レ日、不レ見槀砧還。(722)

嘉陵に汎《うかん》で四月十八日益昌に抵《いた》る。益昌は卽ち昭化なり。

山行喜レ乘レ流、江平況如レ練、岸崿有二開闔一、竹樹一葱蒨、人言利州風（蜀諺云利州風雅州雨）今朝冷然善、灘如二塗毒鼓一、舟劇離レ弦箭、仰眺飛仙閣、鳥道危一線、彎環歷二三朝一、向背窮二九面一、絳雲卷二輕綃一、白日遞隱見、嘉陵碧玉色、晴雨皆婉孌、想見吳道玄、應レ詔大同殿、此生兩經行、天遣レ追二勝踐一、醉帽停二烏奴一、已泊益昌縣。(723)

昭化城郭、舘舎なし。仍《よつ》て郷人孔令の見野亭に宿す。柴荊《さいけい》(724)修竹、故國の情を動かす。

葭蒲朝挂レ席、弭レ棹欲二三更一、月上二嘉陵水一、山圍二漢壽城一、主人具二雞黍一、邀レ客啓二柴荊一、修竹吾廬似、因レ之故國情。(725)

前使蜀の時は昭化より流を下つて閬中《らうちやう》に去りしも、此行は卽ち陸行、昭化より西南、武連を經て、梓潼《しどう》に抵《いた》る。梓童、驛あり、又郎當驛といふ。小説に載す、天寶の亂後、玄宗、蜀より京に還る、駝馬《だば》を以て珍玩を載せて自《みづから》隨ふ、帝駝馬帶ぶる所の鈴聲を聞き、黄幡綽《くわうばんしやく》に謂《いひ》て曰く、鈴聲頗《すこぶ》る人の言語に似たりと、幡綽對《こた》ふ、三郎郎當三郎郎當《さんらんらんたんさんらんらんたん》と言ふに似たりと、明皇愧《は》ぢ且笑《かつ》ふ。(726)蓋し當時俗に帝を稱して快活三郎といへるを以て也。二十二日雨、行、此驛を過ぐ。

武連縣南雲氣遮、郎當驛北石槎枒、西風盡日濛々雨、開徧空山白芨花。(727)

山人、隴蜀餘聞に記して曰ふ、白芨花《はくきふくわ》白色五瓣、瓣中苞《はう》あり、白質紫點、內に黄鬚《くわうしゆ》(728)を吐く、極めて玩《よろこ》ぶ可し、武連梓潼の山谷間、多く之有りと。

涪水《ふうすゐ》を渡れば澹煙《たんえん》(729)喬木、卽ち綿州、山中群鹿を見る、鹿の飮食止息、自由を得るを見て、己の行役萬里、局促《きよくそく》として自ら苦むを愧《は》づ。

抱レ郭涪江碧玉流、一川豐草鹿呦々、倦游忽憶楊岐語、祗有三渠儂得二自由一。(730)

羅江河を渡りて羅江に次す、夜雨。

前旌既拂鹿頭關、風雨勾留不二肯閑一、何處行人最愁絕、潺亭亭下水潺々。(731)

身は老いて萬里に在り、頃日何爲《なんす》れぞ郷思頻《しき》りに切なる、漢州また家園を夢む。

照レ壁孤檠不二自聊一、隔レ牕寒雨打二紅蕉一、驚回一枕郷園夢、身在西川金雁橋。(732)

事終り往路を復して還《かへ》る。廣元縣を過ぐ、縣は古の利州なり、唐の則天武后の生れし處、縣の西南、江上、皇澤寺あり、武后の像あり、存す。相傳ふ、后の母黑龍潭を過ぎ感じて孕めることあり、武后を生むと。

瓦官寺裏定香薫、詞客曽勞記二錦裙一、今日蘭橈碧潭上、玉溪空自怨二行雲一。(733)

又其古夫于亭《こふうてい》雜錄に之を記して曰く。武則天、乾陵《けんりよう》に祔葬《ふさう》す(734)、過客譏毀謔浪《きゝぎやくらう》(735)する者あれば輒《すなわ》ち報ずるに風雷の異を以てす。丙子余再び蜀に使し、廣元縣を過ぐ。江干(736)皇澤寺、則天尼像あり、余投ずるに詩を以てして、而して是日《このひ》風平《たひらか》に浪靜《しづか》、更に風雷の變なし。余笑て謂《い》ふ、則天虐燄《ぎやくえん》(737)獨り能く乾隆に施して、而して利州(738)に神なる能はざる耶《や》、抑《そもそ》も余が詩を薄《うすし》として較するに足らずと爲す耶と。

六月七日馬鞍嶺に上り、界牌關を歷《へ》、關南北、石壁連屬數百丈、竹樹飛泉悉《ことごと》く人家園林、巧匠の營む所の如し、下黑龍江に臨み、映帶畫の如し、棧中の第一佳處也、凉颸《りやうへう》(739)襟袖を襲うて頓《とみ》に炎暑を失す。

修竹覆二奇壁一、飛泉來二半空一、人行翠微裏、風度紫蘭蘩、暫喜俗塵遠、休レ嗟吾道窮、誰爲二洪谷子一、移向二畫圖中一。(740)

十四日また鳳翔に入り、東湖を過ぐ。湖、蓮葉滿塘《れんえふまんたう》、時に菡萏《かんたん》(741)始めて花さき、尚未《なほいま》だ爛熳《らんまん》ならず、小鴨《しやうあふ》十餘頭、往來其中に唼喋《さふてふ》(742)す、宛然たる畫本なり。

小鴨唼喋萍葉亂、三枝五枝菡萏開、魯連陂上花千頃、黃帽刺レ船歸去來。(743)

長安を過ぎて重ねて茂陵に題し、翠靄虚無の裡《うち》、西南に驪山《りざん》を望んで、臨潼を早發し、華州を歷て華陰に抵《いた》り、潼關を經れば路、河南に入る。二十七日盤豆驛に食し、郎水を渉《わた》り、湖城に到る。李義山の詩に、思子臺邊風自急、玉娘湖上月應レ沈(744)といへるもの卽ち此也。

　依然盤豆對二蒹蘆一、回望關門岳勢孤、思子臺邊一懷古、不レ知身過玉孃湖。(745)

陝州《せんしう》に次《やど》る。秋風蕭々、行旅の淹《ひさ》しきに驚く。

　首春發二京國一、秋氣忽蕭々、路入三川險、人歸萬里遙。(746)

澠池《べんち》に至る、澠池に會盟臺あり、卽ち秦の昭王、趙の惠王と此に會盟す、藺相如《りんしやうじよ》從ふ。秦王、趙王をして瑟《しつ》を奏せしむ、秦の御史書して曰く、某年月日趙王をして瑟を鼓せしむと。相如卽ち前《す》ゝんで曰く、竊《ひそか》に聞く秦王善《よ》く秦聲(747)を爲すと、請ふ盆缻《ぼんふ》(748)を奉つて以て相娯《たのし》まんと。秦王怒て許さず、相如曰く、五歩の內、臣請ふ、頸血を以て大王に濺《そゝ》がんと。秦王懌《よろこ》ばす、爲めに一たび缶を擊《ふ》(749)つ。相如、趙の御史を召して書せしめて曰く、某年月日秦王、趙王のために缶を擊つと。既に宴す、秦の群臣曰く、請ふ趙の十五城を以て秦王の壽をなさんと。相如亦曰く、請ふ秦の咸陽《かんやう》を以て趙王の壽をなさんと。酒を竟《を》ふるまで秦王終《つひ》に勝を趙に加ふる能はず。

　不レ辭頸血濺二秦王一、進レ缶當年氣慨慷、十五名城酬二趙璧一、何如談笑請二咸陽一。(750)

洛陽を歷て洛水を渉り、偃師《えんし》に緱山《こうざん》の廟を望む。廟は王子晋(751)を祭る。

　王子乘二鸞鶴一、飄搖伊洛間、至レ今明月夜、鳳吹滿二空山一。(752)

七月五日鞏縣《きようけん》に抵り、雨に阻《はゞ》まる、所謂秋風來二鞏洛一、暮雨阻二轘轅一(753)なるもの此なり。此地、宋陵あり、太祖より以下哲宗に至るまで凡て八陵あり。

洛水邙山飽二廢興一、宋家幽寢閟二魚燈一、奉香不レ見臨安使、白日茫々下二七陵一。(754)

七夕雨、汜《し》水《すゐ》に次る、古《いにしへ》の成皐《せいかう》也。城堞《じやうてふ》(396)、山に依り、稍《やや》北すれば卽ち廣武、楚漢の古戰場其下に在《あ》り。

玉門殘壘外、云是古成皐、濁浪喧二牛口一、雄關偪二虎牢一、青山空楚漢、白骨尙蓬蒿、七夕風兼雨、悲歌撫二孟勞一。(755)

七月八日滎陽を過ぐ、紀信の冢(458)あり。楚漢此に戰ふ。楚、漢の糧道を奪ふて漢軍食乏し、紀信卽ち漢王に代り楚軍を欺《あざむ》く、漢王是を以て纔《わづか》に逃《のが》るゝを得たる也。之を吊して過ぎて東し、鄭に至る。僕射陂《ぼくやは》あり、岸を夾《はさ》んで皆垂柳、白蓮正に花さき、清芬《せいふん》(756)人を襲ふ。

野塘菡萏正新秋、紅藕香中過二鄭州一、僕射陂頭踈雨歇、夕陽山映夕陽樓。(757)

中牟《ちゆうぼう》を過ぎて東すること十五里卽ち板橋、古道衰柳、宣和の繁華(758)、夢に似たり。樂天、詩ありといふ、梁苑城西二十里、一渠《いつきよ》春水柳千條(759)と正に此地也。

板橋衰柳日蕭々、回首宣和似二暮朝一、上巳金明池上飮、畫船銜レ尾駱駝橋。(760)

陳留は古の魏《ぎ》の地なり、信陵君の祠あり、謁して過ぎ山東に入る、古の曹《さう》也。風雨のうちに南華山を望んで莊子を憶《おも》ふ。金鄕、汶上《ぶんじやう》を經て七月二十四日鄕里に入り、九月京師に復命す。是役《このえき》詩百餘篇あり、雍益集《ようえきしふ》となす。山人嘗て書を盛符升に寓《よ》せて曰く、再び秦蜀に使して詩を得ること纔《わづか》に百餘篇、皆寥々《れう〱》たる短章、復當年蜀道南海豪放の格なし、然れども覽古興懷、江山の助を得て生色加ふるあり、諸眉山集中分つ所の紀行游覽、古蹟寓興《ぐうきやう》諸篇殆《ほとん》ど兼ねて之を有すと。[761]康熙三十八年十一月累遷して、刑部尙書となる、時に山人歳既に六十六、刑部に在ること六年、四十三年九月事を以て骸骨《がいこつ》を乞《こ》ひ、罷《や》めて里に歸る。是より優游自適、名勝に放浪するの外、第〻《ひたすら》戶を閉ぢて書を著はし、一字を以て朝貴[762]に通ぜず、門に雜賓なく、室に茗香《めいこう》あり。康熙五十年五月十一日遂に病を以て没す、歳七十八。嗚呼《あゝ》清初詩星の魁《くわい》は遂に隕《お》ちぬ。

第三章　清初の詩

一代には、自《おのづか》ら一代の氣運あり、而して氣運時を以つて相易《か》はるものは、氣運興衰あり、興れるものは久しうして、其弊を生じて衰へて、新なる者更に興りて之に易はるなり。蓋《けだ》し所謂氣運なるものは一種の時風也、夫れ人は活動せざる能はずして、陳を厭《いと》ひ新を喜ぶ是《こ》れ其常情也。故に事あり、既に陳《ふる》ければ、之を捨てゝ新に就かんとする也。此時に當り、人あり出でゝ倡《とな》ふる所あり、其倡ふる所よく其既に厭《あ》かれたる局面に一生面を開く可くんば、翕然《きふぜん》として天下之に嚮《むか》ふ也、故に凡《すべ》て事は、衣服に流行あり、帽子に新型あるが如く、悉《ことご》く其一時の時風あらざるは莫《な》き也。哲學を以て之をいへば、煩瑣《スコラスチック》派も一時の風也、唯心説も一時の風也、進化論も一時の風也。厭世觀も一時の風也、政治の方面より之をいへば、中世紀の君權論も一時の風なり、之に次《つ》げる民主説も一時の風なり、民を主とせずして國を主とする國家説も一時の風也、國を本とせずして社會を本とする社會説も一時の風也。更に之をいふ、日本に佛國風の民主説が行はれたるも一時の風なり、英國風の憲政説が行はれたるも一時の風也、獨逸《どいつ》風の國家萬能主義の倡へらるゝも一時の風なり。封建を廢して、群縣を置き、四民を同等にし、帶刀を禁じたるも一時の風也。舞踏の流行、五爵の置かれたるも一時の風也。英語の行はれ、漢文の行はれ、國文の行はれたるも一時の風也、羅馬字《ろーまじ》も一時の風也、假名の會も一時の風也、國字改良も一時の風也、漢詩も俳諧も新躰詩も、一時の風也。束髮と洋裝が行はれたるも一時の風也。白襟紋附の行はるゝも一時の風也。羽織は短きより長きに、紋は小より大に、是も亦一時の風也。事瑣《さ》なれば時風といひ、關する所大なれば卽ち時運といふ也。

唐の詩は雄渾、自ら是れ一代の風也。宋の詩は勃窣《ぼつそつ》[763]淺露、是も亦一代の風也。元は纖麗、明は艱澁《かんじふ》[764]、是も亦一代の風也。之を小にしては唐の初唐の澹遠《たんゑん》[765]、盛唐の雄渾、中唐の和易、晩唐の濃嫵[766]、各《おの／＼》一時の風也。明に臺閣の體あり、復古の體あり、是も亦一時の風也。明の復古體の險怪艱深極まりて、淸の巧緻《かうち》淸新在り焉。蓋し宋の詩は腐、元の詩は纖、明の詩は之を矯《た》めて、唐に復さんとして而して直きに過ぎたる者也。明の初、未だ元代纖靡の餘風を脫する能はず、一靑邱《せいきう》あり、才情高逸、氣象博大、推して開國詩人第一と稱せられしも、時未《いま》た熟せず機未だ回《めぐ》らず、且つ早死して未だ能く一代の文運を開拓する能はずして却て宣正、臺閣躰の流易《りうい》[767]に陥り、弘治正德の間、北地の李（夢陽《ぼうやう》）、汝南の何（景明）等七子の徒出でゝ、復古を提唱し、文は必ず西京《せいけい》、詩は必ず盛唐と稱して、別に門戸を標榜してより、天下翕然《きふぜん》として之れに嚮ひ、李（攀龍《はんりよう》）、王（世貞）等又七子、嘉靖の時に出でゝ、李何の餘波を揚げ、力を極めて之れを振ひしかば、明代の詩文斯《こゝ》に於て一變せり。蓋し前後七子等の期する所は、當時の孱弱《せんじやく》流易の弊を矯めて、古樸蒼勁遙に武《あと》を古音に踵《つ》ぐにありしと雖ども、世は秦漢に非ず、時は開元と異なり、時世既に同じからず、性情同じかるを得ず、音節同じかるを得可らずして、猶强て古に庶幾す。卽ち識高く、力大なること七子の如くんば、或は矜貴高邁《きようき》(768)以て一時に雄視するに足るあらんも、而《し》かも雷同沿襲(769)其弊や流れて、刻畫摸擬に陷らざるを得ずして、經史の字句を將《も》つて撦拾呑剝《しやしふどんはく》、艱深(770)の詞を以て淺露の情を文《か》ざり、險怪の語を以て平易の意を掩《おほ》ふも、氣魄既に索《つ》き、光彩既に褪《あ》す、還《ま》た古音に非ず、徒《いたづ》らに支離僻澁(771)を贏《かち》得て、正聲漸く遠し。所謂矯めて直きに過ぐる者、既に過ぐ、復《また》之を矯むる者出でざる能はず。英雋《えいしゆん》(69)の士稍《やゝ》先矩(772)を厭棄して文には卽ち王遵巖《わうじゆんがん》、唐荊川《けいせん》、歸震川等、前後相踵《つ》いで出で、韓歐《かんおう》の醇正《じゆんせい》を宗とし、詩には卽ち初唐の澹遠(765)を規樵《きば》(773)して高攀龍、歸子慕の雅淡淸眞あり。直《たゞち》に胸情を陶寫(774)して、依傍(775)を歸絶(776)し。文運復一變せんとして、明祚《みんそ》先づ滅び、天の命淸《しん》に歸せり。故に明季より淸初に入れる者、往々復古の風を唾棄し、顧炎武は有明一代(26)の文を稱して、竊盜《せつたう》に非ざるなしと極言し、錢謙益は列朝の詩を選して、二李何王の徒を貶《へん》して、鬼面人を嚇《かく》する者と誚《そし》れり。故に滿淸の文學は有明と其樣を異にせざる能はず。

夫れ支那の文學一代には一代の風あり。一往一反、反するが如くにして而して變ず、秦漢の蒼古あり、樸變すれば、綺に至らざるを得ずして、六朝の典麗あり、巧極まる矣、樸に反《かへ》らんとして變じて勁となる。唐の雄渾あり、遠極まる矣、綺に反らんとして而して近に之《ゆ》く、宋の詩は質直、露極まる矣、遠に反らんとして婉に至る、故に元の詩は幽艷、纖極まる矣、勁に反らんとして、險に失す、卽ち明の艱深あり、澁極まる矣、巧に反らんとして淸、卽ち淸の詩は雋新《しゆんしん》、[777]雋新と雖ども、規模を少《か》く、氣象博大、體製閎肆《くわうし》[778]のものは竟《つひ》に見るを得可からざる也。蓋し宋以來、理學の空疎なる、私意を以て經義を斷じ、憶測を以て古學を解す、見る所徒《いた》づらに高きも實證實斷の所以にあらざるを以て、卽ち顧みて漢唐の訓詁《くんこ》に之《ゆ》かんことを想ひ、玆《こゝ》に於て乎《か》、博《ひろ》く古籍に據《よ》り、古訓に攷《かんが》へ、旁引《ばういん》、淹貫《えんくわん》[779]以て指歸を得んとする、考據學風[780]の如きもの〻興りたる氣運の淸朝に、此の如きの規模は到底望み得べきに非ざるを知らざる可らず、但吾人は此の考據の如き緻密なる思索の影響として、巧緻の趣の其詩の上に添へられたるを見るのみ。

更に之を論ず、時世の變なる者、往《ゆ》いて反らんとして、一路に反る能はずして、別途に入る。過渡の時代は卽ち旁皇《はうくわう》[781]の時也、踟躕《ちちう》の時也、淸初は卽ち過渡の時代也。淸朝の本色未だ定まらずして、明季の風猶暗々の裡《うち》に其勢力を持し、漁洋が嘗ていへる如く、

三十年前、予初めて出で〻當世の名輩に交はる、夫《か》の詩を稱する者を見るに、一人の樂府《がふ》を爲《つく》らざるなし、樂府は必ず漢の鐃歌《だうか》、[782]是《これ》に非ざるものは屑《いさぎよ》しとせざる也、一人の古選[783]を作らざるはなし、古選は必ず十九首公讌《こうえん》、[784]是に非ざるものは屑しとせざる也。[785]

是れ彼が著蠶尾集《さんびしふ》に出づる者、蠶尾集は康熙三十四年の著たれば、其說く所は、卽ち順治より康熙初年に至るの間に於ける詩人の通弊なるべくして明季摹古《もこ》[786]の風の猶存せしを見るに足る也。而して又一方に於ては彼の初唐の風を規橅《きぼ》[773]して、復古派以外別に赤幟《せきし》を樹《た》てたる高攀龍の風も、漸《やうや》く氣運を斡旋《あつせん》して、險怪の風を矯《た》めつ〻あり。漁洋は時趨《じすう》[787]此の如きの裡《うち》に生れたり、故に彼も亦此風氣中に養

はれたるを免れず。其自ら記する所によるに、彼は李何の羽翼たる徐昌穀《じよしやうこく》と、及び此高攀龍との二氏の詩風に瓣香(788)するものありたりし也。曰く、

不佞《ふねい》東髮卽ち二家（徐、高）の詩を誦習するを喜ぶ、弱歳揚州に官たり、數々《しば〳〵》大江南北に于役《うえき》す(789)、停驂輟櫂《ていさんてつたう》(790)必ず廸功《てきこう》、蘇門二集(791)を以て自ら隨ふ(792)。

又曰く、

徐昌穀、高子業二君の詩、同じからずして、而して皆短を用ゆるに巧なり、徐は蟬蛻《せんぜい》軒擧(793)の風あり、高は秋閨愁婦の態あり(794)。

漁洋が短篇に於て其妙を得たるの由來する所亦知るべきに非ずや。故に漁洋亦其論詩絶句に於て、高を論じては、卽ち詎識蘇門高吏部、嘯臺鸞鳳獨逌然(795)といひ、徐を論じては、天馬行レ空脱二羈靮一、更憐譚藝是吾師(796)と其私淑する所ある知る可き也。而して興朝の規模略《ほゞ》定まりたるに及んでや、摹古の風は、卽ち地を掃って絶ゆと雖ども、當時の詩をいふ者、猶其適歸する所に迷ひ、各門戸を立てゝ或は唐となし、或は宋となし、李杜蘇黃(797)、各其依る所に偏して、強て畛域《しんゐき》(798)を分つあるを免れざりし也。故に蠶尾集に又いふ、

二十年來、海內賢知の流、枉《わう》を矯《た》めて正に過ぐ、或は乃ち宋を祖とし、唐を祧《てう》(799)せんと欲す。漢魏の樂府《がふ》古選の遺音に至《いたつ》ては、蕩然復《たうぜんまた》存するものなし、江河日に下る、滔々《たう〳〵》として反《かへ》らず、有識者之を懼《おそ》る焉(800)。

此《かく》の如き過渡混亂の時に於て、各《おの〳〵》其奉ずる所を執《とつ》て相下らず、辯難相讓る所なきが如きは當然の

み。漁洋自らも其門戸を標榜するものを笑《わらつ》て、蠻觸氏の蝸角《くわかく》に闘《たゝか》ふが如くにして、自ら其陋を知らざる也(801)、と評しながら、自らも亦力を極めて、錢謙益を掊克《はうこく》し(802)、其李何(803)の徒を貶《へん》するを駁して曰く、

牧齋翁、列朝詩を撰す、大旨李西涯《りせいがい》を尊び、李空同、李滄溟《りさうめい》を貶し、又空同に因て何大復に及び、滄溟に因て王弇州《えんしう》に及ぶ、垢《く》を索《もと》め瘢《はん》(804)を指し、餘力を遺《のこ》さず、夫《か》の李滄溟の擬古樂府《ぎこがふ》、擬古詩を駁するは是《ぜ》也、空同の東山草堂歌を幷《あは》せて、之を疵《し》する(805)は則ち妄矣《まうなり》、錄する所空同集も亦多く其傑作を泯《ほろぼ》す、予竊《ひそ》かに之を非とす、此翁予に於て知己《ちき》の感あり、而《し》かも予敢て先生に傅會《ふくわい》し(806)て、以て前輩を誣《と》ひざるものは亦、先生の諍臣《さうしん》たらんと欲するのみ(807)。

又曰く、

牧齋、李何を訾謷《しがう》し(808)、則ち李何の友王襄敏、孟大理の輩の如きをも幷せて、倶《とも》に之を貶し、李賓之を推戴して、則ち賓の門生顧文僖《こぶんき》の輩の如きをも倶に之を褒む、他は姑《しばら》く論ずるなし、東江集(809)、予が熟觀する所、詩、景泰成化(810)の間、沓拖《たふた》(811)冗長の習に過ぎず、由來談藝家、何ぞ嘗て推引して、遽《にはか》に之を王子衡、孟望之の上に揚げんと欲するは、豈に天下後世の人を以て盡く聾瞽《ろうこ》(812)となすか。(813)

又曰く、

牧齋翁、一《いつ》張禹、孔光(814)を學ぶの西涯を尊んで、強て東坡《とうば》に擬《ぎ》し、一能く汲黯《きふあん》(815)たるの空同を貶して、文致を曲加す、此を以て史を修す、其是非を顚倒する必せり矣(816)。

西涯を以て一張禹、孔光といふ。豈に又暗に錢が出處進退を嘲けるものなきに非ざらん乎。

又銭より延いて銭と同郷にして其牙慧《がけい》を拾ふ(817)の馮班《ふうはん》に及び、其鈍吟雜録に、滄浪が妙悟を詆《そし》れるを駁して、

巖滄浪が詩に論じて特に妙悟の二字を拈《ねん》ぜる、前人未發の祕なるを、常熟(818)の馮班之を詆諆《ていき》し(819)、餘力を遺《のこ》さず、周興、來俊臣(820)の流の如き文致の士大夫、鍛錬周內(821)至らざる所なし。風雅中乃ち此羅織經(822)あらんと謂《おも》はざりし也、昔胡元瑞《こげんずゐ》(823)、正楊を作る、識者之を非とす、近ごろ吳殳《ごしゅ》修齡(824)、正銭蓋牧齋を駁せる者を作る、余京師に在つて、亦嘗て之を面規す(825)、馮君雌黃《しわう》の口の如き、又胡吳の輩よりも甚だし矣。此等の謬論《びうろん》、詩教に害たる、小明眼(826)の人に非ざるも、自ら當《ま》さに之を辨ずべし、敢て滄浪を詈《そし》るに至ては、一竅《いつけう》通ぜず(827)、一字識らずたり、則ち尤《もつと》も醉人の罵坐(828)に似たり、之を聞いて唯耳を掩《おほ》うて走り避くるのみ(829)。

かく漁洋が銭を難じ、馮班を駁するの背後に於て、自ら、常熟馮定遠先生の遺書を得て心之を愛好し、之を學んでまた他の人に至らず、と稱せる趙秋谷は、談龍録を著はして、漁洋が詩の垢弊《こうへい》(830)を指摘し、力《つと》めて漁洋が神韻興會超妙象を取るの旨を矯めて、專ら思路鑱刻《ざんこく》(831)、詩中人有るの説を唱ふ。漁洋其馮を駁するの次、また暗に趙を嘲つて

馮班其自ら詩を爲《つく》る、但香奩一軆《かうれんいつたい》(832)に沿ふのみ、人に教ゆるには則ち才調集(833)を以て法となす、余其兄弟評する所の才調集を見て亦之を卑《いやし》む、甚だ高論なし、乃ち歸依頂禮《ちやうらい》、啻《たゞ》金を鑄《い》て佛と呼ぶ者のみならざるは、何ぞや(834)、

といふに至る。其後遂に二派に分れ、王を宗とする者は、性靈超悟を主とし、其弊虜廓《ふくわく》(835)に流れて、遂

に大篇を作る能はず、村女が花を簪《か》ざるに似て嬌羞《けうしう》と雖ども邊幅なく、趙を主とするものは撲實眞摯を主として其失や纖仄《せんそく》、(896)學究の書を説くと同じく、日に小兒の號嗄《がうさ》(837)を作《な》すのみ。

此《かく》の如く趙と王とは各一宗をなせりと雖ども、其相頡頏《きつかう》すべきは、唯其詩論に於てのみ。詩そのものに至ては、漁洋は以て一代の大宗たるべし、趙に至ては只獨到《どくたう》あるのみ、何ぞ以て相匹敵するに足らんや。

第四章　清初の詩人

盖し順治康熙の間、國初興朝の氣運勃然として大《おほい》に動きたるの時にして、一代の文運精華を此時に萃《あつ》めたれば、詩を以て名ある者其人に乏しからず。

詩人として明より清に至る、時代の轉機に於ける一關鑰《くわんやく》たるものは錢謙益也、牧齊と號し、江南常熟の人なり。明の時、禮部尙書たり、淸の師、江南を定むるに及んで出降《いでくだ》り、仕へて禮部侍郎を奉ず。晩節保たざるを以て、身後の醜名を貽《の》こし、乾隆《けんりゆう》の朝に詔あり、其集燬棄《きき》(838)せられたりと雖ども、其詩は卽ち少陵を宗として旁《かたは》ら諸家に出入し、才情富麗見るべきもの尠《すくな》からず。其秦淮《しんわい》丁家水閣留題の詩に曰く、

苑外楊花待二暮潮一、隔レ溪桃葉限二紅橋一、夕陽凝望春如レ水、丁字簾前是六朝。(839)

其名漁洋と相對して漁洋が絶句を以て優《まさ》りたるが如く、歌行《かかう》を以て勝ちたるものは呉偉業、梅村卽ち是也、江南大倉の錢謙益と時を同うす、其詩跌宕《てつたう》幽麗、(840)趙甌北《てうおうほく》嘗て之を評して、靑邱《せいきう》と相比して曰く、若《も》し其氣を論ぜば稍々《やゝ》衰颯、(841)靑邱の健擧に若《し》かず、語に疵累《しるい》(842)多きは、靑邱の淸雋《せいしゆん》(843)に如かずして、而して時事を感愴《かんさう》(844)し、身世を俯仰し、纏綿悽惋《てんめんせいゑん》、情、文に餘《あま》るは則ち靑邱に較して意味の深厚を覺ゆる也と。長篇は其最も得意なる者、其跌宕なるものは、

悲　歌

人生千里與二萬里一、黯然銷魂別而已、君獨何爲至レ於レ此、山非レ山兮水非レ水、生非レ生兮死非死、十三學レ經幷學レ史、生在二江南一長二紈綺一、詞賦翩翩衆莫レ比、白璧靑蠅見二排詆一、一朝束縛去、上レ書難二自理一、絶塞千山斷二行李一、送レ吏淚不レ止、流人復何倚、彼尙愁不レ歸、我行定已矣、八月龍沙雪花起、橐駝垂レ腰馬沒レ耳、白骨皚皚經二戰壘一、黑河無レ船渡者幾、前憂二猛虎一後蒼兕、土穴偸生若二螻蟻一、大魚如レ山不レ見レ尾、張レ鬐爲レ風沫爲レ雨、日月倒行入二海底一、白晝相半人鬼、噫嘻乎悲哉、生レ男聰明愼莫レ喜、倉頡夜哭良有レ以、受レ患祇從二讀書一始、君不レ見呉季子。(845)

其幽麗なるものは

永和宮詞

揚州明月杜陵花、夾レ道香塵迎二麗華一、舊宅江都飛燕井、新侯關內武安家、雅步纖腰初召入、鈿合金釵定情日、豐容盛鬋固無雙、蹴踘彈棊復第一、上林花鳥寫二生綃一、禁本鍾王點二素毫一、楊

柳風微春試レ馬、梧桐露冷暮吹レ簫、君王宵旰無二歡思一、宮門夜半傳二封事一、玉几金牀少二晏眠一、陳娥衞豔誰頻侍、貴妃明慧獨承レ恩、宜レ笑宜レ愁慰二至尊一、皓齒不レ呈微索問、蛾眉欲レ蹙又溫存、本朝家法修二清讌一、房帷久絕珍奇薦、勅使惟追陽羨茶、內人數減昭陽膳、維揚服製擅二江南一、小閣爐煙沈水含、私買瓊花新樣錦、自修水遞進二黃柑一、中宮謂レ得二君王意一、銀鐶不レ妒溫成貴、早日艱難護二大家一、比來歡笑同二良娣一、奉二使龍樓一賈佩蘭、往還偶失兩宮歡、雖レ云三樊嫕能二辭令一、欲レ得二昭儀喜怒一難、綠綈小字書成レ印、瓊函自署充華進、請レ罪長敎二聖主憐一、含レ辭欲レ得二君王慍一、君王內顧恤二傾城一、故劍還存敵體恩、手詔二玉人一蒙二詰問一、自來二階下一拭二啼痕一、外家官拜金吾尉、平生游俠多輕レ利、縛レ客因催博進錢、當レ筵便殺彈箏伎、班姬才調左姬賢、霍氏驕奢竇氏專、涕泣微聞椒殿詔、笑談豪奪灞陵田、有司奏削將軍俸、貴人冷落宮車夢、永巷傳聞去レ玩レ花、景和門裏誰陪從、天顏不レ懌侍人愁、后促二黃門一詔共遊、初勸二官家一伴不レ應、玉車早到殿西頭、兩王最小牽レ衣戲、長者讀書少者弟、聞レ道羣臣譽二定陶一、獨將二多病一憐二如意一、豈有神君語二帳中一、漫云王母降二離宮一、巫陽莫レ救蒼舒恨、金鎖雕殘玉筋紅、從レ此君王慘不レ樂、叢臺置酒風蕭索、已報河南失二數州一、况經三少子傷二零落一、貴妃瘦損坐二匡床一、慵髻啼眉掩二洞房一、荳蔻湯溫氷簟冷、荔支漿熱玉魚涼、病不レ經レ秋淚霑レ臆、裴回自絕君王膝、苔沒二長門一有レ夢歸、花飛二寒食一應二相憶一、玉匣珠襦啓二便房一、薤歌無レ異葬二同昌一、君王欲レ製哀蟬賦、誄筆詞臣有二謝莊一、頭白宮娥暗嚬蹙、庸知朝露非レ爲レ福、宮草明年戰血腥、當時莫下向二西陵一哭上、窮泉相見痛二倉黃一、還向二官家一問二永王一、幸免玉環逢二喪亂一、不レ須銅雀怨二興

亡一、自レ古豪華如二轉轂一、武安若在憂二家族一、愛子雖レ添二北渚愁一、外家已葬驪山足、夜雨椒
房陰火靑、杜鵑啼血濯二龍門一、漢家伏后知二同恨一、止少當年一貴人、碧殿淒涼新木拱、行人尙
識昭儀冢、麥飯冬靑問二茂陵一、斜陽蔓草埋二殘壠一、昭丘松檟北風哀、南內春深擁二夜來一、莫レ
奏霓裳天寶曲、景陽宮井落二秋槐一。(846)

當時の詩人、南施北宋の名あり、北宋とは宋琬《そうゑん》をいひ、南施とは施閏章をいふ也。宋琬、號は荔裳《れいしやう》、山東萊陽《らいやう》の人、官四川《しせん》按察使に至る、康熙十一年漁洋の入蜀と相前後して任に到る、故に漁洋新樂縣《しんらくけん》驛店に題して、荔裳に寄するの詩あり、句にいふ、猶有三前期不二相負一、秋來同釣錦江魚(847)と、而して其明年春宋の入覲《にふきん》(1021)して、會〻《たまく》蜀に吳三桂の亂あり、其妻孥《さいど》の成都に在るを憂へて鬱々《うつくつひ》終に京都に没せり。施閏章は愚山と號し、江南宣城の人、官翰林院《かんりんゐん》侍講に至る、愚山人となり口吃《こうきつ》其性敦厚溫柔、漁洋の朝に在るや、常に偕《とも》に游行し、又偕に唱和す、最も熟交たり。曽《かつ》て山人其墨を贈れるを謝する詩中、句ありいふ、澤門皙與二邑中黔一、一種高風比二斷金一と(848)、而して施の詩は遠澹《ゑんたん》(765)、宋の詩は雄渾《ゆうこん》、宋の登華嶽の詩に曰く、

獨上二鉤梯一覽二大荒一、秦關終古氣蒼々、天開二閶闔一纔尋尺、地界二雝梁一入二渺茫一、五粒松搖群
帝佩、三漿露浥百神觴、仙人方罫靑冥上、更欲三凌レ風度二石梁一。(849)

施の夜坐二天游峰一得レ月(850)の詩に曰く、

微雨仍留レ月、千峯洗更明、仙雲眞可レ數、片々掌中生。(851)

又王と並稱せられて、朱王の名あるものは竹垞朱彝尊《ちくだしゆいそん》なり。浙江《せきかう》秀水の人、初め家貧を以て四方に

驅走し、必らず十三經二十一史を槖載《たくさい》(852)して自ら從へ、到る處の金石文、搜剔《さうてき》考證せざるなし。故に著書最も富む、日下《じつか》舊聞《きふぶん》、經籍存亡考の類皆百卷に餘る、又明詩綜《みんしそう》、詞綜の著あり、孫承澤嘗《かつ》て人に語りて曰ふ、吾長安に客たるものを見るに、爭うて聲利に驅逐す、其著述を廢せざるものは秀水の朱錫鬯《せきちゆう》一人のみと(853)。後康熙十八年、明史編修の事あり、徧《あま》ねく野に求む、竹垞亦布衣《ほい》を以て博學鴻辭(854)に擧げられ、翰林院檢討に官す。

竹垞最も律を善くす、格律蒼勁《さうけい》。趙秋谷嘗て朱王を以て國初の二大家とし謂《い》ふ、王の才は高くして、學以て之に副《そ》ふに足り、朱の學は博くして才以て之を運ぶに足ると(855)。

南　鎭

稽山形勝鬱岧嶤、南鎭封壇世代遙、絕壁暗愁風雨至、陰崖深護鬼神朝、雲雷古洞藏二金簡一、燈火春祠奏二玉簫一、千載六陵餘二劒舄一、帝鄕魂斷不レ堪レ招。(856)

雲中至日

去歲山川縉雲嶺、今年雨雪白登臺、可レ憐日至長爲レ客、何意天涯數擧レ杯、城晚角聲通二雁塞一、關寒馬色上二龍堆一、故園望斷江村裏、愁說梅花細々開。(857)

詩に於ては王に及ばずと雖ども、文に於て王に一著を贏《か》つものを汪琬《わうゑん》となす、號は堯峯《げうほう》、又鈍翁とも云ふ。江南長洲の人、順治十二年進士、郎中に歷官し、後康熙十八年竹垞等と同じく博學鴻詞に擧げられ、改めて翰林院編修となる。晚《おそく》に室を堯峯の麓《ふもと》に築き、幅巾杖履山叟野樵《ぢやうりさんそうやせう》(858)と行歌し、復《また》世事を顧みず、堯峯人となり性狷急《けんきふ》(859)、物を容《い》るゝ能《あた》はず、又假借する所ある能はず、好んで人を詆訶《ていか》(860)し、前輩と雖ども免るゝなく、後生と雖とも恕詞《じょし》なし、意不可とする所、百賁育《ほんいく》(861)と雖ども其口を揜《おほ》ふ能はずと稱せらる。漁洋嘗て詩を贈て曰く、卜築何峰好、堯峰近二太湖一、蓴鱸供二客饌一、橘柚足二官租一、泥飲從二田父一、題詩付二獠奴一、蕭然山澤裏、眞有二列仙儒一と是《これ》(862)をいふ也、其詩雄健の致なしと雖ども、亦馴雅《じゅんが》(863)喜ぶべし。

夜坐梅花下聽琴

月明銅井缺、夜靜山蒼然、回顧梅花林、靄々浮二輕烟一、幽人坐二花下一、對レ月稍揮レ絃、風吹絃上音、倶向二遙空一傳、蕭颯澗底松、潺湲崦西泉、拊レ此未レ終レ曲、驚禽啼不レ眠。(864)

玉鉤斜

月觀凄涼罷二歌舞一、三千艷質瘞二荒楚一、寶鈿羅帔半隨レ身、踏作呉公臺下土、春江如レ故錦帆非、露葉風條積漸稀、蕭孃行雨知何處、惟見横塘蛺蝶飛。(865)

彭孫遹《はうそんいつ》は羨門《せんもん》と號し、順治十六年の進士、此歳《このとし》京に在つて漁洋と香奩躰《かうれんたい》の詩を倡和し、彭王倡和集あり、當時漁洋、官を以て維揚に下る、詩を羨門に寄せていふ、蕭寺鐘殘時、燕山霜落夜、對牀語二清夕一、流連不レ知レ罷、落葉一紛飛、離鴻終南下、漵浦近二青山一、依稀見二君舍一と。(866)

雨中過白芒村

春雲生二驟寒一、溪上無二人迹一、石筍清相羅、煙翠紛可レ摘、欲下持二三尺絹一寫中此春山碧上、却憶山中人、遠在龍池宅、惆悵不二同游一、白芒風雨夕。(867)

陳維崧《ちんいすう》は迦陵《かりよう》と號す、江南宜興《ぎこう》の人、少《わか》うして文名あり、而して數奇、年四十尚諸生(868)たり、相者あり、謂《いひ》て曰く、君年五十を過ぎば、必ず翰林に入らん、而《し》かも科甲に由らずと。後果して亦博學宏詞(854)を以て擧げられ、翰林に入る。(869)嘗て漁洋、雨夜、彼を憶《おも》ふて曰ふ、念我同心人、咫尺何由覿、雨聲湖上來、蕭條散二蘆荻一、此時掩レ關臥、應レ聽二林間笛一と、(870)湖海樓集あり又最も四六、詩餘をよくし、烏絲詞《うしゝ》の著あり、其詩多く環奇、(871)才を以て勝る。

酬許元錫

嘉陵以後論二文筆一、天下健者陳華亭、梅村先生住二婁上一、斟二酌元化一追二精靈一、憶昔我生十四五、初生黃犢健如レ虎、華亭歎二我骨格奇一、教レ我歌レ詩作二樂府一、二十以外出入愁、飄然竟従二梅村一游、先生呼レ我老龍子、半醉披二我赤霜裘一、此生闌入銅駝路、可憐老作二江南賦一、頭上不レ畏咸陽王、眼前只認丁都護、晩交二許子一懷抱開、看爾不レ合長悲哀、手提二一詩一來贈レ我、十幅錯落紅玫瑰、我年三十餘、淸狂愛二見戲一、旁人見レ我笑不レ休、安知我有二塡膺事一、日間擊レ鼓夜擊レ鮮、行樂安得千萬年、何肯齷齪學二章句一、三日新婦殊可レ憐、許子贈詩踰二一月一、念欲レ報レ之久不レ發、昨宵飽看冒家燈、一寸管城老龍渇、掀髯狂作許生歌、食レ紙春蠶響不レ歇、明朝歸客正揚レ舲、海色蒼茫靑更靑。(872)

劉體仁《りうたいじん》は蒲庵《ほあん》と號す、江南潁川《えいせん》の人。順治十二年の進士なり、體仁人となり奇矯《きけう》、好んで文章を詆訶《ていか》し(819)、利病(873)を掎摭《きてき》す(874)。嘗て陳維崧《ちんゐすう》の弟維嶽初めて都に入り、行卷三通を寫して案上に置く。友人、詣《いた》る所を問ふ、曰く吏部劉公體仁、戸部汪公琬《ゑん》、禮部王公士禛なりと。友人曰く、吾、子《し》の爲《た》めに豫《あらかじ》め之を卜《ぼく》せん、汪、卷を得ば、必ず其瑕疵《かし》を摘して、之を駁《はく》せん。王、卷を得ば、必ず其警策を取て之を掲げん。劉は則ち一覽輙《すなわ》ち擲《なげすて》去て可否する所あらんのみと。(875)又其友、琴を嗜《たしな》むものあり、没后《ぼつご》、劉一日諸姬を携《たづさ》へて郊行、其墓を過ぎ、乃ち車を停めて酒を酹《そゝ》ぎ、諸姬をして各一回を操せしめて去る。其標致又此の如きものある也。(876)其詩夭矯拗峭《えうけうあうせう》、(877)其人となりに稱《かな》ふ。每《つね》に其自詡《それじく》(878)して曰く、吾詩文は片段柴《し》窯《よう》(579)なりと。柴窯は陶器中に於て最も古く流傳し碎片と雖《いへ》ども、金翠《きんすゐ》(880)と同價也。(881)

送人遊華山

夜談太華奇、朝來理㆓輕策㆒、似子獨往意、自然生㆓羽翮㆒、我無㆓濟勝具㆒、心懸神仙宅、椓壁聞㆓蟻緣㆒、索度或猱擲、卽至㆓玉女盆㆒、蓮花豈堪㆑摘、頗窮㆓造化由㆒、能識巨靈擘、一身出㆓天地㆒、笑看培塿積、歸來毛髓異、定跨㆓茅龍脊㆒。(882)

又慧湖、漁洋を懷ふの詩に曰く、

離居才幾日、蘭葉春風生、門外卽流水、片帆東下輕、野處寡㆓新友㆒、良辰多㆓遠情㆒、思㆑君如㆓草色㆒、迢遞向㆓蕪城㆒。(883)

尤侗《いうどう》、西堂又悔庵《くわいあん》と號す、江南長洲の人、選貢生(884)に由りて永平府の推官(885)たり、最も樂府《がふ》に工《たくみ》に、蚤歲《さうさい》(886)、讀離騷諸傳奇を作り、遂《つひ》に禁中に流傳し、世祖屢《しばしば》其才を稱す。世祖崩後、尤、事を以て、罷《や》め去て吳中に歸り、時に樂府を以て其感慨を寓《ぐう》す、作る所の桃花源、黑白衞二傳奇尤《もつと》も人の膾炙《くわいしや》する所たり。後、博學宏辭(854)を以て擧げられ、官、侍講に至る。西堂集あり、其詩亢厲《かうれい》(887)激越を以て勝る。

別長安

不㆑如㆓歸去㆒不㆑如㆑歸、歸去來兮知㆓昨非㆒、千里壯心天馬下、一朝適意野鷗飛、焚書幷瘞珊瑚

筆、解レ紱先裁薜茘衣、猶有二呉鉤拋未一レ得、酒酣常舞釣魚磯。(888)

新都嘆

新都才人官二玉局一、入レ朝手摅二天門一哭、相公之子狀元郎、杖血淋漓投二永昌一、永昌市上擁二諸妓一、簪花塗粉雙丫髻、白綾新絨綠毫光、酒酣起舞龍蛇字、蠻童笑殺老顚狂、萬里雲南作二醉鄉一、相思獨有二深閨婦一、盻二斷金鷄一下二夜郎一。(889)

趙執信は秋谷と號す、山東益都の人、高才あり、嘗て仕へて官にあり、讌飲《えんいん》觀劇を以て官を罷《や》む、乃ち情を詩酒に縱《ほしいまゝ》にし、醉へば則ち酣嬉《かんき》(890)淋漓四坐を慢罵《まんば》し、借りて以て滿腔《まんこう》の鬱勃を遣《や》れり。飴山集《いざんしふ》あり、其詩才、力の鋭を以て勝る。

赴登州留別康海

微雨牽二行色一、離觴且對レ君、預愁見何日、不レ惜手輕別、遠海高レ於レ岸、空煙聚作レ雲、來朝倚二仙閣一、吟望背二斜曛一。(891)

査愼行、號は初白、浙江海寧の人、其詩、近體は陸を學び、古體は蘇を學ぶ(892)、亦性靈あり。其詩巧緻《かうち》を以て勝る。甌北《おうほく》評して才氣開展、工力純熟(893)を以て之を許す。敬業堂集あり。(894)

楊花

散作二輕埃一滾作レ團、不レ成二花片一但漫々、春如二短夢一初離レ影、人在二東風一正倚レ欄、微雨乍黏還有レ態、柔條欲レ上已無レ端、祇應三老眼憐二輕薄一、長自摩抄霧裡看。(895)

以上擧し來りたる所を見る、各家各自其長あり、其妙ありと雖ども、又各家各自を通して、淸麗雋秀《しゆんしう》の(896)風神の一貫するものあるを見ん。而して是れ我漁洋に於て殊《こと》に多く見る所なり。

第五章　漁洋の詩及其詩論

夫《そ》れ七子の復古を倡《とな》ふるや、其性と情とは既に古にあらずして、而して強て古に擬せんとす。是《こゝ》に於て乎《か》、力《つと》めて其語を古にして其意を掩《おほ》はざる能はず。故に古書古文を摹擬《もぎ》割裂し、飣餖《ていとう》(897)を爲す、語徒《いたづ》らに艱澁《かんじふ》にして、其性と情とは卽ち古の高趣なし、蓋《けだ》し明李の詩は專ら工を語に用ひて、高としたる也。清初の詩人、猶其窠臼《くわきう》(898)を脱する能はざるなり、是を以て漁洋の詩を說くや、卽ち神韻と興會とを云ふ、興會とは何ぞ、情の興也、神韻とは何ぞ、情の遠《とほき》也、畢竟《ひつきやう》するに彼は、詩の形と想とに於て、想を先にせるものなり。想を先にして、明季の形を先にせるに反せるものなり。明の詩は其古ならんが爲めに、工を字句に求めたり、然れども、漁洋は以爲《おもへ》らく、詩は性情をいふ也、六朝には六朝の性情あり、唐宋には唐宋の性情あり、性情同じからず、故に體制自ら同じからず、時代の遷る所、風氣卽ち變ず、風氣の變ずる所、何ぞ強て之を古に復すことをせんや、直ちに性情を把《とり》て之を發露すれば足るのみ、何ぞ拘々《こうく》(899)として、言句の末を塗料するをせん。

山人嘗て當時詩人の弊を卑しとして曰く、

夫《そ》の詩を稱する者を見るに、樂府は必ず漢の鐃歌《だうか》(782)、古選(783)は必ず十九首公讌(784)、予竊《ひそ》かに惑ふ、是れ何ぞ能く漢魏を爲《つく》るものの多きや、六朝唐宋を歴《へ》て、詩を以て其家に名づくる者甚だ衆《おほ》し、豈に其才盡く今に若《し》かざる耶、是れ必ずしも然らず。或は嘗て以爲らく、唐、詩有り、必ずしも建安黄初(900)ならざる也、元和以後、詩あり必ずしも神龍開元(901)ならざる也、北宋、詩あり必ずしも李杜高岑(902)ならざる也(903)。

夫れ詩は眞情の發露也、其物に觸れて興を起し、情來り神會す、機栝躍如《きくわつ》(904)、兎《と》起ち鶻《けん》落つるが如し(905)、稍《や》、縱《ゆる》うせば則ち逝《ゆ》く、一刻を先にするを得ず、一刻を後にするを得ず、偶爾《ぐうじ》(906)にして得、自然にして之を得る也、若《も》し着力強て做《な》すが如きあらば興趣卽ち索れ、風味卽ち失《うす》す、故に曰ふ詩は天籟《てんらい》也、人力を着くれば卽ち差《たが》ふ。何の故ぞや、盖し美感は興ずるに在り、興ずるとは意欲なき眞情の發動なり。意欲なし、故に爲めにする所なき也、由る所なき也、以てする所なき也、故に美は超妙《てうめう》也、美に目的なし、一毫《いちごう》の爲めにする所あれば美に非ざる也、以てする所あれば美に非ざる也、由る所あれば美に非ざる也、爲にする所あり、以てする所あり、由てする所あり、茲《こゝ》に於て欺《か》人力の工あり。人力の工あるは卽ち智を用ゆるの人也。美感の發動は智を用ゆるをゆるさゞる也、故に詩は唯興趣にあつて、理會に非らず、理會のものは唐の司空圖が所謂醯《けい》(907)、酸ならざるに非ず酸に止るのみ、鹺《さ》、鹹《かん》(908)ならざるに非ず、鹹に止まるのみなるもの耳《のみ》(909)、酸鹹の外醇美《じゆんび》あり、言筌《げんせん》(910)に落つ可らず、理路に渉る可らず、故に才學を以てす可らず、議論を以てすべからず、故に宋の嚴滄浪《げんさうらう》云ふ、詩に別材あり、書に關するに非ず、詩に別趣あり、理に關するに非ずと(911)。故に其妙は水中の月、鏡中の象、湊泊《そうはく》(912)す可からず、捕捉す可らざる也、理は卽ち解す可し、興は惟《たゞ》悟るべし、理は卽ち言盡きて意も亦盡く、興は卽ち言盡きて意つきず、是れ詩の妙、文字に非らず言句に非らざればにして、其文字以外、言句以外の悠揚不盡の興趣、之を稱して神韻とは云ふ也。身、美感の裡《うち》に没了して意なく智なく惚怳髣髴《こつくわうはうふつ》の境をいふ也。此境既に意を絶し、智を超ゆ、唯觀ず可し、識す可らず、意を以て逆《むか》ふべし、理を以て解す可からず、理を以てするものは智に訴ふる也、故に方幅(913)あり論理的の範疇《はんちう》を脱する能はず、興に於てするものは情に訴ふる也、故に不盡也、想像は天馬空を之《ゆ》くもの也、不盡なるが故に縹緲《へうべう》たる也、縹緲たるが故に遠神也、遠神超象唯《たゞ》妙悟す可きのみ。是《こゝ》に於て乎《か》、詩は妙悟に在りといふ。

山人、池北偶談に詩の訣《けつ》を論じて、以爲《おもへ》らく、

汾陽《ふんやう》の孔文谷云ふ、詩は以て性を達す、然れども須らく淸遠なるべし、但《たゞ》之を總《す》ぶるに其妙《めう》神韻に在り矣と、神韻の二字、予、詩を論じて、首《しゅ》として學人(914)のために拈出《ねんしゅつ》す、知らず先づ此《こゝ》に見るを(915)。

又香祖筆記に之を書に比して

南城陳伯璣允衡《ちんはくきゐんかう》、善《よ》く詩を論ず、昔《むか》し廣陵(100)にあり予が詩を許して、之を昔人の偶然欲レ書(916)といふに譬《たと》ふ、此語最も詩文の三昧《さんまい》を得、今人連篇累牘《るいとく》、牽率應酬《けんそつおうしう》(917)、皆偶然書せんと欲する者に非ざる也。坡翁《はをう》、錢唐程奕《せんたうのていえき》が筆を稱して云ふ、人をして、字を作つて筆あるを知らざらしむと、此語妙理あり(918)。

又蠶尾續文《さんびぞくぶん》、之を畫に較して說くらく、

予嘗て、荊浩《けいかう》の山水を論ずるを聞いて詩家三昧を悟る矣。其言に曰く、遠人目無し、遠水波無

し、遠山皴《しゅん》なしと。[919] 又王楙《わうぼう》の野客叢書《やかくそうしょ》云ふ、太史公の郭忠恕の如き、天外數峯略筆墨あり、意、筆墨の外に在りと。詩文の道大抵皆然り矣。[920]

既に詩は妙悟に在り、是《こゝ》に於て乎《か》、詩は則ち禪《ぜん》也矣。

禪とは何ぞ、趺坐《ふざ》か、否《いな》、棒喝《ばうかつ》か、否。提唱か、否。無心の謂是也《いひこれなり》、無我是也。釋尊雪山幾年の苦行、悟れる所は此のみ、經典幾萬の言句、說く所は是にすぎざるのみ、夫れ人、意欲あるが故に我あり、我あるが故に、彼あり。彼我を以て諍《あらそ》ひ、彼我あり、故に是あり非あり、此を執《とつ》て相鬩《せめ》ぐ、一切の妄念煩惱悉《ことごと》く皆此我あるが爲めに起る、我を無にするは卽ち煩惱を無にする所以なり、煩惱一空卽ち眞如《しんにょ》、機に隨て法を說く、說く所は異なりと雖ども、佛所說《とくところ》の要は此に止まる耳《のみ》といふに過ぎず、所謂頓悟なるもの、悟る所何んぞ何の悟る所かあらん、禪は卽ち頓悟以て之《これ》れに到らんとする也。所謂頓悟とは打坐觀心[921]、あらゆる執念妄念を忘れ盡くして脫落一番する卽ち是のみ、脫落する所何んぞ、卽ち無心のみ、無我のみ。一場の打坐以て直ちに此極致に至るべし、何ぞ經を說き論をいはんや、且《か》つ夫《そ》れ所謂無我無心とは意欲動かざるの謂也、意欲の動くは執するが故也、着するが故也、故に禪には執を忌《い》み着を忌む、而して人の情形あるもの、象あるものには、卽ち執し卽ち着す、文字語句若し之を以て說かば之を見、之を聞くもの、其見る所に着し、其聞く所に執す、故に禪には文字を立てず、言句を假《か》らず、若し力を着くれば卽ち差《たが》ふ、着力せずして卽ち自然、自然にして卽ち道此《こゝ》に在り矣、所謂禪の妙悟是に在り矣、是に於て乎詩は卽ち禪たるなり、故に嚴子羽は其滄浪詩話に於て曰ふ、禪道惟在㆓妙悟㆒、詩道亦在㆓妙悟㆒と[922]、此妙悟正《ま》さに是其《これその》所謂空中の音、相中の色、水中の月、鏡中の象、透徹玲瓏《れいろう》にして湊泊(912)す可らざる者の謂たる也。故に禪をいふに言句に落つれば、既に野狐、詩をいふに用、工に陷《おちい》れば卽ち詩魔(923)、水を出づるの芙蓉《ふよう》玲瓏を假《か》らず、詩の妙處は纔《わづか》に此に有り矣、司空圖《しくうと》云ふ、一字を着けずして盡く風流を得《う》(924)と正に是也。是に於て乎、禪を以て詩を說く者、前に滄溟あり、今漁洋あり。盖し嚴子羽は詩の極致を以て入神とし、漁洋は神韻を以て詩の妙諦《めうてい》とす。入神神韻、語は卽ち同じからずと雖ども、意は卽ち同じ、自然の妙是《これ》のみ、既に正法眼《せいほふげん》を同じ了す、其說く所また相歸一して禪に到らざるを得ざる也。嘗て其の滄浪に深契《しんけい》する所あるをいひて、

嚴滄浪、禪を以て詩に喩《たと》ふ、余深く其說に契す、王裴輞川《わうはいまうせん》の絶句(925)の如き字々禪に入る、彼の雨中山果落、燈下草蟲鳴(926)、明月松間照、淸泉石上流(927)の如きより、以て太白の郤二下水精簾一、玲瓏望二秋月一(928)、常建の松際露二微月一淸光猶爲レ君(929)、浩然《こうねん》の樵子暗相失、草蟲寒不レ聞(930)。劉昚《しん》虛の時有二落花一至、遠隨二流水一香(931)に及ぶまで、妙諦微言、世尊拈華《せそんねんげ》、迦葉微笑《かせふみせう》と等しく差別なし。其解に通ずるものは上乘を語る可し(932)。

其唐賢三昧集を著はせるの微意を說て

嚴儀卿《げんぎけい》の所謂《いはゆる》、鏡中の花の如く、水中の月の如く、水中の鹽味の如く、羚羊《れいやう》の角を掛くるが(933)如く跡の求むべきなき者、皆禪を以て喩《たと》ふ。內典に所《いふところ》云の不卽不離、不粘不脫、曹洞に所云《いふところ》の活句に參ず、是《これ》也。拙選唐賢三昧集を熟看せば、自ら之を知らん(934)。

又云ふ、

洞山(935)云ふ、語中語あり、死句となす、語中語なし、活句となすと、予嘗て詩を學ぶ者に擧似

す。(936)門人彭太史《はうたいし》、直上來つて予に唐賢三昧集を選ぶ旨を問ふ、因て洞山の前語を引いて之に語る。夾山《けふざん》又曰ふ、舌頭に座卻《ざきやく》(937)して、別に見解を生ず、他の活意に參じて、死意に參せずと。達觀曰ふ、纔《わづか》に唇吻《しんぷん》に涉《わた》れば、便ち是れ意思に落つ。並に是れ死門、故に活路に非ずと。(938)

又禪家の悟境を以て詩家の化境(939)に比して曰く、

筏《いかだ》を捨てゝ岸に登る、禪家以て悟境と爲す、詩家以て化境となす、詩禪一致等しく大差なし。(940)

漁洋が禪によつて詩を說く此《かく》の如きものあり、故に施愚山(23)、漁洋を評するの語載せて漁洋詩話に在り。

洪昇昉思《はうし》、(941)詩法を施愚山に問ひ、先づ余が夙昔《しゆくせき》、詩を言ふの大指を述ぶ。愚山曰く、予が師の詩を言ふは、華嚴樓閣の彈指卽ち現るゝが如く、又仙人の五城十二樓(942)縹緲、倶《とも》に天際に在るが如し。余は卽ち然らず、譬《たと》へば、室を作る者、瓴甓《れいへき》(943)木石、一一須《すべか》らく平地に就き築起すべしと。洪曰く、此れ禪宗頓漸《とんぜん》の義也。(944)

此の如く既に化境を主として、重《おもき》を興趣に置く、月を指《さ》して指を忘る、章句の理會は彼の卑しとする所也。故に江文通が登㆓香爐峯㆒の日落長沙渚、層陰萬里生、(945)及び孟浩然が下㆓贛石㆒の暝帆何處泊、遙指落星灣(946)の詩を解して

長沙、廬《ろ》山《ざん》を去ること二千餘里、香爐峰、何によつてか見るを得ん、落星は南康に在り、贛《かん》を去ること亦《ま》た千餘里、流に順《したが》ひ、風に乘ずるも、卽ち一日の達す可きに非ず。古人の詩祇々《たゞ》興會超妙を取れるのみ、後人の章句、記里の皷《こ》を作《な》すに似ざる也。(947)

又王維が雪中芭蕉の九江楓樹幾回青、一片揚州五湖白(948)の詩を辯じては、
　其下、蘭陵鎭《らんりょうちん》、富春郭、石頭城の諸地名を連用して、皆寥遠相屬せず(949)。大抵古人の詩畫、只興會神到に取る、若し刻舟緣木之を求めば其指を失せん矣(950)。

彼は更らに、其自家の詩の神韻あるものを語《かた》て絶句に於ては卽ち
　唐人の五言絶句、往々禪に入る、得意忘言の妙あり。淨名默然(951)、達磨《だるま》髓を得ると同一關捩《くわんれい》(952)、程石臞《せきく》絶句あり、云ふ、朝過青山頭、暮歇青山曲、青山不レ見レ人、猿聲聽相續(953)と。予每《つね》に歎絶して以爲らく天然湊泊《そうはく》す可らず(912)と。予少時揚州に在《あ》り、亦數作有り、微雨過二青山一、漠々寒煙織、不レ見秣陵城、坐愛秋江色(954)青山、蕭條秋雨夕、蒼茫楚江晦、時見一舟行、濛々水雲外(955)江上、雨後明月來、照見下山路、人語隔二溪煙一、借問停レ舟處(956)惠山、山堂振二法鼓一、落月掛二寒樹一、遙送江南人、鷄鳴峭帆去　焦山送人(957)、又京師に在りて詩有り云ふ、凌レ晨出二西郭一、招提過二微雨一、日出不レ逢レ人、滿院風鈴語　早起至寺(958)。皆一時佇興《ちょきやう》の言、味外の味を知るもの當《ま》さに之を自得すべし(959)。

律に於ては卽ち
　律句神韻有り、天然湊泊す可からざるもの、高季迪《かうきてき》の白下有レ山皆繞レ郭、清明無二客不一レ思レ家(960)、曹能始《さうのうし》の春光白下無二多日一、夜月黄河第幾灣(961)、李太虛の節過二白露一猶餘熱、秋到二黄州一始解レ涼(962)、程孟陽の瓜步江空微有レ樹、秣陵天遠不レ宜レ秋(963)、と是也。余、昔燕子磯《えんしき》に登り句あり、云ふ、吳楚青蒼分二極浦一、江山平遠入二新秋一(964)、或は亦庶幾《ちかき》のみ(965)。

更に翻《ひるがへ》つて滄浪と漁洋と、其說く所に於て深契ある、蓋し亦當時の詩人としての時勢、相似たる

ものあるに由らずんばあらず。所を以てか之をいふ、盖し子羽、江西の詩風正に盛なるの時に遭ふ、所謂江西派なるものは東坡に濫觴《らんしやう》し、山谷に門戸を剏《はじ》む。東坡、雄絶の才力を以て前人の唾餘《だよ》を拾はず、己《おのれ》が意を以て詩を爲《つく》る、縱横典故を援引して、昔人の所謂東坡の詩、其學を見て其才を見ずといふが如くなりしも、然れども剪裁《せんさい》巧妙、觸るゝ處春《はる》を生じて、痕跡を留めざりしも、山谷に至ては則ち其才敻《はるか》に東坡に及ばず、是を以て事を使ふこと生新、語を使ふこと生硬、拗峭《あうせう》(966)自ら高しとするも、神理未だ浹《あまね》からずして、徒《いたづら》に工を用ゆるに過ぎ、遂に艱澁《かんじふ》(967)快險の病に陷れるを免れず。而れども當時之を師奉する者多く、其風行れ、山谷の江西の人たるよりして遂に此を以て其派に名づくるに至れる也。子羽は其險澁を惡《にく》んで、力めて之を斥排《せきはい》せんとする者なり。其語に曰く、

　東坡山谷に至て、始めて自ら己が意を出して、以て詩を爲《つく》る、唐人の風變ず矣。山谷工を用ゆる尤も深刻たり。其後、法席盛に行はれ、海內稱して江西宗派となす、近世趙紫芝、翁靈舒の輩、獨り賈島、姚合《えうがふ》の詩を喜び、稍々《やう〳〵また》復淸苦の風に就く、江湖詩人多く其躰に效《なら》ひ、一時自ら其を唐宗と謂ふ、知らず止《た》だ聲聞《しやうもん》、辟支《びやくし》(968)の果に入れるのみなるを、豈に盛唐諸公、大乘正法眼なる者ならん哉、嗟呼《あゝ》正法眼の傳はるなき久し矣。唐詩の說未だ唱へず、唐詩の道或は時有つて明《あきらか》也、今既に其躰を唱へて唐詩といふ矣、則ち學者唐詩を謂ふ誠に是に止まる耳、詩道の重不幸に非ざるを得んや。故に予自ら量度せず(969)、輙《すなは》ち詩の宗旨を定め、且禪を借つて以て喩《たとへ》となし、漢魏以來を推原して、截然《せつぜん》當さに盛唐を以て法となすべしといふ。罪を世の君子に獲ると雖ども辭せざる也(970)。

彼の期する所知るべく且又之を明に自ら負ふ。其叔吳景仙に與ふるの書に曰ふ、

僕の詩辨乃ち千百年の公案を斷じ、誠に驚世絶俗の談、至當歸一の論、其間江西詩病を説く、眞に心肝を取る劊子手《くわいしゆ》(971)。禪を以て詩に喩ふ、此より親切なるはなし。是れ自家實證、實悟の者、是れ自家門を閉ぢて此片田地(972)を鑿破《さくは》(973)す、卽ち人の籬壁《りへき》に傍ひ、人の涕唾《ていだ》(974)を拾ふて得來れる者に非ず、李杜復生するも、吾れ言を易へじ矣(975)。

知る可し、彼、禪によつて一種の詩道を看破し、當時の江西詩派の風を棄斥して、詩の自然にあるべきを論じ、之を盛唐に歸宗したるものなるを。明季清初の病處亦方《まさ》に此江西派の病處と相似て、刻苦摹古《もこ》(786)、力を章句に着けて、性靈を遺忘したるに在り。漁洋が所謂樂府は必ず漢鐃歌《だうか》(782)、古選は必ず十九首公讌《こうえん》(784)といひし者是《これ》にして、時既に相若《し》く、手を揮《ふる》つて起《たつ》て之を矯《た》めんとす、漁洋の論ずる所の滄浪と同一揆《き》に出て其説に服して前人未踏の祕を發せるとせるも怪しむに足らず。されば彼が東坡の語を引いて山谷を貶《へん》したるも其意知るべき者ある也。曰く、

曹東畝《さうとうほ》、詩を論じて曰く、四靈(976)の詩、玉腴《ぎよくゆ》を啖《くら》ふが如し、爽と雖ども飽かず、江西の詩は百寶《ひやくはう》頭羹《とうかう》の如く、口に充ち腹に適すと。余謂ふ、此《これ》齊人管晏《くわんあん》(977)の見のみ、四靈は襪材《べつざい》(978)の如く方幅(913)に窘《くるし》む、江西は山谷を以て初祖となす、然れども東坡云ふ、魯直《ろちよく》(979)の詩、江瑤柱《かうえうちゆう》(980)を啖ふが如し、多食すれば則ち風氣を發すと(981)。

以上説き來たりし所により、之を知り得べきが如く、漁洋の尙《たふと》ぶ所は神韻にあり、興會にありしが故に、其詩多しと雖も、短を以て優《まさ》り長に劣れり、蓋し感興中に働き、一氣直ちに往きて之を發露す。語彌々《いよ〳〵》短かうして、情彌々遠《とほき》也、蓋し詩の形は其想に一致して、而して形の長短は實に其想に含まれ

たる時と方とに相待つ者也、是を以て、史詩は長からざるを得ずして、抒情の詩は短からざるを得ざるも是が爲め也、神來の興趣に至ては卽ち石火閃電、方なく時なし、太白が所云《いふところの》景、意と會し、筆を振うて疾書するもの、是れ漁洋が詩の短を以て優り、絶句に於て最《もっとも》其長を擅《ほしいまゝ》にしたる所以なりとす。且彼が詩の過半は、景に興じ、情に感ぜる眼前の趣を捉《とら》へたる者のみにして、敍事議論の體に乏しきは、此種の詩蓋し始終を舗陳《ほちん》(982)し、規矩《きく》を按排し、馳騁《ちてい》あり、條理あらざるを得ずして、是れ蓋し神韻を尙ぶ彼が如きものの手を下すを難《はゞか》りたるものある可し。今誠に彼が絶句を將《も》ち來たりて、之を誦すること一過せんか、風神纚々《しゝ》(983)として盡きず。譬《たと》へば玉盤の露屑《ろせつ》(984)、淸、骨に沁《しん》する者ある也。

秋柳小景

宮柳煙含六代愁、絲々畏レ見治城秋、無情畫裏逢二搖落一、一夜西風滿二石頭一。(985)

次嘉陵江

冒レ雨下二牛頭一、眼落蒼茫裏、一半白雲流、半是嘉陵水。(986)

樊圻畫

蘆荻無レ花秋水長、澹雲微雨似二瀟湘一、雁聲搖落孤舟遠、何處青山是岳陽。(987)

江上二首

白浪金山寺、青山鐵甕城、故人今不レ見、楊柳作二秋聲一、
江北望二江南一、祇隔江津水、日暮寒潮生、愁心滿二揚子一。(988)

霧筋祠

翠羽明璫尙儼然、湖雲祠樹碧レ於レ煙、行人繫レ纜月初墮、門外野風開二白蓮一。(989)

江上望二青山一

揚子秋殘暮雨時、笛聲雁影共迷離、重來三月青山道、一片風帆萬柳絲。(990)

題畫

煙柳南朝寺、風花建業城、年々春盡日、玉笛喚愁生。(991)

望崋山

大華小華皆削成、東溪西溪夾二鏡明一、仙人鶴背忽飛去、天風下來聞二玉笙一。(992)

之を要するに、漁洋の詩は其妙、聲調に在り、風韻に在り、麗新なるに在り、清眞なるに在り、流利(993)情あり、琅々《らうく》致多く、之を譬《たとへ》ば月下何《いづれ》の處の舟か、笛を吹いて餘響悠揚、淡烟《たんえん》に凝《こ》つて散ぜざるが如し。然れども其嘗て自ら謂へるが如く、雄渾なる者には風調鮮《すくな》く、神韻なるものには豪健に乏しきを免れずして、其短處は、卽ち短兵相接せる矯健《けうけん》(994)なく、白雲自ら流るゝの古澹《こたん》(995)なく、清秀と雖ども、蒼勁《さうけい》の趣に乏しく、綿麗と雖《いへ》ども、高華(996)の格に少《か》ぎ、疎《そ》花《くわ》獨り笑ふ嫣然《えんぜん》の態《てい》あれども、木葉盡く落ちて石氣青きの沈鬱《ちんうつ》の情なく、興清けれども深からず、音諧《かな》へども奇ならず、清冷あれども澄深なく、陗蒨《せうせん》(997)あれども曠遠《くわうえん》なきにあり、此等の短は、漁洋が神韻を尙び、興象を喜ぶに伴ふの弊にして免れ難しとするも、但《ただ》彼が之を尙び、之を喜びながら、尙《なほ》材を取ること雜に、情を寄すること淺く、無縫、渾圓の神に入らずして、往々斧鑿《ふさく》の痕《あと》、宛然《さながら》に所謂兒女許多《あまた》の粧裹《しやうくわ》(998)あるを免れざる者あり。且新たに新異の語を使ふことなく、生硬の典故、古人の詩句を襲用すること多くして、一種の宿味、厭《いと》ふべきものある也。

更に之を論ず、漁洋の詩四變あり、其齢とともに變じたるの外、其居り若《も》しくは行きしの地に影響せられたる亦多し。蓋し漁洋の一生は旅行の一生也。山東に生れて、江南に之《ゆ》き、再び蜀《しょく》に之き、粤《ゑつ》に之く、天下の四方を窮めて、而して其山水の靈氣に皷吹せられて、其詩も亦變ぜる也。其幼時は卽ち措《お》く、順治十三丙申は、詩人としての彼の生涯の始なり、五月其會試に上第(999)して、里に歸り、始めて帖括(92)を棄て、詩を專攻し、漢魏、六朝、四唐(93)、宗元の諸集に於て窺《うかが》はざる莫《な》かりしより維揚(1000)に官して江南に在りしの日を一期とす、年未だ弱く、縟靡《じょくび》(1001)艶麗の體を喜んで最も香奩《かうれん》の體を好めるに、身は江南佳麗の地にあり、二十四橋天下二分の月明を占斷すること五歳。其間一たび吳門(1002)に入り、三たび金陵に入り、閶門《しやうもん》(1003)の煙花、白下(1004)の桃葉、王孫恨《うらみ》を綠蕪《りょくぶ》に寄せ、楚臣興を行雲に托す。此間の詩は流麗悱惻《ひそく》(1005)、態をつくし、妍《けん》を極めたるもの而《し》かも年若く、時に亦豪宕亢厲(887)の作ありたりし也。康熙十一年、朝に在りて命を蒙《かうむ》りて四川に入る、蜀の山水は天下第一と稱せられる。秦棧《しんさん》(1006)雲に入て吟骨冷に、大江天を傾けて客心雄也。故に當時の詩、高古雄放正《まさ》に蜀山荊水《けいすゐ》(1007)江山の助を得たる者也。康熙二十三年其粤東《ゑつとう》に使したるの日は齢方《よわいまさ》に五十を過ぐ、其母を亡《うしな》ひ、其兄を亡ひ、其妻と其兒とをも屢々《しば〳〵》亡ひたる彼は、齢とともに壯心旣に折《くだ》けて、南海集一篇、其宏放閎肆《くわうし》(778)の氣、蜀道集に及ばずと雖ども、東坡《とうば》海南に之《ゆ》いて其詩一變す、淸華天然の處反《ところかへつ》て之に過ぐ。康熙三十五年再び秦蜀に使するに及びては、齢旣に耳順を過ぐ、絢爛《けんらん》よりして平淡に歸す。彼が自ら謂《い》へる如く、當年蜀道、南海諸集の豪放の格なしと雖ども、然れども彌々《いよ〳〵》自然に出でて生色加ふるものなる也。且夫れ此時作る所纔《わづか》に百篇皆寥々《れう〳〵》、短章多きに至ては、氣魄既に衰へて、復多く作り、長を作《な》すに力なき乎《か》。否々《いなく》、彼が特色は彼が老境に入るとともに益々蔗《しよ》に入つて、其短篇の多きは益ゝ以て漁洋が本色の絶句にあるを知るべき也。彌々老いて彌々短篇多く、晩年の蠶尾《さんび》後集の如き五七言絶句は二百餘首にして、古律は才《わづか》に其十の一のみ。而かも此の如しと雖ども、律古詩等に於いても往々亦見るべきもの少からず。

抱琴歌は其蒼古《さうこ》なる者也。

嶧陽之桐何牂牂、緯以二五紘一發二清商一、一彈再鼓儀二鳳皇一、鳳皇不レ來兮我心悲、抱レ琴而死兮當レ告レ誰、吁嗟琴兮當レ知レ之。[1008]

采石太白樓觀二簫尺木畫壁一歌[1009]は其逸宕《いつたう》[1010]なる者也。

落帆向二牛渚一、直上太白樓、錦袍烏帽太瀟灑、回看四壁風颸颸、蕭生何年畫二此雪色壁一、峯巒出沒煙嵐稠、元氣淋漓眞宰妒、江湖澒洞蛟龍愁、吳觀越觀上二海日一、蒼煙九點橫二齊州一、祝融諸峯配二朱鳥一、瀟湘洞庭放二遠遊一、峨眉雪照巫峽水、匡廬瀑下彭湖流、須臾使三我行二萬里一、瞥如三怒隼淩二清秋一、我生二海隅一近二岱畎一、西遊曾上瞿塘舟、昨登二五老一弄二瀑布一、卻臨二三峽一窺二龍湫一、七十二峯身未レ到、蒼梧已略天南頭、太白遊蹤徧二四海一、晩愛青山采石聊淹留、丈夫當レ爲二黃鶴舉一、下視二燕雀徒啁啾一。[1011]

律に於ては即ち汎浣花溪《くわんくわけいにうかぶ》、其清遠なる者也。

解レ纜江村外、溪沙失二舊痕一、夕陽來二灌口一、秋水下二彭門一、清吹臨レ風緩、神鴉得レ食喧、百花潭上好、新月破二黃昏一。[1012]

雨度柴關嶺[1013]、其夭嬌《えうけう》なる者也。
棧中新漲未レ歸レ槽、百丈柴關水怒號、鳥語不聞深箐黑、馬蹄直上亂雲高、天垂洞壑蛟龍蟄、秋老牙鬚虎豹豪、誰識薫香東省客、戎衣斜壓赫連刀[1014]。

夔州望八陣圖、其沈痛なる者也。
永安宮殿莽榛蕪、炎漢存亡六尺孤、城上風雲猶護レ蜀、江間波浪失レ呑レ吳、魚龍夜偃三巴路、蛇鳥秋懸八陣圖、搔レ首桓公憑弔處、猨聲落日滿二夔巫一。[1015]

渡河西望、其雄健なる者也。
使二者河源一復卻回、杖藜曾記到二雲臺一、高秋華嶽三峰出、曉日潼關四扇開、星宿海從二天上一落、崑崙槎自二斗邊一來、何時更訪二茅龍一去、東望二滄溟一水一杯[1016]。

而かも此の如しと雖ども、彼は其詩、到底猶未だ渾化《こんくわ》の域に至らざる者也。以て一代の宗たるべし、未だ以て雄を千古に擅《ほしいまま》にする能はざる也。彼嘗て曰く、

曹頌嘉《さうしようか》祭酒、余に語つて曰く、杜李韓蘇[1017]四家の歌行、千古の絶調、然れども語句時に利鈍あり、先生の長句は乃ち句々意を用ゆ、瑕《か》の攻むべきなし。之を前人に擬《ぎ》す、殆《ほとん》ど及ばざるなしと。余曰く、惟《ただ》句々作意、此其前人に及ばざる所以《ゆえん》也。四公の詩、萬斛《ばんこく》の泉源、地を擇《えら》ばずして出で、其行かざるを得ざる所に行き、止まらざるを得ざる所に止まる。余が詩は鑑湖[1018]の一曲の如し、若し放翁、遺山[1019]已下《いか》或は庶幾すべき耳[1020]。

自ら知るものといふべき哉。

編注

(1) 都合よく行くこと。　(2) 勃興する王朝。「興王」は、その王。
(3) 禽獸の肉を生まで食べ、生き血もすする。　(4) はるかなさま。
(5) 罪せられ、遠方に流される。　(6) 北方流沙の地。
(7) 地名。五代の梁及び北宋の都があった。　(8) 滿洲文字。
(9) 榜式は滿洲大學士をいう。　(10) 孔子の子孫に賜わる世襲の年號。
(11) 朕惟《おも》ふに己を修め人を治むるに、大經大法、備《つぶさ》に經文に載せ、翰林の諸臣と其の義理を明かにせんと欲す。但だ內院尙ほ經筵日講の地に非ず、速《すみやか》に文華殿を造り、以て便《すなは》古訓を講求せよ。
(12) 朕惟ふに帝王治を致すに文教を先と爲し、臣子君を致すに經術を本と爲す。明末より擾亂《ぜうらん》日に尋《つ》ぎ、學問の道闕《か》けて講ぜられず、今天下漸く定まる。朕將《まさ》に文教を興し、儒術を崇《たつと》び、以て太平を開かんとす。爾《なんぢ》が部、學臣に傳諭し、士子を訓督し、凡《およ》そ理學、道德、經濟、典故の諸書、務めて研究淹貫《えんくわん》するを要す。古に通じ今を明かにし、明躰《めいたい》は卽ち眞儒と爲し、達用は則ち良吏と爲し、果して此等の實學有らば、朕簡拔を次せず、重ねて作用を加へん。
(13) 朝廷に推薦された人物を採用すること。　(14) 戰いを止め、文化を尊重すること。
(15) 全身にしみわたるほど酒を飲む。
(16) 一句七言で句ごとに韻をふむスタイル。漢の武帝が柏梁臺が完成したときに、群臣を集めて作らせたという。
(17) 麗日和風、萬方に被《わた》る。聖祖賜宴のことは、王士禎（漁洋）の『池北偶談』卷三、談故三「賜宴褒忠」の條および

『居易録』巻十三に見え、いずれも『帶經堂詩話』に採られている。『帶經堂詩話』は王漁洋の著作の中から詩話に關わるものを分類して編纂したものである。編者は張宗柟《そうなん》で、同人の乾隆二五年（一七六〇）の序がある。八門六四類に分類され、巻首の御筆類を加えて三一巻ある。「彙纂書目」として次のものを擧げている。『漁洋文十四巻』、『蜀道驛程記二巻』、『古詩選凡例』、『皇華紀聞四巻』、『南來志一巻』、『北歸志一巻』、『廣州遊覽小志一巻』、『池北偶談二十六巻』、『蠶尾文八巻』、『蠶尾續文二十巻』、『秦蜀驛程後記二巻』、『隴蜀餘聞一巻』、『居易錄三十四巻』、『香祖筆記十二巻』、『漁洋詩話三巻』、『古夫于亭雜錄五巻』、『唐人萬首絶句選凡例』、『分甘餘話四巻』。聖祖賜宴のことは『帶經堂詩話』巻首、應制類に見え、『池北偶談』と注されている。

(18) 城高きこと千仞《せんじん》、山川に衞《まも》らる。虎踞《こきょ》龍盤（虎がうずくまり、龍がわだかまる。要害堅固の意）して王氣全《まった》し。車馬往來す雲霧の裏《うち》、民生の休戚《きゅうせき》、當前に在り。『帶經堂詩話』巻首、御筆類（『池北偶談』巻三、談故三「御製詩」）に見える。

(19) 魏禧《ぎき》、字は凝《ぎょう》叔、號は叔子。

(20) 汪琬《わうえん》、字は苕文《てうぶん》、またの字は鈍庵、鈍翁。號は堯峰。

(21) 朱彝尊《しゅいそん》、字は錫鬯《せきちゃう》、號は竹垞。

(22) 字は大可、または齊于、號は傳是齋。

(23) 施閏章《しじゅんしやう》、字は尚白、號は愚山。

(24) 宋琬《そうえん》、字は玉叔、號は荔裳。

(25) 承統（血筋をつぐこと）、既に凡ならず。

(26) 明朝と同じ。

(27) 王漁洋の名は、もと士禛《ししん》であったが、雍正帝愛新覺羅胤禛《いんしん》の諱《いみな》を避けて、死後に士正と改められ、乾隆年間に高宗の詔によって士禎と改められたものである。

(28) 清の惠棟の『漁洋山人精華錄訓纂』に載せる惠棟註補『漁洋山人自撰年譜』（以下『自撰年譜』とする）に「二世祖諱伍有善行稱善公」（二世の祖諱は伍、善行有り善人公と稱せらる）とある。「伍有」とするのは誤り。「伍」が正しい。

(29) 善良で、つつしみ深い。

(30) 『自撰年譜』に「三世祖諱麟明經官穎川王府教授稱穎川公」（……諱は麟、明經官……）とある。「麟明」とするのは誤り。「麟」一字が正しい。

(31) 才智がすぐれていること。　(32) 腰元。　(33) 竝べ集める。
(34) 父母につかえて、つつしみ深い。　(35) 都を定める。
(36) 朝廷への推薦をみたす。　(37) もち、だんごの類。
(38) 我れ緑綺（司馬相如が梁王から贈られた琴の名前）を携へ薫風を奏す、一曲の相思、彈じて未だ終らず。涙垂れ絃絶へ、歸鴻を送る。歸鴻を送り、明月に坐し、人見えず、心結ぼるゝが如し。『帶經堂詩話』巻七、總集門四・家學類（『分甘餘話』）に『暮雨曲』として見える。　(39) 法則。法度。　(40) のっとる。
(41) 蕭條たり兩岸の柳、怊悵《てうちやう》（恨むさま）たり五更の鷄。月明才《わづか》に十日、人病んで已に旬を經たり。『帶經堂詩話』巻七、總集門四、家學類（『居易錄』巻十四、『漁洋詩話』巻上）に見える。但し、『漁洋詩話』巻上には「月明……」の二句は見えない。
(42) 古寺、人來りて花、供を作《な》す。孤城、春盡きて草、煙の如し。『帶經堂詩話』巻七、總集門四、家學類（『分甘餘話』）に見える。　(43) 勢いが強く、さかんなこと。　(44) 項王廟の壁に題す。
(45) 三章（法三章）既に沛《さかん》なり、秦川《しんせん》の雨。關に入りて更に肆《ほしいまゝ》にす阿房の炬《きよ》（項羽の阿房宮に火を放って燒き亡したことを指す）。漢王は眞龍、項王（項羽）は虎、玉玦《ぎよくけつ》（缺けた玉。決意をうながすしるし）三たび提《あ》ぐるも王語《ものい》はず。鼎上の桮羹《はいかう》（盃とあつもの）、翁姆《をうぼ》（老いた男女）を棄て、項王は眞龍、漢王は鼠。垓下《がいか》の美人、楚歌に泣き、定陶（地名）の美人、楚舞に泣く。眞龍も亦た鼠　虎も亦た鼠。『帶經堂詩話』巻七、總集門四・家學類（『池北偶談』巻十六、談藝六「考功詩」、『漁洋詩話』巻上）に見える。
(46) 日々《ひび》輕雷、雨聲を送り、小窓、歷亂（物のみだれるさま）として竹枝横はる。水痕、時に落ちて環《ま》た時に漲り、枕上、看山、秋生ぜんと欲す。『帶經堂詩話』巻七、總集門四・家學類（『漁洋詩話』巻上）に見える。
(47) 中央の官吏。　(48) 『池北偶談』巻五、談獻一「方伯公遺事」に見える。
(49) 涙をぬぐうこと。

(50) 鼎が完成した時、龍が顎ひげを垂れて黄帝を迎え、黄帝は側近の者と、それにうちまたがったが、その他の小臣のものたちは上ることができず、龍の顎ひげを持ったところ、すべて抜け落ちたという故事による。

(51) 繁英（繁った花）、火に似るに任《まか》せ、冰稜（つらら）自《おのづか》ら石の如し。南枝と北枝と、春の風格を作《な》さず。『帯經堂詩話』巻七、總集門四、家學類（『分甘餘話』）に見える。

(52) あだめいたスタイル。

(53) 二十五年、將に木（棺）に就《つ》かんとし、一千里の路、書を通ぜず。小兒を喚びて夢草（それを懐に入れておくと夢を見るという草）を求めん欲す。定めて妙子（すぐれた子）を呼びて稠桑《ちうさう》（驛名）に到らん。「悼亡詩に云ふ」として四句をまとめてあるが、「悼亡詩」は「二十五年……」の二句のみで、「小兒……」の二句は別の詩句。『帯經堂詩話』巻七、總集門四、家學類（『居易錄』巻十四、『漁洋詩話』巻中）に見える。『漁洋詩話』には「二十五年……」の二句を『無題』として引いている。

(54) 拮抗に同じ。

(55) 初めて罷《や》む清砧《せいちん》の響き、還《かへ》て勞す素腕（白い腕）を舒《の》ぶるに。殘燈、金粟《きんぞく》の尺《しやく》（金の小粒をはめ込んだ物差し）、遠道、玉關（宮廷の門）の書。白紵《はくちよ》（目が細かい白い麻布）縫へば仍《な》ほ澁《しぶ》し、紅綿、怨み餘り有り。流黄（山名）、明月の路、何《いづ》れの處か輕車を逐《お》ふ。

(56) 長平は戰國時代の趙の村の名。秦の白起が趙括の軍を破り、その降った兵を穴に埋めた所。

(57) 虎狼の秦、胡《なん》ぞ不仁になる。銳頭の小兒、服振々たり。劫灰《けふくわい》（戰火）更に促す、括也《ま》た將たり、一戰、趙壘、埃塵《あいぢん》と成る。白骨岳積す四十萬、今に至るまで此の地、青春無し。丹鴎《たんを》（赤い川中の島）水は遶《めぐ》る發鳩《はつきう》（山名）の麓。指點す、當年、趙兵の䶦《やぶ》るゝを、土人往々にして阬旁《かうばう》（穴の傍ら）に耕す。拾得す、殘戈《ざんくわ》（破れたほこ）或は斷鏃《だんぞく》（折れたやじり）、鏃頭は長さ寸を以てし、戈頭は長さ尺を以てす。持し將《も》て磨かんとて向ふ丹河の沙、古血猶《な》ほ腥《なまぐさ》く、土花赤し。省宛谷《しやうゑんこく》（白起が趙の兵士を穴埋めした谷）は接す武安臺（武安君は白起の封名）、南來（南に來ること）、遺蹟仍《な》ほ崔嵬《さいくわい》たり。應《まさ》に髑髏山下の月と共に、夜深くして同じく鬼燐（鬼火）の哀しきに對すべし。

(58) 鵁鶄《かうせい》（ごいさぎ）兩々浦沙《ほさ》に栖《す》み、昨夜、郎來りて妾《せふ》が家に眠る。燭を滅《け》し門を入り、星を帶びて去る。看《み》れば郎は一に菖蒲《しやうぶ》の花に似たり。『帯經堂詩話』巻七、總集門四・家學類（『分甘餘話』）に見える。
(59) 試驗に落第する。　(60) すっきり、さわやかとしている。
(61) 終南（山名）の殘雪を望む。將に雪ならんとして雪色無く、色は浮雲の端に在り。煨芋《わいう》（芋を燒く）新雪に對し、骨は梅花と寒し。『漁洋詩話』巻下に『和唐祖詠望終南殘雪詩三首』（唐の祖詠の終南の殘雪を望むに和する詩）として見えるものの其の二。　(62) 王維と裴迪《はいてき》。
(63) 日は落つ空山の中、但だ聞く樵響《せうきやう》（木に斧を入れる音）の發するを。『帯經堂詩話』巻七、總集門四・家學類（『漁洋詩話』巻上）に見える。
(64) 早く世に出る。阮亭は王漁洋の號。
(65) 舟、犇牛《ほんぎう》を過ぐ。楓葉蕭々《せうく》として露氣清く、蒲叢獵々（物のひるがえるさま）として早潮生ず。扁舟に跂脚《ききやく》（足を爪立てる）して風水を聞けば、便《すなは》ち長江萬里の情有り。『帯經堂詩話』巻七、總集門四・家學類（『漁洋文』）に見えるが、「舟犇牛を過ぎて詩を賦して云ふ」としてこの詩を載せている。
(66) ひときわ、すぐれていること。　(67) 猶《な》ほ弱なれど、天才早《つと》に夙慧《しゆくけい》。
(68) 眺望に同じ。　(69) 英俊と同じ。　(70) 神童と同じ。
(71) 『帯經堂詩話』巻一、綜論門一・源流類（『池北偶談』巻十六、談藝六「誦詩」）に見える
(72) 「根觸」は觸發されること。　(73) 學業に勤めるの意か。
(74) 王維と孟浩然。　(75) ほら穴や谷。　(76) 官遊に同じ。
(77) 醉ふて愛す、（王）羲之《ぎし》の蹟。狂吟す、（李）白が詩。「當時一夕」以下の話は、前掲『自撰年譜』（十一歳）、『香祖筆記』巻十二、『漁洋詩話』巻上に見える。但し『漁洋詩話』には、「狂吟」の二字が「閒吟」となっている。
(78) 早成に同じ。
(79) 『自撰年譜』（十二歳）に見える。彤臣は傳扆《ふい》の字。

(80) 已に寒江の潮と上下するを共にす、況《いはん》や新燕の影、參差《しんし》たるに逢ふをや。年々搖落、吳江の思ひ、忍んで煙波に向ひ板橋を問ふ。前揭の『自撰年譜』(十五歲)に見える。

(81) 白い花を咲かせる丁子。

(82) 地方の學政を司る役所。

(83) 官車。また官車を扱う役所。

(84) 驂(そえ馬)をとめ、軛(くびき)から外すこと。

(85) 斷靄《だんあい》、望、沈々たり、關河(山河)歲暮の心。蒼山、凍浦に連なり、雪屋、寒林に入る。鳧雁《ふがん》(かもとかり)、荒陂《くわうは》(荒れた堤)の晚、鷄豚、古社深し。墨王亭畔の路、酒を載して登臨を憶《おも》ふ。

(86) 一斗ますの大きさ。

(87) 龍と虎がつかみ合って爭うこと。

(88) 明末清初の詩人で劇作家、尤侗《どう》の號。

(89) 金粉初めて勻《ひとし》く柳萬條、樂游原(地名)下春饒《しゃんげう》を索《もと》む。銷魂《せうこん》橋(同じく長安にあった橋)上、銷魂の樹(桃の異名)。飛花を待たず、魂亦た銷《き》ゆ。

(90) 當時、十二年每に各省が優秀な學生を中央に推薦した。

(91) 王者の建てた學校の生徒。

(92) 難語句を集めて覺えやすいように配列した書物。

(93) 詩史上、唐代を初唐・盛唐・中唐・晚唐の四期に分けた。

(94) 刪詩《さんし》(作詩)は斷じて丙甲の年よりす。

(95) 方《まさ》に壯にして江南に官たり。

(96) 末席の及第。

(97)『蠡勺亭觀海』(蠡勺亭にて海を觀る)。高邱に登りて遠海を望み、坐して萬里の波濤を見る。長天寥廓《れうくわく》として雲景異《ことな》り、春陰偃蹇《えんけん》として魚龍(魚と龍)高し。怒潮風に乘じて立つこと千丈、虎蛟《こかう》(四本の足を持った蛇)、水兕《すゐじ》(牛に似た一角獸)、紛として騰逃《とうたう》(逃げのぼる)すらん。群靈(多くの仙人)潛《ひそか》に結ぶ萬蜃《ばんしん》(多くのはまぐり)の氣《き》、一痕未だ沒せず三山の椒《みね》。須臾《しゆゆ》にして勢ひ盡き潮《うしほ》亦た止み、波淡く天青く、靜かなること綺《き》の如し。菱苔《りようたい》(ひしとこけ)、沈綠にして、塘坳《たうあう》(堤のくぼみ）に紛たり、螺蚌《らばう》（ほら貝や蛤）光を搖がし沙汭《しやぜい》（砂濱）に散ず。參差《しんし》する島嶼《たうしよ》、殊域（離れたところ）に羅《つらな》り、紛として星の秋天の裏《うち》に宿するが如し。我が劒を擊ち君が歌を聽く、酒有りて飲まずんば當《まさ》に柰何《いかん》すべき。日主祠（社名）前、水蕭瑟《せうしつ》たり、仙人臺（臺地の名）上、雲嵯峨《さが》たり。羨門《せんもん》、高誓（いずれも古の仙人の名）、見る可からず、秦王漢武（秦の始皇帝と漢の武帝）空しく經過す。祇《た》だ今、指顧して懷抱を傷ましめ、黄、腄《すゐ》、𢅥《けん》、鉼《へい》（兩帝が不老長壽の術を探ったところ）盡く荒草。人生快意、幾時も無く、明鏡朱顏豈に長く好からんや、吾れ將《まさ》に世を避けんとす女姑《ぢよこ》山（山名）、然らずんば鈎《つり》を垂れん蜉蝣《ふいう》島（島名）。

(98) やかましく言いはやす。

(99) 風になびくこと。

(100) 揚州のこと。

(101) 昔、江南の王子は、落葉に感じて以て悲しみを興し、金城の司馬（東晉の桓溫《かんおん》）は、長條（柳の枝）に攀《よ》ぢて涕《なみだ》を隕《おと》せり。僕本《も》と恨人にして、性、感慨多し。情を楊柳に寄する、小雅の僕夫（車馬の御者）に同じ。託を悲秋に致し、湘皐《しやうかう》（湘江のほとり）の遠者（舜《しゆん》の死を悲しんで入水した二人の妃、湘君と湘夫人を指す）を望む。偶《たまた》ま四什《しじふ》を成し、以て同人に示す。我が爲に之を和せよ。序は續けて「丁酉秋日北渚亭書」とあって終る。「江南の王子」については、高橋和巳は梁の蕭鋼《しようこう》ではないかとし（一九六二年九月・岩波書店刊『中國詩人選集二集・王漁洋』）、橋下循は屈原ではないかとしている（一九六四年一二月・集英社刊『漢詩大系第二三巻　王漁洋』）。

(102)『秋柳四首』其の一。秋來、何《いづ》れの處か最も銷魂《せうこん》、殘照、西風、白下（今の南京）の門。他日差池《しち》たり春燕の影、祇《た》だ今、憔悴《せうすゐ》たり晩煙の痕。愁ひは生ず陌上《はくじやう》（路傍）の黄驄曲《くわうそうきよく》（遠征の途中で倒れた唐の大宗の馬を悼んだ歌。「黄驄」は薄赤い毛色の馬）、夢は遠し江南烏《う》夜《や》の村（晉の穆宗《ぼくそう》の皇后となった女性が誕生した夜ふけ、烏が鳴きさわいだという故事を踏まえる）。聽く莫れ、風に臨んで三たび笛を弄するを（笛の名手、桓伊《かんい》が旅の途中、王徽之《きし》のために三曲を吹いたという故事による）、玉關（關所名。西域への出口）の哀怨總《すべ》て論じ難し。

(103) 其の二。娟娟《けんく》たる涼露、霜と爲《な》らんと欲し、萬縷《ばんる》千條（生い茂る柳）、玉塘《ぎよくたう》（美しい堤）を拂ふ。浦裏（入江）の靑荷（青の蓮の花）は中婦の鏡、江干（川のほとり）の黄竹は女兒の箱。空しく憐れむ板渚《ばんしよ》（黄河のほとりにある地名）隋堤《ずゐてい》（隋の煬帝《やうだい》が長江までつなげた運河）の水、見ず、瑯琊《らうや》の大道王（前述の桓溫を指す）。若《も》し洛陽風景の地を過ぎなば、情を含みて重ねて問へ永豐坊（かつて白樂天が愛妾二人と住み、老いて去られたところ）。

(104) 其の三。東風絮《じょ》を作《な》し、春衣に糝《しん》（ねばりつく）し、太息す、蕭條として景物の非なるを。扶茘宮中《ふれいきゅうちゅう》花事（漢の武帝が南越を破り、その建てた宮殿に同國から持ち帰った珍しい草木を植えたことを指す）は盡き、靈和殿（南齊の武帝が建てた宮殿で、蜀の柳を植えた）裏、昔人稀なり。相逢ふの南鴈《なんがん》（南からくる雁）、皆愁侶《しうりょ》、好語の西烏、夜飛ぶこと莫《な》れ。往日の風流、枚叔《ばいしゅく》（梁の文人で、柳を歌った賦がある）に問はば、梁園（梁の孝王の庭園）首《かうべ》を回して素心違ふと。

(105) 其の四。桃根、桃葉（両者とも王獻之の愛妾の名）、鎭《つね》に相憐れみ、平蕪《へいぶ》を眺め盡せば煙と化せんと欲す。秋色人に向ひて猶ほ旖旎《いじ》（なびくさま）、春閨曽《かつ》て與《とも》に纒綿を致せり。新愁の帝子（前述の湘夫人を指す）、今日を悲しみ、舊事、公孫（皇帝の孫。ここでは前漢の宣帝を指す。錯綜した政情の中で王位に就いた）、往年を憶ふ。記するや否《いな》や靑門（長安城の門の一つ）の珠絡鼓（美しい飾りひもついた鼓）を、松枝相映ず夕陽の邊。

(106) 廣くほめたたえるの意。　(107)「朔鴻」は北雁と同じ。「關笛」は關所の笛。

(108) 陳伯璣および汪堯峰の評語は、ともに『自撰年譜』（二十四歳）惠棟註補に見え、陳伯璣の評語は、『漁洋詩話』巻上にも見える。陳伯璣の評語中の「黃庭」は道家の經書の名。晉の書家王羲之はかつて『黃庭經』を書いたが、それを手本として相當の所までは行っても、結局、模擬は原作には及ばないの意。

(109) 科擧での成績による序列。一甲・二甲・三甲とある。　(110) 伏せ、たちこめるさま。

(111) 借住い。　(112) 布で作った足袋。

(113)『自撰年譜』（二十五歳）惠棟註補に見える。

(114)『慈仁寺雙松歌贈許天玉』（慈仁寺雙松歌、許天玉に贈る）。我、昔、泰山に登り、手を擧げて秦松に攀《よ》づ。東南、雲海幾千里、夜は日氣（太陽の氣）を懸けて鴻蒙（天地あるいは海の元氣）を開く。山人、山を出でて已に三載、復《ま》た見る金元（金や元）の雙樹の在るを。玃髯《くわくぜん》（猿のひげ）、石骨、靑桐の姿、古貌、荒唐として人代を閲《けみ》す。長夏に蒼々として秋氣深く、風來れば絶澗《ぜつかん》（遠く離れた谷間）に蛟龍《かうりゆう》吟ず。仙人の五粒、見る可からず、但だ玄鶴の來往して陰森に飛ぶ有り。蚴蟉《いうりう》（うねりくねるさま）、詰屈宛《きつくつまが》りて相向ひ、千里に盤拏《ばんだ》（わだかまり、からまる）して氣初めて放つ。一たび任《ほしいまゝ》に支離して地を抜きて生ずれば、那《なん》ぞ須《もち》ひん、夭矯《えうけう》（しなやかに伸びあがる）として雲を排して上るを。我れ來りて高く枕《まくら》す石壇の邊《あたり》、耳畔（耳元）往々に驚泉を聞く。白日沈々として地に到らず、颯然《さつぜん》として雷雨、空天に生ず。煙色瞑《く》れんと欲して鐘復た起り、雄談、岸幘《がんさく》（頭巾をあげて額をあらわにする。無作法）、波濤のごとく駛《は》す。千秋萬歳、知る者は誰ぞ、閩海《びんかい》の奇人、許夫子。

(115) 惠棟『漁洋山人精華錄訓纂』の前詩の注に見える。

(116)『卽事作二首』（卽事の作二首）其の二。二十にして偶《たまた》ま籍を通じ（通籍）、三年にして舊林に歸る。聊《いささ》か知る、初服（役人になる以前の服）に返るを、豈に敢て朝簪《てうしん》（宮仕えのかんざし）を謝せんや。跡を遯《のが》れんとして壺口（關所の名）を思ひ、機を忘れんとして漢陰（地名。ここで先人が自耕して產を作った）を憶ふ。終に當に嘯父《せうふ》（古の仙人）と天路、試みに相尋ぬべし。

(117)『雨夜與禮吉叔子』（雨夜　禮吉叔子と與《とも》にす）。高館、梧桐多く、微雨飛びて夕べに向ふ。清談寐《い》ぬる能《あた》はず、夜に入りて轉《うた》た蕭索。餘香、幽幌《いうくわう》（靜かなとばり）に歇《つ》き、暗蟲（暗がりで鳴く蟲）堦石《かいせき》（階段の石）に響く。夢破れて忽ち沈吟す、悵然《ちやうぜん》たり越鄉の客。

(118) 纔《わづか》に禊節《けいせつ》（みそぎの祭）を過ぎ秋千《しうせん》（ブランコ）を罷《や》め、過眼の流光倍《ますま》す憐むを解す。柳絮《りうじよ》、橫塘《わうたう》、三尺の水、梨花、簾幙《れんばく》（すだれや幕）、午時の烟。綠熊（地名）の簟《たん》（すのこ）、冷かなり殘春の後、白鶴（サラの木）の香濃《こまや》かなり繡佛（縫ひとりで作った佛像）の前。愛す名經を寫して慧業に耽《ふけ》るを、知らず人と月と共に嬋娟《ぜんけん》（あでやか）たるを。

(119) 深沈たる院落（屋敷の內庭）、景、初めて遲く、宿酒猶ほ酣《ゑ》ふ、倦《ものう》く起くる時。爲に怯《おそ》る、夜寒、屈戌《くつじゆ》（戸や窓の蝶つがい）に生ずるを、從《ほしいまゝ》に花影をして罘罳《ふし》（塀）に亂れ敎《し》む。長歎を聞くが如くして眠り初めて覺《さ》む、乍《たちま》ち餘音を識《し》るに幔尙《とばりな》ほ垂る。解道、游仙、眞に夢裡、好《よ》し怊悵《てうちやう》（はるかな眺望）を將《もつ》て紅蕤《こうずゐ》（冠の赤い垂れ飾り）に寄せん。注（118）の詩およびこの詩は、張宗枏の編纂した『帯經堂詩話』巻二十六、記載門八・韻事類下の宗枏の注に、「宗枏附して識《しる》す、亞谷叢書に漁洋先生無題詩二首見ゆ、皇清詩選・帯經堂集に載せず。想ふに是れ少《わか》きときの作にして刪去《さんきょ》せるのみ。姑《しばら》く此に識す」として載せている。 (120) 高くけわしい岩石。

(121) 束ねたたいまつ。 (122) 履物で歩く。

(123)『夜、登燕子磯』(夜、燕子磯に登る)。渡江、名山を訪《と》ひ、層巓《そうてん》、曛黒《くんこく》(夕暮)に到る。大江、森として動かんと欲す。浩々たる千里の色、炬《きょ》を把《と》れば石燕(コウモリのような動物)飛び、犀《さい》を燃せば潜蛟匿《せんかうかく》る。北望すれば靈巖塔、知る是《こ》れ専諸(人名。戰國呉の刺客)の邑《いふ》なるを。悲慨下《くだ》りて襟を沾《うるほ》し、此の意、誰か當《まさ》に識るべき。

(124)『羼提軒《せんだいけん》病中漫興詩』。海客、秋、病に善く、歸來して茅屋《ばうをく》に臥《ふ》す。東牕《とうさう》は叢桂に蔭《おほ》はれ、西牕、斑竹《はんちく》を羅《つら》ぬ。露檻(手すり)、孤鶴を驚かせ、風欞《ふうれい》(れんじ)、疎菊を散ず。此の澹漠《たんばく》(無欲で、心静かなこと)の心を以て、聊《いさゝ》か媚《よろこび》を幽獨に取る。鴻鵠《こうこく》、天に薄《せま》りて游び、麏麚《きんか》(雄鹿)、巖谷に樂しむ。

(125) 解《よ》く識る、聲無くして絃指の妙なるを、柳州那《なん》ぞ得ん、蘇州に並ぶを。『戲倣元遺山論詩絶句三十二首』(戯れに元遺山の論詩絶句に倣《なら》ふ 三十二首) 其の七の後半二句。柳州は、唐の詩人柳宗元、蘇州は唐の詩人韋應物、いずれもその任地をもって呼んだもの。

(126) 聞道《きくなら》く、汝が兄去りてより、提携して寂寥を慰むと。燈火を開くこと幾許《いくばく》ぞ、稚子の喜び、應《まさ》に饒《おほ》かるべし。共に試む南冷の水(名水)、同じく看る北斗の杓《へう》(北斗七星)。何《いづ》れの時か如意の舞、一たび破らん廣陵(揚州)の潮。

(127) 談合。

(128)『帯經堂詩話』巻七、總集門四・家學類(『漁洋文』)に見える。「竹亭」の下に「鶴柴」の二字を補入した。

(129) 山麓。 (130) 寂莫と同じ。

(131) 戴顒を指す。剡縣はその居住地。 (132) 世俗を超越している。

(133) 金の重さをはかる單位。一鎰は約三八四グラム。 (134) 水が廣がっているさま。

(135) 岷峨《びんが》（岷山と峨眉山）東に下りて江水長く、遠く井絡より呉郷に來る。奔濤萬里始めて一曲、古《いにしへ》の天塹《てんざん》（天然の堀。揚子江を指す）維《これ》朱方（春秋時代、呉の地名。江蘇省丹徒縣）なり。北は中原を界して南紀（南方）に壯たり、魚龍、日月相廻翔す。中流の一島、浮玉と號し、登高すれば眺遠、何ぞ茫茫《ばう〳〵》たる。長空、飛鳥去りて盡きずして、江海、一氣同じく青蒼たり。山外の兩峰、遠く奇絶、雙闕屹立《きつりつ》す天の中央。左江右海、雲氣を辨《わか》ち、八裔（八方の果て）の爲に紀疆《ききやう》（境）を分つが如し。江流、此に到りて一たび縛束せられ、早潮晩汐《ばんせき》、披猖《ひしやう》（裂け破れる）する無し。燭龍《しよくりゆう》（北極に住み、口にともしびをくわえて夜の國を照らすという龍）、曉日、雲海を出で、山光、照曜して扶桑に連る。年來海戍《かいじゆ》（海岸守備兵の陣屋）未だ停罷（さしとめる）せず、峨舸《がか》（巨船）大艦來ること汪洋たり。胡豆洲前《ことうしうぜん》、烽火起り、徒兒浦上《とじほじやう》、裲襠《りやうたう》を披《ひら》く。古より聞く、京口《けいこう》、兵、用ふ可しと、寄奴《きど》（南朝宋の高祖）一たび去つて天蒼涼たり。我れ願はくは此の山、江海を障《さへぎ》り、七閩《しちびん》、百粤《ひやくゑつ》（種族の名）、隄防《ていぼう》と爲さん。歌を作り大醉して巖石に臥《ふ》し、起ちて看る、江月の清光を流すを。

(136) 『登金山二首』（金山に登る　二首）其の一。衣を振つて直ちに上る江天閣、懷古して仍《な》ほ登る海嶽樓。三楚（地名。東楚・西楚・南楚）の風濤盃底に合し、九江の雲物（雲氣の色）、坐中に收まる。石簰《せきはい》（石の標識）落照に孤影を翻《ひるがへ》し、玉帶の山門、舊遊を訪《と》ふ。我れ醉ひて吟詩最高頂、蛟龍《かうりゆう》驚き起つ暮潮の秋。

(137) 『瓜洲渡江二首』（瓜洲にて江を渡る　二首）其の一。昨、上る京江の北固樓、微茫の風日、瓜洲を見る。層々の遠樹、青薺《せいせい》（青いぺんぺん草）を浮べ、葉々の輕帆、白鷗を起す。

(138) 『自撰年譜』惠棟註補に引く『張吏部公選（九徵）序』。

(139) 直接天子から指揮を受けて地方に派遣される官吏。

(140) 言行の堅い君子をおとしいれる小人をいう。

(141) 『自米堆山下行至上陽村錢家磡望湖中漁洋法華諸山』（米堆山下より行きて上陽村錢家磡に至り湖中の漁洋法華の諸山を望む）。杖策信《まこと》に疲れを忘る、行々畫圖の裏《うち》。崎嶇《きく》として雲壑《うんがく》（雲のたなびく谷）を下り、蒼茫として煙水を望む。石徑、何ぞ盤紆《ばんう》（曲りくねる）なる、疎籬《そり》、梅蕊《ばいずゐ》を照らす。寥落《れうらく》たり重湖《ちようこ》の濱、柴門數家の市。居人太《はなは》だ古風にして、但だ解す、雞豖《けいし》（ニワトリや豚）を數ふるを。我に語る、種植の法、敦樸《とんぼく》にして奇理有り。角里《ろくり》の儔《ともがら》（隱者。「角里」は地名）に非ずと雖も、頗《すこぶ》る謂《おも》ふ、桃源の比《たぐひ》と。逶迤《ゐい》（曲りくねる）として湖湄《こしん》（湖岸）に到れば、浩渺として觀止（これ以上は見ることができない）を歎ず。震澤（太湖）、三江を控へ、波瀾、此に方《まさ》に始まる。法華（山名）は東陲《とうすゐ》に表《きはだ》ち、漁洋（山名）正に相似たり。煙雨、春空に濛《もう》たり、峯巒《ほうらん》暮に俶詭《しゆくき》（奇異）たり。昨朝、梵天閣、遠眺すること、几《き》に隱《よ》るが如し。豈に知らんや方丈山、忽ち落つ芒鞵《ぼうあい》（わら靴）の底。乞はんと欲す、五湖の長きを、垂釣將《まさ》に已《や》みなんとす。

(142) 高く聳えているさま。「附麗」は、つき従うこと。

(143) 靜かで奥深いさま。　(144) 竹の杖と木靴。

(145) 「煙鬟」は、髪が多くて美しいさま。「鏡薫」は、鏡に映る眉黒の意か。共に山の姿の形容。

(146) 宿因と同じ。　(147) 『入呉集自序』。

(148) 日が暮れて暗いさま。　(149) 雜踏。

(150) 『夜雨題寒山寺寄西樵禮吉二首』（夜雨に寒山寺に題し西樵・禮吉に寄す　二首）其の一。日暮、東塘《とうたう》（東の堤）、正に落潮、孤篷《こほう》（一艘の舟）泊する處、雨瀟々。疎鐘、夜火、寒山寺、過ぎしを記す、呉楓《ごふう》の第幾橋《だいいくけう》（楓橋から數えて何番目かの橋）。

(151) 妹。　(152) 男子。

(153) 『題春申澗』（春申澗に題す）。桃夏の遺宮在り、章華、蔓草深し。但だ餘《のこ》す、流水の意、聽くが如し、女環の琴。

(154) 渡し場の名前。

(155) 『白門集序』。青溪、佳麗にして、白下の冶游《やいう》（なまめかしい遊び）。空しく小姑の祠を存するも、復た聖郎の曲無し。渡《わたし》を桃葉（王獻之の愛妾の名）を名づけ、王令の風流を懐ふ。湖は莫愁（湖水の名。歌にすぐれていた盧家の嫁、莫愁に因む）に近くして、盧家の舊事を憶ふ。邀笛《えうてき》の歩に高臥し、偶《たま》ま撃鉢《げきはつ》の吟（打った銅鉢の響の消えないうちに詩を作る）を成す。調は清商に類し、語は雜興多し。居《を》る所は秦淮（川の名）の側に在るを以て、故に詠ずる所皆秦淮の事を云ふ爾《のみ》。

(156) 絲竹管絃のわざ。　(157) 採集すること。

(158)『秦淮雜詩十四首』其の一。年來、腸は斷つ秣陵《まつりよう》（地名。南京の東南）の舟。夢は遶《めぐ》る秦淮水上の樓。十日、雨絲風片（細雨微風）の裏《うち》、濃春の煙景、殘秋に似たり。

(159)其の五。潮は落ち、秦淮、春復《ま》た秋、莫愁好んで作《な》す石城の游。年來、愁ひは春潮とともに滿ち、信ぜず湖名猶ほ莫愁（愁ひなし）なるを。

(160)行いの正しくない人。　(161)なれ近づく。　(162)朝廷。

(163)つながり。つてを求める。　(164)吳の地産のあやぎぬ。　(165)赤い罫を引いたもの。

(166)其の八。新歌（新しい戲曲。ここでは『燕子箋』と『春燈謎』）、細字、氷紈《ひようぐわん》（白絹）に寫す。小部（歌舞の妓）、君王笑ひを帶びて看る。千載、秦淮嗚咽《おえつ》の水、應《まさ》に仍《な》ほ孔都官（陳の姦臣で、國を亡した）を恨むべからず。暗主に取り入って國を傾けた阮大鋮《げんたいせい》を主に、孔範の所業をからめた一節。　(167)色町。

(168)其の九。舊院（官營の妓樓）の風流　頓楊（頓文と楊玉春。ともに明末の歌妓）を數ふ、梨園の往事、淚、裳を沾《うるほ》す。樽前（酒の席）白髮、天寶（唐の玄宗の時の年號。古の盛時の代名詞）を談ず、零落す、人間《じんかん》の脫十孃。

(169)其の十。傅壽《ふじゆ》の清歌、沙嫩《さどん》の簫《せう》、紅牙（合わせて拍子を取るために使う赤い象の牙）柴玉（簫の一種）夜相邀《むか》ふ。而今《じこん》、明月、空《そら》水の如し、見ず青溪の長板橋。

(170)其の十一。新月高々、夜漏《やろう》分ち、棗花《さうくわ》（なつめの花。のれんなどの模樣）の簾子《れんし》（すだれ）に水沉《すゐちん》（沈香）薰る。石橋巷口の諸年少、唱ふを解す當年の白練裙《はくれんくん》（戲曲の名。鄭之文作。藝妓とのやりとりを扱う）。

(171)明代、金陵の名妓。詩をよくし、蘭の繪を書いた。

(172)詩を作ったり、文を談じて酒を飲むこと。　(173)たわむれ、からかう。

(174)其の十二。玉驄《ぎよくそう》、清曉、多羅を拂ひ、處々、欄に憑《よ》りて更に蹈歌す。盡日、粧を凝らす明鏡の裏《うち》、水晶の簾影、橫波に映ず。

(175)其の十三。北里《ほくり》（色町）の新詞、那《なん》ぞ聞き易き、秋水に乘じて湘君を問はんと欲す。傳來の好句、紅鸚鵡《こうあうむ》、今日、清溪に范雲有り。
(176) 其の十四。十里の清淮（清らかな秦淮）、水、蔚藍《うつらん》（深い藍色）として、板橋の斜日、柳、毿々《さんさん》（細長いさま）たり。栖鴉《せいあ》（木に止っている烏）、流水、空しく蕭瑟（ものさびしいさま）。見ず、詩を題するの紀阿男《きあだん》を。
(177) 栖鴉、流水、秋光（秋の景色）に點ず。
(178) 注（155）を參照。「青鐙」は、青燈と同じ。　(179) 官職の一つ。
(180) 力《つと》めて覆疎（繰り返し説明すること）を主とする。
(181) 善行のあった人を國家が表彰して、その名を鄉里に掲げること。
(182) 『漁洋詩話』巻上に見える。
(183) 『眞州絶句五首』其の三。曉に上る、江樓の最上層。去帆（去って行く帆船）婀娜《あだ》として意勝《た》へ難し。白沙亭下、潮千尺、直ちに離心を送つて秣陵《まつりょう》（南京）に到らん。
(184) 朝廷で天子の問に答えること。　(185) 新たに及第した進士。
(186) 王某。　(187) 足をつま立って腰をかける。
(188) 此《かく》の如きは青天、此の如きの月、兩人須《すべか》らく大江の秋を問ふべし。「吳玉隨……」以下の記述は、『帶經堂詩話』巻八、總集門五・自述類下（『香祖筆記』巻七）に見え、この詩句および注（183）の詩もこれに見える。
(189) 鳴嘘《めいきょ》、斜日、碧篠《へきせう》（青いしの竹）に森《しん》たり、人影參差《しんし》たり曲岸の頭《ほとり》。傾刻《けいこく》、疾《と》く書す、兩丸（二個）の墨、山蟬、地に墮《お》つ數聲の秋。「鳴嘘」の下に「園中小山名」と注がある。
(190) 輕寒、節を送り、零雨、秋を迎ふ。京洛の遊びを細《はる》かに懷ふに、風流颷散《へうさん》（みだれ散る）し、言《こゝ》に邱樊《きうはん》（丘とまがき）の樂しみを念ふに、昆從（一族）飄蓬《へうほう》（流落）たり、賓雁（雁）に話《かた》りて以て將に愁へんとし、行雲を望んで寤歎《ごたん》（めざめて息をつく）す。楚の大夫は、心、搖落を傷みて、水に臨み山に登る。梁の王孫は、怨を波潮に寄す。江楓林葉、況《いはん》や復た鷄臺（江蘇省の臺地。隋煬帝の墓所）の夢遠くして、江東の桃葉は逢ひ難く、螢苑、人稀れにして、河南の楊花又落つるをや。蕪城《ぶじやう》の斜日、風景蒼涼（ものさびしいこと）たり、瓜歩（山名）の清秋、川原蕭瑟《せうしつ》たり、此れ固《もと》より騒人の悵望《ちやうばう》（うらめしげに眺める）を爲す所にして、秋士（年老いた男）の干《もと》めて以て感興する者なり。又況や五馬渡頭、方山亭下、典午（晉代）の遺跡、見えず、大業の繁華、邈然《ばくぜん》たるをや。能く眺聽の悲しみ無きも、豈に行吟の侶《とも》に乏しからんや。乃者《さきに》、崑山《こんざん》の雙璧、平輿（地名）の二龍、名流射雉《せきち》の城を生み、尊宿（學德のある老年の高僧）石麟（キリンの石刻）の異に驚く。竹林の諸子は、並びに清遠の名を擅《ほしいまゝ》にし、陽夏の群賢は、早《つと》に封胡（上古の人。黃帝の將）の譽《ほまれ》を識る。既に已に牙と期と同調し、之を兼ねて孔と李と通家す、墊巾《てんきん》（頭巾の一角を折る）して共に名園を訪ひ、楫《かぢ》を命じて同じく江郭に遊ぶ、杯を揮《ふる》ひて鉢を撃ち、四部倶《とも》に成る。素（白い布）を裂き襟に題し、千人自ら廢す。州東の名士、尤も倒薤《とうかい》（書體）の書に工《たくみ》なり。稷下《しよくか》（地名。齊《せい》の宣王の時、天下の學者がここに集まった）の狂奴、紉蘭《じんらん》（白絹で作った蘭か）の佩《はい》を贈らんと欲す。人凡《およ》そ四、詩凡そ四十五首、附見凡そ十一則、欒江倡和集と爲す。則ち亦た猶ほ溫李（溫庭筠と李商隱）の漢上（詩集『漢上題襟集』を指す）、皮陸（皮日休と陸龜蒙）の松陵（詩集『松陵集』を指す）のごとしと云ふ爾《のみ》。

(191) 取り調べのための書類。

(192)『江陰何明府邀登君山』（江陰の何明府、邀《むか》へて君山に登る）。楚相（春申君）、何年か邑《いふ》（村住まい）す、凄涼として獨《ひと》り此《こゝ》に經《ふ》る。棘門《きよくもん》、宿草を成し、浮遠祇《た》だ空亭のみ。半壁、吳楚を將《したが》へ、空江杳冥《えうめい》（ほのかに暗い）に入る。却《かへつ》て思ふ、洞庭（湖名）の上、二十二峰の青きを。

(193) 東南に天子の氣有りて雲陽の間に在り。

(194)『同楊西印副使蔡龤若秀才夜登觀音山眺曲阿後湖』（楊西印副使・蔡龤若《さいかんじやく》秀才と同じく夜觀音山に登りて曲阿後湖を眺む）。我れ昨、南渡して金焦に登り、鯨魚、浪を跋《ふ》みて風濤生ず。更に君山に登りて震澤（太湖）を俯せば、長江、萬里、秋毫《しうがう》に窮る。五日、奇を探りて興盡きず、曲阿城畔、來りて高きに登る。觀音山は高く、高きこと百丈、星辰羅列して層霄《そうせう》（天空）を捫《な》づ。懸崖《けんがい》、絶磴《ぜつとう》（絶妙な石橋）、猿臂を挂《か》け、崇巒疊嶂《すうらんでふしやう》（高い山が重なるさま）松毛（松葉）森《しん》たり。山巓《さんてん》、亭を作りて飛鳥を瞰《み》、湖光山色相周遭（かこむ）す。練湖、一萬六千頃、勢ひは江海と迢遙《てうやう》（孤を描いて、はるかに廣がる）を争ふ。淵注渟著《ていちやく》（水をたたえる）して古より歎ずる所、滄桑（滄海桑田）磨滅して前朝に非ず。風景異《こと》ならざるも謝郎は死す、我れ來りて憑眺《ひようてう》（高い所から眺める）、寒宵（寒夜）を凌《しの》ぎて長嘯《ちやうせう》すれば、空山、山鬼に答へ、鵰鶻《てうこつ》（ワシやハヤブサ）を驚飛せしめ、其の曹《とも》を求めしむ。滄波は混茫《こんばう》として元氣に接し、盂水《うすゐ》（椀の水）の堂坳《だうあう》（地のくぼみに出來た水たまり）に浮べるあるが如し。氷夷（川の神）、鼓を擊ちて百靈（多くの神）集《つど》ひ、金支（金色の足）、翠羽（翡翠の羽）光、飄搖す。是《こ》の時、月黑く風怒號し、萬弩《ばんど》（萬の大弓）突射す錢塘の潮。蛟龍《かうりゆう》、贔屭《きひ》（大きなカメ）時に隱現し、靈胥《れいしよ》（波濤の神）、慘澹として天吳（海神）驕《おご》る。高驪《かうり》、長山（島名）、互に鉤帶（連なる）し、六州、一氣斗杓《とへう》（斗柄）を廻《めぐ》らす。楊公、蘄黃《きくわう》（湖北省內）に、昔、府を開く、坐して江漢を淸む、眞に人豪。蔡生、白晳、美度《はか》る無く、頗る能く飲酒して離騷を歌ふ。東吳の菰蘆《ころ》（マコモやアシ）、君が輩有り、力、巨石を鞭《むちう》つて神鼇《しんがう》（大海龜）を驅《か》る。練塘（練湖の堤）一勻、栖托《せいたく》（住居）に好《よろ》しきも、結隣未だトせずして心空しく勞す。酒闌《たけなは》にして歌罷《や》み、意惆悵《ちうちやう》、煙江、明日、輕舠《けいたう》（輕舟）を橫《よこた》へん。

(195) 吳綺『揚州鼓吹詞序』。『精華錄訓纂』『紅橋二首』其の一に引かれている。

(196) 赤いみずち。　(197) 彫った柱と曲った手すり。　(198) おおったり、うつしたり。

(199) 鎭淮門《ちんわいもん》を出で、小秦淮に循《したが》ひて、折れて北すれは、陂岸《はがん》起伏して態多し。竹木蓊鬱《をううつ》として、淸流映帶し、人家は多く水に因りて園を爲《な》す。亭榭溪塘《ていしやけいたう》、幽窈《いうえう》にして明瑟《めいしつ》（あざやかなさま）、頗る四時の美を盡す。小艇を拏《と》り河に循ひて西北行すれば、林木盡くる處、橋有り。宛然として垂虹の下りて澗《たに》に飲むが如く、又麗人の靚粧《せいしやう》（美しく化粧する）袨服《げんふく》（盛裝）して、明鏡中に流照するが如し。所謂《いはゆる》紅橋なる者なり。遊人、平山堂に登れば、率《おほむ》ね法海寺に至る。舟を捨てゝ陸すれば、徑《たゞち》に必ず紅橋の下に出づ。橋の四面は皆人家にして、荷塘六七月の間、菡萏《かんたん》（蓮のつぼみ）花を作《な》し、香、數里に聞ゆ。靑簾の白舫《はくはう》（遊覽の畫船）、絡繹《らくえき》として織るが如く、良《まこと》に勝遊と謂ふ。予數《しばし》ば北郭に往來し、必ず紅橋を過ぎ、顧みて之を樂しむ。橋に登りて四望すれば、忽《たちま》ち復た徘徊感嘆す。哀樂の交《こもご》も中に乘ずるに當りて、往々自ら其の故を喩《さと》る能《あた》はず。王謝冶城《やじやう》の語（東晉の謝安が王羲之と冶城に登り、一世に抜きん出ることを思った）、景晏《けいあん》牛山の悲しみ（齊の景公は牛山に遊んで、その美しさに自身の早死をみて悲しんだ故事を指す）、今の昔を視るは、亦た然る有るか、予と諸子と、聚散恒《つね》ならず、良會未だ遘《あ》ひ易からず、而《しか》れども紅橋の名は、或は反《かへつ》て諸子に因りて後世に傳はるを得、懷古憑吊《ひようてう》(古跡によって昔をしのぶ) する者の徘徊感嘆を増して、予が今日の如くなること未だ知る可からず、之が記を爲して云ふ。「亦有然耶」の下に六十四字の省略がある。

(200) 歌が三度終わるの意。三曲。

(201) 銅鉢を打って、響が消えないうちに詩を作ること。

(202) 兩行の小吏、艶神仙、爭ひて寫す、君侯腸斷つの句。

(203) 北宋の歐陽修と蘇東坡が杜牧に思いを馳せた故事を踏まえる。杜牧に遺文集『樊川文集』がある。

(204)『自撰年譜』(三十一歳) 惠棟註補に見える。

(205) 巡幸する天子に見える。

(206) 水邊でみそぎをする。

(207)『冶春絶句十二首』其の一。今年、東風太《はなは》だ狡獪、晴を弄《もてあそ》びて雨を作《な》し、春を遣《や》りて來らしむ。江梅 (野梅) 一夜、紅雪を落し、便《すなは》ち夭桃《えうたう》有りて無數に開く。／其の二。野外の桃花、紅《くれなゐ》にして人に近く、穠華《ぢようくわ》(盛んに咲く花)、簇々《ぞく〱》として靑春に照る。一株低く亞《た》る隋《ずゐ》皇の墓、且《しばら》く盃酒に當りて脣《くちびる》に入る可し。／其の三。紅橋は飛《ひ》跨《こ》して水は中に當り、一字の闌干《らんかん》、九曲して紅なり。日午、畫船、橋下に過《よぎ》り、衣香、人影、太《はなは》だ匆々《そう〱》たり。／三月、韶光《せうくわう》、畫けども成らず、春を尋ねて步屧《ほせふ》(はきもの) 可憐生ず。靑蕪《せいぶ》、見えず隋の宮殿、一種の垂楊、萬古の情。／其の八。海棠《かいだう》の一樹、淡き胭脂 (顏料のべに)、開く時讓らず錦城の姿。花前に痛飲するも情盡《つく》し難く、屛山に歸臥して折枝を看る。／其の十。當年、鐵礮《てつぱう》(鐵砲) 城を壓して開く、折戟《せつげき》、沙《すな》に沈みて野苔長ず。梅花嶺畔、靑々の草、閑《しづか》に送る、遊人の馬に騎《の》りて回《かへ》るを。／彭澤《はうたく》(江南省内の地名) の豪華、久しく黃土、梁谿《りやうけい》(江蘇省の地名) の歌舞、寒煙散ず。生前の行樂猶ほ此くの如し、何處《いづれ》か春を看るも憐む可からず。

(208) 官舫《くわんばう》(官船) 銀鐙《ぎんとう》(銀のあぶみ) 冶春を賦す。廉夫《れんぷ》(廉士) の才調、更に倫《たぐひ》無し。玉山筵上、頽唐《たいたう》甚し。意氣公然として人を籠罩《ろうたく》(一まとめ) す。『居易錄』巻四、『自撰年譜』惠棟註補に見える。次注 (209) も宗梅岑の詩および注 (210) の孔尚任の詩も同じ。なお陳其年の詩は『漁洋詩話』巻上にも見えるが、第二句は「琅邪風調更誰倫」(琅邪《らうや》の風調　更に誰か倫《たぐひ》せん) となっている。

(209) 白傳《はくふ》（白樂天）に従ひて楊柳を歌ふを休《や》めよ。劉郎（劉禹錫）に向ひて竹枝を演ずる莫《なか》れ。五日の東風に十日の雨（氣候が順調で、天下泰平の形容）、江樓、齊唱す、冶春の詞。『漁洋詩話』巻上にも見える。

(210) 阮亭合《まさ》に揚州に向て往《おい》すべし。杜牧の風流、後生に屬す。二十四橋頭、酒社（酒飲み仲間）を添へ、十三樓下詩名を説く。曽て畫舫を維《つな》ぐに閑柳無し。再び紗窗《しやさう》（うす絹を張った窓）に到れば祇《た》だ舊鶯のみ、等しく是れ竹西（地名。竹林の西の意）歌吹の地（かつて杜牧も遊んだ）、煙花、好句、多情を讓《せ》む。

(211) コリンゴ。　(212) 西南にあたる門。　(213) 讀經の響。

(214) 『江上讀韋詩』（江上、韋詩を讀む）。彈琴、空江に向ひ、夜静かにして江月を見る。水波正《まさ》に遙裔（遠いさま）、河漢坐《そゞろ》に超忽（遙かに遠い）たり。五絃、波濤に泛び、餘音、林樾《りんゑつ》（林のこかげ）に散ず。沙邊、鶴唳《かくれい》遠く、煙中、人語歇《や》む。何《いづ》れの處か楚山青き、孤帆遠く將に沒せんとす。獨り韋公の詩有り、依々として清絶を伴《とも》とす。

(215) 奥深く閑静なところ。　(216) カラムシの服と草履。　(217) 宮中の役職に移る。

(218) 侮り、罵る。　(219) 陋巷。　(220) 眞暗なこと。

(221) 以上は『帯經堂詩話』巻八、總集門五、自述類下（『池北偶談』巻十八、談藝八「邵潛」の條および『漁洋詩話』巻上「南通州邵潛」の條）にもとづく記述と思われる。「鬖々」は髪の毛がみだれて垂れ下がるさま。

(222) 美麗と同じ。　(223) なれ親しむ。

(224) 『上巳辟疆招同邵潛夫陳其年修禊水繪園八首』（上巳《じやうし》辟疆は邵潛夫・陳其年を招同し水繪園に修禊す　八首）其の三。平山堂（堂の名。現・江蘇省江都縣の西北。遊觀の所）下五たび清明、草長じ鶯飛ぶ、無限の情。怪まず、老顚《らうてん》（年老いた狂人）の風景を裂くを、名園、上日相逢迎す。銀箏《ぎんさう》初めて彈じ、阮《げん》（漁洋自身）初めて擘《はく》（親指をつける）し、此の夕べ、留髡應《りうこんまさ》に十石なるべし。春衣、明歳、杜陵（漢の宣帝の陵。近くに杜甫の舊宅があった）に遊ばば、憶ふ、汝《なんぢ》、狂歌して金戟《きんげき》（金のホコ）を拓《と》らん。「留髡」云々は、戰國時代、齊の淳于髡が、もし主人が許すなら、一石の酒も辭さないと言ったという故事によっている。

(225) あげまき。　(226) ともに劇曲の名。後者は『牡丹亭還魂記』の略。
(227) 快い調べ。　(228) 午後十時。「漏下」は時刻、「鼓」は時報。
(229) 紫がかった紺色の玉。　(230) きらきら輝く。　(231) 寄せ集める。
(232) ねぐらに歸る烏。「簌々」は音がガサガサすること。
(233) 周の靈王の太子、王子喬が笙を吹くのを好み、鳳凰が鳴くようで、ついに緱氏《こうし》山の山頂から登仙したという故事による。
(234) 其の六。廻溪、綠淨《きよら》かにして唾《つばき》す可からず、碧蘿《へきら》の陰の中、棹船《たうせん》過ぐ。落花游絲、春晝、閑《しづか》にして、獨り許す、先生、此《こゝ》に高臥するを。劇《はなは》だ憐む、風物共に披襟（心を開く）するを。蕭然《せうぜん》たる絲竹皆清音。永和三日、今千載、坐《そゞろ》に清風をして竹林に滿たさ使《し》む。「永和三日」は、永和九年三月三日、王羲之が名士四二人と會稽山陰の蘭亭に集まり、詩を作ったという故事によっている。
(235) 文徵明の號。翰林待詔になったことから、文待詔と呼ばれた。
(236) 赤い桑の實。「碧隱」は綠陰と同じ。
(237) 「冪歷」は、草などが繁茂するさま。「㛹娟」は、曲がりくねった美しさ。
(238) 鹿の毛で作った拂子《ほっす》。
(239) 酒酣《たけな》はにして落筆すれば五嶽を搖《ゆるが》し、詩成りて嘯傲すれば滄州（水清き砂濱）を凌《しの》ぐ。『帶經堂詩話』巻八、總集門五、自述類下（『香祖筆記』巻五）に見える。但し文に省略がある。
(240) 『楊枝紫雲曲二首』其の一。名園の一樹、綠楊の枝。眠りより起きれば東風に地に踠《かゞ》みて垂る。憶ふ、向《さき》に灞陵《はりよう》三月に見る、飛花、雲の如く輕絲を颭《そよ》がすを。
(241) 解組（印授を解く）初めて郡（役所）を辭す。
(242) 『金陵道上』。乍《たちま》ち疎にして乍ち密なり秧針《おうしん》（苗代）の雨、時に去り時に來る舶趠《はくたく》（季節風）の風。五月、行人、秣陵《まつりよう》に去《ゆ》くも、一江の風雨、晝、濛々たり。

(243)『尋舊院遺址同方爾止』（舊院の遺址を尋ねて方爾止《ほうじし》と同じくす）。香艶、銷沉《せうちん》して盡き、空しく尋ぬ舊板橋。人稀にして春寂々、事去りて雨瀟々たり。黄蝶、寒圃《かんぽ》に飄《ひるがへ》り、青溪、暮潮咽《むせ》ぶ。鷲峯《しうほう》寺前の柳、搖落すれば亦た魂銷《き》ゆ。

(244) 垣根や塀。　(245) 草木の茂ったさま。　(246) 秦淮川にかかる大橋。

(247)『宗梅岑畫紅橋小景見寄賦懷二首』（宗梅岑の畫ける紅橋の小景、寄するを見て懷を賦す）其の一。一醉、紅橋便《すなは》ち六年。

(248) 明代、布政使・按察使《あぜち》を稱した。　(249) 法官。　(250) 天子の名で罪をこらしめる文書。

(251) 天子からの指示。　(252) 白絹を斷ち、細かにする。

(253) 墨汁。　(254) そのままに捨てておくこと。　(255) とどこおる。

(256) 東晉の政治家。宋の建國を助けた。能吏で、休暇の時には典籍や文章に親しんだ。

(257)『居易錄』巻四からの引用。　(258) うちとけ、したしむ。

(259) 貯えがないこと。　(260) にわかに支度する。　(261) 書物を入れる竹製の箱。

(262) 四年只だ飲む邗江《かんかう》の水。數巻の圖書、萬首の詩。『自撰年譜』（三十二歳）惠棟註補に見える。

(263)『淮北晩行寄廣陵故人』（淮北晩行、廣陵の故人に寄す）。南風、五兩（帆柱の先につけて風の方向を見る羽根）を吹き、淅々（靜かな流れ）として潮便に乘ず。綠波、蓮浦に漲り、白露蘅皐《かうかう》（香草の生えている澤の意）遠し。稍《やうや》く看る煙景の夕べ、篙師《かうし》（船頭）、柂樓《たろう》（かじをとる部屋）の飯。見ず、廣陵の人、含凄、江練を詠ずるを。

(264) しおれて垂れ下がるさま。　(265) 昔の面影。

(266)『趙北口見秋柳感成二首』（趙北口にて秋柳を見て感じて成す二首）其の一。十二年前、乍《たちま》ち到りし時、板橋の一曲、柳千絲。而今《じこん》（今や）、滿目、金城の感。見ず、柔條（柳の枝）の地に踠《かゞ》みて垂るゝを。

(267)『自撰年譜』（三十三歳）惠棟註補に見える。

(268)『胡元潤畫』（胡元潤の畫）。白波、青嶂《せいしやう》（青い、きりたった峰）人境に非ず、憶ふ、江南に往して五年を過すを。今日、長征、鞍馬老い、菰蒲《こほ》（マコモとガマ）、春雨、江天（江と天）を夢む。

(269) 登用する。　(270) 征税。　(271) 皇帝に別辭を告げる。

(272)『井陘關歌』。迴星《かいせい》城邊、落日、黄にして、西來の氣、太行（山名）に無からんと欲す。柏巖の雙壁稍《やうや》く狡獪《かうくわい》、目成（めくばりして意を通ずる）すれば已に覺ゆ、心の清涼なるを。天公、一夜、寒雨を送り、千疊萬疊、雲錦を張る。丹崖、翠壁窈《えう》（かすか）として萬狀、瑰奇《くわいき》（非常に珍しい）娟妙《けんめう》（美妙）具《つぶさ》に詳《つまびら》かにし難し。綠蘿《りよくら》、蕭々として巾角（頭巾）に罥《かか》り、石瀨《せきらい》（早瀬）颯々《さつ〱》として衣裳に漸《そゝ》ぐ。峰迴《めぐ》り徑《みち》絶え、數を知らず、谽谺《かんか》（深い谷間）倏《たちま》ち見ゆ、中央に開くを。戍樓《じゆろう》（守備隊の見張りやぐら）の旌竿《せいかん》（旗竿）、雲に滿ちて直《なほ》く、橫亘《わうこう》せる長城は巨防を環《めぐ》らす。冠山の子城に窮漠（空漠）を瞰《み》、噴壑《ふんがく》の巨瀑に雷硠《らいらう》（くずれ落ちる音）を聞く。樓に登りて顧盻《こけい》（目をこらす）すれば胸臆豁《ひら》け、四山の雲氣、爭ひて飛揚す。蛟龍《かうりよう》、鬱律（曲りくねる）として眼底に起り、散じて霖雨《りんう》と爲り八荒を周《めぐ》る。關南の石勢更に奇怪にして、亦た窔奧《えうおく》（深い洞穴）に堂皇（宮殿）を連ねたるが如し。懸車束馬（しばった馬や車を引き揚げる）するも那《なん》ぞ度《わた》る可けんや。行人の棧《さん》に緣《よ》るは秋秧《しうあう》（秋の稻）の如し。幽幷澤潞《いうへいたくろ》（幽州・幷州・澤州・潞州）、此れ天險、飛鳥過ぎんと欲して愁ひて翺翔《かうしやう》す。聖代、卽今、烽燧《ほうすゐ》（のろし）を罷《や》め、空しく畫角（繪が描いてある角笛）を餘して嚴霜に吹く。乃ち知る、地の利は未だ恃《たの》むに足らざるを。此の關、幾たびか閱《けみ》す　諸侯王。　(273) 古い關所。

(274)「延緣」は、ぐづぐづして前に進まないこと。「錯互」は、いりまじること。

(275)『雨中度故關』（雨中、故關を度《わた》る）。危棧《きさん》、飛流、萬仭の山、戍樓《じゆろう》（守備兵にいる建物）遙かに指《ゆびさ》す暮雲の間。西風忽ち送る瀟々の雨、滿路の槐花《くわいくわ》、故關を出づ。

(276)『首陽山』。峩々《がゝ》たる首陽山、迢々《てう〱》として雷首（山名）に屬《つらな》り、遙かに揖《いふ》す巨靈の掌。近くは對す風陵口、蒼茫たり、河上の舟。搖落す、關門の柳、一たび詠ず採薇《さいび》の歌（伯夷叔齊が歌ったとされる。「薇」とは山野に自生する豆科の植物）、昔人復た何か有らん。

(277)『望崋山』（崋山を望む）。關中（函谷關内の地方）、八水滙《あつま》り、清渭《せいゐ》（渭水）獨り朝宗たり。黄河、西北より來り、交會す船司空（縣名。もとは船を司る官名）。河流は厎柱《しちゆう》（山名）を挾《さしはさ》み、岳勢、弘農（川の名）を分つ。山河は兩戒（兩界と同じ。南は蠻夷、北は戎狄《いてき》との境）の首にして、氣は壓す殽函《かうかん》（殽山と函谷關）の東。金天（秋天）正《まさ》に肅殺《しゆくさつ》、屹然《きつぜん》たり白帝の宮。削り成す五千仭、眞宰、鴻蒙《こうもう》（天地を流れる氣）を散ず。關に及びて岌嶪《きふげふ》（高く盛んなさま）を見、天精、心胸に羅《つらな》る。倏忽《しゆくこつ》として雲氣生じ、西に接す終南（山名）の峰。諸峰忽ち已に失ひ、首を俯して河潼《かとう》（湖名）に趨《おもむ》く。峨々《がゝ》たり司寇冠（峰名）、獨立す靑雲の中。蒼茫として三輔（都のあたり）を望めば、秋氣去りて安《いづく》にか窮まらん。荒唐たり秦王の臘《らふ》（暮の祭）、寂莫たり希夷《きい》（草の名。靈芝の異稱）の蹤《あと》。何《いつ》か當に共に白鹿に駕して、還《ま》た共に茅龍《ぼうりゆう》（茅《かや》で作った犬。昔、呼子先というト師がそれにのって天に昇った）を驂《さん》（副馬とする）すべし。

（278）模倣。（279）高樓をめぐらす。（280）宮殿の正門。

（281）紫微。（282）徐福。（283）始皇帝の異稱。

（284）深い泉。（285）外棺。（286）離宮をはじめ各地の宮殿。

（287）そそいで送る。（288）鴨と雁。（289）山椒魚。

（290）からくりの石の弓矢。

（291）『渭橋懷古』。秦川、夕べ澄霽《ちようせい》（澄んで晴れわたる）し、灃《ほう》水明かにして縑《ねりぎぬ》の如し。西に上る中渭《ゐ》橋、颯然《さつぜん》として秋氣變ず。嬴政（秦の始皇帝）、昔構造《こうざう》し、此を作りて天漢に象《かたど》る。美人と鐘鼓と、流連、荒宴（酒宴に溺れる）を恣《ほしいまゝ》にす。徐市《じよふつ》（徐福）期すれども來らず、山鬼、璧《たま》已に獻ず。我、昨、驪《り》山《ざん》を行き、徘徊して中羨《ちゆうせん》（塚の中の道）に吊《てう》す。荊榛《けいしん》、銀海（水銀の海）を蔽《おほ》ひ、樵牧（きこりと牧夫）、金雁（金色の雁の飾り）を羅《つら》ぬ。麒麟、其の股を折り、冷落す靑梧觀。後代復た何の王ぞ、繡嶺明珠の殿（華淸宮）。唯だ終南山有りて、興亡、幾回か見し。

（292）『驪山懷古八首』其の一。鸚鵡《あうむ》、何《いづ》れの年にか上皇（唐の玄宗）を問ふ。野棠《やたう》（こりんご）は風に折れ、繚垣《れうゑん》（めぐらせた垣）長し。銷魂《せうこん》す、此の日、朝元閣（玄宗が建てた華淸宮中の建物）、親《みづか》ら試む、華淸の第二湯（楊貴妃が愛用した溫泉）。玄宗の手で放たれたオームが旅人に上皇の安否を尋ねたという故事による。／其の八。空城（華淸宮）幾曲か水潺々《せん〱》たり。

松柏凄涼として舊山に滿つ。輦道《れんだう》（玄宗御幸の道）人無く秋草合す。年々嗚咽《をえつ》して人間《じんかん》に到る（主語は溪流）。

（293）『灞橋寄内二首』（灞橋《はけう》、内《つま》に寄す　二首）其の一。長樂坡《ちやうらくは》（地名。長安の東北）前《ぜん》、雨、塵に似、少陵原上、涙、巾を霑《うるほ》す。灞橋の兩岸、千條の柳、送り盡す、東西水を渡る人。／太華（山名）終南、萬里遙かにして、西來、處として魂の銷《き》えざる無し。閨中《けいちゆう》、若《も》し金錢の卜《ぼく》（錢を投げて表か裏かで占う）に問はば、秋風秋雨、灞橋を過ぐと。

（294）玄宗が安祿山の亂を受けて、楊貴妃を自死させたところ。

（295）『馬嵬懷古』。何《いづ》れの處か長生殿（ここで七月七日、玄宗と楊貴妃は夫婦になることを誓い合った）裏の秋、無情の淸渭《せいゐ》（淸い渭水の流れ）、日に東流。香魂（美人の魂。ここでは楊貴妃を指す）は及ばず、黃旛綽《くわうはんしやく》（玄宗に愛された樂官。安祿山に捕えられ、仕えたが、咎められなかった）、猶ほ驪山の土一邱《つちいつきう》（丘一つ）を占むるに。

（296）山名。

（297）『益門鎭』。天險、秦鳳（路の名）に當り、提封（およそ）、雍梁《ようりやう》（雍州と梁。前者は秦朝發祥の地）を界《かぎ》る。棧雲、高くして落ちず、隴樹《ろう》（小高い丘の樹木）、曉に還《ま》た蒼たり。古堠《ここう》（古い一里塚）、征騎を催し、秋風、戰場に吊す。山南（道名）、明日の路、漸く入る武都（地名）の羌《きやう》。

（298）山が險しく、曲がりくねる。

（299）くぼむ。

（300）登ったり下りたりすること。

（301）『馬鞍嶺』。南、畫眉關より下る、遠色（遠くの景色）、諸嶺を疊む。畚緣《いんえん》（つらなること）百里の間、齗齶《きんがく》（はぐき。ここでは形容）、光景を蔽ふ。蹇嶇《けんきよ》（難險）、登降に疲れ、纖路（細道）亦た修整す。或は厂《がん》（がけ）は連軒の如く、或は植《た》つこと負屛（屛を背にする）の如し。或は岐陽《きやう》（地名）の鼓（石鼓）の如く、或は宛朐《ゑんく》（地名）の鼎の如し。鳥の如く或は翼を跂《そばだ》て、魚の如く或は骨鯁《こつかう》（骨ばる）たり。殊狀（異形）、紛として角逐し、詭類《きるい》（奇形なもの）一逞《いつてい》を爭ふ。峭岸《せうがん》、勢は坼《さ》けんと欲し、捷足《せふそく》（早足）も騁《は》するに遑《いとま》あらず。二分（足の五分の一）は垂れて外に在り、趾《あし》は壓す後人の頂《いたゞき》。飛瀑、時に道を界《かぎ》り、壑《がく》に赴く力逾《いよい》よ猛し。人は水と鬪爭し、心目各《おのおの》相警《いまし》む。天意、雍（雍州）梁（梁州）を限り、險を設けて斯の境有り。君子は忠信を履《ふ》み、小人は僥倖《げうかう》を懷ふ。永く念《おも》ふ垂堂の言（危險に近づくなとの戒め）、危きに乘りて更に三省す。

(302) 仁王の石弓のはじき。　(303) 遠く離れた谷。　(304) うずまき、まわる。

(305) 韓愈の友、劉叉が作った二詩の名。　(306) 逆立つ。　(307) 猿とムササビ。

(308) 吹き上がり、岩に強く當たるさま。　(309) ふさぐ。　(310) 片寄って分かれる。

(311) 厓のところを歩くこと。　(312) 傍に寄るの意か。　(313) 曲沃は地名。賈中丞は賈漢復。

(314) 酢を注いで石を砕くこと。

(315)『觀音碥』。觀音碥、險絶《はなはだ》し、連山天仗（親衛隊の武器）を列ぬ。奔峭《ほんせう》、波濤洶《きよう》（湧き上がる）にして、大石、龍象（龍や象）を蹴る。造物（造物主）、鬱として磊砢《らいか》（石の重なるさま）、茲《こゝ》に及んで乃ち一たび放《ほしいまゝ》にす。急瀑、何ぞ砰訇《はうくわう》（音が大きい）たる、盤石、巨防を成す。渟《たゝ》へては千丈の湫《しう》（瀧壺）と爲り、潭《たん〱》として流宕《りうたう》（流れ動く）せず。怪物、中に屈蟠《くつばん》（わだかまる）し、豈に鎖紐《さちう》（鎖やひも）の壯なる無からんや。儻《もし》、牛渚の犀（東晉の溫嶠《をんけう》が犀の角を燃やして牛渚という江岸の深淵を照らしたという故事による）を燃やさば、此の精靈の狀を窮めん。頗る聞く、賈中丞《かちゆうじよう》、此に於て疊嶂《でふしやう》（重なる峰）を鑿《けづ》ると。故人、沈宋《しんそう》（沈繹堂と宋荔裳。沈が作った詩を宋がその絶壁に刻んだ）を推し、詩筆各おの雄長たり。星宿、光芒《くわうばう》森たり、虬龍《きうりゆう》（みずち）怒りて倔強《くつきやう》たり。鞍を解けば苔石滑かに、高歌すれば一に神王（心が大きくなる）す。更に巨靈の手を須《ま》ちて、運斤（斧をふるう）、天匠（自然のたくみ）を出でしめ、我が郙閣《ほかく》（靈巖寺内の樓名）の銘を鑱《きざ》ましめ、彼の小海唱（伍子胥《ごししよ》を悼んだ歌）に敵《あた》らん。

(316) 唐の逸材で、興元の軍を平定した。　(317) にわかに斷たれる。

(318)『七盤嶺』。七日、褒斜《はうしや》（谷名）を行く、目は瞶《くら》み耳も亦た聾《ろう》す。濁浪は厓垠《がいぎん》（岸のあたり）を崩し、征衣は蒙茸《まうじよう》（物のみだれるさま）に碎く。知らず天地の潤《ひろ》きを、詎《なん》ぞ測らん造化の功。岌然《きふ》たり土囊《どなう》の口、雞幘《けいさく》（ニワトリのトサカ）、蒼穹《さうきゆう》を摩す。磴道《とうだう》上ること七盤（七めぐり）、大翮《たいかく》（大きな翼）、天風に排す。絶頂忽ち開豁《かいくわつ》して、白日、虛空に當る。褒水（河の名）、谷を出でて流れ、漢江、其の東を繞《めぐ》る。巴山《はざん》、秦蜀に跨《またが》り、蜿蜒《ゑん〱》、上庸（現・湖北省竹山縣あたり）に連る。川原盡く沃野、天府、關中の如し、橘柚《きついう》、鬱として林を成し、稻苗《たうべう》亦た芃々《ほう〱》（盛んに成長するさま）たり。襄陽《じやうやう》に大艑《たいへん》（大船）至り、千里、帆檣《はんしやう》通ず。當年、天漢と號し、運は歸す、隆準公《りゆうせつ》（漢の高祖。「隆準」は高い鼻の意）。將相、人傑を得《う》、驅策（人を使役する）、羣雄《ぐんいう》を芟《か》る。一戰して三秦を收め、遂に咸陽宮《かんやうきう》に都す。智勇、久しく淪沒し、山川自ら龍嵸《ろうしよう》（山がけわしいさま）たり。馬を趺《ふ》んで褒國に向ふ、日は落ちて濛々たり。

（319）『閏七夕抵褒城縣』（閏七夕　褒城縣に抵《いた》る）。褒斜《ほうや》十日の路、白髮忽ち侵尋（じわじわとひろがる）す。紅葉、江水に下《さが》り、始めて知る秋氣の深きを。馬は驚きて初めて谷を出で、城は閉して砧《きぬた》を聞かず。何《いづ》れの處か天河の影、浮雲只だ自ら陰《くも》る。

（320）雍陶《ようとう》『西歸出斜谷』（西歸して斜谷を出づ）の後半二句に「無限客愁今日散、馬頭初見米囊花」（無限の客愁、今日、散ず。馬頭初めて見る米囊花（ケシ））とある。『三體詩』七絶に採られている詩。

（321）『定軍山諸葛公墓下作』（定軍山の諸葛公墓下の作）。高密（鄧禹）南陽に起り、文終（蕭何《せうか》）、高祖に從ふ。暴《にはか》に繫がるゝは本より疑はれ、數《しばし》ば衂《やぶら》るゝは亦た武に非ず。堂々たる諸葛公、魚水、心膂《しんりよ》（補佐の臣）に託す。二表（前後二つの出師の表）、謨訓《ぼくん》に匹《たぐ》ひ、一德、伊呂（殷と周の賢相、伊尹と呂尚を指す）を追ふ。操（曹操）を視ること但だ鬼の如く、蜀を畏るゝこと還《ま》た虎の如し。嗟《あゝ》彼の巾幗《きんくわく》の徒、公と豈《あ》に儔伍《ちうご》（同列に竝べる）せんや。紫色復《ま》た蛙聲《あせい》（中間色と邪音。正しくないことのたとえ）、抵隙《ていげき》（すきをつく）各《おの》おの主と爲る。火井（火をふく井戸）方《まさ》に三たび炎あるも、赤伏（赤伏符の略。豫言書）更に典午（司馬の隱語）。志士、帝秦を恥ぢ、祭器猶ほ魯に存す。陰平（古道）、一たび險を失ひ、面縛して莒《きよ》（國名）に奔《はし》るを忘る。知る、公の遺憾を抱き、龍臥、千古を成すを。峨々たり定軍山、悠々たり沔陽《べんやう》（地名）の滸《ほとり》。鬱々たる冬青の林、哀々として杜宇號《な》く。耕餘に敗鏃《はいぞく》（破れやじり）を捨へば、月黑く、軍皷《ぐんこ》を聞く。譙《せう》侯（三國魏の文欽を指す）寧《いづくん》ぞ誅するに足らん、激昂して淚、雨の如し。

（322）『漢中府』。路は褒斜《ほうしや》（谷の名）を遶《めぐ》り、故園を夢む。今朝の風物、中原に似たり。平蕪《へいぶ》に蹀躞《てふせふ》（ゆったりと歩くさま）たり連錢の馬、近郭に參差たり橘柚《きついう》の村。萬疊の雲峰、廣漢（地名）に趨《おもむ》き、千帆の秋水、襄樊《じやうはん》（襄陽と樊城）に下る。只だ愁ふ、明日金牛（蜀に通ずる棧道）の路、回首すれば、興元（地名）、落照昏《くら》し。

(323)『漢臺』。絳灌《かうくわん》（漢の高祖の臣、周勃と灌嬰）當時伍たり、鯨彭《げいはう》（鯨布と彭越）異代（異なった時代）に看る。竟《つひ》に隆準の帝と成り、沐猴《もくこう》にして冠するを屑《いさぎよ》しとせず。磊落《らいらく》眞に王氣、蒼茫たり大將の壇。風雲、今、寂寞《せきばく》、江漢自ら波瀾あり。

(324) 宮中のすべて。　(325) ズタズタに斬る。　(326) 灌木の一種。

(327) 雄羊。　(328) 鶴のいる砂地や野鴨のいるなぎさ。

(329) 雍門周が琴を弾じて孟嘗君を悲傷感動させたという故事を踏まえる。

(330)『故宮曲二首』其の一、涇螢《しつけい》（ぬれたホタル）幾點か修竹に粘《つ》き、昏黄（夕闇）月映じて蒼煙（もや）綠なり。金牀玉几（立派な寢床と脇息）歸り來らず、空しく唱《うた》ふ人間《じんかん》可哀の曲。

(331) 其の二。往日、朱門、帝子（皇子）の家、柴車《さいしや》（裝飾のない車）一たび去れば卽ち天涯。平臺（廣々とした高殿）の賓客、今何處《いづこ》、零落す小山の叢桂花。　(332) 稻田。

(333)『南鄭至沔縣道中』（南鄭より沔《べん》縣に至る道中）。黑水（川の名）、梁州の道、車を停《とゞ》めて土風（土地の風俗）を問ふ。沔流（沔水の流れ）は天漢の外、嶓冢《はんちよう》（山の名）は夕陽の東、處々棕櫚《しゆろ》綠にして、邨々《そん〳〵》穲稏《はあ》（稻のゆらぐさま）紅なり。更に須《もち》ひん、參玉版（群れ立つ竹の子）、修竹賤《いや》しきこと蓬《よもぎ》の如し。

(334)『沔縣謁諸葛忠武侯祠』（沔縣にて諸葛忠武侯の祠に謁す）。天漢、遙々として劔關（劔門關）を指す。人に逢ひて先づ問ふ、定軍山。惠陵（劉備を祀った陵）の草木は氷霜の裏《うち》、丞相（諸葛孔明）の祠堂は檜柏《くわいはく》の間。八陣の風雨、指顧に通じ、一江（漢水を指す）の波浪、急にして潺湲《せんくわん》たり。遺民、衢路《くろ》（ちまた）に還《な》ほ私祭す、獨り英雄の血涙の斑《まだら》なるのみならず。

(335)『武候琴室』（武候の琴室）。竹篠娟々《ちくせうけん〳〵》として靜かに、江流漠々として陰《くも》る。今に至る籌筆《ちうひつ》（はかりごと）の地、猶ほ見る出師《すゐし》の心。遺恨、銜璧《かんぺき》（口に玉をふくむ）を成し、元聲（音譜の基本となる聲）、故琴有り。千秋、絃指（琴の絃を奏でる指）の外、髣髴として高深に遇ふ。　(336)「奔峭」は、くずれた岸の意。「四合」は四方を圍むこと。

(337) 早瀬をわたる。　(338) 野生の象と凶惡な龍。

(339)『五丁峽』。前記の惠王が石で作った牛のうしろに金を置いて蜀をだまし、五丁（五人）の力士をして引かせて道を拓かせたという故事を踏まえる。南に窮《きはま》る石牛道、嵒々《がんく》（いかめしく立つ）たり雲桟（高い中腹につくられた桟道）を下る。三日　我が魂を招き、足踔《ふ》めば目猶ほ眩《くら》む。豈に知らんや東蒼州、耳目益《ますま》す奇變す。始めて過ぐ金牛驛、樛轕《きうかつ》（からまるカズラのさま）として已に淩亂《りようらん》す（おののき、みだれる）。漾水《やうすゐ》（川の名）は北より來り、劣《わづか》に足る、鳧雁《ふがん》（カモやカリ）を泛《うか》べるに。頭《かうべ》を擧ぐれば、嶓冢山《ばんちようざん》、峨冠（峨々とした頂上）天半（中天）に依る。大いなる哉《かな》、神禹《しんう》（夏の禹王の敬稱）の功、此《こゝ》より江漢を導く。漸く入る五丁峽、譎詭《けつき》聞見を駭《おどろ》かす。斗壁（きりたつ壁）、何ぞ獰猙《だうさう》（おそろしいさま）なる、十萬、大劒を磨《みが》く。攢羅《さんら》（寄り集まる）して交戟《かうげき》（ホコを十文字に合わせる）を列《つら》ね、茫昧《ばうまい》として一綫《いつせん》（一線）通ず。亂水、峽中に殴《とゞろ》き、鮫蜃《かうしん》（サメや大蛤）は瀾汗《らんかん》（波のうねるさま）たるを喜ぶ。仰眺、圭景（角立った風景）を絶ち、俯聆《ふれい》（俯して聞く）雷汴《らいべん》（手を打って大きな音を出す）を競ふ。九鼎《てい》、神姦（鬼神）を鑄《い》、此に到りて百憂患《わづら》ふ。東方の牧犢兒《ぼくとくじ》（子牛飼。蜀の人が秦の人を嘲った言葉）、竟《つひ》に蠶叢《さんそう》（蜀王の先祖。養蠶を始めたと言われる）をして判ぜ使《し》む。我が行忽ち萬里、風土、郷縣に異なる。身は落つ、大荒（中國の僻地）の西、終に皇天の眷《けん》を頼む。咄々《とつく》復た何をか言はん、艱虞《かんぐ》（難儀と心配事）、一身を賤《いや》しとす。

（340）『寧羌夜雨』。信ぜず、晴日無きを、曽て聞く、漏天（雨がちの空）有りと。武都（郡名）、夜雨連なり、巴子（四川の人）、幾人かの船。山は氐中《ていちゆう》（ふもと）に入りて亂れ、寒は僰道《ぼくだう》（縣名）に臨みて偏す。荒城に皷角（軍中の號令や合圖に用いる皷や角笛）を聞き、首《かうべ》を回らして意茫然たり。

（341）『夜至黃壩驛短歌』（夜、黃壩驛に至る　短歌）。氐道《ていだう》（ふもとの道）森沉《しんちん》たり、十日の雨、石林、冥々として行旅を斷つ。洪濤殷地《いんち》（大波が地をふるわす）四山動き、百折の盤渦（うずまき）、噤《つぐ》みて語り難し。前に蝮蛇《ふくだ》（マムシやヘビ）有り、後には豺虎《さいこ》、紅鶴、哀號して毛羽を奮ふ。吾が生、胡爲《なんすれ》ぞ此の曹《ともがら》に狎《な》れんや、命輕きこと毛の如く一縷《いちる》を爭ふ。妻孥《さいど》、飄泊して京國に寄す、歸らんと欲して歸らず何《いづれ》の處にか在る。郷關、首《かうべ》を回《めぐ》らせば四千里、縱《たと》ひ苦辛有るも誰か汝に告げん。

（342）『朝天峽』。朝《あした》に登る嘉陵（川の名）の舟、日出でて羌水（川の名）赤し。險を履《ふ》みて鞍馬《あんば》に倦《う》み、次《やど》に即《つ》けば亦た適に稱《かな》ふ。黕黮《たんく》（まっくら）として雙峽來り、突《にはか》に見る巨靈（河神）の跖《あし》。嶄巖《ざんがん》（切りたった崖）寸膚無く、青冥（青空）雙翮《さうかく》（二つの羽根の莖）厲《はげ》し。陰厓（かげった崖）龍蛻《りようぜい》（タツのぬけがら）を積み、跳波、鯨擲（クジラの投げうつような力）を畏る。往々人頂を壓し、此の崩れんと欲する石に駭《おどろ》く。洞穴、峽に半ば開き、兵氣尙ほ狼藉たり。蛇豕《だし》（蛇や猪。凶惡な人々のたとえ）、成都に據り、戍《じゆ》（守備兵）を置きて險阸《けんやく》に當る。今に至る三十年、白骨、梓益《しえき》（梓州と益州）に滿つ。流民、近ごろ稍《やうや》く歸り、天意、兵革を壓《いと》ふ。會《たま》ま見る賨盧《そうろ》（巴州在住の少數民族か）の人、燒畬《せうしや》（雜草を燒き拂って田畑をつくる）、确礊《かくせき》（石の多いやせ地）を開く。慷慨して一たび舷を扣《たゝ》き、浩歌（大聲で歌う）して今昔に感ず。風便《ふうべん》（順風）黎州城、茫々として波濤白し。

(343) 王族。

(344) わずかに殘された者たち。

(345) 白骨、梓益（梓州と益州）に滿つ。

(346) 人民が病み、おとろえる。

(347) 流民。

(348) 流民、稍《せう》（王城から三百里の地域）に近づけば歸す。

(349) 熊笹。

(350) 飛ぶ、木による、泳ぐ、穴を掘る。走る、歌う。ここでは多くの技能を用いるの意か。

(351) 帆柱やトマ。

(352) 江蘇や浙江の梭《ひ》の形をした船。

(353) 渝州（四川省巴縣）の歌。

(354) 『廣元舟中聞櫂歌』（廣元の舟中にて櫂歌《たうか》を聞く）。江上の渝歌《ゆか》、幾處か聞く、孤舟、日暮、雨紛々。歌聲漸く烏奴《うど》（山名）を過ぎて去り、九十九峯、白雲多し。

(355) すさまじいなかにも、あでやか。

(356) 『夜泊漩游子聞笛』（夜、雙漩子に泊し笛を聞く）。嘉陵江上、舟を泊する時、戍鼓（國境守備隊の陣太鼓）初めて停《や》みて月上ること遲し。已に聽く寒潮、寐《ねむり》を成さず、誰《た》が家か橫笛、龜茲《きじ》（樂舞「龜茲技」を指すか）を怨む。

(357) 『昭化夜泊』（昭化にて夜泊す）。淅々《せきく》（かすかに音をたてるさま）として風、枕を欺き、明々として月、船に入る。三巴（巴・巴東・巴西の三郡）空しく涙有り、獨夜、眠を成さず。流宕《りうたう》（遠方にさまよい步く）魚鳧《ぎよふ》（魚やマガモ）の國、凄《せい》たり其れ鴻雁（かり）の天。故園、梅信早し、歸去、殘年に逼《せま》らん。

(358)『閬中感興四首』其の一。行役《かうえき》(役目で遠く行く)忽ち永く久しく、衣裳、白露凄たり。秋風、劍外(劍門山の外側)に吹き、客鬢、巴西に老ゆ。螢火飛びて還《ま》た没し、寒蟄《かんしやう》(冬のセミ)咽《むせ》びて復《ま》た啼く。堪へず蜀道の雨、山霧、晝常に迷ふ。

(359)其の三、西漢、茫々として去り、來り過ぐ碧玉樓。九廻、腸已に斷ち、三折水還た流る。涕涙、鵑鳥《けんてう》(ホトトギス)を聞き、雲山、劍州を繞《めぐ》る。老親、望眼(じっと見る)を穿《うが》たれ、霜雪白くして頭《かうべ》に盈《み》つ。

(360)『藥物』。藥物知る、何の益かある、愁ひ多くして老病侵す。眼は枯る兒女の涙、心は折る短長の吟。鄕信、何《いづ》れの時か達せん、秋濤、日夜深し。巴猿、殊《こと》に造次なり、悽絶、楓林に叫ぶ。

(361)『龍山驛雨』(龍山驛の雨)。閬州《らうしう》城邊　雲氣浮び、龍山驛裏、雨聲愁《うれ》ふ。遠游唾《つば》せず靑城(山名。張陵ら歴代の方士が隱棲したところ)の地、絶域空しく悲しむ白雁(雁に似た小さい鳥)の秋。巴嶺、稀に逢ふ、人の北に去るに。渝《ゆ》江《かう》、長《つね》に是《こ》れ水南に流る。蕭條たり孤館荊榛《けいしん》の夕べ。更に千峯を指して漢州に入る。

(362)纔《わづか》に富邨に到れば風景別なり、竹林松徑是れ人家。楊文忠は、明の楊廷和の諡《おくりな》。

(363)『富邨驛雨』(富邨驛の雨)。陰蟲(秋になって鳴く蟲)何ぞ太《はなは》だ苦なる。戶外は卽ち蒼山。急柝《きうたく》(急を告げる拍子木)孤枕を侵し、秋河、百蠻(南方の未開民族の總稱)に落つ。燈昏《くら》く山鬼逼り、雨止みて蟄龍《ちつりゆう》還る。一夜、江水瀰《みなぎ》り、愁人、涙點斑《まだ》らなり。

(364)上は霧、下はニワタズミ。

(365)『天馬山雨行』。兩炬、殘更の裏《うち》、亂山高く復た低し。疾風、白雨を吹き、坂を折り靑泥(山名)を下る。詰屈、牛角を穿《うが》ち、縱橫、虎蹄を印《しる》す。廿年餘《あま》したり戰骨。何れの處ぞ荒雞(時ではないのに夜鳴きするニワトリ)を聽く。

(366)『鹽亭縣南渡梓潼江』(鹽亭縣の南にて梓潼江を渡る)。南に下る潺《せん》亭(廟名)の路、千峯、雨を挾《はさ》みて秋なり。江潮、客を送らず、獨り射洪(縣名)に向ひて流る。

(367)『涪江』。十四、巴西の雨、艱難《かんなん》、梓州に到る。晩晴、涪水《ふうすゐ》を見れば、淸絶、南樓を抱く。見ず千頭の橘、空しく驚く萬里の秋。尙ほ餘す登覽の興、眼を留めて牛頭を望む。

(368)『天柱山』。朝《あした》に出づ元武門（中江縣西門）、雲垂れて雨忽ち凍《とう》（にわか雨）す。登々（山を登るさま）天柱山、千盤（山道が無數に曲折する）鴻洞《こうどう》（雲が湧き出るさま）に墮《お》つ。崢嶸《さうくわう》、巴閬《はらう》（巴州と閬中）を逾《こ》え、槎牙《さが》（ゴツゴツした岩山）、秦鳳《しんぽう》を過ぐ。嶺を陟《のぼ》るは棋《き》を累《かさ》ぬるが如く、谷を下るは甕《かめ》に入るが如し。心《むね》は俯して尻益《ますま》す高く、足縮《ちぢ》んで目先づ送る。敢て嗟《なげ》かんや鳥獸の群れを、稍《やうや》く喜ぶ徒旅（歩卒）の衆《おほ》きを。我に大羽《だいう》箭《せん》（大きな矢）有り、龜に麗《つ》きて（相手の胸に）輙《すなは》ち命中せん。於菟《をと》（虎）、其の首を昂《かうべ》げ《あ》、羽を飲んで乃ち動かざらん。道旁《みちばた》の松は合抱、巨なるは梁棟《りやうとう》に任《た》ふ可し。惜しい哉《かな》、野蔓纏《まと》ひ、蒙《かうむ》らず匠石（古の名工）の用を。絶頂、岷《びん》山を見、青城（山名）亦た伯仲す。一氣、諸蕃（未開諸民族）に連り、三州（松州・姚州・維州）、實に西に控ふ。太平、幸に無事、左髻《さけつ》（左言椎髻の略。違った言葉と、椎のようにまとめたタブサの意。未開民族の一つ）、時に入貢す。念《おも》ふ、彼《か》の松姚《しようえう》（松州・姚州）の戍《じゆ》（國境守備隊）、甲（武裝した兵）を坐せしめ苦《はなは》だ饑凍するを。俯して臨む陸海（海のように廣がった大地）の雄、仰ぎて視る天宇の空なる（天空）を。長嘯《ちやうせう》す千仞の岡、險を出でて忽ち夢の如し。

(369) 杜甫『鹿頭山』。連山西南に斷え、始めて見る　千里の豁《ひろ》きを。なお、杜甫の原詩では「始見」は「俯見」（俯して見る）になっている。

(370) 降伏した王。

(371) 杜甫の號。

(372)『金方伯邀泛浣花溪二首』（金方伯の邀《むか》へて浣花溪に泛《うか》ぶ　二首）其の二。萬里橋邊に去《ゆ》けば、還《ま》た多し、吊古の情。人煙、蠶市（養蠶の器具を賣る市場）を過ぎ、新月、龜城に上る。寂々して更漏（水時計）發し、蕭々《せうせう》として鱗甲（ウロコとコウラ。心の中のわだかまり）生ず。廻看す、草堂の路。修竹、水蕪、平かなり。

(373)『九日謁昭烈惠陵』（九日、昭烈の惠陵に謁す）。萬里、登高の日、橋山、白露寒し。今に至るも蜀帝（劉備）を悲しみ、何れの處か祠官に問はん。杳々《えうえう》として衣冠閉ぢ、凄々《せいせい》として封樹《ほうじゆ》（墓のまわりに植えた樹木）殘せり。錦江は渭水に非ざるも、猶ほ作《な》す、霸陵（漢の文帝の墓。金銀銅錫で飾らず、瓦を用い、墳を作らず、山をそのままに利用した）の看《かん》。

(374)『金花橋道中作』（金花橋道中の作）。半年浪跡《らうせき》（さまよい歩く）す錦城の游、纔《わづか》に歸程を數ふれば已に暮秋なり。晩照開く時、千里を見る、寒鴉《かんあ》飛び盡して雙流（縣名。成都の南方）を過ぐ。眼に明かなり、修竹横塘（蘇州の西南にある堤）の路、心は逐《お》ふ江雲（川と雲）、下峽（峽谷を下る）の舟。異域忽ち驚く、搖落の久しきを、今宵一醉すれば鄉愁を失はん。

(375) 蘇東坡と、その父と弟を指す。　(376) 舊宅。

(377) 木の枝が曲って、からみ合うさま。

(378)『眉州謁三蘇公祠』（眉州にて三蘇公の祠に謁す）。蟇《ば》頤《い》（山名）山色腴《ゆ》（地味が肥える）にして枯ならず、玻璃《はり》江水、醍醐の如し。眉州の城郭、刼灰《ごふくわい》（兵火）の後、水塍《すゐしよう》（水田）漠々として蓁蕪《しんぶ》を成す。郵亭、馬より下りて老卒に詢《たづ》ぬれば、蘇公の故第は城西の隅なりと。旋《かへ》り來りて束帶して蘋藻《ひんさう》（水草。ここでは粗末なもの）を薦《すゝ》む、辰良（吉日）何ぞ必ずしも神巫《しんぷ》（巫女《みこ》）を煩はさん。往者《むかし》、此の地、鐵脚の亂、高門大宅、皆焚如《ふんじょ》（火災）たり。此の祠巋然《きぜん》（高大で堅固）たり、誰か作る所ぞ、維《こ》れ公の（蘇東坡）の大節頑愚を驚かす。雙柏、輪囷《りんきん》（曲りくねる）として霜雨溜《したゝ》り、廷立す冠劍の古丈夫。長公の遺像は龍眠（宋の李公麟）の筆、馬券（東坡が皇帝からもらった馬について書いた由緒書や、それへの讃の石刻）は剝落す、涪翁《ふうをう》（黃庭堅）の書（讃）。殘碑、笏《こつ》を插《さしはさ》みて尙ほ林立し、紫藤《しとう》、碧鮮《へきせん》（綠の苔）、龜趺《きふ》に纏《まと》ふ。祠西の一水（池）、最も蕭瑟《せうしつ》たり、霜を經たる菡萏《かんたん》猶ほ扶疎（枝が茂って四方に廣がる）たり。甘蕉《かんせう》（バナナ）十丈　簷霤《えんりう》（雨だれ受け）を覆ひ、落花、亂迸《らんはう》（みだれとぶ）す紅珊瑚《こうさんご》（樹木の名。赤い實がなる）。當年の結構、草々ならず、要す咫尺《しせき》をして江湖を成さしめんと。故園此《かく》の如きも歸老せず、人の家國の與《ため》に徒《いたづ》らに區々たり。瓊儋《けいせん》雷藤（瓊州・儋耳・雷州・藤州。いずれも僻地。東坡やその弟が流されたところ）　九死を歷《へ》、口に薰鼠（ネズミをくすべたもの）を甘しとして猿狙《ゑんそ》（猿類）に隨ふ。頭綱の八餅（新茶の八つのかたまり。昔、天子から頂戴した）何の意有らんや、桄榔《くわうろう》（樹木。たがやさん）、萬里、吾が廬《いほり》に非ず。兩公（東坡とその弟）の神靈未だ磨滅せず、應に白鳳（白い鳳凰。仙鳥）を翳《かざ》して清都（天帝のいる都）に游ぶべし。下界に游戲せしは復た聊《しばら》く爾《のみ》、鯤鵬《こんはう》豈に必ずしも枋楡《はうゆ》（ニレとマユミ）に槍《いた》らんや。眉州の玻瓈《はり》（名酒の名）　天馬の駒、公に酹《そゝ》ぐ三釂《さんせう》（三たび飲み干すこと）　公歸らんか。

(379) 有名な都市や大きな町。　(380) 養い育てる。　(381)「溝塍」は溝と田のうね。

(382)『夾江《けふかう》道中二首』其の一。沉黎《ちんれい》（地名）東に上れば古《いにしへ》の犍爲《けんゐ》（地名。昔、夜郎の國があった）、紅樹、蒼藤、竹、枝を亞《た》る。

馬に騎す青衣江畔の路、一天の風雨、峨眉（山名）を望む。

(383) 峨眉山。大峨・中峨・小峨の三峯から成る。

(384) 兩手を胸の前で組み、會釋する。

(385)『蜀道驛程記』から。

(386)『漢嘉竹枝三首』（漢嘉の竹枝　三首）其の一。龍游（地名）の城郭、碧玻瓈《へきはり》、西のかた三峨を望めば曉黛《げうたい》（朝化粧）滋《しげ》し（つややか）。三江を分取して明鏡と作《な》し、鏡中各自、峩眉を照《うつ》す。

(387)『竹公溪二首』其の二。竹公溪水、綠悠悠たり、也《ま》た三江を合して一處に流る。珍重す、嘉陽山水の色、來朝（明朝）客を送りて戎州《じゆうしう》に下る。

(388) 高大堅固なさま。

(389)『登高望山絶頂望峨眉三江作歌』（高望山の絶頂に登り峨眉三江を望みて作れる歌）。四海復《ま》た四海、九州復た九州。河伯（河の神）、海若（海の神）、更《こもご》も相笑ひ、蟪蛄《けいこ》、何ぞ春秋を知るに足らん。今年、帝に辭す蓬萊宮、風に乘りて偶《たまた》ま作《な》す西南の游。中條、姑射《こや》（ともに山名）、數ふるに足らず、喜びを失す太華（山名）の高旒《かうりう》（高い旗）を揚ぐるに（皇帝の盛んな狩に比較する）。河潼《かとう》（南下する黃河が東北に向きを變えるところ）遠く坼《ひら》く巨靈の跖《あし》、鉤梯《こうてい》（カギをつけたハシゴ）百丈、龍湫《りゆうしう》（たき）に臨む。終南、太白（ともに山名）、雲物（雲氣の色）に幻《まど》ひ、秦棧《しんざん》（棧道）詰曲して哀猿愁ふ。錦城に小往すること五十日、岷山の秀色、簾鉤《れんこう》（すだれかけ）に垂る。青城、玉壘、尻首《かうしゆ》（首尾）接し、灌口《くわんこう》（山名）に屈注す雙江（青衣江と沫水）の流れ。興極まりて蹋《ふ》まんと欲す大峨の脊、卻《かへ》つて瘦馬に騎《の》りて龍游に來る。嘉州は罨畫《あんぐわ》（彩色した繪）にして江上に枕《のぞ》む、孤峯縹緲《へうべう》として東南に浮ぶ。神霄《しんせう》（九天の一つで、もっとも高い空）、玉清（天帝の居るところ）、遺跡有り、登臨以て煩憂を消す可し。泥を蹋《ふ》み、盤《めぐ》り盤りて絶頂に到れば、江山披豁《ひくわつ》（ひろく開ける）して雙眸《さうぼう》を開かしむ。峯巒《ほうらん》八面　金碧簇《むらが》り、下《しも》、江海を瞰《み》れば浮漚《ふおう》（うたかた）の如し。八十四盤、衣帶に在《あ》り、氣は五嶽を淩《しの》ぎ、公侯に驕《おご》る。暮雲、早雪　忽ち明滅し、兜羅綿《とうらめん》（婆羅《はら》樹からできる綿）は現じて時として休《や》む無し。岷江は東より來り、奔騰《ほんとう》して萬牛を廻《めぐ》らす（萬の牛が首を振りまわすような勢いの意）。抹水は青衣に滙《あつ》まり、簸蕩《はたう》す（激しくゆり動かす）千斛《せんごく》の舟を。三江九峯、倏然《しゆくぜん》として合し、丹厓《たんがい》（赤い崖）、翠嶂《すゐしやう》（綠の峯）、雕鎪《てうそう》（彫刻）を窮む。江山の奇麗、天下に冠たり、何の意ぞ絶景、蠻陬《ばんすう》（都から遠い僻地）に來る。天風蓬勃《ほうぼつ》（風の起こるさま）として日は西に墜《お》ち、搔首《さうしゆ》（心の落ちつかないさま）して去らんと欲し仍《な》ほ淹留《えんりう》す。荆呉《けいご》（呉楚。江南地方）萬里　茲《こ》れより始む、來朝（明朝）柂《かぢ》を起して巴邱《はきう》（地名）を尋ねん。第三十一句以下四句は、原文に「岷江從レ東來奔騰、廻二萬牛一、沫二水滙一、青衣簸蕩千斛舟」と誤讀したのを改めた。

(390) 廣々として何もないこと。

(391) 蘇軾『送張嘉州』（張嘉州を送る）。「生不願封萬戸侯、亦不願識韓荆州、頗願身爲漢嘉守、載酒時作凌雲遊」。

(392) 『曉渡平羌江步上凌雲絶頂』（曉に平羌江《へいきやうかう》を渡り步して凌雲の絶頂に上る）。眞に凌雲（山名。九頂山ともいう）、酒を載するの遊を作《な》す、漢嘉の奇絶、西州（四川の西部）に冠たり。九峯、日に向ひて江葉吟じ、三水（平羌江と沫水と岷江）潮《うしほ》を通じて郡樓を抱く。山は涪翁亭畔《ふうをうていはん》より好し、泉は古佛髻《こぶつけい》（彌勒菩薩の大像のもとどり）中《ちゆう》より流る。東坡老い去りて方《まさ》に蜀を思ふ、願はず人間《じんかん》の萬戸侯（萬戸の領民の大名）を。

(393) 青衣江水、碧鱗々（ウロコの並ぶさま）として、岸を爽《たが》へて山容笑を索《ひ》いて新たなり。悵望（うらめしげに眺める）三峨、九秋の色、飄零萬里一歸人。亭臺處々金粉を餘し、城郭の家々、綠蘋《りよくひん》（みどりの浮草）を繞《めぐ》らす。嘉州に信宿すれば舊識の如く、荔枝《れいし》樓《かさな》り好《よ》く江津（長江の船着き場）に對す。

(394) 『江行望烏尤山』（江行して烏尤山《ういうざん》を望む）。墨魚（イカ）、浪を吹いて一江に浮ぶ。爾雅臺荒れたり古木の秋。碧水丹山留まり得ず、風帆、首《かうべ》を回らして烏尤に別る。

(395) 夕やけと一羽のアヒル。

(396) 城のひめがき。

(397) 李白『峨眉山月歌』。

(398) 『清溪』。蠻雲、漏日、影凄々たり。夾岸《けふがん》（せまい岸）蕭條として紅樹低し。好《よろ》しきは峩眉半輪の月に在り、人に伴ひ今夜、清溪に宿す。

(399) 『江陽竹枝二首』（江陽の竹枝　二首）其の一。錦官城東、內江流れ、錦官城西、外江流る。直ちに江陽の到りて復《ま》た相見る、暫時の小別、愁ふるを須《もち》ひず。

(400) そしり。

(401) ヒシとハスの絲。

(402) ヤマナシの花。

(403)『撫琴渡』。明月、琴渡に生じ、聞くに似たり履霜（履霜操。尹伯奇が繼母の讒言《ざんげん》に遭い、野に放たれて、その無實を歌った樂符《がふ》の名）を彈ずるを。猿聲何處《いづこ》にか發し、今夜　江陽に宿す。更に巴渝《はゆ》に曲（この地方の歌曲）有り、能く旅客の裳を霑《うるほ》す。楓林、前路遠く、葉々瀟湘《せうしやう》に似たり。

(404) 朝日が暗い。　(405) 野菜畑と竹林。　(406) 見渡す限りの綠。

(407)「滑々」は流水の湧き上がるさま。　(408) 雲のかかった樹木。

(409) 渝州の歌の聲は聞くのがつらい。

(410) 鰼部《しふぶ》（現・貴州省遵義市内）、蠻荒の水、東南より地を裂きて來る。江は巴子（巴州）に臨みて濶《ひろ》く、山は少岷《せうびん》（山名）に倚《よ》りて開く。故國、音書絶え、天涯、老鬢催す。渝歌、聲太《はなは》だ苦しく、中夜起ちて徘徊す。

(411) からこゆり。

(412)『江津縣晩泊寄懷李綏陽公凱』（江津縣にて晩に泊し、懷を李綏陽公凱《りすゐやうこうがい》に寄す）の前半四句。路は江州に入り晩晴を愛し、青山江樹眼中に明かなり。斜陽、潮は孤舟を送りて上り、沙岸（砂の岸）人は百丈（曳舟の綱）を牽いて行く。

(413) 敍州（現・四川省宜賓市）と瀘州。

(414)『渝州夜泊』。塗山、斜月落ち、巴國（巴州）、曙雞《しよけい》鳴く。亂艇、煙初めて合し、三江、潮《うしほ》夜に生ず。霜寒、曉角（夜明けを告げる角笛）を催し、石氣、高城に肅《しゆく》たり。寐《いね》られず猿嘯《ゑんせう》を聞く、迢々《てうてう》として峽に入るの聲。

(415) 旅人。

(416)『舟出巴峽』（舟、巴峽を出づ）。曲折、眞に字を成す、滄波（深緑色の波）十月の天。雲は開けて江樹を見、峽は斷ちて人煙を望む。新月、數聲の笛、巴歌《はか》何《いづ》れの處の船ぞ。今宵、羇客《きかく》の涙、流落す竹枝の前。

(417) 涪陵江。

(418)『涪州石魚』（涪州の石魚）。涪陵、水落《ひ》いて雙魚を見る。北のかた郷園を望めば萬里の餘。三十六鱗、空しく自《おのづか》ら好し。潮に乘ずるも寄せず一封の書。

(419)『麻姑洞二首』其の一。神山の官府、事紛然たり、懶慢《らんまん》（ものぐさ）誰か能く更に仙を學ばんや。但《た》だ麻姑《まこ》に乞ひて背癢《はいやう》（背中のかゆみ）を爬《か》かしめ、餘杭（あまり舟）酒に兌《か》へて此の中に眠らん。

(420)陸贄の謚《おくりな》。唐の學者。讒言《ざんげん》にあって、この地に没した。その著作『陸宣公奏議』は『貞觀政要』とともに、日本でも帝王學の教科書として讀まれた。　(421)今の四川省奉節縣。

(422)『晩登夔府東城樓望八陣圖』（晩に夔府の東城の樓に登り八陣圖を望む）の第三・四句。城上の風雲猶ほ蜀を護る、江間の波浪、呉を呑むを失す。

(423)『瀼西謁少陵先生祠五首』（瀼西にて少陵先生の祠に謁す　五首）其の二。岸は連る巫峽の影、門は對す蜀江の聲。

(424)李白『早發白帝城』（早《つと》に白帝城を發す）の前半二句。朝に辭す白帝彩雲の間、千里の江陵、一日にして還《かへ》る。「江陵」は地名。千里の行程を一日で返るほど、流れが早いの意。

(425)まつわり、めぐる。　(426)青空。

(427)瞿塘峽の口に屹立する大岩。　(428)劉備。

(429)杜甫『醉爲馬墜諸公攜酒相看』（醉ひて馬より墜《お》つるを爲す、諸公酒を攜へて相看る）の第五・六句。白帝城門、水雲の外、身を低くすれば直下八千尺。

(430)『舟下瞿唐別陳東海都督』（舟、瞿唐を下らんとして陳東海都督に別る）。十月、瞿唐峽、孤根たる灔澦《えんよ》堆《たい》。風雷（カゼとカミナリ）、白帝に高く、雲雨、陽臺（山名）に暗し。朱鷺《しゆろ》（トキ）、軍中の樂、青楓渡口の盃。瀼西《じやうせい》（地名）、廻望好し、去らんと欲して且《しばら》く徘徊す。

(431)「西王母」は古代の傳説上の仙女。　(432)高い岡。

(433)『登高唐觀』（高唐觀に登る）。西のかた高唐觀に上れば、陽雲、舊臺に對す。瑤姫何處《いづれ》の所ぞ、望遠して獨り徘徊す。怳忽《くわうこつ》たり荆王《けいわう》の夢、芳華、宋玉の才。細腰、宮畔の柳、併《あは》せて楚《そ》人《ひと》の哀《かなし》みと作《な》る。

(434)『巫峽中望十二峯』（巫峽中にて十二峯を望む）。十二峯娟妙《けんめう》（あでやか）たり、輕舟、是非を望む。青山、半ば雲雨、夕日、煙霏《えんぴ》（雨や雪がけぶるさま）に亂る。瀑水《ばくすゐ》、江に臨んで合し、神鵶《しんあ》洞を出でて飛ぶ。朝雲（瑤姫）、處《を》る所無く、應《まさ》に楚王の歸るを待つべし。

(435) 峰が重なり合う。

(436) 山名。その下は、流れがはげしく、長江難所の一つ。

(437) 夜長。

(438)『巴東秋風亭謁寇萊公祠二首』（巴東の秋風亭、寇萊公《こうらいこう》〈宋の寇準。眞宗の時、契丹の入寇に對して衆議を排して眞宗の親征をもとめ、盟約を結び、歸った〉の祠に謁す　二首）其の一。秋風亭上より望めば、搖落、秋風に値《あた》ふ。巫峽、千帆上り、荆門（前々注を見よ）、一水通ず。清猿、楚塞《そさい》（楚の地）に吟じ、客涙、巴東（三峽のあたり）に落つ。故相（もとの大臣）、祠廟（やしろ）に還り、凄として其れ伏臘《ふくらう》（夏祭と冬祭）同じ。

(439)『秭歸夜泊』。江水、茫々として去り、西風、鬢絲《びんし》に感ず。峽は深し、夔子《きし》の國（夔州。現・四川省奉節縣治）、月は上る屈原の祠《ほこら》。灘響《たんきやう》、夜方《まさ》に急なり、猿聲、寒くして更に悲し。楚天（楚の王）搖落の後、何處《いづこ》にか江蘺《かうり》（江中に生ずる香草）を采《と》らん。

(440)『五更山行之屈沱謁三閭大夫廟』（五更　山行して屈沱に之《ゆ》き三閭大夫《さんりよたいふ》の廟に謁す）。斜月、楚山の外、寒江初めて潮《うしほ》上る。左徒（楚の官名。ここでは屈原を指す）の遺廟在り、未だ惜まず馬蹄の遙かなるを。國破れて哀郢《あいえい》（哀れむべき楚）を憐み、魂歸りて大招（「哀郢」と同じく、楚辭の篇名）を賦す。雲旗（雲をぬいとりした旗）空しく悵望《ちやうまう》（うらめしげに眺める）、首《かうべ》を回らす木蘭の橈《たう》（かい）。

(441) 缺けることと、おおわれること。

(442) 波が大きくさかまく。

(443) 傾き、くずれる。

(444) 長短不揃。

(445)『蜀道驛程記』から。

(446)『新灘二首』其の二。兵書峽口、石、流れに橫《よこた》ふ。怒りて敵《あた》る、江心、萬斛《ばんこく》の舟。蜀舸《しよくか》（蜀の大船）、吳船齊《ひと》しく力を著《ちやく》して、西陵（峽谷名）前《す》み去《ゆ》きて黃牛（山名。頂上の岩が黃牛に見えるところから、この名がある）を賽《まつ》る。

(447)『新灘二首』其の一。上灘嘈々《さうく》（さわがしい）として震霆《しんてい》の如く、下灘、東に來《きた》れば建瓴《けんれい》（瓶の水を屋上からくつがえす）

の如し。瞥過《べつくわ》す、前山纔《わづか》に一瞬、鷓鴣《しやこ》啼《な》く處、空舲《くうれい》に到る。

(448) 早瀬。　(449) 道と小道。　(450) 彩畫。　(451) 黄色い子牛。

(452) 『黄陵廟二首』其の二。秭歸《しき》より來ること百里、突兀《とつごつ》として黄牛を見る。下水纔《わづか》に朝暮にして、行人已に白頭。山川夔路《きろ》（夔州の道）險しく、疏鑿《そさく》（切り通す）、禹功留《とど》む。尙ほ憶ふ平成（世の中がおだやかに治まる）の日、茫々九州を辨《わか》つ。

(453) 口先と首。「背脊𩩲處」は背中のブツブツしたところ。

(454) 『登蝦蟇碚』（蝦蟇碚に登る）。黄牛打鼓して朝《あした》に船を發す、碧波、白鳥、爭ひて淸妍《せいけん》（美しく淸らか）。首《かうべ》を廻《めぐ》らす名山大川閣、烏尾已《すで》に捩《ね》づ西陵の煙。三峽盡《つ》きんと欲して尙ほ迤邐《いり》（ぶらつく）たり、云ふ　十二碚《はい》（十二の丘）紛として鉤連《こうれん》（曲って連なる）すと。頗る聞く、中に第四泉有り、康王谷水（江西省の名泉）も差《すこし》く肩に隨ふと。峽窮まり碚轉じて奇事を詑《ほこ》り、忽ち見る、飛瀑流れて琤潺《さうせん》（溪流の音）たるを。沙《すな》を爬《か》く、終古此の巖側、靑冥（靑空）路無く誰か夤緣《いんえん》（つてを求める）せん。江風、笠《かさ》を吹きて毛髮冷かに、峽雲、雨を挾みて船舷に鳴る。大索（大きい綱）瓶罋《へいあう》（かめ）に飛雪を貯へ、屐齒《げきし》を旋去（まわして行く）して危巓（高い峰のいただき）を窮む。横斜、級（階段）を拾ひて一徑上れば、藤梢、橘刺《きつし》、相糾纏《きうてん》（からみ合う）す。皴皰《しゆんはう》（シワとモガサ）槎牙《さが》（角立つ）として苔蘚《たいせん》に澀《じふ》し、淸泉百道、涓々《けんく》を爭ふ。陰洞、終古、白日を閟《とざ》し、神瀵《しんぷん》（列士の說いた幻想境の川）噴薄（はげしく吹き上げる）して鍾乳堅し。石壁麤惡《そあく》（粗惡）にして艱礱《かんろう》（みがくのに難儀するの意か）錯《まじ》はり、名を題するも豈に辨ぜんや唐宋の年。永叔（歐陽脩）涪翁《ふうをう》（黄庭堅）詩滅せず、誰か好事を爲して重ねて鎚鐫《つゐせん》（ツチとノミでうがつ）する。名山（地名）の蒙頂（茶の名）顧渚（山名。茶の產地）を壓し、春芽、開裹《かいくわ》（つつんだものを開く）して烹煎《はうせん》（煮たり、いったりする）を勞す。巖を下りて舵《かぢ》を轉じて未だ去るに忍びず、下牢關外、斜陽懸る。　(455) 荆州と岳州。

(456) 『抵彝陵州二首』（彝陵《いりよう》州に抵《いた》る　二首）其の二。扁舟、天上より落ち、回首すれば萬灘《ばんだん》高し。斜日、西塞に明らかに、秋風、下牢（地名）を過ぐ。江湖、初めて莽蕩《まうたう》（草原のひろいさま）、吳蜀（吳と蜀）、幾旌旄《いくせいばう》（何度にもわたる兵爭。「旌旄」は指揮する旗）。至喜亭邊に泊す、椎牛《つゐぎう》（牛を殺す）也《ま》た自ら豪《おご》る。

(457)『西陵竹枝四首』（西陵の竹枝　四首）其の一。蜀道は艱難にして白頭なり易し、羊腸虎臂《こひ》（早瀬）又黄牛。西陵纔《わづか》に過ぎて荊江に出で、猿聲を聽き盡せば是れ峽州（今の宜昌縣内）。　(458) 塚。

(459) 張說『過懷王墓』（懷王の墓を過《よぎ》る）。「客死嶢關路、返葬枝江陽」とは懷王が屈原の諫止を聞かず、秦に行き、同國に留置されたのち殺され、戻されて枝江の北岸に葬られた故事による。

(460)『楚懷王墓二首』（楚の懷王の墓　二首）。當年の遺恨、商於《しやうを》を割くに（戰國時代、秦の張儀が商於の地六百里をゆずると、楚の懷王に約束しながら、果たさなかった故事を指す）、故國は秋風、總《すべ》て廢墟《はいきよ》。望裏の丹陽（地名）、抔土《ほうど》（ひとすくいの土）在《あ》り、寒潮猶ほ似たり、三閭《さんりよ》（屈原）を哭するに。

(461)『荊州懷古』。白帝城邊、醉ひて舟を放ち、夕陽の荊楚（荊州と楚）此に登樓す。心を驚かす、割據三分（諸葛孔明が劉備に提案した三分策を指す）の地、眼を放つ、關河（關と河。はるかな旅路）萬里の遊。山色茫々として江夏（地名）遠く、風煙漠々たり、渚宮（なぎさに臨む宮殿）の秋。何ぞ須《もち》ひん、更に續く英雄の記、今古、人の仲謀（孫權）に似たる無し。

(462) タナゴ。孟浩然は、この魚を愛し、詩にも歌っている。

(463) 臥龍岡。ここに孔明の舊居があった。

(464)「銅鞮坊」以下の記述は、『放鷹臺』の詩句「走馬銅鞮坊北路、少年齊唱野鷹來」（馬を走らす銅鞮坊北の路、少年齊《ひと》しく唱《うた》ふ野鷹來）にもとづく。「齊しく野鷹を唱へて來る」とするのは誤り。「野鷹來」は歌の名で、『水經』沔水注《べんすゐ》に見える。　(465) ここでは『水經』を指す。

(466)『渡漢江次樊城二首』（漢江を渡り樊城に次《やど》る　二首）其の一。昨過ぐ嶓冢《はちよう》の陽、今來る漢皐《かんかう》（山名。萬山ともいう）の曲《くま》。萬里、故人の心、江流は鴨頭《あふとう》の綠（鴨の頭の毛のような綠の意）。

(467)『渡漢江次樊城二首』其の二。樊口、銅鞮を隔て、江樓に烏夜啼《な》く。行人、江を渡りて去り、回首す峴山《けんざん》の西。

(468)『大堤曲四首』其の一。何《いづれ》の處ぞ白銅鞮（曲名。李白が、その詩「襄陽の歌」の中で子供たちが同曲を歌いながら手をたたいていたというのは、どこかの意）、相逢ふ大堤曲（樂府の名）。樊城、酒家多く、郎は誰《た》が家に在りてか宿《やど》る。

(469)『臥龍岡』。五丈原頭《ごぢやうげんとう》に望めば、秋風に大星落つ。空しく留む高臥の處、古柏、日、冥々たり。武侯は諸葛孔明の諡《おくりな》。　(470) 漢の天子が授けるわりふ。

(471)『莊子』雜篇「徐無鬼」に見える。「大隗」は大道をいう。「七聖」は七人の聖人。「知」や「德」によっては大道は見えないとの寓話。

(472)『渡河西望有感』(渡河西望して感有り)。使者、河源(蜀)より復た卻廻《きやくくわい》(戻る)、杖藜《ちやうれい》(アカザの杖)曾て記す、雲臺(峰の名。絶景の地)に到りしを。高秋(晴れわたった秋)華嶽三峯出で、曉日、潼關(地名)、四扇(四面に)開く。星宿の海(黃河の源)は天上より落ち、崑崙《こんろん》の槎《さ》(舟)は斗邊より來る。何《いづ》れの時か更に茅龍《ばうりよう》(漢中の仙人が乗ったというカヤで出來た龍)を訪《たづ》ねて去らん、東のかた滄溟《さうめい》を望めば水一杯。

(473) 肺病。　(474) 苫《とま》を土に敷いて寢る。

(475) 喪に當って悲しみ衰える。　(476) 喪中に墓側に作って住む假小舍。

(477) 科擧の合格者を發表する。

(478)「劍南」は南宋の陸游を指す。陸游の『劍南詩稿』巻五に「五月五日蜀州放解牓第一人楊鑑具慶下孤生愴然有感」(五月五日蜀州解牓を放つ、第一人は楊鑑、具慶下、孤生愴然として感有り)の詩がある。「具慶」は父母がともに健在であること。

(479) 亡母。「宜人」は、よき人の意か。

(480)「皆高古雄放……」以下の評は、『自撰年譜』(三十九歳)惠棟註補に「盛侍御珍示曰く」として見える。「韓蘇」は韓愈と蘇軾。また次の句も同じく惠棟註補に「崑山《こんざん》の葉子吉評して曰く」として見える。

(481)『戲倣元遺山論詩絶句三十二首』(戲れに元遺山の論詩絶句に倣ふ　三十二首)其の三十一の後半。詩情は合《まさ》に空舲《れい》峽に在るべし、冷雁、哀猿、竹枝に和す。　(482) 奧深い谷。

(483) 兄弟の情愛。　(484) 先兄西樵の故書を閱《けみ》し泣いて賦す。

(485) 丹鉛(丹砂と鉛粉。校訂の意)手を脱して尙ほ依然たり、淚は灑《そゝ》ぐ蛛絲《ちゆし》(クモの巣がかかる)舊編に對す。南面百城(萬卷の書物を所有するのは君主が百城を目にする樂しみに匹敵するの意）、昨夢の如く、河東の三篋《さんけふ》（漢の武帝が河東で三箱の書を失ったが、その内容をすべて記憶していた者がいたという故事から）當年を憶ふ。縱橫の鼠跡、承塵（天井）の上、零落せる苔花、廢砌《はいぜい》（荒れた石だたみの道）の邊《あたり》。通絶たり、人琴、今已《や》みぬ、牙生、此れより竟《つひ》に絃を摧《くだ》かん。末尾は、よい聞き手を失った伯牙が琴を彈ずるのをやめたという故事による。

(486) カンヌキにカギをかける。

(487) 酒を飲みながら、詩文を作る集まり。

(488) 粤東に使す。

(489) 芳名がつたわる。

(490) 死者の遺した衣類。

(491) 『悼亡詩二十六首』其の八。病中、我の南奏に向ふを送り、逝《ゆ》くに感じ、離るゝを傷みて涕涙《ているい》長し。長く憶ふ啼猿斷腸の處、嘉陵の江驛、雨、塵の如きを。

(492) 文武官の夫人の封號。

(493) ハサミとモノサシ。

(494) 『張宜人行述』。

(495) 『悼亡詩二十六首』其の五。千里の窮交（貧窮の交わり）脫贈（身につけているものを脫し、人におくる）の心、蕪城《ぶじやう》の春雨、夜深々たり。一官（一官吏として）長物、吾《わ》れ何か有らん、郤《かへ》つて損《そこな》ふ閨中臂金《ひきん》（腕輪）を纏《まと》ふを。

(496) 生活費。

(497) 『帶經堂詩話』卷八、總集門五、自述類下（『漁洋文』）に見える。

(498) 賢くて、美しい女性。

(499) 『腳痛』。去年、牙齒（齒）豁《さ》け、一痛、鼸車《けんしや》（おとがい）に連なる。今年、腰腳痛み、登降するに人の扶けを須《ま》つ。吾が年纔《わづ》かに四十、早衰信《まこと》に諸《こ》れ有るか。憶ふ、昔、金焦《きんせう》（金山と焦山）に登り、南遊して具區（太湖の古名）を窮めしを。騰趠《とうせふ》（疾走）すること飛猱《ひだう》（木から木へ飛ぶ手長猿）の如く、神尻《しんかう》もて空虛に駕す。西行して岷峨《びんが》（高山）を極め、奇觀、清都（天帝にいるところ）を淩《しの》ぐ。兩腳、孱顏《せんがん》（けわしい山）を輕んじ、卭杖《きようちやう》（卭山に產する竹で作った杖）吾が須《もち》ひるところに非ず。十載（十年）一彈指、肉は緩み、筋も亦た駑《ど》なり。況んや復た跂盭《せきれい》（足の裏が反り返って步行が困難）に苦しむをや、擧步崎嶇《きく》多し。始めて悟る、其の腓《ひ》（ふくらはぎ）に咸《おな》じなるを、初九（周易の算木の配列の一つ）安居するに利《よろ》し。既に捷足《せふそく》（早あし）を策せず、安《いづく》んぞ用ひん、泥塗（泥みち）に悲しむを。誰か能《よ》く相比附（近づき親しむ）すること、彼《か》の蹩《けつ》

（前足が短く、自分では走ることができないけもの）と駏《きよ》（前足が長く、後足が短いけもの。蹷が急な場合、それを背負って逃げる）の如くならん。

(500) 帝王の宮門。　(501) 内閣學士。

(502) 『自撰年譜』（四十五歳）惠棟註補に見える。

(503) 「順治十六年……」以下の記述は、『自撰年譜』（二十六歳）にもとづく。

(504) 『池北偶談』巻二十二・談異三「籤驗」の條。

(505) 水に接する。　(506) 麗日和風　萬方に被《かうむ》る。　(507) 他人の詩に和韻する。

(508) 九徳六行（六つの善行）、士坊と爲る。「康熙二十一年……」以下の記述は、『自撰年譜』（四十九歳）および惠棟註補引『召對錄』にもとづく。　(509) 『池北偶談』巻二十四・談異五「六丁」の條。

(510) 孔子を祭るまつり。陰暦二月と八月の丁（ヒノト）の日に行なうことから。

(511) 「五丁」を五人の力士と重ね、六人の武者。　(512) 文學にかかわる官吏。

(513) 東宮内外の庶務に當たる官吏で、太子詹事・少詹事の階級がある。

(514) 嘉話（佳話）曾て聞く　六丁（三年）を役すと。任《さもあらばあれ》　敎、人、鈍司成（愚かな國子監）を笑ふ、六丁、今日、還た二を加ふ。始めて信ず、前賢（前代の賢人）の後生《こうせい》を畏るゝを。

(515) 君主が帝室や國家の大事を神明に告げること。　(516) ふるさと。

(517) 『河間従山公乞滄酒』（河間にて山公（鄭重）に従ひて滄酒を乞ふ）。五時《ごじ》（五つのまつりの庭）新《あらた》に成り百神を禮し、同時に命を銜《ふく》む帝城の闉《いん》（城の外郭の門）。朔風《さくふう》初めて過ぐ毛萇《まうちやう》（小毛公。「毛詩」の作者の一人）の里、西日遮り難し庾亮《ゆりやう》の塵（西風が運ぶチリ。晉の武將、庾亮と王道の故事による）。丹茘《たんれい》、黃蕉、炎海（暑熱のはげしい形容）の路、茂林、修竹、鏡湖の濱。今宵且《しばら》く乞ふ麻姑《まこ》の酒、別後倶《とも》に爲る萬里の人。

(518) 『德州答鄭山公留別之作』（德州にて鄭山公の留別の作に答ふ）。城下の河流日暮寒く、明燈、綠酒、交歡を罄《つ》くす。從《たと》へ越絶（書名。呉越の山川に觸れている）風煙（風景）の好きを知れども、敢て謂はんや、珠厓（地名）道路の難きを。嚴瀨《げんらい》（錢塘江の上流）の千峰雲際に出で、武夷（山名）の九曲、鏡（清流）中に看ん。官園（官營の茶畑）焙後《はうご》、茶香熟す、此の日、君を思はん、建安に到るを。

(519) 魯仲連が聊城に攻め入つた燕の將軍に戒めの手紙を矢につけて屆けた故事を指す。

(520) 漢の張良の封爵。

(521) 曹植の字。謝靈運は天下の文章を一石とすれば、彼の才は、その八斗に相當すると評したことによる。

(522) 唐の蘇源明に「小洞庭（湖）に宴す」という詩がある。

(523)『徐州渡河』（徐州にて河を渡る）。楚漢（項羽と劉邦）、興亡の後、雌雄幾《いく》たびか戰爭す。大風、泗上《しじやう》（泗水のほとり）を過ぎ、落日、彭城を照らす。玉斗（北斗星）空しく遺恨、銀刀（守備の兵）、久しく兵を厭《いと》ふ。艫《ろ》（へさき）に登りて一たび長嘯す、氷雪太《はなは》だ崢嶸《さうくわう》たり。

(524)『宿州東門道曰汴堤古隋堤也作隋堤曲』（宿州の東門道を汴堤と曰《い》ふ、古《いにしへ》の隋堤なり、隋堤曲を作る）。殿腳（隋の煬帝が舟をひかせた妙麗の女性たち）三千、事已《すで》に非なり、隋堤の風物尚ほ依稀たり。玉蛾、金蠒《きんけん》（金のまゆ）、飄零して盡き、誰か見ん、楊花（柳絮）の日暮に飛ぶを。

(525)『臨淮』詩の初二句。凛々として歳云《こゝ》に晏《く》れ、我は行く淮楚の間。

(526) なんきんはぜ。

(527)『潛山道中雪』（潛山道中の雪）。處々溪山好《よろ》し、倪黃《げいくわう》（元の倪瓚と黃公望。ともに畫家）畫くも亦た難し。雪雲數峯白く、楓桕《ふうきう》（楓やハゼ）萬林丹《あか》し。高下、松毛（松葉）積み、凄淸として石榴《せきりう》（ザクロ）寒し。天心、羈旅を愛し、巖壑《がんがく》（岩や谷）飽《あ》くまで看《み》るを經たり。

(528)『自沙河至唐婆嶺卽事』（沙河より唐婆嶺に至る卽事）。皖公《くわん》（山名）の山色、望めば迢々《てう〱》たり、皖水（河の名）淸冷にして潮《うしほ》を上げず。靑笠、紅衫《こうさん》（赤い衣服）風雪の裏《うち》、一林の楓桕、馬蕭々《せう〱》たり。

(529) 後漢末の政治家。

(530) 髮をととのえ、化粧する。

(531) 黄山谷『同蘇子平李德叟登擢秀閣』(蘇子平・李德叟と同じく擢秀閣《てきしう》に登る）の第七・八句。松竹二喬の宅、雪雲三祖山。

(532)『二喬宅』(二喬が宅)。修眉（長い眉毛）細々、春山を寫し、松竹、蕭々、佩環《はいくわん》（腰につけた玉）を響かす。霸氣、江東に久しく銷歇《せうけつ》（消失）し、空しく初地（山のふもと）を留めて人間《じんかん》に在り。

(533)『龍山晩渡』。雪は龍山に滿ちて五湖を望み、漁舟、沙歩、晩に招呼す。誰に憑《よ》りてか喚び起こさん維摩詰《ゆいまきつ》を、重ねて寫さしめん寒江雪渡の圖を。

(534)『除日宿松道中』。久しく客たれば時序を忘る、匆々《そうく》として歳除逼《せま》る。楓林紅《くれなゐ》にして眼を照らし、鬢髪《びんぱつ》白くして梳《そ》（櫛）に盈《み》つ。灊岳《せんがく》、廻雁多く、潯江《じんかう》、鯉魚足る。春風は早晩に來らん、誰か寄す故園の書。

(535) 蘭や香草。　(536) ホホジロとカワセミ。

(537)『下五祖山』(五祖山を下る)。雪は空山に滿ちて翠微を下る。人を娯《たのし》しむ、十里盡く淸暉。野梅、香は破る半溪の水、翠羽（カワセミ）一雙、相背いて飛ぶ。

(538)『抵九江』(九江に抵《いた》る)。行き行く皖口《くわんかう》、又蘄黄《きくわう》（湖北省の蘄春と黄岡）。纔《わづか》に孤帆を挂《か》けて豫章（地名）を指す。匡君《きやうくん》（廬山に隱れ住んだ仙人匡俗を指す）に報ぜんが爲に多く置酒す。夜來、風雪、潯陽を過ぐ。

(539)『入廬山口號四絶句』(廬山に入る口號四絶句）其の二。曉に出づ潯陽の郭、廬山方《まさ》に雲出づ。雲中の雙白鹿、我を邀《むか》ふ、匡君を問ふを。「雙白鹿」は唐の王渤兄弟が、この地で白鹿を友に學に勵んだ故事によっている。

(540)『苦竹洲聞雁』(苦竹洲にて雁を聞く)。孤舟、雁唳《がんれい》（雁の鳴き聲）を聞き、春思、江湖に滿つ。北に去りて彭蠡《はうれい》（湖名。今の鄱陽湖）を經、南に飛びて鷓鴣《しやこ》に異る。已に驚く、關塞の遠きに、深く念《おも》ふ雪霜の徂《ゆ》くを。故國、煙水多く、音書（音信)、好く寄する無し。

(541)『峽江縣』。短岫《たんしう》（低い山)、幽篁《いうくわう》（奥深く茂った竹やぶ)、峽口陰《くら》く、亂帆、鴉軋《ああつ》（船の櫓のきしり)、江潯《かうじん》（河岸）に滿つ。長年（船頭)、煙際（モヤが立ちこめ、霞んでいるところ)、遙かに相問ふ、十八灘頭、水の淺深。

(542)『十八灘三首』其の一、舟を繋ぐ萬安城、已に聞く灘聲の惡《あ》しきを。連峯は天闕（北斗星）に造《いた》り、疾雷は地絡（大地）を殷《ふる》はす。篙師《かうし》（船頭）戙楫《とうしふ》（船をつなぐ杭）を理《をさ》め、直ちに驚湍《きやうたん》に薄《せま》る。萬山、積鐵（鐵を積み重ねる）を立て、其の下、大壑《たいがく》に臨む。沉沉《ちんく》（沈々）たり　蛟龍《かうりよう》の宮、神物の信《まこと》に託する所。排空（空をおしあげる）、紛たる怪石、森然として奮ひて搏攫《はくくわく》（たたく）す。潜虬《せんきう》（水にもぐっているミズチ）は鱗甲を動かし、巨刃は鐔鍔《たんがく》（つば）を揚ぐ。地根（大地の根）何處《いづこ》にか在る、坐《そゞろ》に覺ゆ坤軸《こんぢく》（地軸）の弱きを。悵然として神禹（禹の尊称）を念《おも》ひ、封泥《ふうでい》（洪水を治めること）、此に疏鑿《そさく》（穴をあけ通す）す。長年（船頭）群力を聚《あつ》め、撇漩《べつせん》（渦巻をうつ）　寥廓《れうくわく》に出づ。三復す垂堂（危険を冒すこと）の言、遠遊、亦た何ぞ樂しき。　(543) あたたかい。

(544)『吉水絶句』。螺川《らせん》の川北、字江の西、沙暖かく舟暄《あたゝ》かく、咫尺《しせき》に迷ふ。纔《わづか》に元宵《げんせう》を過ぐるに上巳《じやうし》の如し、春山處々、郭公啼《な》く。

(545)『賦得廣澤生明月』（廣澤、明月を生ずを賦し得たり）。舟を放つ豫章（地名）の水、月は上る廬陵城。照影、定め無きかと疑ひ、窺人　情有るに似たり。冷々として青桂溼《うるほ》ひ、歴々として白楡《はくゆ》生ず。故國三五に當り、清輝亦た自ら盈《み》つるならん。

(546)『泰和道中寄陳説巖都憲李容齋少宰彭羨門編修』（泰和道中にて陳説巖都憲・李容齋少宰・彭羨門編修に寄す）。舵《かぢ》を捩《ねぢ》りて開頭（最初）、程を計らず。睡餘、眞に愛す、贛江《かんかう》の淸らかなるを。將に方麴《はうきく》（竹を四角に編み、顔をおおうもの）を尋ねんとして猶ほ早きを嫌ひ、呉綿（まわた）を卸《おろ》さんと欲して尙ほ情有り。木客《ぼくかく》（きこり）、山都（ひひ）、人は舍を比《なら》べ、功曹（郡の屬官で、書史を扱う）、主簿《しゆぼ》、鳥に名多し。炎荒（暑い南の地方）の風物、看《かん》殊に異り、雙魚に畧附して上京《じやうけい》に達せん（都に手紙を書く）。　(547) 地名。贛水十八灘のこと。

(548)『攸鎭雨泊』（攸鎭《いうちん》にて雨に泊す）。竟日（終日）孤篷《こほう》（ポツンと浮いている一隻の船）の雨、宵分《せうぶん》（夜半）猶ほ未《や》だ休まず。瘴雲《しやううん》（毒々しい雲）、嶺表（地名）より來り、江漲り、虔州《けんしう》に下る。暗く溼《しめ》りて桃花重く、平かに添ひて竹箭《ちくせん》（大きな竹と、小さな竹）流る。更に聞く春喚（ホトトギス）の語、白きを催す五更の頭《かうべ》。

(549)『黃金洲見桃花』（黃金洲にて桃花を見る）。巖屋（岩屋）纔に三合（正房と左右の側房。中國普通の家屋）、煙扉自ら一家。春風、何ぞ造次なる、開きて遍《あまね》し小桃花。

(550)『始興江口』。西のかた始興水を過ぎ、湞谿《ていけい》、綠波を増す。篷《とま》(とま舟)を推し、春日下り、枕を高くすれば粵《えつ》、山多し。前路、瀧吏《らうり》に逢ひ、廻風に蜑歌《たんか》(水上生活者の歌)起る。鼻亭(象)、問ふ可からず、亂石、鬱として嵯峨《さが》たり。

(551)『舜祠翠華亭』。髣髴《はうふつ》たり南巡の蹟《あと》、重華《ちようくわ》、事有りや無しや。雨痕、斑竹《はんちく》に上り、雲氣、蒼梧に接す。儀鳳(鳳凰のこと。ここでは舜を指す)何《いづ》れの年か逝《ゆ》き、啼鵑《ていけん》(鳴くホトトギス)歳又徂《ゆ》かん。勝《た》へず懷古の意、江色、日に荒蕪《くわうぶ》たり。

「重華」とは、堯の文徳が舜に繼がれて再び光彩を放ったこと。

(552)韶州の石の意。　(553)大空をいう。眺望か。

(554)宮殿の門外に立てられる一對の望樓。　(555)琴。　(556)かきね。

(557)米倉。　(558)瓜をさきわること。　(559)樹木が高く茂っているさま。

(560)いさぎよく立つ。　(561)ひさし。　(562)高ぶる石と、超然とした稜線。

(563)帆柱。　(564)舜の作った曲。

(565)『韶石』。昔聞く、韶石の奇なるを。今觀《み》る、韶石の狀。奇峰、凡體を削り、斗絶(離れて突き出る)各《おのおの》の雄長なり。怪石、中流に走り、牙角怒《いか》りて相向ふ。峽迫りて春湍《しゆんたん》(春の早瀬)豪に、撞舂《たうしよう》(臼をつく)、力頗《すこぶ》る抗す。雙闕、屹《きつ》として東西、毬門《きうもん》(球を投げ入れる口)始《はじ》め誰か創む。其の旁に阿閣(四つのひさしのある建物)有り、靈鳳(鳳凰の異稱)昔、來貺《らいきやう》(來訪)す。傳へ聞く、帝、南巡し、九成(九つの曲)、厓嶂《がいしやう》(切り立った險しい山)に奏すと。后夔《こうき》(舜の臣。一本足で、音樂をつかさどった)作《おこ》す可からず、疇《たれ》か與《とも》に眞妄を辨ずる。飄搖たり翠龍(天子の騎る馬)の駕、髣髴《はうふつ》たり鉤陳《こうちん》の仗(近衞兵の持つ武器)。西に望む蒼梧の雲、風に臨んで獨り惆悵《ちうちやう》す。

(566)『將抵曲江』(將《まさ》に曲江に抵《いた》らんとす)。二月一日、春態閑《しづか》に、桃花落ちんと欲して鳥、綿蠻たり。頭を回《めぐ》らせば識らず中原の路、人は在り三楓、五渡(ともに集落名。現・廣東省南雄市内)の間。

(567)自然の刻劃(彫刻)を成就す。　(568)「呀然」は、ポッカリ穴があくさま。

(569) 束ねたたいまつ。　(570) おおわれた洞口。　(571) 奥深く暗い。

(572)『觀音巖』。粤《ゑつ》山、寸膚（わずかな地肌）無く、斯《こ》の巖益《ますま》す厜㕒《すゐぎ》（険しい）なり。其の下、水府蟠《わだかま》り、其の上、雲霓《うんげい》を排す。洞穴、天半に豁《ひら》け、十丈、江涯に臨む。騎危《あや》ふく虛空を躡《ふ》み、險絶、鈎涕《こうてい》（カギをつけたはしご）に緣《よ》る。白日忽ち晝も晦《くら》く、逢はんかと疑ふ魍《まう》と魎《ち》とに。金獸（金屬で虎の形に作った割賦。お守り）、腰間に佩《お》び、火鈴（手で鳴らす魔除けの鈴）、前後に隨ふ。蝙蝠《へんぷく》は白鴉《はくあ》（白い鳥）の如く、鐘乳は皆倒《さかし》まに垂る。羃䍥《べきれき》（草などが生い茂るさま）として洞門を掩《おほ》ひ、狡獪《かうくわい》は神の爲す所なり。暗瀑《あんばく》は陰壑《いんがく》（かくれた谷間）に響き、尋丈（長さ）安《いづく》んぞ知る可けんや。灑《そゝ》ぎ落つ深潭《しんたん》（深淵）の中、弩《ど》の齊《ひと》しく機より發するが如し。佛座には雲霧生じ、濛々《まうく》として人の衣を沾《うるほ》す。遠江に明月上り、欄杆《らんかん》、參旗《しんき》（星の名）を拂ふ。歸舟、意惝怳《しやうきやう》たり、絶景誰か能く追はんや。

(573) 大禺と仲陽は黄帝の庶子。「阮兪」は地名。「黃鐘」は音律の名。　(574) 谷川。

(575)『二禺祠』。軒轅《けんゑん》（黃帝）の二帝子、聞く綠雲（青葉が盛んに茂っているさま）の間に住すと。世遠くして遺跡無く、夕陽、亂山に空し。髯《ひげ》に攀《よ》ぢて弓劔を失ひ（黃帝が昇天した時、小臣が龍の髯にとりすがったが、髯が抜けて、黃帝の弓や剣とともに地に落ちたという故事による）、藥を採りて荆蠻《けいばん》（楚の國）に異る。猿鳥（サルとトリ）、靑冥の裏《うち》、應《まさ》に悲しみ去りて還らざるべし。

(576) 山が深い。　(577) ガジュマルの老木。　(578) 大蛇がトグロをまく。

(579)『歸猿洞』。若《なんぢ》、越女（美女）と爲《な》りて猿公に化し、霧《む》鬢風鬟《ひんふうくわん》（髪の美しいさま）、此の中に向ふ。訶陵《かりよう》の環子を留め得て在り、月明に長く憶ふ上陽宮。

(580)『南海神祠』。茫々たり百粤《ひやくゑつ》の間、衆水（川の名）、扶胥《ふしよ》に歸す。下は滙《あつま》る波羅江、日夜相灌輸（河川を利用しての運送）す。嵯峨たり兩虎門（宮殿のもっとも奥にある門。虎を描く）、此の陽侯（水神）の居を衞《まも》る。神宮、滄溟を壓し、潮汐《てうせき》、階除（階段）に在り。我は駕す萬斛《ばんこく》の舟、風に乘じ、但だ斯須《ししゆ》（ひととき）なるのみ。飛廉《ひれん》は旌麾《せいき》を送り、龍伯（古の大人國の人）は前驅と爲る。百靈（多くの神靈）何ぞ蜿蜒《ゑんえん》たる、穹龜《きうき》（曲がりくねった甲を持つカメ）と長魚と、將《まさ》に牲醴《せいらい》（いけにえの供物）を命肅（おごそかに命令する）せんとす。來り格《いた》るは神の愉《よろこ》ぶ所、振衣す浴日亭。遙に見る三足の烏、咫尺にして樊桐《はんとう》（山名。崑崙三丘の一番下の山）を躡《ふ》み、彼の天帝の都を覽《み》る。（581）高いところ。
（582）『登浴日亭』。槎《いかだ》に乗りて興盡きず、復た南溟に帆せんと欲す。夕に次《やど》る扶胥口、朝《あした》に登る浴日亭。島夷《たうい》、紛として破砕し、天水（空と水）、空青を倒《さかし》まにす。一望寥廓《れうくわく》を窮め、眞に是れ小洞庭。
（583）君主の號令。劉龑は南漢の高祖。（584）「簷楹」は、ノキの柱。「榱桷」は四角なタルキ。
（585）透かしぼり。
（586）車を論ずること。隋《ずい》の煬帝《やうだい》は「荒淫」と言われ、その童女趣味に取り入ろうとして、カラクリを施《ほどこ》した車に童女を押し込めて獻上した臣下があり、その車を煬帝は「任意車」と呼んだと傳えられている。その經緯を指すか。また「沈水を焼く」は、除夜には宮殿中に小山を築き、大量の沈水香を焼かせたという故事を指す。
（587）そそう。
（588）紇干山《こつかんざん》頭　凍死の雀、何ぞ飛び去らずして生處に樂しむ。『僞漢劉龑家歌』の『精華錄訓纂』に引く『五代史』梁臣・寇彦卿傳に見える。（589）篆書。
（590）人々一有り、山々、牛に値《あた》る。兎絲、骨を吞み、蓋海、劉を承《う》く。『訓纂』に引く『南漢世家』に見える。
（591）「金蠶」は殉葬（殉死者のとむらい）の具。銅を用いてカイコの形をつくり、それに金をぬる。「珠具」は、こやす貝。
（592）休みどころ。（593）忍びの門。（594）天子及び后妃の生前の功德をたたえる韻文。
（595）唐代、翰林學士が學士院に入って一年すると、この職となり、みことのりの作成にかかわる。
（596）名譽職で、議論をつかさどる。（597）赤胴色の魚符を授けられた臣。
（598）『僞漢劉龑家歌』（僞漢劉龑の家の歌）。紇干山《こつかんざん》の雀、凍えて死せんと欲す、朱五經《しゆごけい》の兒（朱全忠）、天子と作《な》る。紛々たる負販（行商人）、皆侯王（侯や王）、山牛兎絲、粤中に起る。中原、澒洞《かうどう》（雲が湧きおこるさま）として久しく風塵、遂に傭奴（使用人）をして邊鄙を竊《ぬす》ましむ。黄屋左纛《さたう》（天子の乗る車やその旗）、四世を經、坐して洛州（洛陽）を斥《さ》して刺史を爲す。昭陽（宮殿の名）の溝水、眞珠を流し、論車郤《かへつ》て笑ふ、沉水《じんすゐ》を焼くを。金銀、當日、三泉を錮《ふさ》ぎ、劒を帯び陵に上る、嗟已《あゝやん》ぬるかな。苦《はなは》だ肖像を将《もつ》て休屠（佛陀）に擬せんとするも、金蠶玉魚　誰か料理せん。茂陵（漢の武帝の陵）の甲帳（武帝が作らせた、天下の珍寶で飾られた帳の一番目）、人間に出で、况んや爾區《なんぢ》々として安《いづくん》ぞ齒《よはひ》するに足らん。驪山《りざん》の地市（秦の始皇帝の陵墓。金銀財寶が多く収められていた）竟《つひ》に如何《いか》ん、銀海（道家で眼の意。始皇帝の陵墓に作られた水銀の池をもかけたか）茫々として同じく軌を一にす。

(599)『登粤秀山』（粤秀山に登る）。越王古臺の上、春暮復《ま》た登臨す。割據、秦漢無く、滄江（豐かで青々とした大河）自《おのづか》に古今。風は吹く鼇背《がうはい》（大うみがめの背中）の雨、日は射る虎門の陰。問はんと欲す呼鸞の道、荒涼として蔓草深し。

(600)『歌舞岡』。歌舞岡前、輦路《れんろ》（天子の車が通る道）微《かす》かにして、昌華の故苑、想ひ依稀たり。劉郎（劉龑）去りて作《な》る降王（降伏した王）の長《をさ》、斜日、紅綿、絮《じょ》と作《な》りて飛ぶ。　(601) ひめがき。

(602)『廣州竹枝六首』（廣州の竹枝　六首）其の一。潮は來る濠畔、江波に接し、魚藻門邊、綺羅《きら》淨《きよ》し。兩岸の畫欄（彩色した手すり）、紅、水に照り、蜑船《たんせん》（南方水上生活者の船）爭ひて唱《うた》ふ木魚歌。

(603) 唐、元稹作の詩篇。唐の開元・天寶中の宮中の遺聞をうたう。白居易の長恨歌と雙璧とされる。

(604) 齒を黒く染め、額に入れずみをほどこす。

(605) 其の二。海珠石上、柳陰濃く、隊々たる龍舟、浪中に出づ。一抹の斜陽、金碧を照らし、齊《ひと》しく孔翠（クジャクとカワセミの羽根）を将《もつ》て船蓬（とま）を作る。

(606) 大水。　(607) 遊牧民族の商人。　(608) 小舟による競爭。

(609) 白い雀のにこ毛。　(610) とまや。　(611) ぬれる。

(612) 蓮でおおった屋根。　(613) ゆれうごく。

(614) 其の五。鬖雲《しゆんうん》（みだれ髪のような雲）盤髻《ばんけい》（大皿のようなモトドリ）宮鴉《きゆうあ》を簇《むらが》らせ、一線の紅潮、枕畔（枕もと）に斜めなり。夜半、髪香りて人、夢より醒め、銀絲、開遍す素馨《そけい》の花。　(615) 美しい絹絲。

(616) 地名。廣東省番禺縣の西、珠江の南岸。

(617) つぼみ。　(618) ねや。　(619) 一晩中。

(620) 其の三。梅花已《すで》に小春に近くして開き、朱槿《しゆきん》（べにむくげ）、紅桃、次第に催す。杏子《きやうし》、枇杷《びは》都《すべ》て市に上り、玉盤、三月　楊梅有り。

(621)『別胡耑孩陳元孝屈介子黎方回』（胡耑孩《たんがい》・陳元孝・屈介子・黎方回《れいはうくわい》に別る）。耆舊《ききう》、海南は偏なり、相思ふこと二十年。來り攀《よ》づ貝多樹《ばいたじゆ》（菩提樹）、別れに負《そむ》く茘枝の天。江晩《く》れて芳草饒《ゆた》かに、山春にして杜鵑《とけん》有り。別離、無限の思ひ、都《すべ》て付す蜑人の船。

(622) はるかに遠くに落ちる。　(623) カメの水をひっくり返すような勢い。

(624) 端正な人。　(625) とぎ、みがく。

(626)『羚山寺』。古寺四月中、尙ほ木綿花有り、殷紅《あんこう》（黑みかがった赤）、羚羊《れいよう》（峽名）を照らし、苔壁何ぞ紛葩《ふんぱ》なる（繁雜なさま）。下に東江亭有り、俯して臨む硯州の沙。牂牁《さうか》（川の名。濠江）、萬里より來り、遠勢（惰力）、修蛇（大蛇）の如し。高峽、其の衝を扼し、天險は褒斜《ほうや》（谷の名）に逾《こ》ゆ。寺は當る兩峽口、石徑、峆岈《かんか》（山の深いさま）に交はる。紅泉尙ほ分飛し、竹筧《ちくけん》（竹のかけひ）、坳窪《あうわ》（くぼみ）に通ず。西に望む端州城、七星（北斗七星）、莽《まう》（長大）として周遮（あまねく、さえぎる）す。明に當《まさ》に其の巓《てん》に陟《のぼ》れば、手を擧げて匏瓜《はうくわ》（星の名。ひさご）を搴《と》るべし。

(627) 天文觀測の器械。　(628) 北斗星。　(629) 鍾乳石。

(630) 佛の教法。　(631) にきりこぶしほどの石。　(632) 北斗を指す。

(633)『七星巖』。北斗、森たる魁杓《くわいしやく》（壯大なヒシャク）、何《いづ》れの年か化して石と爲る。散落す南斗（星の名）の傍、光芒《くわうばう》、色相射る。遙に塡《ちん》（鎭）す、端州城、七峰、幕帟《ばくえき》（幕とヒラバリ）を張る。崧臺《すうだい》（大きな高い丘）、中央に屹《きつ》たり、晻靄《あんあい》（暗いさま）たり仙靈（仙人）の宅。天帝、百神に觴《しやう》（酒をすすめる）し、茲《こゝ》に於て互ひに主客たり。巖竇《がんとう》（岩あな）、鼓鐘鳴り、石乳（鍾乳石）、矛戟《ぼうげき》を亂す。往々鳥獸の形、奇譎《きけつ》（あざむく）、精魄を蕩《うご》かす。其の旁《かたはら》の兩洞天（二つの神仙のいるところ）、谽谺《かんか》（谷が奥深いさま）、幾年か闢《ひら》く。水聲、暗に澎湃たり、時に蜿蜒《ゑんえん》の跡有り。云ふ、此れ龍の宮《すまひ》する所と、終古、雲霧積む。沈々として珠《たま》を抱いて睡《ねむ》り、五嶺（五つの山。大庾《ゆ》・始安・臨賀・桂陽・揭陽）、雨澤（雨のめぐみ）を慳《をし》む。吾《わ》れ其の耳を劄かんと欲し、雨工（雨の神）、起ちて鞭策（むちうつ）す。坐《たちま》ち瀝湖《れきこ》をして盈《み》たさし使め、流れに乘じて帆席（むしろで作った帆）を挂《か》けん。時に旱《ひでり》甚しく、瀝湖竭《つ》く。

(634) 石段が曲がりくねる。　(635) 谷川。　(636) がけ。

(637) 雨受け。　(638) 屋外の歩廊。　(639) 山が険しく切りたっているさま。

(640) よろずの穴。　(641) 大きな谷間。

(642)『重遊飛來寺』（重ねて飛來寺に遊ぶ）。我れ昨、飛來に游び、乃ち東峯より始む。隴《ろう》を得て復た蜀を望む、夢は落つ西峰の裏《うち》。歸棹《きとう》（返り船）、粤江《えつかう》の潯《じん》（ふち）、煙雨、孤蓬の底。菩提、客を迎ふるを解し、一笑して屐齒《げきし》を呼ぶ。繚繞《れうぜう》（くねくねと曲る）して曲棧《きよくさん》（九十九折の棧橋）危うく、宛《さなが》ら蜀道と似たり。數折して石壁を得たり、萬笏《ばんこつ》（多くのシャク）空を摩して起つ。厂《かん》（がけ）の如く歩櫩《ほえん》（屋外の歩廊）の如く、神工信《まこと》に奇詭（奇異）たり。西巖、飛瀑を隱し、迸罅《はうか》（隙間をほとばしる）、石髓（鍾乳石）を流す。鳥は啼く、翛々《せうせう》（草木が風に鳴る音）たる竹、花は覆ふ濛々たる水。平生禽《とりこ》たり、志尙《たか》からんを。歎息す、吾れ衰へたり。笑ひて問ふ白足の僧、胡爲《なんすれ》ぞ衣の紫なるを羨むやと。

(643)『黃石磯夜雨』。春枕《しようちん》（枕を打つ）夢忽ち破れ、決溜《けつりう》（水道が切れて流れる）、蓬窗《ほうさう》（ヨモギの見える窓）に鳴く。驚雷、陰峽に碾《てん》（ゴロゴロとひびく）し、急雨奔瀧《ほんろう》を鏦《つ》く。新涼、桃笙《たうしやう》（桃竹でつくったムシロ）に臥し、遠夢、楓江（楓樹のある河）に生ず。起坐して媪龍《あうりよう》（土地の神）に祝《いの》る、波を添へて歸艘《きさう》を送れと。

(644) 道がけわしくて、せまい。

(645)『大廟峽』の初四句。夜泊す黃石磯、急雨、萬弩《ばんど》（萬個の石弓）の如し。朝《あした》に過ぐ大廟峽、怪石、渴虎蹲《うづく》まる。

(646)『十五夜峽口對月寄廣州諸故人』（十五夜、峽口にて月に對し廣州の諸故人に寄す）の初二句。峽口、今宵の月、其れ客思を如何《いかん》せん。　(647) 水の流れが早い。

(648)『雨入湞陽峽』（雨に湞陽《たうやう》峡に入る）の第五・六句。雨は驚瀧《きやうろう》（早瀬）に逼《せま》りて失《う》せ、雲は大壑（廣大な谷）に從ひて看る。

(649)『歸渡大庾嶺』（歸りて大庾嶺を渡る）。大庾、横浦（關の名）に連なり、艱難此《こゝ》に再び經《ふ》。髩《びん》は五嶺（大庾・始安・臨賀・桂陽・揭陽の五山）に從ひて白く、山は百蠻（南方民族）に入りて青し。嶠水《けうすゐ》（高山からの流れ）、炎海（暑熱の激しい海）に流れ、榕陰《よういん》（ガジュマルのこかげ）、驛亭を數ふ。今宵、南斗（星の名）を望めば、漸く遠し使臣星（使臣の雅稱）。

(650)『抵南安』（南安に抵《いた》る）。嶺南（五嶺の南）已《すで》に負く荔枝《れいし》の天、横浦重ねて過ぐ意惘然《まうぜん》たり。暫く谿樓《けいろう》（溪谷を望む建物）を借りて山色を看れば、蠟花（ロウソクの火）、雪の如き寺門の前。

(651)三つの淵。　(652)ニレとヤナギ。

(653)『豐城曲江亭』。磯山、高さ百尺、磯下、曲江流る。芳杜（芳しい山梨）、蕭々の暮、金花、歲々の秋。青峯、相嫵媚《ぶび》（なまめき、こびる）し、白鳥自《おのづか》ら滄洲。已《や》みぬ干將《かんしやう》（春秋時代、吳の刀匠。妻と協力して劍をきたえた）の氣、宵分（夜半）、斗牛を望む。

(654)『彭蠡守風送孫豹人之南昌』（彭蠡《はうれい》にて風を守り孫豹人の南昌に之《ゆ》くを送る）の前半四句。茫々たり彭蠡（湖名）の雨、漠々たり匡山《きやうざん》の雲。雨は孤帆を帶びて去り、雲は別緒（離別の情）を將《ひき》ゐて紛《みだ》る。

(655)田のあぜ。　(656)早瀨。　(657)飛び散るしぶき。

(658)ひろびろと開ける。　(659)荒々しく立つ。

(660)起伏があって平らかではない。　(661)集まる。

(662)玉淵神龍近し。蘇東坡『廬山二勝棲賢三峽橋』に見える。

(663)聲が大きく、とどろくさま。

(664)『青玉峽』。廬南（廬山の南）、萬古の峽、常に野雲（野にたなびく雲）の封ずる有り。朝來、雷雨過ぎれば、白日、飛龍下る。

(665)順風を待つこと。　(666)氣高く美しい。　(667)山がけわしく、切りたつ。

(668)『卽事二絶句』其の一の第二句。終日彭郎、小姑に對す。

(669)『小孤山守風』（小孤山にて風を守る）。已に過ぐ落星石（石の名）、前に臨む大雷（地名）の岸。水宿（船中に宿る）、期程淹《ひさ》しく、日暮、中流に半ばす。紞々《たんく》（鼓を打つ音）として戎鼓《じゅこ》（國境守備隊の陣太鼓）鳴り、蕭々として水禽散ず。愁ひて對す小姑の祠、靈風、波瀾を送る。

(670) 蘇軾『遊石鐘山記』。

(671)『石鐘山』。蘇公　游賞の後、餘韻あり石鐘山。水石長く、此《か》くの如きも、行人自ら閑ならず。鶴は巣《すく》ふ丹壁の上、魚は罨《あみ》す（魚を網でかこう）翠微の間。安《いづく》んぞ明月に乘ずるを得て、扁舟數《しばし》ば往還せん。

(672)「刀環」は刀の頭につける環。環と還と同音であることから故郷に歸るの意。

(673)『抵金陵』（金陵に抵《いた》る）。佳麗なり金陵の道、垂楊、去津（うしろにした船着き場）を夾《さしはさ》む。潮は落帆の客を迎へ、花は倚樓《いろう》（建物によりかゝる）の人に映ず。舊に依りて靑山は繞《めぐ》るも、如何《いかん》せん白髮の新たなるを。昔游びしより三十載、髣髴《はうふつ》として前塵（安心の前に現ずる六塵の境）を記す。

(674) 遺跡。

(675)『歸次臨淮』（歸りて臨淮に次《やど》る）。歸路は仍《な》ほ淮水、崎嶇《きく》たり嶺海（廣東・廣西の地）の餘。我は行く萬里の道、未だ得ず一行の書。漁戶、緯蕭《ゐせう》（すだれ）接す、估船《こせん》（物賣りの船）、吹笛初む。今宵、孤館の裏《うち》、鄉夢復た何如《いか》ん。

(676) 近道。

(677) 憂えるさま。

(678) 貴人が死去するの意。

(679) 父母の喪に服するため、假小屋に住むこと。

(680) 四つの大河。長江・黃河・淮《わい》水・濟《せい》水。

(681) 天子の墓。

(682)『風陵渡河抵潼關』（風陵にて河を渡り潼關に抵《いた》る）。行き盡す幷汾《へいふん》（幷州と汾州。現・山西省中南部）の路、前旌《ぜんせい》（前を行く使節の旗じるし）、關を渡らんと欲す。亂帆、河曲の水、隔岸、虢州《くわくしう》の山。地險《けん》にして煙嵐（けぶる山の空氣）合し、時清《しづか》にして虎豹《こへう》閑なり。永く懷ふ黃綺《くわうき》の侶《ともがら》、白首、商顏（商山の斜面）に臥せしを。末尾は秦末、亂を避けて商山に隱棲した夏黃公・綺里李ら四人の老人の故事によっている。

(683) この部分の記述は『華山雜詩　玉泉院』の『精華錄訓纂』に引く『邵氏聞見錄』にもとづくと思われるが、「藝祖の死」は誤解か。藝祖（宋の太祖）が即位したとするのが正しい。「惡少」素行のよくない少年の意。

(684)『華山雜詩　玉泉院』。目は玩《たのし》む玉泉の流れ、靜に悟る先天（先天の學を指す）の易きを。多事、墜驢《つゐろ》の時、强て與《あづか》る人間《じんかん》の事。　(685) 鋭い刃物で彫刻する。

(686)『華山雜詩　山蓀亭』。茅《ばう》を結ぶ孤石の稜、玉泉、下に奔注す。亭空しくして泉尚ほ流る、上に無憂樹有り。

(687)『華山雜詩　娑羅《さら》坪《へい》』。小憩す娑羅坪、手に撫す娑羅樹。仰ぎ見る上方の雲、時に人間に向ひて去るを。

(688)『華山雜詩　毛女祠』。毛女、琴を負ひて去るや、倏然《しゆくぜん》として松杪《しようべう》（松の梢）に飛ぶ。青冥（青空）、風露冷やかに、髣髴として天衣を見る。　(689) 西側の谷川。

(690)『華山雜詩　青柯《せいか》坪《へい》』。窈窕《えうてう》たり青柯館、正に西峰の罅《か》（すきま）に在り。二十八潭懸り、飛瀑、天より下る。

(691)『新豐』。漢代の枌楡《ふんゆ》の社、遺墟、極望（見渡す限り）平らかなり。空しく提《ひつさ》ぐ三尺の劍、啜《すゝ》るに忍びんや一杯の羹《あつもの》。細雨、新豐の樹、寒蕪《かんぶ》（枯れた雜草）、小苑城。惟《た》だ舞陽廟を餘す、漠々として土花（こけ）生ず。

(692) 美しい玉と、なめらかにした石。　(693) 毛彫。　(694) キコリと牧者。

(695) 平地から山麓にかけての林と溪谷。

(696)『石甕寺』。當年、石甕寺、曾て對す集靈臺（天の神をまつる高樓）。青雀、廻信無く（漢の武帝の愛姬、巨靈が青い雀となって飛び立ち、歸ってこなかったという故事を指す）、黃虬《くわうきう》（黃色いみずち）は是れ禍胎なり。朝雲、何《いづ》れの日か散ぜん、山月、今に至るも來る。坐すこと久しうして仙梵《せんぼん》（汚れない境地）流れ、松聲、薄暮に哀し。

(697)『灞橋雨』（灞橋《はけう》の雨）。灞橋の楊柳、碧毿々《さんく》たり、曾て征人の漢南（漢水の南）に去るを送る。今日條《えだ》に攀《よ》づれば憔悴して絶ゆ。樹も猶ほ此くの如し、我れ何ぞ堪へんや。

(698) いろどり美しく飾った舟。　(699) 細柳、新蒲《しんぽ》、誰が爲めに綠なる。

(700)『曲江』。沐《もく》を賜ひ（恩惠を受ける）修禊《しうけい》（上巳の節句に水でみそぎをすること）に逢ふ、宜春（立春）歲々の遊。傳呼（先拂い）す夾城の仗《ぢやう》（護衛）、早《つと》に御す望仙樓。劒を捧ぐ金人の曲《くま》、波を淩《しの》ぐ彩鷁《さいげき》の舟（鷺に似た水鳥を模して作ったものを彩色して船首にかけた舟）。新蒲、細柳を將《たす》け、蕭瑟《せうしつ》として今に至るも愁ふなり。「夾城」は唐の玄宗が作った興慶宮から離宮の芙蓉園や大明宮に通ずる、二重城壁（外部から見えないようにするため）にはさまれた路。
(701) たんすの中のもすそ。　(702) 桑の枝。
(703)『韋曲』。皇子坡邊の路、風光、韋曲に多し。曽て鄰《となり》す天尺五《てんしやくご》（天子に近いもの）、最近第三坡。芳草、新年の色、桑條、舊日の歌。傷春更に懷古すれば、容易に醉顔酡《あか》し。　(704) 杜牧。
(705) 秦の穆公《ぼくこう》。賢子を求め、領土を廣げた。
(706) 缺けた石碑。　(707) 隴山の頂き。
(708)『汧陽縣』の末二句。勝《た》へず懷古の意、羌笛《きやうてき》（えびすの吹く笛）暮に吹くを休《や》む。
(709)『登吳嶽』（吳嶽に登る）。名嶽、西極（西のはて）を標《しる》し、金天（西方の空）鎭雄（地名。雲南省東北）と作《な》る。東を看れば太白（山名）に連り、北に望めば回中（地名）に盡く。日出づれば秦畤《しんじ》（秦代の祭の庭）横《よこた》はり、煙消えれば漢宮を指す。岍《けん》（山名）に導かれて禹蹟（洪水を治めた禹王の足跡）を思ひ、此の地、鴻濛（天地の間を流れる氣）を鑿《うが》つ。
(710) 鳳凰のような優雅な音聲。
(711)『鳳女臺』。弄玉の空祠、寂寥《せきれう》に鎖《とざ》され、碧雲、天際、水迢々《てうく》たり。丹青畫《ゑが》かず鸞《らん》に乘るの女、夜々、月明に洞簫《どうせう》を聞く。
(712) 蘇軾『壬寅二月、有詔令郡吏分往屬縣減決因禁……作詩五百言、以記凡所經歷者寄子由』（壬寅二月、詔有りて郡吏をして分ちて屬縣に往きて因禁を減決せしむ……詩五百言を作りて以て凡そ經歷する所の者を記して子由に寄す）の一節。曉に陳倉縣に入れば、猶ほ餘す賣酒樓。
(713)『賣酒樓』。昨、宜春苑下に向《お》いて遊ぶ、曲江の煙景　悲秋に似たり。珠簾、甲帳（天下の珍寶で飾った一枚のとばり）皆黃土、何ぞ必ずしも陳倉の賣酒樓のみならん。
(714) 太古の仙人。　(715) 一回の參拜。　(716) 屛風のように並ぶ。
(717) さる。　(718) 深いもや。

(719)『汎漢江』(漢江に汎《うか》ぶ)。廣川、微雨過ぎ、疊鼓(太鼓を小刻みに打つ)中流に發す。白獺《びやくだつ》、魚を啣《くは》へて上り、青峰、幔《とばり》を捲きて收む。江童、竹枝の曲、漢女、木蘭の舟。歸路、重城《ちようじやう》の晩《くれ》、江燈、市樓(市内の酒樓)に滿つ。

(720)勅諭を傳える。

(721)『嘉陵江上憶家』(嘉陵江の上《ほとり》にて家を憶ふ)。秦關(關中)に入りしより歳月遲く、棧雲(かけ橋に浮く雲)、朧樹(小高い丘の木)、苦《ねんご》ろに相思ふ。嘉陵驛路三千里、處々の春山、畫眉(鳥の名)叫ぶ。

(722)晨《あした》に過ぐ赤銅の水、望み見る刀鐶山。閨中應《まさ》に日を計《かぞ》ふべし、見ず槀砧《かうちん》(夫)の還るを。『香祖筆記』巻三に見える。

(723)『飛仙閣』。山行、流れに乘るを喜ぶ、江平らかにして況《いはん》や練《ねりぎぬ》の如きをや。岝崿《さくがく》(山の高いさま)として開闔《かいかふ》する有り、竹樹、一に葱蒨《そうせん》(青々と茂るさま)たり。人は言ふ、利州の風(蜀の諺に云ふ、利州の風、雅州の雨と)、今朝、冷然として善し。灘は塗毒(あだをする)の鼓の如く、舟は劇《はや》し弦を離るゝ箭《や》。仰いで眺む飛仙閣、鳥道危く一線。彎環《わんかん》(まるいさま)、三朝を歴《へ》、向背、九面を窮む。絳雲《かううん》(赤い雲)、輕綃《けいせう》(うすぎぬ)を巻き、白日遞《たがひ》に隱見す。嘉陵、碧玉の色、晴雨皆婉孌《ゑんれん》(みめよい)たり。想見す、吳道玄、詔に應ず大同殿。此の生、兩《ふたた》び經行し、天、勝踐(名所を訪ねて歩くこと)を追は遣《し》む。醉帽(醉溪の帽子)、烏奴に停《とゞ》め、已に泊す益昌縣。

(724)柴といばら。

(725)『晩至昭化縣題孔令見野亭』(晩に昭化縣に至り孔令の見野亭に題す)。葭萌《かはう》(縣名)、朝《あした》に席を挂《か》け(出帆する)、棹《さを》を弭《とゞ》めれば三更ならんと欲す。月は嘉陵の水に上り、山は漢壽城を圍む。主人、雞黍《けいしよ》を具へ、客を邀《むか》へて柴荊《さいけい》(貧居)を啓《ひら》く。修竹、吾が廬に似たり、之に因る故國の情。

(726)「小說に載す」以下、「明皇愧ぢ且つ笑ふ」までの記述は、『郎當驛雨中二首』其の一の『精華錄訓纂』に引く『鶴林玉露』にもとづく。「郎當」に、ふしだらの意味がある。

(727)『郎當驛雨中二首』其の二。武連縣南、雲氣遮り、郎當驛北、石槎枒《さが》(ギザギザ角立つ)たり。西風盡日、濛々の雨、開遍す空山、白芨《はくきふ》(紫蘭の塊莖)の花。

(728)黃色いひげ。

(729)靜かにけぶるさま。

(730)『鹿』。郭を抱く涪江、碧玉の流れ、一川の豐草 鹿呦々《いうく》（鹿の鳴く聲）たり。倦遊（遊行にあきる）忽ち憶ふ楊岐《やうき》の語、祇《た》だ渠儂《きよのう》（彼）自由を得る有り。「楊岐の語」とは、楊朱が別れ道に立って、善にも赴けるのに、惡に赴く者があるのを悲しんだ故事を指す。

(731)『羅江驛夜雨』。前旌《ぜんせい》（前を行く旗印）既に拂ふ鹿頭關、風雨に勾留せられて肯《あへ》て閑ならず。何《いづ》れの處か行人、最も愁絶せる、潺亭《せんてい》亭下、水潺々たり。

(732)『漢州紀夢』（漢州にて夢を紀《しる》す）。壁を照らす孤檠《こけい》（ともしび一つ）自《みづか》ら聊《やす》んぜず、牕《まど》を隔てゝ寒雨、紅蕉（姫芭蕉）を打つ。驚き回《めぐ》る一枕鄕園の夢、身は在り西川の金雁橋。

(733)『利州皇澤寺則天后像二首像是一比丘尼』（利州皇澤寺の則天后の像二首。像は是れ一比丘尼なり）其の二。瓦官寺裏、定香（燒香）薫る、詞客曾て勞す錦裙《きんくん》を記するを。今日、蘭橈《らんぜう》（木蘭で作ったかい）、碧潭の上、玉溪空しく自ら行雲を怨む。

(734)合葬する。　(735)そしったり、あざけり笑う。　(736)川端。

(737)はげしい炎のような怒り。　(738)四川省廣元縣治。　(739)涼風。

(740)『界牌關道中』。修竹、奇壁を覆ひ、飛泉、半空より來る。人は行く翠微の裏《うち》、風は度《わた》る紫蘭の藂《くさむら》。暫く喜ぶ俗塵の遠きを、嗟《なげ》くを休《や》めよ吾が道窮せりと。誰か洪谷子と爲《な》りて、移して畫圖中に向はん。「洪谷子」とは後梁の畫家、荆浩を指す。太行の洪谷に隱れ、山水樹木を描いて樂しんだ。

(741)蓮のつぼみ。　(742)ついばみ、くらうさま。

(743)『四過東湖題宛在亭』（四たび東湖を過ぎて宛在亭に題す）。小鴨唼喋《さふてふ》して萍葉《へいえふ》（浮草の葉）亂れ、三枝五枝、菡萏《かんたん》（蓮のつぼみ）開く。魯連陂《は》上、花千頃、黄帽、船を刺《さをさ》して歸り去り來る。

(744)李商隱『出關宿盤豆館對藂蘆有感』（關を出でて盤豆館に宿し藂蘆《そうろ》に對して感有り）の一節。思子臺邊 風自《おのづか》ら急に、玉娘《ぎよくぢやう》湖上、月應《まさ》に沈むべし。

(745)『盤豆驛』。依然、盤豆にて藂蘆に對す、回望すれば關門、岳勢孤なり。思子臺邊、一たび懷古す、知らず身は過ぐ玉孃湖。
(746)『次陜州』(陜州に次《やど》る)の前半四句。首春(初春)京國を發し、秋氣忽ち蕭々たり。路は入る三川(渭水と涇水と洛水)の險、人は歸る萬里遙かに。
(747)秦の民謠。　(748)酒や飲み物を容れる瓦器。　(749)瓦製の打樂器。
(750)『會盟臺二首』其の二。辭せず頸血、秦王に賤《そゝ》ぐを、缶を進む當年氣慨慷《かう》す。十五の名城、趙璧に酬《む》ゆ、如何《いかん》ぞ談笑して咸陽を請ふ。
(751)周、靈王の太子。笙を好んで吹き、伊水と洛水の間に遊び、最後は登仙した。
(752)『望緱山廟』(緱山《こうざん》の廟を望む)の前半四句。王子、鸞鶴(鸞鳥と鶴)に乘り、飄搖《へうえう》す伊洛《いらく》の間。今に至るまで明月の夜、鳳吹(美しい吹奏)、空山に滿つ。
(753)『七夕前二日鞏縣阻雨』(七夕前二日鞏縣《きようけん》にて雨に阻まる)の第三・四句。秋風　鞏洛(鞏縣と洛縣にまたがる地域)に來り、暮雨、轘轅《くわんゑん》(山名)に阻まる。
(754)『宋陵』。洛水、邙山《ばうざん》(北邙山)、廢興に飽き、宋家の幽寢、魚燈を閟《とざ》す。奉香(燒香)見えず臨安の使、白日茫々、七陵を下る。
(755)『七夕雨抵汜水縣』(七夕雨　汜水縣に抵る)。玉門、殘壘の外、云ふ、是れ古《いにしへ》の成皐《せいかう》なりと。濁浪、牛口に喧《かまびす》しく、雄關、虎牢(ともに地名)に偪《せま》る。青山、空しく楚漢、白骨猶ほ蓬蒿(よもぎの茂っているさま)。七夕、風兼ねて雨、悲歌して孟勞(魯國の寶刀)を撫す。　(756)清い香。
(757)『夕陽樓』。野塘(野や堤)、菡萏正《かんたんまさ》に新秋、紅藕《こうぐう》(赤い蓮)香中、鄭州を過ぐ。僕射陂頭《ぼくやはとう》、疎雨歇《や》み、夕陽、山映《は》ゆ夕陽樓。　(758)宋の徽宗、趙佶の年號(一一一九—一一二五)。
(759)白居易『板橋路』(板橋の路)の初二句。
(760)『板橋』。板橋の哀柳、日《ひゞ》に蕭々、回首すれば宣和、暮朝に似たり。上巳《じようし》に金明池上に飲み、畫船、尾を銜《ふく》む駱駝橋。

(761)「山人嘗て……」以下、『自撰年譜』(六十三歳) 惠棟註補に見える。
(762) 權臣。 (763) 腹ばうように進む。 (764) 詩や文章が難解なこと。
(765) 淡白。 (766) こってりした媚《こび》。 (767) 安易に流れる。
(768) 自信にあふれて、おのれを高くする。 (769) 因襲。
(770)「撦捨」は裂いて拾うこと。「呑剝」は奪い取って自分のものにする。「艱深」は詩文が難解なこと。
(771) ばらばらになり、片寄り、とどこおる。 (772) 以前の規範。
(773) 法則とする。 (774) 心を樂しませ、心配事をのぞくこと。
(775) たよること。 (776) 謝絶。 (777) すぐれて新しい。
(778)「體製」は詩文や書畫のスタイル。「閎肆」は廣々としてほしいまゝ。
(779) 博く通ずる。 (780) 考證を重んじた清代の學風。
(781) さまようこと。 (782) 軍樂。 (783) 古詩の選集。
(784)「十九首」は文選第二十九卷雜誌の部に載せてある五言古詩十九首を指す。「公讌」は公式の宴會。古詩十九首は、その習得が必須とされ、公式の宴會で吟じられた。
(785)『帶經堂詩話』卷三、縣解門一、要旨類(『蠶尾文』「鬲津草堂詩集序」)に見える。
(786) 古式を模倣すること。 (787) 時流に同じ。 (788) 欽仰する。
(789) 役にしたがって行くこと。 (790) 副《そ》え馬をとめ、漕ぐのをやめる。
(791) 徐禎卿(昌穀)の『廸功集』(六卷)と高叔嗣(子業)の『蘇門集』(八卷)を指す。
(792)『帶經堂詩話』卷四、總集門一、簒《さん》輯類(『蠶尾續文』)に見える。
(793) 超然として世俗を出ること。
(794)『帶經堂詩話』卷一、綜論門一、品藻類(『池北偶談』卷十二、談藝二、「王奉常論詩語」)に見える。

(795)『戲倣元遺山論詩絶句三十六首』（戯れに元遺山の論詩絶句に倣ふ　三十六首）其の二十三。詎《なん》ぞ識らん蘇門高吏部、嘯臺《せうだい》（高臺にうそぶくの意か）鸞鳳《らんぽう》（神鳥。英俊の士のたとえ）獨《ひと》り逌然《いうぜん》（自得のさま）。
(796)其の二十四。天馬、空を行きて羈靮《きてき》（馬のおもがいと手綱）を脱し、更に憐む、譚藝《たんげい》（『蘇門集』附錄の「談藝錄」指す）是《こ》れ吾が師。　(797)杜甫と李白と蘇東坡と黃庭堅。
(798)境界。　(799)超える。　(800)注(785)に續く文。
(801)『帶經堂詩話』巻二十七、叢譚門一、俗砭類（『漁洋文』）に見える。
(802)自ら誇って人に勝つことを好む。　(803)李夢陽（空同）と何景明。
(804)傷痕。　(805)缺點とする。　(806)こじつける。
(807)『帶經堂詩話』巻二、綜論門二、評駁類（『居易錄』巻十）に見える。
(808)そしる。　(809)明・沈謙の詩文集。
(810)「景泰」は明・代宗の年號（一四五〇—一四五七）。「成化」は憲宗の年號（一四六五—一四八七）。
(811)ひきのばす。　(812)耳や目の不自由なもの。
(813)『帶經堂詩話』巻二、綜論門二、評駁類（『居易錄』巻十）に見える。
(814)張禹は漢の政治家、經學に明るかった。孔光も前漢の政治家。ともに權力者による危害を恐れて辭職を皇帝に願い出たことがある。
(815)同じく、漢の政治家、氣骨があり、時に罪を覺悟して政府の倉を開いて貧民を救った。
(816)『帶經堂詩話』巻二、綜論門二、評駁類附錄（『居易錄』巻二十一）に見える。
(817)人の議論を踏襲する。　(818)地名。江蘇省內。　(819)そしる。
(820)ともに則天武后に仕えた酷吏。殘忍な手段を用いたことで知られる。
(821)あまねくいれる。　(822)書名。罪のない者を捕えて、罪をでっちあげるのを説いたもの。

(823)「楊を正す」。諸橋轍次著『大漢和辭典』第六巻によれば、「書名。四巻。明・陳耀文撰。一百五十條、皆楊愼の譌《いつわり》を正したもの。博覧であるが、詩文は醜惡である」とある。胡元端にも同名の書があったものか。
(824)淸の詩人、呉喬。殳は別名。修齢は字。(825)面と向かって正す。
(826)洞察力が充分でない。(827)心の穴がふさがっていること。愚人のたとえ。
(828)その場にいる客をののしる。
(829)『帯經堂詩話』巻二、綜論門二、評駁類（『分甘餘話』）に見える。
(830)よごれと破れ。(831)思想の道筋を鋭く刻む。(832)香奩體《かうれんたい》に同じ。
(833)五代蜀・韋穀編。十巻。古律・雑歌詩、千首を収めるが、杜甫は除外されている。
(834)『帯經堂詩話』巻二、綜論門二、評駁類（『古夫于亭雜錄』）に見える。(835)淺く、空疎なこと。
(836)細かく、かたよる。(837)しわがれ呼ぶ。(838)燒き捨てる。
(839)『丙申春就醫秦淮寓丁家水閣浹兩月臨行作絶句三十首留別留題不復論次』（丙申の春　醫に秦淮に就き、丁家の水閣に寓すること兩月に浹《あま》ねし、行くに臨んで絶句三十首を作り、留別留題す、復た次を論ぜず）其の四。苑外の楊花、暮潮を待ち、溪を隔てゝ桃葉、紅橋を限る。夕陽凝望すれば、春は水の如く、丁字簾《ていじれん》（丁の形に巻いたすだれ）前是《こ》れ六朝《りくてう》。
(840)美しくて奥深い。(841)おとろえ、勢いに缺ける。
(842)きずやわずらわしさ。(843)淸らかで、すぐれている。(844)いたましく思う。
(845)『悲歌贈呉季子』（悲歌　呉季子に贈る）。人生、千里と萬里と、黯然《あんぜん》たる銷魂《せうこん》は別れのみ。君獨《ひと》り何爲《なんすれ》ぞ此に至る、山は山に非ず、水は水に非ず。生は生に非ず、死は死に非ず、十三にして經を學び幷《あは》せて史を學ぶ。生るゝは江南に在りて紈綺《ぐわんき》（白絹とあや絹）に長じ、詞賦翩翩《へんぺん》として衆比《たぐひ》する莫《な》し。白璧、青蠅《せいよう》に排詆《はいてい》（そしる）せらる、一朝束縛せられて去れり。書を上《たてまつ》るも自《おのづか》ら理《をさ》め難く、絶塞、千山、行李斷ゆ。吏を送つて涙止《とゞ》まらず、流人復《ま》た何にか倚《よ》らん。彼れ尙ほ愁ふ歸らざるを、我が行定めて已《や》んぬるかなと。八月、龍沙（塞外）雪花起り、橐駝《たくだ》（ラクダ）は腰に垂《なん》なんとし、馬は耳を没す。白骨皚皚《がい〳〵》、戰壘を經、黑河、船無く、渡る者幾《いくばく》ぞ。前には猛虎を憂へ、後には蒼兕《さうじ》（水獸）、土穴に偸生《とうせい》（生をぬすむ）螻蟻《ろうぎ》の若《ごと》し。大魚、山の如く尾を見ず、鬐《ひれ》を張れば風を爲し、沫《しぶき》は雨を爲す。日月、倒行して海底に入り、白晝相逢ふは半ば人鬼。噫嘻《あゝ》乎悲しい哉、男を生んで聰明なるも愼んで喜ぶ莫れ。倉頡《さうけつ》、夜哭するは良《まこと》に以《ゆゑ》有り、患を受くるは祇《まさ》に讀書從《よ》り始まる、君見ずや呉季子（季札）を。

（846）明十七代の皇帝、崇禎《すうてい》帝の寵妃だった田貴妃の悲劇的な生涯を歌った作品。楊州と杜陵は彼女の生まれ育ったところ。楊州の明月、杜陵（陝西省長安縣東南）の花、道を夾《はさ》んで香塵（香氣を帶びたちり）、麗華（陳の後主の寵妃。貴妃に擬す）を迎ふ。舊宅は江都の飛燕（漢の舞姬。のち皇后となる）の井、新侯（左都督となった父を指す）は關内の武安の家（その邸宅が武安侯田蚡《ぶん》のそれに匹敵するの意）。雅步、纖腰初めて召し入れられ、鈿合《でんがふ》（金や青貝をはめこんだ香箱）金釵《きんさい》（金のかんざし）定情（夫婦の契りを結ぶ）の日。豐容、盛鬋《せいせん》（女の髮の毛がたっぷり垂れるさま）固《もと》より雙《なら》び無く、蹴踘《しうきく》、彈棊《だんき》復《また》第一。上林（庭苑の名）の花鳥、生綃《せいせう》（きぎぬ）に寫し、禁本（禁裏の本）の鍾王（鍾繇《えう》と王羲之。ともに能書家）、素毫《そがう》を點ず。楊柳、風微《かすか》にして春、馬を試み、梧桐《ごとう》、露冷かにして暮に簫《せう》を吹く。（以上、貴妃の出生と容姿と入内と才能とをのべる）／君王宵旰《せうかん》、歡思無く、宮門夜半、封事を傳ふ。玉几《ぎよくき》、金牀《きんしやう》、晏眠《あんみん》（朝寢坊）少く、陳娥衞豔《ちんがえいえん》（陳や衞の美女たち）、誰か頻《しきり》に待す。貴妃《きひ》、明慧にして獨り恩を承け、笑ふに宜《よろ》しく愁ふに宜しく至尊を慰む。皓齒呈せずして微かに索問（機嫌をうかがう）し、蛾眉蹙《しゆく》（迫る）せんと欲して又溫存す。（以上、政務に勵む皇帝を慰める貴妃を描く）／本朝の家法、淸讌《せいえん》（淸宴）を修め、房帷《ばうゐ》（部屋のとばり）久しく絶つ珍奇の薦（供物）。勅使惟《た》だ追ふ陽羨《やうせん》（名茶の名）の茶、内人（内膳職）數《しばし》ば減ず昭陽（宮殿名）の膳（「本朝家法」以下は宮中の倹約ぶりを示す）。維揚（揚州）の服製、江南を擅《ほしいまゝ》にし、小閤（婦人の部屋）の爐煙、沈水含まる。私《ひそか》に買ふ瓊花《けいくわ》（造化）、新様の錦、自ら修む水遞《すゐてい》（飲用の水の運送）黃柑を進むを。（以上、質素倹約をつとめる宮廷の中で、ひとりおごる貴妃を示す）／中宮（周皇后）、君王の意を得んことを謂《おも》ひ、銀鐶《ぎんくわん》（銀環と同じ）、妒《ねた》まず溫成（宋の仁宗の寵妃。貴妃に擬す）の貴《たふと》きを。早日（以前）の艱難、大家（天子）を護り、比來の歡笑、良娣《りやうてい》（側室。貴妃をも指す）を同じくす。龍樓（太子の宮殿）に奉使（使命を奉じて行く）せる賈佩蘭《かはいらん》（劉邦の寵妃、戚夫人の侍女）、往還、偶《たま》ま失す兩宮（中宮と貴妃）の歡。樊嫕《はんえい》（女官。漢の趙飛燕の父の妹）、辭令を能くすと云ふと雖も、昭儀（趙昭儀。貴妃に擬す）の喜怒を得んと欲するは難し。／綠綈《りよくてい》（綠色の厚絹）小字の書、印を成し、瓊函《けいかん》自ら署す充華（官名。ここでは貴妃を指す）より進むと。罪を請うて長く聖主をして憐ま敎《し》む、辭を含みて君王の慍《いきどほ》りを得んと欲す。君主、內顧して傾城を恤《あはれ》めども、故劍（古劍。以前からの妻のたとえ）還《な》ほ存す敵體（同等で上下の差別がない）の恩。手づから玉人に詔《みことの》りして詰問を蒙り、自ら階下に來りて啼痕《ていこん》を拭ふ。（以上、寛大な皇后に皇帝の怒りを向けようとして、逆に皇帝にうとんぜられる貴妃を寫す）。／外家（貴妃の生家。ここでは父親の田弘遇）、官は拜す金吾の尉、平生の遊俠多く利を輕んず。客を縛つて因りて催《うなが》す博進（賭け物）の錢、筵に當りて便《すなは》ち殺す彈箏《だんさう》の伎《ぎ》。班姬（班女）の才調、左姬（劉娥）の賢あるも、霍氏《くわくし》（霍皇后の父、霍光を指す）の驕奢《けうしや》、竇氏《とうし》（竇憲一族）の專。涕泣《ていきふ》微かに聞く椒殿《せうでん》（妃の住む宮殿）の詔、笑談、豪奪せんとす灞陵《はりやう》の田。（以上、貴妃の一族の專橫を指彈する）／有司奏して削る將軍（田弘遇）の俸、貴人（貴妃）冷落す宮車の夢。永巷（後宮の局）、傳へ聞く、花を玩《め》でに去《ゆ》く（天子と皇后の觀花行）と、景和門裏、誰か陪從す。天顏懌《よろこ》ばず侍人愁ふ、后は黃門を促し詔《みことのり》りして共に遊ばしめんとす。初め官家《くわんけ》（天子）に勸むるに佯《いつは》りて應ぜず、玉車早く到る殿の西頭。（以上、皇帝の氣持を察した皇后のはからいで觀花の宴に侍る貴妃をのべる）／兩王（貴妃の生んだ二王子）最も小さくして衣を牽《ひ》いて戲れ、長者は讀書し、少者は弟なり。道《い》ふを聞く、羣臣、定陶（漢の成帝の異母弟劉康。貴妃の長子に擬す）と譬むと。獨り多病を將《もつ》て如意（前漢の高祖、劉邦の庶子。貴妃の次子に擬す）を憐む。豈に有らんや神君の帳中に語ること、漫《みだり》に云ふ、王母、離宮に降ると。巫陽（古の神醫）も救ふ莫し蒼舒《さうじよ》（魏の鄧哀王。年十三歲で死亡）の恨み、金鎖彫殘《てうざん》（こわれる）して玉筯《ぎよくちよ》（玉の箸。美人の涙）は紅なり。此れ從《よ》り君主慘として樂しまず、叢臺（邯鄲《かんたん》にあった高殿）、置酒、風蕭索たり。已に報ず、河南、數州を失ふと。況んや少子の零落を傷むを經《ふ》るをや。（以上、貴妃の生んだ王子の死と領土の喪失に心を傷める皇帝の心境を描く）／貴妃瘦損《そうそん》して匡牀《きやうしやう》（寢床）に坐し、慵髻《ようきつ》（ぐったりしたマゲ）、啼眉《ていび》、洞房を掩ふ。荳蔻《とうこう》（ナツメグ）の湯《たう》は溫かにして冰簟《ひようてん》（ひんやりした寢臺）は冷やかに、荔枝《れいし》の漿《しやう》は熱くして玉魚（玉で造った魚。口で含む）は涼し。病は秋を經ずして　淚臆《むね》を霑《うる》ほす、裴回《はいくわい》（徘徊）して自《おのづか》ら絶ゆ君王の膝。苔は長門（宮殿名。貴妃が住んでいた）を沒して夢有りて歸らん、花は寒食に飛んで應《まさ》に相憶ふべし。

（以上、病に倒れて、皇帝の膝に息絶える貴妃の姿を追う）／玉匣《ぎょくかふ》（玉で飾った箱）、珠襦《しゅじゅ》（玉で飾った死装束）、便房（墓所内の休息所）を啓き、薤歌《かいか》（薤露）異なる無し、同昌（公主。その葬儀は盛大だった）を葬むるに。君主製せんと欲す哀蟬の賦（漢の武帝が李夫人の死去を悼んだ落葉哀蟬曲に擬す）、誄筆《るいひつ》の詞臣に謝荘（宋の詩人。賦に長ず）有り。頭白の宮娥（女官）、暗《ひそか》に嚬蹙《ひんしゅく》す、庸《いづくん》ぞ知らん朝露の福と爲すに非ざるを。宮草、明年、戰血腥《なまぐさ》からん、當時、西陵（貴妃の墓所）に向ひて哭すること莫《なか》れ。（以上、皇帝による貴妃の手厚い埋葬と國の衰亡を重ねる）／窮泉（地下）に相見て倉黃（倉皇）なるを痛み、還《ま》た官家《くわんけ》に向ひて永王（貴妃の遺児）を問ふ。幸に免る、玉環（楊貴妃）の喪亂に逢ふを。須《もち》ひず、銅雀（曹操が魏王に昇爵した時、邯鄲に築いた宮殿）に興亡を怨むを。古《いにしへ》より豪華は轉轂《てんこく》（回り車）の如し、武安若し在らば家の族（族滅）せらるゝを憂へん。愛子は北渚《ほくしょ》の愁ひを添ふと雖も、外家は已に葬らる驪山《りざん》の足《ふもと》。夜雨、椒房（皇后の御殿）に陰火青く、杜鵑《とけん》、啼血、龍門に灌《そそ》ぐ。漢家の伏后（獻帝の后。曹操に幽殺される）、同恨を知る、止《た》だ少《か》く當年の一貴人（田妃）。（以上、死後の國で愛児の安否を皇帝に問う貴妃と不運な皇后の最後を悼む）／碧殿（貴妃の墓所）、凄涼として新木拱《こう》す（抱きかかえるほどに成長した）、行人尙ほ識る昭儀の家《つか》。麥飯、冬青、茂陵（天子の墓）を問へば、斜陽、蔓草、殘壠《ざんろう》（くずれた丘）を埋《うづ》む。昭丘（春秋、楚の昭王の墓）、松檟《しょうか》（松とヒサギ）、北風哀しく、南内《なんだい》、春深くして夜來（美人）を擁す。奏する莫れ、霓裳《げいしやう》天寶の曲（霓裳羽衣の曲）、景陽（紫禁城内の宮殿）、宮井、秋槐《しうくわい》落つ。（以上、荒涼とした貴妃の墳墓と過去の榮華を歌う）。「夜來」は、魏の文帝の妾の名である。

(847)『題新樂縣驛壁寄宋荔裳』（新樂縣驛の壁に題して宋荔裳に寄す）の末二句。猶ほ前期（以前の約束）の相負《そむ》かざる有り、秋來同じく釣らん錦江の魚。

(848)『謝愚山寄敬亭茶著書墨四首』（愚山の敬亭の茶著書墨を寄するを謝す　四首）其の四の前二句。澤門の晳《せき》（宋の東城の南門に住む色白の人）と邑中《ゆうちゅう》の黔《けん》（里中に住む色黒の人）と（『春秋左傳』中の巻十六、襄公三の記事も踏まえてのことか）、一種の高風、斷金に比す。

(849)『登華嶽作』（華嶽に登るの作）。獨り鉤梯（カギのついたハシゴ）に上りて大荒（空）を覽《み》る、秦關（關中）終古、氣蒼々たり。天は閶闔《しやうかふ》（天上界の門）を開きて纔《わづか》に尋尺（わずかなこと）、地は雝梁《ようりやう》（地名）を界して眇茫《べうばう》に入る。五粒（五葉）の松は搖す群帝の佩、三漿《しやう》の露は浥《く》む百神の觴《しやう》（さかずき）。仙人の方罫《はうけい》（碁盤の目）、靑冥（靑空）の上、更に風を凌《しの》いで石梁を度《わた》らんと欲す。

（850）夜、天游峰に坐して月を得たり。

（851）微雨仍《な》ほ月を留《とゞ》め、千峯洗ひて更に明かなり、仙雲眞《まこと》に數ふ可し、片々掌中に生ず。

（852）旅の荷物として載せる。

（853）「孫承澤嘗て……」以下は、朱彝尊『曝《ばく》書亭集』附錄の陳廷敬『竹垞朱公墓志銘』にもとづく記述である。

（854）人材登用の科目名。

（855）趙執信（秋谷）『談龍錄』に見える。

（856）稽山の形勝鬱として岧嶢《てうげう》（山の高いさま）、南鎭の封壇《ほうぜん》（封禪）、世代遙かなり。絶壁暗《ひそか》に愁ひて風雨至り、陰崖深く護りて鬼神朝《てう》す。雲雷の古洞、金簡（黃金のふだ）を藏し、燈火の春祠、玉簫を奏す。千載、六陵（六つのみささぎ）、劒舃《けんせき》（劍と重ねぞうり）を餘し、帝鄕（天帝の住むところ）、魂斷へて招くに堪へず。

（857）去歲、山川、縉雲嶺《しんうんれい》（浙江省內）。今年、雨雪、白登臺（山西省內）。憐む可し、日至（夏至と冬至。一年の意か）、長く客と爲るを。何の意ぞ天涯數《しばし》ば杯を擧ぐ。城晩《く》れて角聲（つの笛の音）、雁塞（雁のくるとりで）に通じ、關寒くして馬色（馬の顏色）龍堆（天山南路の砂漠）に上る。故園、望は斷ゆ江村の裏《うち》、愁ひて說く、梅花細々として開かんと。

（858）頭巾と杖とはきものをつけた山家の爺と野の木こり。

（859）偏屈で氣が短い。

（860）そしる。

（861）孟賁と夏育。ともに勇士として名高い。

（862）『寄汪若文堯峯隱居四首』（汪若文堯峯の隱居に寄す　四首）其の一。卜築（土地を選定して家屋を建てる）何《いづ》れの峰か好《よ》き。堯峰、太湖に近し。蓴鱸《じゆんろ》（蓴菜とスズキのなます）、客饌《かくせん》に供し、橘柚《きついう》、官租に足らん。泥飮、田父に從ひ、題詩、獠奴《れうど》（狩人）に付す。蕭然たり山澤の裏《うち》、眞に列仙（多くの仙人）の儒有り。

（863）上品で、おだやか。

（864）正しくは『夜坐梅花下聽潘爾開琴』（夜、梅花の下に坐して潘爾開の琴を聽く）。月明らかに銅井缺き、夜靜かにして山蒼然たり。回顧す梅花の林、靄々《あいあい》として輕烟浮ぶ。幽人、花下に坐し、月に對して稍《やうや》く絃を揮ふ。風は吹く絃上の音、倶《とも》に遙空に向ひて傳ふ。蕭颯《せうさつ》たり澗底《かんてい》（谷底）の松、潺湲《せんくわん》たり崦西《えんせい》の泉。此を拊《う》ちて未だ曲を終へず、驚禽啼きて眠らず。「崦」は「崦嵫《えんし》」、日の入る所の山。

(865) 月觀、凄涼として歌舞罷《や》み、三千の艶質（あでやかな生まれつき）、荒楚（草木の茂るところ）を薶《うづ》む。寶鈿《ほうでん》（金銀寶石で飾ったかんざし）、羅帔《らひ》（うすい打ちかけ）半《なか》ば身に隨ひ、踏み作《な》す呉公臺（江蘇省內。南朝宋の沈慶之が築いた石弓の發射臺）下の土。春江故《もと》の如く錦帆（錦の帆。美しい船の形容）は非にして、露葉、風條、積漸（少しづつ積み上げる）稀なり。蕭娘《せうぢやう》（唐代、女性一般を指す）、行雨（降雨）、知る何《いづ》れの處ぞ、惟《た》だ見る横塘（堤の名）、蛺蜨《けふてふ》（あげは）飛ぶを。

(866) 『寄彭十羨門』（彭十羨門に寄す）。蕭寺、鐘殘するの時、燕山（河北省內）、霜落つるの夜、對牀（寢床を並べる）して清夕を語り、流連して罷むを知らず。落葉一たびふ紛飛（みだれとぶ）すれば、離鴻（離れ行くひしくい）、終南（山名）の下。瀲浦《かんぽ》（地名。浙江省內）、靑山に近く、依稀として君が舍を見る。

(867) 正しくは『雨中過白芒村寄高山人儼』（雨中、白芒村を過ぎて高山人儼《げん》に寄す）。春雲、驟寒《しうかん》（にわかの寒さ）生じ、溪上、人迹《じんせき》無し。石筍《せきじゆん》　淸らかにして相羅《つら》ね、煙翠紛《ふん》として摘《と》る可し。三尺の絹（絹布）を持して此の春山の碧を寫さんと欲す。却て憶ふ山中の人、遠く在り龍池の宅。惆悵《ちうちやう》す同じく游ばざるを、白芒、風雨の夕べ。「龍池の宅」は唐の玄宗が諸王だった時に住んだ隆慶坊內にあり、中宗の時、しばしば雲龍が現われたとの傳說があった。

(868) 學生。

(869) 「少うして……」以下の記述は、『帶經堂詩話』卷二十八、叢談門二、瑣綴類（『池北偶談』卷二十四、談異五「日者」および『古夫于亭雜綠』）に見える。

(870) 『雨夜懷其年園居』（雨夜、其年の園居を懷ふ）の後半六句。念ふ我が同心の人、咫尺《しせき》何に由りてか覿《まみ》えん。雨聲、湖上より來り、蕭條として蘆荻《ろてき》に散ず。此の時、關《くわん》を掩《とぢ》て臥し、應《まさ》に林間の笛を聽くべし。

(871) あまねく奇拔。

(872) 許元錫に酬ゆ。嘉陵以後、文筆を論ずるに、天下の健なる者は陳華亭。梅村先生、婁上《ろうじやう》（丘の上）に住し、元化

（造化のはたらき）を斟酌《しんしゃく》して精靈を追ふ。憶ふ、昔、我れ生れて十四五、初生、黄犢《くわうとく》（黄色い小牛）健なること虎の如し。華亭、我が骨格の奇なるを歎じ、我に教へ、詩を歌ひ樂府《がふ》を作らしむ。二十以外、出入して愁ひ、飄然として竟《つひ》に梅村に從ひて遊ぶ。先生、我を呼びて、老龍の子と、半ば醉ひて我に赤霜裘《きう》（赤い霜除けの皮衣か）を披《き》せしむ。此の生、闌入《らんにふ》（みだりに入る）す銅駝（銅製のラクダ）の路、憐む可し老ひて江南の賦を作る。頭上畏《をそ》れず咸陽王（後漢の馮異）、眼前只だ認む丁都護（樂府淸商曲）。晩《おそく》に許子（元錫）に交はり懷抱開き、看る、爾《なんぢ》合はずして長く悲哀するを。手に一詩を提《さ》げて來り我に贈る、十幅錯落す紅玫瑰《ばいくわい》（赤く美しい玉）。我、年三十餘にして淸狂、兒戲を愛す。旁人、我を見て笑ひて休《や》まず、安《いづく》んぞ知らん我に塡膺《てんよう》（胸に滿ちふさがる）の事有るを。日間、皷を擊ち、夜、鮮（生きた魚や獸）を擊つ、行樂安んぞ得ん千萬年なるを。何ぞ肯て齷齪《あくさく》として章句を學ばんや、三日、新婦殊《こと》に憐む可し。許子の贈詩は一月を踰《こ》ゆ、念、之に報ひんと欲すれども久しく發せず。昨宵、飽くまで看る冒家（家一杯）の燈、一寸の管城（筆）、老龍渴《かわ》く。掀髯《きんぜん》（口ひげを高くあげる）狂ひて作る許生の歌、紙を食《くら》ふ春蠶の響き歇《や》まず。明朝、歸客正に舲《ふね》を揚ぐ、海色蒼茫として靑吏に靑し。

（873）長所と短所。　（874）ひとつひとつ拾い上げる。

（875）「嘗て陳維崧の弟……」以下の記述は、『帶經堂詩話』卷二十七、叢譚門一、笑枋類（『香祖筆記』卷八）に見える。「可否する所あらんのみ」は、上記の出典に「無所可否」とあり、「可否する所なからんのみ」と讀むべきであろう。

（876）「又其友……」以下の記述は、『帶經堂詩話』卷十、衆妙門二、指數類上（『池北偶談』卷十三、談藝三「劉公㦷詩」）にもとづく。　（877）曲りくねり、けわしい。

（878）自ら誇る。　（879）紫窯の切れ端。　（880）金やエメラルド。

（881）「每に其……」以下の記述は、『帶經堂詩話』卷二十七、叢譚門一、詼諧類（『古夫于亭雜錄』）に見える。

（882）正確には『送戴務旃遊華山』（戴務《たいむ》旃《せん》の華山に遊ぶを送る）。夜は談ず太華（華山）の奇なるを、朝來、輕策（馬をうつ輕いむち）を理《おさ》む。似る、子が獨往の意、自然と羽翮《うかく》生ず。我に濟勝《さいしょう》の具無けれども、心は懸く神仙の宅。椓《たく》壁（打たれた壁）、蟻の緣《よ》るを聞き、索度（綱のようなもの）或ひは猱擲《さるなげう》たん。卽ち玉女盆に至るも、蓮花豈に摘むに堪へんや。頗る造化の由を窮《きは》むるも、能く識らんや巨靈の擘《さ》くを。一身、天地を出《い》で、笑ひて看る、培塿《ほうろう》（小さい墓。謙辭としても用いられる）の積むを。歸來して毛髓異なるは、定めて茅龍《ばうりゆう》（漢中の呼子先が乘ったといわれる龍）の脊を跨《ふ》みしならん。

(883)『寄阮亭司理』（阮亭司理に寄す）。離居才《わづか》に幾日、蘭葉、春風生ず。門外卽ち流水、片帆東に下りて輕し。野處（都を離れて郊外に住むこと）、新友寡《すくな》く、良辰遠情多し。君を思へば草色の如く、迢遞《てうてい》（はるかに遠くまで點々と續く）として蕪城《ぶじやう》（廣陵城。亂で荒廢した）に向ふ。

(884) 通常以外に推擧された人材。

(885) 一府の刑名を處理した。

(886) 若い頃。

(887) 高ぶり激しい。

(888) 長安に別る。歸り去るに如《し》かず、歸るに如かず、歸去來兮《かへりなんいざ》、昨の非なるを知る。千里の壯心、天馬下るも、一朝、適意、野鷗飛ぶ。焚書幷《なら》びに瘞《うづ》む珊瑚《さんご》の筆、紱《ふつ》（印綬《いんじゆ》）を解き、先づ裁《た》つ薜荔《へいれい》（山野に自生するかずら）の衣。猶ほ吳鉤（弓なりに曲がった刀）の抛げて未だ得ざる有るも、酒酣《たけな》はにして常に舞はん釣魚の磯。

(889) 新都（四川）の嘆。新都の才人（楊愼）、玉局（祭祀をつかさどる役所）に官たり、朝《てう》に入り手づから天門を撼《うご》かして哭す。相公の子狀元郎、杖血（杖刑による流血）淋漓として永昌（現・雲南省內）に投ぜらる。永昌市上、諸妓を擁す、簪花《しんくわ》、塗粉、雙丫《あ》髻《けい》（あげまき）。白綾、新絨（新しい厚手の織物）、綠毫光り、酒酣《たけな》はにして起ちて舞ふ龍蛇の字。蠻童笑殺す老顚狂、萬里の雲南、醉鄕と作《な》る。相思獨《ひと》り深閨《しんけい》の婦有り、金鷄《きんけい》を盻斷《けいだん》（にらみたつ）して夜郎に下《くだ》る。

(890) 酒を十分に飲んで樂しむ。「讌飲」は酒盛りをする。

(891) 登州（現・山東省蓬萊縣）に赴きて康海に留別す。微雨、行色を牽く、離觴《りしやう》（別離の杯）且《しばら》く君に對す。預《あらかじ》め愁ふ、見《あ》ふは何れの日ぞ、惜まず手を、輕く別る。遠海、岸より高く、空煙聚《あつま》りて雲を作る。來朝（多くの川が集まって海にそそぐ）、仙閣（仙人の住む樓閣）に倚り、吟望（詩歌を口ずさみながら遠くを望む）、斜曛《しやくん》（夕陽）に背く。

(892)「陸」は陸游、「蘇」は蘇東坡を指す。

(893) 工夫と力量。

(894)『甌北詩話』卷十に見える。

(895)『楊花同恆齊賦』（楊花、恆齊《こうさい》の賦するに同ず）。散じて輕埃と作《な》り滾《こん》（ころがる）じて團と作り、花片を成さず但だ漫々。

春は短夢の如く初めて影（ひかげ）を離れ、人は東風に在りて正に欄に倚《よ》る。微雨乍《たちま》ち黏《ねん》（ねばる）じて還《ま》た態有り、柔條（若い枝）、上らんと欲するも已に端《はし》無し。祇《た》だ應《まさ》に老眼、輕薄を憐むべし、長《つね》に自ら摩挲《まさ》（もみ、こする）して霧裏に看る。

(896) 非常にすぐれている。

(897) いたずらに古語・古字を踏襲する。 (898) 型。 (899) こだわるさま。

(900)「黄初」は三國魏の文帝の年號。それぞれ建安體・黄初體と呼ばれた様式。

(901)「神龍」は唐の武后、「開元」は玄宗の元號。 (902) 高い峰。

(903)『帯經堂詩話』巻三、懸解門一、要旨類（『蠶尾文』）に見える。一部に省略がある。

(904) 石弓の弦を引くところと筈《はず》。迅速の意。

(905) うさぎが走り、はやぶさが飛びおりるような勢いの意。 (906) 遇然。

(907) かゆに酒をまぜて醗酵させたもの。 (908) 鹽からい。「鹺」は、はぐき。

(909) 唐の司空圖《しくうと》『與李生論詩書』（李生と詩を論ずるの書）に見える。

(910) 言葉と漁具。ともに目的にとって末のものという意。 (911) 宋の嚴羽『滄浪詩話』詩辯から。

(912) 一箇所に集まり、とどまること。 (913) 規則。 (914) 眞理を求めて學ぶ人。

(915)『帯經堂詩話』巻三、懸解門一、要旨類（『池北偶談』巻十八、談藝八「神韻」）。一部に省略がある。

(916) 遇然書せんと欲す。

(917) 篇を連ね、牘《とく》をかさねる。文章が冗長なこと。後半四句は、かかわりあい、言葉のやりとりをするの意。

(918)『帯經堂詩話』巻三、懸解門一、微喩類（『香祖筆記』巻九）。「坡翁」は蘇東坡のこと。 (919) しわ。

(920)『帯經堂詩話』巻三、懸解門一、微喩類（『蠶尾續文』。『香祖筆記』巻六）に見える。

(921) 結跏《けつか》趺坐《ふざ》して己の本性を明らかにする。

(922) 禪道は惟《た》だ妙悟に在り、詩道も亦た妙悟に在り。『滄浪詩話』詩辯から。

(923) 詩が魔道におちいり、野卑となる。　(924) 司空圖『二十四詩品』含蓄からの引用。
(925) 唐の王維・裴迪《はいてき》の『輞川集』。王維の輞川《まうせん》の別業でその景勝をうたった五絶が、各二十首あり、それを『輞川集』という。
(926) 王維『秋夜獨坐』の第三・四句。雨中、山果落ち、燈下　草蟲鳴く。
(927) 王維『山居秋暝』の第三・四句。明月松間に照り、清泉　石上に流る。
(928) 李白『玉階怨』の後半二句。水精《すゐしやう》の簾を郤下《さげおろ》して、玲瓏、秋月を望む。
(929) 常建『宿王昌齡隱居』（王昌齡の隱居に宿る）の第三・四句。松際、微月露《あらは》れ、清光猶《な》ほ君が爲なり。
(930) 孟浩然『遊精思観回王白雲在後』（精思觀に遊びて回り、王白雲、後に在り）の第五・六句。樵子（きこり）暗《ひそか》に相失ひ、草蟲寒くして聞えず。
(931) 劉眘虛『闕題』の第三・四句。時に落花有りて至り、遠く流水に隨ひて香る。
(932) 『帶經堂詩話』巻三、懸解門一、微喩類（『蠶尾續文』）に見える。
(933) カモシカは夜寝る時、角を傷つけないように枝にかけて眠る。
(934) 『帶經堂詩話』巻二十九、外紀門一、答問、また『師友詩傳續錄』に見える。
(935) 曹洞宗の良价《かい》禪師。　(936) 言葉で示す。　(937) あとずさる。
(938) 『帶經堂詩話』巻三、懸解門一、微喩類（『居易錄』）に見える。
(939) 造化の妙を得た自在の境地。
(940) 『帶經堂詩話』巻三、懸解門一、微喩類（『香祖筆記』巻八）に見える。
(941) 清、錢塘の詩人。昉思《はうし》は字。　(942) 仙人の居所。　(943) 煉瓦。
(944) 『帶經堂詩話』巻三、懸解門一、眞訣八（『漁洋詩話』巻中）に見える。「頓漸」は頓教と漸教の略。
(945) 南朝の江淹《かうえん》（文通）『從冠軍建平王登廬山香爐峰』（冠軍建平王に從ひて廬山の香爐峰に登る）の第十三・十四句。日は落つ長沙の渚《なぎさ》、層陰（物の影が重なるさま）萬里生ず。

(946)『下贛石』（贛石を下る）の末二句。暝帆（日暮れに見える帆船）、何れの處にか泊す。遙かに指す落星灣。

(947)『帶經堂詩話』巻三、懸解門一、佇興類（『漁洋詩話』巻上）に見える。「記里の皷」云々は、道路の里程を計る車につけた人形が一里行く毎に皷を打つことを指す。

(948)王維『同崔博答賢弟』（崔博の賢弟に答ふるに同ず）の第三・四句。九江の楓樹、幾回か靑く、一片（ひとつ）の揚州、五湖白し。　(949)はるかに遠いさま。

(950)『帶經堂詩話』巻三、懸解門一、佇興類（『池北偶話』巻十八、談藝八「王右丞詩」）に見える。「緣木」は「緣木求魚（木によって魚を求める）」の略。　(951)維摩詰《ゆいまきつ》を指す。　(952)からくり。

(953)淸の程可則（號は石臞）『靑山』。朝《あした》に過ぐ靑山の頭《ほとり》、暮に歇《いこ》ふ靑山の曲《くま》、靑山、人を見ず、猿聲聽きて相續く。

(954)『靑山』。微雨、靑山を過ぎ、漠々として寒煙織《はたお》る。見えず秣陵《まつりよう》城、坐《そゞ》ろに愛す秋江の色。

(955)割注に『江上』とあるが、『精華錄訓纂』には『卽目』とある。蕭條たり秋雨の夕べ、蒼茫として　楚江晦《くら》し。時に見る、一舟の行くを。濛々たる水雲の外。

(956)『惠山下鄒流綺過訪』（惠山の下《もと》にて鄒流綺《すうりうき》過訪す）。雨後、明月來り、照見す下山の路。人語、溪煙を隔てゝ借問《しやもん》す、舟を停《とゞ》むるの處。

(957)『焦山曉送程崑崙還京口』（焦山にて曉に程崑崙《ていこんろん》の京口に還るを送る）。山堂（山寺）法鼓を振《ふる》はし、落月、寒樹に掛く。遙かに送る江南の人、鷄鳴、峭帆《せうはん》（切りたったような形の帆）去る。

(958)『雨後至天寧寺』（雨後、天寧寺に至る）。晨《あした》を凌《しの》ぎて西郭を出づ、招提《せうだい》、微雨過ぐ。日出でて人に逢はず、滿院、風鈴の語《こゑ》。「微雨」は『精華錄訓纂』には「新雨」とある。

(959)『帶經堂詩話』巻三、懸解門一、佇興類（『香祖筆記』巻二）に見える。

(960)明の高啓（季迪）『淸明呈館中諸公』（淸明、館中の諸公に呈す）の第三・四句。白下（城名。現・江蘇省內）、山有り皆郭を繞《めぐ》る、清明　客の家を思はざるなし。
(961) 明の曹學佺（能始）『送戚山人之内黄兼簡鄧遠游明府』（戚山人の内黄に之《ゆ》くを送り兼ねて鄧遠游明府に簡す）の第三・四句。
春光、白下、多日無く、夜月、黄河、第幾灣。
(962) 節は白露を過ぎて猶ほ餘熱あり、秋は黄州に到りて始めて凉を解く。太虚は李明睿の字。明末清初の詩人で歴史家。
(963) 明の程嘉燧《かすゐ》（孟陽）。瓜歩（鎮名。現・江蘇省内）江空しくして微《かすか》に樹有り、秣陵《まつりよう》（城名。現・江蘇省内）、天遠くして秋に宜しからず。原詩は未見。
(964) 『曉雨復登燕子磯絶頂』（曉雨、復た燕子磯の絶頂に登る）。呉楚、青蒼、極浦《きよくほ》を分ち、江山、平遠、新秋に入る。
(965) 『帶經堂詩話』巻三、懸解門一、要旨類（『漁洋詩話』巻中）に見える。　(966) ひねり、さかしい。
(967) 「艱澀」については注 (764) を見よ。「快險」は險をほしいままにする意か。
(968) 聲聞や縁覺の佛果、つまり小乘の境地を出ないとの意。　(969) 物の重さや長短をはかる。
(970) 巖羽『滄浪詩話』詩辯からの引用。　(971) 死刑執行人。
(972) 片田舍。　(973) ひらき破る。　(974) 涙やつば。「籬壁」は垣根や壁。
(975) 『滄浪詩話』付『答出繼叔臨安呉景仙書』（出繼叔臨安の呉景仙に答ふるの書）からの引用。
(976) 宋の詩人、徐照・徐璣・翁巻（靈舒）・趙師秀（紫芝）を指す。「玉腴」は魚の浮袋。
(977) 管仲と晏嬰《あんえい》。ともに齊の賢相。
(978) 才能のない人物。　(979) 魯直は、黄庭堅の字。山谷は號。　(980) いたや貝の貝柱。
(981) 『帶經堂詩話』巻二、綜論門二、評駁類（『分甘餘話』）に見える。
(982) 詳しく述べる。　(983) 風の長く吹くさま。　(984) 月のしずく。
(985) 『和牧翁題沈朗倩石厓秋柳小景』（牧翁が沈朗倩《しんらうせい》の石厓《せきがい》秋柳の小景に題するに和す）。宮柳（宮殿の柳）煙は含む六代（六朝の愁ひ、絲々（絲の長いさま）見るを畏る冶城《やじやう》（南京の西にある）の秋。無情の畫裏、搖落に逢ふ、一夜西風、石頭（山名に満つ。

(986)『次嘉陵江』（嘉陵江に次《やど》る）。雨を冒して牛頭（山名）を下る、眼は落つ蒼茫の裏《うち》。一半、白雲流れ、半ばは是《こ》れ嘉陵の水。この詩は『漁洋山人精華錄』にはなく、『帶經堂詩話』巻十四、考證門二、遺蹟類下（『古夫于亭雜錄』）に「餘丙子再使蜀、歸次嘉陵江、有絶句云」として見える。

(987)『樊圻畫』（樊圻《はんき》の畫）。蘆荻《ろてき》花無く秋水長し、澹雲《たんうん》（うすぐもり）微雨、瀟湘《せうしやう》（瀟水と湘水のあたり）に似たり。雁聲、搖落、孤舟遠く、何れの處の青山是れ岳陽（湖南省岳州）。

(988)『江上寄程崑崙二首』（江上にて程崑崙に寄す　二首）其の一。白浪金山寺、青山鐵甕城《てつをうじやう》。故人、今見えず、楊柳秋聲を作《な》す。其の二。江北より江南を望めば、祗《た》だ隔つ江津（渡し場）の水。日暮、寒潮生じ、愁心揚子（渡し場の名）に滿つ。

(989)『再過露筋祠』（再び露筋祠を過《よぎ》る）。露筋祠は、唐の一女性が郊外で節を失うのを恐れて、近くの農家に一夜の宿を求めず、野宿し、蚊に攻められて命を落としたのを悼んで建てられたほこら。翠羽（翡翠《ひすい》の髪飾り）明璫《めいたう》（光る玉で作った耳飾り）尙ほ儼然《げんぜん》たり、湖雲、祠樹、煙より碧《みどり》なり。行人、纜《ともづな》を繫ぎ、月初めて墮《お》つ、門外の野風、白蓮を開く。

(990)『江上望青山憶舊二首』（江上にて青山を望み舊を憶ふ　二首）其の一。揚子（揚子江）秋は殘す暮雨の時、笛聲、雁影共に迷離（ぼんやりしているさま）。重ねて來る三月、青山（山名）の道、一片の風帆、萬柳の絲《いと》。

(991)『題趙澄畫』（趙澄の畫に題す）。煙柳、南朝の寺、風花（風に散る花）、建業城。年々春盡くるの日、玉笛（美しい笛）喚《よ》んで愁ひ生ず。

(992)『沚園弔郭胤伯二首』（沚園《しゑん》にて郭胤伯《くわくいんはく》を弔す　二首）其の二。大華（華山）小華（華嶽三峰の一つ）皆削成（そそりたつ）す、東溪西溪、鏡明（湖名）を夾《さしはさ》む。仙人、鶴背忽ち飛び去る、天風下り來り玉笙《ぎよくしやう》を聞く。『望華山』（華山を望む）と題にあるが、原詩の題と異る。

(993)筆遣いや言葉がなめらかなこと。

(994)剛健と同じ。　(995)古風で淡白。　(996)立派ではなやか。

(997)高く、こんもりとしているさま。

(998) 袁牧の『隨園詩話』に林光朝（艾軒《がいけん》）の言葉として「蘇（蘇東坡）詩如丈夫見客、大踏歩便出去、黄（庭堅）詩如兒女見人、先有許多粧裏作相」の言葉があるによるか。「粧裏」は、よそおうこと。

(999) 及第。　(1000) 揚州のこと。　(1001) 華美。　(1002) 蘇州の通稱。

(1003) 蘇州城の西北の門。門外は盛り場。　(1004) 城の名。江蘇省江寧縣の東北にある。

(1005) 悲傷。　(1006) 秦の時に作った棧道。　(1007) 荊州の川や湖。

(1008) 嶧陽《えきやう》（山名）の桐、何ぞ牂牂《しやう〱》（盛んなさま）たる、緯するに五絃を以てし清商（澄んだ商の音色）を發す。一たび彈じ再び皷《こ》して鳳皇を儀《まね》かんとするに鳳皇來らず、我が心悲しむ。琴を抱いて死せんとす、當《まさ》に誰にか告ぐべき、吁嗟《あゝ》琴よ、當《まさ》に之を知るべし。明末の詩人、鄺露《こうろ》に代って作ったもの。實際、彼は清の軍によって廣州が陷落した時、琴を抱いて自害したといわれる。原文は、この句以降、引用詩には、すべて句讀點及び返り點を缺く。

(1009) 采石の太白樓（李白記念の樓閣）にて蕭尺木《せうせきぼく》の畫壁を觀るの歌。　(1010) さっぱり無頓着。

(1011) 落帆、牛渚《ぎうしよ》（淵の名）に向ひ、直ちに上る太白樓。錦袍、烏帽太《はなは》だ瀟灑《せうしや》、回看すれば四壁、風颼颼《しう〱》（風の音）たり。蕭生、何《いづ》れの年か此の雪色の壁に畫ける、峯巒《ほうらん》（峰々）出沒して煙嵐稠《おほ》し。元氣淋漓として眞宰妒《ねた》み、江湖澒洞《こうどう》（相連なるさま）として蛟龍愁ふ。呉觀、越觀（ともに泰山の峰）海日上り、蒼煙九點、齊州に横はる。祝融の諸峯、朱鳥（南方の神）に配し、瀟湘《せうしやう》、洞庭、遠遊を放《ほしいま》にす。峨眉（山名）雪に照す巫峽の水、匡廬《きやうろ》の瀑下《ばくか》、彭湖に流る。須臾にして我をして萬里を行か使《し》め、瞥《べつ》すること怒隼《どじゆん》の清秋を淩《しの》ぐが如し。我は海隅に生れ岱畎《たいけん》（泰山の谷）に近し、西に遊びて曾《かつ》て上る瞿塘《くたう》（峽谷の名。三峽の一つ）の舟。昨は五老（峰の名）に登り瀑布《ばくふ》を弄《もてあそ》び、卻《しりぞ》いて三峽に臨み龍湫《りゆうしう》（瀧）を窺《うかが》ふ。七十二峯身未《み》だ到らざるに、蒼梧已に略す天の南頭。太白の遊蹤《いうしよう》（遊んだ足跡）、四海に徧《あま》ねきも、晩《おそ》くには愛す、青山の采石聊《いさゝ》か淹留するを。丈夫當《まさ》に黄鵠《くわうこく》（黄色味を帶びた大鳥）の擧を爲し、下に燕雀の徒《いたづ》らに啁啾《たうしう》（鳥の鳴く聲）するを視るべし。

(1012)『金方伯邀汎浣花溪二首』（金方伯邀《むか》へて浣花溪に汎《うか》ぶ　二首）其の一。纜《ともづな》を解く江村の外、溪沙《けいさ》、舊痕を失ふ。夕陽、灌口（山名）に來り、秋水、彭門に下る。清吹（清らかな笛やひちりきの音）、風に臨んで緩やかに、神鴉《しんあ》食を得て喧《かまびす》し。百花、潭上に好《よろ》しく、新月、黄昏を破る。

(1013) 雨に柴關嶺を度《わた》る。「夭矯」は自得のさま。

(1014) 棧中に新漲《しんちやう》未だ槽《みぞ》に歸らず、百丈の柴關（現・陝西省留壩《りうは》縣の西北にある）、水怒號す。鳥語聞かず、深箐《しんせい》（細竹の茂み）黑く、馬蹄直ちに上る亂雲の高きに。天垂れ、洞壑《どうがく》、蛟龍蟄《ひそ》み、秋老いて牙鬚（牙とアゴヒゲ）虎豹（岩の形容）豪なり。誰か識らんや薫香、東省（尚書省）の客、戎衣《じゆうい》斜めに壓す赫連刀《かくれんたう》（少數民族の携帶する腰刀）。

(1015)『晩登夔府東城樓望八陣圖』（晩に夔《き》府の東城樓に登り八陣圖を望む）。永安宮殿、莽《まう》たり榛蕪《しんぶ》（草のおおいかぶさるさま）、炎漢（漢の別稱）の存亡、六尺《りくせき》の孤（一四、五歳で父を失った子）。城上の風雲猶ほ蜀を護り、江間の波浪、呉を呑むを失す。魚龍、夜偃《ふ》す三巴《さんぱ》（蜀の巴・巴東・巴西の三郡）の路、蛇鳥（長蛇・鶴翼の陣）、秋に懸《か》く八陣の圖。首を搔く桓公《くわんこう》、馮弔《ひようてう》（古跡に立って昔をしのぶ）の處、猨聲《えんせい》（猿の聲）、落日、夔巫《きふ》に滿つ。「夔府」は、今の四川省奉節縣に所在、「夔」は一本足の物の怪。

(1016)『渡河西望有感』（渡河西望し感有り）。河源（黄河の水源地）に使者となりて復た卻回《きやくかい》（引き返す）し、杖藜《ちやうれい》（あかざの杖をつく）曾て記す、雲臺（山名。現・四川省内）に到りしを。高秋、華嶽は三峯出で、曉日、潼關（關名。黄河の大屈曲部分に當たる）は四扇開く。星宿の海は天上より落ち、崑崙《こんろん》の槎《さ》（いかだ）は斗邊（北斗）より來る。何《いづ》れの時か更に茅龍《ばうりよう》を訪うて去らん、東のかた滄溟を望めば水一杯。「茅龍」とは、漢中の卜師、呼子先が乘ったという茅で作った龍。

(1017) 杜甫・李白・韓愈・蘇東坡。

(1018) 湖の名。鏡湖とも。

(1019) 陸放翁（游）、元遺山（好問）。

(1020)『帶經堂詩話』巻三、懸解門一、要旨類（『分甘餘話』）に見える。

(1021) 參內して天子に拜謁する。

評論及び感想　五

吾が見たる上海　上海に由《よつ》て見たる支那

混亂と衝突との上海

上海は地球を壓迫して、之を縮小に且《かつ》結晶にしたる一小天地《ミクロコズム》なり。若《も》し傳説の記載するが如く、大古に於て、果して言語の混淆《こんかう》と、人種の離散とありたりとせば、上海は方《まさ》に、其《その》バベル塔下の當時の光景を、寫し出したる活動寫眞なり。若《も》し或《ある》空想者の夢想する如く、當《ま》さに來るべき日に於て、世界は必ず統一せられたる一國となるべき運命を有するものとせば、其小模型を今に活現したるものは上海なり。あらゆる人種と、あらゆる國語とを蒐《あつ》めたる陳列館なり、各樣の文明と、各樣の開化とを相並べたる共進會なり、新と舊と、進歩と保守との競爭のアレナ(1)なり。累々として蠢動する辮髮《べんぱつ》の民は、更にもいはず、世界のすべての異邦、すべての異色の民は此《こゝ》に麕《む》集れ、すべての風俗、すべての習慣、すべての智識、すべての信仰は此に行はる。南洋のマレイ、北海のダニツシユ、白きは渾身雪を吹けるアリアンより、黒きは一點齒のみ玷《つや》なきニグローに至るまで、或はムールの血を混じて髮黒く睛《め》黒き葡萄牙人《ポルトギース》、或はアリアンの始祖と稱せられて赤銅色なる印度人、長袖寛帶なるは日本の洋妾《らしやかん》か、大冠濶衣《くわつい》は高麗《こま》の官人、一神を信ずるものもあるべく、多神を信ずるものもあるべく、日を拜するものもあらん、月を拝するものもあらん、山を祈り石を祈るものもあらん、火に祈り水に祈るものもあらん、女人を禁ぜられたる佛徒もあるべく、多妻を宗とするモルモル徒もあらん。駟馬《しば》龍の如く大馬路の(2)大道、馬車絡繹《らくえき》として連なれば、四馬路の烟花場(3)、轎子妓《けうし》(4)を載せて、途を照すの紅燈、星の如く馳《は》す。日本輸入の人力車、辮髪の車夫、辻々に客を喚《よ》ぶに囂《かしま》しく、支那固有の一輪車、亦人を満載して過ぐ。佳人翩躚《へんせん》(5)、香水の薫、途に馨《かんば》しくして、苦力《クーリー》の身を絞る汗の臭、膩垢《あか》の臭と相混じ、電氣燈、瓦斯燈、華の如く輝けば、油皿に燈心の光わびしきもあり。大道砥《と》の如く、雲を凌ぐ煉瓦の高樓甍《いらか》飛ばんとすれば、棟《むね》低く煤けたる木造の矮屋《わいをく》、隘く腌臢《むさ》き路に、傾きたる檐《のき》を交《まじ》へ、到る處の埠頭、瀛笛の響絶えずして、櫓聲の咿軋《いあつ》(6)亦河に滿つ。方二里を超えざる此上海の裡《うち》に、文と野と、貧と富と、明と暗と、華と陋と、隱々の裡に相混じ、相溷《あひみだ》れ、相迕《あひさから》ひ、相闘ひつゝある也。實に上海は撞着の旋風に揉《も》まれつ、煽がれつ、渦まき騰《のぼ》る混亂の裡、塵昏《くら》く蔽はれつゝあるなり。故に吾等上海に於て支那を見ずして卽ち支那にして支那ならぬ支那を見るなり。

初め船、長崎を發して三日、遙かに一點の青を前面に望む頃より揚子江、黄濁の水を注いで海面滔々濁波を揚げ、船既に呉淞《うーすん》に至り、江を折れて左轉して遡《さかのぼ》るや、一望平楚《へいそ》(7)千里、江水盈々《えいえい》(8)、兩岸の綠蕪《りよくぶ》を浸《ひた》して、楊柳參差《しんし》、茅舍點綴、大陸の光景、身の既に支那に入りたるを知るなり。而して船漸《やうや》く進んで、遙かに前面一帶、煉瓦歐風の宏屋巍々《ぎゝ》、煙嵐の外に縹緲たるを見る。既に埠頭に到り、岸に上り、逆旅に投ず、家も歐風なり、臥床も歐風なり、器具も歐風なり、ボーイも洋服をつけたり、朝餐は牛乳入の紅茶に燒麵麭《やきぱん》なり、日本旅館にして猶此《かく》の如きなり。街に出づれば路も歐風なり、橋も歐風なり、町の名すら歐風に命ぜられたり、路上の人も多くは歐人か、然らざるも歐裝なり、所謂ビゼネス英語《イングリシユ》なるものは此地一種の方語たり、將《は》た普通語たるなり。黃埔灘《くわうほだん》畔の一公園も歐風につくられたり、而して殆ど每夜市中樂團《タウンバンド》は此公園に歐風の樂を吹奏して、河底の魚龍を驚かしつゝあるなり。泥城《でいじやう》橋畔には歐風の競馬場あり、細草氈《せん》の如く柔に、大競馬は秋期に開かるゝと歟《か》。貸馬車は到る處にあり、大馬路の大道坦砥《たんと》(9)の如く、晩間涼を趁《お》うて馬車を驅るもの絡繹《らくゑき》するなり。路は隈なく電氣燈によりて照らされたり、此間をゾロ〱とねり步行《ある》く辮髮の民なかりしせば、此地にある何人も、其身の支那なる國にあり、其支那の土を踏みつゝありとは感ぜざるべき也。否此辮髮の民を見てすら、猶身の恍《くわう》として、歐人の國に入りたるを疑ふなり、實に上海は支那の地上に建てられたる歐人の市街なり、支那の地の一隅に在りながら支那以外の一自由市をなせるものなり。其租界を分つて米租界といひ、英租界といひ、佛租界といふ、例へば猶此上海な〔らざ〕る上海を監理する工部局なる者は、西人を其長として戴けるものなり。三哩許《まいるばかり》の支那の地は、實際に於て此三國によりて分ち占められたると異なるなきなり、彼の澳門《まかを》、香港《ほんこん》は支那の一隅によりて而して名實ともに支那にあらざるの地なり、上海は卽ち名のみ支那にして支那にあらざるの地なり。若《も》し果して或論者の信ずるが如く、又列强が望む如く、支那なるものが分割の運命を免《まぬが》る能はずとせば、此上海は卽ち小支那の分割なり、卽ち分割後の支那の小雛形なるべき也。吾人は此上海によつて略々《ほゞ》所謂分割せられたる支那なるものゝ狀を察するに難からざるなり。

分割せられたりとしての支那

吾人は今茲《こゝ》に、支那が分割せらるべき必然の運命を有するものなるや否《いなや》を論ぜんとするにはあらず。吾人一已《こ》の私見を以てすれば、吾人は支那の分割を望むものにはあらず、否寧ろ吾人は、本能的に支那は滅亡するものに非ざるを信ずるものなりと雖ども、今假りに之を分割せらるべきものと見、分割せられたるものを見て、其結果は如何なるべき、即ち分割後の支那は如何なるべき、吾人は今上海の狀を觀て、類推的に分割せられたりとしての支那を察するに難からざるを信ずるなり。

抑《そもそ》も上海は歐化せられたる支那の一地なるなり。固より吾人が今茲に上海といふは、いふまでもなく、上海の租界の地、即ち居留地を指せるものにして、（横濱、神戸等の如き狹隘なる居留地の、僅《わづか》に其市の一小部分のみを占めて、寄食の態《さま》あるに見慣れたる日本讀者には、租界のみを指して直ちに上海といふの妥《おだやか》ならざるを感ぜんも、實際に於て上海の所謂租界は、租界のみにて一市を形成せるなり。上海の縣城を離れて別に工部局に管理せられたる一市を成せるなり）西人の居住者の多きは勿論なれば、其市の全體が歐風を帶びたりとて、敢て怪訝《くわいが》すべきにあらざるに似たれど、讀者は又上海の所謂租界は、日本の從前の居留地の外人に限りて居住せると異なりて、支那人即ち内國の民が、亦其間に居住せるを知らざる可らず、而かも其の數夥《くわた》多にして、夐《はるか》に外人を凌《しの》げるを知らざるべからず、即ち上海は支那に於ける一部の内外雜居地たるを知らざるべからず。語を換へて之《こ》れを言へば歐人の優勢（其數に於てならず、其力に於て）を制したる支那の地たるに過ぎず、故に之を擴めて之を察して分割後の支那をトするは、敢て不當の事にはあらざる可く、而して此上海の市が歐風を帶びたるは、單に西人の此に居住する所以にのみ歸す可らずして、一方に於て又此と雜居せる支那人が、よく歐風を受用するを得るにあることを知るに難からざるなり。卽ち上海に於ける支那人は歐風に建てられたる家に住み、滊車に乘り、滊船にのり、馬車にのり、其家には電氣をひき、瓦斯をひき、然らざるも洋燈《ランプ》を用ひ、水道の水を用ひ、又一品香其他の數多き所謂蕃菜館《ばんさいくわん》卽ち西洋料理屋は、支那人の手にたてられて、而して辮髮の客常に滿ち、笑語の聲湧《わ》くが如く、彼等は麵麭《ぱん》をも喫《くら》ひ三鞭《シャンペン》を飲むをも敢てするものあるなり。是《これ》を以て試みに推して分割後の支那を見んか、鐵道は蛛網《ちゆうまう》(10)の如く全國を縫うて布《し》かるべく、江流河流到る處の運河には輪船、流を塡《うづ》めて一去一來織るが如くなるべく、製絲、紡績、製鐵等あらゆる製造場は、烟筒、林の如く到る處に雲を吐く可く、產物は輸せらるべく、鑛山は開かるべく、電線は通じ、郵政は布かれ、あらゆる所謂文明の利器は、之を割取せる各西人の手によりて輸進せられ、利導せられ、而して上海の例によりて之を見れば、土着の民卽ち支那人は、敢て之を相迕《あひさか》ふことなくして之を受用すべくして、烟霧忽ち晴れて大日に見るが如く、支那二十二行省は十九世紀の文明の光に照らされて、頓《とみ》に異彩を放ち來らんなり。

若《も》し天意なるものが、果して其榮光を地上に均霑《きんてん》するにあり、且時勢なるものが果して世界を促して進歩せしむべきものなりとせば、支那と雖ども永く今日の狀に滯《とど》まらざるべく、又滯まるを得ざるべくして、必ず步を文明に向つて進めざるべからざるものとせば、分割は卽ち支那及び支那の民を文化の光明中に投ぜしむるなり、文明の華耀《くわえう》(11)を以て之を蔽ふなり、分割は卽ち支那を開き、支那の民を啓《ひら》くの第一捷徑《せふけい》なり。分割の事之を國民的の私情より見れば固より哀《かなし》むべきの至《いたり》なりと雖ども、而れども更に濶《ひろ》き眼光を以て世界的に之れを觀れば、支那の分割は文明の廣布なり。所謂世界の開化なるものゝ上より之をみれば支那の分割は寧ろ喜ぶべきの事なり、寧ろ希《こひねが》ふべきの事にあらずや。

且夫《かつそ》れ上海に於て其例を見得べきが如く、西人縱令《たとへ》支那を分割して其民に臨むも、實際に於ては單に地圖の色別を列國に於てなしたりといふまでにて、支那の民は依然として支那の民なり。其己人《こじん》の利害と相渉らざる限りは、彼等は其支配者の外人たると否とは風馬牛にして、其土に着して其生を樂むべく、其分割せられたるがために、其分割したる國に反抗せんともせざるべき代りに、又忠良に臣從もせざるべければ、分割したる列强は、其權勢を空に有するのみして、支那人はいつまでも所謂中國人《チョンゴレン》としての統一を有すべく、支那政府としての支那は滅びたりとも、支那人としての支那は終《つひ》に滅びざるべき也。故に支那の分割を以て猶太《ユデヤ》の滅亡によりて猶太人が沈離したると同一の結果を支那人民の上に下すべしと想像するは謬《あやま》れるなり。日本の民は或は其國と共に滅びんも支那に於ては國は破るゝも民は破れざるなり。彼等は日本人ほど神經過敏に氣を以て勝てるの民にあらざるなり、彼等は克《か》たれて而して克つの民也。卽ち彼等は消極的に他を制するの民也、歴朝金元淸の如き胡人を以て、權勢に於て支那の民に克てるも、是《こ》れ其權力の及ぶ所は外面のみにして、實際に於ては、支那を胡人化する能はざるのみらず、胡人却て隱々の裡に支那化せらるゝなり。支那人は、之を譬へば劍に於て常に敵に空を斫《き》らしむるもの也、此に迕《さか》はずして終によく之に克つ也。故によし支那を分割し得たりとするも、支那人なるものには依然として其統一あるべく、啻《たゞ》に然るのみならず、歴史の示す所によれば、或は其分割したるもの、却て分割せられたる民のために、隱々の裡《うち》に權勢以外の點に於て相克たるゝに至らざるを保す可らず。

故に支那の分割なるものは、或者が想像する如く、哀むべきの事には非ざるなり、恐るべきの事には非ざる也。血を流すもあらず、人民の流離するもあらず、否寧ろ西人の手によりて支那と支那人民との開化を促すものなり。分割なるものは、其實際に於ては、支那人、西人を雇來《やとひきた》つて其國を開かしむると異なるなきなり、西人は拮据《きつきよ》金を投じ、力を盡くして、所謂文明の事業なるものを施設して、而して座して其益を享くる者は卽ち支那人のみ。故に吾人は支那の分割は支那の民のため、世界文明のため、喜ぶべくこそあれ、決して恐るゝに足らざるといふを敢てするものなり。

然れども說いて茲《こゝ》に及んで、更に解釋を須《ま》つ一の疑問あり、卽ち西人之れを分割して、其文明を輸進するに當つて、頑迷なりといはれ、固陋なりと稱せらるゝ支那人が果して容易に之を受容し得るや否《いなや》との事是《これ》なり。

女人的なる支那國民

若し天地に兩儀あり、磁電に兩極あるが如く、覆載《ふうさい》間の萬象、皆二樣の相異なれる、相反したる性を有するものとせば、吾人は、亦人間氣質の上にも、之あるを認むといふを敢てするものなり。吾人は未だ、從來の心理學者が、人間心理の現象を此方面より論じたるものあるを見ざれば、從て未だ命ぜられたる定名あるを知らず。故に姑《しばら》く之を名づけて、陽性、陰性といふも可、剛性、柔性といふも亦可、而して男は卽ち此剛性、陽性の結象《コンクリート》なる者にして、女は陰性、柔性の結象《コンクリート》なり。故に男の徳は剛健にして、女の徳は柔順に在り、徳は得なり、天より享《う》けたるものゝ謂《いひ》なり。されども、更に男女の別を離れて、單に人間なるものゝ上よりあらゆる心理現象を抽象《アブスツラクト》し來りて、亦之を陽性、剛性のものと、陰性、柔性のものとの二項に分類するを得べし。而して其陽性、剛性に屬するものは、積極的《ポジチーヴ》、自動的《アクチーヴ》の心理現象にして、敢爲の如き、克己の如き卽ち是、其陰性、柔性に屬するものは消極的《ネガチーヴ》、受動的《パッシーヴ》のものにして、剛性、陽性のものと相反せるものなり。然れども、吾人の今論ぜんとするは此等以上の瑣末の點に及ばんとするにはあらず、茲には只《たゞ》、此人間なるものゝ心理上の區別を、之を擴めて、人間の一團たる國民なるものゝ上に充《あ》てゝ、支那國民の陰性なり柔性なるを說けば卽ち足れるなり。

一度、足、支那の地を踏みたるものゝ、直ちに感ずるは、支那人の從順なり、彼等は意氣地なき迄に從順なるなり、船旣に郵船會社の碼頭《ばとう》(12)に着すれば、群り來る晻臢《むさ》き、汚らはしき豚尾の苦力《クーリー》や、埠《ふ》を上れば客を圍みて罵噪《のゝしりさわ》ぐ車夫の類、彼等は撲《う》たるゝも、蹴らるゝも、唯命のまゝに動くなり。彼等には殆ど、抵抗といふことは知られずにあるなり、故に從僕として最もよきは支那人なり。日本のものならば、女にても勃然と色を作《な》す可き無理難題にも彼等は默して之に從ふなり。此の從順は最もよく彼等の氣質の、陰性、柔性なるを證するものなり。

旣に陸に上り、居を定む、晨起《しんき》蓐《じよく》を出でゝ市街を步せんに、早くも到る處の茶樓、立錐の地なきまでに排置せられたる卓《たく》を圍んで、蝟《い》の如く群れる豚尾の茶を喫しつゝ、さも優々と語笑に興じつゝあるを見んなり。元來支那に在りては貴きものは、早起を恥づべしとすれば、此等のものは皆極めて身分の賤《いや》しきものたるは疑ひなきなり。然れども此狀《このさま》は、獨り賤《いや》しきものゝみ然るにあらざるなり。試みに黃昏、歩を散じて四馬路の烟花場に入れば、頓《とみ》に煌々《くわうくわう》たる一場の不夜城、哀絲豪竹、歌吹海《かすゐかい》を湧かし、狂蝶癡蜂《きやうてふちばう》、花を尋ね香を偸《ぬす》むの冶郎嫖客《やらうへうかく》肩を摩し、踵《きびす》を接し路を夾《さしはさ》むの高樓朱欄《かうろうしゆらん》飛ばんとする茶舘のうちには、蘭燈、華の如く綺席《きせき》(13)を照らして、客をもとむるの妓、妓を弄するの客、充滿雜沓、其繁華熱鬧《ねつたう》目眩《げん》し、耳聾せんとするものあるなり。此狀と見れば支那の民のいかに懶惰《らんだ》にして、安佚《あんいつ》を好むかをトするに難からず、惰氣は卽ち自動の氣象なきなり、吾人が所謂陰性、柔性なるものにあらずして何ぞ。

然れども、又一面を見れば、彼の苦力や車夫の輩が、汗を搾《しぼ》り身を碎きて勞働するさまの、如何に勤勉なるぞ、是れ獨り此等の勞働者のみならず、商人も讀書人も、凡て彼等は單調を厭はず、倦むといふとを知らずして、其業に勵むなり。さはいへ其勤勉なるものはよく勞苦に堪へ得るといふに止まるものにして、若し之を堅忍なりといふを得ば、そは受動的消極的の堅忍なるなり、卽ち彼等の勤勉は一種の自動機《アウトマチツク》の如く勤勉なるなり、卽ち其勤勉なりといふことも、彼等が陽性、剛性なるを示すものにあらずして、寧ろ其陰性、柔性なるを示すものなり。

かるが故に、彼等を勤勉なりといふも、決して活潑なるにはあらざるなり、彼等の勤勉は、優柔にして而かもたゞ間斷なきの謂《いひ》なるのみ。實に彼等の優柔なる、その街上を過ぎ行くものを見ても、彼等には高踏闊歩といふことは、知られざるべきかと思はるゝまでに緩漫なるなり。されば支那人の間には敏捷《びんせふ》の動作といふべきものは、殆ど見るを得可からざるなり、是《こ》の優柔も亦彼等が陰性、柔性なるを表するものなり。

試みに支那の劇場に入らん歟《か》、板や、磬《けい》や、笙《しやう》や、笛や、銅鑼《どら》や名も知られぬ諸種の樂器、其音の喧聒《けんくわつ》なる、(14)殆ど耳を聾せん計《ばか》りなるに、平然として之を喜べるを見れば、彼等には此《か》くまで調《ピッチ》の高きものにあらざれば、感ぜざるなり。又百度に近き酷暑、窓戸を鎖《とざ》して、拮据《きつきよ》せるを見れば、彼等は觸覺にも鈍き所あるなり、醫の語る所によれば、彼等熱を病むも、四十度（攝氏の）を超えたるものに、さほどまで苦惱を訴へずといふなり。更に又彼等が紅紙を喜び用ひ、紅《あか》きを以て禮なりとし、其他家裡《かり》の裝飾にも朱欄紅帷《こうゐ》(15)多く赤色を用ひたるも、彼等は此強き色を喜ぶほど、其色覺に鈍きなり。又彼等が汚臭堪へがたき街路を過ぎて、少しも其臭《くさき》を感ぜざること豚の如きは、彼等は確かに嗅覺に鈍きなり、此《かく》の如く彼等が感覺に鈍きは、畢竟《ひつきやう》するに、彼等が受動的にして、受け堪《こた》うるの力に強きが爲めなり。其他、彼等が陰忍なる、陰柔なる、(16)諸他の氣象を分析して、之を考ふれば、悉《ことごと》く其受動的なる、消極的なるを表するにあらざるはなくして、即ち彼等は陰性、柔性の氣質を享《う》けたるもの、彼等を稱して女人的なりと云ふも不可なるなきなり。されども今一々に此等の例を擧げて之を論究せんことは、姑《しばら》く用なきなり、吾人はたゞ以上說き來りたる所によりて支那人を陰性、柔性の消極的受動的の氣質を有するものなりと斷じ、之より推論して、支那人は果して世人の信ずるが如く頑迷なるものなりや、若し頑迷なりとせば、彼等は果して新文明を受容するに堪へざるまでに頑迷なるべきや否やを見んと欲するなり、即ち吾人は、支那人の保守的なりといふの點につき、其保守なりといふの意義を研究して、其如何の度まで保守なるべきかを見んと欲するなり。

支那人は消極的に保守し受動的に進歩す

三千年前、孔子が説き創めたる儒教を、今に尊尚[17]するが故に、支那の民は保守なりといふ乎、然らば、千九百年前に基督《キリスト》が基を開きたる耶蘇教を、今に尊崇する西人も同じく保守といふ可けん。纚々《しし》[18]として地に曳く辮髪あるが爲めに、支那の民は保守なりといふ乎、而かも是れ國制なり、清《しん》の粟を食《くら》ふ者、僧道[19]婦女たるの外は必ず奉せざるを得ずして、且亦歐人の短髪と、其理に於て何の異なる所かあるべき。然らば鐵道なく、電信なく、所謂十九世紀の新文明の利器を凡て知らざるが爲に、彼等を保守なりといふ乎、然り、彼等を以て未だ西洋文明に浴せずといふは得ん、而かも其未だ之を用ゐざるは未だ之を知らざるがためなるを知らば、知らざるは知らざるなり、未だ之を以て直ちに其保守なるを速斷す可らざるなり。

然れども、吾人は必ずしも、支那の民を全く保守ならずとはいはず、五千年來、假令《たとひ》其間に幾度かの興亡離合はありたりとするも、殆ど恒《つね》に統一の體面を保ちて尨然《ぼうぜん》[20]たる巨帝國、殆ど全く內に競爭なく、外に刺撃なかりしもの、自づから保守とならざるを得ざる可くして、而して其長く同一の文明、同一の思想、即ち同一の狀態を把住[21]せし者は、亦自づから其惰力強からざるを得ざる可くして、俄《にはか》に新文明、新思想の新狀態に闖進《ちんしん》[22]せんことの難かるべきは論を待たざる所、且彼等の陰性、柔性なる氣質の上よりして之をいふも、彼等は急激を喜ばずして舒緩《じよくわん》を好み、變化を喜ばずして偸安《たうあん》を好むの民なれば、彼等の自づから保守に陥るは勢の免れざる所なり。然れども彼等の保守は、消極的《ネガチーヴ》の保守なるを忘る可らず、即ち彼等の氣質の陰性、柔性なるは、彼等の保守をも消極的にして、彼等は舊に執するにあらずして、彼等は舊に因るなり。彼等は舊を守るにあらずして、彼等は舊に安んずるなり。故に彼等は因襲せるまゝに任して、敢て破格して新に殺入(23)するの意氣を有せずと雖ども、翻《ひるがへつ》て彼等は亦飽くまでも舊を死守して渝《かは》らざるの把住力あるにもあらざるなり、彼等は進んで新を取らんとせざる代りに、強て舊にも着するにあらざるなり、敢て舊を捨てざる代りには、さほど新に就き難きにもあらざるなり。若し支那の民にして、剛陽の性あらしめば、自動的に積極的に、決然として新を攫《つか》むの事あらん、而かも亦自動的に積極的に舊に嬰《かゝ》つて容易に之を去らざらん。然れども彼等の陰柔の性なるは、敢て自動的に積極的に、新に就くこと流るゝが如くならざる代りに、其舊に於けるも、亦受動的消極的なるが故に、只敢て之を去らざるまでにして、さほど頑固に、又執拗にはあらざるべきなり。蓋し自動的に就くものは、其就くこと異なれども、亦積極的に抵抗の力も強くして、守るに勇なるべく、消極的に守るものは、其守ることの弱き代りに、其自動的に進取するの力も弱くして、就くにも亦怯なるなり。畢竟するに、剛陽の性のものあらしめば、就くにも守るにも、積極的、自動的なれども、陰柔の性のものは、守るにも就くにも消極的、受動的なるべし。故に支那の民は保守なれども、頑固なる保守に非ずして、新をも受容し得らるべき性質の保守たるなり、故に若し茲に新文明、新思想、支那に注ぎ入りたりとせんに、支那人の民は、自ら進んで之を採りて忌まず、僅に二三十年間の短日月に、長足の進歩を爲すこと吾日本人の如くなり得るの民にはあらず、然れども亦吾日本の民の維新後の十年間に於けるが如く、血を流しても、舊思想に殉ぜんとするの民にもあらず、故に更に翻て之をいへば彼等は決して新文明、新思想に眩惑《げんわく》せられて之に心醉すること、吾日本人の如きことなしと雖ども、而かも彼等は決して、新思想、新文明の潮流に抵抗せんとする民にはあらざるなり。

故に語を換へて之を言へば、彼等は消極的《ネガチーヴ》に保守し、受動的《パッシーヴ》に進取するの民なり、故に支那の民は、新文明を受容し得る者なりといふとも、決して其保守の氣質と、相矛盾するの說にはあらざるなり、否寧ろ前《さ》きに吾人が彼等が陰性なり柔性なりと斷ずると、相一貫して之を解するを得べき者たるなり。

故に吾人は斷じて之をいふ、支那の民は、決して世人の思考するが如く、頑迷固陋のものにはあらず、又彼等は決して新文明を受容し得ざるの民にはあらざる也（固より吾日本の如き急激は望む可らざれども）而かも、彼等が今日に於て、未だ新文明の曙光だにも浴せざるを怪しむものあらば、そは支那の大を知らざるの人なり。其吐き出す水が、洋上二百哩以外までも、黃濁せしむるに足るの大河ある支那の大を想像し得ざる人なり、平素茫々一望、眼を礙《さまた》ぐるものなき平野ある大陸の大を想像し得ざるの人なり。外人の港を開けるものは此大なる支那中の一粟粒にだも若《し》かざる小部分なるを知らざる人なり、而して實際に外人を見、外人に接せるは、此一粟粒だにも若《し》かざる小部分に住せるか、若しくは其近傍數哩《マイル》の地に住せる、之を支那四億萬の夥《おびたゞ》しき人口に比せば、亦是《こ》れ其の千分一をも萬分一をも超えざるべき極僅少の民に過ぎざるを知らざるの人なり。試みに此等の地と此等の民とを以て、大陸の幅員と其人口とに比して之をいへば支那の地未だ西人なく、支那の民未だ西人の新文明に接せずといふも強《あながち》に過大の誇張にはあらざるなり、故に支那の民が、未だ新文明を受用し得ざるは之を受用せざるにはあらず、未だ之を知らざるなり、卽ち之を受用す可き機會あるなきなり。固より日本の如き痩削《そうさく》(24)なる彈丸黑子《こくし》の島國ならば、國家の神經も過敏にして、容易に外來の刺衝《ししょう》に激せらるれど、支那の如き尨大の大陸にありては、僅に其沿岸の一小緣端が、外來の刺衝に接觸したりとて、其覺を全國に傳ふるを、日本の如く鋭敏なる能はざるは、盖し論を待たざる所。果して然りとせば、支那の民の多數は其西人を知らず、西人の新文明を知らざること今日猶明末以前、西人未だ足を支那の地に着けざる三百年前の時と異なるなきなり、故に此等のものが、未だ新文明を受用し得ざるは當然のみ、是《こゝ》を以て直に支那人は頑迷なり固陋なりと速斷するは、譬へば猶卵に時夜《じや》を求めて之を鷄に非ずといふが如くならんのみ。若し新文明既に注ぐこと洽《あま》ねくして、而して猶之を取らざれば、卽ち頑迷といふも可、固陋といふも可、而かも今の上海より見て之を察するも、新文明に接觸したるの支那人は、優に此を受用すべきの實例を示したるものあるに於てをや。

今假りに一歩を譲り、支那人は頑迷なり、固陋なりとするも、彼等もし西人の新文明と接觸して後、其便、其利を見ば、彼等は必ず之を受用するの民となるなり、何ぞや、彼等は利害の打算に於て最も長ぜるの民なればなり。

〔支那人は頑迷固陋の者に非ず〕

宵越しの錢を費《つか》はずとは、獨り江戸っ子の腹のみにはあらず、錢《ぜに》に切れ離れのよきは、日本全體を通じたる一種の國民的性情たらん。其境遇の土壌肥え、氣候溫和に生活に容易なると、及び其固有の負けじ魂と潔癖とに支那傳來の儒教的清廉と、印度傳來の佛教的離慾とが、相融和して、一種錢を賤むの氣風を生じ、啻《たゞ》に彼の武士が、定《さだま》りたる俸祿に衣食するが故に、錢に對して無頓着に、食《くら》はねど高楊枝《たかやうじ》たりしのみにはあらで、下つて俳優、或は更に賤しき娼家の妓すらも、錢勘定《ぜにかんぢやう》を知らざるを以て、自ら高しとしたる、恐らく世界を通じて、日本は最も錢に奇麗なるの民なるべきなり。此の如く錢を汚らはしきもの、陋《いや》しむべきものとせる觀念の如きは、殊に之を支那の民には、其痕をだも認む可らざるの事なり、蓋し彼等の錢を愛する、猶太人と其氣質酷《はなは》だ相似たるものあるなり。彼等が一文を得れば一文を積み、一錢を得れば一錢を蓄へ、衣は弊《やぶ》れたりとも意とせず、屋は破《や》れたりとも顧みず、蔬食《そしよく》(25)に甘んじ、劬勞《くらう》(26)を厭はず、孜々《しゝ》として其生業に勉め、卑《ひく》き生活によつて、大なる餘財を貯へんとするは彼等の常也、而して其錢を愛するは、惟《ひと》り商賈下賤のものゝ然るのみにはあらず、堂々たる讀書人すら、錢を說《とき》て鄙《いや》しとせざるなり。彼等如何に邊幅を修飾して、其體面を粧《よそほ》へるも、一度錢の事に至れば、錙銖《ししゆ》猶苟《いやし》くもせず、吾人は金錢上の事のために、此等の口に孝を說き、悌《てい》を說くの人にして、猶兄弟相諍《あひあらそ》うて、口角沫《あわ》を飛《とば》せるものをすら見たることあるなり。況んや此より下れるものをや、銅錢《ドンデ》の一文二文をやらじ、取らんとの推問答は、吾人が常に此地の街上に見る所。彼等には、錢は何物よりも貴きなり、誇張していへば、錢の力、生命より重きなり。彼等は、錢のためならば如何なる屈辱をも忍び、如何なる痛苦にも堪へ、如何なる勞役にも服す可し、錢をさへ見せなば、彼等は如何なる事をも爲さゞること莫《なか》る可し、若し彼等の眼前に錢を列べて、汝の軀體の某部を傷けば、之を與ふべしといはんに、彼等は此をすら爲し兼ねまじきまでに錢を貴ぶなり。或は彼等中の豪華を悦ぶものが、駟馬《しば》大車、鷹揚妓を載せて馳《は》するを見れば、詩人のいへる一擲《てき》千金空《むなし》の語を想ふべしと雖ども、而かも是唯其表面のみ、外見のみ、支那人は其體面上より外を衒《てら》ふの習ありと雖ども、内實は依然たる鄙吝《しみつたれ》の民なり。此の如く豪華を衒ふものと雖ども、彼等は猶囊中必ず銅錢を少《か》かざるまでに勘定高きなり、彼等は凡ての事に於て細心なるが如く、殊に錢に於て細心なるなり、凡ての氣質に於て女人的なるが如く、錢に對しても亦女人的なるを免れざるなり。

錢を愛するものは、卽ち利己の人なり、故に彼等は唯其一己の利害を最も重しとして、他を恤《めぐ》まず、他を顧みず、己の利害と相涉らざる事に對しては冷淡相知らざる者の如く、所謂公共心なるものもなければ、又同情にも乏し。故に其利害の己に及ばざる限りは、其外面を衒ふ外には、縱令《たとへ》朋友の爲めになりとも、其己の利害を犧牲にしてまで、是に盡すが如きものにもあらず、又彼等は其一己の財産と身體との安寧をさへ保せらるれば、嬴秦《えいしん》劉漢(27)如何なる政府の下にも立つべく、又其利害を較して利なれば、孰《いづ》れの國旗の下にも役せらるべきの民にして、彼等の一切を計較し、打算する其標準、其指歸は常に其一己の利害に外ならざるなり。故に今茲《こゝ》に事あり、彼等に利に便に且益あらんには、彼等は之に就くこと流るゝが如くなるべく、其事の新舊の如きは、蓋し彼等の多く問ふ所にあらざらん。故に今彼等をして假りに頑迷固陋のものたらしむるか、若し西歐の新文明にして、彼等に利に便に且益あらんには、彼等何ぞ其新なるの故を以て、之に就くことを躊躇せんや。而して此の所謂新文明なるものは、卽ち物質的の進歩にして、人間生活上の便宜、必要に應じたるものなれば、鐵道なり、滊船なり、電信なり、其他百の發明悉く皆人間に便に、利に、且つ益ある者にあらざるはなければ、彼等の之を受用せんこと論なく、若し一時躊躇することあらば是れ其新奇に駭《おどろ》きての爲にして、既に其利を覺るに至らば、決して永く猶豫の態をなさじ。試《こころみ》に思へ肩輿《けんよ》遲々として日に數里を行かんよりは、火車(28)一馳、長蛇、焔を吐いて百里を走るの疾《はや》きには若《し》かず、白帆、流に順《したが》うて下り、縱令《たとへ》千里に江陵、一日に還るといふも、何ぞ山の如きの巨船、風浪を蹴つて駛《は》するに若《し》かん、驛馬星馳《せいち》(29)命下つて早く南國の荔枝《れいし》長安に入るも、萬里一瞬にして信を通ずべき電信には若かず。此等の便、此等の利、此等の益、倘《も》し此等にして形而上的のものならば則ち知らず、此等は物質的なり、形而下的なり、其利、其便、其益、其效驗を其眼前、其刻下に見るを得べきもの、支那の民は其利を知つて、猶其舊に依つて新を採らざらんとするほど、頑陋にもあらず、又迂闊《うくわつ》にもあらず。若し之を疑はゞ、一度足、上海の地を踏んで、支那人が其肆廛《してん》(30)に電燈を點じ、瓦斯燈を點じ、打電によつて事を辨じ、滊車滊船によつて往來し、寫眞を撮り、馬車を駛《は》せ濈々《きこ》(31)として其處《そのところ》を得たるの狀を見よ。故に吾人は斷言す、若し西人にして支那を瓜分《くわぶん》(32)したりとせんに、新文明は忽ちにして支那全國に洽《あま》ねくして、二十二行省の民其惠に沾《うるほ》はんと。

然れども、或は支那の民が、天下何《いづ》くに之《ゆ》くも、其衣冠の風を改めざるを擧げて、吾人のいふ所を難ずるものあらん歟、そは所謂一を知て未だ二あるを知らざるものなり、外國にゆいて衣冠の同と不同と、彼等の利害に於て何の影響する所ぞ、且夫れ更に之を論ずれば、今日に於ける支那の風俗は、西歐の風と相似たること、却て相隣れる日本よりも疾《と》きことあるを知らざる可らず、既に歐風と相似たり、故に其服を改め、裝を變ずるを要すること吾《わが》日人の如きものあらざるなり。

西風に近きの支那

彼は我と同じく亞細亞の一部たり、我と同じく蒙古の一族たり、而して我の開化、我の文明の輸進《ゆしん》者[33]たり、先導者たる支那は、其風、其俗に於て、必ず我と相近きものありて、其所謂東洋風たる點に於て、相一致したるものあるべしと信じて、支那の地を踏み、支那の生活の中に投じたり、而して吾は其豫想と、豫期とに反することの大なるに駭《おどろ》きたり。吾と雖ども、嘗て支那の風俗に就きて聞きたることなきに非ず、其我と相同じからざるものあるも亦嘗て之を知れり、而かも吾は其我と相異なるものは其枝葉にして、其根本に於ては、必ず相同じきものあらんを信じたりき、圖らざりき、其相同じきものは悉く其枝葉にして、其根本に於て却て全く相異なりたらんとは、實に支那の風俗は我に似たりといはんよりは、寧ろ西風に似たるなり、卽ち我に遠くして却て彼に近き者あるなり。其箸と其碗とを以て飯《めし》を喫するは（假令《たとひ》其箸と茶碗とは、其國の我よりも大なるが如く、我の茶碗と箸とより大なりと雖ども）卽ち我と相同じくして、大《おほい》に西風の刀《ナイフ》と肉叉《フォーク》とを用ひるに相類せざるが如しと雖ども、其主食の肉たるに於ては寧ろ西風に近からずや、其夜闌《たけなは》に及んで寐《い》ねて、日長《た》けて纔《わづか》に起き、午飯と晩飯とあれども朝飯なく（朝は起來後、粥を啜《すゝ》るか、若《もし》くは點心を吃《きつ》して飢を醫《すゝ》るのみ）二食にして三餐ならざるは、却て西風と似たらずや。其套子《たふし》[34]、其袍《はう》は、上下相つゞきて一枚より成れること、日本の衣服と相類せざるに非ずと雖ども、其窄袖《さくしう》にして褌子《クウヅ》と稱する窄袴《さくこ》を穿《うが》ちたるは、殆ど西風にあらずや、其馬褂《マケ》なるものは、其形に於て、其用に於て、洋服の短胴《チヨツキ》と毫《がう》も相異なるものあらざるにあらずや（尤《もつと》も日本にも一種の胴着ありて、袖のない御羽織《おはおり》といはれて、羽織に代用せらるれど、此馬褂《マケ》の傳はりたるものなるは、此を俗にちやん〳〵と呼ぶにても知るべきなり）、其鞋《くつ》も長靴も亦皮と布との相違こそあれ、其形に於て全く西風の樣《さま》に非ずや。支那人が體の上部を露はすを忌まざれど、下半部は決して人をして見せしめざるは、西人と相似て、我の寧ろ上部を蓋うて、下部を露はして恥《は》ぢざると相反せずや、其顔面は日に幾回となく熱湯を手巾に絞りて拭ひきよむれど、全身の洗澡《せんさう》[35]に至ては却て意を留めざるは、西人の半身のみを拭ふに似て、我の全身を浴すると相異ならずや。其屋《をく》の壁厚くして牕《まど》少なき、日本の土藏造に似たれども、其鞋《くつ》を以て直ちに堂房に上下する、其疊を用ゐずして土間若《もし》くは板間なる、倚《よ》るに卓あり、坐するに椅子あり、臥すに寐臺ある、更に瑣細《さゝい》に渉つては、寐臺上の舗盖《ふとん》の疊み方に至るまでも、殆ど西風を其まゝに移し來りたるかを疑はしむるものある也、其我に同じからずして却て彼に似たる此《かく》の如きものある也。但若し我の風にして、支那と相同じきものあらば、そは我が支那より導き、支那に模したるものなるのみ、模倣してすら、猶我は彼と、其衣食住の根本に於て相似る能はざりしまで元來の風を殊にしたるものありしなり。固より今の支那は金、元、若くは今朝の如き、所謂胡人の制を受くること數々《しば〳〵》にして、爲之《これがため》に其影響を風俗の上に及ぼしたる必ず多かるべく（衣服の如きは是《これ》なり）、而して一方に於ては、此金、元、清等と同じく朔北《さくほく》の民なる匈奴、韃靼《だつたん》、蒙古等が、亦歐洲に侵寇《しんくわう》して、其風を遺したるものもあるべくして、我に却て支那古代の風を存して、支那の今と似ずして、支那の今の寧ろ西風と似たるものも、或は之有らん歟《か》。然れども、そは吾人が今問はんと欲する所に非ず、吾は唯、今の支那の風が我に遠くして却て西風に近きを以て、西風の文明を採るに於て、其間に甚だしき支吾あるなきを信ずる也。

人或は支那人の外邦に出で丶、猶其衣冠を變ずるなく、所謂華服を着け、辮子《べんし》を垂れ、恬《てん》として愧色《きしよく》(36)なきを異《あや》しんで、彼等を頑陋なりといひ、固謬(37)なりといふ。支那と交はれば其衣冠を模し、制度を模し、西洋と交はれば亦其衣冠を模し、制度を模し、一も模倣二も模倣、只新しきを是れ喜ぶ日本人の眼より之を視ば、其守つて變ぜざる、固より頑陋ならん、固謬ならん、吾人も亦敢て彼等を以て全く故《こ》に拘《かゝ》はり、舊に泥《なづ》まざるの民とは信ぜず、然れども其髪を斷たず、衣冠を變ぜざるは、國法の嚴、之を禁じたるものあると共に、更に一面より之を見れば、彼等は縱令其風を變ぜざるも、外邦に在つて以て其家に處《を》り、其人に接《まじ》はつて、何の不便と不利とを感ぜざるまでに、彼等の風は西人の風と相似たるものあるなり。若し國禁なからしめば、或は其髪は之を斷つことあらん、其他に至りては殆ど之を變ずるの必要を見ざるなり。日本の服を以てし、日本の履《くつ》を似てして、西風の家に處《を》り、西人と交はらしめん歟《か》、種々の不便と不利とは、縱令《たとひ》其人歐風を崇尚するにあらざらしむるも、猶西風を採りて之を用ひるの已むなきに至《いた》らしむべし、我に在ては已むなきなり、彼等に於ては要なき也。

以上說く所の如くなるを以て、假令《たとひ》西風支那に入るも、些細の更改《モディファイ》をもつて、優に支那の風と相融和するを得可くして、是《これ》がために苦痛を感じ、不便を感ずることは、我《わが》邦人に比すれば更に少かるべきなり。踞坐《きよざ》に慣れたる我邦人の爲めには、山陽鐵道の如く疊を滊車にまで用ゆるの要あれど、支那人は毫《がう》も苦痛を感ずることなくして、西式のま丶に依るを得べく、我邦人は自轉車に乘らんとしては、先づ其服を更《あらた》めざる可からざれど、支那人は其服のまゝにして之を驅つて星馳《せいち》(29)するに、何の不便をも見ざるなり。此等の事、素より其一端に過ぎずと雖ども、推して之を考ふ、吾は寧ろ支那の民の西風を採るに容易なるを信ずる也。

上海の天長節

紅葉先生貴下

日本より知人參り候ため、其案內等にて取紛れ、稿を續くを怠り申候、次便船《つぎの》には必ず相送可申《あひおくりまをすべく》候。今年今日、初めて異鄕に天長節を奉賀仕候《つかまつり》、例年のは不知《しらず》、今年は改正條約施行の年に當りたればとて、居留民一同大奮發にて、張園《ちやんゑん》と申す處に祝賀會を開き申候。張園とは噴泉路《パブリング、ウエル》にある廣大なる私園に候、味蒓園《みじゆんゑん》とも申し、其張園といふは張氏の園と申す事に有之由《これある》に候、私園とは申し乍《なが》ら、一種の游樂處に候、優に千人以上を容るゝ《い》に足るべき宏敞《くわうしやう》(38)なる漢洋折衷の建物ありて、以て茗《めい》を啜り點心を喫《くら》ふべく、先づ申さば大なる茶舘に候。夏など日やゝ傾けば、馬車旁午《ばうご》、涼を趁《お》ふて至るの客、座に溢れ申候、殊に晩間、妓の綺羅《きら》を着飾《きかざり》候て、此處《ここ》に華奢を衒ふの狀、目さむる許《ばかり》に候。今日は一日間、此處《ここ》を買切申候次第にて、日本人としては、中々大仕掛に有之《これあり》候、但、最初、會費二圓五十錢の筈なりしと、可成《なるべく》人を多く集め候趣意とかにて、五十錢に引下げ申候、たゞの五十錢に候、是にて日本人の富の度が推測られ候て心細き至りに候（尤も足らず前《さき》は、寄附に頼ることは勿論に候）、但僅か五十錢にて、立食の上に餘興までの御馳走に候へば、寄るも寄つたり、四五百の頭數《あたまかず》に、さしもの張園も、所せき有様に有之候。服裝の制限はよけれど、フロツクコートさへ着れば、ボーイ上りも、クツク上りも、皆紳士とか申す様の横柄なる面を下げ居候は片腹痛く覺え申候。餘興の時、日本の手踊有之《これあり》候、日本とは申し候へども、上海の日本とは卽ち長崎に候（上海居留の日本人は其極少部分を除けば、宿屋も、料理屋も、藝者も、洋妾《らしやめん》も、皆長崎のものに候、吾等は上海に來りて、支那語を覺ゆると共に、長崎語をも併せ覺え申　位《まうすくらゐ》に候、長崎ならざる九州、九州ならざれば、關以西、上方贅六《かみがたぜいろく》のみに候）。其他の三味も唄も、上方風なるは論を待たず候、十歲內外の小女四五人にて踴り申候、皆々居留民の娘だちなるべく候、上海にも稽古屋があり候かと、至極不通の吾等は唯駭《おどろ》くのみに有之候。此手踊の第一は、御所の御庭《おには》とか張出し有《あり》候、これをおんどころのおにはと讀み候人を見れば、是れも矢張フロツクコートの所謂紳士に有之候、これにて上海の紳士と申すものを御想像被下度《くだされたく》候。次の「富士のの白雪」の娘島田は寐て解けるは祝賀會の踊としては、いかゞはしくはあらずやと、吾等は考へ申候、此餘興の中に頓興聲《とんきよう》を張り上げて、はやし立て候もの、いづれもおますさかいの連中に候。これにつけて感じ候は、醉《よひ》てしだらのなき事、日本人の如きはなく候、がやがやと喧《かしま》しき事に候、支那人は平生は隨分耳聒《やかま》しき人民に候へども、かゝる場合には却て靜肅に候、沈重の度なきは日本人の一弊に候。又例の五十錢にて細君御携帯御勝手次第との事なれば、婦人連も大分見受け申候。いづれも例の紳士連の御內助のみに候へば、黒紋附白襟、晴々しき事に候。されども緊《しつ》くりと似合たるはなく、いづれも着重げに見受けられ候、婚禮着をそれより二度目とは狂句らしき随分皮肉の悪口に候。夜は領事館に宴會有之《これあり》候、のんだくれの對手が五月蠅《うるさ》ければ、申譯《まをしわけ》に一寸參り候へども、二十分許にて立歸り申候、盛《さかん》なりし事と想像仕候。但し盛とは、大聲をあげてのゝしりわめく事に有之候、餘り憎まれ口のみきゝ申候ては、狭き上海に數の知れたる日本人、闇の夜が恐ろしく候。これにて擱筆仕候。あなかしこ。天長節の夜、寓に歸りて、嶺雲

異國かたり草（一）

毎々理屈のみ申上候て、却て壓倦の種《たね》かとも存ぜられ候。此後折々は腹にたまらぬ瑣事雜談を、御笑草《おわらひぐさ》にもと可申上《もをしあげべく》候。

全體支那人の御幣《ごへい》を擔《かつ》ぎ候は、いはでもの事に候へども、其殊に難有《ありがた》きは、金と命とに候、福壽の二字は、何につけ縁起として悦ばれ申候、支那人の細工にて、此二字をカフスの銀釦《ぼたん》に鑄たるものすら有之候、陰暦の九月二十八日は、卽ち財神の誕辰日の由に候、杭州などは殊に盛《さかん》に之を禱祝《たうしゆく》致候由に候、支那人のあたじけなし、此にても推知せられ候。

十月一日（陰暦）は、下元の節と申し候、此日は城隍神《じやうくわうしん》の神輿《みこし》を舁《かつ》ぎ巡《ま》はる由に御座候。

支那にては、魚は食はれまじとは、兼ねての覺悟なりしも、來て見れば案外にも、毎膳必らず魚を缺かず候、多くは鯽魚《ふな》鯉魚《こひ》等、其他名も知らぬ、小骨のみ多き河魚《かはうを》に候へども、時には寧波《ニンポー》の刺鮍魚《たい》のうまき[39]も口に入り候、四川省は山多く澤少なければ、從つて魚鰕《ぎよか》の屬少き由にて、皆八九月の交《ころ》、漢口、鎭江等にて桶に鹽醃《しほづけ》にしたるものを運《うん》し入るゝ由に候、之を桶鮮魚《とうせんぎよ》と申候由、今年は魚價昂貴の爲め、此桶鮮魚、未だ醃《えふ》[40]するに及ばずとの事に候。

陽曆十月三十日より三日間、例年の大競馬、泥城橋外の競馬場に開かれ申候、西園の公子、北里の妓女、今日を晴れと着飾りて、觀に行き、否觀せに行き申候、服御[41]の豪奢、車馬の富麗、たゞ目醒むる許り、泥城橋一帶、但珠翠[42]滿地、衣香人を咽《むせ》ばせ申候、支那人は流石に優長《のんき》に候、事畢《を》へて車馬齊《ひと》しく家を指す五時頃には、歸り來る人々の盛裝を見んとて立つくす者、大馬路の兩側一帶、十町許の間、累々列をなし居申候。

此にて想起《おもひおこ》し候は、四馬路に新しく興り候或茶樓の廣告に、其家は妓などが綺羅《きら》着飾りて、香車肥馬、毎夕張園へ馳《は》せさせ候其往來が、欄に憑《よ》つて眺めらるゝ由の意味にて、記したるものあり候、支那人は觀せる考にて服を飾れば、又それを觀て喜ぶものも有之《これある》にて候。

競馬當日、殊に着飾り候は商賣柄とて妓女に候、艷服靚粧《せいしやう》[43]奢《しや》を爭ひ、靡《び》を鬪はし、光怪陸離に候、當日の新聞によりて、左に三四、名妓と稱せられ候ものゝ服飾を抄出可致《いたすべく》候、此等が定めて時樣《じやう》の服と申す者なるべく候、其前が其第二日のにて、後は尾日《びじつ》のに候。

林黛玉《りんたいぎよく》

粉紅底湖色小菊花織錦緞、珠邊襖、珠帽、
五色織錦襖、品藍閃緞裙、(44)
陸蘭芬《りくらんふん》
紫紅底湖色海棠花閃緞、珠邊襖、珠帽、
玫瑰織紫金閃緞襖、品藍底湖色緞提海棠花裙、(45)
金小寶《きんせうはう》
玫瑰紫底銀色菊花織金緞、珠邊襖、珠帽、
五色織錦襖、品藍閃緞裙、(46)
洪漱芬《こうそうふん》
湖色縐紗三分縫珠邊襖、
蟹売青閃緞裙、(47)
其乘れる馬車の馬夫さへにも、それぐ\に着飾らせ候、いはゞ仕着施《しきせ》の法被《はつぴ》に候、今林黛玉のゝみを擧《あ》げ、他は畧し候。
品藍緞、月華廻陀錦滾號衣背心同、
湖色底四合如意元色提花閃緞湖色緞滾號衣、品藍閃緞湖色雙滾背心、紅藍白三色緯線大帽、(48)
是には畧《ほ》ぼ支那風の豪華を想像し得らるべく候、最も全國中にて衣裝の立派なるは上海第一との事に御座候。

支那人が冷水を忌《い》むは、今更の事にも無之《これなく》候へども、飲料は勿論、盛夏に顔を洗ふことさへ、手も付られぬやうなる熱湯を用ひ申候、是は一體に水の濁り居るより起りたる習慣なるべく候。

今日上海にては、立派なる水道あり、清水自由に得られ候へども、決して生水は用ゐ下申《まをさず》候、されば支那人は三伏の酷熱にも、氷を喫するなどは不致《いたさず》、荷蘭水《ラムネ》すら厭がり申候、されば始終湯を沸し置く必要あり、如何にも不經濟の樣には候へども、これには又それと、便利の法あるものにて、到る處に湯を賣り居申《をりまをし》候て、二文か三文かにて、藥罐《やくかん》一杯を得られ申候。十文も持て行けば、行水する程は十分に得られ候。此湯を賣る舖《みせ》は、朝は早くより夜は十二時頃までみせを開き居申候。

支那人が冷水を忌《いや》がり、且冷水を用ゆるに慣れぬ事は、今春より當地居留地の監獄へ、支那人をも押收致《いたし》候事となり、此處にては、日曜毎に冷水浴を行はせ候例となり居候に、支那人は之を畏《おそ》れ候のみならず、是がために病氣とすらなるもの有之候趣《おもむき》に候。

支那にて最も廉《れん》なるは食物に候、一飯に五皿づゝにて、一人ならば、一ケ月五圓位に候、十圓も出せば三四人は樂に候。上海は支那中にては物價の昂《たか》き處にて是に候。少し奥にはいれば、米が暴騰したりとて猶一石三圓より四圓（上海にては此頃六圓に上り候由、但し一石は勿論日本に比ぶれば少なく候）、卵が貴《たか》しと申し候ても一個八厘位の由に候。

左手巨螯《きよがう》を持《ぢ》す[49]とは強《あなが》ち詩人の噓にては無之候。節、秋に入てより霜螯《さうがう》市に上り、新聞紙上に酔蟹《すゐがい》[50]上市の廣告も見え申候、味も中々肥美に候、小さき酒樓などにて、卓上右に巨觥《きよくわう》[51]左に巨螯の先生を見ること往々に候。

流石《さすが》は文字の國の事とて、反故《ほご》なども決して日本のやうに屑屋に賣とばす様の事は無之《これなく》、皆々燒捨つる由に候、掃除屋でさへ、便器の中に、反故紙の落しあるは忌み候由にて、家々の屑籠は、壺形の竹籠に敬惜字紙(52)と銘しあり候。此頃當地の道臺(53)、惜字の諭示を出して、坑厠《かうし》、墻上《しやうじやう》(54)に招紙（廣告の張紙）を亂貼《らんてん》するは、爲めに穢氣《わいき》(55)薫蒸、雨淋《うりん》(56)零落、坑溷《かうこん》(57)の内、目に觸るゝが如きは、皆是聖賢を褻瀆《せつとく》するの甚しきもの、又一種の奸徒、字紙を耑收《たんしう》(58)して天津等の處に販運し、これを鞋底《あいてい》(59)を作るに售《う》るは禁令を顧みざる者なりとして、併せて之を嚴禁致し候。

支那にては婦人は閨房の中に押籠られの身なりと申せば、如何にも男尊女卑の極の様に候へども、女は女にて又中々の權力を有し居り、皮相に考へ候様のものにては無之候。現に當地に住せる一支那人、夜晩く家に歸りたりとて妻に辱《はづか》しめられ、阿片を飲んで死んだるもの有之候。又日本にてもなれど、下等社會の婦人は中々に烈しく候、手を抗《あ》げ色を厲《はげ》まして、男子と諍《あらそ》ひ、之を叱咤罵倒し居るは、途上毎《つね》に見る所に候。

『王漁洋』の批評の辯難

吾人は平生、寸鐵生の批評が、滔々たる時流と選を異にして、懇到に、且一種犀利なる批評眼を有するを多しとする者なり、是を以て、曩《さ》きに此紙上に於てせる拙著『王漁洋』の批評、若し之を他人の手に出でしめば、吾人はたゞ默して已まん、されども寸鐵生に出でたるが故に、吾人は一言なくして已む能はず。

『支那文學大綱』全體に關しての批評については、予一己としては強《しひ》て之を辯ずるの要なし、されど唯吾人は評者に、此書に撰擇せる二十一人以外、縱令《たとひ》此二十一人は文士と詩人との間に權衡を失したるにもせよ、一代の文運に大なる關係を有するものとして、果して更に何人をか選入す可きかを反問せんとす、且評者のいふ權衡なるものは數に於ていふなり、されど權衡は必ずしも數によらず、又質によるものあるを忘る可らず、且夫《そ》れ上下五千載の間、評者のいふ如く、文士と詩人とを存分に生み出さんことは、到底得可からざる也、大人物は器械によつて製作せらるゝが如く、對比して生るゝものに非ざる也、若し強て其數を同うして之を採らんとせば、勢《いきおひ》人物の小なるをも併せ選入せざる可らざるに至らん、吾人は特にかく二十一人を選みたるものは、此二十一人は各其當時の文運の代表者たりと認めたれば也、其の詩人の數、文士に比して多きの事に至ては、評者をして試みに英國の文學史をとり來りて其數を檢《けみ》せしめんも、其史上に表はれたる詩人の數の、必ず文士に比して多かるべきを疑はず。

此問題は評者の主眼とする所にもあらざるべく、又予の強て辯明すべき責《せめ》あるものにあらねば、姑《しばら》く之を措かん、評者が拙著について先づ難ずる所は、其目次の寂寞にして直接、漁洋に涉れること少しといふにあり、然れども吾人等の此書を逐次刊行するに至りたるの本意は、其時代の代表者を藉《か》つて其時代を叙せんとするにあり、故に重《おもき》を其時代に置き、寧ろ輕く其人を視たり、評者が所謂前置なり、陪客《ばいかく》なりといへるは、是れ著者が最も眼目となしたる所也、豫は此篇に於て寧ろ漁洋一己人を叙したることの比較上長きに失せざるやを憂へたり、圖《はか》らざりき、却て評者の言に會はんとは、評者は又評論多くして事實に乏しといへるも、全篇百六十二頁中事實を叙したるもの、漁洋の生涯を叙したるものゝみにて百十一頁、清初の詩人を叙したるもの亦十二頁、合して百二十三頁、吾人は此篇を草せし時、徒らに記事叙實のもの多く評論少かりしより、著者自らすら己が才の拙、評論に適せざるに非ざるやを疑へり、何ぞ之を以て評論多しといはんや。又評者が編次秩序なく、氣脉連貫せずとは何をかいへる、先づ漁洋が生存したりし康熈《かうき》の世を總叙して、次に漁洋一己の生涯に入り、而して後、清初の詩と其詩人とを叙して漁洋に反映し、最後に漁洋の詩人としての地位を論じたるに、何《いづれ》の所か所謂篇次の秩序なき、何の所が所謂氣脉連貫せざる。

評者は此篇に事實少なくして、評論多しと難じながら、第二の漁洋の生涯の章を評して、變則の年譜の如しといへり、然り、予自らが寧ろ評論の少きを憂ふといへるは此なり、されど平凡なる生涯を叙せんには、勢平凡に流れざる可らず、且評者に問はん、人の生涯を叙するは事實を記する也、所謂詩集の轉載と旅日記の和譯の外、何の所謂新見と斷制(60)するものあるを得べきと、且つ予は此章に於ては專ら漁洋の生涯を叙するに力《つと》めて、其評論はこれを他章に讓りたり、故に變化なく、新見なく、斷制なしといふも吾人は之を甘《あまん》ぜん、何となれば吾人の本意は、世の普通の讀者のために、評者が所謂漁洋生涯便覧たらんを期したれば也、吾人は冕言《べんげん》(61)に於ていへるが如く、支那文學を攻めんとする初學の士に資せんとするは我徒の微志なれば也。

評者は又いふ、第二章に於ける毎節の製題頗る佳ならずと、吾人不文、笑を大方にとる、愧《は》づ可き哉。然れども評者の特に擧げたるものによつて之をみるに、評者は或は予の意のある所を誤解したるにあらざるやを疑ふ、予は毎節皆先づ二字の製題を置きたり、即ち第一の漁洋が祖先を叙するに於て、前烈といひ、第二の其幼時を叙するに於て猶弱といひて、第三の方壯等に對せしめたり、此《かく》の如く先づ二字の大綱を提出して、更に其下に五語若《もし》くは三語の小解を附したり、即ち第一に於て先づ前烈といひ、更に承統既不ㇾ凡[62]といひ、第二に於て猶弱といひ、更に天才早夙慧[63]といひたる也、今に於て之を攷《かんが》ふ、其語甚だ拙劣を極め、夙慧の上に早の字を用ゐたるが如き、其體を得たるものにあらずといへども、然れども吾人は、之を漢語となす可らずといふの理に何にあるかを知るに苦む也（此書刊行の當時、予、京に在らず、校を自らするを得ず、故に此に於ても、前烈と、承統既不凡を別行、若くは字を別號とすべくしてする能はざりしものにして、讀者の惑をひき易き所、されど評者に於ては已に目次を難じて、寂寞なりといひたる以上は、其目次に於て前烈、若くは猶弱の如く、二字のみを下題しあるものを認め得たらん、然らば評者の論ずる所は、前烈承統既不凡と一氣に讀みての上の批難にあらずして、予の意の如く前烈と讀み、後に承統既不凡とよみての批難なるべき乎、敢て評者に問ふ）。

　評者は又漁洋の詩及詩論の一章に、漁洋の詩を擧ぐること僅《わづか》に七八首なるを難じたるも、予は可成《なるべく》重複を避けんことを欲したるが故に、生涯の章に擧げたるものは、力めて之に擧げざらんとしたり、是れ漁洋の生涯の章に於て、漁洋の略歴と、其詩風の大略とを讀者に會得せしめ得んやうに叙述したれば、後に於て再び繁多の例を擧ぐるは寧ろ聰慧なる讀者の厭倦を來すと恐れたればなり。

最後に評者は本書を以て支那の書を燒直したりといふ、然り漁洋は支那の人也、其傳と其詩とは支那の書によらざれば知る能はざる也、故に第二章の其生涯を叙する所、支那の書によらずして何にかよらん、嗚呼解し得たり、評者が前に變化なく、新見なしといひしは、是《これ》を謂ひたる乎、さらば予は更に評者に、第一章、第三章、第五章の再讀を煩はすを乞はざるを得ず。

又評者は屢々五士の合著といふ、如何にも全一部としては合著也、各篇として其各篇の著者ありて其責を負へり、此篇所謂粗末千萬ならば、予自ら責を負ふべし、他四士の知る所にあらず、累《わづらひ》を及ぼすを恐れて亦一言を辯ず。

同情より出でたる節儉

男は理性に傾き、女は感情に傾く

女と男とは如何《どう》いふ所が違ふて居るかと言ふと、人間のみでない、總ての優等動物を通じて相違の點がある、それは動物の繁殖と言ふことから起るのである、動物の繁殖は男女孰《いづ》れが主なる任務を盡すかと言ふと、言ふまでもなく女である、女には生殖と言ふ一大任務があるから、男はこの女を守らねばならぬ、保護せねばならぬ、茲《こゝ》に於て男は食物を獲《え》んが爲めに外に働き、女を守り、保護せんが爲めに外に闘ふ、男は外で働き、外で闘ふが故に自己本位となる、自己本位となるが故に利己的となる、又働くが故に知識が進歩する、闘ふが故に腕力が發達する、女は內に在つて生殖の任務に就く、生殖の任務は後の國民を作らんが爲めである、後の國民を作るは利他的でなければならぬ、則ち自己本位に非ずして子孫本位である、自己を沒却して子孫を育てると言ふことは情でなければならぬ、愛でなければならぬ、故に女は愛の力が強くなり、感情が強くなるのである、斯《か》くの如くにして動物より、原始時代の人間より、現代の人間に至るまで男は外のものとなり、女は內のものとなつたのである、男は生存競爭の渦中に投じて活動せるが故に知識が發達して理性的となるのは自然の勢《いきほひ》である、これに反し女は內に在つて受胎、出產、授乳、育兒等の生殖事業に從事せる結果、感情が強くなり、愛の力が強くなる、又感情が強くなり、愛の力が強くならなければ授乳、育兒などの仕事に從事することの出來るものでない、男の理性に傾くのが自然であると同じく、女の感情に傾くのも亦自然である。

愛と情とは女の生命

男は斯く知に走り、理性的となると同時に、女は愛に傾き、感情的となるのが自然であつて、又それが必要であるとすると、知と情に依つて男女を明かに區別することが出來る、さすれば女は飽《あく》までこの情に依つて働かねばならぬ、愛に依つて働かねばならぬ、道德の基礎は總て同情である。殊に女の生命は同情である、愛である、女が道徳の上に立つには愛と同情とがなければならぬ、女より愛と同情とを取り去れば最早女でなくなり、道徳上の人間でなくなるのである、女は優しみが生命である、然《しか》してその優しみは同情から出るのである、愛から起るのである、同情は總てのものを我と同一となし、我を愛する如くに又他を愛するのである、我の爲めに流す涙は他の爲めにも流すのである、我の爲めに悲しむ心は以て他の爲めにも悲しむのである、女は此心を以て總てのものに向はなければならぬのである、今我が言はんと欲する節儉と道徳との關係も亦この同情を基礎として言ふのである、單に節儉と言へば物を吝《をし》むことになる、吝嗇と言ふことになる、これに道徳的色彩を施して始めて眞の節儉となるのである、節儉が道徳的色彩を帶ぶるには如何にすべきかと言へば、節儉の基礎を同情に置かねばならぬ、同情より出發したる節儉にあらずんば眞の節儉とは言ふことが出來ないのである。

節儉と吝嗇との區別

同情より出でたる節儉とは如何《どう》いふものかと言ふと、ものを惜むにも經濟上、金錢上より吝むに非ずして、そのものに對する同情の念より之を惜むのである、例を擧げて言へば此所《こゝ》に一枚の紙片《かみきれ》があるとする、此紙片を打ち棄てゝ了《しま》ふのは節儉に背くのである、節儉と言ふ上から言へば之を保存せねばならぬ、これを保存すると言ふ理由が經濟的で利益的で、その紙片を棄てゝは金錢上の損害を來《きた》すと言ふのであつて見れば、これは同情より出でたる節儉でない、道徳上の節儉でない、眞の節儉とは言ふことが出來ないのである、道徳上の節儉となり、同情より出たる節儉となるには、その紙片を惜むと言ふ理由が經濟的利益的に之を吝むと言ふのでなく、紙は紙として正當の用途がある、紙が紙として正當の用途に使用されなば紙として本懷であらうが、未だ充分使用に堪へる紙片が、正當の用途に使用されずに棄てられると言ふことは紙に對して誠に不憫な次第である、若し紙に對して同情の念があれば決して棄てられるものでない、恰度《ちやうど》才能のある人間が世に用ゐられないのを惜むと同じ様に、使用に堪ふべき紙の棄てられるのを惜むのである、斯《かく》の如くにして初めて節儉に道德的色彩を帶び節儉と吝嗇との區別が明かになるのである。

無生物にも同情せよ

女の優しみと言ふものは人に對してのみではいかぬ、動物に對しても亦無生物に對しても亦優しみがなければばならぬ、女の同情は人間のみならず動物にも無生物にも及ばねばならぬ、ものを惜むと言ふ情は吝嗇的に吝むに非ず、そのものに對する同情の念から之を惜むと言ふ様にならねばならぬ、斯くして女は女らしく女としての優しみが現れるのである、要するに節儉と言ふことは女が一家を治めて行く上に最も必要なことであるが、この必要なる節儉も經濟上、金錢上より出でたるものとすれば利己的となる、女が利己的となれば玆に優しみは滅却して女としての生命はなくなるのである、女が何所《どこ》までも優しみを失はず、女としての本領を守らんとするには何事にも同情を以て向はねばならぬ、同情を基礎として何事も爲さねばならぬ。

上杉博士の『婦人問題』を読む

上杉〔愼吉〕博士の著『婦人問題』は蓋し我が邦の現在に於ける、婦人問題に關する所謂最も穩健なる説なる者なるべし、然れども博士が見て極端なりと見做すべき、吾人の如き婦人解放を時代の已む可からざる要求なりと信ずる者に在りては、博士の説に對し多少の疑義なき能はず、請ふ吾人をして之を妄言せしめよ。

一　博士の議論の全局は結婚は正理なりとの前提の上に立つ、此の斷定は博士の婦人論の基石也、此の斷定にして若し誤りあらば博士の議論は根柢よりして覆《くつがへ》らざる能はず、知らず此の斷定は果して眞實なりや。

吾人をして之を言はしむれば、博士は女子に生殖の任務ありといふ事を以て、直ちに女子は必ず結婚すべき者なりといふ事を混同せる者に似たり、蓋し人に男女の性別あるは、固より生殖の便宜のための分化に外ならずして、殊に女は受胎、出產、授乳等の生殖に關する重大部分を負擔すべき者たるや論勿《な》しと雖も、是の故に直ちに女子は先天的に結婚せざる可からざる運命を有する者なりと速斷するは非論理的也、女子が生殖の本務を帶びたりといふ事實より演繹せらるべきは、女子は其の本務を遂行するがために單に男子と相匹耦《あひ ゝつぐう》せらるべしといふ事に過ぎず、其の匹耦が一時的の結合たるも可なるべきか、將《ま》た必ず永久的の結合卽ち結婚によれる者たらざるべからざるかに就きては、更に議論の餘地ある者也、女子は其の母たることは固より先天的の約束なりと雖も、其の妻（結婚によりて終生を男に托する）たることは後天的の條件のみ、博士は母たると妻たるとを同義異語なるが如く見做《みな》すと雖も是れ明かに誤謬也、蓋し結婚は男女が生殖の爲めにする匹耦に關する一の形式のみ、男女の相匹耦すべきは固より自明の理なりと雖も、其の匹耦が必ず結婚の形式に依るべしとは決して自然に命ぜられたる所には非ず、結婚の制は旣に人間が便宜上作爲せる形式たるに過ぎずして、而して人爲の形式は時と處とに隨ひて推移變化することあるを免れざる可き者なるが故に、結婚の制を以て直ちに永久絶對の權威を有し得べき者とするは不當ならずんばあらず。

果して然らば、男女の終生の匹耦を條件とする結婚なる者は、現在にあつては、博士のいふ如く正理なる者ならんも、开《そ》は唯だ此の制度が現在に適應したりといふまでに過ぎずして、博士の意の如く之を絶對に正理なりと爲さんには、博士は更に男女の匹耦は必ず結婚を待たざる可からざる所以を說明せんことを要すべし、否《しか》らざれば博士の說は或は男女の牽引といふ事と、結婚といふ事の間に横はれる論理的峽間を躍渡したる獨斷に陷ることを免れざらん。

予は茲《ここ》に、姑《しばら》く未來に於ける男女の匹耦は依然今日の如き結婚の制に由るべき者なる歟《か》、將又《はたまた》結婚といふが如き形式に超越したる者なる可き歟を論ぜざるべし、但博士の說の如く、男女間の結婚を先天的約束とし、永久絶對の權威を有する者とせんには、其の說に猶遺漏あるを免れざるをいふて已まんのみ。

古《いにしへ》より結婚を以て男女匹耦の最も正當なる形式なりとし、而して博士の說の如く女子を以て男子に服從すべき者とせられたるが爲めに、戀愛なき男女が永久の結合を强ひられ、而して男子は畜妾、買笑等の如き他に其の鬱憤を洩らすの途《みち》あるも、女子は則ち其運命に屈從するに非ざれば、直ちに悖德《はいとく》敗倫の醜名を負はせらるゝが故に、血涙を吞んで薄命に泣くか、否《しか》らざれば寃《ゑん》を啣《ふく》んで非命の死を急ぐを敢てせざる能はず、古來悲劇の葛藤が常に戀愛の上に在るを見よ、誰れか結婚の犧牲たる不幸なる女兒の運命に對して一掬《きく》の涙を濺《そゝ》がざる者ぞ、結婚なる者にして果して至完至美の制度にして、絕對に永久に正理なる者ならんには、其缺陷又あまりに大ならずや。

今假りに博士の說に從つて結婚の制は果して正理なる者なりとするも、其の結婚は必ず男女互に自由に相選擇するの權能を保留したる者ならざる可からず、否らざれば結婚は所謂因襲的虛僞を脫せざる不正理の者たらざる能はず、蓋し戀愛なる者は自然が命ぜる男女匹耦の牽引也、故に戀愛なき男女を相匹耦せしめ、殊に之れに永久の結合を强制するが如きは自然に悖《もと》り、人道に背くの甚しき者也、且つ男女の相匹耦する所以は其の目的、生殖に在る以上、其の最善なる匹耦は最善なる生殖を齎らす所の者ならざる可からずして、而して最善なる生殖を齎らすべき者は、最も熱切なる愛情を有する男女の結合に在らざるべからず、夫《そ》れ然り然らば、結婚なる事の條件として最も先づ顧みざるべからざるは、其の結婚する男女兩性間に果して相愛相思ありや否や、といふ事ならざるべからざるや勿論也、博士がいふ如く、女性は人の妻たらざる可からずとするも、其の妻たるは妻たること其の事に目的あるに非ずして、其の目的は母たることに在ること、博士も亦之を肯《がへん》ぜん、而して女子が完全なる兒子の母たり得んには、詐《いつは》れる愛情の下に男子と共棲することを先づ拒否せざる可らず、所謂戀愛の神聖とは、更に進化せる、更に改善せる次代の人を造ることの上に其の意味ある者にして、而して此が爲めには男女自由に相選擇するを第一の條件とする結婚を要すべき者なりとす、或は自由戀愛なる語を以て放逸無慚《むざん》なる亂行の如く思惟する者ありと雖も、予が所謂自由戀愛とは寧ろ禁慾的の極めて嚴肅なる意義を有する者也、眞《まこと》に戀愛ある相思の男女のみの結合するを容《ゆる》すの謂にして、單に肉慾の快樂《けらく》の爲めに戀愛を翫弄とするの謂《いひ》に非ず、此くの如くにして結婚は始めて其の意味あり、其の目的あるを得る也、然るに博士の此に對する意見較《やゝ》ゝ含糊なるを免れざるが如きは惜しむべしとなす。

二　博士は男女に生理的心理的の稟質《りんしつ》の差異あるを以て、男女間に差等あるべき所以なりとし、差異と差等との意味を混同せるに似たり、蓋し差異と差等とは同意ならず、差異ある者は直ちに差等ありとはいふ可からずして、差異ある事は却つて對等の理由となる事あるを忘る可からず、例へば官人の如きに於て、內務大臣と外務大臣との間には司掌する所に差異ありと雖も、其の差異あるは卽ち同じく內閣の大臣として對立するを得る所以にして決して差等の原因となる者に非ず、夫《そ》れ此《か》くの如く男女の間に於ても、亦其の生理上、心理上の稟質に差異ありとするも、そは生殖上に其の掌《つかさど》る所を異にするより生ぜる者たるに外ならずして、其の差異あるは卽ち男女が相對立するを得べき理由となるも決して差等を生ずべき理由となるべき者に非ず。

若し博士の如く此の差異あるを以て直ちに差等あるべき理由となし得可しとせば、此差等は寧ろ女に重く、男に輕かるべき者たらざる可からず、蓋し前に言へる如く男女の生理上、心理上の稟質の差異の根原を推究すれば、繋《かゝ》りて生殖的機能の差異に在りて、(其の證たるべき最も手近き一例をいへば、男子の生殖器を除去せる宦官《くわんぐわん》が鬚髯《しゆぜん》を生ぜず、音聲に變化を生じ、其の心理状態も亦所謂女性的となるが如き是《こ》れ也)、而して生殖機能の上より見たる男女の關係は女子重く男子輕き者なるが故に、若し稟質の差異が男女間に差等を生ずべくんば、即ち其差等は女子に於て重く、男子に於て輕からざる可からざる筈に非ずや。

若し男女の性別を生殖的機能の關係より觀れば、新生物として發生すべき本質たる卵種を有する者は卽ち女性に在りて、男性の機能は單に此女性が有する新生物の本質たるべき細胞に對し、之を充實せしむべき細胞を補給するに過ぎざるのみ、言を換へて之をいへば子體たるべき本質は女性の具有する所にして、男性は單に其の發生を適宜にし、確實にする補助者たるに過ぎざる者也、或る生物が男性の加工を待たざる處女生殖なる者を行ふに見るも、生殖の上に缺く可からざる者は女性にして、男性は必ずしも生殖上に重要なる位置を占むる者に非ざることを明かにするに足るべく、既に然らば、生殖の機能の差異に本づける兩性間の稟質の差異よりして、兩性間に差等を生ずべしとせんに、此によりて男を主とし女を從として輕重するは顚倒《てんたう》の甚しきものなりといはざる可からず。

博士はいふ、男女兩者の異なるは種類の差にして等級の差に非ずと、甚だよし、然れども博士にして果して眞に兩者の間に等差を認めずんば、何が故に女子は結婚に於て男子に服從せざる可からずとする乎《か》。所謂服從なる行爲は種類の差あるに由りて生じ來るべき者に非ず、服從は唯等級の差あるもの丶上にのみ起るべき事也、種類の差によりて生じ來るべきものは補足にして服從に非ず、補足は對立を意味す、博士にして果して其の言の如く男女に等級の差を認めずんば何ぞ結婚の上に於て女子の服從を要求せんとはするぞ。

博士は、女子の男子に服從するを以て男女の天來の資性と、婚姻の根本の意義とに適《かな》へる自然の法則なるが如くいふと雖ども、是《かく》の如きは決して自然の法則に非ず、前にも言へる如く男女天來の資性よりいへば女子は男子に比し生殖の主なる働きを爲すものにして、而して又婚姻の根本の意義は生殖の上に在るが故に、寧ろ男子の女子に歸依して之を扶助し、男子は己を捧げ、女子は許否するを以て自然なりとす、所謂女子が自ら纖弱孤立を感じて男子の腕上に凭《もた》れ、男子の衣下に庇《かば》はれ、男子の足跡に從ひ、男子に緊縛《きんばく》せられ指導せられ、服從し支配せられんことを欲するが如きは、權力關係を以て自然なる男女間の生殖的關係を顚倒し、男主女從の勢ひを馴致せる者の第二の天性となれるに過ぎざるのみ、博士は口に於て男女の同等を唱ふと雖も、其の衷心に於て世俗の因襲的見解に囚はれ、男女種類の差を以て直ちに等級の差の原因とせんとする者たるを見るなり。

吾人は茲に男女兩性情の差異に關する世人の謬信につきて一言するの、必ずしも無用に非ざるを信ず。世人或《あるひ》は以爲《おもへ》らく、女性の稟質は根本的に男子に比し庸劣なりと、而《し》かも男女の稟質の根本的差異は生殖上の使命の差異に本づく者にして、而して此の差異は以て男女の等差を優劣するに足るべき者に非ざる事、前にいへるが如し、然《しか》れども若し女子にして男子に比し、生殖上の使命の相異に本づく稟質の差異以外に猶稟質庸劣なる者ありとせば、そは男子の壓伏の下に永く沈默と闇黑の運命に屈從したる習ひ性となれる者たるを忘る可からず、例へばショッペンハウエルやワイニンゲル(64)の如き女子の呪咀者が、女子の短處として擧ぐる所の狡詐《かうさ》(65)、虚僞、不信、虚榮等の性情の如きは、決して女子の根本的特質に非ず、寧ろ永き屈從が馴致せる偶生的性癖たるべき者也、之を彼《か》の平民が閥族に壓伏せられしに比して看よ、平民は其の習俗に於て鄙野、智識に於て淺薄なる者とせられしにあらずや、而かも一たび解放せられて同等の地位に立つに及んでは、其の智識習俗、貴族と何の相別つ所なきに至れるに非ずや、解放せられし女子も亦當《まさ》に此《か》くの如くならざらん哉《や》。

或は體質の强弱の如きは、女性が生殖の當事者として靜止的狀態に在ること多きを要し、男性が女性の生殖を保護する爲めに外面の折衝に當るより活動的たるを要するより生ぜる根本的特質なりといふを得べきものなりと雖も、然れども强弱の相異が等差の相異となる事は、力を以て相爭ふ時代に於てのみ言ふべき說にして、今日に於ては男子間に於て力の强弱が權利の差等を生ずることを許されざるに、獨り男女の間に於てのみ體質の强弱を以て權利の不等の基と爲すべしとするは妄なりといはざる可からず。

或は又男子に理性の發達し、女子に感情の發達せるが如き、亦兩性の根本的相異として觀るを得べき者なりと雖も、理性の優劣を以て直ちに人としての優劣を定めんとするは、現代の智識萬能の謬信に本づける妄斷也、人たる所以の上よりいへば理性の貴きが如く感情も亦貴きのみ、若し男子は理性に於て優れるが故に女子よりも優れりといへば、女子は又情操に於て優れるが故に男子より優れりといひ得られざるに非ず、此の如き者は直ちに以て男女の等差を定むるの標準とはならざる也。

且夫れ禀質の相異は男女の間にのみ之有《これあ》るには非ず、男子と男子との間にも亦之有るなり、而《しか》るに男子と女子との間には是を以て權利上の等差の理由としながら、獨り男子と男子との間に於て是が爲めに何等の權利上の等差を說かざるは何ぞや。男女、性を別つと雖も人たる所以に於ては一也、男は男としての人たる以外に人としての男たる如く、女子も亦女としての人たると共に亦人としての女たり、人としての男たると、人としての女たると其人としては相等し、何の等差をか其の間に容《い》る可けんや。

三　博士以爲《おもへ》らく女子は唯妻たり、母たるべき者なるが故に妻たり、母たるに必要なる教育以外の者は無用なりと、然れども是れ女子が單に女としての人たる一面をのみ觀て人としての女たる一面を看過せる者也、若し女は妻たり、母たるべき者なるが故に此に必要なる教育以外に學問を要せずとせば、男は夫たり父たるべき者なるが故に、此に必要なる教育以外の者を要せざるべき筈に非ずや、天文學は夫たるに何の必要ぞ、哲學は父たるに何の必要ぞ、而かも男子は之を學ぶを要するも女子は之を要せざるの理由は何《いづ》くに在りや、男子は人たるの修養を要するも、女子は妻たり、母たる以外に人たるの修養を要せずとするの理由は何くに在りや。或は婦人は智識庸劣なるが故に高等なる學術を修むるに適せずとする者ありと雖も、前にいへる如く是れ婦人の性情が永き屈從のために曲撓《きよくたう》(66)せられたるを忘れたる者にして、是れ過去の女子に就いていふべきのみ、將來の女子に就いていふべき所に非ず。

博士の非婦人選擧權說につきても、吾人は唯前と同じく婦人は女たるに於て男と異なれると共に又人たるに於て男と同じきものたるをいへば足らんのみ。

婦人の奮起を望む

嗚呼聖恩無窮

明治四十四年二月十一日、我が　天皇陛下には、紀元節の嘉辰《かしん》を卜《ぼく》して、窮民施薬救療に關する詔書を發し給ひ、内帑金《ないどきん》百五十萬圓を下賜し給ふ。嗚呼聖恩無窮何を以てか此の大御心《おほみこゝろ》に副《そ》ひ奉らんや、宜《むべ》なり政府に於ては聖意を奉體し、下賜金を基金とし朝野有志の寄與を得て大規模の救療事業を開刱《かいさう》[67]することに決した。斯《か》くて鰥寡《くわんくわ》孤獨一人の其處を得ざる者なきに至らば寔《まこと》に是《これ》昭代の盛事と言はねばならぬ。然し鰥寡孤獨を憐れみ、世に無告の民なかしむるには、民の疾苦を御軫念《しんねん》まします陛下の大御心を奉體して、擧《こぞ》つて此の擧に力を盡さねばならぬと思ふ。然《さ》れど男女各々天質を異にし、男子に適することゝ女子に適することゝあり、救療事業の如きこれが經營の任に當るは無論男子の任務ならんも、直接患者を勞《いたは》り、鰥寡孤獨を慰めることは男子よりも女子の方が遙かに適任である。して見ると此の際女子は袖手《しうしゆ》傍觀して居るべき場合でなからうと思ふ。男子は各自其の身分に應じて寄附金を出して此の擧を助け、女子は女子として爲すべき最善《ベスト》を盡して大御心に副ひ奉らねばならぬと思ふ。

慈善事業は女子に適す

大規模の救療院が設立された上は世の窮民は悉く此救療院に救はれるであらうが、然しながら數限りのない窮民の患者が一人も殘らず救療院に收容さるゝと言ふ樣なことは容易に望み得られることでない、必ず收容漏れ、救はれ漏れと言ふ者が出來て來るに相違ない、これ等を救ふのが世の女子の任務であらうと思ふ。元來慈善事業と言ふものは男子よりも女子に適したる仕事であるから、斯《か》う言ふことが無くとも女子は進んで慈善事業に力を盡さねばならぬ者であるに、今回の如き聖旨を拜し奉るに至つては感奮一番、救療事業に力を盡すべき必要があらうと思ふ。戰時に於ては愛國婦人會は大《おほい》に活動したではないか、愛國婦人會は愛國心に富みたる婦人の團體を意味し、國家の爲に盡すを以て本分として居るに相違ない。果してさうとすれば國家に盡すと言ふことは必ずしも戰時にのみ限るものではない、平時に於ても盡すべきことは幾等《いくら》もある。殊に今回の救療事業の如きは其最たるものであらう。恐れ多くも　陛下が其の範を示し給ひしことであるゆゑ、世の婦人は悉く蹶起して此事に當らねばならぬ、それには其の性質に於ても關係に於ても最も便利な地位に在るところの愛國婦人會の如きが先鞭を着けて世の婦人に手本を示したらよからうと思ふ。

漏れたる窮民を救へ

愛國婦人會にして起たんか、その他の婦人會も亦これに習ふて起つに相違ない。事こゝに至れば新たに此の目的の爲めに婦人會を組織して救療事業に力を盡すものが出るであらう、斯くて熱烈なる婦人の手に依つて病める者が勞はられ、貧しき者が慰められるに至らば、救療院の事業と相俟《あひまつ》て庶《こひねがはく》は聖旨に副ひ奉るであらうと思ふ。而してこの救療事業に對する女子の仕事は多方面にある、その主なるものを言へば、窮民の家族の一人が病むで救療院へ收容されたとする、若しその患者が一家の主人であつたら如何《どう》であるであらう、患者は救療院へ收容されて仕合であらうが、後に殘つた家族は稼人《かせぎて》を無くして忽ち其の日から糊口に窮するに相違ない、然れども救療院は患者を收容するだけの處で、後に殘つた家族の面倒まで見ることは到底出來ない、又その患者が幼兒を持つて居る婦人であつたら如何だ、忽ち幼兒を育てる者があるまい、此の時に婦人の團體があつて、斯《かゝ》る憐れむべき家族や幼兒を世話して面倒を見てやることが出來たら窮民はどんなに悅《よろこ》ぶであらう、斯くてこそ救療事業は愈々光彩を放つのである。

男子の及ばさる所を補へ

多くの窮民を救ふことであるから無論一人一個の力では出來ることでない、故に各々團體を作つて、團體の力を以て之に當らねばならぬ、それには既に存在せる愛國婦人會其の他の婦人會が各支部と聯絡を通じて、その所在地々々の窮民を救ふ樣にすればさ程の難事業でない。若し既設の婦人會にして今回の救療事業を冷々に觀過せんか、此の目的の爲めに新たに起るものも恐らくは多くなからう、斯《かく》の如きは忠良なる臣民の畏き大御心に答へ奉るの道ではあるまい。恐れ多くも　陛下自らその費を節し給ひ、これを無告の窮民に給ふ、聖意自ら窮民を救ひ給ふと同時に、窮民憐むべしの範《のり》を天下に示し給ふのである。聖意を畏み天恩に感泣せる臣民は須《すべか》らく聖意のあることを奉體して、救療事業の完成を期せねばならぬ。これには何としても女子が率先して男子の活動を助け、男子の爲し能はざるところを爲し、男子の及ばざるところを補はねばならぬのである。慈善事業は固より樂隊を以て出征軍人を送るが如き派手な仕事でない、故に所謂婦人の虚榮心を滿足せしむるには不適當な仕事であるかも知れぬが、婦人の爲すべき事業としては、恐らく慈善事業程適當なものはあるまい、況んや今回の如き場合に於て進んでこれに任ずるは臣民の義務にして、又婦人の天職を全ふする所以であらうと思ふ。

今の文章は冗漫である

現今行はれてゐる言文一致の文章の書き方は、餘りに細かすぎる。何でも彼でも一から十まで書かねば承知が出來ないと云ふ風で、何《ど》うも事柄の中心をのみ描いて、他は讀者の自由なる想像に任せると云ふ處がないやうだ。だから自然に冗漫になり、散漫になり、締《しまり》がなく、力の乏しい熱の弱い文章が出來上るのである。

文章を書く目的から云ふと、讀者に、或る必要なる事の印象を與へると云ふのが第一であるから、能ふ限りに簡潔を旨とし、中心になる事柄を最も分明に強く書かねばならぬ。論文などは趣意が解りさへすればいゝのだから、別にこれ程の手段を必要ともしなからうが、小説などになると、味と云ふ事が必要だから、文章上に印象を與へるやうな書方をせねばなるまい。

今の人は、新らしいもの新らしいものと追うて進んで行つて、昔から使はれてゐる凝結した意味の深い語を省みず、冗長の説明を用ふる傾《かたむき》になつてゐる。云ふ迄もなく言葉は符牒であり形式であるから、短い、練れた具體的の言葉を用ひて、餘り抽象的なのは使はぬ方がよろしい、でないと感興を殺《そ》がれる事が多いものだ。

要するに漢文から見たら、漢文の方の短くて多くの意味を一の語にたゝき込んであり、今の語には何うもだらしのない締りのないものが多いと思ふ。

雪の西湖

(上)

晴好雨奇兩相宜《せいかううきふたつながらあひよろし》とは、〔蘇〕東坡《とうば》が西湖を稱《たゝ》へた有名な詩句である。但し西湖の勝は惟《たゞ》に晴雨の兩《ふたつ》に於て觀るに宜しきのみならず、其雪景に至りては更に佳である。想ふに東坡先生單《ひと》り晴と雨との西湖をのみ知つて、雪の西湖を知らなかつたのであらう。予は何の風流福ありてか雪の西湖を飽くまでも玩賞するを得た。

時は明治四十年の正月であつた、予は當時蘇州に居て病に罹《かゝ》つた。恰《あたか》もの冬期休業を幸《さいはひ》に、靜養のため同輩四五人と西湖に遊んだ。一艘の民船《ジャンク》を瀛船に曳かせて長汀曲浦《ちやうていきよくほ》の運河を溯《さかのぼ》る、一夜を舟中に明《あか》して其の翌日は朝より雨、舟の杭州に近づくに隨つて煙雨微茫(68)の裡に透麗たる連山が見える、兩岸の風景も凡で無い、葉をふるうた枯木の下に、二三軒の草屋がチヨンボリと雨の中に立つ様など、倪雲林《げいうんりん》の畫で見たことのあるやうな景色であつた。

杭州の租界（日本の專管居留地の在る處）へ着いたのは其の日の暮方、西湖迄は日本里數で三里許《ばか》りもある。雨は依然として歇《や》まぬ、駕《かご》を傭はうとすると足許《あしもと》を附込んで馬鹿な値を吹掛ける。終《つひ》に又一夜を舟中に明かすことにした。江の方は漆の如く闇いが、岸上の町は流石《さすが》に賑しい、雨に映つた燈火が家々に輝く。佗しく降る雨を蓬窓《ほうさう》に聞きながら眠に就く、更《ふ》ける迄岸上には人聲が囂《かまびす》しい、斷續して絲竹の音も聞える。明治に生れた人間が舟中夜泊といふやうな詩の味が解るには矢張支那に往かねばダメだ。

翌朝新たに小舟を傭うて一行此に移る、今までの船では大き過ぎて此から上へは往けぬからだ。川は次第に狹くなつて兩岸の枯れた蘆や葭《よし》が舟に觸れて籟々《らい〱》(69)と鳴る、又詩中の景である。愈《いよい》よ進んで流《ながれ》愈々狹く、河の盡くる所に一小站《せうたん》(70)がある。舟より上れば雨益々急。一行、駕に乘つて相前後して田舍道の泥濘《ぬかるみ》を急ぐ。

稍《やゝ》一里許《ばか》りにして湖畔に達する。豫ねて借りる約束の南潯《なんじん》(71)の素封家劉氏の別墅《べつしよ》に着いたのは彼此午頃《かれこれひるごろ》であつた。家は半洋造で、湖上の崖腹の、湖面の全景が一眸《いちぼう》の下に在る頗る形勝を占めた處に在る。家には番人が居る許《ばか》り、隣りの寺の和尚が監督してゐるのだ、軈《やが》て和尚が來て少焉《しばらく》話して歸る。此和尚頗る俗僧らしい。

後《うしろ》には巖の丹《あか》い峰が聳えて、峰頭に塔がある。夫《それ》を構内にして西洋人の住宅があるのださうだ。其の山續きの葛嶺《かつれい》は昔、仙人が居たといふ、巖の丹《あか》いのから丹砂を取って錬つたのでもあらう。眼下に白樂天が築いたと傳へらるゝ白堤が水を絶つて、前に横はる、其の右手の小高い丘が、卽ち林和靖の放鶴亭がある、梅で名高い孤山で、影を湖水に蘸《ひた》してゐる。湖水を隔てゝ遙かに向ふに見ゆる城壁が杭州城の郭《くるわ》である、正面の邊に城門がある、白樂天の詩にもある湧金門は、卽ち是《これ》だ。

西湖は杭州城壁の直ぐ下から、浸々《ひた〱》と一面の圓鏡を開いてゐる。兩方は山で圍まれて兩方《ママ》は街につゞく所、上野の不忍池を、南北を反對にして、更に幾層倍も擴大したものとみれば一寸想像がつく。さうすれば辨天の處が孤山で、辨天までの路が白堤、そして長酡亭《ちやうだてい》(今の岡田)の處から水を徑《わた》つて、堤をつければ夫《それ》が所謂蘇堤で、權現の處が岳飛の廟に當り、予等の居る劉氏別墅の位置は先づ精養軒の邊に在る筈になる。序《ついで》に劉氏別墅から一町許《ばか》り左に日本領事館があつて日の丸の旗が翩翻《へんぽん》としてゐる。其下の邊の崖の巨巖へ、天下第一之畫圖とか何とか大々的文字で銘が鑿《ほつ》てあるのは流石《さすが》支那だ。

（下）

雨は終《つひ》に雪となつて居た。

翌朝目が覺めて窓を開けると、綿をちぎつた樣な雪が墜《お》ちる樣に降り頻《しき》つてゐる。地の上にも既に一尺許り積つてゐる。湖水の方は一望唯白濛々《もう〳〵》として、島の影も水の隈《くま》も見えぬ。眼の下の白堤を駈けて通る行人が畫《ゑ》で見るやうに小さい。

喜んだのは同行の人々だ、小鳥を撃つには誂へ向きである、そこ〳〵に朝飯《あさめし》を濟ませて各自銃を肩にして出掛ける、獵の嫌《きらひ》な自分だけが取り遺されて部屋の中にかじけて居た。

雪は籟々《らい〳〵》として益々降りしきる、庭の樹に降り積つてはドツと落ちる音と、餌をあさる小禽《ことり》のチ、と鳴く外には廣い家が森として寂しい。

雪は終日小歇《をやみ》もせずに降つた。

夕餉《ゆふげ》には皆が撃つて來た小鳥を鋤燒《すきやき》にして、病後の吾も數椀の飯《めし》をかへた。

翌日も雪は降り續いた。風さへ添うた。天も地も飛雪の中に閉ぢられた樣だ。雨は暗く佗しいが、雪の降るは明るく壯快だ、雪は飛動する、活躍する、碎ける、いぶく、飛ぶ、散る、舞ふ。雪は見る目に勇ましい。

其の翌日の朝も猶降り續いた。

天地一杯に無盡藏に溶かした水銀を一度に搖り撼《うご》かす樣で、目にも眩《まばゆ》い。

小降りになつて午後に霽《は》れた。

見る限り、堆《うづたか》く銀を盛つた様に唯白い、峰も白い、丘も白い、塔も白い、橋も白い、樹も白い、家も白い。唯湖水のみが獨り愈《いよい》よ碧く、玻璃《はり》とまがふ杭州の城壁が龍宮のやうに浮かぶ。

病後の身は寒を怯《おそ》れて外に出る事が出來ない、漸く雪後の溫かい一日を擇んで、此を詩には蘭橈《らんだう》とでもいふのであらう、小さいオールで水を搔《か》く小舟を雇ふて獨り孤山に梅を觀た。

底の見えるやうに蒼《あを》く澄んだ水を度《わた》つて吾妻屋のやゝ大ぶりな放鶴亭の汀《なぎさ》に舟を繫ぐ。水に横斜の影を蘸《ひた》して二本三本の梅が白い。奥へ樹立の下の徑《こみち》を行くと茅葺の家がある、林和靖の墓番とでもいふのだらう、内へ通ると較《やゝ》瀟洒《しやれ》た一室があつて、髯《ひげ》の白い翁が出て茶を勸める、名物の藕粉《はすのこ》や石摺《いしずり》なども賣つてゐる。

此の家の後に小高い丘があつて、林處士之墓と銘した和靖の墓がある、墓の傍の梅が一輪二輪チラ〳〵と散る。

墓を右へ降りると處々に雪が斑《まだら》に消えのこつて、下に一面の梅林がある、花の色が泌みて黑い服が白みさうだ。湖から溢れた水がチヨロ〳〵と樹の根方の蘚苔《こけ》を洗うて水淸淺の和靖の詩の句が想[72]はれる。水際に衣を浣《あら》うてゐた若い女があつた、吾の跫音《あしおと》に駭《おどろ》いて、纖《ほそ》い足に力無く嫋々《たよ〳〵》と林の奥へ躲《かく》れて仕舞つた。偶《ひよつ》と振りむいた顔が白く、梅の花の精がぬけ出た様に美しい女であつた。

折柄の雪を冒して此處《こゝ》に梅を訪ひ得なかつた身の蒲柳を今更恨んだ。

歸ると林の中で摘んだ花を封じて、遙かに東京の臨嵐[73]に寄せた。

十五年前の回顧

僕の『いはらき』(74)にゐた時は極めて短かつたが、夫《それ》でも何だか割合に長かつた様な氣がする、極めて自由な、極めて放縱な當年の生活に、多くの想ひ出がある爲《せい》であらう。

僕の水戸へ往つたのは何でも明治三十一年の秋だつたと記憶する、荷物といつても小さな行李一つより外には無い、見窶《みすぼ》らしい、併《しか》し男は裸百貫の意氣のみは徒《いたづ》らに有《も》つた飄零《へうれい》(75)の客が、始めて停車場からの俥《くるま》を着けさせたのは芝田屋の本店であつた、俥の楫棒《かぢぼう》が其玄關に卸《お》りた刹那、フト黝《くろず》んだ障子の破れが目に附いて、失敬な言分だが、有繫《さすが》に田舍だと思つた。

夫《それ》に慣れる迄の間、三度の飯の舌ざはりが粗《あら》く、不味《まず》いのには閉口した、一ケ月許《ばかり》して東京へ出掛けた時、上野の停車場から直ぐに伊豫紋へ駈込《かけこ》んだ其の折の飯の味は忘られぬほど甘《うま》かつたものだ。

其の頃、社の編輯局には、まだ伊東禾刀《くわたう》君も居た、鹿島櫻巷君も居た、高橋佛骨君も居た、死んだ關口〔癡癲〕君も居た、禾刀君は其頃猶生眞面目な男の童貞であつた、櫻巷君は能く懶《なま》けては社を休んだ、體の小さな佛骨君はルビと自ら號して獨り列外に机を置いては書いてゐた、關口君が大口を開いて哄笑した音容今も猶眼にのこつてゐる。

富永沙鷗君も僕の在社中に入社した、惜しい哉此《この》人も死んだ。

當時の編輯局中の士で今も居るのは渡邊鼓堂君一人だらう、君の蓬々《ほう〳〵》たる頭髪と共に變らぬものは君許りだ。

會計には其後朝鮮へ行つた萩谷枕流君がゐた、河原井〔七之助〕君の丈《せい》の高いは其頃からの偉觀だ。江戸〔周〕君は金庫の前で頑張つて居た、毎日のやうに前借を強請《せが》んだ蠻貊《ばんぱく》さには定めて君も弱つたらう。

印刷には河合君がゐた、彦さんもゐた、臺灣と綽名せられた解版の女工もゐた、きかぬ氣の女であつた。

ぢツちやんといはれてゐた菊池〔領太郎〕の老人が吾等の爲めに種々の用を達してくれた、其の子を畫かきにするといつて樂しんでゐたツけ。

南三の丸へ獨りで家を持つた事があつた、飯は隣りの宿屋から運んでもらつて、晝は表を鎖したまゝ、夜の物も固より取りツぱなしであるから、歸つては夫《それ》へもぐりこむ、家には机一つと火鉢一つと宿屋から借りた蒲團がある許り、文字通りの環堵蕭然《くわんとせうぜん》で、御祝儀の工面さへ附けば晩飯を喰ひに歩行《ある》いたから、夜も大概十二時過ぎでなければ歸ることは滅多に無い、歸つても冬も火の氣一つない、夫《それ》でも別に苦にもならなかつた。

或る寒い夜であつた、編輯一同で何處かで飲んで、夜を更《ふか》した、家《うち》に細君の無い連中は、僕の家へ泊ることゝなつた、一つの臥床《とこ》の中へ四方から、否四方のみでは足らず、隅々からも潜り込んで窮屈な一夜を明かした事を覺えてゐる。

此んな當時を考へると、其の頃の自分の放縦にも呆れるが、又其の暢氣《のんき》な昔が今になつては我ながら羨ましい。

嗚呼春秋十五年、今の吾は老いて且病に衰えた、其の間に『いはらき』は非常に發展した、當時の貧しい紙面を看た目からは眞に隔世の感がある。

吾は十五年前の當時を追懷して『いはらき』の益々發展しゆく運命を有する者たるを信じ、又其の發展しゆくことを竊《ひそ》かに祈る者である。

墨子に就きて

墨子の主義

墨子は今日に所謂博愛論者なり、民人を愛する者は侵略を非とせざる可からず、從つて彼は外交上に平和論者なり。平和論は帝國主義即ち侵略主義の積極的なるに對しては一種の消極主義なり、從つて彼は經濟上にも一種の勤儉論者なり。既に節儉力行《りきかう》を主義とす、徒手にして食《くら》ひ、安樂にして逸するものあるは其の容《ゆる》さゞらんとする所也、人は同じく勞働して均しく其の利を享《う》くべき者なりとなす、從って彼は一種の共産論者なり。然れども彼は老莊の如く虛無主義ならず、無政府主義ならず、彼は有神論者なり、主宰的なる神の存在を認む、萬物の主宰として神あるが如く、民人の主宰として君あるべきことを認む。從つて彼は一種の君權論者たり、從つて彼は君主の手によつて民人を撫恤《ぶじゆつ》する社會政策を行はんとする國家社會主義論者なりとも謂ふを得可《うべ》し。

此の在上の君主が社會政策を行ふの主義は、必ずしも墨子の創見に非ず、支那には元來其の國家成立の歴史的事情よりして、君主の存在の理由は民人を愛撫するに在りとの思想あり。故に彼の儒教の如きものと雖ども其の政治上の主義は一種の國家社會主義にして、家々に桑園稻田あり、老者皆肉を食ひ、道路に負戴《ふたい》(76)せず、鰥寡《くわんくわ》孤獨の者は之を救濟するを以て其の政治の理想とす。但《たゞ》儒家は君主を以て民人に推戴せられたるものなるが故に、民人の利福を圖るを其の第一目的となさゞる可らずと信ずるに反し、墨子は民の上に君主の存するは猶萬物の上に天（上帝）の存するが如き者なりとし、而して天の志は則ち萬物を愛するにあるが故に、君主も亦民人を愛せざる可らずとする者にして、此の點に於ては墨子の思想は寧ろ君主神權説に近づき易からんとするの傾向ありといふべく、儒家に比しても更に民主的ならざる嫌《きらひ》なきに非ず。

故に墨子は國家社會主義者たると共に、所謂基督教的社會主義なる者に類すとも謂ひ得べし。卽ち墨子は有神論を基礎とせる一種の社會主義論者なり、平和論者なり、博愛論者なり。

墨子の傳記

墨子の傳記は極めて不明なり。其の説が儒墨と竝稱せられて（『韓非子』顯學篇）、其の流派、天下に満ちたりしといふ（『莊子』天下篇）に似ず、『史記』が先秦の他の諸子に於て皆傳を立つる較《や》々詳《つまびらか》なるを以てして、獨り墨子に在りては僅に「孟荀傳」(77)の末に姓名を附綴するに過ぎずして、其の時代其の行事邈《ばく》として明ならず、或は此を以て太史公が墨子の説を悦ばざるに出づるとなす者あれども、然れども其の自序に於て其の父の六家《りくか》の旨(78)を論ずるを述ぶるに、未だ必ずしも墨を拒斥せず。則ち謂《おも》へらく、墨は儉にして遵《したが》ひ難きも、其の本を彊《つよ》め、用を節するは廢す可からずと。且つ太史公豈に其の好惡の私意に徇《とな》へて、故《ことさ》らに墨の事蹟を傳ふるに疎《そ》にする者ならん哉《や》。想ふに當時既に其の詳を得るに由《よし》なかりしならん耳《のみ》。今傳ふる所に據るに其の生時と生地、共に詳ならず。其の生時の如き、或は孔子の時に並ぶといひ（『史記』）、或は七十子《しちじつし》(79)の後に在りといひ（前漢劉向）、或は子思の時に當るといひ（後漢張衡）、或は六國の時の人にして周末に至りて猶存すとする畢沅《ひつげん》（清人）の如き者あれば、宋に仕へて景公の世に當りたりとする汪中（清人）の如き者あり、近時孫詒讓《そんたいじやう》は書中記する所の事蹟を推校して周の定王の初年に生れ、安王の季《すゑ》に卒すとなす。衆説の舛牾《せんご》(80)此《か》くの如し。

其の生地に於ても、亦或は宋人なりといひ、或は魯人なりといふ、『史記』は唯其の宋の大夫たりしことをいひて何《いづれ》の處の人たるをいはず。但本書中、魯よりするの語數々《しば〳〵》見ゆ（「貴義篇」、「魯問篇」等）、故に孫詒讓の如き因つて其の魯人たるべきを斷ずと雖ども、蓋し墨子其の足跡及ぶ所甚だ廣く、所謂墨突黔まず《ばくとつくろず》(81)と云ひ、墨子煖席《だんせき》なしといふが如く、一處に定住せざりしが如し。故に其の魯よりするといへるもの、會々《たま〳〵》其の時魯にありしを證すべきも、未だ以て其の必ず魯人たるの確證となすべきに非ず。殊に公輸般《こうしゆはん》(82)の雲梯を爲《つく》つて宋を攻めんとせし時、墨子の之を聞いて魯より楚に往けりとの事實（『呂氏春秋』愛類篇、『淮南子《ゑなんじ》』脩務訓）の如きは、蓋し其の宋を救はんとするに努めたるを見るも墨子が宋の大夫たりし時なるべく、偶々事を以て魯にありしを證すべきも、以て魯人なりとなすの證とするに足らず。

更に甚しきは其の姓名にすら異説あること是也、普通には墨を姓とし、翟《てき》を其の名とすれども、或は又翟を姓とし、墨を名なりとするの説あり。然れども書中其の自ら名〔を〕いふとき常に翟を以て稱するを見れば、其の名の翟にして姓の墨なりしは疑ふ可からざるに似たり。

然れども其の名の一時に高く其の弟子の天下に滿ちたりしこと墨子の如きを以てして、其の生時、生地、甚しきは其の姓名にまで確説なきは奇なりと謂はざる可からず。吾人は此に就きて左の如き疑を生ず。

墨子は果して支那人なりしや

此に答ふるに就きて、吾人は墨子の思想には一種漢人種と夐異《けいい》(83)なる者の存するあるを認むることを述べざる可からず。

其の所謂夐異なる點とは

(1)宗教的なること

(2)科學的なること

是《こ》れ也。

蓋し漢種の國民的性情に最も闕如《けつじょ》せるは其の宗教的信仰と其の科學的攷察《かうさつ》(84)とにあり。漢人種は頗る實際的にして其の着眼つねに人事を離れず。故に先秦諸子の說く所必ず道德刑政に關し、偶々《たまく》天を說くことなきに非ざるも、其の天は一種理法的の天たる者にして、宗教的性質を帶びず。然るに墨子の所謂天は主宰的の天にして萬物を創造し又萬物を支配する所の神たるに外ならず。此の點に於て吾人は端なく希伯來《ヘブライ》思想に想到せざる能はず。墨子が善良なる政治の根源は天に在りとし、天より選ばれたる者則ち天子として天に代つて天下の人民を兼愛すべき者なりとするが如き、其兼愛交利の說が耶蘇敎の四海同胞博愛主義と相類する所あるが如き、漢人種の國民性と相距《あいへだゝ》れる者あるを感ず。

又漢人種、殊に東洋人種は其の攷察常に主觀に傾き、客觀に疎《そ》なるの嫌あり。故に支那人の如き其の極めて實際的たるに似ず、科學としては僅に天文、植物の如き實際生活と密切の關係あるものを除きては、殆ど全く發達せず（植物は所謂本草として醫藥に供せらるゝが爲めに較々《やゝ》研究せられたり）。而るに墨子の經說中には光學、重學、(85) 數學等に關する定義の如きものを掲ぐ、是れ當時の其の他の諸子に見ざる所にして、吾人は此《こゝ》にも墨子の思想が甚しく漢種の國民性と相距る者あるを認む。

吾人は是《これ》に由つて墨子が一種の海外人にして、其思想は或西方國よりの輸入思想に非ざるやを疑ふ。較々《やゝ》牽强に過ぐるが如しと雖ども、其名の翟は卽ち北狄《ほくてき》の狄と同音相假借する語にして、而して墨子が自ら北方の鄙人なりと謂へると相照らして、墨子元《もと》中國の人に非ず、北方を經て來れる者たるを想はしむるに足る。

墨子の書

墨子の書、今傳ふる所、十五巻五十三篇。『漢書藝文志』等に據るに、其の書固と蓋し七十一篇、十八篇を亡《うしな》へるなり。十八篇中有題のもの八篇、即ち「節用」下、「節葬」上及中、「明鬼」上及中、「非樂」中及下、「非儒」上是《これ》なり。無題のもの十篇、第五十一、第五十四、第五十五、第五十七、第五十九、第六十、第六十四、第六十五、第六十六、第六十七是《こ》れ也。而して存ずる所の五十三篇と雖ども訛脱《くわだつ》(86)頗る多く、殊に「經」上下、「經說」上下、「大取」、「小取」、及び「備城門」以下の諸篇に至つては殆ど解す可からざるもの多し。然れども「備城門」以下の諸篇は皆事、守城禦敵の設備に關するもの、又「經」以下の六篇は其のいふ所多く當時に於ける論理上の爭議に關する者にして、子墨子が說の大旨を窺ふには之れ無しと雖ども亦妨げざる者也。子墨子の說は之を要するに左の數篇を以て之を知るを得べし。

(1)兼愛
(2)非攻
(3)節用
(4)節葬
(5)非樂
(6)非命

(7)天志
(8)明鬼
(9)尙賢
(10)尙同
即ち「兼愛」は墨子が博愛論。「非攻」は非戰論。「節用」、「節葬」、「非樂」、「非命」は勤儉力行論。「天志」、「明鬼」は有神論也。其の他は即ち其の餘論たるに過ぎず。

墨子の文章

墨子の文章は諄々《じゆんじゆん》として述べ、呶々《どど》として說く、反覆叮嚀《ていねい》にして煩を厭はず、委曲平明にして情を竭《つ》くす所、甚だ諸他の先秦諸子の文の或は簡奧(87)、或は奇古(88)、或は逸宕《いつたう》(89)、或は怪詭《くわいき》(90)なるが如きと相類せず、其の文脈論法寧ろ西人の筆に成るものと相似たり。蓋し墨子の文の如きは、語簡《かん》に、意長《なが》かるべき象形文字を有する人種の思想の表明法としては、餘りに冗漫に過ぐ。吾人は此を以てしても亦墨子が漢人種以外の音字を使用する或人種の出に非ざるやを疑ふものなりとす。

雑鈔雑録

南蠻、北狄、東夷

支那人が南方の異人種を稱して蠻《〔マン〕》といひ閩《〔ミン〕》といふは、馬來《マレー》を促《ちゞ》めて呼びたる合音なりとは章炳麟《しやうへいりん》氏の說也、蓋し當れり。因つて想ふに、北人を狄《〔ティー〕》といひ、翟《〔ティー〕》といふも或は亦たタークの訛音《くわおん》ならん歟《か》。東夷といふも、之を東方諸國の風俗醇美なるより大人の國といふ義なりと解するは蓋し牽强なり、是もアイヌの倭奴《〔ワーヌー〕》となり、倭《〔ワー〕》となり、夷《〔イー〕》の字をも用ひたるに非ざる無きか。

君子國

東方に君子國ありといへるを日本なりとおもへるは邦人の自惚《うぬぼれ》なり、支那人の意にては朝鮮を指したる者らしく想はる。朝鮮が日本に先だちて開け、早く衣冠の邦なりしは疑ふ可からず。

日韓同種論

日本人種の起源を論ずるに、日本の言語が朝鮮の言語と相似たりとて、日韓同種を說く人あり。然れど天孫人種をも直《たゞ》ちに然りとせば謬《あやま》らん。蓋し言語は必ずしも權力に伴うて行はるゝに非ず、數に於て優れる者が少數者を壓すべき筈也、而して征服者は數に於て必ず被征服者よりも劣りたるべければ、言語の上に於ては却《かへつ》て劣敗者の地位に立たざるを得ず。故に日韓の同語は日本に於ける被征服者が韓と同種なりしことを證すべきも、以て直ちに征服者たる天孫人種の起源を論證するには足らざる也。

フクロ

邦語にて梟をフクロと呼ぶは、支那に於て之を服鳥といふを訛りたる者にあらざるべきか。『史記』の賈誼傳に楚人鴞《けう》を命《なづ》けて服と曰ふとあり、賈生の服鳥賦は卽ち梟を詠じたる者也。

アンズ、フデ

亭をチンといひ、鈴をリンといひ、暖簾をノレンといふが如き(支那にては暖簾は字の如く寒風を防ぐ爲めに室の入口に垂るゝ者にして日本にては用法を變じたれど)は一見直ちに支那音なりと首肯せらるれど、中には殆ど純日本語の如く響く杏のアンズ(杏子の南清音ならん、杏は北音シン、南音アン也)の如き者あり。筆のフデもヒツの訛《あやま》れる者なるべし、或は此くの如く早く朝鮮より傳へられたるべき器具は、支那音が一度朝鮮訛《くわ》し、更に日本訛したることもあるべし。

昔のハイカラ

邦人日用の語に案外にも支那音其儘《そのまゝ》なる者多きは、早きは禪僧の輸入に係り、後には文化、文政頃のデカダンたる所謂通人が、盛《さかん》に長崎傳來の唐音を振廻したること、猶今のハイカラが話の中に、動《やゝ》もすれば英語、獨語を混へて得意なるがごときことの流行したるに由るものあるが如し。兎に角日本語中の支那音語の研究も言語學上には無用に非ざらん。

てん〳〵鼓

子守唄の「てん〳〵鼓に簫《せう》の笛」といふ「てん〳〵鼓」は、蓋し鞀《たう》か、鞀の字、『荀子』『淮南子』等に見ゆ、『玉篇』に鼓の如くにして小、柄を持して之を搖《うご》かせば旁耳《ばうじ》還(91)つて自ら擊つとあり。鞀をテンと讀むは猶貂《てう》をテンと讀むが如きか。

金に汚き國民

支那人は昔より錢《ぜに》に汚き國民なり、『史記』などを讀みても知るべきが如く、賄賂によりて刑罰を免るゝが如きことも必ずしも今日の清朝の積弊が然らしめたる事には非ず。其の何事にも孔(92)兄本位なること今の官革兩(93)軍にも見るが如く、戰爭の際にも大將の首に賞を懸けて、金の力によらんとする也。

民主と女尊男卑

支那に豫想外なることあり、人は支那を極端なる專制國なるが如く信じたりし也、然れども支那は實際に於いて頗る民主的に、帝王は民のために天に雩《あまごひ》すると豐稔を祈るとの道具たるに過ぎず、支那の國體は謂はゞ世襲の大統領を戴《いたゞ》ける共和國なりし也、革命黨が共和主義を唱へたりとて驚くべき事に非ず。此と同じく世人は支那を極端なる男尊女卑の國柄のやうに想ひ居れど、支那の女權は甚だ大也、唯公に權理を認められざれど、其一家中に於ける權力の大なることは日本人などの想像の及ぶ所に非ず、所謂內を懼《おそ》るゝ二本棒たることは支那人比々《ひゝ》皆然り。革命軍に娘子軍《ぢやうしぐん》を出さんとするが如きも決して訝《いぶか》しき事に非ず、支那の女は成程纏足《てんそく》し置く必要ありとおもふほどにて、決して見かけほど婉順《ゑんじゆん》(94)にあらざる如し。女の怒聲、罵聲の金切り聲が外に洩るゝは、支那の家庭に能く聞くことなり。

修繕と新築

支那人は家などにても初め造る時は隨分に金もかけ手もかけて、宏壯美麗なる者を仕上ぐれど、サテ愈々《いよ〳〵》出來上りて後は塵埃の埋《うづ》むに任せ、風雨の打つに任すること珍しからず。國に於ても亦然り、革命ある毎に紀綱も張り、制度も整へども、漸《やうや》く時を經るに隨つては其の弛緩に任せて弊害の積重するを顧みざる也。此の點よりいへば支那は度々革命あるほど國勢を振ひ得べき國なり、清朝の三百年は餘り長きに過ぎたり。

貴婦人論

妻として母としての職責を忘る

現代の貴婦人がどうしたとか斯《か》うしたとか言ふ問題が近頃大分囂《やかま》しい様であるが、一體貴婦人とは如何《どう》いふものか、先づそれから先に定《き》めてかゝらねば議論は出來ぬ。近頃の様に貴婦人と言ふ語が濫用されては、勞働者や細民の妻女の外は總ての女が悉く貴婦人となる次第である。これでは餘りに範圍が廣すぎて貴婦人論などは容易に出來ない。そこで先づ貴婦人と言ふものから定めてかゝらう。茲《こゝ》に言ふ貴婦人とは地位、身分、財産等の人爲的階級に於て世間で上流社會の婦人と認められたる者を指すので、この意味に於て所謂貴婦人に就て少しく所感を述べて見ようと思ふ。

其の前に一寸言つて置きたいのは、世には眞の貴婦人でなく自稱貴婦人がある、それは高價な衣服を着、贅澤な生活をして、何々夫人とか、貴婦人とか言はれたさに家事も家族も顧みず、外見《みえ》にばかり夢中になる處の虚榮のかたまりのやうな婦人で、此等邪道に奔《はし》る婦人の多いのは實に嗟嘆《さたん》の極である。

貴婦人と言はれる資格のない女が、無理な苦面をして貴婦人の眞似をすることの愚なることは言ふまでもないが、其の身分に於て、地位に於て世間から貴婦人と認められて居る者に對して言ふべきことがある。貴婦人と言はれる人は如何いふ事を日々して居るかと言ふと、化粧と交際と演劇見物《しばゐけんぶつ》と婦人會出席位が仕事で、一家の主婦たり、人の妻たり、人の母たる職責を盡して居る人は少ないと思ふ。貴婦人と言はれる女は朝から化粧して、やれ交際、やれ婦人會、やれ演劇《しばゐ》と言ふ様なことに騒ぎ廻つて、それを以て貴婦人の業務と心得て居る。又さう言ふことをして居なければ貴婦人らしくないと思ふて居る。斯う言ふ考を持つて居るから、妻となつて夫を慰め、夫を勞《いたは》り、母となつて子を育て、子を教育することを反《かへ》つて貴婦人として爲すを恥の如くに思ふて居る。夫の世話をするのは小間使の仕事、子を育て、子を教育するは乳母の役目と信じて居るのである。斯《かゝ》る貴婦人を妻としたる男は果して幸福であらうか、斯る貴婦人を一家の主婦としたる家庭は果して仕合《しあはせ》であらうか。斯う言ふ貴婦人を妻とせる男は多く素行が修まらない、斯う言ふ貴婦人を主婦とせる家庭は誠に冷かなもので無趣味なものである。從つて家庭以外に慰安を求めようとする爲めに、一家の主人たる男が品行上に世間の非難を受けることが多いのである。近頃斯う言ふ話を聞いた。或貴婦人と其の夫の述懷である、其の貴婦人は型の如く化粧と交際と演劇見物と婦人會出席とで日を送つて居る女である。この貴婦人が此の節、知人に嫁を世話したのである、そして其の新郎新婦が睦じく樂しく新家庭の趣味を味はふて居るのを見て羨しくて堪へられない。そこで斯う言ふことを言ふた。夫婦と言ふものはあんなに仲のよいものか知ら、實に羨しいものだと歎息した。これは確かに虛榮に憧れて居る現代貴婦人の淋しみを語つて餘りあるのである。

俳諧數奇傳

私が初めて俳句をやり出したのは大阪の中學にゐた頃だから、たしか十六かそこらであつたが、或時病氣で郷里《くに》へ歸つた事があつた。病氣と言つても胃病の烈しいので、床の上にごろ〳〵轉がつてゐたが、格別氣分は惡くない。其頃、伯父が田舍の月並の發句をやりよつたが、少し俳句でも初めたら慰めになつてよからうと勸めて吳れた。そこで伯父を師匠にして稽古をした。初めてやつた句が、漢詩にある何とかして竹外ノ一枝といふ句から思ひついて、籔の外の梅の花といふやうな事を言つた。ところが先づそんな事だと言はれたので、いろ〳〵稽古をした。郷里では割合に俳句が流行《はや》つてゐて、あれは美濃派だらうと思ふんだが、何とかいふ宗匠がゐた。伯父や何か七八人のものが毎月句を集めては其の宗匠に見て貰ふ。その中に或時、雪の題が出た時に初めて僕が卷を取つた[95]。その句は自分では面白くないと思つてゐるんだが、雪の句は澤山あつてどんな事を言つてよいか知らなかつたから、漢詩の竹に雪が降つてゐたが夜中に音がないやうに靜かになつたといふのから考へついて、

笹の雪音なき程に積りけり

とやつた。こんな月並の句がどうしてぬけたか知らんが、兎に角それから勵みがついて何でも續けて一二年やつてゐた。

東京へ來てからも駄發句をいくらかやつて居たが、大學へ入つた年の春、遠足會があつて武州の所澤、あこへ行つた事があつた。其時《その》に大阪の學校で一所だつた藤井紫影と、丁度《ちやうど》宴會の前に宿屋で話をしてゐた。すると隣の部屋に正岡子規がゐて俳句の話を初めたが、それが三人相知るやうになつた最初であつた。それから子規の仲間の俳句の會へ首を突込んだ。當時會をやつたのは根岸の正岡の所で、それも今の處《ところ》ではない、何でも裏に蛙の鳴いてゐる家だつた。今はどこな邊《へん》であるか覺えてゐない。もう一遍は櫻木町の寺を借りてやつた事もあつた。其寺《その》も今はこはれて了《しま》つてない。僕が會へ初めて出たのは其寺だつたかとも思ふ。其時の出席者は〔内藤〕鳴雪翁、非風、桃雨、伊藤松宇、碧梧桐の兄の瓦全、それから早稻田の卒業生で戯曲《ドラマ》をかいて死んだ藤野古白、そんな連中だつた。其後度々會してゐる中に桃雨は大阪の商品陳列所の書記になつて行つて了ふ、松宇も遠州かどこかへ行つて了つた。僕が今でも記憶してゐるのは其處《そこ》で皆が蕪村の句集がたかくなつたといふ事を話してゐた。僕は當時田舍から出たてでよく判らなかつた。そして蕪村といふ人のエライ事を其時知つた位である。

それから二年程の間會へ出てゐた。正岡は病氣だけれども未だ動けないといふほどではなかつた。二十九年に僕が津山へ行く時、送別の會をして呉れた。其時には〔佐藤〕紅綠や何か大分新しい顏が加はつてゐた、確か虛子もゐたと思ふ。夫《そ》れ以來、僕は句を作らないやうになつた。俳句の會へ出たのもそれが終《しま》ひである。其頃、もう一方には筑波會が出來掛けてゐた。言落したが、前の櫻木町の寺へ會した時に〔大野〕洒竹もゐた。其頃の會といふものは二十錢か何かの鰻丼を喰つて朝から晩まで、終日會をしたものだ。

僕の俳句に對する考はいろ〳〵に變つたが、先づ初めは發句はをかしい事を言ふものだと思つてゐた。それから最初の中は季と句によむ事とが餘り附いてゐてはいけないといふ事が判つて來た。其頃には發句は決してをかしい事を言ふものではない、まじめなものであるといふ事が判つて來た。次には眼の前の事のうちの中心を摑まなければならないといふ事が漸く判つて來た。一時に又禪の本を讀んでゐたものだから何か或《ある》判らん事を言ふものだと考へた時もあつた。つまり禪のやうに一種の道德を説くもの、或意味を寓してゐるものだと解釋してゐた時代もあつた。

何でも其頃は適當な俳句の本がなかつたので、何々五百題といふやうな横綴の本を見てゐた。それから伯父の家に『七部《しちぶ》集《しふ》』があつたので、それを見た。

恥を言はなければ判らんが、或時吉原へ遊びに行つてかういふ句を作つた。

木枯や島原更けて月に吹く

その時「吉原更けて」では句にならぬといふ事を感じた。舊《ふる》い寂びを持たせなければ句にならんと感じたことを覺えてゐる。何でもフラれた時の句だといふ事を覺えてゐる。

初めて僕の眼を開いて呉れた所謂開眼の句はあつたのであらうが、今は思ひ出せぬ。俳書で僕の眼を開いて呉れたものは『十論爲辨抄』[96]である。丁度、禪と俳諧とが同じものだといふやうな考を持つてゐた時である。鄕里の古道具屋で『十論爲辨抄』を手に入れた、そして讀んで見たが判らないから只持つて歩いてゐた。大學を出る前一週間計《ばか》り、鎌倉で座禪をした事があつた。公案一つ持つてゆかず、たゞお粥と饅頭を喰つて行つて來たが、それでもいくらか益があつたと見えて、それから『十論爲辨抄』を讀むと、その論の面白味も判るし、文章のよい所も判つて來た。そこで僕は支考の俳論に就いて議論を書いた。(97)僕は俳論家としては支考が一番エライと思つてゐる。

當時は未だ古本のやすい時分だから、随分集めてゐたが、彼方此方《あちこち》に動いたので今は皆なくなして了つた。

その時分、號を爛腸と言つたが、これは例の胃病をやつて、腸が悪かつたものだから、それでかうつけてゐた。自分でも得意の句を作つたのは前に擧げた木枯の句を詠んだ時代で、その頃の句は今も三つ四つは覺えてゐる。その前後、殊に後には學校の教師をしたが、どうも作れない。木枯の句を作つた時分には遊んでゐたが、やはり遊んで居なければ作れない。

エライ人は別だが、僕のやうな者には用事があつては出來ない。要するに僕の俳句は二十九年頃になつて判つて來て、その儘やめて了つたのである。

成吉思汗

白晳《はくせき》人種は、アリアン人種(98)を以て世界歴史の主動者であると稱して居る。これ彼等が其の人種的愛憎の念から割出した偏見に外ならないのである。

彼等は、東亞の地に於いて、別に一大民族が蟠居《ばんきよ》して居て、世界歴史の一半を已《すで》に形造つて居たのを忘れて居るのではあるまいか。又、彼等白晳の民族が猶未だ蒙昧時代に蠢動して居た時代に、已に東亞の一天は燦然たる文華の光輝を放つて居たのを知らないのであらうか。

彼等は唯歷《アレキサンドル》山や、該撤《シーザー》や、シヤレーマン(99)や、奈破翁《ナポレオン》が殘した偉蹟を叫んで、世界活劇の歷史壇場は此等英雄豪傑の獨舞臺とのみ信じて居るのである。

支那漠北の一部落に崛起《くつき》して、容易に支那の西部を一統し、更に中央亞細亞《あじあ》及び西部亞細亞を席捲《せきけん》し、鐵馬を高加索《コーカサス》山頭に躍らせ、それより蓦地《まつしぐら》に魯西亞《ロシヤ》の南部に闖入《ちんにふ》し、更に馬首を西《にし》して、波蘭《ポーランド》、匈牙利《ハンガリー》の山河を蹂躙《じうりん》し、遂に東方歐羅巴《ヨーロツパ》の諸列國を慴動《せふどう》せしめたるは、實に吾《わ》が東亞の蒙古民族ではなかつたか。

成吉思汗《ヂンギスカン》や、拔都《バーツ》や、忽必烈《クブライ》や、帖木兒《タメルラン》やの偉蹟は、彼等歷《アレキサンドル》山一輩の徒が殘した事跡に比較しても、決して其の遜色は無いのである。

印度は、現今に於いては、白晳民族の屬國となつて、これ命是《これ》從ひ、唯々《ゐゝ》としてその脚下に跪伏《きふく》し(100)て居るが、此の地は曾て東亞民族の全盛時代には、蒙古の一族が據有して居《を》つて、これを莫臥兒《モゴール》帝國と云つたではないか。

北方及び中央亞細亞《アジア》は、現今に於いては、彼等白晳民族の貪饕《たんたう》(101)に任して居るけれども、此の地も亦當時では宋王の封疆《ほうきやう》であつた。

これ而已《のみ》ならず、今日に於いてこそ、東亞の山川は彼等人種の跋扈には任してあれ、その當時ではやはり吾が東亞の民族は西歐を蹂躙したのである。匈奴《きやうど》は匈牙利《ハンガリー》に闖入した、蒙古は南魯西亞《ロシア》を據有した、突厥《とつけつ》は東羅馬帝國を覆《くつが》へして、現今の土耳古《トルコ》を建てた。時に於いてこそ差はあれ、これを比較して見ると、今日彼等白皙人種の侵略より、當時東亞民族の西歐侵略は、更に大に、且つ暴なるものであつた。勇武絶倫、實に目覺しい働きであつた。

これでも、彼等白皙民族は、世界歴史の主動者は、アリアン人種なりといふか。こゝに至りては、偏見といふよりは、寧ろ我田引水だと云ひたい位である。

十九世紀は、白皙人種の最盛期であつた。否《いな》二十世紀となつた今日も、尙少くとも、此の世紀間は最盛期であらねばならぬ。たゞ、近時吾輩《われら》東亞民族の勃興が、頻《しき》りに列國の膽《きも》を寒からしめたがためにそれだけ白皙人種に白皙人種のみの最盛期だといはして置けぬやうな氣もするが、或《ある》限度までは彼等の叫ぶ通り此の世紀間は彼等の最盛期であつたに違ひないのである。しかしながら、此の最盛期が何日《いつ》まで續くか、過去に於いては、彼等白皙人種は、嘗ては東亞人種の羈輾《きてん》に俛首《ふしゆ》(102)したことがある。波動は一昂《かう》一低のもの。世運は一興一衰のもの、恁麼《こんな》ことを考へたら、白皙人種は、嘸《さぞ》かし心配に夜も日も眠られまいが、今後の世界の趨勢として、何處までも平和は保たれて行かれる筈だから、先《ま》づは御安心あられたい。

たゞ平和的戰爭の行はるゝのは頻繁であらう。で、兎《と》に角《かく》、いづれにしても、東亞民族たるものも安閑としては居られない。而《さう》して今日、東亞民族の興復の責任を其の双肩に荷ふに足るものは、實に吾が大和民族であることは、日本國民として、一日も忘却することは出來ないのである。

花開き、花落ち、而して春去り、夏來るとも、花は年々に相似たり。月は盈《み》ち、月は虧《か》け、而して秋は逝き、冬は到るとも、月は歳々に相同じ。嗚呼、たゞ人のみは、一度逝いては復還《また》らず、落花空しく青苔《せいたい》に委《ゐ》して、晩風徒らに悲しく、弦月、白楊に掛りて枯葉更に寂しきを加へるばかりである。生くるもの誰か死を免るゝことを得ん。此の時に至りては其の三軍を喑唖《いんあ》叱咤[103]したる聲を以てしても、厲鬼《れいき》[104]は之を拂ふことを得ず、四海を震慴《しんせふ》せしめたる壯圖を以てしても、其死神は之を儺《はら》ふことを得ず。飄風《へうふう》[105]の如く去り、霹靂の如く消え、一抔《いつぱい》[106]の土未だ乾かざるに、八尺の長軀すでに灰と化し去る。思へば槿花《きんくわ》一朝の新《あらた》なるも永き心地のせらるゝあはれさ。あゝ嘗ては、東は太平洋の沿岸より、西は多瑙《ダニューブ》の河の河畔に及び、幾十百の國に君臨し、幾億萬の民に駕御《がぎよ》し、世界活劇壇上の猛將であつて、且つ花形であつて、有史以來たツた一人であつた偉傑成吉思汗《ヂンギスカン》、今何處《いづこ》にあるや。花物言はず、水語らず。

自分は青史に對すると、いつも恁麼《こんな》ことを考へる。さうして慨嘆に堪へざること多時、其のまゝ巻を掩うて了うのだ。

いでや成吉思汗の事蹟を語らう。が、其の先に當つて、必要上、蒙古民族に就いて少しく述べておくことがある。

黑龍の大河の流源は岐《わか》れて二支をなして居る。一を斡難《ヲーノン》(今敖嫩《いまヲーノン》といふ)といひ、一を克魯倫《ケルロン》といふ。幾萬の民庶は其の間に居《を》つて遊牧を事として居つた。稱して之を蒙古民族といふ。さうして、これは烏拉《うら》、鮮卑、契丹《きつたん》等と其種を同うして居る。歴史上から之を大括して蒙古種と稱する。

さて蒙古種の外に、支那と交渉のある國は、すべて五つあつた。

（一）苗《べう》種——、この種族は、尤も早く支那を占領した。其の昔、唐虞《たうぐ》の世に於いては舜禹に逐《お》はれて南方に退いた。今はわづかに雲南の一隅に據有して居る。舜は之と蒼梧《さうご》の野に戰うて死んだ。舜の妃の娥皇、女英が舜の後を追ひ、九嶷《きうぎ》山麓まで馳付け、こゝで舜の死を悲しんで、泣死《なきじに》をしたが其の涙が其所《そこ》の竹を染めた。南浦《なんぽ》の月明、今に人をして腸《はらわた》を斷たしむ。詩人をして、「日落長沙秋色遠《ひおちててうさしうしよくとほし》、不知何處弔湘君《しらずなんのところにかせうくんをとむらはん》」と歌はしめた。(107) 湘君とは娥皇、女英の事である。

（二）漢種——、この種族は自ら誇つて中華の民と稱して居る。北部より苗の種族を追うて來て支那の本部を據有した。

（三）回種——、秦漢には之を匈奴といひ、隋唐には之を突厥《とつけつ》と云つた。共に西歐羅巴《ヨーロッパ》を蠶食して國を建てた。而《さう》して其の種族の支那に在るものは、猶回疆の一部を占領して居《を》つた。(108) 春閨の人、其れは二八《にはち》ばかりの可憐の少女《をとめ》。その少女をして、「秦時明月漢時關《しんじめいげつかんじのくわん》、萬里長征人未還《ばんりてうせいしてひといまだかへらず》」(109) と涙滂沱《ばうだ》たらしめたのは此の種族である。

（四）羌《きやう》種——、周には西戎《せいじゆう》といひ、漢には月氏と云ひ、隋には黨項と云ひ、唐には吐蕃といひ、宋には西夏と云つたのが此の種族である。この種族は、今は西藏《チベット》の一局に介在して居る。

（五）韓種——、朝鮮、滿洲一帶の地を占領した種族。三代には肅愼《シヨクチン》といひ、漢魏には挹婁《いふろう》と云ひ、隋唐には靺鞨《まつかつ》と云つた。而して宋の時には自ら金と號して宋の北平を略した。此の時である。忠義無雙の胡澹菴《こたんあん》(110) が一封《いちぷう》、天に奉つて、此の膝一度び屈すれば伸ぶ可からずと慨したのは。今の清朝も此の韓種に屬して居る。

以上六種族の中に就き、能く支那を一統したのは僅かに漢種、蒙種、韓種の三種族であつた。而してその蒙種、韓種は、漢種よりは始終彈斥せられて夷狄《いてき》と稱せられて居つた。で、この夷狄より起つて始めて中國に君臨したのが元である。次ぎには清であつた。其の他の諸夷狄に至りては、常に支那の北疆を擾《みだ》して居たばかりで、中國を乘取るといふやうな功を奏したものは無かつた。而《さう》して見ると、彼の成吉思汗が其蒙古種族を以てしながら、能く支那に君臨して元を稱し得たのは、實に破天荒《はてんくわう》な偉蹟といはねばならぬ。

元の前は宋朝であつた。宋朝相襲《あひつ》ぐこと三百歳、其の間決して長からずとせず、而《し》かも所謂太平熙々《きこ》[11]の日は幾日有つたか。抑《そもそ》もその太祖趙匡胤《てうきやういん》が幾多の苦辛を嘗めて、後周の讓を受けて帝祚《ていそ》を踐《ふ》んだのは善かつたが、猶北漢の劉氏は山西に據つて、契丹と兵を合はせて北疆を擾《みだ》すことは止まなかつた。太宗の時に及んで、北漢は漸く之を亡ぼし得たけれども、契丹の勢《いきほひ》は益々熾烈を加へて來て、遂には國を遼と號して四邊に寇《あだ》することは依然として止まなかつた。眞宗の時に至りては、彼の契丹は大擧して深く中國に蠶食し來つた。澶淵《せんゑん》[12]の盟に財幣を啗《くら》はして僅かに和を講ずることを得て其の難は之を免るゝことを得たが、仁宗の時には、更に西に西夏さへ起つて西邊の患《うれひ》をなした。それから神宗、哲宗を經て、徽宗《きそう》に至り、遼、西夏の氣燄《きえん》は漸く下火になつたやうで一先づ安堵したと愁眉を開いたのは束の間。思ひがけなや、女眞といふが新たに契丹の東に起り、自ら金と號し、捲土の勢を以て、先づ遼を亡ぼし、其儘一文字に南を指して侵した。さア堪らない、汴京《べんけい》は忽ちに陷り、おぞや、徽宗、欽宗の二帝さへ生捕られて了つた。で、高宗が帝位に卽《つ》いたけれども、それも僅かに江南の隅を支へてたゞ〳〵其の餘喘《よぜん》を保つのみであつた。光宗を經て、寧宗に至り、金の國勢が漸く衰へて、又一息付いたが、今度は、彼の蒙古が漠北の地にムツクリ起つて來て、しかもこれが新來の勢を持つて、否《いな》、殆んど一瀉千里の勢を以て、西夏を降し、金を滅ぼし、而して宋も又滅ぼして了つた。恁《か》う調べて見ると宋一代の歴史は、實に外寇の記錄《レコード》と云つても宜《い》い位である。

で、あらゆる此等の總てを征服せしめて、更に元朝百年の基礎を堅めた知勇兼備の英傑、卽ち成吉思汗は、そも何人か。

成吉思汗は郤特《キヤトン》氏と曰ふ。從來は奇渥溫《キヤヲン》氏と稱して來たが、『御批通鑑輯覽』[113]には、奇渥溫氏は郤特氏の誤りであるといふことを辯じて居《を》る。曰く、

(上略)又以奇渥溫得姓、所自必元史傳譌詢之喀爾喀《カルカ》親王成袞札布《ジブジヤウブ》、得其所藏蒙古源流一書、有元事蹟氏族頗具梗概、始知奇渥溫及郤特之誤、蓋蒙古之書、郤特與奇渥溫字形相似、當時宋濂輩、承修元史、已不諳其國語、又不辨其字文、憑粗識蒙古字者、妄爲音譯、遂以郤特爲奇渥溫云々[114]

と。

初の名は鐵木眞《テツムジン》と云つた。十世の祖の勃端察爾《ブダチンヤール》は、始めて斡難《ヲーノン》、克魯倫《ケルロン》の兩河の間に地を略してこゝに據つて居た。八代を經て也速該《ヤソガイ》といふに至つて、漸く近隣の諸部を併呑して、その勢は始めて盛大になつた。その也速該《ヤソガイ》が塔々兒《タタール》部を攻めて、其酋長の鐵木眞《テツムジン》を獲《え》、還つて鐵里溫盤陀《テリウンソタ》山(不峝罕《ズルハン》山の支脈《わかれ》で、斡難河の上流に在り)へ次《じ》した時、會《たま〳〵》其の后《きさき》の月倫《ウエロン》氏が一子を生んだ。因つて、其の子

に鐵木眞の名を命《つ》けた。敵將を獲たり、國を占領したりした時には、其の敵將の名なり、國の名なりを、折善く生まれ合はせた子の名前に命けることがある。これは支那に於いての命名法の一つであつたのだ。

其の時、卽ち鐵木眞の生まれた年は、恰度《ちやうど》宋の高宗、紹興三十二年、西暦千百六十二年であつて、吾が朝では、二條帝の應保二年、卽ち平治の亂後四年であつて、源頼朝は猶ほ伊豆の一孤島に雌伏してゐる時であつた。

也速該《ヤソガイ》沒して、鐵木眞の其の跡を嗣《つ》いだのは、鐵木眞の十三歳の時であつた。

也速該の勇武には服して居たが、嗣いで立つた鐵木眞の幼弱なるを見て取つた幾多の諸部落は早くも叛旗を飜へすに至つた。しかるに、彼の母月倫《ウエロン》氏は、女でこそは有れ、知勇兼備の人であつたので能く鐵木眞を輔《たす》けて四隣を征した。卽ち泰赤烏《タイチウト》都を滅し、克烈《カライト》を降し、及蠻《ナイマン》を破つた。而して彼の鐵木眞は遂に諸部落を定めて、位に斡難《ヲーノン》河源の地に卽《つ》いて成吉思汗と號した。蓋し成吉思汗とは天賜といふ義である。

此の時は宋の開禧《かいき》二年であつて、宋の勢威は益々振はなくなつた折である。之に加ふるに韓侂胄《かんたくちう》といふ惡臣があつて、擁立の功を挾みて、威福を擅《ほしいまゝ》にし、其の服御《ふくぎよ》(115)は盡く天子に擬して、僭越を極むること甚しく、且つ性理學者の泰斗朱熹《しゆき》等を目するに僞學の名を以てして、之を貶《へん》し、猶邊釁《へんきん》(116)を開いて其の功を成さんと欲して金を伐《う》ちて、一敗地に塗《まみ》るゝが如き失敗を演じたので、最早此の時には、固《もと》より宋の天地に盛返すといふやうなことは根本的に出來ない、卽ち到底全治の出來ない危篤の病症に罹つたのであつた。

金に在つても、僅かに宋に克《か》ち得たけれども、已に民人疲弊して、國帑《こくど》足らず、且つ嬖佞《へいねい》の臣、事を用ゐて紀綱益々紊亂《びんらん》し、國力日に〳〵衰微に趣くのであつた。

西夏に至つても、到底金には抵抗することが出來ず、其主李乾順の時、已に金に降つて藩と稱し、僅かに殘喘《ざんぜん》を存して居るばかりである。

成吉思汗の、崛《くつ》として此間に立つたのは、之を例へば、恰《あた》かも新たに研《と》ぎ出でたる秋水《しうすゐ》を以て、朽索《きうさく》を斷ち切るよりも、易々たるものであつたに違ひない。

成吉思汗の卽位した時に、各部の酋は皆來り服して會した。獨り乃蠻《ナイマン》のみ到らなかつた。成吉思汗大《おほい》に怒り、依つて襲うて之を殺した。成吉思汗に於いては、恁麼《こんな》戰は朝飯前の仕事であつた。乃蠻の民は、どこまでも成吉思汗の配下に在るを好まず、卽ち其の酋長の子の屈出律《クシュリツク》といふを奉じて西に奔つた。成吉思汗は之を逐うて、也里的石《エリテシ》河（俄比《ヲビ》河の上流であつて、今之を額爾齋斯《ヲルチス》河と稱して居る）の河畔に追ひ詰め、大に之を破つた。屈出律は纔《わづ》かに身を以て脫れ、奔《はし》つて西遼に手賴《たよ》つた。

一體この西遼は、遼の宗王耶律大石《イエリイターシ》が建てた國である。初め、金が遼を亡ぼした時、耶律大石は西奔して畏吾兒《ウイグール》（又回鶻《ウイグール》とも云つて、今の回疆の地である）の諸國を平げ、更に西北に進んで、中央亞細亞の諸國を征服し、遂に都を別喇薩軍《ベラサクン》（シル、ダリアの北境を流るゝ吹河畔に在る）に建て、潤兒汗《グールカン》と稱し、天祐皇帝と號した。史に之を西遼の德宗と云つた。或は稱して黑契丹《カラキタイ》ともいふ。其の威一時は西域の地を震撼《しんかん》せしめたが、相襲《あひつ》ぐこと四世に至りて、强弩《きやうど》の末能く魯縞《ろかう》を穿つことは出來ないで、天禧帝《てんき》直魯克《チルク》が位に即くに至つて、國勢益々衰へ、諸邦は日を續《つ》いで叛《そむ》き去つた。

さて成吉思汗は、兵を旋《かへ》して西夏を伐《う》つた。夏主の李晛《りげん》は遂に其の女を納れて來り降つた。で、成吉思汗は三道より並び進んで金に向つた。

成吉思汗に四人の子がある。長を朮赤《シユチ》といひ、次男を察合臺《ジヤガダイ》といひ、三男を窩濶臺《オガダイ》といひ、四男を拖雷《チユライ》といつた。その金に向ふ時は、朮赤と察合臺と窩濶臺との三子は其一軍を領して右より進み、成吉思汗の弟哈散兒《ハサール》は、又別に一軍を領して左から進んだ。而して成吉思汗は四男の拖雷と共に親《みづか》ら中軍を督して南東に進んだ。到る處風靡せざるなく、遂に山東、河北の地を悉《ことごと》く略して燕京へ迫つた。金の宣宗は、最早如何ともすべからず、不本意ながら公主を納れて和を請うた處、成吉思汗は之を聽《ゆ》るして蒙古に還つた。

時に西遼では、彼の手頼つて來た乃蠻の屈出律が天禧帝を弑《しい》して自立した。こゝに於いて死灰復《ま》た燃えようとしたが、成吉思汗の兵に遇ひて、脆《もろ》くも消えて了つた。

西遼と隣《となり》して花剌子模《ホラズム》といふ國がある。士丹《サルタン》ムハメツドの據有して居る國で、彼は撒馬兒罕《サマルカンド》に都《みやこ》し、勢威稍々《やゝ》振つて居る。成吉思汗は之と通ぜんと欲して、使者を出した。しかるにムハメツドは其使者を殺して答へなかつた。且つ訛答剌《イトラル》城主の吟只兒只蘭禿《インチヤルチラント》（ドツソン氏の『蒙古史』(117)にはイナルジユク Inaldjuk としてある）なるものが、蒙古の商隊を誣《し》ゆるに諜者を以てして、これを死刑に處したので、成吉思汗も堪《こら》へかね、遂に意を決して親征を思ひ立つた。これは其の即位の十四年であつて、宋では嘉定十二年、西暦では千二百十九年。而《さう》して我朝《わがてう》にては順德帝の承久元年、即ち承久の役に先《さきだ》つこと一年、公曉《くげう》が、其の叔父實朝を切りつけ、鶴岡社頭に淋漓《りんり》たる紅血を迸《ほとばし》らしめた時であつた。

成吉思汗は、十萬の鐵騎を率ゐ、粛々として和林《クワリン》（鄂爾坤《カラコラム》）を發し、賽芬河《シホン》（今西耳江《シルダリア》といふ。源を天山《チャンガン》に發して阿剌爾《アラル》湖に注いで居る）に到つて、こゝで其の兵を四つに分けた。

次男の察合臺、三男の窩濶臺は其一軍を領して、先づ訛答剌《オトラル》（西耳江の北岸に在る）を襲うて之を陥れ、城主を捕へて之を殺した。これは商隊を死刑に處したのに取り敢へず報ゐたのである。長男の朮赤は右手の軍を帥《ひき》ゐて廷士《ゼント》（西耳江の下流、阿剌爾湖に注がんとする右岸に在る）養吉千（廷士の對岸にありて、花剌子模《ホラズム》湖、即ち阿剌爾湖を去ること凡そ二日程の處に在る）を略した。第三軍は左方に向つてコゼンド（西耳江上流の左岸に在る）を陥れた。で、守將の帖木兒蔑里《チムールメリク》は逃れて玉龍傑赤《ウルゲンチ》に奔り、ムハメツド士丹《サルタン》の子扎蘭丁《シエラルヂン》の軍に投じた。

成吉思汗は拖雷と共に本軍を督して土蘭士、阿克阿薩那《アクアサナ》（阿母河《アムダリア》の東の諸國をいふ）に入り、翌年の三月になつて、蒲華城《ボキヤラ》（阿母河の北岸に在る）を圍み、七日にして之を拔き、一炬《いちきよ》之を焼き、更に進んでムハメツドの都城撒馬兒罕《サマルカンド》を攻めて之を降した。撒馬兒罕とは、蓋し『元史』に尋思汗城《ジンスカン》といへるもの是《これ》か。『湛然《たんぜん》居士集』に、

尋斯干城《ジンスカン》、在リ二西域一、西戎梭里檀《サルタン》故宮在リレ焉、西遼目シテ爲ス二河中府一ト[118]

とある。

是《これ》より先、ムハメツドは成吉思汗の物凄き戰振《たゝかひぶり》を聞いて、迚《とて》も叶はずとや思ひけん。先づ逃れて匿察兀兒《ニシプール》（今の波斯《ペルシヤ》の東北部に在つた）に走つた。成吉思汗は、之を逸してなるものかと、其の將遮

別、速不臺をして追はしめた。ムハメッドは此處に居堪《ゐたた》まらず、更に走つて報達《バクダッド》に手頼らうとしたけれど、左樣云《さうい》ふ運びにもならなかつたので、更に又遠く裏海の南東の濱のアビスガンに至つたが、旬日ならずして、空しく餓死して了つた。

此の時に當つて、成吉思汗は、朮赤、察合臺、窩闊臺の三子をして、兵を合して玉龍傑赤を攻めしめた。玉龍傑赤にはムハメッドの子扎蘭丁《シエラルヂン》、父の位を襲ひて、こゝに居る。然るに蒙古の兵未だ到らざるに扎蘭丁は先づ逃れて哥疾寧《カズニ》（今の亞富汗斯坦《アフガニスタン》の東疆、インダス河上流の左岸に在る）に走つた。帖木兒蔑里《チムールメリク》も亦之と共に走つた。

さて朮赤等は玉龍傑赤を攻めたが、此の折に朮赤と察合臺との間に爭論が生じて、其の爲に不和になり、兎角攻圍に荏苒《にんぜん》と日を過して、猶之を拔くことを能くしなかつた。此の事を聞いた成吉思汗は大《おほい》に怒りて、直ちに三男の窩闊臺をして代りて軍を統べしめた。窩闊臺は軍を督して急に之を攻め、劇戰七日にして始めて之を陷れた。

拖雷は、別に一軍を引率して花剌撒《ホラサン》（波斯《ペルシヤ》の東北部）を屠《ほふ》り、匿察兀兒《ニシプール》を攻めて、劇戰四日にして、之を陷れ、士民を鏖殺《あうさつ》し、更に進みて也里《エリ》（今のヘラツトである。亞富汗斯坦《アフカニスタン》の西北疆であつて、波斯と境を交ゆる邊である）を圍み、八日の間で之を降して了つた。

成吉思汗は其の本軍を率ゐて、賽芬《シホン》の北部に在る迭勒紇《テルメッド》を陷れ、更に河を渡つて南し、班勒紇《バルク》を降して其の府民を屠り、長驅塔里寒寨《タリカンサイ》を攻めた。塔里寒寨は興郡克斯《ヒンヅークーシュ》の山中にあつて、要害堅固、實に一夫、路に當れば萬夫も敵し難いといふ天險である。流石《さすが》の成吉思汗の英兵も、利あらざること屢々、大に閉口した。こゝに於いて拖雷、察合臺、窩濶臺皆來りて援けた。獨り朮赤のみは、察合臺と爭論したのを根に持つて、賽芬河《シホンガ》の北に留りて、來り援けなかつた。

そこで成吉思汗は三子の軍を合はせて、急に之を包圍し、遂に之を陷れた。此の勢を以て更に進んで哥疾寧《カズニ》を衝かうとした。

扎蘭丁は哥疾寧に在つて、大に兵を集めて居《を》つたが、蒙軍の雲來するといふを聞いて、走つて印度河に及んだ。まさに此の河を渡らんとしたのである。然るに成吉思汗の兵は之を追ひかけて、渡らない先きに追付いた。扎蘭丁は惡戰苦鬪をして、遂には必死を期して單騎突撃までを行うた。流石の蒙古兵もこれには驚いたと見え、皆披靡《ひゞ》(119)した。扎蘭丁は此の機逸す可からずと、忽ち馬首を反へして險崖より強く一鞭をくれて、馬を水《み》の面《も》目掛けて躍らせた。之を以て僅かに免るゝことを得た。成吉思汗は更に八剌《ベラ》をして尾撃せしめたが、遂に之を獲ることが出來なかつた。扎蘭丁は、これより走つてデルヒに依つたのである。

で成吉思汗は、一方窩濶臺をして哥疾寧を屠らしめ、又同列赤哈臺《チハダイ》をして也里《エリ》を鎭せしめた。翌年に至つて平いだ。其の明年を以て師を班《か》へしたのである。道順は巴米延山《バミヤン》を超えて班勒紇《バルク》に出で、賽芬河《シホン》を渡りて蒲華《ボキヤラ》に到り、撒馬兒罕《サマルカンド》を經て、和林《クワリン》の行宮に還つたのである。時に即位二十年であつて、宋では寶曆元年、西曆では千二百二十五年、而うして我朝では嘉祿元年に當る。即ち承久の亂後七年であつて、後鳥羽院は隱岐に、土御門帝は土佐に、順徳天皇は佐渡に、昨日までは九重の雲深くおはしませし萬乘の君に渡らせられながら、今日は配處の月に袞龍《こんりう》の御袖を絞らせ給ふ折に當つてゐたのである。

是より先、ムハメツドを追うて北行した遮別及速不臺は、ムハメツドの死を聞いて、其の鋒を轉じ、南の方、西波斯に入り、至る所の諸府城を蹂躙し、寛定吉思海《クワンテンキース》（裏海）の南沿岸を遶《めぐ》りて、チブリズ、チフリスの諸府を陷れ、谷兒只《ゼオルジア》を蹂躙し、太和嶺《タイオーリン》（高加索《カウカサス》）を超えて、欽察を逐うて、遂に斡羅思《ヲロス》（今の魯西亞《ロシヤ》）の南境に這入つた。

少しく支道《わきみち》に入るやうだが、寛定吉思海の裏海であること、太和嶺の高加索であるといふことゝの考證をして見やう。

裏海《カスピヤン》――突厥人《タークツ》は裏海を呼ぶにデンキスと云つた。寛定吉思《クワンテンキース》のクワンは回々語《ふいくご》では、湖の義である。且つ成吉思汗の經て行つた跡を考へて見ても、『元史』の寛定吉思は、今の裏海なることは疑ふ可からざることになつて居る。何秋濤が『朔方備乘《さくはうびじよう》』(120)に、

按寛田吉思海、論者或疑卽伊利河所レ瀦之巴勒喀什泊《パレカシユノール》、今驗二巴勒喀什泊一、中雖レ有二小島一、然道里太近、不レ足レ當二寛田吉思海之目一、西北邊淖爾《ノール》中有レ島塔爾巴喀臺《タルパカタイ》之西、有二巴爾喀錫淖爾《パルカシイノール》一、在二巴勒喀什之正北一、巴爾喀錫之東北千餘里、有二慈謨斯夸淖爾《ジムスクノール》一、慈謨斯夸之西北九千里、有二額納噶淖爾《アナカノール》一、其中皆有レ島、（中略）以二道里一計レ之、惟額納噶泊、可三以當二寛定吉思一、今俄人所レ稱阿尼牙《アニア》湖是也(121)

とあるのは附會である。高加索《カウカサス》――太和嶺《タイオーリン》の高加索なることは疑ふことが出來ない。然れども、『朔方備乘』に、附會して寛田吉思を阿尼牙と斷じたる序《ついで》に、矢張この太和嶺《タイオーリン》をも烏拉嶺《ウラル》と附會した。そ

の『朔方備乘』に曰く、

元史太和嶺有レ二、此爲二欽察境之太和嶺一或云卽烏拉嶺也云々(122)

と。

さてもとへ還る。此の時には、魯西亞《ロシヤ》は侯地制になつて居《を》つたので、諸侯割據して相統一しなかつた。それ故、互に權勢を相爭ひて、紛擾は已むことがなかつた。諸侯の中では、就中《なかんづく》ウラヂミールは最も強くあつて、霸權を掌握して居つた。さて蒙軍の入寇《にふこう》するや、欽察部《キプチヤク》（魯西亞では、プロウチーと稱す）の酋コチアン（匃牙利《ハンガリ》史家は之を稱してクタンと云つて居る）は、逃れ來つて、ウラヂミール侯の酋子なるガリツチに說くに合縱《がつしよう》して之を擊つの策を以てした。ガリツチ侯は之を諾し、乃ち南魯の諸侯を幾富《キーヴ》といふ所に會し、欽察と兵を合して蒙古の大軍を禦《ふせ》ぐことに決した。そこで、兵を土尼伯爾《ドニベール》の河畔に會し、そのまゝ河を渡りて、進んで蒙軍を襲はんとしたのである。遂に兩軍は喀爾喀《カルカ》河岸に衝突した。劇戰數日、露兵敗衂《はいぢく》、全軍殆ど河中に覆沒して了つた。喀爾喀とは何處にある河か。魯の史家カラムジン氏は、アリウポルの近傍に於いて阿速《アゾク》海に注げるカルミコツス河の支流なるカレツツ河がそれであると云つて居る。此の戰は西曆千二百二十四年六月十六日とし、或は千二百二十三年とし、或は千二百二十四年五月三十一日に始まつたといふ說もある。

遮別《シヤベツ》、速不臺《ソクフタイ》は進んで土尼伯爾河に到り、河を下りて哥力米《クリミヤ》に入り、カザリン海（黑海）岸のスダーク（又ソルダアといふ。哥力米《クリミヤ》の南東岸にあつて、當時有名な貿易場で、富饒《ふぜう》を以て稱せられて居た）を略し、更に中央窩瓦《オルガ》の地である巴爾喀利《パルガル》を抄掠し、下窩瓦《オルガ》の地を經、裏海及阿剌爾《アラル》海の北を越えて還つた。

こゝに至つて、成吉思汗の西征は一段を告げた。で師《いくさ》を旋《かへ》し、途次、復《また》西夏を攻めて、遂に之を滅ぼし、更に西方より金を侵さんとしたが、惜しい哉、天、命を借さず、未だ幾《いくば》くならずして、病んで薩里《サツリ》河畔の行宮に崩じた。壽六十六。宋の理宗寶曆三年、西曆千二百二十七年に當つて居る。而して我朝にては、後堀河の安貞二年の秋七月であつた。在位は實に二十二年間であつた。

抑《そもそ》も、成吉思汗が父を襲《つ》いで蒙古の部酋となつてから、こゝに三十四年間、其の間は未だ曾て一日も戎馬《じゆうば》の間に驅馳《くち》せざりしことはなかつた。國を滅すこと四十、地を略すること幾萬里、其の版圖を横にしては、印度河畔より裏海の濱《ほとり》に連り、更に窩瓦《オルガ》河頭より支那の平原に亘り、これを縱にしては、波斯《ペルシヤ》灣頭より、北氷海の岸に至つて居る。茫々として、極目際《かぎり》なく、歐亞一帶の山河、盡く其指揮の下に動くやうになつた。千古萬古を曠《むな》うしたる偉丈夫、大英傑といふとも、誰か之を拒むことを得んやだ。

宋の孟珙《まうきよう》、嘗て成吉思汗の風貌を叙して左の如く云つて居る。

大抵韃（卽ち蒙古をいふ）人身不㆓甚長㆒、最長者不㆑過㆓五尺二三㆒、亦無㆓肥厚者㆒、其面橫濶、而上下有㆓顴骨㆒、眼無㆓上紋㆒、髮鬚絕少、行狀頗醜、惟今韃主忒沒眞《ヂムジン》者、其身魁偉、廣顙長髯、人物雄壯、所㆓以異㆒也、[123]

と。

これを一讀しても、大身長髯《ちやうぜん》の偉人物が、躍如として眼前に現出して來る。

成吉思汗崩じて、三男の窩闊臺が帝祚《ていそ》を踐《ふ》んだ。而して第四子の拖雷が監國となつた。長男朮赤と次男察合臺《ジャガタイ》は、私の爭論に開戰を遲延せしめた咎《とが》が有つたので、嗣《し》たることは得なかつたのであらうが、蓋し成吉思汗が三男窩闊臺を見立てゝ帝祚を踏ましめたのは、前途、此の子ならば余が大なる希望を貫くだらうと確信したからであらう。慥《たし》かに卓見であるといはねばならぬ。

＊　＊　＊　＊　＊

現今のことはいはぬ。往時は、人種的觀念が基礎となつて、これから幾多の戰爭が行はれて來たのであつた。東亞民族と、白皙人種との戰爭は、其《それ》が中にも、最も大〔き〕な、最も烈しいものであつた。其の間に於いて、其の東亞民族が白皙人種に勝てば、幾世を經た後に於いて、白皙人種は、東亞民族に勝ち、また幾世を經た後に至りて、東亞民族が白皙人種に勝つたのである。丁度《てうど》循環して行くやうな氣がする。往年の日露戰爭に勝を占めたのも、矢張其の數に洩れないのであらうと觀察すれば、納得せられないでもないが、併しながら、今後、今日の文明より、將來の文明が、逆比例に退步して行けば知らず、苟《いやしく》も、理としてかゝることのない以上、所謂戰爭なるものは演ぜられないものであるに斷定するに躊躇しないのである。

所謂戰爭――これは從來の、東亞民族と、白皙人種との間に演ぜられて來た干戈《かんくわ》を執つての戰爭である。

が、平和的戰爭――これはどうだかといふに干戈的戰爭の演ぜられないだけ、それだけ激烈に引ツ切りなしに演ぜらるゝことに違ひない。さうして、此の平和的戰爭に敗北した結果は、更に干戈的戰爭に敗北した損害よりも更に甚大なることのあるを忘却してはならぬ。

刻下世界の大勢を見るに、文明國に於ては、何國《いづこ》にても軍備擴張費節減說が唱道せられて、飽く迄も干戈的戰爭の根絕するやうに力めてゐるやうである。お互に人道から見て、至極尤なことだと思はぬものはない。

彼《か》の米國のジヨルダン博士の來朝(124)も、此意から興つたものだらうと推察する。で、我が日本は、此の平和的戰爭の中に立つて、どういふ地位を保つて行くべきであるか。干戈的戰爭に大勝利を占めて、世界の一等國に列した以上、いつまでも此の榮譽ある地位は失墜せしむることは出來ぬ。矢張引續いて、平和的戰爭にも、牛耳を執つて、以て世界列國を頤使《いし》の下に役せしめ得べき霸者たらねばならぬ。盟主たらねばならぬ。

人生の爲

上

凡ての學問は人間と沒交涉なものではないと思ふ、然るに現今の學問はどうも學問の爲の學問といふやうに傾いてゐる、と言ふよりは人間から切離して研究する風がある。たとへば天文學は天文學、化學は化學、植物學は植物學といふ風で、その間に人間といふものゝ卽ち人生の爲といふ考を混ぜる事は、學問の尊嚴、學問の純潔を瀆《けが》すやうに思つてゐるらしい、今日の學問研究の有様はどうもさうのやうに思はれる、然し私の考へるところではやはり、人間といふものゝ爲にするといふ考を頭腦に置いて、凡ての學問を研究す可きものであらうと思ふ。たとへて言へば植物學でも只樹の名、草の名を知つただけでは、毫も人間と相渉るところがない。それのみを研究してもつて植物學の能事畢《をは》れりとすべきではない。その人生の上に或交渉を生ずる、そこに學問の必要と價値とを認めるのである。醫者が植物學に依つて藥用植物を研究するといふやうな研究が必要である、天文學に於ても只日月星宿の運行を研究するばかりでは物足らん、それが氣象の上にどういふ影響を及ぼし、農業の上にどういふ關係を有するかを研究するので、始めてそこに一の意味が出來て來ると思ふ。夫《そ》れと同じことで、文藝の方面に於ても藝術の爲の藝術といふことは確かに一面の眞理であるには違ひないが、やはり藝術と雖も畢竟は人生の爲のものでなければならぬと思ふ。凡ての人間が思ひ、考へ、行ふところは、凡ての人間の爲になり、人生の爲となるものでなければならぬ。つまり人生の爲になるといふことは、人間の向上に貢獻する事でなければならぬ。凡ての科學は、一見學問の爲の學問のやうに見えるけれども、實は無意識に人生の爲になつてゐる、そこにまた科學の意味なり、利益なりが存するのである。夫《そ》れと同じく、藝術の爲の藝術と言ふけれども、それが不知不識《しらずしらず》の間に人生の上に何物かを貢獻しつゝある、そこにまた藝術としての意味が存するのであらう。

下

こゝに言ふ人生の爲といふ語は、狭い意味の實用といふことではない、よし實用にならなくつても、人生の向上に益ある事は、卽ち人生の爲である。從來の藝術家がその相渉らぬ所をもつて尊しとし、高しとしてゐるところのものは單に狭い意味の實用といふ方面から見た議論に外ならぬのである。人生の爲といふことは必ずしも實用といふ意味ばかりではない、それも言ひ方ひとつで、人生の爲になることは凡べて實用となるものには違ひないが、然しそれは狭い意味の實用ではない、廣義に謂ふところの實用である。此の點から見ると現今の文學者が藝術の爲の藝術を稱《とな》へて、人生の爲といふ根本の思想を閑却してゐるのは間違つてゐると思ふ。やはり文學者と雖も、人生の爲にし、社會の爲に盡すといふ、根本思想を忘れてはなるまいと思ふ。藝術の爲の藝術といふことをもつて文學者の能事畢れりとす可きではない、やはりものを書き、ものを作るすべてのどん底の底のところには、人間の爲にし、社會の爲にするといふ思想が潛んで居なければならんと思ふ。

現今の文學者が頻《しき》りに人生に觸れるといふことを言ふけれども、吾々はもう少し大きく人生に觸れて貰ひ度いと思つてゐる。たゞ酒を飲み、女を買ふことをもつて人生に觸れるとするのは厭足《あきた》りない、もつと根本から大いなる人間の悲慘なる方面を觀察して、これを哲學的に攻究し、或は社會學的にこれを考察し、もつてこれを救濟するといふやうな、宗教家の如く哲學者の如き眼孔をもつて人生に對し、人生を觀て貰ひ度いものと思ふ。現今の文學者の觸れるところは餘りに淺くして且つ餘りに狭くはないだらうか（それは多くの文學者の作品を見れば直ぐ判ることである）。吾々は現今の文學者に對《むか》つてもつと大きな社會にのぞみ、人生に觸れて、深くこれを見、廣くこれに接觸し、文學者であると同時に哲學者であり、宗教家であり、又社會學者であるやうな態度を持して、此の世の中を見て貫ひ度いものと思つてゐる。現今の文學者の多くが書いた作品の、淺くして深みのないことは、其の見ることの淺くして、深みのないのに起因する事であらうと思ふ。もつと深い見方をしたならば、其の作物も自ら深みを持つて來るだらうと思ふ。

人間の生活を呪ふ

文を賣る非なるか、賣るが爲めに文を曲げずんば、賣るとも何ぞ非ならん。然らば文を賣ること是《ぜ》か、精神を以て商品となす、文を賣る豈に是ならん。我は文を賣るの必ずしも非ならざるが故に、必ずしも是ならざるの文を賣るを爲さゞる能はざる人間の生活を呪ふ。

擱筆の後

『數奇傳』の稿を了りて

（上）

自分がはじめ『數奇傳』の稿を起した時には自分の半生の間に閲して來たことの中で面白い事だけを書いて行かうと思つた、尤《もつと》も他人《ひと》の事は差支があるが、自分の事ならば差支へないから他人に關した部分を省いて、一風變つた自敍傳を書くつもりでかゝつたが、其の間さう澤山の本を讀む閑《ひま》も有《も》たないので、調べれば判るやうな事もつい其の儘にして書いて了《しま》つた。

それと細かい所から始めるよりも、面白い事からポツ〳〵拾つて書いた方がよからうと思つたので、年代順にせずに、何か面白い事があると、それに關聯した事があれば一緒に書いて了ふといふ風に、年代よりも事柄を主にして、時の順序でなしに事の順序に依つて同じやうな事柄は同一個所《ひとつところ》へ集めてしまふつもりで居たところが、書いてゐる中にア、いふ風に年代を逐ふやうになつてしまつた。

それから少しも想像を加へずに書いて行かうとしたが、大分忘れた事が多かつた、年代等の順序、時代の有様、さういふものは殆んど記憶になくなつてゐた。たゞ記憶のまゝを辿つて書いたのであるから間違つた個所もあらうと思はれる。十月頃までは座つて書いてゐたが、その時分から漸く脚《あし》がいけなくなつて、歩くことはもとより、座ることも出來なくなつたので、據所《よんどころ》なく長椅子の上に仰臥した儘巻紙へ五六十行宛書いてゆくやうな事にした。

當初《はじめ》、『中央公論』の方と約束した時には、僅々《きん〳〵》五回ぐらゐで濟ます筈であつたから極めて簡略にするつもりで、大學時代の如きは非常に省略して了つたし、もと〳〵自分の考では津山時代を中心として書くつもりだつたから、彼處《あすこ》さへ書けばそれでよいと思つて、外は大概、飛ばして書いて行つたところが、その中に何回續いてもいゝから長く書いて吳れといふことに成つたが、中途から詳しく書き始めると全篇の繁簡一様でなくなるといふ恐れがあるので、結末の方も態《わざ》と詳しく書かんで了つた。

自分は言文一致の文章を餘《あま》り書いたことがなかつたから、最初《はじめ》二回ほどは大變骨が折れたが、漸く三回あたりから油が乘つて來たので書きよく成つたが、丁度五回目ぐらゐから座つて書けなくなつたので、折角乘りかけた油もぬけて、到頭不滿足なものが出來上つて了つた。一冊に纏《まと》める時にすつかり直さうとして果さなかつたが、閑暇《ひま〳〵》には少し補遺を書いて見ようかと思つてゐる、何かもう少し面白い書き方があらうとも思つてゐる。

（下）

他人に關係した事柄は、その人の今の立場から考へて見て、少しでも迷惑になりさうに思はれたことは、面白いと思つた事でも皆省いて了つた、またすべて自分以外の事柄は良い事でない限り、人名を省いたり何かして參酌《さんしやく》した。然しひとつも想像を混へず事實のみを書いたのであるから、若《も》しあれが間違つて居るとすれば、それは自分の記憶が間違つて居つたのである。少しく筆を加へたらもつと面白くなると思はれるやうな個所でも、さうすると噓になるから、遠慮して止めて了つた。若しほんたうに誤りなく覺えて居られるものなら、記憶のまゝを辿つてすら〳〵書いて行くのは論文なぞを書くよりも樂な譯である。

段落の切り方なぞも始めは事柄を主として分けたから、その章の終りまで書かんと都合の惡いことがあつた。後から思ひ出し〳〵、つまりその聯想的記憶を喚起して書いて行くのであるから章に依つて長短もあり、又期日に差迫られたり、自分の勢力の消長に依つて、書かうと思つて書けなかつた事柄もある。一遍書いて見て、それを書くには外の事を多く書かなければならんので、書かうか廢《よ》さうかと思つて、その儘止めて了つた個所《ところ》もある。

又これは自分の惡い事だが、人から借金して返さずに了つた事がある、今でも尙返さう〳〵と思ひながら、未《つひ》に返さずにゐるといふやうな事で、書かなかつたことがある。自分が『萬朝報』にゐた時分、朝鮮人の留學生が一時困難に陥つたことがあつた、それを救濟する目的で音樂の演奏會を開いて、その上り高を費用に充《あ》てやうとした、當時、音樂學校に山田源一郎といふ人がゐて、大變に此の擧に贊成して吳れて、何でも十圓計り經費を出しかへて吳れた、其の上り高で拂ふべき金を、自分が未だ道樂をして居た時分だからツイ遣ひ込んで了つて、漸く留學生の方へ渡し得るだけの金を償つた許りで、山田氏の方へ返濟す可き金はその儘にして了つた。

それともう一つ、水戸に居る時分に、東京へ出て來て、三四日滯留して居たが、或る本屋へ原稿を賣らうとしたところ、その本屋で言ふには、學士と共著でなければいかんといふので、據處《よんどころ》なく宿屋を無斷を飛出して了つた。つまり喰逃《くひに》げをした事になる。この二つは書かう〳〵として書き得なかつた、虚僞《うそ》ではないが書けなかつた事である。自分から言へば消極的な虚僞であるから、忘れたのではないが、自ら疚《やま》しいと思つて居るからなのであらう。其の宿屋は大變寛容な宿屋で、後に置いて來た原稿や何かを人に取りに行つて貰つたところが、自分の名義を重んじて呉れて、その儘默つて原稿を渡して呉れた。自分は一度その宿屋へ行つてこれに酬《むく》いるだけの事をして來ようと思つては居るが、放浪の烈しさの爲に未だ志を遂げずにをる。『數奇傳』を書き終つたあとで、この二つの事柄を書き得なかつた、勇氣を出して書き得なかつた事を自ら疚しく思ふのである。

死の問題

長い間自由を失つて病臥の身になつて居ると、「死」と云ふ問題に相面《あひめん》する場合は多い。けれども自分は「死」と云ふものに對しては大した意見を持つて居ない。極く平凡な思想だが、人間は體《からだ》が死ぬと共に靈魂も死ぬものだ。靈魂の不滅など云ふことは人間の哀れな慾から出た迷ひである。人間は總べて、己の斯《か》うしたいと欲する其の慾が、客觀的となり、オブゼクトとなる。謂ゆる宗教家の云ふ永世とか、不滅とか云ふことは、皆、人間の此の慾から出た迷ひである。

それは成る程、人間の身體は焼いて了つても、土に埋めても、原素に分解して永遠に此の宇宙間に存在する。それが消滅しないのは事實である。けれどもそれは人間ではない。人間として存在するのではなくて、原素として存在するのである。人間は即ち死と共に滅するものだ。靈魂の不滅だとか、來世だと云ふことは死を恐れるところから來た一種のユルーヂヨン[125]に過ぎないので、其の恐怖を宗教家が利用したものだと思ふ。シユペリチユアリズム[126]などで、死人を呼び出して話をするなどは、矢張り之れも一種の迷ひだと思ふ。自分が一種の催眠状態に入つた時に、さう云ふ力があるやうに感ずるので、決して死人が再び現はれるものではない。矢張シユペリチユアリズムの幽靈などは、自分の主觀から拵《こしら》へた一種のユルージヨンである。

人は死んで了へば死んで了ふので、靈魂が後に殘るやうな愚なことはない。それは、人間は今日の學問で分析した原素以上に、或る力を持つて居るかも知れぬ。けれども其の力と云ふものは生きて居るから力があるので、死ぬと共に滅びて了ふのである。たゞ其の生きた力が護良親王《もりながしんわう》が殺される時に刀の刃を嚙み折つたと云ふやうな、執念となつて殘る。さう云ふ生きた力の殘りがあるかも知れぬが、けれどもそれは極く瞬間のことであらう。恰《あたか》も鰻を殺しても、それが暫くの間はピク〳〵動いて居るのと同じことだ。それがあるからと云つて決して人間の靈魂が何時までも殘つて居ると云ふのは、間違つたことだ。

「有る」ものが「無く」なつて了ふのだから「死」と云ふことは恐ろしいと思へるが、恐れても仕方がないと諦めるより外に仕方はない。誰でも皆一様に死ぬのである。それは或る人が死んで、或る人が死なゝいと云ふことがあるならば、總《あら》ゆる寸法を盡して自分を死なゝい方向に進めて行くが好いが、誰でも死ぬのだから諦めるより外はない。恐ろしいけれども恐れても仕方がない。それに、「死」と云ふものは何《ど》う云ふ狀態にあれば必ず來ると云ふことが分つて居れば可《い》いが、何時どんな狀態で死ぬか分らぬ。病氣の者が必ず死ぬのでもない。天子だからと云つて死なぬのでもない。又夜死ぬでもなし、朝死ぬに決つても居ない。我々のやうに長く患《わづ》らつて居る者が死ぬかと言へば、決してさうも決つて居らぬ。却つて健康な者が先に死ぬやうな例は澤山ある。人間と云ふものは何時でも死の位地に立つて居るが、一方から言へば死なゝい位地にも立つて居る。だから死に對する恐怖は、無用の煩悶、無用の心配である。我々は何時でも死ぬものと考へて、生命を投げ出して常に死ぬ覺悟をして居れば好い。此の瞬間でも我々は死ぬものと思つて居れば「死」を怖れることはない。恐れても無駄だ。

しかし乍《なが》ら「死」と云ふ問題に對して、智識の上では、さう云ふ解釋を下し、さう云ふ諦めをつけて居ても、感情の上では何うしても諦められない場合がある。智識では何うにも仕方ないと諦めながら、偶《ふ》と「死」の恐怖に襲はれる。理窟や、智識の解釋では、此の實感となつて迫つて來る「死」の恐怖を、何う始末をすることも出來ない。充《つま》り、此の理窟の上で諦めたことを、感情の上でも諦めるやうにするのが、宗教の力である。卽ち、未來で生きると云ふやうな儚《はかな》いユルージョンを作つて「死」の實感を紛《まぎ》らすとか、又は、禪學のやうにすつかり意志を鍛錬して、意志の力で感情を制服して了ふか、どちらかにせずには居られなくなる。

勿論それは「生」を欲するのは生物本來の本能だから、理窟の上では諦めて居ながら、我々も「死」を怖れないわけではない。突如として死の恐怖が襲ひ來ることがある。それが、健康な人々よりも頻繁で、且つ強い。しかし、それだけに「死」を覺悟し、一方では「死」を忘れて了ふやうに努める。之れが爲めに長く心を悩ますか、悩まさないかは問題だ。充《つま》り、さう云ふ本能を意志の力で抑へることが出來るか、出來ないかゞ、人間と動物との差別のあるところだ。

我々から言はすと、今の新しい人の「死」を恐れると云ふことは、自分が感じて居る以上に誇張して居るのではないかと思ふ。人間は恐怖の場處に何時までもじつとして居るわけに行かないのだから、今の新しい人々が、現實の諸相をすつかり剝《は》いで了つて、殘つたものを見出して其の見出したものが恐怖であつても其の恐怖に對する何か或る物を見出さずには居られまいと思ふ。何時までも「死」の恐怖に相面して、慄《ふる》へて居られるものではない。何か諦めを求める。恐怖が強く迫れば迫る程、諦めを求める心も強くなる。

自分も「死」の淵に臨んで立つたやうな病氣に、二三度は罹《かゝ》つた。けれども、自棄《やけ》か、悟りか、好く言へば悟りとも言へようし、惡く言へば自棄とも言へようが、何うも人間一度びは死ぬるものだから、と云ふやうな考へがあつて、迫つて來る「死」の恐怖を紛らして了ふ。我々は南の國に生れたので、北の國の人ほど執着心がないから、さう云ふ問題に觸れても直ぐたかを括《くゝ》つて諦めをつけて了ふ。或は、それ程沈痛に、面と向つて「死」と云ふものに打《ぶ》つからないのかも知れない。しかし、今迄の經驗では「死」の爲めにそれ程心を惱ましたやうに思はれない。

けれども、此の諦めが果して、眼前「死」の間際《まぎは》に立つても、ビクとも動じない程確實なものであるか否かは、其の場合に臨んで見なければ分らない。或は間際になつてから、大聲を上げて泣き叫ぶかも知れぬ。宗教家などに言はせると、それだから他力の信仰が必要だと云ふ。或はいざと言ふ場合になつて成程他力の信仰に動ぜぬ力があるかも知れぬ。けれども他力に依賴して安心を得るなどゝ云ふ意氣地のないことは自分には出來ない。間際になつて大聲に泣き叫んでも宜《よろ》しい。飽くまで自らの諦めを以て遣《や》り通すより外にはない。

「死」の問題はさう云ふ風に諦めて居ても、たゞ功名心の上から言えば、人間と生れたからには、何か人間らしいことをして死にたいと云ふ欲求がある。さうかと云つて死にがけにドラマチツクな仕かけをして死ぬのは厭だ。廣瀨〔武夫〕中佐の最後などは、あまりドラマチツクの仕かけに過ぎる。あゝ云ふことに對しては自分は同情出來ぬ。世間の人の同情する程、同情しない。廣瀨は軍人であつたから兼ねてから「死」を覺悟して居たらうが、しかし、不斷から手紙の一行一句にまで、死後に自分の名を傳へられ、逸話が殘るやうに注意して居たものと思ふ。しかし、英雄と云ふものは皆そんな芝居をして偉くなるのだから、廣瀨も、もつと生きて居てもつと偉くなつて死ねば、或はあんなことをしても厭味は目立たなかつたかも知れぬ。

洪　水

明治四十三年、湯河原に澡泉《さうせん》中(127)二つの事件が起つた。

其の年の八月は、天が其の猛威を振つて東京を中心として關東地方に洪水を漲らした年であつた。初め濃尾の地方に起つた豪雨は、次第に東方に移つて、大井川より天龍川、富士川を氾濫せしめ、終《つひ》に關東の諸州を衝くべく箱嶺《さうれい》(128)の險を襲つたのである。其の時、相模の西南端、箱根山脈の一谿《けい》(129)に當つた湯河原も亦豪雨の襲來を受けた。

其の年、予は年來の痾《やまひ》を養ふ爲めに五月廿五日から湯河原に赴いてゐた。最初は中西屋といふに宿つたが此の家は人が雑《こん》踏で、騒々しいので、後に天野屋といふ宿に移つて、其所《そこ》に九月まで《ママ》居たのである。天氣が惡くなつて來たのは八月の初めであつた。一度惡くなつた天氣は何時恢復するともなく、それからは毎日降つては晴れ、晴れては降り、幾日ともなく厭な雨の日が續いたのである。

其の前、七月末に予の許《もと》に藤井紫影が見舞に立寄つて歸り、八月初めに小柳柳々が小田原から訪ねて來た、其の小柳が歸る頃から雨が降り出した。八月三日であつたと思ふ、小柳は雨の中に湯河原を後にして、予が許を辭した。雨は次第に激しくなつて來た。そして止間《やむま》なく降り續く。幾日間位降續いたか、はつきりと覺えてゐないが、大分長い間降續いたのである。

其の間、東京の知人から送つて寄越してくれた水蜜桃が、大分遲れて、一週間ばかりして着いた。是《こ》れも途中の出水の爲めに遲着したのである。其の水蜜桃が着いた翌日あたりの夜は、非常に激しい雨であつた。雨の音と藤木川の瀨音とが激しい響を立てゝ、殆ど安眠も出來ない程であつた。けれども其の時までは、予はまだ洪水にならうとは思つてゐなかつた。所が翌朝宿の主人が來て、予の室が奥の方の山の際《きは》にあるので、山の上から石が落ちて來るかも知れないと言つて、室《へや》を換へさした。其の時宿の前の藤木川を見ると、川には非常に水が出てゐて、雨の脚は衰えやうともしない。家の外にはガヤ〳〵人が立騷いでゐる。人々の面には起り來る異變の前の恐怖が色となつて浮いて、今にも此の天地が覆沒《ひつくり》かへるのではないかといふ落着かぬ眼の色をしてゐる。

予が引移つた座敷はまだ工事中の座敷で、川に面して建てられてあつた。滔々たる川の濁水は凄じい響を立てゝ岩石を轉《ころ》ばし、向ふの山からは瀧の樣になつて水が河流に流れ込む。見てゐるばかりでも、眞に眼の醒める樣な有樣であつた。其の內に種々《いろ〳〵》の噂は、斯《か》かる時の常として、恐怖が生み出す疑心の閃きの爲めに、有る事無い事の區別もなく人の口から人の口へと傳はつた。湯河原輕便鐵道が流されたとか、福住(130)が流されたとか、或は箱根の湖水が今にも切れたら、此の湯河原は忽ち滔々たる濁水の爲めに掃蕩されて、跡方も無くなるであらうといふ樣な事が噂された。予の元の座敷は、山の岩石を突落して《ママ》、夕方予は再び其の座敷に復つた。此れは元の座敷は最高所に在つて、最も危險が少ないからであつた。夜になつても雨は猶止まない。川の水は益々增して來る。予の隣室に來てゐた横濱の女學校の教師だといふ婦人は、夜の目も眠らずに連れて來た女中と、荷物を片附けてゐた。其の内に予の座敷の裏から水が噴出して、座敷の下に浸入して來た。で、人を呼んで見て貰つたが、別に危險も有るまいといふ事であつたが、安眠は出來なかつた。床の上に橫はつて凝乎《ぢつ》と耳を傾けると、降灑《ふりそゝ》ぐ雨の音と川瀨の音とに交つて、人々の叫び騷ぐ聲が聞こえてゐる。提燈を持つて、不安な落着かぬ面持をして、右往左往に走り步いてゐる姿が、それとなく察せられる。

雨は其の翌日から止んだ。予が最初に居た中西屋の室は、室一ぱいに濁水が漲つて通り拔けたといふ事であつた。幸《さいはひ》に予は移轉してゐて、何等の災害をも被《かうむ》らなかつた。加ふるに予が引移つた天野屋は湯河原でも最高の地點に在つて、損害も少なかつた。

此の洪水で最も先きに流された家は、河の流域を埋立てゝ平生人間が天晴《あつぱ》れ自然を征服し得たと信じてゐる場所に建てられたそれであつた。

今一つの事件は、同じく天野屋に行つてゐた幸德秋水が、洪水の二個月程前に湯河原から捕へられて行つたことである。

人間の思想にも亦洪水がある。

日光より

（一）

笹川君足下[131]　五月末、千葉秀甫《しうほ》君に誘はれ、馬車を都大路に驅り、五年振に東京見物をなし、車上に坐すること三時間餘なりしも甚しき疲勞を覺えざりしより、轉地の必ずしも不可能に非ざるの自信を得、初め鹽原に赴かんと欲せしも途上の不便を慮《おもんぱか》り終《つひ》に此地《このち》に來る。

〔七月〕二十二日上野を發す、此日《このひ》天曇り、連日の暑威大《おほい》に衰へ、滊車中單衣《ひとへ》の病軀に冷かなるを感ず、途《みち》、野州に入る比《ころ》より雨となり、四山翠《みどり》煙らんと欲す、日光に近づけば前面の山長揖《ちやういふ》して吾を迎ふるに似たり、四年前曾て暑を此地に避く、山河皆舊相識の感あり、停車場に少憩し、山駕《やまかご》に身を托して大谷河畔の假寓に入れば天已《すで》に晩《おそ》し。

人は文明の恩澤を謳歌すれども、吾等の如き病人には文明の利器は却《かへつ》て不便也、電車よりも人車、人車よりも駕《かご》、駕に托すれば一身安穩、吾《わが》足痿《な》えたるも亦以て數里を往來すべし、吾等に文明は無用也。

（二）

此朝纔《わづか》に霽《は》れて又雨、陰鬱いふ可からず、終日昏々として睡ること昨の如し。

警吏來りて戸籍を訊《たゞ》し、仍《よつ》て族籍を問ふ、乃ち平民なりと答へしむ、吾は寧ろ人族なりと答へたかりき。（二十五日）

（三）

此日《このひ》午前微晴、午後に至つて又雨ふる、凄冷依然、此日も亦昏々として日を竟《お》ふ。

雙手ともに痲痺、頗《すこぶ》る筆を執るに艱《なや》む、此朝強《しひ》て筆を呵《か》して家兄に平安を報ずるの書を作る、字畫參差《しんし》、幼童の書く所の如し、是《これ》がために一笑。（二十六日）

（四）

來晃《らいくわう》後、[132] 天始めて霽る、俄《にはか》に暑威を加へて八十度に上る。

此地に來る前數日の間、九十度に及びし時、八十度は寧ろ爽涼の感ありしに、今、連日の凄寒を經て俄に八十度の熱にあへば困苦を感ずる、九十度の時に於けると異なるなし。寒《さむい》といひ、熱《あつい》といふも繫《かゝ》つて主觀の上にある耳《のみ》、滅却心頭火亦涼、[133] 凡夫の患《うれひ》は只その心頭を滅却する能はざる所に存す。（二十七日）

(五)

晴、今日又八十度。

昨、按摩の語るを聞く、曰く元《も》と足尾の鑛夫たり、爆藥の爲めに過《あやま》つて眼を盲すと、癈人となりたるに對し手當を得たりやと問へば無しと答ふ。且つ曰く、どうせ日當で、其日を買切られた身體《からだ》ですから、どうなつても苦情はありません、眼の療治をしてもらつただけでもお慈悲だと有難くおもつて居ますと。諦《あきらめ》のよき事此《かく》の如き實に日本人の美質也。吾は其言によりて此《この》按摩が鑛夫たりし壯時のいなせなりし風丰《ふうぼう》を想見するにたへず。(二十八日)

(六)

晩涼、椅子を移して欄に倚《よ》れば、月光微茫、爽氣、庭樹に滿つ、風無きも衣袂《いべい》皆自から冷かなり、燭を却《しりぞ》けて默坐すれば暢然《ちやうぜん》として眠に落ちんとす、夢魂、溪聲の淙々《そう〳〵》に隨つて杳《えう》として遠く逝《ゆ》く。(二十九日)

(七)

此日又雨。

數日來、暑威の加はるとともに夜間就寢後の盜汗故《もと》の如し、褻衣《せつい》(134)を更《かふ》ること一夜數回に及ぶ、夜は吾に安息を與へずして苦惱を與ふ。

此地は駕代も按摩代も皆時間制度なり、洋人を相手の便宜上縣廳などより斯《か》く定めしめし者ならむ、されど肩を揉《も》ませながら時計と睨《にら》みくらをするは吾等には不便宜なり。（三十日）

（八）

今朝始めて天慟地哭《てんどうちこく》の悲報を知る、田舍の新聞舖は怠慢にして斯《か》かる一大事にも號外を配達せざる也。

着晃以來、神經頗る亢《たかぶ》り、怒叱の聲を絕たず、傍《かたはら》に在る者の迷惑想ふべし、但《たゞし》二三日來、神氣稍《やゝ》安靜、食機亦少しく振ふ。（三十一日）

（九）

暑し、驟雨頻《しきり》にいたる。

二便動《やゝ》もすれば閉結せんとす、昨日西瓜を買はしめて其漿《しる》を服す、今日尿量稍《やゝ》多し、西瓜の效驗なるや否を知らずと雖も、食餌《しよくじ》の補益往々藥劑に優ること、予の經驗する所によれば韮《にら》の腸に於けるが如き最も顯著なるもの也、西瓜の利尿に於ける亦此《か》くの如きものなきを保す可らず。俗間の說と雖も一概に排す可らず。直覺は時として推理よりも正し。（八月一日）

（十）

今朝食前、駕《が》して含満《がんまん》ヶ淵に至る、以後毎朝、此を以て運動の法となさんと欲す。

予平生、自力我慢を以て主義となす、而かも病んで以來、他力を仰ぐこと漸く多きを加ふ、衣食の資を家兄に仰ぐ、是《こ》れ其《その》重大なる者にして而して又最も予が心に安んぜざる者、其他一擧一動皆他人の手に待ち擁せられて起き、舁《かつ》がれて移る。飲食すらも亦小児の如く哺養せらる。今、駕を以てする亦他力的運動法たり。

含満ヶ淵は寓を距《さ》る數町、大谷川の上流にあり、巨巖槎枒《さが》[135]流を壓して迫り、流は巖と曲轉す、瀦《よど》みては乍《たちま》ち潭《たん》[136]、激しては乍ち湍《たん》[137]、潭は則ち水渟滀《ていちく》[138]して緑礬《りよくばん》を溶《と》かしたる如く、其巖に觸れて白沫《はくまつ》湧く處、毒龍今にも跳り出でんずと想ふ、湍は則ち急瀉疾駛《きふしやしつし》[139]、兩崖の巖舞《まつ》て流と競ひ走らんとす。（二日）

（十一）

老杉、巨巖とが兀立《こつりつ》して重なれる山、瀧津瀬《たきつせ》をなす清き水、丹塗《にぬり》の宮、黑き寺、煉羊羹《ねりやうかん》と洋畫のエセ骨董の看板。（三日）

（十二）

『中央公論』に載すべき『數奇傳』の續稿[140]を草し始む、去月は口述して書かしめしも自ら筆を執るに比すれば膜を隔つるの憾《うらみ》ありて感興實《じつ》せず、故に強いて自ら稿を作る、仰臥のまゝ鉛筆を以てノートブックに横書す、字形塗鴉《とあ》(141)殆ど讀む可からず、勞徒《いたづら》に多し。此日、天晴れたれども冷、秋の如し。(四日)

(十三)

昨夜衾《きん》を重ねて猶寒し、今朝亦冷涼々、食前駕して素麵瀧《そうめんだき》を觀る、石磴《せきとう》を歴《へ》て山に入る、老杉途《みち》を夾《はさ》みて暗く陰森の氣、人を襲ふ、衣を襲《かさ》ねたるも猶冷に堪へず、瀑《たき》は則ち小にしていふに足らず、山を一周して歸る。(五日)

(十四)

一昨日、津山の一知人より予の危篤を傳ふる者ありとて問合せの電報來る、又昨夕、予が津山の在りし當時學生たりし關生、特に予を見舞はんが爲めに三百哩《まいる》を急馳して來り訪ふ、情の篤き感ずべし。相見ざる十五年殆ど手を把《とつ》て泣かんと欲せり、僅《わづか》に四日の暇を得たるのみなればとて此日晝餐を共にしたる後直《たゞち》に辭し去る。(六日)

(十五)

暑し、一昨日素麵瀧を觀し時、山氣の肅冷《しゆくれい》(142)に中《あ》てられて感冒に罹りたるらし、身體倦怠稍《やゝ》熱氣あり、

此日亦出です。（七日）

（十六）

朝、駕して大日堂に至る、三十五年の洪水に壊《やぶ》らると、巖石磊々《らいらい》たる外殆ど觀るべき者なし、唯前面青き山盡くる所淺葱《あさねぎ》の水細く、一路、流に沿うて轉じて杳《はるか》ならんとする、畫中の景也。途に遇ふ馬子の、乙女十八、顔白く、菅笠《すげがさ》の紐紅《あか》し。（八日）

（十七）

連日快晴、輿丁《かごや》いふ、此地、土用に雨多し、此《これ》からが日光日和なりと。駕《かご》にて小倉山に至る、輿丁、京濱定住の洋人を呼んで地玉《ちだま》といふ、電車の開通して以來、此等の洋人の中禪寺に游ぶに、復た駕又は車による者なきをかこつ。（九日）

（十八）

昨日下痢あり、今日亦快晴なれども出ず。

予等と同日に東京より來れりといふ隣人の少童、隣のおぢさんへとて山にて折來れる黄、赤、紫の草花を齎《もた》らし贈る、幼き心にも予が婢《ひ　ら》等の手に舁《かつ》がれてのみゆく癈疾の狀を憫《あは》れとおもひてなるべし。感激の念、殊に深し。（十日）

（十九）

此日晴れたれども出でず、午後驟雨あり、夜に入つて雷頻《しき》りに鳴る。

吾等の文を作るとき筆管を握るは猶卜《ぼく》する者の筮竹《ぜいちく》を握るが如し、精神を凝集する所以也、而る後始めて神來を待つべし、口述の文の竟《つひ》に自筆に及ばざる蓋し是が爲め歟《か》。（十一日）

（二十）

駕して裏見《うらみ》ヶ原に至る、天快晴寸翳《すんえい》なし、日光、野に漲ぎり、嵐氣、山に浮ぶ、天地を染めて只《た》だ碧《あを》く濃淡、層あり、重沓《ぢゆうたふ》(688)せる峯巒《ほうらん》近きものは野の青きに續いて綠暗く、較《やゝ》遠き者は淺葱、最も遠きは水色の空に透《す》いて紫匂ふ。

今上《きんじやう》、日光に於て最も此邊《このへん》の景を愛《め》でさせ給ふとか。

原はもと日光の町有なりしを、今は岩崎家の有に歸し、一里四方皆植うるに檜《ひのき》を以てすと、植樹既に長ずること一尺許《ばかり》。當時、岩崎家の之を買ふや町民の懇請に出づ、坪僅《わづか》に四錢、今に至つて町民悔ゆるの意ありといふ。（十二日）

（二十一）

晴、出でず。

『中央公論』九月號に掲ぐべき『數奇傳』補遺の稿成る、一日草する所僅に數十行乃ち腕疲れ、殆ど十日にして二十枚許を作り得たる耳《のみ》、眞に刻苦也、又憂ふ、遲々此《か》くの如し、生前果して能く此稿を完了し得べきや否やを。

白河鯉洋、『大阪日報』の聘《へい》に應じて西下す、打電して遙かに其行を送る。（十三日）

（二十二）

近日、夜寢《い》ぬれば則ち腰椎の邊に疼痛《とうつう》を感ず、或は褥瘡《じょくさう》を生ぜるならんか、此痛と盜汗との爲めに安眠を得ざる者連夜。昨夜稍涼し、近來になく甘眠(143)す。

此地に來らば大に鮎を食《くら》はんと欲す、而るに購ふ所皆小にして香味倶《とも》に佳ならず。此日〔小杉〕未醒君の舅家《きうか》(144)より貺《たま》ふもの皆尺大、極めて脆美《ぜいび》(145)也、苔香《たいかう》皿に噴《ふ》く。（十四日）

（二十三）

華嚴《けごん》に夫婦及妾の三人心中ありしを聞く、嫉妬に相疾《あひにく》むべき妻と妾とが男と三輪《みつわ》に手をとつて、笑つて飛瀑《ひばく》に身を躍らす三人三樣の心理、描かば詩ともならん。（十五日）

（二十四）

琴平と善光寺と此の日光と、人氣の善からざるに於て三幅對《さんぷくつゐ》ならん、殊に此地は早くより外人を相手とするが爲め、其現金主義、暴利主義の點に於て尤《もつと》も甚しきが如し、近來洋人が多く輕井澤を擇《えら》ぶは同地の此地よりも較々《やゝ》純樸なるが爲めなりといふ。

連日快晴、暑し八十二度に上る。（十六日）

（二十五）

畫家田淵君[146]來り訪はる、初對面也、君いふ十年來此地に在りと。予驚して出で好景に對して、文字の能く之を記するに足らざるをおもふ毎に、乃ち吾に畫家たるの才なきを憾《うらみ》とせずんばあらず。畫筆を抱いて永く此の山水に嘯傲《せうがう》[147]する君の如き眞に羨む可し。

談偶々《たま〳〵》識れる所の畫家の月旦に及ぶ、予曰く小川芋錢君の畫は筆の畫に非ず、人格が書きし畫也と。

（十七日）

（二十六）

二三日來、氣分頗る快からず、死の陰翳を望む心地す。

アーチヤー氏の講演「藝術とCommonweal」[148]を讀む。公衆に藝術の趣味を普及する方法として、小學校の建築を美術的ならしむること、辻音樂の演奏を擧行すること、勞働者の慰安所に出入する際、入浴せしめ、且つ勞働服に着替ゆべき新衣を貸與する事などの意見あり。（十八日）

（二十七）

守宮《やもり》の類の兩斷せられても猶死せざるを、人は異《あやし》めど、吾の如く下半身全く癈しながら猶生をつゞけて、覺束なげにも呼吸し、思念し、喜怒哀樂する、卽ち彼の兩斷せられたる守宮のピクリ〳〵と頭尾の動くに類せずや。（十九日）

（二十八）

累日不快、但疾《やまひ》を力めて『數奇傳補遺』の稿を草す、瞑目して文字を烹練《はうれん》(149)すれば感興稍《やゝ》動く。（二十日）

（二十九）

駕して外に出づるを廢すること既に久し、多く牀上《しやう〴〵》(150)にありて悶々す、此日醫を招いて診を受く。鮮魚の得難き、之れあるは鮪《まぐろ》と鱸《すゞき》とのみ、皆東京より來る、近日此《これ》すら亦無し、鮎と鯉と雖も亦得べき日あり、得られざる日あり。（二十一日）

（三十）

獨身吾の如きものの、家に於ける、恰《あたか》も蝸牛の其殼《そのから》に於けるが如し、吾徙《うつ》れば家も亦徙る、曩《さ》きに日光に來るや家犬ジヨンの家を喪ふを憫《あはれ》み、之れを鯉洋の家に托す、ジヨン狷介《けんかい》にして且小膽なること頗る主人と似たり、他家に寄寓するに安んぜざるあらんことを憂ふ。今日鯉洋氏夫人、來晃《らいくわう》、ジヨンの近狀を詳《つまびらか》にす、但鯉洋の家亦西下せんとす、又生面の人の家に寄食せざる可らざるを彼のために悲む。（二十二日）

（三十一）

氣倦み、頭重し、昨日より『數奇傳』の稿を擱《お》く。岡山の畫家草野君(151)遙かに水蜜桃を贈らる、好意感激但郵局轉送の間箱壞れ、桃も亦敗るゝもの大半、頗る憾《うら》むべし。（二十三日）

（三十二）

予平生頭痛を病むこと罕《まれ》なり、二三日來頭連《しき》りに痛む、昨夜風藥を頓服したれども効を見ず、悶々日を竟《を》ふ。（二十四日）

（三十三）

昨夜豪雨、一天の雨を傾け盡す。

午前千葉秀甫君、東京より至る、渡歐の別を叙せんが爲め也。

入浴後俄《にはか》に渾身の痒《かゆき》に堪へず、蕁痲疹《じんましん》の如きものを發し、少時《しばらく》にして癒ゆ。（二十五日）

現代文學の社會的影響

凡《すべ》ての生物は自由を欲してゐる。獨《ひと》り生物のみでなく無生物もまた自由を欲してゐる。風の吹くのも雲の去來するのも自由ならんとしてゞある。水の流れるのも亦さうである。されば生物の生活慾は、これを言ひ替へれば卽ち自由慾である。而してこの自由を欲するの慾望は、古來人類に於て殊に切なるものがある。歷史を見よ、何處《いづこ》にか人類が此自由を得んが爲めに苦鬪し來つた頁でないものがあらうか。卽ち人類の進步は自由の發展である。

文學においても亦さうである。クラシシズムよりもローマンチシズムがより多く自由に近づき、ローマンチシズムよりナチユラリズムがより多く自由に近づいて居る。この意味に於いて、現代の文學は人類の根本生活なる自由慾の上に大なる影響を及ぼした。卽ちナチユラリズムの時代に入つて、その文學はあらゆる人類の因襲を打破し、あらゆる人類の迷信と形式とを打破し去つた所に自由の氣が鬱勃として漲《みなぎ》つてゐる。

つまりナチユラリズムが現代の人々に淸新の氣を與へたのは、人類生活の根本主義たる自由慾に觸れて、長い間の人類の歷史上のあらゆる因襲を打破し、あらゆる迷信と形式とを打破し去つたからである。

編注

（1）Arena　古代ローマの圓形闘技場。
（2）上海には當時、四つの大通りがあった。大馬路《ターマールー》（南京路）、二馬路《アル》（九江路）、三馬路《サン》（漢口路）、四馬路《スー》（福州路）。
（3）盛り場。　（4）かご。
（5）ひらひらとよろめく。　（6）きしる音。
（7）高い所から見て林が平野のように續いてるさま。
（8）水が満ちている様子。　（9）砥石のように平ら。　（10）くもの巣。
（11）華やかに輝く。　（12）埠頭。　（13）綾絹を張った席。
（14）かまびすしいこと。　（15）赤いとばり。　（16）控え目で靜か。
（17）尊重。　（18）連なるさま。　（19）僧侶と道士。
（20）むっくりと大きい。　（21）持ち續ける。　（22）前に突き進む。
（23）突入する。　（24）やせこけた。　（25）粗食。
（26）苦勞。　（27）秦と漢。嬴は秦、劉は漢の國姓。　（28）汽車。
（29）流れ星のように早く驅ける。　（30）店。　（31）なごやかに喜び合うさま。
（32）分割。　（33）運んで進める。　（34）上着。
（35）洗いそそぐ。　（36）恥じる顔色。

(37) かたくなに誤っている。　(38) 廣大なこと。
(39) 原典は「たい」とルビが振られているが、正確にはグチの一種か。
(40) 鹽漬けにする。　(41) 天子が車馬などで外出する。
(42) 眞珠や翡翠の髪飾り。　(43) 美しく着飾ること。
(44) 林黛玉《りんたいぎよく》は『紅樓夢』のヒロインの名。「粉紅」は桃色、「湖色」は水色、「錦緞《きんどん》」は金絲・銀絲も加えて織りなした緞子《どんす》、「襖《あう》」は袷《あわせ》あるいは綿入れ、「品藍《ひんらん》」は藍紫、「閃緞」は緞子、「裙《くん》」は裳《も》の意。つまり、全體としては一行目は、桃色を基調にした、水色の小さな菊の花を織り込んだ錦織の、眞珠で縁取った袷と、眞珠で飾った帽子、二行目は、五色の絲を織り込んだ錦の上着と、藍紫の緞子の裳、の意か。
(45)「玫瑰《ばいくわい》」は赤色の玉だが、はまなすの意もあり、その根皮は黄色の染料となった。もし後者だとすれば、一行目は、紫紅を基調にした、水色の海棠《かいだう》の花を織り込んだ緞子の、眞珠で縁取った袷と、眞珠で飾った帽子、二行目は黄色の地に赤銅色の糸を織り込んだ緞子の袷と、藍紫系の水色の緞子に海棠の花を浮かせた裳、の意か。
(46) 一行目は、黄色と紫を基調にした、銀色の菊の花を織り込んだ金襴緞子の、眞珠で縁取った袷と、眞珠で飾った帽子、二行目は、五色の絲を織り込んだ錦の上着と、藍紫の緞子の裳、の意か。
(47) 一行目は、水色の縐紗《すうしや》（細いシワのある絹織物）を三つに分けて縫い、眞珠で縁取った袷、二行目は蟹の甲羅のような青い緞子の裳、の意か。
(48) 一行目は、藍紫色の緞子、月光がコマを回す繪柄を錦で縁取った法被《はつぴ》とチョッキ、二行目は水色を基調にした、四合如意（天下泰平）のネズミ色で花を織り込んだ緞子で、水色の緞子で縁取った法被と、藍紫の緞子に水色の二重の縁取りをしたチョッキと、紅・藍・白の三色の縦線が入った、大きな禮帽、の意か。
(49) 晋書の「華卓傳」中に「右手持酒杯、左手持蟹螯、相浮酒船中、便足了一生矣（右手に酒杯を持ち、左手に蟹螯《かいがう》を持つ。相浮かぶ酒船の中、便《すなは》ち一生に足る）」から出た言葉。以後の多くの詩人の作品に同様の表現が見られた。螯は蟹のはさみを指す。
(50) 紹興酒に漬けた上海蟹。　(51) 動物の角で作った大きな酒杯。
(52) 字紙を敬惜《ほご》(惜しむ) せよ。後出の「惜字」も同意。
(53) 地方の長官。　(54) 便所、壁の上。
(55) 汚れた空氣。　(56) 雨が降り注ぐこと。　(57) 便所。
(58) 專門に集める。　(59) 靴底。　(60) 判斷。
(61) 序文。ここでは『支那文學大綱』の「冕言」を指す。
(62) 承統 (血統を受け繼ぐこと) 巳《すで》に凡ならず。　(63) 天才、早くも夙に慧《けい》。
(64) オーストリアの哲學者。第四卷編注 (604) を參照。
(65) ずるがしこく、その場限りのウソをつくこと。
(66) たわみ、曲がる。　(67) 開創に同じ。
(68) ぼんやりして、はっきりしないさま。
(69) 音が響く樣子。　(70) 小さな宿場。ここでは船着場。
(71) 中國は浙江省吳興縣の東にある鎭の名。水陸交通の要衝。
(72)『山園小梅』。その一節に「疎影橫斜水淸淺　暗香浮動月黃昏」とある。梅を詠んだ名句と言われている。林和靖については第四卷編注 (535) を見よ。和靖はここに庵を結び、妻を持たず、鶴を放ち、それと梅を生涯の友とした。
(73) 友人の笹川臨風を指す。
(74) 新聞『いはらき』。現『茨城新聞』の前身。　(75) 落ちぶれる。
(76) 物を背負ったり、頭に載せる。苦役すること。　(77)「孟子荀卿列傳」の略。
(78) 司馬談の說いた陰陽・儒・墨・名・法・道の六家の思想の要旨。

(79) 孔子の弟子中のすぐれた人々。「七十」は多數の代稱。

(80) そむき、さからうこと。

(81) 墨子が道を廣めるため東奔西走、家の煙突が黒ずまなかったという意味で、「多忙」の比喩として用いられた。「墨子煖席（席を溫めること）なし」も同類の比喩。

(82) 中國春秋時代、魯の名匠。 (83) はるかに異なる。 (84) 考察に同じ。

(85) 力學と運動學を合わせていう。 (86) 誤字や脱字。

(87) 簡潔で奥ゆかしいの意か。 (88) 奇抜で古雅の意か。

(89) さっぱりして、とらわれない。 (90) 怪奇と同じ。

(91) 側面につけた耳状のもの。 (92) 孔方兄（錢を親しんでいう言葉）の略か。

(93) 政府軍と革命軍。 (94) 穩やかで、從順。

(95) 俳句の運座で點を多くとった者が賞として參加者の句を書き連ねた卷物や書册をもらうこと。日本傳統俳句協會理事の橋田憲明さんの教示による。

(96) 各務支考著・一七二五年刊。『誹諧十論』（一七一九年）を講釋したもの。

(97) 『東亞説林』第三號（一八九五年一月）に發表された『支考の審美觀』をはじめ、その後、何度か支考の俳論について書いている。第一卷所牧の『支考の審美觀』解題（七〇三頁）參照。

(98) Aryan, Arian インド＝ヨーロッパ語族の總稱。

(99) Süleyman (1494-1566) オスマン帝國最盛期のスルタン。西アジア・北アフリカ・東南ヨーロッパを支配した。

(100) ひざまづき、伏す。 (101) 貪欲と同じ。

(102) 馬が首を半轉して顔を伏せる。「羈轆」の羈は馬のおもがい、轆は車輪の半轉すること、あるいはモノをつぶすこと。

(103) 怒氣を含んでおらぶ。　(104) 厄病神。
(105) つむじ風。　(106) 両手に盛った量。
(107) 李白の『遊洞庭湖』(洞庭湖に遊ぶ) の一節。
(108) 春の寢室。女性の部屋の意も。　(109) 唐の詩人、王昌齢の『出塞』の一節。
(110) 胡銓《こせん》。宋の官吏。樞密院編修官の時、宰相秦檜らを奸臣としてその頭を切らんことを上訴するが、却って秦檜らに陥れられた。
(111) なごやかに喜び合うさま。　(112) 中國河北省にある湖の名前。
(113)『御批歴代通鑑輯覽』の略。
(114) (上略) 又奇渥温を以て、姓を得る。自から必ずや元史、謟《いつは》りを傳へるところ、之を喀爾喀親王成哀札布に詢《と》へば、その所藏する蒙古源流の一書を得て、元の事蹟や氏族頗《すこぶ》る梗概《こうがい》を具《そな》へ有り、始めて奇渥温の郤特に及ぶの誤りを知る。蓋し蒙古の書、郤特と奇渥温の字形、相似る。當時、宋濂の輩、元史を承修、已にその國語を諳《そら》んぜず、又その字文を辨ぜず、蒙古字なるものを粗識するに憑《よ》つて妄《みだ》りに音譯を爲し、遂に郤特を奇渥温と爲したり云々。
(115) 衣服や車馬の類。　(116) 邊境のいくさ。
(117) L'Histoire des Mongols, by Constantine d' Onsson, Mouradgea, 1824-, Paris.　その第一編が一九〇九年五月、田中萃一郎によって日本語に移されている (冨山房刊)。一九三三年、第二・三編とともに全編、友人たちの手によって刊行され、現在は岩波文庫に収められている。嶺雲はフランス語は讀めなかったようなので、英譯本か獨譯本か、あるいは、この田中譯によってドーソンのこの本を讀んでいたのだろうか。
(118) 尋斯干城、西戎梭里檀の故宮、焉在《これあ》り。西遼、目して河中府と爲す。『湛然居士集』は元の耶律楚材の著作。
(119) 恐れて、ひれふす。
(120) 何秋濤は清の官吏で學者。『朔方備乘』(六八巻) は正史に據り、古今の名家の著述を參考に北方諸國の事情をまとめたもの。

（121）寛田吉思海を按ずるに、論者或は卽ち伊利河の滙《あつ》まる所の巴勒喀什泊と疑ふ。今巴勒喀什泊を驗するに、中に小島ありと雖も、然し道里太《はなは》だ近く、寛田吉思海の目に當たるに足らず、西北邊淖爾中に島あり。／塔爾巴喀臺の西、巴爾喀錫淖爾あり、巴勒喀什の正北に在り、巴爾喀錫の東北千餘里、慈謨斯夸淖爾あり、慈謨斯夸の西北九千里、額納噶淖爾あり、その中に皆島あり。（中略）道里を以て之を計るに、惟《ただ》額納噶泊は以て寛田吉思に當つべし。今俄人（ロシア人）稱する所の阿尼牙湖是《これ》なり。

（122）元史、太和嶺、二つあり、此の欽察境の大和嶺となすは或は云ふ、卽ち烏拉嶺なり云々。

（123）大抵、韃人は身、甚だ長《たか》からず、最長なる者、五尺二三に過ぎず、また肥厚者なし、その面横闊（横に廣い）にして、上下顴骨《くわんこつ》あり、眼に上紋なし（一重まぶた）。髪鬚絶えて少なく、行状頗る醜なり、惟《ただ》今の韃主忒沒眞、その身、魁偉にして廣顙長髯《くわうさうちやうぜん》（額が廣く顎ひげが長い）、人物雄壯、異なる所以なり。孟珙（南宋の武將）著『蒙韃備錄』の一節。

（124）David Starr Jordan（1851-1931）。アメリカの魚類學者で平和運動家。前者としては日本近海の魚類の分類も行なった。後者としては一九一〇年から一四年まで世界平和基金の代表、一五年には世界平和會の議長となり、第一次世界大戰への合州國の參戰に反對した。一九一一年八月二六日に日本を訪問、横濱港で「私は十二年前に生物學者として來遊」したが、今度は「萬國平和會の代表者として來た」もので、「世界各國が競うて軍備の擴張を爲すのは船舶業者や其他の商人を喜ばすに過ぎないことを十分に説明する考である」と記者團に語っている（『讀賣新聞』一九一一年八月二七日付五面所載「ジョルダン博士と語る」による）。

（125）illusion, 幻覺。幻影。　（126）spiritualism,（交靈術）をドイツ語風に訛ったものか。

（127）溫泉に入ること。　（128）箱根山。　（129）一渓谷の意。

（130）箱根湯本の溫泉宿。江戸時代からある老舗。

（131）名前は潔《きよし》、ジャーナリスト（一八七二―一九四六）。當時、『讀賣新聞』編集者。笹川臨風の實弟。『近世教育史論』

（一九〇〇年四月）・『眼前小景』（一九一二年一月）などの著作がある。

(132) 日光に來るの意。 (133) 心頭滅却すれば火もまた涼し。 (134) 下着。

(135) 木の枝や石が角張っている様子。 (136) 淵。 (137) 早瀨。

(138) 留まり集まる。 (139) 急に注ぎ、早く走る。

(140) 『數奇傳補遺』（『中央公論』第二七年八號〈八月一日〉～同年一〇號〈一〇月一日刊〉）を指す。その第三回目が絶筆となった。

(141) 塗りつぶして烏のように見える。惡筆。 (142) 氣候が寒冷なこと。 (143) 安眠と同じ。

(144) 母の兄弟の家あるいは妻の父の家。 (145) 柔かくて美味。

(146) 田淵香雲（生没年不詳）。『日光驛前風景』・『大魁院唐門』などが遺され、小杉放庵記念日光美術館で観ることができる。

(147) うそぶき、傲然と構える。世間を超越する様子。

(148) Art and the Commonweal, by William Archer（1856-1924）, 1912, London Watts & Co. アーチャーはイギリスの劇作家で、イプセンの紹介者として知られる。

(149) 練り直す。 (150) 寢床の上。

(151) 草野蕙江（生没年不詳）。『中國民報』時代の同僚。同新聞を同じ時期にやめ、二人一緒を送る送別會が一九〇四年一一月一日夜、開かれている。草野自身は北米へ洋畫研究に行くための退社だったようだ。

解　題

本巻は一八九七年八月から刊行が始まった叢書『支那文學大綱』（大日本圖書株式會社刊）のために書かれた五つの評傳——「莊子」・『屈原』『蘇東坡』・『高靑邱』・『王漁洋』と、第四巻に収め切れなかった、一九一一年五月以降の評論と感想を收める。

叢書『支那文學大綱』は、維新以降の近代的な教育を受けた、新進の中國文學及び日本文學の年若い研究者たち——藤田劍峯・田岡嶺雲・笹川臨風・白河鯉洋・大町桂月（のち久保天隨が加わる）が將來、世界文學の一翼を擔うべき日本文學の根底を培いたいという目的から、誕生以來、その母胎の一つだった中國古典の近代的な再生を試みようとしたもので、その規模と各巻の頁數（本文のみ）と初版發行日を示せば、次の通りである。なお、各巻、判型は菊判、定價二五錢、第五巻のみ三〇錢である。

第一巻	序論　劍峯　莊子　嶺雲　孟子　臨風　韓非子　鯉洋	一五四頁	一八九七年八月二五日刊
第二巻	白樂天　桂月	一九一頁	同年一〇月三日刊
第三巻	李笠翁　臨風	一九二頁	同年一一月四日刊
第四巻	蘇東坡　嶺雲	一五四頁	同年一一月二一日刊
第五巻	湯臨川　臨風	一五五頁	一八九八年四月二六日刊
第六巻	元遺山　臨風	一五一頁	同年四月三〇日刊

第七巻	陶淵明	鯉洋	一七六頁	一八九九年三月二七日刊
第八巻	屈　原	嶺雲	一〇八頁	同年六月一三日刊
第九巻	杜　甫	臨風	一五八頁	同年一〇月二日刊
第十巻	高青邱	嶺雲	一三一頁	同年一一月一七日刊
第十一巻	司馬相如	劍峯	一四四頁	一九〇〇年八月一六日刊
第十二巻	司馬遷	劍峯	八五頁	同年九月一四日刊
第十三巻	王漁洋	嶺雲	一六二頁	同年一〇月八日刊
第十四巻	曹子建	臨風	一一〇頁	同年一一月八日刊
第十五巻	韓　柳	天隨	二三六頁	一九〇四年六月二三日刊

参考のため、各巻巻頭に掲げられた序文を引いておこう。

支那文學大綱に冕《べん》す

外國文學を研究するの要は、わが國文學の發達に資せむと欲すれば也。殊に支那文學は、幾《ほと》んど二千年の昔より我《わが》國に入りて、根底を有すること深く、影響を及ぼせること大也。支那文學を解せずんば、我文學の一半を解する能はずと云はむも不可なし。況んや支那文學は、一種の特性を備へて、世界の文壇に異彩を放てるに於てをや。

支那は東洋文化の源泉也。其《その》思想、鬱として磅礴《ほうはく》し、其詞華、粲《さん》として煥發《くわんぱつ》す。北方の沈鬱樸茂、南方の横逸幽艶、合して雄渾壮大なる一種の支那文學となり、散じて安南に及び、朝鮮に浸漸し、更に我國に影響しぬ。詩三百篇より、秦漢の高古、六朝の豊麗に及び、唐の詩、宋の文、元以後の小説戯曲となり、上下四千載、興亡八十餘朝を通じ、其富《ふ》贍《せん》の文學は、滾々《こんこん》として絶えず、詩星の多きこと他に比倫なし。亦盛《さかん》ならずや。

今暫く其尤《いう》なる者を抜けば、莊子、孟子、屈原、韓非子、以て先秦を代表すべく、司馬相如《しやうじよ》、司馬遷、曹子建、陶淵明、以て漢魏六朝を代表すべし。唐に李白、杜甫、韓退之、白樂天を取り、宋に蘇東坡、陸放翁を取る。元の元遺山、明の宋景濂《そうけいれん》、高青邱、李夢陽《ぼうやう》、湯臨川、清の李笠翁《りりふをう》、王漁洋等、大小の差なきに非ずと雖も、皆當時の文運に關係ある者なり。我徒茲《ここ》に支那文學大綱を著し、これらの諸大家を十六巻の中に、或は一人、或は二三人を限りて記傳し、評論し、其餘文豪の列峙せるもの、又皆之と相呼應せしめ、繫ぐるに其時代の文學の大概を以てし、前後相連貫して、支那文學の發達を知るに便にせむとす。文豪の傳記は其國の傳記なり。庶幾《ねがは》くは、支那の思潮、卽內面的活動の一斑を明かにするを得ん乎。

支那文學の豐富にして浩瀚《かうかん》なる、我徒未だ其全豹《ぜんぺう》を伺ふことを得ずと雖も、平生多少研究せる所なきに非ず。私《ひそか》に支那文學が文學として價値あることを信じ、之が爲に一臂《いつぴ》の力を致さむことを期す。眞の研究は、到底之を支那人に望むべからざれば也。我國旣に支那の文化を融和し、印度の文化をも吸收し、また西洋の文化を幷せ得て、統《す》ぶるに日本固有の思想、文學を以てす。將來、世界の文壇に重きを爲さむこと、また難しとせず。茲に支那文學の研究を力《つと》むるものは、徒《いたづら》に舊物に戀々たるに非ず、我國文學と共に、第二の國文學とも云ふべき支那文學の精髓に參じ、以て關係を明かにし、本づく何如《いかん》を窮め、先人の研究以外、新しき眼孔を以て新しき研究を成し、支那文學を攻めむとする初學の士に資し、我古文學を研究する者の參考に供し、併せて將來の日本文學の趨舍に就て貢献《(ママ)》する所あらむと欲すれば也。これ我徒が此書を世に公にするの微志也。敢て一言を巻首に冕す。

明治三〇年夏七月

白河鯉洋
藤田劍峯
田岡嶺雲
笹川臨風

大町桂月

なお、末尾の「敢て一言を卷首に冕す」の一句は第一卷のみで、他の卷では外されている。筆者は桂月で、內容からいって合著者五人の合議の結果をまとめたものと思われる。

ところで、本叢書は、この序文に見るように、當初は全一六卷を豫定していたようだが、最終卷の『韓柳』に掲載された「總目次」などを見ると、その後、次の五卷を加えて全二〇册の刊行を目論むに至ったようである。

第十六卷　李　白
第十七卷　陸放翁
第十八卷　宋景濂
第十九卷　李夢陽
第二十卷　結　論

しかし、いずれも著者は不明。

また、第一卷の再版（一八九八年二月一七日刊）に附載された「豫告」を見ると、次のように最終的に刊行されたものとは、著者などの點において、かなりの異同が見られる。括弧內が最終的に刊行されたもの。

第五卷　韓退之　鯉洋　（湯臨川　臨風）
第七卷　李　白　桂月　（陶淵明　鯉洋）
第九卷　湯臨川　臨風　（杜　甫　臨風）

第十巻　司馬遷　鯉洋　（高青邱　嶺雲）
第十一巻　陶淵明　劍峯　（司馬相如　劍峯）

『司馬遷』の著者が鯉洋から劍峯に、『陶淵明』の著者が逆に劍峯から鯉洋に變わった經緯については、竹村則行の論文「『支那文學大綱』と田岡嶺雲」（二〇〇二年二月・創文社刊『中國の文學史觀』所收）に立ち入った考察がある。詳しくは、それを見られたい。

叢書『支那文學大綱』は、發行と同時に、嶺雲たちの意圖通り、「諸子は新空氣の中に生長し、新思想を抱けるの士、よく新しき眼光を以て新しき觀察をなさば、先人の研究以外に進歩を占めて、支那哲學の精華をあらはすと共に、純文學の眞價値を發揚するを得るや、疑ひなきなり」（一八九七年一〇月刊『新聲』第三巻第四號所載の佐藤橘香「『支那文學大綱』を歡迎す」）と熱い支持を受ける一方、「是《こ》れ知名の士が、文名を楯として、多くは杜撰《づさん》漫衍《まんえん》の語をなす者（中略）僅かに一時の人氣を得るに止りて、毫《がう》も學界に貢獻することなき也」（一八九八年一月刊『帝國文學』第四巻第一號「雜報」欄所收の「明治卅年の文學界概評」）との全否定といってよい冷評も浴びている。

この全否定といっていい冷評を浴びせたのは、當時、『太陽』の花形記者だった高山樗牛である可能性が高い。例えば、樗牛は、その直前、『支那文學大綱』の刊行を意識してか「支那文學の價値」と題する論說（一八九七年九月二〇日刊『太陽』第三巻第一九號所載）を發表、古代以來、中國においては基本的に「實利主義と共に一種の狹隘なる形式主義」が文學を支配し、そのため「支那文學の思想は我が國民文學の進步に裨益《ひえき》するものに非ず」、「歷史的意義を離れて價値と稱すべきもの甚だ尠《すく》なし」とまで斷言しているのである。

ここで本叢書の前史を形成する、執筆者たちの論文や著書を摘記すると、次のようである。

一八九三年

八月　嶺雲　「蘇東坡」　『史海』第二六巻
六・七月　嶺雲　「莊子の逍遙游」　『宗教』第三二、三三號
一八九四年
六月　桂月　「老子管見」　『明治會叢誌』第六七號
一二月　嶺雲　「十九世紀西歐に於ける東洋思想」　『東亞說林』第二號
一八九五年
一月　劍峯　「唐代の二大詩人（李白と杜甫）」　『東亞說林』第三號
一〇月　桂月　「文章としての漢文の價値」　『精美』第五三號
一八九六年
一月　嶺雲　「漢學復興の機」　『帝國文學』第二巻第一號
三・四月　臨風　「金聖歎」　同　第二巻第三、四號
六・八月　劍峯　「南方文學と莊叟《さうそう》」　『太陽』第二巻第一二、一三、一六號
八・九・一二月　劍峯　「詞人屈原」　『日本人』第三次第二四、二六、三三號
九・一〇月　臨風　「西廂記《せいさうき》を讀む」　『帝國文學』第二巻第九、一〇號
一二月　鯉洋　「司馬子長（司馬遷）」　『江湖文學』第二號
一八九七年
二月　鯉洋　「女詩人班婕妤《はんせふよ》」　『日本人』第三次第三七號
三月　劍峯　「詞人司馬相如」　『江湖文學』第四號
四月　臨風　「李笠翁の戲曲論」　同　第四號
五月　鯉洋　「高才不遇の詩人高青邱」　同　第六號

六月　臨風　『支那小説戯曲小史』　東華堂

つまり、本叢書は、結局は未完に終わったとはいえ、それに先立つ、以上のような同人たちの探究を基礎の上に企畫され、實行に移されたものであったといえよう。

最後に『支那文學大綱』の意義だが、もとより私は中國文學の専門的研究者ではない。したがって、それを正面から論評する資格はないが、そういう私の眼に見えた限りでいうと、本叢書は全體としても、個別としても、史實や原典の取り扱いにおいて少なくはない誤解や不備が認められるにせよ、近代思想の洗禮を受けた、これら同人たちによる對象への新たな情熱的な格闘によって、それぞれにおいて多くの發見がもたらされ、近代的な再生のための最初の鍬入れ、あるいは土臺の一つが築かれたのではないかと思われる。

ところで、本巻の編纂については安藤信廣さんと中村嘉弘さんと二人の協力を仰いだ。具體的にいうと、『屈原』については本文の校訂と編注はすべて安藤さんによるもの、『高青邱』及び『王漁洋』の場合は本文の校訂と編注中の漢詩讀み下し部分、典據の提示、語釋の一部は中村さんによるものである。編注中の語釋が、そのような狀態になってしまったのは、途中、中村さんが突然、病のため旅立ってしまったからである。というわけで、編注中の語釋の多くは解題者によるもの。今となっては、本書の完成を、中村さんと共に喜ぶことができないのが、何よりも無念である。

莊子（三頁）莊子は、中國の思想家の中で嶺雲がもっとも深い影響を受けた人物で、嶺雲には、この評傳以前にも莊子を論じた長文の文章がある。三年ほど前の一八九四年六月以降、雜誌『宗教』に連載された『莊子逍遙游』（第一巻所收）がそれである。これは三節に分かれ、まず第一節の「序論」では林希逸以下、それまでの日中の學者たちの莊子評を紹介しつつ、「逍遙游」篇にこそ莊子の核心的主張が展開されていると見立て、第二節の「本論」では、それをショウペンハウアー哲學の觀念によって解讀、例えば、莊子の「道」を同哲學の「意志 Wille」に當たるとし、「逍遙游」を「解脱 Freiheit」の境地と結論、第三節の「餘論」では、それを、プラトンからカントに到るまでの西歐の哲學者、さらには孔子や孟子、釋迦や古代のインド哲學、キリスト教までの主張や教義と比較、對照させている。本評傳はつまり、そのような見地に立って、嶺雲の莊子觀を、いわば歴史的に叙述したものと位置づけることができよう。そしてそのことによって本評傳は、さきの『莊子逍遙游』と合わせて、わが國最初の、際立った近代的な莊子像の提出であった、ということができるのではないかと思われる。

なお、嶺雲には、これら以外、莊子を對象とした作品として、短文の、前記の論文と同じ題名の『莊子逍遙游』(一八九九年四月。第二巻所收)と、『莊子』の讀み下し譯である『和譯莊子』(一九一〇年四月。第七巻に内篇を所收)とがある。前者は、いわば本評傳のごく簡單な要約、後者は、わが國最初の『莊子』の日本語譯になったものである。とはいいながら、後年、嶺雲は、その自敍傳『數奇傳』の中で、大學卒業以來、「酒色に親し」み、耽溺して行った際での「良心の不安」を、一つには「老莊の善惡無差別の哲學」に「遁辭を見出し」ていたと回想し、莊子の哲學の否定的な側面にも觸れている(第五巻六六九頁)。

誤記あるいは誤植の訂正は五四個所で、於周→從周、大吉→太古、楊子江→揚子江、什伯→什佰、壙垠→壙埌、子→予(二箇所)、旦→且、照々→昭々、必→心、謷乎→謷乎、茅→茆、效祭→郊祭、既己→既已、辧→辯、殘撲→殘樸、胠篋→胠篋(二箇所)、摘→擿、央→史(二個所)、故授→教授、老氏→老子、就先→就孰、寂→最(三箇所)、往歟→往與、天地→天池、冥虛→冥靈、鏌鋣→鏌鋣、皆→必以、不明→不朋、悗→悗、寥々→寥々、畏佳→畏隹、竅空→竅穴、圍→圈、柳→枅、干→于、横寫→描寫、爲戒→大戒、決疣→決疣、拆之→拊之、缺御→缺銜、狐子→豞子、憐目→憐目、開晦→開曠、練丹→鍊丹、等である。脱字句は一二個所で、也→也哉、のみ→是のみ、歸之→而歸之、言者有ㇾ言、通命→通乎命、若→我若、皆→皆字義、謂→所謂、怒而飛、背→背負、以知爲時、羅維→孰羅維、等である。

蘇東坡(五七頁)嶺雲は、本評傳以前に、やはり同じ題名の『蘇東坡』という長文の評傳を書いている(一八九三年八月。第一巻五〇頁以降)。まだ大學在學中でのことであったが、これは、わが國で書かれた最初のまとまった蘇東坡傳となったものである。

ところで、それから半年後、これまた長文の『ハインリヒ・ハイネ』と題するハイネ傳を發表しているが（一八九四年二月。第一巻一二九頁以降）、この作品もまた、戀愛詩人としてのハイネだけではなく、革命詩人としてのハイネにも論及した、わが國で書かれた最初のまとまったハイネ傳となっている（第一巻解題六八七頁以降を參照）。

どうして中國文學の專攻だった嶺雲が、このような長文のハイネ傳の執筆に赴いたのであろうか。それは前掲の「支那文學大綱に冕す」からも窺われるように、東西兩洋の文明の融和總合の上にこそ普遍的な世界文明が將來、誕生すると考え、その展望の中で、東西兩洋の文明が交差する、今の日本こそその先導者となる責任があると考えていたからだった。それは、嶺雲たちが『支那文學大綱』の刊行前に企畫・發行して頓挫した雜誌の題名が『江湖文學』、今風にいえば「世界文學」だったことからも知られよう。このような考え方は、嶺雲たちのグループだけではなく、當時の多くの青年文學者をもとらえていたもので、例えば、若い夏目漱石も一方では、その「無爲自然」の主張を高く評價しながら、そこに返る具體的な方途がないことに拘った『老子の哲學』（一八九二年六月。文科大學東洋哲學論文）を綴るとともに、他方では西歐の詩人たちとの對比を詳細に辿った『文壇に於ける平等主義者の代表者ウオルト・ホイツトマン Walt Whitman の詩について』（同年一〇月刊『哲學雜誌』第六八號）を發表しているのだ。それだけではなく、その後、漱石は、嶺雲たちの雜誌『江湖文學』第四號（一八九六年二月刊）にも、あの『吾輩は猫である』の誕生の素因の一つとなったといわれる、ローレンス・スターンの名作を論じた『「トリストラム・シヤンデー」』を寄せているのである。

本評傳の『蘇東坡』が同時代及びその後において、どのような評價を受けていたかについては、すでに第一巻の解題（六八二頁以降）で觸れたことがあるので、ここでは省略したい。

誤記あるいは誤植の訂正は一七四個所で、復すると→復するを、舜飲→舜欽、藩離→藩籬、伊→伴、栴→柟、楊子江→揚子江、釋褐→解褐、傳☒→傳藻、婚姻→婚媾、其→某、解霽→鮮霽、慘凄→凄慘、德鱗→德麟、意去→竟去、揚柳→楊枝、天→元、紹興→紹聖（二個所）、眞→直、端叔→方叔、少時が→少時か、竊觀→窺觀、無之→垂之、鉅卿名公→名卿鉅公、服除→除服、蔗め→薦め、一瀨→一漱、御春→銜春、姦匿→姦慝、法る→怯る、儇慧→儇慧、可及→何及、裕徳↓格物、故天下↓教天下、取人↓取士、勝致↓勝數、興廢↓廢興、所謂↓所得、經生↓經世、瑋明↓瑋麗、仁奈↓仁宗、抗↓杭、藥↓菜、不測徹↓有不測則撤、陳屈↓陳留、祈衷↓祈哀、差升↓差舛、打盡しせる↓打盡せる、自愁↓更愁、對老↓野老、淤↓游、婺婦↓嫠婦（原典で五〇頁まで）、等である。

脫字句（句には丸括弧を施す）は四三個所で、□てる↓隔てる、存↓則存、第↓及第、紗縠↓紗縠行、略之↓略知之、不問↓不問知、何用↓子何用、駱↓駱馬、富貴↓苛富貴、患↓常患、難爲力↓則難爲力、不得↓不得代、不免↓知不免、（踞虎豹登虬龍）、不欲作詩↓遂發意不欲作詩、而↓而見、而不窮↓而不可窮、二十間↓三十許間、西↓復西、常平↓常平倉、殆堪↓殆不能堪、堂堂、往見、曰、樂↓旣樂、草木↓欖草木、入↓廩入、銖兩↓得銖兩、覺↓甚覺、聽流轉↓造物主聽其流轉、知↓知之、路↓路乎、飮↓飮客、歸宿↓歸宿田里、苟幸↓苟其幸、則我相忘↓則物我相忘、然↓然以某觀之、（之所學猪肉也、猪之與龍則有間矣、然公終日說龍肉）、即ち↓則ち詩、使是↓能使是、淺易說↓淺易乃說、一家↓自作一家、謂↓或謂、である。

屈　原（二二七頁）嶺雲は一八九八年の三月から五月にかけて、當時の日本にとっては「藩閥」と「富閥」を共に倒すべき、維新に繼ぐ第二の革命が必要であるとして、今でいうネットワーク型の市民運動を呼びかけるが、反響は乏しく、深い挫折感を味わった。その間、一時期、地方新聞（水戸で發行された新聞「いはらき」）の主筆となるが、念願の中國行きを果たす。つまり、本評傳は、この深い挫折感に沈んでいた時に書かれたものだけに、まさに古代中國の傳說上の「挫折の政治家」だった對象への深い共感に染められた著作となった。實際、本書は、當時の文壇でも、そのような著作として受け止められた。例えば、『帝國文學』の記者は、以下のように評している（同誌「批評」欄、五卷七號、一八九九年七月刊）。

「嶺雲久しく四方に放浪して志を得ず。顏色憔悴《せうすい》して支那に入る。此書は彼が出途《かどで》の置き土產なり。屈原は方正を以て、しかも讒豎《ざんじゆ》の毒舌にかゝり、悲憤憂怨して、終《つひ》に石を抱て汨羅《べきら》に投じたるの人、著者もと、屈原の如く方正を以て讒佞《ざんねい》の爲めに黜《しりぞ》けられしにあらずと雖、世に容《い》れられざるは卽ち一なり。此書を稿するに當りて、知らず如何の感慨かありけむ。/章を分つて、屈原以前の詩、屈原の生涯、屈原の氣質、屈原の作物、屈原作物の批評、屈原の末流の六つに分つ。餘輩は著者が親切に屈原以前の詩に就きて說かれたる勞を多とするものなり。作物の批評は犀利にして精細、略《ほ》ぼ肯綮《こうけい》に中《あた》れり。若し夫《そ》れ、屈原が生涯、氣質等を叙するに至りては、著者が得意の好文字、悲憤慷慨の氣紙上に躍動す」(ルビは編者)

誤記あるいは誤植の訂正は二三〇個所で、傳え→傳へ、逖→狄、干→于(一一個所)、茄→茹、紲袢→紲袢、末落→未落、洵訐→洵訏(二個所)、衰公→哀公、悌→弟、葮→葮(四個所)、濟→躋、切々→忉々、思斯→恩斯、鳦→鳦(二個所)、何→河、維穀→維轂、祈々→祁々、杼情→抒情、闃→闃、寤→寤、葛虆→葛虆、彊志→彊志、河山→華山、重かる→量かる、沈→卒沒、練葉→楝葉(二個所)、蚊龍→蛟龍(二個所)、卑滋→卑濕、竢→俟、仄聞→側聞、迺→乃、焉乎→嗚乎、亡故→無故、斡棄→斡棄、垂→垂、縹々→漂々、融分→融瀹、蛭蛭→蛭螾、自臧→自藏、麒麟→騏驥、汗瀆→汙瀆、折→逝、汨兮→汨兮、己む→已む、倦戀→眷戀(原典で五〇頁まで)、等である。

脫字句(句には丸括弧を施す)は一六個所で、常→常服、厲→厲王、謂→世謂、可→可得、辯→九辯、反顧→反顧兮、心→人心、移徙すべらざる→移徙すべからざる、不可傳→而不可傳、豐隆→遇豐隆、反顧→忽反顧、無考→無所考、(廈、夏室寒些)、貞之潔→貞亮之潔、馳→西馳、亦非華說→故亦華說、である。

高靑邱(三六七頁)才能は豐かだったが不運だった、この詩人については、江戶時代以來、日本の知識人たちの間で親しまれ、例えば、齋藤拙堂編の『高靑邱詩醇』(一八五〇年刊)などの選詩集も出版され、その代表作の一つ「靑邱子歌」は森鷗外によって、少し感傷的だが、見事な日本語に移されてもいた(『靑邱子』。『國民之友』第九七號、一八九〇年一〇月一三日刊)。しかし、本書が出現するまで、まとまった傳記は存在せず、私の見るところでは、後掲の『王漁洋』と同樣、この詩人についての、わが國最初のまとまった評傳である。

當時、本書が讀書界から、どのような評價を受けたか、參考のため、二點だけ、ここに抄記しておこう。

「(前略)明朝の詩人固より尠《すく》なからずと雖も、何れも一時の名を爲すのみにて、李杜蘇陸に並ぶべき一代の宗匠あるにあらず。中に就きて最も優なるものを抜けば、夫《そ》れ獨《ひと》り高靑邱か。彼少《わか》うして英才、詩趣津々、咳唾《がいだ》能く珠玉となる、而も不幸にして天命を全うすること能はず。中年にして腰斬の刑に處せらる。げにや亂離の間に生れて、亂離の間に活き、其生涯は蹇連《けんれん》を以て始まり、遂にまた蹇連を以て終りし也。嶺雲、此の不幸なる天才詩人を捕へて、論ずる所周到、高氏の若姿紙面に躍動す」（『帝國文學』第六卷第二號「批評」欄、一九〇〇年二月一〇日刊）

「（前略）論議往々粗大に流るゝは惜む可しと雖も、例に依て奔放雄健の文字、快讀するに足る。『靑邱』の詩を論じたる一節は、蓋し全編中最も生彩あるもの」（『新聲』第三編第三號、一九〇〇年二月一五日刊）（以上、ルビは編者）

この「『靑邱』の詩を論じたる一節」が何章を指すのか、はっきりしないが、筆者の念頭には、第二章での論評があったのではないかと思われる。

本書は、その準備期間はともかくとして、その刊行日時からして、上海滯在期間（一八九九年五月から翌年六月まで）中の初めの頃に書き上げられたものではないかと考えられる。嶺雲は、この期間、日本語學校「東文學社」の教師を務める傍ら、康有爲派の中國知識人との交流を深めながら、本卷所收の『吾が見たる上海　上海に由て見たる支那』（本卷七三五頁以降）に見られるように、初めて訪問した中國での生々しい見聞を日本に書き送っていたのであるが、本書を書き綴っている際、恐らく嶺雲は、高靑邱が生きていた動亂の時代を、彼がまさに體感していた、過渡期に入っていた中國大陸の現實に重ね合わせていたに違いない。それかあらぬか、前記の交流のあった中國知識人の一人、唐才常は、その清朝顚覆の計畫が事前に漏れ、逮捕され、武昌の紫陽湖畔で斬首の刑を受けている（本全集第二卷所收「唐才常を悼む」を見よ）。

誤記あるいは誤植の訂正は二〇八個所で、一坏→一抔、季曲→季迪、殉義→徇義、獼→猿、陸蒙龜→陸龜蒙、急浪→激浪、照麟→照鄰、頴→穎（四個所）、君則→君、書史→羣史、邱時→舊時、捧胡→棒胡、毫州→亳州、大祖→太祖、元祐→天祐、朔風→朝風、無腰→垂腰、壚→無、浮沈→沈浮、手涼→手冷、士風→土風、槖→橐、岐→歧、時→詩、呉松江→呉淞江、邱→丘、斮→斷、了頭→丫頭、篴→笛、摘→槁、曜→耀、咿唔→咿咿、醒→酲、無→垂、天氣→元氣、高華→嵩華、蒼材→蒼林、盡→蓋、青衣→青布、楊州→揚州、迷→幽、樵→樵、搆→構、極→拯、艱厄→艱危、閭門→閶門、垂→垂、恁案→凭案、寂莫→寂寞、終→纔、超々→迢々、枕籍→枕藉、朱文璋→朱元璋、捜刮→蒐刮、鶩→鶩、天龍→元龍、自→身、容嬾→容懶、滋書→濕書、踈→疏、郭思監→搠思監、大原→太原、巾書→中書、僮關→潼關、夜→夕、畎畆→畎畝、勿丞→勿亟、埃滋→埃濕、而事→兩事、薜相公→薛相士、薜生→薛生、矯逸→驕逸、飢鍔→飢鰐、非無天→無非天（原典で五〇頁まで）、等である。

脱字句（句には丸括弧を施す）は一一個所で、山水圖→山水圖歌、累歳→故累歳、宋隱→宋隱君、（豈數尚書郎）、（野馬終懼遭籠羈）、歛穫→當歛穫、辭→何辭、萬→萬古、（鷔逢李道士）、魂→忠魂、邀坐→玉人邀坐、である。

王漁洋（五三七頁）本評傳は、その刊行日時（一九〇〇年一〇月八日）からして、上海滯在期間（一八九九年五月から翌年六月まで）中の後半から書き始められ、歸國後に完成稿が出版社に送られたものと考えられる。なお、嶺雲は、歸國直後、鯉洋の要請を受け、『九州日報』の特派記者として再び中國に出かけ、六月末から翌月中旬まで北清事變に從軍、しばらく福岡に滯在したのち、八月末日、岡山に赴き、同地發行の『中國民報』の主筆となっている。

本書は、當時の讀書界では、この詩人が何者なのか、ほとんど知られていない状況であっただけに相應の評價を受けるとともに、他方では、全否定に近い批判も浴びている。例えば、前者では『國學院雜誌』第七三號（一九〇〇年一一月二〇日刊）の「彙報」記者は、第五章中の「漁洋の詩は其妙、聲調に在り、風韻に在り、麗新なるに在り」に始まり、「雄渾なる者には風調鮮《すくな》く、神韻なるものには豪健に乏しきを免れず」と受けて、「且新《あらた》に新異の語を使ふことなく、生硬の典故、古人の詩句を襲用すること多くして、一種の宿味厭ふべきものあるなり」に至るまでの總評（本卷六五五頁）を引き、「評し得たりといふべし」としている。後者は、『讀賣新聞』一九〇〇年一〇月二九日附「月曜附錄」所收の「新著月旦」欄に掲載された寸鐵生の書評で、それは『支那文學大綱』の構成にも及んだものだが、これに對しては嶺雲の反論があった。詳しくは、該反論『「王漁洋」の批評の辯難』（本卷七六一頁以降）とその解題を參照されたい。

誤記あるいは誤植の訂正は四七五個所で、殘み→踐み、摸範→模範、出られ→出され、莵獮→莵獵、天聽→天聰、陏貫↓淹貫、寔↓宴、和鳳↓和風、宋裳荔↓宋荔裳、とも↓もと、末だ↓未だ、施予↓施與、壬戊↓壬戌、淅江↓浙江（二個所）、矩鑊↓矩矱、規撫↓規橅、自頸↓自剄（二個所）、干↓于、葬薄↓葬簿、掔↓腕、殘鐙↓殘燈、刼↓劫、巴↓也、才頭↓戈頭、輞川↓輞川、古盋集↓古鉢集、西推↓西樵、蚤達↓發達、蠭腰↓蜂腰、隨いて↓隨ひて、涙かん↓涕かん、論す↓誦す、圍應物↓韋應物、滿州↓滿洲、冠↓寇、堦↓階、波躊↓波濤、水哭↓水兕、睡↓腄、無鈎↓垂釣、二東↓山東、秋柳社の詩に於て↓是に於て秋柳詩、元唱↓元倡、晩烟↓晩煙、長歡↓長歎、猶↓尙、紅狌↓紅蕤、阬亭↓阮亭、踈菊↓疎菊（二個所）、柳々州↓柳州、詩↓文、斗抦↓斗杓、戴禺↓戴顒、鬼龍↓魚龍、回翔↓廻翔、紀彊↓紀疆、晩夕↓晩汐、豆州↓豆洲、臨↓臥、敦撲↓敦樸、還天閣↓還元閣、孤蓬↓孤篷、呉橋↓呉楓、邈笛↓邀笛（二個所）、典↓曲、奧↓興、頓揚↓頓楊、尊前↓樽前、呂州↓莒州、與えて↓與へて、嫠婦↓嫠婦、王隨↓玉隨、嶋嘘↓鳴噓、似歩↓瓜歩、之↓乏（原典で三五頁まで）、等である。

脱字句（句には丸括弧を施す）は一九個所で、龍↓龍髯、柳↓柳條、慈仁↓慈仁寺、（鶴柴）、圓↓圓海、十一則↓凡十一則、孔尙↓孔尙任、死↓自死、背↓相背、袋↓魚袋、花↓花時、醉↓醉顏酡、樂府古選↓樂府古選の遺言、識者↓有識者、（何大復に及び、滄溟に因て）、昌↓永昌、評して↓詩を評して、自家證↓自家實證、渚↓牛渚、である。

本評傳は以上のように、脱字句はとにかく、誤記あるいは誤植の訂正が四七五個所で、格段に多い。『莊子』は五四箇所、『蘇東坡』は一七四個所、『屈原』は二三〇個所、『高靑邱』は二〇八個所である。前記の『「王漁洋」の批評の辯難』によると、嶺雲は、怱忙の間にあってか本書については初校さえ見ていなかったようである。

評論及び感想　五

吾が見たる上海　上海に由て見たる支那（七三五頁）一八九九年九月二五日刊『讀賣新聞』第七九八〇號、同年一〇月二日刊同紙第七九八七號、同年一〇月一五日刊同紙第八〇〇〇號、同年一〇月二三日刊同紙第八〇〇八號、同年一一

月六日刊同紙第八〇二二號、同年一一月二〇日刊同紙第八〇三六號の六回にわたって、その「月曜附錄」に連載された。各號四面、ただし最終回のみ八面。小見出しが回の區切り、ただし第五回分の小見出しは原典にはなく、編者が便宜上、附けたものである。署名は田岡嶺雲。嶺雲の上海からの報告は、これが初めてではなく、上海到着（同年六月初旬）後、直ちに始まっている。すなわち、七月五日から『九州日報』に「滬上通信」の題目で、さらには九月九日からは『土陽新聞』に同様の記事が現われるようになるのだが（以上、本全集第二巻五九八頁以降を參照）、全國紙での發表はこれが初めてで、何より上海が明日の世界の統一に向かっての「小模型」であること、列强による中國の分割はむしろ中國の近代化の資産であること、またその生活習慣は日本より西歐に近いことを述べた、この論説は、發表媒體が全國紙であっただけに多くの人々の注意を引いたと思われる。實際、この論説の存在は、この作品の反響記事から早くから知っていたのだが、これまで半世紀以上、實物を手にすることができなかった。まさか尾崎紅葉批判の急先鋒だった嶺雲の文章が紅葉の主宰と言ってよかった『讀賣新聞』の「月曜附錄」に掲載される筈がないと思い込み、この時代の同紙の精査を怠っていた報いで、最近、紅葉退社以降の同紙を改めて「ヨミダス歷史觀」で検索することを試みた結果、この報告をはじめとする、本巻に收録することになった作品群（『「王漁洋」の批評と辯難』までの五作品）を發見することができたのである。紅葉の意外な度量の廣さとともに、IT技術の進歩にも注目せざるを得ない。次揭作品の冒頭に見るように、紅葉の依賴によって、この報告が連載されるようになったのは明らかだが、どうしてそうなったのか、興味津々だが、不明である。誤植の訂正は七個所で、異方↓異邦、楊子江↓揚子江、目慣れたる↓見慣れたる、等である。

上海の天長節（七五六頁）一八九九年一一月一三日刊『讀賣新聞』第八〇二九號五面（「月曜附錄」のうち）に發表された。署名は田岡嶺雲。誤植の訂正なし。

異國かたり草（一）（七五七頁）一八九九年一一月二七日刊『讀賣新聞』第八〇四三號四・五面（「月曜附錄」のうち）に發表された。署名は嶺雲。署名の上に「在上海」とあったが、省略した。第二の段落以降、その頭につけられた▲は省略した。（二）以降は確認できない。（一）で終わったものと思われる。誤植の訂正なし。

『王漁洋』の批評の辯難（七六一頁）一九〇〇年一一月一二日刊『讀賣新聞』第八三九三號四面（「月曜附錄」のうち）に發表された。署名は田岡嶺雲。この作品は同紙同年一〇月二九日四面の「新著月旦」欄に發表された寸鐵生の批判的な書評「支那文學大綱『王漁洋』五文學士合著」に應えたもの。その批判の要點は、嶺雲の反批判からも窺われるように次の四項目であった。

①『大綱』の構成に關するもので、詩人の數が壓倒的に多く、散文家が少ない。

②前史や背景の説明が多く、漁洋自身について述べているところが少ない。

③漁洋自身について述べているところも、生涯について觸れている部分は彼の詩や旅日記の日本語譯に過ぎない。また詩について論じている部分も七、八首の例にとどまり、詩論についても詳細を缺いている。

④中國文學の知識が缺乏し、王漁洋が誰かを知らない者が多い今日、「餘惠」がないとはいえないが、「堂々たる五文學士の合著」としては「粗末千萬」、「支那の書を焼直した」だけで、「眞の研究」といえないのではないか。

つまり、本作品は、その一つ一つに對して反論を加えたものだが、それに對しては寸鐵生から反論への反論があった。同紙同年一一月一九日四面（「月曜附錄」のうち）に掲載された『再び「王漁洋」に就て』がそれだが、そこで寸鐵生は、①については、具體的に秦には左氏、漢には賈誼、宋には歐陽修、元には虞集、明には劉青田などがあるとして再説し、②及び③については、それならば、漁洋の生涯については略述し、その詩と詩論に對しては十分な頁數を費やすべきだったと切り返し、④については、自分は最近、「一知半解」の中國文學研究者が「西洋流の解剖」を試み、「謬見臆説、兒戲に等しき書」を出しているのを憂えている者で、むしろ著者の「謹愼にして着實なる」態度に與し、その著作の完全を求める以外に他意はない、としている。これに對しての嶺雲の反論は確認できない。兩者の應酬は、これで終わったものと思われる。誤植の訂正なし。ただし本人による引用ミスが三個所（同句）あり、承統已不凡↓承統既不凡と訂正した。

同情より出でたる節儉（七六五頁）一九一一年五月一日刊『婦人くらぶ』第四巻第五號に發表された。署名は田岡嶺雲。原典では署名の上に「婦人くらぶ顧問」の肩書が付けられているが、本全集では省いた。嶺雲は、この頃、『婦人くらぶ』の顧問になっていたようだが、後収の『婦人の奮起を望む』(第四巻第六號)以降、嶺雲は同誌に執筆をしていない。なお『婦人くらぶ』(紫明社刊)は平均一〇〇頁前後の月刊女性雑誌で、一九〇八年一〇月創刊、現在のところ、第四巻第一一號(一九一一年一一月)までの刊行が確認できる。澤田撫松が第四巻第五號以降、同誌の主筆を擔當している。澤田が嶺雲に顧問を依頼したものか。誤植の訂正は三個所で、ありとする↓あるとする、明に↓明かに、あらふが↓あらうが、である。

上杉博士の『婦人問題』を讀む（七六九頁） 一九一一年五月一日刊『太陽』第一七巻第六號に發表された。署名は田岡嶺雲。上杉愼吉の『婦人問題』(一九一〇年一一月・三書樓刊)は先進諸國の女性參政權運動も視野に入れた、當時としてはなかなかリベラルな近代的家庭論で、例えば女性だけが「姦通罪」に問われるのは不公平だとしたり、また大學を女性に解放することを是としているだけではなく、全勞働者階級の七割を占める女性勞働者の勞働條件が「地獄」に等しく、「妻」であることも「母」であることも奪われていることを指摘し、その救濟を訴えている。それだけに嶺雲の批評意欲を掻き立てたものと考えられる。嶺雲のこの一文は發表舞臺が代表的な總合雜誌だったということもあって、反響も大きかったようだ。例えば、安倍能成は翌月の『ホトトギス』の「五月の評論」のなかで「田岡氏が上杉氏に反對して居る主要な點は、第一に女は生理上母たる約束を有するが、妻たる（結婚して終生を夫に託する）ことは後天的の條件だといふにある。兎《と》に角《かく》現在の結婚制度といふ者を、永久絶對の權利を有する者と說くことは非常な獨斷說で、事實を事實として認めるといふ範圍を脫した者である。(中略)第二の男女の心理的生理的の差異を以て、直に差等と見る可からざること、又男女教育の問題についても、自分は理論として田岡氏の說に贊する者である」として嶺雲の批判を評價し、支持している。誤植の訂正は一二個所で、共捿↓共棲、免れざる↓免れざる、所以なりし↓所以なりとし、掌司↓司掌、共の↓其の、發成↓發生、由りで↓由りて、織弱↓纖弱、重質↓稟質、比し↓比して、定ん↓定めん、感操↓感情、である。

婦人の奮起を望む（七七七頁）　一九一一年六月一日刊『婦人くらぶ』第四巻第六號に發表された。署名は田岡嶺雲。原典では署名の上に「婦人くらぶ顧問」の肩書が付けられているが、本全集では省いた。「嗚呼聖恩無窮」と、もちろん、嶺雲が本氣で、そう考えていたとは思われない。この時代特有の韜晦的なイロニーの一つだといってよい。この作品での嶺雲の狙いは、第一には、どんな契機にせよ、女性たちを社會的な活動に引き出すこと、第二には、「樂隊を以て出征軍人を送る」など戰時において「大に活動した」愛國婦人會への皮肉とその變改にあったのではないかと思われる。誤植の訂正は一個所で、業事→事業、である。

今の文章は冗漫である（七八〇頁）　一九一一年六月一日刊『文章世界』第六巻第八號に發表された。署名は田岡嶺雲。誤植の訂正は一個所で符諜→符牒。

雪の西湖（七八一頁）（上）は一九一一年八月一三日刊『讀賣新聞』第一二三〇四號六面「日曜附錄」、（下）は同年九月三日刊同紙第一二三二五號七面「日曜附錄」に發表された。署名は田岡嶺雲。誤植の訂正は一個所で、詑しく→侘しく、である。

十五年前の回顧（七七六頁）　一九一一年九月一〇日刊新聞『いはらき』第六二一四號（創刊二〇周年「記念號第一日」）一七面に發表された。署名は田岡嶺雲。原文には、「▽小さな行李▽黝んだ障子▽伊豫紋▽編輯局▽三の丸」のイントロダクションがあるが、省いた。嶺雲は一八九八年八月、新聞『いはらき』の主筆として水戸に赴任し、翌年二月、大陸を志して水戸を去った。この間の心的經緯については、本全集第五巻所收の『數奇傳』（同巻五九三頁以降）を見よ。誤植の訂正は二個所で、する→ある、記臆→記憶、である。

墨子に就きて（七八八頁）　一九一一年一二月一〇日刊『和譯漢文叢書第九編　墨子列子』（玄黃社）の巻首に措かれたもの。序文として書かれたものであるが、獨立の評論としても讀むことができるので、本巻に收めた。原典では、小見出しの上に▲、横に批點として黑丸●が振られているが、本全集では省いた。また著作には括弧が施されていないが、本全集では讀みやすくするため、括弧を施した。「和譯漢文叢書」の內容については、第四巻所收の『漢學の復活』の解題（八五九頁）を見よ。この作品で注意されるのは、墨子を、その説が宗教的でありながら科學性を帯び、その文章が平明で、反復を厭わず委曲をつくしている點から、漢人種ではなく西方から來た人ではないかと疑っている點であろう。誤植の訂正は一個所で、食い↓食ひ、である。

雜鈔雜錄（七九五頁）一九一二年一月一日刊『日本及日本人』第五七三號に發表された。署名は田岡嶺雲。この作品で注目されるのは、第四節で「日韓併合」の理論的な支柱となっていた「日韓同種論」を批判し、古代日本では朝鮮民族が多數派で、「天孫人種」は征服者であったが、少數者だったとの認識を示している點であろう。誤植の訂正は一個所で、鶚↓鳥、である。

貴婦人論（七七九頁）一九一二年一月一日刊『女子文壇』第八年第一號に發表された。署名は田岡嶺雲。特集「貴婦人論」への寄稿文で、他に幸田露伴が『一個人として世間に立てよ』、內藤鳴雪が『上流婦人の今昔』、宮崎湖處子が『美服を纏へるが故に貴婦人か』、松浦政泰（日本女子大學校教授）が『國難を慮れ』、服部しげ子（服部宇之吉・文學博士夫人）が『戰亂の巷となれる支那貴婦人の熱狂性』、遠山稻子（歌人）が『上流婦人は凡て弱し』、日向きむ子（舞踏家）が『自由を奪はれたる生活』、某伯爵夫人が『欺かれたる尊敬』を寄せている。誤植の訂正は三個所（脫字）で、聞た↓聞いた、居のを↓居るのを、堪られない↓堪へられない、である。

俳諧數奇傳（八〇一頁）一九一二年二月一日刊『俳味』第三卷第二號に發表された。署名は田岡嶺雲。嶺雲が文科大學漢學科選科に入ったのは一八九一年九月のことで、遠足會で行った所澤の宿で子規に會ったのは翌年の四月一〇日のこと。したがって、正確には三人が知り合ったのは「大學へ入つた翌年の春」ということになる。それが機緣で翌年（一八九三年）の春頃から子規の組織した運座にも出席、漱石とも知り合っている。一八九六年五月、嶺雲が津山中學の漢文教師となって東京を去る時には、子規の根岸庵で送別會が開かれている。このエッセイでは、一八九六年頃を頂點に、そのまま俳句を止めてしまったように書いているが、『天鼓』時代にも沼波瓊音らと筑波會を開き、句作を試みている。誤植の訂正なし。

成吉思汗（八〇四頁）　一九一二年三月一日刊『新小説』第七年第三巻「史傳」欄に發表された。署名は田岡嶺雲。これは一八九五年九月五日に發行された『太陽』第一巻第九號に掲載された『拾參世紀に於ける蒙古民族の雄圖』（本全集第七巻に所収の豫定）の前半、ジンギスカンに關する部分を、この時代の彼の世界觀を滲ませつつ、口語化した作品。この評傳で注目されるのは、前作では歐米帝國主義の支配からアジアを解放し、それを復興するためには武力も辭さないという性格のものであったが、この作品では、將來の世界史の展望としては「干戈を執つての戰爭」はないとし、日本が「東亞民族」の「盟主」として「平和的戰爭」によって世界をリードしていくべきことを訴えている點であろう。そういう意味では、この作品は、日清韓の三國同盟の結成によって歐米帝國主義の支配からのアジアやアフリカの解放を訴えた『東亞の大同盟』（『萬朝報』一八九八年一一月）の新たな展開であり、また近くは、軍擴よりも平和外交の展開を訴えた『有象無象』（二）（『東京毎日新聞』一九〇九年八月）や、巨艦の建造より五萬トン級の商船を、と訴えた『平和の一等國』（「横議十行」〔4〕のうち。『讀賣新聞』一九一〇年一一月）での發想を、より一歩進めたものといえよう。

誤植の訂正は六一個所（脱字等を含む）で、屈起→崛起、先→先づ、春→夏、秋→冬、白揚→白楊、生くるも→生くるもの、兇る→兇るゝ、暗啞→暗啞、長驅→長軀、言ず→言はず、すべてに→すべて、羌→羌、無つた→無かつた、漑々→熙々、寄渥溫→奇渥溫、因て→因つて、高宋→高宗、韓侘冑→韓侂冑、固の→固より、壁倿→嬖倿、李乾源→李乾順、研を出で→研ぎ出で、云た→云つた、里契丹→黑契丹、直魯兀→直魯克、李現→李晛、求赤→朮赤（八個所）、燃えやう→燃えよう、了まつた→了つた、阿刺嘛→阿刺爾、遼目《シテ》爲㆓河中府㆒→西遼目《シテ》爲《ス》㆓河中府㆒《ト》、哥疾察→哥疾寧、能し→能くし、陷いれた→陷れた、哥族寧→哥疾寧、札蘭丁→扎蘭丁（三個所）、大和嶺→太和嶺（二個所）、這入たつ→這入つた、喜祿→嘉祿、おわし→おはし、寛田思海→寛田吉思海、綽爾→淖爾（二個所）、元之→元史、惜い哉→惜しい哉、孟洪→孟珙、形狀→行狀、韃→韃人（脱字）、忒沒眞→忒沒眞者（脱字）、面廣→廣顙、仕得られない→納得せられない、である。なお、原典では、連體詞「其」あるいは「其の」、「此」あるいは「此の」について統一がないが、すべて「其の」あるいは「此の」に統一した。また地名・人名のルビについては、基本的に原典に從つた。明らかに誤植と考えられるものだけを訂正した。煩瑣になるので、ルビの訂正個所の提示は省略した。

人生の爲（八二二頁）　上は一九一二年四月三日刊『時事新報』第一〇二五八號、下は同年四月四日刊同紙第一〇二五九號各一面に發表された。署名は田岡嶺雲。この作品で注目されるのは、藝術の「實用」からの獨立を肯定した上で、藝術の本來の目的が「人生の爲」であることを强調している點であろう。また、「根本から大いなる人間の悲慘な方面を觀察して、これを哲學的に攻究し、或は社會學的にこれを考察し、もつてこれを救濟する」というような、いわゆる全體小說的な文學の出現を期待している點も注意されよう。誤植の訂正は二個所で、言ふものは↓言ふよりは、必しも↓必ずしも、である。

人間の生活を呪ふ（八二四頁）　一九一二年五月五日・丙午出版社刊の堺利彦編著『賣文集』に「卷頭の飾」（序文）として掲載された。署名は田岡嶺雲。『賣文集』は、堺がいわゆる「冬の時代」を乗り切るために始めた「賣文」業務（文章や飜譯の作成）の案内廣告を兼ねた記念文集で、「卷頭の飾」には嶺雲のほか三宅雪嶺・杉村楚人冠・德冨蘆花・島村抱月・平出修・岩野泡鳴ら六一名が長短のエッセイを寄せている。本篇には「逆徒の死生觀」として幸德秋水ら一二名の犧牲者の書簡なども紹介され、卷末には「賣文社技手」大杉榮・荒畑寒村・高畠素之らの作品も収められている。誤植の訂正なし。

擱筆の後（八二五頁）（上）は一九一二年六月九日刊『時事新報』第一〇三二五號、下は同年六月一〇日刊同紙第一〇三二六號各一面に發表された。署名は田岡嶺雲。この作品で注目されるのは、自叙傳『數奇傳』を「年代よりも事柄を主にして」書こうとしたこと、また當初は「津山時代を中心として」書くことができればよいと考えていたことなど、その創作方法や動機などを明かしている點であろう。誤植の訂正は七個所で、事抦↓事柄（二個所）、記臆↓記憶（三個所）、遺ひ↓遺ひ、來やう↓來よう、である。

「死」の問題（八二八頁）　一九一二年七月一日刊『新潮』第一七卷第一號に發表された。署名は田岡嶺雲。この作品で注目されるのは、第一には「靈魂の不滅」を唱えるのは「人間の哀れな慾から出た迷ひ」だとして、はっきりと否定し去っていること、第二には軍神廣瀬中佐の殉職は「あまりドラマチックの仕かけに過ぎる」として同情せず、世論に同調していないことであろう。誤植の訂正は二個所で、死れても↓恐れても、言へやう↓言へよう、飽まで↓飽くまで、である。

洪水（八三五頁）一九一二年八月一日刊『新日本』第二巻第八號に發表された。署名は田岡嶺雲。文中では、湯河原に滞在していたのは、一九一〇年の九月までということになっているが、實際には八月一九日に湯河原から神奈川縣足柄下郡土肥村城堀の城願寺に移っている。この作品で注目されるのは、「人間の思想にも亦洪水がある」として、幸德秋水たちを絞首臺に送った政治體制にもやがて「洪水」が來ることを豫告している點であろう。誤植の訂正なし。

日光より（八三八頁）（一）は一九一二年八月七日刊『讀賣新聞』第一二六六三號、（二）・（三）は同月九日刊同紙第一二六六五號、（四）・（五）は同月一〇日刊同紙第一二六六六號、（六）・（七）・（八）・（九）・（十）は同月一一日刊同紙第一二六六七號、（十一）・（十二）は同月一三日刊同紙第一二六六九號、（十三）・（十四）は同月一六日刊同紙第一二六七二號、（十五）・（十六）は同月一七日刊同紙第一二六七三號、（十七）・（十八）は同月一八日刊同紙第一二六七四號、（十九）は同月二一日刊同紙第一二六七七號、（二十）は同月二二日刊同紙第一二六七八號、（二十一）は同月二三日刊同紙第一二六七九號、（二十二）は同月二四日刊同紙第一二六八〇號、（二十三）・（二十四）は同月二五日刊同紙第一二六八一號、（二十五）は同月二七日刊同紙第一二六八三號、（二十六）は同月二八日刊同紙第一二六八四號、（二十七）は同月二九日刊同紙第一二六八五號、（二十八）・（二十九）は同月三〇日刊同紙第一二六八六號、（三十）・（三十一）・（三十二）は同月三一日刊同紙第一二六八七號、（三十三）は九月一日刊同紙第一二六八八號各一面「文藝欄」に發表された。署名は嶺雲。この作品で特に注意されるのは、第二節で戶籍調べの警官による族籍質問に對して「人族」と答えたかったと、その超國家的世界人の立場を明らかにしている點であろう。第八節前半の「天慟地哭の悲報」云々の句をとらえて嶺雲が晩年に至っても「敬虔な忠君愛國主義者」だったとする說もあるが、自身を「人族」と呼んでいることからも推察されるように、彼はすでにそこから遠く離れていたといってよい。それは後半の「着晃以來、神經頗る亢《たかぶ》り、怒叱の聲を絶たず（中略）但二三日來、神氣稍安靜、食機亦少しく振ふ」と、ほとんど「敬處」ならざる言葉を書きつけていることからも知られるだろう（詳しくは一九七三年五月・八木書店刊の拙著『近代文學の潛勢力』所收の「田岡嶺雲の天皇制觀」を參照）。これはのちに『嶺雲文集』に再錄された。ただし、再錄には、どういうわけか第二五・二六・三三節を缺いている。異同は三個所で、七三三頁第一節一行目　五年振↓五年振り、第一一節一行目　老杉、巨巖とが↓日光の印象。老杉、巨巖、第一九節一行目　頻りに↓頻に、であるが、誤寫の可能性が高い。誤植の訂正は二個所で、「藝術 Commonweal」↓「藝術と Commonweal」、痒に↓痒きに、である。

現代文學の社會的影響（八四八頁）　一九一二年九月一日刊『文章世界』第七巻第一二號に發表された。署名は田岡嶺雲。この作品で注目されるのは、最晩年の嶺雲が人類の進歩を自由の發展としてとらえた上で、自然主義文學を、その新たな展開として位置づけ、「長い間の人類の歴史上のあらゆる因襲を打破し、あらゆる迷信と形式を打破し去つた」ものと積極的に評價している點であろう。嶺雲のこのような自然主義文學の積極的な評價は、その弱點への批判は批判としながら、早くも三年前の『客觀的眞、主觀的眞』（『東京二六新聞』一九〇九年一〇月。本全集第四巻五八二頁以降）に見ることができる。誤植の訂正なし。

第四巻（第五回配本）を上梓してから早くも四年が經った。本全集の第五巻（第一回配本）を送り出してから、四八年の歳月が過ぎた。その歩みはあまりに遲く、途中、「完成はほとんど絶望的」とまで評された。購讀者には本當に申し譯ないことであったが、あと一巻を殘すのみとなった。すでに入稿は終わり、初校が出始めている。何とか來年秋までには讀者にお屆けしたいと考えている。以上、最終巻の刊行豫定を記して、長すぎた遲延のお詫びとしたい。

本巻の注解その他について第四巻に引き續いて木山英雄さんのお世話になった。大學院卒業生の趙夢雲君からも援助を得た。また本巻の編集や校正については谷本澄子さんの協力を得た。記して感謝の意を表したい。

二〇一七年晩秋

西　田　勝

田岡嶺雲全集　第六巻（全七巻）

二〇一八年一月二五日　初版第一刷發行

編者　西《にし》田《だ》勝《まさる》

發行所　一般財團法人　法政大學出版局

〒一〇二―〇〇七一
東京都千代田區富士見二丁目十七番一號
郵便振替　〇〇一六〇―六―九五八一四
電話・東京〇三―五二一四―五五四〇

組版　アベル社／印刷　平文社／製本　誠製本

ISBN 978-4-588-11031-3
Printed in Japan